ADÉLAÏDE

W0238062

ŒUVRES DE MARIE LABERGE

ROMANS

Aux Éditions du Boréal

Juillet, 1989 (collection « Boréal compact », 1993)

Quelques adieux, 1992 (collection « Boréal compact », 1997)

Le Poids des ombres, 1994 (collection « Boréal compact », 1999)

Annabelle, 1996 (collection « Boréal compact », 2001)

La Cérémonie des anges, 1998

Gabrielle. Le Goût du bonheur I, 2000

Florent. Le Goût du bonheur III, 2001

THÉÂTRE

C'était avant la guerre à l'Anse-à-Gilles, VLB éditeur, 1981 ; Les Éditions du Boréal, 1995

Ils étaient venus pour…, VLB éditeur, 1981 ; Les Éditions du Boréal, 1997

Avec l'hiver qui s'en vient, VLB éditeur, 1982

Jocelyne Trudelle trouvée morte dans ses larmes, VLB éditeur, 1983 ; Les Éditions du Boréal, 1992

Deux tangos pour toute une vie, VLB éditeur, 1985 ; Les Éditions du Boréal, 1993

L'Homme gris suivi de *Éva et Évelyne*, VLB éditeur, 1986 ; Les Éditions du Boréal, 1995

Le Night Cap Bar, VLB éditeur, 1987 ; Les Éditions du Boréal, 1997

Oublier, VLB éditeur, 1987 ; Les Éditions du Boréal, 1993

Aurélie, ma sœur, VLB éditeur, 1988 ; Les Éditions du Boréal, 1992

Le Banc, VLB éditeur, 1989 ; Les Éditions du Boréal, 1994

Le Faucon, Les Éditions du Boréal, 1991

Pierre ou la Consolation, Les Éditions du Boréal, 1992

Marie Laberge

Le Goût du bonheur

ADÉLAÏDE

roman

Éditions Anne Carrière

Conception graphique de la couverture : Louise Laberge
Illustration de la couverture : Louise Laberge

Toute ressemblance avec des personnes ou des faits réels
ne peut être que fortuite.

ISBN : 2-84337-214-3

Distribution interdite au Canada.

« Le Goût du bonheur » est une marque commerciale enregistrée de
Les Productions Marie Laberge inc.

© Les Productions Marie Laberge inc.
Les Éditions Anne Carrière licencié exclusif pour l'édition en langue française
hors du Canada.

Tous droits réservés.

Pour ma sœur bien-aimée,
Louise Laberge

L'enfance n'a pas d'avenir. L'enfance est le passé de l'avenir. Le passé est ce qui est derrière un masque, le passé est un lutin de la nuit ; il se trouve là, sans le dire. L'âge adulte porte à ses chevilles, parfois, les fers d'un autre âge.

CLAUDE GAUVREAU, *Beauté baroque*

Note de l'éditeur

Pour toutes les locutions et les termes québécois, le lecteur pourra se référer, s'il en éprouve le besoin, au lexique établi par l'auteur qui se trouve en fin d'ouvrage.

Le 17 avril 1942, au lieu de se rassembler pour célébrer les quarante et un ans de Gabrielle, c'est pour ses funérailles que les invités remplissent l'église Saint-Cœur-de-Marie.

Adélaïde, droite et stoïque, tient la main d'Edward rendu absent de douleur et celle de Fabien, qui lutte vaillamment contre son chagrin.

Béatrice, à deux mois de son terme, est soutenue par Léopold, son mari, qui est blanc d'inquiétude devant la réaction très vive de sa femme. Tout près d'elle, Germaine a beau essayer de réconforter sa nièce d'une main affectueuse, elle doit à chaque fois presser un large mouchoir contre ses yeux et étouffer ses propres sanglots.

Nic, debout directement derrière Edward, soutient à la fois Rose et Guillaume. Quoiqu'il n'ait que deux ans de moins que Rose, Guillaume la dépasse largement et il n'arrive pas à réprimer des soupirs encore étonnés.

Florent tient Paulette par les épaules et parvient rarement à détacher son regard anxieux de la nuque raide d'Adélaïde.

Isabelle et Reine, côte à côte, s'appuient l'une sur l'autre. Maurice, le mari adoré d'Isabelle, s'occupe de Jérôme qui montre du doigt sa maman en demandant continuellement pourquoi elle a du chagrin. Élise, leur petite fille d'à peine un an, a été confiée aux soins d'une gardienne, afin de ne pas déranger l'office.

Jean-René, le mari de Reine, se tient près de son beau-père, Hubert. On les dirait faits du même bois tous les deux, et leur attitude froide et compassée fait contraste avec la figure défaite de Georgina.

Tous, ils sont tous venus, les notables, les dames des œuvres, la famille élargie, ceux qui, pendant des années, ont bénéficié de la générosité dévouée de Gabrielle. Ces enfants de la basse-ville, habillés en soldats, qui inclinent la tête et pleurent sur le banc d'en arrière, ils sont tous là, y compris ces gens importants que Gabrielle essayait si fort de convaincre il y a quelques jours à peine de laisser son fils revenir sur sa décision de s'engager.

Ceux qui manquent sont soit déjà partis, soit au camp d'entraînement. Ce n'est qu'en remontant l'allée derrière le cercueil de sa mère qu'Adélaïde voit tous ces visages accablés et qu'elle pense à quel point Theodore sera déchiré de cette mort. Theodore qui a toujours eu une telle complicité avec Gabrielle. Et Gabrielle qui, après toutes ces années de discussions et de rire, se désolait de l'antagonisme qu'elle constatait entre Ted et sa fille aînée. Trop tard pour lui dire, pense Adélaïde, trop tard pour expliquer, révéler. Trop tard pour tant de choses, y compris pour Theodore, parti se battre au loin. Pour ne plus y penser, pour éviter de se mettre à pleurer sans fin, Adélaïde lève les yeux vers le plafond orné de cette église où sa mère a tant prié. La gorge serrée, elle revoit la petite chapelle de la Vierge à la basilique, la chapelle où elles allaient pour discuter des « affaires graves », l'endroit véritable où Gabrielle parlait à Dieu.

Adélaïde se mord la lèvre inférieure pour ne pas hurler de rage : et où était-Il, Lui, sur la route obscure de Valcartier quand sa mère courait en cherchant de l'aide ? Où était-Il, ce Dieu tant respecté qui n'a pas daigné écarter un camion de la route pour une si fidèle alliée ?

En fixant le cercueil de sa mère, Adélaïde se dit que Dieu vient de se priver de ses services pour toujours. « Païenne et impie, Dieu, Vous entendez ? Jamais je ne serai d'accord avec Vous. Jamais ! » La rage l'empêche de pleurer.

Florent l'observe et il retrouve dans le mouvement du menton et le port de tête d'Adélaïde cette si ancienne propension à la révolte. Étrangement, l'attitude de son Ada l'inquiète davantage que toute manifestation larmoyante.

De tous les proches qui suivent le cercueil, il n'y a que Nic et Adélaïde qui aient les yeux secs et le regard d'une certaine fixité. Chez Nic, cela atteint une désolation tétanisante que seule l'inquiétude pour les enfants d'Edward parvient à ébranler et à briser de temps en temps. Sinon, quand ce souci ne l'anime pas, il semble au-delà de toute expression douloureuse, happé, aspiré intérieurement par un désert brûlant.

Au moment précis où, sous le soleil insolent d'une journée enfin clémente, le cercueil s'enfonce dans la terre noire du cimetière, Adélaïde sent son enfant bouger. C'est comme une petite vague intérieure, une caresse discrète. La seule prière qu'Adélaïde puisse formuler est pour sa mère. C'est à elle qu'elle demande de protéger le père de son bébé, où qu'il soit et quel qu'ait été son tort à elle de céder à cet amour violent. « Protège-le, maman, ne le laisse pas mourir au fond d'une tranchée, ne le laisse pas seul, lui. »

Au moment où elle lève les yeux, elle surprend le regard d'Isabelle rivé sur elle et, en un éclair, elle voit que sa cousine a tout compris de son état. En s'absorbant dans la tâche de soutenir son père et Fabien, de les entraîner loin du trou béant où Gabrielle repose à jamais, en s'occupant fiévreusement des invités, de les restaurer, de leur offrir du thé chaud et sucré, et ce, malgré le rationnement, Adélaïde réussit à échapper à la discussion que ne manquera pas de soulever Isabelle.

Il y a beaucoup à faire, les invités demeurant assis au salon, presque prostrés ou alors en pleurs. La soudaineté de la mort de Gabrielle, en des temps où celle des hommes partis au front est la seule qu'on attend ou redoute, est d'autant plus difficile à accepter.

Alors qu'elle lave la fine porcelaine à la cuisine en compagnie de Mimi, qui renifle en remplissant la théière, Isabelle surgit : « Adélaïde, je veux te parler !

— Oui ? »

Adélaïde se retourne à peine et continue de rincer méticuleusement la tasse qu'elle tient. Quand Isabelle insiste pour sortir dans le jardin, elle refuse en prétextant vouloir finir sa vaisselle et retourner au salon où on l'attend. Outrée, Isabelle saisit le linge à vaisselle et essuie sans ménagement : « Tu préfères que je parle à Nic ? »

Le regard que lui jette Adélaïde est bien calme, bien serein. Elle hausse une seule épaule et continue sans rien dire. Isabelle a beau s'escrimer, plaider, ruser, rien, elle parle toute seule. L'unique affront que ne lui impose pas Adélaïde, c'est de la planter là à argumenter avec l'évier. Ce n'est que lorsqu'elle essaie de faire comprendre à sa cousine qu'elle veut l'aider et remplacer en partie sa mère qu'Adélaïde l'interrompt sèchement : « Isabelle, non. Pas ça. J'avais une mère. Personne ne va la remplacer. Personne. » Et s'emparant du plateau de tasses propres, elle va rejoindre Mimi au salon.

Isabelle s'assoit, défaite, et se rappelle amèrement combien il a toujours été ardu de faire parler sa cousine quand elle n'en avait pas envie. Gabrielle était la seule à savoir contourner ces silences déterminés, et encore... Florent, l'autre allié, ne révélera rien de ce qu'il sait.

Isabelle hoche tristement la tête : voilà le premier rappel d'une longue série, voilà le début du manque de Gabrielle.

* * *

Edward a serré tant de mains, murmuré tant de fois merci qu'il n'a plus qu'un désir : que la maison se vide de toute cette sympathie et qu'il reste seul, enfin seul avec sa peine. Depuis trois jours, il y a eu tant de va-et-vient chez lui qu'il se surprend à espérer le retour de Gabrielle pour qu'elle mette enfin de l'ordre et ramène un peu d'harmonie.

Combien de fois a-t-il tourné la tête vers la porte d'entrée en croyant la voir arriver ? Il monte l'escalier et va se réfugier dans leur chambre. Là, le silence et l'absence règnent. Là, devant les brosses de la coiffeuse, il sait à nouveau que jamais plus il ne défera son chignon et ne respirera l'odeur capiteuse de ses cheveux.

Il va s'asseoir dans le fauteuil de chintz et regarde autour de lui : vingt ans. Cela aurait fait vingt ans en septembre qu'ils étaient mariés. Vingt-deux ans d'amour sans cachettes ni mensonges. Un mariage heureux. Gabrielle... Edward ne se demande pas comment continuer sans elle, ce qu'il va devenir, ce qu'il fera demain. Il reste là, immobile, à chercher comment lui dire, comment reprendre cette conversation qu'ils n'ont jamais cessé d'avoir, même dans leurs plus grandes discordes.

Le soir tombe.

Souvent, il s'est trouvé seul dans leur chambre, quand il restait à Québec, l'été, et qu'elle partait pour l'Île avec les enfants, souvent il a dormi seul dans ce lit. Elle revenait toujours. Ou il allait vers elle, à l'Île. Il n'arrive pas à se convaincre qu'elle ne reviendra pas, que cette fois, c'est vrai, elle n'est pas partie pour un mois, mais pour toujours. Il n'arrive pas à croire que c'est tout, que ça s'arrête là, qu'il devra faire le reste en solitaire. Dans cette chambre où tout est rappel d'un bonheur, dans ce lit où elle a mis au monde leurs enfants, Edward essaie de ne pas l'attendre, mais quand on frappe à la porte, il se demande pourquoi Gabrielle n'entre pas directement.

C'est Adélaïde qui entrouvre la porte. Elle a cette façon si semblable à celle de la Gabrielle d'il y a vingt ans de se pencher vers lui. Mais les yeux gris sont emplis de soucis et non d'amour et de désir. Les yeux gris foncé de sa fille n'ont pas les mêmes nuances que ceux de sa mère.

« Papa… il y a Nic qui veut te parler avant de partir. Il est à côté, dans le *den.* »

Edward se lève, épuisé : « Adélaïde, tu peux faire une chose pour moi ? Mets les gens dehors, poliment, mais dehors. Et si tu en trouves, apporte-nous du brandy ou du sherry. »

Nic est si pâle qu'Edward se demande s'il a mangé ou dormi ces derniers jours. C'est la seule personne avec qui il n'arrive pas à parler, la seule personne qui éprouve la perte de Gabrielle de façon si privée qu'il est interdit de seulement songer à la partager. Nic est aussi la seule personne à connaître l'aridité qu'Edward traverse.

Nic explique qu'il vient de recevoir une confirmation de ce qu'il préparait depuis trois jours : Fabien sera déclaré inapte au service à cause d'une radio de ses poumons indiquant clairement une ancienne tuberculose. Stupéfait, Edward le considère sans comprendre. Nic a un rictus davantage qu'un sourire pour expliquer que c'est au faux jumeau de Fabien, à Florent, qu'on doit ce verdict, qu'il a trouvé un médecin et a arrangé l'affaire.

« Mais enfin, Nic… c'est de la fraude ! »

Adélaïde arrive avec la bouteille et les verres. Elle capte le regard de Nic qui lui enjoint de les laisser et elle ferme la porte sans un mot.

« C'est Gabrielle qui a eu l'idée, Edward. Elle me l'avait demandé, mais je n'ai pas agi assez vite. Il faut dire que Fabien nous a tous surpris avec sa décision. Bref, Gabrielle était prête à se repentir le reste de ses jours de cette malhonnêteté pour ne pas voir Fabien menacé de partir. C'est réglé. Fabien ne pourra pas partir. »

Edward marche de long en large, incertain de cette décision : « Il est dans un tel état, Nic, que je ne suis pas sûr que cela lui rende service. Pas sûr du tout. Il le sait ?

— Non. J'aimerais mieux qu'il ne le sache pas non plus. Edward, peux-tu risquer de le perdre lui aussi ?

— Nic, il a déjà la mort de sa mère sur la conscience. Comment veux-tu qu'il réagisse si on lui dit qu'il n'est finalement pas engagé, qu'il a fait ça pour rien ? Que Gabrielle est morte pour rien. Il va demander pourquoi, il va se battre. Et quand il va voir Maurice ou Léopold partir, alors qu'ils ont des enfants, qu'est-ce qu'il va faire, tu penses ? Quelle sorte de vie ça lui fait ?

— Une vie au lieu d'une mort prématurée.

— Mets-toi à sa place, Nic. Comment veux-tu qu'il comprenne ça ?

— On ne lui demande pas de comprendre, on le refuse, c'est tout.

— Gabrielle ne peut pas faire ça, elle ne peut… »

Edward s'interrompt brutalement. Nic se détourne et regarde par la fenêtre en finissant son verre. Après un long silence, Nic explique, sans se retourner vers son ami : « S'il fallait qu'il arrive quoi que ce soit à Fabien, je ne me le pardonnerais pas, Edward. Tu sais comme moi qu'on va être appelés. Nous deux, Maurice, Léopold, on n'y échappera pas. Fabien a deux ans devant lui. Légalement, il a deux ans. Je ne peux pas croire que cette guerre va durer encore deux ans, mais si c'est le cas, il sera à égalité avec les autres de son âge, parce que j'ai bien peur qu'on soit tous morts à ce moment-là.

— Dans deux ans, la fausse radiographie va encore le mettre à l'abri. Fabien n'est pas comme ça. Ce n'est pas un lâche, incapable de faire face.

— Gabrielle n'a pas mis Fabien au monde pour le voir aller se battre en Allemagne ou en Russie !

— Non, mais Gabrielle est morte en essayant de soustraire Fabien à l'armée où il avait décidé d'aller s'engager.

— Dans votre dos !

— Oui. Parce qu'elle refusait de le laisser faire ou même de l'entendre.

— *So what?* On va l'envoyer se faire tuer pour le punir, c'est ça ? Pour venger une mort inutile ? Il n'y en a pas assez comme ça ? »

Blême de rage, Nic affronte Edward. Jamais il n'aurait imaginé avoir à débattre du bien-fondé de sa ruse. Jamais il n'aurait cru qu'Edward laisserait son fils de seize ans s'engager, sans lever le petit doigt. « Il y a trois jours, Edward, tu appelais tout le monde pour empêcher Fabien d'être accepté dans l'armée. Comment ça se fait que la mort de Gabrielle change ça ? C'est de la rage ? Lui en veux-tu à ce point-là ?

— *Shut up !* Je t'interdis de me parler comme ça ! Avoir tué sa mère pour rien peut le détruire autant que la guerre. Au moins, s'il part, il va devoir tout faire pour rester en vie parce qu'il lui doit au moins ça !

— Ah, c'est ça, ton raisonnement ? Très fort ! Et combien penses-tu qu'il y en a sur les champs de bataille qui ont promis de rester en vie ? Combien, Edward, qui crèvent en s'excusant de manquer à leur promesse ? Et s'il se dépêchait plutôt de mourir pour oublier, tu y as pensé à ça ? Si Fabien est tué, Edward, comment tu vas te le pardonner ?

— Tais-toi ! »

Accablé, Edward s'assoit. Nic continue son va-et-vient, incapable de supporter la tension. Il se contraint à se taire et à attendre le prochain argument. Mais l'argument ne vient pas et, au bout du compte, Nic s'assoit en face d'Edward et remplit leurs verres. Ils boivent sans rien ajouter. La bouteille est largement entamée quand Edward parle : « Vois-tu, Nic, si Gabrielle… il y a trop de si dans notre affaire. Je sais comment Gabrielle penserait, je sais comment je penserais si elle discutait avec moi. Mais sans elle… je ne sais plus. Tu as agi comme elle te l'a demandé alors qu'elle vivait, mais voudrait-elle la même chose maintenant qu'on doit vivre sans elle ? Elle saurait parler à Fabien. Pas moi. Beaucoup de choses vont changer seulement parce qu'elle est partie. »

Impassible, Nic s'interroge : aurait-il demandé à Adélaïde de l'épouser si Gabrielle n'était pas morte ? La réponse est formelle : non, pour la simple raison que Gabrielle aurait protégé sa fille et même ses choix adultères envers et contre tout. Nic se rend compte qu'il n'aura jamais les bras assez grands pour mettre les enfants de Gabrielle à l'abri comme elle savait le faire. Il inscrit sur un bout de papier le nom du médecin qu'il a trouvé ainsi que celui du haut gradé à qui il faudrait communiquer les nouvelles informations médicales.

Il pose le papier sur la table : « Je ne sais plus ce que je ferais à ta place, Edward. Il y a trop de si, comme tu dis. Mais je sais que Gabrielle va nous manquer. »

Il se lève et touche l'épaule d'Edward : « Pour quoi que ce soit, à n'importe quelle heure, tu peux m'appeler. Tu le sais ? »

Edward acquiesce et laisse partir son ami. Il prend le papier et demeure immobile à contempler le vide.

Très tard ce soir-là, il vide ses poches et dépose leur contenu à côté de la coupelle de verre qui depuis des années reçoit pourtant cette obole quotidienne. Il ne sait pourquoi, mais une crainte subite de la fêler l'empêche d'y mettre la plus petite pièce de monnaie.

Adélaïde s'arrête à la porte de la chambre de son père, hésite, puis va finalement se coucher : inutile d'essayer d'avoir une conversation sensée à cette heure de la nuit. Depuis trois jours, elle n'a pas pris de vrai repos et son corps proteste lorsqu'elle s'allonge. Une douleur aiguë traverse ses reins. L'espace d'un instant, une crainte affreuse lui vient : et si elle perdait son bébé par manque de repos ? Elle révise méticuleusement ce qu'elle a mangé ces derniers jours et, devant le constat de totale négligence qu'elle est obligée de faire, elle se jure de prendre dorénavant un soin maniaque de sa personne. Dieu merci, depuis deux semaines, elle a cessé de se précipiter aux toilettes à chaque heure du jour. Elle va reprendre du poids et son bébé naîtra dans cinq mois.

Dès le lendemain, tout le monde s'offre à déménager rue Laurier afin d'aider Edward. Germaine arrive à l'aurore pour lui faire part de son programme de soutien et Edward a bien de la peine à l'écarter sans la blesser. C'est Adélaïde qui trouve la solution diplomatique : comme Germaine a un rapport particulièrement bénéfique avec Guillaume, celui-ci, au lieu d'entrer au pensionnat, ira dîner chez elle et il se rendra également faire ses devoirs en fin d'après-midi, un peu comme Béatrice l'avait fait dans le temps. Ce qui permettra à Rose de continuer ses études et de faire la majeure partie des travaux domestiques sans avoir à tout abandonner, comme elle le proposait.

Reine et Paulette ont également offert leurs services. Reine, parce qu'elle est sans enfants, propose de prendre soin de Rose et de Guillaume, et Paulette, qui voit Florent partir pour Montréal, est prête à venir quotidiennement chez Edward.

Celui-ci met fin à toutes les bonnes volontés charitables et soutient que, tant qu'il ne sera pas appelé au front, il s'occupera de ses enfants avec Mimi. Pour ce qui est de ses déplacements à Montréal, il pourra alors faire appel à Germaine ou à Paulette pour venir « garder le fort ».

Une fois ces questions réglées, Edward s'enfuit au bureau comme si l'atmosphère de la maison lui était irrespirable.

Dès que la maison est vide, Adélaïde appelle Florent et lui demande si elle peut l'aider pour son déménagement. Celui-ci lui annonce qu'il arrivera à Montréal dans trois semaines seulement, « à moins que tu n'aies besoin de moi ».

Adélaïde s'inquiète de ce délai et s'assure qu'il s'agit d'un vrai désir pour lui et non pas d'une envie de la seconder ou de l'aider. Le rire de Florent la réconforte davantage que son humour désenchanté : « T'aider, Ada ? T'aider, moi ? Dis-moi comment. » Florent trouve indécent de laisser Paulette faire face à deux départs en si peu de jours. Sans parler à Adélaïde de sa propre peine, il explique ce que Gabrielle était pour Paulette, tout ce qu'elles ont fait ensemble pour lui et pour les autres enfants abandonnés.

« Je t'en prie, Florent, je sais tout ça. Fais comme tu penses et dis-moi quel jour tu arrives quand tu le sauras.

— Ada… tu ne restes pas à Québec un peu ? Tu repars ? »

Adélaïde fait le tour de la maison silencieuse, oui, elle repart avant que cette maisonnée et cette famille ne voient qu'elle attend un enfant. Elle repart parce que, sans Gabrielle, elle ne sait plus comment expliquer qu'il s'agit d'amour et non de vice dégradant. Elle sait que sa mère était la seule à pouvoir concevoir qu'il y ait de l'amour sous les apparences les plus trompeuses, les plus défavorables. Elle s'accroche à cette mince certitude dans tout le chaos que le reste représente : sa mère aurait compris qu'il y avait là de l'amour et pas seulement de l'erreur.

Adélaïde fait ses bagages, range sa chambre de jeune fille. Fabien vient s'asseoir et la regarde faire sans un mot. Il saisit la petite valise et la descend en silence.

Elle remarque qu'une barbe légère lui pousse, qu'il doit se raser maintenant. Les longues mains de son frère tremblent. Elle le prend dans ses bras et le serre très fort en le laissant sangloter contre son épaule. Elle l'entraîne au salon, l'assoit et s'accroupit devant lui : « Fabien, écoute-moi. Tu te souviens de l'été où Gaspard et Fleur-Ange se sont noyés ? Tu te souviens comment tu as été brave ? Tu m'as aidée à sortir Florent de l'eau, tu m'as empêchée d'aller chercher les autres… Tu ne le sais pas, mais si tu as toujours pu prendre ma bicyclette ensuite, c'est à cause de combien tu m'as aidée cette fois-là. »

Fabien sourit et caresse la joue de sa sœur. Les larmes coulent jusque sur son menton. Il n'arrive pas à se maîtriser : « Je me sens tellement mal… je voudrais qu'elle…

— Te pardonne, Fabien ? Il va falloir le faire tout seul, maintenant. C'est ta partie à toi. Moi aussi, j'ai fait des choses insensées que j'aurais aimé qu'elle me pardonne, mais il va falloir qu'on soit grands maintenant, il va falloir s'arranger tout seuls.

— Toi ? C'est sûrement pas des choses aussi épouvantables que ce que j'ai fait.

— Tu serais surpris… même maman avait des cachettes pour papa, Fabien. Tout le monde a ses secrets.

— Pas maman !

— T'es naïf. Pour Florent, du temps de sa maladie, maman a menti. J'étais jamais supposée l'avoir vu pendant ces années-là. Papa l'a jamais su.

— C'est pas pareil.

— Pourquoi ? Parce que je ne risquais pas de me faire descendre par un avion ennemi ? Pour papa, pour maman, la maladie de Florent était un avion ennemi, Fabien. »

Adélaïde attend que le raisonnement fasse son chemin puis, sans savoir si elle parle pour elle-même ou pour son frère, elle ajoute : « La seule chose qu'on puisse avoir maintenant, c'est la conviction intime qu'on agit conformément à ce qu'on croit. C'est comme ça que maman agissait, c'est comme ça qu'il faut agir : seulement si on est convaincus qu'il faut que ce soit. Après, il faut du courage. Il va nous en falloir, Fabien, parce qu'elle ne sera plus là. »

* * *

À la fin de la journée, Adélaïde marche vers le bureau de son père. Le temps est frais, mais ce n'est plus le froid printemps. Le jour s'étire et la promenade prend des allures de pèlerinage pour elle. Elle observe tout, les arbres, les maisons, reconnaît ces endroits où elle est si souvent passée pendant tant d'années. Arrivée à la porte Saint-Louis, son cœur se serre, combien de fois s'est-elle approchée du bureau de la rue Saint-Denis le cœur fou, le souffle court à la seule idée d'y trouver une note de Theodore ou un de ces mots croisés remplis de ruses pour lui dire qu'il la regardait ? Dieu ! Qu'elle était jeune ! Il lui semble que ça fait une éternité. Peut-on changer autant, apprendre autant en dix-sept mois ? Ou n'est-ce que la guerre qui change tout, brusque tout, métamorphose tout enfant en adulte précoce ?

En pénétrant dans l'édifice, elle espère qu'Arthur sera déjà parti, elle n'a aucune envie de subir ses questions inquiètes. Mademoiselle Dubé se lève, s'agite, chuchote ses condoléances et son souci pour Edward qui, depuis le matin, s'est enfermé et n'a pas bougé de son bureau. Adélaïde remercie, la rassure du mieux qu'elle peut, elle prétend même que c'est normal et que c'est pour venir chercher son père qu'elle est là.

Soulagée, Mademoiselle Dubé s'habille en ne cessant de chuchoter : « Ça m'inquiétait, vous ne pouvez pas savoir. Avec Monsieur McNally qui est déjà reparti. Arthur a essayé de lui parler, mais enfin… ce n'est pas comme vous. Vous, il va vous écouter. Bon… euh… Mademoiselle Adélaïde, j'aurais un point à soulever, un point délicat.. »

Adélaïde voit Mademoiselle Dubé se pencher, fouiller parmi ses clés, ouvrir une armoire de métal et en sortir une chemise rebondie dont le contenu n'est retenu que grâce à une large bande élastique.

« J'ai pris sur moi de faire un petit ménage et… de ramasser les photos où votre mère apparaît. Je ne savais pas quoi faire, si c'était mieux ou pire de le laisser tomber dessus à tout bout de champ. Moi, quand maman est partie, j'ai tout débarrassé, j'étais incapable de...

— Donnez, vous avez très bien fait, merci. »

Adélaïde pose même un doigt sur ses lèvres en montrant le bureau de son père, ce qui réconforte énormément Mademoiselle Dubé à propos de son initiative. Elle part enfin, avec des airs d'espionne satisfaite.

En ouvrant la porte du bureau de Theodore et en trouvant l'endroit quasi intact, Adélaïde a l'impression d'entrer dans un sanctuaire. Tout lui rappelle cet homme, son regard vert et or, son regard amoureux, ce sourire lumineux quand elle le surprenait, ce désir foudroyant qu'ici même ils ont éprouvé. Le bureau est vide, déserté, personne ne s'y est installé depuis le départ de Theodore. La guerre encore, qui ralentit toute affaire qui n'est pas celle des armes ou celle des hommes à envoyer là-bas.

Elle ouvre la chemise et feuillette son contenu. Des photos anciennes, des coupures de journaux jaunies. Sa mère, si jeune encore, si distinguée et élégante. Le bal des avocats, le bal du maire de Québec. Souvent, Edward tient le coude de Gabrielle, quelquefois leurs yeux se croisent, et Adélaïde s'étonne de l'impudeur de leur regard qui révèle une joyeuse complicité qu'elle sait maintenant appartenir à l'harmonie conjugale et sexuelle. Puis, le souffle coupé net, elle trouve une photographie assez officielle, une photographie prise par un journal qui en a envoyé une copie « avec l'aimable salutation de l'éditeur » — décembre 1940 — l'ouverture du préventorium. Sur la photo, en rang serré : Theodore, Gabrielle et Nic, coincés entre des dignitaires qui coupent un ruban.

Adélaïde passe un doigt tremblant sur le visage de Theodore : il est là, souriant avec timidité, les yeux levés vers un point derrière le photographe, alors que tous les autres fixent l'objectif. Elle. C'est elle qu'il regardait. Elle s'en souvient clairement. Elle venait de passer la nuit avec lui, sa première nuit avec un homme, sa première nuit de femme. Elle avait volé cette nuit-là à l'impossible. Une nuit unique, inoubliable. Comme elle était déchirée, comme elle avait du chagrin et de la combativité ce soir-là en frappant à la porte de Theodore. Comme elle avait peu de certitudes en dehors de cet amour.

Theodore regardait sa femme ce jour-là, il la regardait, elle. Comme elle tremblait, comme elle avait peur de ne plus jamais le revoir, de ne plus être tenue dans ses bras, de ne plus jamais le tenir contre son corps affolé.

Theodore… il avait fait semblant d'être si froid, si distant à cette réception, à cause d'Edward qui les avait surpris en train de s'embrasser. Elle observe le trio. Edward n'a pas été le seul dupé dans cette affaire, sa mère l'avait été, et doublement, Nic avait aussi trahi Gabrielle cette fois-là. Il l'avait fait pour elle et pour Theodore, pour leur amour qu'il savait vrai, inévitable et partagé.

Elle remercie mentalement Mademoiselle Dubé, soustrait la photo de l'ensemble et la met à l'abri dans un ancien livre d'école qu'elle trouve parmi ceux de la bibliothèque. Elle range la chemise et va frapper à la porte du bureau d'Edward.

Là encore, les souvenirs l'assaillent : cette soirée où, dans ce fauteuil, elle a laissé un Theodore effondré de devoir cesser de la voir.

Son père est assis à son bureau, immobile. Il ne fait même pas semblant d'être occupé à lire un document. L'espace est vierge devant lui. Il est simplement assis et pensif. « Papa… il faut que je te parle. »

Edward la fixe un bon moment avant de se lever et de venir s'asseoir face à elle dans le coin causerie du bureau.

Parce qu'elle déteste cet instant, parce qu'elle s'en veut horriblement de devoir ajouter ce fardeau sur les épaules déjà accablées de son père, Adélaïde coupe court : « Papa, je suis dans… dans une situation intéressante. Je veux dire… je vais avoir un bébé.

— Ta mère ?

— Non, maman ne le savait pas. Personne ne le sait, à part Nic. Je vais probablement l'épouser. Je veux que tu saches que ce n'est pas lui le père. Nic n'a rien fait de déshonorant. Au contraire. »

Elle se tait et attend la tempête. Rien. Edward la regarde, totalement dépassé. Seule sa main est agitée d'un tic, comme si elle voulait s'élancer d'elle-même. Il l'observe en silence, mais rien n'est ajouté. Sa fille reste muette. Au bout d'un long moment, il soupire « Je suppose qu'il est inutile de te demander qui est le père ? » Les yeux de sa fille sont si gris, si denses, si semblables à ceux de Gabrielle. Il hoche la tête et conclut : « Au moins, elle aura évité ce scandale. Au moins, elle est à l'abri de tes comportements dégoûtants. »

Adélaïde reçoit ce soulagement comme un coup. Une trahison. Elle se lève, propulsée par la colère, elle parle en marchant furieusement : « Je prends le train ce soir, je te dirai ce que je décide pour le mariage.

— Très bien, Adélaïde. Tu feras ce que tu veux, mais essaie donc de penser à ta famille pour une fois. Si Nic a la générosité de te l'offrir, épouse-le. Tout ce que je peux dire, c'est que ce n'est pas comme ça que nous t'avons élevée, ta mère et moi. Tu n'es pas la digne fille de ta mère.

— C'est ça, papa, dis-toi que je suis une ingrate si ça te fait du bien. »

Edward se lève et saisit violemment le poignet d'Adélaïde : « Tu nous déshonores et tu viens me faire la leçon ? *What the hell ?*... Une chance que Singer est parti depuis un an et demi. Je pourrais le tuer ! Je pourrais te tuer de nous faire ça ! Espèce de... »

Adélaïde dégage son bras brusquement et elle claque la porte.

Quand le taxi la dépose devant la maison à Westmount, il est très tard. Elle trouve Nic qui l'attend devant un repas léger. Elle est si fatiguée, si épuisée, elle voudrait aller dormir directement, mais Nic soutient qu'elle doit manger.

« Comment tu savais que j'arriverais ce soir ?

— Ton père a appelé. »

Devant le regard plein d'espoir d'Adélaïde, Nic hoche la tête et se contente d'estimer que ce sera plus long que ça avant qu'Edward se défâche.

Elle mange en silence et note que Nic se contente d'égrener un morceau de pain. Il n'a, de toute évidence, rien fait d'autre que prévoir ce repas pour elle. Sans manger. Les yeux cernés, muet, il a l'air abîmé en lui-même.

Adélaïde finit son assiette et le prend par la main pour l'emmener au salon où, une fois la veilleuse allumée, elle s'assoit près de lui : « Qu'est-ce qu'on va faire, Nic ?

— Tu n'as pas dit à Edward que tu m'épousais ?

— Non. J'ai dit que tu l'avais offert. Et ce n'est pas de moi que je parlais, c'est de toi. De ton chagrin, Nic. »

Il sourit, l'attire contre lui et caresse ses cheveux en silence.

Il voudrait pouvoir lui avouer cet amour si profond, si secret et si puissant. Il voudrait décrire la fascination qu'il éprouvait pour Gabrielle et les liens inaltérables qu'ils ont tissés ensemble. Il voudrait pouvoir lui dire à quel point sa vie est liée à Gabrielle, scandée par ces appels qu'il faisait le matin pour l'entendre rire, parler ou se désoler.

Il ne peut pas. Depuis trois jours, il n'arrive qu'à faire l'inventaire d'un amour qui l'attachait à la vie plus violemment qu'il ne le croyait. Même la dignité de leurs rapports, cette pudeur qu'elle l'obligeait à avoir, ce silence dans lequel elle l'obligeait à contenir tout désir, toute concupiscence, même cela pourtant si noble, si important à souligner, même cela, il le garde pour lui. Gabrielle a été son continent secret, son amour fou et impossible, mais aussi sa foi et son espérance. Elle a incarné tout ce qu'il avait de bon, elle l'a rendu fou de désir et de détresse sans jamais s'en douter. Étrangement, il voudrait encore la protéger d'un tel aveu et il lui semble toujours dangereux de le faire, même s'il sait qu'elle est morte. Ou peut-être parce qu'elle est morte et que, du fond de cet amour sans espoir mais jamais désespéré, il veut la respecter encore et toujours.

« Pourquoi papa n'a jamais été fâché contre toi ?

— Parce qu'il sait que Gabrielle n'a jamais levé les yeux sur aucun autre homme que lui.

— Mais !... »

Elle se soulève pour le regarder, il l'oblige à reposer sa tête contre sa poitrine et continue à caresser ses cheveux : « Mais rien. »

Il l'entend presque penser tant ça travaille fort derrière ce beau front haut. Elle le fait sourire : elle n'est faite que d'impatience, comment pourrait-elle avoir la moindre idée de ce qui se passait entre Gabrielle et lui ?

De la même façon qu'il n'a jamais eu envie de parler des turpitudes de sa sœur, il ne veut pas partager ou étaler le secret de son amour pour Gabrielle. Savoir qu'Adélaïde est là, près de lui, vivante, savoir que, s'il le désire, il pourra toujours avouer cette part cachée de sa vie lui suffit.

Il tient la jeune femme contre lui et il la sent glisser insensiblement vers le sommeil, et cela lui est infiniment doux et consolant.

Pour la première fois depuis la mort de Gabrielle, il s'endort lui aussi, réfugié contre le corps chaud et abandonné d'Adélaïde.

Courbaturé, il se réveille en plein milieu de la nuit. Avec d'infinies précautions, il se lève, retire les chaussures d'Adélaïde avant de la recouvrir et d'éteindre. Quand elle ouvre les yeux au petit matin, Nic est près d'elle, chaudement enveloppé dans sa robe de chambre, à siroter son thé. Il lui tend sa tasse et elle boit en se plaignant que rien ne vaut un bon lit.

« On a perdu le *butler* ou tu défends ma réputation, Nic ? »

Il rit en avouant que le pauvre Lionel a vu pas mal de choses dans son service et qu'une jeune femme endormie sur le sofa du salon ne l'effraiera sûrement pas.

« Il te fait couler un bain. Il a pensé que tes muscles auraient besoin de se détendre.

— Tu as dormi, toi ?

— Oui, tu m'as eu. »

Elle se lève en grimaçant : « Si je ne veux pas avoir un bébé fripé, je suis mieux de passer mes nuits ailleurs. Tu vas au bureau ? Tu m'attends ? »

Nic refuse de la voir se rendre au travail. Il insiste pour qu'elle se repose et suggère même de lui faire porter les dossiers dont elle se préoccupe. Avant de quitter la maison, il lui demande de réfléchir à sa proposition de mariage.

« Tu comprends, si on veut le faire avant que l'armée n'appelle tous les célibataires...

— Tu le fais pour échapper à la conscription, c'est ça ? »

Il rit. Ils savent tous deux que les hommes mariés après le 15 juillet 1940 ne comptent que pour des célibataires aux yeux de l'armée. Elle l'arrête avant qu'il ne sorte, inquiète : « Tu le fais pour maman ? Parce que tu lui as promis de me protéger ? »

Il dépose sa serviette, la regarde bien en face : « C'est à Theodore que j'ai promis de te protéger, mais ce n'est pas pour ça que je le fais. Je le fais pour toi, Adélaïde. Pour toi. Pour moi. Et pour ce bébé qui arrive. » Elle fronce les sourcils de façon si comique qu'il sourit : « Ne me demande rien d'autre, je ne le sais pas. »

Il est près de dix heures quand elle décide d'appeler Isabelle. Adélaïde trouve très difficile de lui parler, mais elle estime aussi qu'il faut savoir ménager ses alliés. Isabelle s'inquiète de la savoir déjà de retour à Montréal. Elle lui demande à trois reprises comment elle va, sans oser lui dire qu'elle a deviné son secret. Finalement, Adélaïde plonge : « J'ai dit à papa que j'attendais un bébé. Il est très fâché. J'aimerais que tu t'occupes un peu de lui, ça lui fait beaucoup de mauvaises nouvelles d'un seul coup. »

Isabelle est sans voix : Adélaïde présente la catastrophe comme si elle s'était foulé malencontreusement la cheville !

Adélaïde insiste : « Tu peux faire ça, Isabelle ?

— Bien sûr... Tu vas faire quoi, toi ?

— Je vais avoir mon bébé et je vais l'élever.

— Toute seule ?

— Je ne sais pas.

— Tu veux dire... il est parti ? Il est soldat ? Adélaïde, explique-moi. Est-ce le même homme qu'il y a deux ans, quand tu es arrivée à six heures du matin chez nous ?

— Qu'est-ce que ça change, Isabelle, il n'est pas là, c'est tout.

— Ça change… ça change que c'est plus supportable si ce n'est pas quelque chose de… de… s'il y a de l'amour… je ne sais pas, moi, si c'est honorable ! »

Isabelle sanglote à l'autre bout de la ligne, complètement dépassée, se sentant idiote, sentimentale et arriérée. Comment Adélaïde peut-elle être aussi froide, aussi distante ?

« Isabelle, arrête de pleurer. C'est la guerre. Les circonstances sont… je ne peux pas te le dire, je n'en ai pas envie. Je mentirais si je te disais que, sans la guerre, tout serait honorable, comme tu dis. Je ne sais pas ce que ça serait. Et j'ai bien peur qu'on ne le sache jamais.

— Pourquoi ? Il est quoi ? Blessé ? Disparu ? »

Devant le silence, Isabelle se remet à pleurer : « Oh, mon Dieu ! Adélaïde, laisse-moi venir à Montréal. Laisse-moi te voir.

— Non. Occupe-toi de papa. Essaie de le calmer. Occupe-toi de ma filleule. Comment elle va ?

— Non, tu ne m'auras pas avec Élise. Écoute-moi. Je vais parler à mon oncle Edward, je vais m'en occuper. Le bébé est pour quand ?

— Ton œil avisé n'a pas vu ça ?

— Octobre ?

— Presque. Fin septembre, je crois.

— Je veux être avec toi. Tu me laisseras venir ?

— On verra.

— Tu es triste ? Inquiète ? Il le sait, lui ? Qu'est-ce qu'il dit ? »

Cette fois, c'est sur les joues d'Adélaïde que les larmes coulent : Theodore ne saura peut-être jamais qu'un bébé a été conçu dans cette petite chambre d'hôtel de Halifax. Theodore est peut-être en mer ou sur un champ de bataille. Peut-être souffrant, hurlant son nom dans la nuit, peut-être froid, absent pour toujours, comme Gabrielle.

« Adélaïde, je voudrais tellement faire quelque chose pour toi.

— Tu le fais, Isabelle, tu ne me juges pas.

— Comment je pourrais ?

— Isabelle, il y avait de l'amour. C'est pour ça que je n'ai aucune honte. Il y avait un amour vrai, je peux te le jurer. Je ne l'aurais jamais fait sans ça.

— Je sais.

— Tu vas essayer pour papa ?

— Je te rappelle ce soir, vers neuf heures et demie. »

* * *

Vers cinq heures, Adélaïde est tout étonnée d'entendre la porte d'entrée — souvent Nic travaille jusqu'à huit heures. Elle referme le piano et va à sa rencontre. Il se tient déjà dans l'embrasure de la porte.

« Des problèmes, Nic ? »

Il fait signe que non, exsangue, l'air vidé, quasiment hypnotisé. Elle s'approche de lui, défait sa cravate, soulage le premier bouton de sa chemise : « Nic... as-tu déjà fait autre chose que te battre et résister ? »

Il la fixe sans comprendre. Elle l'entraîne jusqu'au divan, l'installe dos au piano où elle se remet et joue pendant une heure.

Quand elle passe près de lui dans le soir tombant, il a mis son bras replié devant ses yeux. Elle le laisse seul sans rien ajouter.

Isabelle n'a pas réussi à parler longtemps avec Edward. Dès qu'il a su ce qui l'amenait, il s'est fermé et a refusé de discuter de ce sujet. Isabelle n'a pas le cœur de répéter à Adélaïde que son père a déclaré qu'il la rayait de sa vie et qu'il ne voulait plus jamais en entendre parler. Edward fait preuve de la même violence qu'Adélaïde. Révolté du comportement de sa fille, il est enclin à faire en même temps le deuil des deux femmes les plus semblables et les plus essentielles de sa vie, Gabrielle et Adélaïde. Tout ce qu'Isabelle peut dire, c'est qu'il est visiblement dépassé et que sa colère est désespérée. « Rends-toi compte qu'il va reconduire Fabien au camp d'entraînement demain matin. Ça lui fait trop de choses à accepter, Adélaïde. Il faudra être patiente, mais je continue, il ne pourra pas ne pas y penser. »

Comment le pourrait-il, se demande Adélaïde, tout le monde va se mettre à discuter et à juger de son « cas ». Tout le monde de Québec va vouloir supputer, estimer qui et quand et dans quelles circonstances — probablement sordides — cette honte inqualifiable s'est commise. Tout le monde, à commencer par sa tante Georgina, sera prêt à l'excommunier, à la barrer de la liste des gens fréquentables, à la condamner comme une putain indigne.

Elle est dans une colère bleue quand elle frappe à la porte de la chambre de Nic. Elle ne lui laisse aucune chance de lui demander ce qu'elle a. Propulsée par la rage impuissante que l'appel d'Isabelle suscite, elle l'assomme sans même le regarder : « Si tu es prêt à te faire traiter de monstre, de scélérat, de vaurien, de malfrat, d'homme sans foi ni loi, si tu es prêt à supporter le déshonneur et l'infamie d'un mariage obligé, d'un enfant qu'on va te remettre sur le nez comme un vice affreux toute ta vie, si tu es prêt à t'allier à une femme perverse qui a offert sa vertu au premier venu, une femme vulgaire qui se prend pour une émancipée et qui ne respecte aucune valeur chrétienne, aucune morale, vas-y, épouse-moi ! Mais ne viens jamais me dire que je ne t'ai pas prévenu de ce qui t'attendait ! »

Nic pose son livre sur le lit et l'observe arpenter la pièce comme un animal enragé, le rouge aux joues, la lippe arrogante : « Si ça ne te dérange pas que ce soit un très petit mariage, un mariage de guerre, si tu veux, j'ai pensé au 1er mai, dans moins de deux semaines. »

Elle s'arrête net et le fixe, toujours furieuse : « Tu es sûr ? »

Dieu ! qu'elle l'amuse avec son impétuosité ! « Même si je suis très jeune, je sais ce que je fais. Va te reposer. J'irai voir Edward demain.

— Pas demain, Nic. Demain, il va reconduire Fabien au camp d'entraînement. »

Elle le laisse à sa nuit blanche.

* * *

Quand, le lendemain en fin d'après-midi, Nic vient déposer les clés de sa voiture sur son bureau en lui disant de rentrer sans lui, qu'il a un rendez-vous qui le retiendra sans doute tard, Adélaïde ne pose aucune question. Elle se contente de terminer son dossier et de rentrer.

Il est près de dix heures quand Nic la trouve installée sous le plaid au salon, dans le halo de la petite lampe, en train d'écouter les nouvelles de la guerre à la radio.

Il va à la cuisine et revient avec une tasse de lait chaud parfumé à la vanille pour chacun d'eux. L'air circonspect, Adélaïde regarde le liquide fumer.

« Bois, c'est un merveilleux somnifère. Une recette de Mummy.

— Tu penses que je ne dormirai pas ? C'est grave ?

— Bois. »

Elle va éteindre la radio et se rassoit sans rien dire. Nic s'étonne qu'elle sacrifie ses sacro-saintes nouvelles.

« T'es pas allé cuisiner pour rien, Nic McNally, t'as quelque chose à dire que t'as pas envie de dire. J'écoute. »

Il se frotte les yeux, fatigué, et avoue que Paulette est venue le voir à cinq heures. Les nouvelles ont été très rapides à se répandre, et Paulette a pris le train dès qu'elle a su.

Adélaïde entrevoit plusieurs possibilités alarmantes, mais elle attend que Nic lui annonce la couleur.

« Paulette s'inquiétait du milieu dans lequel je pensais terminer l'éducation de Florent. Elle m'a demandé si je trouvais très raisonnable d'envisager sa venue dans une maison où il y a une fille-mère et un enfant illégitime. J'ai répondu qu'il y aurait un enfant très légitime et mon épouse dans cette maison. Je veux que tu le saches, Adélaïde, parce que c'est ce que j'ai dit.

— Attends, tu l'as laissée croire que tu étais le père ? Mais voyons, Nic ! »

Il éclate de rire : « Quoi ? C'est si gênant que ça ? »

Interloquée, elle ne dit rien, elle se contente d'évaluer les dégâts. Nic lève sa tasse : « Réfléchis et tu vas voir que c'est probablement ce qu'il y a de mieux à dire. De toute façon, toute cette bonne société bien-pensante, bien pieuse, a toujours trouvé dangereux, pour ne pas dire douteux, que tu habites ici. Les ragots allaient bon train. Ils vont triompher, ils auront eu raison et ils vont être heureux ! Laissons-les faire.

— Pour Florent, qu'est-ce qu'elle a dit ?

— Qu'elle ne voulait pas nous embarrasser dans notre nouvelle vie conjugale avec l'arrivée d'un intrus.

— Pardon ? Un intrus, Florent ? C'est quoi, ça ?

— La façon qu'a une femme d'exprimer un certain dépit. Elle était secouée, Adélaïde, elle n'aime pas tellement qu'un prédateur vénal, qu'un homme profite bassement d'une frêle jeune fille. Elle a raison, remarque. Ce n'était pas bien de ma part.

— Elle n'a rien cru, c'est ça ? »

Nic est bien obligé d'admettre que Paulette le connaît mieux que ça et qu'elle est convaincue qu'il n'aurait ni abusé d'Adélaïde ni fait un enfant à une jeune fille, surtout pas à la fille de Gabrielle Miller. Paulette a été soufflée d'apprendre qu'il se mariait, qu'il légitimait le fruit du péché et qu'Adélaïde acceptait. Elle a gardé pour elle ses questions, ses doutes et ses opinions.

« Elle m'a demandé de reconsidérer avec toi la venue de Florent. Avec un bébé, ça peut être différent.

— Non.

— Alors, elle demande que Florent n'arrive qu'une fois que nous serons mariés. Elle a été très étonnée que cela ne change rien à la date prévue initialement. »

Il la voit supputer et peser le pour et le contre de cette nouvelle approche. Il saisit sa tasse encore pleine : « Je vais le refaire chauffer pendant que tu réfléchis, mais cette fois, tu le bois. »

Quand il revient, elle se contente de boire en silence, et Nic se met à exposer les tenants et aboutissants de sa théorie. Il maintient qu'il préfère être le supposé salaud qui a abusé d'elle plutôt que le pervers qui a livré la jeune vierge à un tiers sous son toit. Comme personne ne le croira étranger à l'issue, il préfère assumer la paternité.

Adélaïde se tait toujours et Nic se demande ce que Gabrielle désirerait qu'il dise ou fasse. Il est rendu bien loin dans ses pensées quand il entend la voix grave d'Adélaïde : « Tu penses que Theodore est vivant ? »

Il lève des yeux peinés. Elle n'a pas dix-neuf ans. Elle est si jeune encore. Tout savoir de la vie ne donne pas nécessairement la force de faire face. Il est en train de la déposséder de cet amour, il est en train de lui retirer le peu qu'elle a eu.

« Adélaïde, pardonne-moi. T'épouser ne veut pas dire que Ted est blessé ou qu'il ne reviendra pas.

— Tu veux dire que, même s'il revient, il reste marié et mon enfant reste illégitime. Non, ne t'excuse pas, c'est vrai. J'ai dit à papa et à Isabelle que tu n'étais pas le père. De toute façon, n'importe qui de sensé penserait tout seul que tu n'aurais pas profité de moi.

— Alors ? Tu veux qu'on dise quoi ? »

Son regard se perd. Elle sait bien que dire à son enfant que son vrai père n'est pas celui qu'il a ne sert à rien, ne fait de bien à personne d'autre qu'à elle-même, qu'à son besoin lancinant de croire au retour de Theodore et de l'attendre. « Tu te rends compte, Nic, que s'il lui arrivait quelque chose, je ne le saurais même pas ?

— Moi, je le saurais, Adélaïde. Je vois son père toutes les semaines. Je te le dirais. Tu penses que Ted serait contre notre décision, vu les circonstances ? »

Elle revoit les yeux pleins d'eau de Theodore quand il a lu la lettre de Nic, juste avant de la quitter. Elle revoit sa bouche trembler, elle peut encore sentir la rugosité de sa veste militaire contre son visage, la dureté de l'étreinte, alors que la jeep klaxonnait son code en bas, dans la rue. Elle entend encore le bruit des bottes qui descendent l'escalier de bois à toute vitesse. Loin d'elle.

« Oh, Nic, j'ai peur. Pas pour l'enfant… pour lui. J'ai peur de ne jamais le revoir. »

Il la prend dans ses bras sans un mot. Il sait très bien que rien ne peut calmer cette peur, que rien ne peut apaiser les ombres de la nuit et qu'une guerre se nourrit d'hommes. Il la tient serrée contre lui en songeant à Fabien qui s'éloigne, va vers l'entraînement, vers la guerre. Maintenant que Gabrielle n'est plus, Nic a l'impression que tous les dangers, que toutes les catastrophes sont envisageables.

* * *

En quelques jours, Adélaïde constate à quel point le jugement des siens sur son comportement est dur et sans appel. Nic est revenu bredouille de son expédition à Québec : non seulement Edward refuse de parler à sa fille, mais il refuse d'assister au mariage. C'est un homme buté, drapé dans son honneur blessé que Nic a essayé, sans succès, de faire plier. Même le fait d'évoquer la mémoire de Gabrielle a empiré les choses : c'est à croire qu'Edward s'imagine préserver les valeurs de Gabrielle en repoussant sa fille et ses actes déshonorants. Pour Edward, pardonner serait profaner la mémoire de Gabrielle. Il n'a pas caché à son ami qu'il le trouvait idiot d'offrir une telle planche de salut à une écervelée sans principes qui va probablement salir son nom à la première occasion.

Nic a beau argumenter, défendre, nuancer, rien d'autre qu'un « quand je pense qu'elle a fait ça à Gabrielle » ne vient d'Edward. C'est comme si la mort de Gabrielle scellait à jamais le sort des enfants : que Fabien retourne au camp, qu'Adélaïde assume les conséquences honteuses de sa réputation ruinée, tout est figé dans une inexorable issue. Edward se braque de plus en plus et s'enferme dans un isolement réprobateur. Il a sèchement ordonné à Germaine, venue ranger les vêtements de Gabrielle, « de se mêler de ses maudites affaires et de déguerpir au plus sacrant ! ».

Edward rend la vie impossible à tout le monde et il faut la patience d'ange de Rose pour réussir à vivre dans son acrimonieuse compagnie. Guillaume fuit le plus souvent les repas lugubres en prétextant qu'il veut rester avec Germaine qui s'ennuie toute seule.

Toutes ces nouvelles ont été données à Nic par une Isabelle inquiète et soucieuse. De toute évidence, Gabrielle savait apaiser les pires excès d'Edward, et sa disparition ne fait qu'exacerber les aspects les plus abrupts de sa personnalité.

« Il ne pleure jamais, Nic. Il est furieux. Tu veux que je te dise ? Il est presque content d'avoir Adélaïde pour pouvoir s'enrager contre elle. Il est rendu qu'il dit que Ted a fait cet enfant-là ! Comme si Ted avait jamais regardé Adélaïde ! Comme s'il n'était pas un des premiers à s'être engagés. Franchement ! Ça fait plus qu'un an qu'il est parti. Et Germaine qui appelle tous les jours, qui se ronge les sangs pour tout le monde. Elle fait pitié à voir, Nic. Tu n'aurais pas le temps d'arrêter chez elle ? »

Nic sait bien que Germaine ne le laissera pas partir après une courte visite. Il veut prendre son train et rentrer à Montréal. Il n'aime pas laisser Adélaïde seule, surtout quand elle attend des nouvelles.

Isabelle se désole de ne pouvoir quitter les enfants pour aller à Montréal. Maurice travaille jour et nuit et il peut être appelé en tout temps. Il est question d'un enrôlement obligatoire des hommes mariés âgés de dix-sept à vingt-cinq ans. À vingt-trois ans, Maurice est dans la ligne de mire de l'armée. « Mais dis à Adélaïde que je serai à votre mariage. Quoi qu'il arrive, si elle veut de moi, j'y serai. »

* * *

Le mariage précipité d'Adélaïde provoque un tollé épouvantable. Chacun choisit son camp et y milite activement. La première défection d'importance, outre celle d'Edward, provient de Béatrice qui écrit une lettre scandalisée.

Jamais je n'aurais cru que tu puisses nous faire ça. Une honte pareille. Je n'ose même plus sortir, tellement je suis humiliée. Comment peux-tu supporter de salir ainsi la mémoire de notre pauvre mère ? Comment peux-tu dévaster en si peu de temps l'œuvre de toute sa vie ? Sa famille à laquelle elle s'est dévouée, ses œuvres, son amour des pauvres, tu salis tout, tu détruis tout et tu nous rabaisses aux yeux de tout le monde. Jamais je ne te pardonnerai de me faire ça et d'imposer ta honte à notre père. Quant à moi, tu ne fais plus partie de cette famille. Adieu. Que Dieu te pardonne, parce que moi, je ne peux pas.

La lettre de Georgina, quoique plus courte, est de la même farine. À croire qu'elles se sont concertées ! Il est évident que chacun possède, dans ce débat ardent, des arguments de taille. Même Arthur, qui l'a prétendument aimée et tout de même demandée en mariage, la repousse en ayant l'air de vouloir protéger Edward.

« Quel lâche ! Même pas capable d'avouer qu'il me juge, moi ! Non, il faut que ce soit pour le cabinet de papa, pour qu'il ne se sente pas trop seul, le pauvre. Quand je pense que j'ai failli l'épouser pour lui épargner l'armée ! »

Adélaïde est loin d'être indifférente à tant de rancœur et de mesquinerie. Isabelle multiplie les thés et les visites pour gagner péniblement quelques dévoués à sa cause, mais la tâche est ardue et l'indulgence n'est pas la vertu dominante en ces temps de guerre où chacun a le jugement tranchant.

« Je ne pense pas qu'on reçoive beaucoup de cadeaux de noces, Nic. »

Il essaie de deviner si cet humour cache une vraie blessure d'amour-propre ou non, mais Adélaïde ne se laisse pas facilement percer à jour. Plus on la contre, plus elle se bat. Edward devrait pourtant connaître cette règle et ne pas la provoquer. Aussi buté qu'au début, il n'en démord pas et refuse de parler à Adélaïde ou de venir au mariage.

« Edward, espèce de tête de cochon, te rends-tu compte que c'est à *mon* mariage que tu refuses de te montrer ?

— Dommage que tu maries ma fille déshonorée, c'est tout ce que je peux dire. Et tu ne pourras pas m'accuser de ne pas t'avoir prévenu !

— C'est ce qui te fait peur ? Un procès *a posteriori* ? Arrête, Edward, sois raisonnable... fais-le pour Gabrielle. Comment tu penses qu'elle...

— *Shut up !* Ne viens pas me dire ce que Gabrielle voudrait ou penserait. Personne ne peut m'apprendre ça. Même pas toi, Nic McNally. Tu fais ce que tu veux de ta vie, tu maries qui tu veux, mais je t'interdis de venir prendre Gabrielle en otage de tes décisions. Et elle, cette traînée, qu'elle ne se serve jamais de sa mère pour justifier ses cochonneries ! Jamais. Elle m'a forcé à lui mentir. Rappelle-lui ça, à ta petite débauchée. Le seul mensonge que j'ai jamais fait, je le lui dois. Je ne veux plus entendre parler de cette enfant, tu m'entends ? Jamais ! »

Nic, défait, se lève et met son manteau. Quand Rose frappe à la porte du *den*, toute contente de leur annoncer que le souper est prêt, elle s'arrête, interdite : « Tu pars ? Tu ne restes pas à souper ? » C'est Edward qui répond : « Il faut qu'il retourne à Montréal surveiller sa future. »

Le soupir de Rose est si désolé, si triste. Elle se contente de regarder Nic sans rien dire. Nic imagine aisément quelles sortes de discours elle doit essuyer à longueur de soirée.

Edward l'arrête avant qu'il ne parte en grommelant de l'attendre, qu'il a oublié quelque chose. Rose en profite pour chuchoter : « Ça va lui passer, Nic. Il faut le dire à Adélaïde, il faut qu'elle soit patiente. Dis-lui de prendre courage et de me donner des nouvelles.

— Ça doit être dur pour toi, Rose.

— C'est surtout que sans maman… c'est… Maman me manque. »

Deux grosses larmes coulent sur les joues encore pleines d'enfance. Laisser une enfant pareille presque seule avec l'ours qu'est devenu Edward ! Il la serre dans ses bras en murmurant : « Elle nous manque à tous.

— Dis à Adélaïde d'appeler vers quatre heures. Je suis toujours toute seule à cette heure-là, pas de danger de tomber sur papa ou sur Béatrice. »

Elle essuie ses larmes en vitesse et laisse Nic avec Edward, qui redescend.

Il lui tend une pochette en soie cordée que Nic reconnaît immédiatement. Il n'a pas à l'ouvrir pour savoir qu'elle contient la bague et les pendants d'oreilles de saphirs et de diamants ayant appartenu à Gabrielle. Edward ne le regarde même pas pour lui dire que cela, il en est certain, cela devait revenir à Adélaïde, que Gabrielle considérait ce cadeau comme un prêt devant être remis soit à son aînée, soit à Nic.

« Fais-en ce que tu voudras, Nic, je sais que c'est ce qu'elle aurait voulu.

— Edward… pourquoi tu ne les donnes pas toi-même à Adélaïde ? »

Le regard de son ami est si sombre, si brûlant de haine que Nic n'ajoute rien. Il glisse les bijoux dans sa poche : « T'aurais pu attendre…

— Attendre quoi ? Tant que je les aurai, Béatrice va me les réclamer. Maintenant, tout ce qui est en haut est à Gabrielle et à moi.

— *Don't talk to me like that, Edward !* C'était à Gabrielle, comme le reste. Fais pas semblant que tu remets un prêt, tu m'insultes. *Don't bullshit me !* »

Edward le plante dans le vestibule et se rend au salon. Nic le suit, glacé : « Edward, si tu as autre chose à me reprocher que le mariage d'Adélaïde, tu le dis et tout de suite. Je ne sais pas c'est quoi, ta *game*, mais elle n'est pas digne de Gabrielle. Ce que tu viens de faire, si c'est pour régler tes comptes et ne plus jamais me parler, tu devrais le dire. Parce que, dans ce cas-là, j'aurais deux ou trois choses à ajouter.

— Comme ?

— Comme t'es pas le seul au monde à avoir de la peine ! Il y a des gens qui se soucient de toi, qui s'en font pour toi et s'inquiètent. Comme Gabrielle t'a laissé cinq enfants en toute confiance, c'était la prunelle de ses yeux à part toi et jamais elle n'aurait imaginé que tu les abandonnerais comme tu le fais. Que tu te foutes de ses œuvres, ça va, que tu sois fâché qu'elle soit morte, qu'elle te manque, ça va. À la limite, que tu décides de renvoyer Fabien à l'armée, je pense qu'elle l'aurait accepté. Mais ce que tu fais à Adélaïde, à Rose, à Guillaume…

— Ce qu'Adélaïde *me* fait, tu veux dire ?

— O.K., laissons ça, je m'occupe d'Adélaïde. Rose a quinze ans, Guillaume, treize. Arrête de les punir parce que Gabrielle n'est pas là. Laisse-leur le père qu'ils ont eu, au moins. »

Edward s'assoit pesamment, muet. Nic attend une réaction, une réponse. Devant le mur qu'est Edward, il soupire : « Te rends-tu compte de la jeunesse que ça lui fait, à Rose ?

— Pour ce que ça a donné à l'autre d'en avoir une belle !

— *Goddamn, Edward, you're such a…* »

Son ami a l'air d'une mécanique enrayée. S'il insiste, Nic se dit qu'il risque de perdre le lien ténu qui sera peut-être essentiel plus tard. Il pose la main sur l'épaule d'Edward : « Fais attention à toi, veux-tu ? »

Il referme doucement la porte de la rue Laurier.

Le soir est glorieux. Un soleil rosé baigne la haie où un petit vert mousse apparaît. Le printemps d'il y a quoi ? dix ans, il était venu la reconduire. Qu'elle était belle ! Il revoit sa bouche découpée par la voilette, sa bouche pleine au dessin précis, sa bouche au sourire vertigineux.

Il se retrouve au cimetière devant la tombe fleurie où la pierre n'est pas encore érigée. Les fleurs ont encore de l'éclat sur la terre fraîchement fermée.

« Je fais ce que je peux, Gabrielle, mais je crois qu'il ne sait pas souffrir. Il n'a pas appris, voyez-vous, vous l'avez gâté. Veillez sur lui, sur Rose et Guillaume. Je ferai tout mon possible avec Adélaïde. C'est une drôle d'aventure que la nôtre, Gabrielle, mais jamais, pas un instant, vous avoir aimée ne m'a appauvri. »

Contrairement à ce qu'il pensait, sa station au cimetière l'a ragaillardi et il reprend courage en quittant la tombe de Gabrielle.

* * *

La guerre rend l'administration des usines de textiles McNally très complexe. Tout ce qui concerne l'import-export est ralenti et ne reprendra qu'une fois les océans libres, mais le gouvernement exige de plus en plus des industries. La dernière semaine d'avril, le plébiscite sur la conscription aura lieu. Pour Adélaïde, aller à des réunions contre la mobilisation générale est hors de question. Depuis un certain temps, elle comprend que le gouvernement est passé à l'acte de façon détournée, mais sûre : elle est obligée de licencier tout homme valide qui n'est pas affecté à une tâche relevant de l'effort de guerre « afin de susciter les vocations militaires ». Bien avant le 27 avril 1942, ce n'est pas que le rationnement et la récupération des métaux, des graisses et du caoutchouc qui illustrent l'effort de guerre, ce n'est pas que l'intensification de la production destinée à la Grande-Bretagne, c'est principalement l'obligation de refuser des hommes désirant offrir leurs forces et leur jeunesse ailleurs qu'à la guerre, c'est le recours au chômage pour les forcer à s'engager.

Les justifications et les rapports requis pour chaque ouvrier mâle ayant entre vingt et trente ans sont devenus incessants. Adélaïde s'en charge, Nic devenant furieux dès qu'il se met à rédiger ce genre d'examen de conscience. De toute façon, Adélaïde est passée maître dans l'art d'écrire ces longs rapports et de détailler les raisons qui font de chaque employé un « soldat réformé à l'intérieur du champ de bataille industriel ».

C'est un travail que la jeune femme semble assumer sans problèmes, mais les longues heures au bureau inquiètent Nic qui craint pour sa santé. Elle le rassure, prétendant préférer écrire ces rapports plutôt que de répondre aux lettres à peine polies qu'elle reçoit de sa famille et des proches. Profitant du biais de la mort de Gabrielle, les gens saisissent l'occasion et offrent leurs condoléances tout en exprimant « leur surprise quant à la nouvelle d'un mariage qui leur est venue et qui aurait lieu dans le même mois que la mort de votre chère mère », ce qui leur paraît, bien sûr, « hautement improbable ». En clair, chacun demande à voir le faire-part de mariage d'Adélaïde et n'attend que celui-ci pour la rayer de leur liste d'invitations.

Ce n'est pas tant qu'elle veuille être invitée partout et assister à des réceptions sans intérêt. Ce qui blesse Adélaïde, c'est le rejet pur et simple d'une société qui jusque-là était la sienne et qui constituait sa seule référence. La petite fille élevée aux Ursulines « pour un avenir brillant et prometteur » se trouve à avoir souillé son carnet de bal où plus personne ne veut salir son nom en s'y inscrivant. Adélaïde ressent encore plus cruellement l'absence de sa mère à travers la violence avec laquelle cette société réagit à son égard. Elle sait combien Gabrielle se serait dévouée pour empêcher cela ou du moins pour empêcher que cette exclusion ne la frappe de plein fouet. De tous les abandons, celui d'Edward est de loin le plus difficile à supporter. Perdre, en même temps que sa mère, son père adoré qui lui passait presque tout rend le deuil effroyablement pénible et presque insupportable.

Un soir d'avril, Adélaïde s'attarde à travailler et, vers sept heures, alors qu'elle se dirige vers le bureau de Nic pour discuter d'un problème, elle entend la voix de son père qui discute en anglais avec Nic. Elle rebrousse chemin, affolée, et elle reste terrée dans son bureau jusqu'à dix heures, espérant l'entendre frapper à sa porte, espérant le voir venir vers elle, même fâché, même réprobateur. Mais, à dix heures quinze, c'est le téléphone sur son bureau qui sonne : Nic vient de rentrer à la maison et il s'étonne, il la croyait déjà au lit.

Elle est si déçue qu'elle ne parle que du travail qui l'a tenue très concentrée. Elle doit argumenter pour que Nic ne revienne pas la chercher lui-même et la laisse prendre un taxi.

Nic l'attend sur le perron tellement il est anxieux. Adélaïde est trop déprimée pour jouer une quelconque comédie et elle se rend tout de suite dans sa chambre, prétextant une fatigue que, de toute façon, elle ressent.

Elle retire sa robe noire dont la taille soulignée est déjà trop étroite et elle masse ses reins douloureux. Ce n'est pas qu'elle soit grosse, mais elle a exagéré en demeurant à son bureau si longtemps. Elle constate qu'il lui faudra dorénavant choisir des vêtements plus amples, cette mode qui marque la taille, la définit, ne lui rend pas du tout service.

Elle touche son ventre à peine rebondi, à peine apparent : quatre mois et ça ne grandit pas vite, on dirait. Il n'y a que ses seins qui aient vraiment changé. Sa poitrine et… ses chevilles, toujours enflées. Au moins, elle pourra se marier dans une de ses robes, elle n'aura pas à exhiber cette maternité si honteuse. Elle sourit en brossant ses cheveux : de toute façon, c'est une formalité où personne ne sera invité, pourquoi s'inquiéter de ce qu'elle portera ? Elle pense à Florent qui a toujours parlé de broder son trousseau, de coudre ou du moins de dessiner sa robe de mariee. Pauvre Florent ! Il est bien loin de ses rêves avec ce mariage précipité et sans faste. Encore heureux si Paulette le laisse déménager à Montréal. Adélaïde est bien près de croire qu'une raison fondamentale sera trouvée sous peu afin d'empêcher son mauvais exemple de contaminer Florent. Elle sourit tristement en se disant que sa conduite est pire que la tuberculose et qu'il s'agit d'une contagion sauvage si elle se fie à la vitesse avec laquelle les gens réagissent et se mettent à l'abri.

Elle essaie de se concentrer sur Florent, Isabelle et Maurice, afin de ne pas penser à la voix d'Edward, à la voix de son père venu à Montréal, à deux pas d'elle, sans s'arrêter pour l'embrasser. Est-il possible que jamais plus son père ne la serre dans ses bras ? Qu'il la déteste et la rejette pour toujours à cause d'un amour qu'il désapprouve ? Elle sait bien que c'est possible, elle se souvient de sa violence et de sa rage quand il l'avait surprise à embrasser Theodore. L'ordre qui avait claqué sèchement, son dégoût et sa froideur. Adélaïde regarde la photo qu'elle a posée sur la coiffeuse : Nic, Theodore et Gabrielle — ses trois alliés, finalement, ses trois indéfectibles alliés. Ne reste que Nic de cette trinité bienfaisante. Nic qui ne la trahira pas, elle le sait. Nic a trahi son père et sa mère pour lui permettre d'être avec Theodore. Et Dieu sait que cela a dû lui peser...

On frappe discrètement et Nic entre, muni d'un plateau où du poulet, du pain sans beurre et une tasse de lait chaud trônent.

« Lionel a préparé ça avant d'aller se coucher. Il ne supporte pas de te voir maigrir.

— Il va être consolé très bientôt. Je n'ai pas faim, Nic. »

Nic prétend qu'il a passé la soirée avec un Edward qui chipotait dans son assiette et qu'il en a assez de faire pression sur les gens. « Tu manges et je ne veux pas le répéter. »

Il s'assoit dans un fauteuil et allonge ses jambes jusqu'au bord du lit où il pose ses talons. Adélaïde s'installe sur le lit et grignote sans rien dire. C'est Nic qui parle et raconte qu'à son avis Edward est venu tester ses propres forces en passant devant la porte de sa fille par deux fois, sans même avoir l'air de s'en apercevoir : « Il va te bouder encore longtemps, il va falloir qu'on soit très patients. Il ne veut pas entendre raison. Mais on va l'avoir.

— Il ne dit rien ou il dit des horreurs ? »

Nic se demande ce qui sera le pire pour Adélaïde, le silence ou la guerre ouverte ? Le silence, c'est certain. « Il essaie de ne rien dire, mais il n'avait pas besoin de venir à Montréal. Ce n'était absolument pas prévu. Il l'a fait pour venir virailler dans le coin, écornifler un peu.

— Non, il l'a fait parce qu'il s'ennuie et ne supporte plus la maison sans maman.

— Alors, il s'est trompé parce qu'ici, c'est ton territoire, et il s'ennuie de toi.

— Pas besoin de mentir, Nic, je mange, comme tu vois. »

Nic regarde la chambre et aborde la venue prochaine de Florent et son installation. Le sujet est délicat, puisqu'il les entraîne à considérer leur mariage dans son aspect le plus concret, la chambre conjugale. Adélaïde constate que Nic a pensé à tout et de façon détaillée. Il lui propose de laisser cette chambre et la salle de bains qui est attenante au petit boudoir privé à Florent, ce qui lui fournira la *privacy* nécessaire tout en étant assez éloigné de leurs appartements.

« *Nos* appartements, Nic ? »

Très enthousiaste, il lui expose son plan : il lui laisse sa chambre, la plus vaste de la maison, et il propose de s'installer dans le bureau qui est séparé de la chambre par la salle de bains. Comme ça, quand le bébé arrivera, elle pourra ajouter le berceau sans être encombrée et lui sera assez près pour donner un coup de main si elle en a besoin. Comme Adélaïde n'a pas voulu qu'ils engagent quelqu'un d'autre pour remplacer la gouvernante partie depuis deux mois, il se propose comme nounou de remplacement.

« Et quand le bébé sera trop grand pour ta chambre, il choisira celle qu'il préfère, ou on déménagera. »

Elle le considère, assez étonnée : elle n'aurait jamais cru qu'il réussirait à parler du difficile passage au statut matrimonial sans aborder la question du partage du lit conjugal. Elle admire en silence le savoir-faire et la délicatesse de Nic et, du coup, elle se dit qu'il a sans doute connu beaucoup de femmes pour manœuvrer avec une telle aisance, si ce n'est une telle désinvolture. Elle qui se demandait comment effectuer la transition et qui y voyait un énorme problème impossible à régler !

« Je prends le bureau, tu restes dans ta chambre.

— Non. Tu as besoin d'espace. Le bureau est trop petit pour y mettre le berceau sans que tout ait l'air coincé. À moins que tu me laisses le bébé… ce ne serait pas mal.

— Jusqu'en septembre, jusqu'au bébé, je reste dans le bureau. Tu ne déranges rien avant sa naissance, O.K. ?

— O.K., pourvu que je ne sois pas mobilisé d'ici là.

— Non ! »

Le cri est sorti plus vite qu'elle ne l'a voulu, plus puissant, plus désespéré qu'elle ne l'avait soupçonné elle-même. Elle place sa main devant sa bouche, les yeux écarquillés par l'inquiétude, ses beaux yeux gris, opaques d'angoisse.

Nic s'approche, écarte le plateau et la berce avec douceur. Elle parle très bas, la bouche contre son cou : « T'es le dernier qui me reste, Nic. Tu ne peux pas partir.

— Chut ! Pourquoi tu penses que Florent s'en vient ? »

Ses yeux affolés qui le scrutent, ses yeux qui cherchent les réponses. Nic se contente de lui rappeler qu'avec ses poumons marqués Florent sera toujours refusé à l'armée.

« Mais tu me connais, j'essaie continuellement de prouver au gouvernement que je suis plus utile à la guerre de ce côté-ci que là-bas, avec un fusil dont je ne saurais pas quoi faire.

— Tu penses que papa peut être appelé ?

— Pas avant moi : à leurs yeux, même veuf, Edward est marié, père de famille. Moi, je suis une proie facile, un célibataire… »

Elle l'observe attentivement, s'efforce de percer cet humour faussement léger : « Tu as peur, Nic ?

— Oui. »

La réponse est si nue, si simple, qu'elle se coule contre lui et, le nez dans son épaule, elle murmure un « moi aussi » à peine audible.

Nic ferme les bras sur les épaules frêles et se contente de cet aveu sans rien demander d'autre. La présence chaude d'Adélaïde est un réconfort puissant, et ils s'endorment enlacés, comme à leur habitude.

En montant dans sa chambre au milieu de la nuit, Nic se dit qu'au moins leur mariage prochain aura l'avantage de raccourcir la promenade.

* * *

Le cadeau est livré à la maison, et Adélaïde décide d'attendre Nic pour l'ouvrir. La grosse boîte de chez Birks trône dans le salon où elle joue son Chopin préféré. Dès que Nic rentre, elle ouvre l'enveloppe : plus que le contenu de la boîte, c'est le nom de l'expéditeur qui l'intéresse. Étonnée, elle tend la carte à Nic et considère, émue, le magnifique plateau de service en argent.

Nic lit la courte note : *Pour Adélaïde et Nic, avec toute mon affection. Ayez beaucoup de courage et, je vous en prie, essayez d'être heureux. Germaine.*

Adélaïde effleure d'un doigt léger le brillant du plateau : « Tu te rends compte, Nic, le courage que ça a dû lui prendre pour faire une chose pareille ? Je n'en reviens pas... elle qui a refusé d'aller aux noces de ma tante Georgina. »

Nic reconnaît bien la femme entière, têtue, capable du plus vertueux conformisme et de coups de tête contraires à tout ce qu'on attend d'elle. Germaine qui n'œuvrait pas à la basse-ville pour ne rien attraper. Oui, il faut qu'elle les aime pour braver l'opinion des siens et envoyer son approbation à un mariage aussi contesté.

Adélaïde est tellement heureuse qu'elle va chercher la lettre sèche et froide qu'elle avait décidé de cacher à Nic. C'est Jean-René, le mari de Reine, qui, « au nom de son épouse et de lui-même », lui signifie que leur famille ne désire pas pour l'instant les fréquenter, Nic et elle, et que, « conséquemment, si elle entrevoit venir passer quelque temps soit à Québec, soit à l'île d'Orléans, il apprécierait qu'elle et son futur mari respectent ce légitime désir et les préviennent afin d'éviter toute situation embarrassante ».

Ce n'est pas tant la lettre que l'omission d'Adélaïde à la lui transmettre qui inquiète Nic : « Combien il y en a de "sincèrement vôtre" comme ça que tu gardes par-devers toi ? »

Adélaïde hausse une seule épaule sans répondre.

« J'ai bien envie d'offrir un grand dîner pour notre mariage.

— Nic, je t'en prie, non. Je t'en prie. »

Elle a l'air si sincèrement désolée qu'il n'insiste pas. Il n'aurait pas eu peur des refus : pour lui, ce ne serait qu'une simple mise à jour des gens sur qui ils peuvent vraiment compter, les amis authentiques et non les gens fascinés par l'argent ou le prestige social.

« Laisse faire tante Germaine, Nic. Quand tout le monde nous boudait à l'Île à cause de Kitty qui avait laissé Jules-Albert, c'est Germaine qui avait fait campagne et, finalement, j'avais eu le plus gros party d'anniversaire de toute ma vie.

— Tu vois pourquoi cela m'affecte moins que toi : depuis le temps que Kitty accumule les scandales, je suis habitué à ces humeurs de bons paroissiens. C'est mesquin, Adélaïde, c'est un jugement sur toi, ne leur laisse pas de prise comme ça.

— Jean-René, ça ne me dérange pas. Mais papa...

— Oui, je sais. Mais avec Germaine de notre bord, la joute sera difficile pour Edward.

— T'oublies que maman n'est plus là : il va boycotter Germaine. Comme il fait avec Isabelle. »

Du coup, Nic apprend qu'Isabelle ne peut plus se présenter rue Laurier sans qu'Edward trouve une course urgente ou un travail quelconque pour sortir au plus vite. De la même façon qu'il a interdit et verrouillé l'entrée de sa chambre, le nom d'Adélaïde est banni. Comme pour le nom de Hitler, il ne peut être prononcé que s'il est dénigré.

Nic est hors de lui : « Edward est aussi bien de se calmer parce qu'il va se trouver dans une position difficile. Présentement, tu es sa principale cliente.

— Moi ?

— J'ai fait mettre la moitié de ma compagnie à ton nom aujourd'hui. Tu possèdes actuellement *McNally Textiles* et une partie de *McNally Import*. Si je dois partir, c'est avec toi qu'Edward devra travailler.

— Mais pourquoi t'as fait ça, Nic ? C'est à toi ! Pourquoi ?

— S'il m'arrivait quelque chose, je ne veux pas que quiconque puisse te retirer la compagnie, à toi ou au bébé. Je ne veux pas qu'on puisse dénier ton droit à la compagnie en contestant notre mariage, sa légitimité ou ma paternité.

— Mais qui peut faire ça ? Comment ? Papa ne ferait jamais ça.

— Si je meurs aujourd'hui, Adélaïde, mes héritiers seraient mon frère Alex et Kitty, si elle vit. Après le 1er mai, ce sera toi et, après septembre, ce sera toi et l'enfant. De toute façon, depuis ce matin, tu ne peux hériter que de la moitié de mes biens puisque le reste t'appartient déjà.

— Mais je ne veux pas ! »

Nic éclate de rire : c'est bien la première femme qui refuse un tel cadeau ! Il lui explique qu'il croit que ce sera plus simple pour elle si elle doit administrer *McNally Enterprises* sans lui et que, constatant la générosité de la famille Miller à son égard, il a nourri quelques inquiétudes quant à la potentielle mesquinerie des siens en cas de malheur. Adélaïde doute fortement de la cupidité des autres McNally. Avec un sourire gêné, Nic admet qu'il craint davantage la colère de Kitty contre Adélaïde que son désir de diriger l'empire McNally : « Disons que Kitty ne pourra pas accepter ce mariage et qu'elle va probablement te trouver bien des défauts.

— Disons que ce sera réciproque. »

Il retrouve ce même air buté et dédaigneux qu'Adélaïde enfant a toujours eu quand il s'agissait de sa sœur. Il préfère de beaucoup ne pas imaginer la guerre que déclencherait le retour de Kitty à Montréal. Pour l'instant, il a d'autres soucis en tête que sa sœur et, comme il ne peut communiquer avec l'Italie, il se contente de prier le Ciel pour que rien de dramatique ne survienne de ce côté.

« Quand la guerre sera finie, Nic, je veux que tu remettes tout à ton nom.

— Pourquoi ? Tu seras ma femme, tu vas quand même hériter de tout.

— Quand la guerre sera finie, Nic, on comptera ce qui nous reste, nos vivants, nos morts, nos actifs, nos passifs et on fera la réouverture des contrats.

— *Tous* les contrats ? »

Adélaïde soutient son regard sans broncher et hoche la tête : elle ne peut pas avoir l'indignité de mentir. Elle sait que si Theodore revient de cette guerre, même mutilé, même la moitié de lui-même, elle sait qu'elle ira vers lui. Ce jour-là, elle ne veut apporter dans sa corbeille que son enfant et le salaire honnêtement gagné à faire marcher les usines McNally. Adélaïde n'arrive pas à formuler tout cela, il y a tant d'incertitudes concernant son avenir, mais elle veut que Nic sache quelle femme il épouse.

Nic tend la main et caresse la joue d'Adélaïde. Il ne l'a pas envoyée à Halifax pour amuser un soldat en détresse, il l'a fait pour s'incliner devant un amour fort et solide, un amour qui méritait sa chance. Il ne va pas contester cet amour si jamais Theodore revient. Mais il y a tant de problèmes à l'horizon, les deux enfants et l'épouse de Theodore faisant déjà lourdement pencher la balance vers l'impossible ou le difficile. Où seront-ils tous quand cette guerre prendra fin ? Où sera Kitty, dans quel état ? Et Fabien et Edward ? Theodore et elle, Adélaïde, la sauvage si attachante ? Qui restera de ce monde à jamais bouleversé ? Qui aura gagné ou perdu ? Hitler semble si fort, les combats ont l'air si vains, quand ils écoutent les informations. Et alors qu'ils s'attendent à la mort de ceux qui sont partis se battre, c'est Gabrielle qu'un méchant coup du sort a fait tomber.

Il ne veut pas se mettre à sonder l'insondable, il ne peut que prendre ce que la vie offre encore de doux ou de bon. Il serre Adélaïde contre lui : « Tout ce que je souhaite, c'est qu'on soit tous là à se chicaner. Tous. »

* * *

Le 27 avril au matin, quand la secrétaire d'Adélaïde annonce un appel de Québec, son cœur fait un bond dans sa poitrine. Elle saisit l'appareil : c'est Maurice. Il lui parle en cachette d'Isabelle. Il est appelé. Ironiquement, c'est le jour même du plébiscite où la population canadienne doit se prononcer sur une conscription éventuelle que son nom a été tiré au hasard. Il doit aller s'entraîner six mois à Petawawa, en Ontario. Isabelle, malgré un apparent courage, est très démoralisée et refuse d'appeler sa cousine sous prétexte qu'elle a ses propres problèmes.

« Tu pars quand ?

— Demain midi, un camion de l'armée nous ramasse au manège militaire. Si tu pouvais venir… Je sais que c'est beaucoup te demander, mais seulement demain, ça me rassurerait tellement.

— Mais tu ne t'engages pas ? Tu ne signes rien, tu me le jures ?

— Adélaïde ! J'ai deux enfants ! Tant que je n'y serai pas obligé, j'essaierai de rester ici.

— Compte sur moi. Ce soir ou demain matin, avant onze heures. »

Dès qu'elle raccroche, elle se précipite chez Nic. Elle entre en coup de vent dans le bureau : « Nic !… » et s'arrête brusquement quand elle constate qu'il est en conversation avec quelqu'un. Nic se lève, surpris de la voir surgir aussi soudainement, et elle s'excuse en tournant les talons.

En passant la porte, elle entend la personne qui faisait face à Nic murmurer en anglais : « Je vous laisse, Nic, nous avions terminé de toute façon. »

Adélaïde s'immobilise, comme si la voix était une flèche reçue au milieu du dos. Nic la voit dans l'embrasure de la porte, rigide, la main agrippée au cadre. Le visage qu'elle tourne vers lui est effroyablement blanc. Nic s'adresse à son vis-à-vis qui est maintenant debout : « Permettez-moi de vous présenter ma future épouse. Adélaïde… tu veux venir un instant ? »

Les yeux de Nic ne la quittent pas ; elle s'approche comme une somnambule et voit le large dos pivoter. Suffoquée, elle plonge les yeux dans le regard vert et or, en tous points semblable à celui de son fils. Nic continue : « Adélaïde, je te présente un ami, Aaron Singer. C'est Adélaïde Miller. »

Le sourire d'Aaron est moins charmeur que celui de Theodore, mais la voix avec laquelle il lui parle est absolument la même que celle de son fils. La seule différence, c'est qu'il ne parle qu'anglais, alors que Theodore a le plus affolant accent du monde. Il prend sa main avec douceur : « Adélaïde Miller... n'êtes-vous pas de la famille qui a accueilli mon fils, Ted Singer, à Québec ? »

Seulement l'entendre prononcer son prénom fait presque défaillir Adélaïde qui cligne des yeux, hébétée. C'est Nic qui sauve la situation en expliquant qu'à ce moment-là Adélaïde était au pensionnat et qu'elle n'a pas connu Ted quand il vivait chez ses parents.

« Je l'ai connu après. Theodore est devenu ami de... de la famille.

— J'ai su que votre mère est décédée. Je vous offre mes condoléances.

— Vous avez des nouvelles de Theodore ? »

Aaron Singer observe attentivement le visage ardent qui l'interroge. Il fait signe que non : « Comme je l'expliquais à Nic, on sait qu'il est en Europe et c'est tout. Je vous remercie de vous informer. »

Adélaïde s'écroule dans un fauteuil pendant que Nic va reconduire son invité à l'ascenseur. Pour la première fois depuis plus d'un mois, elle est saisie de nausées. Quand elle a entendu cette voix ! On aurait dit qu'il était là, tout près, à portée de la main.

Nic revient et pose un verre d'eau devant elle : « Tu es livide. Bois. Respire un peu. Tu veux que j'ouvre la fenêtre ? »

Il est désolé, il aurait tellement voulu que ça se passe autrement, de façon plus préparée. Il est presque aussi pâle qu'elle : « Ça va ? Dis quelque chose !

— La même voix, Nic. La même voix et le même regard.

— Mais Ted a eu de la chance : il a hérité du nez de sa mère ! Qu'est-ce qui t'amenait ici si brusquement ?

— Mon Dieu ! Maurice ! Maurice est appelé. »

Elle lui explique que le nom de Maurice est sorti au tirage au sort qui désigne les « mobilisables » pour l'entraînement. Elle a promis à Maurice d'aller à Québec pour ne pas laisser Isabelle toute seule. Nic n'en revient pas : le jour du plébiscite ! Vraiment, ils sont effrontés au gouvernement ! Il s'inquiète, argumente : le voyage est fatigant, elle vient d'être secouée, il trouve qu'elle se malmène beaucoup dans son état.

Mais il est inutile de discuter avec Adélaïde quand elle a promis quelque chose. Il s'incline donc et se contente d'aller la reconduire à la gare. Avant qu'elle ne descende de l'auto, il l'arrête : « Est-ce que je peux me permettre de te faire remarquer que tu as un "engagement" dans trois jours ? Tu reviens quand ? »

Elle rit, se penche vers lui, effleure sa bouche d'un baiser léger : « Quoi ? T'as peur que la mariée ne soit pas là ?

— Si tu n'es pas là après-demain, je vais te chercher.

— Nic ! Après tout le foin que ça a fait, je ne manquerais pas ça pour tout l'or du monde.

— Fais attention à toi. »

* * *

L'appartement de la rue Lockwell est sens dessus dessous : les préparatifs de Maurice en plus des initiatives que Jérôme se permet, sentant une nouvelle indulgence régner, suffiraient à affoler n'importe qui. Le bébé va régulièrement porter ses jouets sur le sac d'armée de son père, ce qui provoque à chaque fois un regard désespéré d'Isabelle. Le téléphone sonne sans arrêt et Adélaïde, sa filleule dans les bras, essaie de se charger de répondre, mais l'effet n'est pas des plus heureux, surtout quand Georgina demande d'un ton sec à qui « elle a l'honneur de s'adresser ». Dès qu'Adélaïde se nomme, Georgina réclame sa fille après une petite pause où Adélaïde peut imaginer sa bouche rétrécie de déplaisir. Georgina semble ne plus avoir rien à dire que des reproches, et Isabelle éloigne l'appareil de son oreille en levant les yeux d'exaspération. Dès qu'elle raccroche, elle proclame que cette femme la tue : « As-tu déjà vu quelqu'un d'aussi différent de ma tante Gabrielle ? C'est à peine croyable qu'elles aient été élevées ensemble. »

Adélaïde sourit en faisant des coucous à Élise avec son bavoir : « As-tu déjà vu plus différent de moi que ma sœur Béatrice ?

— Ah !... c'est vrai.

— Et puis, ta sœur Reine et toi, quand vous êtes venues vivre à Québec... si je me rappelle, c'était assez éloigné comme caractère. »

Isabelle éclate de rire, ce qui allège l'atmosphère et donne à Maurice un regard rempli de reconnaissance. Il se penche vers Adélaïde en prenant sa fille et en proposant un thé pour réconforter la voyageuse qui doit être épuisée.

Les problèmes d'intendance surviennent déjà : il y a ceux qui « doivent passer » dire au revoir à Maurice et qui vont se trouver en conflit de politesse en découvrant « l'impie » sur le sofa du salon. Isabelle est catégorique : qu'ils se privent d'au revoir s'ils ne peuvent endosser leurs amitiés. Adélaïde trouve que mélanger ces cartes-là ne donnera pas une partie très agréable, ni pour elle, ni pour eux. Elle estime qu'Isabelle et Maurice ont bien assez d'émotions à vivre sans y ajouter celle-là. « De toute façon, il y a Arthur que, moi, je ne veux pas voir. Et je dois une visite à ma tante Germaine. »

Ce qu'elle ne dit pas, c'est qu'elle avait complètement oublié qu'elle ne pouvait plus dormir rue Laurier et que la perspective du sofa du salon de la rue Lockwell, alors que ce sera la dernière nuit du couple, lui semble plus qu'hasardeuse.

Maurice refuse net la proposition d'Adélaïde d'aller dormir ailleurs : il ne veut pas la voir ballottée d'une place à l'autre alors qu'elle fait preuve de tant de générosité.

Adélaïde tranche : « Ce soir chez tante Germaine et demain ici avec mon Isabelle, comme à l'époque de la Grande-Allée. La seule chose que ça complique, Maurice, c'est que tu devras t'arrêter rue de Bernières demain matin, pour embrasser Germaine. »

Elle profite de ce que le téléphone sonne pour entraîner Isabelle dans l'entrée de l'immeuble. Elle la serre contre elle en lui répétant que ce n'est qu'un moment difficile, que ce n'est pas un vrai départ, juste de l'entraînement, rien de dangereux.

Dans son cou, elle entend Isabelle demander : « Il est où, le tien ? »

Adélaïde en pleurerait de reconnaissance : le sien ! On lui accorde enfin cette miette : elle peut s'inquiéter, s'angoisser pour un amour au loin et en danger. Elle déglutit péniblement : « Outre-mer. »

L'étreinte d'Isabelle se resserre et Adélaïde l'entend chuchoter un « je ne sais pas comment tu fais », avant de la laisser partir.

Elle marche lentement jusqu'à la rue de Bernières. Elle fait un détour pour revoir la maison de Grande-Allée où elle a passé une partie de son enfance. Étrangement, cette maison reste celle de l'enfance, celle des temps heureux où l'arbre de Noël atteignait le plafond du salon, celle où son père jouait avec elle, celle où il dansait dans le salon, joue collée contre celle de sa mère. En traversant le parc Jeanne-d'Arc qui a l'air à l'abandon avec sa terre encore gelée, elle se demande si Edward, en l'éloignant, ne se joue pas le jeu du retour possible de Gabrielle. Un peu comme si l'impossible absence de Gabrielle devenait moins éternelle si Adélaïde était tenue au loin. Elle sourit : c'est bien alambiqué pour se donner juste une raison d'espérer. Son père est un têtu qui refuse les choix de sa fille, point à la ligne.

Germaine a changé, elle a même maigri un peu, sa robe noire ne moule plus d'aussi près ses généreuses proportions. Elle lui ouvre les bras et se met à sangloter aussi sec. Elle s'excuse en se tapotant les yeux avec son mouchoir : « Tu me connais, j'ai la larme facile. Et comme depuis que Gabrielle est partie j'ai une raison valable, je ne me gêne pas, une vraie fontaine. »

Son rire suit sa déplorable constatation : toute Germaine est dans cette oscillation de larmes et de rires, de regard sans complaisance pour elle-même et de complaisance à d'autres occasions.

Elle l'emmène poser ses affaires dans la chambre d'amis. Rien n'a changé dans cet appartement, tous les fauteuils, les bibelots, les cadres sont à la même place depuis des années. Sur la table du salon, les photos de famille, les photos de l'Île de son enfance, les photos des différents évènements d'importance : mariages, baptêmes, ordination de Cyril.

Germaine tourne autour d'Adélaïde comme une hirondelle autour de son nid au printemps. Elle la force à s'asseoir, lui apporte un tabouret, un coussin, elle va faire du thé, revient, et tout ça en parlant sans arrêt. Adélaïde en est étourdie.

Au premier silence de sa tante, elle en profite pour la remercier non seulement de son cadeau, mais de sa carte. Elle l'assure qu'elle connaît le prix d'une telle prise de position. Germaine sourit, ravie de son coup, et déclare qu'évidemment Béatrice n'était pas contente. Devant l'étonnement d'Adélaïde, sa tante confirme qu'elle a tout dit à Béatrice et qu'elle lui a expliqué ses raisons.

Adélaïde est stupéfaite : « Et elle… elle est revenue ici ?

— Qu'est-ce que tu penses, ma pauvre enfant ? Béatrice, ce n'est pas toi : un peu d'autorité et elle marche au pas. Elle n'est pas d'accord, mais elle ne dira rien. Tu oublies que je la connais, ma nièce, je l'ai eue longtemps ici pour dîner et pour les devoirs.

— Elle m'en veut beaucoup. »

Germaine la regarde avec tristesse et déclare que Béatrice est jeune, inexpérimentée et pas très aventureuse. Elle la décrit comme quelqu'un qui a besoin des règles de la société pour forger son jugement. D'après Germaine, il y a deux sortes de personnes : celles qui vont de l'avant sans jamais craindre le jugement d'autrui, quitte à transgresser des lois jusque-là immuables, et celles qui ne s'éloignent jamais du sentier tracé par les autres et qui, même dans un chemin ultraconvenu, ultrasécuritaire, ont des craintes et des peurs de se barrer les pieds.

« Quand j'étais jeune, je faisais tout pareil à Béatrice : je jugeais, je condamnais, je décrétais, et ta mère a eu plus que son compte de mes principes et de mes règlements. Je sais que Béatrice va s'adoucir, changer d'idée, mais elle n'aura jamais ton courage, Adélaïde, elle va toujours se ranger du côté de la majorité. »

Adélaïde se demande bien ce qui a provoqué le mouvement de tante Germaine, si contraire à ses principes. Elle n'ose pas le demander, de peur d'être indiscrète ou de découvrir que sa tante pose des conditions à son soutien.

Germaine placote avec bonheur, elle parle de tout ce qui se passe, de la guerre, du plébiscite de la veille, et de cette honte de Mackenzie King qui revient sur sa parole en se servant des Anglais pour se justifier. Elle avoue que, quelquefois, elle doute de la réalité de Hitler. Cela semble si loin, si peu concret, ces combats dans des villes aux noms imprononçables.

« Tu vois, les Américains auraient été dans cette guerre depuis le début, ça me semblerait plus vrai. Là, j'ai presque l'impression que c'est un *scheme* du gouvernement pour faire enrager les Canadiens français. Même les sous-marins allemands supposément torpillés dans le Saint-Laurent, je trouve que ça fait arrangé ! C'est fou, han ?

— Et pourtant, c'est vrai. Un beau matin, on va se réveiller avec une guerre rendue ici. »

Germaine jure que non, que jamais les Allemands ne vont venir perdre du temps ici : « C'est grand, l'Europe. Ça va leur suffire. Qu'est-ce que tu veux qu'ils trouvent d'intéressant ici ? »

Germaine s'inquiète de savoir si Nic va aller s'engager, « comme tous ces Anglais si regardants qui nous traitent de lâches », et elle se trouve bien soulagée parce que ce mariage va l'empêcher de faire des sottises.

Adélaïde se dit que Germaine est à la veille de la décorer pour avoir soustrait un Anglais à l'armée. Nic est si peu anglais ! Comment sa tante peut-elle en parler comme d'un « *bloke* intransigeant » ? Mais elle n'a pas le temps de discuter de cet aspect de la question, Germaine est déjà en train de commenter la mobilisation de Maurice qui est, selon elle, une honte pure, étant donné qu'il a deux enfants et qu'il est adorable avec Isabelle.

« Je ne comprends pas ce qu'ils attendent pour appeler quelqu'un comme Jean-René, par exemple, il a l'âge, il n'a pas d'enfant et ça soulagerait tout le monde, à commencer par Reine. Moi qui pensais qu'Hubert atteignait des sommets pour ce qui est de l'intolérance et du jugement téméraire, laisse-moi te dire que le gendre suit ses traces et qu'il est en voie de le battre à plates coutures ! »

Étonnée, Adélaïde découvre qu'aucun secret conjugal n'échappe à l'œil averti de sa tante et que Jean-René n'a droit à aucune indulgence à cause de sa tendance à couper dans les projets qui concernent Germaine. Celle-ci a pris goût au cinéma ces dernières années, et elle avait coutume d'accompagner Reine et quelquefois Paulette au « théâtre » en fin d'après-midi. James Stewart lui a fait abandonner bien des tables de bridge. Or, il se trouve que depuis le début de la guerre, dans un esprit de sacrifice et d'économie, Jean-René a décidé d'interdire à sa femme de fréquenter les théâtres. Germaine se retrouve seule et donc incapable de se livrer à sa passion : « J'ai même pas vu *Indiscretions* qui remonte à un an. En plus, ça a l'air que James Stewart va abandonner le cinéma… Mais tu dois me trouver bien frivole de parler cinéma alors qu'on est en grand deuil et qu'il y a la guerre. C'est pas par manque de cœur, tu sais. »

Adélaïde soutient qu'un peu de légèreté n'a jamais empêché le monde de trimbaler ses misères et qu'elle sait fort bien ce que l'absence de sa mère pèse : « Maman ne jugeait pas les gens sur leur envie d'aller se distraire. »

Germaine se tait un long temps, puis elle se remet à parler beaucoup plus lentement : « Tu sais ce que je fais, maintenant ? Je me demande ce que Gabrielle penserait ou ferait à ma place. Moi qui l'ai tant obstinée de son vivant ! Elle rirait bien de moi, Gabrielle ! Mais elle a souvent eu raison "contre le bon sens", que je dirais. Quand est venu le temps de choisir mon parti concernant ton… ce qui t'arrive, j'ai su tout de suite que jamais Gabrielle n'aurait abandonné un de ses enfants. Jamais. Et elle aurait chicané Béatrice autant que je l'ai chicanée.

— Et papa ? »

Là, Germaine soupire et hoche la tête en silence : « Ça, y avait personne comme ta mère pour en avoir le tour. Elle l'enroulait autour de son petit doigt. Laisse-moi te dire qu'il n'est pas heureux de sa décision à ton sujet.

— Mais il ne la changera pas ?

— D'après Guillaume, ton père est tout viré de bord. Il refuse de me voir aussi, et ce n'est pas à cause de toi. C'est sa façon de pleurer Gabrielle, je pense. Quoique… ça a l'air qu'il ne pleure pas non plus. Ton père est un mystère pour moi, Adélaïde. Peut-être que tu ressembles trop à ta mère pour qu'il puisse te voir. Mais qu'il refuse d'aller à ton mariage, c'est fort en tit-péché ! »

Elles parlent longuement dans le petit salon de Germaine. Celle-ci verse bien quelques larmes de temps en temps, mais son rire finit toujours par revenir.

Une fois étendue dans son lit, Adélaïde essaie d'imaginer sa mère quand elle était jeune et qu'elle devait vivre avec ses deux sœurs et Cyril. Ça lui est si difficile d'imaginer des gens si différents ensemble. Chose certaine, elle comprend fort bien Isabelle d'avoir adopté Gabrielle pour mère. Georgina est si molle et sans dessein en comparaison. « Les drames en trois actes de Georgina », avait coutume de soupirer Edward. Elle en a un beau à se mettre sous la dent avec cette « chose » que sa nièce a faite, cette « chose » qui créé un véritable schisme familial, comme dit Germaine en riant. L'humeur de sa tante Georgina et ses états d'âme lui sont plutôt indifférents. Elle se tourne dans son lit et, malgré sa fatigue, elle n'arrive pas à trouver le sommeil. Elle pense à Isabelle qui ne doit pas dormir non plus, à Fabien, tout seul dans son lit étroit de soldat, à Edward, si seul dans son grand lit sans Gabrielle, à Nic qui doit encore être sur le sofa du salon, réveillé et angoissé. Elle pense à cette chambre, là-bas, à Halifax, cette chambre où, pendant trois jours, elle a été la femme de Theodore. Bien que ce soit un champ interdit, un champ miné qui lui enlève son courage, elle laisse les souvenirs remonter à la surface, elle entend encore la voix de Theodore qui lui chuchotait des aveux qui la faisaient pleurer d'amour, elle sent encore la brûlure de son corps dans le sien, la force que dégageaient leurs étreintes. Elle voudrait tellement que cet enfant ait ses yeux, elle voudrait tellement être sûre de le revoir un jour. Qu'il vive, qu'il soit vivant. À l'abri dans un bureau où il décode et encode des messages, comme il le lui a avoué sous le sceau du plus grand secret. Tant qu'on le garde dans un bureau, tant qu'il ne gagne pas le champ de bataille, tant qu'on ne lui fait pas de mal… Elle se redresse brusquement, en proie à cette image atroce, insupportable, de Theodore courant dans un champ qui explose de toutes parts. Les seules visions qu'elle a sont toujours celles des images des journaux, si vagues, et celles des actualités qui précèdent le film et pour lesquelles elle va « au théâtre ».

Elle ne dormira pas, elle le sent. Elle passe sa robe de chambre et arpente la pièce en essayant de calmer son angoisse. C'est si difficile de ne pas céder à la peur panique. Si seulement elle pouvait recevoir un mot de lui. Pourquoi n'écrit-il pas ? Même son père ne sait presque rien. Son père qui lui faisait si peur… elle lui a pourtant trouvé l'air inoffensif, avec ses yeux bienveillants posés sur elle. Mais elle sait qu'il ne faut pas s'y fier : le père juif règne sur ses fils de façon autoritaire et totale, a dit Theodore. Et elle croit tout ce qu'a dit Theodore.

Elle essaie de l'imaginer dans son petit lit de soldat, dans la promiscuité des dortoirs d'armée. Il l'a tellement fait rire avec ses descriptions des « concerts nocturnes ». Cet humour avec lequel il réussit à parler des choses les plus pénibles… « Ça, c'est profondément juif. Tu vas voir quand je vais te présenter à mes amis. »

Y a-t-il un seul projet qu'ils auront l'occasion de réaliser un jour ?

Elle allume, s'assoit confortablement et se met à écrire à Theodore. Elle lui explique ce qui se passe, comment vont les affaires, la famille, la vie. Encore une longue lettre qui ne partira jamais, mais qu'elle garde comme toutes les autres pour lui remettre cette chronique quand il reviendra. Une longue lettre qui lui permet de continuer leur conversation et de cesser de craindre le pire.

* * *

Isabelle et Maurice arrivent chez Germaine vers dix heures et demie avec les enfants et tout le barda de soldat. Ils laissent les enfants aux deux femmes et partent pour le manège militaire.

Les petits sentent bien qu'il y a une ambiance anormale, et Jérôme se met à hurler dès que ses parents ont fermé la porte. Il faut toutes les ruses d'Adélaïde pour le distraire de son chagrin. Comme il fait un temps splendide, Germaine lui propose d'aller les promener sur les Plaines pendant qu'elle cuisinera le dîner en paix. « Comme ça, quand leur mère va arriver, tout sera prêt. »

Florent est la première personne qu'Adélaïde aperçoit en rentrant. Puis, estomaquée, elle reconnaît les autres. Ils sont tous venus : Guillaume, Rose, Reine, Isabelle, tous venus pour elle. Ils rient, parlent tous en même temps, ravis de la surprise d'Adélaïde.

C'est Germaine qui a décidé que, malgré le deuil, il fallait bien qu'Adélaïde voie les gens qu'elle aime et qui lui sont fidèles.

« Ce n'est pas un *shower* au sens strict du terme, mais c'est un *shower* de guerre. Rose t'a fait tes biscuits préférés, et Edward va se passer de sucre pour la semaine ! »

Rose est si heureuse de voir sa sœur, si soulagée de pouvoir enfin lui parler, qu'elle ne la quitte pas d'une semelle. Florent lui tend un paquet de serviettes de lin bien pliées, bien repassées et qu'un unique ruban retient ensemble : « Ce n'est pas le cadeau de mariage que j'avais rêvé vous offrir, mais… je me reprendrai un jour. »

Les broderies, blanc sur blanc, sont magnifiquement exécutées. Le cadeau est d'un chic et d'une élégance raffinée, très « Florent ». Ils discutent de son arrivée prochaine à Montréal et Adélaïde le voit regarder ses souliers. Elle n'ajoute rien et se promet bien de le confesser dès qu'ils seront seuls. Tout ce qu'elle espère, c'est que Paulette ne fait pas de nouvelles difficultés.

Reine la prend à part dans la cuisine pour s'excuser de n'avoir aucun cadeau à lui offrir, le budget domestique étant géré par son mari qui, comme elle le sait maintenant, n'approuve pas ce mariage. Adélaïde assure sa cousine que sa présence auprès d'elle en ce jour et, d'une certaine façon, sa désobéissance conjugale représentent un cadeau hors de prix.

Une fois les bébés endormis pour la sieste, les conversations vont bon train. Étrangement, cette petite réunion à l'occasion du mariage d'Adélaïde permet à chacun de parler de Gabrielle, de l'évoquer, de rire et de répéter ses phrases les plus remarquables. Ce n'est pas triste ou désolé, c'est infiniment animé, coloré. Sans pudeur, chacun y va de son « et la fois que… ». Germaine, Reine, Isabelle et Adélaïde possèdent chacune des souvenirs que les autres enfants n'ont pas et qu'ils écoutent avec avidité. Florent, lui, les étonne avec ses années de sanatorium, où chaque semaine Gabrielle venait le visiter, habillée divinement pour lui faire plaisir. Il peut décrire presque chacune de ses toilettes. Quelquefois, Germaine essuie une petite larme, mais le ton est résolument serein, chacun ayant à cœur d'engranger le plus d'éléments possible. Rose profite d'un silence pour murmurer : « C'est drôle comme, aujourd'hui, maman ressemble à ce qu'elle a été. À la maison, on dirait que tout est figé, qu'elle a disparu à jamais. Comme par une mauvaise magie. Ici, avec vous autres, je m'en ennuie, mais je ne sais pas… elle est là quand même. »

Adélaïde voit Guillaume glisser sa main dans celle de Rose : « Ça ne durera pas, il va se calmer, tu vas voir. »

Comme elle les sent seuls, les deux petits de Gabrielle ! Comme elle voudrait être d'un certain secours… Alors que tout ce qu'elle réussit est de faire enrager leur père ! Germaine refuse de déclarer forfait et rassure tout le monde en disant que son beau-frère ne sait pas ce qui l'attend s'il persiste dans sa mauvaise foi. « Je le laisse tranquille pour l'instant, mais ma stratégie pourrait le surprendre. »

Grâce à cette rencontre et au plaisir de parler de Gabrielle, la dure journée d'Isabelle se trouve allégée.

Elle rentre rue Lockwell avec ses enfants épuisés et accompagnée d'une Adélaïde qui n'est pas loin de cet état.

« Nic va me tuer de t'avoir fatiguée autant. Étends-toi, mets tes pieds sur l'accoudoir du fauteuil. Est-ce que tes chevilles enflent, toi aussi ? Moi, c'était épouvantable ! »

Isabelle lui fait retirer ses bas et enfiler sa robe de chambre. Elle masse les chevilles douloureuses en expliquant que Maurice a fait ça tout au long de ses deux grossesses.

De la même façon qu'elle a initié Adélaïde aux mystères du mariage, Isabelle la met au courant de ce qui l'attend non seulement pour les mois de grossesse, mais aussi pour l'accouchement. Elle lui répète qu'elle tient à être près d'elle dans ce moment difficile, même si c'est à Montréal. « Les deux fois, je te jure, je ne sais pas ce que j'aurais fait sans ta mère. Ma mère ne vaut rien dans ce genre d'événements, elle ne sait que se tordre les mains en se lamentant.

— J'ai l'impression que, si tu laisses tes enfants, ce sera pour aller en Ontario et non pas à Montréal.

— Tu sais, on s'est promis que j'irais en août. Maman sera à l'Île, elle va garder les petits et moi j'irai rejoindre Maurice. Ça fait juste trois mois à attendre. La moitié du temps. Alors, tu vois, en septembre, je serai avec toi.

— On verra. »

Isabelle n'ajoute rien parce qu'elle sait fort bien que sa cousine ne se permet pas des prédictions à long terme. La guerre impose cette loi implacable de vivre au jour le jour. Isabelle pense que si Maurice était outre-mer, elle aussi dirait « on verra ».

Dieu merci, l'esprit d'Adélaïde s'est orienté vers un autre sujet. « Qu'est-ce qu'il a, Florent ?

— Je ne sais pas… pourquoi ?

— Il cache quelque chose. Pourquoi Paulette n'est pas venue ? Elle est contre mon mariage ? »

Isabelle regarde ailleurs, mal à l'aise. Adélaïde s'impatiente et commence à trouver que s'il y en a deux qui jouent à la cachette avec elle, ça fait beaucoup.

Finalement, bien gênée, Isabelle révèle ce qu'elle sait : que Paulette a été à une certaine époque très, très amoureuse de Nic, et que la peine d'amour — selon Reine, qui en avait été témoin davantage qu'elle —, la peine d'amour aurait duré plus longtemps encore que l'histoire d'amour.

« Et qu'est-ce que ça change pour Florent ? »

Surprise, Isabelle constate que ces révélations ne dérangent pas du tout la future épouse. Adélaïde la trouve tordante : « Franchement, Isabelle ! T'es la première à avoir soupiré et pleuré pour Nic ! Rien que cet après-midi, chacune des femmes présentes, sauf Rose, a eu le cœur battant pour lui à un moment donné. Alors, la peine d'amour de Paulette n'est pas pour me déranger, tu penses bien. Elles sont toutes folles de lui, tu le sais.

— Et ça ne te fait rien ? »

Adélaïde a envie de dire que ce n'est pas parce qu'elle épouse Nic qu'elle sera sa femme pour autant. Mais elle n'ose pas aller dans ce no man's land, elle est trop incertaine de ce que sera ce mariage, non seulement pour elle, mais pour Nic. Elle répète plutôt sa question : « En quoi la jalousie de Paulette touche-t-elle Florent ?

— Je pense qu'elle s'est mise à trouver la fréquentation de votre maison moins rassurante. Ça va se tasser, attends. Florent n'acceptera pas ça et Nic va tout arranger. Laisse-le négocier avec Paulette, il la connaît mieux que toi, et elle ne peut rien lui refuser.

— Vraiment ! Comme si Florent était son fils ! Elle exagère un peu avec ses scrupules, non ?

— Je pense qu'elle s'est jetée sur le premier prétexte pour exprimer sa déception. Laisse faire Nic, il va la manœuvrer pour qu'elle laisse Florent partir. »

Adélaïde se tait et se laisse masser les chevilles, les yeux fermés. Elle s'engourdit lentement quand Isabelle murmure : « Est-ce qu'il le sait, le père ? »

Adélaïde n'ouvre pas les yeux pour dire non.

« Il est marié, c'est ça ? »

Adélaïde ne dit rien.

« Sinon, tu n'aurais jamais accepté d'épouser Nic, j'en suis sûre... Ça doit être terrible d'aimer quelqu'un qui est pris. » Ce qu'elle ne dit pas, Isabelle, c'est que ça doit être terrible pour Nic s'il le sait et s'il aime Adélaïde. Mais de cela, elle n'est pas certaine, et elle préfère laisser agir le temps et la vie. Elle recouvre sa cousine qui a l'air endormie et va embrasser ses enfants avant de se glisser dans son lit devenu beaucoup trop grand.

Une heure plus tard, Adélaïde s'assoit près d'elle et touche son épaule secouée par les sanglots étouffés. Isabelle s'excuse, prétend être bien peu digne de ce qu'on attend d'elle : « Mais, tu comprends, c'est la première fois en six ans qu'on se laisse. »

Adélaïde comprend. Elle caresse en silence l'épaule de sa cousine et écoute les scrupules qu'Isabelle égrène : elle devrait ci et ça, elle ne devrait pas… Adélaïde l'interrompt : « Arrête de m'expliquer l'héroïne que tu es supposée être. Tu as de la peine, c'est tout. T'es pas devenue une loque parce que tu passes une mauvaise nuit. Tu fais le concours de la plus courageuse en ville ?

— Non. Tu l'as déjà gagné.

— Bon, alors, tranquillise-toi et pleure un peu. Pousse-toi du bord à Maurice, je vais dormir avec toi. »

Elles parlent longtemps des amours anciennes d'Isabelle. Adélaïde se souvient des durs chagrins que sa cousine a traversés avant de « trouver son Maurice », elle se souvient de cet abattement qui avait suivi la déception de ne pas voir Nic s'intéresser à elle, elle se souvient de la cour pressante que lui avait faite Jules-Albert, le beau divorcé.

« Ta mère a failli me tuer ! C'était l'été où elle n'est presque pas venue à l'Île. Tante Germaine aimait l'idée de ce mariage, elle. Quand on pense qu'on avait l'occasion de caser la deuxième ! Il n'y a que ta mère qui trouvait le parti inacceptable.

— Tu te vois avec Jules-Albert ? Tu serais quoi ? Ma belle-sœur ? Attends… est-ce que Jules-Albert sera mon beau-frère le 1er mai ?

— Un divorcé ! Non, il n'a plus de lien avec Kitty, plus de lien avec toi. Mais Kitty sera ta belle-sœur…

— Non.

— Comment, non ? C'est la sœur de ton mari.

— Non. Pour moi, Kitty est la sœur de Nic, mais elle ne sera jamais ma belle-sœur. Je la détestais, Isabelle, et je ne veux pas la voir. Toutes ses robes, toutes ses affaires ont pris le bord du grenier quand je me suis installée chez Nic. En ce qui me concerne, elle est aussi au grenier.

— Mais Nic s'en soucie beaucoup.

— Qu'il s'en soucie, moi je n'aurai pas à le faire. Penses-tu que je vais élever un enfant à côté de cette femme ? Des mœurs de catin…

— La guerre va peut-être l'avoir assagie.

— La guerre ? L'âge, tu veux dire. Peut-être que l'âge va faire une différence.

— Tante Gabrielle avait son âge et elle était encore belle.

— Ma mère n'était pas Kitty. »

Elle raconte à Isabelle comment, sur le chemin du sous-bois, elles avaient surpris Kitty à tourner autour d'Edward, à se pencher et à l'embrasser, alors que son père, immobile, ne se sauvait pas, ne bougeait même pas.

« J'aurais voulu hurler : "On est là, papa, on te voit !" Mais maman était comme la statue de sel de la Bible. Je ne me souviens d'aucune autre chicane entre eux deux que celle-là. Mais la Kitty, avec ses rires et ses manières de femme moderne, laisse-moi te dire que maman la regardait de travers !

— Il ne s'est rien passé au bout du compte ?

— Je pense que maman a fait pas mal peur à papa en disparaissant ce jour-là. »

Isabelle se souvient du branle-bas général, de la pâleur d'Edward, de la tension à la maison tout le jour et jusqu'à tard dans la nuit.

« Où elle est allée finalement ? À l'église ? Je ne l'ai jamais su...

— Elle a pris le vapeur et elle a traversé à Québec. Elle est allée chez elle. Au lieu de discuter, elle a laissé papa se ronger les sangs et réfléchir un peu.

— Tu vois : c'est ce que tu devrais faire avec lui : laisse-le réfléchir.

— Seulement, aujourd'hui, c'est moi qui ai mal agi, pas lui.

— Tu regrettes, Adélaïde ?

— Même si je ne revois jamais papa, je ne regrette pas.

— Même si tu ne le revois jamais, lui ? »

Adélaïde soupire et se détourne : « Dors, Isabelle. »

* * *

Parce que les horaires de train ont été modifiés par mesure d'économie pour l'effort de guerre, Adélaïde décide de ne revenir à Montréal que le lendemain, le 30 avril. Nic prend soin de lui rappeler qu'elle est un peu attendue et qu'il ira la chercher : « Comme ça, je serai à la gare pour prendre le train si tu n'en descends pas. »

Adélaïde se rend au cimetière et reste un long moment devant la tombe de Gabrielle. Comme elle ne retrouve pas aisément la complicité d'avant avec sa mère, elle se rend ensuite à la basilique. Là, assise dans un coin, à l'abri des regards, devant cette statue de la Vierge à l'Enfant où, toute son enfance, sa mère l'a emmenée pour discuter des vrais problèmes, elle explique à sa mère pourquoi elle a choisi d'épouser Theodore dans son corps et Nic dans la société. Elle sait très bien qu'elle a franchi une impossible frontière pour Gabrielle, que rien, aucun amour, ne justifie la profanation des liens sacrés du mariage et que ses actes sont répréhensibles et condamnables. Désolée, elle contemple la statue et se rend compte qu'elle ne demandera pas pardon. Sachant qu'elle a eu tort, qu'elle a agi contrairement à toutes les règles de Dieu et des hommes, contrairement surtout aux enseignements de sa mère, elle n'arrive qu'à reconnaître sa faute et n'atteint pas le « plus jamais » qui devrait accompagner l'admission de son erreur et sa contrition.

« Excusez-moi, sainte Marie, mère de Dieu, j'ai péché, je le sais et je n'arrive pas à demander pardon, sauf si cela peut sauver la vie de Theodore. Mais ce serait un marché de dupes bien indigne de ce que sont supposés être la foi ou le pardon. Mon péché est tout ce qui me reste de Theodore, alors vous comprendrez que je ne veux surtout pas le laver. Je veux le garder et en prendre soin. Je suppose donc que j'ai perdu la foi. Comme j'ai perdu maman. Peut-être que ma mère était ma foi, et qu'à cause d'elle, à cause de l'amour que je lui portais, j'ai cru en vous, en qui elle croyait. Cet enfant que vous portez dans vos bras, Sainte Vierge, cet enfant, l'auriez-vous renié si les gens s'étaient aperçus qu'il ne pouvait pas être de Joseph ? Cet enfant que moi je porte est celui de Theodore, et je voudrais que, parce que votre mari n'était pas le père du vôtre, vous acceptiez de le protéger et de le mettre à l'abri du mal, même si je ne suis pas une bonne catholique. Je voudrais seulement être certaine que vous n'allez pas punir un bébé à cause des péchés de sa mère. C'est mon côté comptable, bonne Sainte Vierge, et je crains de ne jamais le perdre avec vous : vous m'avez appris trop tôt à compter mes messes et mes chapelets pour mes bouquets spirituels. »

Elle continue longtemps son marchandage intérieur avec la Vierge. Elle est bien consciente que ce n'est pas là la pratique religieuse comme l'entend l'Église, mais c'est le mieux qu'elle puisse offrir. Elle n'arrive pas à croire en un Dieu qui laisse la guerre durer si longtemps. Un avertissement, elle ne dit pas, elle l'aurait accepté, mais trois ans... Elle trouve que Dieu prend des risques avec ses ouailles les plus vulnérables, dont elle est une très bonne représentante.

« Voulez-vous vous confesser, mon enfant ? »

Elle regarde le visage poupin du jeune prêtre : il doit avoir l'âge de Maurice. Elle se demande ce qu'il dirait de ses réflexions si peu orthodoxes. Elle fait signe que non. Il l'encourage à chercher soutien et réconfort dans la foi.

Restée seule, elle se dit que ce sont là deux choses que la foi a oublié de lui donner. « Soucis et inquiétudes » seraient les termes qu'elle emploierait. Elle jette un dernier regard à la Vierge : « Ne m'en veuillez pas et protégez Theodore et le bébé. J'essaierai de m'occuper de moi. *Deal?* »

Elle se rend à la basse-ville, à la sortie de l'école de Florent, et elle l'attend patiemment. Il est si content, si visiblement heureux de la voir que quelques doutes sont dissipés à seulement l'embrasser.

Ils marchent en discutant et Adélaïde attaque tout de suite en abordant les hésitations qu'elle a senties chez Florent quant à son déménagement. Elle n'avait pas tort, Florent le confirme. Il lui explique en détail l'état de Paulette. Elle est courageuse et elle fait tout ce qu'elle peut, mais c'est comme si son départ, ajouté à la mort de Gabrielle et au mariage de Nic, l'assommait. Elle ne demande rien, elle n'a fait aucun commentaire désagréable ou condamnant Adélaïde, elle n'a pas essayé de salir l'affection qu'il a pour elle, mais elle a perdu de son allant, elle fait pitié à voir, et Florent sait le coup qu'il lui portera en quittant l'appartement. Il prend bien soin de préciser que son contentement d'aller enfin rejoindre Adélaïde et Nic sera difficile à camoufler. Mais, d'un autre côté, Paulette a été là pour lui du temps où il était dans une situation difficile, quand même Gabrielle ne pouvait rien faire, et il ne peut pas accepter sans problème de conscience de l'abandonner maintenant.

Adélaïde s'inquiète de savoir ce qu'il a dit ou promis à Paulette, et Florent jure n'avoir rien dit encore. Normalement, vers le 15 mai, il devrait s'en venir à Montréal. Il suggère de différer son arrivée jusqu'à la fin juin pour terminer l'école, même si ce n'est pas très utile et que plusieurs la laissent pour aller travailler et gagner pour leur famille. Il insiste sur le fait que ce délai allégera le fardeau de Paulette, qui aura ainsi le temps de se faire à l'absence de Gabrielle avant d'affronter la sienne.

Adélaïde marche en silence, réfléchissant à cette délicatesse qu'a toujours eue son Florent. Peu importe comment on le traitait, Florent respectait les gens, leur accordait le bénéfice du doute et ne les jugeait jamais. Toute sa vie, Adélaïde a dû revoir ses jugements péremptoires à la lumière de l'indulgence de Florent. Elle se demande si Paulette est la seule attache qui retient Florent et elle pose la question. Comme il ne dit rien, elle l'entraîne dans un salon de thé et elle attend la suite avec impatience.

La voix de Florent a mué, mais quelquefois, sous le coup d'une forte émotion, des modulations aiguës affectent son discours. Rouge brique, le nez dans sa tasse, Florent avoue avoir envie de la laisser commencer sa vie conjugale en paix. Elle éclate de rire et lui demande ce qu'il sait de la vie conjugale. Vexé, Florent se contente de grommeler qu'elle serait étonnée, qu'il a quinze ans, mais qu'il n'est pas complètement attardé ou aveugle et que, si Edward boude ses noces, il sait très bien le pourquoi et les causes et qu'il n'ignore pas non plus que sa situation n'est pas le fait de Nic.

« Je sais qui tu aimes, Ada. Je ne sais pas comment c'est possible pour le bébé, mais je sais que Nic n'a rien à y voir. Personne ne peut te forcer à faire quelque chose que tu ne veux pas. Ce n'est pas Nic que tu veux. »

Elle n'a pas besoin d'exiger des noms et des détails, Florent la connaît par cœur, on dirait qu'il est sa doublure. Elle s'excuse de l'avoir choqué et cherche à saisir la part de gêne et la part de délicatesse dans le retrait de Florent. Celui-ci lui dit franchement que si Nic était mobilisé, il se précipiterait à Montréal sans arrière-pensée pour Paulette, mais que tant que Nic est là, près d'elle, la protégeant, il ne voit pas ce qu'il pourrait faire d'autre que profiter du bonheur d'être avec eux en ayant du remords de savoir Paulette seule à se morfondre à Québec.

Elle s'assure qu'il n'y a pas dans l'hésitation de Florent la moindre adhésion à l'attitude réprobatrice concernant ses actes. Le regard limpide, dévoué et affectueux de son ami écarte tout doute. Florent sourit en ajoutant que Gabrielle avait coutume de dire que si Ada lui montrait l'Enfer en prétendant que c'était le Ciel, il le croirait et s'y précipiterait.

« Mais c'est faux. Je croirais que, pour toi, c'est comme ça, et je ne contesterais pas ce que tu crois. Mais je saurais quand même que ce n'est pas le Ciel. »

Adélaïde trouve que c'est très rassurant, même si cela fait peser une lourde responsabilité sur ses épaules. Elle s'informe également, l'air de ne pas y toucher, si aucune affection particulière ne le retient à Québec. Cette fois, c'est le regard ironique de Florent qui la gêne.

« Quoi ? Qu'est-ce que j'ai dit de déplacé ?

— Fais pas semblant, Ada... Quand j'aurai quelque chose à t'apprendre, je te le dirai. Si tu ne veux pas avoir à passer à la confesse à ton tour, t'es mieux d'éviter le sujet des affections particulières... »

Adélaïde s'empresse de changer de sujet et parle de sa toilette pour le mariage, thème on ne peut plus passionnant pour Florent, qui se désole de ne pouvoir lui tailler une robe dans une étoffe divine que Nic a rapportée d'Italie, il y a des années. Adélaïde le console en jurant qu'elle ne fera pas toujours tout dans le sens contraire du bon sens et qu'un jour l'étoffe servira à quelque chose de hautement respectable et honorable.

Ils décident d'aller dire bonjour à Rose qui doit être seule à cette heure-là, puisque Guillaume va chez Germaine après l'école. Par mesure d'économie, Florent refuse de prendre le taxi qu'Adélaïde propose. Ada se moque de lui et affirme que la future Madame McNally peut se permettre cette dépense folle.

* * *

Nic a profité de ses deux jours d'absence pour faire « rafraîchir », comme il dit, le bureau qui deviendra la chambre d'Adélaïde. Plutôt fier de lui, il ouvre la porte : la pièce est entièrement repeinte en blanc, un tapis magnifique aux tons très doux couvre le plancher de bois, plusieurs étagères de la bibliothèque ont été sacrifiées et Nic a fait monter le grand lit qu'elle avait dans son ancienne chambre. Sur la table de nuit, la photo de Theodore à l'inauguration du préventorium a été placée dans un cadre en argent. La pièce a maintenant l'air très vaste, et il y a même un petit secrétaire en bois de rose où elle pourra écrire et un fauteuil profond pour lire. L'endroit est intime, chaleureux et les fenêtres sont assez hautes pour qu'une très belle lumière pénètre dans la pièce. Elle s'assoit sur le lit, ravie.

« Nic ! C'est… c'est magnifique ! C'est à moi ?

— C'est chez toi. Jamais je n'entrerai ici sans frapper. Je peux même utiliser la salle de bains du rez-de-chaussée si tu préfères. On peut condamner la porte qui communique avec ma chambre.

— Je pense que je pourrai supporter de voir ton blaireau à côté de ma brosse à dents. »

Elle retire ses chaussures en grimaçant : ses chevilles ont profité du voyage pour enfler. Nic offre de la laisser se reposer.

« Non, Nic. Je vais descendre et on va écouter les informations à la radio. Je n'ai pas osé imposer mes manies à Isabelle et ça fait deux jours que j'en ai envie. Je vais me changer, cette robe est vraiment trop juste. Il va falloir passer au style "grand camouflage" sous peu. »

Ce soir-là, Nic apprend tous les secrets du massage de pieds et de chevilles qu'Isabelle a enseignés à Adélaïde. Ils écoutent religieusement les maigres informations de Radio-Canada et discutent ensuite des effets du plébiscite à Montréal.

Adélaïde fait un récit exhaustif de son séjour à Québec, des hésitations de Florent, de l'humeur de Germaine et de chaque membre de la famille puisque tout intéresse Nic.

Ils passent une fort bonne soirée à parler, à discuter, ravis de se retrouver, ce qui fait dire à Adélaïde que tous les futurs mariés devraient essayer ce genre de chose pour voir s'ils sont capables de vivre ensemble.

« Tais-toi, malheureuse ! Si les bonnes âmes t'entendaient !

— Sérieusement, Nic, tu me vois entrer ici demain pour la première fois de ma vie ? Tu me vois chercher la théière, les serviettes ?

— La théière ! Tu as reçu un cadeau de noces ! Viens voir. »

Un superbe service en argent avec deux tasses Wedgwood est disposé sur le plateau offert par Germaine. C'est un cadeau somptueux à une époque où on distribue des tickets de rationnement pour tout. C'est une prise de position résolument forte en faveur d'un mariage si hâtif. Adélaïde caresse le rebondi de la théière : « Qui ? »

Nic lui tend une enveloppe où son nom, et son nom seul, figure : *Adélaïde Miller.* Étonnée, espérant follement qu'il s'agit d'Edward, elle ouvre l'enveloppe et lit le message rédigé en anglais. Complètement déroutée, elle tend la carte à Nic : « Est-ce qu'Aaron Singer te doit quelque chose, Nic ?

— Non. Et je te ferai remarquer que le cadeau est pour toi, pas pour nous.

— Qu'est-ce que ça signifie ?

— Qu'il a beaucoup apprécié votre rencontre et souhaite un jour prendre le thé avec toi, comme il l'écrit. »

Pensive, elle prend une tasse, la dépose, observe Nic : « Il sait ? »

Nic hoche la tête : « Pas de moi en tout cas. »

Il relit la carte et finit par ajouter : « Tu as remarqué que ce n'est pas un envoi de Monsieur et Madame Singer ? C'est de la part d'Aaron seul à toi seule. Ça me semble assez... inusité.

— Il sait.

— C'est peut-être sa façon de remercier Gabrielle d'avoir accueilli Ted à l'époque. »

Adélaïde n'est pas sûre du tout que ce soit le genre de politesse qui mérite la seule signature du père de Theodore.

« Tu vois, Nic, j'attendais un signe de mon père avant le mariage et j'en reçois un du père de Theodore. »

Après un certain temps, elle ajoute : « Les juifs... ils sont aussi sévères que les catholiques pour la pureté et la fidélité, non ?

— Ils sont encore plus stricts, je pense.

— Alors, c'est un très beau cadeau. »

Nic se tait en pensant à la colère d'Edward contre sa fille. Il n'est pas loin de la colère lui aussi, et l'envie est grande de le bannir de ses relations d'affaires. Mais il sait que le lien professionnel est essentiel à l'éventuel retour d'Edward. Il se sent injustement privilégié de n'avoir rien perdu de la confiance de son ami, alors qu'il a précipité Adélaïde vers le scandale, qu'il lui a ouvert la voie vers Theodore.

« Adélaïde, j'ai quelque chose pour toi, mais je ne veux pas que tu te méprennes. Il s'agit d'un présent qui t'est dû depuis un certain temps et, même s'il vient d'Edward, il ne signifie pas qu'il se réconcilie ou accepte tes façons de faire. Il signifie que ton père obéit aux volontés de Gabrielle. Et ta mère souhaitait que tu aies ce présent après sa mort. Aussi me l'a-t-il remis, mais je dois dire que ce n'était pas du fond du cœur. Tu le connais, il l'a fait comme quand Gabrielle le forçait à agir contre son gré, en maugréant. »

Il va chercher la pochette de soie qu'Adélaïde reconnaît immédiatement. Elle glisse aisément la bague de saphirs et de diamants à son annulaire. Elle est exactement à sa taille. Elle touche du bout des doigts cette merveille qu'elle a longtemps vue à la main droite de sa mère. Elle revoit la main légère retoucher son chignon, se poser sur la table, elle revoit les mains de sa mère se joindre pour prier : l'élégance de Gabrielle et cette bague comme un sceau. Elle sourit, émue, elle a l'impression de recevoir un baiser de sa mère.

Au bout d'un long moment, elle met sa main dans celle de Nic et lève les yeux vers lui : « Je ne sais pas si ce qu'on fait est bien ou mal, mais je vais essayer au moins que tu ne le regrettes jamais. »

* * *

Le 1er mai 1942, dans l'église déserte, quand Adélaïde et Nic prononcent tour à tour le rituel « Je le veux », peu de choses sont prometteuses pour l'avenir, mais chacun se jure intérieurement de ne jamais blesser la personne envers qui cet engagement solennel est pris. Les témoins sont Lionel et Stephen Stern. Une fois l'union consacrée, tout le monde se sépare sur le parvis de l'église.

Nic et Adélaïde s'offrent un dîner de noces au Ritz-Carlton et ils finissent l'après-midi au cinéma. Adélaïde voulait voir le fameux James Stewart qui impressionne tant Germaine, mais c'est Laurence Olivier dans *Rebecca* qu'ils vont voir. C'était ça ou *Bambi*, alors Hitchcock l'a emporté sur Walt Disney.

Ce soir-là, avant de la laisser à la porte de sa chambre, Nic l'embrasse tendrement, avec la même douceur qu'il a eue à l'église le matin, quand le prêtre les a invités à le faire. Elle lui est très reconnaissante de ne pas alourdir leur belle entente d'une quelconque allusion d'ordre conjugal dont elle ne saurait que faire.

Elle referme doucement sa porte.

Dans une corbeille qui fait presque la largeur de son secrétaire, une pléthore de roses blanches, piquées ici et là d'un point de verdure. Éblouie, elle se penche pour les humer et aperçoit le carton blanc où Nic a inscrit : *Bonne nuit, Adélaïde McNally.*

* * *

Edward raccroche le téléphone, furieux. Comment a-t-il pu oublier ? Comment se fait-il qu'il n'a pas pensé que Nic se mariait aujourd'hui ? Il entend la voix polie et surprise de la secrétaire lui répétant que Monsieur McNally est absent pour la journée. « Puis-je savoir… Monsieur Miller ? Mais c'est aujourd'hui son mariage ! Étiez-vous distrait ? »

Encore heureux qu'elle n'ait pas poussé l'amabilité jusqu'à lui offrir de prévenir les mariés de son retard à la cérémonie ! Pour la première fois depuis qu'il a rejeté sa fille, Edward se demande ce que les gens vont penser de lui : il laisse son aînée se marier en compagnie d'un autre témoin que lui, son père. Il ne sait même pas s'il y a des invités ou non, une vraie cérémonie ou non. Un mariage pareil ! Forcé par les événements, imposé par l'immoralité d'Adélaïde. Combien de fois a-t-il dit à Gabrielle de se méfier de cette tendance à l'obstination qu'avait leur fille ? Jamais capable d'obéir sans demander pourquoi ! Jamais capable de marcher droit sans qu'on l'y force, l'y contraigne ! Il n'était quand même pas pour l'enfermer dans la maison sous prétexte qu'elle avait un esprit rétif et indépendant ! Une enfant si douée, promise à un si bel avenir. Dieu sait que, s'il a attendu quelque chose de ses enfants, c'est Adélaïde qui portait le plus bel espoir. Tout cela s'est avarié, gaspillé à la première occasion. Sa fille est une femme facile qui a troqué sa vertu et son honneur contre un plaisir humiliant et dégradant. Son honneur à lui, son honneur et sa fierté. Elle a sali son nom comme s'il n'avait pas sacrifié des années à le construire et à le rendre synonyme de confiance. Cette enfant est une ingrate et une tête folle, il ne reviendra pas là-dessus. Et il ne veut pas entendre

Gabrielle lui reprocher quoi que ce soit. Ils ont été trop mous avec Adélaïde, tous les deux, ils lui ont passé ses moindres caprices. Voilà ce que ça donne : une fille-mère qui se marie à l'aube, en cachette, par la porte de côté de n'importe quelle église anonyme de Montréal. Alors qu'il avait rêvé de remonter l'allée centrale de l'église de sa paroisse, sur le tapis rouge, avec une fille en blanc à son bras et toute la ville de Québec venue assister à l'événement de la saison !

Si Adélaïde s'imagine qu'il va passer l'éponge et comprendre autre chose que l'insulte qu'elle lui fait subir, si elle croit qu'il regardera jamais son bâtard à qui Nic fait l'honneur de son nom...

« Jamais ! »

Edward arpente son bureau en argumentant. Il s'interrompt pour fixer la rue Saint-Denis et la porte Saint-Louis par la fenêtre de son bureau : le printemps est installé, la neige sale est presque toute fondue, ils vont pouvoir sortir la table et les chaises dans le jardin, et Gabrielle va reprendre ses semis, et ses catalogues de jardinage vont encombrer le lit.

La douleur qui le traverse est fulgurante. Il ferme les yeux, il essaie de respirer convenablement. Ces rappels constants, quotidiens, cette récurrence de l'absence lui font haïr la vie et sa course idiote vers demain. Jamais auparavant il n'a ressenti avec autant d'acuité la profonde ineptie de cette précipitation que tout le monde a en tête.

Quant à lui, c'est terminé. Il n'a plus à courir vers demain ou vers n'importe quel futur. Il a tout perdu et il n'a même pas la sensation d'avoir joué ou misé. Il a tout perdu, point.

Chaque soir, il rentre dans cette maison et ne reconnaît plus rien. Ce n'est qu'enfermé dans sa chambre, dans leur chambre demeurée intacte et emplie de Gabrielle, qu'il se calme enfin. Là, assis dans le fauteuil où tant de fois elle est venue le rejoindre ou encore en train de marcher en lui tenant des discours intérieurs sans fin, là, Edward a l'impression que sa vie reprend un mince sens.

Il ne comprend pas : qu'a-t-il fait au Seigneur pour mériter un tel coup ? Une vengeance aussi cinglante doit bien s'accorder avec un manquement du même ordre, non ? Dieu ne peut pas agir sans raison, venir faucher Gabrielle sans lui donner la clé du repentir qu'il doit montrer. Depuis le 14 avril, depuis que le téléphone a sonné pour annoncer que Gabrielle ne reviendrait jamais rue Laurier, Edward insiste auprès de Dieu pour obtenir les raisons justifiant un tel châtiment. Un à un, il a égrené les commandements de Dieu, un à un, il a revu ceux de l'Église et, dans chaque cas, il a écarté son éventuelle culpabilité. Il n'y a que le péché d'Adélaïde qui pourrait avoir entraîné la colère divine. Mais pourquoi frapper Gabrielle ? Pourquoi ne pas aller directement au fruit du péché ? Cet enfant aurait pu ne pas naître, qui aurait contesté ? La honte, c'est lui, pas Gabrielle ! Pourquoi les faire payer, eux ? Parce qu'ils n'ont pas été de bons parents, parce qu'ils ont laissé filer une maille du tricot pourtant serré ?

Il va devenir fou, il le sent. Il va s'épuiser à chercher, fouiller, argumenter, comme si on pouvait faire un procès à Dieu. Comme si on pouvait réclamer à Dieu. Il a bien fait de ne pas croire en Lui tant que ça. C'est Gabrielle, la pieuse. Et regarde où ça te mène, ma pauvre chérie ! Combien de fois l'a-t-il dite, cette phrase, depuis le 14 avril ?

Depuis le 14 avril, Edward a compris que le monde ne serait plus jamais le même, que la guerre était finie en ce qui le concernait, que la course à l'argent, aux honneurs et au plaisir s'était achevée pour toujours. Depuis ce jour maudit où Dieu et ses mauvais conseillers ont décidé de le punir et de le mettre au supplice, Edward a compris que la rage serait son seul moteur, sa seule raison de mettre un pied devant l'autre, son seul appui et sa seule option. La rage écumante, violente, tellurique, la rage absolue et infinie qui bouillonne en lui et sort par giclées, comme de la lave brûlante.

L'irrationalité de Dieu mérite aussi son châtiment, et sa réponse à un geste aussi insensé ne sera certainement pas le consentement niaiseux et pieux des avachis qui s'inclinent. Dieu n'avait qu'à réfléchir avant de tuer une femme de quarante et un ans. Dieu n'avait qu'à y penser avant, tout comme Adélaïde, et ne pas venir ensuite bêler pour qu'on l'aime quand même, comme si elle ne détruisait pas toute une vie de constants efforts et de véritable bonne volonté.

Celui qui le fera changer d'idée quant à cette décision n'est pas encore né. La seule personne qui l'a jamais fait virer capot est maintenant dans un cimetière quelque part dans cette ville, la seule personne qui était l'alliée de Dieu est absente, et le « pour toujours » qui devrait s'accoler au mot « absente » le rend si furieux qu'il ne peut même pas y penser. « Pour toujours » va avec aimée, pas avec disparue. « Pour toujours » fait partie d'avant, cet avant figé qu'il n'arrive ni à évoquer ni à revoir, tout comme le visage de Gabrielle qui lui échappe sans cesse, qui joue avec lui et se cache dans un coin de son esprit qu'il ne parvient plus à atteindre. Quand il essaie d'imaginer ses yeux, ses sourcils, son front, rien ne vient, et la seule personne qui s'impose, les seuls traits qui ressurgissent sont ceux de sa fille maudite, Adélaïde. Ne serait-ce que pour cela, ne serait-ce que pour cette démoniaque substitution, Edward refuserait de la revoir.

Elle peut se marier en paix, la petite grue qu'est devenue leur fille, elle peut commettre toutes les erreurs possibles maintenant : sa mère n'en sera pas inquiétée, sa mère est à l'abri du pire. Et lui a perdu le meilleur de sa vie. Alors, qu'ils se débrouillent, ces ingrats, que Fabien aille se battre et faire voler des avions ! Il verra bien assez vite que ce n'est pas un jeu et qu'on n'est le soldat de personne. Il y a quelqu'un qui décide tout d'avance, peu importe ce qu'on fait, peu importent ses mérites ou sa bravoure. Il y a un fou furieux là-haut qui prend des décisions au hasard, sans aucune autre logique que celle du chaos.

« Oui, je blasphème et je n'ai pas fini de blasphémer. Il n'avait qu'à le prévoir, s'Il est si fort que ça. Dieu est un imbécile et un tueur aveugle, voilà ce que je pense ! Et compte-toi chanceuse que je ne l'aie pas hurlé dans l'église le jour de ta levée du corps, Gabrielle. Compte-toi chanceuse ! »

Il cesse de grommeler quand il entend le coup discret, presque craintif, de Mademoiselle Dubé. Elle entre avec prudence, comme si elle s'attendait à trouver un quelconque invité inattendu qui ne serait pas entré par la porte principale. « Il y a Monsieur Charest qui attend depuis dix minutes... Vous voulez remettre son appointement ?

— Charest ? Non. Pourquoi vous m'avez pas appelé ? »

Confuse, Mademoiselle Dubé agite les mains, indique l'appareil sur le bureau d'Edward : « Il doit y avoir un mauvais contact... ou alors, la sonnerie est peut-être défectueuse... »

Elle veut sans doute dire qu'elle a appelé. Edward écarte cet insignifiant problème : « Qu'est-ce qu'il veut, Charest ? »

Le regard affolé se pose encore sur le bureau. Mon Dieu, cette femme doit avoir son retour d'âge pour s'énerver comme ça, continuellement. Elle indique le volumineux dossier, placé en évidence sur le bureau : « Charest *versus* Côté. »

Edward hoche la tête d'un air entendu, même si cet énoncé ne lui rappelle strictement rien.

« Dites à Arthur de venir nous rejoindre, voulez-vous ? »

Il ouvre le dossier, relit des dates, des descriptions de procédures sans rien reconnaître, comme si son esprit engourdi refusait de se concentrer sur son travail. En voyant entrer Charest, en apercevant son visage, tout lui revient, et il en éprouve une joie instantanée. Un jour, Gabrielle va lui revenir, ses traits vont lui revenir et, avec eux, tout son passé heureux, toute sa vie sans amertume, sa vie pleine et sucrée, comme un baiser de Gabrielle.

* * *

À contrecœur, Rose jette le restant du *stew* à la poubelle : elle a beau vouloir être économe, c'est la troisième fois qu'elle réchauffe le plat, et le misérable morceau de viande que son ticket de rationnement lui avait valu était déjà raide et dur à la première cuisson.

Ça ne l'étonne pas que son père perde l'appétit : ses talents ménagers sont encore balbutiants et elle n'a pas la débrouillardise de Germaine pour obtenir le meilleur bout de viande.

Elle ouvre le cahier de recettes de sa mère. La longue écriture penchée et élégante emplit les pages de bleu. Malheureusement, Gabrielle avait tendance à faire court et à ne pas décrire les opérations qui allaient de soi. Rose trouve aussi difficile de deviner les étapes d'une recette que de faire ses devoirs de mathématiques sans l'aide de Fabien.

Elle regarde le calendrier de rationnement : demain mardi, encore un jour maigre décrété par le gouvernement. Si elle était certaine au moins que toute cette viande économisée allait aux soldats. Mais elle conserve un doute : les soldats qu'elle connaît sont tous ici ou en Ontario, très loin de l'Angleterre où, paraît-il, tout est expédié. Béatrice fait des paquets pour « ses pauvres soldats » aux services de la Croix-Rouge, et ce sont des soldats à l'étranger, des soldats qu'on ne connaît pas.

Rose compte ses tickets, fait une liste. Elle n'arrive pas à croire à la réalité de la guerre. Quelquefois, quand son père monte très tôt, comme presque tous les soirs, elle allume la radio et essaie d'imaginer ces endroits bombardés ou attaqués ou gagnés ou perdus, selon ce que le commentateur raconte. Chaque fois, elle se rend compte qu'elle comprend à peine que cela signifie des centaines de personnes mortes ou des centaines de soldats faits prisonniers. Même la température là-bas n'est pas la même, il n'y a aucune référence possible avec ce qu'elle vit. Quand il neigeait à plein ciel à Québec, eux parlaient de « pluie diluvienne dans les tranchées ».

On dirait que la guerre est une histoire inventée par les gouvernements pour les faire manger de la margarine et économiser sur tout. Rose sait très bien que ce n'est pas le cas, mais la vraie histoire, les vrais faits, elle ne les comprend pas. Tout ce qu'elle sait, c'est que demain, elle fera encore des crêpes, parce que c'est facile à cuisiner, et qu'il lui reste trois œufs, et que son père n'y verra aucune objection puisqu'il ne regarde même pas ce qu'il y a dans son assiette.

Mimi savait y faire, elle, le gaspillage comme ce soir n'aurait pas été possible avec elle. Ni la viande dure, d'ailleurs. Mais Mimi est occupée à l'usine de munitions. Elle fait des bombes pour la patrie et ne reviendra qu'une fois ces bombes lancées sur l'ennemi et la guerre gagnée.

Rose va finir d'étudier ses leçons sur la table de la salle à manger. Ils n'y viennent plus du tout depuis la mort de sa mère. Ni ici, ni au salon. La vie de famille se concentre dans la cuisine, le *den* et dans leurs chambres respectives. La cave, avec la laveuse électrique achetée avant qu'elle ne soit plus fabriquée et les cordes pour suspendre le linge à sécher, elle est la seule à y aller. Rose ferme ses livres et va repasser une chemise pour son père. Elle n'arrive jamais à prendre de l'avance. Chaque matin, Edward trouve, accrochée derrière la porte de la salle de bains, une chemise repassée de la veille. La semaine dernière, tante Germaine est venue un après-midi et elle a repassé tout le contenu du panier à linge. Les quatre chemises d'Edward étaient pliées comme à l'époque où Gabrielle régnait sur cette maison.

Rose asperge d'eau le col et les manchettes, et elle place sa soucoupe sur le comptoir pour éviter les accidents, comme l'autre soir où toute la chemise a été trempée quand le fil du fer a renversé l'eau. Elle s'applique, elle fait tout son possible pour éviter les faux plis, mais c'est si difficile, les chemises d'homme. Elle est certaine qu'elle ne se mariera qu'avec un homme assez riche pour aller porter ses chemises chez le Chinois. Elle est bien certaine qu'Adélaïde n'aura jamais à sortir le fer à repasser le soir avant de se coucher.

Adélaïde mariée avec Nic. Quelle chose étrange… Pour Rose, ça équivaut à épouser son frère. Quand on connaît quelqu'un depuis qu'on est petit, on ne devrait pas se marier avec lui, c'est comme s'il n'y avait aucun changement. Rose aurait pourtant parié que c'est Florent qu'Adélaïde épouserait. Elle se demande ce que leur mère aurait dit. En tout cas, ils seraient allés au mariage au lieu de les laisser faire ça tout seuls comme des malfaisants. Et Béatrice qui appelle pour avoir des nouvelles de leur père en prenant sa voix chuchotante d'espionne ! « Comment il va ? Qu'est-ce qu'il dit ? Il a mangé ? Tu ne le laisses pas seul ? Tu vas préparer quoi pour souper ? Est-ce que notre charmante sœur s'est manifestée ? Et Nic ? »

Toute une enquête ! C'est comme ça tous les jours. Béatrice se dévoue à la Croix-Rouge, à son mari et maintenant à son père avec un enthousiasme inégalé. On dirait que la disgrâce d'Adélaïde la réjouit. Depuis la mort de leur mère, Béatrice reçoit tous les dimanches midi après la messe, et elle promet de le faire « tant que son état le permettra ». Dès que le bébé naîtra, elle a bien l'intention de l'offrir à Edward comme une consolation fabriquée sur mesure, le bébé étant évidemment honorable et destiné à rompre le chagrin du deuil. Béatrice a une telle façon de prendre tout l'espace quand elle est là, de faire toute la conversation, que Rose a l'impression d'étouffer. Elle ne sait pas comment son père arrive à supporter son envahissant apitoiement, mais elle n'y arrive pas. C'est Adélaïde qui lui manque. Adélaïde et sa façon abrupte de la consoler, de lui parler de toutes sortes de choses nouvelles et passionnantes, de lui demander ce qu'elle veut faire plus tard, comment elle veut gagner et vivre sa vie. Jamais Béatrice ne lui demande des choses pareilles. Béatrice ne veut savoir qu'une chose, et c'est si elle sait tenir ses distances avec les garçons, si elle est consciente des dangers de toute fréquentation, pour ne pas répéter certaines erreurs fatales. Comme si le « péché » d'Adélaïde allait contaminer toute la famille !

Rose pose son fer et examine son ouvrage : ça peut aller. Les « bouts qui dépassent » sont impeccables et ceux qui sont cachés sous le veston présentent de petits défauts pardonnables. Elle monte porter la chemise. Cette maison est si silencieuse, elle en a les oreilles qui bourdonnent. Neuf heures… Qu'est-ce qu'il fait, son père, enfermé dans sa chambre ? Et Guillaume qui devrait être rentré ? Par chance qu'ils ne vivent pas à Montréal où on parle d'imposer un couvre-feu à neuf heures pour les enfants de quatorze ans et moins. Avec surprise, Rose constate qu'elle n'est plus une enfant pour l'État. Elle ne s'est aperçue de rien pourtant, elle n'a pas senti ce passage de l'enfance à l'âge adulte. Tout ce qu'elle a senti, Rose, c'est la fin du monde quand sa mère est morte il y a presque trois semaines. La fin du monde qui a cassé sa famille et son insouciance. Elle a l'impression que ça fait une éternité que Gabrielle est morte, que la maison est silencieuse, et que la vie est devenue une suite interminable de devoirs et de tâches ménagères. En comparaison, la guerre n'a rien changé à sa vie. Depuis trois ans qu'elle dure, jamais Rose ne l'a ressentie avec autant de force que depuis la mort de sa mère.

Elle s'assoit dans les marches d'escalier à égale distance entre la porte d'entrée et celle de la chambre d'Edward. Quand Guillaume entrera, elle fera semblant d'être en train de descendre. Quand Guillaume entrera, il y aura un peu de bruit dans la maison et les oreilles vont cesser de lui bourdonner.

Au bout de trois quarts d'heure, la porte d'en bas s'ouvre enfin, et Rose descend joyeusement les marches qui restent. Guillaume sourit et ne s'étonne plus de constater qu'à chaque fois qu'il rentre sa sœur est en train de descendre les escaliers. Il sait très bien qu'elle l'attend là, comme une petite souris en pénitence. C'est pour cela que, chaque soir, il refuse l'invitation de sa tante à rester coucher. Pour voir Rose sourire en venant vers lui, faussement désinvolte. Parce que, s'il ne rentre pas, il est à peu près certain qu'Edward la trouvera endormie dans les marches au petit matin.

Edward entend les tuyaux se plaindre et le silence succéder à la toilette des enfants qui ont regagné leurs chambres. Dans une demi-heure, ils vont dormir, et il pourra jouir de toute la maison en paix.

Sauf les deux chambres des enfants, il arpente chaque pièce, comme s'il faisait l'inventaire de ses possessions.

Dans la cuisine, il résiste difficilement à l'envie de rajouter le couvert de Gabrielle aux trois bols à céréales déjà placés. Il contemple le jardin et passe au salon où, assis dans le fauteuil de Gabrielle, il écoute la radio en sourdine.

Dès qu'elle entend son père sortir de sa chambre, Rose s'endort, rassurée, après s'être fait la remarque que cette maison était devenue un abri d'espions : chacun avait sa vie privée et cachée qui dépendait des secrets des autres. Elle espère toujours que son père mange un peu lors de ses excursions nocturnes.

* * *

McNally Textiles fonctionne à 80 pour 100 pour l'effort de guerre et les usines ne fabriquent que des toiles de parachutes. Les autres 20 pour 100 sont entièrement consacrés à la fabrication d'étoffes et de textiles destinés à la vente en gros aux manufactures de vêtements. Pour ce qui est des importations, elles sont presque toutes effectuées en vue d'approvisionner les usines de guerre, et Nic doit faire des pieds et des mains pour remplir les commandes.

Adélaïde est l'interlocutrice privilégiée des agents du gouvernement chargés de vérifier si les multiples règles édictées par l'État sont respectées. Elle a l'impression de ne faire que ça : répondre aux incessantes demandes des employés de l'État. Dès qu'un rapport est terminé, le gouvernement établit de nouvelles règles ou de nouvelles restrictions et il faut reprendre tout le travail. Trouver de la main-d'œuvre compétente est déjà toute une affaire, alors perdre du temps à prouver qu'on n'incite personne à fuir ses devoirs de conscience et à éviter d'aller s'engager représente un surplus de travail dont Adélaïde se passerait.

Quand le gouvernement fait paraître les nouvelles listes de ce qui est ou non permis de fabriquer comme vêtement, incluant non seulement la coupe et le nombre de boutons autorisés, mais aussi la couleur des chaussettes, Adélaïde n'est pas loin de la syncope : « Ils veulent quoi ? Qu'on ne fabrique plus que des barboteuses vertes ou beiges ? Tu peux me dire pourquoi une chaussette ne peut pas être rose ? L'ennemi va les voir de loin ? »

Rien ne divertit davantage Nic que ces sautes d'humeur. Ils essaient de trouver des solutions et des avenues pour écouler le stock d'étoffes déjà tissées et déclarées interdites des étalages pour l'automne suivant.

« Si encore ils avaient le génie de nous avertir avant qu'on parte les machines ! »

Nic n'a aucun doute qu'Adélaïde va trouver une solution à cet épineux problème de recyclage : elle a une énergie folle et son autorité naturelle fait merveille sur les fonctionnaires de l'État. Tant qu'elle n'aura pas affaire à Léopold, le mari de Béatrice, qui vient d'être promu à la commission chargée de faire respecter les règlements du commerce, ça ira.

Léopold n'est pas un mauvais bougre, mais il est totalement dévoué, pour ne pas dire à la botte de sa femme. Tout ce qu'elle dit devient immédiatement parole d'Évangile, et Léopold a donc adopté le bannissement de sa belle-sœur.

Début juin, Béatrice met au monde un fils de sept livres et deux onces et, à en croire tante Germaine, les douze heures de l'accouchement ont été un véritable martyre dont Béatrice est sortie canonisée. Isabelle a ramené l'aventure à de plus simples proportions en racontant à Adélaïde que Béatrice a réussi à accoucher en huit heures, dont deux vraiment souffrantes, ce qui représente une excellente moyenne pour un premier enfant. Béatrice est très entourée et déclare à qui veut l'entendre que son fils est un futur génie, parce qu'il comprend tout ce qu'elle lui dit.

« J'ai dû raconter les mêmes niaiseries quand Jérôme est né, mais j'avoue que ta sœur a tendance à gester plus que nécessaire.

— C'est Béatrice, que veux-tu attendre d'autre ? Maman disait toujours : si c'est Béatrice qui t'a dit ça, divise par deux. Papa l'a vu ?

— Pas encore, non.

— Il ne va pas bien, c'est ça ? Tu peux me le dire.

— Écoute, je ne le sais pas. Rose dit qu'il est là sans être là. »

Adélaïde soupire à l'autre bout de la ligne, ce qui énerve terriblement Isabelle : « Bon, ça va coûter une fortune encore. Tu ne devrais pas appeler si longtemps.

— Qu'est-ce que je peux faire d'autre ? J'écris chaque semaine, mais tu ne réponds pas. Je veux avoir des nouvelles, moi ! »

Isabelle sait qu'elle a raison, elle ne trouve même pas le temps d'écrire autant qu'elle le voudrait à Maurice, alors c'est sûr que les lettres d'Adélaïde restent sans réponses. Surtout que sa cousine finit toujours par s'impatienter et téléphoner avant qu'elle n'amorce la réponse.

« Bon, d'accord, c'est ma faute. Mais avec les enfants sans Maurice…

— Ne me donne pas de raisons, je sais ce qui en est. Donne-moi des nouvelles, c'est tout. Comment ils vont l'appeler ?

— Pierre. C'est en partie le nom du père de Léopold. Remarque qu'il a failli s'appeler Pierre-Paul, le pauvre petit. Ça aurait fait ancien en partant. Ils demandent à Edward d'être le parrain et à la mère de Léopold d'être la marraine. C'est pour qu'Edward ait une joie, comme dit Béatrice.

— Elle baptise quand ?

— Dimanche prochain.

— Tu vas me raconter ? Si tu n'écris pas, je t'avertis que je vais téléphoner et tu seras responsable de la faillite de Nic.

— Comment il va, Nic ?

— Bien. Tu veux lui parler ? Il est tout près.

— Non. J'ai hâte de te voir, Adélaïde. As-tu grossi ? »

Adélaïde sait très bien que sa cousine essaie de savoir comment va la vie conjugale, mais comme le téléphone est un moyen de communication trop froid pour permettre de telles confidences, elle ne pose pas la question. Cela lui convient assez puisqu'elle ne saurait rien dire de sa vie de couple. Celle-ci ne diffère pas du tout de son ancienne vie avec Nic. En dehors du fait qu'elle s'endort très souvent avec lui sur le large divan du salon, elle ne voit pas ce qui pourrait être dit de sa vie conjugale. Ils sont bien, Nic va mieux, son teint et son appétit en témoignent, mais ce n'est pas ce que veut savoir Isabelle.

Adélaïde se contente d'expliquer à quel point la petite « matinée » de maternité lui sied bien et combien elle est inutile parce que rien n'y paraît vraiment, elle n'a pas du tout l'air d'une femme enceinte de six mois.

« Sauf que mes anciennes robes ne ferment plus.

— Ça va venir, tu vas voir. Béatrice réclame déjà sa taille de jeune fille.

— Ça m'étonne beaucoup venant d'elle ! Elle attache si peu d'importance aux apparences.

— Mauvaise ! Allez, j'entends ma pitchounette. Je t'embrasse. »

Adélaïde va s'asseoir auprès de Nic qui s'empare de ses pieds et les masse en lui parlant. Il avait parié sur un garçon et elle lui confirme qu'il a un véritable sixième sens.

Il fait très chaud pour début juin, les fenêtres ouvertes laissent entrer plus de bruit que de brise. Adélaïde a le front moite : « Dieu du Ciel ! Seulement juin et on crève de chaleur ! Qu'est-ce que ce sera en août et enceinte de huit mois ? »

C'est son premier été à Montréal, le premier été complet sans aller à l'Île, sans faire une pause de verdure et de fleuve. Nic se lève, va chercher des serviettes gorgées d'eau froide dont il enveloppe les chevilles d'Adélaïde.

« Tu veux qu'on envoie un cadeau ? Qu'est-ce qu'on fait ?

— C'est vrai que leur cadeau de mariage était si beau que ce serait gênant de ne rien envoyer. Isabelle me trouve méchante langue ! Mais Isabelle, elle ne dit jamais rien contre personne. Je me demande si ça lui coûte beaucoup ? »

Nic se contente de sourire. Adélaïde donne des nouvelles de Florent, qui devrait bientôt arriver à Montréal, et Nic l'écoute, tout surpris de se rendre compte que la perspective de partager son intimité avec qui que ce soit d'autre qu'Adélaïde ne lui plaît pas du tout. Maintenant que l'arrivée de Florent est imminente, il comprend que ces semaines passées avec Adélaïde, à travailler, à discuter, à l'écouter jouer du piano ou à écouter la radio avec elle blottie contre lui, ces semaines passées à s'apprivoiser et à être presque étonné d'avoir envie de rentrer tôt et de la rejoindre, ces semaines vont lui manquer. Il n'a pas du tout l'impression d'être amoureux, mais il aime beaucoup cet humour, ce ton léger et intime qu'ont pris leurs rapports. Il aime la protéger, il aime la voir sortir ses griffes pour tous les autres et les rentrer pour lui. Ça n'a rien à voir avec le désir ou un amour passionnel, c'est seulement que Florent risque d'accaparer Adélaïde et d'être celui avec qui elle s'endormira désormais, comme ils le faisaient dans leur enfance.

« Hé ! Tu dors, Nic ? »

Le visage joyeux d'Adélaïde est penché à deux pouces du sien ; les yeux gris remplis de moquerie, le sourire lumineux. En un instant, Nic est traversé par une onde puissante qui lui fait tendre la main vers ce visage ouvert, ce cou si long que l'échancrure de la robe de chambre dégage. La voix gagnée par le trouble, il s'excuse et avoue qu'effectivement il était distrait. Les sourcils soulevés demandent des détails, mais il se contente de hocher la tête : « Tu disais quoi ? *Talk to me.* »

Adélaïde ramasse les serviettes qui détrempent le tapis et le plante là. Elle revient, éteint la lampe et le prend par la main : « Viens, on va monter avant de faire la première station réglementaire : ils s'endorment au salon. »

Parce qu'elle le prend par la main, il la suit : « C'est quoi, la deuxième station ?

— Ils se réveillent engourdis en pleine nuit. Dors bien, Nic. »

Avant de la laisser partir, il la prend dans ses bras et l'étreint : « Tu dors bien, toi ? »

Dans son cou, elle murmure : « Ça dépend des nuits. Toi ? »

Il pose les lèvres sur son front : « Ça dépend des nuits. »

En ramenant le drap léger, Nic se demande s'il dormirait plus sûrement avec Adélaïde à ses côtés. Tant qu'elle est grosse, il croit que oui, mais il doit se rendre à l'évidence : partager son lit avec une Adélaïde redevenue « jeune fille » deviendrait hautement perturbant, quelle que soit la pureté de ses intentions.

Adélaïde écrit longuement, cette nuit-là. Elle raconte à Theodore la naissance de ce fils de Béatrice et l'effet salvateur que cela est supposé avoir sur Edward. Elle aborde franchement et en détail son état d'esprit quant à l'attitude de sa sœur. Elle se couche, épuisée, et la nuit a beau être accablante, elle s'endort comme si, par la magie de l'écriture, elle avait rejoint Theodore.

* * *

Béatrice tient mordicus à ce que le baptême soit un événement majeur, quasiment imposant. Elle n'avait que cinq ans lors du baptême de Guillaume, mais elle se souvient du faste du buffet, du nombre d'invités et, malgré la guerre et la modestie obligée par le deuil, elle argumente pour que Germaine organise une réception qui fasse oublier à Edward que la dernière réunion à laquelle la famille a participé était les funérailles de Gabrielle.

« Enfin, Béatrice, sois raisonnable ! Edward ne peut pas oublier et ce serait étonnant qu'il reste davantage que quarante-cinq minutes. Tu sais comme il est devenu sauvage ? Et puis, Fabien et Maurice n'y seront pas, sans parler d'Adélaïde... Comment veux-tu que les gens ne remarquent pas l'absence de Nic et d'Adélaïde ?

— Ils le remarqueront, que veux-tu qu'on y fasse ? C'est elle qui s'est mise dans l'indignité, on ne peut quand même pas la couvrir.

— Béatrice... je t'ai dit ce que j'en pensais et je ne veux pas que tu me parles de ta sœur sur ce ton.

— Parlons du baptême, alors. C'est drôlement plus intéressant. »

La discussion dure tellement longtemps que Germaine est presque soulagée de partir. Les envies de grandeur de Béatrice sont bien au-delà des moyens de Léopold et de Germaine. À entendre la jeune mère, il faudrait pavoiser la rue comme si la procession de la Fête-Dieu s'achevait sur son perron. Germaine constate à quel point sa nièce a besoin d'être guidée et soutenue et que, cette fois, comme bien des fois à l'avenir, Gabrielle manquera cruellement à sa fille.

En dressant une liste raisonnable d'invités, Germaine prie le Ciel qu'on laisse Léopold là où il est et qu'on ne l'appelle pas à l'entraînement. Elle est bien convaincue que, sans lui, Béatrice deviendra insupportable.

Elle achève ses listes de préparatifs, écrit une longue lettre à Adélaïde pour lui raconter les détails de l'événement et s'informer de sa santé. Puis, alors que le soir tombe, elle décide de visiter Edward pour le persuader d'aller voir le bébé de sa fille avant d'être son parrain sur les fonts baptismaux.

Germaine trouve la maison silencieuse. Rose fait ses devoirs tandis que Guillaume repeint la table de bois dans la cour, la table des « soupers dehors » de Gabrielle, la table où, tant de fois, elle a surpris sa sœur les matins d'été à lire son feuilleton du *Soleil*, une tasse de café à la main.

Elle monte et frappe à la porte d'Edward qui non seulement ne répond pas, mais ne bouge pas. Il pourrait être mort là-dedans et personne ne le saurait ! Germaine trépigne, se trouvant ridicule : « Edward ! Je veux vous parler de Béatrice et du baptême, laissez-moi entrer ! Bon ! Très bien, faites ce que vous voulez. Je serai en bas pour l'heure qui vient, si vous daignez sortir de votre cachette. Mais ne venez pas me renoter quoi que ce soit si c'est pas à votre goût ! »

Elle redescend bruyamment pour bien lui montrer qu'elle ne stationne plus sur le palier. Rose, le visage inquiet levé vers elle, ne dit rien et se contente de soupirer. Quel homme sans cœur, se dit Germaine, pas capable de faire un effort pour ses propres enfants.

Elle entraîne Rose dans le jardin et, en respirant l'odeur d'huile de la peinture, elle discute des vacances qui s'en viennent et de la possibilité d'aller à l'Île. Elle propose qu'ils partent tous les trois autour du 24 juin et que, en juillet, dès que le petit Pierre aura un mois, Béatrice vienne les rejoindre pour le mois. Elle évoque la possibilité d'inviter Isabelle avec les petits, et même Florent, qui aurait bien besoin de l'air de la campagne avant d'aller s'installer à Montréal. Les yeux de Rose et de Guillaume brillent enfin. Rose s'enhardit à murmurer :

« Et Adélaïde ? Est-ce qu'elle peut venir ? Est-ce qu'on l'invite avec Nic ? »

Germaine soupire bruyamment. Là, il y a un problème majeur : si Béatrice est là, Adélaïde n'y sera pas.

« Alors, on prend Adélaïde, parce que Florent et Isabelle vont venir si c'est elle », déclare Guillaume. Rose acquiesce : « En plus, papa voudra pas venir, n'importe qui qui serait là… »

Germaine essaie de les convaincre que la venue du bébé va changer l'attitude de leur père, mais elle a du mal à se croire elle-même.

Rose l'arrête en plein laïus : « Tu sais bien qu'il ne viendra pas, ma tante. Il y aurait eu Nic, je ne dis pas… Mais même avec Adélaïde, Nic va peut-être rester travailler à Montréal. »

Ils restent silencieux à réfléchir aux données compliquées du problème. Gabrielle, comme un vibrant fantôme, habite le silence désolé. Germaine a beau essayer de remplacer sa sœur, elle aurait bien besoin de cette autorité coulante qui mettait de l'ordre dans les désirs contraires des enfants. Ils s'entendent pour partir tous les trois, mais Rose se fait tirer l'oreille à l'idée de laisser son père tout seul pour se débrouiller. Guillaume laisse entendre qu'il ne mangera pas plus, pas moins, qu'elle y soit ou non, et cela clôt la discussion.

Une fois seule avec son frère, Rose résume leurs sentiments : « De toute façon, à l'Île ou ici, ce ne sera plus jamais pareil. »

* * *

Jusqu'au samedi, Germaine a craint que le père de Léopold ne devienne le parrain de Pierre : impossible d'obtenir une réponse d'Edward, impossible de forcer sa retraite ou son silence. Même en téléphonant au bureau, elle s'est fait répondre qu'il ne prenait aucun appel. La ruse lui est venue le vendredi soir : elle a glissé une note sous la porte de sa chambre et elle lui a demandé officiellement s'ils pouvaient compter sur lui pour le dimanche. Quelle que soit sa réponse, qu'il se contente de la griffonner à l'endos de sa lettre et la laisser sur le guéridon de l'entrée.

Il n'y avait pas plus surprises que Germaine et Rose de découvrir le « oui » d'Edward le samedi matin.

« On peut dire qu'il saute de joie », ne peut s'empêcher d'ajouter Germaine qui craint que sa réception ne soit mortelle.

Edward se conduit fort dignement à l'église. En dehors du fait que son costume est trop grand et qu'il flotte dedans, il s'acquitte de sa tâche honorablement. Quand, à la réception, Béatrice lui met de force dans les bras son petit-fils endormi, Edward reste droit et rigide, et attend patiemment que quelqu'un ait le bon sens de le décharger. Béatrice, très expansive, se met à pleurer et à répéter que Pierre est un cadeau du Ciel pour le consoler. Edward ne regarde même pas le bébé. Il se contente de fixer Béatrice froidement en murmurant : « Tiens-toi, Béatrice, je t'en prie », ce qui a pour effet d'amplifier les sanglots de sa fille.

Dès qu'Isabelle le déleste du nourrisson, Edward s'éclipse sans demander son reste. Il faut toute la patience de Léopold et de Germaine pour consoler Béatrice et l'assurer qu'elle « n'a pas fait ça pour rien ». Comme si l'enfant avait été conçu dans un but précis de consolation ou même de compensation !

Béatrice explique à qui veut l'entendre à quel point cette maternité a été un calvaire pour elle, à quel point elle ne souhaite à personne de devoir passer par là : mettre un enfant au monde alors que sa propre mère, si essentielle dans de tels moments, décède. Avoir à vivre le plus grand deuil et la plus grande espérance à la fois, soutient-elle à Reine, qui se retient de lui dire que, dans son cas, la plus grande espérance s'est toujours soldée par le plus grand deuil et qu'elle ne fait pas toutes ces simagrées. Georgina ne cesse de se tamponner les yeux, terriblement sensible au discours mélodramatique de sa nièce. Est-ce de voir son mari prendre des mines apitoyées en tapotant le bras de Georgina qui provoque la colère de Reine, ou le seul discours interminable de Béatrice ? Elle ne saurait le dire, mais la phrase lui vient aux lèvres et, avant qu'elle ne comprenne l'ampleur de l'offense, elle la prononce : « Toi qui sais si bien ce qu'Adélaïde va vivre, tu devrais l'aider. »

Une stupeur presque niaiseuse se peint sur les visages : yeux vides, bouches entrouvertes, ils fixent Reine avec une expression bovine, à la limite du demeuré. Pierre sauve la situation en se mettant à hurler de faim, ce qui entraîne Béatrice dans la chambre. Georgina, lèvres serrées, s'éloigne sans rien ajouter, alors que Jean-René lui chuchote de lénifiantes paroles à l'oreille.

Reine est tout étonnée d'entendre Germaine murmurer : « Il faut de temps en temps que certaines choses soient spécifiées. Merci, Reine, ça prenait des proportions désagréables. »

Son « attitude déplorable » vaut à Reine d'être soustraite à la tâche de reconduire Georgina à la maison. Elle revient en compagnie d'Isabelle et des enfants, en marchant avec Jérôme, qui lui explique qu'il connaît les bébés et qu'il sait qu'il ne faut pas les casser ou les briser et que le nouveau bébé ne viendra pas demeurer avec eux « paqu'on n'a pas de place », ce qui semble beaucoup le soulager.

Reine profite du mécontentement de Jean-René pour passer la soirée avec sa sœur et discuter d'Edward, du problème que représente son comportement pour les enfants. Elles finissent par parler de Gabrielle et, en évoquant leur tante bien-aimée, elles constatent encore une fois combien une époque s'est achevée avec elle.

« Même au Centre, ce n'est plus la même chose. Il faut dire que Paulette a des impatiences avec les enfants… Une chance qu'on arrive à la fin de la période scolaire, parce que j'aurais été obligée d'intervenir. Elle est tellement changeante, c'est à n'y rien comprendre. Je pense que tante Gabrielle lui manque beaucoup. »

Isabelle se décide à demander à sa sœur si le mariage de Nic et le déménagement prochain de Florent à Montréal ne jouent pas sur les humeurs de Paulette. Reine est persuadée que le départ de Florent constituera un gros problème. Pour ce qui est de Nic, elle ne croit pas que cela fasse la moindre différence : « Ça fait longtemps qu'elle y avait renoncé. »

« Mais, Reine, renoncer à quelqu'un ne veut pas dire cesser de l'aimer ! » s'étonne Isabelle.

Sa sœur considère cette éventualité en silence et elle finit par admettre la possibilité que Paulette trouve qu'Adélaïde possède à peu près tout ce qu'elle-même désire âprement : l'affection indéfectible de Florent et le mariage avec Nic.

« Mais Paulette est courageuse, elle sait bien qu'Adélaïde n'a rien volé à personne, que c'est la vie qui est comme ça. Elle ne lui en veut pas. »

Isabelle se contente de l'espérer sans nourrir de confiance sans bornes dans les vertus de l'humanité.

* * *

« J'ai reçu une lettre de Fabien ! »

Adélaïde danse presque tellement elle est contente. Fabien explique en long et en large combien le cours est passionnant et combien il fait ce qu'il désirait le plus : devenir pilote. S'il n'avait pas été parfaitement bilingue, il n'aurait pu être admis dans ce secteur, l'armée refusant les services des unilingues francophones dans l'aviation et les forces navales. Fabien laisse entendre que l'opinion qu'on a d'eux à l'armée n'est pas trop chaleureuse, mais que ses résultats sont excellents et que, parce qu'il va bientôt parler anglais sans aucun accent, il sera traité « comme un vrai Anglais ! » Si ce n'était de son prénom, il y serait déjà.

Son frère ne parle pas de son état d'esprit et il ne raconte pas non plus comment Edward l'a laissé au camp, s'il était affable ou non. Ce qui ne rassure pas Adélaïde.

« Si je comprends bien, je ne suis pas la seule à bénéficier des manières abruptes de papa. Tout le monde trouve à s'en plaindre. »

Nic ne peut rien ajouter pour améliorer le portrait d'Edward : celui-ci est tellement secret et tendu qu'il arrive à peine à lui parler. Inutile d'essayer de prononcer les noms d'Adélaïde ou de Fabien. Même celui de Gabrielle est maintenant interdit. Adélaïde conclut que son père va finir par se dérager un jour et que, ce jour-là, elle essaiera de lui faire comprendre le bon sens.

Fabien a encore presque un an d'entraînement à subir avant d'être envoyé où que ce soit, ce qui encourage beaucoup Adélaïde : « En mai 1943, Nic, nous aurons sûrement signé la paix avec Hitler. Si tu savais comme j'ai hâte ! »

Nic le sait. Il espère le retour de Ted et souhaite sincèrement que cet enfant ait un père, mais il ne peut s'empêcher de se voir jouer le rôle. Il se dit qu'il faudra être circonspect, et qu'Adélaïde, elle, n'oubliera jamais qui est le vrai père de ce bébé. À tout prendre, il préfère de beaucoup considérer l'arrivée de Florent qui bouscule moins de choses que la perspective du retour de Ted.

La chambre de Florent, « ses appartements », comme les qualifie Adélaïde, est prête. Elle a refusé de décorer, suggérant qu'il le fasse lui-même, à son goût, pour qu'il se sente vraiment chez lui.

« Tu sais, depuis l'Île, il n'a jamais eu de vraie maison à lui. Maman disait que la rue Arago était affreuse et le logement, misérable. Cinq ans de sanatorium et deux ans chez Paulette, ce n'est pas ce qu'on appelle avoir un foyer. Cette maison, ce sera sa vraie maison, sa place. Pourvu que Paulette ne se mette pas à faire pitié pour l'empêcher de partir ! »

La perspective amuse beaucoup Nic, qui ne connaît pas Paulette sous cet angle. Il est prêt à croire qu'elle ait des réticences à laisser partir son protégé. Déjà, il y a deux ans, il n'avait pu lui prendre Florent « parce qu'il était trop jeune ». Cette fois, il pense que Paulette va obtempérer : « Avec cette menace constante d'être appelé, je n'ai aucune envie que tu aies ce bébé toute seule. »

L'hypothèse laisse Adélaïde assez songeuse. Ce soir-là, juste avant d'aller dormir, elle déclare qu'à son avis Florent sera trop jeune pour être d'une quelconque utilité au moment de l'accouchement : « J'aimerais autant que tu y sois, Nic, ça risque d'énerver beaucoup Florent, il faudrait quelqu'un pour le tranquilliser.

— Et qui va te rassurer, toi ?

— Moi ? Je ne suis pas Béatrice !... Mais s'il te reste de la patience, je la prendrai. »

Nic sait très bien que ses réserves de patience sont pleines à craquer et qu'il compte en faire bénéficier sa femme et son enfant en priorité.

* * *

Germaine vient de finir son grand ménage du printemps et ses préparatifs pour son séjour à l'Île quand Béatrice l'appelle, la voix chevrotante.

Elle la trouve brûlante de fièvre, presque en train de délirer, trempée de sueur et de lait. Elle ignore totalement si le bébé qui hurle auprès de sa mère doit ou non boire à son sein, si le lait est bon ou avarié par la fièvre. Béatrice, de toute évidence, n'a pas la force de jouer la comédie, et elle est en proie à une maladie de femme dont Germaine ignore tout.

Elle éloigne le bébé, l'enveloppe dans une couverture et appelle le médecin. Léopold trempe son doigt dans le sirop d'érable et le fait téter au bébé en attendant de trouver mieux pour le calmer.

Dieu merci, Léopold n'est pas retenu ou attendu à l'extérieur de la ville. Le diagnostic du médecin est formel : fièvres puerpérales qui peuvent durer encore un bout de temps. Il prescrit des médicaments en soutenant que, d'après lui, le meilleur remède serait ce nouveau traitement encore très cher, la pénicilline.

Le bébé est confié à Isabelle, qui a encore tout l'équipement de bouteilles et de couches nécessaires aux soins d'un nouveau-né. Germaine s'installe chez Béatrice de l'aube au crépuscule et prend soin d'elle sans ménager sa peine. Il est évident que le séjour à l'Île doit être retardé et Rose, extrêmement inquiète pour sa sœur, ne sait plus comment seconder Germaine.

C'est Isabelle qui, devant l'angoisse maladive de Rose et de Guillaume, prend la décision de les soustraire à l'atmosphère confinée de la maladie et des angoisses morbides en partant à l'Île avec eux.

Prévenue par sa cousine, Adélaïde décide de se joindre à eux et d'aller faire sa part dans la portion de la famille qui veut encore d'elle.

Elle ferme la plupart des dossiers en suspens et prend le train pour Québec en traînant une serviette bourrée de documents à traiter et de « cas problèmes » à régler. Nic déteste la voir partir dans son état pour un endroit où il n'y a pas encore le téléphone ni les commodités modernes. Il évoque tous les risques et les dangers de sa condition avant de capituler devant l'évidente bonne humeur d'Adélaïde. Partir pour l'Île ne la déprime ni ne l'inquiète, elle est ravie de rater un bout de l'été montréalais.

Il l'installe dans le train en répétant qu'il exige des nouvelles fréquentes et détaillées.

« Écoute, Nic, si tu trouves que tu n'en sais pas assez, viens me rejoindre. Ça te fera le plus grand bien. Et ça te permettra de voir le neveu à qui on a envoyé un si joli cadeau. »

Adélaïde ne fait que passer rue de Bernières, histoire de parler à sa tante Germaine et d'avoir les dernières nouvelles concernant la fièvre et l'état de Béatrice.

Germaine est tout émue de voir Adélaïde aussi belle avec son minuscule rebondi et elle ne manque pas de verser quelques larmes. Béatrice va mieux, mais elle est encore très faible, et la fièvre ne baisse pas sous les cent degrés, ce qui signifie que l'infection n'est pas résorbée. Germaine restera à Québec tant que Béatrice aura besoin d'elle et, ensuite, elle se rendra à l'Île chercher Pierre ou alors elle y emmènera sa mère, si elle est en état. Après avoir formellement promis de téléphoner tous les soirs, Adélaïde va prendre le bateau.

Rien n'est plus agréable que cette promenade sur le fleuve tranquille alors qu'une brise agite les larges pans de sa blouse et qu'elle doit tenir son chapeau à deux mains. Au débarcadère, Florent, Rose et Guillaume l'attendent, trépignant de plaisir anticipé, principalement à cause de la surprise qu'ils ont tous gardée concernant la présence de Florent à l'Île.

La plus heureuse de l'arrivée d'Adélaïde est sans contredit la petite Élise, qui trouvait extrêmement difficile de partager les attentions de sa mère avec le « bébé lala qui pleure pour rien ». Ce qui, d'ailleurs, n'est pas très exact, Pierre se révélant un nourrisson très calme et charmant. Seulement, personne ne sait pourquoi, il hurle au moins une heure avant son boire et il ingurgite sa portion de lait à une vitesse affolante... pour se remettre à crier tout de suite. Après la première journée, Adélaïde considère la bouche grande ouverte de Pierre qui glapit son déplaisir.

« Écoute, Isabelle, je pense qu'il meurt de faim. »

Isabelle maintient qu'il boit la portion recommandée pour un bébé de son âge. Adélaïde ne supporte pas les cris du petit et elle va remplir la bouteille en se disant que personne ne sait vraiment combien de lait contient le sein d'une mère, et qu'il est possible que l'estimation soit mal faite. Isabelle ayant nourri ses enfants jusqu'à quatre mois, comment vérifier ?

Si elle en juge par le contentement de Pierre qui tète avec une hâte frisant la panique, yeux grands ouverts et fixés sur le visage d'Adélaïde avec une insistance qui l'empêche de seulement bouger le biberon, le sein d'une mère contient davantage de lait que tout ce que les médecins peuvent penser.

Le rot de soulagement est suivi d'un sourire béat qui provoque un fou rire général. Isabelle s'en veut beaucoup d'avoir affamé Pierre sans le savoir, alors qu'elle a quand même deux enfants et qu'une certaine science des bébés devrait la guider. Adélaïde berce le poupon endormi contre son ventre rebondi : « Je ne pense pas qu'il t'en veuille jusqu'à la fin de ses jours, Isabelle. »

La vie s'organise avec harmonie, les trois petits bénéficiant des soins et de l'attention de cinq adultes — ou presque, se dit Adélaïde après avoir surpris Guillaume en train de torturer une sauterelle pour qu'elle lui donne du miel. Les fermiers de l'Île, en manque de main-d'œuvre pour les champs, utilisent avec bonheur les bras de Guillaume, de Florent et de Rose qui rentrent à la maison avec des paniers de victuailles. Jamais Adélaïde n'a tant mangé de fraises. Même s'il y a pénurie de sucre, elle s'essaie à des confitures « au sirop d'érable », plus facile à trouver, mais le résultat laisse à désirer.

Tous les soirs, Adélaïde se rend à l'hôtel pour téléphoner. Elle donne des nouvelles et en rapporte aux troupes. Quand Nic répond, elle lui lance un : « Colonel McNally ? Votre sergent au rapport... », suivi du récit de toutes les niaiseries qui ont occupé la journée.

Quand elle revient, elle se berce avec Isabelle sur la véranda, et elles restent là jusqu'au dernier boire de Pierre, à parler et à rire. Souvent, Rose et Florent se joignent à elles, alors que Guillaume dort déjà, abruti par ses travaux aux champs.

Un soir, alors qu'elles sont seules, on entend le vapeur faire son « pouhh ! » sourd. Pierre dort béatement sur le ventre d'Adélaïde, apparemment insensible aux coups que son bébé donne.

« Tu crois que papa risque de venir à l'Île ? »

Après mûre réflexion, Isabelle dit que si jamais Edward revient à l'Île, ce ne sera pas cette année.

On entend un engoulevent dans le soir paisible. Adélaïde change de position pour essayer de calmer le tumulte dans son ventre. Peut-être qu'elle ne reverra pas son père avant longtemps, mais elle trouve son indifférence vis-à-vis des plus jeunes très difficile à accepter. « Finalement, papa ne m'a pas fait un traitement de faveur en refusant de me voir. Il ne va pas voir Béatrice et jamais il ne s'inquiète des deux qui sont ici. Je suppose que Fabien ne reçoit pas de lettres non plus.

— Ton père est encore trop pris par son deuil. Il faut attendre, lui laisser le temps.

— Non, Isabelle. Papa ne vient pas ici pour une seule raison : parce qu'ici, c'est la place à maman, et qu'en y venant il serait bien obligé d'admettre qu'elle n'est plus là. Tu sais ce qu'il fait ? Il fait semblant qu'elle n'est pas morte et, parce qu'il ne nous voit pas, il réussit à se croire.

— Tu dis ça parce que tu es fâchée avec lui.

— Oui, t'as bien raison, je suis fâchée noir. Et maman aussi le serait. Alors je ne suis pas à la veille de me défâcher, je t'en passe un papier ! »

Et avant que Pierre ne grogne parce que son énergie combative le réveille, elle monte le coucher dans sa chambre.

* * *

Trois jours plus tard, Nic s'annonce. Il s'avoue vaincu par la chaleur humide qui rend la ville intenable. Il n'ajoute pas que la maison sans Adélaïde est devenue un endroit vide et ennuyeux. Il propose d'emmener Lionel avec lui, il pourrait leur confectionner ses recettes miracle avec la base que procurent les tickets de rationnement.

« Pourquoi ? Penses-tu t'installer pour l'été ? On a une *business* à faire marcher, nous. »

Même s'il n'a pas de *butler*-cuisinier qui l'accompagne, Nic débarque les bras pleins de victuailles. Tout le monde est si excité et si heureux de le voir qu'il aurait pu arriver les mains vides. « Mais ce ne serait pas Nic », soutient Isabelle en rangeant précieusement le poulet.

Toute la tranquille nonchalance est soudain bousculée, et les portes claquent, les enfants courent, dévalent les escaliers, partent en excursion. Nic se met en tête de faire jouer au tennis Rose et Guillaume, et Isabelle doit faire la quatrième en prévenant que, s'il se met au bridge, ce n'est pas elle qui jouera ce rôle.

Florent et Adélaïde surveillent les petits et reprennent leurs marches le long du fleuve et dans les champs. Cette fois, ils sont davantage ralentis par les enfants qui lambinent que par l'état d'Adélaïde. Élise s'arrête à chaque brin d'herbe en déclarant avec ravissement : « Oh ! Une fleur ! » puis elle arrache sauvagement l'objet de son admiration pour le tendre à Adélaïde. Le manège permet à Jérôme de courir et de revenir vers eux.

Florent tient le petit Pierre dans ses bras. Il adore avoir le droit de le catiner et, vraiment, Adélaïde doit admettre qu'il sait s'y prendre.

« Tu te rends compte que dans deux mois, ce sera le mien que tu vas bercer ?

— Deux mois, Ada ? Mais… tu es encore si petite… Enfin, je veux dire pas encore assez grosse… »

Il est rouge brique, et Adélaïde se moque de ses pudeurs enfantines. Elle lui demande s'il faut être comme une tour pour accoucher. Il avoue ne rien y connaître, mais que, si elle ne doit pas grossir davantage, elle aurait intérêt à faire une couture ou deux à ses blouses trop grandes qui tombent avec si peu d'élégance sur son ventre. Adélaïde lui rappelle que la maternité n'est pas un concours de beauté. Elle est surprise d'entendre Florent déclarer qu'il n'y a aucune raison pour qu'une femme dans son état ne soit pas magnifique. « Laisse-moi arranger une de tes blouses, juste une, et après tu me diras si c'est idiot.

— Mais, Florent ! Tu ne connais rien de… du corps, de la façon dont le corps change dans ces moments-là. »

Les yeux de Florent l'examinent attentivement et, cette fois, c'est elle qui est gênée. Il finit par dire qu'il a une très bonne idée de là où ça varie et de là où ça reste comme c'était, et qu'il va essayer de retoucher un vêtement comme il croit que ça devrait être taillé.

« Et je ne parle pas d'élégance, Ada, je parle d'être bien et, je ne sais pas, un peu à l'aise, même si le corps change. Tu es faite comme ta mère, toute en longueur, alors c'est sûr que le bébé ne fait pas le même effet sur toi que sur une petite grosse. Pourquoi auriez-vous le même vêtement ?

— Florent, on ne fait pas de la haute couture pour une maternité qui est apparente cinq mois en moyenne et trois dans mon cas !

— Pourquoi pas, si c'est cinq mois qui vont changer toute la vie d'une femme ? Tu crois que tu n'es plus belle, plus du tout attirante pendant ce temps-là ? »

Adélaïde reste bouche bée. Elle n'a jamais pensé en ces termes depuis le départ de Theodore. La seule considération qu'elle ait eue pour son corps était de ne surtout pas trahir son état à la mort de sa mère. Depuis, elle n'accorde aucune importance à son apparence et encore moins à la séduction. Elle se demande comment elle agirait si Theodore visitait tous les jours les bureaux de la rue St. James… et elle se rend compte que, effectivement, elle se soucierait beaucoup plus de son allure.

Jérôme court devant eux et Florent s'inquiète déjà de la proximité de l'eau. Il confie Pierre à Adélaïde et rejoint le petit garçon qui tire sur ses sandales pour les enlever alors qu'Élise lève sa robe de façon impudique, exhibant sa couche et son petit bedon bien dodu. Adélaïde observe ce ventre si joli, si rebondi, qui n'est pas loin de rappeler les fonctions futures de sa filleule, et elle se demande si Florent n'est pas en train de la convaincre que le corps d'une femme enceinte n'est pas que « déformé » ou « hideux », comme on a coutume de le dire. Elle s'assoit sur le muret de pierres et se déchausse. Elle recouvre le crâne chauve de Pierre de la couverture blanche pour éviter qu'il ne brûle au soleil. Florent, tenant fermement un enfant dans chaque main, barbote dans l'eau.

Pourquoi a-t-elle oublié qu'elle pouvait être séduisante, qu'elle n'était pas mise en veilleuse pour ces mois ? Elle repense à sa gêne de la veille au soir quand est venu le temps de se coucher dans le lit conjugal où tout à coup il y avait un mari. Encore heureux que Nic ait cet humour ! Ce n'était soudain plus la même chose que de s'endormir ensemble dans le divan. Elle ne pouvait quand même pas réclamer une autre chambre pour lui alors qu'ils sont mariés. Ils se sont donc retrouvés face à face dans cette chambre qui avait été celle de Gabrielle et d'Edward pendant des années. Nic a gentiment proposé de descendre dormir sur la véranda ou dans le salon, comme si le sommeil l'avait surpris là, mais Adélaïde a trouvé que le subterfuge aurait l'air un peu « arrangé » le deuxième soir.

Elle s'est couchée avec lui comme si sa maternité la protégeait de toute attirance, de son côté comme du sien. Elle se souvient d'avoir même commenté la situation en prétendant qu'au moins cette fois ils n'auraient ni l'un ni l'autre à se réveiller tout perclus et à effectuer les autres stations. Elle s'est endormie, la tête contre l'épaule de Nic, et elle n'a ouvert l'œil qu'au matin, alors que Nic avait pris Pierre pour lui donner son premier biberon, sans faire aucun bruit.

Elle observe Florent qui patauge avec les petits et se demande si Nic, lui, a bien dormi cette nuit et si, dans son inconscience, elle ne lui rend pas la vie difficile. Elle s'est toujours dit que Nic aurait sa vie privée et ses amusements particuliers dans ce mariage, sans jamais le formuler bien sûr. Aujourd'hui, alors qu'elle est sa femme officielle aux yeux de tous et son amie en privé, elle ne sait plus ce qu'elle dirait de voir sortir une jolie fille de la chambre de son mari. Pourvu qu'il le fasse ailleurs ou quand elle n'est pas là, comme cette dernière semaine. Finalement, elle se demande si ce n'est qu'une question de vanité face à Lionel. Alors que la seule pensée de Theodore allongé à côté de sa femme, dormant abandonné le long d'un autre corps, qu'il ne désirait pas, elle le sait, qu'il ne touchait pas, elle le sait, alors que cette seule pensée la fait bouillir de rage et de jalousie ! De la même façon qu'elle s'avoue que si Theodore revenait aujourd'hui, il n'y a pas une maternité qui bâillonnerait son désir et que la même fougue amoureuse la tenaillerait, de la même façon elle se convainc que ce n'est que la nostalgie de Theodore qui la fait quelquefois soupirer pour une caresse, un baiser prolongé de Nic. Elle ne saurait pas penser autrement sa relation avec son mari. Heureusement, la présence de Nic auprès d'elle est d'une totale tendresse désintéressée. Sinon, Adélaïde n'est pas loin de croire qu'elle serait tentée de jouer un jeu bien dangereux.

Dieu merci, ses conversations avec Isabelle la rassurent beaucoup sur sa normalité. Elles ont toujours parlé franchement ensemble. Entendre Isabelle lui avouer son manque physique de Maurice, ses obsessions amoureuses parfois gênantes de précision et de constance, lui a paru très soulageant : elle n'est pas la seule et on peut être prise de rêverie amoureuse sans être une femme vulgaire. Isabelle a même avoué qu'être grosse ne changeait rien à ses plaisirs ou à ses envies. Quand elle avait ajouté un « Et toi ? » plutôt candide, Adélaïde avait murmuré qu'elle non plus n'avait pas une maternité contraignante.

Comment Isabelle peut-elle être dupe de ce mariage ? Est-ce si contre nature que même sa cousine qui la connaît bien peut y voir autre chose qu'une simple concession aux convenances ? Depuis ce « Et toi ? », Adélaïde réfléchit sur les conditions tacites de son union et doute un peu qu'elles puissent demeurer en l'état. Arrivée à cette conclusion, elle ne sait pas trop comment elle pourrait remédier à ce problème. Le pire étant qu'elle n'est pas certaine de n'y voir qu'un problème. Elle est au septième mois, elle devrait se calmer, se concentrer sur l'enfant à venir, les dangers que court Theodore, tous les autres problèmes, mais non. L'été tranquille qui ralentit tout et le fleuve qui les berce ont le même effet pervers sur elle que sur Isabelle : une mélancolie physique la saisit, et elle voudrait follement bénéficier d'une date précise pour rêver à son aise, comme Isabelle qui, dès le 3 août, sera dans les bras de Maurice.

Pierre commence à chigner contre son cou, et elle reconnaît les prémisses de la faim pas du tout discrète du poupon. Elle fait signe à Florent, remet ses sandales et repart vers la maison. Tout le long du chemin, elle placote avec le bébé pour lui faire prendre patience et Pierre la récompense d'un magnifique sourire édenté qui lui fait une fossette au menton. Elle rit, l'embrasse fougueusement dans le cou avant de le poser sur la table de la cuisine pour préparer son biberon, ce qui déplaît souverainement à l'affamé. Dès qu'Adélaïde le reprend dans ses bras, avant même que la tétine du biberon atteigne ses lèvres, Pierre se tait et la fixe amoureusement, les yeux pleins d'eau, conquis. Adélaïde en éprouve du regret pour Béatrice qui rate ce bonheur si particulier d'être l'objet d'un amour exclusif et total.

« Viens, mon petit bout d'amour, on va aller se bourrer la face. »

De la berceuse sur la galerie, elle voit venir Florent avec les deux petits. Florent, sans même qu'on le lui demande, va changer la couche d'Élise et se met aux chaudrons pour préparer leur purée.

Quand Isabelle survient, tout essoufflée, Adélaïde la tranquillise : « Inutile de t'énerver, Florent a tout fait tout seul et tes petits mangent. »

Vérification faite, Isabelle se laisse tomber dans une chaise d'osier à côté de sa cousine : « Et c'est toi qui vas bénéficier d'une telle aide ! Déjà que Nic sait tenir un biberon, on peut dire que tu as le tour de les dénicher. Les plus beaux et les plus serviables !

— C'est vrai que Florent est beau. Dans le genre raffiné, il est beau.

— Dieu merci, il est trop délicat pour ton goût ! Sinon, Nic aurait raison de s'inquiéter.

— Franchement, Isabelle ! Tu me fais penser à tante Germaine qui trouvait toujours à redire à mon affection pour Florent.

— Elle voit bien qu'elle a eu tort et que ce n'est pas de ce côté qu'il fallait s'inquiéter. Tu ne le diras pas de quel côté il faut regarder ?

— Arrête, Isabelle, ce n'est pas drôle.

— Dis-moi au moins qu'il est aussi beau que Nic. Rassure-moi. »

Interloquée, Adélaïde se tourne vers Isabelle : « Comment, aussi beau ? Qu'est-ce que ça vient faire là-dedans ?

— Oh, écoute ! Tu n'enlèveras rien à l'autre en admettant que Nic est un bel homme ! Tu me choques, Adélaïde, à faire comme si c'était une dévotion naturelle que les hommes ont avec toi !

— Bon ! Une dévotion, maintenant !

— Ouvre-toi les yeux : ces deux hommes-là te couvent et t'entourent comme une reine. Je trouve ça très bien, mais ça me ferait plaisir qu'au moins tu le reconnaisses. C'est pas le cas de toutes les femmes, tu sais.

— Je trouve que tu vas vite en affaire : Florent n'est pas encore un homme. »

Devant le regard ulcéré d'Isabelle, elle éclate de rire : « Oh ! Fais pas cette face-là ! Je suis d'accord avec toi, je suis gâtée. T'es contente ?

— Non. Je suis jalouse, je pense. Et laisse-moi te dire que Béatrice n'a rien d'autre : elle est jalouse, alors pour une fois qu'Edward te résiste, elle en profite.

— C'est pas vrai ? Tu le disais pour me choquer ? T'es pas jalouse ? »

Isabelle se lève et met son pouce et son index bien rapprochés à la hauteur de ses yeux : « Comme Élise, quand elle veut plus de lait : "Ien qu'un tit peu de ien, maman !" Juré ! » Et elle va rejoindre sa marmaille en faisant claquer la porte-moustiquaire.

Sur le chemin de terre battue, Nic arrive, flanqué de Rose et de Guillaume. Les cheveux en désordre, la raquette de tennis sur l'épaule, il lui fait un signe de loin. En deux jours, il a commencé à prendre un hâle. Adélaïde se dit qu'effectivement son mari est pas mal beau.

Ce soir-là, Nic accompagne Adélaïde à l'hôtel pour son rapport quotidien à Germaine. Il l'entend décrire toutes les finesses du bébé et conclure que, si elle n'en attendait pas un, elle pourrait à peine envisager de laisser Pierre retourner chez lui. Les nouvelles que donne Germaine sont moins gaies.

Béatrice a bien du mal à se remettre et ces fièvres l'ont laissée très déprimée et sans élan. Comme elle n'a pas son enfant, elle n'a pas la chance de pouvoir s'attacher à lui et retrouver, du coup, son envie de vivre. Germaine a beau expliquer et justifier, Adélaïde entend bien que sa sœur est surtout préoccupée par elle-même et que le petit Pierre n'arrive pas à la distraire de ses soucis.

« Ma pauvre tante, j'ai bien peur que tu ne voies l'Île que pendant le mois d'août, parti comme c'est là ! »

Germaine prétend que c'est un « pensez-y bien », parce qu'un mois en compagnie de Georgina et Hubert, ce n'est pas très amusant. Quand Germaine apprend que Nic est à côté de sa nièce, elle exige de lui dire deux mots… qui finissent par devenir une conversation de dix minutes.

Quand Nic raccroche, Adélaïde lui demande d'essayer d'appeler Edward.

« Mais… pour lui dire quoi ?

— Que tu es là, que s'il veut venir, ça te plairait… que, je ne sais pas, Nic, demande-lui comment il s'arrange sans Rose. N'importe. »

Nic compose le numéro et, au bout de quelques sonneries, il hoche la tête en raccrochant.

« Il ne prend pas ses appels au bureau, c'est normal qu'il ne réponde pas chez lui. »

Ils marchent au bord du fleuve avant de rentrer. Tout est si paisible, l'eau clapote à peine, la ville de Québec brille au loin, jamais ils ne pourraient croire que quelque part une guerre sévit, que des hommes courent, s'échappent en tirant. Que des hommes tombent et meurent.

« Des fois Nic, il faut que je me pince pour croire à la guerre. Il faut que je me convainque que c'est vrai, que quelque part de l'autre bord, des hommes se battent, je ne sais même plus pourquoi. C'est comme pour maman, j'arrive pas à croire qu'elle ne sera plus jamais là.

— Je sais. Ça m'arrive de me retourner sur le chemin de la maison, certain de l'apercevoir en train de jardiner dans ses plates-bandes.

— C'est vrai ? Toi aussi ?

— Je vais t'avouer qu'il m'arrive encore de saisir le téléphone au bureau le matin et de m'arrêter en composant son numéro. Pendant des années, je l'ai appelée le matin.

— Je sais. »

Nic se contente de sentir la main d'Adélaïde dans la sienne et ne demande rien d'autre de ce qu'elle sait.

Cette nuit-là, le vent tourne au nord et la chambre s'emplit de fraîcheur soudaine. Nic s'éveille et s'aperçoit qu'Adélaïde s'est blottie contre lui dans son sommeil. Le dos et les fesses bien incrustés dans son corps, elle a pris son bras pour s'en entourer les épaules. Il se réveille en proie à un rêve sensuel puissant et, le nez dans les cheveux fous d'Adélaïde, il se rend compte que non seulement il tient son sein gonflé dans sa main, mais qu'il a une érection qui risque de la déranger. Délicatement, il dégage son bras et recule un peu : il s'arrête juste à temps, il était déjà à l'extrême bord du lit. Il constate que sa fuite inconsciente l'a mené jusqu'à l'ultime limite : un pouce de plus et il dégringolait. Il se lève, étend une couverture supplémentaire sur le lit et va se pencher au-dessus du berceau où Pierre ronflote avec béatitude. Il va à la fenêtre observer la nuit.

Il ne sait pas s'il s'agit de sa trop longue abstinence sexuelle, mais l'idée de retourner dans ce lit le trouble beaucoup. Il n'a jamais fait l'amour à une femme enceinte, mais les arrondis du corps d'Adélaïde, ce sein ferme et plein qu'il tenait, il ne peut s'en distraire. Adélaïde remue dans le lit et marmonne quelque chose ; il s'approche pour entendre. Les yeux fermés, apparemment bien endormie, elle murmure : « Froid. » Il cherche une autre couverture, ouvre une armoire, l'entend encore bouger : « Viens dormir, Nic. »

Quand il s'étend près d'elle, elle reprend exactement sa position et, bien collée contre tout son corps, elle se contente de faire un «'nuit» approximatif. Nic enfouit son visage dans le cou légèrement parfumé et il remonte ses genoux pour bien s'encastrer contre elle. Il pose les lèvres sur la nuque offerte et embrasse tendrement la peau jusqu'à la naissance de l'épaule. Le désir l'arrête, lèvres closes sur l'épaule quand Adélaïde passe son bras derrière sa tête et caresse doucement ses cheveux. Elle ne bouge rien d'autre, il ne sait même pas si elle dort toujours, et rien ne l'incite à s'informer. Il respire à peine tant la tension est grande.

La voix d'Adélaïde est calme et basse quand elle demande, toujours sans se retourner et sans cesser sa caresse : « Tu veux de l'eau ? »

Il chuchote contre son épaule un « non » qui le fait presque l'embrasser de nouveau tant ses lèvres sont à proximité de sa peau.

« Tu veux que je me pousse ?

— Non. »

Elle retire son bras et prend sa main qu'elle remonte entre ses seins, comme si elle allait se rendormir. Il dégage sa main en douceur et la pose sur le ventre plein. Il écarte les doigts pour couvrir le plus de surface possible et il perçoit les coups donnés par le bébé qui font frémir la peau tendue. Au bout d'un certain temps, le bébé se calme. Nic peut songer à se rendormir quand Adélaïde murmure : « Il s'endort. Tu l'as tranquillisé. »

Il la croyait endormie ! Elle l'étonne encore plus en pivotant vers lui, yeux grand ouverts, brillants d'un éclat amusé dans la pénombre. Il la voit se hisser vers son visage, il sent sa main toute légère qui effleure sa joue, il la voit se tendre vers lui et il ferme les yeux quand sa bouche se pose sur la sienne, d'abord avec délicatesse, puis avec une douce insistance, et il ne sait plus où il en est quand le baiser se prolonge et qu'il devient profond et plus du tout anodin. Il n'est plus certain de qui a amorcé ce baiser, mais puisque Adélaïde y consent, il le goûte avec suavité.

* * *

Florent exige d'être seul avec Adélaïde pour un essayage de sa blouse qu'il veut « ramancher ». Des épingles plein la bouche, il marque les plis, les endroits où il désire une pince et il tourne autour d'elle au moins dix fois. Adélaïde rit de le voir si concentré, si sérieux. Florent recule, plisse les yeux, revient, rajuste la manche, tire sur l'ampleur de la blouse, écarte les pans, les laisse retomber en soupirant : « Ch'est chombre… »

Adélaïde le supplie de ne pas parler des épingles plein la bouche : il risque d'en avaler une ! Florent sourit dédaigneusement en les retirant : « Tu me prends toujours pour un enfant !

— Tu disais quoi ?

— C'est sombre.

— Le deuil, c'est noir, Florent, on ne change pas ça.

— Non… je sais. »

Mais il a l'air ailleurs et Adélaïde le sent bien insatisfait. Il lui demande de retirer la blouse délicatement pour ne pas se blesser avec toutes les épingles et il disparaît avec son butin.

Personne ne le revoit de la journée. Le temps gris les garde à l'intérieur à faire des casse-tête et à amuser les bébés.

Vers cinq heures, Florent surgit, tout excité, et s'enferme avec Ada. La blouse a non seulement une allure folle, mais Adélaïde a enfin quelque chose à sa taille qui met en valeur le joli arrondi de son ventre. L'astuce de Florent consiste en un boutonnage latéral double et parallèle qui permettra de loger le prochain mois du bébé en attachant la seconde rangée de boutons, présentement cachée. Quand cette deuxième rangée sera attachée, la première ligne de boutons, devenue apparente, ajoutera un raffinement très « couture ». Florent a fermé la blouse par-devant en laissant un pli creux qui, pour l'instant, tombe bien droit. Il lui montre le tissu blanc finement ligné de noir qui forme le panneau intérieur du pli : « Tu vois, le bébé, lui, n'est pas en deuil, il a une touche claire pour annoncer la bonne nouvelle. Et ça fait beaucoup, beaucoup moins sombre. Et ce n'est pas déplacé ou inconvenant, c'est comme une doublure, ça respecte ton deuil et ton bébé. »

C'est vrai que tout le noir sinistre est égayé et même justifié par le rappel des fines lignes noires sur fond blanc qu'on aperçoit à chaque mouvement. Adélaïde tire sur les pans de la blouse exhibant le panneau et les laisse retomber : tout est si parfaitement ajusté !

« Tous ces boutons… si la Commission des textiles voyait ça ! Alors qu'ils interdisent d'en mettre aux manches des vestes.

— On n'est pas obligé de l'annoncer dans les journaux. Alors ? C'est plus joli, non ? »

Adélaïde le couvre de compliments et s'empresse d'aller faire admirer l'œuvre. Guillaume est plutôt indifférent, mais Isabelle, Rose et Nic sont absolument sidérés : en une journée, à la main, Florent a réussi un coup de maître.

Ce n'est que beaucoup plus tard dans la soirée qu'Adélaïde s'écrie : « Nic ! Je sais comment on va écouler notre tissu à la confection ! »

Nic lève les yeux de son journal, passablement inquiet : « Quoi ? On l'a toujours vendu ! De quoi tu parles ? Tu perds le sens ? »

Adélaïde se rend compte que son mari lui a laissé en toute confiance certaines préoccupations, dont celle des derniers règlements de l'État concernant ce qui est permis et interdit de vendre. Elle lui rappelle cette production de coton lignée bleu et blanc qui est devenue hors-la-loi depuis trois semaines. Nic est rassuré de voir qu'Adélaïde ne délire pas, mais il ne comprend toujours pas comment elle va contourner la loi.

« Adélaïde, laisse-le en entrepôt, nous le passerons à la fin de la guerre.

— Non, écoute : on va le vendre en doublure pour les laines marines imposées. Tu vois ? Aux yeux des gens, on porte un vêtement autorisé, mais dès qu'on l'ouvre, c'est joli et gai, pas du tout ennuyant et triste. Florent dit que mon bébé n'est pas en deuil parce qu'il a ajouté le panneau ligné. On dira que sous l'apparence triste, tout le monde n'est pas en restriction. »

Florent, qui suit la conversation, finit par comprendre le problème. Il suggère même de fabriquer la veste totalement réversible, de sorte que l'achat d'un vêtement équivaudra à deux : une réelle économie de guerre.

« Mais je t'en prie, Adélaïde, ne va pas mettre une laine épaisse avec du coton, ça n'aurait aucun sens. Ça ne tombera jamais bien. »

Tout énervée, Adélaïde sort ses dossiers et elle essaie de voir avec Florent ce qui s'harmoniserait le mieux. Florent s'impatiente parce qu'elle n'a pas d'échantillons, seulement des quantités sur papier. Il prétend que, sans le toucher, un tissu peut être trompeur. « Je ne peux jamais dire que le 100 pour 100 coton est le même d'un coupon à l'autre. Alors, tes lainages...

— Bon, disons que c'est une hypothèse à vérifier. Quand arrives-tu à Montréal qu'on voie ça ensemble ? Ça va faire fureur !

— Si tu veux, je peux même dessiner des exemples d'utilisation pour la confection. »

Nic les regarde s'amuser à multiplier les possibilités, à ménager tant de verges de tissu en coupant de telle manière, à supputer, à comparer... et il comprend que son mariage est sur le point d'inclure un nouveau membre.

Dans leur chambre ce soir-là, il n'y a aucune place pour le fantôme du baiser de la nuit précédente. Adélaïde est intarissable. Elle parle déjà de se lancer dans la confection après la guerre et de demander à Florent d'être le chef des ateliers.

Nic sourit : « On va le laisser choisir de son avenir. Il est jeune encore.

— Tu trouves ? J'ai l'impression qu'il est un adulte depuis longtemps. Je ne peux pas l'imaginer autrement que sérieux et responsable. Des fois, il me dit qu'il a tellement eu le temps de penser au sanatorium qu'il a vécu son vieux temps dans son jeune temps.

— Je vais parler à Paulette pour qu'il déménage le mois prochain. »

Le sourire d'Adélaïde vaut bien la perspective d'être dorénavant obligé de se battre pour obtenir son attention. Elle se couche après avoir jeté un coup d'œil sur Pierre et elle se blottit immédiatement contre lui, apparemment sans aucune arrière-pensée. En fermant son bras sur elle,

Nic se répète qu'il est mieux de profiter de cette rare intimité sans essayer de creuser ou de s'en faire à l'avance. Il y a un point sur lequel Adélaïde a toujours raison : personne ne sait ce qui adviendra après cette guerre.

* * *

Au bout d'une semaine, Nic décide de retourner à Montréal en passant par Québec pour s'y consacrer à deux tâches ardues : convaincre Paulette de favoriser le départ de Florent et réduire un peu l'isolement d'Edward.

Sa première surprise est d'apprendre qu'Arthur a été appelé et que Mademoiselle Dubé est seule pour faire fonctionner le bureau et tenir l'agenda très variable d'Edward. Son opinion sur Edward n'est pas encourageante : « Il y a des jours, monsieur McNally, on n'en donnerait pas cher la livre, je vous prie de me croire. Il est très secret, mais mon sentiment, c'est qu'il ne vit plus. »

C'est aussi le sentiment de Nic, qui a beau secouer Edward en lui parlant des enfants, du besoin de Béatrice d'avoir au moins son père, de celui des plus jeunes qui se retrouvent orphelins de père et de mère, et même de celui de Germaine qui n'arrive pas à prendre des vacances, sans parvenir à ses fins.

Edward hoche la tête, approuve tout et semble se contenter de cette magnanimité. Nic profite de cette ouverture d'esprit pour l'entraîner séance tenante chez Béatrice. La jeune femme est aussi amorphe que son père. Entre les deux, le silence est si impeccable que Nic désespère d'arriver à leur faire échanger un marmonnement. Finalement, à bout de phrases polies, il décide de jouer le tout pour le tout. Depuis des années, sa passion pour la photographie l'incite à traîner son appareil partout. Son expédition à l'Île n'a pas fait exception et il a dans sa serviette les clichés qu'il a fait développer chez Livernois. Malgré la promesse faite à Adélaïde de ne pas heurter les sentiments de Béatrice avec ces photos, Nic se dit que la colère qu'elle ne manquera pas de faire en voyant l'impie tenir le petit Pierre dans ses bras ou bien le petit mal dans lequel Edward tombera en constatant à quel point sa fille aînée a des airs de Gabrielle valent bien le risque.

Béatrice prend poliment les clichés et, dès qu'il s'agit de sa sœur enceinte, elle sourit, les yeux pleins d'eau, en murmurant : « Maman. »

Inquiet, Nic regarde Germaine se pencher par-dessus l'épaule de sa nièce et confirmer qu'Adélaïde a en effet l'allure de sa mère.

Devant le cliché représentant Isabelle avec Pierre, Béatrice montre le bébé du doigt et regarde interrogativement sa tante. Germaine ne semble pas du tout à l'aise : « C'est ton fils, ma chérie, ton petit Pierre qui a grandi. Il a pris des forces, et c'est le temps pour nous d'aller le voir. »

Sans dire un mot, Béatrice fixe le mur en laissant mollement retomber les photos sur ses genoux. Edward ne bouge pas pour les regarder. Il est assis dans son fauteuil, absent.

Nic ramasse ses photos, dépité. Sur le chemin du retour, les conclusions auxquelles il arrive avec Germaine ne sont pas très optimistes : Edward et Béatrice sont tous les deux en pleine neurasthénie. Deux catatoniques qui ne s'émeuvent plus de rien.

« Je ne sais pas ce que ça va prendre pour les faire bouger, mais j'avoue que j'en ai plein les bras, Nic. Je ne sais pas si Dieu a décidé de me faire expier tous mes vieux péchés avant de mourir, me semble que j'en avais pas tant que ça !

— Georgina vous donne un coup de main ? »

Les yeux au ciel, Germaine croise les mains : « Pourvu qu'elle s'en dispense ! Elle nuit plus qu'autre chose. Elle se lamente comme un vent d'hiver. C'est là que ça commence et c'est là que ça finit, l'aide de Georgina : les lamentations de Jérémie ! »

La deuxième tâche de Nic ne s'avère pas un franc succès non plus. De prime abord, Paulette lui semble un peu maniérée, poseuse tout à coup, et Nic se demande si c'est un changement chez Paulette ou le fait qu'il fréquente quotidiennement Adélaïde qui change son point de vue.

Quand il constate que Paulette a de nombreuses bonnes raisons pour différer l'emménagement de Florent à Montréal, il comprend qu'effectivement, sans jamais l'affronter ouvertement, Paulette a décidé de se battre, et que cela lui confère des manières affectées. Fuyante comme une anguille, elle ne laisse de prise sur rien et se trouve d'accord avec tout ce que dit Nic, pour ensuite enchaîner avec un « mais » qui désavoue les propos qu'il vient de tenir.

Fortement éprouvé par la journée qu'il vient de passer en compagnie d'Edward et Béatrice, Nic n'a plus du tout envie de fafiner. « Écoute Paulette, si tu ne veux pas que Florent vienne à Montréal, tu le dis et on discute de ça, et non pas des tickets de rationnement ou des dangers de la pollution pour des poumons fragilisés. »

Paulette persiste à dire qu'elle est d'accord, qu'elle comprend les raisons de Nic, son désir de protéger Adélaïde en cas de mobilisation générale et même le désir sincère du « petit » de rejoindre ses amis.

« Alors ? »

Il trépigne, impatient. Ce genre de rodéo n'est pas dans ses cordes et, vraiment, il est excédé.

« Alors, je ne suis pas certaine qu'il faille tout sacrifier pour cette enfant.

— Attends, quel enfant ? Florent ?

— Adélaïde. Tu t'es sacrifié pour elle et tu voudrais qu'on fasse tous la même chose. Ce n'est peut-être pas très avisé, Nic. Ni pour elle, ni pour toi. Quand il a été question de Florent à Montréal, au début, Adélaïde n'était pas déshonorée. »

Il sourit. Voilà une vraie ruse de femme comme il les connaît, voilà un terrain où il a de l'expérience. Et, parce qu'elle n'a pas eu la franchise d'admettre le vrai problème, Nic n'a aucun scrupule à frapper : « L'enfant, comme tu le dis si joliment, va avoir dix-neuf ans dans une semaine et un enfant dans deux mois. L'enfant, comme tu dis, est ma femme légitime. Quant au sacrifice… »

Il se lève, prend son chapeau et jette avant de partir : « Qu'est-ce qui te dit que ma femme ne me rend pas profondément heureux ? »

Restée seule, Paulette ramasse les deux tasses à thé et l'assiette de biscuits que Nic n'a pas touchés. Quand elle se rend compte que, pour la deuxième fois, elle passe un chiffon rageur sur la table à café du salon, elle s'arrête brusquement et s'assoit sur le vieux sofa élimé. Qu'est-elle devenue ? Comment peut-elle en être là ? Elle ne reconnaît pas la femme qui discute âprement, qui finaude, qui se sent attaquée et dépouillée « alors qu'on lui doit tant ». Cette femme sûre de son droit, de ses droits, cette femme ne peut pas être elle. Bien sûr, elle a aimé Nic, mais ce n'est plus le cas. Bien sûr, elle en a eu un chagrin fou, mais ce n'est pas cela qui la préoccupe. Tant que Gabrielle était là, tant que son amie lui parlait, discutait, entreprenait avec elle des projets extravagants, Paulette supportait assez bien que Nic soit fou de son amie et la délaisse pour cet impossible amour.

Paulette se demande pourquoi elle est si revêche soudain, si peu amène. C'est vrai qu'elle déteste voir Nic marié avec Adélaïde. Elle trouve cela inconvenant, presque scandaleux. Ce n'est pas la bonne action de Nic ni la sauvegarde de l'honneur d'Adélaïde, c'est plus pervers : c'est l'idée que Nic va se consoler de la disparition de Gabrielle. Qu'il n'aura pas à tout perdre en la perdant, ni à faire face au vide. Qu'il soit heureux, quoi, alors que tous ses sentiments le promettaient à un avenir aussi stérile que le sien. Voilà que Nic referait surface, plus fort, plus rieur qu'avant et tenant dans son jeu l'atout majeur : Adélaïde.

C'est donc à ce bonheur indécent, inacceptable pour elle, qu'elle s'oppose en manigançant pour ne pas y ajouter la bénédiction suprême de Florent. Paulette n'en revient pas ! Peut-elle vraiment agir de façon aussi indigne, aussi peu généreuse, par dépit ? Après Nic, ce serait Florent qu'elle veut garder pour elle, comme si les gens nous appartenaient sous prétexte qu'on les aime et qu'on souhaite le meilleur pour eux ? Florent n'est pas son fils ! Et s'il y a.une autre femme qui peut prétendre être sa deuxième mère, c'est Ada. Encore davantage que Gabrielle, qui a pourtant fait beaucoup pour lui.

Paulette se souvient de sa propre mère il y a des années, quand elle vivait avec elle, déjà malade, affaiblie, mais si lucide.

« J'espère que tu ne t'attacheras jamais à un homme comme tu le fais pour tes causes, ma Paulette, parce que tu vas faire ton malheur. Ne sois pas si acharnée, laisse-leur du lest, on ne convainc pas les gens en les étouffant ! »

Elle la revoit sur son lit d'hôpital, elle revoit ce sourire tendre et la main décharnée et sèche qui prenait la sienne : « J'ai un fils volage et une fille exclusive. Qu'est-ce que j'ai fait au bon Dieu ? Quand tu vas t'apercevoir de tes excès, Paulette, fais-moi la grâce de penser que l'indulgence est aussi une vertu et pas seulement une faiblesse qu'on a pour les hommes. »

Dire qu'elle avait pensé que sa mère délirait ! Jamais Paulette ne s'était reconnue dans la femme déterminée et exclusive décrite par sa mère. Pourtant, si elle regarde en arrière, toutes ces années à être pratiquement l'esclave de son frère, Armand, qui séduisait toutes ses amies une à une et provoquait leur fuite... Combien de fois Paulette avait-elle été déçue par une amie qui lui annonçait que, à cause d'Armand, elle préférait ne plus la fréquenter ? Paulette n'avait jamais rien à y voir, mais elle payait toujours la facture pour Armand, qui s'en tirait indemne et allait batifoler ailleurs.

Même Gabrielle, elle avait failli la perdre à cause des niaiseries d'Armand. Elle se souvient du temps qu'avait mis Edward à lui pardonner d'être la sœur du malfrat.

Maintenant, Armand trompe régulièrement sa femme, il pratique le droit dans un petit cabinet de la basse-ville et il laisse son épouse jouer le rôle qu'il réservait autrefois à sa sœur. Pas une de ses amies qui n'ait subi ses avances.

Paulette se secoue, encore une fois, elle se surprend à laisser sa pensée s'éloigner de son chemin. Encore une fois, elle essaie de ne pas faire face à ce qui la tourmente. Gabrielle avait tellement le tour de la calmer. Avec elle, rien n'était humiliant, l'humanité avait des travers désagréables, et c'était tout. Que dirait Gabrielle de ce mariage ? Combien de fois Paulette a-t-elle essayé d'imaginer cette réponse ? Mais si Gabrielle n'était pas morte, beaucoup de choses ne se seraient pas passées de cette manière. Et Florent serait à Montréal depuis deux mois. Gabrielle le voulait, elle était totalement d'accord avec Nic sur le déménagement. Mais puisqu'elle ignorait l'état d'Adélaïde, cela ne compte plus pour Paulette.

De nouveau, Paulette se voit emprunter des raisons nobles pour excuser sa mesquinerie. C'est le bonheur d'Adélaïde et de Nic qu'elle ne peut supporter. C'est l'insulte faite à la mémoire de Gabrielle, ce déni de Gabrielle, que Paulette réprouve dans le mariage de Nic. Il devait, il clamait, enfin, tout indiquait qu'il était prêt à offrir sa vie pour l'amour de Gabrielle, et la première chose qu'il trouve à faire, le supposé amoureux fou, est de se jeter sur la fille de Gabrielle et d'en être heureux. L'amour des hommes vaut si peu ! Ça disparaît plus vite qu'une première neige au soleil. Gabrielle n'aurait jamais laissé faire ça ! Ce n'est certainement pas elle, Paulette, qui va les aider.

Mécaniquement, la main de Paulette a repris le torchon et elle essuie rageusement la table. Elle laisse son geste en suspens, troublée de la récurrence de ses pensées irascibles.

Quoi ? Se croit-elle à jamais dépositaire de ce que Gabrielle pensait ou prônait ? Alors que rien n'était plus éloigné de son amie que ces sermons moralisants ? Qu'est-ce que c'est que cette campagne pour le bien qu'elle est en train d'entreprendre, qu'est-ce que c'est d'autre que sa façon de garder avec elle Florent qui l'empêche de sombrer dans la tristesse d'avoir perdu une de ses rares amies ? S'appuyer sur ce que dirait Gabrielle est une entourloupette qui permet tous les excès et toutes les prétentions. Personne ne saura jamais ce que Gabrielle penserait, même pas Edward.

Nic ne fait pas semblant de savoir, Nic fait avec les éléments qu'il possède, il a agi en tenant compte des événements et des priorités de sa vie. Paulette est persuadée que ce comportement serait nettement plus susceptible de plaire à Gabrielle que les réserves vertueuses qu'elle a émises jusque-là. Nic a toujours reçu l'approbation enthousiaste de Gabrielle. Sa façon de saisir la vie et de ne pas ménager sa peine, sa puissance et même cette aptitude à jouer et à gagner, tout cela plaisait profondément à Gabrielle.

Parce que Gabrielle vivait. Gabrielle n'avait aucune prudence, mais une véritable générosité qui la faisait accepter le bonheur des autres et courir tous les risques pour assurer le sien et celui des gens qu'elle aimait.

Paulette est bien obligée de reconnaître qu'elle n'est pas animée d'aussi bons sentiments et que l'éventuel bonheur de Nic et d'Adélaïde la fait rager comme s'il s'agissait d'une offense à la mémoire de Gabrielle. Mais la vérité, c'est qu'il s'agit d'une offense personnelle, et c'est sa façon méprisable de regretter égoïstement que Gabrielle ne soit plus là.

Paulette se lève et marche dans son salon où la lumière du soleil couchant fait danser la poussière.

Comme elle est seule. Elle le constate avec tristesse, avec amertume aussi. Une vieille fille incapable de faire quelque chose de valable de sa vie. Une laissée-pour-compte. La hantise de sa vie est donc devenue réalité. Et pourtant… Elle a tant prétendu le contraire, elle a tant œuvré pour prouver le contraire. Il est temps de cesser de se mentir, se dit Paulette. Il faut laisser Florent faire sa vie comme il l'entend et arrêter de lui demander de légitimer la sienne en restant près d'elle. Elle sourit en repensant au « sacrifice » dont elle parlait à Nic. Il est temps de relever ses manches et d'avoir un peu plus de courage et un peu moins de bonne conscience. Nic ne lui fait plus mal, elle le sait. Ce qui fait mal, c'est de voir que même Nic continue de vivre malgré la mort de Gabrielle. Comme s'il n'avait pas, sa vie durant, tenu le flambeau de son sentiment aussi haut qu'il le pouvait ! Comme si elle-même, Paulette Séguin, n'avait pas agacé, provoqué et cherché à déstabiliser Gabrielle en lui soufflant qu'elle faisait le malheur de Nic.

Gabrielle la pure n'avait jamais eu conscience de ses manigances de femme possessive, Dieu merci. Paulette est certaine qu'Adélaïde, elle, ne sera jamais candide comme sa mère, et qu'elle la remettra vertement à sa place, si elle lui en donne l'occasion.

« Elle n'aura pas à le faire », pense Paulette qui, cette fois, ouvre *Le Soleil* en se demandant si elle ne devrait pas chercher un nouvel appartement pour briser le chapelet de souvenirs anciens que ces murs récitent. Elle sera peut-être une vieille fille, mais elle se jure de ne pas devenir une vieille radoteuse. Et qui sait si la cause qu'elle épousera dorénavant ne sera pas celle de redorer le blason des célibataires ? Il faudra en parler à Germaine, se dit Paulette, Germaine qui lui semble assez représentative de la célibataire épanouie.

* * *

Lorsqu'il entre rue Laurier, une forte odeur de pourriture lève le cœur de Nic. Depuis combien de temps Edward est seul ici, se demande Nic en ouvrant le réfrigérateur. Très longtemps est la réponse que les aliments décomposés, les poubelles pleines, la vaisselle sale dans l'eau croupie de l'évier lui hurlent. Les deux heures qu'il passe à récurer, à jeter, à trier et à ranger, il les passe également à argumenter rageusement avec ce qu'il considère comme une inconscience coupable d'Edward.

Quand il en a fini avec la cuisine et avec la salle de bains, il va à la porte de la chambre d'Edward et frappe très fort. Il ne s'attend pas à autre chose qu'au silence qui suit et il tourne la poignée. Là encore, il n'est pas surpris de constater que son ami s'est enfermé sûrement.

« Edward, je t'avertis, ouvre parce que je défonce. Ouvre et ça presse ! C'est rien pour moi, ta porte de bois ! »

Il entend la clé tourner dans la serrure et la porte s'ouvre. Ce qu'il voit coupe net le discours furibond qu'il s'apprêtait à servir à Edward. La chambre est un fouillis indescriptible. À croire que des fous furieux ont cherché quelque chose en projetant chaque objet à travers la chambre. Les robes, les soieries, les chaussures de Gabrielle jonchent le sol qui disparaît entièrement sous les paquets multicolores. Le lit est comme un champ de bataille, et les draps sont gris de saleté. Nic reste bouche bée à contempler le désastre et à se demander si, depuis la mort de Gabrielle, quelqu'un d'autre qu'Edward est entré dans cette pièce. Celui-ci, complètement atone, est retourné s'asseoir sur le lit où il saisit une poupée de chiffon usée, toute molle, une poupée ancienne qu'il garde contre lui en attendant que Nic parle ou parte.

Devant la tornade qui a pulvérisé le contenu de la chambre, devant l'état de torpeur d'Edward, Nic perd tous ses arguments et sa colère. Il soupire en passant une main dans ses cheveux. En plus, il règne une chaleur et une puanteur oppressantes dans la pièce.

Nic va ouvrir toutes grandes les fenêtres, et l'air du soir, pourtant chaud, fait l'effet d'une brise bienfaisante. Sans rien dire, il commence à ramasser chaque vêtement et il le plie méticuleusement pour ensuite le déposer sur la chaise de la coiffeuse qu'il a débarrassée. Chaque chaussure est appareillée et placée en un rang bien net autour de la coiffeuse. Quand arrive le coin du lit, il prend Edward par les épaules et il va l'asseoir dans le fauteuil qu'il a placé devant la fenêtre. Une fois le lit vidé, il retire les draps et en fait un tas dans le corridor.

En revenant dans la chambre, il constate l'état des lieux : la coiffeuse où tous les objets de toilette sont rangés, la chaise où la pile de vêtements atteint une hauteur dangereuse, le sol où les chaussures et d'autres piles de vêtements sont alignés.

Nic s'assoit sur le matelas nu et regarde Edward en silence. Ça fait des heures qu'il travaille et il ne sait pas encore ce qu'il va dire. Ce n'est pas de la douleur qu'il lit sur le visage d'Edward, c'est de l'absence. Ce n'est pas de la détresse que vit son ami, c'est de la folie. Il n'est plus là, il n'a pas mal, il n'est pas furieux, il est à l'abri dans un ailleurs où une poupée de chiffon le rassure infiniment. Nic se rappelle le premier mois qui a suivi la mort de Gabrielle, ce mois de guerre ouverte avec Edward concernant Adélaïde, ce mois où le refus d'Edward était si violent, si vivant. Il se rappelle ses propres larmes à l'aube dans son lit, où déjà, bien avant, il avait tant réclamé l'apaisement de cet amour qui le brûlait. La mort de Gabrielle l'avait frappé, touché, peiné et, finalement, la torture avait cessé : plus jamais Gabrielle ne serait inaccessible. Inutile de soupirer, de désirer, Gabrielle ne serait plus cette infinie, adorable et insupportable tentation.

Depuis plus de dix ans, Nic faisait l'apprentissage du renoncement avec cette femme, alors... il avait une sérieuse longueur d'avance sur Edward. Le deuil de Gabrielle avait commencé pour lui le jour de leur rencontre chez Stephen Stern à Montréal.

« Elle ne reviendra pas, Edward. Tu peux te battre, le nier, tu peux rouspéter tant que tu voudras, y a rien à faire. Elle ne reviendra pas. Pour une fois, la première de ta vie, ta peine ne la fera pas bouger. C'est fini. Gabrielle est morte. Tout ça, tous les vêtements, toutes les choses sont mortes. Si tu veux, si c'est ce que tu choisis, tu peux faire semblant que ce n'est pas vrai. Tu peux jouer avec ses affaires en pensant qu'elle les habite encore. Ce serait indigne d'elle, mais c'est ton choix. Tu peux aussi t'engager, aller te faire tuer outre-mer, en finir comme ça. Mais ne t'imagine pas que ça va la ressusciter. Ça l'enragerait, comme tu l'imagines. Mais elle ne reviendra pas te faire une scène. Elle est morte, Edward. Tu peux aussi te mettre à réfléchir à ce que tu veux faire du reste de ta vie et à ce qu'a été, jusqu'ici, ta vie. Tu m'as souvent dit que, grâce à elle, tu étais riche de tout ce qui t'importait, une vie amoureuse et familiale. Si c'est vrai, si tu n'as pas menti, il est grand temps que tu te rendes compte que tu as perdu Gabrielle, mais pas ta famille. Maintenant, je vais te laisser, Edward. Je n'ai pas l'intention de te regarder virer fou toute la nuit. J'en ai assez de tes silences et je ne pense pas pouvoir faire davantage pour toi. Je ne te demande qu'une seule chose : si tu as l'intention de te tuer, ne permets jamais que ce soit Rose ou Guillaume qui te trouve. Va te jeter dans le fleuve, va te flamber la cervelle dans le bois, mais ne commets rien ici, dans cette chambre, tu entends ? »

Edward ne bronche pas. Nic se lève, épuisé. Il n'a jamais tant fait de ménage de sa vie. Le réveille-matin indique quatre heures. Il peut encore sauver trois heures de sommeil. Il vient pour sortir et aperçoit Edward qui se lève et pose la poupée de coton sur la pile de vêtements. Il reste là, de dos à Nic, qui voit avec un serrement de cœur les épaules courbées de son ami.

De l'embrasure de la porte, il ajoute avec douceur : « Quand on avait quinze ans, Edward, quand Mummy est morte et que je t'ai forcé à *jumper* un train avec moi, quand tu pleurais après, à Vancouver, pour y retourner, pour t'occuper du reste de la famille qui mourait comme des mouches, je t'en ai empêché, je t'ai dit d'oublier ta famille, de faire une croix dessus si tu ne voulais pas crever comme eux autres. Je t'ai secoué, je t'ai forcé à continuer. Je t'ai montré quelque chose que je regrette aujourd'hui : je t'ai appris à renier ta famille. Peut-être que tu serais mort si je ne te l'avais pas montré, peut-être que tu aurais eu la tuberculose. On ne le sait pas. Mais je sais que tu ne devrais pas le faire maintenant, tu ne devrais pas renier les tiens. Gabrielle n'est pas morte de tuberculose, Edward, et il te reste une famille. Ta famille. Celle que tu as reconstruite après le désastre du Manitoba. Moi, je n'ai jamais rien su faire d'autre qu'une valise quand tout allait mal. J'ai *jumpé* pas mal de trains dans ma vie. Mais toi, Edward, tu n'es pas fait comme ça. Ce que tu as eu avec Gabrielle, toute cette vie-là, tout cet amour-là, tu as des enfants qui le continuent, tu as toujours une famille. Ta famille n'est pas morte. Ne la tue pas, Edward. »

Nic reste immobile à observer son ami qui demeure dos à lui. Puis, Edward va à la fenêtre où la nuit règne toujours. Les oiseaux qui piaillent et s'égosillent annoncent une aurore que rien dans le ciel ne permet de soupçonner. Edward tend son visage à l'air frais du petit matin et soupire en murmurant quelque chose qui échappe à Nic.

« Quoi ? »

Sans se retourner, Edward répète : « Je suis fatigué, Nic. Tellement fatigué. »

Nic va prendre Edward par les épaules : « Oui, c'est vrai. Viens. Viens te coucher dans la chambre de Fabien. »

Il l'entraîne avec douceur. Avant de passer la porte, Edward se retourne vers le lit et chuchote, la voix cassée : « Dieu ! Que je l'ai aimée… que je l'aime ! »

Une fois Edward bordé dans le petit lit de Fabien, Nic va chercher des boîtes à la cave et il vide la chambre de tout ce qui appartenait à Gabrielle. Il range minutieusement, avec des précautions extrêmes, comme si ces reliques risquaient de se sentir délaissées. À mesure que sa besogne avance, un soleil rouge pénètre la chambre et le concert des oiseaux gagne en volume. Enfin, exténué, il descend les boîtes à la cave et les range dans l'ancienne glacière remisée dans le caveau à légumes, à côté des boîtes identifiées de l'écriture raffinée de Gabrielle *Décorations de Noël.*

Il remonte et constate qu'Edward dort profondément. Il prépare du café et sort dans le jardin abandonné où seules les plantes vivaces témoignent des soins dont ce jardin a fait l'objet.

Il doit rentrer à Montréal, mais il ne veut pas laisser Edward seul dans cette maison. Germaine a déjà beaucoup à faire, les enfants ont droit à ces derniers jours de paix à l'Île, Nic ne sait plus vers qui se tourner. Reine, peut-être ? Reine qui n'a pas d'enfant et un certain bon sens ? Certainement pas Georgina qui pousserait un joyeux luron au suicide.

Le téléphone sonne alors qu'il cherchait le numéro de Reine. C'est Paulette. Nic pince l'espace étroit entre ses deux sourcils, là où une puissante douleur se réveille. Il n'a aucune envie de discuter et il demande à Paulette de remettre à plus tard cette conversation, quelle qu'elle soit. Il n'entend plus rien, comme si on avait coupé. Il vient pour parler quand Paulette demande s'il a entendu ce qu'elle vient de dire.

« Non. »

Le rire qui éclate est la chose la plus étonnante du monde pour Nic. Il doute, soudain : « Paulette ? C'est toi ?

— Oui. Je te réveille, c'est ça ? »

Nic dresse un portrait succinct de sa nuit et répète qu'il n'a plus de patience pour discuter. En une minute, Paulette lui fait expliquer la nature du problème et lui annonce qu'elle arrive tout de suite. Il n'a pas le temps de contester ou de refuser, elle a déjà raccroché.

* * *

À peine assis dans le train, Nic déplie son journal et, sans même lire le premier gros titre, il tombe profondément endormi.

En rentrant chez lui ce soir-là, il est si exténué qu'il se dit que le temps des folles nuits à danser et à séduire de belles femmes est définitivement révolu. Il attend l'appel d'Adélaïde avec impatience. Il l'imagine, à l'heure du souper, avec Pierre dans les bras, et à la nuit tombée, quand elle prend son châle et se dirige vers l'hôtel pour lui faire son rapport.

Adélaïde expédie vivement les informations usuelles pour obtenir des nouvelles fraîches : ils n'ont pas la radio à l'Île et les informations du soir lui manquent beaucoup. Nic lui relate que le projet de loi concernant la mobilisation générale et la possibilité d'envoyer les soldats outre-mer sans leur assentiment est à la veille de sa troisième lecture. Ce qui désole Adélaïde, qui se préoccupe ensuite du front. Mais Nic n'a aucun détail, aucune nouvelle information sur les combats. La Russie est toujours assiégée, rien d'autre.

« Et si le projet de loi passe, Nic, ça veut dire quoi pour Maurice et les autres ?

— Ça veut dire que ceux qui nous gouvernent feront ce qu'ils veulent : l'intérêt de la nation prime sur tous les autres. »

Nic la trouve trop découragée pour aborder le sujet d'Edward ou même celui de sa rencontre avec Paulette. Il change de sujet et essaie de savoir ce qu'elle désire pour son anniversaire, mais Adélaïde ne peut rien décider encore. Si l'état de Béatrice s'améliore, elle ramènera Pierre chez lui et reviendra à Montréal. Sinon, elle risque d'avoir dix-neuf ans à l'Île.

Nic se promet bien que, l'Île ou non, sa femme n'aura pas dix-neuf ans toute seule.

Il ne sait pas si c'est par désœuvrement, mais ce soir-là, après avoir raccroché, il se promène dans sa grande maison vide et se met à penser à Alexandre, son frère.

Sans raison apparente, en proie à une impulsion, il demande le numéro de son frère à « l'opératrice ». C'est la femme d'Alexandre, Jeannine, qui répond. Nic peut entendre le cri aigu d'un bébé et la voix de Jeannine qui, dès qu'il s'est identifié, devient sèche : « Il est pas là ! »

Quand Nic demande si son frère peut rappeler, elle se contente de l'informer qu'il est dans un camp d'entraînement, que le bébé braille et qu'ils ne se sont pas fait installer le téléphone pour avoir des nouvelles du snob de Westmount.

Sidéré, il reste l'oreille collée au récepteur même si Jeannine a raccroché. Il se demande ce qui a pu lui mériter un tel traitement et se dit que sa belle-sœur doit être assez angoissée de se trouver seule avec les enfants. Il est bien décidé à dénicher leur adresse le lendemain et à tenter d'être d'un quelconque secours.

Mais Jeannine McNally ne l'entend pas de cette oreille. Elle ne l'invite même pas à entrer dans le petit loyer qu'elle occupe au dernier étage d'un immeuble de Saint-Henri qui a vue sur les cheminées d'usines. Le bébé calé sur la hanche, cette femme aux formes pulpeuses le fixe de ses yeux sombres, pleins de colère. Nic peut apercevoir une petite fille qui joue derrière elle, par terre sur le prélart de la cuisine. Un large cerne de transpiration marque les manches courtes du *duster* que porte Jeannine. Nic estime qu'elle a trente-cinq ans. Il s'excuse poliment : « Je sais que vous ne me connaissez pas…

— Je vous connais. »

Ce qui n'a pas l'air de l'amadouer, tout au contraire. Elle termine par un « Qu'est-ce que vous voulez ? » assez abrupt.

« Vous aider, si c'est possible.

— Pour les bonnes œuvres, l'église est en bas de la rue, le presbytère est à côté. Venez pas vous salir icitte. »

La porte claque, et Nic reste planté sur l'étroit balcon. Pourquoi, en effet, cette femme l'accueillerait-elle ? Parce qu'il a réussi, contrairement à Alex ? Parce qu'il n'a pas partagé sa fortune ? Il a essayé, mais cela, Alex n'a pas dû le lui dire. Alex a toujours refusé d'être aidé, soutenu ou même d'être employé par les *business* de son frère. Toute sa vie, il a préféré s'escrimer sur les machines des manufactures et faire le fier qui ne doit rien à personne. En descendant les marches de l'interminable escalier, Nic se dit qu'Alex a trouvé une épouse qui partage ses vues et ses sentiments. Il ne peut lui en vouloir. Ses histoires de famille sont assez complexes, et même lui ignore pourquoi Alex considère sa réussite financière comme une trahison. Que cette réussite soit anglophone ne peut pas être l'unique raison : Alex a l'air encore plus irlandais que lui avec ses cheveux roux. En bas de l'escalier, un petit garçon d'à peu près huit ans le fixe. Il a le teint pâle d'Alex marqué de taches de rousseur et il a les yeux brillants et haineux de sa mère : « Qu'est-ce que tu y voulais, à ma mère ? T'es qui ? »

Nic observe les genoux égratignés du petit, son torse maigre dans sa salopette courte et sa casquette usée qui lui cache le front.

« Je m'appelle Nic. Je suis le frère de ton père et je voulais vous aider. Je suis ton oncle.

— Mon oncle ? Ah. »

Nic est à peu près certain que son frère n'a pas perdu de temps à expliquer à ses enfants les tribulations familiales de sa vie : « Tu t'appelles comment ?

— Alex ! »

Évidemment, l'aîné du nom du père. Son frère a toujours été conventionnel, et Nic a toujours mis cela sur le compte de son fervent catholicisme.

« Écoute, Alex, je vais écrire deux numéros de téléphone sur ce papier. Si jamais tu penses que je peux t'aider, toi ou ta mère, appelle, O.K. ? Je te promets de faire tout ce que je peux. »

La porte du troisième étage s'ouvre et Jeannine crie un « Alex ! » péremptoire. Le petit lève la tête et arrache presque le papier des mains de Nic avant de se mettre à grimper les marches en criant « Rien ! » à sa mère qui lui demande ce qu'il dit « à c't'homme-là ».

En montant dans sa voiture, Nic est presque gêné des regards soupçonneux que les gens lui jettent : comment a-t-il pu oublier si vite toute cette misère et la méfiance qu'elle crée nécessairement ?

Il fait le tour de Saint-Henri et retrouve son enfance errante d'un foyer à l'autre avec Kitty accrochée à lui. Alexandre a été séparé d'eux si longtemps, comment pourrait-il ressentir le moindre lien ? Pas étonnant qu'il ait renoncé à son prénom anglophone, Alexander. Nic avait à peu près l'âge d'Alex junior quand il était parti. Quelle drôle d'époque, où un enfant pouvait se rendre jusqu'aux États-Unis sans être inquiété. Quoique… Il se souvient en riant de toutes les ruses avec lesquelles il a déjoué les questionneux et les bonnes âmes qui voulaient le ramener chez lui. Chez lui, c'était la route, chez lui, c'était demain. Il s'arrête au presbytère et suit le conseil de sa belle-sœur en faisant un don substantiel au curé, tout en spécifiant qu'au moindre problème dans la famille McNally, il désire être prévenu. Il laisse sa carte à un homme étonné et ravi, qui est bien près de le bénir.

* * *

Léopold Tremblay se tient timidement devant Germaine et attend son verdict : il n'est pas capable de détacher les yeux de ceux de sa tante par alliance.

Angoissé, inquiet, il est tendu vers elle comme un communiant vers la patène.

Germaine soupire, secouée : « Asseyez-vous, Léopold, on va prendre un sherry, j'en ai besoin. »

En sortant la carafe du petit buffet, Germaine se demande quoi dire à ce pauvre jeune homme. Déjà éprouvé par la maladie de Béatrice, il vient de perdre son emploi, et personne ne voudra plus de lui à cause des règlements du gouvernement. Germaine a stoppé sa volubile explication : elle sait que le gouvernement licencie les hommes en âge de se battre pour les inciter à s'engager. Elle aussi, elle lit dans les journaux qu'on trouve que les Canadiens français ne font pas suffisamment leur effort de guerre. Elle sait très bien à quoi Léopold fait face et qu'il n'est pas devenu chômeur par manque de vaillance.

Léopold ne sait ni comment en parler à Béatrice sans provoquer un nouvel effondrement de la jeune convalescente, ni comment lui annoncer qu'il va s'engager afin de rapporter un salaire décent à la maison et permettre à sa famille de vivre convenablement. Germaine lui tend un verre : « Léopold, vous venez d'avoir un petit. Pensez à l'inquiétude de Béatrice si on vous envoie en Angleterre.

— Vous savez bien que, même si je ne m'engage pas, on va peut-être m'y envoyer. C'est la guerre ! Regardez Maurice… »

Germaine ne veut pas discuter de cela. Elle sait que, d'ici peu, tous les hommes jeunes et pleins d'avenir qu'elle connaît auront un uniforme sur le dos, une arme à la main et une lettre d'amour d'une femme éplorée dans la poche de vareuse la plus près de leur cœur. Germaine est déjà en train d'organiser la vie ici, celle des femmes qui vont garder le poêle chaud et voir à tout en attendant le retour improbable de leur homme. Les yeux bruns de Léopold sont si inquiets : « Quel âge ça vous fait, encore ?

— Vingt-trois ans. »

Une jeunesse ! Comment, dans quel état reviendra-t-il, s'il revient ? Sa jeunesse perdue, immolée sur un champ de bataille. Germaine soupire : il est inutile de vouloir changer ça, Léopold part, et c'est tout. Gabrielle a bien essayé de tordre le cou au destin, et le destin l'a eue dans le détour.

« D'après mes renseignements, je serais envoyé à Valcartier ou en Ontario. Ce serait vers le 1er août… Je me disais que Béatrice pourrait aller à l'Île en août avec vous, ça ferait moins vide, le logement et tout.

— Commencez par le lui dire, Léopold. On verra ce qu'elle aura comme réaction.

— Voulez-vous venir avec moi ?

— Non. Je vais vous laisser régler cela à deux. Je viendrai si Béatrice n'est pas bien. »

Il a l'air bien découragé en passant sa porte. Germaine ne sait pas si c'est un couple aussi fort que celui d'Isabelle et Maurice, mais elle se dit que, cette fois, elle verra un peu ce que Béatrice a dans le cœur pour son mari.

Ce soir-là, le résumé du jour que Germaine fait à Adélaïde n'est pas des plus optimistes. Béatrice a appris la nouvelle du départ de Léopold avec un calme inusité chez elle. Léopold s'est senti licencié de beaucoup plus que de son emploi. Germaine le voit bien, et elle a beau lui expliquer l'état des nerfs de Béatrice, le pauvre homme se sent fort peu considéré. Adélaïde est consternée et propose de ramener Pierre dès le lendemain pour que Léopold puisse profiter des derniers jours avec son fils. Mais Germaine craint que le petit n'empire les choses et que Béatrice ne réagisse mal à la perspective d'être laissée seule avec un enfant.

« Pour l'instant, tu vois, je pense qu'elle a un peu oublié qu'elle a eu Pierre. »

Adélaïde estime cela assez exagéré pour être digne de sa sœur. « Alors venez ici. Avec les petits d'Isabelle, Pierre n'aura pas l'air d'un fardeau du tout. Ça fera du bien à Béatrice, un dernier congé pour Léopold, et Pierre va charmer sa mère, je le sais, il est tellement fin, ma tante ! »

Germaine trouve évidemment que ce serait la solution, mais avec Adélaïde enceinte et tout ce que Béatrice a dit contre sa sœur… elle ne sait pas si elle se fait vieille, mais elle n'a aucune envie d'arbitrer un drame.

« Laisse-moi voir l'humeur des troupes ici. On se rappelle demain vers cinq heures.

— Ma tante… si Béatrice arrive ici, je vais déguerpir, tu penses bien. Je ne ferai pas exprès d'attiser le scandale. »

Germaine considère que Béatrice bénéficie de bien des égards : sa sœur qu'elle a jugée et condamnée prend soin de son fils et laisse la place libre dès qu'elle désire occuper le trône.

Contre toute attente, la réaction de Béatrice à tous ces événements est, somme toute, plutôt calme, quasiment fraîche. Son détachement est évidemment dû en partie à l'état dépressif dans lequel la maladie l'a laissée, mais Germaine est favorablement impressionnée.

Depuis ses fièvres, Béatrice éprouve une sorte d'indifférence qui touche tout ce qu'auparavant elle jugeait essentiel, et Germaine n'est même plus du tout certaine que sa nièce en voudrait encore à sa sœur de « ses manquements au code d'honneur d'une femme bien », comme elle décrivait les écarts de conduite d'Adélaïde.

Mais s'il y a une chose qu'Adélaïde n'a aucune envie de vérifier, c'est bien la capacité de sa sœur à pardonner. Elle préfère quitter l'Île avant que le « deuxième *shift* » n'arrive.

Isabelle est contrariée de devoir renoncer à ses projets pour célébrer les dix-neuf ans d'Adélaïde, et Élise ne s'inquiète que d'une chose en « aidant » à faire les bagages, et c'est de savoir si « Ada apporte son bébé ». Les explications qu'on fournit à Élise semblent la convaincre, mais elle fait quand même une crise épouvantable au débarcadère en voyant Adélaïde et Florent prendre le bateau sans le bébé. Adélaïde l'entend encore hurler « Ton bébé ! », alors que le bateau s'éloigne.

« Pourvu que Béatrice la convainque que je ne suis pas la mère indigne de Pierre ! » Florent ne dit rien, il regarde l'Île s'éloigner — Sainte-Pétronille et sa plage tranquille. Adélaïde prend sa main : « Tu es prêt ? Tu ne veux pas changer d'idée et faire une vraie pause à Québec pour expliquer à Paulette, prendre ton temps…

— Ada, ça fait longtemps que je devrais y être. Ma vie n'est plus ni à l'Île ni à Québec. J'ai toujours su que ma vie était avec toi. »

Il la regarde en souriant avant d'ajouter : « Et avec Nic. »

Elle serre sa main, heureuse. C'est extrêmement rassurant de reprendre la route pour Montréal avec Florent. Adélaïde s'en fait pour Theodore, pour Isabelle et son Maurice, pour Edward et le petit Pierre auquel elle s'est attachée, mais elle a la chance inouïe de retrouver Nic et d'avoir toujours envie de travailler avec lui et même, elle se l'avoue avec étonnement, elle a toujours envie d'avoir cette intimité et cette complicité avec lui.

Toute seule à l'Île, elle a pu se rendre compte que Nic n'était pas qu'un mari de paille, un écran pour sauver l'honneur à la face du monde. Et son enthousiasme affectueux quand elle parle de Nic n'est pas un enthousiasme de façade, c'est une vraie tendresse, un vrai lien qu'elle éprouve pour son mari. Adélaïde ne doute pas qu'elle s'attache à Nic avec autant de force qu'elle s'est attachée à Florent, comme si les deux hommes étaient en symbiose avec une partie d'elle-même, Theodore étant sa totalité, sa plénitude. Elle ferme les yeux, en proie au vertige intérieur que provoque la seule pensée du danger dans lequel vit Theodore.

« Viens t'asseoir, Ada, j'ai promis de veiller sur toi et tu es toute pâle. »

Pour permettre à Florent de convaincre Paulette et de faire son bagage, il a été convenu qu'ils couchaient à Québec et ne prenaient le train que le lendemain matin. Adélaïde nourrit quelques doutes sur la présence éventuelle de Florent dès le lendemain, mais elle le laisse négocier son départ comme il l'entend.

Germaine, très fière d'elle, les attend au débarcadère de Québec, en compagnie de Léopold, qui conduit la voiture d'Edward. « Qu'est-ce que tu dis de ça, ma chère ? Ce n'est ni ton père ni ta sœur, mais on se rapproche. Je ne leur donne pas six mois avant qu'ils ne te parlent ! »

Germaine mène les opérations tambour battant : Florent est déposé chez Paulette, et elle se rend jeter un coup d'œil chez Edward, en promettant de rejoindre sa nièce et Léopold chez elle dans une heure.

Adélaïde ne connaît que très peu son beau-frère, mais c'est lui qui se charge de parler et qui la remercie avec chaleur de ce qu'elle a fait pour son fils. Il est si touchant, si sincère dans sa contrition pour ce qui « s'est dit de malfaisant la concernant », qu'Adélaïde dévie la conversation et vante Pierre et ses prouesses.

Germaine les trouve en train de rire et de comparer les mérites de l'air de la campagne versus celui de la ville sur les bébés affamés.

Le lendemain matin, à la grande surprise d'Adélaïde, Florent appelle pour dire qu'il sera fin prêt dans une demi-heure. Germaine a refait le coup du chauffeur, et c'est Léopold qui les reconduit à la gare. Germaine ne manque pas d'essuyer une grosse larme en serrant son Adélaïde sur sa poitrine : « La prochaine fois que je te verrai, je pense bien que je serai grand-tante pour la deuxième fois. Sois bien brave, Adélaïde, et dis à Nic de me donner des nouvelles. »

Léopold lui tend une main cérémonieuse en promettant que, dès que cette guerre sera terminée, il réglera d'autres problèmes et sera heureux de l'inviter chez lui avec son mari.

« Si je reviens, évidemment », ajoute-t-il faiblement.

Adélaïde le prend dans ses bras : « Revenez, Léopold, il y a un petit bout d'homme qui a terriblement besoin de son père ici. Revenez.

— Sûr. »

Nic est tellement énervé qu'il est à la gare avec une heure d'avance. Il a beau se traiter de tous les noms, s'interdire de projeter quelque plan d'avenir que ce soit, le fait de ravoir Adélaïde auprès de lui le comble.

L'arrivée d'Adélaïde et de Florent se fait dans la joie et l'excitation. Florent est muet d'étonnement devant la maison de Nic, la décoration, la dimension des pièces. Ses appartements, comme ils disent, lui semblent le comble du luxe, et il ne sait même pas comment il va arriver à occuper l'espace à lui tout seul.

Le premier repas qu'ils prennent à trois est si animé de tous les projets qu'ils élaborent que Nic doit rappeler à Adélaïde que son état ne lui permettra pas d'arpenter tout Montréal avec Florent dans les deux prochains mois.

« Une partie de Montréal, d'accord, mais si tu ne veux pas t'épuiser, il va falloir profiter de la voiture et des services de ton chauffeur privé. Tous nos tickets d'essence seront à ta disposition. »

Mais Adélaïde est dans une forme splendide, et c'est vrai que l'Île a eu des effets bénéfiques sur sa santé. Elle a le teint rose, les cernes sous ses yeux ont disparu, et la seule chose qui l'assombrisse, c'est quand elle reprend sa place à côté du poste de radio pour écouter les informations sur la guerre. Comme les commentateurs s'interrogent sur l'apparente tranquillité du front, Adélaïde se dit qu'au moins les bombes n'éclatent pas, et la soirée se termine dans l'allégresse.

Ce soir-là, Nic se couche avec la satisfaction d'entendre des bruits dans la chambre à côté et dans la maison. Il ne s'était pas rendu compte à quel point le silence qui y régnait l'oppressait.

Il est sur le point de s'endormir quand il entend frapper légèrement. Le coup est si discret qu'il se demande s'il l'a imaginé. La porte donnant sur la salle de bains s'ouvre et Adélaïde chuchote : « Tu dors déjà ? »

Elle avance dans la maigre lumière qui vient de la salle de bains et Nic se redresse pour allumer la veilleuse. Elle s'assoit sur le lit en ramenant ses pieds nus sous sa jaquette de coton blanc. On dirait une petite tente blanche posée au bout du lit.

Elle lui parle d'Edward, de ce que Germaine lui a appris, et Nic donne les détails qu'il peut sur l'état de son ami et sur les progrès qu'il fait. Il parle du changement d'attitude de Paulette. Selon lui, la douleur des autres lui a été bénéfique et elle trouve à employer auprès d'Edward une énergie dont Florent n'avait plus besoin.

Adélaïde reste un bout de temps sans parler, puis elle demande à Nic si la présence de Florent va le déranger. Elle lève son doigt dans la faible clarté : « Honnêtement, Nic !

— Qu'est-ce que c'est que ça ? Tu me penses malhonnête ?

— Tu pourrais... disons arrondir les angles. Alors ?

— Alors, si j'ai le droit à un petit parloir comme ce soir de temps en temps, rien ne me dérange. »

Elle se glisse sous les draps à ses côtés et se blottit contre lui : « Viens ! »

Il ne demande ni pourquoi ni en quel honneur, il s'allonge près d'elle et respire ses cheveux pendant qu'il entend son souffle s'approfondir.

Au petit matin, un Lionel imperturbable fait demi-tour aussitôt qu'il est entré dans la chambre, muni du thé de Nic. Cela s'est passé si vite, de façon si feutrée, que Nic doute d'avoir bien entendu. Ce n'est que ce soir-là, quand Lionel pose discrètement la question à savoir si le chocolat de Madame Adélaïde doit être apporté avec le thé de Monsieur, que Nic constate à quel point son *butler* est stylé. Il en a une preuve supplémentaire quand celui-ci opine simplement de la tête en entendant que, pour l'instant, la chose sera soumise à l'improvisation quotidienne.

Parce qu'elle sait qu'elle devra s'absenter du bureau de plus en plus, Adélaïde tient à aller régler ses affaires dès le lendemain de son arrivée. Avec une certaine inquiétude, Nic la voit se remettre à la tâche et reprendre les négociations concernant les tissus. Il se sert de Florent pour essayer de ramener les heures de bureau à des proportions plus convenables pour une femme qui va accoucher en septembre, mais Adélaïde fait ce qu'elle veut de Florent.

L'anniversaire d'Adélaïde est l'occasion d'un véritable dîner de gala, considérant les restrictions qu'impose le rationnement. Elle est éblouie par un gâteau au chocolat digne du temps béni où Gabrielle cuisinait deux jours entiers pour ces agapes.

Florent lui tend ses cadeaux en indiquant un ordre d'ouverture. En déballant le premier, Adélaïde s'immobilise net, et elle se contente de poser la main sur le cadeau encore dans la boîte. Nic regarde les yeux d'Adélaïde s'emplir de larmes sans comprendre. Au bout d'un certain temps, Florent déclare qu'il est rendu à bon port et que c'est normal que cela lui revienne. Ada se contente de hocher la tête sans parler, et elle déplie une pièce de tissu d'un rouge chatoyant, un large châle que Nic se souvient d'avoir vu sur les épaules de Florent au sanatorium. Elle le drape sur ses épaules et explique enfin d'où vient le châle et à quoi, pendant toutes ces années, il servait.

Une fois la fête achevée, les présents rangés, Adélaïde vient rejoindre Nic : « Tu te rends compte de la patience que maman avait avec moi, Nic ? J'avais sept ans, pas plus, et on est montées au grenier, on a cherché quelque chose d'assez précieux pour que Florent croie vraiment à mon retour. Je voudrais bien être douée comme elle et avoir son art de comprendre ce qui est important pour un enfant. J'ai peur que le mien ne me trouve bien impatiente. »

Elle a une façon de poser ses deux mains sur son ventre qui fait sourire Nic : « Tu vas être une mère comme tu es. Et si tu es impatiente, je serai patient, moi.

— En tout cas, il ne pourra pas m'accuser de ne pas savoir m'entourer : toi et Florent, c'est quand même une bonne dose de patience.

— Il ?

— Il, le bébé. Pas "il", le garçon… Quoique je pense que Pierre m'influence un peu et que, quand j'imagine mon bébé, je pense à lui. Tu dirais quoi, toi ? »

Nic pose une main respectueuse sur le ventre et fait une moue amusée : « Je dirais quelqu'un qui va courir très vite. Tu le sens ?

— Je le sens, certain ! C'est son heure… »

Nic laisse sa main sur le ventre et éprouve les dispositions athlétiques du bébé. Le mouvement est loin de se calmer. Adélaïde lui demande tout bas, presque prude : « Tu veux voir ? »

Elle s'étend et remonte sa jaquette blanche : au-dessus de sa petite culotte, la peau tendue du ventre gonflé a l'air d'un petit ballon avec le nombril comme un raisin posé sur le point le plus haut. Elle soupire : « C'est pas joli ! » et Nic la fait taire en posant sa main tendrement sur la peau. Il a l'air si ému, si bouleversé, qu'elle reconsidère son anatomie avec plus d'indulgence. Il passe la main avec douceur d'un côté à l'autre de l'arrondi et il finit par y poser la bouche et embrasser la peau.

« C'est mieux que joli, Adélaïde, c'est magnifique. »

C'est elle qui prend sa tête, elle qui la conduit jusqu'à ses lèvres et qui l'embrasse avec une douceur tranquille. À sa grande surprise, elle sent Nic se dégager et ramener délicatement la jaquette sur son ventre. Il ouvre ensuite les draps du lit et l'invite à venir contre son épaule.

Mais Adélaïde ne trouve pas le sommeil. Elle tourne, s'agite, soupire, pour finalement se lever et aller dans la salle de bains. Nic est surpris de ne pas la voir revenir et, au bout d'un certain temps, il va vérifier si elle a besoin de quelque chose.

Il la trouve assise au bord de la baignoire, les pieds nus sur le carrelage frais, les bras croisés et l'air mécontente.

« Tu n'es pas bien ? »

Elle le regarde longuement, en ayant l'air de peser le pour et le contre, elle est si drôle avec ses pieds tournés par en dedans et son air d'oiseau maussade qu'il sourit : « Quoi ? Dis-le ! »

Elle hésite encore et finalement, elle se lève, le prend par la main et le ramène dans son lit. Une fois qu'elle est couchée, Nic se dit qu'il n'en apprendra pas davantage quand elle murmure : « J'ai des problèmes de conscience. »

Intéressant, se dit Nic, qui se garde bien de parler.

Elle se soulève, essaie de voir ses yeux dans la pénombre : « Nic ! Tu m'entends ?

— Je t'écoute, oui. »

Elle se mord un coin de la lèvre, il le voit dans l'éclat bleuté de la lune. Comme elle a l'air jeune et excédée ! Elle finit par avouer : « Tu penses que je joue avec toi ? Tu penses que je suis… que je… oh ! Seigneur ! Pourquoi c'est comme ça ? »

Nic n'avait pas prévu du tout avoir ce genre de conversation avant la naissance du bébé. Il a presque pitié de la confusion d'Adélaïde. Il ne connaît rien aux élans sensuels d'une femme dans son état, ce qui ne l'empêche pas de constater qu'elle est à bout : « Non. Tu ne joues pas. Tu en serais bien incapable. »

Elle a l'air un peu soulagée, mais elle attend toujours, tendue. Il se contente d'ajouter : « C'est compliqué, c'est tout.

— Je serais peut-être mieux de rester dans mon lit. »

Il brûle de lui demander pour qui, mais ce serait trop moqueur, elle n'aura pas du tout d'humour à cette heure de la nuit. Il la reprend dans ses bras : « Adélaïde, je pense qu'attendre un bébé rend plus sensible et que tu as seulement besoin d'être touchée, de tendresse. C'est une chose que je peux t'offrir. »

Déboutée, Adélaïde se met à pleurer et elle sait que c'est de dépit. Parce que ce qu'elle désire n'est pas de la tendresse et que cela la déçoit terriblement d'elle-même. Elle voudrait ne pas être tentée par un autre corps que celui de Theodore, ne pas avoir les sens autant aux aguets quand elle s'approche de Nic. Elle ne croit pas une seconde au supposé besoin de tendresse, sinon, c'est dans les bras de Florent qu'elle irait. Elle n'est pas dupe d'elle-même, elle ne peut concevoir d'être une femme aussi dépravée, mais elle se l'admet franchement : si Nic exigeait la consommation immédiate de leur mariage, elle y consentirait joyeusement et calmerait un peu l'attente exaspérante de Theodore.

La honte pure la fait sangloter et Nic a beau murmurer des « chut ! » et des paroles consolatrices, elle s'en veut tellement et se juge si sévèrement que rien ne peut l'apaiser. Encore heureux qu'Isabelle ait eu l'idée de génie de lui dire que son appétit de caresses croissait avec le bébé, parce qu'en plus elle se considérerait comme un monstre non seulement amoral mais anormal. Elle se mouche dans le mouchoir que Nic lui tend et conclut : « Je ne sais pas comment tu fais pour me supporter.

— Tu ne pleures pas tous les soirs.

— Quand même... »

Elle pousse un gros soupir : « Je ne sais pas ce qui m'a pris. »

Une fois Adélaïde endormie, Nic reste longtemps éveillé en se demandant si une jeune fille de bonne famille et de bonne éducation comme sa femme, encore naïve et plutôt inexpérimentée, serait très choquée qu'il lui offre sa science de certains plaisirs pas trop compromettants pour soulager une sexualité envahissante. Il s'avoue du coup n'être pas certain de pouvoir rester neutre dans son rôle de mentor et il sait fort bien qu'Adélaïde ne laissera jamais le trouble la gagner au point d'oublier à qui elle a envie d'appartenir.

Il la contemple, maintenant qu'elle dort. Il n'a jamais eu de problèmes de conscience, lui. Quand le plaisir le tentait, il le saisissait. Quand une femme résistait, il rusait et obtenait en plus du plaisir sensuel celui de la conquête. Il s'est tellement interdit toute sexualité avec Adélaïde qu'il n'est même plus certain de ses désirs réels. Il est nettement tenté quand elle se met à faire ses chatteries, mais Gabrielle n'est jamais loin quand il observe sa femme, et Nic n'a pas du tout l'intention de s'abuser deux fois dans sa vie. Il l'a fait avec Gabrielle, il a cru à la pureté de ses intentions et il s'est fait avoir avec son faux dévouement amical. Finalement, il constate qu'il lui est beaucoup plus difficile de discerner le sentiment amoureux que le désir. Sa longue expérience des femmes ne l'a jamais rendu plus averti sur son propre cœur. Il a fallu Gabrielle, et elle seule, pour savoir ce qu'était l'obsession d'une femme.

Comment expliquer à Adélaïde que pendant ces années où il a aimé profondément sa mère, il a quand même offert à son corps certaines formes de dédommagement ? Il a toujours pensé que l'urgence physique était l'apanage des hommes et seulement des hommes. Il sourit en pensant aux larmes de désir d'Adélaïde. Elle que rien ne fait pleurer devant quiconque, elle est dépassée par cette honteuse pulsion qui n'est, pour lui, que celle de la vie qui l'habite avec tant de force.

Il reste éveillé une bonne partie de la nuit en se demandant ce qu'on promet véritablement en épousant une femme.

* * *

L'horaire d'Adélaïde est négocié pied à pied par Nic. Ils s'entendent enfin sur une matinée au bureau suivie d'un après-midi libre, et ce, pour le mois d'août seulement, parce qu'ensuite Adélaïde restera à la maison. Nic a fini par sortir ses arguments imbattables : elle doit ménager ses forces au cas où il serait appelé et où elle aurait à tout faire marcher à elle seule.

Florent, quant à lui, a découvert la bibliothèque de l'École des beaux-arts de la rue Sherbrooke, et ses matinées sont consacrées à lire et à fouiller chaque rayon comme s'il venait d'ouvrir la caverne d'Ali Baba.

Une routine s'installe, Adélaïde va rejoindre Florent après sa matinée, et ils se promènent et explorent les quartiers de Montréal. Peu à peu, ils découvrent l'Est et sa pauvreté qui ramène Florent aux temps de la rue Arago. Ils vont fureter avec bonheur boulevard Saint-Laurent où ils ont l'impression d'être dans une ville étrangère où on parle toutes les langues. Dès qu'ils marchent vers l'ouest, la langue passe du français à l'anglais, et la richesse gagne du terrain à vue d'œil. On passe du taudis au palace en l'espace de deux coins de rue, et Florent se demande comment on peut voisiner avec tant de misère sans perdre l'appétit. Nic suppose que la différence de langue crée un éloignement affectif : un anglophone ne se sent peut-être pas déchiré par la misère en français.

« Et pourquoi la misère n'est pas en anglais ?

— Elle l'est chez certains, mais nos œuvres de bienfaisance sont mieux organisées. Il y a des immigrants très pauvres. Mais là encore, les communautés d'origine se soutiennent et s'entraident. Par exemple, les juifs ne sont pas tous riches. Ils travaillent comme des fous pour arriver à nourrir leur famille, et dès qu'ils ont un sou de côté, ils l'offrent au juif voisin qui en manque. C'est dans leur religion, je pense.

— Quoi ? Tu veux dire que ceux qui parlent français sont ici depuis si longtemps qu'ils ont perdu leur sens communautaire ?

— Peut-être, Florent… je ne sais pas. Mais j'avoue que chaque fois que je *deale* avec un Canadien français, il est plus porté à céder, moins batailleur. Ils ont moins d'ambition, je ne sais pas comment dire, ils sont plus humbles, moins demandants. C'est peut-être aussi une question de religion.

— Mais toi, Nic, t'es quoi ? Un Anglais ou un Français ? »

Nic considère la table à laquelle ils sont, cette aisance qu'il a gagnée tout au long de sa vie, qu'il a voulue et obtenue avec une détermination et une rage très irlandaises et pas du tout catholiques.

« Je suis anglais dans ma *business* et français dans mon cœur. J'ai été élevé par les deux communautés, alors je pense que j'ai pris le meilleur des deux. Tu n'es pas obligé d'adopter le manque d'ambition des tiens. Faire de l'argent et réussir, ce n'est pas supposé être un déshonneur.

— Chez moi, dans ma famille, ce serait mal compris. »

Adélaïde sursaute : « Mais Florent, tu ne veux pas dire que Malvina ne te reconnaîtrait pas le droit de réussir, ou qu'elle en serait déçue ?

— Je ne sais pas. Pour ma mère, Ada, on était des petits et on devait rester petits. Trouver des bons *boss*, c'était sa façon d'avoir de l'ambition... Je pense que si j'avais de l'argent un jour, ma mère croirait que je l'ai volé ou mal acquis. On ne sort pas de son rang, c'est comme ça que ma mère m'a élevé.

— Tu te trompes peut-être...

— Tu penses ? Qu'est-ce que mes frères et sœurs me disaient quand je revenais chez moi à la fin de l'été ? Ils disaient que j'avais été licher tes bottes pour avoir du pain beurré. Ils me détestaient d'avoir plus et mieux qu'eux. Et ils ont toujours fait comme si je m'humiliais pour l'obtenir. Comme si notre affection n'était pas vraie du tout. Tu devrais demander à Paulette et à Reine dans quelle pauvreté ta mère a installé le Centre, avec quels gens et quelle sorte de mentalité. Elles n'étaient pas si bienvenues, les bonnes dames, tu sais. Ils prenaient et ils crachaient par terre après. Paulette a toujours dit : "L'orgueil des pauvres est de cracher par terre après avoir profité de la charité, comme s'ils ne devaient rien à personne." Ta mère disait quelque chose de beaucoup plus beau, mais tu le sais.

— Non. Dis-moi...

— Ada... ta mère t'a jamais dit ça : "Les humiliés répondent à la bonté par le mépris, les pauvres disent merci" ? »

Nic est aussi étonné qu'Adélaïde : « Elle ne m'a jamais dit ça non plus.

— Quand j'étais petit, rue Arago, et que je m'arrangeais pour que ses générosités nourrissent mes sœurs et ma mère, j'étais toujours surpris de leur méchanceté et de leurs façons fâchées de recevoir ce que Gabrielle apportait. Un jour, elle a apporté un chaudron de bines et elle m'a dit de donner le chaudron à ma mère après. Maman en a pas voulu. Elle a fait exprès de le laver pour "gaspiller le vaisseau", comme elle disait, pour que les bines ne soient plus bonnes dedans, pas avant longtemps, et elle m'a dit de redonner ça où ça allait, chez les Bégin. J'étais tellement mal que je me suis mis à pleurer devant ta mère quand elle est venue me voir après. C'est là qu'elle m'a sorti sa phrase pour la première fois. Elle n'était pas fâchée du tout et elle comprenait. Moi, je ne comprenais pas la phrase, mais quand elle me disait que, même pauvre, j'étais quelqu'un de valable et d'honorable, je comprenais que maman ne se sentait plus une vraie personne. »

Nic reste silencieux et il revoit l'éclair de rage féroce dans les yeux de Jeannine. Il se souvient du temps ancien où la crasse et ses ongles noirs n'étaient, à ses yeux, que le signe de sa vaillance. Il se souvient de la bonté de Mummy et de cette façon qu'elle avait de l'étriller énergiquement dans la cuve de tôle dans la cuisine. La voix de Florent le tire de ses réflexions : « Un jour, si je réussis, si je deviens quelqu'un, je voudrais les convaincre que c'est par mon travail et qu'ils peuvent être fiers de moi. »

Puis, il éclate de rire : « Je sais à peine où ils sont ! Peut-être que je ne pourrai même pas les trouver pour leur dire.

— Tu es comme moi, Florent, tu es à cheval sur deux cultures, sauf que ta position, c'est entre la pauvreté et l'aisance. »

Le dimanche suivant, après la messe, Nic les emmène tous les deux à Saint-Henri pour leur montrer d'où il vient et ce qu'était son enfance. Florent adore la vie qu'il y a dans le quartier et ne se sent pas du tout dépaysé. Il conclut leur promenade en déclarant qu'il comprend mieux pourquoi Nic est si vrai malgré une richesse qui devrait le rendre prétentieux.

* * *

Le 3 août à midi, ce n'est pas Florent qu'Adélaïde va rejoindre, mais Isabelle qui a pris le train du matin à Québec et qui a deux heures de libre avant son train pour l'Ontario. Isabelle est doublement excitée : la perspective de revoir enfin Maurice et sa joie de pouvoir manger avec Adélaïde lui mettent le rose aux joues. Elles s'attablent et commencent à parler en même temps, chacune pressant l'autre de lui apprendre les dernières nouvelles. Tous et chacun y passent et elles n'ont pas trop de deux heures pour faire le tour des préoccupations de tout ce beau monde.

Isabelle fait un récit assez mitigé du séjour de Béatrice et Léopold à l'Île. Elle trouve sa cousine mieux portante, mais d'une indifférence plutôt sèche envers son fils. « À croire qu'elle lui en veut de l'avoir rendue aussi malade ! Ou alors, c'est d'avoir été séparée de lui si vite et si longtemps. On dirait jamais que c'est sa mère. Je te prie de croire qu'Élise n'est pas à la veille de te pardonner l'abandon de ton fils ! Béatrice n'a rien fait pour la convaincre que Pierre avait retrouvé sa mère. Léopold, par contre, a été un père exemplaire. Il faisait pitié à voir le jour du départ : il a fallu lui arracher Pierre, et je te jure qu'il n'était pas loin de pleurer. »

Léopold est maintenant parti à l'entraînement et Béatrice est restée à l'Île avec Georgina, Hubert, Reine et les petits. Là encore, Isabelle trouve que Reine est la seule à faire le travail, puisque Georgina et Béatrice ont toujours une raison ou une autre pour se reposer et se prélasser dans les transatlantiques. Germaine a regagné la rue de Bernières et les enfants d'Isabelle ne peuvent vraiment compter que sur leur tante Reine. Ce qui force Isabelle à ne rester absente que dix jours. Mais, pour elle et son mari, c'est inespéré : « Tu sais que ça fait pratiquement quatre ans que je n'ai pas été seule avec lui ? On ne se rend pas compte comme les enfants finissent par prendre tout notre temps, toute notre vie. Tu vas voir ! »

Dès qu'elle l'a dit, elle s'en excuse et répète qu'elle sait qu'Adélaïde n'est pas dans la même situation. « Tu as des nouvelles de ton soldat ? »

Adélaïde lui apprend qu'elle ne peut pas en avoir. Isabelle s'étonne parce que les soldats outre-mer écrivent et reçoivent des lettres. Adélaïde explique que, pour une raison qu'elle ignore, ce n'est pas possible, que le soldat doit avoir à faire des choses secrètes qui l'obligent à ne pas divulguer la moindre information, à commencer par son port d'attache.

Isabelle hoche la tête : « Oui, oui. Un peu comme Ted.

— Ted ? »

Adélaïde est blanche comme son assiette et si figée qu'Isabelle reste sans voix. Elle l'observe un bon moment et finit par dire : « Oui. Ted Singer qui a fait des choses avec les services secrets il y a plus d'un an. Adélaïde... comment est-ce possible ? Il est revenu ici avant de repartir ou quoi ? Je m'excuse, je ne savais pas que c'était lui, je ne pouvais pas me douter, même si ton père le prétendait. Je le pensais fou furieux. Explique-moi, tu veux ? »

Il y a un tel soulagement, une telle félicité à raconter, à remonter le fil du temps et à expliquer les détails infimes qui confèrent toute sa dimension à son histoire qu'Adélaïde, une fois entrée dans son récit, a l'impression de donner de la réalité à son amour, de le ressusciter. Elle n'omet rien et, parce que c'est Isabelle et qu'elle l'écoute avec une telle compassion, elle va même jusqu'à parler de ses inquiétudes matrimoniales. Isabelle va de surprise en surprise : « Tu veux dire que Nic... ? Que ton mariage avec Nic n'est pas... pas vrai ?

— Il est vrai. Il n'est pas total. C'est l'enfant de Theodore que je porte ! C'est Theodore, mon mari.

— Non, Adélaïde, Ted est marié. C'est un adultère, il n'y a pas d'autre mot. Et Nic *est* ton mari. Il n'exige rien ? »

Adélaïde hoche la tête et se demande si c'est aussi extraordinaire que le visage de sa cousine le laisse supposer.

« Il l'a fait pour me rendre service, Isabelle, pas parce qu'il m'aimait. Ce n'est pas comme Maurice et toi. »

Le rappel de Maurice provoque un branle-bas et Isabelle court attraper son train. Elle serre Adélaïde contre elle, fébrile, avant de monter précipitamment dans le wagon : « Je t'écris pour les autres nouvelles. Ada, tu te trompes, il faut que Nic t'aime beaucoup pour faire ce qu'il fait. »

Elle abandonne sa cousine sur le quai et la voit faire un signe de la main alors que le train s'éloigne. Isabelle s'appuie contre le dossier de son siège : elle est épuisée non seulement d'avoir couru, mais de l'avalanche de renseignements qu'elle vient d'absorber. En s'approchant de l'Ontario, elle remercie le Ciel d'avoir une vie et un amour à la dimension de ce qu'elle peut affronter. Jamais elle ne pourrait vivre ce qu'Adélaïde vit. Jamais elle n'arriverait à trouver la moindre paix, ni dans son amour ni dans son mariage. Et elle doute que la partie ne soit jamais simple pour Adélaïde.

Maurice est sur le quai, elle l'aperçoit de très loin. Son grand Maurice à la tête presque rasée et au sourire si bouleversant. Quand elle est enfin dans ses bras, quand il l'étreint en l'appelant « ma fée des biscuits », toute la vie redevient limpide, tous les espoirs sont permis, et même Adélaïde sera heureuse, Isabelle en est persuadée.

* * *

C'est un étrange débat intérieur qui anime Adélaïde après son dîner avec sa cousine. Elle a beau essayer de sonder Nic, il ne révèle aucune attente, précise ou floue, et il ne semble en aucune manière frustré par sa chasteté.

L'ironie de la situation ne la frappe que depuis qu'elle en a parlé ouvertement avec Isabelle. De la même façon que la nostalgie de Theodore a été exaltée par le récit de leur amour, les devoirs conjugaux et la nature profonde du mariage obsèdent Adélaïde. Elle est presque certaine que Nic n'attend rien d'autre d'elle et qu'il est heureux de leur entente. Mais un doute demeure. Et ce doute devient franchement vertigineux quand elle repense à son comportement à l'Île, quand elle l'avait embrassé. Il l'a embrassée, lui aussi, elle s'en souvient clairement, mais il n'est pas allé plus loin.

Adélaïde enrage d'être laissée sans soutien pour ce genre de questions. Florent ne peut l'aider, Theodore est hors d'atteinte, son père, elle n'oserait jamais, même si elle lui parlait encore… Ne reste que Nic avec qui elle peut discuter si franchement de tout.

Pour mieux réfléchir et tester les désirs de Nic, elle reste dans sa chambre quelques jours. Rien. Même pas l'apparence d'une contrariété ou une allusion à un manque quelconque. Nic se contente de lui souhaiter bonne nuit à la porte de sa chambre et de gagner discrètement son lit.

Mais les nuits ne sont pas très bonnes : la chaleur est éprouvante et le bébé se manifeste beaucoup. Elle se sent lourde et laide, même si elle n'est pas énorme, et elle trouve bien encombrante l'obligation de se lever toutes les deux heures parce que le bébé fait pression sur sa vessie.

Une nuit, alors qu'Adélaïde est en train d'écrire, un orage violent éclate et le courant est coupé. Adélaïde soupire en écoutant la pluie claquer sur l'appui de la fenêtre dont le rideau est enfin agité par un vent à forte odeur de terre. Elle ressent un tel soulagement qu'elle se dit que c'est l'orage menaçant qui la rendait si irritable, si exaspérée pour rien. Les éclairs blanchissent les murs de la chambre et elle pense à Fabien qui a toujours eu une telle crainte de l'orage. Elle n'entend pas le léger coup frappé à sa porte à cause du tonnerre et elle sursaute quand Nic apparaît, muni d'une bougie.

Il est désolé de l'avoir effrayée et pose la bougie sur le bureau. Il voulait seulement s'assurer qu'elle allait bien. Ils se regardent, dépités, presque exténués. Elle s'assoit sur le lit et tend la main vers lui. Il la rejoint.

Parce qu'elle ne sait pas comment aborder le sujet, elle s'y jette sans détours, de façon abrupte : « Nic, est-ce que je suis une mauvaise épouse ? Est-ce que tu t'attendais à ce qu'on se marie vraiment ? »

Nic ouvre les bras, décontenancé. Il ne sait pas quoi dire, sinon qu'il croyait qu'ils attendraient l'enfant et des nouvelles de Ted pour aviser.

« Et la fin de la guerre, tant qu'à y être ? »

Nic discerne fort bien l'irritation : « Bon, d'accord, on n'a pas été très prévoyants ni très clairs. »

Les yeux d'Adélaïde sont rivés aux siens et cherchent fébrilement un indice de ce qu'il désire. La lueur de la bougie oscille et rend la pièce mouvante, inquiétante. Nic perd pied et avoue être aussi troublé et perdu qu'elle.

« Perdu ?

— Je t'ai épousée avant tout pour sauver une situation difficile. Je ne me suis pas demandé quels étaient mes sentiments en dehors de mon désir d'aider.

— Et maintenant ?

— Je sais que tu aimes Theodore Singer et que tu attends un enfant de lui qui portera mon nom.

— Ce sont des faits, Nic, pas tes sentiments.

— Je ne sais pas. Sincèrement, Adélaïde, je ne sais pas comment appeler ce que je sens.

— Bon ! Et qu'est-ce que tu penses de ta femme qui est fidèle à un amour adultère et qui ne permet pas la consommation de son mariage ?

— Quoi ? Tu veux que je te reproche maintenant une chose que tu m'as dite avant le mariage ?

— Quelle chose ?

— Que les contrats seraient rouverts après la guerre.

— Tu veux dire que tu es prêt à attendre la fin de la guerre pour consommer ce mariage, le rendre vrai ?

— Oui, pour cette partie-là. Je te ferai remarquer que le mariage est vrai pour moi. Je veux dire, tel qu'il est. »

Il se lève, tape les oreillers, s'assoit confortablement. Après l'avoir prise par la main et entraînée avec lui, il la garde dans ses bras et caresse son visage levé vers le sien : « Le jour où tu viendras vers moi pour être ma femme, tu le seras, c'est tout. Je ne veux pas que ce soit un devoir ou une obligation morale créée par l'extérieur. C'est entre nous et entre nous seulement.

— Isabelle le sait.

— Et Florent ?

— Non ! Comment veux-tu que je parle de ça à Florent ? Il est trop jeune !

— De toute façon, Florent devine tout avec toi. Alors ? Isabelle t'a donné mauvaise conscience ? Elle t'envoie à la confesse et à la contrition ?

— Nic ! Ne te moque pas… Je peux poser une question très indiscrète ?

— Si j'ai le droit de ne pas répondre.

— Tu as une autre femme ?

— Non.

— Tu… tu veux rester libre de pouvoir partir après la guerre, après la réouverture des contrats ? Tu ne veux pas t'attacher ?

— Adélaïde, ça suffit. Tu veux quoi ? Que je te jure un amour éternel pour te donner le vrai réconfort de pouvoir choisir entre deux hommes fous d'amour ? Le premier, marié ailleurs, et l'autre, marié avec toi ? Ne joue pas avec moi ! »

Blessée, Adélaïde se dégage : « Comment veux-tu que je joue ? Je ne sais même pas si tu trouves ça dur ou non ! Si je suis une pauvre fille enceinte jusqu'aux yeux ou une femme pour toi. Je ne sais rien, sauf que tu as eu la bonté de me sauver du déshonneur ! Te rends-tu compte, Nic, que ton sauvetage peut être aussi lourd à porter que le déshonneur auquel il me permet d'échapper ? »

Elle marche furieusement dans la pièce zébrée d'éclairs, et Nic sent une forte exaspération le gagner lui aussi : « Viens dans le lit, ne t'énerve pas comme ça. On va se dire des choses bêtes qu'on va regretter.

— Et alors ? Au moins, on va parler ! On va arrêter de faire semblant ! On va savoir à quoi s'en tenir, une fois pour toutes ! »

Elle est injuste, elle en est consciente, mais c'est si frustrant de ne pas savoir et de se trouver en face de l'indulgence personnifiée. Adélaïde se sent stupide et inexpérimentée. Elle se méprise profondément de ne pas savoir si le désir qui la taraude depuis si longtemps appartient à la noblesse d'un amour ou à un vulgaire besoin bestial et primaire.

La voix de Nic est contrôlée, il fait un effort pour rester calme et il l'énerve encore plus : « Bon, très bien, Adélaïde. Parlons, comme tu dis. Non, je n'ai pas l'intention de me remarier après la guerre. J'ai quarante et un ans, au cas où ça t'aurait échappé, et si je ne me suis pas marié avant aujourd'hui, c'est parce que ça ne doit pas me convenir. Alors, si je suis inadéquat ou trop lourd à supporter, c'est seulement parce que j'aurais mieux fait de rester célibataire. Veux-tu des excuses aussi, tant qu'à y être ? Et pour ce qui est du coup de la pauvre fille enceinte, pas à moi, Adélaïde. J'ai eu affaire dans ma vie à toutes les ruses féminines de la part de pauvres filles enceintes qui auraient fait n'importe quoi pour se marier. Alors, tu ne sais pas de quoi tu parles. Adélaïde Miller n'a jamais eu besoin de sauvetage.

— Alors, pourquoi tu l'as fait ? Pour qui ? Tu peux dire pour qui tu l'as fait ? »

Il ne comprend pas, il ne comprend plus. Elle est si furieuse, presque désespérée. Elle n'entend rien comme il le dit. Il se sent piégé à chaque phrase et ces coups de tonnerre qui les forcent à crier et ensuite à chuchoter. Il se lève, tente de bloquer sa route, essaie de l'empêcher de circuler comme ça, mais elle refuse sauvagement de le laisser la toucher et elle le repousse en répétant sa question hargneusement. Blessé, humilié, il est traversé d'une onde de violence, il saisit son poignet et le tient fermement : « De quel droit tu me demandes ça ? De quel droit, alors que tu aimes Ted et que tu te fous de moi !

— Lâche-moi, menteur ! Je ne me suis jamais fichée de toi ! Pas autant que toi !

— C'est ridicule ! Arrête, Adélaïde. Ça suffit ! »

Elle lui fait face soudain, le visage décomposé, les yeux brillants de chagrin colérique : « De toute façon, il ne reviendra peut-être pas, et s'il revient, il va aller la retrouver, elle, avec ses deux enfants, et je serai l'autre, la mauvaise. Et s'il me choisit, ça va être encore pire. Et je vais rester mariée avec toi qui vas toujours faire semblant de comprendre et d'accepter d'être un *second best*. Mais c'est moi, le *second best* ! C'est moi, la femme de personne, la femme que personne n'a choisie et que personne ne choisira jamais ! Parce que c'est elle, sa femme, même s'il ne la touche plus, c'est elle ! Comme je suis la tienne, même si tu ne me touches pas. Et je ne sais même plus pour qui je compte et pour qui je suis quelqu'un ! »

Un coup de vent a éteint la bougie pendant la sortie d'Adélaïde et Nic ne distingue plus son visage. Médusé, il l'entend sangloter et il s'approche précautionneusement. Un éclair illumine violemment la tache blanche sur le tapis. Il accourt, se penche vers elle : « Mon Dieu, dans quel état tu te mets ? Quelle folie, Adélaïde ! Arrête ! Arrête, je t'en supplie... Regarde-moi, je t'en prie, ne pleure pas. C'est Ted qui te manque, c'est son amour dont tu doutes, c'est de lui que tu as besoin, tu le vois bien. Ce n'est pas moi, ma chérie. Ce n'est pas vrai que je ne te choisis pas. Je te choisis, mais pour l'instant, c'est lui que tu veux et il est si loin. Arrête de pleurer, lève-toi, viens dans le lit, tu vas te faire du mal. Viens, Adélaïde. »

Elle est toujours secouée de sanglots et il persiste à caresser son dos en murmurant des mots tendres. Jamais il ne l'a vue dans cet état. Adélaïde devient muette et immobile dans la détresse, jamais elle n'éclate comme ça. Nic ne sait même pas si c'est la maternité qui la rend si nerveuse, mais il ne reconnaît plus la jeune femme.

L'orage se calme quand il finit par obtenir qu'elle regagne son lit. Elle insiste pour qu'il s'y étende avec elle. Le ciel n'est déchiré que de quelques éclairs plus faibles quand elle parle, et c'est pour s'excuser et dire qu'elle a mal au dos. Elle roule sur le côté et il masse doucement ses reins. Elle est toute recroquevillée. Il met du temps à sentir qu'elle se détend enfin. Dehors, la pluie tombe moins fort et avec constance. La respiration d'Adélaïde s'apaise. Nic s'oblige à rester distant, tout en continuant de la toucher. Mais le corps d'Adélaïde se tend dans le silence subit de la chambre. En passant ses mains sur ses reins, Nic effectue de larges mouvements courbes sur les hanches pour ensuite remonter vers son dos. Sa respiration à lui se brise en sentant le dos et la croupe d'Adélaïde exiger encore une fois ses mains, encore une fois le vertige de la caresse qu'il rend pressante, insistante.

Le corps d'Adélaïde agit comme un aimant sur ses mains. Ébranlé, Nic ralentit son massage et envisage de battre en retraite au plus vite vers sa chambre.

Dès qu'elle le sent s'éloigner, elle murmure un « non » contrarié et il pose son visage dans le cou d'Adélaïde pour dire qu'il faut dormir maintenant.

« Reste ! »

Il l'embrasse délicatement dans le cou, chuchote « Bonne nuit » et se lève. Adélaïde le retient en se tournant vers lui « Je t'en prie, reste.

— Je ne peux pas, Adélaïde.

— Tu es fâché ? Tu m'en veux ?

— Non. Ce n'est pas ça. Dors. On discutera demain. »

Elle tient toujours sa main, se soulève vers lui, en attente. Il la discerne mal. Le silence est si tenace. Le souffle court, Nic s'incline sur le visage tendu vers lui en se répétant qu'il devrait aller dans sa chambre. La bouche d'Adélaïde cherche la sienne et, dès qu'ils se trouvent, dès que leurs lèvres s'écartent et qu'ils se goûtent, toute l'électricité de l'orage les traverse et les projette avidement l'un sur l'autre. Nic entend un gémissement, et il se dit qu'il s'agit peut-être de lui avant de se perdre totalement dans la violence du désir qui le happe. Chaque fois qu'un éclair de lucidité le frappe, il se répète qu'il doit cesser, qu'il ne doit pas profiter de cette exaspération, qu'il faut sans doute ménager l'enfant, mais toujours Adélaïde le reprend fiévreusement et la violence de leur désir agit comme un tourbillon irrésistible, empêche toute forme de réflexion. Les mains d'Adélaïde, follement habiles, ont ouvert sa veste de pyjama et, dès qu'elle pose sa bouche avide sur son torse, ses mains à lui atteignent les cuisses chaudes et remontent vers le ventre et les seins. Le gémissement guttural d'Adélaïde quand il embrasse goulûment ses seins, la tension qui raidit son corps quand sa main écarte la culotte et trouve son sexe, l'affolent, sa bouche gourmande descend contre le ventre, goûte l'attache fine des cuisses. Une convoitise dévastatrice s'empare d'eux. Nic voudrait ralentir sa bouche, ses mains, cette sauvagerie qui le saisit, l'emporte, mais le moindre ralentissement est fouetté par l'ardeur d'Adélaïde. Elle n'a aucune pudeur, une hâte fébrile la fait repousser le pantalon de Nic, se saisir de son sexe et le caresser avec une fougue qui le fait trembler. Toute sa vie, avec toutes les femmes qu'il a connues, Nic a été en contrôle de l'acte sexuel, et les plaisirs et les jouissances de ses partenaires non seulement primaient, mais participaient aux siens. Pour la première fois, il perd pied, il n'arrive pas à se ressaisir, à penser ou à organiser le déroulement de l'acte sexuel. Il est éperdu, engouffré dans cette lutte farouche, exaltante, il est affamé, délirant et chaque caresse d'Adélaïde est si rigoureusement conforme à son désir que l'escalade du plaisir devient impérieuse. Il l'entend gronder parce que ses mains font monter le plaisir, et elle se retourne sauvagement vers lui, mord presque sa bouche où elle s'enfonce en essayant d'échapper aux mains de Nic, qui la propulse vers l'extase. La bouche qui le fouille émet un son rauque, un son étouffé, magnifique, qui gonfle et se creuse à la fois, un son qui agit comme une ultime caresse enivrante et précipite Nic contre Adélaïde qu'il fait pivoter et pénètre en étouffant dans sa nuque le son que la jouissance aiguë lui arrache.

Nic remonte tendrement sa main vers le ventre d'Adélaïde : « Tu as mal ? Tu crois qu'on lui a fait du mal ? »

Elle vient de retrouver son souffle, elle place sa main sur celle de Nic : « Moi, non. Le bébé… tu sens ? On ne l'a même pas réveillé. » Elle rigole doucement : « Tu te rends compte ? Il dort… »

Il ne dit rien, heureux de l'entendre rire, heureux tout court. « Tu veux bien me regarder ? »

Elle hoche la tête : « C'est la nuit, tu ne verras rien. »

Elle se retourne lentement vers lui. Il reste immobile à la chercher dans la pénombre. Il ne distingue pas son expression et effleure son visage : « Ça va ? »

Son visage fait oui sous sa main.

Il l'embrasse avec une infinie douceur : « Tu m'as dérouté. »

Encore une fois, ce rire : « J'espère bien ! Je me suis déroutée moi-même. »

Il aime savoir qu'il n'est pas le seul à être déstabilisé.

Elle dort profondément quand l'électricité revient et que la lampe s'allume sur le secrétaire. Nic va éteindre et aperçoit sur la feuille abandonnée par Adélaïde les mots « mon amour ». Il détourne vivement les yeux, honteux d'avoir seulement vu ces mots, et il se recouche en proie à plus d'une inquiétude.

Le désir est un animal bien difficile à dompter, et il faut tout le flegme de Lionel pour rebrousser chemin avec le thé de Nic quand, à peine entré dans la grande chambre vide, il entend une plainte rauque, impossible à confondre, en provenance de la chambre voisine.

* * *

Le lendemain après-midi, parce que Montréal cuit sous le soleil et que pas un souffle d'air n'agite les feuilles des arbres, Adélaïde décide de rentrer directement après avoir mangé avec Florent.

La maison est calme et fraîche. Elle retire son chapeau et ses gants en jetant un coup d'œil rapide au courrier laissé sur le guéridon de l'entrée. Là, sur le dessus de la pile, bien en évidence, l'écriture de Theodore. Les mains d'Adélaïde laissent tomber l'épingle à chapeau par terre et redescendent presque au ralenti. Elle s'appuie au guéridon en fixant l'enveloppe usée qui a l'air d'avoir fait le tour du monde avant d'en arriver là, dans cette maison tranquille, comme une bombe. Le cœur fou, la bouche sèche, incapable de s'emparer de la lettre, Adélaïde lit et relit l'adresse : *Mademoiselle Adélaïde Miller, aux bons soins de Nic McNally,* suivi de l'adresse. Chaque mot sur l'enveloppe clame l'ignorance dans laquelle Theodore est resté concernant sa vie et les événements qui ont eu lieu depuis huit mois.

Bouleversée, elle saisit l'enveloppe et va s'asseoir au salon.

Elle tremble tellement qu'elle a du mal à extraire l'unique feuille de mauvaise qualité sur laquelle l'écriture de Theodore paraît précipitée.

Le 12 juillet 1942.

Ma vie,

Pourquoi ne pas le dire, puisque maintenant chaque mot compte pour le dernier ? Ma vie, bien sûr, mon souffle, mon amour, mon espoir, ma beauté, mon ange du soir, mon obsession, Adélaïde. Je ne pourrai pas écrire une longue lettre remplie des mots magnifiques que chaque soldat écrit dans sa tête à longueur de jour. Je préfère une lettre imparfaite, remplie de fautes et en anglais que pas de lettre du tout. Je viens d'être muté. Les services auxquels j'étais affecté m'empêchaient, comme tu te doutes, de communiquer avec qui que ce soit. Me revoilà soldat, me revoilà près de toi. Je ne t'ai pas quittée, ma beauté, je ne t'ai jamais laissée depuis cette chambre à Halifax. Chaque heure du jour ou de la nuit, chaque moment, même dans le danger, même pétrifié de peur et certain de crever dans l'heure, chaque instant, j'ai senti ta présence et la force de notre amour. Adélaïde, la vie ici est une chose étrange, indescriptible. La vie ici n'est pas la vie et pourtant, à chaque heure, à chaque minute, chacun prend conscience d'être toujours en vie. Je t'en reparlerai. Nous aurons maintenant ce bonheur de nous écrire. Je le ferai par Nic, à moins que tu ne préfères autre chose. Tu me diras. Dieu ! Tu vas m'écrire ! Tu vas être là, je t'entendrai. Comment ai-je pu tenir si longtemps ? Dans deux semaines, ce sera ton anniversaire. Dix-neuf ans, mon amour, dix-neuf ans de beauté et de force. Adélaïde, ma Thébaïde, Adélaïde, ma lumière, tout le lait et le miel de tes baisers, toute la force de ma vie qui brûle avec toi. Mon amour, ma naissance et ma mort, tu es tout, la totalité, le début et la fin. Tu es et le monde prend un sens et la guerre aura une fin et rien, rien de vivant ou de mort ne me séparera de toi. Mon amour, comme je voudrais être à ce dîner d'anniversaire, alors que Gabrielle va t'offrir un gâteau qu'aucun ticket de rationnement ne pourrait l'empêcher de te cuisiner, alors que tous ceux que j'aime seront près de toi à te célébrer. Vite, je dois terminer, ce courrier doit partir. Adélaïde, écris-moi, prends-moi dans tes bras, dans la force de ton amour, dans la puissance de ta jeunesse. Adélaïde, ma lumière, tu existes et ton amour fait pâlir tout ce qui n'est pas l'espoir.

Je touche ton front, ton visage adoré, ton corps et cette vibration qui fait de toi un être vivant, capable de nourrir d'amour un homme tenu loin de toi, aussi bien dire un demi-vivant, depuis huit longs mois.

Theodore.

Du bout des doigts, elle effleure l'encre des mots ; du bout des doigts, les mots tracés par la main de Theodore, la main aimée de son amour. La voilà, sa voix. La voilà, cette lettre qu'elle a tant espérée, tant attendue. Il est là, il est revenu, et l'amour crie dans chaque mot.

Huit mois… Huit longs mois de silence et de vide. L'abîme du vide des nuits, des jours. Theodore. Elle voudrait lui dire combien c'était long et difficile sans lui, combien la vie avait fait sa place en bousculant ses entrailles, combien ce bébé attendait des nouvelles de son père. Elle voudrait lui dire que Gabrielle est morte et que plus jamais aucun gâteau ne goûtera le vrai chocolat.

Le 12 juillet et on est le 18 août ! Comme c'est long ! Depuis tout ce temps, il attend que la réponse arrive. Adélaïde se rend compte que, depuis presque cinq semaines, Theodore sait que la lettre lui parvient et il attend l'assurance que l'amour est encore là, solide, fou et impossible. Son pauvre amour de soldat, à demander tous les jours si la lettre est arrivée, à se dire, à se répéter que c'est normal, que le courrier est lent, que c'est la guerre. Adélaïde se précipite dans sa chambre : le 18 août ! Il n'aura rien avant le… 21 septembre. « Non ! C'est trop long, trop lent. Non ! » Elle regarde sa feuille blanche, prise de panique, incapable de supporter ce délai, incapable d'écrire quoi que ce soit tant la frustration est contraignante.

Elle reprend la lettre de Theodore et la lisse avec ménagement. « Ma Thébaïde », elle ne sait même pas ce que ça veut dire, elle devra vérifier dans un dictionnaire. La bague de sa mère scintille à son doigt, et le bleu de l'encre s'harmonise parfaitement avec le bleu du saphir. Qu'est-ce qui sera toujours vrai, le 21 septembre ? Qu'est-ce qu'elle peut écrire qui sera inaltéré, quelles que soient la vie et ses secousses d'ici là ? Peu de choses… Mais cet amour pour les yeux verts aux reflets or, ce désir de l'entendre encore une fois prononcer son « Adélaïde » avec cet accent qui fait chanter chaque syllabe, cette fascination pour ce sourire éblouissant quand la timidité de Theodore s'efface, quand enfin il la cueille dans sa force, dans sa vie et qu'elle se sent à jamais aimée, choisie et protégée.

Elle se met à écrire que le jour où il recevra cette lettre, le jour où il lira ces mots, leur enfant sera né ou sur le point de naître. Qu'il sera beau et fort comme cet amour qui l'a tenue et maintenue en vie tout au long du silence de l'absence.

Elle écrit longtemps, penchée sur les feuilles légères qui se noircissent de baisers, de caresses et d'aveux. Les feuilles folles qui s'en iront dire à Theodore tout l'amour qu'elle lui garde pour ce jour béni où ses bras se refermeront sur elle.

Elle se hâte jusqu'à la poste pour que la lettre parte au plus vite. Elle demande s'il y a un service plus rapide, plus sûr, mais la postière lui rappelle froidement que c'est la guerre et qu'elle n'est pas la seule à désirer que sa lettre arrive le lendemain

Ce n'est qu'en voyant Florent arriver à la maison qu'elle se rend compte qu'elle n'a pas appris à Theodore son mariage avec Nic. Dès que cette pensée la traverse, elle éprouve un vertige au souvenir de la nuit passée et de l'indéniable réalité qu'a prise alors la notion de mariage.

Florent se précipite, passe le bras autour de sa taille et la conduit au sofa : « Hé ! Ada… qu'est-ce que c'est ? Tu vas avoir le bébé ? »

Elle sourit de la panique de Florent, mais n'arrive pas à parler. La seule idée de voir Nic surgir dans la pièce lui donne des palpitations ! Comment lui dire que Theodore a écrit ? Comment pourra-t-elle lui montrer un visage calme, alors que tout se bouscule et qu'elle a cette étrange impression d'avoir trahi deux hommes ? Elle se réfugie dans sa chambre et s'étend sur son lit, la lettre de Theodore sur la poitrine. Elle voudrait se lever et aller chercher dans le dictionnaire le sens du mot, mais les émotions l'ont épuisée et elle s'endort.

* * *

S'il y a une chose qui intrigue et inquiète Nic, c'est de savoir comment le nouveau couple qu'il forme avec Adélaïde vivra les changements de la nuit précédente. Il n'arrive pas à se concentrer facilement et, toute la journée, il a lutté contre l'envie d'appeler soit à son bureau tout à côté, soit à la maison pour entendre la voix d'Adélaïde et savoir si tout va bien ou si la nuit empêche le jour de bien couler. Il est conscient d'avoir plus d'une question à poser, mais il sait aussi qu'en cette matière la patience est sa principale alliée.

En rentrant ce soir-là, c'est plus fort que lui, il ressent une certaine allégresse. Il monte en vitesse dans sa chambre, en desserrant le nœud de sa cravate.

Nic laisse l'eau de la douche frapper son visage très longtemps. En entrant dans sa chambre pour s'habiller, il trouve Adélaïde qui l'attend, debout au pied du lit. Elle a les joues toutes roses, ses cheveux sont ébouriffés et elle se tient très droite, mains croisées sur son ventre. Elle dit tout de suite, de façon précipitée, comme si elle craignait que le moindre délai ne lui fasse perdre le fil : « Nic, j'ai reçu une lettre de Theodore. »

Le courage a toujours le même effet sur Nic : il éprouve une intense admiration pour cette petite femme frêle, mais si droite, si intègre. Incapable de parler ou de penser, il s'approche d'elle et finit par murmurer en la regardant avec tendresse : « Enfin ! »

Il peut suivre dans ses yeux gris posés sur lui l'effet de la surprise, du soulagement, et de la reconnaissance. Il la prend dans ses bras, l'enlace avec précaution et la berce en chuchotant : « Tu sais bien qu'on est contents tous les deux. »

Elle se laisse bercer un bon moment, puis elle se dégage pour l'observer encore attentivement. Il soutient la sévérité de l'examen dont il est l'objet. Quelquefois, il ne peut éviter d'être étonné de la constance du regard d'Adélaïde : toute petite, elle avait cette manière de discuter muettement, en scrutant fixement son interlocuteur. Elle demande enfin : « Pourquoi tu ris ?

— Il va bien ? »

Le visage adorable fait oui.

« Tu vas bien ? »

Les yeux gris emplis d'alarme, de doutes torturants, elle cache son visage dans l'épaule de Nic qui entend un « Maintenant, oui » étouffé.

Nic ferme les bras sur elle et, d'une voix apaisante, tant pour elle que pour lui, il ajoute : « Bon… alors, ça va… Nous allons tous bien. »

Le souper qui suit est fort gai, tout d'abord parce que Lionel a dressé la table dans le jardin et que tout le monde apprécie ce coin ombragé, et ensuite parce que Florent se montre particulièrement enjoué, tout comme Adélaïde. Ils parlent d'art et surtout de la période art déco que Florent étudie en ce moment.

À la fin du repas, Florent leur annonce qu'il est allé s'inscrire cet après-midi-là chez Cotnoir Caponi, rue Guy, et que, début septembre, il commence un cours de coupe et couture.

Surpris d'être placés devant le fait accompli, Nic et Adélaïde essaient de savoir pourquoi il n'en a rien dit et si un tel cours lui permet d'envisager l'avenir qu'il désire. Mais Florent exulte : tout ce qu'il sait faire sur papier, il saura bientôt l'exécuter avec du tissu. Toute sa vie, il a cousu d'instinct, fabriquant les lignes en devinant plus ou moins où il fallait couper, coudre, retenir ou lâcher.

« C'est la plus grande école de Montréal. Tous ceux qui veulent faire de la haute couture essaient d'entrer là. Il y a des tests, vous savez, on ne m'a pas accepté en me regardant la face. »

Adélaïde s'étonne qu'il sache déjà quelle est la meilleure école de Montréal. Florent a parlé à plusieurs artistes de l'École des beaux-arts, il admet avoir longtemps hésité entre les Beaux-Arts et Cotnoir Caponi.

« Mais Florent, tu es un peintre, un artiste, un vrai ! Tu ne vas pas gaspiller ton talent à coudre ! Fais au moins l'École des beaux-arts, tu iras faire des robes après, si tu n'as pas envie de peindre. »

C'est Nic qui interrompt Adélaïde et lui dit que, malgré ce qu'elle en pense, il se peut que la haute couture soit un art et que Florent ne rêve pas de coudre des *dusters* ou des uniformes d'armée, qu'il a autre chose en tête, c'est évident.

Soulagé, Florent essaie de faire comprendre à quel point, toute sa vie, c'est le tissu, le mouvement, les lignes des étoffes et le chatoiement des couleurs qui l'ont intéressé.

« Ada… On était à l'Île et je regardais déjà les toilettes des dames à la messe du dimanche. Quand les gens revenaient de la communion, c'était une parade de mode, pour moi. Je détaillais tout, je corrigeais les coupes, je réassortissais les couleurs, j'ajoutais un ruban, un *braid,* une voilette, je ne peux pas te dire combien l'heure de la communion a toujours été païenne pour moi. Je n'ai jamais pu m'empêcher de noter un ourlet mal fait, de vouloir reprendre une emmanchure qui tirait. Je refaisais les pinces des uniformes des infirmières au sanatorium ! J'ai fait ça toute ma vie et j'aime ça. Peut-être que je n'inventerai rien, peut-être que je ne serai pas l'artiste que tu souhaites ou que tu rêves que je sois, mais quand je suis entré dans l'atelier de couture cet après-midi, quand j'ai vu les longues tables, les dessins, les bobines de fil de toutes les nuances, les machines à coudre, même l'odeur, l'odeur sèche du tissu… c'était ma place. Tu sais, aux Beaux-Arts, il faut beaucoup de caractère, il faut être un peu fou, capable de braver les autres, de parler fort. C'est pas ma place, Ada, je serais toujours à me taire et à me demander ce que je fais là. Il faut être indépendant d'esprit pour aller là et en sortir plus fort. Tu comprends ?

— Tu as quinze ans, Florent, tu vas prendre de l'assurance. Tu es encore timide, c'est tout.

— Ada, je n'ai pas envie d'être tout seul avec une toile et des couleurs. Un vêtement n'existe pas tout seul. Il doit bouger et vivre sur quelqu'un pour être beau. Il y a une personne derrière chaque vêtement et un couturier doit se plier à cette personne-là, il doit soumettre sa coupe, sa vision à la structure du corps humain. Si on veut que le vêtement soit sublime, il faut compter avec celui ou celle qui le porte. C'est moins libre qu'un tableau, mais c'est encore plus beau. Tu sais, Ada, un vêtement privé du corps humain est vidé de son sens. Il peut mourir. Il s'éteint avec la personne. On peut le passer à d'autres, le retoucher, mais sa force, sa splendeur ne sera plus la même. C'est vivant, Ada, ça dépend des gens, de leur façon de bouger, de vivre, et quand il n'y a plus de gens dedans, le vêtement pend et il n'a plus d'élégance. Ça me plaît beaucoup de faire un métier qui n'est pas éternel et qui est dépendant des gens. »

Nic revoit les magnifiques vêtements de Gabrielle éparpillés dans la chambre, tristes vestiges d'une très ancienne splendeur, ternes témoins défaits de la beauté enfuie à jamais. Il repense à Edward et à comment il a cherché sa femme dans les tissus, dans les artifices qui ne témoignaient plus que de la mort de Gabrielle. Florent a bien raison de prétendre que le vêtement meurt sans la personne qui le faisait chanter. En pliant les robes, les tailleurs, il disait adieu à Gabrielle et aux moments où elle vivait dans tout le feu de sa jeunesse. Jamais le tissu ne ferait renaître ce qu'il exaltait alors avec tant d'éclat.

Ils restent longtemps à la table ombragée et, quand le soir est totalement descendu et que la brise légère fait vaciller la flamme des bougies, ils vont écouter les informations au salon. Nic s'assoit au bout du divan où Adélaïde s'est étendue et il prend ses chevilles pour les masser, sans se soucier du regard en coin qu'elle lui glisse pour indiquer que Florent va le voir. Imperturbable, le sourire aux lèvres, Nic continue en se disant que si Florent est assez grand pour choisir son métier, il est assez grand pour affronter une légère intimité conjugale.

Ce soir-là, Adélaïde écrit une longue lettre qu'Isabelle trouvera à son retour à Québec pour raconter que Theodore a enfin donné signe de vie. Elle n'ose aborder le reste, Nic et cette dernière nuit dont elle se souvient maintenant sans honte. Elle est seulement étonnée de se sentir si peu déchirée. Dès que Nic avait eu cette réaction de joie pour Theodore, dès cet instant, tous les problèmes, tous les malaises s'étaient calmés.

Il est très tard quand elle éteint, et le bébé ne cesse de lui donner des coups. Elle se lève et marche de long en large en tenant son ventre et en le caressant. Elle fredonne une berceuse pour tenter d'endormir son coureur de fond et, peu à peu, elle sent qu'elle va gagner et qu'il va dormir. Elle entend Nic dans la salle de bains qui frappe légèrement : « Tu m'appelles ou tu fais des mauvais rêves ? »

Elle ouvre : « Le crois-tu ? Je le berce et je chante des chansons ! Il bouge tellement que je ne peux pas rester couchée, ni m'endormir. »

Nic fait les cent pas avec elle et il finit par ouvrir les deux portes de la salle de bains, de sorte qu'ils bénéficient d'une bonne surface de marche : « Je ne voudrais pas que tu t'étourdisses. »

Quand elle se couche enfin, quarante-cinq minutes plus tard, il lui fait promettre de ne pas se lever avant neuf heures le lendemain. Elle accepte à la condition qu'il laisse les deux portes ouvertes. Ce qui réjouit assez Nic.

Le lendemain soir, quand Nic entre chez lui, il voit Florent accourir, pâle, défait : « J'ai appelé, mais t'étais déjà parti. Ça t'a bien pris du temps ! »

Nic ne comprend rien à la panique de Florent et demande si le bébé s'annonce. Florent l'arrête avant qu'il ne se dirige vers le salon : « Tu ne sais pas ? Dieppe, en France. Les Alliés ont débarqué à Dieppe. Pour ouvrir un autre front, qu'ils disent. Je ne sais pas, mais c'est un échec. Ils ont dit un massacre à la radio, Nic. Elle n'écoute rien de ce que je dis ! »

Dans le salon, rivée au poste de radio, le teint blafard, la bouche entrouverte sur une respiration courte et sifflante, Adélaïde a l'air foudroyée. Elle ne lève pas les yeux à l'arrivée de Nic. Il se contente de s'asseoir à ses pieds, et d'écouter attentivement ce que la voix grave et fébrile débite comme information. Il ne la touche pas, il essaie de ne pas la fixer. Il écoute, cherchant fiévreusement le moindre indice, la plus mince indication des troupes en cause. Tout ce qu'il apprend est totalement décourageant : cinq mille hommes de cette province, des Canadiens français en majeure partie, la moitié seulement revenus en Angleterre, des morts par centaines, les Allemands ayant fait prisonniers un nombre inconnu de soldats. Le commentateur reprend les chiffres, les fait tourner, essaie de se prononcer sur l'issue probable d'une telle défaite. Nic se tourne vers Adélaïde : « Je vais appeler Aaron Singer, Adélaïde. Il a peut-être des renseignements ou il sait où est Ted. »

Enfin, les yeux gris le regardent, elle pose la main sur son épaule, le pousse pour qu'il s'exécute au plus vite. Il revient très rapidement au salon où, cette fois, Adélaïde est tendue vers lui plutôt que vers le poste de radio.

« Rien. Il est au désespoir lui aussi. Il dit que c'est cinquante-cinquante, que Ted était à Douvres ou pas loin. Ils ont quand même pas envoyé tous leurs soldats dans la même opération ! Il y a une chance qu'il n'y soit pas, ou qu'il soit parmi ceux qui sont revenus, ou même qu'il ait été fait prisonnier. »

Il se dit qu'il ne devrait pas crier comme ça, mais la tension est tellement forte qu'il s'énerve. Adélaïde se tait et Florent le regarde, catastrophé : « Il ne peut pas appeler, lui, son père ? Il n'y a pas des listes quelque part pour ceux qui partent en mission ? »

Nic fait non en fourrageant dans ses cheveux. Le téléphone sonne dans la pièce à côté et il se précipite, pour revenir aussi vite : « Stephen me dit de prendre les nouvelles. Ils ont dit quoi ? »

Florent se contente de faire signe que non.

Deux heures plus tard, ils sont toujours suspendus à la voix du commentateur de la radio qui n'apporte rien de neuf et Nic fait la navette entre le salon et le téléphone qui sonne sans arrêt. Beaucoup de gens ont l'impression que la guerre bouge, que quelque chose se passe enfin. Que ce soit une défaite reste secondaire pour plusieurs. Lionel demande s'il faut apporter quelque chose au salon et, devant l'indécision générale, il se charge de préparer un plateau. Il verse un petit verre de sherry et le porte à Adélaïde : « Je vous conseille ceci comme un médicament. Buvez doucement. » Il reste planté devant elle jusqu'à ce qu'elle prenne une gorgée.

Peu à peu, les informations se précisent : sur six mille hommes, cinq mille seraient des Canadiens, et seulement deux mille seraient revenus à la base de départ. Après le discours du premier ministre King invitant la population à l'effort total, Nic se met à marcher nerveusement. Il est près de onze heures quand Isabelle appelle et s'excuse non seulement de l'heure mais d'avoir appelé *collect* de l'hôtel de l'Île où elle est revenue. Nic est tellement soulagé de l'entendre qu'il l'interrompt : « Tu as su ? Pour Dieppe ? »

Isabelle essaie d'être discrète, ignorant ce que Nic sait, mais il s'empresse de la rassurer et de lui donner les derniers développements, soit la lettre de Ted qui indique qu'il avait changé de fonctions au sein de l'armée et qu'il est donc susceptible d'avoir débarqué à Dieppe. Isabelle est effondrée et ne cesse de s'inquiéter d'Adélaïde. Nic lui fait un rapport succinct et va ensuite chercher Adélaïde. Il réussit à la traîner à l'appareil, mais elle ne prononce que des demi-syllabes et se contente d'écouter. Au bout d'un certain temps, elle pose l'écouteur en murmurant « Nic », et elle retourne au salon. Isabelle est très inquiète, elle ignore si un choc pareil peut provoquer un accouchement prématuré et elle se désole d'être si loin, si inutile. Nic la rassure et lui demande seulement d'appeler le lendemain matin.

En revenant au salon, il éteint la radio avec autorité et prend Adélaïde par la main : « Viens. On ne saura rien d'autre ce soir. Il faut t'étendre. Pense à ton bébé, Adélaïde, pense à Ted qui doit se faire un sang d'encre parce qu'il ne peut pas communiquer avec toi. Viens. Tant qu'on n'a pas de nouvelles officielles, Ted est vivant et au camp, on a le droit de s'inquiéter mais pas de se désespérer. Viens, j'ai pas envie que ton bébé naisse ce soir, on a eu assez d'émotions comme ça : Florent est vert. »

Adélaïde embrasse Florent et suit Nic. Il l'assoit au bord de la baignoire et passe une débarbouillette fraîche sur le visage brûlant et livide. Il lui retire ses chaussures, déboutonne sa blouse. Elle le laisse faire, sans protester, mais sans coopérer. Il revient avec sa robe de nuit de coton blanche et l'aide à la passer. Il se brosse les dents, alors qu'elle reste là, assise toute sage. Il lui tend sa brosse et elle sourit : « Je vais quand même prendre la mienne. » Elle fait la grimace en se levant et Nic se demande quelle sorte d'effet une telle angoisse peut avoir sur le bébé. Lui-même se sent perclus de tension musculaire. Il ramasse les vêtements d'Adélaïde et va ouvrir les draps frais de son lit. Il ne sait plus quoi faire pour elle. Il a dit et répété que les chances étaient bonnes que Ted soit, au mieux, de retour ou alors jamais parti du camp d'Angleterre ou, au pire, prisonnier. Il a expliqué les traités internationaux qui régissent les conditions de vie des prisonniers de guerre, il a juré que ces conditions ne pouvaient être intenables, que tout cela était réglementé et sanctionné par des comités militaires très vigilants. Que peut-il ajouter ? Que Ted Singer est peut-être blessé, se vidant de ce qui lui reste de sang sur une plage maudite où l'ennemi l'attendait ? Que ferait Gabrielle pour calmer sa fille ?

Adélaïde s'encadre dans le chambranle de la salle de bains : « Bonne nuit, Nic. Merci. »

Il va vers elle, prend ses mains dans les siennes, Dieu ! qu'il voudrait l'aider !

« Adélaïde… viens avec moi. Viens, on va prier. »

* * *

Les jours qui suivent le débarquement, malgré des informations contradictoires, malgré des exagérations empreintes de partisanerie, tous les renseignements indiquent et confirment que Dieppe a été un échec terrible qui a coûté très cher en vies humaines. La province est sous le choc, et on ne parle que de Dieppe. Et on n'en sait que des bribes.

Nic est parti en confiant à Florent la mission de soutenir Adélaïde et de l'appeler au moindre signe de panique. Mais Florent connaît Ada, elle n'est pas expansive : quand quelque chose la ronge, elle se ferme et, tendue comme un arc, elle attend.

Isabelle, complètement affolée, appelle le matin et explique à sa cousine qu'elle repart pour Québec parce que l'attente sans radio et sans téléphone est intenable. Non pas qu'elle craigne pour Maurice, qui a encore un certain temps d'entraînement devant lui, « mais tous les autres, Adélaïde, tous ceux qui y sont. Et toi, et Ted… »

Elle propose même de venir à Montréal, elle dit que Reine est prête à garder les petits, rue Lockwell, et qu'elle l'offre généreusement. « Elle a même dit qu'échapper à Hubert et à Jean-René qui s'entendent pour l'assommer tous les soirs serait une charité à lui faire. »

Adélaïde refuse pour l'instant : son bébé n'arrivera pas avant un mois, et les nouvelles sont inquiétantes, mais pas assurées.

« Si tu viens, Isabelle, je vais devoir cesser de croire que Theodore va revenir. Il faut s'accrocher tant que ce n'est pas sûr. »

Savoir Isabelle à Québec, savoir qu'elle peut l'appeler, la rejoindre à n'importe quelle heure est infiniment soulageant pour Adélaïde.

La fin du mois d'août est marquée par l'attente et par l'obsession des informations. Florent s'arrange toujours pour être là quand le courrier est livré et il attend qu'Ada ait rejeté chaque enveloppe pour soupirer et reprendre l'attente avec elle. Ils en viennent à guetter le facteur, assis côte à côte dans les marches du perron. Le 25 août, une lettre arrive, datée de fin juillet, et elle n'éclaire rien d'autre que les sentiments de Theodore.

Tous les jours, Florent est chargé d'aller poster une lettre pour Ted et, le lundi, il y en a trois, Adélaïde ne cessant d'écrire chaque jour, comme si la constance quotidienne de ses missives parvenait à maintenir en vie à la fois Theodore et son espoir.

Nic, depuis le 19 août, et à l'image de plusieurs autres, est profondément perturbé par ces événements. Il n'y a pas qu'Adélaïde et son anxieuse attente, il y a aussi le débat intérieur auquel il se livre concernant son engagement et la part qu'il doit prendre, en toute conscience, dans cette guerre. Depuis qu'il sait que son frère Alex est engagé, il a en plus l'impression de demeurer lâchement à l'abri. Pourtant, depuis plus de deux ans, ses industries, ses usines ne tournent quasiment plus pour autre chose que l'effort de guerre, et les prix fixés par l'État sont loin d'être générateurs de profits. Avant Dieppe, cet état de choses lui semblait constituer une contribution honorable à verser à la guerre, une façon de combattre l'ennemi. Mais, depuis cette date du 19 août, depuis que les informations les plus atroces parviennent au pays, Nic est convaincu qu'il faudra davantage que ses dérisoires efforts pour faire reculer l'ennemi. Il est partagé, sachant combien il est privilégié en comparaison de beaucoup d'autres et sachant aussi que son premier objectif est de protéger Adélaïde, Florent et le bébé à venir. Si Edward et lui pouvaient avoir une de ces discussions comme dans le temps, s'il pouvait y voir clair en argumentant avec lui ! Nic aurait bien besoin de retrouver son vieil ami. Pour l'instant, dans son débat intérieur, il n'entend que la voix de Ted.

À la fin août, il décide d'aller à Québec, en partie parce que les vacances d'Edward vont se terminer et qu'il veut se rendre compte de l'état d'esprit de celui-ci et de la marche des affaires, maintenant qu'Arthur et Ted ne sont plus là pour le seconder, et en partie parce que, dès septembre, il ne veut plus bouger de Montréal au cas où le bébé s'annoncerait.

En parlant avec Edward régulièrement, Nic a noté des changements majeurs dans sa façon d'accepter et de vivre l'absence de Gabrielle. Tout le mois d'août, Guillaume et Rose sont restés à l'Île, et Edward a vécu seul rue Laurier. Germaine et Paulette n'ont cessé de le visiter. Par Paulette, Nic a su combien la pente a été rude à remonter et combien il a fallu de patience et de détermination pour imposer à Edward une sorte de vie, même triste ou sans espoir de joies futures. D'après Paulette, Edward ressent d'autant plus l'absence de Gabrielle que presque toute la famille a quasiment explosé après sa disparition : Fabien à l'armée, Adélaïde en disgrâce, mais aussi à Montréal, Béatrice mariée… Ça fait beaucoup de monde qui s'est éclipsé en même temps. Même Nic, à cause de son mariage, a dû prendre des distances avec la rue Laurier. Paulette soutient qu'elle n'y voit pas un abandon, mais plutôt une décision sans appel de la part d'Edward pour marquer sa désapprobation. « Ta présence lui manque, Nic. Et celle d'Adélaïde aussi. Ce n'est pas parce qu'il l'a décidé lui-même que ça lui est moins pénible, tu sais. »

La maison de la rue Laurier est silencieuse et, même si la porte n'est pas verrouillée, Nic a l'impression d'entrer dans une maison déserte. Il parcourt les pièces, et ne trouve personne. Il monte aux chambres où un ordre impeccable règne, mais où il ne croise personne non plus. Il se rend dans la cour arrière et s'immobilise, ébloui : le jardin est une merveille de beauté, de couleurs et d'harmonie. Tous les arbustes ont été taillés, des fleurs variées ont été plantées avec un art presque japonais. La table et les chaises, les buissons où les abeilles font frémir les branches à force d'y puiser leur pitance sucrée, tout le jardin a retrouvé sa splendeur du temps de Gabrielle, et mieux encore. Le soin professionnel dont il a été l'objet l'a enrichi, lui a apporté une touche supplémentaire d'opulence. Nic voudrait bien obtenir ce jardinier pour ses propres besoins. Comment Edward a-t-il fait, en pleine guerre, alors que la main-d'œuvre est introuvable ? Un vieillard, sans doute, un homme dont les bombes et les munitions n'ont pas besoin. Il s'assoit et respire la paix que toute cette beauté dégage. Une paix profonde, lénifiante, comme il n'en a pas ressenti depuis longtemps. Une paix comme Gabrielle en avait l'art.

« Qu'est-ce que tu en dis ? »

Il ouvre les yeux devant un Edward en pantalon avachi et en chemise de travail, une truelle à la main, qui répète sa question. Nic commence par lui demander d'où il sort, et Edward désigne un chèvrefeuille au fond près de la clôture : « Il avait besoin d'un peu de soins.

— Tu veux dire que… le jardin, c'est toi ? »

Edward acquiesce en riant, très fier de lui, de la surprise de Nic qui lui avoue avoir pensé lui emprunter son jardinier.

Edward retire ses gants et va chercher à boire à la cuisine. Il s'assoit face à Nic, et ils se regardent, contents, conscients d'être encore des amis et de l'avoir échappé belle. Simplement, sans détours, Edward explique qu'en juin, après avoir dormi presque trois jours d'affilée, il avait eu besoin de se dépenser. Il ne désirait plus, ne pouvait plus retourner à l'Île.

« Je ne savais plus où aller, je n'étais bien nulle part ailleurs qu'ici et, en même temps, c'était désolant, une sorte de deuxième tristesse, comme si les soins de Gabrielle pour ce jardin avaient été inutiles, complètement vains. J'ai commencé par enlever tout ce qui voulait mourir et j'ai essayé de remplacer par du pareil, mais la saison était trop avancée pour ça. Alors j'ai été forcé d'inventer, d'apprendre et d'offrir au jardin de Gabrielle quelque chose de mon cru. J'ai sorti tous ses livres, toutes ses revues de jardinage, j'ai bêché, fertilisé, arrosé. Les deux mains dans la terre, à quatre pattes dans le jardin, j'ai commencé à voir comment je pourrais faire sans elle. Je veux dire, avec elle et sans elle. J'ai compris aussi pourquoi je t'avais tant choqué. »

Nic ne le sait même plus, il n'est pas certain d'avoir analysé cette partie de leur discussion. Edward sourit avec calme : « Tu ne pouvais pas croire que tant d'amour donne de si pauvres résultats. Tu avais raison, Nic. Mais l'amour que Gabrielle avait pour moi ne changeait rien à moi. Elle était capable d'aimer et d'avoir le cœur vaste, j'étais enfermé dans la rage de l'avoir perdue. Pour moi, son amour n'égalait rien d'autre que "plus jamais". Et ça me tuait. Ça m'a pris trois mois à dire "Gabrielle est morte". Je ne pouvais pas le dire, Nic. Je ne voulais pas guérir de sa mort, je voulais en mourir. Déclarer et prouver que l'univers était une patente de fous, menée par des sauvages. Tu m'as rendu un grand service le soir où tu as forcé la porte de la chambre. Tu as fait exactement ce que Gabrielle aurait fait. Elle non plus n'a jamais admiré les lâches qui se lamentent. Tu lui ressembles beaucoup des fois, tu le sais ? »

Nic hoche la tête négativement. Il est heureux de voir Edward remonter la pente et il voudrait lui parler d'Adélaïde. Mais Edward est si tranquille, si apaisé que Nic hésite à briser le moment et à le voir se fermer.

Un oiseau se met à chanter à pleine gorge dans un arbre. Edward l'écoute attentivement : « À l'Île, au début de nos noces, les oiseaux nous réveillaient à l'aurore, et on partait marcher sur la plage. On parlait. On parlait tout le temps. Je lui parle encore en jardinant. Je ne saurais pas comment arrêter. Sauf que, maintenant, je sais qu'elle ne répondra pas. Je suis un peu moins désaxé. Tu te souviens des soirées qu'on avait ici ? Comment elle aimait rire et discuter avec nous ? On s'est presque jamais chicanés, tu te rends compte, Nic ? On s'obstinait, mais on ne se couchait jamais fâchés. Mais elle aurait été très fâchée de me voir réagir à sa mort… J'ai écrit à Fabien cette semaine. Les enfants arrivent de l'Île demain. J'ai même été patient avec Béatrice !

— Et Adélaïde, Edward ? »

Le regard de son ami est froid et, pourtant, Nic voit une ombre rageuse y briller.

« Ça, Nic, si tu veux pouvoir revenir ici, me parler et être le bienvenu, il va falloir apprendre à ne pas prononcer ce nom-là.

— Tu es sûr que Gabrielle ferait une chose pareille ? Qu'elle te laisserait faire une chose pareille ?

— Ne te sers pas d'elle, Nic, ne fais pas ça.

— Adélaïde est ma femme, Edward. »

Edward se lève, ramasse les verres et offre un *refill*, sans commenter. Nic le regarde s'éloigner, dépassé par une telle attitude.

Edward revient en annonçant qu'il a appelé Paulette et qu'elle va se joindre à eux pour le souper.

« Edward, si tu veux échapper au fait que tu as une fille aînée et qu'elle m'a épousé, tu t'y prends mal. Penses-tu que Paulette va m'empêcher de parler d'Adélaïde ?

— T'es venu ici pour ça ? Très bien. Dis ce que tu as à dire et après, on aura un souper agréable.

— Edward, arrête, tu ne peux pas faire ça, tu ne peux pas traiter ta fille de cette manière.

— Elle s'est elle-même traitée comme une femme de basse classe en agissant comme elle l'a fait. Elle s'est mise au ban de la société elle-même, Nic. Elle a été bien chanceuse de te trouver sur son chemin. Elle s'est déshonorée et elle nous a déshonorés.

— C'est la guerre, Edward, le père de cet enfant est peut-être mort, peut-être prisonnier. Tu sais comme moi qu'il y a une malchance dans le fait d'être tombée enceinte. Ou une ignorance. Tu vas recevoir Paulette Séguin à ta table et elle s'est déshonorée avec moi, il y a des années de ça, et tu lui parles, à elle. Comment peux-tu être assez hypocrite pour condamner ta propre fille alors que tu pardonnes à Paulette de s'être conduite de la même maudite manière ? Elle a été ma maîtresse pendant presque un an, et ça ne te dérange pas ? Tu ne trouves pas cela scandaleux ?

— Ce n'est pas ma fille, je n'ai rien à voir avec les comportements de Paulette ou d'aucune autre femme. Mais Adélaïde, c'est ma fille, Nic, *ma* fille !

— Et si elle n'avait pas été enceinte, tu n'aurais rien su. Tu lui aurais parlé, tu l'aurais considérée comme ta fille, ne sachant pas qu'elle t'avait déshonoré, comme tu dis. Tu ne vois pas combien c'est injuste et stupide ?

— Cet enfant-là est la preuve que Dieu désapprouve. C'est un bâtard qui n'aura jamais de vraie place dans le monde.

— Cet enfant-là sera *mon* enfant et il portera mon nom, Edward.

— Le jour où cet enfant te déshonorera, Nic, il ne sera plus ton enfant, crois-moi.

— J'espère que je n'aurai jamais ta dureté ou ton intransigeance, Edward. J'espère que tu vas t'apercevoir un jour que Dieu a la désapprobation bien fantaisiste. Et depuis quand un enfant est-il une punition au lieu d'être une bénédiction ? Jamais Gabrielle ne te laisserait renier Adélaïde de cette façon, jamais !

— Je t'ai dit de ne pas te servir d'elle avec moi.

— Je ne m'en sers pas, Edward. Seulement, je pense que Gabrielle aimait sa fille au-delà de l'honneur, même celui de Dieu. Elle était capable de…

— Comment oses-tu ? De tous mes enfants, Adélaïde est celle que j'ai le plus aimée. Le plus écoutée, regardée, gâtée. C'était ma première et c'est celle que j'ai toujours privilégiée. Ne viens pas me faire le procès de l'amour que j'ai ou pas. Ça n'a rien à voir !

— Oui, ça a à voir. Ça a à voir, et tu le sais. C'est ce que tu sens versus le jugement des autres. Si Adélaïde s'était mariée avec moi sans être vierge mais sans attendre d'enfant, tu aurais été très heureux. Ne viens pas me mettre le jugement de Dieu ou son approbation là-dessus ! C'est le regard des autres que tu crains, pas celui de Dieu.

— Il y a un nom pour qualifier les femmes qui cèdent à leurs instincts les plus bas.

— Si Gabrielle n'avait pas été vierge, l'aurais-tu épousée ?

— Ça ne se pose pas, jamais Gabrielle n'aurait agi de cette manière !

— Es-tu sûr ? Dans les mêmes circonstances, je veux dire si tu avais dû partir au combat sans savoir si jamais tu reviendrais pour te marier, es-tu certain que Gabrielle t'aurait laissé partir sans céder à l'amour qu'elle avait pour toi ? Les bas instincts dont tu parles, Edward, c'est avec ça que tu as fait tes propres enfants. Les bas instincts ne peuvent pas s'appeler de l'amour seulement parce qu'on est passé devant le curé. »

Nic constate qu'il a réussi à ébranler Edward qui réfléchit, le regard perdu. Il se tait, rempli d'espoir. Edward finit par le regarder : « Il y a une chose que tu ne pourras jamais changer, Nic. Et c'est la conscience. Adélaïde aurait agi comme elle l'a fait en croyant en toute conscience que cet amour était noble et digne et possible, je crois que je pourrais pardonner. Mais un amour adultère ! Détourner un homme de ses devoirs conjugaux, de sa parole donnée, de ses propres enfants ! Voler à une autre femme le droit d'avoir un mari, une autre femme qui, aujourd'hui, ne sait pas si son mari est vivant et s'il reviendra vers elle ou vers la femme qui l'a entraîné si bas, non. Paulette était libre et toi aussi. Je ne sais pas si tu as jamais commis l'adultère et je pense que je ne veux pas le savoir. Mais une chose est sûre, quelle que soit la nature des liens qui unissaient ma fille à cet homme, il y avait un premier empêchement qui aurait dû l'arrêter et la faire fuir. J'aurais été prêt à consoler toute sa peine, si elle avait su renoncer et se comporter dignement. Adélaïde a transgressé plus qu'une loi.

— Comment sais-tu que l'homme est marié ?

— J'ai surpris Ted et ma fille dans le bureau, un jour. Ils m'ont déclaré n'avoir rien fait. Adélaïde m'a donné sa parole qu'elle ne le reverrait jamais. Si elle est aujourd'hui enceinte d'un autre homme que Ted, c'est qu'elle est perdue davantage que je ne le pensais. Et si cet enfant est de Ted, je n'ai besoin ni des pourquoi ni des comment. *Case closed.* Même avec ton nom, c'est un enfant adultérin et c'est une grande bassesse, une honte.

— Peux-tu dire ça en pensant au visage de ta fille ? Peux-tu la juger aussi durement sans remords ?

— Adélaïde a jugé tout ce que je lui ai appris comme irrecevable en permettant à cet homme de la toucher. Elle m'a jugé suffisamment pour me mentir et me donner sa parole de Judas. Ce n'est pas moi qui peux l'aider. Elle m'a repoussé avant que je ne la repousse. Il y a un code d'honneur dans cette famille et elle l'a trahi. Ce n'est certainement pas pour revenir ensuite demander son appui à cette famille. »

Nic ne peut rien ajouter parce que Paulette arrive et que la conversation prend une autre direction, comme Edward semblait le souhaiter. Après le récit des nouvelles concernant Florent, c'est la guerre qui occupe le reste des discussions de la soirée. La guerre et l'urgent besoin d'hommes pour continuer un combat à l'issue de plus en plus incertaine.

En fin de soirée, Nic se rend chez Isabelle, laissant Edward parler avec Paulette, comme ils semblent en avoir pris l'habitude. Il est un peu étonné du rapprochement évident de ces deux solitudes pourtant dissemblables. Isabelle confirme que, sans Paulette, Edward aurait été perdu à quelques reprises. Elle trouve Nic bien sombre et s'inquiète de l'état d'esprit d'Adélaïde. Mais Nic est davantage découragé par l'entêtement d'Edward que par le moral d'Adélaïde. Isabelle recommande de laisser agir le temps… et le bébé. « On ne sait jamais ce que le charme d'un enfant peut réussir. Peut-être qu'être grand-père va adoucir mon oncle. Quoique avec Pierre, on ne peut pas parler d'une grande réussite. Il ne le voit pas. Comme sa mère, d'ailleurs. Tu sais que Reine s'en est occupée tout le mois, à l'Île ?

— Béatrice n'est pas mieux ?

— Béatrice peut jouer au bridge et se promener, mais elle a l'air bien loin de s'en faire pour Pierre. Je ne sais pas comment elle va s'en sortir sans Reine et sans Léopold en septembre. Elle parle de travailler. Elle trouve que la solde de son soldat ne lui permet pas de vivre sur le pied qu'elle souhaite. Je ne la comprends pas : quand je pense que Léopold est parti pour gagner… Nic ! Qu'est-ce qui te tracasse ? »

Nic se secoue, s'excuse, c'est vrai qu'il n'écoutait plus. Sa conversation avec Edward l'a totalement désespéré de pouvoir réconcilier Adélaïde et son père.

Isabelle se tait. Elle sent bien la réelle inquiétude que Nic garde pour lui. Comme il n'ajoute rien et finit par se lever pour partir, Isabelle lui répète qu'Adélaïde est forte et qu'elle a le soutien de beaucoup de gens, qu'Edward est important, mais qu'il n'est pas le seul. Elle le regarde partir avec le sentiment bien désagréable d'avoir été inutile.

Une fois réglés les dossiers qui l'avaient amené à Québec, Nic met au point une planification de rencontres qui force Edward à toujours se déplacer vers Montréal. Edward le lui fait remarquer et Nic attache les courroies de cuir de sa serviette en concluant : « Je sais, Edward, mais ma femme va accoucher et elle n'a plus de famille. Je veux absolument y être. »

Il le plante là pour prendre l'appel que Mademoiselle Dubé lui annonce, et il part aussitôt après pour attraper le train du matin, laissant Edward supputer les raisons d'une telle précipitation.

* * *

Alarmée par l'arrivée prématurée de Nic, Adélaïde se redresse dans sa chaise longue et attend qu'il parle, les yeux rivés sur les siens. Il s'assoit près d'elle, prend sa main et une peur à faire hurler la saisit : « Il n'est pas ?...

— Disparu. Ted est officiellement porté disparu. Aaron Singer a reçu l'avis du ministère de la Défense ce matin. Ils ne savent rien d'autre. Ils sont plus de deux mille disparus à Dieppe. Il peut être prisonnier, on risque de ne le savoir que plus tard. Si c'est le cas, il est à l'abri pour le restant de la guerre.

— Il peut aussi être mort.

— Non !... Oui, mais ils ont quand même une liste des morts, des soldats retrouvés. Il n'y figure pas. Il a probablement été fait prisonnier, Adélaïde.

— Ou il s'est noyé, ou alors il a été tué d'une façon atroce qui l'a défiguré ou... pourquoi les Allemands garderaient-ils deux mille hommes prisonniers ? Et s'il est blessé, est-ce qu'ils vont le soigner ?

— Oui. Ils en ont l'obligation. »

Elle essaie de ne pas imaginer d'horribles visions de mutilés, de noyés, de brûlés, elle essaie de faire reculer l'incessant cinéma morbide qui danse devant ses yeux. Comment peut-elle ne pas sentir s'il est vivant ou mort ? Comment peut-elle ressentir tout l'amour et ne rien deviner, ne rien percevoir, aucun signe intérieur, seulement cette terreur au goût amer qui assèche sa bouche ? L'amour ne doit-il pas permettre de savoir de l'intérieur, d'avoir une conviction, une foi inébranlable ? Tout varie, tout oscille en elle, et elle n'entend plus la voix de Theodore. Elle ne le voit plus. Même son odeur, cette odeur si douce de peau chaude lui échappe, la fuit lamentablement. Est-il si mort que le moindre souvenir s'est déjà évanoui ? Elle lutte pour retrouver une parcelle, un aspect fugitif de Theodore, rien ne surgit que l'implacable image d'un corps détrempé, face enfouie dans la boue, un corps que des hommes armés enjambent pour continuer l'assaut. « Il est mort, il est mort, il est mort », voilà tout ce qu'elle entend, pulsé par son propre cœur, rythmé par son souffle à elle, la condamnation de Theodore, sa certitude intime, et elle le formule sans autre émotion, comme un constat d'une grande platitude : « Il est mort.

— Disparu, Adélaïde. Ils sont plusieurs dans son cas. Je t'en prie, ne fais pas ça, ne joue pas avec l'issue. On ne la connaît pas. »

Il déteste ce calme qui la rend absente. Il voudrait la consoler et il a l'air d'un imbécile à essayer de la convaincre qu'il y a de l'espoir. « Adélaïde, ne reste pas comme ça. Parle-moi, dis-moi quelque chose. Je sais que c'est dur.

— Non. Je ne sens rien, Nic. Même si je le voulais, je ne pourrais pas pleurer. Je te jure. Je ne sens rien. C'est juste froid. Vide. Pas d'instinct, pas de prémonition, rien.

— C'est le choc, c'est normal. »

Elle le regarde, attristée d'être si peu prévisible, pratiquement inhumaine.

« Je ne sais pas, Nic. C'est comme ça. C'est tout. »

Il se contente de tenir sa main en silence. Au bout d'un certain temps, elle demande comment était Aaron, lui.

« Inquiet. Très inquiet. Depuis le 19, il était comme toi, il redoutait le pire.

— Et pour lui, le pire n'est pas arrivé ?

— Non ! Non, je te le jure. Il espère encore, il prie, il attend. "Disparu" n'est pas une façon polie pour l'armée de dire qu'il est mort. Ils ne sont pas très délicats, tu sais. Ça veut dire *disparu.*

— Alors, on va attendre.

— Et espérer, Adélaïde. »

Le regard qu'elle pose sur lui n'est pas très convaincu. Elle hoche la tête et se lève avec difficulté. Il voudrait la soutenir, mais elle se dégage gentiment. Nic espère que dans sa chambre, Adélaïde va pouvoir se laisser aller et pleurer.

Ce soir-là, il mange en tête à tête avec Florent. Il se rend compte du peu de cas qu'ils ont fait de ses succès et de ses décisions, et il s'en excuse. Florent ne se comporte jamais en enfant, à tel point que Nic se demande s'il ne l'a jamais été. Pourtant, il l'a connu bébé.

Florent ne se tourmente que de la santé et de l'état d'esprit d'Adélaïde : « Tu penses que ça peut faire quelque chose au bébé, ce qu'elle ressent ? »

Nic avoue sa totale ignorance de ces choses et propose d'appeler Isabelle qui en sait assez long à ce chapitre. Florent explique qu'il s'est rendu à la Bibliothèque municipale devant le parc LaFontaine et qu'il a cherché des livres sur la maternité et l'accouchement, mais que c'est rare et que ça ne parle pas de ce que la vie secrète de la mère fait au bébé. Nic n'en revient pas : Florent a lu ces livres ?

Le jeune homme rougit en disant qu'il n'y a rien d'extraordinaire à vouloir savoir comment ces choses-là se passent. Nic est tout à coup inquiet de ce que Florent puisse attendre de sa part une quelconque instruction concernant les réalités de la vie, et il le fixe, bien embarrassé à l'idée de devoir aborder un tel sujet. Évidemment, Paulette ou Gabrielle n'ont pas dû le renseigner. Quelle chose pénible ! Nic déglutit et se risque en douceur : « Tu… tu cherchais principalement sur la naissance ou sur tout le processus ? »

Florent est au moins aussi gêné que Nic : « Je voulais juste savoir si le bébé pouvait souffrir si Ada a de la peine.

— Rien d'autre ?

— Ben… un peu comment se passerait le… la naissance. Tu comprends, si je me trouve tout seul avec elle, je ne veux pas être pris au dépourvu.

— Mais tu as le numéro du médecin, tu l'appelles, tu m'appelles et on s'en occupe.

— Oui, mais si ça va vite ?

— Ça ne peut pas aller si vite que tu n'aies pas le temps d'appeler, voyons ! Il y a des signes avant-coureurs.

— Tu connais pas Ada : c'est pas sûr qu'elle le dise avant la dernière minute. »

Nic avoue que Florent marque un point important. Il ne sait pas vraiment en quoi on peut être sûr que le bébé arrive. Il promet de faire un tour à la bibliothèque de Westmount parce que les livres en anglais sont peut-être plus explicites. Devant l'apparente satisfaction de Florent, il redemande si c'étaient là toutes ses interrogations. Florent comprend tout à coup que Nic a l'intention de faire son éducation sur les réalités de la vie et il murmure qu'il est tout à fait au courant pour « le reste du processus ».

Soulagé, Nic se dit que, la prochaine fois, il s'informera des amours de Florent. Pour l'instant, il va appeler Isabelle pour la mettre au courant des derniers développements.

Étendue sur son lit, Adélaïde ne dort pas. Nic lui propose des fruits, du bouillon, mais elle affirme qu'elle n'a ni faim ni envie d'entendre tout ce qu'elle doit à son bébé.

« Florent n'arrête pas de me faire manger sous la menace que le bébé manque de tout. Pas ce soir, Nic.

— Tu veux que je te laisse ? Je suis à côté… »

Mais elle tend la main ouverte sur le couvre-lit de coton et il vient s'asseoir près d'elle.

« Tu ne m'as pas dit comment allait papa. »

Nic la regarde avec tristesse : pourquoi veut-elle tous les coups le même soir ? Il lui semble que les nouvelles ont été assez mauvaises pour s'épargner la crise de conscience catholique d'Edward.

« Il ne va pas mieux ? Il est aussi renfermé qu'avant ? »

Nic fait tout de même un récit honnête des progrès notables d'Edward et il décrit la splendeur qu'est devenu, grâce à son dévouement, le jardin de la rue Laurier. Adélaïde l'écoute attentivement et elle demande si Edward s'est enfermé dans le jardin comme il s'était enfermé dans sa chambre. Nic donne son opinion et se tait, craignant la question suivante. Avant que le silence ne devienne lourd, il ajoute : « Il est têtu, Adélaïde, il ne veut pas entendre parler de toi encore. J'attends mon heure.

— Penses-tu que je ne le sais pas ? Il est comme moi : buté, et quand il décide quelque chose…

— Gabrielle aussi était comme ça.

— Peut-être, mais maman prenait de bonnes décisions !

— Ça ! J'avoue qu'elle nous aiderait.

— Je ne sais pas, Nic. Ça, je ne sais pas si elle le ferait… Mais on ne le saura jamais, inutile de fouiller ou de se faire des idées… Florent est couché ?

— Je ne sais pas. Tu veux que j'aille le chercher ?

— Non. J'avais envie de jouer et j'ai peur de le réveiller. »

Elle n'a pas touché au piano depuis longtemps, Nic pensait que le bébé l'empêchait de se mouvoir à l'aise pour jouer comme elle aime. Il se lève et tend la main : « C'est une maison très bien insonorisée, tu vas voir. »

Elle s'installe au piano et lui demande de la laisser. Assis dans les escaliers qui mènent à leurs chambres, Nic écoute les morceaux que choisit Adélaïde : rien de mélancolique ou de nostalgique. Fortement soutenu, le jeu est plutôt agressif, et toutes les pièces sont violentes ou éclatantes. Quand il voit Florent s'encadrer au bout du corridor et se diriger vers le salon, il s'empresse de l'attraper par le bras et lui fait signe d'être discret. Florent s'assoit en silence dans les marches à côté de Nic, et ils écoutent, sidérés, la fin de l'énergique concert.

En se couchant, Nic se dit qu'il lui en reste encore à apprendre sur la façon inusitée qu'a Adélaïde de résister.

* * *

Tous les matins, Florent part pour son école et, tous les matins, il demande à Ada si elle a une lettre à lui confier pour la poste. Depuis la nouvelle de la disparition de Ted, Adélaïde ne remet plus aucun courrier à Florent, et celui-ci part sans commenter.

S'il n'avait pas le bonheur quotidien d'aller apprendre et de tout oublier ou presque dans les ateliers Cotnoir Caponi, Florent aurait du mal à s'adapter. Mais emprunter les rues cossues de Westmount et marcher vers Atwater pour ensuite continuer sur Sherbrooke jusqu'à Guy lui permet de se délester des angoisses qui l'oppressent. Dès qu'il se penche sur une pièce de tissu, dès qu'il enfile une aiguille ou palpe un lainage, une pièce de lin, le monde en train d'éclater et de se hachurer en visions d'horreur s'éclipse, le monde reprend son sens, et Florent sait à quoi il peut servir. Son travail l'absorbe entièrement. Il peut chercher une ligne, une couture à préciser durant des heures. Et ces heures, il les passe à marcher dans la ville et à observer les gens et les édifices. Montréal n'est pas une belle ville, sauf en certains endroits très circonscrits, mais c'est une ville d'excès où le luxe et la misère se côtoient et où Florent touche le luxe en demeurant convaincu d'être du côté de la misère.

Même cet appartement splendide qu'Ada et Nic lui ont aménagé lui paraît extravagant. Chaque fois qu'il se rend compte qu'il habite un palais mais qu'il n'a pas un sou, cela le fait sourire. De la même façon, il coupe et coud les tissus les plus nobles, les étoffes les plus coûteuses alors qu'il n'aurait jamais les moyens de se les offrir. Cela ne le dérange pas : aussi longtemps qu'on lui confie le soin de toutes ces merveilles, il n'a aucun désir de les posséder. Il serait mal à l'aise de posséder. Il se rend compte de la déférence humble qui l'habite devant les étoffes soyeuses et travaillées. Au début, il avait du mal à y mettre les ciseaux, il était habité par un trac paralysant, jusqu'au jour où son professeur lui a fait comprendre que sa peur empêcherait le tissu de couler avec le vêtement, que sa crainte de gâcher gâcherait immanquablement : « Tu dois couper comme tu dessines, d'un trait, sans hésitation, sans chercher. Cherche avec tes yeux, ta tête, cherche avec ce que tu veux, mais pas avec tes ciseaux. Quand tu coupes, tu dois savoir. »

Florent a appris à se faire ami avec le tissu avant de l'aborder. La relation s'établit des yeux pour passer ensuite aux mains, aux oreilles et au nez. Le tissu parle, il n'y a pas que le son du taffetas, et le tissu sent, et pas seulement la laine mouillée. Tous les tissus ont une odeur, quelquefois puissante, quelquefois discrète, une odeur qui appelle un style, un mouvement, une alliance avec une autre matière. Florent apprend à couper, mais il apprend aussi à parler avec les tissus, à les écouter, à les deviner et à s'en faire des complices auxquels il offre son humble et respectueux labeur. Quand le vêtement est terminé, quand il recueille les chutes de tissus sur la table de couture, il ne manque pas de les respirer encore une fois avant de les conserver, incapable qu'il est d'en jeter la moindre parcelle. Souvent, il se penche sur son travail, affectant de gratter une fibre, de remettre un fil dans sa trame, mais tout ce qu'il fait, c'est humer en secret l'odeur de la matière qui s'associe presque toujours à une saison, à un moment du jour ou de la nuit. Il y a des étoffes qui réclament l'aurore, et il y en a qui dégagent tous les parfums du crépuscule. Et les variations infinies de sensations et de plaisirs raffinés ramènent un Florent presque soûl à la maison.

À l'école, il occupe une table près d'une fenêtre, et cet endroit est vite devenu très organisé. D'une méticuleuse propreté, chaque objet est à sa place et ne doit en être dérangé. La lumière du jour est parfaite et elle éclaire suffisamment pour qu'il puisse tout faire sans avoir à allumer l'ampoule qu'il déteste. Toute sa joie et son enthousiasme au travail s'assombrissent quand il doit allumer. Mais « son » coin est idéal. Même les jours gris de pluie, la clarté morne lui suffit. Il ne sait pas pourquoi, il préfère cette lumière vraie et variable à n'importe quel éclairage artificiel et constant.

Il rapporte des pièces à coudre à la maison et, quand il fait beau, il s'installe au jardin avec Ada et il coud pendant qu'elle lit ou se repose. Du coin de l'œil, il l'observe et il sait qu'elle est déchirée entre deux humeurs, entre deux sentiments contradictoires. Le bébé lui interdit de sombrer ou de lutter, il le voit bien. Il saisit autre chose qu'il ne comprend pas, une sorte de grondement souterrain, une colère sans doute, mais il ne sait pas bien pourquoi ou pour qui.

« Il me semble que tu en rapportes de plus en plus, Florent. Combien de travaux ils te font faire ? »

Florent sourit et tend son ouvrage : « C'est un petit service que je rends à Mademoiselle Godin. Elle dit que, pour la finition, je suis le plus rapide et le plus méticuleux.

— Bonne raison pour te faire t'escrimer dessus ! Florent, ça s'appelle de l'exploitation.

— Non, non : elle me paie à la pièce. »

Adélaïde se rend soudain compte des conditions de vie de Florent, toujours soumis à la charité des autres, toujours soumis à leurs bonnes œuvres, mais sans aucun salaire assuré, jamais, sans argent pour lui, pour ses besoins, ses distractions.

« C'est ridicule qu'on n'ait pas pensé à ça, Florent ! Tu n'as pas à faire des travaux pour gagner de l'argent. Tu n'as même pas de quoi te payer le tramway ! Tant que tu étudies, je te donnerai une somme chaque semaine.

— Pour rien ? Voyons, Ada, tu sais bien que je vais refuser. Tu en fais assez. Et Nic aussi. N'en parle pas à Nic, tu le connais, il va m'ouvrir un compte en banque !

— C'est un oubli de ma part. Ce sera mon argent, je suis payée pour le travail que je fais. Enfin, que je faisais… Ce n'est pas l'argent de Nic si c'est ce qui te gêne, c'est le mien, Florent, le nôtre.

— Même à ça… J'aime m'occuper les mains, tu le sais. Ce n'est rien pour moi, ce travail, c'est agréable et ça rapporte. Laisse-moi gagner ma vie, Ada, tu ne peux pas toujours me protéger.

— Combien elle te donne pour ça ?

— Vingt-cinq cents pour quatre. Ça va vite, ça me permet d'être avec toi. Je t'en prie… ne commence pas.

— Bon ! Tu ne veux pas savoir mon avis sur ton magnifique salaire ?

— Je ne sais pas pourquoi, j'ai l'impression de le savoir déjà. »

Elle rit et Florent sait qu'elle ne dira rien à Nic. Cette complicité vaut bien des vingt-cinq sous de Mademoiselle Godin.

« Ada, tu vas me le dire quand tu vas sentir que le bébé arrive, tu n'attendras pas ?

— Quoi ? Tu as peur de devoir le ramasser dans les feuilles du jardin ?

— Bien sûr que non... tu me traites en enfant. Est-ce que tu as hâte ? Je veux dire de le voir... »

Après un long temps où le silence force Florent à lever les yeux de son ouvrage, elle murmure : « Je ne sais pas, Florent. Je ne sais plus. »

Florent abandonne sa couture et s'assoit par terre près d'elle, sans rien dire. Elle caresse ses cheveux d'une main tendre : « On se dit tellement de choses, Florent, je me suis promis tant de choses concernant mes enfants depuis que je suis une petite fille. Et puis... j'attends un enfant qui ne verra peut-être jamais son père. Et tu sais comme j'aime le mensonge...

— Nic va être son père.

— Pas son vrai père. Son vrai père est à la guerre.

— Ada, je t'en prie, je sais très bien que c'est Ted, le père. »

La main d'Adélaïde interrompt la caresse, et Florent la reprend et l'oblige à recommencer : « Tu me connais mieux que ça, voyons... Je sais lire, si je ne savais pas voir.

— Je vais te dire une chose effrayante, Florent : j'ai envie d'un enfant qui ressemble à Theodore trait pour trait. J'attends trop qu'il lui ressemble. Je pense que si c'est mon portrait, je vais être folle de déception et que ce n'est pas bon.

— S'il te ressemble, Nic et moi, on va l'adorer. »

Ça, Adélaïde n'a aucun doute, cet enfant sera très entouré.

« Ada, tu te souviens de mon père, toi ? Je veux dire, son visage ?... Moi non plus. Après la noyade, on peut dire que Nic m'a servi de père. Je pense que tu t'en fais trop avec le mensonge.

— Maintenant que Theodore est disparu, je pense que c'est avec la vérité que je m'en fais... J'ai reçu une lettre aujourd'hui et, tu ne le croiras pas, je n'arrive pas à l'ouvrir. Je ne supporte pas les messages venus d'entre les morts.

— En tout cas, il fallait qu'il soit vivant pour l'écrire.

— Mais maintenant ? Maintenant, Florent ? »

Florent pose une main respectueuse sur le ventre proéminent : « Il est vivant ici et il est vivant dans sa lettre, dans cette pensée pour toi qu'il a écrite et envoyée pour te parler, pour te dire ce que lui, vivant, pensait. Tu te choques encore contre les mauvaises choses, Ada. Ted n'a pas fait exprès de disparaître. Ça doit être dur d'être prisonnier des Allemands. Même s'il est mort, Ada, il a écrit la lettre avant de partir. C'est un message venu des vivants, pas des morts. »

Ma vie,

Quelquefois, j'ai peur. Pas une peur polie, pas une peur présentable. Une peur laide, violente, honteuse, une peur d'animal qui cherche à fuir dans un trou. Avoir peur, Adélaïde, ce n'est pas le pire, c'est l'humiliation de la peur, le pire. Se vouloir courageux et se découvrir lâche. Voir son propre corps se mettre à trembler, à vouloir se vider, entendre ses dents claquer. Au premier combat, l'homme qui tirait à côté de moi, l'homme de trente-six ans qui tirait avec précision et qui a descendu sa part de Boches, cet homme a sangloté tout le long du combat. Je ne sais pas comment il arrivait à viser en pleurant autant, mais il l'a fait. Il a braillé sans arrêt, le nez coulant, avec des bruits de sanglots que j'entendais malgré le vacarme du tir. Et j'essayais de tenir le coup, de ne pas partir en rampant, de ne pas me replier comme tout mon corps pris de terreur voulait faire. Tu sais sur quoi je me concentre dans ce temps-là ? Sur ton visage, au moment précis où tu es arrivée rue Turnbull, ce soir de décembre. Ton visage à ce moment-là était l'essence de la beauté, de la lumière et de l'inquiétude. Je ne sais pas si je t'ai suffisamment dit comme tu étais belle, ma Shiksa.

Adélaïde, au cœur du massacre, quand je n'ai plus d'humain que la peur, quand la sauvagerie et la démence règnent partout sans espoir, même en moi, ton visage incrusté dans ma mémoire brille comme le dernier vestige de l'humanité. À toi seule tu es, dans la nuit la plus noire, mon espoir, le pardon de Dieu et mon courage. Ne me laisse pas, je ne m'éloigne jamais de toi, Adélaïde, parce que j'en mourrais.

Theodore.

Ce soir-là, Adélaïde demande à Nic le numéro de téléphone d'Aaron Singer. Sans poser la moindre question, Nic s'exécute.

* * *

Adélaïde sait très bien que ce qu'elle fait déroge à toutes les règles et que, même si son apparence n'est pas si révélatrice, aucune femme comme il faut ne se montre dans son dernier mois de grossesse. Mais, sans raison précise, elle tient à revoir Aaron Singer avant la naissance de l'enfant. La journée de septembre est magnifique et elle fait servir le thé dans le jardin.

Le père de Theodore est certainement conscient de l'aspect inusité de cette rencontre en tête à tête, mais il agit avec une réserve polie, comme si ce thé était offert selon l'étiquette la plus stricte. Après la première tasse, Adélaïde se demande comment sortir de l'ornière de la banalité quand Aaron dépose sa tasse et la regarde bien en face : « Je viens d'une autre culture, chère madame, et je n'ai pas l'habitude de ces rencontres. Alors vous devrez m'excuser d'être direct : mon fils m'a parlé de vous avant de partir. »

Les yeux d'Adélaïde se fixent sur le visage d'Aaron. Elle se tait. Décontenancé par le silence de la jeune femme, Aaron poursuit : « Il m'a parlé d'une femme, d'une *shiksa*. Il ne m'a pas révélé votre nom, j'ai deviné qu'il s'agissait de vous plus tard, quand il a dit votre prénom au sujet d'autre chose. J'ai fait le lien. Mon fils et moi… Ce serait long à vous expliquer et cela a à voir avec notre religion et nos mœurs, ce qui n'est pas simple non plus…

— Nous avons le temps, monsieur Singer.

— Oui, oui, je suppose que c'est tout ce que nous avons, maintenant : le temps de penser, de revoir tous ces moments, d'y réfléchir et de prier. Je me suis fâché avec Ted avant son départ. J'ai eu des discussions violentes avec lui. Je viens d'une famille très stricte, où l'observance des rituels religieux est fervente et sévère. Nous avons des lois immuables qui sont davantage que des prières, ce sont des modes de vie, des façons d'envisager l'existence, sa raison, son essence et son cours. Chez les Singer, être juif signifie vivre et agir selon certaines règles précises. Mon grand-père était allemand, il venait d'un petit village situé près de la frontière polonaise. Je suis né ici, à Montréal, comme mon père. Notre famille a quitté l'Allemagne pour des raisons politiques. Nous sommes des juifs orthodoxes, ashkénazes pour l'origine, et nous parlons yiddish. Theodore est mon fils premier-né, ce qui a aussi un sens particulier chez nous. J'ai toujours veillé à son éducation religieuse et j'ai mis en lui beaucoup d'espoir. Il s'est marié au moment choisi par sa famille avec une famille amie, comme cela était entendu depuis longtemps. Ted a beaucoup de respect pour la loi juive, mais peu à peu, en fréquentant Québec et le monde professionnel *goy*, non juif, il s'est éloigné des principes sacrés sur lesquels repose notre foi. Ted a douté et s'est écarté de nos traditions qui remplissent un autre rôle que les vôtres, je veux dire, celles de la religion catholique. Vous êtes catholique, je crois ?

— Oui. Vous vous êtes fâché avec Theodore ?

— Le devoir familial, le devoir du père envers la famille, les enfants, l'épouse, ces devoirs sont la base du maintien de notre communauté. À cause de l'exil, que nous appelons la diaspora, chaque famille est devenue un petit sanctuaire où notre foi a brûlé de génération en génération. Le mérite de nos pères est transmis aux fils. La Torah, la Loi juive, comporte neuf cent treize commandements et plusieurs concernent la famille. Mon fils a transgressé la Loi. Mon fils s'est éloigné des siens et il me l'a avoué. Mon devoir était de le ramener à la raison, de le ramener à ses obligations morales. J'ai échoué. Je sais que mon fils n'a pas rempli ses devoirs familiaux avant de partir. Il a fait une chose étrange, il a rédigé un *get* et l'a remis à sa femme. Le *get* est un acte de divorce. Selon la Loi juive, seul l'homme peut demander le divorce et il le fait avec ce papier, sorte de lettre de rupture rédigée selon des règles précises, et ensuite remis à l'épouse répudiée qui devient alors libre de se remarier. Il y a tout un processus, c'est assez complexe, on doit soumettre le *get* au tribunal rabbinique et ça se termine avec le déchirement du *get.* Mais il y a une autre raison qui peut rendre le *get* nécessaire et c'est celle que j'ai voulu voir quand Ted l'a remis à Eva. Je dois malheureusement vous expliquer encore certaines règles juives. Une épouse qui est sans *get* se trouve dans l'impossibilité de refaire sa vie si jamais son mari disparaissait. En temps de guerre, il arrive que, pour éviter à une femme de devenir une *aguna,* ce qui veut dire délaissée, abandonnée sans possibilité de refaire sa vie, un époux rédige un *get* conditionnel pour le cas où un malheur arriverait. C'est ce que j'ai vu dans le geste de Ted. Mais il a insisté pour me détromper. Avant de partir, Ted a tenté de me parler de sa vie, de ses problèmes de foi et de la dissolution familiale qu'il désirait entreprendre. J'ai refusé de l'écouter et lui ai déclaré que, pour moi, il serait mort s'il agissait comme un mécréant, s'il reniait l'œuvre de ma vie. La guerre m'a empêché de rayer le nom de mon fils du livre de famille, et l'a empêché, lui, d'entreprendre son repentir. Mais je sais. Je sais son indignité face aux siens et face à vous.

— À moi ?

— Votre prénom est inusité et Ted l'a prononcé de façon non équivoque. Par ma faute, d'ailleurs. J'ai accusé une certaine Gabrielle d'avoir entraîné sa perte, mais j'ai vite su que votre mère n'avait rien à voir dans cette indignité. Je parle de mon fils quand j'emploie ce mot.

— Pourquoi ? Vous croyez que je n'y étais pas ? Qu'il m'a forcée, peut-être ? »

Aaron n'est certainement pas accoutumé à une telle verdeur chez une femme. L'œil vert s'allume en fixant la jeune femme si effrontée : « La femme ne peut contraindre l'homme, l'homme peut contraindre la femme. L'adultère est un crime grave chez nous. L'adultère est un crime impensable pour un Singer. Après ce qu'il a fait, mon fils mérite le *geyresh.* S'il revenait pour vivre dans l'indignité, la honte et le déshonneur, je le renierais et je le considérerais comme banni de Dieu, banni de ma vie, et son frère deviendrait mon premier-né.

— Vous ne le reverriez jamais ? Après cette guerre, si Theodore agit contre vos règles, vous refuseriez de l'entendre ?

— Il serait mort pour moi. J'organiserais ses funérailles et je l'aimerais dorénavant comme un enfant mort.

— Monsieur Singer, votre fils est porté disparu sur un champ de bataille et vous venez me parler à moi de ses fausses funérailles si jamais il revient sans faire sa vie selon *vos* normes, *vos* lois, *votre* Torah ?

— Ce serait malheureusement l'issue. La seule autre possibilité est le rachat dans le repentir et le renoncement.

— Pourquoi êtes-vous ici ? Vous êtes venu chercher quoi ?

— L'un de nous deux doit bannir Ted de sa vie. Nic est un mari admirable et un homme honorable. Je suis venu vous demander de bannir Ted et vous promettre qu'en contrepartie je veillerai à soutenir l'éducation de votre enfant. »

Comment cet homme peut-il avoir l'audace de soutenir son regard ? Comment peut-il la regarder placidement après avoir prononcé ces mots ? Adélaïde a un mal fou à se retenir de le traiter de pourri et d'indigne. Elle sent une colère blanche l'envahir et pose sa tasse si fermement sur la soucoupe qu'elle entend le grain de la porcelaine se plaindre.

D'une voix extrêmement posée, rendue grave par le contrôle qu'elle exige d'elle-même, Adélaïde conclut leur entretien : « Je viens d'une religion presque aussi stupide que la vôtre où on renie également les enfants qui n'agissent pas selon les lois et les désirs des parents. Dans quelques jours, je vais mettre au monde un enfant qui n'a peut-être plus de père et qui n'aura certainement pas de grand-père. Dans mon esprit, monsieur Singer, le seul mot qui régit ou devrait régir la religion est celui de *bonté,* pas de devoir. Vous avez le devoir d'enterrer Theodore avant sa mort s'il ne fait pas ce que vous voulez ? Très bien ! Enterrez-le, enterrez-moi avec et enterrez tous ceux qui font le contraire de ce que vous pensez. Mon propre père m'a appris toute sa vie à lutter et à combattre l'intolérance, à essayer d'être juste et de ne pas suivre la mode qui veut qu'un être humain d'une certaine sorte soit tout à coup bien mal vu, bien condamnable. À ne pas me soumettre au jugement hâtif des gens. Et tout ce qu'il trouve à faire, c'est de me renier parce que je n'agis pas comme tout le monde. Je désobéis. À *sa* loi, à sa façon de voir. Je suppose que vous n'avez pas assez souffert pour réfléchir ? Vous faites pareil ! Theodore est allé crever dans une guerre parce que *son* peuple, le vôtre, était en danger. Il en faisait une cause personnelle parce qu'il est juif et qu'il ne renie pas ce qu'il est. Et vous êtes celui qui va l'enterrer si jamais il me revoit, le jour où cette guerre va nous le retourner dans un état que je n'ose même pas imaginer ? Vous, qui êtes ici à prier votre Dieu pendant que lui se bat, vous allez le considérer comme mort ? Quelle sorte de père êtes-vous ? Où est la bonté dans votre attitude ? Comment pouvez-vous croire que je puisse m'associer à vous pour interdire à Theodore de me revoir ? Je n'étais pas capable de faire le mal avec lui, mais je pourrais faire le bien avec vous ? Vous faites ce que vous voulez avec les mots et les responsabilités, vous ne ferez pas ce que vous voulez avec moi. Regardez-moi, monsieur Singer, regardez bien, vous ne me reverrez plus jamais, j'en fais le serment sur la tête de Theodore, le père de cet enfant. Je vais élever notre enfant pour qu'il connaisse la bonté d'une païenne et qu'il ignore l'intolérance des croyants. Maintenant, si vous voulez bien m'excuser, je suis très fatiguée. »

Péniblement, avec l'humiliation de ne pas avoir la possibilité d'aller aussi vite qu'elle le désire, Adélaïde se lève et laisse Aaron Singer méditer ses paroles.

Ce soir-là, contrairement à ses habitudes, Adélaïde se joint à Nic et à Florent pour le souper. Elle a le teint animé de quelqu'un qui a eu une grosse journée de labeur. Pour la première fois depuis longtemps, ils ont une conversation à trois sur les derniers événements de la guerre, sur les cours de Florent, sur un problème de production qu'elle finit par régler sur papier en laissant Nic se charger des démarches. La soirée s'achève avec les informations et le rituel coup de téléphone à Isabelle.

Nic est en train de lire quand Adélaïde vient s'asseoir sur le lit. Il installe les oreillers pour qu'elle n'ait pas à se tenir toute droite et attend. Elle ne dit rien et tend la main vers son livre, comme si elle n'était là que pour discuter littérature. Il écarte le livre et le pose plus loin.

« Qu'est-ce qui te tracasse ?

— Quand je te demande ce que papa dit de moi, Nic, j'essaie de savoir s'il revient de sa colère et de ses principes. Cet après-midi, j'ai été très impolie avec le père de Theodore et je lui ai dit que je ne voulais plus jamais le revoir. Et je l'ai planté là. »

Nic sourit et se demande ce qu'un homme aussi courtois et posé qu'Aaron Singer a pu faire ou dire pour mériter un tel traitement. Il se garde bien de le demander. Adélaïde a l'air presque amusée : « Surprenant, tu ne trouves pas ?

— Tu dois avoir tes raisons.

— Je le savais ! Je le savais que tu aurais confiance ! Vois-tu, Nic, c'est ce que j'aime chez toi : tu ne juges pas, tu attends de savoir pourquoi on agit comme on agit.

— Et tu vas me le dire ?

— Il m'a demandé des choses que même toi, le seul qui aurait le droit de le faire, tu n'as jamais demandées. Il m'a demandé de m'engager à ne plus jamais revoir Theodore. À le bannir de ma vie, à y renoncer pour lui épargner à lui, à Aaron, de le faire. À cause des principes juifs. Alors, j'ai pris une décision, Nic : à partir d'aujourd'hui, je ne veux plus rien avoir à faire avec mon père ou cet homme. Mes principes à moi exigent de les renier. Je ne les laisserai pas me bannir, je les bannis, moi aussi. Je ne veux pas avoir à me battre tout le temps pour expliquer mes raisons et justifier mes actes, supposément condamnables.

— Il a demandé ça ? De ne plus revoir Ted ? Mais il ne sait pas…

— Oui, il sait que l'enfant est de lui. Il sait parce que Theodore s'est fâché avec lui avant de partir. Il a parlé de moi. Theodore voulait désobéir, divorcer, et son père lui a dit que c'était sa règle ou la porte.

— Ils se sont quittés comme ça ? Sans se réconcilier ? Aaron l'a laissé partir au camp sans lui parler ? »

Ils réfléchissent tous les deux à l'état d'esprit de Theodore qui part sans obtenir le pardon de son père et sans revoir Adélaïde. Ted, que ses principes obligent à tout laisser pour aller se battre. Adélaïde pense à la peur et au courage que chaque jour apporte à Theodore.

Dans le silence, elle prend la main de Nic et parle sans le regarder.

« Au début, j'étais si fâchée qu'il ait disparu, si fâchée de ne pas savoir que j'ai décidé qu'il était mort. Pas longtemps, mais assez pour que ça fasse mal. Puis, je me suis rendu compte que ça m'arrangeait de régler les choses, ça m'empêchait d'angoisser et d'attendre. En écoutant cet homme-là parler tranquillement des funérailles qu'il était prêt à faire à un homme toujours vivant, son fils, en l'écoutant faire comme si l'espoir et la rédemption n'existaient pas, je me suis haïe d'avoir cédé au découragement pendant un petit temps et je l'ai haï de me demander de continuer à vivre comme si son fils était mort pour moi. Alors, jusqu'à nouvel ordre, Theodore est vivant. La seule personne qui aura jamais le droit de discuter mes rapports avec lui s'il revient, c'est toi, Nic. Tu es le seul homme qui a le droit d'exiger que je tue Theodore en moi, le seul qui as le droit de le demander parce que pour le reste…

— Je ne pourrais pas le demander, Adélaïde. Ce serait faux, de toute façon, je sais que tu l'aimes.

— Ça n'a pas l'air d'arrêter Aaron Singer.

— Quant à Edward…

— Je ne veux plus avoir à espérer qu'il me trouve digne de revenir en grâce. Je préfère espérer des choses possibles, Nic.

— Comme?…

— Que cet enfant soit pétant de santé et normal. C'est fou comme leurs discours me travaillent, j'ai l'impression que le bébé ne peut pas naître normal à cause de la façon dont il a été conçu.

— Veux-tu te taire? Veux-tu cesser de leur donner raison et de te condamner? Tu aimais l'homme avec qui tu as conçu cet enfant? Alors, il n'y a pas de questions.

— Aimer n'est pas assez, Nic. Il aurait fallu que Theodore se désengage avant que je lui dise oui. Je ne pouvais pas parce que j'avais peur de le perdre avant qu'il n'y arrive. J'avais bien raison : avec son père qui voulait organiser ses funérailles avant de céder au divorce, imagine le temps et le courage que ça aurait pris!

— Adélaïde, écoute-moi : les enfants donnés en adoption sont tous des enfants du péché, des enfants illégitimes, et ils sont normaux. Et même s'il manquait un orteil à ton bébé, ça ne donnerait raison à personne de te juger ou de déclarer que Dieu te punit. On ne croit pas à ça, nous. Le Dieu vengeur et pointilleux qui rend coup pour coup n'est pas le nôtre. »

Elle relève la tête vers lui, émue : « Maman disait ça! Maman me disait ça quand j'étais petite, Nic! »

Il la prend dans ses bras, cale sa tête bouclée au creux de son épaule : « Gabrielle avait raison. On devrait l'écouter. »

Nic éteint au bout d'un moment et s'installe avec Adélaïde blottie contre lui. Il dort presque quand il l'entend chuchoter : « Quand j'ai peur, Nic, quand je ne peux pas imaginer Theodore souffrant ou mourant, je me dis que maman va l'aider, qu'elle doit bien veiller sur lui.

— Si elle veille sur toi, elle veille sur lui.

— Non. Moi, elle n'a pas besoin : elle t'a délégué avec Florent. »

* * *

Quand la secrétaire lui annonce qu'il a une visite, Nic consulte sa montre en fronçant les sourcils : onze heures quarante, il n'attend personne avant le dîner.

« Qui ? »

Dès qu'il entend le nom, il raccroche et se rend dans le hall d'entrée. Alex est debout et triture sa calotte en regardant partout autour de lui, l'air impressionné. Nic le fait entrer dans son bureau en demandant si quelque chose est arrivé à Alexandre. Le petit s'assoit et balance ses jambes nues aux genoux écorchés en faisant signe que non.

« Ma mère dit que tu voles le pauvre monde. »

Il prononce avec le fort accent de Saint-Henri. Il dit « maèère » plutôt que mère, et il a l'air affamé. Nic propose de l'emmener avec lui au petit restaurant en bas en déclarant qu'ils pourront discuter en mangeant. Pour toute réponse, Alex se met debout et cale sa casquette sur ses yeux.

Une fois les assiettes déposées devant eux, Nic constate qu'Alex lui laisse l'entière liberté de la conversation, son plat mobilisant toute son attention.

« Pourquoi tu n'as pas appelé ? »

Alex avale la grosse bouchée qu'il a engouffrée et affirme qu'il a appelé pour demander l'adresse et qu'il s'est ensuite débrouillé pour prendre le tramway et venir. Quand Nic s'informe de l'école où il n'a pas l'air d'aller souvent, Alex lève les yeux au ciel en disant que c'est la guerre et que sa mère travaille dans les bombes et que les enfants, faut s'en occuper.

« Attends : t'as laissé les enfants tout seuls pour venir ici ? »

Alex continue à manger en marmonnant que les voisines, c'est pas pour les chiens, qu'on les endure quand elles nous énervent, c'est bien le moins qu'elles servent à de quoi. Il est très drôle avec ses expressions empruntées à sa mère et son impertinence à peine consciente.

« Et qu'est-ce que je peux faire pour toi, Alex ?

— Je veux une *job*. Je veux gagner.

— Mmm… T'as quoi ? Huit ans ?

— Dix. »

Neuf, pense Nic, neuf ans, maximum. « Mais tu es déjà pas mal occupé à garder les enfants pendant que ta mère travaille.

— Quand elle est sur les *shifts* de nuit pendant deux semaines, je pourrais.

— C'est entre nous, ta demande ? Tu ne lui as pas dit qu'on se voyait, c'est ça ? »

Alex acquiesce, très content de ne pas avoir à soulever ce point délicat.

« Et tu sais sans doute aussi que la loi m'interdit d'engager un enfant de moins de douze ans ? »

Une ombre passe sur le petit visage vif. Nic se rend compte que, dorénavant, Alex aura douze ans pour tout le monde. Il cligne des yeux et attend la suite avec inquiétude, ce qui lui donne un regard très enfantin.

« ... mais tu t'es dit qu'on pourrait toujours s'arranger entre nous, question qu'on est de la même famille. Un dessert, Alex ?

— Je peux ? »

Nic pousse le menu vers l'enfant qui, en une question, révèle toute la misère et sa loi stricte : le dessert le dimanche et c'est tout. Alex repousse le menu et montre l'assiette que la serveuse porte en passant devant eux : « Je prends ça. »

Nic replace le carton du menu. Comment convaincre ce jeune voyou que sa place est à l'école à apprendre à lire, ce que, de toute évidence, il ne sait pas ? Comment ne pas l'insulter en lui offrant une charité qu'il ne demande pas ?

« On va avoir des problèmes avec le gouvernement si je t'engage et que tu n'es pas en âge... Il faudrait, je ne sais pas, trouver une façon de te faire travailler sans que tu quittes l'école.

— Qu'est-ce que l'école vient faire là-dedans ?

— On est obligé d'envoyer les enfants à l'école et c'est comme ça qu'ils savent ton âge et surveillent si on obéit à la loi.

— Ma mère sait pas ça.

— Tu n'y vas pas beaucoup, à l'école ?

— Pas beaucoup. »

Ce qui semble un euphémisme qui plaît énormément à Alex. Nic le regarde passer un doigt douteux dans l'assiette pour récolter la crème laissée par la cuillère. Il suce son doigt sans vergogne et recommence jusqu'à ce que l'assiette ait l'air d'avoir été léchée par un chat. Nic se rend bien compte qu'il s'agit là d'un comportement très poli qui remplace une habitude plus rudimentaire consistant à lécher directement son assiette. Alex saisit son Coke et le siphonne à l'aide de la paille jusqu'à la production du son caractéristique. Il pose la bouteille, s'essuie la bouche avec la main et lève les yeux vers Nic : « Alors ?

— Alors, il faut être prudent, bien réfléchir... Je suppose que ta mère serait mieux de ne pas l'apprendre ? »

Alex se contente de lever les yeux au ciel sans répondre, tellement c'est évident.

« Aimerais-tu mieux que je t'engage à faire le travail chez toi, quand tu peux, ou au bureau ?

— C'est beau, ton bureau. »

Ce qui semble répondre à la question.

« Tu sais parfaitement lire ou en partie ? Je le demande pour les tâches de bureau que je pourrais te confier.

— Y aurait rien, par exemple, avec les mains ?

— Laisse-moi y penser et reviens me voir, disons, à la fin de la semaine ? On ira luncher pour discuter. »

Alex trouve le projet parfait. Il raccompagne Nic à l'édifice et, très confiant, explique que lui aussi, un jour, il va *ronner* de la grosse *business*. Il s'informe de la marque de l'auto de Nic et semble rassuré de constater que son oncle connaît bien la mécanique.

« Dis-moi, Alex, ton père... ça fait longtemps qu'il est parti ?

— Ah oui... très.

— T'avais quel âge ?

— Six ans. »

Du coup, Nic rétablit l'âge exact d'Alex — oui, trois ans de guerre, ça semble possible. Le petit a neuf ans au plus.

« Et il est basé où, ton père ?

— Comment on sait ça ?

— Ses lettres, elles viennent d'où ? »

Le petit hoche la tête, comme si c'était un problème très inusité pour lui. Nic insiste : « Il écrit à ta mère, non ?

— Pas toujours.

— Ça fait longtemps qu'elle n'a rien reçu ?

— Je vais essayer de le savoir pour vendredi, O.K. ? »

Nic lui tend la main et il apprécie beaucoup l'effort que fait Alex pour montrer que c'est monnaie courante pour lui de serrer des mains à la fin d'un *meeting*.

En revenant au bureau, il indique à sa secrétaire qu'Alex est une priorité et que, quand il appelle ou se montre, elle doit le trouver et le déranger. « Même chez moi. »

* * *

Florent arrive à la maison, les bras chargés de verges de tissus que Mademoiselle Godin lui a confiés. Une finition urgente qu'il se propose de coudre en compagnie d'Ada.

C'est Lionel qui le reçoit. Lionel dont le français est toujours très approximatif, mais qui fait l'effort de ne s'adresser à Florent que dans cette difficile langue : « Madame… allez voir. *Upstairs.* »

Florent n'a besoin d'aucune autre explication et se précipite. Adélaïde, rouge et moite de sueur, a l'air à bout de souffle, à bout de force. Elle se tient debout au pied du lit, les deux mains solidement appuyées au montant, tête baissée. Florent comprend que l'accouchement a commencé.

Il la bombarde de questions, essaie de la ramener vers le lit, de l'asseoir, de savoir ce qu'elle désire. Finalement, elle se dégage brutalement de son envahissant soutien : « Lâche-moi, Florent ! Tais-toi, si tu veux que je te réponde ! » et elle s'immobilise en grimaçant de douleur. Florent, très inquiet, ne bouge pas et se garde bien de parler.

Après la contraction, Adélaïde a un faible sourire : « Bon… on va avoir une minute ou deux. Ça a commencé vers la fin de la nuit, à quatre heures du matin. C'est franchement dur depuis midi. C'est debout que je suis le mieux et je ne veux pas me coucher. Ça devrait être pour bientôt, sinon c'est moi qui y passe. Il va falloir appeler le docteur Roussel. » Elle se tait et se penche vers le lit en haletant de douleur. Quand la contraction est passée, elle ne se redresse pas : « Tu dirais quoi depuis l'autre ? Une minute ou deux ? Florent ?

— Je dirais trente secondes ! Je vais appeler le docteur. »

Il est quatre heures et demie et le médecin est déjà en train d'accoucher quelqu'un. On envoie une sage-femme en attendant. Florent est complètement paniqué et il fait un compte rendu nerveux à Ada qui a l'air d'une coureuse de fond épuisée.

« Aide-moi à marcher, Florent, c'est moins dur si je bouge. »

Ils font des aller-retour à petits pas, en s'arrêtant à chaque contraction qui plie Adélaïde.

Ce n'est qu'à l'arrivée de la sage-femme que Florent, expulsé de la chambre, pense appeler Nic. La secrétaire lui apprend que Nic, en rendez-vous à l'extérieur, ne l'a pas informée s'il repassera au bureau avant de rentrer.

« Écoutez, sa femme accouche, il faut le trouver, il faut qu'il vienne. C'est urgent. Très, très urgent. Trouvez-le ! »

Rien n'est plus efficace pour calmer Florent que cette femme qui se met à lui parler très fermement et calmement. Elle va trouver Nic et elle va rappeler pour dire combien de temps exactement il mettra avant d'y être. « Madame McNally n'est pas seule ? Vous avez appelé le médecin ? »

Florent répond qu'il a tout fait et qu'il attend des nouvelles de Nic. Il va vers la chambre, d'où sort un Lionel catastrophé qui en perd tout son français. Florent entend Ada crier quelque chose en anglais et, n'y tenant plus, il entre. La dame, d'assez forte constitution, se retourne alors qu'elle maintient Adélaïde dans le lit et elle ordonne à ce nouveau venu de sortir immédiatement. Même si c'est crié en anglais, Florent comprend et s'exécute. Il descend rappeler le bureau du docteur Roussel et on lui annonce qu'on a envoyé quelqu'un en attendant le médecin.

« Oui, mais elle parle seulement anglais ! »

Une fois établi que l'accouchée comprend cette langue, la personne raccroche en promettant que le docteur sera là dans une heure. La secrétaire de Nic rappelle et se désole : « Il était parti quand j'ai appelé et je ne sais pas où il ira : chez lui ou ici. Vous m'appelez s'il arrive et je fais la même chose. »

À cinq heures trente, Florent se dit que, si Ada ne meurt pas, lui, il va y rester. Il marche sans arrêt sur le palier devant la porte de la chambre où maintenant Adélaïde crie soit de douleur soit pour dire à cette femme de se taire. Il entend le ton impérieux de la sage-femme répéter : « *Lay down. Keep quiet. Would you please...* »

Florent s'approche de la porte, tenté d'intervenir, de demander à Ada s'il peut faire quelque chose pour la soulager, mais il n'ose pas. Chaque cri lui est intolérable et le met dans un état d'affolement difficile à contrôler. Il est presque six heures quand le téléphone sonne enfin. La secrétaire a l'air aussi paniquée que lui et elle explique en vrac que Nic est reparti, qu'il arrive, qu'il a été retardé par une course qui n'était pas à l'agenda et qu'il était très énervé. Comment va-t-elle ? Florent entend l'écho sonore des opérations et répond que, vraiment, il est très inquiet.

Il est largement passé six heures quand Nic surgit et se précipite vers la chambre. Dès qu'il ouvre la porte, il sent un vent de panique le souffleter. En un coup d'œil, il saisit le tableau. Adélaïde, hagarde, les cheveux collés de sueur, se débat pour se redresser alors qu'une femme forte la tient aux épaules pour la coucher en hurlant : « *Stop it!* » Il règne une chaleur épouvantable dans la chambre, et il entend soudain le cri rauque d'Adélaïde : « Maman ! Je veux maman ! Maman… »

Il écarte la femme, laisse Adélaïde s'agripper à ses avant-bras en se soulevant, grimaçante de douleur, la voix traversée de sanglots qui répète : « Je ne peux pas ! Je ne peux pas ! Nic, je ne peux pas, dis-lui, fais arrêter ça. Je ne peux plus. »

Un bras robuste écarte Nic et l'expédie loin du lit. La femme est hors d'elle et lui intime l'ordre de quitter cette chambre au plus vite, que ce n'est pas sa place et que « *she* » — en désignant Adélaïde — est la plus entêtée et la plus difficile des parturientes qu'elle a accouchées de sa vie. Pendant ce très court *speech,* Nic voit qu'Adélaïde s'est soulevée sur les coudes et qu'ainsi hissée elle halète avec difficulté mais semble mieux tenir le coup. La femme aussi l'a vue et elle l'interpelle sèchement : « *Lay down !* » avant d'aller l'étendre de force dans le lit. Adélaïde recommence à appeler sa mère, et Nic se fait montrer la porte par la walkyrie qui essaie de dominer ce cirque.

Nic s'approche du lit, murmure un « je reviens tout de suite » à Adélaïde et s'enfuit en voyant encore la furie lui indiquer la porte de façon impérative.

Florent et Lionel l'attendent et ils n'ont besoin de rien dire pour communiquer leur inquiétude. Nic retire sa veste, sa cravate, tout en parlant. « Le médecin ? »

Florent donne le peu d'informations qu'il a obtenues.

« Depuis quand ça a commencé ?

— Quatre heures du matin, elle dit que c'est dur depuis midi. »

Les yeux de Nic sont si furieux que Florent ajoute : « Je t'avais dit qu'elle ferait ça ! »

Nic s'assoit par terre et délace ses chaussures : « Va appeler pour le médecin. Essaie de savoir *où* il accouche l'autre femme et pars avec Lionel l'attendre devant la porte. Ramenez-moi-le au plus sacrant ! » Il répète ses instructions en anglais à Lionel pendant que Florent se précipite.

Il est six heures quarante quand il rentre dans la chambre, prend la sage-femme par le bras et l'écarte du lit. Dès qu'elle se fâche et commence à vociférer contre lui, enterrant les cris puissants d'Adélaïde, Nic lui dit quelques phrases bien senties dans un langage qu'il pensait ne jamais employer avec une dame. Il se penche vers Ada qui lutte pour se soulever, le visage en larmes, creusé de fatigue : « Je vais vomir, Nic, je vais mourir. Je ne peux pas. Maman, je veux maman. »

Nic demande sèchement à la dame de lui passer la corbeille et la tend à Adélaïde, secouée de spasmes violents. Il la tient solidement et légèrement soulevée. Adélaïde écarte la corbeille : « Non, c'est pas ça… je vais juste… mourir. »

Le petit sourire crispé qu'elle esquisse permet à Nic de reprendre courage : « Tu veux te soulever, c'est ça ? Tu serais mieux soulevée ? »

Mais la contraction arrive et Adélaïde s'accroche aux draps qu'elle agrippe pour effectivement se soulever. Nic monte dans le lit, se glisse derrière elle et s'assoit contre la tête du lit en installant Adélaïde entre ses deux jambes, le dos appuyé sur son torse, et il place les mains d'Adélaïde sur ses genoux relevés. Il appuie sa tête contre lui et masse ses tempes en parlant doucement : « Repose-toi, c'est passé. Je suis là, maintenant, tu vas le faire, Adélaïde. Tu vas y arriver. Appuie-toi sur moi, tu es mieux, comme ça ? »

Adélaïde fait oui en essayant de reprendre son souffle avant d'être reprise par la douleur. Dès que la contraction recommence, elle tire sur les genoux de Nic qui, de son côté, résiste à sa traction. La sage-femme, complètement dégoûtée, demande à Nic si elle doit partir. Il lui dit de rester et de l'aider, il essaie de savoir où en est le bébé, quand il doit arriver. La femme finit par soulever discrètement la jaquette en jetant un « *soon* » laconique avant de rabattre pudiquement le vêtement. Tout en elle n'est que désapprobation. Nic essaie de parler gentiment, mais dès qu'elle lui répète qu'il devrait sortir et la laisser étendre l'accouchée sur le dos, que ça ne se fait pas comme ça, il se fâche et donne ses ordres sans ménagement, conservant sa patience pour Adélaïde.

Nic, malgré ses phrases rassurantes, n'est pas loin de croire qu'Adélaïde va effectivement mourir quand, au bout d'une autre heure interminable, elle se tord de douleur dans ses bras et semble si épuisée qu'elle n'arrive même plus à crier. Il sent le corps anéanti perdre son tonus et devenir presque flasque. Il se demande quelle charge de douleur un corps peut supporter avant de perdre conscience. La sage-femme est demeurée au pied du lit et semble inquiète elle aussi. Nic la regarde interrogativement, elle se penche alors qu'Adélaïde souffle : « Dis-lui d'aller le chercher ! De tirer. »

Au moment où la sage-femme dit « *Now !* » et que la contraction reprend son assaut, le médecin fait enfin son entrée et, posant sa mallette, il écarte la dame et parle très calmement, comme si la position de Nic était courante. « Juste à temps, il arrive, on voit sa tête. Doucement. Vous poussez quand je le dis, pas avant. Ne poussez pas, attendez. »

Nic voit les yeux du médecin se fixer sur lui. Il lui dit de soutenir sa femme en glissant les mains sous les cuisses d'Adélaïde et en tirant doucement pour l'aider à pousser. Il rassure Adélaïde, lui jure que ça y est, que c'est la dernière contraction, qu'elle doit pousser de toutes ses forces, qu'elle a fait ça magnifiquement. Nic n'en croit pas un mot, mais il soutient et répète que c'est fini, que c'est la dernière fois, le dernier effort. Il est le premier surpris d'entendre le cri perçant du bébé. Il ne voyait aucune fin possible à ce supplice, et il est suffoqué d'émotion quand il voit la petite chose gluante et hurlante tendue vers le ventre d'Adélaïde : « C'est une fille ! La troisième de la journée », annonce le médecin.

Nic ne peut pas voir le visage d'Adélaïde et il se demande si elle est encore consciente quand il aperçoit ses longues mains se poser sur sa fille. Peut-être est-ce la chaleur de ces mains, peut-être est-ce la voix si tendre qui chuchote : « Mon bébé… ma petite fille », mais l'enfant cesse de pleurer et fait une drôle de grimace de succion.

Quand Adélaïde dégage la main de Nic, toujours à son poste sous sa cuisse, et qu'elle la pose avec la sienne sur les petites fesses mouillées du bébé : « On l'a fait, Nic. On l'a fait », c'est lui qui se met à pleurer sans pouvoir s'arrêter.

* * *

Florent est dans un tel état que Nic se dit que ses courbatures ne sont rien à côté de son visage dévasté d'angoisse.

Adélaïde et le bébé dorment depuis longtemps quand ils se racontent les péripéties de la journée et que Florent ose enfin dire ce qu'il pensait de cette affreuse Anglaise qui brutalisait Ada.

« En tout cas, Florent, je ne te remercierai jamais assez de m'avoir forcé à m'instruire sur la maternité et l'accouchement. »

Florent constate que, pour sa part, cela ne lui a été d'aucun secours, que la panique l'a pris dès que le moment est survenu. « Les heures les plus longues de ma vie ! » répète-t-il.

Exceptionnellement, la radio n'est pas allumée, et ils restent tous les deux au jardin, dans la clémence exceptionnelle de cette nuit de septembre, à siroter du cognac. Florent se rend compte qu'il n'a pas surjeté un seul morceau et que, pour la première fois de sa vie, il sera en retard pour un travail promis. Comme il n'est habitué ni à ces émotions ni au cognac, il doute fortement de son efficacité à l'aiguille pendant la nuit.

Nic, étendu dans le transatlantique, son verre à la main, la tête renversée vers le ciel étoilé, déclare que les deux nouveaux pères ont droit au repos.

« *Time out,* Florent ! Pas de guerre, pas de morts, pas de blessés, pas de misère, pas de malheur. On a une petite fille et l'automne ressemble à l'été.

— On ? »

Nic rigole doucement en fixant les étoiles. Florent observe son profil dans la clarté blafarde de la lune et répète sa question : « On ?

— La première petite fille qui a trois pères ! La première de beaucoup de premières. Tu as vu comme elle est belle et tranquille ?

— Oui, c'est vrai.

— Tu ne penses pas que tu vas l'aimer comme ta fille ?

— Mais ce n'est pas ma fille.

— Aucune importance ! Tu verras quand tu auras tes enfants. »

Florent se tait, à la fois mal à l'aise et hypnotisé par le profil de Nic. Quand il se lève pour remplir son verre et celui de Florent, celui-ci refuse en disant qu'il est un peu soûl et pas tellement habitué au cognac.

« Pas tellement habitué à rien de ce qu'on a vécu aujourd'hui, tu veux dire. »

Nic se rassoit et observe Florent : « Tu penses qu'on devrait appeler Edward ?

— À cette heure-là ?

— Quoi ? Il est onze heures et demie. On est toujours décent avant minuit.

— Je ne pense pas qu'Ada aimerait qu'on le fasse.

— Je sais. Mais je voudrais tellement que tout le monde soit aussi heureux que moi, ce soir. »

Florent ramasse les couverts sur la table, empile le tout dans un équilibre approximatif : « Je pense que les deux pères de la petite fille qui dort avec Ada sont très heureux, Nic. »

* * *

Les deux portes donnant sur la salle de bains sont ouvertes et Nic va se pencher sur le berceau où le souffle léger est constant et sans faille.

« Elle est très fatiguée, tu sais. Ça a été une grosse journée pour elle aussi. »

Nic s'approche d'Adélaïde : « Pas toi ? Tu ne dors pas ? Je t'ai réveillée ? »

Adélaïde se hisse sur ses oreillers en grimaçant : « Je sais que ce n'est pas normal, mais je meurs de faim, Nic ! Je n'ai rien mangé de la journée, moi ! »

Nic revient avec un plateau regorgeant de provisions suffisantes pour une meute d'affamés : « Je ne sais pas ce que tu dois manger ou non, avec le bébé... »

Adélaïde goûte à tout, se réjouit de tout. Nic la regarde pique-niquer dans la lumière tamisée de la veilleuse. Il indique le berceau du menton : « Elle n'a pas faim, elle ?

— Demain. Aujourd'hui, elle vit et demain, elle mange. Florent ?

— Il se remet tranquillement, mais tu l'as empêché de coudre aujourd'hui.

— Ah oui ? Il faut que je l'aie vraiment secoué ! Toi ? »

Nic retire le plateau pour s'asseoir tout près d'elle. Il pose un baiser léger sur son front : « T'as remarqué ? Elle est parfaitement constituée. Rien ne manque.

— Tu es sûr ? Va la chercher ! »

Nic dépose le petit paquet bien emmailloté sur les genoux de sa mère. Délicatement, sans la réveiller, ils la déshabillent et s'émerveillent en silence de chaque petit pli, de chaque doigt, de chaque orteil, et quand, dans un geste d'impatience caractéristique, le bébé lève son poing serré vers sa bouche en la ratant de peu et se met à téter dans le vide, le poing rendu près de l'oreille, ils étouffent leur rire.

En se couchant ce soir-là, Nic se demande pourquoi il n'a pas osé dire à Adélaïde qu'il était heureux. De même qu'il n'ose pas dire « notre » fille, il attend un signe pour parler de ce qui, depuis cette nuit affolante où elle est devenue sa femme, le trouble, le ravit et l'inquiète.

* * *

C'est une Germaine déterminée qui se charge d'annoncer la bonne nouvelle à Edward. Celui-ci, comme s'il avait été prévenu par quelque voix, ne semble ni ému ni intéressé. Il finit sa soupe en parlant de la mère de Jules-Albert Thivierge qui vient de mourir. Germaine sert le reste du souper et regrette de s'être donné tant de mal. Elle songe à faire comme si elle n'avait pas de dessert en écoutant son beau-frère épiloguer sur les coups durs qui ont miné la santé de la pauvre femme.

« Avec le départ de Jules-Albert pour l'Angleterre...

— Qu'est-ce qu'il avait affaire à aller s'engager outre-mer, aussi ? Ici, ce n'était pas suffisant ? »

Mais en entendant Edward se mettre en frais d'expliquer les tenants et les aboutissants de l'engagement militaire outre-mer, Germaine explose et lui coupe le sifflet en déclarant : « Je vais lui suggérer de l'appeler Gabrielle. »

Edward s'étouffe du coup. Imperturbable, Germaine attend qu'il se dépâme et se contente de répéter sa phrase quand il demande de quoi elle parlait.

Il se tait et quitte la table sans rien dire. Il va dans le salon et marche de long en large. Germaine se dit qu'il est furieux et qu'il va casser ses bibelots dans la minute si elle ne trouve pas quelque chose à ajouter, ce qui la fait paniquer et la rend muette.

Edward se tourne vers elle et, après un long moment, il finit par lui dire sur un ton apparemment très calme : « Tu vas m'expliquer quelque chose, Germaine. Toute ma vie, je t'ai connue plutôt conventionnelle, assez à cheval sur les principes et passablement fatigante avec Gabrielle sur ce que les gens diraient. Souvent, j'ai dû te ramener à l'ordre, te demander de ne pas intervenir dans nos décisions à Gabrielle et à moi. Adélaïde a fait une chose qu'en tout temps l'Église et la société ont réprouvée. Tout le monde s'entend pour la condamner, pour trouver sa position indigne et indéfendable. Et toi, ça y est, tu prends sa défense, tu l'accueilles chez toi, tu braves l'opinion des autres qui t'importe tant, tu contredis ta nièce préférée. Tut ! Tut ! je sais parfaitement bien que Béatrice et Guillaume sont tes préférés. Tout ça pour une action qui n'a rien de glorieux et qui n'indique pas une belle âme. Pourquoi ? Pourquoi tu prends pour elle ? Par esprit de contradiction ? Parce que tu te sens investie d'une mission à la place de Gabrielle ? Tu peux me dire pourquoi ?

— Parce que j'ai fait pareil, Edward. »

Il y a de toute évidence quelque chose qu'Edward ne saisit pas. Il penche la tête et fronce les sourcils, essayant de rendre sensé ce que Germaine a dit, mais au bout d'un moment, il répète : « Pareil ? »

Germaine le trouve assez comique dans son incrédulité : « Mon Dieu, Edward, reviens-en ! Est-ce si incroyable que c'te pauvre Germaine ait connu des choses impensables à nommer en sa présence de vieille fille ? T'as bien entendu : j'ai fait ce que ta fille a fait en le payant moins cher qu'elle et je remercie le Ciel, parce que mon père n'aurait pas été plus commode que toi et que j'aurais été moins décidée que ta fille.

— Attends, attends ! Du vivant de Monsieur Bégin ? Tu as... quand il habitait ici ?

— Edward ! Descends de ton cheval ! Je te parle de mon promis parti à la guerre. La Grande Guerre.

— Oh ! Tu veux dire lui ?

— Qui d'autre, je te le demande ? Et ne va pas croire que je l'ai fait pour son plaisir à lui, à cause qu'il partait et que j'ai eu pitié. Pas du tout. J'ai perdu la tête, comme tout le monde. Ce n'était pas de la charité, c'était un péché. Péché mortel, à part de ça. Gabrielle a toujours pensé qu'elle avait inventé la passion le jour où elle t'a rencontré. Je ne peux pas jurer que ça aurait été le mariage du siècle, mais on s'adonnait bien. Et j'avais vingt-deux ans, Edward, j'étais supposée être raisonnable et veiller à ma réputation. Eh bien, je l'ai jouée un soir d'août, avant qu'il parte pour ne plus jamais revenir. Et j'ai été assez sotte pour penser que ma virginité perdue m'empêcherait de me marier à jamais. Là, j'ai été naïve pis c'est vrai.

— Mais... dans ce temps-là... où ?

— Où, tu penses ? À la même place que toi et Gabrielle ! À la crique aux Ours qui n'a jamais vu d'ours mais pas mal d'amoureux. »

Edward n'en revient pas. Germaine ! Germaine en train de s'épivarder avec son soldat dans la crique aux Ours. Germaine la scrupuleuse, détroussée en pleine campagne ! Gabrielle rirait bien d'apprendre ça. « Gabrielle le savait ?

— Tu l'aurais su si ça avait été le cas. Vous vous disiez tout ! Pensestu que je ne le sais pas ? Un peu de chicorée, Edward ? »

Pendant que Germaine fricote à la cuisine, Edward prend le petit cadre ancien sur la table qui regorge de souvenirs. Un soldat au visage rendu sépia, les yeux sombres, la moustache avenante, la lèvre luisante...

« Peux-tu croire, Edward, que sans la photo, je ne pourrais pas me rappeler son visage ? Je ne me souviens que d'une chose, la façon qu'il avait de prononcer mon prénom. Il disait "Jarmaine" et ça me choquait, je trouvais ça atrocement commun. Tu vois comme c'est bête ? C'est un reproche dont je me souviens. »

Elle fixe le portrait du soldat : « Philippe-Éphrème... Il pouvait bien dire Jarmaine ! » Elle replace la photo parmi toutes les autres qui témoignent de sa vie : « Je ne pouvais pas dire à Adélaïde que dans presque trente ans, elle aurait oublié les traits du visage de son soldat s'il ne revient pas. Comme je ne pouvais pas te dire, il y a trois mois, que la vie passe et qu'elle prend sur elle le poids de nos peines. Je ne veux pas dire que Gabrielle sera oubliée comme Philippe-Éphrème, mais la douleur va s'affadir et il va rester les choses belles, les choses de la vie vécue ensemble, les choses inscrites en nous par le temps passé ensemble. Vois-tu, Edward, j'ai passé tant d'années en ta compagnie dans ma vie que tu fais partie de mes souvenirs pour toujours et j'aurais plus de misère à t'oublier que j'en ai eu à oublier mon soldat. Quand on vieillit, on comprend que les choses qui restent ne sont pas toujours celles qui sont dignes de mention dans un almanach. Je me souviens d'une soirée d'orage à l'Île où on a joué au cinq cents ensemble et où on a ri comme des fous, je ne me souviens même plus pourquoi.

— Les boutons de la soutane...

— Oh! mon Dieu! La soutane du curé déboutonnée au bon endroit! Tu t'en souviens?

— C'était en 1924, Gabrielle attendait Béatrice.

— Six ans que Philippe-Éphrème était mort, et je riais comme une folle.

— Après, tu as été moins boute-en-train.

— J'ai trouvé ça dur de rester fille, Edward. Il y a eu la mort de papa, et après j'ai compris que mon tour était passé. Ça m'a pris du temps à m'accommoder de mon état.

— Un peu comme Paulette.

— Elle a quoi? Quarante ans?

— Un peu moins, elle a cinq ans de moins que Gabrielle. Elle va avoir trente-six ans en novembre.

— Tu la vois beaucoup...

— Je l'ai vue cet été, quand les enfants étaient partis. Elle a repris le Centre, je m'occupe un peu mieux des petits, alors on ne se voit pas beaucoup. Ça ne t'agaçait pas? Tu ne peux quand même pas penser...

— Est-ce que vous parliez d'Adélaïde? Je veux dire... Comme Nic l'a épousée et connaissant les sentiments de Paulette...

— Mon idée sur Adélaïde, je me la suis faite moi-même, Germaine. Je n'ai eu besoin de personne pour m'aider.

— Je ne peux pas croire que tu vas te priver de la joie de voir cette enfant. Edward, la petite fille d'Adélaïde. Je ne comprends pas, ta plus grande, ta préférée que tu endormais dans tes bras, que tu ne lâchais jamais. »

Edward pose sa tasse : « Justement. Béatrice peut faire des erreurs et me décevoir, mais pas elle. Pas elle. Pas Adélaïde. »

Sa mission ayant échoué, une fois sa vaisselle faite, la table du petit déjeuner bien mise, comme s'il y avait une urgence à prévoir pour le lendemain matin, Germaine se couche en se demandant ce qu'il va bien falloir faire pour assouplir Edward.

« Comme s'il n'avait rien à se reprocher, lui ! Quand je pense que la sœur de Nic a failli l'attraper ! »

* * *

Étendue sur son lit, Adélaïde observe sa fille qui, les coudes collés au corps, agite ses petites jambes aux genoux proéminents. Elle glisse un bras dans la manche de la jaquette, puis l'autre et, comme une vieille habitude revenue de son enfance, elle renverse le bébé et attache les cordons dans son dos en un tournemain. En replaçant sa fille sur le dos, elle tire les pans de la jaquette blanche qui recouvre les pieds.

Passer les « petites pattes » de tricot qui vont garder les pieds au chaud représente toute une aventure. La laine laisse toujours des petites mousses entre les orteils du bébé, et le jeu préféré de sa fille semble être de gigoter et de frotter ses pieds jusqu'à ce que les chaussons tombent.

Adélaïde prend les pieds et les pose sur sa bouche. Ils sont si petits que les deux ensemble peuvent recevoir des baisers. Du coup, le bébé cesse de bouger et a l'air d'écouter une voix intérieure, le menton levé, les yeux à l'affût : « Quoi ? T'es pas chatouilleuse ? Ça te rappelle quelque chose ? »

Adélaïde parle en tenant toujours les petits pieds contre sa bouche, ce que la petite fille semble apprécier. Ses yeux sont bleu profond, comme ceux de tous les bébés naissants. Elle a un petit nez, plutôt écrapouti, et sa bouche sera exactement celle de Gabrielle. Les sourcils sont déjà ceux d'Adélaïde, dessinés, arqués et décidés. Elle a une petite plaque rose sur la joue droite, comme si l'air l'avait brûlée. Elle s'étire comiquement et pousse ses pieds contre le menton de sa mère qui rit : « Tu t'en fous qu'on te regarde ! Tu vas me dormir en pleine face maintenant ? »

Adélaïde s'incline et effleure des lèvres la joue rosie : « Comment tu t'appelles, petite douceur ? As-tu un nom ? »

Le problème commence à devenir crucial, Adélaïde n'arrive pas à se décider. Nic et Florent ont fourni chacun une liste de prénoms qui n'ont fait qu'empirer l'indécision d'Adélaïde. Elle voudrait trouver un prénom qui permette de ne jamais oublier Theodore, mais, depuis sa rencontre avec Aaron, elle a une dent contre tout ce qui est juif. Theodore est pourtant indubitablement juif et, s'il ne peut l'aider aujourd'hui, c'est en partie parce qu'il est allé combattre pour défendre son peuple. Alors ? se demande Adélaïde, un prénom juif qui la fera frémir de rage en pensant à la cruauté du grand-père ou un prénom catholique qui sera tout autant le rappel des lois intolérantes de l'Église incarnées par Edward ?

Elle scrute le visage de sa fille qui s'endort tranquillement, les deux poings de chaque côté de la tête, comme sur les images.

« Tu es qui ? Espèce de bébé sage… On dirait qu'il n'y a pas de tempête en toi, pas de rage… Tu ne me ressembles pas du tout ? Du tout, du tout ? »

Le bébé frissonne et ouvre les yeux brusquement, une lippe retrousse la lèvre inférieure et elle fixe Adélaïde, les yeux attristés du choc du réveil. Adélaïde la prend dans ses bras et la cale contre son cou : « Ma puce ! Voyons… Fais pas cette face-là, ça va s'arranger. Mon petit paquet d'amour, viens avec moi, on va te rendormir de la bonne manière. »

Avec un effort rendu plus grand par le bébé qu'elle ne veut pas déranger, elle se lève et marche avec sa fille qui, du coup, referme benoîtement les yeux. Adélaïde continue son manège en tapotant le dos de sa fille : « S'il y avait un prénom qui signifie "prendre une marche", je te le donnerais. Aimerais-tu ça ? *Prendre-une-marche McNally*… trop long ! »

En entendant du bruit, elle se retourne, certaine que Lionel arrive avec une de ses nombreuses gâteries. Depuis l'accouchement, Lionel ne s'occupe plus que d'Adélaïde et du bébé. Elle ne sait pas ce qu'elle aurait fait sans lui. Il multiplie les attentions, les couve du regard, va au moins dix fois l'heure jeter un œil sur le bébé endormi, s'inquiète de savoir Adélaïde suffisamment couverte, nourrie, entourée, une mère ! Lionel est devenu un *butler* lamentable pour Nic et une mère couveuse pour Adélaïde.

« Isabelle ! Déjà ?

— Quoi ? Tu pensais que je te laisserais toute seule pour t'occuper de tout ? »

Isabelle entre, son petit chapeau encore sur la tête, occupée à retirer ses gants. Elle tend les bras et serre du même coup la mère et l'enfant. Adélaïde est si étonnée, si surprise qu'elle se met à pleurer bêtement, ce qui rassure beaucoup Isabelle, qui prétend que c'est une réaction enfin normale de fraîche relevée de ses couches. « Maintenant, montre-moi cette petite merveille. »

Elle prend le bébé et l'observe attentivement. Après un temps, elle se met à pleurer elle aussi, en s'excusant et en prétendant que, de sa part à elle, ce n'est pas normal. Nic, qui a assisté à tout le branle-bas, murmure : « Je vois que ça vous fait vraiment plaisir de vous retrouver. Donne-moi cette jeune fille, Isabelle, et prends ça. »

Il lui tend son mouchoir et garde sa fille dans le creux de son bras. Il est si grand, si costaud qu'on dirait que le bébé est encore plus minuscule contre lui.

Elles se mouchent toutes les deux et se regardent, piteuses. Isabelle prend sa cousine dans ses bras : « Je suis tellement contente et fière de toi, Adélaïde.

— Comment t'as fait ton compte ? Je t'attendais dans trois jours ! »

Nic va déposer sa fille endormie dans le berceau : « Bon ! Je peux vous laisser ? Vous allez trouver autre chose à faire que pleurer ? »

Elles ont tant de choses à se dire, tant de temps à rattraper depuis l'Île, que l'après-midi passe en un éclair. Elles ne s'arrêtent que pour s'occuper du bébé, d'ailleurs fort peu exigeant. Isabelle est là pour quatre jours. Elle s'extasie devant la maison, devant l'opulence dans laquelle vivent Adélaïde et Florent : « Je ne me rendais pas compte que Nic est si riche. Tu sais que c'est lui qui a organisé le voyage, la surprise, tout.

— C'est ta mère qui garde les petits ?

— Penses-tu ! Ma mère vaut rien avec les enfants. Ils l'agacent et elle les énerve. C'est une nuisance plus qu'autre chose. Non, c'est Reine, bien sûr. »

Isabelle en profite pour donner les dernières nouvelles de la famille. Comment, au retour de l'Île, Béatrice a trouvé un emploi à la radio pour lire les annonces et comment Reine a fini par s'occuper de plus en plus de Pierre. Les stations de radio ont commencé à embaucher des femmes à cause du manque de voix mâles dû à la guerre et, après une audition, Béatrice s'est fait offrir un travail de soir. Elle avait pensé laisser Pierre à Germaine, mais celle-ci a repris Guillaume avec le retour de l'année scolaire, et préparer les repas d'un bébé et de Guillaume, changer des couches et surveiller des devoirs, ça aurait fait beaucoup. Béatrice s'est donc tournée vers Reine, qui s'est prise d'une véritable affection pour Pierre et qui, entre le Centre et ses travaux à la Croix-Rouge, trouvait le tour d'aller le voir souvent. Isabelle explique que Reine passe toutes ses soirées chez Béatrice à prendre soin de Pierre, à faire le lavage des couches que Béatrice néglige parce qu'elle déteste l'odeur, à préparer des purées pour le jour. « Mais enfin ! Béatrice n'a pas engagé une bonne ? Pourquoi Reine ferait-elle ça ?

— Ma pauvre Ada, trouver une bonne de nos jours, c'est impossible. Tu sais combien les femmes peuvent gagner dans les usines de guerre ? C'est quatre fois ce qu'on peut offrir, et tu n'as pas besoin d'instruction pour faire des bombes. Ça demande de l'attention et de la patience, pas du savoir. Alors, les bonnes sont rendues introuvables. Nic me disait en chercher une…

— Nic refuse de comprendre que je ne veux pas d'une bonne qui va vouloir élever ma fille à ma place ! Ma mère nous a élevés toute seule, je vais faire pareil. Mimi ne nous a jamais élevés. Lionel fait beaucoup, et je n'ai besoin de rien d'autre. Tu me vois avec une gouvernante anglaise qui veut faire la loi avec ma fille ?

— Tu vois si c'est fou : Béatrice en rêverait ! Surtout anglaise. Elle a eu sa *job* à cause de son bel accent anglais.

— Les idées de grandeur de Béatrice, vraiment ! Comment Jean-René prend ça que sa femme déserte le foyer conjugal ?

— Il a ses habitudes chez maman. Sous prétexte d'aller écouter les informations à la radio, il part du bureau et se rend chez maman qui le garde à souper. Je pense que ça fait l'affaire de tout le monde.

— De toute façon, ça a toujours été le candidat de tante Georgina et d'oncle Hubert. Mais Reine, elle… »

Un silence lourd s'installe, et chacune pense au prix à payer pour un mauvais mariage. Adélaïde se dit que, vraiment, sa sœur ne pouvait trouver mieux que Reine pour le petit Pierre : « Des nouvelles de Léopold ? »

Isabelle hoche la tête et semble soudain bien tracassée. Adélaïde insiste pour savoir ce qu'elle cache et sa cousine a beaucoup de réticences à « bavasser contre Béatrice », comme elle le dit. Mais Reine ne rentre chez elle qu'un soir sur deux parce que Béatrice se donne beaucoup de mal pour entretenir de bonnes relations avec ses collègues de travail afin de se garantir un certain avancement professionnel.

« Je ne te dis pas qu'elle agit mal ou qu'elle pense à mal. Mais elle se distrait beaucoup. Pierre n'a pas le bénéfice d'une mère qui peut lui donner toute son attention. C'est sûr que, le matin, Béatrice dort et que, l'après-midi, elle doit se préparer, lire les textes à voix haute, répéter et se pomponner. Quand je peux, je vais chercher Pierre pour l'emmener sur les Plaines avec mes enfants. C'est pas plus de trouble. Vois-tu, depuis que Béatrice s'est accoutumée à être libre, elle prend mal d'être contrariée.

Ces quatre jours, ça dérange ses habitudes. Elle m'a fait une scène épouvantable quand elle a su que je partais pour Montréal. »

Adélaïde comprend surtout que sa sœur juge encore sa conduite condamnable et impardonnable. Isabelle la détrompe sans hésitation : c'est surtout la perspective de devoir se débrouiller seule avec Pierre pendant quatre jours qui frustrait Béatrice. La solution a été trouvée par Reine, qui a emmené Pierre chez Isabelle pendant ses jours de gardiennage.

« Pour être bien honnête, Adélaïde, c'est ce qui arrange tout le monde : Reine se trouve sans Jean-René, qu'elle supporte mais qui l'agace prodigieusement, Béatrice sera seule pendant tous ces jours et libre de faire à son idée, et Pierre aura une vraie vie de famille, comme à l'Île. Et moi, je pourrai profiter de mes vacances avec toi sans m'en faire continuellement pour mes enfants.

— Isabelle, tu penses que Béatrice se conduit… de façon discutable avec ses collègues ? Tu penses que Léopold aurait lieu de s'inquiéter ?

— Je ne sais pas. Vraiment. Tu sais comme elle est sensible aux flatteries, à la réussite. Elle a du succès, Adélaïde, elle revit, je ne te mens pas. Les gens la complimentent sur sa voix, ses intonations. Elle est plutôt bonne, je te jure. Elle est encore tellement jeune et elle a été si éprouvée que je n'ose pas parler de mauvaise conduite.

— Mais elle est quand même effrontée de venir me faire la leçon !

— Tu sais combien ta sœur a toujours adoré pouvoir te renoter quelque chose. Vous aviez six et cinq ans, et c'était déjà comme ça. As-tu déjà pensé à ce que dirait Béatrice en voyant cette maison ? Les tapis, les lampes, le piano dans le salon ? »

Adélaïde songe en effet à la jalousie de sa sœur et aux reproches qu'elle était toujours vive à formuler. Edward avait bien essayé de lui inculquer un peu de respect pour les bienfaits accordés à autrui, mais Béatrice concluait toujours par « pourquoi pas moi ? ».

« Isabelle, c'est à Nic, pas à moi. Béatrice ne peut pas m'envier ce qui n'est pas à moi.

— Mais tu es sa femme ! C'est à toi et tu le sais. Pour Béatrice, ça ne fait aucune différence. La bague de Gabrielle que tu portes, elle commence à arrêter d'en parler à chaque fois que je la vois. La crise qu'elle a faite quand elle a su que c'est toi qui l'avais eue ! Je ne peux pas te dire. Germaine m'a dit que ce jour-là, Edward avait claqué la porte en répondant à Béatrice qu'elle se comportait comme les vendeurs du Temple et qu'elle salissait la mémoire de sa mère. Tu sais quoi ? Il a dit mot pour mot : la bague est à sa place au doigt d'Adélaïde. Jamais Gabrielle n'aurait voulu que ce soit autrement. Jamais. Et quoi qu'ait fait Adélaïde, cette bague lui appartient.

— Il a dit ça ? Papa ? »

Isabelle hoche la tête en essayant de voir s'il faut en dire plus : « Germaine lui a dit pour ta fille. On espérait beaucoup qu'il cède et vienne au baptême.

— Non. N'essayez même pas. Je ne veux pas le voir. »

Isabelle soupire : ce n'est pas aujourd'hui qu'ils assisteront à cette réconciliation. Nic lui a bien dit qu'Adélaïde avait décidé de bannir son père, au même titre que celui-ci la bannissait, pour cause d'intolérance. Mais elle ne comprend pas qu'on lutte autant contre ses propres sentiments. Le « papa ? » que sa cousine a prononcé n'était qu'un cri d'affection. Alors, pourquoi agir comme si cette affection n'existait pas ? Elle sait bien que sa cousine n'est pas aussi dure qu'elle veut le paraître et qu'Edward n'aurait qu'un geste à faire. Elle sait aussi que son oncle est certainement aussi entêté qu'il en a l'air et que sa tante Gabrielle a arrondi bien des coins dans sa vie. Elle se dit que sa tante qui lui manque tant doit atrocement faire défaut à sa cousine dans un moment comme celui-ci : « Je t'avais promis d'être là à l'accouchement. Si tu savais comme ça m'attriste de t'avoir laissée seule...

— Je n'étais pas seule. Et tu l'as promis alors que Maurice était là. La guerre change beaucoup de choses... »

Cette fois, c'est Theodore qui occupe le silence

« Toujours rien ? »

Adélaïde hoche la tête.

Isabelle a beau faire, elle n'arrive pas à s'imaginer ce que peut représenter un accouchement dans de telles conditions : aimer un homme disparu, mettre son enfant au monde et le faire baptiser avec le nom d'un autre. Que l'autre soit Nic, qu'il soit aussi généreux et tendre, ne lui semble que compliquer davantage la situation. Elle soupire, accablée du sort fait à sa presque sœur.

« Des jours, Adélaïde, j'ai l'impression que cette guerre-là va tous nous changer à jamais. Que rien ne reviendra comme avant, que rien ne sera plus jamais sûr et certain, comme avant.

— C'est ça, aussi : rien ne sera plus jamais comme avant. Peut-être que c'est pire pour nous deux parce que maman est morte en même temps, parce que Theodore est parti et que tout le reste est arrivé, mais je n'en suis même pas sûre, Isabelle. Tout ce que je sais, c'est que quand le médecin a placé ma fille sur mon ventre, j'ai su que pas une guerre, pas un homme, pas un événement ne m'empêcherait de la protéger. J'ai su que je ne laisserais personne la menacer ou lui faire peur.

— Adélaïde… dis-moi au moins si tu es un peu heureuse. Tu n'es pas que triste ? »

Adélaïde ne sait pas quoi répondre. Elle ne sait pas si elle est heureuse ou apeurée de l'immense responsabilité qu'elle sent, elle ne sait plus si elle est fâchée ou triste de l'absence de Theodore, elle ne sait plus si son propre corps va se remettre du choc épouvantable de l'accouchement, elle ne peut même pas imaginer risquer d'avoir un autre enfant, sachant par où il faut passer. Depuis deux jours, elle ne se sent ni force ni courage, et c'est comme si elle vivait avec une étrangère au milieu d'elle-même. Quand sa fille boit, elle la regarde et elle se mettrait à pleurer de faiblesse. Ce n'est qu'au prix d'un immense effort qu'elle arrive à ne pas paniquer, à se convaincre qu'elle va y parvenir, qu'elle va trouver le tour de redevenir comme avant. Mais elle n'est pas certaine que l'accouchement n'ait pas eu sur elle l'effet de la guerre sur l'époque et que jamais plus elle ne retrouve son entrain d'hier.

Le soir est tombé depuis un moment. Le salon est plongé dans une quasi-obscurité. Dehors, la pluie tombe sans discontinuer et une des fenêtres du salon demeurée entrouverte permet au son d'emplir la pièce de mélancolie.

Isabelle prend la main d'Adélaïde sans reposer sa question. Tout ce qu'elle trouve à faire quand la jeune femme se met à pleurer, c'est de ressortir le grand mouchoir de Nic et de le lui prêter en se disant que, si la guerre continue, elle aura elle aussi à accoucher toute seule et à regarder l'avenir avec appréhension. Dans sept mois, elle aussi elle aura besoin que sa cousine vienne lui tenir la main.

Ce sont les pleurs du bébé qui les tirent du sofa. Isabelle s'élance, alors qu'Adélaïde ramasse ses forces pour se lever.

« Laisse ! Je te l'amène. »

Adélaïde la suit en prétextant que Florent devrait arriver sous peu et qu'elle ne tient pas à être surprise en train de nourrir sa fille.

Elle semble bien fâchée, sa fille, et le changement de couche ne la calme pas, au contraire. Adélaïde rit de son impatience et de sa précipitation à saisir le sein. « Ah ! T'es pas contente ! T'aimes pas qu'on te fasse attendre… Finalement, t'as décidé de me ressembler un peu ? »

Le bébé tète, l'œil rempli d'une candeur amoureuse et d'une tranquille confiance.

« Regarde-la, Isabelle, on ne dirait jamais qu'elle faisait tout ce bruit y a pas une minute. J'ai bien peur que l'impatience soit tout ce qu'elle a pris de moi.

— Tu regardes mal. Tu as un prénom ? »

Adélaïde hoche la tête en continuant de contempler sa fille.

« Theodore m'appelait sa *shiksa*, qui veut dire non-juive, Florent dit Ada, maman m'appelait Adéla quand j'étais petite… J'aimerais qu'elle n'ait qu'un prénom, un prénom court, mais qui soit vraiment elle. Tu sais, Theodore ne m'a jamais dit le prénom de sa fille. Je ne sais pas ce qu'il aurait aimé. Je ne sais pas non plus si c'est une bonne idée de penser à ça.

— C'est son père.

— Non, Isabelle. C'est une McNally, et ce sera Nic, son père. Je ne peux pas demander à Nic de dire Théodora tous les jours.

— Théodora ! Quelle horreur… ça fait vieux, ancien ! Tu ne feras pas ça ? Tu y penses ?

— Quand on s'appelle Adélaïde, tu sais, tout est à craindre.

— Jure-moi que tu ne feras pas ça. Même Theodore serait contre. Lui, au moins, on l'appelait Ted.

— Pas moi. Mais ne t'inquiète pas, j'ai dit court. Dora ? Dora McNally ? Non, ça sonne dur, on dirait un petit soldat… Comment tu t'appelles, ma puce ? Tu veux nous le dire ? »

Le bébé ouvre la bouche et ne produit qu'un vague « reh ! » qui clame davantage sa satisfaction repue que son identité.

Adélaïde éclate de rire, la renverse sur son épaule et tapote son dos : « Reh McNally, oui ! Ça c'est original ! »

* * *

Le souper est une vraie partie de plaisir. Florent ignorait lui aussi l'arrivée prématurée de la marraine. Comme il sera parrain, il demande à chacun de faire un effort pour trouver un prénom à cette jeune fille qui dort là-haut et il s'inquiète également de savoir si la marraine et lui auront une certaine harmonie vestimentaire. Isabelle s'étonne d'un souci aussi païen pour une cérémonie catholique, mais Florent insiste : il veut savoir quelles sont les couleurs, les matières, tous les détails de la toilette d'Isabelle.

Isabelle est obligée de montrer à Florent son ensemble gris en tweed, tout ce qu'il y a de plus pratique et conforme aux règles de l'étiquette et du rationnement. La veste est ajustée à la taille et l'encolure s'ouvre assez haut avec, comme seul ornement, un léger arrondi au lieu d'une pointe de col. Florent veut savoir quels seront les accessoires, les chaussures, à tel point qu'Isabelle s'impatiente : « Mais, Florent, c'est la guerre et je porte encore le deuil de ma tante Gabrielle. Tout le reste est noir, voyons ! »

Florent essaie de la calmer et explique que leur filleule sera royale à côté d'eux. Il va chercher une boîte et la pose devant une Adélaïde intriguée.

« Ouvre. »

La robe de baptême est effectivement digne d'une princesse ou d'une fée. La coupe est ultra simple, mais le tissu, lui, est d'un luxe et d'un raffinement inouïs. Entièrement travaillée à la main, la soie prend des nuances perlées et nacrées grâce aux fils entrelacés qui forment les broderies. Tout un camaïeu de teintes porcelaine qui vont du blanc opalin au beige crémeux. Nic reconnaît tout de suite la pièce unique rapportée un jour d'Italie et offerte à Florent, qui était encore au sanatorium à l'époque. Florent croise son regard, et Nic comprend qu'il ne désire pas que l'origine de l'étoffe soit révélée. Il sourit, convaincu que ce tissu ne pouvait devenir un plus beau vêtement que le premier vêtement de sa fille.

Adélaïde ne trouve pas de mots pour exprimer son admiration. La jupe est très longue et pendra sur les bras de la porteuse. Florent est absolument ravi de la surprise : « Je l'ai cousue en cachette à l'atelier. Vous auriez dû voir les autres ! Ils ne pouvaient pas croire qu'un tissu pareil existe. Et c'est léger, tu as vu, Ada ? Tu sais, j'aurais voulu faire ta robe de mariée là-dedans, mais ça n'a pas été possible. Il en reste assez pour tailler la robe de première communion. »

Adélaïde trouve Florent un peu pressé : « Elle a deux jours, Florent. Laisse-la être un bébé avant de prévoir sa première communion. Cette robe est une splendeur et une folie, tu le sais ? »

Florent est si heureux qu'il reste debout à côté de la robe, à se dandiner d'un pied sur l'autre. Il ne peut pas exprimer davantage sa joie qu'en serrant la main d'Adélaïde avec ferveur. Elle se lève, la robe serrée contre sa poitrine : « Nic, fais-le s'asseoir et essayez de l'occuper tous les deux. Je reviens. »

La conversation languit et tout le monde est silencieux quand Adélaïde revient, portant sa fille endormie vêtue de la longue robe qui luit contre le lainage sombre de son corsage. Elle s'arrête avant d'arriver à la table.

« Je vous présente Léa McNally… » et, plantant ses yeux dans ceux de Nic, elle continue : « … la fille de Nic et d'Adélaïde McNally. »

C'est Florent qui, à bout d'émotions, se met à pleurer à chaudes larmes.

* * *

Nic a beaucoup de mal à convaincre Alex de l'impossibilité de l'engager officiellement. Il lui propose un « *deal* d'hommes d'affaires » qui consiste à aller à l'école et à y étudier avec suffisamment de zèle pour pouvoir ensuite classer des dossiers et des papiers par ordre alphabétique. Nic promet un emploi dans un an ou six mois, selon la vitesse d'apprentissage du jeune homme.

Pas content, Alex lui demande c'est quoi, cet ordre qui a l'air si long à apprendre, et il n'aime pas du tout l'idée de devoir se priver de gagner pour aller à l'école.

« Bon, parlons *cash* dans ce cas-là ! Combien tu fais avec tes commissions ?

— Une piasse… une piasse et demie. »

Nic est bien embêté de lui demander si c'est par jour ou par semaine. Il soupire et s'essaie autrement : « Combien elle gagne, ta mère ?

— Beaucoup ! Je ne peux pas dire combien, mais beaucoup plus.

— Et tu lui donnes ta piasse ?

— Pas toujours… ça m'empêche de demander. Pour l'école… »

Finasseux ! Il n'y va pas à l'école ! La piasse ne sert sûrement pas à payer des cahiers.

« Alex, si je te donnais ta piasse et que tu allais à l'école, je pourrais te promettre par écrit qu'un emploi t'attend chez nous, une fois tes études terminées. Une sorte de contrat d'avance. »

Alex passe son doigt dans le fond de l'assiette et recueille une sauce déjà figée. Il réfléchit sérieusement, le doigt dans la bouche : « Vas-tu marquer la paye sur le contrat ? Combien tu vas me donner ?

— Oui, si tu veux, on l'inscrit… mais l'emploi sera pour quand l'école est finie. Le salaire risque de grimper d'ici ce temps-là.

— Pas grave, j'aime mieux savoir combien en partant.

— Disons… vingt-cinq piasses par mois pour commencer ? »

Les yeux d'Alex sont écarquillés : « À faire quoi ? L'ordre ?

— Classer… du travail de bureau. »

Alex finit par accepter, mais il ne peut s'empêcher d'aviser Nic qu'il a fait une erreur en lui offrant tant d'argent. Il soutient qu'il aurait pu laisser de la place à une discussion et que ça lui aurait évité de payer autant. Il ne sait pas négocier. Bon prince, il conclut qu'avec une telle promesse de salaire Nic peut laisser tomber la piasse par mois pour ses études.

Nic le remercie chaleureusement : « Où tu vas maintenant ? »

Le petit le regarde, étonné : « À l'école, évidemment ! »

Nic propose de le déposer. Il n'a aucune envie de perdre la trace d'Alex. Il conduit en se demandant comment il pourrait s'arranger pour le revoir sans avoir l'air de vouloir faire la charité.

« Après l'école, tu fais quoi, Alex ?

— Je joue. Pourquoi ? Tu veux pas que j'étudie en plus ? »

Quelle idée ! Nic aime beaucoup ce neveu. « Je me demandais… avec l'automne, j'ai beaucoup de feuilles qui vont faire pourrir mon gazon si on ne les ramasse pas. Si tu pouvais me rendre service… un samedi après-midi ou un jour après l'école ?

— Demain ?

— Disons qu'on va laisser octobre passer en partie. Comment je peux te rejoindre… sans déranger ta mère ?

— Je vais le faire, moi. Je vais t'appeler. C'est là, l'école. »

Un bâtiment plutôt délabré et des enfants qui se bousculent dans la cour en hurlant. Tout est gris, pas un arbre, pas une parcelle de gazon. Nic revoit l'orphelinat et l'école des Frères où il n'est pratiquement pas allé. Alex interrompt ses pensées : « Tu y ressembles pas beaucoup à mon père.

— Ah non ?

— Non. Je pensais que les *big boss* avaient jamais le temps. Mon père, y est pas *boss* et il avait jamais le temps.

— Quand il va revenir, il va prendre du temps avec toi, j'en suis sûr.

— Pourquoi ? Qu'est-ce que ça va changer ?

— La guerre change les gens.

— Pas lui. Ça me surprendrait. O.K. Bye !

— Hé ! Attends ! Je pense que j'aimerais ça qu'on se fasse un *meeting* par semaine à l'heure du lunch. Je pourrais venir dans le coin.

— Non, non. Je vais passer au bureau. J'aime mieux les restaurants dans ton coin.

— Le mercredi, par exemple ?

— Mercredi prochain, onze heures et demie. »

Nic le regarde s'éloigner avec son air pas achalé de baguenaudeur. Il est certain que l'ordre alphabétique sera appris dans le temps de le dire. Que ferait Gabrielle d'un petit déluré pareil ? Elle le garderait à son Centre et ensuite ? Elle lui trouverait un métier qui lui permettrait de vivre ?

En rentrant dans son bureau, Nic se rend compte que pas une fois, depuis son mariage le 1er mai, pas une seule fois il n'a ouvert le coffre-fort et n'a eu besoin de relire une lettre de Gabrielle. L'unique chose qui lui manque à l'heure actuelle est de pouvoir discuter avec elle des événements qui se passent, d'Alex et de ce qu'il peut faire, d'Adélaïde et de Léa... Non, même Adélaïde est son secret, maintenant. Il ne pourrait pas la partager avec Gabrielle, il pourrait partager Léa, et encore, parce qu'elle est si petite et si peu privée. Mais, un jour, Léa aura ses secrets, ses complicités.

Il ouvre le coffre, en sort la photo de Gabrielle et d'Adélaïde, cette photo qu'il a si longtemps regardée en fixant le visage de gauche alors que le visage de droite se révèle être une grande possibilité de bonheur. Il sourit à Gabrielle, sachant qu'elle ne lui en voudra jamais de cette « infidélité », qu'elle l'a souhaitée de tout son cœur, et que ce mariage devienne un vrai mariage ne serait pas pour lui déplaire. Il replace le petit cadre et prend le brouillon d'une lettre ancienne de près d'un an. La lettre écrite pour Ted le jour où Adélaïde était partie pour Halifax. Il ne la relit pas. Il se contente de la tenir en murmurant : « Mon vieux... j'ai bien peur d'avoir une sérieuse envie de t'évincer. »

Il se demande s'il faut avoir vécu comme lui pour renoncer à quelqu'un qui est mort et se tourner vers la vie. Il n'est pas certain qu'Adélaïde soit de ceux qui renoncent en quelque matière que ce soit, mais il la sait follement douée pour la vie. Il referme le coffre en étant convaincu que ce combat ne sera pas le sien, mais celui de sa femme. Son combat à lui sera celui de la patience et de la constance. Mais il peut difficilement se faire accroire que c'est de la simple affection qu'il espérera avec constance. La chose qu'il veut est plus forte et plus fragile. La chose qu'il veut bouleverse la nuit et peut rendre fou par son absence. La chose qu'il veut, il y a goûté une seule fois en quarante-deux ans. Et depuis, il attend. Si le désir de Gabrielle, jamais assouvi, l'a tenu loin d'elle durant tant d'années, le désir d'Adélaïde, exacerbé et contenté, le tiendra près d'elle pour longtemps.

* * *

La présence d'Isabelle à la maison est une bénédiction. En deux jours, tous les problèmes apparemment insolubles sont réglés, et Adélaïde se sent plus « d'équerre » pour entreprendre sa vie de mère. Isabelle prétend qu'elle ne se laisse pas le temps de souffler, qu'elle s'est levée trop vite et qu'elle s'en demande beaucoup, en plus de faire tout ce qu'il faut pour Léa.

« Tu es folle ou tu me prends pour une petite porcelaine ? Quand Élise est née, tu étais debout le lendemain matin pour faire les biberons de Jérôme.

— Tu ne le sais pas, tu étais à Montréal dans ce temps-là ! Et tu me manquais.

— Maman me racontait tout et elle s'inquiétait de te voir faire.

— Ah ! Tu vois ? Je suis comme elle. Tu devrais t'étendre, faire la sieste et te contenter de nourrir ta fille. Si j'étais traitée aux petits oignons comme toi, avec un *butler* qui a toutes les douceurs pour un nouveau-né, j'en profiterais. »

Lionel s'est pris d'affection pour Isabelle et il l'a conquise dès le premier matin en lui portant son café au lit. Il a eu beau expliquer qu'il n'était pas devin, qu'il s'était informé de ses préférences auprès de Madame, Isabelle en garde une profonde reconnaissance et la conviction que Lionel est une perle rare.

La fin de septembre est si douce qu'elles se prélassent au jardin pendant que Léa dort dans son berceau, sous l'œil vigilant de Lionel.

Isabelle s'étire avec volupté : « Tu sais que je m'habituerais très vite au luxe ? Montréal est une ville finalement très agréable, vue de ton jardin.

— Reste. La maison est grande. On va aller chercher les enfants et on refait le temps de Grande-Allée, quand tu as emménagé chez nous.

— Je ne suis pas sûre que Nic apprécierait l'invasion.

— Je ne suis pas sûre qu'il la détesterait. Tu te souviens comme il aimait être à la maison ? Le théâtre qu'on faisait dans le temps de Noël ? Tiens ! On va lui dire que les goûts de bohème de Béatrice viennent de sa mauvaise influence.

— Tais-toi ! Il pourrait le croire, le pauvre ! Quel dommage que vous soyez si loin de Québec ! Quand Maurice va revenir, on aurait pu organiser des soupers, des soirées…

— Quand Maurice va revenir, la guerre sera peut-être finie, Isabelle. »

Isabelle prend le temps de faire l'équation et finit par demander si Theodore a l'intention ou a déjà parlé de divorcer.

Adélaïde raconte à sa cousine sa rencontre avec Aaron et la demande qu'il lui a faite. Isabelle se dit que le pauvre homme ne savait pas à qui il avait affaire et que sa stratégie était exactement à l'opposé de ce qu'il fallait pour amadouer Adélaïde, qui en est d'ailleurs encore fulminante : « Quelle sorte de père peut demander des choses pareilles, Isabelle ?

— C'est une autre religion avec d'autres règlements. Il faut que tu penses que Ted a été élevé dans ces principes-là, lui aussi.

— Il ne les suivait plus et il s'est fâché avec son père à propos de ces règles ! »

Isabelle se garde d'ajouter qu'Ada a fait pareil de son côté, et que deux têtes indépendantes comme les leurs ne pouvaient qu'être follement attirées l'une par l'autre.

« C'est drôle comme Ted a toujours eu l'air sage et soucieux de ne contredire personne, de chercher le compromis…

— Lui ? Jamais de la vie ! Il a l'air sage comme ça, mais c'est de la timidité. Si tu l'avais vu s'obstiner à propos de la conscription ! On s'est tellement fâchés, une fois, que maman m'a dit d'être polie.

— Je pense qu'il y a un Ted que toi seule, tu connais.

— Comme il y a un Maurice que toi seule, tu connais. Il écrit ? Il te raconte ?

— Oui. Il… il écrit très bien.

— Pourquoi tu n'en parles pas ? Tu penses que ça me fait de la peine que Maurice écrive ?

— Je trouve qu'être sans nouvelles est très difficile et que tu n'as pas besoin du récit des bonheurs d'autrui.

— Tu penses ? Tu te trompes ! D'abord, je ne fais pas pitié. Ma vie n'est pas difficile et je serais une menteuse de te dire que c'est une période atroce. Nic est quelqu'un de bien, que j'aime beaucoup, et avec qui vivre est un plaisir. Ça ne m'empêche pas d'aimer et d'attendre Theodore, mais je pense que ma vie sera pas mal plus difficile quand il va revenir après la guerre. Si Léa a six mois, ça ira, mais si elle a un an et qu'elle dit « papa » à Nic, ce sera déjà autre chose. Je ne sais pas ce que Theodore va faire. Je ne sais pas ce que je vais faire.

— Et si la guerre dure encore deux ans ?

— Deux ans ? Isabelle… tu n'y penses pas ? Tu sais combien d'argent on dépense dans cette guerre ? Tu sais qu'encore un an à ce régime et le pays est en faillite ? Deux ans… Mais il n'y aurait plus d'hommes, plus d'armes, plus rien à manger ! Les cultivateurs arrivent à peine à vider leurs champs tellement ils manquent de bras. Deux ans ! Tu te rends compte que ça nous mènerait en 1944 ? Comment voudrais-tu qu'on tienne le coup ? Les usines tournent sans aucun profit ! On envoie *tout* en Angleterre ! Tout. Pas juste nos hommes. Deux ans, c'est impensable !

— Mais si la guerre finit et qu'on perd…

— Tais-toi, on n'a pas le droit de dire ça. Fais-tu partie de la cinquième colonne ?

— Non, tu sais bien, je veux dire… Les prisonniers, on en fait quoi dans ce temps-là ?

— Je suppose que si on gagnait on relâcherait nos prisonniers. Ils vont faire pareil s'ils gagnent.

— Les États-Unis veulent mobiliser les jeunes de dix-huit ans. Des enfants ou presque. Maintenant qu'ils nous ont forcés à nous inscrire, maintenant qu'ils ont les noms des femmes, ils vont vouloir les enfants… Tu t'es inscrite ?

— Nic l'a fait pour moi, j'étais à deux jours d'accoucher.

— Il y a des choses que je ne comprendrai jamais dans la guerre, Adélaïde. Ils sont mieux de ne jamais m'emmener sur un champ de bataille, parce qu'ils vont voir c'est quoi un mauvais soldat. Jamais je ne tirerai sur personne, surtout pas un Allemand de dix-huit ans. »

Adélaïde se rappelle les mots de Theodore dans sa dernière lettre, les mots sur la peur. Elle frissonne, se lève : « Je vais voir si la princesse a tout ce qu'il faut. »

En arrivant dans sa chambre, elle aperçoit Nic penché sur le berceau qui observe Léa. Il doit venir de rentrer parce que son veston est sur le lit et qu'il a dénoué sa cravate, comme il le fait toujours dès qu'il rentre à la maison. Son visage est incliné, et elle ne peut voir que le profil gauche avec la ligne de sa mâchoire carrée et celle de sa bouche pleine. Son visage concentré exprime une tendresse infinie. Alors qu'il se penche davantage pour embrasser Léa, Adélaïde s'éloigne et redescend.

Rendue dans le jardin, elle déclare à Isabelle qu'il faudrait être d'un égoïsme monstrueux pour ne pas supporter le récit de ses bonheurs avec Maurice. « Je t'interdis de cacher la plus petite de tes joies, tu m'entends ? Parce qu'à force d'être heureux en cachette, on va se dire que le bonheur est péché.

— Bon, très bien. Alors, comme je viens de l'écrire à Maurice, je te l'annonce : je suis enceinte. »

Adélaïde fait une grimace de douleur et trouve que la perspective d'accoucher n'est pas ce qu'elle appellerait un bonheur. Mais celle d'avoir un bébé, oui.

« Je pensais la même chose que toi après mon premier accouchement. Mais ça passe, on oublie. Je te jure qu'on oublie tout. »

Adélaïde en doute énormément ou alors la mémoire des femmes possède un dispositif spécial. Elle ne pose pas la question parce que Nic arrive, portant une Léa hurlante.

« Tu l'as réveillée ! »

Il prétend que non, que c'est la faim.

Isabelle s'étonne de voir Adélaïde ouvrir son corsage et nourrir sa fille devant Nic, alors qu'elle avait des scrupules à le faire devant Florent.

Que la guerre prenne fin dans six mois ou dans un an, elle ne voudrait pas hériter du débat intérieur qu'Adélaïde aura à ce moment-là. À voir l'expression de Nic qui observe la mère et l'enfant, elle ne voudrait pas être à sa place à lui non plus. Mais, quoi qu'il advienne, il est évident que Léa sera protégée.

Elle aperçoit la main du bébé qui s'ouvre et se ferme spasmodiquement sur la courbe du sein. Elle a coupé les petits ongles avec Adélaïde aujourd'hui, parce que Léa est née « bien griffée », comme dit sa mère, et qu'elle égratignait sans vergogne ce qu'elle adorait.

Elle se lève et demande à Nic si elle peut appeler Québec.

Reine ne se contente pas de lui faire le récit des plaisirs du jour, elle laisse Jérôme expliquer que tout va bien et qu'Élise est contente de voir que le bébé a trouvé sa mère. Il achève son récit en éclatant de rire parce que sa sœur a dit « pet ! », ce qui est tout à fait courant, assure Isabelle à Reine, avant de raccrocher.

Florent l'attend au salon pour lui montrer le trésor qu'il vient de dénicher : sept boutons noirs de passementerie, extrêmement délicats et bien ouvragés.

« Va me chercher ta veste, je suis certain que c'est tout ce que ça prend. »

Isabelle avoue qu'il a l'œil, la dimension est parfaite et l'effet sera d'un grand chic. Elle le remercie et veut les coudre elle-même, mais Florent insiste : « Je vais en profiter pour passepoiler les boutonnières. Une affaire de rien, Isabelle, et c'est tellement plus élégant. »

Au bout d'une heure, quand elle frappe à la porte du boudoir de Florent, elle ne s'attend pas à trouver le jeune homme au milieu de son « terrain de jeu », comme il appelle sa pièce de travail. Une longue table est placée près de la fenêtre, une planche à repasser avec le fer et une pattemouille, la machine à coudre, un fauteuil dont les accoudoirs de velours sont criblés d'épingles et d'aiguilles. Les murs sont couverts de dessins épinglés qui bruissent quand on se déplace ou quand l'air du soir entre par la fenêtre ouverte, comme en cet instant.

Florent se lève et examine son travail d'un œil critique : « Un coup de fer et ça y est ! »

Isabelle insiste pour faire au moins ça, mais Florent hoche la tête en souriant : « J'aime ça, Isabelle, j'aime la finition. Assieds-toi ou fais le tour de mon royaume. C'est ma richesse. J'ai tout installé avec ma "dot" que Paulette m'a versée avant de partir. »

Elle regarde les dessins en faisant tranquillement le tour de la pièce. Dans la bibliothèque, toute une portion de l'espace est occupée par des métrages de tissus disposés par gradation de teintes, du plus clair au plus foncé, réunissant le spectre entier des couleurs. Sur certains dessins, des triangles de tissus coupés aux ciseaux à cranter illustrent la matière choisie pour la réalisation. Tout est placé dans un ordre extrêmement précis, même les bobines de fil vont par gradation de couleurs, les rubans, galons, ganses, les ric-rac, les entoilages, les tissus à doublure, les pots transparents emplis de boutons qui vont aussi par familles de coloris, tout est ingénieusement rangé, classifié, dûment identifié. Quand elle pense à sa boîte à couture sens dessus dessous !

« Mais Florent, tu es maniaque ! Ça doit te prendre un temps fou, ranger comme ça ! »

Florent explique que, en cherchant une ligne de coupe ou en réfléchissant à un problème de réalisation, il doit s'occuper les mains sinon il massacre son dessin en ajoutant des coups de crayon inutiles. Il lui montre le dessin que forment les têtes d'épingles piquées dans le bras du fauteuil : elle discerne le profil de Léa !

« Je l'ai fait en pensant à ta veste hier. Si je ne dors pas, la nuit, je m'assois et, en réfléchissant, je repique les épingles pour dessiner une forme.

— Tu ne dors pas la nuit ? Pourquoi ? »

Florent hausse les épaules et s'affaire à débrancher le fer, à le ranger sur son support, à ramasser les fils, à étendre la pattemouille, à arranger la veste sur un cintre. Isabelle le voit s'agiter et ne se laisse pas distraire par son apparente indifférence : « Florent… tu as une petite amie de cœur ? »

Il sourit · « Bon ! Je suppose que c'est la question que je vais me faire poser pour les deux prochaines années, non ?

— Ça t'ennuie ? Tu ne veux pas en parler ? »

Florent indique les dessins sur les murs, la pièce et explique que c'est tout ce qui l'intéresse pour l'instant.

« Ça fait des années que j'attends ça, Isabelle. Pendant des années, je suis resté couché dans un lit où je ne dormais pas à attendre de guérir pour vivre. Ça fait des années que j'espère vivre et travailler sans faire attention, sans me ménager. Me lever la nuit est un des grands bonheurs que j'ai. Avant, au sanatorium ou chez Paulette, je ne pouvais pas le faire, je restais dans mon lit, les yeux grand ouverts à attendre le matin. Ici... Viens voir. »

Il l'entraîne dans sa chambre où tout est immaculé, dans un ordre monacal. Les fenêtres immenses orientées à l'est ne sont couvertes que de rideaux légers et il montre comment, grâce à un mécanisme de ficelles, il les soulève avec des plissés pour obtenir une vue parfaite.

« Je m'assois dans ce fauteuil, j'ouvre les rideaux et j'attends l'aurore. Chaque matin, c'est une merveille. Les couleurs sont indescriptibles. Assis ici, je réfléchis, je dessine mentalement avant de le faire pour de vrai, je regarde les arbres, le ciel, le gazon et je rêve. Regarde Isabelle, j'ai enlevé le plafonnier, il n'y a que des lampes sur pied ici. Tu te souviens de la rue Arago où tu venais me porter les repas de Gabrielle ? Tu te souviens de l'éclairage ? »

Isabelle fait non, médusée.

« Une jolie ampoule crue au bout d'un fil. Pour moi, la pauvreté, c'est la lumière d'une ampoule nue au bout d'un fil. Je n'ai pas besoin de tout ce luxe, tu penses bien. Mais, de tout ce que j'ai ici, le plus précieux, c'est le droit de me lever la nuit, de vivre et de travailler à mon rythme, à mon envie et de ne déranger personne. Même Lionel m'a offert un vieux *kettle* électrique, quand il a compris mes horaires farfelus. Il me laisse une tasse, du thé et il ne vient jamais ici, sauf quand je suis à l'atelier et c'est pour remplacer le thé. Je fais mon ordre, mon ménage et personne n'y voit. Tu comprends, ne pas dormir la nuit est devenu un plaisir, alors qu'avant, c'était un supplice. Je n'attends plus, Isabelle, je travaille et travailler est un bonheur pour moi.

— Adélaïde le sait ? Je veux dire... pour la nuit ? »

Elle s'approche du fauteuil où des têtes d'épingles forment une bouche... elle ne sait pas laquelle, mais une bouche connue. Florent la rejoint et repique vivement les épingles en ligne droite : « Ada sait tout, toujours. Elle le sait avant moi, ce que je pense. Mais jamais ce que je dessine ! C'est la seule façon de l'étonner : dessiner. Elle fait le tour de l'atelier, sans rien dire, puis elle pointe un dessin en me disant où c'est différent, où c'est surprenant. Quand je l'étonne, elle rit. Tu sais comme elle peut rire ? Je ne peux pas te dire comme je me suis forcé ces derniers mois pour l'étonner. »

Isabelle se dit qu'elle est idiote de questionner Florent sur ses amies de cœur. Adélaïde a toujours été la fascination et l'amour de Florent.

« Tu sais quoi, Isabelle ? On devrait demander à Ada sa petite broche en argent et marcassite. Elle serait parfaite sur le revers de ton col. »

* * *

Le baptême de Léa, malgré la sobriété imposée par la guerre, donne quand même à Nic l'occasion d'inviter tout son monde au Ritz pour célébrer avec un peu de faste un événement aussi exceptionnel. Tout de suite après la cérémonie à l'église, Adélaïde souhaite rentrer, mais devant l'insistance de Nic, elle accepte d'accompagner les invités pour le premier plat.

« Ensuite, je rentrerai avec Léa qui ne mange rien qui vient du Ritz, elle ! »

L'atmosphère est si gaie et Léa dort si paisiblement dans sa jolie robe, pendant que les convives parlent et rient, qu'Adélaïde oublie son projet jusqu'à la mousse à l'érable quand sa fille se réveille. Devant les cris de Léa, Adélaïde se voit obligée de fuir vers le *powder room*. Nic l'entraîne dans un corridor à l'étage et ouvre une chambre pour elle.

Une fois bien installée et Léa apaisée contre son sein, elle regarde Nic : « Tu avais tout arrangé depuis quand ?

— Depuis que j'ai appelé Isabelle pour qu'elle vienne avant le baptême. »

Adélaïde se concentre sur sa fille qui ralentit déjà le tempo et elle caresse sa joue pour qu'elle boive : « Allez, ne dors pas tout de suite. Encore un peu, c'est ta journée aujourd'hui : tous les luxes, robe de princesse, suite au Ritz... Nic, rassure-moi, tu n'as pas l'intention de la gâter, ta fille ? »

Il les couve des yeux en souriant : « Non. Juste la mère. »

Adélaïde estime que cette phrase n'est pas une boutade quand Nic lui offre ce soir-là une magnifique bague à diamants. Elle veut lui dire de ne pas faire de cadeaux pareils, qu'elle ne veut rien d'autre que tout ce qu'il lui a offert jusque-là, c'est-à-dire son honneur et son nom. Il embrasse légèrement son front et, avant qu'elle n'ajoute quoi que ce soit, il lui demande de lire la carte qui accompagne la bague.

« Je n'écris pas souvent, alors il faut comprendre l'idée et excuser le style. »

Il la plante là en fermant doucement la porte.

Adélaïde, ma chérie,

De toutes les surprises de la vie, tu es la plus totale et la plus délicieuse. Je t'ai épousée trop vite pour te fiancer. Comme nous faisons tout à l'envers, toi et moi, je tiens, ce soir, à m'engager à toi. Je ne l'ai jamais fait avec aucune femme. Grâce à toi, à ta confiance, je sais que je peux t'offrir mes bras et qu'ils sauront te tenir dans les moments les plus durs.

À toi, Adélaïde, en ce jour béni du baptême de Léa, le 27 septembre 1942.

Nic

Même si la chambre est dans l'obscurité, elle sait qu'il ne dort pas et qu'il l'attend. Elle laisse les deux portes ouvertes et se glisse dans le lit, contre le corps de Nic qui l'enlace. Elle le prévient tout de même : « Quand Léa va pleurer, par exemple, c'est toi qui iras me la chercher. »

* * *

Adélaïde étreint Isabelle avec tristesse. Ces quatre jours lui ont redonné le bonheur d'être avec sa cousine comme dans leur enfance, comme à l'Île. Isabelle a hâte de revoir sa couvée, mais elle trouve que Québec est bien loin, et la date des retrouvailles bien incertaine. Elle serre sa filleule bien fort avant de quitter la maison. Dans la voiture, Nic dissipe toute la tristesse en proposant que, dès la fin octobre, avant les grosses neiges, quand Adélaïde aura repris ses forces et que Léa aura grandi un peu, ils aillent présenter leur fille à Germaine, à Rose et à Guillaume. Isabelle prend son train le cœur plus léger en se demandant de quelle manière Élise va comprendre l'arrivée de ce nouveau poupon dans les bras d'une mère aussi discutable à ses yeux qu'Adélaïde.

Élise est très rassurée : Reine lui semble une bonne maman pour le petit Pierre, et elle jure que, si elle peut avoir une poupée neuve et tante Reine pour la garder à chaque fois, sa mère peut aller à « Méral » aussi souvent qu'elle le désire.

Reine veut tous les détails, toutes les nouvelles, et elle n'en croit pas ses oreilles d'entendre les descriptions de sa sœur.

« Mais pourquoi on n'a jamais su que Nic était si riche ? Il l'est, non ? »

Isabelle en est convaincue, tout comme elle est certaine que c'est Kitty qui a choisi cette maison et que les événements se sont précipités sans que Nic songe à déménager.

« Et maintenant, Adélaïde en a fait un endroit chaleureux, avec des îlots pour chacun, des endroits pour elle, d'autres pour Florent, pour Nic, et aussi pour Léa, et des endroits pour tous. C'est assez réussi, luxueux sans le montrer, confortable et… bizarre. Je veux dire tout n'est pas pareil, pas dans le même style.

— Un peu comme leur entente, non ? Vivre à trois comme ça…

— À quatre maintenant. Léa n'est pas grosse, mais elle prend de la place. »

Isabelle pense à cette maison, à ses habitants somme toute heureux et qui ont tiré chacun le meilleur parti des coups de la vie. « Tu sais, Reine, malgré le côté forcé de ce mariage-là, je pense que ça va marcher. C'est fou, je sais, c'est parti tout croche, scandaleux même, et malgré tout, je dirais que ça va marcher !

— Si Adélaïde le veut ! Tu te souviens, quand elle était petite ? Elle ne doutait jamais d'obtenir ce qu'elle voulait. Quoi qu'on dise, quoi que mon oncle ou ma tante dise… j'aurais dû apprendre d'elle et me forger une volonté, moi aussi.

— C'est sa nature, Reine, tu ne peux pas changer ta nature.

— Non. Mais je pense qu'on n'a pas été éduquées pour croire qu'on avait une nature différente de celle qu'on nous souhaitait, contrairement à Adélaïde et Béatrice. Mais moi, Isabelle, je sais que ma nature n'est pas de me réveiller chaque matin pour faire le café de Jean-René ni d'aller me coucher à côté de lui tous les soirs.

— Moi aussi je pense que tu aurais pu trouver mieux que Jean-René. C'est pas charitable de le dire, mais c'est vrai.

— Sais-tu que c'est la première fois que je le dis en presque dix ans de mariage ? Veux-tu m'expliquer, Isabelle, ce que j'attends pour au moins reconnaître que c'est un ratage de première classe ?

— Le reconnaître changera pas grand-chose.

— Non, le reconnaître va m'empêcher d'attendre autre chose de Jean-René. Ça va me permettre de changer mon fusil d'épaule.

— Tu ne vas pas le quitter ? Tu n'y penses pas, Reine ?

— Non. Bien sûr que non. On a été élevées dans le respect des mariages ratés, n'oublie pas. Encore heureux que tante Gabrielle t'ait réchappée.

— Tu ne sais pas à quel point ! »

Isabelle raconte combien les simagrées du « pauvre Jules-Albert » avaient eu prise sur elle et comment Gabrielle avait mis fin au projet qui la scandalisait.

Elles finissent la soirée en parlant du bon vieux temps, de leur père et de leur vie d'enfant, à Sorel. Il est très tard quand elles se couchent et que Reine chuchote à Isabelle que, d'après elle, Béatrice joue gros de sa vertu en fréquentant, sans chaperon, des hommes célibataires.

« J'ai bien peur qu'elle ne fasse jaser avant longtemps. »

* * *

Pour la deuxième fois de la semaine, Florent remarque un homme qui vient parler à son professeur à l'atelier. Il est habillé avec une telle recherche, un tel souci d'élégance qu'il faudrait d'ailleurs être très préoccupé pour ne pas s'y arrêter. Il est plutôt âgé, aux yeux de Florent, certainement la quarantaine bien entamée, il porte un complet-veston aux lignes très pures, mais agrémenté d'accessoires — pochette, cravate, chaussures — qui prêtent à l'ensemble une allure… Florent ne sait pas, il dirait « colifichet » ou « chichi », mais ce ne serait pas juste.

À la pause, Mélanie, sa voisine de table de coupe, lui apprend qu'il s'agit de Monsieur de Grandpré, un couturier qui, en six ans, s'est fait une formidable réputation à Montréal dans les milieux de la haute couture. Il possède la clientèle la plus huppée et la plus importante de la ville, il dessine et coupe divinement et il peut — c'est ce qu'on dit — être d'une impatience qui frôle l'hystérie : on l'a vu déchirer de ses mains une robe de grande valeur qu'il n'arrivait pas à terminer à son goût. De ses mains !

Florent sourit et trouve que c'est beaucoup de théâtre que de gaspiller du tissu pour exprimer du dépit. Il ne le dirait pas à haute voix, parce que cela ferait pauvre d'avoir scrupule à abîmer la matière, mais Florent ne comprend jamais qu'on s'en prenne aux autres pour des failles qui sont en soi.

Mélanie passe son après-midi à faufiler un ensemble pendant que Florent en est à la finition du sien. Le jour tombe et elle soupire d'impatience : elle a promis à sa mère de rentrer tôt pour préparer le souper des petits et elle n'arrive à rien parce qu'elle se précipite trop. Florent saisit son ouvrage et se met à travailler avec sa célérité coutumière qui laisse toujours Mélanie ébahie d'admiration.

« Tu sais que si je maniais l'aiguille à cette vitesse-là, je serais riche !

— Ah oui ? Et tu ferais quoi de ta vitesse ? T'es au courant que les machines à coudre vont plus vite, quand même ?

— J'irais m'engager chez les demoiselles Roy et je finirais les robes de mariée à prix d'or. Elles cherchent du monde, tu sais.

— Je préfère me concentrer ici et étudier.

— Tu fais tout déjà très bien ! Tu sais tout ce qu'il faut apprendre, Florent. Tu ne peux pas aller plus loin, ici.

— Je ne pense pas que les demoiselles Roy m'apprennent beaucoup avec les coupes de robes de mariée.

— Non, mais elles peuvent te payer. Tu n'as pas besoin d'argent, toi ? »

Florent se rend compte qu'il ne pense jamais à cet aspect de la vie, pourtant essentiel. Il a cette impression d'être protégé, à l'abri du besoin, grâce à Nic et à Adélaïde. Il sait qu'un jour il devra gagner sa vie par lui-même, mais pas avant quelques mois et pas avant d'y être prêt. Il n'a pas envie d'expliquer à Mélanie, qui travaille comme une folle pour joindre les deux bouts, qu'il vit à Westmount dans un château où un *butler* sert le petit déjeuner. Il se contente d'expliquer qu'il a quinze ans.

Comme chaque fois qu'il dit son âge, Mélanie n'en revient pas et prétend qu'il fait beaucoup plus vieux. Elle se demandait même comment il n'était pas soldat.

« Il te reste au moins trois ans avant d'être appelé. Ça a l'air qu'ils vont appeler les dix-huit ans, comme aux États-Unis. Mon frère a dix-huit ans, c'est épouvantable. »

Florent se garde bien de révéler que, même s'il était appelé, l'armée ne le prendrait pas. Il finit sa couture et, d'un geste précis, il l'arrête avec une boucle, coupe le fil et tend l'ouvrage à Mélanie : « Quand tu parles en cousant, tu perds beaucoup de temps, Mélanie, et regarde, ta couture varie, elle n'est plus parfaitement régulière. »

Il lui indique une petite courbe dans le tracé de l'aiguille qui fait grimacer la jeune fille : « Dieu merci, t'es pas mon chef d'atelier ! Tu dois pouvoir dire quand quelqu'un a éternué, toi !

— S'il n'a pas lâché l'aiguille, certainement ! »

Ils quittent l'école ensemble et il reconduit Mélanie à l'arrêt de son tramway. Dès qu'elle est montée en lui faisant un petit signe de la main, il part vers l'ouest, heureux d'aller retrouver Ada et sa fille.

Depuis que le bébé est né, Florent a retrouvé l'Adélaïde du temps de sa jeunesse, du temps où Gabrielle vivait. Avant la naissance, il était souvent frappé de l'absence d'Ada à tout ce qui n'était pas une lettre de Ted. Maintenant, peut-être grâce à Nic, on dirait qu'elle attend moins ou qu'elle ne fait plus qu'attendre, elle vit aussi, elle s'occupe de Léa. Ses yeux ont retrouvé leur acuité le concernant, et elle devine tout ce qui l'habite.

Il n'est pas loin de cinq heures quand il rentre et il entend tout de suite le Chopin qu'elle joue. C'est une pièce qu'elle interprète depuis très longtemps, depuis… les Ursulines. Il va prendre une pomme à la cuisine avant de la rejoindre au salon. Lionel épluche ses légumes avec art, en prenant son temps : « Madame guette une lettre. » Florent connaît maintenant suffisamment l'anglais et Lionel pour savoir qu'Ada ne « guette » pas, mais a probablement reçu une lettre. Il essaie d'expliquer la différence à Lionel, qui abrège en montrant le salon du menton : « *Whatever !* »

C'est fou comme Lionel s'est attaché à Adélaïde. Il la gâte, la traite comme une princesse, et cela ne date pas de la naissance de sa fille pour qui il semble développer la même admirative dévotion. Florent voit bien qu'il est heureux que ce soit elle qui soit devenue Madame McNally. Il se dit que Lionel a dû voir passer un certain nombre d'aspirantes au titre qui ne le charmaient pas du tout.

Il entre au salon et s'assoit sur le sofa sans manifester autrement sa présence. Il n'est pas certain qu'Ada l'ait entendu. Elle joue et toute son attention est dans la musique. Florent peut dire à quel point elle a mal à seulement l'écouter reprendre un passage qui coule moins bien, à le reprendre avec une volonté sauvage, une détermination froide qui indique pourtant toute la détresse qui l'oppresse.

Elle doit reprendre le passage au moins dix fois avant de renoncer. Le silence vibre autant que la musique. Florent ne bouge pas. Il attend parce qu'elle ne supporterait pas d'être dérangée ou bousculée. Il attend et plus ça dure, plus il sait qu'il ne pourra rien faire.

Quand elle se lève, elle vient vers lui, passe derrière le sofa et place ses mains sur les yeux de Florent : « Tu as eu une bonne journée ?

— Oui.

— Tu rentres trop tard pour travailler avec moi, il faudrait allumer la lampe. »

Il sourit parce qu'elle a raison : il n'aime pas coudre sous la lampe. Il préfère se lever à l'aurore : « J'ai travaillé là-bas. J'aurais mieux fait de revenir, je pense.

— Non. Ne t'inquiète pas. »

Il attrape la main qui allait le laisser, tire doucement pour qu'elle revienne au moins là où elle était, derrière lui. Il embrasse la paume de la main, la retourne du côté où les diamants scintillent. Elle le laisse tourner la bague en silence, puis serre sa main : « As-tu déjà eu honte d'être heureux, Florent ?

— Toujours. Je n'ai jamais été heureux sans honte. Chaque fois que j'ai été avec toi, je savais que tous les autres Gariépy auraient voulu manger à cette table-là et dormir dans ces draps-là. Et c'est moi que tu choisissais. Moi. Et plus j'étais avec toi, plus j'étais heureux. Et plus j'avais honte vis-à-vis des miens.

— Le jour où tu vas aimer quelqu'un d'autre… »

Sa voix se brise et elle se tait. Florent ne se retourne pas pour la regarder, il connaît par cœur ce regard par en dedans qui fouille son abîme : « Le jour où je vais aimer, Ada, ce ne sera pas comme toi et moi. Ted ne m'a rien enlevé. Léa ne m'enlève rien. Nic non plus. On n'est pas pour se jurer l'exclusivité ? »

Elle remet sa main sur les yeux de Florent, sa voix est éraillée, brisée : « Il meurt, Florent. Il meurt et je le sais. Je le sais aussi parce que je n'arriverai pas à le garder vivant. Il meurt. Je le dis, je le prononce, mais je ne le crois pas. Et je le sais. Je dis : il meurt, et je vois maman morte. Je dis Theodore et c'est la chaleur de Nic qui me vient. Si tu savais comme je hais la petitesse qui m'habite. Même pas capable de me contenter de mon péché. Il m'en faut d'autres. Il me faut tout. Et je n'ai jamais le cœur assez grand pour ce que j'exige. Léa… tout le temps que je l'ai portée, je portais mon amour pour Theodore. Maintenant, elle bouge, elle boit, elle dort et elle s'approprie sa vie, elle ne veut plus être mon amour pour Theodore. Elle est… elle. Elle veut être elle. Pas Theodore. Pas le rappel ou l'appel. Et elle a raison. C'est à moi d'aimer cet homme et de l'empêcher de mourir. C'est à moi de prendre soin de cet amour. Pas à ma fille.

— Tu en prends soin à travers elle.

— Non, c'est trop facile, Florent. Je le laisse disparaître, je lui permets de mourir en prétendant m'occuper des choses dont je ne peux pas me défaire, ma fille, ma vie. Mais je mens. Je mens parce que je vis et que j'ai des envies de vivre.

— Voyons, Ada ! Tu ne peux pas mourir pour lui ? Tu n'es pas une sainte martyre ?

— J'ai toujours pensé qu'un amour exceptionnel commandait un comportement exceptionnel. Je me suis dit, tout le long de cet amour interdit, qu'il fallait accepter de ne pas le vivre, mais qu'il fallait le garder plus vivant pour cela, plus vivant que tout ce qui était vécu et vivable. Et j'ai réussi un bon bout de temps. Mais là, je ne peux plus. Je n'ai pas cette envergure, je suis incapable de le tenir à bout de bras et je m'en veux tellement. Je ne veux pas l'abandonner là-bas, dans la vase, dans les bombes, dans la mort anonyme où personne ne te ramasse. Et la seule façon, ce serait de me concentrer sur lui, de rester moi aussi sur le champ de bataille.

— Et pourquoi tu ferais une chose pareille ?

— Son père l'a abandonné. L'armée se contente de dire "disparu" et elle ne le cherche pas. Je ne peux pas l'abandonner sous prétexte que cela assombrit ma vie. Il *est* ma vie et mon bonheur. Et c'est déjà un mensonge de le dire. Parce que ma vie est aussi ici, dans ce cocon, que je déteste et que je désire.

— Viens près de moi sur le sofa, veux-tu ? »

Elle vient s'asseoir, il prend sa tête et l'incline vers son épaule : « Elle date de quand, la lettre ?

— Du 18 août, la veille de Dieppe.

— Qu'est-ce qu'il dit ?

— Qu'il m'aime. Que je suis son espoir.

— Si — c'est une supposition, Ada —, si tu ne l'aimais pas, tu crois que tu ne serais plus son espoir, qu'il ne pourrait pas dire je t'aime ? Tu crois que ça changerait ce que tu es pour lui ?

— Non.

— Tu dis qu'il meurt. Peut-être. Et il meurt avec toi dans sa tête, avec toi dans son espoir. Et toi, pour le reste de ta vie, pour toutes les années à venir, il faudrait ne plus aimer, ne plus avoir d'espoir juste pour mériter d'avoir été son espoir ? Si j'étais mort de tuberculose à huit ans, Ada, tu n'aurais plus jamais aimé ? Tu penses que je te demandais cela ?

— Moi, je me le demande, Florent. Moi. Et non, je n'aimerai plus jamais personne comme toi. C'est unique et tu le sais. Et je le sais pour ton amour aussi.

— Et tu ne peux pas penser la même chose pour Ted ? Je veux dire… quoi qu'il arrive.

— Tu vas me trouver folle, Florent, mais tant qu'il n'aura personne pour prendre soin de lui là-bas, le consoler de sa peine, de ses peurs, je voudrais que personne ne puisse me consoler non plus.

— Tu penses qu'on ne peut aimer que totalement ? Qu'on ne peut pas le faire sans tout y mettre ? »

Elle se tait et il sait bien qu'elle ne conçoit rien si ce n'est l'amour absolu : « Si tu mourais comme Gabrielle, très vite, d'un coup, tu penses que tu voudrais que Ted souffre et se désole et soit inconsolable ? Tu penses que ta mère voulait cela de la part de ton père ?

— Non.

— Alors, pourquoi tu te le demandes ?

— Tout ce que je peux dire, c'est qu'il a besoin de moi, besoin de ma fidélité, besoin que je ne l'abandonne pas. »

Florent resserre son étreinte en soupirant : si Ada le dit, inutile d'essayer de la convaincre du contraire. Elle va se battre contre tout ce qui la distraira de Ted, comme si cela pouvait le soutenir.

Il regarde la bague nouvelle que porte Ada depuis le baptême et il se dit que Nic aura beaucoup à faire pour conquérir cette farouche exclusive.

* * *

Le voyage à Québec, projeté au mois d'octobre, ne se fait qu'au début décembre, Adélaïde refusant de prendre le train avec un bébé au sein. Ce n'est que lorsque Léa est sevrée, sauf pour la nuit et le premier boire du matin, que la caravane s'ébranle. Florent les accompagne afin d'être présent à l'anniversaire de Paulette. Tout a été assez compliqué : Isabelle voulait céder sa chambre à Nic et à Adélaïde et coucher sur le divan, Germaine insistait pour les avoir aussi, même si elle ne possède qu'un lit simple dans la chambre d'amis et que cela impliquait le divan, pour Nic cette fois. La seule maison pouvant les accueillir sans problème était celle de la rue Laurier, mais elle demeurait exclue. Nic, excédé, a réservé une chambre au Château Frontenac, comme dans le temps où il n'allait plus chez Gabrielle. Florent, lui, va retrouver sa chambre chez Paulette.

Le deuxième problème de taille a d'ailleurs été Paulette et son anniversaire. Edward a décidé d'organiser un souper et il a été ravi d'apprendre que Florent y serait. Il a même différé la date afin de l'attendre. Florent avait projeté de célébrer l'anniversaire avec Nic et Adélaïde, afin de permettre à Paulette de voir Léa et de mieux connaître Ada. Il a donc proposé de cuisiner pour eux tous chez Paulette... et s'est trouvé piégé à choisir entre Adélaïde et Paulette. Plus Adélaïde le poussait à accepter l'invitation d'Edward, plus il avait de scrupules à le faire, se sentant déloyal envers Ada.

Celle-ci finit par le convaincre en lui disant de bien observer et de tout lui raconter ensuite : comment va Edward, s'il mange bien, s'il rit, s'il se comporte gentiment avec Rose et avec Guillaume.

« Tu comprends, Nic pourrait m'en cacher des bouts pour ne pas m'inquiéter ou m'enrager. »

Florent n'est pas sûr du tout d'avoir envie de la voir s'inquiéter ou s'enrager grâce à ses renseignements. Mais il accepte, parce que Paulette semble y tenir énormément.

Aux yeux de Paulette, cette victoire est pour Edward, pour tenter de lui restituer le plus possible de sa vie d'avant. Comme Florent est très près d'Adélaïde, elle se dit qu'indirectement Edward aura un peu de sa fille qui lui manque tant.

Mais dès que Paulette voit le quatuor s'avancer vers elle sur le quai de la gare, elle doute à nouveau de ses mobiles véritables. Adélaïde est magnifique, longue silhouette élégante sans aucune trace de sa récente maternité, si ce n'est une féminité rehaussée. Elle est enveloppée d'un long manteau noir, au col généreux en renard gris, elle porte une toque et un manchon de la même fourrure. Nic tient sa fille dans ses bras et Florent, son Florent, a encore grandi sans grossir et il s'occupe de tout le bagage. C'est la bonne humeur entre eux tous qui frappe Paulette, une sorte d'entente profonde, comme si la vieille complicité de Florent et d'Ada avait absorbé, englobé Nic peu à peu. Paulette sent encore le goût amer de la jalousie l'envahir quand elle se dit qu'elle ne sera jamais qu'une *outsider* avec eux. Elle se félicite même d'avoir insisté pour aller célébrer son anniversaire chez Edward, ne parvenant pas à s'imaginer heureuse et détendue en présence de ces trois-là.

Elle se penche sur Léa, admire le bébé bien endormi qui ne bronche pas à son approche. Enfin, elle s'enfuit en tenant Florent par le bras, pendant que Nic ouvre la portière du taxi à sa femme.

Pour Adélaïde, aller à l'hôtel dans sa ville de naissance est une incongruité. Elle ne pensait pas voir le Château autrement que de sa salle à manger ou de sa salle de bal. La chambre est grande et le berceau, parfait.

La femme de chambre vient lui porter le biberon chauffé à une température idéale, et Adélaïde affirme à Nic qu'après le Ritz et le Château, Léa va devenir une parfaite snob.

Après le repas, Adélaïde étend une petite couverture sur le grand lit et laisse sa fille se livrer à son heure d'exercice bien à l'abri d'une couronne d'oreillers qui entourent l'aire de jeu. Depuis qu'elle ne s'endort plus sur son repas, Léa a tendance à être très éveillée et à commenter vigoureusement la vie, tout de suite après avoir mangé et quand elle est dans son bain. Autant elle déteste être habillée ou déshabillée, autant, une fois qu'elle est dans l'eau, un bonheur énergique l'envahit et la fait s'agiter, éclabousser et crier de plaisir. Adélaïde défait les valises avec Nic en jetant un œil sur les activités de Léa. Le bébé, très intéressé par le mouvement et la nouveauté, relève la tête et se soulève en tendant les bras au maximum. Elle pousse un cri de victoire.

« Petite belette ! »

Quand Adélaïde revient de la garde-robe, Léa est sur le dos. Appuyée de guingois sur un oreiller, elle agite ses mains en les contemplant.

« Nic ? Tu l'as retournée ? »

Nic s'approche en hochant la tête. Ils ont beau supplier, cajoler, demander, feinter, la tourner sur le ventre et tenter de l'intéresser, rien n'y fait, Léa trouve cela amusant, mais elle refuse de se retourner devant eux.

« Tu crois qu'elle va faire ses premiers pas dans notre dos ? »

Nic est très occupé à soulever Léa qui étreint ses doigts avec ses petits poings serrés : « C'est une indépendante, comme sa mère.

— Moi, quand je me retourne, tu le sais ! »

Les gloussements de plaisir du bébé attirent Adélaïde près de Nic qui continue son manège. Un instant, il la regarde puis reporte son attention sur Léa. « Adélaïde… ils vont tous te le dire, alors… Tu as remarqué que Léa aura finalement les yeux gris, tes yeux ? »

Bien sûr qu'elle a remarqué ! Elle a tellement guetté l'éclair vert du regard de Theodore dans celui de leur fille.

« Maintenant, regarde… regarde quand le soleil traverse l'iris… Tu vois ? Tu ne vois pas ? Au soleil, il y a des points dorés dans le gris. »

Adélaïde se penche, scrute la pupille. Comment ne l'a-t-elle pas vu ? Comment a-t-elle pu rater une chose pareille ? Bouleversée, elle fixe Nic qui ajoute : « Et tu sais pourquoi tu ne l'as pas vu ? Parce que tu fais bien attention que le soleil n'arrive pas dans ses yeux. Jamais. Parce que tu es une bonne maman et que je suis moins attentif. »

Elle est si émue, elle prend le visage de Nic dans ses mains et pose ses lèvres sur les siennes avec douceur et reconnaissance. « Non, tu n'es pas moins attentif. »

Nic n'ajoute rien, immobile, totalement subjugué par le désir sauvage qui le cingle : il voudrait l'embrasser sans douceur, la renverser sur le lit et s'étendre sur elle. Cette fois, il voudrait bien voir ses yeux. Il ne rêve que de cela : voir ses yeux au moment précis où tout glisse et bascule.

Léa pousse un cri perçant, un de ses cris de « victoire intérieure », comme les qualifie Adélaïde, un cri qui ravit tellement Léa qu'elle le répète en pédalant énergiquement dans le vide.

* * *

Une fois rendue dans le hall de l'hôtel et malgré qu'elle ait procédé à une révision en règle, Adélaïde s'aperçoit qu'ils ont encore oublié quelque chose. Nic remonte tandis qu'elle s'assoit dans un fauteuil, Léa bien endormie contre son épaule. C'est l'« heure du cocktail », l'heure du thé à l'époque de sa mère. Il y a beaucoup d'activités et de va-et-vient dans le hall. Adélaïde s'amuse à détailler les toilettes des dames, leurs chapeaux, leurs chaussures, et elle essaie de tout retenir pour en faire un récit complet à Florent. Ce sont les chaussures de la femme qui ont tout d'abord retenu son attention : délicates, un peu anciennes, en suède et cuir, les trois brides de cuir couvrant le pied et découpant le suède avec raffinement. Le talon, pas très haut, est parfaitement harmonieux et lui rappelle les chaussures que sa mère portait souvent. Les yeux d'Adélaïde allaient remonter vers la toilette et le visage de la femme quand elle entend son rire. Le rire de Béatrice ! Avant même de vérifier l'identité de la femme, d'un geste brusque, Adélaïde cache son visage contre Léa qu'elle place comme un écran entre le rire et elle. Au bout d'un moment, elle glisse un œil et voit Béatrice s'éloigner, pendue au bras d'un homme et roucoulant un « Vous ne croyez pas ? » sonore qui ne peut que prouver qu'elle n'a pas vu sa sœur.

Ébranlée, Adélaïde pose sa fille sur ses genoux. Nic arrive enfin et ils se rendent chez Germaine où tout le monde les attend.

La soirée est un feu roulant de questions, d'exclamations et de crises de jalousie de la part d'Élise qui réclame tout ce que la « tite fille a eu ». Isabelle n'en revient pas : Élise n'a jamais voulu les purées de Pierre. Reine lui fait remarquer que Pierre est un garçon et que, pour Élise, ça fait une bonne différence. « Celle-ci la menace beaucoup plus. »

Isabelle lève les yeux au ciel en souhaitant avoir un fils pour éviter une guerre à la maison.

Adélaïde n'est pas étonnée de constater que Reine a hérité d'une plus grande responsabilité envers Pierre et elle essaie de s'informer discrètement des horaires de sa sœur. Reine répond que cela varie, mais que Béatrice travaille énormément.

Germaine fait remarquer que le travail est une notion bien large dans l'esprit de Béatrice. À force d'insister, Adélaïde finit par apprendre que Pierre n'est jamais avec sa mère. Quand Reine se trouve dans l'impossibilité de le garder ou de l'emmener avec elle au Centre, c'est Germaine ou Isabelle qui s'en charge.

Soucieuse, Adélaïde n'ajoute rien et laisse la conversation dériver sur d'autres sujets.

Rentrée à l'hôtel, une fois Léa dans son berceau, elle s'assoit dans un fauteuil et laisse Nic occuper la salle de bains. Quand il en ressort, accompagné d'un effluve de savon à la fougère, il constate qu'elle n'a pas bougé et semble très préoccupée. Il lui offre de lui faire couler un bain, mais elle répond par le récit de sa découverte dans le hall en début de soirée. Nic conclut placidement que Béatrice trouve le célibat forcé de la guerre un peu trop exigeant pour son goût. Adélaïde est outrée : « Enfin, Nic ! Tu te rends compte, si elle tombe enceinte ? Qu'est-ce qu'elle va dire à Léopold ? Le pauvre est au camp !

— Mais Adélaïde, il y a des moyens d'éviter ça. »

Elle est si interloquée qu'elle en bégaie : « Tu… Tu veux dire que… qu'on peut faire sans… ?

— Oui. »

Il a très envie de rire, elle est si surprise, elle fait une tête qu'il ne lui a jamais vue.

« Et tu penses que Béatrice sait ça ? À dix-huit ans ?

— Elle, non. Mais les hommes avec qui elle sort, j'espère que oui.

— Tu le sais, toi ? »

Il se détourne parce qu'il va rire. Il sait que c'est sérieux et grave et pas drôle, qu'un tel sujet se discute, mais elle est si abasourdie ! Il n'y peut rien, ça le fait rire de voir Adélaïde apprendre certains secrets de la vie avec une humeur aussi combative. Elle répète sa question, presque fâchée. Il finit par dire que oui, qu'il le sait. Finalement, devant le silence qui dure, il la regarde. Elle marche de long en large, en proie à des pensées assez inquiétantes s'il en juge par son visage. Enfin, elle s'arrête, comme à bout d'arguments intérieurs : « Et Theodore ne le savait pas ? »

Nic écarte les bras en signe d'ignorance. Il n'est quand même pas responsable en ce qui concerne Ted. Mais il comprend la réaction d'Adélaïde. Il suggère que, chez les Juifs, le sexe est peut-être vécu autrement. Elle reprend sa marche en marmonnant : « Le sexe !... Seigneur... Mais pourquoi on ne nous dit rien ? »

Nic décide d'aller lui faire couler un bain.

Adélaïde continue sa marche, nerveuse, bouleversée. Si elle avait su ! Ça fait deux mois qu'elle est en proie aux idées les plus extravagantes et qu'elle retourne dormir dans son lit, de peur qu'une fois endormie le désir et le sommeil réunis n'occultent sa conscience et qu'elle se précipite sur Nic pour recommencer cette nuit d'orage où son mari lui a semblé être, pour le moins, au même diapason qu'elle. Deux mois qu'elle se dit que sa maternité l'a changée, l'a rendue tout alanguie, obsédée à rêver d'une caresse, d'un baiser. Deux mois qu'elle se traite de perverse et de pire encore, en fixant voluptueusement les hanches de Nic dès qu'il a le dos tourné.

Elle surgit dans la salle de bains : « Tu prends encore un bain ?

— C'est pour toi, voyons ! Adélaïde... C'est Béatrice qui te met dans cet état ?

— Ça ne te choque pas ? Ça ne te scandalise pas ?

— J'espère seulement qu'elle est prudente. Une réputation, ça se gâche vite et pour longtemps.

— Dis-moi une chose, Nic McNally : tu en as eu beaucoup de femmes, dans ta vie ? »

Il ferme les robinets, se retourne vers elle : « Je ne sais pas ce que tu estimerais être beaucoup... »

Elle tend les deux mains devant elle, comme pour se protéger : « Non ! Laisse faire. Oublie ma question ! Excuse-moi. »

Et elle le met à la porte.

Trente minutes plus tard, Nic voit le bras d'Adélaïde se tendre dans l'interstice de la porte et il l'entend réclamer sa robe de chambre. Pris d'un nouveau fou rire devant cette attitude pour le moins étonnante, il lui tend le vêtement et se couche pour ne pas insulter une Adélaïde déjà assez crispée.

Elle se couche, éteint et grommelle un bonsoir bougon.

Nic constate que la discussion va tourner court et, déçu, il s'installe pour dormir. Au bout de quelques minutes, Adélaïde s'agite, se colle dans son dos et murmure à son oreille : « Bon ! Dis-le, c'est comment. Tu vois bien que je ne le sais pas. »

Il se retourne pour lui faire face et distinguer son visage, mais il ne voit pas grand-chose. Il l'entend respirer avec brusquerie, comme si la fureur la faisait haleter. Il n'a aucune envie de lui dire ça. Il n'a aucune envie de la voir partir avec sa science nouvelle ni de la voir en profiter. Il ne supporte tout simplement pas l'idée d'Adélaïde dans d'autres bras que les siens. Ceux de Ted, à la rigueur, et s'il n'y réfléchit pas longtemps.

Tendue vers lui, elle attend.

Il refuse. Elle se fâche net et il lui dit qu'il ne souhaite pas la voir adopter le comportement de Béatrice. Jamais il n'aurait cru l'insulter autant ! Elle lui chuchote ce qu'elle pense de son jugement et de ses manières, de son double standard. Lui pourrait s'offrir qui il veut et quand il veut, tandis que les femmes seraient des créatures volages et immorales si elles voulaient seulement savoir comment s'éviter des heures et des heures de souffrance ? Il vient lui faire la leçon, alors que sa fidélité à elle devrait aller à Theodore, et qu'il n'a pas la moindre idée de la difficulté de la chose parce que, jamais de sa vie, il n'a eu à être fidèle !

Il essaie de l'interrompre, de s'excuser, d'avouer être allé trop loin, mais rien ne peut réfréner le flot furieux des injures d'Adélaïde. Dieu merci, Léa les oblige à garder le ton bas, mais Nic ne voit pas comment calmer la diatribe. Il est si embêté que le fou rire le reprend et il se dit que, si elle s'en aperçoit, elle va le tuer sur-le-champ. Pour ne pas rire, parce qu'il n'a pas vraiment d'argument, parce qu'il en a furieusement envie depuis trop longtemps, il l'embrasse avec fougue. Sur le coup, elle lutte contre lui, puis elle lui rend son baiser avec la même énergie belliqueuse qu'elle montrait dans son discours.

Il y a un bref instant où Nic se dit qu'il devrait parler et s'excuser, mais il a déjà trouvé la peau d'Adélaïde, mais elle lui a déjà enlevé sa veste de pyjama et tout ce qu'elle répète entre ses baisers violents est : « Tu le sais ? », et ce qu'il sait n'est pas que la manière de ne pas faire d'enfant, ce qu'il sait, c'est que sa présence charnelle entraîne une exaltation insensée, dévastatrice, totalement dénuée d'inhibitions. Malgré sa candeur, Adélaïde possède une sensualité dévorante, animale, elle l'attaque, elle se mesure à lui, le défie avec son énergie gourmande, son âpreté à saisir le plaisir, à le dompter, à le cravacher, à l'exalter et à le faire éclater. Il est si éperdu qu'il en oublie presque de se munir de « ce qu'il sait ».

À cinq heures du matin, ils n'ont pas encore dormi, et les seins d'Adélaïde réclament Léa avant que celle-ci ne se réveille. Épuisée, échevelée, troublée, Adélaïde nourrit Léa en essayant de reprendre ses sens. Elle ne sait pas pourquoi Nic la rend aussi intenable. Elle se souvient de la douceur de l'amour avec Theodore, et elle n'arrive pas à croire qu'il s'agit bien d'elle quand elle compare cette femme avec la furie qui se jette sur Nic en proie à cet appétit jamais apaisé, jamais assouvi. Elle ne peut croire que, rien que d'y penser, rien que de regarder la lippe goulue qu'il fait, son ventre se creuse, ses reins bougent et tout en elle s'ouvre, réclame et s'offre. Ce doit être le temps passé sans caresses, sans contact aucun, ou le fait que ce soit davantage sexuel qu'amoureux, elle ne sait pas, elle n'y comprend rien. Quand Léa est recouchée dans son berceau, quand les draps ont repris leur place et que Nic lui chuchote qu'il croyait presque que c'était un accident, leur entente sauvage de la première nuit, elle se dit qu'elle n'est pas qu'une oie totalement blanche et que Nic non plus ne sait pas tout.

Elle ferme les yeux. Elle essaie de profiter de ce répit fantastique et de ne pas se harceler de questions pour ce qui reste de nuit. Malgré tout, elle sait que leur « entente sauvage », comme il l'appelle, coûtera cher à sa conscience pas du tout sauvage.

Il est neuf heures trente quand Rose frappe à la porte de leur chambre. Elle n'est pas en avance, mais Adélaïde, elle, est très en retard. Nic ouvre joyeusement, la chemise à peine boutonnée, une rôtie entre les dents, Léa nichée sur l'épaule. Il s'incline devant Rose et lui fait signe d'entrer.

Dès que la porte est refermée, il prend une bouchée et propose un petit déjeuner à Rose pendant que sa sœur finit de s'habiller. Rose est intimidée devant les draps défaits, les vêtements jetés sur une chaise, le désordre sympathique, ce Nic enjoué qui n'a pas l'air de vouloir passer une veste et qui fait les cent pas en tapotant le dos du bébé tout en finissant de mâcher. Elle offre de s'occuper de Léa, mais Nic affirme que c'est un bonheur de déjeuner en marchant. Léa gazouille de plaisir et ne s'interrompt que pour accorder à son père le rot attendu. Nic la cale contre son bras, où elle semble parfaitement confortable, et il se verse du thé en observant Rose : « Tu t'en sors, Rose ? Ce n'est pas trop, l'école plus la tenue de maison avec Edward et Guillaume ?

— Ça va. Ce n'est pas comme avant, bien sûr… mais ça va mieux. »

Nic se rend compte qu'il l'intimide. Une jeune fille sage et obéissante, voilà ce qu'est Rose. Comparée à ses deux sœurs, Rose a vraiment une attitude plus posée et plus conforme à ce qu'on attend d'une future dame.

Quand Adélaïde sort de la salle de bains, occupée à visser ses boucles d'oreilles, il voit les yeux de Rose suivre sa sœur et devenir presque incrédules. Nic l'entend murmurer : « Oh !… Tu viens tellement de ressembler à maman, Adélaïde ! Tu ne trouves pas, Nic ? »

Il y a dans l'immobilité subite d'Adélaïde une attente anxieuse, et Nic sent que quelque chose lui échappe. Il brise la tension en répondant que, pour lui, les deux femmes sont à la fois semblables et très différentes. Il montre Léa : « Comme cette petite dame va ressembler beaucoup à sa mère et ne sera pas du tout la même. Sauf pour le sommeil : elles sont toutes les deux douées pour le sommeil profond. C'est d'ailleurs ce qui t'a mise en retard, Adélaïde… »

Il adore la faire rougir comme ça ; il la voit plonger dans la penderie à la recherche de son manteau et s'agiter pour trouver ses gants, son sac. Elle met son chapeau en vitesse et entraîne sa sœur. Nic se plante devant elle : « Tu as quand même le temps de dire bonjour et d'embrasser… ta famille ? »

Adélaïde embrasse Léa et, levant les yeux vers lui, elle pose délicatement le bout de ses doigts gantés sur ses lèvres puis sur celles de Nic. « Ne la laisse pas prendre froid si tu sors. À tantôt. »

Il fait un temps magnifique pour un début décembre, à peine froid avec de petits coups de vents venus du fleuve sur lequel flottent des macarons de glace, encore toute fine. Elles marchent toutes les deux et font le tour de la vieille ville en riant et en discutant. De retour vers le Château, Adélaïde suggère d'arrêter à la basilique pour y allumer un lampion. Sans hésitation, elles se dirigent vers la chapelle de la Vierge et elles regardent danser la flamme neuve. Adélaïde prend la main de Rose : « On venait toujours ici, maman et moi, pour discuter. Tu ne le croiras pas, mais il m'arrive de chercher un endroit comme ça à Montréal. Je n'ai pas trouvé l'équivalent.

— Québec te manque ?

— Non… C'est maman qui me manque. Maman et ceux que j'aime qui sont ici. »

Rose pousse un profond soupir. Impulsivement, la veille, à la fin de la soirée, Adélaïde a proposé cette rencontre à sa sœur et elle a été étonnée de la voir répondre avec autant d'empressement.

« Rose… Il y a quelque chose dont tu veux me parler ? Quelque chose qui t'embête ?

— Pas ici.

— Tu crois qu'on ne parle pas dans les églises ? C'est le meilleur endroit pour discuter !

— Pas de ça. »

Adélaïde croit deviner de quoi il s'agit, mais, une fois qu'elles sont attablées chez *Kerhulu* devant leur thé brûlant, elle est surprise d'entendre Rose parler de Béatrice. « Tu sais, quand on est revenus de l'Île en septembre, papa avait changé. Bon, il y a le jardin et Paulette et tout… Mais papa avait aussi vidé la chambre des affaires de maman. Et moi, j'ai cherché où il les a mises et je les ai trouvées dans la cave. Tout était là, dans des boîtes. Il y a deux mois, Béatrice est venue un matin et elle a tout pris. Tout. Je sais que c'est elle, parce que j'ai vu le manteau gris, tu sais, le manteau avec un col de *seal* noir, je l'ai vu sur son dos. Et puis… Qui aurait pris ça, sinon elle ? C'est pas toi, c'est pas moi, alors…

— Alors ?

— J'ai été la voir un jour pour lui demander pourquoi elle faisait ça sans nous en parler, ou au moins le dire à papa. Elle… elle n'est plus comme avant, Adélaïde, elle m'a ri en pleine face, elle m'a lancé ma Toune, la poupée que j'aimais tant quand j'étais petite, ma vieille Toune toute fripée, et elle m'a dit qu'elle ne m'avait rien volé et que tu en avais assez comme ça. Je suis rentrée avec Toune et je n'ai rien dit à personne. Mais, maintenant que tout le monde le dit, je vois bien que Béatrice fait des choses scandaleuses, je le vois et, c'est fou, je ne pense pas que ça me dérangerait si elle ne le faisait pas dans les robes de maman, avec ses bijoux, ses parures. Je ne peux pas penser qu'elle fait ça à maman, qu'elle la salit en laissant des hommes toucher ses si beaux vêtements. Je voudrais que t'ailles les chercher, Adélaïde, que tu les ramènes chez nous. Qu'elle fasse comme elle veut, mais pas habillée comme maman, pas avec… je ne sais pas, la protection de maman. Tu vas me trouver folle, je sais. Et ce n'est pas pour les mettre à mon tour ou les prendre. »

Adélaïde arrête les justifications de Rose. Elle comprend. Elle ne peut pas ignorer combien leur père serait furieux de voir ces vêtements portés pour séduire et aguicher des hommes. Elle imagine très facilement les arguments de Béatrice et surtout la pauvreté qu'elle prétexterait pour légitimer son emprunt. Adélaïde ne sait pas comment elle pourrait intervenir, n'ayant accès ni à Edward ni à Béatrice. Rose ne lui laisse pas le temps de trouver une solution, elle continue : « Il y a autre chose aussi. Elle… elle donne les choses de maman. Pas toutes, mais certaines choses. L'autre jour, Reine est venue me porter une nappe brodée, une nappe que maman sortait pour les grandes occasions. Béatrice la lui avait donnée pour la remercier de garder Pierre. Et Reine a reconnu la nappe. On a fait le tour de la maison ensemble. Il manque des choses. C'est sûr que, quand je vais à l'école, je laisse la maison toute seule. Je ne peux pas me battre contre elle, Adélaïde, elle est certaine que tout cela lui revient. Elle dit qu'elle est l'aînée maintenant que papa ne veut plus te voir. Mais on ne peut pas faire ça ! Elle ne peut pas te barrer de la famille comme ça, n'est-ce pas ? Je ne veux pas te considérer comme morte, moi, je ne peux pas ! Déjà que tu es loin, c'est difficile, mais à qui je vais pouvoir parler si on fait comme si tu n'existais pas ? Fabien est parti, Béatrice s'en fiche et Guillaume est trop jeune.

— Papa ? »

Rose la fixe comme si elle délirait : « Je ne peux pas lui parler de ça. Imagine ! Il va me tuer. »

Adélaïde voit bien que c'est à elle d'agir, de faire en sorte que le patrimoine de Gabrielle ne soit ni dilapidé ni soustrait à sa famille. Béatrice va sans doute vouloir l'étriper, mais elle a une ou deux choses à dire qu'elle devra entendre, que ça lui plaise ou non.

Elle rassure Rose du mieux qu'elle peut et essaie de la faire parler d'elle, de ses projets, de sa vie, mais Rose est déjà en retard : elle doit cuisiner le repas d'anniversaire de Paulette et rien n'est fait. « Déjà qu'avec les tickets de rationnement, c'est pas facile… Mais Florent apporte le gâteau, ça me soulage. Tu sais, c'est fantastique de revoir Florent. »

Rose s'éloigne d'un bon pas et Adélaïde reste là, à l'observer. Quelle vie cela lui fait ? Toute jeune, alors qu'elle devrait penser à danser, à skier et à vivre, elle s'occupe de la maison, de leur père aigri, et elle essaie de rattraper les gaffes de Béatrice. À quinze ans, elle, elle étudiait et discutait politique. Elle sortait, s'amusait, et elle allait bientôt rencontrer Theodore. Qui va mettre Rose à l'abri des erreurs de la vie, qui va délester les secrets qui pèsent si lourd quand on n'a personne à qui parler ? Rose, la douce qui ne fait pas de bruit, qui ne demande ni n'exige, Rose à qui on ne pense pas, tellement ça coule de source qu'elle ne causera pas de problème. Le cœur gros, Adélaïde se promet de lui écrire chaque semaine, de l'entourer à distance, d'être là pour elle, qu'elle sache au moins qu'elle peut se tourner vers elle si quoi que ce soit arrivait. Adélaïde sait bien que

Montréal est à une distance qui épuise bien des velléités de confidences et qu'il va falloir entourer Rose autrement si elle veut vraiment l'aider.

Elle rentre en vitesse à l'hôtel, ayant mis Nic en retard pour son rendez-vous. Mais elle ne le trouve pas sur un pied d'alerte. Étendu sur le lit, son long bras en demi-cercle autour de Léa qui gazouille, Nic, les yeux fermés, a l'air de très bien dormir. Adélaïde s'approche sur le bout des pieds et entend Nic dire, sans ouvrir les yeux : « Ne crois pas que je dors. Je me repose en écoutant un oiseau des îles. »

L'oiseau des îles se met à crier de plaisir et à agiter bras et jambes en voyant sa mère. Nic ouvre les yeux : « T'entends ? Elle dit : "Bonjour, maman" !

— Non ! Elle dit : "J'ai encore réussi à perdre mes chaussons" ! »

Nic se soulève, cherche sur le lit. Adélaïde trouve la petite patte de laine mousseuse par terre, au pied du lit : « T'es sûr qu'elle n'a pas fait le tour de la chambre pendant que tu dormais ? »

Nic passe sa veste, se repeigne avec la main, prend son manteau : « Je ne dormais pas ! Pourquoi j'aurais dormi ? Je ne suis pas fatigué, j'ai eu une très bonne nuit. À tantôt ! »

Un baiser léger sur la joue d'Adélaïde, qui est soudain décontenancée. Comme elle lui envie cette aisance avec les sujets délicats ! Jamais elle n'aurait osé évoquer la nuit passée. Et il a l'air enchanté de son coup, en plus !

En arrivant au bureau, Nic trouve une Mademoiselle Dubé rougissante qui lui tend un petit paquet : « J'ai attendu pour vous donner ceci pour Adélaïde. C'est une fille à ce qu'il paraît ? Vous devez être heureux… »

Nic prend le cadeau, conscient de la désobéissance qu'il représente. Il la remercie avec chaleur et admet que, en effet, il est très heureux. Il s'excuse de l'avoir forcée à faire des heures supplémentaires avec son retard. Mademoiselle Dubé montre la pile de dossiers : « J'en ai pour l'après-midi ! C'est fini le bon temps où Ted et Arthur donnaient un coup de main et où on avait nos samedis après-midi. »

Edward a l'air content de le voir. Nic constate à nouveau à quel point son ami a vieilli depuis la mort de Gabrielle. Il se demande encore s'il n'aurait pas dû emmener Léa et la lui mettre devant les yeux. Mais il est là pour parler affaires et il y va sans détours.

« Edward, j'ai des soucis et tu es un de ceux-là. Je vais te parler franchement. S'il m'arrivait quelque chose, si j'étais mobilisé, c'est Adélaïde qui prendrait la direction des compagnies. Tu sais qu'elle faisait l'apprentissage du travail avant d'avoir sa fille, elle est au courant de tout et elle est fondée de pouvoir. Si elle a besoin d'un avocat pour un dossier, est-ce que tu t'en charges, comme d'habitude, ou est-ce que je dois engager un nouvel avocat ?

— Ils t'ont appelé ? Tu dois partir ?

— Ce n'est pas la question, Edward. Peux-tu, oui ou non, travailler avec Adélaïde comme tu le fais avec moi ? Est-ce que je peux te faire confiance si j'ai à partir ?

— Tu ne vas quand même pas t'engager !

— Edward, si tu ne me réponds pas, je vais comprendre que c'est non et je vais agir en conséquence. »

Les mains d'Edward s'agitent, bousculent un papier ou deux, tripotent le buvard, replacent l'encrier. Nic n'en peut plus : « C'est elle la patronne si je n'y suis pas. C'est elle qui décidera. Tu ferais ce qu'elle décide, comme elle le dit.

— Toi, tu me fais l'honneur d'écouter mes conseils.

— Elle les écouterait, mais la décision lui reviendrait.

— Je n'aurais aucun pouvoir supplémentaire ?

— Aucun. Même *deal* qu'avec moi.

— Tu choisirais de m'écarter à son profit ?

— Non, Edward, j'ai choisi ma femme pour administrer mes compagnies avec les appuis juridiques que j'ai l'habitude d'avoir. Pas plus, pas moins.

— Tu sais l'âge qu'elle a ?

— Elle est capable. »

Le silence est lourd. Nic voit le tumulte intérieur qu'Edward essaie de maîtriser.

« Tu es très dur, Nic. »

Nic bondit : « Moi ? Moi, je suis dur ? *What about you ?* »

Edward est déjà debout, frappant sur son bureau, écumant de rage rentrée : « Elle m'a menti ! Ici même, dans ce bureau, elle a juré qu'il n'y avait rien et que ce salaud ne la toucherait plus ! Ici même, elle l'a laissé la traiter comme une fille de rue, une petite grue… ma fille ! Comment peux-tu la regarder sans y penser ? Comment peux-tu donner ton nom à ce bâtard ?

— J'ai sûrement un sens de l'honneur placé plus haut que le tien !

— Plus élastique, oui.

— Edward, si tu dis un mot de plus contre ma femme, je sors d'ici.

— C'est ma fille.

— Tu ne la mérites pas ! Tu es indigne d'elle avec tes principes d'ancien temps. Tu te conduis comme un imbécile et tu te prives du bonheur qui te reste en te privant d'elle.

— Sors d'ici, Nic ! J'ai pas besoin de tes conseils et tu n'aimerais pas savoir ce que je pense de ton union.

— Tu sais très bien qu'Adélaïde t'apporterait de la consolation. Tu ne veux pas être consolé, c'est ça ? Il faut que tu souffres ? Tu veux en arracher et élever un autel du sacrifice à Gabrielle ? As-tu tellement besoin de lui prouver quelque chose ?

— C'est ça que tu fais, Nic ? Tu te consoles de Gabrielle avec ma fille ? Tu te la payes enfin à travers elle ? Tu réussis à t'illusionner totalement ou il faut que tu fermes les yeux ? »

Le coup est parti si vite, si brusquement que Nic ne s'est pas vu marcher vers Edward, le soulever, le secouer violemment. Quand son poing s'est écrasé sur la figure d'Edward, quand la peau a comme éclaté sous l'impact, Nic se ressaisit. Il reprend ses esprits au moment où son bras prenait son élan pour frapper encore. Il lâche Edward brutalement, fait demi-tour et sort du bureau sans rien ajouter et sans se retourner.

Tout le reste de l'après-midi, Nic marche dans la ville. Il est tellement bouleversé, tellement perturbé qu'il ne peut même pas envisager de s'asseoir à une table, face à Adélaïde. Il sait qu'il le faudra, mais les mots cuisants d'Edward mordent sa mémoire, s'enfoncent en lui jusqu'au souvenir de la nuit passée, jusqu'à l'atroce question qui lui vrille le cerveau : a-t-il fait ça ?

Il rentre à l'hôtel vers six heures et téléphone chez Isabelle pour dire qu'il n'est pas bien et qu'il ne les rejoindra pas. Il ne parle même pas à Adélaïde et assure que ce n'est rien, une indigestion.

Il savait qu'elle rentrerait tôt. Assis dans le noir, oppressé d'angoisse, il l'entend ouvrir la porte vers huit heures trente. Elle allume sans parler, s'occupe de coucher Léa et l'observe en allant s'asseoir au pied du lit. Elle ne dit rien, mais il est conscient qu'il devrait expliquer ou raconter quelque chose. Au lieu de cela, ses yeux affolés repèrent chaque similitude, chaque trait que sa femme partage avec Gabrielle. Il s'interroge douloureusement : a-t-il fait cela ? A-t-il agi aussi bassement ? S'est-il abusé à ce point ? Il ne veut même plus se souvenir du mot atroce d'Edward ni de la possibilité encore plus atroce d'avoir commis un tel acte de dépravation.

Au bout de trente minutes de silence, Adélaïde se lève et se dirige vers la salle de bains. Elle en ressort, prête pour la nuit. En cela, Adélaïde est unique, elle ne l'obligera pas à parler. Elle tirera ses conclusions et il prendra le risque qu'elle se trompe s'il ne dit rien.

Elle se couche en silence, ne laissant que la lampe de chevet allumée.

Allongé près d'elle dans le noir, il réussit à dire qu'il s'est fâché avec Edward.

« À mon sujet ? Et tu m'en veux de t'obliger à ne plus le voir ? »

Nic jure que non, qu'il ne lui en veut certainement pas. Adélaïde sait bien que dans sa façon de dire bonne nuit, d'effleurer sa joue, il y a une distance pire que tous les reproches qu'il pourrait exprimer, une distance qui la glace jusqu'à l'aube, jusqu'au moment béni où Léa boit et la réchauffe enfin.

* * *

C'est Florent, une fois le train en marche, qui exprime leur sentiment commun en poussant un énorme « ouf ! ». Il prend Léa contre lui et elle cesse enfin de hurler. Il rassure Ada. Sa fille n'a ni froid ni faim : « Elle veut retourner chez elle, dans son lit, dans sa maison, comme nous. » Léa lui donne raison en s'endormant enfin, alors que depuis le matin elle pleurait à fendre l'âme.

Florent raconte qu'Edward avait un œil tout bleu et rouge et le nez passablement enflé. En apercevant le regard d'Adélaïde effectuer un rapide aller-retour vers le visage de son mari, il devine que le client dont Edward a parlé pourrait être Nic. Mal à l'aise, il raconte de moins en moins de choses et la conversation meurt dans la cacophonie ambiante. Florent est tout surpris de voir Nic et Adélaïde s'endormir à leur tour, chacun dans leur coin. Quand Léa se réveille, il l'emmène se promener pour ne pas qu'elle trouble le repos, apparemment mérité, de ses parents.

Il ne faut pas deux jours à Florent pour comprendre qu'Ada est soucieuse et contrariée, et jamais il n'a vu Nic dans un tel état d'angoisse. Il ne sait plus quoi faire pour alléger l'atmosphère de la maison. Il redoute beaucoup que Nic se soit engagé et il attend nerveusement le moment de l'annonce. Les jours qui suivent le retour de Québec sont si fébriles qu'il ne trouve même pas le moyen d'avoir une vraie conversation avec Ada.

Après deux semaines où le silence et la tension persistent, force lui est de constater qu'Ada le fuit. Elle a repris son horaire du mois d'août et travaille au bureau le matin pour rentrer à la maison à l'heure du midi, les bras chargés de dossiers. La seule chose que Florent réussit à faire pour elle, c'est d'installer et de décorer son bureau et même de planifier avec elle l'éventuel aménagement de la pièce adjacente au bureau pour Léa.

Il a beau essayer de parler de Ted ou de Nic, Ada est fermée comme une huître et le laisse se dépatouiller avec ses questions. Parler à Nic est encore plus compliqué. Florent renonce et adopte leur comportement, ce qui fait qu'ils sont trois à ne parler de façon enjouée et libre qu'avec Léa, qui trône au milieu de toute cette attention.

Un mercredi, alors qu'elle se hâte pour rentrer, Adélaïde croise Alex et Nic qui quittent l'édifice de la rue Saint-Jacques en même temps qu'elle. Nic les présente, et elle rentre, intriguée. Cet enfant qui est venu racler les feuilles cet automne, ce serait donc le neveu de Nic ? Elle n'est pas sûre de le croire et finit par douter : pourquoi n'en aurait-il pas parlé ouvertement si c'était un neveu ? C'est cet enfant et la terrible question qu'il soulève qui brisent la patience d'Adélaïde. Elle est prête à comprendre que Nic éprouve un profond malaise à mettre fin à presque toute une vie de complicité avec Edward, elle admet qu'il lui en veuille indirectement de l'avoir forcé à la choisir, mais s'il a un fils naturel, elle veut le savoir. S'il a laissé une femme dans le déshonneur pour venir ensuite l'épouser, elle, elle veut le savoir. Si, *a posteriori*, il doute de leur vie, de ses choix, s'il regrette quoi que ce soit, elle veut le savoir. Elle veut pouvoir se battre. Elle a bien assez réfléchi ces derniers temps pour se rendre compte que Nic est beaucoup plus qu'un mari de façade, que leur union, même boiteuse et étrange, en est une vraie et qu'elle a besoin de leurs rapports ouverts et joyeux pour être bien. Depuis le retour de Québec, les portes fermées de leurs chambres respectives la minent et lui causent de sérieuses insomnies. Elle ne sait pas comment Nic se débrouille, mais il n'a pas la mine fraîche non plus.

Ce mercredi, c'est le soir du concert de l'Orchestre symphonique où, habituellement, Florent l'accompagne. Mais Florent est débordé parce qu'il doit remettre deux ensembles avant le 20 décembre et que ses heures de travail sont comptées. Sans espérer de réponse positive, Adélaïde propose à Nic de l'accompagner. À sa grande surprise, il accepte. Il s'habille même pour l'occasion. Voyant cela, Adélaïde se précipite vers les appartements de Florent et lui demande de l'assister : « Je veux être belle, Florent ! Enfin... à mon meilleur. »

Elle est mieux qu'à son meilleur. Piquante, élégante et follement séduisante, avec une indéniable touche de modernité. Florent l'a fait changer de chaussures à trois reprises et il a débattu longuement de la nécessité de raccourcir l'ourlet de sa robe d'un quart de pouce, pour donner encore plus de légèreté à l'ensemble. Ada lui a ordonné de se tenir tranquille : un quart de pouce, vraiment ! Florent l'examine une dernière fois, la fait pivoter en douceur. Parfait. Du chic, de l'allure et de la jeunesse. Rien de guindé, rien de vulgaire, mais cet entre-deux attirant qu'Ada sait si bien porter et que si peu de femmes peuvent oser sans y perdre leur classe.

Si Florent avait voulu écarter les doutes dévastateurs qui hantent Nic, il n'aurait pas mieux fait. En voyant Adélaïde descendre l'escalier vers lui, Nic ne peut qu'admettre que cette femme n'est pas Gabrielle ni son ombre. Elle lui ressemble, mais elle possède une tout autre tournure, une façon unique d'attaquer, de saisir et de défier la vie, une sorte de fougue sous-jacente à chaque geste, un éclat indéniable. La mesure, si chère à Gabrielle, est inconnue d'Adélaïde. Sa réserve est le fruit d'un apprentissage que sa vraie nature, violente et déterminée, trahit à chaque instant.

Nic tient la main d'Adélaïde pendant toute la deuxième partie du concert et il refuse de laisser régner la torturante question d'Edward. Un léger répit le détend enfin, et Adélaïde y voit une immense amélioration.

Ce soir-là, il frappe à sa porte et lui dit bonne nuit avec une véritable tendresse. Elle le retient avant qu'il ne regagne sa chambre. « Nic, l'enfant... Alex... c'est le tien ? »

Sidéré, il s'immobilise. Elle attend sa réponse, toute droite, brave, prête à faire face courageusement. Dieu ! Que fait-il à cette femme ? Il se précipite, la prend dans ses bras, étouffé de remords : comment peut-il la laisser douter de lui à ce point ? Il la rassure, lui jure que non, lui interdit de s'imaginer des choses pareilles. « Je n'ai qu'un enfant : Léa. Je te le dirais, Adélaïde. Je ne te laisserais pas ignorer une chose pareille. »

Elle voudrait qu'il soit moins repentant et plus entreprenant. Elle a passé la soirée à le désirer, à le sentir accessible comme avant, tenté, séduit. Pourquoi ne pas cesser cette stupide grève du silence, ce carême insupportable où tous les doutes sont permis ? Il va l'embrasser, elle le voit bien. Pourquoi la fixe-t-il avec des yeux pleins de questions ? A-t-il peur qu'elle le refuse ? Pourquoi cette bouche magnifique ne prend-elle pas la sienne ? Incapable de résister, elle tend son visage en fermant les yeux. Il pose les lèvres sur les siennes et, comme s'il s'y était brûlé, il s'en écarte brusquement en grommelant un « bonne nuit ».

Exaspérée, elle marche tout son dépit pendant plus d'une heure. Si elle osait, elle ouvrirait cette damnée porte, elle écarterait les draps de Nic d'un seul geste, et il aurait affaire à cesser de nier le désir qu'il combat. Elle ne sait pas quelle espèce de promesse son père a extorquée à Nic avant que celui-ci ne lui brise le nez, mais elle regrette beaucoup que la violence de Nic n'ait pas éclaté avant que son père n'atteigne son but. Elle ne veut pas essayer d'ouvrir la porte de la chambre de Nic, parce que, si elle est verrouillée, elle en sera humiliée à un point qu'elle ne veut même pas imaginer. Elle a suffisamment réfléchi de façon humiliante dernièrement.

Elle se rend dans la salle de bains, ferme la porte de sa chambre pour épargner Léa et, comme une enfant contrariée, elle fait couler l'eau et fait le plus de bruit possible sur le carrelage. Au moins, qu'il ne dorme pas paisiblement !

Nic l'entend et il entend sa colère. Il la trouve justifiée, mais il n'y peut rien. Il faut qu'il règle cela avec lui-même et avec Gabrielle. Paradoxalement, le côté obsédant de la question exacerbe le désir, et il en devient fou. Tout à l'heure, alors qu'il fixait le visage levé vers lui, alors qu'il se penchait pour embrasser la bouche d'Adélaïde, c'est le souvenir précis de celle de Gabrielle sous la voilette qui l'a fouetté et fait reculer. Depuis les mots cyniques d'Edward, chaque pulsion, chaque désir, chaque tentation se double des nombreuses fois où Gabrielle était l'objet de ces mêmes élans. Et la torture d'éloigner une Adélaïde consentante et blessée par ses refus est mille fois plus cruelle que ne l'était celle de s'éloigner de Gabrielle. Parce qu'Adélaïde en souffre. Parce qu'elle n'a aucune idée de ce qui l'obsède et qu'elle est sans arme. Parce qu'elle ne mérite pas un mari pervers qui joue à recréer un ancien amour à travers le gris de ses yeux.

Appuyé contre la porte de la salle de bains, il l'entend s'agiter avec rage. Si une femme lui faisait subir ce qu'il a fait ce soir, Nic sait très bien comment il la traiterait. Il pose la main sur la poignée, hésite. Que va-t-il, que peut-il lui dire ? Qu'elle ressemble à Gabrielle, et faire en sorte qu'ils soient maintenant deux à douter de l'authenticité de chaque baiser ?

Il retourne dans son lit, profondément déprimé, et il passe le reste de la nuit à s'effrayer avec l'idée qu'Adélaïde va régler le problème de façon brutale en désertant son lit si peu accueillant pour celui d'un autre homme. Ce dont il est certain, c'est de la douleur aiguë qu'une telle pensée provoque, douleur que, jamais de sa vie, l'idée de Gabrielle épanouie avec Edward n'a entraînée.

* * *

À part Léa, il n'y a que la guerre et les problèmes de sa famille qui distraient Adélaïde de ses préoccupations. Elle réussit à tenir sa résolution d'écrire à Rose chaque semaine, mais elle ne voit pas encore comment entrer en contact avec Béatrice et tenter de ramener sa sœur à des comportements plus acceptables.

Le dimanche 27 décembre, profitant de la présence de Florent à la maison, Adélaïde se rend au bureau avec Nic pour abattre du travail en retard. Au milieu de la pile des vœux, elle trouve une lettre de Béatrice. Sa sœur lui écrit parce qu'elle a besoin d'aide « à titre extra personnel et secret ». Elle lui demande de venir la rencontrer aussitôt que possible et de garder l'affaire pour elle. Pas un mot sur l'indignité d'Adélaïde et les motifs de la demande : j'ai besoin, tu arrives. Il y a une urgence pour Béatrice, le monde cesse de tourner et elle s'excusera plus tard, s'il y a lieu. Fâchée d'être traitée comme la cinquième roue du carrosse, Adélaïde repousse la lettre et continue son travail.

Vers six heures, elle fait irruption dans le bureau de Nic et annonce qu'elle ira à Québec pour un voyage éclair avant la fin de l'année. Nic lève un visage livide de la lettre qu'il était occupé à lire : « Pour quoi faire ? »

Qu'est-ce qu'il s'imagine, encore ? Qu'elle va aller trouver son père pour lui demander ce qu'il a bien pu dire à son mari qui l'a frigorifié net ? Qu'elle va aller étaler leur misère à la face des gens qui ont prédit que ce mariage serait un contrat voué à l'échec, parce qu'établi dans l'obligation de sauver son honneur perdu ? Elle s'appuie des deux poings sur le bureau de Nic et, tête baissée, elle réfléchit à ce qu'elle pourrait dire pour l'inquiéter un peu.

C'est à son tour de relever un visage défait vers Nic : « Singer ? Tu as des nouvelles ? Tu ne me le dis pas ? »

Nic est déjà debout, il lui tend la lettre : « Je viens de l'ouvrir, Adélaïde, je viens tout juste. C'est Aaron. Il n'y a rien de neuf, ou plutôt, c'est ce qui arrive aux autres, sa famille, les problèmes. Lis ! J'allais te la montrer, voyons ! »

Elle hoche la tête, va s'asseoir, brisée, vaincue : « Non. Ça va… J'ai pensé… excuse-moi. »

Il s'assoit en face d'elle, la lettre toujours à la main.

« Le plus jeune est parti la semaine passée. Dans les fantassins. Ils en manquent beaucoup. Aaron n'a plus que les femmes avec lui. Ils sont tous là-bas, ses trois fils. Il m'annonce aussi la mort de son second fils, David. Un pilote. Mort en mission en Afrique. Bêtement, en plus. »

Elle ne veut pas le savoir, elle ne veut pas éprouver de la pitié pour Aaron Singer. Elle ne veut pas penser que la mort s'approche de cette famille, qu'elle fauche le deuxième fils et cherche le premier dans les décombres de Dieppe. Elle ne veut pas savoir pourquoi ce père laisse partir son dernier fils pour la boucherie. Elle ne veut pas penser à cela, ni avoir la tentation de pardonner à cet homme l'indigne demande qu'il lui a faite.

Nic continue : « Il y aura une cérémonie religieuse commémorative demain.

— Tu vas y aller ?

— Oui. C'est son fils, Adélaïde. Il n'y aura pas de cercueil, bien sûr, mais une cérémonie juive où on mentionnera David.

— Je vais t'accompagner.

— Non. Ne fais pas ça.

— Tu as peur que je l'engueule ? Que je ne sache pas me conduire ?

— Non, Adélaïde, je sais que tu vas très bien te conduire. Seulement… toute la famille y sera. »

La femme de Theodore, leurs deux enfants. Adélaïde ferme les yeux, abattue. « Quel âge ?

— Les enfants ?

— David.

— Trente ans. »

Trente ans. Elle n'en a pas vingt. Trente ans, la fleur de l'âge, qu'ils disent. Elle ne sait pas pourquoi, elle pense à un champ de trèfles, en été au soleil. Un champ odorant que le vent fait courber. Elle pense à Gabrielle agenouillée dans la terre du jardin, qui creuse un trou du doigt et qui lui laisse déposer la graine. La mort, faucher, fleur de l'âge, des clichés qui sentent le trèfle. Theodore et son amour puissant et pourtant prisonnier de ce mariage forcé et maintenant prisonnier des Allemands. Elle revoit cette partie de tennis, il y a mille ans, ce pique-nique au soleil sur les Plaines, la douceur de l'été et les yeux de cet homme amoureux qui la fixaient avec adoration. Toujours. Tu reviendras dans cinquante ans et je t'aimerai encore. Jusqu'à ma mort, je t'aimerai. Peut-être que cet amour est rendu à destination. Elle ne le sait même pas. Tant de choses arrivent si vite à destination. On ne l'a pas avertie. On ne lui a pas dit que tout mourait, disparaissait si vite, si subitement. La graine dans la terre qu'on arrose avec son petit arrosoir de métal, la graine, on ne la voit pas pousser. Gabrielle ne montrera jamais à Léa comment semer la graine et l'arroser. Theodore ne verra jamais cette petite beauté dodue qu'il lui a donnée il y a un an presque jour pour jour. Elle n'a pas vingt ans, mais elle pourrait en avoir cent, tellement elle a déjà perdu. La guerre, les guerres, celles d'Aaron et de son fils, celle de Nic et d'Edward, les siennes… Est-ce si difficile de regarder la vie en paix, de se calmer et de regarder la beauté sans se battre et se déchirer à coups sauvages ou à force de silence ? Elle est si fatiguée tout à coup, si incapable de voir une issue à tous ces abandons, toutes ces morts inutiles. La guerre n'avance pas, les prisonniers restent enfermés, et un homme de trente ans est mort en pilotant un avion, tout comme Fabien le fera bientôt. Ils vont tous mourir, plus ou moins en paix, plus ou moins réconciliés, ils auront dit « toujours », et ce sera vrai pour si peu de temps.

Elle sanglote et Nic lui tend son mouchoir, elle sanglote, le visage enfoui dans les mains, sans pouvoir s'arrêter, sans pouvoir contrôler ce terrible sentiment de précarité qui la fait hoqueter.

Nic revoit clairement le moment où Gabrielle sanglotait dans ce même sofa. Gabrielle, si innocente, qui croyait avoir perdu son amitié, alors qu'il se dévorait d'amour pour elle. Gabrielle, naïve et choyée de l'être, échappant à toutes les questions d'honneur et de loyauté que lui se posait.

La femme qui pleure devant lui, sa femme, affronte la vérité et se bat avec tous les jours. Tous les jours, pied à pied, cette femme fait reculer le dragon de la mort, et ses yeux gris à elle voient tout lucidement et savent qui il est. Edward ne connaît pas sa fille, mais il connaît les hommes et leur capacité à se mentir, à se leurrer pour s'embellir, se croire un peu plus courageux. Nic sait bien qu'aimer Gabrielle n'était rien à côté de l'exigence qu'implique aimer Adélaïde. Cette douleur qui la plie, ce chagrin qui la casse est celui de quelqu'un qui n'a jamais détourné les yeux devant la vérité. Quelle qu'elle soit. Quel que soit le prix. Sa femme.

Il se penche, passe la main avec douceur le long de son dos courbé : « Viens. Viens, on va rentrer à la maison. »

Dehors, une neige folle, légère, danse dans la lumière du lampadaire. C'est doux et triste, trop parfait, trop blanc. Ils rentrent en silence, mais cette fois, sans tension.

Ce soir-là, Nic reste avec Adélaïde pour voir Léa prendre son bain et éclabousser avec enthousiasme la totalité du carrelage. Quand il serre contre lui cette joyeuse petite fille follement excitée, aux pommettes et au nez luisants, aux cheveux mouillés dans la serviette rose bonbon, quand il embrasse ses joues rondes qui donnent envie de mordre tellement elles sont appétissantes, il a la certitude que, même si sa vie prend des allures de recommencement, rien de ce qui la constitue n'est un mensonge.

À commencer par cette enfant qui est la fille de Theodore et quand même la sienne, à commencer par cette femme qui est la femme de Theodore, la fille de Gabrielle et quand même son amour.

Tout comme Léa ne sera jamais seulement Theodore ou Adélaïde, sa femme ne sera jamais seulement Gabrielle ou son écho affadi. Et si Adélaïde parvient à trouver sa paix et sa place dans leur mariage, même si la vie de Ted est menacée, il devrait trouver la sienne, sachant que Gabrielle est morte à jamais.

Tard cette nuit-là, assis dans les marches menant à leurs chambres, il écoute Adélaïde jouer et il se demande jusqu'à quel point il a peur de cette femme et de cet amour qui l'habite, même quand il le fuit. Il se demande si, pour la première fois de sa vie, il ne pourrait pas essayer de ne pas fuir. Sous aucun prétexte.

Il se déshabille et va se coucher dans le lit d'Adélaïde, le cœur battant de crainte qu'elle ne le mette à la porte, la tête emplie de raisons à échafauder pour justifier sa crise de conscience des deux dernières semaines sans la blesser avec la vérité.

Adélaïde l'entraîne d'autorité dans sa chambre à lui pour laisser sa paix à Léa. La partie est serrée et il doit batailler ferme, parce qu'Adélaïde n'a aucune envie de lui permettre d'engloutir les silences dans un baiser.

Comme rien ne lui paraît plus important que la tranquillité d'esprit de sa femme, Nic lui dit qu'Edward a laissé planer un soupçon cruel quant à l'honnêteté de leur mariage. Sans entrer dans des détails qui risqueraient d'être contredits par Edward s'il donnait sa version un jour, Nic décrit le doute vertigineux qu'il a ressenti et qui l'a vraiment hanté, en l'attribuant à son âge et au fait qu'Edward a sous-entendu qu'il le remplaçait auprès de sa fille. Sans citer Edward, il fournit suffisamment de preuves de ses basses allégations : pour son père, Adélaïde a pris Nic pour mari en espérant qu'il se contente du rôle de père de l'enfant, et si jamais elle lui cédait physiquement, ce serait soit de l'inceste déguisé, soit parce que son vrai mari, celui qui l'a déshonorée, lui manque.

À mesure que Nic élabore sa thèse, il se sent à la fois convaincant et malhonnête. Présenté comme ça, c'est la sincérité du désir d'Adélaïde qui constituait son doute. Nic est ainsi certain d'être crédible tout en épargnant à Adélaïde de seulement effleurer la véritable horreur qu'a inventée son père. Edward a joué sur une inquiétude authentique et il a forcé Nic à regarder en face son passé et son présent. Dans cette joute, c'est Adélaïde qui sort vainqueur. Nic n'a aucun besoin de dire ce qui s'est vraiment passé pour vérifier auprès d'elle sa certitude fraîchement et chèrement acquise. Il aime cette femme pour ce qu'elle est. Qu'Edward porte l'odieux de la situation ne le dérange plus du tout : Nic est bien convaincu que ce qui animait Edward en le blessant n'était pas plus joli que ce qu'il lui prête maintenant.

« Pourquoi ne pas m'en avoir parlé, Nic ? Pourquoi ne pas me l'avoir demandé à moi ? »

Son regard est franc et sa réponse, sincère : « Parce que j'ai plus du double de ton âge, parce que je sais la place de Ted dans ton cœur et parce que, oui, je pourrais être ton père, même si je ne me sens rien d'approchant. Et parce que nos rapports sont... je ne sais pas comment les qualifier, Adélaïde. Déroutants ? »

Elle sourit, sensible à l'allusion. « Tu crois que je confonds tout ? Mon père, Ted et toi ?

— Non, moi, j'ai tout confondu parce que notre mariage est plus vrai que tout ce que j'avais prévu. Aucune femme ne m'a entraîné si violemment, si passionnément dans les rapports amoureux. Alors la suggestion qu'ils soient tordus, faux, m'a humilié. Je n'ai pas cassé la gueule d'Edward pour rien, tu sais. Et je sais maintenant qu'il a tort : tu ne viens pas vers moi par dépit amoureux, ou pour rejoindre ton père à travers moi, ou pour me récompenser de t'avoir sauvée du déshonneur, ou par méprise. »

Elle place une main vive sur sa bouche pour le faire taire, tellement l'idée lui est insupportable. « Ça t'a pris deux semaines à comprendre une telle évidence... papa était vraiment convaincant.

— Il l'était, crois-moi.

— Deux semaines à me détester ?

— Jamais ! je me détestais de laisser Edward ruiner notre entente. J'ai été troublé, Adélaïde, j'ai interrogé chaque élan de désir et je réfléchissais au lieu de venir vers toi. Je m'enfermais dans mon doute au lieu de te faire confiance. »

Elle le considère longuement, incertaine. Nic est franc, sans défense, ouvert, elle le voit bien. Il est redevenu l'homme qu'elle connaît. Mais un doute subsiste : comment être à l'abri de ses brusques retraits, comment bâtir sur ses réserves ? L'homme qu'elle a découvert depuis Québec, l'homme préoccupé, hagard, rongé, n'est pas celui qu'elle a épousé. Que son père ait eu des paroles mesquines et blessantes ne l'étonne pas. Que Nic ait douté de la vérité du désir et du plaisir qu'ils avaient partagés la nuit même précédant cette attaque d'Edward la laisse songeuse. À quoi tient un mariage s'il peut être déstabilisé aussi facilement ?

« Nic, qu'est-ce qui t'a décidé à me faire confiance ? Qu'est-ce qui me vaut ça ?

— Cet après-midi au bureau. Ton courage, Adélaïde, ta façon de faire face. J'ai eu honte de moi. Jamais tu ne te défiles. Tu ne mens pas, tu ne lésines pas. Je ne suis pas sûr de pouvoir jamais égaler ta force et ton courage. Ton père peut dire ce qu'il veut, je sais que notre désir est vrai. Le tien comme le mien. »

Nic l'observe attentivement, il tient sa main et enlace ses doigts en suivant le chemin des objections et des réflexions dans les yeux d'Adélaïde. Les événements de la journée sont venus à bout des résistances d'Adélaïde. Déjà ébranlée par les deux dernières semaines de tension et d'insomnie, par la mort de David et par tout ce qu'elle éveille de craintes concernant Theodore, par cette conversation, par la subite reddition de Nic, sans compter l'agressivité maligne de son père qu'elle découvre, toutes ces émotions l'achèvent et altèrent le désir brûlant qu'elle maîtrise depuis Québec. Enfuie l'envie de se jeter sur cette bouche, de dévorer ce corps, de s'y abandonner en confiance. Évanouie la frénésie impatiente, disparu le tumulte généreux des désirs enfin comblés. Elle ne ressent qu'une immense fatigue accablée, une tristesse lourde. Sans un mot, Nic éteint et la prend dans ses bras. Elle se blottit dans sa chaleur réconfortante et ils s'endorment presque sur-le-champ, goûtant enfin à la volupté d'une nuit sans hiatus.

Le soleil est franc dans la chambre quand Adélaïde ouvre les yeux. Ceux de Nic sont fixés sur elle, emplis d'une joie tranquille.

« Léa ?

— J'ai peur que tu l'aies perdue aux bras de ceux qui se lèvent tôt. Je vais voir. »

Il revient se couler contre elle : « Tu ne savais pas qu'en la sevrant tu permettais aux prédateurs de s'en emparer ?

— J'ai rien entendu, je suis une mauvaise mère.

— Tu connais Lionel, c'est un bandit d'expérience. »

Il rit dans son cou, et l'onde se transmet en cascade le long de son dos. Depuis Québec, elle n'avait plus dormi aussi profondément, sans éveils brusques, le cœur battant d'angoisse. La jambe de Nic se glisse contre la sienne. Maintenant, elle se demande si elle a si bien fait de dormir. Elle tend la main, la cuisse longue, mousseuse de poils clairs, chaude contre sa paume. Elle n'arrive déjà plus à respirer calmement, sa voix est inégale, rauque : « Quelle heure ? »

La jambe de Nic s'insinue, pénètre entre les siennes en même temps que sa main glisse sur son ventre, l'enserre contre lui : « Quelle heure il est ou à quelle heure Lionel vient nous porter du thé ? »

La félicité de cette bouche, la hâte fébrile avec laquelle ils se cherchent, s'étreignent, s'atteignent enfin au cœur du chaos soulevé par leur fougue amoureuse.

Cette fois encore, propulsé par leur ardeur, Nic ne peut contempler le gris des yeux d'Adélaïde. Et ce n'est pas par crainte d'y trouver un rappel discordant, c'est parce que cette femme et son irrésistible abandon amoureux lui retirent toute possibilité de contrôle.

* * *

« J'ai besoin de deux cents piasses cash, le plus vite possible. Avant le 31 décembre. »

Adélaïde ferme les yeux : et dire qu'elle a quitté le calme de sa maison pour entendre ça ! Elle a quand même du front, cette Béatrice. Adélaïde n'en revient pas. En arrivant à l'appartement négligé qui sent le tabac et le renfermé, elle se disait que Béatrice aurait quelques problèmes à engager la conversation. Il fallait compter sans l'égocentrisme de sa sœur qui se fout pas mal des circonstances de leur éloignement.

Tout ce qu'elle a offert à Adélaïde avant de passer au sujet qui la préoccupe, c'est une cigarette, et seulement parce qu'elle s'en allumait une elle-même.

Adélaïde l'observe : les cernes, le maquillage un peu appuyé, la cigarette, cette main qui tremble et les ongles où le vernis s'écaille par endroits. Elle est presque certaine que Béatrice est enceinte et épouvantée de l'être.

« Pour quoi faire, Béatrice ?

— Ça ne te regarde pas. »

Avant de sonner à la porte, Adélaïde s'était fixé une limite, une sorte de seuil à ne pas dépasser. Elle se lève sans un mot et se dirige vers le vestibule en enfilant ses gants. Inutile de chercher son chapeau et son manteau, sa sœur ne lui a même pas offert de les retirer.

« Est-ce que, pour une fois, tu ne pourrais pas me rendre service sans questionner et sans espionner ?

— Non. »

Furieuse, Béatrice s'avance vers sa sœur : « C'est mon argent ! Tu me le dois ! »

Plus Béatrice s'énerve, plus Adélaïde est calme et pondérée : « Ah bon ! J'ignorais que j'avais des dettes, surtout envers toi. Je te le dois depuis quand ? As-tu calculé les intérêts ?

— De toute façon, tu en as assez pour te baigner dedans. Tu peux tout avoir, qu'est-ce que ça te coûte de m'en donner un peu ? »

Elle est incroyable ! Jamais Adélaïde n'aurait pu penser que Béatrice nourrissait une telle jalousie, une telle âpreté. Elle a beau expliquer que l'argent de Nic n'est pas le sien, qu'elle n'en voudrait pas et qu'elle ne peut pas tout avoir, comme elle le dit, sa sœur ne l'écoute ni ne la croit. Elle est beaucoup trop énervée pour entendre ses arguments. Adélaïde réussit à la calmer suffisamment pour retourner à la cuisine, mettre de l'eau à bouillir et laver deux tasses.

« Où est le thé, Béatrice ?

— C'est la guerre, y en a pas. »

Adélaïde se contente de retirer la casserole du feu et de s'asseoir sans un mot. Béatrice finit de faire éclater le vernis de son pouce gauche, quand elle murmure : « Je dois faire un voyage. Absolument. Et c'est pas par plaisir.

— Toute seule ? Un voyage où ? Au camp de Léopold ? »

Bouche ouverte, Béatrice contemple sa sœur, interdite. Puis elle éclate de rire : « Mon Dieu Seigneur ! Léopold ! Es-tu folle, Adélaïde ?

— Aux dernières nouvelles, c'était ton mari.

— Remarque que ça serait une idée… Je pourrais aller au camp de Léopold. »

Cette fois, c'est une peau sèche sur la lèvre inférieure que Béatrice triture en réfléchissant.

« Pourquoi tu ne m'expliques pas le problème, au lieu de parler de voyage ?

— Mon problème, ma chère, c'est le même que le tien, sauf que je suis déjà mariée et que Nic n'est plus disponible pour me rescaper. Comme toujours, je suis très chanceuse.

— Tu attends un enfant ?

— Quelle autre chance pouvait me tomber dessus ? Comme si je n'avais pas été assez malade. Comme si j'avais besoin d'une chose pareille !

— Et... le père ?

— Quoi, le père ?

— Il ne peut pas t'aider ? Tu ne veux quand même pas mystifier Léopold ?

— Je n'en veux pas, Adélaïde. Ce n'est pas sorcier, c'est non. Je ne veux pas du bébé, je ne veux pas du père, je ne veux plus. Je me suis débarrassée du père, je vais me remettre en forme et je ne me ferai plus jamais prendre. Voilà. Tu sais tout. Et ne viens pas me faire la leçon ! Pas toi. Pas avec la chance que tu as eue. »

Abasourdie, Adélaïde regarde Béatrice allumer une autre cigarette. L'œil sombre de sa sœur n'augure rien de bon. Inutile de discuter le principe ou de tenter de la dissuader, Adélaïde comprend vite : « Et tu veux aller où ? Qui t'a renseignée ?

— J'ai des contacts, tu sais. Et aux États-Unis, ils sont drôlement plus modernes qu'ici. Ils ne te posent pas mille questions. Tu paies, tu es débarrassée.

— C'est quand même dangereux, non ? »

Adélaïde ne peut pas croire qu'elle discute d'une chose pareille, qu'elle parle comme si cela allait se faire, comme si, vraiment, on pouvait commettre un tel acte. Béatrice a l'air de penser que c'est beaucoup moins dur que de « l'avoir ». Elle affecte un détachement qui en dit long sur ses craintes.

« Qui va t'accompagner là-bas ? »

La surprise dans les yeux de sa sœur donne la réponse. Adélaïde ne sait pas dans quel milieu Béatrice fraye, mais ce ne sont pas des êtres humains normalement constitués.

« Béatrice, est-ce que tu aimais cet homme ? Est-ce qu'il est marié ? Qu'est-ce qui est arrivé ?

— Non, Adélaïde. Il n'est rien arrivé. On ne fera pas un film avec ça. On s'est amusés, on a été *badluckés,* c'est tout. Cherche pas d'histoires d'amour torturées là-dedans, il n'y en a pas. »

Adélaïde se tait. Elle n'a pas besoin d'un dessin. Elle se demande seulement si Béatrice s'est tant amusée que ça. Elle semble plutôt désenchantée. Le silence la met d'ailleurs assez mal à l'aise pour ajouter : « Dans ce milieu-là, si tu veux avancer, t'es aussi bien de pas trop niaiser, la chance passe pas souvent.

— J'espère que ça t'a permis d'avancer, parce que ça te coûte cher d'investissement de base.

— Viens pas faire ta suceuse de bénitier avec moi ! T'as eu toutes les chances et t'as rien à dire sur ma vie. Commence par te juger avant de juger les autres. Si tu penses que c'est facile de te demander ça ! »

Adélaïde s'interdit d'entrer dans une telle discussion. De toute évidence, Béatrice a distribué les rôles et arrangé l'affaire à son avantage, inutile d'argumenter. « Je peux te poser une question, Béatrice ? Léopold et Pierre, qu'est-ce que tu en fais dans tout ça ?

— Mon mari est soldat et je gagne notre vie à la sueur de mon front. Je n'ai pas marié un millionnaire, moi. Si je veux que Pierre mange, il faut que j'avance. Les temps sont durs pour la plupart des gens, ouvre-toi les yeux, Adélaïde, sors de ton château ! »

Cette fois, Adélaïde met ses gants : « Je te donne ma réponse demain matin.

— Demain ? Pourquoi ? Tu n'as pas assez d'argent avec toi ? Pourquoi tu pensais que je voulais te voir ? Pourquoi faire ça demain ? Pour m'humilier davantage ?

— Non, Béatrice. Tu sais bien que c'est moi, l'humiliée, là-dedans. »

Elle sort avant d'entendre ce que sa sœur trouverait pour renverser la vapeur et être encore gagnante. Mais Béatrice n'est pas gagnante, quoi qu'elle prétende, et Adélaïde la connaît suffisamment pour être très inquiète. Elle ne sait pas ce qu'elle peut faire, ce qu'elle doit faire. Dans son esprit, fournir l'argent qui sert à commettre un méfait revient à le commettre soi-même. Se débarrasser du bébé, comme dit si élégamment Béatrice — comme s'il s'agissait d'un manteau ! — est une faute grave, inadmissible pour Adélaïde. Mais ne pas prêter l'argent équivaut à condamner sa sœur à des manœuvres horribles, dangereuses. Elle connaît Béatrice. Rien ne va la détourner de son projet. Quitte à voler et à revendre le contenu de la maison de sa mère.

La distance entre l'appartement de Béatrice et celui d'Isabelle est bien courte pour tout ce qui tourne dans la tête d'Adélaïde. Il faut appeler Nic, il doit savoir, lui. La somme semble si élevée.

Isabelle et Reine l'attendent. Ce sont les seules personnes qu'elle a prévenues de son bref séjour.

Les enfants couchés, le thé servi, les deux femmes la regardent interrogativement. Adélaïde se demande par où commencer et comment présenter l'affaire sans heurter ses cousines, surtout Reine qui n'a pas d'enfant et qui prend soin de Pierre avec tant de dévouement. Elle se rend compte qu'elle connaît bien mal sa cousine quand celle-ci prend l'initiative de la conversation : « Elle est enceinte, n'est-ce pas ? Elle ne veut pas l'avoir ? »

Adélaïde ne peut que hocher la tête, gênée. Elle va de surprise en surprise en entendant Reine et Isabelle discuter : elles connaissent cela ! Elles n'ont aucune pudeur à parler de ces choses, à discuter des possibilités, des prix même ! Elles savent que ça se fait, elles savent où et comment !

Quand elle apprend que Gabrielle, sa propre mère, faisait l'éducation des femmes du Centre au sujet de la contraception, elle éclate : « Ma mère ! Ma mère faisait ça et elle n'a pas trouvé le tour de m'expliquer comment on avait des enfants et comment on les évitait ? Ma mère savait tout, faisait l'école aux femmes du Centre et nous, ses filles, il fallait quêter nos informations graine à graine ! Isabelle, tu te souviens combien j'ai insisté pour savoir, quand j'étais au pensionnat ? Je ne peux pas croire qu'elle ait fait ça ! Elle nous a laissées nous débrouiller toutes seules, alors qu'elle aidait les autres. Je trouve ça injuste, méchant. Mais à quoi elle a pensé ? Pourquoi nous laisser ignorer ces choses-là ? »

Reine essaie de la calmer et d'excuser Gabrielle qui ne voyait pas l'urgence de leur parler avant leur mariage.

« Oh, Reine ! Ça suffit ! Tu sais aussi bien que moi que Béatrice s'est mariée en ignorant tout, ou alors en sachant par d'autres que maman. Elle s'est bien arrangée pour nous laisser nous débrouiller, et regarde les résultats : quand je pense que mon père ne me parle plus sous prétexte de déshonneur, alors qu'ils savaient comment éviter cela !

— Adélaïde, tu sais bien que ce n'est pas de la mauvaise volonté de leur part.

— C'est quoi, tu penses ? Se permettre de rejeter un enfant à qui on n'a rien appris. Sur quel ton tu crois que Béatrice m'a demandé l'argent ? Le ton de quelqu'un qui a le droit de mépriser et de juger. Je trouve ça injuste, si tu veux le savoir. Injuste d'avoir des enfants et de les laisser ignorer des choses si importantes. Injuste de nous avoir traitées comme des andouilles.

— Tu ne regrettes quand même pas d'avoir eu Léa ?

— Ce n'est pas la question ! Ce n'est pas de ça qu'il s'agit. Il s'agit de ma mère et de ses cachettes sur les choses importantes. Mon père m'a bannie, Isabelle, il m'a bannie de sa vie parce que j'ai eu un enfant illégitime ! J'avais dix-huit ans et je peux te jurer que Theodore n'a pas été renseigné là-dessus non plus. Je me suis mariée, et toi-même, tu ne m'as pas mise au courant. À quoi vous pensez, donc ? Quand je pense que ma propre mère vous a renseignées et que j'avais pitié de vous voir prises avec ma tante Georgina pour apprendre qu'on a des règles.

— C'est ta mère aussi qui nous a appris pour les règles...

— Alors, où elle était ma mère, quand est venu mon tour, Isabelle ? Où ? Est-ce qu'il y en a beaucoup de choses comme ça que j'ignore ? Et comment ça se fait que tu es encore en famille si tu le sais ?

— Ça arrive qu'on prenne une chance. Ne te fâche pas, Adélaïde. Viens t'asseoir qu'on discute tranquillement. Arrête de marcher comme ça. »

Mais c'est Reine qui modère sa cousine en parlant doucement : « Elle a raison, Isabelle, elle a raison d'être furieuse. C'est vrai qu'on n'a pas été avisées et qu'on a des torts. Ma tante nous a parlé parce que ça l'intimidait moins qu'avec ses filles et on n'a pas eu la générosité de faire pareil avec toi, Adélaïde. C'est vrai qu'on est promptes à juger, mais très lentes à renseigner. Et on ne juge que celles qui se font prendre. Mon oncle Edward aurait besoin qu'on lui parle un peu, et je vais le faire si tu veux, Adélaïde. J'aurais dû te dire ce que je savais. Je... j'ai présumé que ma tante avait pris soin de cela. Mais j'aurais dû poser la question directement au lieu de supposer. »

Adélaïde s'assoit, découragée : « Ça peut faire tellement de tort, cette inquiétude constante que peut-être on va...

— Payer. C'est ça, le mot. On va payer pour ce qu'on fait. Et on va payer pendant toute notre vie.

— Reine, je t'en prie ! Un enfant n'est pas une punition.

— Pas pour toi, Isabelle, mais pour Béatrice, j'ai bien peur que oui. »

Adélaïde ne peut que donner raison à Reine : « Elle n'aime même pas le père. Elle n'est plus en relation avec lui. C'était pour obtenir de l'avancement. On ne peut même pas l'accuser de naïveté. »

Reine l'étonne encore en ajoutant que Béatrice a la candeur de croire que le monde va s'incliner devant elle, devant sa beauté, sa volonté : « Béatrice s'est mariée trop jeune avec un homme qu'elle n'a pas vraiment regardé parce qu'elle voulait prouver qu'elle était meilleure que toi, Adélaïde. Si ce n'est pas de la naïveté...

— Mais pourquoi l'avoir laissée faire ? Pourquoi maman ne lui a pas parlé ? »

Isabelle hoche la tête : « Elle lui a parlé. J'ai essayé. Même Reine a essayé. Tu la connais ? Elle a dit à Reine qu'elle ne savait pas de quoi elle parlait, que Léopold irait loin et qu'avant longtemps ils auraient leur maison sur Grande-Allée.

— Je ne peux pas croire que maman ait laissé faire ça ! »

Reine se lève parce que Pierre gémit dans la chambre des enfants : « Ma tante luttait beaucoup pour que la guerre ne lui enlève pas son mari ou son fils. Elle trouvait que Léopold avait beaucoup d'allure, et c'est toujours vrai. »

Dès que Reine quitte la pièce, Isabelle s'excuse et affirme qu'Adélaïde aurait le droit d'être fâchée contre elle, parce que la contraception est effectivement une science importante pour les couples.

« Excuse-moi, mais… ce n'est pas pour ça que tu refuses de partager la chambre de ton mari, quand même ? Je veux dire, les enfants possibles ? »

Adélaïde trouve que l'intimité offerte par l'absence momentanée de Reine est beaucoup trop précaire pour entrer dans les détails d'un sujet aussi délicat. Elle se contente d'éluder la question avec un « Bien sûr que non ! » qui est loin d'être limpide. Elle qui a dû courir pour attraper son train, le corps tremblant de sa grasse matinée. Elle estime que sa réflexion sur la sexualité mérite encore de l'attention avant de creuser le sujet avec Isabelle. Sa confusion est grande, l'aridité des derniers jours l'a inquiétée à plus d'un égard, et sa situation conjugale lui paraît la chose la plus fragile, la plus fluctuante et la plus imprévisible du monde. Surtout quand son père se mêle de venir la mettre sournoisement en danger.

Isabelle la tire de ses réflexions en chuchotant : « Je crois que Reine a très peur que Béatrice lui enlève Pierre.

— Mais pourquoi ? Ça l'arrange tellement !

— Elle avait d'autres priorités à discuter avec toi, mais elle a des projets de carrière importants et elle pense aller à Montréal. »

Découragée, Adélaïde ne peut même pas envisager d'avoir sa sœur dans la même ville qu'elle. Elle devine que, si Reine ne garde pas Pierre, ce sera certainement une tâche que sa sœur va lui assigner. Le retour de Reine l'empêche de creuser les infinies possibilités d'un déménagement de Béatrice. Pour l'heure, elles ont autre chose à discuter.

Reine déclare pouvoir se renseigner dès le lendemain sur une opération fiable et prudente à Montréal. Elle propose d'accompagner Béatrice, si Isabelle s'occupe de Pierre. Elle est certaine que le prix sera moins élevé et, surtout, la fatigue moins grande si c'est fait au pays : « Endurer douze heures de train après ça, je crois que c'est risqué. Et Béatrice a quand même été très malade après la naissance de Pierre. »

Ce qui étonne le plus Adélaïde, c'est l'aisance avec laquelle ses cousines admettent un acte pareil. Elles ne le discutent pas, ne s'y opposent pas, ne pèsent même pas le pour et le contre : elles essaient de l'organiser afin que les conséquences soient inexistantes. Est-ce la fréquentation du Centre, de milieux pauvres où survivre prend des proportions qu'elle n'imagine pas ? Elle leur demande si rien en elles ne se révolte à l'idée de collaborer à un acte aussi répréhensible : « C'est quand même suffisant pour ne plus pouvoir se présenter à la sainte table ! »

Ses cousines ont enfin une réaction de malaise. Isabelle réplique que ce n'est pas sa décision ni son enfant ni sa conscience, mais qu'à partir du moment où Béatrice a en tête de le faire il faut l'aider, au risque de ne plus pouvoir seulement se confesser. Certaines femmes ont recours à des procédés barbares très dangereux qui finissent par avoir raison de la mère et de l'enfant.

« Si quoi que ce soit arrivait à Béatrice, ce n'est pas communier qu'on ne pourrait plus, c'est se regarder en face. »

* * *

Quand elle s'assoit devant Béatrice en compagnie de Reine, Adélaïde reste surprise du changement de ton de sa sœur. Plus question d'accusations, de jugements et de réclamations. Béatrice est tout sucre, tout miel, toute reconnaissance. Elle explique son dilemme, fait valoir son déchirement, les circonstances, sa terrible ignorance de ces choses, combien elle est étourdie et peu au fait des réalités de la vie, et finit par sangloter en jurant que jamais elle ne recommencerait et que s'il fallait que Léopold apprenne une chose pareille… Adélaïde et Reine jurent sur la Bible, sur la tête de ce qui leur est le plus cher que jamais elles ne diront un mot de cela à quiconque.

En une demi-heure, tout est réglé et elles se retrouvent sur le perron, sous une neige épaisse qui grisaille la ville.

Adélaïde est consternée : « Tu vas penser que je suis une épouvantable calomniatrice qui noircit sa sœur à plaisir. »

Reine propose de l'accompagner à la gare. Ce n'est qu'assise devant un thé brûlant que Reine donne la clé du comportement de Béatrice : « Elle craint que Léopold l'apprenne. Béatrice a très peur de ce que je sais et elle fait beaucoup d'efforts pour m'impressionner favorablement. Elle sait que j'écris régulièrement à Léopold.

— Ah bon ? »

Cela tombe sous le sens, puisqu'elle prend soin de leur fils. C'est Reine la mieux placée pour échanger des nouvelles, donner des détails, raconter des anecdotes. Adélaïde comprend mal en quoi Reine se sent obligée d'expliquer avec autant de minutie une correspondance somme toute normale. Comme c'est fou ! Sa cousine a parlé de se débarrasser du bébé avec plus d'aisance qu'elle ne parle de ses échanges épistolaires avec Léopold. « Mais enfin, Reine, je comprends très bien ! J'imagine que le pauvre Léopold ne reçoit pas grand courrier de Béatrice. S'il ne t'avait pas, il serait bien en peine.

— Je suis soulagée que tu ne trouves pas cela déplacé.

— Déplacé ? Seigneur Dieu ! Après ce que j'ai appris ici, ce serait le bouquet que je me scandalise pour une correspondance aussi honnête ! Me prends-tu pour une sainte nitouche ? En plus, Béatrice est au courant, qu'est-ce que je pourrais trouver à redire ? »

Reine pique du nez dans sa tasse, tout intimidée. Adélaïde a d'autres soucis en tête que les pudeurs de Reine. « Ça va te sembler sans cœur, Reine, mais je voudrais arranger les choses pour que Béatrice ne vienne pas à la maison après... Je suis prête à payer l'hôtel, les taxis, tout ce qu'il faudra pour vous deux, mais je préférerais vraiment éviter tout passage chez moi. Il y a Florent, Léa...

— Mais bien sûr, voyons ! Tu es déjà bien généreuse et je sais que ce sera mieux pour Béatrice.

— Honnêtement, Reine, ce n'est pas mon motif. Béatrice va toujours trouver que je suis trop gâtée en comparaison de ce qu'elle a. Mon déshonneur, comme elle l'appelle, n'a pas la même origine que ce qui lui arrive. Je ne peux pas supporter l'idée qu'elle traite Léa comme elle m'a traitée. Même si elle est petite, je ne peux pas penser que Béatrice puisse lui dire des choses blessantes en la berçant. Pour être franche, Reine, tant que Béatrice considère ma fille comme une bâtarde, je ne veux pas qu'elle la voie. Et c'est pareil pour papa. Je ne veux pas que tu lui parles, que tu essaies de le réconcilier avec moi. Je ne veux pas qu'il regarde Léa en pensant que c'est l'enfant du péché ou du mal. Je suis prête à ne plus jamais le revoir pour éviter cela. Laissons-le réfléchir tout seul au Bien et au Mal. Je ne veux pas que ma fille voie le mépris que j'ai vu dans les yeux de Béatrice ou de papa.

— Tu as raison, Adélaïde. Si j'avais une petite fille comme la tienne, je ferais la même chose.

— Je voudrais te demander autre chose, Reine. Si j'avais eu le temps ou la possibilité, je l'aurais fait moi-même. Je voudrais que tu ailles voir Rose et que tu lui dises tout ce qu'il faut qu'elle sache sur… sur les bébés, comment on les fait et comment on les évite. Je crois qu'on s'est très peu occupées de Rose jusqu'à maintenant et qu'elle risque d'en savoir aussi peu que moi ! C'est beaucoup exiger de toi, et je m'en excuse.

— Non. J'aurais dû y penser toute seule. Ce que tu as dit hier soir m'a fait réfléchir une partie de la nuit. Je trouve qu'on ne s'aide pas beaucoup entre nous.

— Question d'éducation, je suppose. Mais c'est quand même fou que ce soit les hommes qui sachent des choses que… qu'on devrait savoir avant eux.

— Si tu savais combien ta mère était réfractaire à l'idée de renseigner les femmes. Ça a été toute une bataille !

— J'imagine, oui.

— D'une certaine façon, elle était naïve, ma tante. Elle pensait que la contraception était une affaire d'hommes, qu'on ne pouvait pas montrer aux femmes à le faire dans le dos de leur mari, sans leur consentement. Elle s'imaginait que le bon accord menait toutes les décisions du lit dans le mariage. Ta mère n'aimait pas penser qu'une femme pouvait être forcée par son mari ou même qu'elle pouvait ne pas prendre la chose avec agrément. De toute évidence, ma tante vivait un bon mariage.

— Qu'est-ce qu'elle dirait en voyant Béatrice aujourd'hui ?

— Elle s'en voudrait atrocement de l'avoir laissée faire un mariage qui n'est pas heureux. Ma tante voulait tellement que vous soyez heureuses ! Tu demandais à quoi ta mère pensait quand elle a laissé faire Béatrice : elle luttait contre mon oncle qui voulait te faire épouser Arthur.

— Arthur ? Mon Dieu ! C'était, ce n'était pas…

— Je sais bien maintenant que ce n'était pas Arthur qui te préoccupait. Mais ma tante ne s'est jamais doutée pour Ted. Jamais. Comme nous autres, d'ailleurs.

— Ted ?

— Ce n'est pas Isabelle ! C'est mon oncle. Il n'en démord pas. Il dit que Ted est le père de ta fille.

— Non. Le père de ma fille, c'est Nic. Et là-dessus, papa devrait se taire parce que je lui fais un procès, tu peux le lui dire de ma part.

Qu'il pense ce qu'il veut, mais Léa McNally est la fille de Nic. Et si papa a des doutes sur mon mariage, qu'il les garde pour lui, j'en ai rien à faire ! »

Ce n'est qu'une fois assise dans le train qu'Adélaïde raccorde la rougeur de Reine et ses explications compliquées : Reine est amoureuse de Léopold ! Évidemment... Si elle n'avait pas quatre ou cinq ans de plus que lui, ce serait même un bon parti pour elle. Quel dommage, quel gâchis, quand même ! Reine mariée avec Jean-René, et Béatrice avec Léopold. Elle se demande si Léopold éprouve des sentiments réciproques pour Reine. Elle revoit son beau-frère timide, réservé et si reconnaissant. Pauvre garçon, pourvu que la guerre l'épargne, avec tout ce qu'il aura à affronter à son retour.

Le bercement du train l'engourdit, elle appuie la tête contre la fenêtre où le paysage s'embrouille de neige. Ça ne fait pas encore vingt-quatre heures qu'elle est partie et Léa lui manque. Et Florent. Et Nic, admet-elle avec un frisson, juste avant de s'endormir.

* * *

Adélaïde ne sait plus pourquoi elle est venue. Soutenue par le bras ferme de Nic, elle regarde ces gens et ne s'explique pas sa décision. La synagogue est un endroit étrange qui ne ressemble pas à une véritable église. Tous ses rituels catholiques sont ici inutiles et elle ne sait plus comment réagir. Aaron Singer a certainement de bonnes relations en dehors de la communauté parce que plusieurs personnes non juives sont présentes.

Ce n'est qu'en plongeant les yeux dans le regard du père de Theodore qu'Adélaïde comprend : elle est venue voir si cet homme a compris quelque chose à travers la mort de son deuxième fils. Elle est venue guetter dans les yeux la capitulation, le retrait de la demande infamante d'Aaron. Elle réclame la certitude que Theodore restera un vivant jusqu'à sa mort confirmée.

Le regard vert et or est blessé, flétri, mais il la combat encore. Adélaïde serre la main d'Aaron en prononçant des paroles de sympathie qui résonnent comme des menaces, et il ne cède en rien, la remerciant sur un ton qui la met en garde. Ils restent face à face, butés, à s'opposer en silence. Nic entraîne sa femme pour laisser les autres présenter leurs condoléances à leur tour.

Ils sont séparés pour l'office, Adélaïde devant aller au balcon avec les femmes. Elle a l'impression de monter au jubé pour regarder tous ces hommes en noir portant la *kipa* et cette étole de laine bariolée noir sur blanc dont ils se couvrent les épaules pour prier et que Theodore appelle *talit*. Tous ces hommes forment une masse compacte. Elle aperçoit Nic qui se tient vers l'arrière de la foule en compagnie des non-Juifs et Aaron, tout en avant avec, à sa droite, un jeune garçon aux cheveux sombres et bouclés. Est-ce possible que le fils de Theodore soit si grand ? Déjà ? Elle cherche des yeux un autre enfant mâle près d'Aaron, mais celui qu'elle aperçoit est trop jeune, il n'a pas plus de sept ans. Le troisième regarde en l'air et ne doit pas dépasser cinq ans.

Quand Aaron monte sur la *bima* et demande que la lecture soit fait en commémoration de David, les femmes qui l'entourent sanglotent. Adélaïde reconnaît la mère de Theodore à qui elle a été présentée. Elle ramène son regard en avant, en direction du rabbin, refusant de fouiller des yeux la droite de Madame Singer où, elle en est certaine, la femme de Theodore se tient. La femme du premier-né à la droite de la mère comme le fils premier-né de Theodore est à la droite d'Aaron.

Qu'est-ce qu'elle fait là ? Qu'est-ce qu'elle est venue prouver ? Que Theodore était sien, qu'ils ne le lui enlèveraient pas, ne la feraient rien trahir, rien renier ? Elle se trouve ridicule. Il n'y a dans cette synagogue que des femmes ou des hommes âgés ou très jeunes. Tous, ils sont soldats, tous, ils pleurent quelqu'un qui a déjà tout donné à la paix ou à l'esprit de paix. Comment peut-elle se tenir de façon agressive dans cet endroit réservé à la piété juive, alors que Theodore lui a expliqué mille fois à quel point les Juifs ne sont pas facilement acceptés avec leurs mœurs, leurs coutumes ? Il les contestait lui-même, mais il est parti parce qu'il ne pouvait en toute conscience se défiler et laisser les autres Juifs seuls à réclamer la fin de Staline, de Mussolini, de Hitler et des autres.

Elle revoit Theodore à Halifax, une nuit où ils fumaient tous les deux la même cigarette dans le noir. La main de Theodore recommençait sans cesse le parcours entre son épaule et son cou. Il lui avait dit avoir vu les lettres que sa famille recevait avec constance de Pologne diminuer, devenir rares et ne plus jamais arriver à Montréal. Sa mère, qui avait les siens là-bas, pleurait tous les jours, certaine de les avoir perdus sans savoir comment ni pourquoi.

« Juif, ma *Shiksa*, être juif a l'air maintenant de suffire pour disparaître. On te colle une étoile sur le parka et la première chose que tu sais, tu as disparu à jamais. La guerre est dure pour tout le monde, mais pour nous, il y a quelque chose qui fait que ça va plus vite. Et c'est pareil en Russie, pas seulement en Pologne. On est peut-être vifs à se croire persécutés, mais l'histoire nous donne raison d'être méfiants. Adélaïde, j'ai passé mon enfance dans une synagogue à étudier la Torah, à faire l'homme et, maintenant, je vais faire tout ce que je déteste pour empêcher les Juifs d'être tyrannisés. Mais après... Si je reviens, Adélaïde, rien ne m'empêchera de te rejoindre. Rien. J'aurai donné à mon père et à mon peuple ce que je pouvais donner. Et s'ils n'acceptent pas que je parte, je vais leur tourner le dos à jamais et je vais venir vers toi. »

Ils avaient longuement parlé des enfants et de ce qu'il ferait pour eux. Il savait qu'il les perdrait — par indignité, disait-il — et il ne semblait pas en être déchiré. Quand elle le lui avait fait remarquer, il avait eu un étrange rire désenchanté en disant que toute sa vie serait une déchirure : qu'il était juif pour toujours, même s'il ne retournait jamais à la synagogue, même sans croire, même sans prononcer un seul mot de yiddish ou d'hébreu, il était un Juif, comme elle était une femme, aussi profondément et indéniablement que cela. Indiscutablement juif. Un Juif non croyant, une sorte de déchirure ambulante, une sorte de paradoxe. À la fin de la nuit, quand il avait murmuré : « De toute façon, il faut s'affranchir de tant de choses pour devenir un Juif heureux », elle avait répété la phrase en disant « une femme heureuse » au lieu d'« un Juif heureux ».

Elle observe ces femmes aux perruques apparentes et aux vêtements semblables, ces femmes qui demeurent femmes sous leur mystère, indéchiffrables pour elle et tellement peu modernes, et elle conclut que, malgré tout, elle a quand même une longueur d'avance sur les Juives : jamais aucune d'entre elles n'aurait osé se rendre à Halifax arracher trois jours au malheur de la guerre et forcer la vie à rire. Dieu merci, elle l'a fait. Dieu merci, elle s'est affranchie suffisamment pour échapper à ce qui pesait tant à Theodore, la synagogue, le dogme et les lois. Leur fille, la demi-sœur de ce jeune garçon sérieux et triste près d'Aaron, sera une rieuse, joyeuse et heureuse presque juive. « Theodore, où que tu sois, vivant ou mort, écoute-moi : Léa ne sera pas obligée de se battre comme toi ou moi, Léa aura le bonheur plus près de sa main. »

C'est au moment précis où elle formule cette prière que la petite fille devant elle se retourne et plante son regard vert et or bordé de cils sombres dans le sien.

Malgré les efforts de sa grand-mère, la petite fille la fixe avec intérêt le reste de l'office. Adélaïde ne la quitte pas des yeux : quel âge?

Comment se fait-il qu'elle ne sache rien des enfants de Theodore ? Elle se souvient qu'aux fiançailles d'Isabelle Ted avait eu un enfant et que cela l'avait obligé de rester à Montréal. Encore une rencontre ratée… C'était avant le début de la guerre, il y a sept ans.

« Comment tu t'appelles ? »

Elle parle anglais et elle a manœuvré pour lui tirer la main dans le désordre de la fin de la cérémonie : « Adélaïde. Et toi ?

— Leah. »

Quelqu'un touche son coude, le prend légèrement. Adélaïde n'est plus sûre d'avoir entendu, ne peut pas avoir entendu ce que la petite répète avec fierté : « Leah Singer », avant d'être prise en charge par sa mère. La commotion épargne à Adélaïde de seulement jeter un œil à la mère de Leah.

« Ce n'est pas possible, Nic ! Il faut que ce soit une erreur. Tu ne le savais pas ? Comment pouvait-on ne pas savoir une chose pareille ? C'est insensé ! »

Nic répète qu'il n'a jamais demandé à Ted le nom de ses enfants, qu'il n'en parlait presque jamais et que, de toute façon, Leah n'est pas Léa. Le premier est juif et prend un *h* à la fin. Il se prononce en anglais, comme Lee, alors que leur fille a un prénom francophone de deux syllabes.

Le silence d'Adélaïde démontre, si besoin était, que son argutie n'est pas concluante. Il se tait et conduit en se demandant si, bien enfoui dans ses souvenirs, il avait déjà entendu le prénom dans la bouche de Ted. Adélaïde formule sa pensée : « Tu crois que Theodore me l'aurait dit et que… sans le savoir, j'aurais ressorti le prénom en pensant qu'il était original ?

— Qu'est-ce que tu racontes, voyons ! Tu ne pouvais pas deviner ! »

Il sait très bien qu'il n'en est pas convaincu et que, si Adélaïde a prénommé sa fille en pensant, comme il en est persuadé, au véritable père, elle ne s'est pas trompée en choisissant ce prénom. Tout au long de cette cérémonie, il n'a cessé de réfléchir à cette intense communion qu'il y a entre Ted et Adélaïde.

Nic manœuvre pour entrer dans l'espace étroit taillé dans la neige qui s'amoncelle déjà. Il coupe le moteur et, le regard droit devant, il avoue au pare-brise : « Adélaïde… je suis jaloux. »

Elle n'en croit pas ses oreilles ! De quoi parle-t-il tout à coup ? Quelle est cette nouveauté ? Nic, jaloux ? Qu'est-il donc arrivé aujourd'hui de différent d'hier ? Elle ne comprend pas. Il ne la laisse rien demander, rien commenter, il sort de la voiture et vient lui ouvrir la portière. Il tend sa main vers elle : « Je sais. C'est idiot et sans raison. »

Il neige encore à plein ciel. La voilette du chapeau noir se pare de flocons blancs et Nic croise les yeux étonnés et moqueurs de sa femme. Elle se contente de hocher la tête comme s'il s'agissait d'un enfantillage auquel elle refuse d'accorder de l'importance. Il y a du rire dans ce visage, du rire et de la jeunesse.

À son dos qui remonte vers l'entrée de la maison, Nic dit : « Adélaïde… je devrais plutôt dire que je suis amoureux. »

Incrédule, elle fait volte-face. Les mains glissées sous son col, les longs poils de fourrure chatouillent son menton. Cette fois, elle sourit franchement. Elle ne peut deviner l'allégresse qu'il ressent à marcher vers elle sans qu'aucune chimère, aucun mirage ne vienne troubler la réalité de sa présence. Il s'arrête face à elle et conclut avec un air tout intimidé : « C'est ça. »

Le doigt ganté d'Adélaïde vient souligner délicatement le tracé de la lèvre inférieure de Nic. La voix est pleine de douceur : « Ça fait beaucoup pour une journée », mais comme son geste de prendre sa main pour rentrer est aussi un geste tendre, Nic se dit que le choc est probablement moins grand pour elle que pour lui.

Léa n'est ni dans son lit ni au salon. Adélaïde la trouve à la cuisine, installée sur les genoux de Lionel, qui est en grande conversation avec Florent, occupé à repasser avec soin les chemises de Nic. Léa joue avec ravissement à se cacher sous une chemise non repassée qu'elle mordille un peu au passage. Lionel tire doucement sur la chemise à laquelle le bébé s'accroche avec des cris de joie.

« Mais qu'est-ce qui se passe, ici ? Florent, pourquoi tu fais ça ? C'est pas à toi de repasser les chemises de Nic. Lionel ? *What is going on here ?* »

Nic survient juste à temps pour entendre les explications de Florent. Parce que son anglais est inexistant et que le français de Lionel est discutable, ils ont décidé de s'offrir une heure de cours par jour. La première demi-heure en anglais, la seconde en français, chacun devenant le mentor de l'autre. Pour ce qui est des chemises, Florent s'excuse de devoir dire qu'il ne les trouve pas impeccables et qu'il a demandé à Lionel de le laisser se charger de cette tâche.

« En échange de quoi, Lionel fait… ? »

Adélaïde attend la réponse et voit Florent rosir : « Quoi ? Des petites courses… Lionel sait où trouver des boutons extraordinaires, des accessoires usagés dans des *pawnshops,* des marchés. Il fait le tour, regarde pour moi. C'est juste ça. Ça nous arrange. »

Nic prend Léa qui vient d'échapper la chemise et manifeste son mécontentement : « Et vous en étiez à quelle langue ?

— Français.

— C'est pour ça que Lionel parle autant. Viens, Adélaïde, laissons-les finir leur classe. »

Florent aurait pu jurer qu'il trouverait Adélaïde dans le fauteuil de son atelier. Elle s'est enveloppée dans un long châle gris et, les pieds repliés sous elle, elle l'attend. « Pourquoi tu ne l'as pas dit ? Je t'aurais montré, moi. »

Florent retire soigneusement les épingles d'un accoudoir pour les placer sur l'autre accoudoir, sans rien dire. Adélaïde caresse les cheveux blonds en silence. Il est si beau, son Florent. Quand il a fini, il s'assoit sur l'accoudoir dégagé et s'incline vers elle : « J'ai des problèmes à me faire servir, tu le sais. Je ne peux pas vivre avec un *butler,* alors on s'arrange tous les deux.

— Tu n'as pas à faire les chemises de Nic.

— J'aime ça. Comme j'aime coudre, tailler et dessiner. J'aime que ce soit bien fait, Ada.

— On peut les porter chez le Chinois. Tu ne trouveras rien à redire et ça t'épargnera ça.

— Non ! »

Étonnée de sa réaction, elle se tait et repasse sa main avec douceur dans les cheveux blonds. Florent a toujours vu sa mère repasser et travailler pour les Bégin, comment pourrait-il accepter de vivre dans cette maison sans rien y faire ? Sans compter que, pour lui, s'occuper des chemises de Nic n'a rien de servile, et elle le sait.

« Tu n'as pas à acheter ou à payer ta place ici, Florent. Tu es chez toi, au même titre que moi. »

Florent la pousse un peu, s'installe et pose sa tête au creux du cou d'Adélaïde, là où il retrouve son odeur délicieuse : « Ada… essaie de comprendre. Je viens d'une famille d'habitants de douze enfants. Ni mon père ni ma mère ne savaient lire ou écrire. Je viens d'une place où bien parler voulait dire être un étranger, où vivre à l'aise voulait dire être un étranger. Tu voudrais que je me coule dans cette vie-là comme si c'était la mienne. Ce n'est pas ma place ici, ce n'est pas là d'où je viens, ce n'est pas ce que j'étais supposé devenir. C'est très compliqué pour moi de trouver ma place, très difficile de me sentir à mon aise. Avec Lionel, dans la cuisine, je suis bien. Ça ne veut pas dire que je suis un habitant pour le reste de mes jours, ça veut dire que la cuisine me ressemble, que parler anglais avec Lionel ne me gêne pas, alors qu'avec toi ou Nic, ce ne serait pas pareil. Lionel et moi, on est dans la même classe : la première année. On est des derniers de classe, tous les deux, ne me demande pas d'apprendre avec les têtes à Papineau. Fais-moi confiance, presse-moi pas.

— J'aime pas quand tu dis que ce n'est pas ton milieu.

— Tu m'as adopté, Ada. Ça ne fera jamais de moi quelqu'un de riche ou de noble. Je viens d'un milieu de misère et ça ne s'oublie pas et ça ne devrait pas s'oublier.

— Si ça t'empêche d'avancer, d'avoir l'ambition d'en sortir, oui, ça devrait s'oublier.

— Trahir ma mère, Ada ? Trahir mes origines ? Les renier ?

— Non : avancer, changer, passer à autre chose. On n'est pas obligés de devenir seulement ce que nos parents étaient, on a le droit de les dépasser. Ce n'est pas les humilier ou les trahir, ce serait plutôt les… je ne sais pas, les rendre fiers ?

— Sauf que ça les humilie parce qu'eux restent derrière.

— Tu veux quoi ? Les emmener avec toi ou rester avec eux ?

— Ni un ni l'autre. Je suis déjà un étranger pour eux et je me sens un étranger ici. Il n'y a qu'avec toi que je sois chez moi. Avec toi et Léa.

— Et Nic ? »

La tête de Florent se dégage et il se redresse. Il joue avec les franges du châle, les doigts agités. Adélaïde prend sa main, l'embrasse au creux de la paume : « Si tu restes dans la cuisine, Florent, tu pourrais trahir qui tu es. Ce serait pire que trahir tes origines, non ?

— Je pensais qu'on était ses origines ?

— On est ce qu'on devient, Florent. Ce n'est pas à toi que je vais apprendre que la robe n'est pas que l'étoffe dont elle est faite. »

Le visage de Florent s'illumine : « Je peux copier ça, Ada ? Je peux ? »

Elle le regarde écrire et se demande quand même jusqu'où comptent la coupe, le fil, les boutons et les raffinements sur une robe d'étoffe rugueuse. Son Florent est d'une fibre si rare.

Elle reste là, bien à l'abri dans le cocon chaleureux de l'atelier. Florent dessine et elle réfléchit en entendant son crayon griffer la feuille. De la fenêtre, derrière la tête studieusement penchée de Florent, la neige continue à tomber serré. Quelque part, outre-mer, un homme d'origine juive est disparu. Il a deux filles du même prénom et de mères différentes. C'est un homme en rupture avec tout ce qu'il a connu et Adélaïde sait qu'elle a été son point de rupture et que cette rupture, cette volonté d'échapper à la première cuisine, est une des raisons qui l'ont fait aimer Theodore Singer. En pensant à ces enfants, prénommées Léa-Leah, elle se dit qu'on ne court jamais bien loin de sa première cuisine.

Florent examine son dessin et le déchire ensuite en mille morceaux, ce qui choque toujours Ada : « Pourquoi ? Ne les déchire pas, au moins ! Attends de voir si demain, tu ne l'aimeras pas un peu. »

Florent hoche la tête, les grenailles ne seront jamais assez pour son œil sévère.

« Qu'est-ce qui te tracasse, Ada ? Quelque chose de nouveau ? Nic a l'air d'aller mieux maintenant. Non ? »

Comment rester évasive avec Florent ? C'est à croire qu'il sait toujours dans quel lit elle couche ! « Nic va mieux, en effet. » Elle ne veut pas parler de ce qui les a éloignés, elle ne veut pas parler de Béatrice et de ce qu'elle va faire.

« Rien de bien nouveau, Florent. Ma conscience. Je peux savoir pourquoi tu veux apprendre l'anglais ?

— Parce que les clientes qui ont les moyens d'acheter parlent habituellement anglais. »

Lionel frappe légèrement à la porte pour annoncer, en français, que le souper est prêt.

* * *

Les jours qui suivent sont si affairés qu'Adélaïde ne parvient pas à avoir un tête-à-tête avec Nic. Même les nuits sont occupées à prendre soin de Léa dont les dents naissantes et précoces ont l'air de ne vouloir se manifester qu'une fois le soleil couché. Fiévreuse, chigneuse, Léa ne se calme que dans les bras d'Adélaïde et à la condition expresse qu'elle arpente sa chambre d'un pas constant et énergique. Pas vraiment le genre d'activité qui incite à deviser de sentiments, quelle qu'en soit la nature.

Quand elle n'est pas à marcher avec sa fille ou à recruter un nouvel avocat pour le bureau, Adélaïde court aider Reine qui gagne son Ciel au chevet d'une Béatrice fiévreuse et nettement plus gémissante que Léa. Après trente heures de crampes et de douleurs atroces, Béatrice a tellement perdu de sang que Reine se demande si c'est normal. Même si elle a fait de nombreuses fausses couches, elle n'a jamais vu un tel saignement. C'est Adélaïde qui doit se débrouiller pour convaincre un médecin de venir à l'hôtel. Au bout de longues hésitations et à cause de l'insistance inquiète d'Adélaïde, il finit par se rendre à l'hôtel examiner Béatrice. Il confirme qu'il s'agit d'une fausse couche et déclare que la nature va suivre son cours. Adélaïde est si indignée qu'elle l'engueule en lui demandant s'il pense faire autre chose que ce constat à la portée de n'importe quel esprit éveillé. Devant son incompréhension, elle éclate : « Elle souffre ! Elle perd des forces. Elle risque quoi ? Pourquoi ne faites-vous rien ?

— Elle souffre les conséquences de ses actes, Madame. »

Adélaïde affirme que si, le lendemain, sa sœur ne va pas un peu mieux, elle l'emmènera à l'hôpital et forcera les médecins à la soigner. Reine est certaine que cela risque de poser de nombreux problèmes. « Ce médecin était recommandé par les gens qu'on a vus. Imagine ceux de l'hôpital ! On va être crucifiées sur place, Adélaïde.

— Enfin, ne viens pas me dire que tu n'étais pas soignée quand ça t'arrivait ! Ils ne peuvent pas savoir si c'est volontaire ou non.

— Ils savent. Ne me demande pas comment, ils savent. Mais je n'ai jamais eu à aller à l'hôpital. Je restais chez moi. De toute façon, c'était devenu presque courant pour mon médecin. Mais la première fois, je me souviens, il m'a regardée avec suspicion. Je pleurais tellement, j'étais si désespérée qu'il a dû comprendre que je n'avais certainement rien fait pour que ça arrive. »

Adélaïde regarde sa sœur endormie, son visage pâle, ses lèvres décolorées : « On dirait qu'elle va mourir. C'est épouvantable d'être obligé de faire ça dans des conditions pareilles. »

Reine se dit qu'Adélaïde n'a rien vu des conditions réelles, qu'elle n'a pas monté cet escalier puant et glacé au bout duquel elles ont trouvé cette femme qui a fait le travail sans d'autres mots que : « Faites-la taire ! Si elle crie, moi, j'arrête. »

Et Reine avait tenu Béatrice qui mordait son mouchoir, les yeux sortis de la tête de terreur et de douleur. Adélaïde n'a pas ramené Béatrice, défaillante, jusqu'au premier taxi qu'elles ont trouvé après la demi-heure de marche la plus interminable de leur vie.

« Ça va aller, maintenant. Elle respire mieux, elle va manger demain et elle va remonter la pente. »

Effectivement, le lendemain, Reine fait avaler à Béatrice le thermos de soupe chaude qu'Adélaïde a apporté. Béatrice se plaint, mais avec une meilleure énergie. Adélaïde promet de revenir en fin de journée en laissant des livres et des revues pour distraire Reine.

Trois jours plus tard, c'est une Béatrice nettement plus gaillarde qu'Adélaïde va reconduire à la gare. « C'est ta voiture ou celle de Nic ?

— La nôtre. Pourquoi ?

— Luxueux. Il ne t'a pas demandé où tu allais, ce matin, en te laissant les clés ?

— Pourquoi aurait-il fait ça ?

— Demande à Reine si son Jean-René va la questionner sur ses activités montréalaises, tu vas connaître ta chance. »

Dans le rétroviseur, Adélaïde voit Reine s'agiter, mal à l'aise. Apparemment, Béatrice trouve cela très gai : « Jean-René est un mari modèle qui sait toujours où est sa femme et ce qu'elle fait. S'il était plus riche ou plus lousse, il mettrait un détective après elle. »

Reine essaie de la calmer, mais la surprise d'Adélaïde excite beaucoup Béatrice : « Tu ne savais pas ça non plus que des maris emplissent des cahiers complets d'horaires et de comptes rendus d'activités ? Pour aller au cinéma, Reine est obligée de mentir. Et le vol n'est pas seulement le prix d'entrée, le vol est aussi le précieux temps qui appartient à Jean-René. Et toi, tu prends la voiture, on fait le plein avec je ne sais quels tickets, tu te promènes dans Montréal et je parie que tu peux arrêter chez Morgan t'acheter ce que tu veux sans que Nic rouspète. Il te laisse faire tous tes caprices, c'est ça ? »

Soulagée d'y être enfin, Adélaïde arrête la voiture devant l'entrée de la gare : « Tu veux que je t'aide à descendre, Béatrice ?

— Dis-moi au moins que l'énorme bague à diamants, c'est toi qui l'as achetée. Pas lui.

— Béatrice, veux-tu me dire ce que ça t'enlève ?

— Un jour, Adélaïde, un jour je serai au sommet et tu comprendras ce que ça m'enlève.

— Béatrice, ça suffit ! Tu n'as pas eu assez mal et assez peur pour arrêter de faire mon procès ? Veux-tu cesser de parler comme si je t'en voulais ou comme si je te volais quelque chose.

— Tout est toujours tellement facile pour toi. Tu ne peux pas comprendre. »

Reine a sorti les bagages et c'est elle qui aide Béatrice à descendre de la voiture. Avant de fermer la portière, elle se penche et embrasse sa cousine : « Ne t'en fais pas pour elle, c'est parce qu'elle a mal. Elle ne pense pas ce qu'elle dit.

— Reine, je t'en prie ! Fais attention à toi et ne laisse personne te traiter comme ça. Personne, tu entends ? »

Le triste sourire de Reine lui reste plus longtemps en mémoire que les commentaires acrimonieux de Béatrice.

Ce n'est sûrement pas la réaction méprisante de Béatrice à la lettre qu'Adélaïde envoie pour lui enjoindre de rapporter rue Laurier les effets de leur mère qui la rapproche de sa sœur. Malgré toute la diplomatie dont elle a fait preuve, Adélaïde reçoit une note griffonnée à la hâte, dans un langage vert et hargneux qui démontre que Béatrice n'a plus besoin de sa sœur et qu'elle estime que le patrimoine maternel lui revient entièrement.

Adélaïde doit abandonner cette bataille le cœur serré. Elle écrit longuement à Rose, expliquant comme elle peut l'attitude égoïste et possessive de Béatrice, tentant même de l'excuser. La lettre de Rose témoigne de son cœur généreux et de son étonnante perspicacité quant aux motifs de Béatrice. Elle n'est pas surprise du refus de sa sœur et termine par : *Il faut maintenant détacher la mémoire de maman de ces vêtements qu'elle portait avec tant d'élégance. Florent me comprendrait sûrement de trouver cela difficile. Comme pour toi, maman est dans notre volonté de faire preuve de bonté et de générosité. Je sais que tu ne juges pas Béatrice, pas plus que maman ne l'aurait fait.* Adélaïde range la lettre en doutant passablement de son cœur bienveillant à l'égard de Béatrice.

* * *

Pendant que Nic promène Léa de long en large, Adélaïde finit sa toilette et discute du zèle que Nic met à engager un nouvel avocat.

« La guerre bloque tous les nouveaux contrats qu'on pourrait vouloir passer, on n'a pas de contentieux avec qui que ce soit, et les ententes avec l'étranger sont suspendues. À quoi nous servirait de payer un avocat ? Tu veux que papa le sache et qu'il comprenne que son règne est fini ? C'est une sorte de vengeance ?

— On a toujours eu plusieurs conseillers.

— Auxquels on fait appel quand on en a besoin. Pourquoi engager Roland Garneau ?

— Il ne te plaît pas ? Tu crois qu'il n'est pas compétent ?

— À son âge, Nic, s'il n'est pas compétent, il ne le sera jamais.

— Bon alors, on l'engage.

— Nic, attends ! Les directives gouvernementales sont de plus en plus précises, on fait ce qu'ils veulent de nos *business,* il n'y en a plus de libre entreprise, alors pourquoi payer un salaire à cet homme ? Pour le regarder se tourner les pouces ? »

Elle pose la brosse à cheveux et se plante devant lui. Il désigne Léa, enfin endormie, et va la mettre dans son berceau. En revenant, il ferme la porte de la salle de bains. Adélaïde proteste, mais Nic refuse de l'ouvrir : « Je veux te parler, Adélaïde, et je ne veux pas la réveiller. Alors que si elle se réveille, tu vas l'entendre sans crainte. Assieds-toi. »

Elle n'aime pas le ton solennel ni les précautions ni l'air grave que prend Nic.

« Ça fait cinq jours que j'essaie de te parler. Je sais, on ne décide pas des dents ou des humeurs de Léa. Je ne parlerai pas de celles de Béatrice. Tu te souviens pourquoi tu es venue vivre ici, il y a deux ans ? »

Elle fronce les sourcils, commence à voir où il veut en venir.

« Tu te souviens pourquoi je voulais que Florent vienne te rejoindre ici ? C'était avant ton voyage à Halifax, avant que les évènements ne tournent autrement... »

Elle se lève, fait les cent pas, angoissée, incapable de le regarder exposer son point de vue avec calme.

« Adélaïde, pour une fois que Léa dort, viens t'asseoir près de moi. Je ne veux pas parler à un dos. C'est déjà assez difficile comme ça. »

Elle lui fait face, blême : « Tu l'as fait ?

— Adélaïde, attends avant de...

— Tu l'as fait ? »

Nic se lève, va la rejoindre, mais elle recule avec la même question impérieuse dans les yeux. Il se doutait bien que ce ne serait pas facile : « Je vais le faire, Adélaïde. Je voulais te le dire avant, ne pas te jouer dans le dos.

— Comme Theodore ? C'est ce que tu veux dire ? C'est supposé passer mieux ? Je dois me sentir flattée de tant d'égards ? Honorée d'être consultée ? Merci beaucoup, Nic, je serai probablement très reconnaissante quand j'aurai digéré la nouvelle. Pour l'instant, je vais aller dans ma chambre. »

Elle a la main sur la poignée de la porte quand elle entend : « Si tu me le demandes, si c'est impossible pour toi, je ne m'engagerai pas. »

Elle ne se retourne même pas, furieuse : « Ah oui ? Si je te le demande comment, Nic ? À genoux ? En larmes ? N'y compte pas !

— Adélaïde, bon sang ! Il n'y en a pas, de façon d'annoncer ça ! C'est la guerre. Ou ils viennent me chercher ou j'y vais par moi-même. Ça fait un an et demi que je remets mon engagement. Un an et demi que les autres se battent et font leur part. Je ne peux pas rester ici sous prétexte que Theodore est parti. Je ne peux pas voir Fabien, Maurice, Léopold, Alexandre et les autres partir sans rien faire d'autre que protéger mes arrières et me défiler. Tu peux tout faire marcher toute seule. Rien ne menace la *business,* et même si ça arrivait, tu es aussi compétente que moi pour redresser ce qu'il y a à redresser. Adélaïde, veux-tu, s'il te plaît, venir t'asseoir ici et parler ? Comment veux-tu que je me sente vis-à-vis de mon frère qui a trois jeunes enfants et une femme dans la pauvreté ? Vis-à-vis de Fabien, qui a dix-sept ans et qui est presque prêt à être envoyé outre-mer ? Je ne pars pas pour autre chose que pour faire mon devoir. Je ne pars ni content ni soulagé ni autre chose qu'obligé. Mais si je ne le fais pas, je ne pourrai pas me le pardonner. L'autre jour, aux funérailles de David, je ne pouvais plus supporter d'être encore à l'abri pendant qu'eux... Dis-moi que tu comprends ça, Adélaïde, dis-moi au moins que tu vas essayer de le comprendre. »

Toujours de dos à lui, Adélaïde pose son front contre la porte de la salle de bains : comprendre, c'est le deuxième à lui demander de comprendre et d'accepter. Comprendre que des raisons supérieures, que des chicanes qui se passent en Europe, elle ne sait plus à quel sujet, vont venir faire éclater sa vie et la dévaster à jamais. Comprendre que quelque chose menace suffisamment pour la laisser, avec toutes les autres femmes, les vieux et les enfants, faire tourner la *business* et le monde qu'ils vont ensuite faire exploser. Comprendre qu'il faut qu'ils aillent au bout de leurs forces, au bout de leurs munitions avant de s'asseoir, de parler et de s'entendre. Qu'est-ce qu'elle sait du Japon et de l'Afrique ? Qu'est-ce qu'elle sait de Hitler, dont Mackenzie King disait du bien et dont il dit maintenant du mal ? Et Pétain, hier parmi les bons, devenu subitement méchant ? Elle ne sait même plus qui est l'ennemi et il lui faudrait comprendre la nécessité de risquer sa peau dans une bataille sanglante ? Il faut comprendre qu'après celui de Theodore, c'est le cadavre de Nic contre lequel elle devra lutter dans ses cauchemars ? Et après, ce sera celui de ses frères, de ses amis, les cadavres de tous les hommes qu'on aime et qui partent en nous demandant de comprendre.

Nic est derrière elle, il pose sa main sur la sienne qui tient toujours la poignée. Il ne dit rien. Il pose son front à son tour contre la porte, juste à côté de sa tête. Elle sent son grand corps robuste qui recouvre et protège le sien.

Elle ne comprend pas et elle comprend. Elle sait qu'il n'y a rien à dire ou à faire, que ce n'est pas de leur ressort, qu'ils peuvent plus ou moins se cacher, se pousser, se défiler, mais que la question est là, inévitable, impossible à manipuler ou à évacuer. La question de ce que chacun doit à un pays qui est le sien et aux autres pays amis qui demandent de sacrifier leur vie pour des credos qui ne sont pas les leurs. La question est de savoir à qui on doit sa vie et non plus à quoi on croit. Pour Nic aussi. Depuis Dieppe, il y pense. Depuis Dieppe, il attend de pouvoir lui parler, de pouvoir lui demander de comprendre. Elle l'a vu dans ses yeux, le soir de Dieppe. Et les jours d'après, elle tremblait pour Theodore, en sachant pertinemment qu'un jour elle tremblerait pour Nic, pour tous ceux qu'elle aime. Adélaïde voudrait bien se défendre mieux, faire valoir ses priorités, mais elle sait aussi que Nic lui a accordé beaucoup depuis Dieppe. Maintenant, c'est au tour de la guerre de gagner, au tour de cette raison supérieure qui fait les choses les plus stupides, comme de réglementer les tasses à thé, et les choses les plus terribles, comme de laisser débarquer cinq mille hommes sur une plage où l'ennemi alerté les attend à la pointe du fusil.

La main d'Adélaïde glisse sous celle de Nic et lâche la poignée. Elle se retourne vers lui. En ce moment précis, elle n'éprouve ni chagrin ni colère, elle n'éprouve plus rien. Même pas la peur qui, dans quelques heures, va l'assaillir. Elle touche les rides fines au coin des yeux de Nic, ce nez si parfait, la mâchoire si bien dessinée. Elle le perd à mesure qu'elle le touche, elle essaie de se faire à l'idée qu'elle le perd, lui aussi. Elle ne se pose plus aucune question sur l'amour, sur ce furieux appétit qui la jette contre Nic à la recherche d'un plaisir âpre, sans concession, elle ne se demande plus à qui elle doit son cœur. Elle sait que l'engagement des hommes s'arrête là, à cette partie de la nuit où ils se détournent et s'arrachent d'elle pour courir vers un champ miné. Elle sait que son cœur est fait pour être lacéré à chaque fois qu'il est accordé, et que le seul miracle consiste à pouvoir l'offrir sans discontinuer, comme si le pillage ne lui était pas à chaque fois fatal.

Elle voit le chagrin monter dans les yeux de Nic, couler sur ses joues — est-ce cela le mariage ? Cet homme qui pleure pour elle la peine qu'il lui fait ? Cette femme qui embrasse délicatement les larmes qui l'étouffent et que cet homme laisse sourdre à sa place ? Mais pourquoi faut-il tant de douleur pour dire enfin « je t'aime » ?

* * *

Mélanie serre le bras de Florent si fort qu'il est convaincu qu'il devra affronter un renvoi de l'école. Elle le laisse finalement se lever et se diriger vers le bureau du directeur.

Celui-ci le reçoit avec un sourire qui serait un sommet d'hypocrisie si c'était pour le mettre à la porte. Soulagé, Florent s'assoit et écoute le directeur lui expliquer que son travail est déjà remarquable, et qu'il est plus que temps d'envisager un nouvel apprentissage.

Florent attend d'être dans la rue avant de raconter en détail à Mélanie la proposition qui lui a été faite. Un vent coriace les force à s'abriter sous un porche avant que Florent ne se décide à entraîner Mélanie dans le salon de thé de chez Eaton pour célébrer la nouvelle.

« Monsieur de Grandpré m'offre d'entrer chez lui comme apprenti. Il terminerait ma formation et préférerait le faire lui-même, c'est-à-dire selon ses méthodes. Je serais payé un peu, mais je devrais quitter l'école.

— De Grandpré ? Non ! Lui ? Il n'a jamais pris personne. Il ne veut pas enseigner, il refuse tous ceux qui se présentent chez lui ! En quel honneur ? Tu te rends compte ? »

Florent avoue ignorer les raisons du maître, mais il a vu ses dessins, ses travaux, il l'a même observé de loin lorsqu'il passait à l'école. « Je le rencontre demain.

— Mon Dieu ! Tu vas habiller tout ce que Montréal compte d'important, Florent, toutes les actrices de la radio vont chez lui, les femmes de ministres, les Anglaises de Westmount ! Oh ! que t'es chanceux ! Tu vas rencontrer Madame Velder, Zézette, Muriel Guilbault, tous ceux qui sont interviewés dans *Radio-monde*.

— C'est pas fait, Mélanie, j'ai pas dit oui.

— Tu pourrais refuser ça ? Pourquoi ?

— Je veux apprendre tout, je veux être capable de faire ce que je veux avant d'aller ailleurs. Je veux devenir indépendant.

— Mais Florent, De Grandpré est le plus important couturier d'ici. En plus, c'est un Français, il connaît Dior, Schiaparelli, Fath. Il a travaillé avec Chanel…

— C'est fini aussi. Elle n'est plus là, Chanel. Je ne veux pas risquer de ne plus rien apprendre et de remplir les commandes de Monsieur de Grandpré, sans me préparer pour l'avenir. Tu comprends, un jour, je veux ouvrir mon salon.

— Je travaillerai pour toi, moi ! J'ai pas nécessairement envie de dessiner, je te ferai les commandes. »

Ils terminent la journée au cinéma et, en rentrant, Florent est surpris de ne pas trouver Adélaïde en train d'écouter les informations à la radio.

« Où est Nic ? »

En apprenant les derniers développements, Florent oublie totalement de parler de l'offre qui lui a été faite. Effondré, il se demande comment il pourra soutenir le moral d'Ada, et ce, surtout quand il l'entend prétendre qu'avec un peu de chance Nic n'aura pas le temps de s'entraîner, que la guerre sera finie. Vers dix heures, quand Nic arrive, Florent les laisse ensemble.

Incapable de dormir, il demeure assis dans son fauteuil à piquer et repiquer les épingles sur son accoudoir. À quatre heures du matin, même s'il doit allumer la lampe, il sort ses crayons, son calepin usé qu'il traîne depuis le sanatorium et dont il ne reste que quelques pages intactes et il dessine à la mine de plomb un portrait violent et désespéré. Un portrait où toute la virilité du modèle explose dans un mélange de crainte et d'agressivité. Il est sept heures quand Florent signe et appose la date. En sirotant son thé, il feuillette les pages du carnet : sur chacune, le même visage, mille fois détaillé, recommencé, criant une émotion ou une nuance de la personnalité, sur chaque page, depuis près de dix ans, le visage de Nic qui varie en lui-même et en l'artiste qui le regarde, le devine et le désire dans chacun de ses traits.

* * *

Le salon de Gilles de Grandpré est d'un luxe époustouflant. Les tapis, les plafonniers, les meubles, les décorations, ces énormes vases remplis de fleurs fraîches, l'ensemble est exquis et soigneusement présenté. Tout est pâle et salissant et pourtant immaculé de propreté.

Gilles de Grandpré l'accueille avec des mots exagérés, le traitant de « prodige de l'aiguille » et de « loup dans sa bergerie ». Au début, Florent se sent tellement énervé qu'il ne comprend pas un mot de ce que le maître dit, à croire qu'il parle une langue étrangère. Mais la volubilité du couturier fait en sorte que Florent trouve le temps de se calmer avant d'avoir à répondre. On ne lui demande d'ailleurs rien. On lui montre, on lui explique, on ne désire que son admiration totale et éperdue. Les mains du couturier s'agitent sans arrêt et exécutent un ballet étourdissant en illustrant chaque mot. Ce qui étonne Florent, c'est que le mouvement n'est issu qu'à partir du coude, les bras restant collés aux flancs, ce qui raccourcit d'autant l'ampleur des gestes, qui prennent des allures qui seraient grotesques si de Grandpré n'avait cette élégance qui compense sa gestuelle.

Florent le suit à travers les salons, les lieux réservés au public avec leurs fauteuils confortables pour regarder les modèles défiler, l'atelier de couture, le *stockroom,* avec ses collections qui attendent et enfin les bureaux de Gilles de Grandpré et sa table de travail, où Florent aperçoit un dessin inachevé. De Grandpré saisit son regard : « Allez ! Allez ! Contentez votre curiosité, c'est une saine vertu. Je vais préparer un café qui mérite ce nom. »

Les dessins sont magnifiques. Si Gilles de Grandpré pensait impressionner Florent par la somptuosité de ses salons ou par la profusion de ses formules, il aurait perdu son « prodige ». Devant les dessins, devant le trait sûr, presque magique, minimal et pourtant puissant, évocateur, Florent reconnaît qu'il a encore beaucoup à apprendre et il devine comment il pourra le faire.

De Grandpré lui tend une tasse si petite que Florent se demande si le rationnement frappe davantage les immigrés. Le liquide qu'elle contient est noir opaque et tellement âcre qu'il en a les yeux pleins d'eau.

« Malheureusement, je ne peux offrir de sucre, le café de qualité étant un luxe de plus en plus impossible à dénicher. »

Florent, le cœur battant, ignore ce qu'il buvait avant, mais il pose sa tasse sur la table basse en se promettant de finir plus tard cet explosif cadeau. Monsieur de Grandpré formule enfin une question qui attend une réponse. Florent expose le problème qu'il a de quitter l'école avant d'avoir appris ce qu'il voulait.

« Mon cher enfant, depuis que je suis à Montréal, Cotnoir Caponi m'offre des ponts d'or pour m'y voir prendre une charge pédagogique ! Où voulez-vous apprendre mieux qu'ici, en présence d'un maître ?

— Monsieur, je ne veux pas avoir l'air insolent, mais il y a des choses que je n'oserai pas vous demander, de peur de vous faire perdre votre temps, et ces choses vont me manquer pour travailler comme il faut. »

Les mains de Monsieur de Grandpré cessent enfin de s'agiter, il donne une petite secousse circulaire à la tasse, qu'il finit ensuite d'une gorgée. Il essuie délicatement les commissures de ses lèvres du pouce et du majeur, comme une dame inquiète de ce que son rouge ait coulé, et il soupire dramatiquement en posant sa tasse, l'air harassé : « Bon ! Je ne pensais jamais devoir entendre une telle aberration, mais enfin… quelles sont vos conditions ?

— Ma demande serait d'aller le matin chez Cotnoir pour la classe et de venir ensuite ici vers onze heures trente. Je pourrais faire les heures du matin le soir…

— Et les travaux de Caponi ?

— Je les ferai le soir tard, chez moi.

— Qui s'appelle, en l'occurrence, la nuit. Et comment serai-je assuré qu'il n'y aura aucun coulage ? »

Devant la mine effarée de Florent, le maître explique les dangers que présentent la circulation des idées et les « emprunts » plus ou moins conscients que son apprenti pourrait commettre. Il sourit de la naïve honnêteté de Florent avant de conclure : « Je présume que Haydn lui-même aurait fait quelques concessions à Beethoven. Vous aimez la musique ? L'opéra ? »

Florent est perdu, il ne comprend pas la moitié de ce que cet homme dit.

« Heu… oui, le samedi après-midi. »

Gilles de Grandpré a un rire aigu, haut perché, un rire aux accents féminins qui sonne faux et vrai à la fois. Florent voit bien qu'il s'amuse vraiment, mais on dirait qu'il se force à s'amuser encore plus. Il attend patiemment que le couturier éponge le coin de ses yeux pour savoir ce qu'il a dit de si drôle — apparemment, il ne le saura pas, le maître étant déjà passé à d'autres préoccupations. Il se lève et désigne le *pick-up*, cette magnifique invention qui détrône le phonographe. Il pose un disque et se tourne vers Florent alors que la voix emplit la pièce : « Flagstad… Kirsten Flagstad, vous reconnaissez ? »

Florent n'a pas l'audace de faire semblant de connaître ce qu'il ignore, ce qui rend Gilles de Grandpré rêveur. « Vous êtes vraiment intact, n'est-ce pas ? Un diamant brut… Nous allons nous entendre, n'est-ce pas ?

— J'espère, monsieur.

— Revenez demain matin. »

Il l'expédie de sa main voletante et Florent reste debout près du fauteuil pendant que la voix de la chanteuse est arrêtée au milieu d'une envolée.

« Quoi ? Vous n'avez pas compris ? Demain !

— Monsieur… demain matin je serai chez Cotnoir. Vous voulez dire demain vers onze heures et demie ?

— Je ne voulais pas dire, mais disons-le : onze heures et demie précisément. Je déteste les retardataires. Chez moi, même les clientes respectent l'heure de leur rendez-vous, c'est tout dire. Et, Florent ? Apprenez à refuser ce que vous n'appréciez pas. »

Il désigne la demi-tasse de café sur la table basse. Florent sort tout confus, se demandant s'il aurait dû savoir que cette dynamite était du café pour Monsieur de Grandpré.

Quand il raconte son entrevue à Mélanie, Florent ne se rend pas compte qu'il a négocié, et c'est elle qui lui explique qu'il est bien le premier à avoir imposé des conditions au maître. Tout étonné, Florent insiste pour qualifier sa demande de simple évidence : « Tu me vois gâcher quatre verges de brocart ? Tu imagines comment ce serait épouvantable ? C'est pour éviter des malheurs que j'ai demandé ça, pas pour faire l'important avec des conditions.

— Florent, sincèrement, non, je ne te vois pas gâcher du tissu. Et puis, je pense que tu ne comprends pas que les autres, tous les autres ici seraient partis sans rien demander. T'es comme ça, t'es gêné pour mourir, mais t'obtiens ce que tu veux. »

En exposant à Ada son nouvel emploi et ses nouveaux horaires, Florent se rend compte qu'effectivement il a obtenu ce qu'il jugeait essentiel : une base solide et un apprentissage dans les meilleures conditions et au meilleur endroit. Adélaïde est ravie pour lui et, malgré la lourdeur des derniers jours à préparer le départ de Nic, elle propose qu'ils sortent tous les trois pour célébrer la promotion extraordinaire que représente l'entrée chez de Grandpré.

C'est au théâtre qu'ils vont. Ils assistent à deux spectacles : le premier avant le lever du rideau, à regarder et à commenter les toilettes des spectateurs, petit jeu qui amuse surtout Florent et Adélaïde, et le second, la pièce, qui laisse Florent ébloui. Pour la première fois de sa vie, il voit une « pièce en vrai », comme il dit, et si la différence qu'il constate entre la représentation et le théâtre Ford à la radio est aussi grande entre l'opéra en vrai et celui du samedi après-midi, il ne pourra jamais assister à un opéra. « Je pleurerais tout le long. Ada et moi, on sanglote dans le divan le samedi après-midi.

— Beaucoup moins, maintenant que Léa écoute avec nous, Florent ! »

C'est une soirée inoubliable pour chacun. Une vraie soirée de gala, où Ada porte la longue robe noire ajustée qui est la préférée de Florent et où les deux hommes la font danser à tour de rôle au très chic restaurant du Ritz. Florent les fait mourir de rire en imitant l'accent et la gestuelle de Monsieur de Grandpré et de certains élèves de chez Cotnoir.

Il est très tard lorsqu'ils rentrent et Florent s'installe dans son fauteuil pour repenser à sa soirée, sachant qu'il est trop ému pour dormir avant une heure ou deux. Il est quatre heures du matin quand il entend frapper légèrement. Le coup est si discret qu'il va voir sans s'attendre à trouver quelqu'un.

Nic, en robe de chambre, les cheveux ébouriffés, se tient devant lui. Il n'a pas l'air d'avoir dormi non plus : « Je peux te parler ? Je te réveille ?

— Entre. Je ne dors pas souvent avant l'aube.

— Oui, c'est ce que tu as dit ce soir, c'est pour ça que j'ai osé venir. »

Nic entre et jette un regard circulaire à la pièce, aux fenêtres nues qui donnent sur la neige et la nuit. Florent allume une veilleuse à l'abat-jour de verre opalin, qui dispense une lumière tamisée. Nic se tourne vers lui : « Ça a changé depuis Kitty, cet endroit. C'est très beau ce que tu en as fait. C'est toi ou Adélaïde ?

— Les deux ensemble. Assieds-toi, Nic. Attention ! Les épingles dans l'accoudoir ! »

Florent est tout énervé, tout intimidé. Il s'assoit sur une chaise, face à Nic qui le considère gravement. « Je vais avoir besoin de toi, Florent. Je ne partirai pas tranquille si je ne peux pas te confier certaines tâches en cas… de malheur.

— Tu veux que je veille sur Ada et sur Léa ?

— Oui, mais ce n'est pas ce qui m'inquiète. Vous allez vous débrouiller si ça va mal, je le sais. Non, je veux te demander deux choses. Je veux pouvoir donner à Aaron Singer ton nom et les numéros où on peut te rejoindre si on a des nouvelles de Ted. Si quelque chose arrive à Ted, je veux que ce soit toi qui parles à Adélaïde, et toi seul. Il y a entre Aaron et elle une sorte de chicane et je ne veux pas qu'il lui fasse du mal. Ce sera déjà bien assez dur si Ted est… Je ne veux pas voir Adélaïde se battre contre qui que ce soit pour sauver l'honneur des morts ou *whatever*. Tu comprends ? Toi, elle va t'écouter. »

Florent hoche la tête et attend la suite qui semble plus laborieuse. Nic sort une petite clé de la poche de sa robe de chambre. Une clé à laquelle est attachée une étiquette.

« Dans mon bureau, rue St. James, il y a un coffre-fort. C'est la combinaison et la clé pour l'ouvrir. Il y a là-dedans des choses personnelles, des choses auxquelles je tiens — il y a des lettres, des bijoux, des photos et certains dessins. J'ai essayé de les détruire, mais je n'ai pas pu. Les dessins sont les tiens, Florent, les lettres… elles sont pour Léa. Ce sont les lettres que Gabrielle, sa grand-mère, m'écrivait pour me parler des enfants, d'Adélaïde surtout, de sa vie, de ses préoccupations. Ce ne sont pas des lettres compromettantes, rien de douteux, ce n'est pas ça. Je ne peux pas les remettre à Adélaïde maintenant, j'aurais l'impression de jouer avec le destin, de le provoquer. Disons qu'il nous manque juste un peu de temps pour que je puisse les lui donner moi-même. Il y a aussi les lettres d'Adélaïde. Elle avait huit ans, Florent, ce sont des lettres extraordinaires d'aplomb et d'effronterie. Voilà, c'est tout, à part quelques autres broutilles. S'il m'arrivait… j'ai rédigé une procuration pour que ce soit toi qui vides le coffre, toi qui décides quoi faire du contenu. Mais surtout, protège-les, toutes les deux. »

Florent prend la clé. Il voudrait pouvoir parler, mais il s'étranglerait de peine. Alors il se tait et regarde Nic, le cœur fou de chagrin et de crainte. Nic sourit : « Ne me regarde pas comme ça, Florent, je ne vais pas mourir. Je vais m'entraîner et après, je vais me battre. Ils vont probablement me trouver trop vieux pour me mettre en avant, je retarderais les autres en ne courant pas assez vite. Tu vois : ils vont me garder pour la fin, quand ils n'auront rien de mieux à offrir à l'ennemi. Ce n'est ni très risqué ni très courageux. »

Nic jette un coup d'œil à sa montre, se lève en la détachant de son poignet : « Si on veut dormir un peu avant de commencer la journée… Florent, je serai absent le jour de ton anniversaire. Je sais que tu as toujours aimé cette montre. Tout petit, tu jouais à la passer autour de ton poignet. C'est mon cadeau pour te permettre d'être à l'heure. Comment il dit ça, le maître ? Rigoureusement, strictement à l'heure.

— Nic ! Non, voyons ! C'est un cadeau trop… non.

— Arrête, Florent. Je viens de te confier deux missions extrêmement importantes. Tu es celui qui va veiller sur les femmes les plus précieuses au monde à mes yeux. Je veux que tu aies un cadeau d'anniversaire qui témoigne de ma confiance. Te savoir ici me permet de partir sans me morfondre d'angoisse. Prends cette montre, fais-moi plaisir.

— Nic… C'est un cadeau inestimable pour moi. Je vais la porter tous les jours. Tu l'as dit à Ada ? Elle est d'accord ? »

Nic éclate de rire : « Adélaïde n'est pas Béatrice, Florent, mais je vais l'avertir de ne pas te l'arracher du poignet. Bonne nuit.

— Nic ! Merci pour ta confiance. »

Nic s'approche et serre Florent dans ses bras. Il est étonné de le trouver tremblant. Est-ce parce qu'il est si maigre ? Il lui rappelle ce moment où, à l'Île, il l'a ramené à l'eau après la noyade de son père. Florent tremblait dans ses bras et, transi de peur, il s'accrochait à son cou.

« Bonne nuit… Oscar. »

Le sourire lumineux qui éclaire le visage de Florent ne laisse aucun doute à Nic concernant la confiance qu'il peut avoir.

Adélaïde est debout et promène Léa, bien emmaillotée. Quand Nic entre dans la chambre, elle lui fait signe d'approcher. Elle dépose précautionneusement son fardeau sur le lit et prend le doigt de Nic qu'elle frotte sur la gencive inférieure de Léa : « Tu sens ? »

Quelque chose perce la gencive douce, un petit silex bien coupant : la première dent qui a tant fait pleurer leur fille affleure. Léa se met à téter le doigt de Nic en dormant. Adélaïde la prend et va la porter dans son berceau. Elle revient se serrer contre Nic : « Même pas cinq mois ! Tu as vu comme elle est obligée de tout faire vite pour que tu puisses apercevoir sa première dent ? »

Nic garde pour lui son admiration pour l'art qu'a Adélaïde de repousser les constats tristes ou affligeants. Depuis qu'il a pris sa décision, jamais elle n'a failli, jamais elle n'a manqué de courage ou fait sentir sa tristesse. Il enserre sa tête dans ses mains, il prend tout son temps pour la contempler, l'inscrire dans sa mémoire telle qu'elle est en cet instant, vivante, totalement présente, sans arrière-pensées, sans prémonitions ou anticipations, vibrante. Adélaïde est concentrée sur la seule vérité qui soit, cette aurore lourde de neige qui se lève sur eux deux encore ensemble pour trente-six heures.

Tout près de sa bouche, elle brise sa contemplation : « Nic, si tu continues, tu risques de rater tes dernières heures de sommeil. »

La bretelle de satin de son négligé glisse sous la main de Nic : « Qui parle de dormir ? Tu as sommeil, toi ? »

Vers huit heures ce matin-là, Florent quitte une maison silencieuse. Léa dort encore, bercée par Lionel qui est allé la cueillir après avoir rebroussé chemin avec son plateau à deux reprises.

* * *

Après le départ de Nic, la tentation est forte pour Adélaïde de transporter le berceau de Léa dans la grande chambre et de partager l'espace conjugal avec sa fille. Mais si Nic reste absent six mois, Adélaïde calcule que Léa aura alors un an et qu'il sera plus difficile de la ramener de force dans sa chambre pour préserver son intimité avec Nic. Adélaïde juge assez paradoxal de planifier le retour de Nic en plus de celui de Theodore. Mais il y a quand même un système de priorités dans le chaos : elle est la femme de Nic, et Theodore a encore une épouse et deux enfants. Adélaïde ne sait plus ce que la fin de la guerre risque de lui révéler de Nic, de Theodore ou d'elle-même, mais elle n'ignore pas que la règle d'un sentiment total et unique enseignée par sa mère au sujet du mariage a été transgressée depuis longtemps et de plus d'une manière en ce qui la concerne. Peu importent les usages qui prévalent ou l'éducation qu'elle a reçue, force lui est de constater et d'admettre que l'amour n'est pas du tout la chose simple, limpide et éternelle dont parlent les chansons. L'amour est parfois beaucoup plus complexe et, malgré les apparences, qu'il ne soit pas singulier n'en fait pas un sentiment inférieur.

Adélaïde essaie vaillamment d'empêcher Florent et Lionel de gâter Léa au point qu'elle devienne une capricieuse mal élevée.

« Elle est le centre d'attention de tout le monde, Florent l'habille comme une princesse. Je ne vois pas comment Léa va parvenir à se convaincre de l'importance de qui que ce soit d'autre qu'elle-même si nous continuons. Et comme elle ne risque pas d'avoir un frère ou une sœur… »

Isabelle, avec qui elle parle au téléphone, l'interrompt : « Non ? Tu n'y penses jamais ?

— Comment veux-tu, Isabelle ? De plus, j'ai le regret de te dire que ta promesse que j'oublierais tout est loin de s'être produite dans mon cas. Je me souviens très clairement de l'accouchement et je n'ai aucune envie de repasser par là. Je ne sais pas comment tu fais ! Comment ça va, d'ailleurs ? »

Isabelle se trouve bien encombrée et les sept semaines qui restent avant la délivrance lui paraissent des mois. Sa seule consolation est que Maurice devrait terminer son apprentissage de soldat bientôt et être rendu à la vie civile.

« Je te jure qu'ils font pression pour qu'il s'engage. Ils lui offrent le meilleur salaire et l'allocation de droit pour moi.

— Il va le faire ?

— Adélaïde ! Jamais ! On va avoir un troisième enfant, comment veux-tu ? Ma crainte est seulement qu'un jour il n'ait pas le choix. J'aime mieux ne pas y penser. »

Le principal sujet de discussion est le service anniversaire de Gabrielle qui doit être chanté à Québec le 14 avril. Fabien, toujours dans son camp d'entraînement près de Hamilton, en Ontario, ne pourra venir, que feront Adélaïde et Florent ?

« Nous viendrons, Isabelle. Papa ne peut pas me mettre à la porte de l'église. Il n'aura qu'à faire semblant de ne pas me voir, comme il fait semblant que je n'existe plus. »

Florent, débordé par les travaux scolaires et les pressions de Gilles de Grandpré, devenu quasiment hystérique avec les collections de l'été 1943, ne voit pas comment il va réussir à se libérer pour deux jours entiers. Il propose à Ada de surveiller Léa de concert avec Lionel pour au moins lui permettre de partir tranquille et sans souci.

Assise dans le train, Adélaïde aurait de beaucoup préféré avoir le souci de Léa plutôt que l'angoisse de défier Edward et la bonne société et, en plus, de le faire seule.

Flanquée de Reine et d'Isabelle, Adélaïde se tient bien droite dans son banc et fixe le dos d'Edward assis avec Guillaume. De l'autre côté, au même niveau, Rose et Béatrice.

Adélaïde essaie de penser à sa mère, de fuir cette église où sa position est un deuil supplémentaire et inutile.

« C'est l'histoire d'un homme heureux qui a cinq enfants, trois filles et deux garçons... » L'histoire que sa mère aimait raconter. Elle y illustrait chaque enfant, donnant ses qualités et ses défauts à corriger, et la réussite inévitable et le bonheur à la fin. Les histoires inventées par sa mère étaient bien anodines, bien candides... elle aurait dû lire *Le Roi Lear* et autres récits où la gentillesse cache la flatterie, où l'honnêteté n'est pas là où on la croit. En voyant Béatrice revenir pieusement de la communion, Adélaïde est saisie de colère : elle ne s'est plus approchée de la sainte table depuis un an, certaine que, si son père ne lui pardonnait pas, le bon Dieu ne l'écouterait même pas. Assise dans son banc, elle a envie de hurler et de réclamer des comptes à ces pieuses personnes soi-disant croyantes qui aspergent les morts d'encens et d'eau bénite et qui condamnent leur prochain parce qu'il a l'audace de transgresser la loi.

La charité chrétienne ! Béatrice qui ne la salue même pas, qui l'ignore comme si, il y a deux mois, la soupe chaude n'avait pas été cuisinée de sa main ! Tous là à juger, à décréter, à excommunier ! Tous à prétendre être en règle avec Dieu, autorisés à mépriser de plein droit, grâce à la main divine. Qui est-Il, ce Dieu, pour venir condamner un amour comme celui de Theodore ? A-t-Il parlé à Aaron Singer ? Et abandonner ses propres enfants alors qu'ils sont dans le besoin d'un peu d'amour et de consolation, ce n'est pas péché mortel, ça ? C'est hautement chrétien ? Elle voit son oncle Cyril se pencher vers la dernière personne à la balustrade, l'enfant de chœur élever la patène au-dessous du menton du communiant. Alors qu'il allait retourner vers l'autel, Adélaïde marche jusqu'à la balustrade, s'agenouille et attend.

Cyril accuse le choc et reste immobile, le ciboire à la main. L'enfant de chœur, n'étant pas illuminé par le Saint-Esprit et ne saisissant pas l'hésitation du prêtre à s'approcher d'Adélaïde, glisse la patène sous le menton orgueilleux et attend patiemment. Cyril s'approche, saisit l'hostie, murmure sa formule, et Adélaïde peut entendre le craquement sec de la pastille de pain quand il la dépose avec raideur sur sa langue. Cet instant de victoire à la face des catholiques faussement en prière derrière elle, ce petit moment où, l'hostie contre le palais, elle se retourne et revient à son banc, c'est la première fois où le corps du Christ lui semble effectivement opérer une métamorphose au sein d'elle-même. Malgré le blasphème et l'odieux de son geste, Adélaïde remonte l'allée, transfigurée : en voilà une bonne raison de l'avilir, voilà un péché qui mérite leur mépris et leur rejet. Le regard droit, elle croise tous les yeux qui osent la fixer et les force à se baisser. « Dieu seul me juge, bande de mécréants. Dieu, s'Il existe, s'Il l'ose, me jugera ! » Voilà ce que son attitude clame.

Personne n'est dupe du « *Ite, missa est !* » de Cyril qui claque comme une gifle. Après avoir murmuré son « *Deo gratias* », Adélaïde sort paisiblement de l'église, alors que son père, resté dans le banc familial, attend encore avant de bouger.

Elle informe Isabelle, qui vient la rejoindre, qu'elle n'a pas à se montrer en sa compagnie si elle préfère. Isabelle met ses gants : « Quoi ? Ce n'est pas parce que ton père ne t'a pas pardonné que Dieu va faire pareil ! S'il fallait attendre le pardon des autres pour continuer à faire sa religion, ce serait bien terrible. Non, je pensais que tu n'allais pas communier pour ne pas qu'Edward te voie. On peut dire que là, il t'a vue. »

Adélaïde prend le bras d'Isabelle : « Tu te trompes. Je l'ai fait pour les défier, tous. Pour ce qui est de Dieu, je discute encore avec Lui, mais la paix n'est pas signée. »

Reine vient les rejoindre chez Isabelle, après avoir pris le thé avec tout le monde chez Edward. Elle rapporte que Cyril est encore en train d'expliquer à Edward qu'il n'avait pas de certificat de confession à exiger avant de donner la communion, que le sacrement est soumis à la conscience du communiant. « Je pense qu'Edward est à deux doigts de lui faire un procès. Il est furieux. »

Adélaïde hausse une épaule : « Ça va lui éviter de penser à maman et d'être triste. Parlons d'autre chose. »

Même Germaine, qui passe ce soir-là pour embrasser sa nièce, la serre dans ses bras en murmurant : « Ne me parle pas de ton père, je me suis fâchée avec lui ! Je lui ai dit que c'était une honte à la mémoire de Gabrielle et que, s'il continuait à s'entêter, je ne le verrais plus. Tu veux que je te dise, Adélaïde ? Ton père est malheureux comme les pierres de ne plus te voir et il rue dans les brancards de ne pas te ravoir. Je lui ai dit que, pour ce qui est de la paix familiale, c'était un gros zéro. Qu'il fasse son examen de conscience, lui aussi ! Il n'est pas le bon Dieu, quand même ! Il me fait penser à mon père dans ses pires moments. Tiens, j'aurais dû lui dire ça pour le faire enrager. »

Jusqu'à Rose qui, le lendemain matin, avant qu'Adélaïde ne parte prendre son train, vient l'embrasser en cachette : « Il me tuerait, mais j'en ai assez d'entendre ses sermons. Quand est-ce que tu reviens ? J'aimerais bien te parler de ce que je veux faire, maintenant que je finis l'école. »

Adélaïde n'a pas prévu de revenir avant longtemps, malgré l'accouchement imminent d'Isabelle. La guerre l'oblige à redoubler d'efforts au bureau et Léa, que le départ de Nic affecte, a besoin de beaucoup d'attention.

« Pourquoi ne viendrais-tu pas, Rose ? La maison est grande, il y a le jardin. En mai, on devrait voir le lilas fleurir. Viens, on parlera à l'aise toutes les deux. »

Rose a bien de la difficulté à se persuader qu'elle a le droit de négliger son père et son frère. Pourtant, trois semaines plus tard, grâce à l'aide de tante Germaine et d'Isabelle, Rose finit par poser sa petite valise dans la grande chambre d'amis de Westmount et se confesse sur-le-champ : « J'ai menti, Adélaïde. Tu te rends compte ? J'ai menti à papa ! Pas à Guillaume, il sait tout, mais à papa, j'ai raconté que j'allais chez une compagne de classe à Trois-Rivières. »

Elle s'assoit sur le lit, ébranlée de tant d'audace. Elle a l'air d'une pensionnaire avec ses gants, ses bas épais et ses souliers lacés. Elle n'a même pas enlevé son béret.

Adélaïde s'assoit près d'elle, comprenant que Rose n'a ni son arrogance ni sa hardiesse : « Rose, ça arrive que les circonstances nous forcent à déguiser la vérité. Si, en toute conscience, tu ne fais pas de mal, tu n'as pas à en convaincre tout le monde.

— Mais j'aime mieux quand tout le monde s'entend.

— C'est pas toujours possible.

— Vois-tu Adélaïde, c'est ce que je n'aime pas depuis la mort de maman, on dirait que tout se brise, que plus rien ne tient ensemble. J'essaie, mais je n'ai pas la manière de maman. Toi, tu l'aurais. À Noël, tu sais, ça a été sinistre à la maison. Papa a recommencé à s'enfermer. Une chance que Paulette est venue. Depuis que Nic et lui ne se parlent plus... Pourquoi ? À cause qu'il s'est engagé ? Pourtant, je pense que papa va y aller. Est-ce qu'ils vont le prendre, s'il y va ? »

Adélaïde tente de freiner l'avalanche de questions, de problèmes, elle s'efforce de trier parmi les choses essentielles ou futiles que Rose jette tout à la fois, tant elle est soulagée de parler. Constatant à quel point sa petite sœur a emmagasiné d'angoisse, elle renonce à l'interrompre, elle écoute attentivement la débâcle qui, à mesure qu'elle se libère, prend de l'ampleur et de la force. Depuis un an, Rose vit dans une solitude oppressante et s'astreint à tout préserver comme du temps de leur mère, à tout faire avancer comme à cette époque bénie où les prières du soir n'étaient que des remerciements à Dieu et la demande que cette félicité continue le lendemain.

Guillaume est son seul recours, son seul ami, mais il veut vivre, sortir de cette maison triste où tout rappelle constamment ce qui n'est plus.

« Il va vouloir s'engager, tu sais.

— Voyons, Rose ! Il a quatorze ans !

— Il va vouloir partir, Adélaïde. Fabien, c'était les avions. Lui, c'est partir.

— Et toi, Rose ?

— Si Guillaume part, si la guerre continue, si papa se marie avec Paulette, je partirais moi aussi. J'irais infirmière là-bas. »

Les grands yeux de Rose se posent sur Adélaïde qui, soufflée, ne trouve pas ce qu'elle pourrait ajouter à un tel programme. Elle s'aperçoit qu'elle a beaucoup négligé Rose, et qu'il y a des craintes qui sont exprimées dont elle n'avait pas la moindre intuition.

« Ça fait beaucoup de si, Rose. On va en reparler tranquillement. Qu'est-ce que tu dirais de défaire ta valise, de te changer et de venir voir ta nièce ? »

De tout ce que Rose lui a appris par ses questions, de toutes les difficultés qu'elle a traversées depuis la mort de Gabrielle, rien n'atteint Adélaïde plus cruellement que de la voir poser sur son oreiller la vieille poupée molle qu'elle a traînée toute son enfance. Sa Toune chérie contre laquelle elle frottait son nez pour s'endormir est la première chose que Rose tire de sa valise. Adélaïde touche la poupée reprisée et déformée par toute l'affection reçue. Elle revoit Florent avec ses rubans enroulés autour de ses doigts. Comment peut-on laisser des enfants si seuls qu'un petit bout de coton chiffonné leur tienne lieu de tendresse et de baisers ? Comment peut-on les abandonner assez pour que, le soir venu, ce soient ces petits objets qui entendent les espoirs et les détresses de ceux qui n'ont personne à qui se confier ?

C'est Léa qui effectue le miracle de calmer les angoisses de Rose et qui lui redonne sa jeunesse et son impétuosité. La grande maison, le luxe, le service attentif et dévoué de Lionel, tout cela coule sur Rose sans l'atteindre : elle ramasse son assiette et celles des autres et, si ce n'était que Lionel s'offusque de la voir agir ainsi, elle porterait le tout à la cuisine pour faire la vaisselle.

Mais quand Léa la fixe de ses grands yeux gris et l'écoute fredonner des chansons en ouvrant sa bouche de ravissement, quand elle s'agrippe à ses mains pour se redresser avec détermination, quand elle se met à pédaler à toute vitesse en voyant Rose se pencher sur son berceau, celle-ci est conquise, elle rit et s'amuse enfin. Rose a quinze ans de nouveau.

Peu à peu, au fil des jours, l'étau se desserre et Rose parle de ses préoccupations avec plus de recul. De toutes les questions posées par sa sœur, il n'y en a qu'une seule dont Adélaïde ne reparle pas, et c'est cette allusion au mariage possible de son père et de Paulette. La chose lui semble si inconcevable, si déplacée et choquante : comment Edward oublierait-il si vite Gabrielle ? Comment oserait-il laisser entrer cette femme dans la maison et dans la chambre de Gabrielle ?

Rose est, à certains égards, d'une naïveté accablante : jamais elle ne doute de l'honnêteté ou des bonnes intentions des gens. Elle prête à chacun la générosité de son cœur, et quand elle est témoin de la misère ou de l'abandon, elle vide son porte-monnaie. Montréal est hantée par la misère et, à la sortie de la messe ou à l'occasion de leurs promenades,

Adélaïde est surprise de voir sa sœur fouiller sans relâche dans son sac à main pour partager ses maigres richesses. Dévouée, Rose est toujours la première debout si Léa réclame un jouet qu'elle vient elle-même de lancer par terre. Adélaïde est surprise de constater qu'aucune révolte, aucune rébellion ou insubordination n'habite sa sœur. Le sentiment le plus proche de l'agressivité qu'elle décèle, c'est l'indignation que Rose ressent à l'égard des laissés-pour-compte. Jamais elle ne s'offusque de ce qu'on ne se soucie pas suffisamment d'elle ou du manque de ressources financières dans lequel Edward la laisse, mais les moindres écarts d'humanité à l'endroit des démunis la glacent de pitié. La seule pensée que Guillaume ou Edward puissent avoir besoin d'elle l'empêche de profiter pleinement de son séjour.

Il y a en elle un consentement à ce qui est, une douceur magnanime qui inquiètent Adélaïde : comment Rose pourra-t-elle faire son chemin, trouver sa route si elle ne conteste jamais les autres ? Si elle se coule dans leur jugement, si elle les croit sincères et bons, alors qu'ils mentent peut-être ? Ce genre d'inquiétude fait beaucoup rigoler Florent, qui trouve que Rose a la meilleure part, celle de la bonté. « Ada, tu trouves que Béatrice est une petite rusée qui sait tout mettre à profit et qui n'en a jamais assez pour son âpreté ? Rose est le contraire. Imagine la guerre dans cette famille, s'il fallait que Rose soit aussi combative que toi ou Béatrice !

— Moi ? Florent ! Je ne suis pas comme Béatrice ! Oui ?

— Combative, Ada, je n'ai pas dit ambitieuse sans scrupules.

— Bon, laissons le cas de Béatrice. Comment aider Rose, en commençant par quoi ?

— En la laissant faire ce qu'elle veut : son cours d'infirmière.

— Tu te rends compte de l'avenir que ça lui fait ? Hanter les hôpitaux, fréquenter des gens qui peuvent lui refiler des microbes dangereux, prendre soin des autres tout le temps ?

— C'est une dévouée, Ada, ne lui demande pas de diriger ton entreprise, elle serait malheureuse. Lire un rapport l'endormirait, alors qu'elle peut rester debout la nuit entière à bercer Léa. »

Adélaïde soupire. Elle sait que Florent a raison, qu'on ne lutte pas contre la nature des gens, que c'est une perte de temps et une énergie investie en vain. Mais Rose et sa patience angélique lui donnent des frissons d'inquiétude. Elle n'aime pas la laisser seule sans défense dans une maison où on exploite ses qualités sans la payer de retour. Elle n'aime pas l'indifférence d'Edward pour sa fille si serviable.

Florent a beau essayer de la calmer, le caractère de Rose tracasse Adélaïde : « Tu te rends compte si elle rencontre un homme malintentionné ? Rose ne doutera pas de son honnêteté ! Elle va être abusée par n'importe quel joli cœur qui voudra la tromper.

— De deux choses l'une, Ada : ou tu fais confiance à la divine Providence, ou tu suis ta sœur et tu la chaperonnes jusqu'à la grande demande ! Tu sais que tu ressembles beaucoup à ta mère en ce moment ? Tu sais ce que ça lui coûtait de te laisser faire à ta tête ? Combien de fois je l'ai vue se ronger à cause de ton énergie entreprenante. Elle ne voulait pas intervenir, elle voulait que tu apprennes par toi-même. Regarde le résultat : personne ne peut te faire agir contre ta volonté. Laisse assez de jeu à Rose pour qu'elle apprenne par elle-même. Elle ne sera pas mangée par le loup et, de toute façon, tu ne peux pas la protéger contre elle-même. »

Comment sait-il cela, ce grand garçon de seize ans ? Adélaïde se lève et regarde les dessins sur les murs : « Rose dit que tu ne dessines que moi...

— Faux. Regarde. »

Il lui tend une feuille où Léa, l'air d'une petite malcommode, cache une partie de son visage derrière un lapin rose à la queue ébouriffée. Le dessin sert à illustrer une jaquette et sa broderie *smoke*, mais l'expression du bébé est si enjouée, si moqueuse qu'elle attire toute l'attention. Adélaïde passe le doigt sur la main potelée, rendue avec précision : « Je suppose que je vais essayer de la protéger beaucoup, celle-là. Tu vas vouloir me refaire ton *speech* de temps en temps ?

— Rose est une bonne nature. Ce qui t'embête, c'est qu'elle préfère donner plutôt que recevoir. C'est sa façon à elle et c'est ta façon à toi d'aimer les gens.

— Infirmière. Peut-être... mais pas sur un champ de bataille ! Quand même, Florent, elle ne peut pas partir pour l'Europe, pas Rose ! Je serais morte d'inquiétude si ma petite Rose...

— Laisse-la faire son cours, la guerre aura peut-être le temps de finir avant que la question ne se pose.

— Dieu du Ciel ! Combien de fois on l'a dite, cette phrase-là, depuis le début de la guerre ? »

Elle trouve Rose là où elle la pensait, dans le jardin. Elle tient Léa dans ses bras et, hissée vers le lilas, elle agite une grappe de fleurs sous le nez ravi du bébé qui ne fait aucune différence entre la branche et son lapin.

« Rose, qu'est-ce que tu dirais si on allait se renseigner à l'Hôtel-Dieu demain, histoire de voir comment les cours d'infirmière se donnent, si l'hôpital te plaît… »

À voir le visage de Rose, Adélaïde remercie mentalement Florent et se jure de se souvenir dorénavant de certains principes d'éducation qui ont fait d'elle la femme indépendante qu'elle est.

La visite du lendemain est retardée par l'annonce de la naissance du deuxième fils d'Isabelle. Maurice, revenu depuis cinq jours, appelle pour dire que la mère et l'enfant vont très bien et que ce garçon est déjà costaud : huit livres et demie ! Adélaïde ferme les yeux d'horreur, comment peut-il prétendre qu'Isabelle va bien ? Maurice assure que, vraiment, ça s'est bien passé, à peine quatre heures de vraie douleur, et qu'Élise a trouvé le bébé trop endormi pour jouer.

« Elle demande quand tu vas venir chercher ton bébé. Isabelle a beaucoup ri. Quand viens-tu, Adélaïde ? »

Ce n'est pas demain la veille, Adélaïde doit mettre les bouchées doubles au bureau et elle hésite à refaire un voyage qui l'éloignerait de Léa et de Florent. Elle confie à Rose des cadeaux pour le bébé et toute la famille.

Le matin du départ de Rose, Adélaïde reste à la maison et elles prennent leur chocolat chaud dans le grand lit, avec Léa qui rame dans les draps en essayant de se traîner. Elle est si comique et déterminée qu'elle réussit à lancer les oreillers par terre avec un cri de victoire digne d'Attila.

« Elle va me manquer et toi aussi, Adélaïde. Ça faisait une éternité qu'on n'avait pas été ensemble. Même à l'Île, on n'était pas si proches. »

Adélaïde propose que, chaque année, au mois d'avril, pour célébrer leur mère, elles se retrouvent toutes les deux et aient une vraie rencontre, une vraie conversation : « À n'importe quel âge, en n'importe quel temps, ce serait sacré : on se voit et on passe au moins deux jours en tête-à-tête. »

Même si elle trouve l'idée difficile à réaliser, Rose promet en déclarant que ce sera chaque année son Noël : « Un Noël aux lilas… Ça, ça plairait à maman. »

Adélaïde est un peu moins triste d'aller reconduire Rose puisque leur visite à l'Hôtel-Dieu a permis à sa jeune sœur de constater qu'il n'y a pas que Québec qui offre des cours de *nursing* et que, si Edward fait obstruction, elle pourra toujours venir habiter chez Adélaïde.

C'est une Rose renouvelée de pied en cap qui monte dans le train,

Florent ayant insisté pour revoir avec elle sa garde-robe et reprendre ici et là des coutures. Rose n'a jamais accepté qu'on lui achète quoi que ce soit, mais les anciennes splendeurs d'Adélaïde retouchées à sa taille ont fini par la faire céder. La seule chose sur laquelle Adélaïde n'a pas laissé sa sœur discuter, c'est l'achat d'une paire de chaussures confortables et jolies, ces souliers plats blanc et bleu que toutes les jeunes filles, même celles qui ne sont pas si coquettes, rêvent de porter.

C'est à Florent qu'Adélaïde confie la tâche délicate d'enquêter sur les projets conjugaux de Paulette et d'Edward. Même si celle-ci a des pudeurs, même si elle ne désire pas entrer dans les détails de leur relation, Florent saura bien obtenir au moins une impression sur la vraie qualité de cette amitié.

Réticent, Florent écrit à Paulette et lui parle au téléphone, mais à part une polie et discrète allusion « qu'elle voit toujours ce pauvre Edward », rien de très matrimonial n'a percé dans son discours.

« Comment veux-tu qu'elle me parle de ça, Ada ? Elle sait très bien que j'habite ici et que ce qu'elle me dit, tu vas le savoir. Même si je promettais de tout garder pour moi, ce que je ne ferai pas, elle sait que tu vas l'apprendre. Tu veux que je te dise ? Si jamais Edward a des intentions pour Paulette, je serai le dernier à l'apprendre. Je ne vois pas comment elle pourrait me faire des confidences là-dessus.

— Tu penses que c'est possible ? Ou Rose a tout imaginé et c'est une vague crainte qu'elle a laissé échapper sans que rien ne se soit passé ? Elle n'en a jamais reparlé. »

Florent dessine sans rien dire. Dans les bras de sa mère, Léa suce voluptueusement un morceau de ric-rac blanc. Sa barboteuse est si jolie que Florent sourit à chaque fois qu'il la regarde.

« Assieds-toi, Ada, tu fais voler mes papiers. Bon, je pense que c'est inquiétant, justement parce que Rose n'en a pas reparlé. Tu sais, ça ne me serait pas venu à l'idée. Je suppose que pour Rose non plus. Alors, si elle y pense…

— Pas de fumée sans feu ?

— Je ne sais pas. Je ne connais pas bien ton père. Je ne sais pas du tout s'il peut accepter de vivre seul. Beaucoup de veufs se remarient parce que vivre seul les effraie et non parce qu'ils sont amoureux. Et comme Paulette ne sera jamais Gabrielle… C'est rassurant, tu vois, ça fait comme si ton père se consolait en admettant qu'il n'est pas en train de remplacer Gabrielle. Ça a l'air de ce que c'est : un arrangement convenable.

— Mais c'est épouvantable ! Comment, un arrangement ? Tu sais comme moi qu'un mariage est un mariage et qu'ils vont le consommer. Ce n'est pas pour ses repas que papa épouserait Paulette !

— Ça ! Je suppose que non.

— Ça ne te choque pas ?

— Ada, ça te choque seulement parce que c'est ton père. Penses-tu que Gabrielle voudrait le voir devenir moine ? Le voir s'enfermer dans sa chambre et n'en plus sortir comme au début ?

— De là à se remarier ! À son âge... »

Florent pose ses crayons et vient s'accroupir devant Adélaïde. Il retire le ric-rac que Léa est en train d'engouffrer : « Tu sais quoi ? Nic a le même âge.

— C'est pas pareil !

— Non. Nic est nettement plus beau. Je ne te dis pas que Paulette n'a pas essayé de l'attraper, mais...

— Ne ris pas avec ça, Florent ! C'est quand même incroyable qu'ils aient le même âge ! »

Elle entend encore le récit de Nic, sa dispute avec Edward et les méchancetés que celui-ci avait inventées sur elle. Elle se demande si son père a la vitalité sexuelle de Nic et elle en éprouve immédiatement de l'embarras. Comme Florent ne la quitte pas des yeux, elle est bien mal à l'aise à l'idée qu'il devine à quoi elle pense. Il rit, le futé, il hoche la tête : « Je ne sais pas moi non plus !

— Quoi ? De quoi tu parles ?

— De ce à quoi tu penses. »

Elle le bouscule en riant : « Tu le sais même pas, à quoi je pense ! »

Florent tombe assis sur le tapis et il s'étend de tout son long : « Ah !... Mon dos !

— Ne change pas de sujet, misérable ! »

Florent lève les deux bras vers le plafond, s'étire : « Ada, jamais tu n'iras vers un homme qui n'est pas un vrai homme. Jamais. Parce que tu les as choisis, je suis prêt à jurer que Ted et Nic sont tout ce qu'il y a de plus viril.

— Ne parle pas de moi comme d'une femme à hommes. Je suis une respectable femme mariée.

— Tu te souviens d'Arthur Rochette ? Le candidat d'Edward ? Eh bien, je l'ai vu une fois et je savais que jamais tu ne pourrais être heureuse avec lui. Pas assez viril. »

Adélaïde se souvient du long baiser qu'Arthur lui avait donné et qui l'avait laissée froide et ennuyée. Il a raison, le bougre ! Elle se penche vers lui : « Alors, je n'aurai qu'à te demander ton avis, dorénavant.

— T'oublies que tu es une femme mariée respectable ! Passe-moi Léa. »

Elle place Léa dans les mains tendues de Florent qui la tient dans les airs, petit dirigeable dodu dans sa barboteuse. Les poings dans la bouche, les pieds qui s'agitent, elle bave de bonheur et Florent la descend vers son visage pour la bécoter à son goût, ce qui la fait hurler de plaisir. Après quelques allers-retours, il la place sur son torse et elle remonte vers son visage qu'elle saisit à pleines mains, ce qui, cette fois, fait crier Florent qui se redresse avec son petit fardeau gigotant contre sa hanche. Adélaïde est pensive, le regard lointain.

« Tu penses à tes vieux péchés ou à tes prochains ?

— Je pense à toi, Florent. »

Il ne dit rien et place Léa contre son ventre, face à sa mère, qu'elle regarde en gazouillant. Ada ne se laisse pas distraire. Elle joue avec un petit pied, mais ses yeux sont rivés à ceux de Florent : « Si tu trouves un amour, Florent... tu vas le prendre ?

— Ada, j'ai tout ce qu'il me faut.

— Ce n'est pas vrai, Florent... Pas en tout. »

Il se penche vers elle : « Je ne suis pas une femme fatale, moi ! Mais je n'aime que des femmes fatales qui choisissent de vrais hommes. »

C'est ce moment précis que choisit Léa pour prononcer de façon claire et sans équivoque son premier « ma-man », suivi d'une longue série de phonèmes un peu moins limpides.

Dans sa longue lettre à Nic, ce soir-là, Adélaïde raconte les prouesses de leur fille et ses inquiétudes concernant les amours possibles de son père avec Paulette. Mais elle sèche en plein milieu d'une phrase — elle n'a plus envie de rabâcher ses raisons, les conventions, les qu'en-dira-t-on. Elle se surprend, la plume en l'air, à désirer uniquement un de ces saccages amoureux comme Nic sait si bien les provoquer. Elle a envie de l'élan fou qui s'empare d'elle quand il la prend. Elle ne veut pas analyser les mystères de leur attirance qui bouleverse toutes les idées de l'amour qu'elle entretenait, elle veut le sentir, elle veut être sous cette emprise sauvage qui n'a qu'une loi, qu'un but, qu'une unique et fabuleuse issue : être au cœur de son corps et s'y perdre en haletant le nom de Nic, être au cœur de cet homme et le savoir aussi éperdu qu'elle.

Quand elle arrache la feuille et se remet à écrire, elle est persuadée que ce n'est que pour elle-même, pour soulager la tension qui, depuis deux mois qu'il est parti, gonfle et s'amplifie au point de l'empêcher de se concentrer sur autre chose. Elle écrit sans réfléchir, d'un trait, décrivant ce qu'elle désire comme elle n'oserait jamais le dire, mais comme elle oserait le prendre. Elle écrit d'un trait, sans censure, pratiquement à bout de souffle, aussi tendue vers le mot qu'elle l'est vers le plaisir, aussi habitée par l'urgence que si Nic était vraiment avec elle. Quand elle appose le point final, pantelante, transportée, presque en transe, elle ne relit pas et se contente d'aller dormir, enfin délivrée.

Le lendemain matin, en relisant sa lettre, elle sourit en imaginant la tête de Nic recevant une telle missive — rien avant, rien après. Que cette page brûlante d'indécence, et la signature sonore qu'elle mérite : *A.*

Avant d'être prise de doutes ou de trop réfléchir à la modestie et à la pudeur dont une femme honorable devrait faire preuve dans ses écrits, elle insère la feuille dans son enveloppe et l'expédie, aussi fébrile que si elle commettait un terrible méfait.

Au bureau, en pleine discussion, elle se demande tout à coup si ce n'est pas le « femme fatale » de Florent qui a tout déclenché.

La réponse de Nic est sublime. Lui qui prétend ne pas savoir écrire, trouve des formules assez percutantes pour lui couper le souffle. Le ton de Nic, l'allégresse avec laquelle il lui renvoie la balle, le désordre sensuel dans lequel il l'expédie en deux mots, la libèrent de tout reliquat de pudeur — si elle en avait. Le jeu des mots n'atteint pas la puissance des gestes, mais il a l'avantage de mettre au jour ce qui, en restant secret et camouflé, devenait contraignant au point de la paralyser. L'exaltation que provoque cette correspondance amplifie une intimité que l'absence risquait de flétrir, et ils s'y adonnent allégrement. Tout ce qu'Adélaïde espère, étonnée de lire des missives aussi bien tournées, c'est de n'être pas la proie d'un quelconque Cyrano.

* * *

Ce n'est ni Florent ni Rose ni Germaine qui éclairent la lanterne d'Adélaïde sur l'évolution de la relation de son père et Paulette, mais Reine.

Comme elle travaille tous les jours en compagnie de Paulette, il est inévitable que certains commentaires alliés à certaines humeurs finissent par livrer des informations ou orienter des regards. Après la messe anniversaire de Gabrielle, Paulette s'est mise à parler de plus en plus avec Reine du malheur que représentait pour Edward l'attitude de son aînée et du chagrin que ses actes avaient provoqué. Reine, discrètement mais fermement, a alors fait comprendre à Paulette que déplorer ou condamner ne servirait à rien, que tout ce qu'Edward avait à faire était de passer l'éponge, puisque le passé ne se refait pas. Paulette, tout en se gardant bien de porter le moindre jugement, se contentait de décrire la solitude et l'isolement d'Edward.

Fin juin, alors que la Saint-Jean-Baptiste vient de clore une nouvelle année scolaire, Paulette et Reine ferment le Centre et procèdent à la mise à jour des livres. Une fois leur tâche terminée, Paulette se met à parler de l'Île et des vacances, et elle en vient à avouer qu'elle est tentée d'accepter l'invitation d'Edward de s'y rendre pour le mois de juillet.

Personne dans la famille ne le sait, sinon Reine en aurait entendu parler. Elle se montre très prudente : « Tu veux dire que vous y seriez avec tante Germaine et les enfants ? Je veux dire… avec tout le monde ? »

Paulette rit de sa surprise et fait comme s'il s'agissait d'une invitation anodine, mais elle est gênée, et Reine le sent. Paulette s'embourbe en prétextant qu'Edward veut surtout lui demander de se rapprocher de Rose et d'exercer sur elle une influence qui la décourage de s'inscrire au cours d'infirmière, comme elle se l'est mis en tête. Reine s'aperçoit que, en se concentrant sur Pierre et Béatrice, elle a perdu le fil avec la rue Laurier. « Pourquoi toi ? Il ne peut pas lui parler, lui ?

— Il a essayé, elle refuse de l'écouter. Tu vois, c'est là qu'Adélaïde fait défaut à Edward. Elle pourrait tellement le seconder ! »

Reine note au passage qu'il n'est pas question de remplacer Gabrielle mais la mauvaise tête de l'aînée qui ne fait pas son devoir familial : « Et qu'est-ce qu'il veut qu'elle fasse ?

— Adélaïde ? Ah ! Rose ! Mais… rien. Qu'elle prenne son temps, qu'elle profite de la vie, de sa jeunesse. »

En restant rue Laurier pour s'occuper de son frère et de son père, oui ! En remplaçant avec ses quinze ans sa mère, la bonne et sa sœur aînée ! Reine commence à sentir la colère monter : « As-tu essayé de convaincre Edward de laisser Rose devenir infirmière ? »

L'étonnement de Paulette en dit long sur l'appui que Rose peut espérer de sa part. Tout le zèle de Paulette n'est voué qu'à Edward, et ses opinions, pour elle, sont paroles d'Évangile. Diplomatiquement, Reine suggère fortement à Paulette de se concentrer sur Edward et de ne pas se mêler de l'éducation des enfants : « Je sais que c'est pour rendre service, Paulette, mais tu pourrais tellement être critiquée. Tu es dans une position délicate.

— En quoi ? Je n'ai pas d'autres mobiles que la charité chrétienne qui m'incite à me préoccuper d'un homme maltraité par les siens. Jusqu'à Nic qui l'a laissé tomber. Après tout ce qu'Edward a fait pour lui ! Après lui avoir pratiquement donné sa carrière. As-tu une idée de la baisse de ses activités, depuis que Nic l'a congédié comme un chauffeur ? Sais-tu ce que ça veut dire pour un homme comme Edward ? C'est un des avocats les plus reconnus de sa profession et il se retrouve à sec à cause que Nic a décidé de protéger Adélaïde et de la favoriser.

— Tu sais ce qui s'est passé, Paulette ? Tu le sais, toi ? Nic n'a pas frappé Edward pour l'insulter en plus de le renvoyer quand même ? »

Paulette garde un silence buté. Elle ne sait pas, elle n'est jamais arrivée à apprendre ce qu'Edward et Nic s'étaient dit ce jour-là. Après avoir essuyé un échec avec Edward, elle avait même appelé Nic pour soi-disant tenter d'arranger les choses. Elle n'est pas près d'oublier le ton sur lequel Nic lui a parlé et elle a immédiatement cru que le même ton avait été utilisé contre Edward.

« Je pense qu'Adélaïde n'est pas étrangère à ce qui s'est passé. Je pense qu'elle a demandé à son mari de choisir entre elle et son père.

— Impossible, Paulette. Si Edward a dit ça…

— Non. C'est moi qui le dis. Edward refuse de parler de cette histoire.

— Paulette, tu en veux à Adélaïde d'avoir épousé Nic ? Je te comprendrais, je sais combien tu l'as aimé.

— C'est de l'histoire ancienne, Reine. Je n'aime plus Nic depuis longtemps. Je crois qu'il a fait un mariage étrange, qu'il s'est conduit en gentleman au-delà de ce qu'on peut espérer, mais qu'il a mal agi envers Edward. »

Reine ne sait plus quoi penser, Paulette est bien vire-vent quand il s'agit des Miller. Se peut-il qu'elle ait fondé des espoirs sur le veuf qu'elle s'emploie à consoler et à comprendre ? Est-elle amoureuse ou seulement fatiguée de sa solitude ?

« Toi, Reine, tu vas venir à l'Île ?

— Je ne sais pas encore. Béatrice a décidé de suivre des cours privés d'art dramatique. Il est possible que j'aie Pierre tout l'été. Dans ce cas-là, j'irai.

— Tu ne verrais pas d'inconvénient à ce que j'y sois ?
— Pas du tout. Pourquoi donc ? »

En observant Paulette fixer son chapeau neuf et appliquer du fard à joues avant de partir pour la rue Laurier, elle répond elle-même à son « Pourquoi donc ? »

* * *

Chez Isabelle et Maurice, même si Louis est un bébé calme et d'une bonne humeur constante, l'ambiance est lourde. L'armée, qui a fini d'instruire son conscrit, ne le lâche pas facilement et Maurice, depuis deux mois qu'il est revenu, n'arrive pas à arracher à l'armée la preuve de licenciement nécessaire à l'obtention d'un emploi. Par un chassé-croisé pervers, le gouvernement empêche cet homme en âge de se battre de récupérer son emploi d'avant l'entraînement obligatoire, espérant bien sûr le forcer ainsi à s'engager outre-mer. La situation révolte Isabelle, qui trouve ignoble le chantage qui consiste à affamer les gens pour ne pas avoir l'odieux d'instaurer la conscription. Forcer les gens à s'engager parce qu'ils n'ont aucun autre moyen de gagner leur survie lui semble la pire des conscriptions, celle de l'hypocrisie.

Adélaïde ne peut pas soulager Maurice en lui offrant du travail, sa feuille de paye étant soumise à tous les contrôles de l'État, qui veille à ce que l'exception d'emploi soit strictement réservée aux gens rejetés soit de l'armée, soit des usines de guerre.

Isabelle voit bien que Maurice va devoir repartir pour leur permettre de vivre, mais elle est prête à travailler en usine avant que cela ne se produise. Évidemment, cette solution est hors de question pour Maurice, et la tension est grande, rue Lockwell. Reine, venue récupérer Pierre, garde pour elle les propos de Paulette concernant l'Île et s'informe seulement de Béatrice et de sa rencontre avec Pierre. Sa sœur fulmine : « Est-ce que tu penses qu'elle est venue ? Est-ce que tu penses qu'elle a seulement téléphoné pour dire qu'elle ne viendrait pas ? Béatrice est en train d'apprendre le rôle d'une mère exemplaire, alors elle n'a pas le temps de venir la jouer ici. »

Devant l'humeur de sa sœur, Reine prend Pierre et retourne chez elle où Jean-René, immuable, lui indique qu'elle a douze minutes de retard et qu'il espère tout de même manger à six heures moins le quart précises.

Ce soir-là, quand Adélaïde appelle Reine, à l'heure du chapelet en famille, Jean-René lui dit de rappeler plus tard. « Si elle a de l'argent pour faire un longue distance, elle en a pour en faire deux. Du gaspillage, c'est tout. Pourquoi elle n'écrit pas ? »

« Parce que tu vas lire les lettres avant moi », se retient de répondre Reine, furieuse d'avoir raté Adélaïde. Quand celle-ci rappelle, Reine, assise à côté de l'appareil, répond aussitôt.

Comme elle s'y attendait, Adélaïde s'inquiète pour Isabelle et veut envoyer de l'argent que Maurice refuse. Quand, après avoir essayé de régler l'impasse, Reine entend Adélaïde lui dire : « Et toi, Reine ? Vas-tu bien ? As-tu des nouvelles de notre soldat ? », elle en pleurerait. Ça fait si longtemps qu'elle n'a pas reçu d'attention qu'elle s'épanche un peu en expliquant qu'elle a fermé le Centre et qu'elle envisage d'aller à l'Île avec Pierre « si Jean-René trouve cela raisonnable ».

« Dis-moi, Reine, comment ça se fait que Jean-René n'a pas les problèmes de Maurice et qu'il réussit à garder son emploi ?

— Tu ne sais pas ? Il est disqualifié de l'armée à cause de ses problèmes de digestion : il ne mange presque rien tellement il a l'estomac sensible.

— Un brin sur rien, quoi ? Je n'ai pas eu le temps de le saluer tout à l'heure, il a raccroché plutôt vite. J'espère ne pas lui avoir fait manquer toute une dizaine…

— Ne crains rien, Adélaïde, on va la reprendre tout à l'heure. »

Profitant du ton léger que prend la conversation, Reine essaie de mettre la puce à l'oreille d'Adélaïde concernant Paulette et Edward. Elle ne s'attendait pas à une réaction aussi vive de la part de sa cousine : « Quoi ? Tu penses que papa pourrait… Que Paulette ? Sérieusement ? »

Adélaïde raccroche sans en avoir appris beaucoup plus. Elle ne sait plus ce qui se passe chez son père, mais elle trouve qu'il est grand temps de mettre Germaine en campagne.

Reine referme le téléphone en se demandant si elle a ou non bien fait d'alerter Adélaïde. Paulette a peut-être seulement rêvé. Le mariage d'Edward et de Gabrielle était si réussi, si insurpassable.

Après avoir jeté un œil sur Pierre qui dort profondément, elle s'arrête près du lit où Jean-René, la veste de pyjama boutonnée jusqu'au cou, dort, la bouche ouverte. Ce qu'elle voit est si disgracieux, si épouvantablement quotidien qu'elle retourne au salon où elle s'endort, près du berceau de Pierre.

Quand, vers deux heures du matin, Jean-René l'appelle sans se lever parce qu'il a sans doute tendu le bras dans le vide, Reine met son diaphragme avant d'aller le rejoindre dans le lit conjugal. Même si elle est à peu près certaine d'être incapable de porter un enfant à terme, elle préfère ne plus jamais en perdre un, qui surviendrait immanquablement suite à ce que son mari appelle pudiquement « sa petite commission conjugale », qu'il qualifie de « petite commission » tout court quand cela le prend à une autre heure que le milieu de la nuit.

En se lavant pendant que Jean-René a recommencé à ronfler, Reine se demande si tous les hommes font exprès d'en avoir envie en plein milieu de la nuit et s'ils prennent tous deux minutes pour le faire. Elle est certaine qu'Isabelle et Maurice ont trouvé mieux que ce que Jean-René fait, le rire dans leurs yeux quand ils se regardent est trop complice pour qu'il en soit autrement.

Reine se couche tranquille, en déplorant que Maurice n'ait pas la ruse de son mari et qu'il n'ait pas appris à avoir des vents et des rapports sur commande à l'examen médical de l'armée.

* * *

Tout grand artiste qu'il soit, Gilles de Grandpré a un défaut qui indispose beaucoup Florent : il est sourd au refus. La première fois où la main insistante du couturier est demeurée sur son épaule un chouïa trop longtemps, Florent s'est dégagé en s'arrangeant pour échapper son crayon. La fois suivante, alors que Florent se penchait sur une pièce de tissu qu'il taillait, de Grandpré s'est carrément frotté contre son dos, Florent a dit « non », et l'autre, après un court temps d'arrêt, a reculé comme si de rien n'était.

Florent n'ignore pas que les goûts sexuels de Gilles de Grandpré sont orientés de son côté, mais il n'a envie ni d'en discuter ni d'en faire l'objet.

Toujours excessivement poli, il a refusé de tutoyer le maître ainsi que toutes les invitations subséquentes qui allaient de la simple tasse de thé à un voyage à New York pour assister à *Don Giovanni* au Met. Habituellement, Florent s'arrange pour quitter le travail en même temps que la petite main qui est également chargée du nettoyage du salon et des arrangements floraux. Quand, vers dix heures, Laura quitte sa table pour épousseter, aspirer et changer l'eau des bouquets, Florent remet de l'ordre sur son coin de travail et part avec elle.

En juillet, à cause du ralentissement des commandes, Laura a pris des vacances pour une semaine et Florent se charge de l'ordre et des fleurs à son tour. Il dépose une vasque dans laquelle il a arrangé, un peu à la manière des nénuphars flottants sur l'eau, des roses qui perdaient leur vigueur. Il recule pour juger de l'effet. C'est la voix de Gilles de Grandpré qui l'empêche de buter sur lui.

« De toute beauté ! Tu as également un talent pour les fleurs, Florent ? Une vraie petite Japonaise ! »

Florent déteste cette tendance à le féminiser que Gilles de Grandpré adopte dès qu'ils sont seuls. Il en éprouve une réelle humiliation. Que cet homme fasse ce qu'il veut, mais qu'il ne le traite pas comme une femme.

« J'ai terminé. Bonsoir, monsieur de Grandpré.

— Attends ! Attends un peu. Viens prendre un verre de vin avec moi. »

Les yeux injectés de sang, l'haleine déjà lourde indiquent que la bouteille doit être très avancée.

« Non, merci, je suis déjà en retard. On m'attend.

— Qui ? Qui t'attend ?

— Bonne nuit. Reposez-vous, monsieur. »

Florent se presse vers la sortie, mais de Grandpré le saisit et s'accroche à lui. Il adopte un ton larmoyant qui gêne profondément Florent. Il pourrait, d'un geste, faire reculer le couturier qui est trop mou, trop soûl pour résister, mais il ne veut pas le blesser davantage.

« Dis-moi qui et je te laisse tranquille. Dis-moi qui tu aimes, qui touche ta peau, qui t'embrasse. Dis-moi qui ces mains-là caressent. J'en rêve, Florent, j'en bave, tu m'entends ? Je me dessèche, je me torture pour toi. Toute ma collection, tous mes dessins, c'était pour te plaire, te séduire, pour voir ton œil briller devant la beauté d'une échancrure, devant l'élégance d'un plissé. Le plissé, tu l'as apprécié, le plissé, n'est-ce pas ? »

Fermement, Florent se dégage de l'étreinte et tient l'homme à distance. Il l'assoit dans un des fauteuils de l'entrée et répète : « Je ne peux pas, monsieur, excusez-moi. »

Il ferme la porte en laissant le couturier sangloter, effondré dans le hall d'entrée de son luxueux salon.

Florent marche dans la nuit chaude et essaie de ne pas s'affoler, de ne pas prendre de décisions hâtives. L'homme représente tout ce qu'il ne veut pas devenir. Toutes ces affectations, ces rires haut perchés, ces manières implorantes, geignardes, ces mains insistantes, tout cela le répugne et lui fait pitié. Gilles de Grandpré a un talent extraordinaire et une démesure qui provoque, qui sublime l'art de la couture et, en même temps, il s'abaisse à des comportements indignes de son génie. Qu'il aime les hommes, les jeunes hommes même, ne scandalise pas Florent. Mais qu'il les paie, les suborne, les force à refuser, à ruser pour échapper à ses avances le terrorise : est-on obligé, tenu de s'abaisser jusque-là quand l'amour ou le désir n'a pas un destinataire normal ? Jamais Florent n'a douté de ses goûts, jamais il n'a ignoré que les hommes et les hommes seulement pouvaient le faire trembler et probablement le troubler jusqu'à une limite encore inconnue, mais jamais non plus il n'a imaginé céder à cette pulsion.

Le comportement de Gilles de Grandpré le persuade encore davantage de garder pour lui seul ses désirs et ses aspirations, parce que cette conduite lui semble manquer atrocement de dignité. Peut-être aussi parce que le seul homme qu'il voudrait n'est pas pour lui.

Les phrases du couturier, cette détresse quand il voulait savoir sur quelle peau se posaient la bouche et les mains de Florent, il les a déjà pensées, il l'a déjà ressentie. Certains soirs, au sanatorium, quand Nic sentait la fougère de façon un peu plus appuyée, quand son sourire avait un rien de plus carnassier et que l'œil brillait de la conquête à venir, Florent bâillonnait les questions indignes.

« Où tu vas après ? » demandait-il, le cœur brisé, affolé de le savoir détaché de lui au point d'ignorer cette brûlure au fond de sa poitrine, qui n'était pas la tuberculose, mais le désespoir de le voir courir vers des femmes qui lui donneraient ce que lui mourait de lui offrir : des baisers, des caresses et tout ce qu'il ne pouvait imaginer à l'époque et qui appartient au monde éperdu de l'abandon amoureux.

Quand Gabrielle avait immobilisé Nic, quand la fascination du grand châtain blond pour Gabrielle l'avait littéralement figé net, paralysé, Florent avait connu son premier répit. Mais voir Nic se consumer de désir, voir sa bouche frémir près des cheveux de Gabrielle à chaque fois qu'il lui tendait son manteau, déchirait Florent tout autant. Finalement, il ne souhaitait pas voir Nic traverser le jardin de Gethsémani où il se tourmentait depuis l'enfance. Il ne voulait pas voir Nic crever de douleur en fixant la très affectueuse mais non amoureuse Gabrielle. Il se souvient de ce soir divin où l'infirmière avait commis l'erreur de dire « tes parents », en parlant de Gabrielle et de Nic. Ce soir-là, il les avait vus danser. Ce soir-là, Nic était grisé de tenir Gabrielle. Florent pouvait sentir physiquement l'attirance de Nic, il la lisait dans sa nuque, ses épaules, ses reins, dans cette main éloquente contre la peau mate du dos de Gabrielle. L'infirmière ne s'était pas tellement trompée, Nic et Gabrielle étaient ses parents pour les choses de l'amour, et Nic a été son grand, son impossible et très bel amour, tout comme Gabrielle l'a été pour Nic.

Depuis des années, il a renoncé à Nic. Il a totalement ouvert ses mains pour le laisser fuir loin de lui et, depuis ce moment, il arrive à l'aimer sans souffrir. Parce qu'il a abandonné la course impossible qui le grugeait et ravageait la moindre lueur de plaisir, parce qu'il a, du fond du cœur, lâché l'obsessive attente, cessé de combattre, de se débattre, il a réussi à abdiquer cet amour sans le renier et il s'en est enfin trouvé libéré. Florent voudrait bien expliquer à son maître qu'il faut renoncer à certains combats impossibles avant de s'avilir dans le dépit amoureux. Mais il perçoit chez de Grandpré une volonté furieuse de trépigner devant qui le refuse, d'en souffrir en exigeant inlassablement ce qu'il n'obtiendra pas et d'en être suffisamment fouetté pour arriver ensuite à se dépasser en créant un autre modèle, un autre dessin, une autre merveille.

Florent n'en est pas certain, mais il devine chez Gilles de Grandpré un consentement à être traité de façon humiliante, quasi dégradante, d'être réduit, anéanti pour pouvoir y puiser une sorte d'élan qui le propulse et le force à se surpasser pour exister et valoir encore davantage aux yeux du monde. Florent considère que, si le prix à payer pour dessiner comme le couturier est cette traversée de l'humiliation, il préfère être un bon faiseur et ne pas exiger la gloire.

Ce qu'il apprend chez le couturier n'est pas que l'art de la couture, c'est l'art de choisir sa vie et de ne pas laisser la honte la conduire. Florent sait, il sait à quel point une lutte se cache au cœur de cette fausse assurance du maître, il sait combien lui coûte cette fausse aisance de prétendre que tous les hommes à femmes sont des traîtres à eux-mêmes et à leurs vrais désirs. Il sait combien il aurait aimé éprouver du désir pour une femme au lieu de désirer à la manière d'une femme — et combien ce désir peut devenir un malaise et un opprobre.

Pour Florent, tout comme l'amour de Nic était une évidence qu'il devait admettre, l'impossible désir des femmes est une vérité de son être qu'il passera sa vie à déplorer mais pas à nier. Florent a eu recours à Dieu pour presque tous les moments difficiles de son existence, mais quand il en est venu à cet aspect, il n'a pas su entendre ce que Dieu pouvait bien vouloir en le créant ainsi et en faisant de lui un être à part des autres. Ada avait alors été sa lumière.

Ada qui se débat furieusement et qui n'abandonne jamais. Ada qui, aux prises avec le désir, essaie de combattre et finit par discuter pied à pied avec Dieu et Sa règle. Il l'a vue désirer Nic alors que l'amour de Theodore l'habitait toujours, il l'a vue résister et tenter de contrer la montée sauvage de l'attirance, il l'a vue repousser Dieu et Ses Lois, transgresser l'ordre et prétendre inventer *sa* façon de conjuguer ses désirs et l'inévitable honte de les laisser vivre dans leur chaos contradictoire. Des quelques espoirs que Florent n'a pas tués pour survivre demeure celui que, si quelqu'un peut lui montrer le chemin du désir exalté sans honte, sans que la déchirure ne l'abatte, c'est elle, la désobéissante acharnée, elle, Ada.

Il trouve seulement ironique que leur désir se porte sur le même homme.

Depuis le départ de Nic, quand Florent rentre le soir, même s'il est tard, même si la lumière est éteinte, il monte dans la chambre d'Ada pour écouter Léa respirer dans son sommeil tranquille et il passe ensuite chez Nic pour parler avec Adélaïde. Elle dort rarement.

Ce soir, assise au milieu du lit, bien accotée aux oreillers, elle feuillette *Le Canada en guerre*, le mensuel gouvernemental. Aucune brise n'agite les rideaux, la nuit est chaude et calme. Ada l'examine un bon moment avant de demander ce que le grand artiste a dit ou fait qui le contrarie tant.

Florent se laisse tomber près d'elle : « Soûl ! Soûl et implorant !

— Quelle pitié ! Quel gaspillage… Pourquoi Rimbaud et Verlaine buvaient ? Pourquoi de grands acteurs font ça ? C'est quoi, tu penses, Florent ? Le talent ne se trouve pas sans l'alcool ou il est trop lourd à porter ? Si on ne boit pas, est-ce qu'on est un plus petit artiste ?

— J'espère bien que non, je ne bois jamais !

— Pourvu que cela ne vienne pas aux oreilles de Béatrice, elle va se mettre à boire.

— Tu sais, je vais arriver demain matin et je vais trouver deux, trois dessins magnifiques à côté de la bouteille vide.

— Je me demande si l'œuvre est l'offrande de l'homme à la bouteille ou celle de la bouteille à l'homme.

— L'offrande de Dieu à l'homme ou de l'homme à Dieu ?

— Dieu apprécierait beaucoup ta comparaison… En tout cas, ta réponse ? »

Florent prend son temps, il s'appuie sur un coude : « J'ai fait un essayage aujourd'hui, Martha Guérard, sa robe pour le gala de Miss Radio.

— Martha Guérard, Florent ? C'est une beauté, non ?

— Oui, mais pas seulement une beauté. Elle… Quand elle s'approche de toi, tu sais qu'elle est quelqu'un, qu'elle ne fait rien comme les autres et rien comme c'est supposé être fait. Elle s'en fout, Ada, elle se fout complètement de ce que les gens pensent, elle est ailleurs. On dirait qu'elle brûle, tout est urgent, tout est important pour elle. Elle s'est regardée dans le miroir et je voyais bien qu'elle ne comprenait pas ce que sa beauté venait faire dans sa vie. Ses yeux voyaient la splendeur qu'elle était, mais il y avait quelque chose de défait, une sorte d'incrédulité tannée… je ne sais pas comment expliquer. Elle se regardait avec désespoir — comme si elle disait à Dieu que son offrande, Il pouvait la garder pour Lui. Je crois que, parce qu'elle ose penser ça, elle joue tout avec une force et une vérité que ceux qui veulent plaire n'ont jamais.

— Est-ce qu'elle est aussi séduisante qu'on le dit ? »

Florent ne saurait décrire cette séduction. Fascination sexuelle, mais aussi attirance pour cette lueur dans l'œil qui indique que personne encore n'a comblé cette femme. La lueur n'est pas un appel, c'est un désabusement, un renoncement, mais il donne envie de relever le défi.

« Quand elle rit, on a l'impression d'être extraordinaire de l'avoir fait rire comme ça, tu comprends ? Peut-être que la vraie offrande, c'est de faire croire à Dieu que ça vient de Lui.

— Attention, Florent ! Tu es presque en train de dire que tu ne crois pas en Dieu.

— Tu n'y crois pas, Ada ?

— Non. Comme je ne crois pas qu'une bouteille d'alcool donne du génie.

— On est seuls, alors ? »

Elle glisse sa main dans la sienne et vient se recroqueviller contre lui : « Un peu seuls, oui. Mais c'est pas grave. »

Il respire ses cheveux, ferme les yeux de bonheur : « Tu as fait quoi, ce soir ?

— J'ai écrit.

— À Nic.

— Non. J'ai écrit une histoire — une petite histoire pour la petite Léa. »

Il la serre, il joue dans ses cheveux courts, légers : « Tu crois que c'est important, avoir du génie ?

— Si j'ai bien compris, les gens qui ont du génie supplient pour un peu d'amour et ceux qui n'en ont pas et que je connais veulent du génie pour obtenir de l'amour. Alors, quand on a du génie comme toi, Florent, c'est important de trouver suffisamment d'amour pour que ton génie ne se gaspille pas.

— Et le tien ? »

Le rire d'Adélaïde est si clair, si intempestif, que Florent considère que Dieu a reçu son offrande pour ce soir.

* * *

La lettre de Léopold attriste Adélaïde au point qu'elle saisit le téléphone et appelle Béatrice. Après cinq sonneries, elle regarde l'heure et constate qu'elle va réveiller sa sœur. La voix qui grogne est effectivement très endormie.

Adélaïde ne prend pas la peine de s'excuser et discute du problème sans détours : pourquoi refuse-t-elle de répondre à son mari ?

« Quoi ? Mais de quoi tu parles ?

— De Léopold Tremblay, ton mari qui part dans une unité de combat pour la Sicile. Du père de ton fils Pierre, qui transite par Montréal le 15 juillet et qui peut arracher un soir de permission pour te voir et voir son fils avant d'aller risquer sa vie pour la patrie. Pourquoi tu ne lui as pas répondu ?

— Est-ce que ça te regarde ? Comment tu sais ça ?

— Parce qu'il propose de venir faire un tour chez moi, vu que tu ne peux probablement pas venir. Il a même la générosité de croire que tu ne réponds pas parce que tu as de la peine de le voir partir. C'est sûrement ça, Béatrice ? »

Béatrice, pas du tout mal à l'aise, trouve qu'elle a autre chose à faire que de prendre le train avec un bébé pour une rencontre de quatre heures.

« Montréal n'est pas à la porte et Pierre est à l'Île. »

Comme si cela réglait l'affaire ! Adélaïde insiste, menace, se fâche et trouve quand même sa sœur inflexible : « J'ai autre chose à faire et Léopold va comprendre. Je ne peux pas y aller, je n'ai pas le temps.

— Dis plutôt que tu ne veux pas y aller.

— Très bien. Je ne veux pas. »

Inutile de lui demander de le faire pour son fils. Adélaïde change de tactique et adopte un ton très compréhensif pour finalement lui demander si elle voit un inconvénient à ce qu'elle essaie de faire venir le petit Pierre en guise de consolation. La seule remarque de Béatrice consiste à préciser qu'elle n'a pas l'intention de débourser une cenne pour ce périple

Les mariages collectifs organisés par la J.O.C. n'ont pas dû exiger davantage d'énergie que l'organisation du voyage de Reine et de Pierre à Montréal. Adélaïde doit y consacrer deux jours entiers.

Pour elle ne sait quelle raison, Jean-René décide tout à coup de se rendre à l'Île la semaine du 8 au 15 juillet et il refuse évidemment d'y séjourner sans sa femme. Après de nombreuses négociations, dont l'intervention de Georgina et d'Hubert, Jean-René accepte de déplacer son séjour du 7 au 14 juillet. Reine, enfin libérée de ses obligations conjugales, est ensuite contrariée par le projet de Germaine de se joindre à elle. Comme Germaine apprécie beaucoup Léopold, qu'elle n'a jamais vu la maison d'Adélaïde et qu'elle trouve la présence de Paulette à l'Île très agaçante, elle se dit qu'une escapade à Montréal secouerait la morosité de cet été à l'Île, où même Rose et Guillaume ont l'air de s'ennuyer.

Reine fait contre mauvaise fortune bon cœur et ne conteste pas le projet de tante Germaine. De toute façon, après une semaine de vacances avec Jean-René, la perspective de voyager avec Germaine est un délice. Mais Adélaïde ne l'entend pas de cette oreille et elle fait une description si accablante de la chaleur et du manque d'air montréalais que Germaine hésite. Le coup de grâce est l'annonce d'une canicule qu'Adélaïde s'empresse de communiquer à sa tante.

Enfin, le 14 juillet au soir, Adélaïde va chercher Reine et Pierre à la gare. Pierre a beaucoup grandi et grossi. Ses treize mois florissants donnent à Léa l'allure d'une minuscule poupée. Pierre a l'air renfrogné et pas très jovial à côté de sa cousine qui, elle, cherche à grimper sur lui pour attraper les yeux impassibles qui l'observent.

Léa placote et s'agite, occupée à profiter de toutes les nouveautés, alors que Pierre fronce les sourcils et gronde quand elle exagère. Non seulement Pierre ne marche pas, mais il n'a pas l'air de vouloir bouger beaucoup. À Léa, qui martèle ses « ma-man » en se dandinant, vaillante sur ses petites pattes, les mains solidement accrochées au bord du fauteuil où ses jointures blanchissent sous l'effort, il oppose une série d'onomatopées indistinctes. Reine est éblouie des progrès de la petite fille et s'inquiète de l'apathie de Pierre.

« Ne commence pas, Reine. Tu sais comme moi que pas un bébé ne fait comme l'autre. Regarde Élise : elle n'a plus de couche alors que Jérôme mouille encore son lit. Elle parlait avant Jérôme, presque. Je pense que les garçons ont un départ plus lent. »

Une fois les enfants au lit, Adélaïde s'installe au jardin et décrète l'embargo sur les sujets de puériculture pour le reste de la soirée. La nuit est plutôt avancée quand Reine sursaute en entendant Adélaïde lui demander ce qu'elle portera le lendemain. Sincèrement étonnée, elle ne voit pas pourquoi elle porterait quoi que ce soit de spécial. Quand Adélaïde a l'air d'insinuer qu'elle pourrait sortir souper avec Léopold, elle est carrément outrée. Il n'y a aucune raison pour qu'elle sorte en tête-à-tête avec son beau-frère, et si Adélaïde a l'intention de ne pas être présente à la maison, il faudra veiller à ce que Florent y soit. « Je ne sais pas ce que tu t'imagines, Adélaïde, mais je suis une femme honnête. »

Adélaïde constate que sa cousine est déterminée à garder pour elle ses affections et ses attirances : « Bien sûr, Reine, tu es une femme heureuse et dévouée à ton mari.

— Je ne crois pas que Jean-René puisse me reprocher quoi que ce soit.

— Moi non plus. Dieu m'en garde ! Je ne t'ai jamais accusée de rien. Je vais quand même te montrer quelque chose. »

Elle revient avec une lettre très courte : la réponse de Léopold à sa proposition de passer chez elle la soirée du 15 juillet, en compagnie de Reine et de Pierre.

... Tu sais sans doute ce que représente pour moi cette rencontre. Je sais tout ce que je dois à Reine qui a non seulement pris soin du fils, mais qui a soutenu et encouragé le père en lui permettant de ne pas désespérer. Merci, Adélaïde, merci de m'offrir cette joie que je chérirai là-bas et à laquelle je m'accrocherai sans faiblir.

Quand Reine lui remet la lettre, les yeux humides, Adélaïde décide d'être franche : « Je n'avais pas l'intention de vous prêter ma chambre, Reine, mais si j'ai écarté Jean-René et tante Germaine de cette réunion, ce n'est certainement pas pour venir l'encombrer de ma charmante présence. J'ai pensé demander à Lionel de vous servir ici dans le jardin. Je dois souper avec Florent dans la salle à manger, ce n'est pas loin et tout à fait respectable. Si vous n'avez plus rien à vous dire, vous viendrez nous chercher. D'accord ?

— Mais qu'est-ce qu'il va penser ? Qu'est-ce que Florent va croire ?

— Que vous avez des choses à vous dire et que c'est le temps ou jamais. Florent ne juge pas les gens, Reine, ce n'est pas son genre. »

Cette fois, Reine est rouge écarlate : « Tu vas penser que je parlais de Béatrice et que je la jugeais en disant que j'étais une femme honnête. »

Adélaïde sourit : « Penses-tu ? J'ai cru que tu me jugeais, moi. »

* * *

Léopold a maigri et mûri. Il tient son fils dans ses bras et ne cesse de l'appeler le petit-bouddha-qui-boude. Il est très difficile de faire sourire Pierre, mais au bout de bien des grimaces, son père y parvient. Adélaïde se demande si ce ne sont pas les éclats de rire de Léa qui ont fini par dérider le bébé, mais, de toute façon, le crédit de toute cette bonne humeur va à Léopold. Le changement le plus remarquable survenu chez son beau-frère, c'est la perte de sa timidité. Finies les hésitations et les excuses qui enrobaient toutes ses phrases. Adélaïde se demande si un an de régime d'armée conjugué à l'absence de l'autorité naturelle de Béatrice n'ont pas permis à Léopold de faire un bout de chemin appréciable. C'est un adolescent qu'elle a vu partir au camp d'entraînement et, ce soir, c'est un homme qui blague et qui discute joyeusement dans son salon.

Si Reine redoutait que Léopold se scandalise qu'on lui offre un tête-à-tête, elle perd tous ses scrupules en entendant celui-ci s'exclamer devant les deux couverts dressés dans le jardin : « Oh ! Adélaïde, que c'est gentil de ta part ! C'est si beau, si calme, n'est-ce pas, Reine ? On sera bien, là… »

Reine croise le regard moqueur d'Adélaïde et éclate de rire. Léopold n'obtient rien d'autre qu'un : « Demande à Reine de t'expliquer quand elle sera dépâmée. »

Adélaïde éteint la radio quand, vers minuit, elle entend Reine et Léopold se rendre dans la chambre de Pierre qui dort. Un Léopold ému revient la saluer. Elle refuse de l'entendre prolonger ses remerciements et le prend dans ses bras : « Reviens vite, Léopold. Sois prudent et reviens, c'est tout ce que je te demande. »

Sans un mot, il l'étreint et il laisse Reine venir le reconduire.

Quand, vers deux heures et demie du matin, Reine n'est pas encore revenue, Adélaïde est certaine que sa cousine ne s'est pas perdue en route et que sa lenteur n'est pas due à l'inefficacité du plan qu'elle a pris la peine de lui dessiner.

Elle vient de se coucher lorsqu'elle entend la porte d'entrée. Elle hésite longtemps, puis finit par aller demander à Reine si ça va, si elle a besoin de parler.

Elle la trouve au jardin, assise dans un fauteuil d'osier, les fleurs blanches de l'imprimé de sa robe luisant dans la pénombre.

« Ça va ?

— Il est parti. »

Adélaïde sait combien ce constat si évident contient de détresse. Elle vient s'asseoir près de Reine, toujours immobile. Elle est étonnée de la voir quand même radieuse.

« Il a tenu ma main pendant tout le temps où on a parlé, Adélaïde. »

Est-ce cela, cette seule intimité, qui met tant de bonheur dans la voix de Reine ? Elle répète, extasiée : « Il ne l'a pas lâchée de la soirée... et je ne l'ai pas retirée. »

Adélaïde se demande dans quel isolement il faut vivre pour que ce geste revête une telle densité. Reine parle à voix si basse qu'elle n'est pas sûre que le discours lui est adressé : « Je crois qu'on s'est dit tout ce qu'il était possible de se dire. J'ai raconté presque toute ma vie ce soir. Et j'ai écouté presque toute la sienne.

— Tu n'as pas de regrets, Reine ?

— Bien sûr que j'en ai, mais ça ne concerne pas ce soir. Enfin... Je vais te faire un aveu, Adélaïde, je n'aime pas l'aspect intime du mariage. Je... je n'ai jamais pu m'intéresser à ce qui a affaire avec la couchette. C'est peut-être une des raisons qui font que j'ai tendance à juger sévèrement les écarts de conduite des autres femmes. Mais ce soir, si Léopold avait voulu m'embrasser et si cela avait été aussi dérangeant et doux que ses mains qui tenaient les miennes, je pense que j'aurais oublié le sens de l'honneur. Je pense que j'aurais tout oublié.

— Ton mari ne prend jamais ta main, Reine ?

— Tu m'aurais posé cette question hier et j'aurais pensé que tu étais dérangée, Adélaïde. Personne, jamais, jusqu'à ce soir, jusqu'à cette nuit, personne n'avait tenu ma main. »

Reine pose un baiser léger sur la joue de sa cousine et va dans sa chambre.

Adélaïde croit avoir entendu un merci.

Le lendemain, elle écrit une longue lettre à Nic — une lettre ne portant que sur ses mains.

* * *

Est-ce parce que Roland Garneau remplace Edward et qu'elle lui en tient secrètement rigueur ? Adélaïde n'arrive pas à s'entendre facilement avec l'avocat qui est supposé l'aider à administrer ses affaires. Souvent, il l'excède avec ses façons de jouer à « l'homme d'expérience » qui connaît tout et qui lui explique en détail des aspects qu'elle a déjà lus dans le dossier. Fréquemment, elle doit lui demander d'abréger et de laisser tomber le résumé de faits qu'elle connaît.

Ce jour-là, Roland Garneau et Adélaïde ont un sérieux désaccord. Il tient mordicus à ajouter une clause inutile au contrat qu'elle est prête à signer après l'avoir négocié d'arrache-pied. Elle lui explique pourquoi elle refuse de retourner négocier cette clause, rendue caduque par les temps qu'ils traversent. De plus, rouvrir les négociations risque de lui faire perdre un avantage chèrement gagné. Elle lui répète donc de rédiger la version finale et de la lui apporter. S'ensuit une discussion épique où, non seulement il ne l'écoute pas, mais où il répète inlassablement les mêmes arguments comme si *elle* ne l'écoutait pas. Irritée, elle l'interrompt.

« Monsieur Garneau, je ne suis pas sourde, j'ai entendu pourquoi vous voulez ramener cette clause. Je ne suis pas d'accord et c'est non. Autre chose ?

— Je suis ici pour vous conseiller au meilleur de ma connaissance, pour vous aider à prendre des décisions éclairées, et je pense que vous faites une erreur.

— Vous me l'avez déjà dit. Je vous demande s'il y a autre chose ?

— Je pense que vous devriez écrire à votre mari et lui demander de vous indiquer la position à adopter. Nous retarderons la signature des papiers jusqu'à ce qu'il nous avise de sa décision. »

Adélaïde s'appuie contre le dossier de son fauteuil : cet homme doit penser qu'elle a douze ans !

« Êtes-vous en train de me dire que je ne suis pas qualifiée pour prendre cette décision et que vous refusez d'agir selon mes ordres ?

— Je pense que votre mari devrait être informé…

— Bon sang ! Ce n'est pas la campagne d'Italie que je suis en train de planifier, c'est la confection d'imperméables pour les six prochains mois. Un contrat de six mois ! Finissons-en !

— J'écrirai donc moi-même à Monsieur McNally.

— Non, monsieur Garneau. Vous m'avez conseillée et je vous en remercie. Le reste ne vous concerne pas. »

Les lèvres serrées de dépit, Roland Garneau ramasse ses papiers et jette un dernier coup d'œil à la femme élégante et décidée qui le traite ainsi : « De toute ma vie, madame, personne ne m'a jamais parlé sur ce ton. Encore moins une dame. Je sais que la guerre doit exercer une énorme pression sur vous et qu'il vous tarde de rentrer à la maison et de laisser ce travail à votre mari qui, lui, sera dans son élément, mais ce n'est pas une raison pour céder à des humeurs...

— Monsieur Garneau, je pense que vous avez mal saisi votre mandat et qu'il s'arrête ici.

— Pardon ?

— Vous m'avez comprise : inutile de revenir me conseiller. Je vous remercie de fermer la porte en sortant.

— C'est exactement ce que je pensais : vous n'êtes pas une dame. »

Adélaïde est tellement furieuse qu'elle le poursuivrait pour lui crier toutes les insultes qu'elle retient à grand-peine. Il verrait ce que c'est, des humeurs de femme !

En plus, elle est certaine que si Nic avait voulu retirer la maudite clause pour les mêmes raisons qu'elle a invoquées, Maître Garneau n'aurait rien dit. Il fallait qu'il trouve à chipoter pour prouver son utilité, ou pour lui démontrer qu'elle ne pouvait être dans son élément. Combien de fois cette fichue discussion est-elle revenue depuis qu'elle s'occupe de *McNally Enterprises* ? Combien de fois ce regard dubitatif, ce sourire prétentieux de « celui qui sait où elle devrait être » ?

Tout ce qu'elle espère maintenant, c'est de ne pas avoir besoin d'un avocat dans les prochains mois. Si Edward n'était pas si têtu, non plus, elle serait tellement heureuse de travailler avec lui, de l'écouter et de prendre des décisions en commun.

Elle rentre vers sept heures, encore de mauvaise humeur.

En ouvrant la porte, une clameur la fait sursauter. « Bonne fête, Adélaïde ! »

Interdite, elle reste plantée à la porte. Ils sont tous là, ils sont tous venus : Florent, Léa, Isabelle, Maurice, Reine, Rose, Germaine, Guillaume, tous, ils sont venus pour ses vingt ans.

Elle se met à pleurer en s'excusant et en les serrant dans ses bras. Lionel annonce que le champagne sera servi dans le salon, dès que Madame se sera rafraîchie. Il n'a jamais été aussi pompeux, et Adélaïde s'empresse de monter dans sa chambre. Les vingt roses envoyées par Nic sont accompagnées d'une lettre qu'elle cache sous son oreiller après avoir lu les trois premières lignes et avoir recommencé à pleurer.

Ils sont tellement fiers de la surprise et ils sont si heureux de cette escapade que la soirée prend des allures du temps où Gabrielle organisait l'anniversaire de son aînée. Les enfants ont été laissés à la garde de Paulette, de Béatrice et de Georgina, ce qui inquiète un peu Isabelle, mais lui offre du coup une occasion magnifique de revoir Adélaïde et d'être seule avec Maurice.

Léa passe des bras de l'un à l'autre avec un égal enthousiasme, mais elle ne s'endort que dans les bras de Florent, qui « la marche » dans le jardin pendant que les autres mangent. La surprise et le voyage communautaire ont été orchestrés par Florent, secondé par Nic, qui a offert de payer le déplacement de tous les fêtards. Comme la confiance d'Isabelle en ses gardiennes est très limitée, ils repartent tous le lendemain, au désespoir de Guillaume qui n'a rien vu du tout de cette ville excitante. Mais ils ont arraché ce voyage de haute lutte et il n'est pas question de le prolonger. Reine insiste : « Surtout moi ! Deux fois dans le même mois, Jean-René est sûr que je fais de l'espionnage. »

Adélaïde se doute bien que Jean-René n'a pas dû être convaincu. Elle constate que Reine est presque belle ce soir, détendue et rieuse comme elle ne l'a jamais vue.

Isabelle, qui vient « faire son parloir » dans la chambre d'Adélaïde, soutient que, depuis son voyage avec Pierre à Montréal, sa sœur a pris de l'à-pic et qu'elle se laisse moins manipuler par son mari. Elle a même décidé de se payer un cinéma « officiel » par semaine, ce que Jean-René trouve bien exagéré même si Reine ne lui demande pas de le défrayer. Isabelle confie que Maurice va repartir à la fin août et qu'ils ont eu de grosses chicanes concernant ce qu'il pouvait ou devait faire. Mais elle refuse d'entrer dans les détails : « C'est ta fête, les mauvaises nouvelles vont attendre.

— Va le retrouver alors, pendant que tu le peux. Va le retrouver, Isabelle, et embrasse-le tant qu'il est là. Ne laisse pas la guerre vous séparer ou vous fâcher.

— Adélaïde, tu es triste ?

— Non, je suis réaliste. Maurice t'aime et tu le sais. Il n'a pas vraiment le choix, Isabelle.

— Tu dis ça parce que Nic est parti ? Parce qu'il n'avait pas le choix ?

— Tu te trompes, Nic avait le choix, à quarante-deux ans, il l'avait. Léopold, non. Maurice non plus. Mais Nic l'avait.

— Tu es fâchée contre lui ?

— Je ne peux pas être fâchée contre quelqu'un qui agit en droite ligne avec ce qu'il pense. Theodore et Nic avaient le choix… mais dans leur conscience, ils ne l'avaient pas.

— Je ne sais pas comment tu fais pour ne pas te fâcher.

— Ça ne change rien, on n'a pas le choix nous non plus. Le monde entier est en guerre, Isabelle, le monde entier s'en va se battre ou regarde quelqu'un qu'il aime partir se battre, sans que personne n'ait l'impression d'avoir à décider ou à choisir. C'est fou de même, la guerre.

— Tu as peur ?

— Tout le temps.

— Pour qui ?

— Pour les deux, Isabelle. Et puis pour Léopold aussi et pour Mau rice bientôt. »

Isabelle met sa main devant la bouche d'Adélaïde : « Tais-toi !

— Va le retrouver, je te dis. Personne ne va déranger ta nuit, profites-en. »

Elle l'embrasse et la met à la porte. Dans les marches, assise sagement, Rose attend son tour pour parler à sa sœur.

« T'aurais pu attendre dans ta chambre à côté. Tu sais bien que je vais traverser voir ma fille avant de me coucher, même au risque de te réveiller. »

Rose explique qu'elle devra peut-être s'inscrire à Montréal pour suivre son cours et qu'elle devra aussi déserter la maison paternelle parce qu'Edward s'oppose fermement à son choix de carrière et refuse de discuter.

« Où tu préférerais le faire, ton cours ?

— À Québec. Pour Guillaume…

— Va te coucher, ma Rose, on va arranger ça, je te le jure.

— Pour septembre ? J'ai été acceptée, tu sais. »

Adélaïde la prend par la main et va la mettre au lit. Elle se penche au-dessus du berceau de Léa qui, le nez en l'air, respire calmement. Adélaïde recouvre les pieds dodus, caresse la joue du bébé qui se met à téter, comme à l'époque où elle l'allaitait. « Tu veux que je la prenne dans ma chambre, Rose ? Tu n'as pas peur qu'elle te réveille ?

— J'espère qu'elle va me réveiller. Va dormir. »

Mais Adélaïde a encore quelqu'un à border avant d'aller au lit. Elle trouve Germaine assise dans sa chambre, en jaquette, les lunettes sur le nez et plongée dans un roman.

« Il ne te manque rien, ma tante ? Une verveine pour dormir ?

— Ton serviteur… *Laïnel* ? Il est très attentionné.

— Tu devrais laisser la porte ouverte pour faire un courant d'air. Tu vas avoir chaud.

— Je suis très bien. À mon âge, c'est bon d'avoir chaud. Ta maison est magnifique, Adélaïde. Tu sais que ta petite est en avance ?

— Les mères trouvent toujours leur bébé en avance.

— Toi, tu l'étais en tout cas. Tu l'étais en tit-péché. Je suis contente d'être venue. Je pense que tu vas avoir une bonne vie ici. Si la guerre peut finir qu'on retrouve nos vieilles habitudes. Je dis ça… peut-être qu'on retrouvera pas grand-chose, le monde change.

— Ça te fait peur, ma tante ?

— Plus maintenant, mon temps est passé. C'est le tien qui commence, c'est toi qui auras à t'y faire. Moi, je vous regarde et je vous trouve bien de la grâce. Toi surtout. Et Isabelle. »

Adélaïde constate soudain que sa tante vieillit. Ses mains flétries caressent inconsciemment la couverture du livre qu'elle tient.

« Ton père change aussi. Ça ne me plaît pas, bien sûr…

— Tu parles de Paulette ? »

L'œil vif de Germaine la scrute : « Il ne veut pas d'elle, il veut acheter une paix domestique. Ton père s'en fout. Paulette, je ne sais pas. Ce n'est pas une marieuse ni une enjôleuse… je ne sais pas. Le temps d'Edward est fini aussi.

— Ma tante ! Ne dis pas ça. Il n'a pas quarante-quatre ans.

— Rien à voir avec l'âge, ma petite fille. Je me souviens de papa. Il est devenu vieux le jour de la mort de maman. Il l'a traitée comme une servante toute sa vie, et, après sa mort, il s'est écroulé. Paf ! Plus d'homme, plus d'autorité, plus rien. De la guenille, mou comme de la guenille. C'est drôle… Gabrielle a fait comme toi, elle a épousé qui elle voulait et a laissé papa tempêter et s'enrager. Il ne lui parlait presque plus à la fin. "Dis à ta sœur", "Arrange-toi pour faire savoir à ta sœur", je les ai-tu entendues, ces phrases-là ! Il pouvait bien la traiter de tête de cochon ! Ton père est vieux parce qu'il a perdu Gabrielle et qu'il ne sait pas vivre sans elle. Il s'améliore, mais c'est trop long.

— Il va encore falloir lui parler pour moi. Pour Rose, je veux dire… »

Germaine soupire : « Une si jolie fille qui va aller tenir des bassines… Ça lui fait un drôle d'avenir. Ce sera pas facile à défendre. À moins que je laisse entendre qu'elle va trouver un mari là-bas, un médecin…

— Franchement, ma tante !

— Ça marche encore, tu sais. Pour ton père, en tout cas, c'est une bonne raison de faire son cours. Rose fera comme elle l'entend. Elle se mariera comme elle voudra, mais pour ton père… ça peut faire passer l'amertume du remède. Pour ce qu'il a à en dire, d'ailleurs !

— Il va l'épouser, tu penses ? Paulette ? Il va l'installer rue Laurier, dans les affaires de maman ?

— Sa *business* marche pas fort depuis que Nic s'est choqué. Je ne suis pas sûre qu'il puisse rester rue Laurier bien longtemps. »

Effrayée, Adélaïde fixe sa tante. Son père ? Son père appauvri, sans ressources ? Comment une chose pareille peut-elle arriver ? Tante Germaine tapote la main d'Adélaïde : « Il n'est pas en faillite, il est en difficulté. Par sa faute, en plus. Nic ne pouvait pas trahir sa femme pour lui, quand même !

— Me trahir ?

— Tu connais ton père : il aurait fallu que Nic te trouve déraisonnable d'être en famille. Il y a des limites qu'Edward n'a jamais vues. Il les voit maintenant. Son *office* va fermer pour un temps. Le temps que la guerre finisse.

— Ma tante, es-tu en train de me dire que papa va s'engager ?

— Que veux-tu qu'il fasse d'autre, le *bucké* ? Il refuse de travailler avec toi, il perd son meilleur client, son bureau est vidé à cause que les jeunes sont partis faire les soldats. Il va quand même pas aller travailler à l'Arsenal !

— Et il va se marier avec Paulette avant de partir ? C'est ça, ma tante ?

— Ma pauvre enfant ! Si tu savais comme elle n'existe pas beaucoup pour lui. Je ne l'envie pas. Elle doit avoir besoin de se dévouer parce que je ne vois pas ce qui l'attire d'autre.

— Il va partir sans voir Léa ? Sans me revoir ? Il ferait ça, ma tante ?

— Il aurait bien tort, mais ce ne serait pas sa première fois. Va dormir, ma grande, fais confiance au bon sens de Dieu et à la sainte Providence. Essaie de faire ta route sans te battre contre Edward, ça gruge tes forces et ça ne t'avance pas. Occupe-toi de ceux qui t'apportent quelque chose. »

Adélaïde embrasse la joue douce et fripée de sa tante. Plus elle vieillit et plus elle aime Germaine.

« Tu fais bien attention à toi, ma tante ?

— Comme je n'ai que ça à faire… Va ! Va dormir pendant que ça t'est possible. En vieillissant, les nuits raccourcissent. Va, ma vaillante. Ada ? Florent est de plus en plus beau. On dirait un prince.

— *C'est* un prince, ma tante ! Bonne nuit. »

Malgré ce que sa tante en dit, Adélaïde ne peut faire autrement que de repenser à Edward. Tout en elle combat les décisions de son père, que ce soit concernant Paulette ou la guerre. Son esprit joue avec des possibilités, des traquenards pour mettre Edward en face de sa petite-fille et le faire revenir vers elle.

La seule façon d'interrompre le ballet incessant des problèmes dans sa tête, c'est de prendre la lettre de Nic et de la relire. *Mon bel amour qui a vingt ans…*

* * *

Quand, début septembre, la possibilité d'une fusion s'offre à Adélaïde et qu'elle se voit hésiter à cause de son manque de ressources légales, elle décide d'agir. Elle rencontre Stephen Stern et lui soumet son idée. La compagnie qu'elle désire acquérir est modeste. C'est une affaire, à cause de la guerre. Il s'agit d'une petite usine de confection qui n'a ni le calibre pour devenir une usine de guerre ni les fonds pour recycler la production selon les normes de plus en plus sévères du gouvernement. Fonctionnant avec vingt-trois employés, qui sont partis peu à peu pour l'armée, il a été impossible aux patrons d'attirer de nouveaux ouvriers qui, de toute façon, gagnent beaucoup mieux dans les usines de guerre. La pénurie de main-d'œuvre, un ou deux faux pas dans le choix des textiles déjà rationnés et une mise de fonds refusée par des banques devenues pusillanimes rendent l'affaire alléchante. Adélaïde l'aurait pour une chanson et, même en attendant que la guerre finisse avant de pouvoir la développer, l'investissement lui permettra de donner de l'essor à son secteur, celui de la confection. Elle offre à Stephen de passer le contrat à son nom. Stephen, depuis longtemps dévoué à Nic, ne comprend pas ce qui la retient d'acheter elle-même.

Adélaïde explique qu'elle a l'intention de confier la négociation du contrat à Edward, mais que son père doit s'en occuper en ignorant qu'il travaille pour Nic ou pour elle.

« Adélaïde, votre père a rédigé le contrat de vente de mes usines à Nic, ce n'est pas à lui que vous allez faire croire que je me remets à mon compte ! Qui plus est, vous risquez gros en me laissant devenir propriétaire à votre place, il faut que vous ayez confiance en moi ou que vous ayez une assurance en retour.

— Nous ferions une lettre secrète vous obligeant à me laisser les pleins droits de propriété. Vous seriez le directeur général.

— Je ne suis pas certain qu'Edward va marcher dans un plan pareil. Il sait où vous êtes, il va se méfier de moi. Surtout s'il est décidé à ne pas travailler pour Nic. Nic et moi, c'est une alliance indestructible. Pourquoi ne lui parlez-vous pas ? »

Adélaïde hoche la tête, désolée. Son père ne lui parlera pas. Elle a réussi à faire en sorte que Rose demeure à Québec et fasse son cours, mais c'est la ruse de Germaine qui a porté ses fruits. Edward n'a cédé que devant les perspectives matrimoniales du cours d'infirmière, il n'a pas reculé en ce qui concerne ses convictions.

Stephen constate l'inquiétude d'Adélaïde : « Essayons de trouver quelqu'un qui aurait un réel besoin de votre père pour rédiger le contrat, quelqu'un qu'il tient à protéger. Je vous aiderai. J'administrerai l'entreprise le temps que vous voulez. Je parlerai à votre père et réglerai tous les arrangements, mais ne le trompons pas avec moi. Nous nous connaissons trop, lui et moi. Vous voulez qu'il ne sache rien de votre engagement dans l'affaire ?

— S'il voit mon nom, il s'en ira. Il est en difficulté, Stephen, il travaille peu...

— Vous achetez cette entreprise pour le tirer d'un mauvais pas ? Ça vous coûte assez cher, non ?

— C'est une bonne affaire.

— Vous en avez bien besoin, vous vous tournez les pouces, c'est évident !

— J'ai peur pour lui. Je voudrais vraiment lui donner un coup de main.

— Trouvez le prête-nom, alors. Un enfant... un de vos frères, une sœur ? Une sorte de legs avant l'heure ? Est-il fâché avec tout le monde ?

— Non. Mais il saura que c'est moi.

— Il sera partagé entre vous et votre frère, ou la personne qu'il voudra voir à l'abri du besoin. Une sorte de conflit cornélien si vous voulez. »

Elle sourit, tentée. Pour se sauver lui-même, Edward ne bougerait pas, mais pour Fabien, par exemple... Stephen rit : « Bon ! Je vois que la piste est bonne. Réfléchissez et on s'en reparle très bientôt. Essayez de lui serrer la vis. Ils sont difficiles, les pères, j'en sais quelque chose. »

Adélaïde se souvient d'avoir rencontré une fois le père de Stephen, un vieux monsieur à barbe blanche. « Le vôtre donnait l'impression d'être bien coulant.

— Le mien est un vieux renard. Un vieux renard juif qui est poli avec les très belles femmes. »

* * *

« Florent, que dirais-tu d'être propriétaire d'une usine de confection ? Petite ! Une vingtaine d'employés... »

Du doigt, Florent lui indique que Léa va lui arracher la cuillère, si elle ne veille pas à son affaire. Adélaïde corrige son tir et attend la réponse de Florent qui ne vient pas.

« Ça te rend fou de joie ! »

Florent est débordé : les cours ont recommencé, et de Grandpré a pris pendant l'été des habitudes très difficiles à changer. La présence constante de Florent et sa disponibilité ont gâté le couturier, qui refuse de renoncer au moindre de ses acquis et qui réclame un dévouement et un zèle indéfectibles, ce qui oblige Florent à doubler ses heures au salon tout en persistant à suivre ses cours. On est au début de l'année scolaire et il est aussi épuisé que s'il abordait décembre.

Il essaie de comprendre en quoi Ada sent le besoin de lui offrir une usine dont il ne saurait que faire.

« La haute couture, Ada, c'est le contraire de la confection de masse. C'est l'opposé du catalogue Eaton. C'est la pièce unique, l'œuvre d'art, c'est aussi spécial qu'une sculpture ou un tableau. Pourquoi aurais-je une usine, alors que rien de ce que je fais ou apprends ne s'approche de ce type de confection ? Tu sais que Gilles de Grandpré ferait une syncope de savoir ça ? Pour lui, la production de masse, c'est le comble du vulgaire.

— Pas obligé de lui dire. Pas obligé d'y venir, Florent. Même pas obligé de la visiter.

— Ada... À quoi tu joues ? Tu as besoin de quoi, exactement ? »

Elle s'est dit que Florent réunissait toutes les qualités pour poser un vrai dilemme à Edward : Paulette va prendre son parti et défendre les intérêts de son favori. Florent était un protégé de Gabrielle, il est pauvre, sans ressources. Paulette ne pourra jamais l'installer, il n'est l'enfant ni de Nic ni d'Adélaïde tout en étant lié à eux. Aider Florent à devenir propriétaire de l'usine ne signifie pas pour autant aider sa fille ou son gendre. Si Edward dit non, il se met Paulette à dos, s'il dit oui, il remet son cabinet en marche sans avoir à revenir sur sa parole, puisqu'il ne parlera ni à Nic ni à sa fille et qu'il ne deviendra, pour ce contrat, que l'employé de Florent, représenté par Stephen.

« Ton père va savoir que c'est une de tes entourloupettes.

— Je sais. Il devra choisir : son stupide entêtement ou te rendre service en sacrifiant sa fierté pour Paulette et pour toi. »

Il l'embrasse : « Je dois retourner à l'atelier. Fais ce que tu veux, mais arrange-toi pour ne pas trop espérer. Ton père est tellement dur avec toi, il pourrait l'être avec tout le monde, Paulette et moi inclus.

— Florent, de Grandpré ne le saura jamais, promis.

— De Grand Dieu, comme l'appelle Laura ! »

Après avoir couché sa fille, Adélaïde s'installe pour suivre les informations à la radio. Depuis le début des combats en Italie, elle essaie d'imaginer Léopold et de ne pas le voir dans chaque nouvelle bataille. Quand, le soir du 8 septembre, on annonce la capitulation de l'Italie, elle a enfin l'impression que ça bouge et qu'un jour, bientôt, le conflit va cesser.

Elle appelle Reine pour partager sa joie, même s'il faut pour cela parler à Jean-René auparavant parce qu'il prend tous les appels d'office. Reine parle à demi-mot, mais Adélaïde perçoit son inquiétude. Aucune nouvelle de Léopold depuis un mois maintenant. Ni elle, ni Béatrice, personne.

« La dernière fois, il était en Sicile et tu sais comment ça a bardé là-bas... Isabelle dit que la victoire, c'est comme la défaite, ça ne laisse pas de temps pour écrire. Je prie, tu ne peux pas savoir comme je prie. »

Adélaïde se doute, oui, elle se doute et elle doute que Dieu ait beaucoup d'oreille de ce temps-là.

Nic a été transféré en Jamaïque et il continue là-bas un entraînement intensif. Ses lettres sont moins longues, plus rares, et Adélaïde sent se former au fond de son estomac la vieille boule d'angoisse. Un an maintenant que Theodore a disparu. Un an entier sans nouvelles. Elle se demande combien de temps cela prendra pour retrouver tous les prisonniers, une fois la France libérée. Mais si cette libération obligeait Nic à aller se battre là-bas... Adélaïde refuse de céder à ce genre de supputations. Elle ne veut pas penser à cette terrible éventualité ou au choix que cela impliquerait : pour qui alors lui faudrait-il prier ? Elle préfère de beaucoup savoir Nic en Jamaïque.

La sombre nouvelle ne vient pas d'Italie. C'est par Alex qu'elle arrive. Depuis le départ de Nic, Adélaïde a perpétué le traditionnel « lunch du mercredi » et elle a veillé à ce qu'Alex exécute de menus travaux de jardinage chez elle pendant l'été. Leur relation est d'ailleurs plutôt sympathique. Au début, Alex n'aimait pas l'idée de voir Adélaïde et, peu à peu, il s'est mis à jouer l'homme fort, essayant de la séduire, de la traiter avec une galanterie bouscaude assez piquante.

Depuis que l'école a repris, le mercredi est le seul jour où ils se voient. Ce mardi-là, quand la secrétaire annonce qu'Alex est dans le hall, Adélaïde croit à une méprise. Contrairement à son habitude, Alex s'est assis en entrant dans le bureau et il reste là, sans rien dire. Il ne répond pas quand Adélaïde lui fait remarquer qu'il s'est trompé de jour.

Adélaïde s'assoit près de lui, retire la casquette qu'il a gardée et caresse les cheveux châtains striés de roux. Elle ne dit rien, elle voit bien qu'il faut attendre en silence, que le petit garçon ne peut pas parler.

Au bout d'un bon moment, Alex finit par dire : « Ça a l'air que tu cours dans le champ, tu te dépêches pis ba-dang ! Tu pètes en morceaux dans les airs ! Ça a l'air que personne peut voir ça d'avance. Ba-dang ! Penses-tu que même son fusil a explosé en morceaux ? Ça se peut pas un fusil en fer qui pète en morceaux ? »

Adélaïde continue de caresser les cheveux en silence. Elle ne sait pas pour les fusils de fer, mais pour les pères, elle sait. Les pères ne sont pas en fer, et les mines les font exploser loin de leurs petits garçons trop braves pour pleurer. Dix ans. Il n'a que dix ans et il n'aura plus jamais de père pour jouer et pour se faire expliquer les horreurs de la guerre. Adélaïde se rend compte que, si elle pleure, elle perdra pour toujours la précieuse estime de son ami. Elle refuse de penser à Theodore, à Léa, à Nic et elle essaie de deviner ce dont Alex a besoin.

« Penses-tu qu'à nous deux, on pourrait consoler ta maman ? »

Alex a l'air de trouver cela plutôt bizarre comme idée : « Elle veut toutes les tuer, qu'elle dit. Tuer qui, tu penses ?

— Les Allemands, ou ceux qui décident de la guerre ?

— Ceux qui décident, alors. Elle fait des munitions, ma mère…

— Tu veux que je lui parle ? »

Le sourire d'Alex est franchement rigolard. Il la regarde de pied en cap : « M'man te croira pas. T'es trop belle. Maman croit juste les pauvres. »

Il touche les bagues qui brillent aux doigts d'Adélaïde. Elle réfléchit rapidement : « Et Florent ? Tu penses que Florent pourrait ? »

Alex aime bien Florent. Quand il jardinait cet été, Florent pouvait venir l'embêter et Alex ne rouspétait pas. Il avait beaucoup de plaisir à discuter avec Florent.

« Oui. Maman le connaît aussi, ça va la calmer. »

Adélaïde garde pour elle ses questions et sa surprise. Comme elle ne prend plus la voiture pour venir travailler à cause du rationnement de l'essence, elle propose d'aller chercher Florent en taxi et de se rendre ensemble chez Alex.

Dans le taxi, Adélaïde retire ses deux bagues et les glisse dans son sac. Quand elle remet ses gants, la main d'Alex se pose sur les siennes et il fait non de la tête. Elle retire son gant et se contente de prendre la main sale d'Alex dans la sienne.

Jeannine McNally n'est pas seule, la solidarité du voisinage ayant magnifiquement opéré. Une dame assez replète accueille d'ailleurs les visiteurs avec un œil sévère : « Te voilà, toi ! Où t'étais ? Ta mère a pas assez à s'en faire sans que tu désartes ? »

Alex ne prend pas la peine de répondre et il tire ses deux complices par la main jusqu'au salon.

C'est une pièce où ils ne vont pas souvent, une pièce ordonnée, un peu apprêtée, avec des bibelots. Le chesterfield sur lequel Jeannine est assise est recouvert d'une housse qui est en fait un vieux drap reprisé en plusieurs endroits, avec des cercles jaunis que les lavages n'ont pas réussi à blanchir. Jeannine porte une robe d'été sans manches et elle est nu-pieds. Adélaïde ne peut se retenir de fixer ces pieds et d'en éprouver une immense timidité honteuse.

« M'man ! C'est Florent et Ada. Ils sont venus te voir… en taxi. »

Une fois sa déclaration faite, Alex s'assoit près de sa mère.

Adélaïde se tient tranquille et laisse faire Florent. Elle le voit s'asseoir en Indien devant Jeannine et rester là, par terre, comme s'il avait toujours fait ça. Au bout d'un moment, il pose sa main sur le genou de Jeannine, qui tressaille et le regarde. Elle pose enfin une main fatiguée sur celle de Florent : « C'est ta femme ? »

Alex part à rire : « Ben non, maman ! C'est la femme de mon oncle Nic. »

Jeannine reprend son examen avec plus d'attention, l'œil soudain réveillé. Elle jette, comme si elle crachait : « Ce puant-là ! »

Adélaïde ne bronche pas. Elle murmure enfin : « L'armée me l'a pris, lui aussi, mais ils me l'ont pas encore achevé. »

Jeannine ne s'attendait pas à cela. Adélaïde perçoit l'éclair d'estime qui traverse sa fatigue, son écœurement, et elle sent qu'elle a gagné une bataille quand Jeannine lui dit de s'asseoir.

Les voisines s'occupent de tout, du bébé qui crie, de Jacynthe qui rentre de l'école et qui se met sagement à faire ses devoirs, du thé et des sandwichs.

Alex entraîne Adélaïde dans sa chambre sous prétexte de lui montrer quelque chose et il la fait asseoir sur le lit. « Mon frère, Tommy, il a jamais vu papa. »

Il semble en proie à une inquiétude dévastatrice : « Tu comprends ce que je te dis ? Il est arrivé après que mon père est parti. C'était supposé d'être la surprise de papa d'y voir la face ! Tommy y ressemble, à papa. »

Il marche à toute vitesse dans la minuscule pièce encombrée par les deux lits et la grosse commode sombre. « Jacynthe pleurait à l'école à matin. A pleurait comme un bébé de première année. C'est ça qu'elle est.

— C'est pas bébé, pleurer.

— Pour une fille, peut-être… »

Adélaïde le regarde se débattre avec le chagrin qui l'étouffe et le fait tourner en rond comme une mouche piégée. Elle voudrait l'aider, faire éclater la peine, mais elle sait que l'orgueil qui tient Alex doit être ménagé.

« Peut-être que vous avez une photo de ton papa et que Tommy va le voir un peu.

— Une photo d'avant qu'il pète en morceaux ? »

Adélaïde se demande pourquoi Alex doit toujours répéter cette image. Elle est certaine que c'est sa manière de prendre la chose. Il est si fébrile, si agité qu'elle se dit que lui aussi est près de « péter en morceaux ».

Il la plante là et revient à la course avec une photo encadrée où un soldat, debout, sourit. Moins beau que Nic, les épaules, la mâchoire sont moins carrés, il a l'air plus vieux mais il y a une nette parenté. Alexandre McNally a de la classe. Alex guette sa réaction avec anxiété.

« Il a l'air fort… »

Alex se calme un peu, fait oui. Adélaïde peut voir l'enfance gagner son visage à mesure qu'il se détend.

« Tu vois, il a des épaules solides, il est grand. Tu vas être aussi grand que lui, c'est sûr. »

Alex avale bruyamment en faisant toujours oui et en fixant la photo.

« Il a de belles mains, ton papa, est-ce qu'il riait fort ou doux ?

— Doux.

— Tu vois, c'est ce que je pensais… Est-ce qu'il savait des histoires ? Est-ce qu'il t'en racontait ?

— *Le Petit Poucet.*

— Qu'est-ce que tu dirais que je ferme la porte, qu'on s'assoie ici tranquilles et que je te raconte *Le Petit Poucet,* Alex ? C'est une de mes préférées aussi. Je ne sais pas si je vais pouvoir la raconter sans pleurer, parce que maman aussi me la racontait et qu'elle est morte. Alors, si tu me promets de rester près de moi, mais de ne pas me regarder si je pleure, et de ne pas rire de moi, je te raconterai l'histoire. »

Alex va fermer la porte sans rien dire. Il s'assoit tout contre Adélaïde, le portrait de son père dans les mains, et il écoute *Le Petit Poucet* en contemplant le soldat bien droit, bien brave qu'était son père.

Il est tard quand Adélaïde prend enfin Léa dans ses bras et la berce tendrement. Elle ne peut cesser de penser à Tommy qui n'aura jamais vu son père. Elle ne peut cesser de penser à ce père mort, éclaté en morceaux, et qui n'avait jamais vu son enfant.

Trois enfants, comme Theodore. Deux garçons, une fille. Deux filles, un garçon.

Après la guerre, on va compter les morts, les blessés — qui va compter les orphelins ? Qui va compter ces mutilés de l'intérieur qui n'auront droit qu'à la pension de veuve de leur mère ou à la médaille de bravoure de leur père ? Ces enfants qui ne pourront jamais contempler un champ au soleil sans y voir quelqu'un de « pété en morceaux » au milieu. Les mots d'Alex sont bien à la mesure du massacre. Adélaïde se demande si le journaliste annonçait à la radio : « Aujourd'hui, quatre cent cinquante-sept hommes ont éclaté en morceaux sur le front russe », si devant ces mots si crus et si peu polis quelqu'un se lèverait pour que cesse le massacre.

Florent apporte une petite couverture rose dont il enveloppe Léa maintenant endormie dans les bras de sa mère. Septembre est si doux, si plein d'été encore.

« Ça va ? Je peux retourner à l'atelier ? Tu as besoin de moi ?

— On a fait une bonne équipe, aujourd'hui. Vas-y, Florent, on parlera plus tard. »

* * *

Dès que Florent met le pied au salon, Laura lui fait signe que c'est un grand soir. En effet, on entend les échos de *Samson et Dalila* jusque dans l'atelier de couture. Florent essaie de se concentrer sur le dessin qu'il doit exécuter. Le tissu est une rareté : depuis bien avant le rationnement, ce type de soie fluide, tissée à Lyon, n'est plus fabriquée. Gilles de Grandpré a conservé cette pièce dans ses réserves jusqu'à maintenant. Le modèle à tailler est une fabuleuse robe du soir qui défie l'interdiction de porter du long. Elle est prévue pour la collection du printemps 1944. Gilles a confié la coupe de la robe à Florent, en guise de cadeau inestimable.

Florent étend la soie, la soupèse, examine son mouvement ; rien ne cloche, c'est une perfection de teinte et de tenue. Il revient au dessin et reste pensif, les ciseaux à la main pendant que la musique gagne en volume à côté.

Laura s'approche : « Tu as le trac ? »

Florent se le demande. Mais ce n'est pas l'excitation habituelle qu'il ressent. Ni la crainte de gaspiller ou d'abîmer la pièce. Il peut le faire, il le sait. Laura touche l'étoffe qui frémit comme un épiderme : « Dieu ! Que c'est beau !

— Tu sais pourquoi Gilles de Grandpré a quitté la France ? »

Laura laisse retomber sa main avec le poignet bien cassé, affectant les manières caractéristiques du couturier : « Il ne pouvait pas être soldat, quand même ! »

Florent se concentre sur ses ciseaux, les ouvrant et les fermant dans le vide.

Il revoit les jambes nues de Jeannine, les jambes sans bas, les jambes si nues qui sont pour lui le symbole même de la guerre et du rationnement. Sans teinture, sans apprêt pour fausser l'impression, les jambes nues d'une femme pauvre. Il sait qu'il ne peut pas. Malgré la beauté intrinsèque de la soie et du dessin, malgré le baume qu'un vêtement exquis verserait sur les horreurs de la guerre, il ne peut pas tailler une robe unique pour un corps exempté des duretés de la vie, un corps à l'abri des mines, des bombes et des balles, un corps qui aura l'audace de se payer cette chape de luxe. Il ne peut pas couper la soie sans qu'une nausée de dégoût ne l'assaille. La totale futilité de son entreprise ne tient pas le coup face à la révolte qui enfle en lui, face à son refus d'être de ce côté de la barrière — ceux qui n'y vont pas, ceux qui ne paient pas. Il revoit les yeux aveugles de Malvina dans la cuisine de l'Île quand il était arrivé après la mort de son père et de Fleur-Ange. Jeannine avait aussi cette presque absence dans la façon butée de rejeter ceux qui ne souffraient pas ou, comme il en a été persuadé dans le cas de sa mère, ceux qui ne mouraient pas.

La musique s'amplifie et Florent entend la soprano chanter *Réponds à ma tendresse*, il sait par cœur la suite, *Verse-moi l'ivresse*. À quelle voix, maintenant, s'ouvrira le cœur de Jeannine, brisé de fureur, appauvri par l'indifférence de gens comme de Grandpré autant que par sa perte ? Peut-il couper de la soie pendant que Jeannine, pieds nus, berce un enfant qui ne verra jamais son père ?

Florent s'est posé mille fois la question : que fait-il dans ce luxe fou, démesuré, alors que le monde écrase les hommes, alors que les plus petits se privent, rationnent, recyclent et font un effort de guerre ? Est-ce qu'il ne sait rien faire de mieux que tailler des morceaux soustraits du désastre pour habiller des femmes sauvées de l'horreur de remettre deux fois la même robe ? Gabrielle serait si déçue de lui. Gabrielle trouverait à quoi employer son talent. S'il devait se présenter devant Dieu maintenant et justifier son existence, il aurait moins de honte à le faire devant le Très-Haut que devant Gabrielle. Même la splendeur caressante de la soie ne lui donne plus envie de s'incliner et de la respirer. Florent a perdu sa foi dans le pouvoir de la soie ou de n'importe quelle fibre, si somptueuse soit-elle. Il fait partie de ceux qui marchent pieds nus, il le sait, il est inutile de tenter d'y échapper.

Il plie soigneusement la pièce de soie qui coule entre ses doigts, résiste à ses soins. Il la pose sur la table, met le dessin à côté, prend ses ciseaux et part.

À Laura qui court derrière lui, affolée, inquiète, il répond : « Je ne peux pas. Je ne peux plus, Laura. Tant que la guerre durera, je ne taillerai rien qui ne soit nécessaire. »

Il laisse la jeune fille se demander comment elle va annoncer cela à Monsieur de Grand Dieu.

Il trouve Adélaïde en train d'écrire la difficile nouvelle à Nic.

« J'ai quitté le salon, je n'irai aux cours de Caponi que le matin et je ferai quelque chose pour la guerre l'après-midi. Quelque chose dans Saint-Henri, on trouvera. »

Adélaïde hoche la tête silencieusement, elle aussi commence à trouver qu'il est plus que temps de bouger.

« Je ferai du bureau le matin et on trouvera, comme tu dis. »

En cachetant sa lettre, Adélaïde s'aperçoit qu'elle n'a pas remis ses bagues depuis son retour de chez Jeannine. Elle les prend dans son sac et les range dans les écrins en se promettant de ne les porter que si Nic revient les lui passer aux doigts. Pas avant et pas autrement. D'ici là, elle se battra les mains nues, avec sa seule alliance.

Le tournant de la guerre, pour Adélaïde et Florent, c'est l'automne 1943 qui le marque. Même si Theodore et Dieppe sont inscrits au cœur de l'année 42, Adélaïde n'a jamais ressenti autant la présence du combat et du danger. Est-ce elle ? Est-ce que ce sont les restrictions et les diminutions incessantes de tout ce qui, auparavant, allait de soi, elle ne pourrait le dire, mais la guerre est là, propulsant chaque jour dans un danger et une angoisse de fin du monde. Étrangement, parce qu'elle partage l'effort avec d'autres, parce qu'elle se dévoue avec des gens aussi préoccupés qu'elle de l'issue de la guerre, elle a enfin l'impression de faire quelque chose pour Theodore, de briser l'isolement dans lequel il se trouvait depuis plus d'un an, de lui permettre d'espérer en sortir.

Theodore est moins seul, mais Léopold aussi, et Maurice, maintenant en route pour l'Angleterre, et Nic, toujours en formation en Jamaïque, et pour tous les autres qui sont le « nos hommes » si souvent évoqué dans la grande salle où elle emballe des colis pour la Croix-Rouge jusqu'à en avoir les mains enflées.

Le soir, vers cinq heures, elle rejoint Florent et Alex qui extraient du métal et du caoutchouc des masses d'objets et de vêtements remis au recyclage. Le travail demande une concentration et une habileté pour lesquelles Alex essaie d'imiter Florent, mais il est nettement meilleur quand il s'agit de convoyer les baquets et les boîtes.

Ensemble, Adélaïde et Florent raccompagnent Alex et vont saluer Jeannine. Quelquefois, Jeannine parle et discute, d'autres fois, elle lève à peine la tête de sa tâche. Florent a pris l'habitude de traîner un ou deux sachets de thé avec lui et, quand Jeannine est de bonne humeur, il les sort en demandant un peu d'eau chaude. Si elle est sombre, il les glisse dans la main d'Alex en lui faisant un clin d'œil. Jeannine est une femme rude et courageuse. Sans détours, elle ne perd jamais de temps à faire des manières et elle tranche sans grande délicatesse. Le curé est un « bon diable malgré tout », le docteur, « un voleur qui prescrit des remèdes parce qu'y s'est mis d'accord avec le pharmacien ». Alex, qui sait tirer profit de tout, n'a pas pris sa débrouillardise dans la poubelle : Jeannine ne l'envoie à la *grocery* qu'à l'heure où le proprio va manger pour pouvoir « faire marquer » et allonger un crédit déjà étiré jusqu'à son extrême limite. Jeannine a sa fierté et refuse toute forme de charité qu'elle décèle, même quand il n'y a pas lieu. Comme elle le dit elle-même, elle est « suspecte de ceux qui veulent se soulager de leurs remords en l'achetant pas cher ».

Un mercredi de novembre plutôt froid, Adélaïde, Florent et Alex entrent dans le logement assombri et rendu humide par les couches et les vêtements suspendus partout à sécher. Jeannine est dans un jour sans façons et elle ne regarde Alex que pour lui tomber dessus sans ménagement, parce qu'il porte un foulard qu'elle ne connaît pas. Alex retire son foulard et le remet à Florent. Quand elle voit le cou maigre d'Alex exposé à nouveau, la colère s'empare d'Adélaïde, qui saisit le foulard des mains de Florent et va le jeter dans la poubelle de la cuisine. Alex ouvre la bouche pour protester, mais Adélaïde le devance : « Jette-moi ça, c'est sale ! T'as pas froid, voyons, il fait pas encore en bas de zéro ! À demain, Jeannine. »

Elle sort en entraînant Florent. Sa théorie, qu'il ne faut pas discuter avec Jeannine mais la contrer sur son terrain agressif, est validée dès le lendemain quand Alex vient les rejoindre à la Croix-Rouge, le foulard bien enroulé autour du cou.

La technique est la même le jour où Florent veut rester au logement quand Jeannine commence ses *shifts* de nuit. Elle prétend que la voisine entend si les enfants pleurent et qu'elle va venir s'en occuper, comme elle a toujours fait. Elle-même rentre au petit matin et elle peut voir toute seule à les envoyer à l'école. Adélaïde se souvient combien Gabrielle s'en faisait pour tous les enfants qui prenaient le chemin de l'école à jeun en plein hiver. Elle recommande à Florent d'y aller : « T'as juste à t'endormir sur le chesterfield du salon. Ne lui demande pas d'être d'accord, elle va dire non. Trouve-toi là, Florent, et fais-moi le plaisir de prendre du pain, du gruau et de la mélasse avant de partir. Si Jeannine se choque, tu diras que toi, tu ne vas pas à l'école sans manger et que ce sont *tes* tickets de rationnement. Je ne pense pas que tu sois obligé de jeter la mélasse aux poubelles avant de partir. »

Florent est obligé d'admettre que la force marche mieux que les arguments avec Jeannine. Il n'aurait pas l'inclination naturelle d'agir comme Ada le lui recommande, mais il constate que Jeannine préfère cette façon : « Elle a dit : "Encore du luxe !" en voyant la mélasse. Tu te rends compte, Ada ? Le luxe de la mélasse. Dieu merci, elle n'est jamais entrée chez de Grandpré !

— Ou ici. »

Florent fait le tour du salon des yeux, en examinant chaque chose, ne serait-ce que l'espace, avec le regard de Jeannine. Il peut l'entendre d'ici, ce qu'elle dirait, et il en éprouve toujours le même malaise. « Est-ce qu'on est supposés être gênés, Ada ?

— On est supposés partager et arrêter de considérer la richesse comme un péché mortel ou un vol public. Tu en parleras avec Nic, tu vas voir ce qu'il pense de notre esprit formé au petit pain. Pourquoi tu penses que Jeannine le déteste tant ?

— Parce qu'il a de l'argent.

— C'est Alexandre qui l'a montée contre Nic. Jeannine me parle seulement parce qu'elle est certaine qu'au fond je ne fais rien d'autre qu'être mariée avec son beau-frère. Ce n'est pas moi qui fais de l'argent sale et puant, c'est Nic.

— Si elle savait ! »

Cet après-midi même, ils ont signé l'achat de la compagnie de confection. La situation, d'ailleurs, était assez cocasse : Edward, venu de Québec, a fait signer les contrats dans le bureau de Nic, avec Stephen Stern qui faisait la navette entre le bureau d'Adélaïde, qui relisait et vérifiait tout, et le bureau de Nic. Pas une seule fois les noms de Nic ou d'Adélaïde n'ont été prononcés, pas une seule fois Edward n'a laissé voir qu'il n'était pas dupe de la supercherie et, selon Stephen, il a empoché le chèque de Florent en l'assurant qu'au moindre problème il était prêt à le seconder. De tous les acteurs, Florent était le plus gêné. « Il a maigri, Ada, il n'est plus comme avant. Tu sais comme il était moqueur et vif ? Il me faisait toujours enrager ! Il ne l'a plus, il a perdu toute sa vitalité. Il ne fume plus ses cigares qui puent. Tu sais, Alex me fait beaucoup penser à lui dans le temps. Aucune parenté, je le sais, mais… »

Adélaïde comprend très bien : c'est le côté hâbleur et roublard d'Alex qui ressemble à Edward. Cette façon d'être à l'affût, de tout percevoir et d'être prêt à sauter sur l'occasion. Les yeux brillants de son père qui riait de tante Germaine, des poses de Béatrice, de sa mère aussi, sa mère qui rougissait.

« Est-ce possible de tant changer, Florent, de devenir si étranger à ce qu'il était du temps de maman ?

— Il n'a pas changé, Ada, il a démissionné. Il n'y est plus. Il ne veut plus.

— Jamais Jeannine n'aurait fait ça à ses enfants.
— Là-dessus, les femmes sont nettement supérieures, Ada. »

Fin novembre, Fabien écrit à sa sœur qu'il va recevoir « ses ailes de pilote » début décembre. La cérémonie aura lieu à son camp, près de Hamilton, en Ontario. Il sait que personne ne pourra y assister, mais il est très fier d'être le meilleur de son unité.

Adélaïde projette immédiatement de s'y rendre, la question du travail et des horaires se réglant relativement vite. C'est Léa qui pose problème. Son oncle Fabien ne l'a jamais vue et Adélaïde tient beaucoup à ce qu'il ait autre chose que des photos comme références. Mais sa fille n'est plus le bébé tranquille qu'elle était : à quatorze mois, elle marche et s'intéresse à tout ce qui bouge. Voyager toute seule avec Léa représente une aventure périlleuse. Pour mal faire, Jeannine travaille de nuit et Florent est pris tous les soirs au logement de Saint-Henri. Si ce n'était de laisser les enfants de Jeannine seuls, il l'aurait volontiers accompagnée. Le choix qui s'offre à Adélaïde est de confier sa fille à Lionel pour trois jours ou de risquer le tout pour le tout et de l'emmener avec elle.

Lors de son appel hebdomadaire à Isabelle, celle-ci la trouve folle de seulement considérer un tel voyage : « Louis est trois fois plus sage que ta fille et je ne le prendrais pas avec moi. Tu as reçu mon paquet ? Tu vas le lui apporter sans faute ? Mon Dieu, Adélaïde, j'ai l'impression de ne faire que des paquets ces derniers mois.

— Je sais. Des nouvelles ? »

Rapidement, elles font le tour de leurs maigres informations, et Adélaïde essaie de calmer sa cousine qui se ronge d'angoisse depuis que Maurice est « là-bas », comme elle dit, puisqu'elle ne parvient pas à savoir s'il a quitté ou non l'Angleterre.

Nic est encore en Jamaïque et Léopold ne donne aucunes nouvelles.

« Pas de nouvelles, bonnes nouvelles.

— Tu y crois, Adélaïde, à ce proverbe ? »

Adélaïde ne répond pas. Elle préfère garder pour elle ses doutes concernant le silence des hommes au combat. Ces hommes ont beau se trouver dans des conditions difficiles, insupportables même, elle sait qu'ils pensent toujours à celles qui les attendent au pays et qu'ils ne les laisseraient jamais sans nouvelles s'ils le pouvaient. « Pas de nouvelles » veut dire « problèmes » pour Adélaïde. Empêchement majeur, blessures, enfermement ou mort, mais certainement pas « bonnes nouvelles ». La dernière lettre de Theodore, elle n'a pas besoin de la relire pour s'en souvenir. S'il avait pu, il lui aurait écrit encore, elle en est persuadée, comme elle est persuadée que Léopold est dans une position très précaire s'il n'écrit pas. Isabelle la tire de ses sombres réflexions :

« Tu veux savoir la dernière de Béatrice ? Elle s'est pris un loyer à Montréal et elle a déménagé en octobre sans le dire à Reine ! Parce que c'était temporaire ! Une sorte d'essai pour donner un deuxième souffle à sa carrière. Elle a trouvé inutile d'alarmer Reine et de prendre des dispositions à propos de Pierre. Elle a seulement mis ses meubles en entrepôt et elle a loué un meublé pour quatre mois.

— Mon Dieu ! Elle va prendre Pierre à Montréal ?

— Pas du tout : Pierre reste avec Reine. Jean-René est ravi parce que Béatrice lui paie une pension complète. Il n'en donne qu'une partie à Reine et il économise le reste.

— *My God !* Reine va gagner son Ciel avec lui.

— Je t'avoue que je ne sais pas comment elle fait, il est vraiment désespérant. Quand on pense que les nôtres se battent et que ce flanc mou-là économise, il y a de quoi hurler. »

Adélaïde trouve Isabelle bien à cran et elle se dit que les effets de la guerre commencent à rendre les femmes plus directes et impatientes. Elle n'ose parler de ce qui la rend, elle, très irritable, mais il est certain qu'une partie de son énergie n'est sollicitée par aucune des tâches supplémentaires que la guerre apporte. Les nuits sans Nic paraissent d'interminables traversées du désert.

* * *

Le voyage est terriblement long. Léa, après avoir mangé, dormi et écouté sa mère lui chanter des chansons, a envie d'explorer un peu et de se dégourdir les jambes. Ravie des sourires que son passage suscite, elle refuse net de rester à sa place et oblige Adélaïde à la promener, comme une reine visitant ses sujets. Elle ne se fatigue pas de tout regarder, de sourire, de commenter dans un langage approximatif et de revenir vers sa mère en frottant ses joues contre sa jupe. Dès qu'Adélaïde essaie de la prendre dans ses bras, Léa proteste et veut redescendre. L'air décidé, les deux mains agrippées à celles de sa mère, qui se trouve forcée à marcher inclinée au-dessus de sa fille, Léa arpente toute la longueur du train. Les voyageurs sont enchantés de la distraction et elle s'amuse comme une folle à les séduire.

Adélaïde arrive à Hamilton tellement épuisée qu'elle décide d'y coucher et de prendre la route le lendemain matin pour la ville de garnison où Fabien réside. Elle réussit à le rejoindre au téléphone. Il est si content de l'entendre, si excité de la savoir là qu'il promet de s'arranger pour venir la chercher.

Elle ne sait pas comment il a réussi son compte, mais à huit heures, il est au garde-à-vous dans le hall de l'hôtel. Il est magnifique. Il est si beau, si élégant et si viril dans son uniforme qu'elle en a les larmes aux yeux de fierté. Plus grand qu'Edward, mais avec le même regard brûlant, la bouche bien dessinée de sa mère et cette bonne humeur sympathique qu'il a toujours eue font de Fabien un pilote qui attire bien des regards. Il prend Adélaïde dans ses bras : « Que tu es belle ! Que tu es belle, Adélaïde ! Tu es venue, jamais je ne te remercierai assez ! Tu es venue sans ta fille ? »

Adélaïde lui montre la jolie poupée endormie sur le canapé du hall.

« Elle a trouvé le voyage très épuisant. »

Fabien s'avance, se penche sur la joue arrondie, caresse les cheveux fins et bouclés : « On dirait un chérubin.

— Attends que le chérubin se réveille ! »

Elle saisit ses paquets, sa valise. Fabien se précipite pour l'aider : « Non ! Prends-la. Profite de ce qu'elle est endormie. Après, il va falloir marcher. C'est une sportive, ta nièce. »

Tendrement, il prend Léa et se redresse, la joue collée sur la petite tête endormie : « Je pense que je suis tombé amoureux, Adélaïde. Merci de l'avoir emmenée. »

Fabien lui présente leur chauffeur, Patrick Gauvin, le seul autre francophone de sa promotion, qui a emprunté la voiture de ses parents pour venir chercher Adélaïde. Patrick est un réel danger comme conducteur, mais il est drôle pour mourir, et sa conversation est un feu roulant de plaisanteries et de galanteries. L'œil vif, le rire facile, rien ne l'intimide et il a l'air d'avoir de l'appétit pour tous les plaisirs de la vie, y compris celui de « descendre l'ennemi », comme il dit.

Quand bien même Adélaïde voudrait faire la démonstration de l'énergie intempestive de sa fille, Fabien ne la croit pas. Avec un instinct admirable, Léa se comporte comme une grande dame tout au long de la cérémonie qui dure quand même deux heures. Ensuite, à la petite réception, elle va d'un groupe à l'autre, hissée dans les bras de Fabien, la main jouant nonchalamment avec l'insigne fraîchement cousu à son uniforme. Elle ne descend qu'une fois pour s'aventurer près de la table des rafraîchissements et elle se met à pleurer quand un général à la grosse voix lui demande si elle veut boire quelque chose. Elle tombe assise par terre, sa jolie robe à la jupe bouffante étalée sur ses mollets dodus, et elle pleure en regardant le gros monsieur qui ne sait plus où se mettre quand Adélaïde survient en vitesse, suivie de Fabien qui prend Léa. Aussitôt dans les bras de son oncle, Léa sourit à travers ses larmes et l'enlace tendrement.

Patrick s'approche d'Adélaïde : « Si vous vous sentez négligée, vous faites la même chose avec moi. »

Adélaïde jure qu'elle ignore où sa fille a pris ses comportements de séductrice. Fabien part à rire : « C'est Nic tout craché, cette enfant-là ! Tu te souviens comme il nous séduisait tous à l'Île ? Même tante Germaine avait le *kick*. »

Adélaïde reste si étonnée que Patrick la secoue : « Vous ne pensiez pas nous tromper, quand même ? La pomme ne tombe jamais loin de l'arbre. Je ne connais pas le père, mais je garantis qu'elle tient de la mère, cette beauté-là ! »

Les parents de Patrick étant descendus au même hôtel qu'Adélaïde, ils s'entassent avec eux dans la voiture. Ils vont manger tous ensemble. Le repas est très gai et léger, comme si la guerre ne menaçait pas ou qu'elle était remise à demain.

Une fois Léa couchée, Fabien reste à discuter avec Adélaïde dans sa chambre à l'hôtel. Il est très tard, et ils ont couvert tous les sujets, quand Patrick frappe à la porte pour venir chercher son ami.

« Ma mère a fait son possible, mais elle tombe de sommeil et papa dort aussi bien que la princesse. »

La princesse Léa est effectivement bien loin dans ses rêves. Patrick s'assoit, observe tout.

« Première fois que j'entre dans une chambre de dame. À l'hôtel, en plus ! Fabien, va donc dire bonsoir à ma mère avant de la surprendre en jaquette. »

Fabien hésite, mais Patrick a l'air sérieux : « Elle veut te parler, je te dis ! »

Dès que Fabien a quitté la pièce, Patrick se lève et murmure, gêné : « Elle veut lui demander de m'empêcher de faire des niaiseries qui me coûteraient cher. Ma mère n'a aucune confiance en moi pour être raisonnable.

— Je pourrais vous demander la même chose pour Fabien.

— Fabien est bon, il va se débrouiller et revenir. Vous avez quel âge, Adélaïde ?

— Vingt ans.

— J'en ai dix-neuf et demi. Vous pourriez être ma marraine de guerre.

— Ça fait quoi ?

— Ça embrasse son soldat avant le départ.

— C'est pas la fiancée de guerre qui fait ça ?

— J'en ai pas. Pas eu le temps avant de me retrouver ici où il y a une fille pour cinquante gars.

— Une compétition serrée. »

Il est tout près d'elle, sérieux soudain, infiniment sérieux et si timide.

« Je... je ne vous demanderai pas de régler tous mes problèmes, mais un vrai baiser avant le grand départ... Ça me dépannerait si vous voulez. »

Ce n'est pas son humour, c'est sa timidité qui la fait se tendre et cueillir ses lèvres avec délicatesse. Il est tout doux, totalement à l'opposé de son attitude narquoise. Ils s'embrassent d'abord avec légèreté, mais il s'enhardit peu à peu, jusqu'à ce que le baiser se prolonge, devienne un vrai baiser, profond, délicieux. Patrick tient le cou d'Adélaïde avec précaution, sans s'emparer d'elle, le corps effleurant le sien. Seules les lèvres se touchent, se goûtent, sans hâte, voluptueusement, dans une suspension du temps et des règles.

Quand Adélaïde ouvre les yeux et qu'elle aperçoit le regard ébloui, radieux, de Patrick, aucune espèce de gêne ne lui vient. Il ne dit rien, il sourit de gratitude, en tenant toujours sa tête avec délicatesse. Il appuie son front contre le sien et reste là, sans chercher à l'embrasser de nouveau, seulement ravi de respirer près du visage de cette femme.

Fabien a l'air bien sérieux en revenant et il fait taire Patrick qui se moque de lui.

« Tu lui as promis de me ramener, c'est ça ? Comment veux-tu que ma mère te pardonne de ne pas le faire ? Tu es fou ! Adélaïde, moi je vais vous le ramener. Ça ne me coûte rien de promettre, il va faire tout le travail, il l'a dit à maman. »

Adélaïde les met à la porte, après les avoir embrassés et serrés tous les deux dans ses bras. Avant Noël, ils seront en Angleterre. Avant Noël, ils seront en mission dans le ciel, au-dessus de Dieu sait quel pays, en train de larguer des bombes. Des enfants dans le ciel noir, qui ont réclamé un premier baiser avant d'aller faire des choses que même des adultes ne devraient pas inventer.

Elle espère de tout son cœur que Fabien aussi a embrassé une très belle fille avant de partir et elle ajoute le nom de Patrick à la liste de ceux dont elle s'inquiète.

Florent l'attend à la descente du train. Un seul coup d'œil lui suffit. Elle le laisse s'emparer de Léa qui chigne et elle demande, le cœur prêt à exploser : « Qui ?

— Léopold. Blessé, seulement blessé. »

Elle arrête de marcher et pousse un soupir sonore. Elle préfère ne pas analyser la peur fulgurante, dévastatrice qui l'a saisie. « Raconte. »

Reine a appelé à minuit la nuit précédente, ayant oublié que Fabien recevait son diplôme. C'est Lionel qui a essayé de la rassurer, de la calmer et de comprendre de qui et de quoi Reine parlait en sanglotant.

« Je te jure que Lionel a diplômé en français la nuit passée ! Il m'a appelé chez Jeannine à l'aurore. Léopold est blessé depuis septembre. C'est au bras. La lettre vient de son infirmière, il ne peut pas encore se servir de son bras. Il prétend que ce n'est rien de grave, mais qu'ils ont eu du mal à le soigner et que c'est pour ça que c'est long à guérir.

— Presque trois mois, Florent ! Tu le crois, toi ? Béatrice a pris ça comment ?

— C'est ça, justement, il faudrait le lui dire. Léopold n'était pas au courant pour Montréal, la lettre est restée à Québec. Reine a reçu la sienne en retard, comme d'habitude. La pauvre a attendu que Jean-René se couche pour appeler. »

Adélaïde trouve assez saumâtre de devoir aller trouver sa sœur pour lui annoncer cela. D'autant plus qu'elle n'est pas certaine des faits.

Une fois Léa baignée et couchée, Adélaïde appelle Reine, qui ne sait rien de plus que ce que Florent a raconté. La pauvre est dans un état lamentable, la voix cassée, le souffle court, secoué de sanglots. Adélaïde n'a pas le cœur de lui refuser quoi que ce soit et elle va sonner chez Béatrice.

L'appartement, rue Saint-Hubert, est situé dans un immeuble de pierres grises plutôt élégant, mais quand Adélaïde pénètre dans la pièce et demie qu'occupe sa sœur, un froid cru la fait frissonner : « Ce n'est pas chauffé, Béatrice ? »

Sa sœur hausse les épaules, dégoûtée : « Je ne sais pas dans quel monde tu vis, mais ici, c'est la guerre, et l'huile à chauffage est rare, ma chère. Garde ton manteau. »

Si Adélaïde croyait avoir une tâche délicate devant elle, Béatrice la détrompe assez rapidement. Elle ne comprend même pas que sa sœur se soit dérangée pour venir lui apprendre cette nouvelle. Apparemment, Béatrice croit que, si elle avait eu le téléphone, Adélaïde n'aurait pas pris cette peine.

« Ça ne te fait rien, Béatrice ? Tu ne l'aimes plus ? »

Béatrice éclate de rire et allume une cigarette : « Es-tu vraiment aussi niaiseuse ? Je pensais qu'une dévergondée comme toi savait éviter le côté fleur bleue. Je me suis mariée à dix-sept ans avec un enfant et on ne savait pas ce qu'on faisait. Est-ce qu'il faut porter le poids de ses erreurs de jeunesse toute sa vie, Adélaïde ? Tu devrais répondre, toi qui sais si bien te débrouiller. T'as pas payé cher ni longtemps. Comment va le beau Nic ?

— Est-ce qu'il y a un numéro de téléphone où on peut te rejoindre si quelque chose arrivait ?

— Laisse notre vertueuse cousine s'occuper de ça et s'inventer des débats de conscience avec Léopold ! Ils aiment ça, se torturer, tu vois bien.

— Qui "ils", Béatrice ?

— Léopold et Reine ! Ils ont "un sentiment", t'as pas vu ? Fais pas ton air incrédule, penses-tu que je ne sais pas lire quand Léopold se demande comment on va remettre notre mariage sur les rails ? Et l'autre qui vient les yeux humides à chaque fois qu'elle parle de Léopold ! Mon Dieu, qu'ils se contentent ! Moi je suis ailleurs. C'est évident que si Léopold revient de cette guerre-là, ce ne sera pas chez moi. Tu me vois avec un mutilé de guerre ?

— Non. Effectivement, Béatrice, l'esprit de sacrifice te manque royalement.

— Tu peux bien parler, toi ! Tu sais que j'ai rencontré une actrice qui connaît très bien ton mari ? On a fait une petite figuration ensemble au théâtre. Pas longtemps en scène, ça nous a permis de socialiser en coulisses. Quand elle a su que ma sœur était Madame McNally, elle a failli s'évanouir de déception. Ça a l'air que t'as frappé le *jackpot* ! Même pour casser, il se donne la peine d'envoyer des fleurs. Sonia a pleuré plus que deux mois. C'est son record !

— Béatrice, n'essaie pas de me vendre Nic, je suis déjà mariée avec lui.

— Sonia Soucy m'a donné des détails... intéressants.

— Garde-les pour toi. Bonsoir, Béatrice, je ne te dérangerai pas plus longtemps. »

Elle n'entend même pas le dernier sarcasme que Béatrice lui crie et elle manque de glisser dans les escaliers mal déglacés.

* * *

Florent ne comprend pas pourquoi Adélaïde refuse tout à coup de venir au théâtre assister à la pièce dont ils ont réservé les billets depuis deux semaines. Elle n'en démord pas : elle reste à la maison, elle a vu assez de monde et de pays dernièrement, elle lui cède son billet, qu'il invite quelqu'un d'autre.

Au début, Alex fait semblant que rien ne l'impressionne et qu'il est déjà venu dans une salle de théâtre. Quand Florent lui avoue en être seulement à sa troisième représentation, Alex se détend et se permet d'admirer l'endroit et les « belles habits » des spectateurs. À l'entracte, il est fou de joie, enthousiaste et excité comme une puce. Ils vont dans le foyer parce qu'il est hors de question pour Alex de rater quoi que ce soit. C'est du haut des marches que Florent aperçoit Gilles de Grandpré qui l'observe, l'air très ironique. Florent tend la monnaie à Alex et l'envoie s'acheter « une liqueur » pendant qu'il l'attendra au pied des escaliers. Alex part à toute vitesse, louvoyant à travers la foule. L'œil vif de Gilles de Grandpré l'a vu, et il s'approche de Florent, le sourire aux lèvres : « Je constate que ton esprit de sacrifice ne concerne que la couture et que les autres plaisirs de la vie n'ont pas été flétris par la guerre ! Quoique, si j'en juge au coup d'œil, la guerre a créé des carences évidentes dans certains groupes d'âge. À moins que ce ne soit un penchant naturel pour la jeunesse ? Florent, je te présente Harold. Harold, voici le seul couturier que j'aie formé — le premier et le dernier. Il a eu l'inélégance de me donner une leçon à moi aussi. »

Harold tend une main cordiale, et son sourire indique à Florent qu'il connaît l'humour particulièrement acide du maître.

« Alors, Florent ? En dehors de tes amours, disons… juvéniles, comment vas-tu et comment arrives-tu à t'abîmer les mains de cette façon ?

— Je vais très bien, monsieur. Je travaille pour la Croix-Rouge. Récupération.

— C'est fou tout ce qu'on peut trouver à récupérer, n'est-ce pas ? Je devrais peut-être m'y mettre…

— Monsieur de Grandpré, je suis désolé que vous soyez si fâché après moi et je n'ai pas voulu vous…

— Fâché ? Oh… Florent ! Le mot est léger. La pauvre Laura en tremble encore. Tu lui dois la vie, mon petit, rien de moins. J'étais prêt à tuer. Je n'aurais d'ailleurs pas hésité une seconde. »

Le sourire est onctueux, mais Florent lit la blessure au fond de l'œil. Blessure d'orgueil, mais ce ne sont pas les plus inoffensives chez Gilles de Grandpré.

« Pour ta gouverne, sache que j'ai jeté la pièce de soie. »

Florent regarde ailleurs, rien ne pouvait le peiner davantage. Malgré tout le mal qu'il pense du luxe en temps de guerre, cette soie magnifique ne méritait pas un tel sort. Il espère que Laura aura pu la sauver à l'insu du maître.

« Après l'avoir lacérée, comme tu dois te douter. J'ai une nature excessive. Mais voilà ton estafette avec son petit verre d'orangeade. Touchant ! »

Florent n'arrive pas à soustraire Alex aux présentations. De Grandpré se jette littéralement sur l'enfant, main tendue, sourire ravi. Alex serre la main, l'air un peu ennuyé, et il déclare qu'il veut remonter « voir ça d'en haut ».

Florent le suit sans répondre au « Ne le laisse pas échapper, c'est du vif-argent, cet Alex ! » de Gilles de Grandpré.

La lumière baisse dans la salle quand Alex chuchote à Florent qu'à son école il y en a qui font de l'argent avec des vieux. « C'est facile, mais c'est un peu cochon. L'as-tu fait, toi ? »

Florent n'a pas le temps de demander quoi, le rideau se lève.

En raccompagnant Alex à la maison, Florent essaie de ramener la conversation sur l'école et les moyens de s'y enrichir, mais il se tortille et fait comme s'il ne savait pas de quoi il parle. Il préfère commenter le théâtre, les acteurs, les costumes et les applaudissements qu'il a beaucoup aimés et auxquels il a énormément contribué. Ce n'est qu'une fois arrivé chez lui, devant l'escalier, qu'il change de sujet : « Le bon Dieu, il est fier de nous, et on n'a pas à avoir honte de notre corps. C'est vrai, ça ? »

Dérouté, Florent acquiesce.

« Il y a un père abbé, à l'école, il dit toujours qu'il faut pas avoir honte. Il nous regarde attentivement et, quand on est gênés, il nous relève la face. Il regarde comme le vieux au théâtre. Mais il est plus jeune et il est plus ragoûtant que le vieux. »

Florent, mal à l'aise, attend la suite… qui ne vient pas. Il finit par demander : « Pourquoi il dit ça ?

— Je sais pas. Il dit tout le temps ça.

— Mais il fait rien d'autre ?

— Ben non ! Sauf à Serge Dufour. Serge Dufour, c'est lui qui le fait.

— Il fait quoi ?

— Ben… Tu le sais !

— Non. Je te jure.

— Ben ! Il charge trente sous, il baisse ses culottes, il les remonte : péché mortel ! »

Alex l'a dit tellement vite que Florent n'est pas sûr d'avoir entendu. Mais dans quel monde cet enfant vit-il ? « Attends ! Pas devant le père qui parle de honte ? »

Alex éclate de rire : « T'es fou ! Le père le confesse. Il le prend à part et il le confesse. »

Alex a l'air tellement sain, tellement à l'aise avec cette histoire que Florent n'ose pas en demander plus. Il rit avec le petit : « Et t'as le front de me demander si je fais ça ?

— Ben quoi ? C'est ton ami, le vieux ! »

Alex le regarde sans rire, l'œil tout plein de velours, il s'approche, passe une main douce sur la joue de Florent, et susurre avec un accent théâtral : « Il faut pas avoir honte de ton corps ! » avant de rire comme un fou, ravi de son imitation.

Florent l'expédie : « Va te coucher, malcommode ! »

Il marche pour rentrer, même si le froid de décembre est pénétrant. La petite comédie d'Alex lui donne exactement le ton du prêtre et l'effet titillant qu'il tire de ses ouailles « sans rien faire de mal », il en est certain. Mais Alex n'est pas dupe. Cet enfant fait tous les liens et, même quand il ne le comprend pas, il sait additionner deux et deux. Un jour, malgré sa discrétion, malgré sa retenue, un jour Alex va comprendre que, sans partager ses comportements, il a le même « vice » que le père abbé. Et, ce jour-là, il va probablement le mépriser.

Jusqu'à maintenant, Florent n'a jamais eu à avoir honte ailleurs que devant ses pairs — un homme comme de Grandpré, par exemple, ou quelques autres connaissances. Jamais Adélaïde ou Nic, qui doivent pourtant savoir, n'ont agi en laissant entendre que ses particularités étaient laides ou mauvaises ou seulement discutables. Florent sait ce que la plupart des gens pensent des hommes comme lui et il voudrait bien ne pas sentir cette différence au fond de lui, qui l'isole plus sûrement que la tuberculose le faisait. Ce n'est pas à se cacher qu'il pense en rentrant ce soir-là, c'est à garder absolument pour lui ses tendances, à ne jamais avouer, comme cette terrible fois à confesse où le prêtre haineux et venimeux l'avait agoni de bêtises et rabaissé à une honte si tenace que même la pénitence imposée ne l'avait pas altérée. Depuis ce jour, jamais Florent n'a cru que Dieu pouvait lui pardonner. Aussi est-ce avec dégoût qu'il imagine la « confesse » que le prêtre-père fait subir à ce Serge Dufour. Il n'a pas eu de professeur, il n'a pas eu de petits compagnons de classe, il ne sait même pas si ces jeux sont innocents ou péché. Il sait seulement reconnaître au premier coup d'œil si l'homme qui est devant lui a une sexualité normale ou pas. Pour Florent, il y a les normaux et les déviés. Pour Florent, il est acceptable qu'on méprise les déviés et qu'on les force à redevenir présentables ou normaux. Pour Florent, malgré la certitude que rien ne peut entamer cette différence en lui, il comprend et accepte qu'on lui demande de se comporter comme si la différence n'y était pas. Il n'a jamais reparlé de ses envies à aucun prêtre. Il accepte, mais il serait incapable de subir une autre fois une condamnation aussi sévère, aussi amère. Il est prêt à se mutiler et à demeurer seul à jamais, à la condition que ceux qu'il aime, ceux dont il s'approche en toute innocence, ne le rejettent ou ne le méprisent jamais. Adélaïde et Nic, Paulette et Lionel, et maintenant Léa et Alex, cet Alex qui agit déjà en petit mâle conquérant, sûr de sa séduction.

Florent observe le comportement d'Alex avec fascination : cette assurance, cet aplomb qui le rendent attachant, cette certitude féroce d'être dans son plein droit quand il va vers les gens et les séduit, jamais Florent n'a connu cela. Alex a dix ans et, déjà, il peut lui en remontrer sur le contact et l'aisance avec les autres, tous les autres, hommes ou femmes. Tout comme Florent ne s'est plus jamais senti en droit de s'approcher de la balustrade et de recevoir l'hostie consacrée supposée être ce *corpus Christi* si troublant à avaler même sous la forme d'une hostie, de même il ne s'est jamais senti libre et légitimé de s'approcher des gens. Alex, avec son détachement, sa désinvolture vis-à-vis du jugement des autres, lui laisse entendre qu'il pourrait arriver à fréquenter les gens sans honte, mais jamais qu'il pourrait s'affranchir totalement du jugement d'autrui sur sa sexualité. Il a eu à s'écarter des autres à cause de la vermine, de la tuberculose, mais ses tendances le confinent intérieurement au statut de pestiféré.

Il trouve Ada endormie, le livre ouvert dans les draps, la lampe encore allumée. Ses cheveux allongent, et il est surpris de constater combien Léa lui ressemble dans le sommeil. Quand Léa cesse de s'agiter, de rire, d'explorer le monde, elle a le même sérieux angélique que sa mère. Florent retire le livre délicatement. Ada se retourne et grommelle un « C'était bon ? » qui le fait sourire.

« Dors, on parlera demain. Dors, Ada. »

Elle lève une main dans les airs, sans ouvrir les yeux, et fait le « tata » de sa fille : doigts qui se replient vers la paume comme pour le faire approcher plutôt que de le laisser s'éloigner. « *Kiss me good night !* »

Florent se penche en riant : « Quand tu parles anglais, tu parles à Nic. C'est Florent, Ada. Bonne nuit. »

Il éteint et ferme la porte.

Adélaïde ouvre les yeux dans la chambre maintenant sombre et marquée du seul repère des fenêtres blanchies de givre. Sur le plafond noir, elle écrit les noms des gens qu'elle aime, elle imagine leur visage dans un instant qu'elle chérit particulièrement et elle les embrasse un par un, en essayant de les prémunir contre le pire avec l'amour qu'elle ressent pour chacun d'eux. Même si Theodore brille toujours dans son firmament privé, elle sait que ce sont les lèvres et les caresses de Nic pour lesquelles elle se languit le plus durement. Elle ignore pourquoi, elle présume que c'est la proximité temporelle ou alors le fait qu'ils aient développé une telle intimité physique, un tel accord intense et fiévreux dès leur première étreinte. Elle ne sait pas, elle trouve seulement le régime sec très éprouvant. Le plus pénible étant de faire face à son désir, à cette pensée qui ne s'apaise pas, alors qu'elle le devrait. Jusqu'à ce silence des sens exaltés que provoque la guerre, Adélaïde a cru que son corps n'était sollicité que par de grands sentiments, des mouvements de désir à la hauteur de l'amour éprouvé. Durant ces longs mois sans Nic, et même ceux sans Theodore, il y a toujours eu un moment où le sentiment défaillait, où le corps réclamait autre chose, n'importe quoi qui puisse se déguiser en amour, mais qui la comble et l'apaise dans sa chair. Dans le silence de la guerre, Adélaïde n'a que les lettres d'Isabelle pour se convaincre que cette pulsion sauvage qui l'habite et la rend irritable et impatiente, cette envie qui la fait piaffer du dépit de n'être pas contentée, n'est pas une invention diabolique que Dieu a mise sur terre pour éprouver l'amour véritable des femmes, mais une furieuse envie de vivre.

* * *

Parce que Léa aura quinze mois le 21 décembre, les fêtes de Noël préoccupent Adélaïde. Elle tient à ce que sa fille ait un véritable Noël, une fête comme Gabrielle savait les organiser, une fête que tout le monde préparait et attendait. Mais la guerre, l'absence de Nic davantage que le rationnement, les multiples tâches, rendent l'organisation compliquée et presque frivole aux yeux d'Adélaïde. Sa famille est à Québec, en proie à d'autres problèmes que les festivités. Isabelle ira célébrer Noël dans la famille de Maurice. Elle s'attend d'ailleurs à quelques larmes de Georgina, qui va se trouver isolée de son côté avec seulement Jean-René, Pierre et Reine, son mari ayant décidé de ne recevoir que la famille immédiate à cause de la guerre.

Florent, qui devait aller chez Paulette, hésite et ne se décide pas à choisir une date de départ. Il finit par avouer qu'il préférerait de beaucoup rester à Montréal et organiser un vrai Noël chez Jeannine avec les enfants, Adélaïde, Léa et même Lionel. Florent est persuadé que Jeannine ne restera pas dix minutes dans la maison de Westmount. « Je fais passer Lionel pour mon oncle, on s'habille pour la messe de minuit et on réveillonne chez Jeannine. On a le droit d'apporter la nourriture à cause du rationnement, alors on pourra les gâter sans en avoir l'air.

— Mais pourquoi Lionel, Florent ? Ça ne se fait pas !

— Chez moi, Ada, le Lionel de Gabrielle, c'était ma mère. »

Le plus difficile, bien sûr, c'est de convaincre Jeannine. Florent met Alex dans le coup et lui recommande d'avoir l'idée un jour où sa mère est de bonne humeur. Alex lui fait une de ses grimaces-clins-d'œil qui signifie : compte sur moi !

Le problème vient de Paulette. Extrêmement déçue, elle insiste pour que Florent change ses plans et vienne chez les Miller. Devant le refus obstiné de Florent, qui tient à être chez Jeannine, elle annonce qu'elle viendra à Montréal le 26 décembre, qu'elle doit absolument lui parler et que ce serait préférable qu'Adélaïde puisse se joindre à eux.

La nuit de Noël est une des plus belles qu'Adélaïde ait connues. Léa endormie dans les bras de Florent, ils assistent à la messe en compagnie de Lionel et de toute la famille de Jeannine. Étonnamment, Lionel n'est pas du tout intimidé et il s'intègre comme un « mon oncle » tout à fait crédible. Tout ce qui relève d'une raideur de *butler* est mis sur le compte de l'accent et des passages difficiles en français. Jacynthe le prend sous sa protection et répète sans cesse à sa mère : « Tu parles trop vite pour lui ! Tu vois pas ? » Jeannine, à la grande surprise d'Adélaïde, répète docilement, avec lenteur, les yeux fixés sur Lionel pour s'assurer qu'il saisit bien toutes les phrases. Alex joue au chef de famille responsable, mais il a une vraie réaction d'enfant devant les oranges et les bonbons apportés par Adélaïde. Léa, sociable et follement excitée, montre Tommy en répétant des « Bé-bé ! » extasiés, même si celui-ci est plus âgé qu'elle.

Quand Florent explique à Jeannine que son école l'oblige à exécuter des travaux pratiques et qu'il les a apportés aux enfants parce qu'il ne sait pas quoi en faire, elle lui jette un œil soupçonneux et attend de voir. Florent a cousu des vêtements pratiques dans des étoffes durables, chaudes. La coupe qu'il a privilégiée est à la mode sans être ornée de falbalas, qui dateraient les vêtements.

Ada se rend compte de la fortune que représentent ces effets pour Jeannine, fortune dont elle a bien besoin. Les yeux de Jacynthe quand elle touche à la jupe et aux deux matinées, une de semaine, une de dimanche, sont brillants d'excitation. « Maman, je peux ? Je peux l'essayer ? Dis oui, maman, dis oui ! »

Alex a déjà passé son chandail par-dessus la chemise neuve et il crie qu'enfin il a « des pantalons de gars », comme si son ancien pantalon était de coupe asexuée. Jeannine n'a pas le cœur de refuser le pyjama chaud qui met les pieds de Tommy à l'abri des courants d'air.

« Il se désabrille tout le temps, comment veux-tu ? Avec ça, on va se clairer des remèdes. »

Florent comprend alors que les cadeaux sont acceptés avec plaisir. C'est le moment que choisit Lionel pour déballer le sien : une boîte remplie de biscuits au gingembre en forme de sapins de Noël que Jacynthe refuse de croquer tant ils sont beaux et que Léa dévore en laissant des graines partout.

Les enfants sont couchés et Florent aide Lionel à faire de l'ordre quand Jeannine tend un livre à Adélaïde : « T'aimes ça, lire, je suis sûre. C'est un livre d'Alex… de mon mari, je veux dire. Il était comme toi, là-dessus : fou de lire. L'as-tu, celui-là ? C'est un poète d'ici qui est mort fou. »

Adélaïde fait non, touchée. Elle tend à Jeannine les gants qu'elle a hésité à lui offrir toute la soirée, des gants chauds, utiles, sans fantaisie, comme l'a recommandé Florent : « C'est pas pour la distinction, c'est par besoin qu'elle va porter des gants. »

Mais le plus beau cadeau, c'est quand Jeannine serre Adélaïde contre elle en lui murmurant : « T'es peut-être en moyens, mais t'as du cœur, je te souhaite qu'il revienne, ton Nic. »

Dans la voiture, alors que Lionel insiste pour conduire, elle demande à Florent ce que Jeannine lui a offert. Il sort de sa poche un canif, un vieux canif de scout : « Ça a l'air qu'Alex ferait une crise de savoir que j'en hérite. Le "ganif" de son père !

— Mon Dieu !

— Jeannine trouve ça trop dangereux pour les cours d'école. Elle a peut-être raison !

— Les cours d'école ? Non ! Pas dans mon temps, en tout cas.

— Peut-être, surtout pas aux Ursulines.

— Sûrement pas au Séminaire non plus !

— Je vais le garder pour lui. Je vais le lui redonner plus tard. »

Elle redresse Léa toute lourde qui glisse contre sa poitrine. « Tu sais ce qu'elle a emprunté ? Le lapin de Tommy. »

Le « pin-pin » de guenille que Léa a trimballé par l'oreille toute la soirée est maintenant serré contre son cœur. « J'ai bien peur que Tommy ne soit obligé d'en faire son deuil ! Quand Léa s'empare de quelque chose... »

Quand ils descendent de voiture, il s'est mis à neiger légèrement, une neige de Noël, comme dans les cantiques. Ils s'arrêtent tous les trois en silence.

« Je me demande si, à minuit, la nuit de Noël, ils arrêtent les combats ?

— Et s'ils le peuvent à cette heure-là, pourquoi ne le pourraient-ils pas le lendemain, Florent ? »

* * *

Le cœur serré, Paulette essaie de ne pas se souvenir du jour où elle est entrée dans cette maison la dernière fois, il y a douze ans. Elle n'a pas à lutter, parce que tout est différent, même le grand sofa du salon n'est pas celui du temps où elle venait voir Nic. Le grand hall d'entrée avec cet escalier pour atteindre le salon double est éclairé différemment, et les immenses miroirs l'agrandissent encore. Seul Lionel, d'une affabilité teintée de distance, est vraiment le même. Paulette ressent fortement l'empreinte d'Adélaïde dans cet intérieur confortable et sans ostentation. Celle de Florent aussi, quoiqu'elle ignore jusqu'à quel point l'un déteint sur l'autre et si ce qu'elle attribue à Adélaïde n'est pas à Florent. Peu importe, d'ailleurs, le résultat est le même : elle se sent exclue de leur association qui prend des allures d'union. Elle se sent aussi exclue que du temps où Nic luttait contre son désir pour Gabrielle. Ironiquement, elle comprend que, toute sa vie, elle s'est attachée à des gens qui lui ont préféré Gabrielle ou Adélaïde. Et l'homme auquel elle s'attache maintenant est probablement celui qui a succombé le plus fortement aux deux femmes. Bien que Nic soit peut-être épris d'Adélaïde, elle l'ignore.

Paulette observe Léa qui fait la navette entre chaque fauteuil et va piller le plateau de biscuits jusqu'à ce qu'Adélaïde la surprenne, la main dans l'assiette. Cette enfant est ravissante et elle prend même des airs de Florent quand elle va s'asseoir sagement pour recevoir son biscuit et le manger « proprement », comme le spécifie Adélaïde.

Quand Florent survient et traverse le salon à grandes enjambées pour embrasser Paulette, Léa agite son biscuit en criant un « Forent », dont le *r* est incertain, mais dont l'autorité ne laisse rien à désirer. Florent s'exécute et, Léa sur les genoux, il s'informe du voyage et du Noël de Paulette.

« C'est un Noël de guerre et de deuil, pas un Noël comme avant. »

Dans le silence qui suit, elle s'éclaircit la gorge avant de plonger.

« Je pense qu'il faut que je vous parle. Si Béatrice était plus responsable, je vous aurais demandé de l'inviter, mais sa carrière semble pour l'instant primordiale. C'est à propos d'Edward, comme vous pouvez penser. Il est allé s'engager début décembre et... l'armée l'a refusé. »

Ils sont tellement surpris qu'ils ne disent rien. Ils attendent. Adélaïde présumait que Paulette allait leur parler mariage, consolation et solitude, et voilà que son père est rejeté par l'armée !

« Mais pourquoi ? Il est trop vieux ? C'est une bonne nouvelle, non ? »

Paulette sourit sans faire remarquer que Nic, qui a le même âge, est parti, lui.

« Non, Adélaïde, ce n'est pas tellement une bonne nouvelle, et ça m'a pris bien du fafinage pour savoir le fin mot de l'histoire. Ton père est malade.

— Papa ? »

Le cri est sorti si impulsivement, si porteur d'angoisse qu'un silence se fait. Léa répète avec plaisir : « Pa-pa » et Adélaïde la fixe avec étonnement : « Papa, Léa ? Tu as dit papa ! »

Elle se retourne vers Paulette : « C'est la première fois. Nic est parti avant… avant qu'elle parle. »

Tout est si confus, si chamboulé dans sa tête qu'elle ne sait même plus si elle se contrôlera suffisamment pour entendre ce que Paulette est venue leur dire.

« Il a un cancer. Les poumons. Il pense que c'est la tuberculose. Le médecin a fini par me parler. Il ne l'a pas détrompé, je veux dire pour la tuberculose. Mais Edward se considère fini et… »

Sa voix se casse et elle se met à pleurer en s'excusant. Florent va la prendre dans ses bras pendant qu'Adélaïde se rend à la cuisine pour confier Léa à Lionel. Quand elle revient, elle entend Paulette hoqueter à travers ses larmes.

« Il ne veut rien. Il veut mourir. Il… il se fout de tout… sa santé, le bureau… même Rose et Guillaume. »

Elle se mouche, essaie de se maitriser. Florent lui tend sa tasse de thé en surveillant du coin de l'œil Ada qui s'est mise à marcher, comme toujours quand elle est bouleversée.

C'est lui qui pose la question : « Il est atteint comment ? On peut l'opérer ? Le soigner ? »

Paulette fait non en recommençant à pleurer. Adélaïde, comme un animal piégé, marche encore plus vite.

Finalement, Paulette se lève et arrête le manège d'Adélaïde en se plaçant devant elle : « Il faut aller le trouver. Il faut lui parler. Ton absence, votre chicane, celle avec Nic le tuent plus vite que le cancer. Il faut qu'il ait un peu de paix avant… avant. Moi, je peux en prendre soin, mais je ne peux pas lui apporter de paix. Toi, tu peux. »

Adélaïde se demande à quel point Paulette aime son père pour venir avouer son impuissance à lui apporter un apaisement quelconque. Les yeux rougis l'implorent. Paulette a l'air vieillie, défaite, pitoyable. Adélaïde la ramène au sofa sans rien dire.

Elle a besoin de temps, elle veut penser, mettre de l'ordre dans sa tête, dans les émotions qui l'étreignent. Depuis quelques mois, elle a l'impression que la vie n'est qu'une dégringolade vers le pire. Il n'y a pas si longtemps, Edward était près d'elle, dans le bureau de Nic, et elle n'a pas fait les dix pas nécessaires pour le voir. Elle n'a pas franchi la porte pour le forcer à la regarder. Savait-il, alors, qu'il était malade ? Savait-il et a-t-il continué à la repousser ?

« Quand l'a-t-il su, Paulette ? »

Lorsque Paulette lui donne la certitude qu'Edward ignorait sa maladie le jour de la signature des contrats de Florent, elle se décide : « Je veux bien lui écrire, lui dire que je sais, que je veux le voir, mais il est têtu, et c'est lui qui refuse de me voir.

— Ça peut changer, maintenant. Ton père a beaucoup changé, tu sais.

— Je sais, Paulette.

— Non. Je veux dire depuis la mort de Gabrielle et après. Il n'a plus de repère, plus de force intérieure. Tu sais combien il aimait ta mère ? »

Paulette continue à parler, mais Adélaïde ne l'écoute plus. Elle se souvient précisément qu'il y a quelques années, au moment où elle se débattait contre l'amour fou qu'elle éprouvait pour Ted, son père était venu lui montrer le cadeau d'anniversaire de Gabrielle. Des perles. Quand elle lui avait demandé ce qu'il aurait fait si sa mère avait été mariée le jour de leur rencontre, il avait refusé de seulement l'imaginer. « On ne demande pas à quelqu'un comment il pourrait respirer sans poumons. » Voilà ce qu'il avait dit. Cette chose étrange, ce hasard vicieux qui fait que ses poumons refusent de continuer à respirer... Est-ce un hasard de toute façon ? Son père pouvait-il ordonner à ses poumons de cesser de respirer l'air sans elle, sans Gabrielle ? Elle revoit le visage blême de sa mère morte, le visage absent à jamais. Elle se souvient de toutes les fois où elle a cru que Theodore mourait, de toutes les fois où il est mort et de cet abîme au fond d'elle qui s'ouvrait alors. Elle se souvient des yeux de son père, debout au pied des escaliers de Grande-Allée, et de sa mère qui se jetait dans ses bras. Un tel amour, une telle entente peut-elle refuser de se briser sur la mort ? Elle sait que, même si elle l'aime, la mort de Theodore ne la tuera pas. Elle ne sait pas pour Nic, s'il mourait, elle n'a jamais voulu imaginer cette possibilité. Elle sait pour Theodore, et c'est déjà assez difficile d'accepter d'être une vivante qui survit et qu'aucun amour ne détruit. Devant la morbide fidélité de son père, Adélaïde ressent la honte des survivants, mais aucune velléité de l'imiter : elle n'est pas une héroïne de roman, elle ne fait pas de théâtre, elle vit et vivra avec ce que Dieu voudra lui laisser. Chose certaine, elle ne pourra jamais abandonner la lutte pour vivre. La mort la prendra perfidement, en train de courir régler une urgence, comme sa mère, mais la mort ne trouvera jamais de consentement en elle. Jamais. Elle se sent mesquine d'avoir tant d'avidité à vivre, mais elle n'y peut rien. Et elle n'est pas sûre de pouvoir quoi que ce soit pour ce père qui abandonne le combat que vénérait tant celle qui lui manque. Sa mère tenait donc vivant cet homme ? Adélaïde est certaine que non, elle se souvient d'Edward vivant, se battant, pas d'un fantôme accroché aux basques de Gabrielle. Comment la mort de sa mère avait-elle pu provoquer une telle démission, un tel abandon ?

C'est Florent qui interrompt le cours de ses pensées. Florent qui vient la chercher près de la fenêtre où elle regarde le soleil briller sur la neige et la rendre scintillante. « Ada, Paulette te demande quand tu vas aller le voir ? »

La discussion porte sur la meilleure stratégie à adopter, de la lettre ou de la visite impromptue. Puis, bien sûr, à qui il faut l'annoncer, comment et s'il faut qu'Edward sache la vérité. Paulette est certaine que non, Adélaïde trouve que c'est mieux de la dire.

Adélaïde insiste pour conduire Paulette à la gare. Avant de descendre de la voiture pour aller prendre son train, Paulette confie à Adélaïde que le médecin ne donne pas six mois à Edward et qu'elle souhaite vraiment qu'il puisse avoir un peu de bonheur pendant ce court temps.

« La question est de savoir si le bonheur intéresse encore papa. Pas s'il peut en avoir. On peut toujours en extraire un peu, même des vies les plus misérables. »

Assise dans le train, Paulette regarde défiler la nuit qui ne livre aucune forme, aucun espace. La nuit ne livre que son visage brouillé dans la vitre éclairée faiblement de l'intérieur. Son visage fané, déjà terni. Elle sait qu'elle est allée chercher un espoir chez Adélaïde, celui de la voir se battre à ses côtés pour arracher Edward à la mort. Elle sait aussi que c'est une bataille que personne ne peut mener à la place d'Edward. Quelquefois, pendant cette période où, tous les jours, elle se présentait rue Laurier, quelquefois, Edward avait des sursauts de vitalité. Il s'égayait, la considérait, l'œil moqueur, et lui demandait si, vraiment, elle n'avait rien de mieux à faire que de s'occuper des vieux veufs comme lui. C'est pendant un de ces moments qu'il l'avait embrassée. Paulette ignorait l'avoir désiré jusqu'à ce qu'il le fasse. Il avait une façon de se perdre dans le baiser, de la soulever de désir qui la laissait pantelante, hors d'haleine. Mais lui ne perdait jamais la tête et s'excusait toujours de cette « liberté intempestive », comme il appelait ces baisers. Jusqu'au jour où elle lui avait dit que s'il s'excusait encore une fois, elle allait partir. Il l'avait trouvée très spirituelle et l'avait laissée partir sans recommencer.

L'été dernier, à l'Île, il avait dormi avec elle tous les soirs, incapable d'être dans cette maison et de se battre seul contre les fantômes de la nuit. Jamais il ne l'avait prise. Il l'avait gentiment embrassée, l'avait tenue dans ses bras, mais aucun désir, aucun geste n'avait fait perdre le moindrement la tête à Edward. L'Île appartenait à Gabrielle, et Paulette avait appris sa leçon. Elle aurait été mieux de s'occuper du jardin de la rue Laurier. Une nuit où elle pleurait de dépit, de désir exacerbé, il avait chuchoté : « Ne pleure pas, Paulette. Si tu pleures, je devrai me passer de toi et ce sera dur. Si je ne le fais pas, c'est que je ne le peux pas. Ce n'est pas ton mérite qui est en cause, c'est moi. »

Et elle n'avait retenu que le « ce sera dur », sans prêter attention à cette déclaration d'impuissance qu'il lui faisait.

Quand Germaine, l'œil presque aimable, avait lancé qu'Edward prenait du mieux sans aucun doute et que Paulette y avait sa bonne part, elle n'avait rien répondu, mais pour une fois, l'idée d'épouser Edward sans la haine de toute la famille l'avait frôlée.

Elle ne sait même pas si elle l'aime vraiment. En tout cas, elle ne l'aime pas comme elle a aimé Nic. Elle croit qu'Edward est davantage un besoin de se dévouer qu'un amour véritable. Une sorte de geste affectueux à la mémoire de Gabrielle. Ou peut-être une raison de continuer sans ressentir le vide terrible de son existence. Tout comme Reine a comblé le vide de sa vie conjugale avec Pierre, Paulette a tenté de le faire à travers Florent et Edward. Reine a tout de même l'avantage de ne pas succéder à Gabrielle en ce qui concerne Pierre.

Étrange comme Paulette se défend mal d'une antipathie envers Adélaïde, alors que jamais elle n'en a voulu à Gabrielle. Sa mémoire doit lui jouer des tours, parce qu'elle se rappelle avoir été assez brusque avec son amie du temps où Nic la fuyait. Mais Gabrielle avait une telle morale, une décence et une tenue irréprochables. Rien de trouble n'a jamais effleuré Gabrielle. Paulette ne peut s'empêcher d'opposer à la rigueur morale de Gabrielle la volonté et l'arrivisme d'Adélaïde. Sa propension à s'emparer de l'affection des gens, sans même en éprouver de la reconnaissance. C'est une gagnante, cette enfant. Elle l'était à la naissance. Quand Nic en parlait avec cette joyeuse admiration qui l'exaspérait tant, Paulette l'entendait décrire tout ce qu'elle ne serait jamais : une espèce d'aventurière sans peur et sans faiblesse. Un tempérament d'homme dans un corps de femme. Florent pouvait bien être fasciné !

Paulette se surprend encore à réfléchir de façon revêche et jalouse.

Elle n'en sortira jamais, elle est destinée à s'occuper des invalides et des blessés et à laisser les vainqueurs et les bien portants à d'autres. Et quand les accablés se laissent aller, elle court chercher les intrépides qu'elle déteste en secret et elle leur demande des renforts de dernière heure.

En se couchant ce soir-là, Paulette se déteste franchement pour sa mesquinerie et elle se dit que toutes les amitiés perdues de sa jeunesse n'étaient peut-être pas dues aux approches séductrices de son frère Armand, mais à sa pusillanimité à vivre dans le courant fort de la vie.

Son seul acte de bravoure aura été de céder sa vertu à Nic... et de soupirer après son impossible retour pendant des années. Elle se demande si Adélaïde était sincère quand elle a paru heureuse d'accrocher le nom de Nic au « papa » de Léa. Si c'était faux, c'est qu'Adélaïde est encore plus fourbe qu'elle ne le croyait.

* * *

« Tu te rends compte, Florent, qu'il n'y a pas trois mois j'annonçais à Nic la mort de son frère ? Tu te rends compte de ce que cela va lui faire de penser ne jamais revoir papa ? C'est comme un frère pour lui ! »

Florent caresse les cheveux doux sans répondre. Nic a dû aussi penser qu'il risquait de ne revoir personne, et Florent se dit que le risque est toujours d'actualité.

« Tu te rends compte, si j'y vais avec Léa et qu'il la met dehors ? Tu te rends compte du choc pour elle ? »

Florent se rend surtout compte qu'elle ne parle pas de ce que cela lui fait à elle et qu'elle ne pleure pas davantage.

« Et Rose ? Et Guillaume ? Qu'est-ce qu'on va faire pour eux, Florent ? Tu penses qu'ils vont vouloir déménager ici à Montréal ? Isabelle est débordée, tu sais...

— Shh !... Arrête, Ada, tu t'énerves. Edward est pas encore parti.

— Mort. Ça s'appelle mort, Florent, pas parti. Nic est parti. Alexandre est mort.

— Et ton père ne l'est pas.

— Penses-tu que s'il avait voulu vivre, il m'aurait poussée loin de lui comme ça ? Penses-tu qu'on peut tomber malade parce qu'on le désire ? »

Florent retire sa robe de chambre, la dépose sur un fauteuil.

« Qu'est-ce que tu fais ?

— Je me couche avec toi. T'as des questions pour toute la nuit, on dirait. Je peux éteindre ? Tu sais l'heure qu'il est ?

— Arrête de poser des questions toi-même ! Non ! Prends l'autre côté !

— Pourquoi ?

— Je ne veux pas me tromper et penser que Nic est revenu. »

Florent tend le bras jusqu'à ce qu'elle se blottisse et qu'il puisse caresser ses épaules : « Essaie de dormir, Ada. Demain, tu auras droit à d'autres questions. »

Mais elle est fébrile, elle bouge tout le temps, sursaute : « T'as entendu Léa ? », se rendort pour un petit quart d'heure, est secouée de frissons qui la réveillent, haletante : « Oh ! Mon Dieu ! J'ai rêvé qu'il était mort ! »

Florent ne demande pas qui. Il la rassure, la berce, la console et il cherche comment réclamer à Edward un peu d'indulgence pour Ada s'il n'a plus d'amour.

* * *

La première lettre n'était pas signée et semblait si idiote à Adélaïde que, débordée, elle n'avait pas pris la peine d'enquêter. Et puis, les allégations étaient si exagérées qu'elles étaient évidemment le fruit d'un sentiment de dépit.

Lorsque, en janvier, la deuxième lettre arrive, elle la montre à Florent : « C'est possible que de Grandpré soit fâché à ce point-là ? »

Florent rougit puis blêmit. Jamais Adélaïde n'a vu sa mâchoire se tendre ainsi, les muscles faisant une danse incessante dans ses joues. « Florent, c'est de la calomnie d'homme frustré ! De la jalousie amoureuse... Tu ne vas pas croire que je tiens compte de ces accusations ? »

Rien à faire, Florent, muet, défait, lit et relit la lettre qu'Adélaïde finit par lui retirer. Il s'assoit, accablé, l'air pétrifié.

Adélaïde l'oblige à la regarder, à l'écouter répéter que de Grandpré est furieux, hors de lui, déçu et amoureux, qu'il invente des choses sordides et sales pour l'humilier et le rabaisser à son niveau à lui, mais que, bien sûr, Florent n'a jamais levé les yeux ou la main sur Alex ! — qu'elle le sait, qu'elle ne croit pas un mot des insinuations de cet homme. Elle recommence son discours jusqu'à ce que Florent se calme, jusqu'à ce qu'il hoche la tête, dépassé, mais convaincu.

« Il veut ma peau ! Il dit des choses épouvantables sur mon compte ! Que je l'ai volé, que je l'ai copié. Il dit… » Florent ne peut pas continuer tellement il a du chagrin. Adélaïde l'enlace : « Depuis combien de temps il fait ça ? Pourquoi tu n'as rien dit, Florent ? »

Elle sait aussi bien que lui qu'ils ont d'autres problèmes, d'autres priorités, mais ce n'est pas une raison pour combattre tout seul. « Tu ne sais pas que tu dois tout me dire, Florent ? Comment veux-tu que je continue à me confier si tu me caches des choses ? »

Il la prend par la main et l'entraîne dans son atelier. Il sort une pile de dessins et se met à feuilleter une revue. Il lui indique l'article à lire : « La passion de Gilles de Grandpré, la collection printemps 1944 ou son espoir que la guerre se termine. » Adélaïde lit pendant que Florent extrait des croquis de la pile et les range l'un à côté de l'autre. Les vêtements de la collection sont des copies à peu près identiques de ces dessins.

« Florent, tes dessins sont datés, tu peux prouver qu'ils ont été faits avant la collection.

— Qu'est-ce que tu penses ? Il en a daté de semblables. C'est sa parole contre la mienne. Tu sais bien que je ne suis rien à côté de lui. Je ne peux même pas parler au journaliste qui a écrit l'article.

— Tu as essayé ? »

Florent hoche la tête, découragé : « Ça donnerait quoi ?

— Il en a beaucoup, de tes dessins ? Il va pouvoir copier longtemps comme ça ?

— Non, il a presque tout pris. Tu sais, Ada, quand j'ai vu ça, j'ai seulement pensé qu'il était à sec, sans idées, à cause qu'il était fâché contre moi. Laura m'avait dit qu'il voulait me tuer. Me tuer dans le métier, je veux dire. Me descendre et m'empêcher de revenir le jour où "ma conscience le permettrait", comme il dit pour me mépriser. Je pense qu'il devait avoir de vrais sentiments pour moi pour agir comme ça.

— Ah oui ? Laisse-moi te dire que l'amour s'exprime autrement que par le vol et le mensonge, d'habitude. Ses sentiments sont beaucoup moins édifiants que tu ne le crois, Florent. Cet homme-là t'envie et te jalouse. Il est très loin de l'amour. Il fait semblant que c'est du dépit amoureux parce que ça fait bien, ça fait pitié. Écoute-le, écoute ce qu'il dit dans l'article : "Après un choc amoureux qui l'a laissé malade de chagrin", "Quoi d'autre que le dévouement total à sa collection pouvait le ramener à la joie de vivre ?", "Je me suis retrouvé dans le même deuil que toutes ces femmes de soldats, et ma collection est un bouquet d'espoir tendu vers ces cœurs en attente du retour." C'est un menteur, Florent ! Il t'a volé parce qu'il n'avait plus rien à dessiner. Et ce n'est pas sa peine d'amour qui l'empêchait de dessiner, c'est seulement pratique de le croire. Dans deux collections, il va donner une interview pour expliquer que cet amour l'a détruit et qu'il ne s'en relève pas. Ce sera encore de ta faute et ce sera toujours de ta faute. Tu ne vois pas comme il ment, comme il se sert de toi, de tes raisons même de partir ? "Un bouquet d'espoir pour les femmes de soldats !" Il est à deux doigts de prétendre que sa haute couture est sa façon de combattre l'ennemi, qu'il est à la guerre, que lui aussi fournit son effort !

— Ne parle pas comme ça, Ada, c'est faux.

— Tu penses ? Tu penses que j'exagère ?

— Je ne sais pas. Je ne peux pas aller le trouver pour lui demander. Il a peur d'être fini, Ada. Je le vois. Je le sais.

— Et ça te fait pitié ?

— Oui. Parce qu'il a du talent, parce qu'il pourrait continuer.

— Florent, écoute-moi. Si tu n'étais pas parti, il aurait trouvé autre chose. Ces gens-là, ce n'est jamais leur faute, jamais leur responsabilité. Ils boivent, mais c'est parce qu'ils souffrent, ils volent, mais c'est parce qu'ils sont tellement mal pris ! Ils font du tort, mais c'est parce qu'on leur en a tant fait. Ces gens-là sont malhonnêtes et je ne veux pas que tu lui trouves des excuses qui lui permettront de te salir sans être dérangé.

— Qu'est-ce que tu veux dire par "ces gens-là", Ada ?

— Les ivrognes, les lâches, les… »

Elle s'arrête en plein élan : il a cru qu'elle parlait des hommes à hommes, il a cru qu'elle le jugeait, qu'elle le méprisait ! Dieu ! Elle s'approche, prend son visage abattu et si fin et si dramatiquement beau : « Pas ceux qui aiment les hommes, Florent, ce ne sont pas ses mœurs amoureuses qui font de lui un malhonnête, c'est ce qu'il est. Florent… tu sais bien que jamais je ne dirais ça. Jamais je ne penserais une chose pareille. Comment peux-tu croire une seconde que je juge ces mœurs-là ? »

Elle le prend dans ses bras et le berce. Il reste contre elle, le visage caché dans son cou : « J'ai peur, Ada. S'il écrivait une lettre pareille à Jeannine ? Tu sais ce qu'elle ferait, Jeannine ? »

Évidemment ! Jeannine pense que ce genre d'habitudes tordues, ça se passe en Europe et à l'étranger, pas ici, dans la province de Québec. C'est certain que de Grandpré a frappé juste en laissant entendre que

Florent cherchait à débaucher un si jeune enfant qui a perdu son père. Florent raconte la soirée au théâtre et le regard venimeux que le couturier a posé sur Alex. Il raconte même ce qu'Alex a dit de son école et des prêtres. « Tu le crois, Ada ? Un prêtre peut faire ça ?

— Je ne sais pas. Alex est si fantasque, il a pu l'entendre dire et le répéter pour faire l'émancipé. Ce serait terrible qu'un prêtre joue comme ça avec la morale des enfants. Non, je ne crois pas qu'un homme d'Église se rabaisse autant. Même s'il peut avoir des tentations...

— Qu'est-ce qu'on fait pour de Grandpré ? On répond à sa lettre ?

— Jamais ! On va le battre, mais autrement. La seule vraie façon de le combattre, c'est de te faire un nom, que tes dessins deviennent intouchables, toi aussi.

— Comment veux-tu ? C'est impossible !

— Sa collection, Florent, son "effort d'espoir", c'est ta première collection, non ? »

Le rire de Florent est si étonné, si rafraîchissant qu'elle s'encourage : « Bon ! Alors, viens t'asseoir et discutons des erreurs, des extravagances, des choses à corriger, à améliorer. Viens travailler, Florent. Je sais que tu ne veux plus coudre jusqu'à la fin de la guerre, mais là, c'est un combat pour ton honnêteté, c'est pas de la haute couture. »

Pour la première fois depuis des mois, ce n'est pas la guerre, les combats, les angoisses ou la maladie d'Edward qui les gardent éveillés, c'est ce qu'une robe doit être, ce qui tient de la parure et ce qui tient de l'essentiel dans un vêtement. C'est même ce qu'une femme comme Jeannine peut désirer en comparaison d'une femme comme Béatrice ou Adélaïde. Ils ont un plaisir fou, débattent de ce qui est fondamental et accessoire, discutent les moindres rubans sur les œuvres de Grandpré et s'endorment presque légers d'enthousiasme.

Et c'est pour discuter, prouver et démontrer que Florent se met à dessiner, à repenser des lignes, à revoir des concepts. Ada et lui ne font que parler, comme ils disent, mais la passion de Florent est revenue en force et il recommence à croire qu'un jour peut-être, pour apporter son point de vue, pour changer certaines manières de faire et certaines façons de penser, un jour il va tailler et façonner des tissus pour exprimer et crier bien davantage que le besoin de se vêtir.

* * *

Le 19 janvier 1944.
Ma chère Adélaïde,
Aujourd'hui est un jour heureux et je veux le partager avec toi : j'ai reçu une lettre de Léopold. Je ne peux pas exprimer tous les sentiments qu'elle a suscités en moi, je ne suis plus sûre de rien.

Comme tu as toujours eu la bonté de me secourir, je te demande encore une fois conseil. Cette lettre, très privée, a été envoyée à Isabelle pour moi, parce que Léopold connaît la curiosité de Jean-René pour tout ce qui me touche. Ne va pas croire qu'il s'agit d'une lettre malhonnête ! C'est avant tout des nouvelles et, bien sûr, certaines questions que ces nouvelles amènent Léopold à se poser. Je te confie cette lettre et te demande de la lire et de me dire ce que tu jugerais bien et décent de répondre. En outre, j'aimerais que tu fasses part de ce qui la concerne à Béatrice. Je crois que tu es mieux placée que moi pour le faire. Tu verras, nous en discuterons. Je crains que ce mot ne soit bien emberlificoté. Lis ceux de Léopold et tu comprendras mon agitation.

Ai-je besoin d'ajouter que cette lettre m'est aussi précieuse que la prunelle de mes yeux ? Je te demande instamment de la mettre à l'abri de toute indiscrétion et surtout, surtout, de me la conserver.
Bien à toi,
Reine.

Le 25 décembre 1943.
Ma Reine,
Le soldat qui écrit pour moi s'appelle Steve. C'est un Américain de mère canadienne-française qui l'avait forcé à apprendre le français, ce qui me donne enfin l'occasion de t'écrire. Steve est blessé aux jambes et je cours pour lui pendant que lui écrit pour moi. L'armée nous enseigne ce genre d'échanges.

Si je n'ai pas écrit, ou fait écrire plus tôt, c'est qu'il y a eu quelques complications. Ici, en Sicile, les installations médicales sont rudimentaires et les soins difficiles à obtenir. Ma première lettre a été écrite par une infirmière française qui était affectée au premier hôpital où on m'a emmené. On ne sait pas pourquoi la blessure s'est mal guérie et une infection s'est développée. Peut-être était-ce déjà gangrené au premier hôpital, peu importe, la conclusion est que mon bras blessé a été amputé d'urgence lors de mon transfert. Il y a eu des complications et après, une fois remis, je n'ai pu trouver personne pour rédiger cette lettre. Reine, il ne faut pas te désoler et me prendre en pitié, si tu voyais combien j'ai été chanceux et combien de sol-

dats ici sont paralysés et gravement mutilés à vie, tu remercierais le Ciel comme moi. C'est le bras droit. Ils ont coupé au-dessus du coude, ce qui laisse de l'espoir pour un bras artificiel plus tard. La bonne nouvelle est que la fièvre a enfin baissé et que l'infection est probablement contrôlée.

Il y a une sorte de fête organisée pour les soldats blessés, avec des chanteuses et de la musique, Steve tient à ne pas rater cela. Il terminera la lettre plus tard. À tantôt.

Le lendemain, 26 décembre 1943.

Mon écrivain n'était pas capable de tenir la plume hier soir et c'est pourquoi nous ne reprenons cette conversation que ce matin. Ça a été un Noël très gai, finalement, les entertainers *ont tout fait pour nous faire oublier le mal du pays.*

Je ne veux pas fatiguer Steve, alors j'irai droit au but. Tu sais comme moi que mon mariage connaissait des difficultés graves, et cela, avant que je ne sois blessé. Béatrice ne voudra pas d'un mutilé de guerre près d'elle. Un Léopold tout entier l'embêtait déjà. Si ma convalescence se passe bien, je devrais être rapatrié dans le courant de l'année 44. Je ne sais pas ce que nous ferons, Béatrice et moi, mais je voudrais que tu saches deux choses : mon fils Pierre est ma première raison de vivre. Tu es mon autre raison de vivre. Tu sais déjà que je suis amoureux de toi. Je ne peux t'offrir qu'un homme diminué et la honte du divorce, si jamais tu peux envisager de vivre ce qui nous arrive. Reine, ma Reine, je sais que tu es une femme fidèle et honorable, mais ici, la vie prend une autre dimension. Il m'est impossible de ne pas t'offrir cet amour, même si je comprendrais que tu ne puisses te défaire de ton engagement avec ton mari. Je veux que tu y penses, je veux surtout que tu saches qu'ici, dans la bataille ou dans la souffrance, ici, dans ce pays où le bruit des bombes et du tir est affreux, penser à toi m'a toujours fait du bien, penser à toi m'a aidé et secouru à chaque heure.

Comme tu ne me laisseras peut-être jamais te le dire, je te l'écris. Je t'aime, Reine. Je t'aime.

Léopold.

P.-S. : Peux-tu saluer Isabelle qui recevra cette lettre et tante Germaine qui prie pour moi tous les soirs et Adélaïde ? Je t'embrasse comme j'aurais dû le faire en août. L.

Adélaïde reprend la lettre de Reine et essaie de voir en quoi elle lui demande de l'aider. Elle relit le « ce que tu jugerais bien et décent » et conclut que sa cousine ne remet pas son mariage en question, malgré l'évident bonheur que Léopold lui apporte. Pauvre Léopold ! Qu'est-ce qui l'attend ?

En prime, Adélaïde devra s'offrir l'indifférence cruelle de Béatrice. Quel gâchis ! Elle se demande si Reine croit pouvoir résister bien longtemps à l'attirance de Léopold. En réfléchissant, elle doute quand même : Reine n'a pas un instinct de désobéissance très développé et elle risque de se sacrifier sans même peser le pour et le contre, comme si son mariage avec Jean-René était une évidence indestructible ! Et elle s'attend à ce qu'Adélaïde la conseille. Par lettre, en plus ! Comme s'il n'y avait pas urgence. Mais dans quel siècle vit Reine ? Il faudra le demander à Isabelle.

Elle reçoit une Léa au bout du nez rouge et froid des bras de Lionel qui arrive d'une longue promenade. C'est une soirée sans Florent qui est « de garde » chez Jeannine et qui s'y rend tout de suite après son travail à la Croix-Rouge. Léa le cherche dans la maison. Elle trottine et se rend jusqu'à la porte des appartements de Florent en poussant des « Forent » enthousiastes.

Adélaïde va chercher sa fille, l'amuse en jouant du piano avec elle, mais au bout d'un certain temps, Léa réclame de nouveau son jouet préféré. Adélaïde comprend que Léa s'ennuie de son oncle Florent, ça fait presque deux semaines qu'il ne passe qu'en coup de vent.

Elle aussi trouve sa solitude difficile, et les soirées à côté de la radio à imaginer des cauchemars ne sont pas très drôles. Depuis dix jours, elle essaie d'écrire à son père, et chaque lettre est déchirée après relecture, jugée impitoyablement indigne de convaincre Edward de la nécessité de faire la paix. En surveillant Léa qui fait montre d'une grande indépendance à l'heure des repas et qui refuse de se laisser nourrir en lui arrachant la cuillère des mains, Adélaïde fait le compte du temps écoulé depuis la dernière lettre de Nic. Elle passe aussi en revue celles qu'elle doit écrire pour ses proches. Elle n'a que de mauvaises nouvelles à annoncer, que ce soit à Fabien, à Rose, à Isabelle ou à tante Germaine. À moins qu'elle ne réussisse à se convaincre, comme Léopold, que ce retour est une sorte de bienfait ou un bon coup du sort, elle se voit mal dépeindre l'amputation comme une bénédiction.

Déprimée, elle accepte d'offrir une compote de pommes à Léa sans qu'elle ait terminé sa purée de légumes. Lionel l'a vue, bien sûr, et il fait semblant de rien en rinçant le bol. Quand Léa se fâche parce que sa mère la débarbouille et qu'elle rechigne en demandant après Florent, Lionel propose d'aller faire un tour là-bas et de distraire tout le monde. « J'ai des biscuits pour eux. J'ai fait une recette double aujourd'hui. »

Adélaïde habille Léa de son pyjama à pattes, elle l'emmitoufle soigneusement et ils partent faire la surprise à Florent.

Dans cet appartement froid, inconfortable, exigu, assis autour de la table où Alex fait le pitre et évite de réciter ses leçons en dérangeant sa sœur qui écrit avec application dans son cahier, Adélaïde trouve enfin un peu de calme et de bonne humeur. Dans la cuisine éclairée crûment, en regardant les enfants se tirailler et s'agacer, elle retrouve cette ambiance si particulière de l'enfance, quand on est sûr qu'un barbot sur la page est la fin du monde.

Une fois Léa endormie dans son lit, Adélaïde décide d'appeler Reine, au risque d'être fortement critiquée par Jean-René. Reine croyait vraiment qu'elle réagirait à une telle lettre en écrivant, ce qui est beaucoup trop long pour Adélaïde. Comme toujours, sa cousine perd du temps à déplorer le prix de la communication. Adélaïde l'interrompt pour lui demander si elle a réfléchi à ce que Léopold a écrit.

Reine, mal à l'aise, laisse filtrer un « Bien sûr » très prudent.

« Je sais que Jean-René n'est pas loin, Reine. Je veux juste te dire ceci : est-ce que Dieu ne devrait pas réparer un peu des horreurs de la guerre en devenant plus permissif avec les mariages malheureux ? Je voudrais que tu penses, seulement penser, à ce que serait ta vie entre Pierre et Léopold. Juste y penser, Reine.

— Mais pourquoi ? C'est impossible !

— Écoute, si le duc de Windsor a épousé Wallis Simpson, je pense que Jean-René peut être remis en question, non ?

— Non, Adélaïde. Non. Je m'excuse, mais je dois y aller.

— Bon, alors ne te fâche pas contre moi et dis-moi que tu vas me parler quand je vais venir te voir.

— Tu viens ? Oh ! Adélaïde ! Tu viens à Québec ? Quand ? »

Comme la décision est fraîche de l'instant, il lui est difficile de répondre autre chose que bientôt. En raccrochant, elle se dit que le mieux, c'est probablement de se présenter devant Edward. Pas une lettre ne pourra produire le même effet que ses yeux dans ceux d'Edward. Elle se le répète, elle essaie de s'en convaincre. Et elle a peur.

* * *

Rose ne cesse de mettre en pratique son cours d'infirmière au chevet d'Edward qui est alité depuis une semaine. Pour la première fois depuis l'été 1942, Edward est retourné dans la chambre conjugale qu'il avait désertée.

« Il dit que c'est une mauvaise grippe, il sait très bien que je suis au courant, mais il refuse d'en parler. Il se moque de tante Germaine qui veut le faire hospitaliser. Il n'y a que Paulette et moi pour le soigner, il ne veut personne d'autre. Il s'affaiblit. Je ne suis même pas sûre qu'il se rende à la date anniversaire de la mort de maman. »

Adélaïde caresse la main de Rose. Elle calcule rapidement : c'est le 3 février, cela signifie à peine deux mois ! Ce n'est pas possible, il faut qu'il réagisse ! Adélaïde se lève : « Je vais monter, Rose. Dis-lui que je suis là, veux-tu ? »

Mais Rose sort de la chambre sur le bout des pieds : « Il dort, Adélaïde. Laissons-le se reposer, il dort si bien. »

Adélaïde acquiesce et entrouvre la porte pour regarder son père.

Couché à la place de Gabrielle, les mains sagement nouées sur le drap tiré, Edward fixe le mur devant lui. Pâle, presque livide, les joues marbrées de rose inquiétant, il ne tourne pas les yeux vers la porte entrouverte.

Adélaïde l'observe, suffoquée. Elle voudrait dire « papa », elle voudrait s'avancer et le prendre dans ses bras et demander pardon et jurer et se condamner, mais l'homme qui respire si mal, l'homme squelettique dans les draps blancs n'entendrait pas. Son père est absent. Il est ailleurs, dans une autre dimension, celle de l'oubli, celle où les disputes, les reproches n'ont plus cours, celle où les joies, les déchirements n'atteignent plus le cœur, la dimension de l'indifférence et de l'adieu. Là où les heures ne comptent plus pour des heures.

Avant de voir le fantôme de sa mère se pencher sur lui et toucher son front avec amour, Adélaïde referme la porte.

Rose passe son bras sous le sien et l'entraîne vers la cuisine où le thé les attend.

Quand elle rentre chez sa tante Germaine, Adélaïde se rend compte que ce face-à-face ne terrorisait pas qu'elle. Elle s'empresse de dire qu'Edward ne l'a pas vue et que la conversation est remise à plus tard.

Germaine soupire et s'informe de Béatrice et de sa venue. Béatrice vient de décrocher un minuscule rôle dans un radio-roman et elle a écrit un mot rapide à son père, qu'elle a expédié à Rose. Aucun moment n'est libre dans son emploi du temps et, comme elle refuse de croire qu'il s'agit d'un cancer, Béatrice n'annonce pas sa venue.

Devant l'incrédulité de sa tante, Adélaïde lui raconte comment Béatrice a réagi à la nouvelle de l'amputation de Léopold. Avec une moue de dégoût, elle a seulement juré qu'elle ne pourrait jamais voir ça sans s'évanouir d'horreur. En ce qui la concerne, mourir aurait été moins pénible que vivre sans bras droit. Léopold n'a pas eu la chance d'Edward et aucun billet n'a été griffonné à son intention. Germaine est dépassée par ce qu'elle entend. Que Béatrice soit contrariée, soit, mais qu'elle ne montre aucun sentiment élémentaire de pitié, aucun égard pour un homme qui demeure son mari, la met en furie.

« Tu peux me dire quel genre de dépravés cette enfant fréquente pour avoir perdu tout sens commun de la sorte ? Tu peux me dire où elle compte finir, sur le train où elle va ? Quelle pitié ! Mais quelle pitié ! Il faut lui parler, Adélaïde, il faut qu'elle revienne ici, à côté de son mari et de son fils. »

Si Adélaïde a une certitude, c'est bien que sa sœur ne reviendra jamais en arrière, ni à Québec ni à son mariage. Et cela, quoi que tante Germaine entreprenne.

« On est mieux de s'occuper de papa que d'essayer de la faire changer d'idée. Elle viendra faire sa scène au dernier moment et ce sera tout, ma tante. Et si, ce jour-là, Léopold est arrivé ici, elle poussera peut-être le devoir jusqu'à le saluer.

— Ma foi du Ciel, Adélaïde, vous êtes brouillées toutes les deux ? Vraiment brouillées ? La petite est seule à Montréal ? »

Comment expliquer que « la petite » ne veut rien avoir de sa sœur, sauf son argent, la notoriété et des relations ? La dernière fois qu'elle l'a vue pour lui parler de Léopold et d'Edward, Béatrice a trouvé le tour de demander si Florent n'accepterait pas de lui tailler une robe ou deux.

« Je les porterais dans les couloirs de Radio-Canada, ça lui ferait de la réclame. »

Adélaïde se contente de répondre que, si sa sœur a besoin d'aide, elle saura bien où la trouver, qu'il ne faut pas s'en faire pour sa solitude.

En marchant dans les rues mal déneigées, contre un vent glacial qui l'atteint jusqu'à la moelle, Adélaïde se félicite d'avoir laissé sa fille aux soins de Florent à Montréal. La ville lui semble si triste, si terne, les gens si déprimés qu'elle préfère s'ennuyer de son bébé plutôt que de la voir grelotter dans un environnement si malsain.

L'appartement mal chauffé d'Isabelle était sens dessus dessous et les enfants, nerveux et maussades, se comportaient comme des pestes. Sa filleule, Élise, avait même tapé son frère Louis devant le refus d'Adélaïde de le lâcher. Isabelle avait failli faire pareil avec sa fille, Adélaïde s'en était rendu compte en soustrayant Élise de la main déjà levée de sa mère. Isabelle n'avait rien dit, rien commenté, et s'affairait à la préparation du souper quand Adélaïde était partie chez Reine, gênée de n'avoir pu éclaircir l'incident.

Reine est en retard et s'en excuse, le Centre est rempli d'enfants et ne se vide que de plus en plus tard. Comme les mères travaillent en usine et que les pères sont partis, le Centre est le dernier recours avant la rue.

« Si tu savais comme ma tante Gabrielle serait fière d'avoir offert un tel secours aux mères débordées. »

Adélaïde résiste à l'envie d'aborder le sujet du labeur des mères en parlant d'Isabelle et elle écoute Reine lui expliquer qu'elle a écrit une longue lettre à Léopold pour lui assurer tout son soutien, toute son affectueuse collaboration dans les limites imposées par son statut de femme mariée et honorable. Elle lui a écrit que Béatrice serait sans doute plus heureuse qu'il ne le croit de le voir revenir et que son mariage, quoique secoué, serait sans doute sauvable, que la pire chose qu'elle pouvait faire maintenant serait de l'encourager à vouloir changer une situation inchangeable, malgré tout le désir qu'ils pouvaient, l'un comme l'autre, en avoir.

« Est-ce trop brutal ? Je ne voudrais pas lui faire perdre le moral, je sais qu'il a besoin de tout l'espoir possible.

— Béatrice ne veut pas le voir, Reine.

— Pardon ?

— Je ne parle même pas d'une éventuelle reprise de la vie conjugale. Le *voir*, seulement le voir, elle refuse.

— C'est le choc… Non ?

— J'ai bien peur que tu sois la seule dans cette famille à croire qu'il y a de l'espoir pour Béatrice et Léopold.

— Elle lui a écrit ça ? Ne me dis pas qu'elle le lui a écrit ?

— Reine ! Elle ne se donnera même pas la peine d'écrire. As-tu oublié que c'est toi qui as accompagné Béatrice à Montréal pour se faire…

— Tais-toi ! Je t'en prie. Je m'en veux assez ! J'aurais tellement honte que Léopold sache, qu'il apprenne…

— … que tu as fait ça ?

— Non ! Que je lui ai caché. J'ai donné ma parole à Béatrice. Mais j'ai caché cela à Léopold. On s'est tout dit, tu comprends ?

— Non. Non, je ne comprends pas, Reine. Je ne comprends ni tes scrupules ni ta morale. Tu fais des choses que je ne peux même pas nommer et tu t'interdis des choses évidentes et normales à mon avis. Depuis combien de temps Béatrice n'a pas vu son fils ?

— Sept mois.

— Ne prends pas ton air coupable, en plus. C'est elle, la mère. C'est elle qui ne s'en soucie pas.

— Ne dis pas ça, Adélaïde, elle a ses difficultés.

— Pas toi, peut-être ?

— Pierre me rend heureuse. Il va me manquer terriblement quand Léopold va venir le reprendre.

— Tu vas laisser faire ça, Reine ?

— C'est son fils, Adélaïde.

— À ce que j'ai compris, il est prêt à le partager avec toi. »

Devant le silence de Reine, Adélaïde essaie de se calmer. « Bon, écoute, je t'ai posé cette question en juillet passé et tu n'as pas répondu. Peux-tu être heureuse avec ton mari, avec Jean-René ? L'es-tu ?

— Je me suis engagée pour le meilleur et pour le pire, Adélaïde. Tu ne respectes pas ta parole, toi ? Quelle sorte d'exemple ce serait pour Pierre, je te le demande ? Sans parler du scandale, des ragots qui vont circuler. Je ne pourrais jamais faire face à tout ça.

— Es-tu heureuse ? »

Dieu ! Elle a l'impression de la battre ! Reine hoche la tête en silence. Inutile de demander avec qui elle le serait.

« Je t'aiderai, Reine. Ce sera moins dur que tu penses. Tu viendras à Montréal, les gens parleront moins. On ne sait pas comment la guerre va changer les choses.

— Tu ne comprends pas, Adélaïde. En mon âme et conscience, je m'en veux déjà de rêver à Léopold, d'y penser et d'entretenir cette rêverie dans mon cœur. C'est mal, tu comprends ? C'est mal et ça ne peut que faire du tort. Il faut que je me l'enlève de la tête. C'est fini. Je suis mariée depuis dix ans.

— Ça arrive qu'on fasse une erreur. Tu pardonnes bien les siennes à

Béatrice et elles lui coûtent pas mal moins cher en conscience, laisse-moi te le dire. Pourquoi tu ne te pardonnerais pas tes erreurs ?

— Probablement parce que j'ai à cœur d'être honnête. J'ai épousé Jean-René en sachant ce que je faisais, en sachant que je faisais une erreur et qu'on ne serait pas heureux. Je l'ai fait parce que je n'avais pas le courage de dire non à ma mère et à mon beau-père. Et cela, malgré le soutien de ma tante Gabrielle. Je ne trouverai pas plus de courage aujourd'hui pour avoir un comportement répréhensible et condamnable à la face du monde que j'en ai eu à l'époque, même si tu m'appuies. Je n'ai pas ce courage, Adélaïde, je ne peux pas. Avec le scandale, je ne pourrais pas être heureuse. »

Estomaquée, Adélaïde ne dit plus rien. Elle ne peut croire qu'il s'agisse de courage. Il s'agit de vivre, de la seule vie qui lui soit donnée. Comment peut-elle penser à ce que les gens diraient ou condamneraient ? « Quand tu vas voir Léopold, tu vas changer d'idée.

— J'ai tellement prié pour qu'il reste en vie, j'ai tellement eu peur de le perdre que j'ai déjà offert à Dieu tout le tourment que son retour va me coûter. J'ai une grande consolation dans tout ça, Adélaïde : Pierre va retrouver son père et il en a besoin. Mon mari ne s'est jamais intéressé à lui, et à deux ans c'est important pour un enfant d'avoir son papa.

— Et sa maman ? C'est toi, sa mère.

— Ne dis pas de bêtise, voyons ! Il a déjà une mère. Et je ne l'abandonnerai pas. Je vais le voir encore. Cet enfant m'a sauvée de beaucoup de tristesse. »

Adélaïde imagine le calvaire que sera ce retour. Pour Léopold et pour Reine. Elle soupire et se désole pour cet homme blessé qui trouvera une pieuse et patiente collaboratrice, mais pas un amour. Pour la deuxième fois de la journée, son manque de foi la frappe.

Reine lui parle d'Edward et de l'issue de sa maladie. Tout ce qu'Adélaïde peut jurer, c'est que, même du fond de la cave de la rue Laurier, même cachée jusqu'à l'heure de l'agonie, elle sera là, près de lui, espérant obtenir un regard de son père.

Elles rentrent rue Lockwell, mais ne peuvent parler tant le froid est coupant et cruel. Isabelle est en train de finir de faire manger Louis et la tension autour de la table où les enfants se chamaillent monte inexorablement. Reine s'empresse d'habiller Pierre, de remercier et de partir.

Quand un des deux plus vieux se met à hurler en pleurant, la main sèche d'Isabelle s'abat sur la table, accompagnée d'un « ça suffit ! » qui provoque un silence immédiat et consterné. Sans un regard pour Adélaïde, Isabelle va donner son bain au bébé et le coucher. Même si elle brûle de retourner voir si Edward peut la recevoir, Adélaïde lit une histoire à Jérôme et à Élise, devenus très calmes et très repentants. Elle reste à l'appartement jusqu'à leur coucher et elle suit Isabelle dans la cuisine. Sans un mot, Adélaïde saisit le linge à vaisselle et essuie ce que sa cousine lave avec brusquerie. Une fois la lavette tordue, Isabelle remplit l'évier, fait tremper les couches et se met en devoir de balayer le plancher.

« Isabelle, viens t'asseoir et parlons-en. Tu ne peux pas rester comme ça. Tu es à bout. »

Le balai continue sa course, s'infiltre dans les recoins, les courbes, ramène ses miettes et ses poussières. Isabelle se penche, remplit la pelle à poussière, la vide, range le balai.

« Tu as des nouvelles ou tu n'en as pas ?

— Qu'est-ce que ça change, Adélaïde ? Les lettres arrivent datées de quatre semaines. »

Elle relève ses manches, plonge les mains dans la lessive. Adélaïde n'en peut plus de parler à un dos. « Écoute Isabelle, j'en ai assez ! Ça fait deux heures que j'attends pour te parler. Vas-tu me faire l'honneur de venir t'asseoir à la table ? »

Le bruit de l'eau qui s'écoule des couches tordues par des mains vigoureuses est tout ce qu'elle obtient. Dans le dos d'Isabelle, les ganses de son tablier sont à moitié dénouées et, sans savoir pourquoi, Adélaïde y puise un espoir. Elle adoucit le ton.

« Je sais que les enfants sont exténuants, que c'est demandant de voir à tout toute seule, je sais que ce qui arrive à Léopold, à Pierre et à Reine te rend nerveuse. Mais il faut t'encourager, Isabelle, il ne faut pas t'inquiéter comme ça et te ronger pour tout le monde. Il ne faut pas non plus que tu t'en veuilles d'être impatiente avec les petits, ça m'arrive avec Léa et j'ai de l'aide et je n'en ai qu'une. Imagine ! Tu en as quatre, les trois quarts du temps ! Ça fait beaucoup avec les restrictions. »

Le dos d'Isabelle est immobile, les mains ont l'air de reposer dans l'eau, sans s'agiter. Adélaïde continue son discours, presque sûre d'amener sa cousine à lui parler et à faire céder la tension qui raidit ce dos.

Elle n'ose pas se lever et aller vers sa cousine, risquer de l'indisposer en insistant.

« En plus, l'hiver est beaucoup plus dur à Québec qu'à Montréal. Le vent n'est pas aussi humide, je te jure !

— C'est pas les petits. »

Adélaïde fronce les sourcils et émet un son approximatif supposé être encourageant. Isabelle ne se tourne pas vers elle pour continuer : « Si tu veux le savoir, je m'en fous des autres, de leurs problèmes, de leurs inquiétudes. Je n'ai plus de place pour les soucis des autres. Je n'ai plus de place pour de l'amour, de la pitié ou de la patience. Je n'arrive même pas à m'en faire pour Reine ou pour Léopold. On dirait que je n'ai plus de cœur. »

Elle remue les couches, en tord quelques-unes et s'affaire en silence. Quand le drain produit le son caractéristique de l'eau aspirée, Adélaïde va poser sa main sur le robinet qu'Isabelle s'apprête à tourner pour continuer : « Tu t'en fais pourtant, Isabelle, ça paraît. »

Isabelle essuie ses mains à son tablier et se laisse tomber sur la chaise.

« Non. Même mon oncle Edward, ça ne m'inquiète pas. Tu sais ce que je pense ? Tant mieux pour lui, que le bon Dieu vienne le chercher et qu'on en finisse ! Tant mieux pour lui, il ne verra pas ça.

— Pas ça, quoi ?

— La défaite. Les lettres de l'armée qui arrivent une par une pour te dire que ton homme, son homme, un homme est mort. Les soldats tombés un par un qu'on ne reverra jamais.

— Isabelle, la guerre n'est pas finie ! On n'a pas encore perdu. Nos hommes ne sont pas morts. »

Pour la première fois de la soirée, les yeux d'Isabelle fixent les siens, remplis de rage, remplis d'un désespoir sec. « Comment tu fais ? Comment tu fais pour supporter depuis si longtemps le silence de Ted ? Comment tu fais pour ne pas penser qu'il est mort ? »

Adélaïde se sent un peu honteuse d'avouer que la multiplication des attachements et des angoisses aide peut-être dans son cas.

« D'ici, Isabelle, je ne peux rien améliorer en me désespérant. Je ne peux que me nuire. Alors, je me bats à ma manière, et quand l'idée de la mort possible de Theodore est trop forte, j'essaie de vivre avec. Mais ce sont des idées, on ne sait pas. Et tant que je ne sais pas, je vais lutter, il y a un petit coin au fond de moi qui veille et qui espère. Il ne faut pas laisser l'espoir filer. Tu donnes de la corde à l'ennemi. »

Les yeux par terre, la voix sourde, Isabelle semble se parler à elle-même.

« J'ai peur. J'ai peur tout le temps. Je me réveille la nuit en sueur, sûre de l'avoir entendu m'appeler, sûre qu'il meurt sans aide, sans secours. J'ai peur le matin, le midi, le soir. J'ai peur à fuir la maison à cause du téléphone, à cause du courrier. J'ai peur que Dieu m'en veuille de mon impatience avec les petits et qu'Il me punisse à travers lui. J'ai peur de ne pas y croire assez et que ça le tue, j'ai peur de crever si on me dit qu'il lui est arrivé de quoi. Je regarde les enfants et je les vois orphelins. Et je me bénis d'avoir une sœur stérile qui va pouvoir prendre soin d'eux quand je vais mourir parce que Maurice n'est plus là. Parce que si Maurice part, s'il lui arrive quelque chose, je vais faire comme mon oncle Edward, je vais le suivre. Je ne veux pas élever trois enfants sans lui, je ne suis pas une mère courageuse et exemplaire, je suis une perdue sans lui, une affolée qui cherche sa racine, son port d'attache. Mes enfants, que je pensais si importants, si essentiels, mes enfants, je suis prête à les négocier avec Dieu, à faire un chantage honteux pour qu'Il me préserve mon homme en échange de ce qu'Il voudra. Ce qu'Il voudra, Adélaïde. N'importe quoi, mais que ça finisse, qu'Il me le ramène, que la torture arrête. Je ne suis même plus capable d'ouvrir une de ses lettres sans me dire que c'est une relique, qu'il est mort et que je ne le sais pas, que cette lettre, ce sont ses derniers mots, les derniers avant d'aller se faire tuer. Chaque lettre est la dernière, chaque mot, un adieu. Comment veux-tu que j'espère, comme tu dis ? J'ai peur tout le temps. À qui veux-tu que j'avoue ça ? Même à confesse, je ne peux pas le dire ! Si Maurice meurt, je te le garantis, si Maurice meurt, je vais faire sauter l'église ! »

Isabelle ne pleure pas, elle tremble de rage et de peur. Son joli tablier à volants fait étrangement absurde, comme si elle était costumée pour un rôle qu'elle n'a pas appris. Adélaïde s'assoit face à elle et combat la honte que sa cousine ne dit pas, mais qu'elle connaît : « Écoute-moi, Isabelle, écoute. Dans cette guerre, il y a des tas de gens qui nous disent quoi faire, quoi penser, comment réagir et ce qui est interdit de seulement nommer. Tout le monde a l'air de savoir. Comme le prêtre à l'église qui sait tout le temps, pour tout, qui juge, condamne, absout avec son grand livre. Mais dans le fond, personne ne sait rien. Et tout le monde a peur ou craint pour quelque chose ou quelqu'un. On peut prendre exemple sur qui on veut, sur la Vierge Marie qui laissait son fils se faire crucifier sans rien dire, ce que je n'ai jamais compris, ou sur Béatrice, qui n'a peur que de perdre un rôle en se foutant de ce que Léopold ou les autres traversent. On peut s'imaginer ce que maman ferait et crever de gêne de ne pas être à la hauteur. Tu sais ce qui me console, moi ? Tu veux savoir jusqu'où je descends ? Maman avait acheté un médecin pour mentir à propos de Fabien, le faire déclarer inapte. Quand je pense à maman qui court sur la route pour mentir, pour vendre tout ce qu'elle a, pour négocier toute sa vie afin d'extraire son Fabien de la guerre, quand je la vois agir enfin de façon immorale, inacceptable, condamnable, ça me fait du bien, Isabelle. Parce que, moi aussi, j'irais passer un marché avec l'ennemi pour mettre un homme à l'abri. Moi aussi, Isabelle, j'irais menacer Dieu de ma colère si quelque chose arrivait.

— À qui ? »

Adélaïde soutient le regard d'Isabelle. Pourquoi mentir ? Peut-être qu'elles n'auront plus jamais cette honnêteté que la peur expose à vif, comme une blessure. L'honnêteté que la guerre arrache non seulement aux soldats qui hurlent « j'ai peur », mais aussi à leur femme.

« À Nic. Parce que Theodore… je ne l'entends plus au fond de moi. Je ne le vois plus. Il y a des nuits où je le cherche comme une folle dans la noirceur des champs de bataille, des camps de prisonniers. Rien. Du vide. Je me suis haïe de désirer Nic et même ma haine a rendu le désir plus fort. Je voudrais être sûre que ce n'est pas ma faute si Theodore meurt, si en le laissant disparaître dans ma tête, je ne permets pas qu'il disparaisse là-bas. Je suis comme toi, Isabelle, je ne sais pas ce que Dieu retient de mes actes pour justifier les Siens. Mais, de plus en plus, je pense que Dieu s'en fiche et qu'Il agit sans égard aux sacrifices qu'on Lui paye. Dieu nous laisse nous débrouiller et nous débattre toutes seules. Et je ne suis pas sûre que, sur les champs de bataille, ce ne soit pas la même maudite affaire.

— Tu blasphèmes.

— Ben oui ! Tu ne crois plus à la victoire et c'est supposé être contre la loi. Est-ce qu'ils peuvent venir t'arrêter de ne plus y croire ? Non. Dieu ne peut pas venir m'arrêter de ne pas croire. Il aurait pu y penser avant.

— Tu t'es toujours pensée plus forte que Dieu et ça m'a toujours impressionnée.

— C'est pas vrai.

— Quand on demande des comptes à Dieu, ça s'appelle comment, tu penses ?

— Écoute, c'est Lui qui compte nos bonnes et nos mauvaises actions, Lui qui compte nos morts et j'ai peur qu'Il fasse une erreur de calcul. C'est tout. Disons que je vérifie l'addition. »

Le rire d'Isabelle est un bonheur à entendre : « Quand je pense que tu es là et que tout ce que je trouve à faire est de te bousculer.

— Tu veux que je te dise ? À force de se faire montrer des exemples de bonnes ménagères parfaites, on finit par se trouver minables. Bouscule-moi en paix ! »

Il est près de dix heures quand Adélaïde entre rue Laurier. Rose est dans le fauteuil où leur mère s'assoyait toujours. Elle étudie en écoutant la radio.

« Paulette est en haut, mais il dort. Tu veux que j'aille voir ? »

Adélaïde sait bien que ce n'est pas l'heure, que Rose n'a rien dit de sa présence à Edward et que Paulette restera à son chevet toute la nuit.

Elle arrive chez Germaine à temps pour attraper Florent au téléphone qui lui fait un compte rendu minutieux des facéties de Léa. Finalement, il lui annonce qu'il y a deux lettres, et le cœur d'Adélaïde a un raté jusqu'à l'annonce des expéditeurs.

« Une de Fabien…

— Ouvre-la ! Vite ! »

Florent lui fait la lecture assez brève des nouvelles enthousiastes d'un premier vol.

« L'autre est de Nic.

— Ne l'ouvre pas. »

Elle la lira toute seule. La lettre sera courte et belle. La lettre sera pleine de cet amour que Nic réussit à évoquer seulement en écrivant comment il la voit, comment il la regarde et l'imagine. Voilà ce qui manque tant à Isabelle, des yeux qui la regardent avec amour, des mots qui lui disent ce regard. Maurice est en Angleterre, en terrain beaucoup plus dangereux que Nic et avec l'ennemi en face qui le fixe et lui fait perdre la mémoire des yeux de son amour.

Elle rentre à Montréal sans avoir pu parler à Edward. Chaque fois qu'elle s'est aventurée dans la chambre, son père dormait ou faisait semblant de dormir. Adélaïde n'est pas dupe, son père a sa façon d'échapper à la conversation qu'elle souhaite tant. Elle ne peut quand même pas le forcer à ouvrir les yeux en sa présence.

De tous les siens, il n'y a que Guillaume qu'elle n'a pas vu. Guillaume pensionnaire, comme elle l'a été, mais pour des raisons si différentes. Elle se souvient des parloirs avec sa mère et de Florent malade au sanatorium. Et ces parloirs avec Edward qui lui expliquait les choses politiques. Elle se jure qu'à sa prochaine visite elle ira au parloir voir Guillaume.

Florent vient de se mettre au lit quand Adélaïde entre et lui tend la lettre de Nic sans un mot. Il la prend, inquiet.

Mon amour, mon Adélaïde,

Ta lettre m'annonçant la maladie d'Edward est arrivée dix minutes avant que j'apprenne que, début mars — la date n'est pas encore déterminée ou ils préfèrent ne pas la divulguer —, début mars, je serai en route vers l'Angleterre. Le fantassin McNally ira rejoindre les troupes actives.

Comment veux-tu que je t'annonce cela alors qu'Edward s'entête à t'inquiéter ?

Je voudrais t'interdire de t'inquiéter.

Je voudrais être là pour te rassurer.

Je te jure de rester vivant.

Pour t'aimer.

Je t'écris dès que je sais quelque chose.

Nic, le 8 février 1944.

Florent remet la lettre à Ada. Sans rien ajouter, il passe sa robe de chambre et remonte avec elle. Il l'assoit dans son lit et va chercher Léa endormie qu'il place près d'elle avant de s'asseoir à son tour : « Voilà. C'est ce que nous avons sur le radeau. À nous trois, Ada, on va y arriver. Il jure de rester vivant ? Nous aussi. Marché conclu ?

— Marché conclu. »

* * *

Le 10 mars, alors qu'Adélaïde se bat pour faire avaler du sirop à une Léa fiévreuse et maussade qui repousse la cuillère comme un chrétien la tentation, Lionel vient annoncer un appel d'urgence.

C'est Rose, la voix vibrante d'incrédulité enfantine : « Il faut que tu viennes ! Il faut que tu viennes ! Il appelle maman. Il s'en va, Adélaïde, il s'en va… »

Inutile de demander des détails, Rose ne fait que répéter sa terreur. Adélaïde raccroche, le cœur fou, essayant de garder la tête froide.

Lionel est chargé de trouver Florent. Adélaïde empile des vêtements sur son lit et se demande quoi décider pour Léa quand Lionel lui dit que Florent arrive. Il écarte Adélaïde et se charge de faire sa valise et celle de la petite. « Mais je pense qu'elle est trop petite et trop malade pour prendre le train et voir un mourant. »

Affolée, Adélaïde mouche encore une fois le nez rougi et coulant de

Léa : « Souffle !... Encore ! » Elle touche le front brûlant de sa fille. À quoi sert de la mettre sur le lit de mort de son grand-père ? À la marquer pour le restant de ses jours ? Comme si ses débuts n'avaient pas été assez dramatiques ! Comme si Edward se souciait de cette enfant ! Il faut mettre Léa à l'abri des gens incapables de pardonner.

« Seulement ma valise, Lionel. Vous avez raison, elle n'est pas assez grande. »

Adélaïde a l'impression de revivre la panique qui a précédé l'annonce de la mort de sa mère. Florent arrive au moment où elle passe son manteau pour partir. Elle lui confie la mission d'aller avertir Béatrice, de prendre soin de Léa et de venir la rejoindre « si le pire arrive ».

Assise toute tendue dans le train, elle combat le rythme saccadé de la phrase récurrente qui martèle son cerveau, de concert avec les roues du train : « Si le pire arrive à mon père. Si le pire arrive à mon père... » Elle appelle tous ses soucis à la rescousse pour briser l'angoisse qui monte comme un hurlement, elle prie Theodore, Nic, de l'aider, et toujours sa pensée se fracasse sur le mantra « si le pire arrive à mon père ». Elle se reproche d'avoir pris le dernier train, comme en avril 1942, certaine de porter malheur à Edward, certaine de ne pouvoir lui parler vivant. Les prières et les négociations alternent inlassablement dans sa tête. « Faites que je lui parle. Faites qu'il me pardonne. S'il me pardonne, c'est signe que Vous aussi... Mon Dieu, faites qu'il ne me renvoie pas. »

À bout d'angoisse, traversée d'images horribles de guerre et de mort, elle descend du train en courant, pendant qu'un homme la poursuit pour lui donner sa valise qu'elle abandonnait sous son siège.

La maison est si calme, même si le salon est assiégé par les proches. Adélaïde se précipite et monte à la chambre où Rose est assise et passe une compresse sur les tempes de son père.

Le souffle court, accompagné d'un râle léger, Edward est agité, et ses mains repoussent la débarbouillette. Il tourne la tête vers la porte où Adélaïde se tient, retirant ses gants et posant son chapeau sur la table de nuit. Les yeux d'Edward brillent d'un éclat amoureux, et il se calme instantanément. Il tend sa longue main maigre vers le visage d'Adélaïde, sa voix est voilée, comme si elle s'était fatiguée à se taire.

« Mon amour... tu as coupé tes cheveux... »

Adélaïde s'agenouille au bord du lit et la main d'Edward caresse les cheveux bouclés : « Pourquoi ? J'aimais tant retirer les épingles... Ne pleure pas, voyons… ce n'est pas grave, pas grave du tout. Gabrielle… regarde-moi. Ne pleure pas. »

Adélaïde relève la tête en essayant de retenir ses sanglots. La main sèche de son père caresse doucement sa joue. Le sourire qu'il a est si épuisé et si heureux, ses yeux sont si attendris qu'elle n'ose rien dire pour ne pas briser l'illusion et lui voler ce répit.

« Ne me laisse plus jamais comme ça. Pas nous… »

Adélaïde caresse le front d'Edward et murmure : « Dors… Repose-toi, dors. Je reste ici. Je reste près de toi. »

Elle ne comprend pas pourquoi son père sourit en répétant : « Tu cherches ta jaquette ? » mais il s'endort avec ce sourire moqueur du temps ancien de Gabrielle. Elle reste à genoux près de lui et enlève son manteau en effectuant un jeu de mains qui fait en sorte que, pas un instant, la main d'Edward n'est abandonnée.

Quelqu'un passe derrière elle et ramasse le vêtement sur le tapis. Adélaïde ne se retourne pas pour voir Paulette sortir discrètement de la chambre.

Pendant les trois jours de la longue agonie d'Edward, pas une fois il ne reconnaît Adélaïde, pas une fois il ne prononce son nom. Mais dès qu'il ouvre les yeux, son père cherche fébrilement son visage et ne se calme qu'en le touchant avec vénération.

Dès le deuxième jour, incapable de parler, il ne fait que chercher les yeux aimés et, rassuré de les trouver fixés sur lui, il retombe dans un demi-sommeil agité.

Le 12 mars au soir, quand Béatrice arrive en larmes et se jette au chevet de son père en essayant de le sortir du coma et en réclamant un regard, un mot, une dernière caresse, Rose la saisit et la ramène au salon en expliquant qu'il est trop tard pour ce genre de conversation. Une Béatrice insultée remonte et dispute à Adélaïde la place de choix qu'elle a prise auprès du lit. La voix de sa sœur chuinte sous l'effort pour garder le volume à un niveau acceptable, mais les mots violents, accusateurs cinglent Adélaïde, qui se relève brusquement et lui cède sa place en silence.

C'est Rose qui vient la trouver dans la cuisine et lui demande de regagner la chambre de leur père. C'est Rose qui console Béatrice de n'être pas la préférée. C'est Rose qui demande à Paulette de rester et de l'aider à maintenir la fragile paix que même la mort d'Edward n'arrive pas à solidifier.

Le 13 mars au matin, le prêtre sort de la chambre sans avoir reçu aucune confession du mourant, mais après l'avoir absous de tous ses péchés.

Pendant un instant, Adélaïde se retrouve seule avec son père. Elle voudrait dire « papa », mais le mot se bloque dans sa gorge étranglée. Pourquoi risquer de lui retirer la miséricorde de ce dernier moment ? Pour obtenir, elle, un pardon qu'il lui a toujours refusé tant qu'il avait des forces ? Pourquoi demander à cet homme d'être un père s'il n'est plus qu'un époux ? Il a été un père, le temps où son amour vivait. Sans leur mère, Edward n'avait plus d'amour, plus d'intérêt pour eux. Le cœur vide et sec parce que Gabrielle occupait la totalité de l'espace ? Adélaïde observe le nez pincé, les joues creusées : était-ce un leurre, cet amour ? Ont-ils été des orphelins avec un faux père qui n'était qu'amoureux de leur mère ?

Quelle importance de savoir cela à l'instant où il meurt en contemplant les yeux de Gabrielle dans les siens ? Son père avait l'amour qu'il a donné, point. Pas davantage. Rien ne sert de trépigner, d'exiger, de réclamer, il n'y en a plus. Son cœur d'homme déserté réclame, lui aussi. Son cœur affamé cherche aussi fort que le leur. N'y avait-il donc que Gabrielle ? Elle écoute son père mourir et regarde, fascinée, le chemin que trace la mort dans le corps, le chemin où Edward s'enfonce en ahanant, mais sans se retourner.

Elle ne dira pas « papa ». Elle ne demandera pas ce pardon qui l'aiderait tant à s'aimer un peu mieux. Elle va essayer d'être une adulte et de tenir son rôle pour lui, le rôle de cette autre femme dont le fantôme les hantera tous jusqu'à leur dernier soupir. Elle ne cherchera plus à le forcer à aimer s'il n'en est plus capable.

Edward murmure quelque chose qu'elle ne discerne pas. Elle prend de l'eau sur le bout de son doigt qu'elle passe sur les lèvres sèches, à tout hasard. Il répète contre son doigt : « Prends-moi. »

Cette fois, elle comprend. Elle se lève et, précautionneusement, elle s'assoit pour l'enlacer et le garder contre sa poitrine, en caressant son visage à la peau parcheminée. Le corps abandonné de son père ne pèse pas lourd. Elle l'entend respirer à petits coups brefs, saccadés, contre elle. Elle le berce avec tendresse, le cœur étouffé des larmes qu'elle retient en se disant que Gabrielle ne pleurerait pas. Elle le garde contre sa poitrine durant des heures, malgré son dos qui brûle, malgré les crampes, malgré les yeux fulgurants de Béatrice, elle garde contre son cœur cet homme qui, malgré tout, quand elle était toute petite, a su écarter les esprits malfaisants, la bercer à son tour et apaiser ses terreurs en expliquant que l'amour ne lui ferait jamais défaut. À cet homme heureux qui savait aimer, elle dit merci, en berçant celui qui a tant perdu le jour où Gabrielle est morte.

Le 13 mars 1944, presque exactement un an et onze mois après Gabrielle, Edward meurt dans le lit où tous les enfants qui l'entourent sont nés.

* * *

Quand le notaire Duclos commence la phrase : « Je lègue à mes enfants Fabien, Béatrice, Rose et Guillaume… », Adélaïde se lève et se dirige vers la porte de l'étude.

« Madame ? Voulez-vous vous asseoir ?

— Excusez-moi, mais à partir de maintenant, ça ne me concerne plus.

— Mais il y a un legs pour votre mari…

— Alors, vous le ferez savoir à mon mari, monsieur. »

Elle referme la porte le plus doucement possible.

Dans la solitude de sa grande maison, cette nuit-là, elle fait l'inventaire de tout ce qui lui appartient et s'assoit à la grande table de la salle à manger pour rédiger ses dernières volontés.

Au lieu de cela, sur la feuille blanche, elle écrit.

J'ai vingt ans. Mon père vient de mourir dans mes bras en m'appelant du prénom de ma mère. J'ai vingt ans, et mon père m'a reniée parce que j'ai aimé qui ne lui convenait pas. Inconvenante, sortez ! Je vous rappellerai à l'heure de ma fin dernière pour soupirer. J'ai vingt ans et je voudrais être certaine de ne jamais renier quelqu'un qui m'aime et ne sait pas me le faire comprendre. J'ai vingt ans et je sais déjà que jamais l'inconvenance ne justifiera le moindre de mes refus.

Elle continue jusqu'à l'aurore et noircit des feuilles et des feuilles qui ravivent le goût de l'Île et des fruits de Noël, l'odeur du fleuve et celle des draps propres qu'elle pliait avec sa mère, le sentiment aveuglant de l'amour infini et l'amer réveil de ceux qui se sont abusés. Ses écrits ne servent qu'à faire le point dans le chaos effroyable qui s'agite en elle depuis cette nomenclature de prénoms d'où le sien a été biffé.

Le lendemain matin, au bureau, elle appelle Aaron Singer et l'invite à venir la rencontrer dès cet après-midi-là, rue St. James.

Aaron s'assoit, mal à l'aise, réticent à reprendre une conversation pénible. Mais il ne peut s'empêcher de croire que cette femme a peut-être des nouvelles. Ce qu'Adélaïde devine tout de suite.

« Je n'ai pas de nouvelles, monsieur Singer. J'ai une expérience à vous communiquer. »

Posément, sans grande émotion apparente, Adélaïde raconte à Aaron l'exclusion dont elle a été l'objet, la cause de cette exclusion et la certitude qu'elle garde que son père l'aimait tout en jugeant les convenances prépondérantes à cet amour.

« Je ne pourrai jamais parler à mon père, et peut-être que mon discours est devenu inutile parce que Theodore n'est plus vivant. Peu importe. Je vous ai jugé et haï quand vous m'avez demandé de rayer votre fils de ma vie. Je vous ai jugé et haï de songer à le faire vous-même. Maintenant, répondez-moi, Aaron Singer : si vous n'étiez pas juif, si votre religion n'avait pas des lois et des exigences précises, accepteriez-vous que votre fils ait commis l'adultère ? Je ne parle pas de l'admettre comme un droit, mais comme une réalité compréhensible. Pouvez-vous regarder sa vie, ses pensées, ses sentiments, ses déchirements de conscience sans autre chose que votre cœur pour évaluer sa faute ? Laisser de côté ce qui doit ou ne doit pas être et voir ce qui est, sans vous l'arracher du cœur parce qu'il ne se conforme pas aux lois ou qu'il ne respecte pas vos commandements ? Êtes-vous capable de dépasser ce qui est tracé par votre bible, vos principes, et de pardonner à votre fils de ne pas avoir été celui que vous rêviez d'avoir, celui que vous vouliez aimer ?

— Vous voulez savoir si je lui pardonne ou si votre père à travers moi vous pardonne ?

— Ne mélangez pas les cartes et répondez-moi : si Theodore revenait vous dire qu'il quitte sa femme et sa religion, feriez-vous ce que mon père a fait ? Ne plus nommer son nom quand vous nommez le nom de vos enfants ?

— J'ai déjà répondu à cette question, Adélaïde.

— Auriez-vous le cœur brisé, au moins ? Seriez-vous déchiré, détruit, effroyablement mort de le traiter comme un mort ? Vous êtes si cruels, si cruels… »

Cette fois, l'émotion la fait se détourner vers la fenêtre où le soleil de mars fait fondre les longs glaçons. Elle ne se retourne plus vers lui pour parler. « Partez ! Allez-vous-en ! Partez lire vos livres savants qui disent pourquoi la règle est plus puissante que les êtres humains. Pourquoi la loi écrase ceux qui font des erreurs et les éloigne à jamais. Allez bannir votre fils le cœur tranquille ! »

Elle ne l'entend pas sortir parce qu'elle sanglote. Quand, épuisée, elle se retourne vers son bureau, Aaron Singer est toujours là, assis dans son fauteuil.

« Je suis un vieil homme de soixante ans, Adélaïde. Je suis l'homme que vous avez décrit — déchiré et détruit et pire encore. Je ne sais pas comment dépasser la loi. Vous semblez le savoir. Alors, si dans votre fougue et votre jeunesse vous en trouvez le temps, j'aimerais apprendre à rendre l'être humain prioritaire à la règle. Mais ne vous y trompez pas : je ne vous rends pas votre père.

— Non, je sais. Vous me rendez l'espoir que Theodore en a peut-être un. »

Aaron sourit : « Le Theodore que vous connaissez est-il aussi magnifiquement combatif que vous ? »

* * *

Quand, au milieu de la tourmente, une autre lettre du couturier est arrivée, Adélaïde n'y a pas prêté attention. Elle l'a repoussée, pressée par autre chose, irritée que cet homme la dérange et cherche à faire du mal à Florent.

C'est Alex qui la bourasse. Il n'a pas du tout apprécié que les derniers événements de la vie d'Ada viennent déranger ses habitudes. Ce soir-là, quand elle arrive à la Croix-Rouge juste à temps pour les voir enfiler leurs manteaux, Alex s'empare de sa main et l'entraîne marcher en avant de Florent.

« Moi, quand mon père est mort, j'ai pas fait autant de *fuss*. As-tu fini ? Vas-tu revenir comme avant ? C'est pas ton mari !

— Qu'est-ce qui se passe, Alex ? Pourquoi ça t'énerve ?

— Tu vois pas ? Florent est rendu qu'y se ronge les ongles comme maman ! Il veut pas le dire, mais à toi, si tu le demandes, il va le dire ce qu'il a. Penses-tu qu'il veut être soldat ? »

Adélaïde se retourne et voit Florent lui faire un petit signe pour qu'elle continue sa route et sa conversation. Elle promet à Alex qu'elle « va en revenir » et s'occuper un peu mieux de lui et de ses amis.

Elle est accueillie comme une duchesse par une jolie vendeuse qui s'informe de ses désirs et l'invite à s'asseoir en attendant qu'elle voie si le maître est disponible. Adélaïde avait vu des photos de Gilles de Grandpré, mais quand elle aperçoit cet air suffisant, cette silhouette enveloppée, ces mains agitées qui s'affolent autour de son torse replet, un goût acide lui vient à la bouche. Comme il s'agite beaucoup pour lui retirer son manteau et l'invite à passer dans une pièce où ils auront « toute l'intimité nécessaire », elle n'a pas à placer un mot. Devant la volubilité affectée et l'accent français prononcé, Adélaïde a un réflexe immédiat, celui de parler anglais. De son accent le plus pur, elle demande s'il comprend cette langue et se trouve ravie de voir la bouche lippue rester ouverte un instant, avant de mâcher un « *Of course* » enfin suivi de silence.

D'une voix suave, en appuyant bien sur les notions importantes, Adélaïde enchaîne : « J'ai été très heureuse de constater que vous aviez à cœur les bonnes mœurs et le respect de notre belle jeunesse. Vous avez tellement raison de vouloir protéger de jeunes corps innocents des abus les plus répugnants. C'est tout à votre honneur, Monsieur de Grandpré. »

Déconcerté, le grand homme opine du bonnet sans rien ajouter. Adélaïde visse son regard au sien : « Dans votre dernier message, vous parlez d'avoir recours à la justice pour contraindre des esprits malfaisants et pervers, pour ne pas dire déviants. Je suis totalement d'accord avec vous et j'ai pensé vous soumettre mon problème : je suis moi-même en bonne position pour intenter une action en justice contre un homme qui a volé un jeune homme de quinze ans et qui a abusé de lui. Un homosexuel notoire qui a fait des avances non déguisées, incluant des touchers abjects sur un jeune apprenti de quinze ans, donc mineur et en droit d'attendre protection de la part des adultes. Vous avez quel âge, Monsieur de Grandpré ? Cinquante ans ? Davantage ? Vous êtes français. Je ne sais pas si la loi chez vous est aussi sévère et répressive pour ce genre d'actes qu'elle l'est ici. Ici, l'homosexualité est un crime et inciter un mineur est un acte criminel passible de… pas mal d'années de prison. J'imagine que, si vous songez à poursuivre un jeune homme pour des comportements qu'il aurait prétendument eus avec un enfant, vous serez d'accord pour que je poursuive, moi, un homme dans la force de l'âge et responsable qui a tout fait pour séduire un subalterne mineur.

— De quoi parlez-vous ? Ça prend des preuves pour ça…

— Et vous vous dites que je n'en ai pas ? Et vous pensez que vos soûleries et vos avances et vos touchers obscènes et furtifs ne comptent pas parce qu'il n'y avait pas de témoins ? Êtes-vous naïf, monsieur ? Pensez à ce qu'un juge marié et catholique pensera en vous voyant, vous, déclarer que c'est faux et que jamais vous n'avez levé les yeux ou la main sur un enfant aussi beau et inspirant que Florent. Essayez encore de salir Florent ou de dire un seul mot contre lui, et mes avocats entreprennent les démarches. Je vous garantis que j'irai jusqu'au bout et qu'il ne restera rien de votre belle réputation et de vos jolis salons fréquentés par des dames si bien. Nous nous comprenons, monsieur de Grandpré ? »

Le couturier, soufflé, parle français, incapable de poursuivre une telle conversation dans une langue étrangère.

« Mais ce sont des menaces ! Du vulgaire chantage. Vous êtes venue ici pour me menacer !

— Exactement ! Vous savez fort bien ce que c'est que des menaces, n'est-ce pas ?

— Mais c'était par amour, pour qu'il revienne ! C'était pour qu'il comprenne que je ne peux me passer de lui, vivre sans lui ! Il est tout pour moi. Tout ! Mon inspiration, mon soutien, ma pureté. Il est *la beauté.* Totale, intrinsèque. C'est sa faute aussi ! Il est parti sans me parler. Sans un mot ! Alors que je l'avais tiré du vulgaire, alors que je lui offrais tout : la renommée, le succès, l'argent ! Il ne m'a rien dit. Il est parti avec une excuse de midinette, sans me voir, sans s'adresser à moi, faisant porter son message par une petite idiote qui bafouillait. Comment voulez-vous que j'admette une telle ingratitude, une telle bassesse ? Je l'ai mis au monde et il me traite comme un valet. Je l'ai aimé, adulé et il me repousse comme… vous ne pouvez pas comprendre. Vous êtes trop jeune. Il est ma dernière chance, mon dernier grand amour. »

Adélaïde l'observe froidement. Elle ne sait pas si l'homme se croit, si ses larmes sont honnêtes ou font partie du théâtre qu'il s'offre, elle est seulement dégoûtée. Cet homme ne parle que de lui, et il faudrait comprendre qu'il aime Florent ? Il le menace de l'accuser publiquement de corruption et d'atteinte aux bonnes mœurs juste pour l'humilier et lui montrer qu'on ne rejette pas le maître comme ça, d'une « pichenotte ». Elle a bien du mal à croire à l'amour de cet homme pour qui que ce soit d'autre que lui-même.

Elle remet son manteau et abandonne Gilles de Grandpré à ses explications et à ses lamentations.

Elle trouve Florent occupé à céder au jeu préféré de sa fille qui consiste à descendre et à remonter les escaliers. Léa ne s'en lasse pas. Elle prend la main de Florent et, tenant fermement la rampe, elle descend avec application. Dès qu'elle a atteint un palier, elle lâche tout pour s'applaudir généreusement en criant « Bavo ! ».

En voyant sa mère, Léa renonce à la bonne tenue et descend les marches sur le fond de sa couche. Adélaïde la reçoit en bas, l'embrasse et la cajole jusqu'à ce que Léa, satisfaite et comblée, réclame un autre tour d'escaliers à Florent.

La petite fille dort depuis longtemps quand Adélaïde finit de relater son passage chez de Grandpré. « S'il poursuit quelqu'un pour corruption, maintenant, ce sera moi pour t'avoir suborné. Il n'est pas près de m'oublier ! Parfait, il va pouvoir me haïr et t'aimer. Il sera victime d'une marâtre et non de tes refus. »

Même s'il n'approuve pas les méthodes d'Adélaïde, Florent avoue son soulagement.

« Il fait pitié, tu sais, il a de graves problèmes.

— Dont celui d'exploiter et de maltraiter ceux qui lui rendent service. Je t'en prie, ne viens pas faire l'apôtre ici ! Ne te laisse pas traiter comme ça, Florent, défends-toi !

— Ada, je n'ai pas ton intelligence. Je n'aurais jamais pensé à le menacer.

— Ce n'est pas de l'intelligence, c'est de la méchanceté et de la vengeance, et ça, c'est vrai que tu ne l'as pas. Dis merci au p'tit Jésus, c'est pas simple à vivre quand on l'a. »

Ils sont tranquillement assis dans le salon, les jouets de Léa éparpillés entre eux sur le sofa. Adélaïde s'extrait des coussins et ramasse les lapins de peluche qui ont été achetés dans l'espoir de distraire Léa du seul lapin qu'elle aime, celui de Tommy qui lui a finalement été offert généreusement et qui ne la quitte pas depuis.

Florent la regarde faire. Il ne peut pas forcer Ada à parler, à pleurer ou à se fâcher, mais depuis la mort d'Edward, il la sent comme un volcan qui gronde. Elle s'assoit au piano et se met à jouer une sonate de Chopin qu'il avait oubliée depuis le temps. Une sonate mélancolique qui le ramène à l'Île, les après-midi d'été de pluie, quand Béatrice faisait la loi sur la galerie couverte et qu'Ada l'entraînait au salon. Cette musique va avec le bruit de la pluie dans les taillis sous la fenêtre ouverte. Cette musique sent l'été et la terre mouillée, l'été et la course jusqu'à la grange et l'odeur de foin humide. L'évocation est si puissante qu'il retrouve du coup quel tissu dégage cette odeur, quel mélange de lin et de coton exhale ce parfum unique. Sur le journal qui traînait, il griffonne un modèle de robe pour ce tissu. Une robe pour l'été et l'enfance, une robe pour la pluie bienfaisante qui détrempe la terre. Il en oublie la guerre et ses restrictions et descend l'ourlet jusque là où ça exige trop de tissu, là où les jambes des femmes sont découvertes exactement ce qu'il faut. Elles devront même tenir les plis de la jupe entre leurs doigts pour courir sans que l'herbe haute n'abîme le bord. Concentré sur son dessin, il murmure « encore » quand Adélaïde cesse de jouer. Elle sourit et reprend la sonate.

Quand elle regarde le dessin, elle fait une moue admirative et rejette le journal. Florent attrape sa main au vol : « Hé ! Elle va finir un jour, la guerre !

— Oui, Florent, et tu vas voir, il y aura beaucoup de femmes pour presque pas d'hommes. Alors, ta robe va se vendre très cher.

— Non ! Je voudrais bien l'offrir aux femmes qui ont fait marcher le monde pendant ces années-là. Tu sais, un cadeau de victoire.

— La robe de la victoire, Florent ? Une robe offerte, gratis ? L'idée est belle, mais ce soir je t'avoue que la victoire me semble plus qu'incertaine. »

Il l'empêche de partir, de s'éloigner avec sa tristesse. Il l'assoit de force près de lui, éteint la lampe et la laisse se calmer contre lui. Il la connaît, il faut se taire et rester là patiemment.

Elle joue avec la montre de Nic qui ne quitte jamais le poignet de Florent.

« Tu sais pourquoi je n'avais aucun remords à menacer de Grandpré ?

— Parce que c'est un dépravé ?

— Non. Tu veux dire, ses mœurs ? Non, c'est parce qu'il se sert de l'amour pour agir bassement et il pense que de dire "je t'aime", ça permet tout. Je déteste les gens qui se servent de l'amour pour agir honteusement.

— Il ne m'a jamais forcé à rien, Ada. Il ne s'est rien passé d'autre que… des approches de sa part.

— Je peux te demander quelque chose, Florent ? Quelque chose de très privé ? »

Tendu contre elle, il ne dit rien. Elle sent son inquiétude. Elle glisse sa main dans la sienne, la tient : « Alex… »

Florent a un brusque mouvement de recul qui n'arrête pas Adélaïde : « Je sais que les lettres étaient dures à prendre et qu'elles t'ont fait douter.

Mais Alex s'est attaché à toi, c'est lui qui m'a avertie que tu avais besoin d'aide. Il sait que tu t'éloignes, il s'en inquiète d'autant plus qu'il ne comprend pas pourquoi tu le fais. Il a perdu son père et il ne peut pas te perdre. Tu comprends ça ?

— Il ne me perd pas.

— Florent, ton attachement n'est pas faux. Tu ne l'aimes pas pour pouvoir en profiter en cachette. Il n'y a rien de perverti ou de dépravé là-dedans. Pourquoi tu donnerais raison aux accusations mensongères en t'éloignant de lui ? »

Florent soupire, découragé : « Je ne sais pas, Ada, ce n'est pas toujours simple, et les lettres m'ont fait peur.

— Peur que ce soit vrai ? Cachée très loin, une tentation du mal ?

— Cachée pas si loin… tout est si dissimulé, Ada, si honteux. Tout peut se mélanger si vite dans ce temps-là. Mais pas au point de croire qu'Alex… Je sais très bien qu'il n'est pas comme ça, pas… Il a des petites amies, il est charmeur, séducteur. Non, il ne peut pas être une tentation.

— Voyons Florent ! Ce n'est pas une raison. Il peut être une tentation même si lui n'en a pas.

— Je sais, je sais. Parlons d'autre chose, veux-tu ?

— Non. Parlons de la tentation, Florent, et de comment tu t'éloignes d'Alex. Tu l'aimes d'un autre amour que le bon ? Dis-le-moi. Je ne le répéterai à personne. Je veux t'aider.

— Ada, je l'aime tout court. Je n'ai pas la tentation qu'il change ou qu'il ait envie d'autre chose que de ses petites amies. Je n'ai pas de doute là-dessus. Dieu merci, Alex est normal, parfaitement normal, et je ne veux pas autre chose. Qui aurait le cœur de souhaiter une chose pareille à quelqu'un ?

— Alors, si tout est clair, pourquoi tu t'éloignes ?

— Je ne m'éloigne pas.

— Pourquoi tu gardes tes distances ? Pourquoi tu l'inquiètes en étant différent d'avant, plus froid ? »

Il s'agite, refuse de répondre. Elle le maintient près d'elle, garde sa main prisonnière de la sienne. Il finit par dire tout bas : « Avec les lettres, j'ai eu peur… peur du scandale, mais aussi peur de comment Alex me regarderait à ce moment-là. Maintenant, j'ai peur que ça paraisse, que ce soit marqué sur moi, dans mes manières, j'ai peur tout le temps, Ada, que les gens me méprisent et me haïssent d'être comme ça, incapable d'être normal. Si tu savais comme j'ai honte. Comme j'aimerais mieux mourir ou me cacher pour toujours au lieu d'être comme ça.

— Peux-tu changer ? Peux-tu guérir de ça ? As-tu essayé ? »

Le profond découragement qui accompagne son ricanement sans joie est aussi convaincant que le « Tu ne peux pas savoir combien j'ai essayé » qui suit.

Adélaïde pivote de tout son corps et lui fait face : « Alors, peux-tu te le pardonner ?

— Tu ne sais pas de quoi tu parles, Ada. C'est… c'est pas disable. C'est tellement sale. »

Elle s'étend sur lui de tout son long, saisit son visage et ressent contre son corps toute la réticence qui fait reculer Florent : « Écoute-moi. Il faut que tu fasses un effort et que tu fasses la paix avec ça. Sinon, tu vas être malheureux toute ta vie. Tu ne peux pas avoir honte de toi. Tu es si beau, si pur. »

Il ferme les yeux, on dirait qu'il va pleurer. Il souffle : « Tais-toi, Ada. Tu ne sais pas.

— Peut-être, mais que tu souffres, que tu sois mal dans ta peau me rend trop malheureuse. Il faut qu'on trouve une solution.

— Il n'y en a pas, Ada. C'est comme ça. Il faut penser à autre chose et c'est tout.

— Tu n'iras jamais vers une femme, Florent ? Jamais ?

— Je ne sais pas. Arrête… tu me… Non, je ne pense pas. Laisse-moi, Ada. Ne me regarde pas ! »

De tout son corps, elle appuie contre le sien pour l'empêcher de fuir. Elle tient son visage rétif entre ses mains et refuse de le laisser se cacher. Il éclate : « Lâche-moi, Ada ! Laisse-moi partir. Je ne veux pas parler de ça. Je ne veux pas qu'on parle de ça ensemble. Je ne veux pas que tu y penses ou que tu me regardes avec cette idée-là ! Pas toi ! Je veux que ce soit comme avant.

— Mais je l'ai toujours su, Florent ! Toujours. J'ai même détesté Nic à l'Île, parce que tu l'aimais plus que moi.

— J'ai jamais fait ça !

— Il fallait que je t'aime en maudit pour supporter ta joie quand Nic arrivait, quand Nic te prenait dans ses bras. Tu t'endormais contre lui, tu étais si heureux, si bien. Comment voulais-tu que je ne le sache pas ?

— C'était comme un père…

— Jamais de la vie ! C'était autre chose. Je le savais et toi aussi. C'était total, entier, comme ce que tu éprouvais pour moi, mais ça te faisait frissonner. C'est bien ce qui me choquait d'ailleurs. Moi qui me pensais unique…

— Tu l'es. Tu l'étais et tu l'es toujours. Ada l'unique, mon exclusive Ada. »

Au seul rappel de leur entente, il cesse de se défendre contre elle, il caresse son dos, ses cheveux.

Elle pose ses lèvres sur les siennes, le temps d'un baiser furtif : « Et si je t'aime en sachant qui tu es, ça ne t'aide pas à t'aimer un peu ?

— Ada, ce n'est pas possible, je suis différent, je me sens monstrueux en dedans. Je ne peux pas aimer ça. Et toi non plus. »

Adélaïde pose sa tête sur la poitrine de Florent : « Je t'aime pareil.

— C'est parce que tu ne sais pas.

— Tout le monde a ses cachettes, Florent. Pas juste les invertis. Le sexe est toujours une cachette, et tout le monde a peur que les autres devinent leurs petits secrets sales. Et ce n'est pas seulement l'idée du péché qui rend ça vicieux. On est tous gênés, et ça rend sale et hypocrite.

— Pas toi.

— Florent, arrête de me prendre pour ma mère ! Je ne suis pas une sainte, je t'en passe un papier. »

L'idée d'une Adélaïde perverse le fait bien rigoler. Il la traite de sainte nitouche qui ne connaît rien des bas-fonds de la pensée vicieuse et elle soutient fermement qu'elle sait de quoi elle parle. Ils s'obstinent jusqu'à en venir à se pousser et à se combattre pour rire.

Essoufflée, vaincue, Adélaïde se retrouve les épaules au tapis, main tenue par Florent, hilare, qui l'implore de déclarer forfait. Elle se débat, alors qu'il la tient solidement en répétant : « Dis : chut ! Dis : pardon, mon cher Florent ! »

Elle se débat en pouffant de rire : « Jamais ! Pas chut ! »

Ils finissent épuisés, étendus sur le tapis, sans vainqueur et sans vaincu, mais à bout de souffle tous les deux.

« Promis, juré, tu le diras pas ? »

Adélaïde sourit de l'entendre refaire ce vieux jeu où l'autre s'engage au secret et à la non-riposte sur l'aveu qui suivra. Cherchant encore son souffle, elle accorde : « Promis, juré.

— Quand j'étais petit, je pensais qu'on allait se marier. Tu sais quoi, Ada ? C'est comme si j'étais marié avec toi. Tu es la seule femme au monde pour moi.

— Sauf maman.

— Bon, sauf Gabrielle.

— Et sauf Léa ! Au bout du compte, Florent, t'es pas mal menteur ! »

Cette fois, elle dit « chut » et « pardon, mon oncle », mais jamais elle ne consent au « pardon, mon cher Florent ».

* * *

Même si la conversation n'a pas réglé tous les problèmes, Adélaïde constate que Florent se détend et qu'Alex retrouve son complice et sa bonne humeur. Avec le printemps qui arrive enfin, les soirées allongent, et Alex vient travailler dans le jardin à Westmount. Léa adore donner un coup de main et ne cesse de placoter de façon incompréhensible tout le long de ses travaux, ce qui amuse follement Alex. Il apprécie surtout quand Léa, très impatiente, exprime un « Non ! » ou un « Pas là, j'ai dit ! » d'une limpidité éclatante. Adélaïde ne voit pas comment enseigner la patience à sa fille, quand Alex l'embrasse fougueusement à chaque fois qu'elle parle avec autorité.

« Ne l'encourage pas dans ses défauts, Alex !

— Pourquoi ? T'es comme ça, toi, et on te chicane pas ! »

À Lionel, qui se garde bien de répliquer quoi que ce soit, Adélaïde marmonne qu'il est grand temps que Nic vienne mettre un peu de rigueur dans l'éducation de sa fille. Lionel lui tend respectueusement son thé : « Je crains que ce ne soit pire, Ada. Aucun homme ne pourra résister à la bonne humeur de Léa, surtout pas Monsieur Nic. »

Il la fait rire avec son « Monsieur » qu'il n'utilise plus que pour Nic. Florent et elle ont eu assez de peine à convaincre Lionel de ramener sa déférence à un niveau plus acceptable pour leurs oreilles.

« Peu importe, Lionel, qu'il revienne, même si c'est pour me la gâter. »

Il y a des jours où l'absence de Nic est si cruelle, si dure à supporter qu'elle en casse des objets. En avril, au bureau, elle s'est assise dans le sofa du bureau de Nic et elle a brisé deux crayons en s'énervant de devoir prendre des décisions seule. Souvent, pour se donner l'illusion de sa présence, elle s'installe dans les affaires de Nic et travaille à son bureau. Petit à petit, ses dossiers s'empilent dans la grande pièce et elle utilise le coin « salon » pour lire et annoter des documents.

Mais la nuit, seule dans le grand lit où le désir la tient éveillée des heures durant, elle finit par se lever et marcher, comme au temps déjà révolu où Léa faisait ses dents. Et, tout comme Léa à l'époque, elle mordrait tout ce qui peut être mordu, tellement l'inquiétude et le désir mêlés l'exaspèrent.

* * *

À la mi-mai, le soldat réformé Léopold Tremblay arrive enfin à Québec. Dépourvu de moyens, sans appartement et encore en traitements de réadaptation à l'hôpital des Vétérans, il est pris en charge par Germaine qui trouve le tour d'organiser un semblant de vie familiale rue Laurier, où Rose ne rentrait plus que pour dormir. Temporairement, Germaine s'y installe pour prendre soin d'un Pierre très difficile qui pleure sans arrêt depuis qu'on l'a retiré à Reine. Celle-ci, désespérée de le perdre et de le voir si malheureux, essaie de limiter ses visites afin de ne pas exacerber le chagrin de l'enfant quand elle quitte la maison.

Pierre fait peine à voir. Il n'ouvre la bouche que pour appeler sans arrêt « Matie », sorte de conjonction de maman et de tatie, donnée à Reine depuis qu'il parle. Il refuse de manger et ils ont dû ressortir les couches, Pierre ayant perdu tous ses acquis de propreté dès qu'il s'est retrouvé face à son père, ce monsieur qui le fait hurler de peur quand il s'approche. Les nuits sont encore pires, et c'est Germaine qui berce le petit garçon alangui qui dort à peine.

Isabelle, quand elle le peut, le prend avec ses enfants, afin de rendre le « sevrage » moins éprouvant pour tout le monde, mais Pierre guette la porte de l'appartement sans désarmer, tout le temps où il vient rue Lockwell. Reine est suspendue au téléphone à s'informer, à s'inquiéter et à s'en faire autant pour Pierre que pour Léopold.

Au bout de deux semaines de ce régime, Léopold s'est affaibli, Pierre est complètement amorphe et se nourrit à peine, Germaine commence à trouver l'aventure amère, et Rose diagnostique une dépression chez Reine. Pour tout arranger, Jean-René souffre d'un ulcère qu'il juge incurable, ce qui le tient loin des médecins sans épargner à sa femme les attentions que son état de santé requiert. Tout comme les fausses couches de Reine n'abolissaient pas les prérogatives conjugales de son époux, sa tristesse et son inquiétude pour l'enfant que Jean-René a vu partir avec soulagement n'amoindrissent pas les exigences de celui-ci.

Dans un dernier effort pour mettre sa vie à jour, Léopold arrive à

Montréal le 30 mai, afin de rencontrer Béatrice face à face. Il l'attend à la porte de son immeuble pendant six heures. Béatrice, n'ayant pas eu l'audace de refuser le rendez-vous, s'est simplement arrangée pour ne pas s'y montrer. C'est un Léopold complètement découragé qui se présente chez Adélaïde à dix heures le soir. Cette fois, devant le récit des événements, Adélaïde se fâche carrément. Comment Béatrice n'a-t-elle pas essayé de venir à Québec, si ce n'est pour Léopold, du moins pour Pierre, qui semble avoir grandement besoin de soins ? Pourquoi a-t-il tant tardé à venir à Montréal ? Qu'est-ce que tout ce beau monde compte faire ?

Adélaïde se tait quand elle voit les larmes rouler sur les joues de Léopold. Humilié, il les essuie en balbutiant que le retour est pire que la blessure, et que s'il était resté là-bas, au moins son fils aurait encore une mère. « Il faut qu'elle le reprenne, Adélaïde. Il faut que Pierre soit avec elle. Il est comme moi, il ne pense qu'à elle. »

Le sourire désolé qu'il fait bouleverse Adélaïde. Elle s'excuse de sa brusquerie, elle est fâchée contre sa sœur et son manque de cœur, pas contre lui ou contre Reine. Elle essaie de sonder si la décision de Reine est définitive. Léopold a bien de la peine à ne pas se remettre à pleurer, le pauvre.

« On s'est parlé une fois. Elle m'a dit qu'elle préférait ne plus me voir, ne pas encourager un espoir inutile. Depuis que Pierre est avec moi, c'est pire, parce qu'il lui manque et qu'elle pleure autant que lui. C'est inhumain de faire ça à un enfant. Je vais me tenir loin, je vais disparaître, mais qu'elle le reprenne. Si j'étais mort, Adélaïde, elle l'aurait gardé. Maintenant que je sais que Béatrice ne veut même pas me voir pour me dire que c'est fini, je vais m'arranger tout seul. Il faut seulement que quelqu'un fasse comprendre à Reine que Pierre a besoin d'elle. Et que je suis prêt à jurer de ne plus la revoir si elle accepte de le reprendre. »

Adélaïde veut bien se charger de ces négociations et, pour calmer Léopold, elle s'exécute sur-le-champ. Reine est tellement déprimée et sans tonus qu'elle a du mal à l'entendre. « Parle plus fort, Reine, la ligne n'est pas bonne.

— Jean-René dort.

— Parfait ! On va pouvoir parler. Léopold est ici.

— Chez toi ? Oh ! Adélaïde !… Prends soin de lui, il en a tellement besoin. »

Cette fois, la voix est sonore, on dirait bien que sa cousine est enfin réveillée.

« Reine, as-tu bien réfléchi ? Tu vois ce qui arrive avec Pierre. Es-tu sûre que tu ne veux pas reconsidérer ta décision ? Léopold m'a encore dit qu'il t'aimait.

— Je t'en prie, Adélaïde, c'est assez difficile comme ça.

— Peux-tu alors reconsidérer la possibilité de garder Pierre avec toi ?

— Il n'en veut pas ? Léopold abandonne son fils ?

— Non, Reine, il est lucide, ce n'est pas pareil. Il voit bien que Pierre va périr d'ennui loin de toi et il veut lui offrir la mère qu'il aime s'il ne peut avoir, lui, la femme qu'il aime. »

Reine sanglote au bout de la ligne, sans pouvoir prononcer un mot. Adélaïde a envie de hurler : « Viens ici ! Et consolez-vous pour l'amour du Ciel ! » mais elle se retient de brusquer sa cousine déjà si mal en point.

« Reine, tu veux bien en parler à ton mari ? Léopold paierait la pension et il s'engage à ne jamais te croiser si tu le demandes. En fait, il va faire tout ce que tu lui demandes, c'est pas compliqué.

— Pour moi, c'est oui, tu le sais. Je vais en parler à Jean-René. Ce serait pour… pour jusqu'à quand ?

— Jusqu'à ce que Béatrice se métamorphose en mère exemplaire ! Jusqu'à longtemps, Reine.

— Oh, mon Dieu ! Je ne me sens même pas le droit d'être heureuse, à cause de la vie que cela va faire à Léopold.

— Je t'en prie, Reine, c'est un demi-don du Ciel, prends-le ! S'il pouvait y avoir quelqu'un d'heureux dans cette histoire. »

Elle revient au salon et rassure Léopold. La solution est envisageable et elle affirme qu'une partie du problème est réglé.

« Remarque que si Jean-René avait la bonne idée de refuser net, ça pourrait peut-être faire virer le vent en notre faveur. »

Pour la première fois de la soirée, un sourire franc illumine le visage de Léopold : « Tu veux dire que tu ne nous boycotterais pas ?

— J'ai prié pour que ça se fasse, j'ai plaidé, tu ne peux pas savoir. Je n'aurais pas dû, d'ailleurs, Dieu serait resté de votre bord.

— Après ce que j'ai vu là-bas, je ne pense pas que Dieu soit de notre bord. »

L'homme qui est devant elle est un rescapé qui n'a pas eu à goûter aux camps de prisonniers ou aux combats sans fin. L'homme qui doute de Dieu fait partie des chanceux… Adélaïde frissonne et se garde bien de demander le moindre détail supplémentaire. Déjà, cette manche d'uniforme soigneusement épinglée à l'épaule hantera suffisamment ses insomnies.

Le lendemain, à midi, elle attend Béatrice à la porte des studios de Radio-Canada, boulevard Dorchester. Sa sœur a maintenant une présence régulière sur les ondes, avec quelques répliques par émission. Elle sort, agrippée au bras d'un grand brun assez beau qui repère tout de suite Adélaïde et demande à être présenté quand Béatrice est forcée de s'arrêter et de saluer. « C'est ma sœur », se contente-t-elle de jeter avant de demander à Adélaïde ce qu'elle veut.

Adélaïde tend la main à l'homme : « Adélaïde McNally, sa sœur, effectivement. »

Le brun rit et serre franchement la main : « Jean-Pierre Dupuis, je travaille avec Béatrice. »

Le regard inamical que lui glisse sa « collègue » en dit long sur la causerie qu'ils auront sous peu. Béatrice pince les lèvres : « Je suppose que c'est important si tu t'es donné la peine de venir jusqu'ici ? »

Pour ménager l'orgueil de sa sœur devant son ami, Adélaïde se contente de parler du rendez-vous de la veille que Béatrice a raté. Béatrice hausse les épaules et la renvoie à ses affaires. Mais Adélaïde ne veut pas avoir à revenir : « Béatrice, Léopold est chez moi et il attend ton appel. Je t'en prie, sois honnête avec lui, il n'insistera pas. Il est, disons, mal en point.

— Et tu l'encourages ? Quelle vertu, ma chère ! Je pensais que Reine s'en chargeait ?

— Excusez-moi, monsieur Dupuis, je voudrais parler en privé pour deux minutes.

— Ça a été un bonheur de vous rencontrer, madame, j'espère que nous aurons l'occasion de nous revoir. Je serai au resto, Babs ! »

Il s'éloigne, et Béatrice repousse sa sœur : « Laisse-moi tranquille ! Jean-Pierre ! »

Elle l'appelle comme on hèle un taxi dans les films français, avec le bras levé. Mais Jean-Pierre ne se retourne pas, et Béatrice n'a d'autre choix que de faire face. « Qu'est-ce que tu veux ? C'est fini, Léopold, il pourrait le comprendre, non ? »

Sa sœur l'énerve tellement qu'Adélaïde pourrait la frapper : « T'aurais pu le rencontrer pour le lui dire. Béatrice, reviens sur terre, tu as un enfant, aussi. Pierre ne va pas bien.

— Qu'est-ce qu'il a ?

— Triste, déprimé. Une sorte d'état de nerfs.

— Franchement, Adélaïde, il va avoir deux ans ! Faut pas exagérer. Un état de nerfs ! T'es folle, ma foi !

— Je vois que ça t'inquiète sans bon sens.

— Qu'est-ce que tu veux que je fasse ? Je commence à avoir des rôles, je commence à être connue. Tu ne veux quand même pas que je retourne à Québec bercer Pierre et prendre soin de mon mari infirme ?

— Tu sais qu'il y en a qui le font ? C'est même la règle. Peux-tu alors être d'accord pour que Reine prenne soin de ton fils de façon officielle ?

— Tu veux dire l'adopter ? Jamais !

— Non, je veux dire lui en confier la garde. Léopold est d'accord. Je voudrais que tu signes ce papier.

— Mais pourquoi ? On a toujours fonctionné sans papier ! Pourquoi je signerais cela ?

— Pour que Reine puisse s'en occuper officiellement. Pour qu'elle signe pour lui, qu'elle l'inscrive à l'école, je ne sais pas, moi. Pour qu'elle puisse répondre pour lui et qu'elle ait le cœur tranquille en ce qui te concerne.

— Et pourquoi son père ne le ferait pas, lui ? Qu'il réponde !

— Pierre ne supporte pas d'être loin de Reine. Et Jean-René préfère que Léopold ne vienne pas à la maison tous les jours.

— Mon Dieu ! Est-ce que Jean-René aurait des yeux tout à coup ? À peu près temps qu'il se réveille, lui ! »

Béatrice réfléchit rapidement, scrute sa sœur et finit par refuser : « Je ne sais pas pourquoi tu fais ça, Adélaïde, mais je n'ai pas confiance. Et si jamais ça venait à se savoir, ça présente mal, une mère qui signe un papier pareil. Je n'ai pas envie de perdre une réputation que j'ai bâtie si durement. C'est non. Que Reine fasse sans papier. »

Elle s'éloigne vivement. Adélaïde lui crie : « Vas-tu appeler Léopold ? »

Béatrice, avec un geste très vulgaire et très « Babs », lui signifie de ne pas y compter.

La signature seule de Léopold convient tout à fait à Jean-René, qui trouve inutile de faire des frais téléphoniques et remet à plus tard la négociation de la pension.

Soulagé d'un poids, Léopold décide de passer encore un peu de temps à Montréal. C'est deux jours plus tard qu'installés dans le salon chez Adélaïde ils entendent l'annonce de la prise de Rome par les Alliés. On est le 4 juin 1944 et Léopold, penché sur l'appareil, reste toute la nuit à boire et à célébrer la victoire des *buddies.*

* * *

C'est un beau-frère honteux et plutôt silencieux qu'Adélaïde va reconduire à la gare le lendemain. Elle a beau lui faire la conversation, il ne répond que par demi-syllabes. Il finit par s'excuser en balbutiant qu'elle a été une amie véritable dans toute cette histoire sordide. Mal à l'aise, Adélaïde essaie de l'encourager : « Léopold, quand tu es parti pour l'armée, tu étais un jeune homme timide, à peine capable de refuser une tasse de thé sans rougir. Peux-tu t'accorder un peu de temps pour te réhabituer à la vie civile ? Quand tu auras retrouvé tes forces, viens me voir, je pourrais te trouver du travail. Ce serait à Montréal, mais c'est peut-être mieux que de rester à Québec. »

Il fixe le vide devant lui, sans répondre. Puis il la remercie.

« Montréal, ce serait bien loin de Reine…

— Et de Pierre.

— Non. De Reine. Là-bas, mon fils ne comptait pas, pourquoi mentir ? Je l'avais vu à peine. C'est elle qui m'a soutenu, maintenu en vie. Pas lui. Pierre compte pour l'avenir, pour ce que je dois encore faire pour lui, mais pour moi, c'est Reine. Si j'étais resté là-bas, je recevrais encore ses lettres, au moins.

— Si Pierre représente l'avenir, accroche-toi à lui. Reine ne bougera pas, Léopold, elle ne peut pas.

— Tu vois, la vie est drôle, quand même : mon père voulait que je devienne une police pour le prestige de l'uniforme et il est mort avant que je m'engage. Je me suis marié avec Béatrice pour la vie et elle m'a quitté. J'ai aimé Reine pour sa loyauté et c'est ce qui l'empêche de me choisir. Et maintenant, les Alliés ont pris Rome sans mon aide.

— Ne dis pas ça, Léopold, tu as combattu avec courage. Peu importe le nom de la bataille, elle a contribué à la prise de Rome. Tu vois tout en noir. Donne-toi du temps, essaie de penser que la guerre va finir et que tu vas te refaire une vie. »

Il sourit enfin avec vaillance.

« Merci pour tout, Adélaïde, pas seulement pour ton accueil, mais ta peine pour Pierre, pour Reine, Béatrice… pour moi. Avec tante Germaine et Rose, j'avoue que tu m'as vraiment aidé.

— Tu vas aller chez ta mère, à Québec ? Dans ta famille ? Tu veux bien me laisser le numéro ?

— Je t'appellerai, Adélaïde.

— Tu vas manquer ton train, Léopold, si tu ne te presses pas.

— Manquer un train, moi ? Jamais ! Je peux t'embrasser ? »

Il se penche et l'embrasse sur les deux joues, les yeux encore pleins d'eau. Adélaïde le voit prendre son « snatchel », le poser, ouvrir la portière en effectuant la rotation pour que son bras gauche fasse la manœuvre, pivoter à nouveau vers elle : « Fais attention à toi, Adélaïde. » Il sort, reprend son sac pendant qu'Adélaïde, penchée, se charge de refermer la portière. Elle regarde le grand corps maigre s'éloigner — étrange comme la perte d'un bras peut affecter une démarche.

Elle se presse au bureau où elle arrive en retard pour le premier rendez-vous.

La secrétaire de Nic, Estelle Gingras, qui la seconde magnifiquement depuis qu'elle est seule à tout diriger, l'attend, debout dans le hall. Elle a un visage si bouleversé qu'immédiatement Adélaïde se précipite et secoue violemment les deux mains d'Estelle auxquelles elle s'accroche : « Nic ? Il est arrivé quelque chose à Nic ? Estelle !

— Non ! Non, vite ! Ils ont débarqué ! Les Alliés ont débarqué ! »

Livide, Adélaïde n'a plus la force de murmurer autre chose que : « Dieppe ? Encore ? Non, pas Dieppe !

— La Normandie, madame McNally ! Des milliers, ils sont des milliers avec les Américains, les Canadiens, les Anglais. Il faut descendre chez Blondeau qui a une radio. Tout le monde est là ! »

Adélaïde, incapable de voir autre chose que le massacre de Dieppe, incapable d'arrêter le mécanisme infernal de l'échec, se précipite et s'engouffre dans sa voiture.

Dieu merci, elle l'a prise pour reconduire Léopold, Dieu merci ! Elle arrive à la maison en courant, se rue dans le salon, allume la radio : le ton est enjoué, enthousiaste, ils ont l'air de croire que c'est une réussite, que l'attaque a bien fonctionné, que les Allemands reculent. Méfiante, elle écoute, à l'affût du moindre indice négatif, de la plus petite hésitation qui cacherait la vérité qu'aucun Canadien ne pourrait supporter après tous ces efforts.

Lionel la rejoint avec Léa qui trimballe sa panoplie de jouets et s'installe dans le salon alors que sa mère, oppressée, fait les cent pas et que Lionel, assis à côté du poste, ne perd pas un mot. Florent arrive en hâte avec Alex, et ils suivent ensemble les informations, émaillant chaque nouvelle d'un commentaire enthousiaste. Florent va même chercher une mappemonde pour expliquer à Alex, fasciné, où sont les ennemis et où sont les Alliés.

Adélaïde en est malade. Elle n'arrive pas à ajouter foi à ce que l'annonceur raconte, elle est convaincue qu'il s'agit d'une machination pour faire croire aux gens que la guerre est proche d'une issue favorable, que leur effort sert à quelque chose. Après Rome, si vite, il lui est impossible de penser que le Ministère ne leur cache pas quelque chose. Gênée de ne pas s'associer à l'exaltation générale, elle n'a qu'une obsession, elle ne prie que pour une supplique : « Faites que Nic soit épargné. Sortez Nic du carnage. Faites qu'il n'y soit pas. »

Elle monte dans sa chambre, fouille les lettres reçues, essaie d'y dénicher les indices nécessaires. Transféré en Angleterre en mars. Mars ! C'est trop loin, trop distant de juin pour que ça ait été le but de l'opération. Elle relit chaque lettre sans trouver ce qu'elle cherche : Nic est resté en Angleterre tout ce temps. Peut-être y est-il encore ? Peut-être a-t-il débarqué avec les milliers d'autres, peut-être est-il prisonnier, blessé, mort ? Elle se souvient de Dieppe : il était là, il la consolait, la réconfortait. Comment a-t-elle pu ne pas en profiter mieux ? Comment pouvait-elle ignorer sa chance ? Il était là pour Dieppe. Et maintenant, c'est à son tour de s'enfoncer sur cette autre plage près de Dieppe. Une autre plage française qui va lui voler un homme, l'absorber, le faire disparaître pour toujours. « Dieu ! Je vais Vous tuer si Vous me faites ça ! Je vais Vous trouver et je vais Vous tuer ! » Elle ramasse les lettres usées d'avoir été trop lues. « Des reliques », disait Isabelle.

C'est la pensée de sa cousine, de l'état dans lequel elle doit être, c'est l'urgence de la rassurer et de l'encourager qui permettent à Adélaïde d'échapper un instant à l'obsession de la perte de Nic. Elle se rue sur le téléphone.

Isabelle écoute la radio, les enfants crient pas très loin, il y en a un qui pleure, Adélaïde peut l'entendre. Elle argumente, réfute chaque objection d'Isabelle, l'amène à regarder le côté positif, à admettre que la victoire approche.

Dès qu'elle raccroche, laissant une Isabelle enfin ragaillardie, elle se remet à arpenter sa chambre et à sentir l'angoisse atroce peser sur sa poitrine, serrer sa gorge. De nouveau propulsée dans le cauchemar de l'attente, Adélaïde ne s'oblige qu'à un seul impératif : tenir. Tenir jusqu'à demain, jusqu'à la lettre, jusqu'à la preuve écrite par l'armée. Tenir sans lâcher prise, comme si, à bout de bras, de ce côté de l'océan, elle tenait la tête aimée hors de l'eau, à l'abri du naufrage, à l'abri du néant. Il faut tenir et elle se jure bien qu'elle va tenir — croyant presque que sa détermination est garante de celle de Nic, de son effort fou à ne pas lâcher, à ne pas abandonner. Adélaïde serre les dents, redresse son dos et se convainc que si la tentation de laisser la mort le prendre vient à Nic, il va l'entendre au fond de lui, il va l'entendre hurler : je tiens, alors tiens bon !

Les jours qui suivent sont hantés par les informations. La radio diffuse toujours des nouvelles encourageantes, la prise de telle ville, l'allégresse des Français libérés, l'assurance des Alliés de conquérir même Paris. L'avance des troupes est suivie point par point par Florent et par Alex. Florent a dessiné la France et il pique ses épingles sur chaque ville dès qu'elle est libérée.

Adélaïde se rend au bureau, abat un travail considérable, tendue, précise et impatiente. Les gens qui hésitent, tergiversent, sont immédiatement écartés de ses projets. Tout est trop long à son goût, tout prend trop de temps.

Après Nic et Maurice, c'est Fabien qui l'inquiète. On parle de tant de bombardements dans les airs qu'elle se dit qu'un jour ou l'autre Fabien va s'écraser avec la bombe toujours dans le ventre de l'avion.

Au bout de trois jours, l'angoisse devient supportable. Adélaïde fait régulièrement le tour de ses « bases de renseignements » et elle plaisante même avec Aaron qui, tout soudain, se met à croire que peut-être, si Dieu le veut, son fils sera libéré et pourra donner des nouvelles.

Ce soir-là, trois jours après le débarquement, Adélaïde tourne le bouton de l'appareil radio, toujours aux prises avec le doute que cette fois, son cœur va exploser, que cette fois, on va leur assener l'effroyable nouvelle d'un revirement de situation. Florent arrive vers six heures, accompagné d'Alex qui a encore pris congé de l'école pour travailler à l'effort de guerre. Elle regarde le petit garçon s'agiter, expliquer les troupes et leur avancée et elle se demande combien de temps encore Jeannine et elle peuvent espérer avoir avant de s'inquiéter de le voir prendre le chemin de l'armée. « Alex, c'est quoi, ton âge ? Pour de vrai, sans mentir.

— Douze. »

Elle ne le croit pas. Il est grand, débrouillard et déjà solide, mais il tient cela des McNally.

« Laisse faire, je vais demander à ta mère.

— Onze… Bon, O.K., dix. Mais j'ai l'air de douze. À l'école, les dix ans sont plus petits. »

Adélaïde sourit. C'est sûr qu'il a l'air plus vieux, mais cela la rassure tellement qu'il soit beaucoup, beaucoup trop jeune pour être accepté par l'armée, même comme réserviste.

C'est Lionel qui les interrompt : deux personnes de l'armée demandent à la voir. Le corps d'Adélaïde devient rigide, de marbre dans le fauteuil, comme incrusté dans le velours des coussins. Elle ne peut faire un geste, dire un mot, même ses yeux prennent une fixité inquiétante. Le soudain silence est perturbé par une réclame, et la voix exaltée de l'acteur qui répète inlassablement : « Rien n'est plus rapide ! Rien n'est plus efficace ! »

C'est Florent qui la tire du fauteuil, la prend par la main et l'emmène dans le hall où, au pied des marches, deux officiers se mettent au garde-à-vous. Adélaïde les fixe, hagarde, comme hypnotisée par leur présence. Elle descend, lâche la main de Florent et se tient droite, les yeux rivés aux deux hommes. Sans un mot, elle attend le coup qui va la tuer.

Le plus grand parle : « Madame McNally, nous sommes désolés de vous déranger. Nous n'avons que vos coordonnées pour… »

Son collègue le coupe, probablement incapable de supporter le regard torturé de cette femme : « Nous cherchons Madame Léopold Tremblay. »

Le choc est si subit, si brutal qu'Adélaïde a l'impression d'avoir été exécutée avec des balles à blanc. Elle cille, complètement éberluée. « Béatrice ? Mais Léopold est revenu ! Vous avez un mauvais nom ! Blessé en Italie, il est revenu, je vous dis ! »

Incapable de contenir son émotion, elle se met à rire convulsivement : « Excusez-moi, c'est nerveux ! J'ai pensé que vous veniez pour Nic… pour mon mari ! Mon Dieu ! que j'ai eu peur ! Excusez-moi ! Voulez-vous monter ? »

C'est Florent qui pose son bras autour de ses épaules, Florent qui lui dit que les messieurs n'ont pas fini. Interloquée, Adélaïde le regarde, entend l'officier le plus grand se gratter la gorge, mal à l'aise. Elle ne comprend pas, elle ne comprend plus. Elle écoute cet homme lui expliquer comment ils ont trouvé Léopold, comment les papiers étaient disparus, comment le corps mutilé du soldat et son uniforme leur avaient permis de remonter la filière jusqu'au soldat Léopold Tremblay, de la 54e division, qui s'est pendu dans les lieux d'aisances de la gare Windsor. Les coordonnées de Québec pour joindre Madame Tremblay devaient être erronées. Ils sont allés au second nom inscrit sur les dossiers, et Mademoiselle Germaine Miller leur a transmis le nom de Madame McNally pour rejoindre l'épouse de Monsieur Tremblay.

« Vous lui avez dit pour Léopold ? À Germaine ? »

L'officier répond poliment que tant que le sujet n'est pas identifié formellement et tant qu'ils ne s'adressent pas à la famille directe, ils ne divulguent pas les détails.

« Auriez-vous l'obligeance de nous indiquer où on peut trouver Madame Tremblay ? Ou, si vous êtes parente, vous charger de venir l'identifier ? »

Si Florent n'avait pas été là, Adélaïde aurait suivi les hommes sans gants, ni chapeau, ni sac. Absolument pétrifiée, elle ne réagit que devant le cadavre de Léopold. Sa maigreur, les clavicules apparentes, le cou marqué, la mâchoire tenue fermée par des bandelettes et le visage hideux avec cette couleur bleutée. La première chose qui lui vient à l'esprit est de cacher le visage. Elle remonte elle-même le drap et se demande comment faire en sorte que Léopold ait des funérailles chrétiennes en dépit de son geste.

« Il faut qu'il passe par l'église, il faut lui donner des funérailles. »

Elle se tourne vers les deux officiers : « Aidez-moi à lui donner au moins cela. »

Mais l'armée a terminé son travail. Les officiers s'inclinent, transmettent leurs condoléances et déposent Adélaïde et Florent à la porte de la maison, complètement démunis.

Au salon, bien enfoncé dans les coussins pâles, Alex tient un livre ouvert sur ses genoux et explique à Léa, blottie contre lui, les méfaits des lapins sur les carottes du jardin. Léa trouve très drôles les onomatopées qu'Alex multiplie pour faire le bouffon.

Devant ce tableau d'harmonie familiale, Adélaïde est saisie par tout ce qui lui reste à faire : avertir les proches de Québec, la famille de Léopold, dire… quoi ? Faire transférer le corps, organiser les funérailles et se battre pour qu'un prêtre comprenne et accepte.

Elle confie les enfants à Florent et se met à l'ouvrage. Il est plus de dix heures quand elle pose le téléphone. Tante Germaine est près de Reine et s'occupe d'elle. Mais Reine n'a eu qu'une réaction, une seule : il faut étouffer le scandale ! Il faut l'enterrer chrétiennement. Sa détermination soulage Adélaïde de la tâche de convaincre le curé : à elles deux, tante Germaine et Reine vont y arriver.

Il ne reste plus qu'à l'annoncer à Béatrice. Dix heures trente du soir est l'heure idéale pour la rejoindre chez elle. Adélaïde craint trop la réaction coupable de sa sœur pour la laisser recevoir seule la nouvelle.

Elle sonne rue Saint-Hubert. Il y a un très long délai avant qu'elle n'entende un bruit. Elle allait repartir quand la porte s'ouvre. Béatrice est en déshabillé et semble très soulagée de la voir : « C'est toi ? Qu'est-ce que tu fais là ?

— Il est arrivé quelque chose, Béatrice.

— À qui ?

— Je peux entrer ? »

Béatrice ouvre la porte sans enthousiasme et crie dans le corridor : « C'est ma sœur ! » Adélaïde comprend que son coup de sonnette a soulevé quelques inquiétudes, et que le soulagement de Béatrice s'explique mieux quand elle voit la porte de la chambre se refermer et les deux verres sur la table.

Jean-Pierre Dupuis sort de la chambre, habillé de pied en cap, poli, charmant. Il offre un whisky à Adélaïde, qui accepte en espérant y trouver le courage qui l'abandonne peu à peu : il lui semble si sordide d'annoncer le suicide de Léopold devant l'amant de sa femme.

Jean-Pierre sert le whisky, s'excuse de ne pas avoir de glaçons, s'assoit et se relève tout de suite en proposant de les laisser. Béatrice refuse net : « Ce ne sera pas long, n'est-ce pas, Adélaïde ?

— C'est une mauvaise nouvelle, Béatrice. Concernant Léopold.

— Quoi ? Il veut demander le divorce ?

— Non. Il… »

Béatrice s'impatiente, tapote sa cigarette sur la table de trois coups serrés avant de l'allumer : « Mon Dieu que tu fais des manières ! Qu'est-ce qu'il a, Léopold ?

— Il est mort. »

Béatrice échappe sa cigarette, qui brûle son déshabillé avant de rouler par terre où Jean-Pierre se précipite. Le petit grésillement, suivi de l'odeur roussie du tissu, accompagne le « Pardon ? » de sa sœur.

« Il… il est mort. C'est ça, Béatrice.

— Mais où ? Comment ? Un accident ? Comment ça, mort ? »

Adélaïde, gênée, n'ose pas dire la vérité devant un intrus. Jean-Pierre se lève et répète qu'il est mieux de partir. Béatrice saisit sa manche et s'y agrippe en répétant son « Comment ? » autoritaire.

« Il s'est tué. Pendu. »

Béatrice lâche la manche de Jean-Pierre qui s'assoit, sonné. Elle prend une nouvelle cigarette, alors que l'autre brûle dans le cendrier à côté de sa main. Elle tremble en la glissant entre ses lèvres, sa bouche se tord pour retenir la cigarette, son menton tressaute, elle n'arrive pas à allumer le briquet. Tout son visage se défait en un rictus effrayé. Adélaïde voit sa sœur comme quand elle avait dix ans et qu'elle craignait terriblement les suites d'un de ses mauvais coups.

Jean-Pierre prend délicatement la cigarette, l'allume et la remet à Béatrice. Il finit celle qui brûlait dans le cendrier. Ce geste d'aider Béatrice, de lui éviter le ridicule, touche énormément Adélaïde.

Béatrice demande s'il a dit quelque chose, s'il a dit pourquoi.

« Non, Béatrice, il n'a rien dit. Rien écrit. Il était très découragé, il voyait tout en noir.

— Mais ça n'aurait rien changé à ma décision qu'on se voie ! Tu me crois ? Ça aurait juste empiré les choses pour lui. Moi, c'était pour l'épargner, pour lui sauver cette peine-là que je ne suis pas venue. Mon Dieu… Qu'est-ce qu'on va dire ? Qu'est-ce qu'on va dire aux gens ? »

Adélaïde détache son regard de la bouche de sa sœur qui tire sur la cigarette et qui tremble en même temps. Elle a honte, seulement honte.

La main de Jean-Pierre effleure son coude : « Buvez, vous êtes pâle. Vous êtes fatiguée. »

La gorgée lui chauffe la gorge, irradie dans sa poitrine. Le goût est désagréable, trop fort, médicamenté. Elle grimace, les yeux pleins d'eau, ce qui fait sourire l'homme : « Évidemment, ce n'est pas de la bière d'épinette. »

On entend des cris par la fenêtre de la cuisine, les cris d'un couple qui se chicane. La nuit d'été et les drames conjugaux entrent dans la cuisine où Béatrice sanglote maintenant en répétant qu'elle n'y peut rien, que ce n'est pas sa faute.

Adélaïde est si exténuée soudain, si éreintée et sans ressources qu'elle se lève en espérant trouver suffisamment d'énergie pour se rendre chez elle.

« Non, Béatrice, c'est la faute de la vie et de la guerre. C'est la faute du bon Dieu qui n'est pas de notre bord, comme a dit Léopold.

— Il a dit ça ? Il a dit ça ? »

Béatrice répète inlassablement ces mots en pleurant, et Adélaïde la laisse. Jean-Pierre l'accompagne dans le corridor et s'inquiète de lui trouver un taxi. Elle l'assure qu'elle se débrouillera et lui demande de veiller sur Béatrice : « Ne la laissez pas seule, cette nuit. Le promettez-vous ? Restez auprès d'elle. »

Jean-Pierre promet. En fixant l'alliance qu'il porte, Adélaïde s'imagine le prix que lui coûtera cette promesse en explications le lendemain matin. Elle s'en fiche, les problèmes des hommes adultères ne l'atteignent pas tellement ce soir. Elle n'a plus de pitié de reste.

* * *

Le prêtre, dans son homélie, parle des ravages de la guerre sur l'âme humaine et enchaîne sur la vie éternelle.

Voilà donc ce qu'a obtenu Reine. Voilà ce qu'elle voulait dire avec son « Dieu me le doit » qui ne recelait aucune concession.

Le petit Pierre accroché à sa main, Reine se tient droite et digne, le portrait de la femme courageuse et qui bénéficie du soutien de Dieu. Jean-René, indisposé, n'est pas près d'elle, et cela doit être un soulagement pour Reine, ne peut se retenir de penser Adélaïde. Béatrice, en voiles de deuil, pleure toutes les larmes de son corps, agrippée au bras secourable de Jean-Pierre qu'elle a présenté comme « un ami inestimable dans ces moments tragiques et éprouvants ».

Tante Germaine a le dos bien courbé et la tête bien basse. Cette mort la scie de douleur et de révolte, et Adélaïde n'a rien ajouté à son « Comment avons-nous pu laisser faire un gâchis pareil ? » Pour la première fois de sa vie, sa tante n'a pas trouvé d'indulgence pour Béatrice : « Bien le temps de pleurer et de se désoler ! Je ne comprends pas la mentalité d'aujourd'hui. Je ne comprends plus, ma grande. Ta mère aurait été bien triste de tout cela. »

Léopold est enterré à côté de son père dans le lot familial. Sa mère se tient près d'Adélaïde, qui reconnaît cette manière des pauvres gens de s'en remettre à Dieu dans la façon qu'elle a de marmonner : « J'en ai fait mon sacrifice au bon Dieu. On ne sait pas pourquoi, mais le bon Dieu se comprend, Lui. »

Dans le silence qui suit l'enterrement, Pierre lève la tête vers Reine : « Viens, Matie, on s'en va chez nous. »

Pierre a donc retrouvé la parole en retrouvant Matie. Reine le prend dans ses bras et cherche Béatrice des yeux. Celle-ci se mouche bruyamment et relève son voile de deuil pour aspirer une bouffée de la cigarette de son compagnon. Elle sursaute quand Reine lui touche l'épaule. Pierre se détourne et cache son visage dans le cou de Reine alors que Béatrice essaie de lui parler. Inutile d'insister, Pierre refuse de seulement se tourner vers sa mère.

Adélaïde s'approche de Reine et marche en sa compagnie vers la sortie du cimetière : « Tu vas venir chez tante Germaine, Reine ?

— Non. Pierre est fatigué et Jean-René m'attend. Son médicament est dans une heure.

— Reine, je veux te dire que ce n'est pas…

— Pas ici, Adélaïde. Pas devant Pierre. Nous en reparlerons un jour, plus tard. Pour l'instant, il faut que je voie au petit et à mon mari. »

Adélaïde a la certitude que le « plus tard » de Reine équivaut à un « jamais ». Pourra-t-elle croire elle-même à cette ruse inventée pour tromper un Dieu sévère qui tient des comptes serrés ? Pourra-t-elle se faire accroire que la guerre a rattrapé Léopold dans son geste désespéré ? La guerre et non les siens ? Se peut-il que Reine efface jusqu'au geste de Léopold dans sa mémoire ? Jusqu'à cet amour impossible ?

Adélaïde n'est pas loin de croire que l'humanité a perdu beaucoup de ses qualités depuis un certain temps. Révoltée par l'apparente indifférence des gens, elle retourne près de la tombe de Léopold et y demeure jusqu'à ce que les fossoyeurs terminent leur tâche et que la terre fraîche fasse un petit monticule brun foncé dans le vert uni du cimetière. Florent effleure son coude : « Viens, maintenant, Ada.

— Regarde, Florent, il avait vingt-cinq ans, une femme qui ne voulait plus de lui, un enfant qui ne le reconnaissait pas, un amour fou pour une épouse fidèle à un mari… difficile. Regarde, la terre est replacée. Il a perdu un bras là-bas et le reste ici, avec des gens tellement bien qu'ils ne bougent pas devant le désespoir, des gens si dignes qu'ils lui demandent d'être poli, de ne pas les éclabousser avec son scandale.

— Ada, ça ne lui donne rien que tu dises ça.

— Je sais. Je sais que c'est avant qu'il fallait parler, se fâcher, crier que c'est injuste. Je lui ai dit d'espérer, Florent, que ça s'arrangerait. Aussi menteuse et hypocrite que les autres !

— Tu aurais voulu lui dire de désespérer, peut-être ?

— Que j'étais là, Florent. Que je ne m'en fichais pas !

— Je pense qu'il le savait. Il le savait, Ada, seulement, ça ne suffisait pas. »

Dès qu'elle rentre à Montréal, Adélaïde se remet à espérer fiévreusement des nouvelles de Nic. Son seul répit, c'est l'énergie et la concentration qu'elle doit fournir au bureau où les demandes pour les usines de guerre sont encore plus importantes et où les carences de main-d'œuvre et de matériaux de base sont encore plus criantes. Adélaïde a l'impression d'être soudée au téléphone et de discuter sans arrêt. Elle apprend à couper court quand on essaie de l'emberlificoter, à saisir l'interlocuteur en parlant crûment et sans détours. Elle négocie pied à pied, ne baisse jamais les armes et revient à la charge au moindre échec. Souvent, les hommes avec qui elle parlemente sont muets de surprise devant son aplomb et son opiniâtreté. Comme ils sont peu habitués à parler directement avec des dames, Adélaïde les surprend et exploite cet atout.

Mais l'attente, l'inquiétude qui la ronge au sujet de Nic, l'empêchent de dormir et la rendent fébrile et irritable. Quelquefois, elle voudrait engueuler Nic : comment peut-il la laisser aussi seule avec autant de responsabilités ? Mais les bilans sont positifs : pas de pertes dramatiques, certains maigres gains qui, considérant l'effort de guerre auquel elle participe plus que ce qui est exigé, indiquent une administration judicieuse et sévère.

Dans son esprit, Adélaïde a fixé le délai de l'attente au 10 juillet. À partir de cette date, elle s'accordera le droit de s'en faire sérieusement, pas avant. Elle est consciente de donner peu de jeu à Nic, mais cette date représente le plafond de sa capacité de tenir. En attendant, elle s'étourdit de travail et de problèmes familiaux.

Rose a terminé son cours et doit partir pour l'Europe en septembre, ce qu'Adélaïde essaie de retarder en faisant valoir qu'elle est trop jeune, puisqu'elle viendra d'avoir ses dix-sept ans. Mais le problème de Rose est supplanté par celui de Guillaume qui, à quinze ans, désire la signature de sa tante Germaine, qui est tutrice des enfants mineurs d'Edward, pour faire partie de la réserve. Tante Germaine, qui a déjà fort à faire avec la maison qui est en vente et qu'elle doit vider, ne sait plus où donner de la tête.

« Qu'est-ce que tu veux, ma pauvre petite fille, j'en ai jamais eu, d'enfants ! Et le gouvernement demande à ceux de treize ans de se tenir prêts ! C'est sûr que les quinze ans de Guillaume font mûr à côté de ça ! »

Dix ans, tant qu'à y être, se dit Adélaïde, qui retrouve la combativité de sa jeunesse contre la conscription. Mais l'avance des Alliés, l'enthousiasme des commentateurs laissent croire à la victoire prochaine et à l'inutilité de ces réserves constituées d'enfants. Tout le monde s'imagine que la guerre sera finie bientôt, et que ces précautions deviendront fort peu probablement des plans d'action. Adélaïde n'en croit rien. Ça fait des années qu'elle se répète que la guerre ne durera pas. Elle a compris depuis le temps que personne ne sait rien de ce qui se passe en Europe. Rien de rien. Les informations sont non seulement censurées, mais elles ne sont livrées que goutte à goutte et dans les grandes lignes. Les détails, les vérités de guerre, elle est persuadée qu'ils n'en savent pas la moitié. Elle garde pour elle sa méfiance, mais elle reste vigilante sur tous les engagements qui signifient de possibles pertes de vies.

Le jour de la vente de la maison, une Germaine effondrée signe le consentement pour Rose et elle s'en explique à Adélaïde : « Elle n'a plus de maison, elle n'a plus de parents, elle ne croit qu'à une chose : servir. Pourquoi ce serait autrement, veux-tu me dire ? Depuis la mort de ta mère, cette enfant-là n'a fait que servir. Il faut la laisser vivre selon ses désirs. Partir là-bas est moins dangereux que de se marier à dix-sept ans, comme l'a fait Béatrice. À tout prendre, je la préfère là-bas à faire l'infirmière qu'ici à hypothéquer son avenir en se mariant sur un coup de tête. Rose aussi a le droit d'agir selon sa conscience.

— Mais si elle est blessée là-bas ? S'il lui arrive quelque chose, tante Germaine ?

— On pensait bien que Léopold était sauvé… et c'est ici que quelque chose est arrivé. Je ne veux pas désespérer ta sœur, Adélaïde. »

Encore une de qui s'inquiéter, pour qui s'en faire ! Adélaïde ajoute Rose à sa longue liste d'affections outre-mer et elle l'invite à venir passer juillet à Montréal avec Guillaume. Pour les Miller, cette année, l'Île est vraiment hors de question.

Rose est enchantée, et Guillaume ne se peut plus d'excitation. Il est entendu qu'ils viendront tout juillet et une partie du mois d'août. Le supplément de travail occasionné à Adélaïde par leur venue est largement compensé par la joie de les avoir près d'elle, et Lionel et Florent ont déjà organisé une sorte de distribution de tâches qui devrait faire illusion et donner l'impression que d'avoir tout ce monde à la maison est un réel avantage.

Quand Estelle Gingras lui dit que des fleurs sont arrivées pour elle, Adélaïde se précipite dans son bureau et déchire l'emballage pour sortir la carte. Elle est si déçue de ne pas trouver le nom de Nic qu'elle jette la carte sur la table basse et enlève ses gants et son chapeau tranquillement en se traitant d'idiote : ce n'est pas depuis un champ de bataille que Nic va lui faire parvenir des fleurs ! D'un camp d'entraînement, en le demandant à Florent, oui, mais pas depuis la Normandie.

Une demi-heure plus tard, en reconduisant un client auprès de sa patronne, Estelle Gingras lui demande si elle peut mettre les fleurs dans l'eau. Une fois le client expédié, Adélaïde reprend la carte.

Avec mon admiration. Jean-Pierre Dupuis.

Elle n'en croit pas ses yeux, quelle admiration ? Pourquoi ? Qu'est-ce que cet homme lui veut ? Elle jette la carte et recommande à Estelle de placer les fleurs dans le hall d'entrée, de façon que tout le monde en profite.

À Florent, qui juge le bouquet très luxueux, elle demande en quoi cet homme se croit en droit de faire un envoi pareil.

« Le beau brun avec Béatrice aux funérailles ? Il te mangeait des yeux, Ada. C'est ça qu'il a.

— Ma foi du Ciel ! Il pense que j'ai les mœurs de ma sœur ! C'est insultant. En plus, il est marié. Imagine si Béatrice apprenait un envoi pareil ! Il a de l'aplomb quand même ! »

Florent pose sa revue sur la table, s'étire et observe Ada qui arrange son chapeau sur ses cheveux, maintenant assez longs pour les ramener en arrière avec des peignes, comme la mode le veut.

« Tu es belle, Ada, tu ne t'en souviens pas ? C'est la guerre ou l'absence de Nic qui te permet d'oublier une chose aussi évidente ?

— Tu dis n'importe quoi, Florent, vraiment !

— Regarde. Regarde-toi. La taille longue, le tailleur ajusté exactement ce qu'il faut pour la souligner, l'échancrure parfaite, à la fois chic et osée, dont la pointe tombe strictement au niveau de la manche courte, la longueur de l'ourlet qui met en beauté des jambes à la Dietrich, des épaules solides, un long cou et la tête au port royal. Si je pensais ouvrir un salon, je te demanderais de porter mes modèles devant les clientes. De Grandpré n'avait pas de mannequins aussi bien que toi et il disait que je dessinais pour des femmes impossibles. J'ai toujours dessiné pour toi.

— Je suis donc une femme impossible. Viens, on rentre au lieu de dire des bêtises. »

Florent sourit, la prend par la taille, comme pour la faire danser, il soulève la main gantée jusqu'au coude, la place sur son épaule et chuchote dans l'oreille de sa partenaire de danse : « Tu m'as dit que j'étais beau, l'autre soir, et ça ne se dit pas à un homme. Laisse-moi te dire que quand je te regarde, je te trouve très belle, Ada, magnifiquement belle. »

Elle l'enlace plus étroitement : « Tais-toi !

— Pourquoi ? Puisque c'est vrai.

— Parce que tu vas me faire pleurer, Florent. Ça fait si longtemps… »

* * *

Adélaïde avait oublié de considérer l'effet tonique qu'auraient sur elle les nouvelles des autres soldats. Fabien est le premier qui écrit depuis le débarquement.

Patrick et moi avons bombardé sans arrêt la France occupée. Une mission de je ne sais plus combien d'heures. Nous venons de rentrer. Vingt-quatre heures à dormir avant de repartir. Dis à tout le monde que je suis vivant. Dis à tout le monde que je les aime et que nous vaincrons. Avec Dieu, nous vaincrons.

Rose a tellement lu et relu la lettre que le papier en est tout ramolli. Depuis leur arrivée, Guillaume et Rose n'ont pas arrêté. Quand ce n'est pas Florent, c'est Alex qui leur sert de guide dans la ville. Un Guillaume très impressionné a visité les bureaux de Nic et d'Adélaïde et a demandé à voir les usines. Adélaïde confie cette visite guidée à Stephen Stern, qui s'en charge avec enthousiasme.

« Vous savez qu'il a de bonnes idées, votre petit frère ? Il pourrait vous aider, vous seconder, le temps que Nic finisse cette guerre.

— Si je le trouve trop jeune à quinze ans pour aller faire la guerre, ce n'est pas pour le faire trimer ici. »

Mais Guillaume est un fin tacticien. C'est avec Florent qu'il discute de ses projets. Il essaie de savoir comment sa sœur se débrouille, ce qu'il pourrait faire pour l'aider. Peu à peu, au fil des conversations à bâtons rompus que Florent a tous les soirs avec Ada, l'idée fait son chemin et s'impose : le temps que Guillaume décide de son avenir et surtout pour éviter qu'il se retrouve à l'armée ou qu'il fasse pression sur tante Germaine afin qu'elle signe un consentement, il pourra rester à Montréal et aider sa sœur de temps en temps.

Avant tout, Adélaïde tient à ce qu'ils aient de vraies vacances, un vrai répit, et elle s'efforce de se libérer plus tôt, de garder les fins de semaine inoccupées pour aller en excursion dans le Nord ou les Cantons-de-l'Est.

Léa est devenue un vrai tyran affectif, elle enjôle ses proches et les rend incapables de lui refuser quoi que ce soit. Si ce n'était sa farouche indépendance, elle serait continuellement portée par l'un ou par l'autre. Mais elle trottine et elle parle avec une grande assurance. Adélaïde se demande si elle pourra lui interdire quelque chose tant elle argumente avec brio. « Mais là, c'est non ! » répète-t-elle gentiment en faisant ce qui est interdit. Le fait de dénoncer elle-même la désobéissance a pour effet de faire rire tout le monde, sauf Adélaïde, qui tient quand même à ce que Léa ne devienne pas une enfant mal élevée qui abuse de tout un chacun. Mais, ce mois de juillet, Ada se retrouve seule dans le camp de la sévérité, Rose et Guillaume ayant pour habitude de combler les désirs de la petite fille avant même qu'elle ne les exprime.

« La princesse Léa est devenue la reine Léa, à ce que je vois » est le commentaire ultime d'Adélaïde. Elle va coucher sa fille mécontente qui réclame une autre histoire.

Adélaïde lit l'histoire en haut, dans la chambre où le petit lit devra bientôt être changé pour « un lit de gande », comme dit Léa.

Sa fille, debout dans sa couchette, les mains appuyées aux barreaux, se dandine et regarde sa mère en inclinant sa jolie tête bouclée. « Un bec, maman. »

Ada se penche et sent sa fille se blottir si fort qu'il lui est impossible de se redresser sans la garder dans ses bras. « Petite rusée ! »

« Sur les genoux, mais sage ! » prévient Léa. Ada lit une autre histoire, et Léa joue avec son lapin dans une main tandis que l'autre est posée dans le cou d'Adélaïde. Quand la petite main mollit et lâche ses mèches de cheveux, Adélaïde sait qu'elle peut recoucher sa fille. Elle se lève doucement, son petit fardeau alangui contre sa poitrine. Elle embrasse le cou où une odeur de bébé bien propre et sucrée l'enivre.

« Fais dodo, mon bébé, maman reste à côté. »

Elle laisse la « mumière » de la salle de bains allumée entre les deux chambres et elle se regarde dans le miroir. Léa a dégagé ses cheveux du petit roulé dans lequel elle les coiffe. La robe qu'elle porte est à petits carreaux fins bleus et blancs, les manches sont courtes et les épaules bien rembourrées. Sa taille est encore plus fine avec toutes les tâches qui la forcent à courir à longueur de journée. Elle ne se trouve pas belle, en dehors de cette silhouette longue, effilée, qu'elle tient de sa mère. L'apparente contradiction entre les cheveux sombres et les yeux gris intenses, la délicatesse des os du visage et la générosité de la bouche créent une harmonie peu banale, faite de détermination et de fragilité. Elle descend la main le long de son cou, Nic adorait l'embrasser là. « Je vais juste te goûter un peu, rien d'autre. » Il prétendait qu'en faisant ployer le cou il pliait sa conscience et la mettait dans une petite boîte à part. Elle sourit. Comme si sa conscience avait jamais pu s'opposer à un baiser ! Elle est pareille à sa fille : un baiser dans le cou et elle s'abandonne en roucoulant.

« Tu sais qu'on t'attend en brassant les cartes, en bas ? »

Florent est tout joyeux, détendu comme elle ne l'a pas vu depuis longtemps : « Tu ne me crois pas quand je te dis que tu es belle ?

— Tais-toi et viens ! Tu vas me la réveiller. Qu'est-ce qui te rend de si bonne humeur ?

— La famille. Qu'ils soient ici, qu'on joue aux cartes comme à l'Île et qu'en plus on aille au Parc Belmont. »

Il dévale les escaliers devant elle, il n'a que dix-sept ans, elle l'oublie si souvent ! Lui aussi, d'ailleurs. Quand elle le regarde à côté de Guillaume, elle peut à peine croire qu'ils n'ont que deux ans de différence. Guillaume a l'air d'avoir l'âge d'Alex. Elle se demande si la vie protégée de Guillaume l'a empêché de vieillir prématurément ou si c'est une disposition de l'esprit qui fait que la vie marque ou laisse indemne en passant sur un visage, sur un corps. Rose est si sérieuse et pourtant elle a gardé son visage rond de poupée. Elle a encore plein d'enfance dans les traits, mais si peu dans la vie.

« Hé ! Tu joues de l'atout ! »

Adélaïde se reprend, s'excuse et perd la partie. Elle les laisse recommencer sans elle et va au salon. Sans allumer, elle s'assoit au piano et joue pendant suffisamment de temps pour en perdre la notion.

Quand elle laisse vibrer le dernier accord, elle entend la voix de Rose, venue du sofa où elle s'est discrètement assise : « Quand j'étais petite, je me cachais pour t'écouter. Je pensais que tu étais Beethoven. Tu étais si parfaite, Ada, tu étais comme maman. Tu savais tout faire et tu le faisais bien.

— Ce n'est pas vrai. Je me trompais, mais je ne m'en vantais pas. Tu m'en voulais, Rose, d'être comme ça ?

— Non, je voulais être comme toi. Et après, quand j'ai vu que je ne pourrais pas, j'ai voulu offrir à Dieu d'être juste ce que j'étais. »

Adélaïde s'approche, s'assoit près de Rose : « Offrir à Dieu, tu dis ?

— Ce n'est pas parce qu'oncle Cyril est un prêtre discutable que Dieu l'est. Tu ne penses pas ?

— Sans doute. Et… qu'est-ce qui est arrivé entre Dieu et toi ?

— Il est venu chercher maman, puis papa, puis Léopold.

— Tu Lui en as voulu ?

— Non. Mais j'ai compris qu'Il n'était pas pressé de m'avoir dans un couvent. »

Le cœur d'Adélaïde se serre en pensant à Rose dans un couvent, à jamais en dehors du monde.

« Peut-être que tu as encore des choses à découvrir avant de choisir.

— Je ne suis pas comme toi, Adélaïde, j'ai choisi. Je fais partie des humbles, moi, je fais partie des fourmis. Toi, tu es différente. Tu te bats, tu discutes avec Dieu. Tu n'es jamais tranquille et tu ne Le laisses jamais tranquille. C'est très bien comme ça : il faut que Dieu sache qu'il y a des mécontents.

— Comme moi ?

— Adélaïde, j'ai fait du piano pendant huit ans, sous prétexte que j'avais ton talent. Quand je t'écoute jouer, je sais très bien que j'ai un petit talent, mais que toi, tu te sers de tout ton talent pour te battre, pour dire autre chose que juste la musique. Tu n'es pas sage, Ada, et ça ne te fait pas peur. Tu n'es pas sage au piano, tu n'es pas sage dans la vie. Moi, je ne sais qu'être sage, obéissante. Chacun sa voie. Je mourrais de peur de devoir faire ce que tu fais chaque jour.

— Je voudrais que tu me promettes quelque chose, Rose. Je voudrais que tu ne te fasses pas religieuse avant d'avoir vingt et un ans.

— Tu penses que je n'ai pas la vocation ?

— Ça, je ne sais pas, mais je pense qu'on choisit trop vite de nos jours. Je pense que Béatrice n'avait pas la vocation de la maternité, que Reine n'avait pas celle du mariage avec un homme comme Jean-René. Je pense qu'on commet des erreurs difficiles à rattraper ensuite, quand on choisit trop vite.

— Qu'est-ce qui est arrivé à Léopold, Adélaïde ? L'accident que tante Germaine essaie de nous faire accroire ?

— Il a perdu Dieu, je pense… perdu la foi et l'espoir.

— La Foi, l'Espérance, reste la Charité, on peut s'accrocher à la charité, tu sais. Il ne pouvait pas ?

— Je pense qu'on ne peut pas juger Léopold. On peut seulement évaluer le poids de l'erreur, et cela pesait lourd dans sa vie.

— Papa ne croyait plus en Dieu.

— À cause de la mort de maman ?

— Je ne sais pas, mais pour faire ce qu'il a fait avec toi, il fallait qu'il n'ait aucune mémoire de Dieu ou du pardon. »

Adélaïde se demande si elle a la mémoire du pardon, et le visage bleuté de Léopold lui revient en même temps. Comment pardonner à Dieu de laisser ses soldats aussi seuls, aussi abandonnés ? Au moins, Edward avait eu son visage à elle pour mourir, la réplique du visage adoré de sa mère. Léopold avait eu des toilettes sales, publiques, et un seul bras pour accrocher sa corde. « Dieu n'est pas de notre bord. »

« Rose, si les Allemands prient Dieu tous les jours de les aider dans leurs combats comme nous on le fait de notre bord, comment Dieu va-t-Il choisir son camp ?

— Je ne sais pas, mais dans ce temps-là, je suis très contente de ne pas être Dieu. »

Étendue dans son lit à attendre ou le sommeil ou la fin de l'angoisse qui accompagne la nuit, Adélaïde se dit que la différence entre Rose et elle, c'est qu'elle voudrait bien parlementer avec Dieu et faire valoir des arguments d'importance, avant qu'Il ne choisisse son camp.

* * *

Quand Estelle Gingras lui annonce que Monsieur Jean-Pierre Dupuis aimerait lui parler, Adélaïde est contrariée. Pourquoi cet homme se comporte-t-il de façon si peu décente ? Est-ce que le métier d'acteur le dispense du respect et de la distinction ? Elle soupire : « Passez-le-moi, Estelle.

— Non. Il… il est là — je veux dire à côté, il veut vous voir. »

De mieux en mieux ! Poursuivie jusque chez elle, ou presque !

« Faites-le attendre. Je vais le recevoir chez Nic dans cinq minutes. »

Il est beau, ça, elle doit l'admettre. Dans le genre ténébreux et bâti comme un bûcheron, solide. Il doit donner aux femmes l'impression de pouvoir les protéger contre tout… sauf lui-même, apparemment. Il la regarde avec une attention qui frise l'impertinence, et Adélaïde a une envie folle de tirer sur sa jupe pour bien couvrir ses genoux. Mais elle se retient. Après les salutations d'usage et les remerciements « étonnés » d'Adélaïde, le silence s'installe. Elle allait lui dire qu'elle n'a pas que ça à faire quand il plonge : « Je n'ai pas voulu vous offenser avec mon envoi. Je crois que je ne pouvais supporter que vous pensiez du mal de moi. Depuis que je vous ai vue, j'ai envie de vous parler, de vous expliquer.

— Ce que je pense n'a pas vraiment d'importance. Essayez de rendre ma sœur heureuse, ce sera déjà ça.

— Vous ne comprenez pas… Je suis amoureux de vous. Je divorce demain, si vous voulez de moi. »

Elle est sans voix. Cet homme l'a vue trois fois et il divorcerait demain ! Quel exalté, vraiment ! Il surpasse Béatrice. Il parle comme dans un radio-roman, il lui fait des aveux dont elle ne veut pas, il s'approche pour prendre sa main qu'elle retire à temps en la cachant derrière son dos, comme une enfant capricieuse et contrariée. Fâchée, elle l'interrompt en pleine tirade pour lui demander de sortir et de ne plus revenir la déranger pour des insignifiances pareilles.

« Insignifiances, madame ? Je pense que vous ne savez pas jusqu'où ces insignifiances peuvent aller.

— Alors, disons que je ne veux pas le savoir, monsieur. Je suis très amoureuse de mon mari. »

Il allume une cigarette en souriant, rejette la tête en arrière pour expirer la fumée sans la quitter des yeux. « Je sais très bien que c'est un mariage de convenance et qu'il est beaucoup plus âgé que vous. »

Elle tuerait Béatrice ! Elle tuerait cet homme et sa prétention. Elle est si irritée qu'elle jette : « Franchement, vous avez l'air plus vieux que lui ! Maintenant, comme vous semblez décidé à ne pas comprendre, vous allez m'excuser. »

Elle le plante là et jette à Estelle d'aller occuper le bureau de Nic, le temps que l'acteur « finisse sa représentation ».

Une fois la place libre, elle établit avec Estelle que dorénavant, pour quelque raison que ce soit, elle sera absente, en réunion ou même morte quand ce monsieur désirera la voir ou lui parler. Estelle sourit en acquiesçant. Quand Adélaïde lui demande ce qui l'amuse tant, celle-ci répond que la moitié de la province donnerait sa mère pour seulement prendre le manteau de l'acteur.

« Pas vous, quand même, Estelle ?

— Quand j'ai dit à maman qu'il était venu ici, elle a failli faire sa deuxième crise de cœur. Il est beau, vous ne pouvez pas dire…

— Probablement, mais ça ne suffit pas. »

Le bouquet qui est livré le lendemain est accompagné d'une note d'excuses. Adélaïde le remet à Estelle pour que sa mère en profite. Et ainsi de tous les bouquets qu'elle reçoit par la suite de son soupirant éconduit.

* * *

Après Fabien, c'est Maurice qui donne des nouvelles. De retour en Angleterre, il est au repos pour une entorse. Isabelle lit à Adélaïde le passage où Maurice décrit ce qui lui est arrivé à travers les bombes, la pagaille et l'imbroglio du combat : *Et moi, comme un imbécile, je me prends le pied dans un support de mitrailleuse. Rien. Je n'avais rien eu d'autre, Isabelle. J'ai couru moins vite que les autres et j'ai échappé à toutes les mines et à toutes les balles. Tout ça pour une entorse, c'est honteux ! Mais je sais que tu apprécieras ce genre de blessure.*

Volubile, excitée, Isabelle ne s'aperçoit qu'au bout d'un certain temps que son bonheur et son soulagement ne garantissent pas que l'attente d'Adélaïde va connaître un pareil dénouement. Elle s'ingénie à encourager sa cousine en lui répétant les arguments qu'il n'y a pas si longtemps Adélaïde lui servait. Au bout du compte, Adélaïde s'énerve : « Isabelle, tu ne vas pas te sentir mal d'avoir de bonnes nouvelles, quand même ! J'aurais été la première à en avoir et tu aurais été heureuse pour moi. Je t'en prie, arrête de t'excuser et sois heureuse ! »

La lettre qu'Adélaïde reçoit n'est pas du tout celle qu'elle attend. Dans une enveloppe souillée, adressée d'une main incertaine, enfantine, la lettre contient une serviette en papier de qualité médiocre dans laquelle l'encre a bavé. Sur la serviette, écrit en lettres désordonnées, de biais, elle peut lire le dernier message non signé de Léopold Tremblay.

Pardon. Que Pierre ne sache jamais. Pardon. Pardon.

Il n'y a que ces mots que la main gauche a péniblement griffonnés, ces mots, comme une prière balbutiée — la honte de Léopold. Adélaïde examine l'enveloppe. Comme il n'avait apposé aucun timbre, la lettre a pris plus de trois semaines à lui parvenir. Pauvre Léopold ! On a mis trois jours à retrouver à qui appartenait ce corps mutilé, et sa lettre non affranchie arrive alors que l'herbe doit repousser sur sa tombe. Découragée, Adélaïde ne voit pas avec qui partager ce message. Elle l'enferme avec la lettre que Reine l'avait priée de conserver pour elle. Plus tard dans la journée, elle se demande si elle ne devrait pas prévenir Reine, mais à quoi bon ? Sa cousine ne voudra pas parler, et il est d'ores et déjà assuré que Pierre sera tenu à l'abri du suicide de son père. Même Reine ne doit plus le savoir. Adélaïde se dit qu'elle est la seule à se souvenir et à s'en vouloir encore.

Le lendemain de la livraison de ce message, quand, à l'heure de quitter le bureau, Adélaïde se trouve nez à nez avec Béatrice qui apostrophe Estelle, elle a un sursaut d'impatience. La brusquerie avec laquelle elle indique le bureau de Nic à sa sœur n'annonce rien de bien pacifique.

« Vous pouvez y aller, Estelle, je n'aurai plus besoin de vous. »

Estelle hésite, soucieuse, ne voulant pas faire défaut à sa patronne si elle est en difficulté, mais Adélaïde répète que tout va bien.

Béatrice est assise au centre de la causeuse, les mains gantées posées à bonne distance de son corps et formant un triangle sur les coussins moelleux. Elle a l'air de se prendre pour la justice en train de délibérer et interdisant l'accès au siège.

« C'est ici que tu as reçu Jean-Pierre ? Très édifiant ! »

Adélaïde ne s'assoit même pas dans un des fauteuils, elle ferme la porte et fixe sa sœur sans rien répondre. Ce qui n'a pas l'air de déranger Béatrice. « Tu le fais pour te venger de papa ou parce qu'il te plaît vraiment ?

— Je fais quoi, Béatrice ?

— Séduire l'homme que j'aime. »

Adélaïde est dégoûtée. La tension du dernier mois lui retire toute patience, toute envie de commisération. Elle se détourne et va s'appuyer sur le large bureau de Nic. Béatrice a toujours mal réagi au silence. Elle éclate en invectives, en menaces, en récriminations de toutes sortes. Elle fait l'inventaire scrupuleux des raisons qu'elle a de croire que sa sœur lui en veut et cherche à « saper son maigre bonheur ».

« Pourquoi maigre ?

— Il m'a tout avoué, qu'est-ce que tu penses ?

— Tiens ! Tu m'étonnes.

— Je suis moderne, moi, je suis capable de faire face aux réalités de la vie. Je n'ai pas été protégée et chouchoutée comme toi. Je n'ai pas eu un Nic McNally pour m'installer dans un château et me laisser jouer à la petite femme d'affaires si débrouillarde et si brave. Tu l'as beaucoup impressionné, Jean-Pierre, avec ton bureau et ta richesse. Celle de Nic, devrais-je dire.

— Et quand je l'ai planté là, ça l'a beaucoup impressionné aussi ?

— À d'autres !

— Tu vois bien qu'il ne t'a pas tout dit. Ton Jean-Pierre ne m'intéresse pas, Béatrice. Et je le lui ai dit. Il a seulement oublié de l'entendre.

— *Tout* Montréal veut de lui et tu vas faire ta capricieuse ?

— On dira tout Montréal sauf moi. Ça devrait te faire plaisir.

— Tu vas venir jouer à la vertueuse, maintenant ? Tu vas venir me faire croire à moi que tu es fidèle à un homme parti depuis un an et demi ? Toi ?

— Je n'ai rien à te dire là-dessus, Béatrice. Ma vie me regarde. Et Jean-Pierre ne m'intéresse pas. C'est tout ce qui te concerne. »

Mais Béatrice n'est pas d'accord, elle ne lâchera pas si facilement la responsable de ses nuits blanches, celle qui lui a gâché son enfance et qui lui gâche maintenant sa vie amoureuse. Béatrice l'accuse de tous les malheurs qui lui sont arrivés, de toutes les difficultés et de toutes les injustices. À bout, Adélaïde l'interrompt : « Mais qu'est-ce que tu veux ? Je n'y peux rien si tu t'attaches à un vaniteux, un séducteur qui me poursuit seulement parce que je le refuse. Tu veux un papier signé ? Laisse-moi tranquille, Béatrice, tu es insupportable avec tes reproches et tes scènes. Tu te conduis comme une enfant mal élevée et une jalouse. C'est indigne et c'est inutile. Tu sais aussi bien que moi que cet homme ne me fait ni chaud ni froid.

— J'ai besoin d'argent.

— Quoi ? Tu as dit quoi, Béatrice ?

— J'ai besoin d'argent. »

Adélaïde va à la fenêtre pour s'accorder le temps de faire le compte de l'héritage que sa sœur a partagé avec les autres enfants. La vente de la maison, le cabinet juridique de leur père. Elle voudrait hurler, la battre. Elle voudrait la jeter par la fenêtre. Venir lui demander ça, à elle ! Lui faire une scène de jalousie pour finir par lui extorquer de l'argent !

« Béatrice, papa m'a rayée de sa vie, de son testament. Alors, je peux aussi te rayer comme sœur. Sors d'ici. Va-t'en ! »

Les larmes de Béatrice ne l'émeuvent pas, elles ont même l'effet contraire. Quand Béatrice a le culot de la menacer d'avoir recours à des procédés désespérés, de mettre fin à ses problèmes comme Léopold, Adélaïde éclate : « Léopold avait des problèmes d'amour et de rejet. Léopold a été abandonné par sa petite égoïste et misérable femme. Ne viens pas me faire le coup de la dernière chance, parce que je te bats, je t'achève, Béatrice. Léopold était dans une détresse épouvantable !

— Qu'est-ce qui te dit que ce n'est pas là où j'en suis ?

— Combien ? »

Béatrice essuie ses larmes et, avant qu'elle n'ait pu émettre un mot, Adélaïde se penche vers elle : « Ça ! C'est ça qui me dit que tu n'es pas en détresse ! Tu n'as aucun scrupule ! Sors d'ici, Béatrice, sors et ne reviens que pour me remettre ce que tu me dois déjà ! »

Cette fois, Béatrice ne demande pas son reste et s'exécute. Adélaïde s'effondre dans la causeuse et sanglote sans pouvoir s'arrêter. Elle ne sait plus pour qui ou pour quoi elle pleure, elle ne sait même pas ce qui la démolit autant dans le comportement de sa sœur. Adélaïde a l'impression que, ces derniers temps, l'abjection s'infiltre dans sa vie, l'alourdit et la fera inexorablement couler.

* * *

Le 23 juin 1944.

Mon amour d'Adélaïde,

Ceci est la troisième lettre que je t'envoie depuis le débarquement. Je le note pour les mêmes raisons que je donnais dans les autres lettres : rien ne m'assure que tu recevras celle-ci. J'écris mal, coincé dans ma cachette à faire le guet. La chaleur est accablante, et les moustiques, pires que les bombardements, me rendent fou. Je sais que tu attends des nouvelles avec rage. Je me répète en te disant que, cette fois-ci, ce n'est pas Dieppe et que nous avançons et que nous les aurons. D'ici à ce que je te tienne dans mes bras, je te garde au cœur et à l'esprit et tu fais le guet avec moi, et quelquefois tu me distrais avec ces baisers sauvages que tu sais donner, ces baisers qui me gardent vivant. Ces baisers et ta rage impatiente que je devine si bien. Je confie cette lettre à un convoi de la Croix-Rouge qui rentre avec des blessés.

Dans un mois ou presque, ton anniversaire, le second que je rate. Embrasse Léa avec douceur pour moi. Elle ne me connaît plus.

Et toi… Je suis là, le sais-tu, mon amour ? Je veille la nuit avec toi, je veille le jour avec toi, je me bats avec toi. Et quelquefois, à l'heure où je sombre dans le sommeil, je te bois, je te dévore, je suis toi à force d'être en toi et tendu vers toi.

Nic.

Adélaïde l'a lue mille fois avant de la ranger, cette lettre. C'est Alex, dépêché par Lionel, qui a couru la lui porter au bureau. Alex qui attendait, inquiet, tendu, qu'elle ait fini pour savoir où était Nic, dans quelle ville pour marquer sur la carte avec Florent l'avance de son régiment. Adélaïde rit de son impatience, de la beauté du jour, de son soulagement. Elle prend Alex dans ses bras : « Il est vivant ! Il est vivant, Alex ! C'est tout ce qu'on sait, mais c'est beaucoup ! »

Alex est d'accord. Il est surtout soulagé de voir Ada si gaie.

« Alors, on va y aller faire notre pique-nique ? Je peux le dire à m'man ? »

Ce fameux pique-nique qu'Adélaïde veut organiser pour présenter Jeannine et ses enfants à Rose et à Guillaume et qu'elle remet de dimanche en dimanche, incapable de se réjouir, incapable de s'extirper de l'anxieuse attente qui l'écrase et la ralentit depuis plus d'un mois.

Ils s'entassent tous dans la voiture et se rendent aux rapides de Lachine. Le temps est splendide et Rose et Guillaume séduisent Jeannine avec leur enthousiasme et leur joie de vivre.

Une fois que Tommy et Léa se sont endormis sur la couverture qu'elles ont tirée à l'ombre, Jeannine et Adélaïde restent seules pendant que « les p'tits s'étirent et s'excitent », en courant au bord de l'eau.

« Regarde ma Jacynthe, toi ! Elle va s'étouffer de rire, bonyeu ! Ça fait longtemps que je l'ai pas vue avoir du fun de même.

— Vous devriez venir manger à la maison, ce soir.

— Chez Nic ? Dans le château ?

— C'est chez moi aussi, chez Florent, et on a la radio et un jardin qu'Alex embellit tout le temps. T'as pas le goût de voir comment ton fils trime une plate-bande ?

— Tu le gâtes trop. Pourquoi tu fais ça ? Ça te pèse sur le cœur d'en avoir autant ?

— Que j'aie de l'affection pour vous autres, ça ne serait pas assez ? Faut que je sois mal d'avoir de l'argent ?

— Dis-le donc que t'es mal...

— Tu m'auras pas, Jeannine.

— À longue, je t'aurai ben. »

Adélaïde rit de leurs éternelles argumentations et elle finit par se féliciter en disant que si ça dure longtemps, leurs discussions, elles pourront se voir longtemps.

« Alex te lâchera pas. Y est en amour avec toi. Il m'a parlé de te marier.

— Comme si j'étais veuve ! T'as dit quoi ?

— J'y ai dit que t'étais un maudit bon parti, mais qu'y fallait finir l'école avant de parler de ses noces. T'as de la compétition par exemple, ta sœur Rose lui a tombé dans l'œil.

— Bon ! Il va falloir leur trouver un chaperon ! »

Jeannine s'étend au soleil et ferme les yeux.

« Y est comme son père... pareil à son père. Un coureur de jupons, c'est pas disable. Y a fait brailler toute la paroisse. »

Elle ouvre un œil moqueur : « Mais c'est moi qui l'a eu ! Pis après, ça a été fini, le couraillage ! »

Adélaïde n'en doute pas. Jeannine a ce charme autoritaire et abrupt qui a dû interrompre la carrière d'Alexandre. Juste avant de s'endormir, Jeannine soupire de bien-être : « T'es pareille à moi, toi. Y va avoir affaire à être *steady,* le beau Nic. Fini le couraillage, marche à maison ! »

C'est en regardant les jeunes jouer que l'idée vient à Adélaïde. Depuis six mois, Stephen Stern réclame une décision concernant la petite *facto-*

rie que Florent a achetée et qui périclite par manque d'attention et de véritable propriétaire. Elle va occuper Guillaume à administrer la petite entreprise, ce qui devrait l'aider à se concentrer sur autre chose que la guerre pour un an au moins. Ensuite, après l'entraînement obligatoire, elle le remettra à l'ouvrage, et il risque d'avoir assez pris goût à l'entreprise pour ne pas s'engager. Évidemment, son projet tient à la condition qu'il n'y ait pas de conscription et d'envoi obligatoire des recrues outre-mer.

Il est une heure du matin quand Florent la trouve en train d'ébaucher son projet. Tout d'abord, ils visiteraient tous les deux l'usine, en planifieraient la rénovation, Florent veillerait au choix des patrons de confection, elle s'occuperait de trouver les tissus et Guillaume se débrouillerait avec le reste, c'est-à-dire le marché pour écouler la marchandise et la main-d'œuvre. C'est un projet de douze personnes, incluant Florent et Guillaume.

« Je sais que tu ne veux pas faire de confection, mais pour aider à lancer l'affaire, Florent, juste le temps que Guillaume apprenne les lignes et les coupes à la mode. »

Florent se moque carrément d'Adélaïde : « Jamais Guillaume ne va faire une différence entre une manche raglan, montée ou ballon ! Pour lui, la différence entre une robe et une autre, c'est la couleur, Ada, pas la coupe. Bon, disons qu'il peut faire la différence entre le long et le court. Tu fais une erreur avec un projet pareil. Laisse Guillaume jouer dans les colonnes de chiffres ou, au mieux, envoie-le parler avec des clients, mais ne l'entraîne pas dans la couture, il va s'ennuyer pour mourir. Tu sais qui te ferait un bon *foreman* ? Alex ! Lui, il a l'œil. Il détaille les femmes comme c'est pas croyable. Il m'a demandé aujourd'hui de faire de nouvelles blouses à sa sœur pour l'automne, "parce que ça la met de bonne humeur", qu'il a dit. L'élégance et la bonne humeur, Ada, ça c'est du slogan !

— Il a dix ans ! Je ne veux pas faire ça !

— Quand il aura quinze ans, Ada, on lui offrira l'emploi. En attendant, on visite demain et on verra pour après. »

Adélaïde n'en revient pas, elle croyait devoir insister, plaider sans fin. Florent lui confie qu'en septembre son cours chez Cotnoir en arrive à la dernière partie et que, vraiment, il a appris tout ce qu'il avait à apprendre.

« Si je veux faire de la couture, il va falloir que je bouge, Ada. Alors, allons voir ce qui existe, et si je peux t'aider, ce sera encore mieux. La confection ne me fait pas mourir d'envie, mais au moins, je m'en tiens à ma décision : pas de haute couture tant que la guerre dure !

— Encore un autre slogan. C'est toi qui devrais faire la réclame de nos usines, Florent. »

La *factorie* est située à Pointe-Saint-Charles, dans un quartier que la guerre a éprouvé. L'endroit est vide, plutôt délabré, mais les verrières du toit laissent entrer une lumière qui plaît beaucoup à Florent.

Ils s'entendent pour relancer l'usine sur une base extrêmement humble. Petite production et recherche de nouveaux marchés. Adélaïde fait dessiner des plans d'aménagement de l'endroit et Florent veille à réaliser son rêve de ne jamais travailler sous un éclairage cru d'ampoules.

Alex a « bien de la misère à ne pas s'en mêler », et il montre les plans à sa mère en lui décrivant ce que donne chaque ligne « en vrai ».

Le jour où Adélaïde s'arrête à Saint-Henri pour prendre une tasse de thé, Jeannine lui demande si elle va exploiter le pauvre monde comme son mari le fait. Elles discutent longuement des précautions à prendre pour protéger les employés, des conditions de travail, des salaires qu'ils devraient obtenir. Adélaïde considère tout ce que Jeannine dit, non pas par gêne d'être traitée d'impitoyable exploiteur, mais par souci d'équité. Comme Florent n'a pas la fibre capitaliste très développée, elle sait qu'elle devra faire preuve de générosité en ce qui a trait aux conditions d'emploi. L'idée de ne pas faire travailler les employés plus de quatre heures d'affilée sans pause et pour des *shifts* de huit heures maximum, comme Jeannine le suggère, lui semble normale et raisonnable.

Ces discussions sur le travail et l'exploitation ont commencé avec l'annonce des élections provinciales. Jeannine ne cesse de tanner Adélaïde pour obtenir l'assurance qu'elle utiliserait son droit de vote. « On l'a pas eu en 40 juste pour nous faire plaisir ! Faut l'utiliser à chaque fois. »

Mais ce n'est pas Jeannine et ses arguments qui ont convaincu Adélaïde d'aller voter le 8 août 1944, c'est le souvenir de sa mère et de cette lutte qu'elle a menée toute sa vie pour le droit des femmes. Sa mère qui aurait été tellement heureuse d'aller voter à nouveau, au bras d'Edward. Adélaïde dépose son bulletin de vote en pensant à celle qui lui a montré à se battre, à ne pas accepter n'importe quoi, à croire en elle-même et en sa capacité de vaincre les difficultés.

Florent prétend que ce jour du 8 août est une des rares journées où Paulette est sortie de chez elle et qu'il n'y aura pas d'élection qui va la voir terrée à la maison.

Depuis la mort d'Edward, Paulette a beaucoup ralenti ses activités.

Elle a passé la main à de plus jeunes bénévoles au Centre et elle siège aux conseils d'administration des œuvres qu'elle a contribué à mettre sur pied, mais les réunions sont maintenant beaucoup moins fréquentes à cause de la guerre. Elle se rend tous les jours à son travail au bureau de poste et rentre le soir pour écouter la radio et lire. Cette vie étroite, terne, fait peine à voir à Florent, mais il trouve difficile de se rendre à Québec pour s'occuper du moral de Paulette.

* * *

En cet été 1944, même Georgina ne se rend pas à l'Île et la maison des Bégin reste fermée pour la première fois depuis des années.

Fin août, Rose prend son bagage et s'embarque pour Londres, alors que Florent accompagne Guillaume à Québec pour déménager ses affaires à Montréal. Florent en profite pour passer la semaine avec Paulette. Tante Germaine pleure beaucoup de voir partir son dernier protégé vers la grande ville, mais elle est rassurée de le savoir avec sa sœur la plus déterminée à le mettre à l'abri de la guerre.

Tante Germaine promet de venir à Montréal pour le temps des fêtes et jure qu'elle a de quoi s'occuper à Québec avec le petit Pierre et les enfants d'Isabelle qu'elle doit garder de temps à autre.

Depuis qu'il est retourné chez Reine, Pierre refuse d'en sortir s'il n'est pas dans les bras de sa Matie. Et si Reine doit quitter la maison, elle ne peut le faire sans le petit, au risque de le voir se livrer à des crises épouvantables. Essayer de l'endormir avant de le confier à une gardienne est risqué. S'il s'aperçoit qu'on l'a laissé à quelqu'un d'autre pendant qu'il dormait, Pierre résiste ensuite au sommeil, de peur d'être abandonné. Le résultat d'une telle ruse est si cher payé en nuits d'insomnies subséquentes que Reine a abandonné l'idée et qu'elle ne fait plus un pas sans le petit.

Jean-René trouve cet esclavage pénible et, par esprit de revanche, il devient de plus en plus acerbe et accaparant. Reine, débordée, n'ose rien refuser à son mari, de peur que Pierre s'en trouve malmené, Jean-René sachant fort bien où est situé le levier du pouvoir dans cette maisonnée.

Prise entre les terreurs de Pierre et les exigences de Jean-René, Reine en perd tout sens de l'intimité, et il n'y a guère qu'au confessionnal qu'elle soit seule et tenue de penser à elle-même. Isabelle la voit de moins en moins et se retrouve très isolée, après le départ de ses deux cousins Miller. Malgré les lettres et les appels à Adélaïde, Isabelle voit arriver les premières gelées d'automne avec angoisse. La guerre restreint les conditions de vie, la force à travailler plus que jamais et la prive de son mari. Quand elle s'en plaint à sa sœur, Reine lui suggère d'offrir tout cela en sacrifice à Dieu, ce qu'Isabelle considère vite dit et de bien peu d'utilité, si elle se réfère aux très maigres nouvelles reçues d'Europe. Malgré la capitulation des Allemands à Paris, Maurice est appelé dans une unité qui est située en Provence. Tout ce que peut dire Isabelle, c'est que les combats n'ont pas l'air féroces là où Maurice est basé, ou alors celui-ci lui ment. Peu à peu, l'inquiétude pour la vie de son mari se mue en inquiétude pour son mariage.

« Adélaïde, sincèrement, combien de temps tu penses qu'un homme peut s'en passer ?

— N'y pense pas, Isabelle, tu te tortures pour rien.

— Ça a l'air que les Françaises sont tellement heureuses de voir les libérateurs qu'elles offrent tout. Quand je dis tout, c'est tout. Je ne peux pas te dire comme je les déteste : après avoir failli nous faire veuves de guerre, elles vont nous faire cocues de guerre en sautant sur nos maris ! Des idiotes, c'est ça qu'on est ! »

Adélaïde comprend le dépit de sa cousine : non seulement elle est seule pour s'occuper de trois jeunes enfants, mais après les combats elle doit s'inquiéter du repos du guerrier. Maurice n'est pas seul à se battre avec l'abstinence, Isabelle aussi a passé deux ans sans homme. Il n'y a pas que les besoins des hommes, les femmes aussi ont des fourmis dans les jambes, n'en déplaise au curé.

« Il est temps que ça finisse ! » est leur conclusion, comme à chaque fois qu'elles raccrochent le téléphone.

En regagnant sa chambre pour se préparer pour la nuit, Isabelle s'en veut de ne pas avoir parlé à sa cousine de ce qui la trouble. Depuis trois semaines, au centre de la Croix-Rouge où elle travaille, un jeune homme s'affaire à la même table qu'elle, et ils discutent longuement tout en s'activant. Du même âge qu'elle, il a été blessé au dos et vient d'être rapatrié. Sa convalescence ayant été très rapide, il se désole d'être éloigné du centre vital des opérations et de fournir si peu à l'effort de guerre. Au début, pour l'encourager, Isabelle l'avait fait rire et s'était employée à le faire parler. Maintenant, elle n'a qu'une envie, retourner au Centre pour le revoir et pour continuer leur conversation. S'habiller coquettement et aller flirter.

Il y a deux jours, un samedi, il l'a appelée chez elle sous un prétexte quelconque et il a fini par l'inviter au cinéma. Ce que, bien sûr, elle a refusé poliment. Mais elle pense à lui de plus en plus, et le secret lui pèse. Si au moins elle pouvait dire à Adélaïde qu'elle est tentée, qu'elle a envie d'autre chose que d'être une bonne mère de famille, que quand Bernard Lemieux vient la reconduire à sa porte elle a l'affreuse tentation de l'embrasser, de fermer les yeux et d'oublier sa vie et sa vertu.

Isabelle sait bien que, si elle s'inquiète de la fidélité de son soldat, c'est en grande partie parce que la sienne est bringuebalante et que toute sa morale vacille devant les yeux bleu acier qui l'admirent de façon si peu voilée. L'ennui, c'est qu'ils rient tellement ensemble qu'elle peut le repousser, se moquer de son admiration, le provoquer en adoptant des attitudes non équivoques et très ouvertes. Rien ne prend le ton grave et lascif des scènes d'adultère dans les films. Rien de dramatique n'émane de leurs rencontres. Que de la joie, de la légèreté et ce halo d'attirance qui transforme tout ce qu'ils disent en électricité. La désinvolture joyeuse de leurs échanges l'autorise à croire que tout cela n'est qu'un amusement loyal, une bêtise qui permet enfin de vivre et de cesser d'attendre ou de se débattre dans la tristesse engluée d'angoisse que la guerre commande. Quand elle parle et rit avec Bernard, Isabelle n'a pas l'impression d'être malhonnête vis-à-vis de Maurice, elle a seulement le sentiment fugitif d'avoir une vie. Ce n'est que si la main l'effleure furtivement, si le regard se pose trop longuement, si le silence dure, qu'elle a la sensation du danger. Mais ce danger l'attise, et y renoncer serait comme de s'enterrer vivante. Elle a vingt-huit ans ! Elle a trois enfants, des responsabilités, mais elle ne veut pas finir comme Reine, attachée à un mari grognon et à un enfant pleurnichard. Elle veut vivre. Elle veut secouer la tristesse et la lourdeur de ces longs mois passés sans parler à des adultes rieurs et enjoués. Depuis deux ans, la mort règne et se promène dans sa vie, menaçante, la mort qui donne des coups sourds et lui rappelle impérativement que rien ne dure et que la vie éternelle promise n'est qu'une promesse en regard de la vie bien réelle qu'elle traverse.

Étendue dans son lit, Isabelle fixe le plafond. Bientôt deux ans et demi que Maurice est parti. Ils ont fait Louis en août 1942 et depuis… il est revenu pour un court séjour sans avouer le moindre écart de conduite et elle l'a cru de bonne foi. De toute façon, il y a si peu de femmes dans les camps d'entraînement. Ce n'est que depuis le début des combats, depuis son transfert outre-mer qu'elle se doute qu'une amnistie conjugale lui sera réclamée. Quand elle attendait désespérément une lettre, des nouvelles, il lui était simple et facile de tout accorder en échange d'un signe, d'une assurance de retour. Maintenant, sa fidélité lui pèse tant qu'elle a envie d'exiger la réciprocité, même si elle est consciente que la vie est plus aisée pour elle. Elle ne sait plus, elle voudrait qu'on lui donne une absolution préalable et se jeter au cou de Bernard en toute impunité. Elle aime son mari, là n'est pas la question, mais elle se démène depuis trop longtemps avec le désir qui à la fois l'accable et l'anime. Elle en a assez des restrictions, des diminutions, des petitesses et de la pingrerie de la guerre. Toujours peu, toujours la parcimonie : peu de lettres, peu de plaisir, peu d'extras. Que le devoir et l'effort, que le sacrifice et l'attente, et cela, par contre, de façon massive. Pour la millième fois, elle demande à Dieu de l'aider à tenir ses engagements, à ne pas céder au désir malsain de la concupiscence et, si possible, de tout régler en leur faisant gagner cette guerre.

Le 21 septembre, pour les deux ans de Léa, Jeannine accepte enfin de venir fêter chez Adélaïde.

« C'est plus grand qu'une école ! Trouves-tu ça raisonnable ? On pourrait vivre à quinze ici ! »

Mais Jeannine savait ce qui l'attendait, aussi se contente-t-elle de se moquer d'Ada et du goût du luxe dont elle ne pourra plus se défaire.

La fête est très gaie et le gâteau au chocolat de Léa atterrit plus sur la tablette de sa chaise haute, autour de sa bouche et par terre que dans sa « bedaine », qu'elle montre d'un doigt poisseux à chaque fois qu'Alex le lui demande. Tommy et Léa ont couru dans le salon et dans les corridors jusqu'à ce que Tommy déboule une dizaine de marches en hurlant. Jeannine le ramasse sans s'alarmer : « Pas accoutumé aux grands espaces ! »

Léa a effectivement une bonne longueur d'avance en ce qui a trait à la science des escaliers.

Quand la « jubilaire », épuisée et à peine débarbouillée, s'endort dans les bras de sa mère, Jeannine « rapaille ses petits » et rentre chez elle. Avant de partir, elle caresse la tête bouclée de Léa en déclarant à Adélaïde que, même en essayant très fort, elle ne sera jamais une vraie snob de Westmount.

« Et toi, Jeannine, tu ne seras jamais née pour un petit pain. *Deal ?*

— *Deal !* »

En refermant la porte, Adélaïde entend Alex répéter à sa mère : « Mais c'est quoi, le *deal* ? »

Elle se demande comment Jeannine va expliquer ça à son fils.

* * *

Les envois floraux de Jean-Pierre Dupuis ont enfin cessé, mais en octobre, alors qu'Adélaïde visite une exposition de Borduas en compagnie de Florent, elle l'aperçoit qui l'observe davantage que les tableaux.

Inquiète de devoir faire face à une Béatrice querelleuse, elle tire la manche de Florent au moment précis où Jean-Pierre s'avance vers eux en tenant le bras d'une femme toute petite et assez fluette.

« Florent ! Madame McNally ! Quelle surprise ! »

Déconcerté, Florent se demande où il a appris son prénom, mais la volubilité de l'acteur enraye toutes les questions.

« Nous nous sommes vus à Québec, dans des circonstances assez pénibles, pour des funérailles. Je vous présente mon épouse, Marthe Madame McNally est la sœur de Béatrice Tremblay, ma collègue. Et Florent, excusez-moi, je ne sais pas votre nom de famille ?

— Gariépy.

— Ah bon ! Je vous croyais parents, tous les deux… »

Adélaïde le fusille du regard : de quoi se mêle-t-il ? Florent, mal à l'aise, balbutie que non, qu'ils ne sont pas…

Pour en finir, Ada prend la main de Florent dans la sienne : « C'est un ami très cher. Davantage qu'un collègue, si vous voyez ce que je veux dire ? »

Elle visait Jean-Pierre, mais c'est Marthe qui éclate d'un rire magnifique, pas du tout coincé ou faux. Le rire de quelqu'un qui sait à quoi s'en tenir et qui se voit enfin extirpée des lieux communs qu'engendrent habituellement ce genre de rencontres.

C'est ce moment que choisit une admiratrice pour supplier Jean-Pierre de lui accorder un autographe. Marthe lâche le bras de son mari pour le glisser sous celui de Florent : « Alors ? Le trouvez-vous si révolutionnaire et choquant, Borduas ? Venez voir ceci. Laissons Jean-Pierre à son plaisir et allons vers le nôtre. »

Marthe s'avère un guide de premier ordre. Ses connaissances, son humour, ses remarques moqueuses font de la visite un feu roulant d'esprit.

Quand Jean-Pierre les rejoint et leur offre d'aller prendre le thé tous ensemble, ils ont développé une telle complicité qu'ils acceptent. Si le bel acteur pensait prendre la vedette, il s'aperçoit rapidement que son épouse est celle qui intéresse ses invités. Florent, d'habitude si timide, pose des questions et fait montre d'une inhabituelle curiosité. Le fait que Marthe a étudié avec de grands peintres et a abandonné ses pinceaux depuis plus de sept ans n'est pas étranger à l'insistance de Florent. Très simplement, mais à la honte évidente de Jean-Pierre qui regarde ailleurs, Marthe explique qu'elle a un enfant retardé qui exige toute son énergie. Elle affirme que s'occuper de lui est plus important que peindre.

« Ne croyez pas que je suis une pauvre victime immolée qui porte vaillamment sa croix. Babou est un enfant extraordinaire qui me rappelle tous les jours les choses essentielles de la vie. Ma peinture ne me manque pas tant. L'art, par contre… je trouve qu'on piétine dans notre beau pays, on piétine. Mais vous, madame McNally, qui êtes un phénomène d'élégance en ces temps arides du brun et du kaki et une preuve vivante que l'art existe malgré la dictature du coupon, comment arrivez-vous à dénicher ces tissus qui vous font des yeux de Sainte Vierge délurée ? »

Florent est si content de la tournure de cette phrase qu'il explique volontiers sa collaboration à « l'œuvre d'art » et il répond à toutes les questions de Marthe.

Quand celle-ci s'exclame avec un naturel désinvolte : « Ah ! Vous vivez ensemble, alors ? » Florent rougit et s'embrouille : « Oui, mais… Ce n'est pas, je veux dire… en tout bien tout honneur ! »

Le malaise de Florent amuse divinement Marthe : « Je ne suis pas très stricte en ce qui concerne les mœurs, ne vous affolez pas. J'éprouve un malin plaisir à contrarier Dieu depuis que Babou est né.

— Vous avez d'autres enfants ?

— Non, madame McNally, et si j'en crois les théories hautement scientifiques de mon mari, je n'en aurai pas. »

C'est un Jean-Pierre assez expéditif qui règle l'addition et entraîne sa femme. Florent a à peine le temps de noter les coordonnées de Marthe, tellement elle est houspillée par son mari.

Adélaïde les regarde s'éloigner, lui, immense à côté d'elle, immense et haineux à côté de cette petite dame affranchie.

« Je voudrais bien voir ce qu'elle peignait. Peux-tu comprendre qu'on trompe une femme pareille avec Béatrice qui ne réussit jamais à terminer la lecture d'autre chose qu'un scénario ?

— Ada, ce n'est pas pour son intellect que le monsieur s'intéresse à Béatrice. Pour l'intellect, je pense que c'est à toi qu'il s'intéresse.

— Tu te trompes, Florent, moi, c'est pour le pouvoir. Le pouvoir de l'argent de Nic.

— Je me demande ce que Marthe répondrait à ça. Je pense qu'elle ne serait pas d'accord. On devrait l'appeler, Ada, elle est fantastique, non ? »

Adélaïde est tout à fait d'accord pour trouver Marthe très stimulante, mais la perspective de devoir refuser à nouveau les avances du mari la refroidit énormément : « Appelle-la, toi, et si tu penses qu'on peut la voir sans Jean-Pierre, alors on l'invite. »

Il appert que Marthe a une vie très indépendante et assez peu conventionnelle. Son mari travaille énormément et consacre un temps considérable à rebâtir une confiance en lui qui s'est effritée avec la naissance d'un enfant mongolien. Marthe précise même à Florent que leur rencontre est un coup de chance, puisque Jean-Pierre l'accompagne rarement.

« Il avait besoin de mon avis parce que Borduas est un peintre dont on discute dans le milieu artistique, sinon il ne serait pas venu avec moi. »

À un Florent apitoyé, elle réplique qu'il y a des choses autrement plus désolantes que de se priver d'un mari frivole qui brûle la vie en toutes sortes d'excès qui ne lui permettent ni de réfléchir, ni d'être plus heureux.

« La solitude des épouses dont le mari revient tous les soirs à la maison peut être beaucoup plus dure à supporter que la mienne. Et puis, vous sentez-vous seul, vous ? Vous n'êtes pas marié, mais vous avez une vie, des amis. Vous avez presque une fille, à ce que je comprends de Léa… »

Florent a beau insister sur le lien purement affectif qu'il a avec Léa, Marthe ne tient pas compte de ses protestations : « Qu'est-ce qu'un père, Florent, si ce n'est ce lien affectif dont vous parlez ? Cet homme en Europe, au combat, il a beau être le géniteur, c'est à vous que Léa raconte ses bobos et ses plaisirs. »

Quand Florent songe que le père est un autre soldat que celui qui a épousé Ada, il se dit que Marthe en ferait un renforcement de sa théorie · si Nic peut être le père, alors pourquoi pas lui ?

« Quand vous allez rencontrer Léa, vous allez voir qu'elle peut obtenir autant de pères qu'elle veut.

— Si elle a le quart du charme de sa mère…

— Ada ne se trouve pas belle. »

Florent est gêné d'avoir confié une chose aussi personnelle à une femme qui n'est encore qu'une connaissance. Mais le « Je sais » de Marthe le rassure infiniment. Elle ne doit pas être le genre à marchander ses secrets.

Ils arrivent à la maison et, en déposant ses gants et son chapeau, Marthe lui demande laquelle de ses œuvres il veut voir en premier, son fils ou ses peintures. L'arrivée bruyante et intempestive du petit garçon règle la question. Babou se précipite sur sa mère et l'embrasse sans arrêt, l'étreignant comme si elle avait été absente dix ans. Il est grassouillet et sa tête est disproportionnée. Les yeux globuleux, la bouche entrouverte, son discours est noyé de salive et le volume de sa langue fait obstruction à chaque son. Marthe a l'air de comprendre tout ce que Babou dit et elle répond patiemment avant de lui présenter Florent.

Babou, bouche carrément ouverte, fixe le jeune homme en silence. Un long filet de bave coule de son menton. Mal à l'aise, Florent ne sait quelle attitude adopter. Il s'accroupit pour être à la hauteur des yeux de Babou, qui tend la main vers le nez fin et la bouche de Florent. Il laisse échapper un « Oh ! » admiratif qui fait sourire Marthe.

« Adopté ! "Oh !" ça veut dire beau, ça veut dire bon, ça veut dire oui. Babou est très sensible, il détecte tout de suite les suiveux, les flancs mous, les chieux, quoi ! Pour eux, c'est "Hon !" qu'il dit. Son vrai nom est Sébastien, mais il ne peut pas le dire. Sébastien ? Où il est, Sébastien ? »

Le petit place un doigt sur son poitrail, tout comme Léa le faisait sur sa bedaine, et crie « Babou ! » avec excitation. Marthe caresse les cheveux de son fils et se laisse embrasser fougueusement.

« Ça m'a pris deux ans, lui montrer ça. Babou m'apprend la patience, moi je lui apprends son nom. Jean-Pierre déteste ce surnom, qui fait arriéré, bien sûr ! Quand j'appelle notre fils "ma belle baboune", je ne vous dis pas comme il aime ça ! »

Elle rigole en prenant la main de Florent : « Venez, je vais vous montrer mon passé. »

Le passé de Marthe Letellier est stupéfiant. Florent ne connaît pas de peintre comme ça, un grand désordre et une harmonie qui plane quand même, de la violence, de l'attaque, et un ensemble logique puissant, pas du tout chaotique. Tout est signé Letellier, rien n'est sous le nom de Dupuis.

« Ma dernière expo remonte à 1936. J'étais assez bien considérée dans le milieu, alors. Je me suis mariée cette année-là. Enceinte. Babou est arrivé en 37 et j'ai arrêté de peindre. Heureusement, Jean-Pierre était l'étoile montante de *Rues principales*, et depuis il n'a pas arrêté. Ce qui fait de moi une maîtresse de maison choyée avec tout le confort et les appareils ménagers. Rigolo, non ? La reine de la bohème montréalaise qui a tourné en bourgeoise protégée.

— Vous n'êtes pas une bourgeoise. Vous ne parlez pas comme une bourgeoise.

— Je me moque.

— Vous allez recommencer à peindre.

— Ça n'a pas l'air d'être une question.

— Ça n'en est pas une non plus. »

Elle le considère en silence puis émet un « Oh ! » digne de Babou, qui le répète consciencieusement.

Quand Florent rentre chez lui, il sait à peu près tout de la vie des peintres montréalais des années 30, il sait un peu mieux ce qu'est un enfant mongolien et il est certain qu'Ada va s'entendre à merveille avec cette femme sans amertume et sans illusion qu'est Marthe Letellier. Depuis qu'il sait son « vrai nom », comme il le dit, il ne l'appelle plus Dupuis qui lui semble trop éloigné de la personnalité intense de l'artiste.

Florent s'amuse à sauter une page du livre d'histoires qu'il lit à Léa et celle-ci l'arrête immédiatement avec un « Non ! » autoritaire. Elle revient à la bonne page en commentant d'un « C'est bon, lis ! » qui l'impressionne beaucoup. Après avoir vu Babou agir, il ne peut que noter la vivacité, la finesse de Léa qui voit tout et enregistre tout.

Fin novembre, les travaux de ce que Florent a baptisé l'Atelier sont presque terminés et, si ce n'était la crainte d'Adélaïde de perdre Guillaume aux mains de l'armée, elle serait aussi excitée que Florent. Adélaïde écoute la radio quotidiennement. Elle suit les débats parlementaires et, surtout, elle s'inquiète de l'âge minimal requis pour être appelé, selon les projets de loi. Quand la conscription passe, son soulagement est de pouvoir attendre mai 45 avant de voir Guillaume partir. Elle ne doute pas qu'à ce moment-là avoir seize ans voudra dire être assez grand pour servir l'Angleterre. Mais il y a encore six mois à venir et les Canadiens français sont bien révoltés de la tournure que prennent les choses, des abus législatifs du fédéral. Avec un peu de chance, ils vont parvenir à faire reculer le gouvernement, du moins pour les seize et dix-sept ans.

L'arrivée inopinée d'Isabelle à Montréal déplace ses préoccupations. Brusquement, sans avertir, Isabelle a demandé à tante Germaine de garder les petits et elle a sauté dans le premier train pour Montréal. Adélaïde ne croit pas une seconde à son prétendu besoin de se changer les idées. Ce n'est qu'une fois tout le monde couché qu'elle obtient les détails du cas de conscience d'Isabelle.

« Mais enfin, Isabelle, tu n'as rien fait, rien commis de grave ! Pourquoi t'en vouloir autant ? Pourquoi t'accuser si sévèrement ?

— Je l'ai embrassé, Adélaïde ! Et j'aurais fait tout le reste s'il n'avait pas reculé. Il s'est tellement excusé que j'ai dû reprendre mes esprits, faire semblant qu'effectivement il était allé trop loin. Je ne sais même plus comment j'ai réussi à sortir de l'auto. J'en ai rêvé pendant trois nuits. C'était... horriblement bon. Au bout du compte, j'ai même pas été capable de me confesser tellement j'avais honte !

— Tu veux te confesser pour un baiser ? Tu es folle, Isabelle !

— Un vrai baiser — un baiser doux, un baiser fou, un baiser qui te remue tellement que tu irais... au bout.

— Tais-toi ! Tu me rappelles Theodore ! Je ne peux pas te dire comme il embrassait bien.

— Tu ne connais pas Bernard, toi !

— Sincèrement, Isabelle, je voudrais bien le connaître.

— On ne peut pas dire que tu m'aides beaucoup, Adélaïde. Tu es supposée me remettre dans le vertueux chemin, loin du vice.

— Va voir ton confesseur ! J'ai beaucoup de difficultés personnelles avec la vertu.

— Tu le ferais, toi ? Pas jusqu'au bout ? »

Isabelle, l'œil émoustillé, attend quasiment la permission d'Adélaïde qui sourit de la voir si naïve, si peu avertie : « Je ne sais pas, Isabelle. L'occasion fait le larron, et je n'ai qu'un soupirant trop niaiseux à mon goût. »

Isabelle réclame des détails, bien sûr, et elle ne croit pas une seconde que l'amant de Béatrice puisse être aussi perverti : non seulement adultère, mais doublement traître en voulant séduire la propre sœur de sa maîtresse ! Outrée, elle n'en revient pas de tant d'infamies.

« Et tu dis que tu connais sa femme ? Mon Dieu... ça doit être gênant. Je ne pourrais jamais la regarder en face si j'étais toi.

— Hé ! Je n'ai rien fait ! Je ne suis même pas tentée.

— Pourtant, il est beau vrai... Mais je trouve Nic encore plus beau que lui. Oh ! ça me fait du bien de savoir que je ne suis pas un monstre de concupiscence honteuse. Si tu savais combien je me suis condamnée. »

Adélaïde se doute, oui. Elle connaît la droiture de sa cousine, élevée malgré tout selon les mêmes règles que Reine, selon les règles de Georgina, sa tante si ennuyeuse qui connaît encore des accès de nerfs qui la clouent au lit pendant des semaines, pleurant et geignant, découragée de tout et n'ayant d'appétit pour rien. Elle se demande si obliger Isabelle à ravaler ses désirs ne la mènera pas tout droit aux états de nerfs de tante

Georgina. L'hiver dernier, déjà, quand Isabelle était tellement à cran, tellement brusque avec les enfants, il y avait un peu de la concupiscence contrariée dans ses humeurs, ce n'était pas que de la crainte. Adélaïde n'ose pas avouer à sa cousine combien, certains soirs, elle aurait voulu que Nic la force à faire ce qu'elle souhaitait tant sans se le permettre pour cause de moralité. Il lui a été si difficile d'admettre son désir pour Nic en même temps que son amour pour Theodore. Si Nic n'avait pas été cet homme patient, disponible et aimant, rompu aux caprices féminins, elle aurait seulement eu honte, au lieu d'être soulevée de passion et d'assouvir celle-ci avec une violence et une avidité qu'elle ne se connaissait pas. Adélaïde ignore encore si elle pourrait se priver de Nic dans sa vie sexuelle, alors qu'elle croit, tout en l'aimant, qu'elle pourrait ne plus toucher Theodore. Elle sourit : peut-être que l'éloignement physique lui joue un tour. Peu importe, pour l'instant, il n'y a certainement pas un problème d'achalandage mais de désertion.

« Promets-moi quelque chose, Isabelle, tu n'iras pas à la confesse pour ça. N'écoute pas le sermon qu'on te ferait sur le mal qui t'habite et que tu dois combattre. Je suis tellement fâchée qu'on dise ça aux femmes qui endurent la guerre et toutes les privations qu'elle occasionne.

— Mais c'est mal ! Nous le savons, c'est vicieux.

— Je trouve maléfique, satanique de nous laisser seules pendant des mois, des années, à nous occuper de tout, à faire des paquets et des paquets pour des soldats disparus. Je trouve à la fois consolant et inquiétant d'avoir à refuser des baisers qui te permettraient de continuer à être brave. Je voudrais pouvoir te dire : vas-y — mais je ne peux pas. J'ai trop peur des conséquences. Ce Bernard, il est aussi vulnérable et brisé que Léopold ?

— Non ! Ce n'est pas ça. Ce n'est pas comme ça. Que vas-tu penser là ? J'aime Maurice, pour rien au monde je ne voudrais vivre sans lui !

— Si j'étais un prêtre, ce qui est déjà un sacrilège à dire, je te donnerais l'absolution, Isabelle. Ton envie de Bernard est un désir humain d'être moins seule, moins abandonnée, un désir d'être vivante même si ton mari est au loin. Mon Dieu, on ne peut quand même pas être absentes de notre corps, sous prétexte qu'eux sont absents ou préoccupés d'autre chose ! On ne peut pas se modeler sur les désirs d'un époux à ce point-là ! »

Isabelle l'enlace et chuchote : « Adélaïde ! Tu es la seule personne au monde que je connais qui admet en avoir envie. Bien sûr qu'on est supposées se modeler, on est même supposées faire comme si on partageait un désir, mais sans l'avoir.

— Jamais un homme comme Nic ne marcherait dans une telle comédie ! Maurice ?

— Mmmm… il marcherait un peu, mais pas tout un mariage.

— Tu te trompes sur le désir. Béatrice l'admet, elle.

— Jamais de la vie ! Béatrice admet vouloir séduire les hommes, pas éprouver du désir. Pourquoi tu penses qu'elle a mis le grappin sur l'un des plus beaux ? Pour être sûre d'être la “séduisante”. Tu ne connais pas ta sœur, Adélaïde ? »

Elles entament largement la nuit en discutant, comme à l'époque où, adolescentes, leurs secrets leur semblaient les plus affolants et les plus rares du monde.

Isabelle reste trois jours à Montréal. Trois jours de vacances, de sorties, de thés dans des endroits chic, trois jours de liberté totale. Elle reste même au lit jusqu'à neuf heures et demie le matin. Adélaïde est déjà partie au bureau quand elle se lève et Florent est à l'école. Quand elle se met à s'occuper de Léa, Lionel lui dit qu'il a des ordres formels de ne pas la laisser jouer à la mère et de l'encourager à aller se changer les idées.

Isabelle se promène rue Sherbrooke, entre voir les magasins. Chez Holt Renfrew, elle reste stupéfaite du prix des articles et de cette question automatiquement posée en anglais par les commis : « *How can I help you ?* »

Malgré le froid de novembre, elle marche et éprouve une telle délivrance à découvrir cette ville comme si rien ne l'attendait, libre comme une jeune fille. Lorsqu'elle arrive au bureau d'Adélaïde, les joues roses et l'œil brillant d'excitation, cette ardente défenderesse de Québec avoue que son jugement sur Montréal a droit à quelques rectifications.

« Tu sais quoi ? On devrait aller prendre un verre dans un *lounge*. Je n'ai jamais fait ça de ma vie. C'est fou comme les regards des hommes sont plus osés à Montréal. J'en étais gênée, ce matin. »

Adélaïde avait pensé lui faire visiter la nouvelle usine de Pointe-Saint-Charles, mais il est évident que la vraie sortie serait le *happy hour*, si interdit et si tentant. Elle appelle Florent et lui demande de venir les rencontrer au bar du Ritz.

Isabelle est épatée comme une adolescente, ce qui fait croire à Adélaïde qu'elle est une proie facile pour un homme le moindrement habile. Les regards se posent sur elles, dès leur entrée, et Isabelle a bien du mal à cacher sa joie : « Me faire regarder comme ça ne m'est jamais arrivé, Adélaïde, jamais. Tu vois comment je suis : je n'arrive pas à me convaincre que ce sont des suppôts de Satan ! »

Adélaïde se dit que ce ne sont que des hommes et que, s'ils pensent à mal, ils n'auront pas la goujaterie de les y forcer.

« Il y a des femmes légères qui viennent boire des cocktails en vue de repartir avec l'un d'entre eux et il y a des femmes respectables comme nous, venues discuter affaires. »

Quand Florent les rejoint, accompagné de Marthe, leur table devient une des plus animées et des plus observées du bar. Marthe a visité l'usine-atelier et elle est débordante d'enthousiasme. Rien ne pouvait faire davantage de bien à Isabelle que l'esprit ludique et libre de cette femme. Quand Jean-Pierre Dupuis apparaît dans le bar, Isabelle en éprouve presque un malaise physique. Devant son air catastrophé, Marthe se retourne et fait un léger signe de la main : « Jean-Pierre a beaucoup d'attentions pour moi depuis qu'il sait que je vous fréquente, Adélaïde. Il a insisté pour venir me chercher ce soir. Ce qui ne vous oblige à aucune amabilité particulière, bien sûr. »

Les yeux d'Isabelle sont si incrédules qu'Adélaïde doit lui faire un sourire rassurant. Jean-Pierre s'approche, baise les mains des dames, ce qui fait mourir Isabelle et énerve Adélaïde qui a envie de retirer la sienne avec brusquerie. Ce soir-là, Jean-Pierre est drôle et spirituel. Il brille enfin, et Adélaïde décèle un indice de ce qui a pu intéresser une femme telle que Marthe. Il lui faut admettre que la reddition immédiate d'Isabelle, son rire généreux et son admiration non déguisée aident Jean-Pierre à reprendre pied et à se montrer sous un jour attirant. Adélaïde se dit que ce doit être un trait particulier aux acteurs : quand le public est acquis, ils sont meilleurs, quand le public est réticent, ils deviennent tendus et perdent leur charme. Isabelle sursaute en regardant sa montre : « Sept heures ! Adélaïde, il est sept heures, allons-y ! »

Dans l'esprit d'Isabelle, la récréation n'incluait certes pas de provoquer un tel retard pour le souper de la petite Léa. Florent rassure Isabelle : Léa ne se couchera pas à jeun, Lionel va se charger de la nourrir.

« Mais !… sa mère devrait être là, non ? »

Avec la guerre et ses exigences, Adélaïde travaille souvent tard le soir, et Léa est mise au lit par Florent qui se charge de lire l'histoire. Adélaïde ajoute que Léa préfère cette option parce qu'elle peut toujours manipuler Florent plus aisément qu'elle.

Isabelle n'en croit pas ses oreilles, et Marthe la secoue gentiment :

« Combien de femmes peuvent quitter l'usine et rentrer chez elle pour l'heure du souper, en ce temps de guerre, vous pensez ?

— Mais nous nous amusons ! Nous ne sommes pas obligées d'être ici ! Ce n'est pas bien.

— Pas bien de s'amuser ? Combien de fois par mois le faites-vous ? Dites-moi un peu, combien de films, de pièces de théâtre, de concerts, combien d'expositions vous avez vues ces derniers temps ? »

Isabelle est médusée : « D'expositions ? » Il est clair qu'elle n'en a vu aucune, et Marthe ajoute avec un sourire : « Le septième jour, Dieu aussi s'est reposé, Il n'en a pas profité pour laver les couches ! Je ne vous dis pas qu'Il est allé dans un musée, mais Il était certainement de meilleure humeur le lundi matin. S'amuser n'est pas péché. Pas toujours, en tout cas. Et sûrement pas maintenant. »

Mais Isabelle frétille et n'a qu'une idée en tête : empêcher Léa d'aller au lit sans embrasser sa mère, et cela, par sa faute.

Léa, très loin du désespoir imaginé par Isabelle, est occupée à « lire » l'histoire à Lionel. Elle fait comme si elle savait, elle tourne les pages, raconte en suivant la ligne imprimée de son doigt et elle soupire et fait des pauses et elle hausse de temps en temps une épaule, en réponse à une question qu'elle vient de poser. L'arrivée de nouveaux spectateurs ne l'interrompt pas et elle n'embrasse sa mère et Florent qu'une fois le livre refermé.

Après ces trois jours, Isabelle reprend son train, soulagée, détendue et « avec assurément de quoi réfléchir » quant aux sacrifices et à l'oubli de soi auxquels elle s'astreint depuis si longtemps. Elle promet de donner des nouvelles « quoi qu'il arrive avec Bernard » et de dire toute la vérité à Adélaïde avant de la dire à son confesseur.

En faisant un dernier signe de la main, Adélaïde s'imagine le choc qu'a dû représenter pour sa cousine la rencontre d'une femme aussi moderne et délurée que Marthe.

En décembre, les discussions avec Stephen Stern sont assez énergiques. Adélaïde procède à l'engagement du personnel de l'Atelier, nom maintenant officiel de la petite usine de confection rénovée. Les conditions de travail sont nettement au-dessus des normes de guerre, et Stephen prétend qu'il y a perte d'argent et sabotage à la base. Adélaïde tient son bout et maintient qu'une si petite usine n'a pas à fonctionner comme une usine de guerre.

Évidemment, Stephen se réclame très vite de Nic et de ses vues sur la direction d'entreprises, ce qui du coup rend Adélaïde plus cassante.

« Jusqu'à la fin de la guerre, c'est moi qui administre et ce sera fait selon mes normes à moi, Stephen.

— Vous allez ruiner cette compagnie ! Qu'est-ce que vous cherchez à prouver ? Ce n'est pas une façon de faire de la *business.*

— Peut-être, mais c'est la mienne. J'essaie de prouver qu'on peut être rentable sans faire mourir les gens qui travaillent pour nous.

— Ce n'est pas le temps ni l'endroit d'avoir des sentimentalités de femme. Vous vous coupez 25 pour 100 de bénéfices avec vos façons de faire.

— Il en reste 75 pour 100.

— *Si* vous vendez, *si* ça marche. Ça vous oblige à fonctionner à 85 pour 100 de rentabilité. Qui peut lancer une entreprise avec un tel plancher ?

— Moi.

— C'est de la pure folie ! Allez voir comment les *sweat-shops* du boulevard Saint-Laurent fonctionnent. Allez voir à quels salaires, avec quels horaires.

— Je l'ai vu. Aaron Singer m'y a emmenée.

— Et ils arrivent à peine ! Et ils sont loin de vos conditions extravagantes !

— J'ai une manufacture de douze personnes, Stephen, douze. Laissez-moi essayer quelque chose. Je n'ai pas changé la façon de faire pour les autres usines, les autres *business.* Alors, laissez-moi agir comme je veux pour l'Atelier.

— Si vous faites ça dans un seul autre secteur, c'est la banqueroute.

— Nous verrons. Pour l'instant je le fais à Pointe-Saint-Charles, pas ailleurs.

— Je ne suis pas sûr que Nic apprécierait que des communistes entrent chez lui.

— On en est loin, et ne vous inquiétez pas pour ça, je suis catholique. Je n'ai pas le droit de parler à des communistes. Voyez si c'est fou : avant c'était les Juifs, maintenant ce sont les communistes. Nous sommes très surveillés par notre sainte mère l'Église. »

Devant les yeux inquiets de Stephen, Adélaïde rit franchement : « J'exagère, mais vous aussi avec vos communistes ! Tout ce que je veux, c'est un peu mieux que les *factories.*

— Avec la Crise, vous savez, ça a été difficile. Il y a des raisons à ma prudence. »

Adélaïde n'en peut plus de se faire répéter ces avertissements inquiets. La Crise et maintenant la guerre. Faudra-t-il toujours craindre quelque chose ? Se méfier et emmagasiner des profits pour être en mesure de faire face aux coups durs ? Elle le sait, Stephen est une victime de la Crise, un homme qui a tout perdu, et sa loyauté envers Nic est liée au sauvetage dont il a été l'objet.

Elle coupe court à la discussion en déclarant qu'un an d'essai et de perte totale s'il le faut ne mettront pas en péril *McNally Enterprises*. Stephen, réticent, accorde tout de même que Nic a bien établi ses portefeuilles et qu'« il a les reins solides ».

Bêtement, l'évocation des reins de Nic sort Adélaïde du sujet et la rend tout soudain distraite. Elle met Stephen dehors et contemple la nuit de décembre à travers les grandes fenêtres du bureau. Elle éteint la lampe de verre et reste là, à fixer la ville où les derniers reflets du jour rougissent le ciel. « Les reins de Nic »... quel festin elle en ferait ! Une chance qu'elle a ce défi à relever pour l'empêcher de devenir complètement folle. Une chance que Nic est l'homme qu'il est, sans cela, Adélaïde ne donnerait pas cher de sa vertu. « Déjà que j'ai des tendances communistes », se dit-elle en quittant l'immeuble.

Ce qu'elle n'a pas avoué à Stephen, c'est qu'avec les conditions habituelles de travail des ateliers de confection elle n'aurait jamais pu garder Florent. Il serait tombé raide mort de devoir faire travailler des gens comme ça. Et elle a besoin de Florent pour l'Atelier. Sans lui, elle ne relèverait jamais ce défi. Leur idée se situe à mi-chemin entre la haute couture, moralement indéfendable pour Florent en temps de guerre, et la confection de masse qui lui donne des nausées rien qu'à regarder les coutures et les boutonnières. Des vêtements pour les femmes qui travaillent, puisqu'il y en a de plus en plus, des vêtements élégants, bien faits, bien finis, mais sans le luxe de la haute couture, qui commence par l'exclusivité. Des vêtements de base qu'on peut améliorer en ajoutant un accessoire, des manchettes, un col, tous ces éléments trouvés grâce à la débrouillardise des femmes qui ont à cœur d'être élégantes malgré les restrictions.

Pour Stephen, les femmes choisissent leur camp : soit elles sont raffinées et elles sont alors follement élégantes, soit elles sont habillées par l'usine. L'intuition d'Adélaïde est que les femmes veulent mieux que l'usine, sans avoir à payer pour le modèle unique. La plupart des femmes bénéficient de leur Mademoiselle Lizotte, leur couturière qui copie les modèles des revues comme *Soirs de Paris,* ou alors elles le font elles-mêmes chez elle. Elles cousent et se débrouillent avec les patrons *Simplicity* ou *Butterick.* Adélaïde se dit que, entre le travail, les enfants et les maris qui vont bien finir par revenir de guerre un jour, les femmes n'auront plus le temps de coudre. Et si elles travaillent, elles auront des revenus à dépenser. Si, pour le prix d'un tailleur haute couture, elles peuvent s'offrir une garde-robe de base de saison, si les lignes sont suffisamment classiques tout en étant coupées impeccablement, si les vêtements sont faits de tissus de qualité sans qu'il s'agisse d'une importation exclusive, alors les femmes seront tentées par ces vêtements « couture ». Il s'agit de produire une meilleure qualité que ce qu'elles font à la maison, qui est déjà un large cran au-dessus de l'usine, mais sans les coûts exorbitants de la façon haute couture. Florent et elle veulent même demeurer dans l'idée du couturier en exploitant le principe de la collection.

Les machines à coudre de l'Atelier vont être mises en marche le lendemain de Noël, et Florent a depuis plus d'un mois terminé les dessins et les patrons de la collection de l'été 1945.

Les débats autour de ce qu'il fallait garder, retirer, ajouter ont été interminables. Florent pense encore haute couture, toute sa formation l'entraîne vers cette manière, et Adélaïde tire vers la couture, le vêtement envisageable, abordable et portable.

Florent s'enthousiasme pour l'idée et ne se sent pas du tout en train de démériter de son talent en « s'abaissant à travailler pour la populace », comme a dit de Grandpré en apprenant l'avenir que se préparait son protégé. Mais de Grandpré éprouve quelques difficultés personnelles. Son salon est peu à peu déserté, les grandes fortunes ayant vu leurs activités sociales diminuées par la guerre et les dames ayant quasi vulgairement opté pour un nouveau genre, celui d'« user » leurs vêtements, c'est-à-dire les porter plus d'une fois.

Depuis le départ de Florent, de Grandpré a connu une crise personnelle qui, alliée à ses difficultés professionnelles, a entraîné une recrudescence de sa consommation d'alcool. Le résultat fâcheux est évident dans toute sa collection de printemps qui est, cette fois, carrément critiquée, pour ne pas dire délaissée et ignorée.

Toutes ces informations sont venues aux oreilles de Florent par Laura, la jeune employée que de Grandpré avait mise à la porte après qu'elle lui eut transmis la démission de Florent. Comme chez les Grecs de l'Antiquité, Gilles de Grandpré avait supprimé le messager de mauvaise nouvelle.

Laura et Mélanie, sa copine de l'école, ont été les premières que Florent a recrutées, et l'esprit d'équipe qui existe entre eux interdisait au départ d'établir des conditions de travail calquées sur celles des *sweatshops.*

Laura et Mélanie seront en charge de la finition, si essentielle aux yeux de Florent parce qu'elle ajoutera la note « couture » et fera la différence par rapport aux autres confections.

Deux coupeurs, trois couturières expérimentées et minutieuses, qui ne se contenteront pas de seulement « faire tenir » mais de bien exécuter les coutures, ont été triés sur le volet par Florent. Adélaïde a dû insister pour que deux petites mains soient ajoutées à l'équipe. « Florent, tu vas le faire toi-même si on n'engage pas. Et, je te connais, tu vas le faire à la perfection. »

Au début, d'ailleurs, le problème majeur d'Adélaïde est d'empêcher Florent de faire reprendre les coutures et les pièces entières. Grâce à Laura, qui a tout de suite compris et marché dans l'aventure, Adélaïde est avertie quand « ça découd trop » et que la production est ralentie par le perfectionnisme de Florent. Elle doit se rendre à Pointe-Saint-Charles tous les jours pour surveiller, encourager et tranquilliser Florent.

Quand elle n'est pas à l'Atelier, Adélaïde visite des clients potentiels, et les boutiques et les magasins susceptibles d'avoir envie de vendre une ligne comme la leur. Mais l'esprit du temps n'est pas à ce genre de choses, trop chères pour plusieurs et en trop d'exemplaires pour les autres. Adélaïde, excédée de ne pas arriver à placer des commandes, se dit qu'elle devra ouvrir elle-même un magasin pour vendre ses « Florent », nom prestigieux qui orne toutes les étiquettes des vêtements. Florent ne voulant absolument pas faire connaître son nom qu'il trouve sans musique et sans poésie, il a choisi son seul prénom pour signer ses créations. De toute façon, aucun dessin, aucune esquisse n'a jamais été signé autrement que *Florent.*

« Tu me vois dire "Le Gariépy que vous portez vous va à merveille" ? Alors que "C'est un Florent" coule mieux. »

En attendant, le « Florent » ne coule pas du tout, et Adélaïde cache ses difficultés à son complice, mais aussi à Guillaume, qui travaille main dans la main avec Stephen. Elle s'est donné un an, elle va démarcher chaque client s'il le faut, mais elle va réussir.

Janvier s'achève lourdement, il fait froid, les nouvelles de Nic sont rares et Fabien n'a rien écrit depuis plus d'un mois, ce qui redémarre le petit moteur intérieur d'angoisse d'Adélaïde. Dieu merci, Maurice semble bloqué en Provence à administrer un état-major quelconque qui surveille l'Italie et les camps de blessés du sud de la France. Le ton de ses lettres laisse bien Isabelle un peu songeuse, mais elle a écarté la tentation que représente Bernard en changeant de centre de la Croix-Rouge et elle a l'air de croire que Maurice, sans rien savoir de ses tiraillements de conscience, lui rendra la pareille. Un peu comme si sa fidélité était garante de celle de son mari. En repliant la lettre de sa cousine, Adélaïde souhaite de tout son cœur que Maurice ait le génie de garder pour lui ses écarts de conduite, s'il en a eu.

Les lettres de Rose arrivent régulièrement chez Adélaïde. Ce sont des bijoux d'humanité. Rose travaille dans un hôpital du sud de Londres affecté aux blessés graves et aux cas majeurs. Elle décrit les salles comme des champs de bataille où les soldats, fous de douleur, se mettent à hurler en la voyant se pencher sur eux, certains d'être aux mains des tortionnaires de la Gestapo. Pour Rose, chaque patient a un nom, un passé, et elle essaie de leur « *permettre un avenir* », comme elle écrit. *Mais beaucoup d'entre eux expirent, et j'essaie que ce ne soit pas seuls, mais accompagnés de Dieu et d'un peu de douceur. Accompagnés de ce pour quoi ils se sont battus : l'humanité.*

Adélaïde imagine sa merveilleuse et si sage petite sœur au chevet des hommes terrorisés et en proie au délire de la fièvre, et elle croit que ces hommes ont une mort pacifiée. Rose ne parle que de son travail, que des conditions de vie qui règnent à Londres, de l'humidité pénétrante et de l'extrême désolation dans laquelle les bombardements laissent la ville. *Il y a des jours où les alertes se succèdent à un tel rythme que nous n'avons pas le temps de remonter qu'il faut redescendre aux abris. Ai-je besoin de te dire combien je trouve lâche de laisser mes malades exposés en allant me protéger ?*

Dans sa réponse, comme toujours, Adélaïde supplie sa sœur de courir aux abris et de ne pas prendre de risques inutiles. Elle a même recours à l'argument des malades qui ont un besoin urgent de l'immense réconfort qu'elle leur apporte.

En février, à cause d'un coup de froid et d'un surmenage évident, Adélaïde est retenue à la maison par une bronchite. Léa est ravie de l'aubaine. Elle se donne beaucoup de mal pour faire jouer sa mère et la distraire. Dès que la sieste de Léa apporte une accalmie, Adélaïde s'empare du téléphone pour travailler et relancer ses éventuels acheteurs. Bientôt le mois de mars, et elle n'a placé que 15 pour 100 de la collection ! Et elle a dit à Stephen qu'elle approchait des 50 pour 100 !

Quand Lionel, fâché de la voir s'esquinter au téléphone, la menace de la mettre au lit de force, Adélaïde lui confie qu'elle doit absolument travailler pour que Florent n'ait pas la déconvenue de voir sa collection rester à l'Atelier. Lionel propose d'effectuer certains appels de relance, ceux qui sont en anglais, n'ayant pas la confiance nécessaire pour les faire en français. Ils se partagent le travail et, comme le temps où Lionel est au téléphone coïncide généralement avec les siestes de Léa, Adélaïde est obligée de se reposer à son tour.

Mais l'élargissement du marché déterminant, c'est à Marthe qu'elle le doit. Adélaïde étant forcée de remettre une de leurs rencontres à cause de sa bronchite, Marthe propose de venir la visiter en compagnie de Babou. Adélaïde connaît le petit garçon, mais Léa ne l'a jamais vu. Très vive en ce qui concerne la difficulté d'intégrer son fils, Marthe suggère d'arriver pendant la sieste de Léa, si Ada préfère éviter à sa fille le choc que la confrontation pourrait provoquer. Mais Adélaïde refuse. Après tout, Babou n'est ni violent ni même agressif, et Léa ne sera pas seule avec lui.

Le choc est finalement pour Lionel qui, malgré tout son style, reste assez surpris devant le petit enfant. Léa, elle, après l'avoir examiné en silence et s'être fait traiter de « Ho ! » plusieurs fois, finit par dire : « Pas Ho, Léa ! »

La seule chose qu'elle apprécie moins, c'est l'affection débordante de Babou. Léa aime beaucoup « bosser » le petit qui obéit dans la mesure de ses capacités, mais quand il la prend dans ses bras pour l'étreindre, elle se dégage avec des airs contrariés et répète : « Non, Babou ! Mouille-moi pas ! » et, pour compenser la rudesse du refus, elle le prend par la main et l'emmène jouer. Dès que Babou recommence à s'extasier et à vouloir l'embrasser, elle recule et répète qu'elle ne veut pas être barbouillée de bave. Sinon, Léa a l'air de bien apprécier la différence qui fait d'elle, si petite et délicate, la décideuse en chef du colosse. Babou est comme un gros jouet consentant.

Marthe et Adélaïde ont repris leur conversation depuis un bon bout de temps, quand ils entendent le rire heureux de Babou qui répète entre chaque éclat son « La » vainqueur. Marthe est éblouie.

« Il dit son nom ! Il dit Léa ! Vous vous rendez compte ? En deux heures, même pas. Reste à voir s'il fait vraiment le lien entre elle et son La. »

Adélaïde ne pourrait jamais faire face à un tel drame. Un enfant aussi handicapé, aussi dépendant qui demande une attention et des soins constants. Il aura vingt ans, et Marthe devra encore le changer de couche.

Elle regarde son amie essuyer pour la millième fois le menton rougi par la salive. En reprenant sa tasse de thé, Marthe la met en garde : « Ce n'est pas affreux, Adélaïde, c'est une tragédie au sens où on en retient des enseignements, pas au sens pitoyable du terme.

— C'est quand même ce qui menace votre couple, non ?

— Babou a dû voler un an à ma vie de couple, comme vous dites. Pensez-vous vraiment que Jean-Pierre avait besoin de l'excuse de Babou pour s'autoriser à me tromper ? Babou est pratique, mais ce n'est pas ce qui l'éloigne. Enfin, il peut le croire si cela l'arrange, mais pas moi.

— Vous en souffrez, Marthe ?

— Ma vanité en arrache pas mal. Mais je surnage. Je lui ai rendu la monnaie de sa pièce assez souvent.

— Vous allez le quitter ?

— Non. Même réticent, même assez drabe, il est un père pour Babou. Ça compte pour le petit. Ça compte pour moi. Il est malheureux d'avoir eu un tel fils et je ne peux pas le forcer à voir en Babou autre chose qu'une erreur... Mais le petit a ses façons de séduire, je ne perds pas espoir qu'un jour Jean-Pierre va l'accepter comme il est.

— Il ne l'aime pas ?

— Jean-Pierre n'aime personne d'autre que lui-même. Totalement narcissique.

— Je ne sais pas ce que ça veut dire.

— C'est assez intéressant. Je lis beaucoup d'ouvrages sur le comportement humain depuis que j'ai Babou. La psychanalyse a trouvé ce nom pour dire que quelqu'un est fou de son image personnelle. Amoureux de lui-même, si vous voulez. D'après Freud, ce serait normal jusqu'à un certain âge et après... c'est aussi attardé que l'est Babou ! Jean-Pierre me tuerait s'il savait que je vous dis une chose pareille. Il est persuadé que vous êtes la femme de sa vie. »

Gênée, Adélaïde essaie de détourner la conversation, mais Marthe aime la limpidité jusqu'à la brutalité : « Je sais très bien que vous n'avez rien à y voir. Il s'est allumé tout seul. Vous n'êtes pas une petite actrice pâmée d'admiration, et ça l'excite. Arrêtez de prendre votre air de jeune fille coupable, ça fait longtemps que je n'en veux plus aux femmes qui, soi-disant, me le volent. Elles me l'empruntent tout au plus. Et, dans votre cas, vous n'avez rien essayé du tout. Jean-Pierre s'éprend de ses partenaires à chaque nouveau rôle. »

Il y a dans le détachement de Marthe quelque chose de violent, une souffrance retenue, et Adélaïde devine que l'apparente distance est très cher payée. Elle ne peut pas croire qu'une femme si intelligente, si évoluée, soit amoureuse d'un homme beau mais vide, un homme sans densité, sans intensité. Elle regarde Babou être repoussé pour la centième fois dans ses avances affectueuses et elle se demande si l'enfant est la brisure ou le lien dans ce couple étrange et désassorti.

« Vous avez vu la pièce qu'on présente au Gesù ? Allez-y, Adélaïde, c'est un succès et un scandale. Ça parle du désir et des autres, de la conscience et de l'amour. Emmenez Florent, il sera surpris et soulagé de voir que de telles questions puissent être traitées publiquement. »

Adélaïde promet, si seulement elle trouve le temps à travers ses activités accaparantes. Florent travaille très tard tous les soirs maintenant et ils arrivent à peine à se voir pour autre chose que les discussions d'affaires.

Un Babou fatigué vient poser sa tête sur les genoux de sa mère qui se hâte de prendre congé. En passant son manteau, elle suggère à Adélaïde de lui prêter les dessins de la collection « Florent » pour deux jours. Les actrices sont pauvres et elles ont un besoin fou de toilettes diversifiées pour toutes leurs sorties.

« J'ai un ami qui fait des costumes de théâtre et, souvent, il coud pour des actrices qui ne savent rien faire d'une aiguille. Il pourrait facilement trouver des clientes éventuelles. Vous avez pensé à Béatrice ? »

Elle a l'air tout étonnée d'apprendre qu'Adélaïde ne voit pas Béatrice.

« Pourtant, elle parle de vous à Jean-Pierre comme si vous vous voyiez tous les dimanches. »

Songeuse, Adélaïde ferme la porte. Béatrice doit en être à la dernière extrémité pour l'utiliser comme une ruse féminine. Un frisson de dégoût la traverse rien qu'à imaginer sa sœur en train de la dépeindre à un Jean-Pierre concentré. Elle n'a pas à creuser l'idée pour savoir que Nic et même Theodore ont dû faire l'objet de discussions. Comment Béatrice peut-elle se livrer à un étalage aussi indiscret et honteux ? Adélaïde ne doute pas un instant que Béatrice agit ainsi, Marthe n'aurait pas inventé une histoire aussi sordide.

L'idée d'être offerte en marchandise pour le troc amoureux de Béatrice lui lève le cœur. Sa sœur n'a aucune morale, aucune droiture, et la sermonner ne servirait à rien si Jean-Pierre s'intéresse à ses discours.

Florent est formel : pas question de voler la clientèle de Gilles de Grandpré. Adélaïde commence à trouver que, si sa sœur a la frontière morale large, celle de Florent est carrément trop étroite.

« À ce compte-là, Florent, toutes les vitrines de Montréal sont des tentatives de détournement de clientèle. De Grandpré peut faire un procès à Morgan, Eaton et tous les autres. Je parle d'offrir ce qu'on a aux actrices, pas de leur tordre le bras pour qu'elles abandonnent le grand maître. »

Elle apprend que Laura avait eu l'idée, qu'elle connaissait bien des clientes qui n'avaient plus les moyens d'aller chez de Grandpré et qui auraient été tentées d'essayer quelque chose de « Florent ».

« Et tu as dit à Laura que c'était mal et que tu n'irais pas au Ciel si tu faisais ça ? Tu m'enrages, Florent ! Les clientes vont nécessairement délaisser quelqu'un, c'est la *business* qui veut ça.

— Tu parlais d'intéresser les femmes qui n'avaient plus le temps de coudre chez elle… »

Comment expliquer que ce n'est pas facile de les atteindre, de leur faire savoir qu'elles ont maintenant ce choix, qu'elles peuvent acheter un « Florent » ? Les actrices sont photographiées dans *Radio-monde* et les femmes achètent ce magazine.

Ils discutent longtemps avant que Florent cède et autorise Adélaïde à joindre les actrices dont Laura a gardé les numéros.

« Maintenant que c'est réglé, je peux savoir ce qui t'agace tant, Ada ? »

Florent n'accepte ni l'excuse de la bronchite, ni celle des tourments habituels concernant Nic, Fabien ou Rose. Adélaïde finit par décrire ce que Béatrice fait de sa personne privée pour garder un amant en voie de désaffecter son lit. Florent sourit. « C'est comme Schéhérazade, quoi ! Elle lui fait le coup des mille et une nuits. »

Pour la seconde fois de la journée, Adélaïde doit demander qu'on lui explique quelque chose. Après Freud, les détails du conte perse l'achèvent. Quand elle demande à Florent où il a pu acquérir cette culture, celui-ci rougit comme un enfant surpris à mal faire. Il finit par avouer que la bibliothèque de Nic recèle quelques interprétations illustrées des contes.

Quand Adélaïde explore la bibliothèque, elle comprend ce que Florent voulait dire en traitant sa sœur de Schéhérazade, mais surtout en quoi il était gêné : à côté des *Milles et une nuits* se trouve une version très illustrée du *Kama Sutra* qui lui fait presque échapper le livre. Elle est certaine que Florent s'est allégrement cultivé dans les trésors cachés de la bibliothèque de Nic. Elle se surprend à s'appliquer elle-même à élargir ses horizons et à découvrir où son mari a puisé une partie de sa propre culture amoureuse. Étrangement, malgré les enseignements de la religion et des bonnes mœurs qui devraient la porter à ne pas trouver beau ce genre de choses, ces dessins ne la répugnent pas du tout. Fascinée, elle les examine longuement et se rend compte que l'impudeur a des qualités étonnantes. La chose prend même des allures entraînantes et grisantes, pas du tout dans le style des feux de l'enfer et du cloaque hideux auxquels les prêtres comparaient ce genre de plaisirs. Émoustillée, Adélaïde range le livre dans sa table de nuit, contente d'avoir débusqué un allié imaginaire au désir qui la tourmente depuis des mois, contente d'être moins seule, grâce à ces images qui clament que la chose existe joliment. Elle est à la fois troublée et gênée de regarder le livre seule et de stimuler une exaltation sexuelle qui n'a pas grand besoin d'encouragement pour se manifester. Elle sait que Nic regarderait ce livre avec elle sans timidité et qu'il ne tournerait pas beaucoup de pages avant de se tourner vers elle.

Quand, toute petite, chez les Ursulines, elle mettait sa tête dans ses bras repliés sur le pupitre et que, sous l'égide de mère Marie-du-Calvaire, elle procédait à son examen de conscience, Adélaïde sentait confusément que l'appel du péché d'impureté était plus dramatique que celui de la désobéissance. La question qui suivait l'énoncé du péché achevait de la mystifier : « Seule ou avec d'autres ? »

Là, vraiment, Adélaïde y perdait son latin ! Dans son innocence, elle ne pouvait que faire des saloperies avec autrui, pas toute seule ! Même plus tard, quand les baisers et le désir de Theodore la torturaient, la seule impureté consistait à la pensée concupiscente déjà bien vigoureuse. C'est la guerre qui avait complété la formation solitaire d'Adélaïde. Les soirs où le besoin insatiable de Nic l'avait conduite à s'offrir un écho de ce qu'ils possédaient ensemble, Adélaïde avait enfin compris de quoi il s'agissait vraiment. Jamais, dans sa famille ou dans son entourage, le mot masturbation n'a été employé. Ni le mot, ni le concept. Les « saloperies » ou les « saletés » englobaient la totalité des plaisirs physiques interdits, et quand Reine avait dit « la couchette », Adélaïde n'avait pas sursauté, retrouvant là l'appellation même du confesseur pour les choses de l'amour.

Comment un prêtre pourrait-il comprendre autre chose que l'utilité procréatrice de cet acte ? Si, même pour faire un enfant, l'acte reste laid et humiliant, qu'en est-il quand il est commis pour le seul plaisir ? Pour la seule quête de l'extase ? Ce qu'elle vient de faire semble encore plus condamnable à Adélaïde, puisque s'offrir un plaisir charnel solitaire revient à dire que Dieu a permis des mécanismes pouvant l'autoriser à ne pas attendre après quelqu'un pour exploser de plaisir et gémir le nom d'un absent. Dieu aurait-Il eu pitié des femmes de soldats ?

« Petite raisonneuse », aurait dit mère Marie-du-Calvaire, si elle avait eu le culot d'aborder un tel sujet, ce qui était évidemment exclu.

Pourtant, sa conscience ne s'indigne pas de ces impuretés, et Adélaïde éprouve un frisson de contentement d'avoir enfin un recours imagé pour être moins esseulée à pécher. Elle s'endort en s'interrogeant sur la « saleté » de tout cela, qui fait d'elle une pécheresse peut-être, mais une pécheresse enfin détendue.

Et, comme tout ce qui touche à l'essentiel de sa vie, elle prend bien garde de ne pas en parler à son confesseur.

* * *

Au moment où Adélaïde reprend le travail, grâce aux efforts de Lionel, ses ventes ont atteint un bon 28 pour 100 de la production. Ce qui lui paraît encore bien faible, considérant ses prédictions. Elle multiplie les rencontres, les appels téléphoniques, elle invite les présidents d'associations à déjeuner, essaie de les convaincre de faire paraître un avis dans leurs publications professionnelles pour inciter les femmes à s'habiller « Florent ».

Marthe décide d'organiser un thé où Adélaïde est conviée à venir présenter les modèles de l'été à une douzaine d'actrices. La réunion est d'une gaîté folle, ces dames ayant beaucoup à raconter et à commenter. Non seulement les actrices ont-elles le chic pour porter des vêtements, mais elles ont l'œil pour ceux des autres. Adélaïde entend, pendant ce thé, un nombre effarant de potins sur ce que portait telle épouse à telle première, et elle comprend que, dans les théâtres, chez les spectatrices et les mélomanes se trouvent ses futures clientes.

Ce thé est instructif et dénote un autre esprit, une mentalité différente de celle dans laquelle Adélaïde a été élevée. Une liberté de ton, des manières affranchies, des codes qu'elle croyait immuables bousculés et un anticonformisme têtu règnent et font de ces actrices des femmes apparemment plus dégourdies et plus libres que toutes celles qu'Adélaïde connaît. En même temps, elles lui rappellent sa sœur et ses fausses prétentions modernes. Toutes ne sont pas ce qu'elles prétendent, mais aucune n'a envie d'être assimilée à la jeune ménagère moderne : elles ont du talent, un désir de faire carrière, de percer et de durer. Ce n'est pas la guerre qui fait qu'elles travaillent, ce n'est pas l'époque, c'est leur propre désir. Contrairement à ce qu'elle devine chez Béatrice, en qui Adélaïde pressent un désir sauvage d'être connue et adulée, elle constate que certaines de ces actrices sont habitées d'une volonté de jouer, de se donner totalement et d'apporter leur différence de vues à leur art.

Grâce à Marthe, grâce également à son œil infaillible pour les lignes et les couleurs, Adélaïde réussit à placer quelques commandes importantes. Elle obtient surtout l'assurance que ce thé fera boule de neige et que les modèles « Florent » seront publicisés dès le lendemain pendant l'enregistrement des radio-romans.

Marthe la prévient contre un système de crédit trop permissif qui risque de mettre son entreprise en péril. Elle est certaine que les modèles ont plu et qu'ils seront « le cancan du lendemain ». L'élégance d'Adélaïde, le charisme d'une femme si jeune et si déterminée dans sa carrière seront les autres sujets de conversation, Marthe en est certaine. Elle se félicite d'avoir gardé pour elle l'identité d'Adélaïde, le fait qu'elle soit la sœur de Béatrice Tremblay.

« Vous voulez dire qu'elles connaissent Béatrice et qu'elles ne savent pas que c'est ma sœur ? »

Marthe confirme et répond au pourquoi qui suit : ces femmes ont en commun un passé avec Jean-Pierre, un passé pas toujours plus grave qu'un simple flirt, qu'une agacerie de coulisses, mais un passé suffisamment marquant pour éviter l'actuelle maîtresse en titre. Cette fois, ce qu'Adélaïde ne comprend pas, c'est que Marthe entretienne des relations aussi…

« … perverties ? Étranges et malsaines, Adélaïde ? Beaucoup d'épouses jouent la carte de l'ignorance, moi je joue celle de la connaissance et même de la reconnaissance. Un jour ou l'autre, ces femmes se retrouvent dans ma position, celle de la femme trahie. Un jour ou l'autre, elles ne menacent plus rien. "Ce qu'on ne sait pas ne fait pas mal" est une idiotie, d'après moi. Ce qu'on ne sait pas nous sape l'intérieur, nous ronge en cachette et nous détruit comme les termites détruisent la structure des maisons. Je préfère savoir, voir et connaître. C'est la seule façon que j'ai trouvée pour dormir en paix.

— Mais, Marthe, vous l'aimez toujours ? »

Marthe sourit et hoche la tête en fixant Adélaïde : tant de candeur encore, tant de jeunesse.

« Vous ne savez pas encore que l'amour est le terrain le plus incertain, le plus obscur qui soit ? Qu'un cœur ne se contrôle pas et que, si on le contraint, on ne réussit qu'à le faire taire, mais jamais à le tuer ou à le rendre prisonnier de nos conceptions étroites ? Où vivez-vous donc, Adélaïde ?

— Vous aviez l'air d'être au-dessus de tout ça, de ce que votre mari fait. Je ne sais pas…

— Peut-être que c'est une illusion que j'entretiens, je ne suis pas toujours claire avec moi-même. Peut-être que Jean-Pierre m'évite de comprendre autre chose de plus cruel. »

Adélaïde croit qu'effectivement Babou doit peser dans cet attachement fou et quasi incompréhensible pour un homme si peu fiable. Aussi est-elle encore plus surprise d'entendre son amie achever : « Voyez-vous, si je quittais Jean-Pierre, je devrais recommencer à peindre. Et ça, c'est autrement plus terrifiant que de faire face à l'adultère ! Vous voyez comme mon cœur est limpide ? Je pourrais me donner tout ce mal pour ne pas avoir à affronter une toile vide. L'ennui est que je le sais. Bon ! Allez, Babou revient de chez sa grand-mère dans dix minutes et, si vous y êtes, vous devrez écouter le très long récit de ses aventures.

— Marthe, ces femmes aujourd'hui se tutoyaient, pourquoi pas nous ?

— Parce que tu n'en parlais pas ! Je connais les usages de la ville de Québec, moi ! »

* * *

Souvent, après les heures de bureau, Adélaïde passe à l'Atelier pour voir Florent et aussi parce que l'ambiance y est agréable. Les gens y travaillent sans répit, mais en même temps, peut-être parce que l'équipe est si réduite, ils le font ensemble. Adélaïde n'est pas loin de penser qu'il s'agit de la méthode de Florent, qui n'a jamais traité quelqu'un avec hauteur et qui sait entretenir des rapports respectueux avec tout le monde.

Ce qui serait de la condescendance, si Nic s'y essayait, est de la simplicité et de l'humilité naturelle chez Florent. Les employés ne sont pas dupes et, en trois mois, ils se sont attachés à leur patron et se feraient couper la main pour l'entreprise qu'ils considèrent comme la leur. Adélaïde doit se rendre à l'évidence : Florent n'a pas l'âme d'un propriétaire, il partage spontanément. C'est même ainsi qu'il trouve son bonheur.

En entrant à l'Atelier ce soir-là, elle croit vraiment qu'il faudrait qu'elle y emmène Aaron Singer un de ces vendredis. Tous les vendredis midi, très ponctuel, Aaron l'attend chez Ben's où ils mangent en se racontant Theodore. Ce n'est jamais triste ou même nostalgique, ils savent l'un comme l'autre qu'ils se rapprochent en passant par Theodore. C'est la culture juive, les coutumes, les valeurs juives qu'Adélaïde apprend. Et c'est une société francophone, mais aussi les questions multiples que se pose Adélaïde, qu'Aaron écoute avec surprise et intérêt. Aaron est un studieux, un homme qui a passé sa vie à relire la Torah, à approfondir le sens de la *tanakh*, c'est-à-dire des Écritures saintes, c'est un religieux convaincu. Adélaïde est une active qui trouve questions et réponses dans la bataille et la confrontation. Après la mort d'Edward, c'est Aaron qui lui a permis d'exprimer le chagrin profond que l'exclusion entraînait et d'en débattre. Grâce à Aaron, à son humour patient, Adélaïde a pu franchir un cap difficile. Devant la vitalité et le dynamisme d'Adélaïde, Aaron se met à penser à son fils autrement que comme à un Judas et, victime de la même fascination que son fils, il accède peu à peu à la partie féminine du monde qui était pour lui classée et mise à part, respectée mais peu observée. Tout comme la religion, Adélaïde devient un objet d'étude, et cela représente une révolution pour Aaron, qui remet ainsi en question soixante ans d'éducation stricte et exclusivement centrée sur Dieu et sur les hommes.

Il leur arrive de s'opposer assez vigoureusement, mais chaque fois, à la fin du repas, quel que soit le degré d'irritabilité qui les habite, ils font *shalom* et s'accordent avant de se laisser. Ils sont comme deux continents éloignés qui orientent leurs péninsules pour un jour se concilier. Ils ne sont pas pressés, malgré l'âge respectable d'Aaron et l'impatience trépignante d'Adélaïde. Ils ont beaucoup à se dire et beaucoup à entendre de l'autre avant de signer la grande paix. L'approche se fait à travers une curiosité mutuelle et sans jugement de ce qui, pourtant, est souvent à l'opposé des croyances de chacun. Quand Adélaïde s'interroge sur le revirement d'Aaron, la fracture de sa rigidité morale et son consentement à la considérer comme autre chose qu'une abomination, Aaron murmure toujours : « Il faut que la souffrance nous apprenne quelque chose. Qu'elle soit une clé et non un mur. »

Il est presque sept heures du soir, et tout le monde est encore penché sur son ouvrage. Même Alex, qui vient finir ses devoirs dans le bureau du *boss*, lève à peine les yeux de son cahier où il s'applique à terminer une longue addition.

Adélaïde leur annonce les commandes supplémentaires qu'elle a décrochées et écoute les nouveaux besoins en tissus, boutons, articles de base, devenus si impossibles à trouver. Les fermetures éclair sont aussi rares que le beurre, et ça fait longtemps que les réserves des autres usines ont été épuisées. Adélaïde se rappelle fort bien qu'il y a deux ans, quand les problèmes d'approvisionnement ont commencé, elle s'était dit que ça ne durerait pas plus de six mois. Aujourd'hui, avec les progrès effectués sur le front allemand, avec la Belgique et la France libérées par les Alliés, tout le monde prédit une conclusion imminente de la guerre. Mais Adélaïde, elle, ne parie plus sur la reddition de l'Allemagne, elle attend de voir le papier signé de la main de Hitler imprimé dans les journaux.

Quand, fin avril, elle lit l'avance des troupes dans Berlin, quand elle apprend le suicide de Hitler suivi, le 8 mai, par la capitulation de l'Allemagne à Berlin, elle sent se mettre en marche l'espoir bouillant, trépidant qui écrase toutes ses prudences, toutes ses admonestations intérieures de ne pas céder, de ne pas s'exalter et risquer encore d'être amèrement déçue. Tout comme l'avance inexorable des Alliés, l'espoir gagne du terrain, force tous ses doutes à reculer et la propulse dans une effervescence jubilatoire.

Ce qui la convainc, ce qui fait renverser la vapeur, c'est la soudaine frénésie qui s'empare des femmes et les pousse à passer des commandes. En dix jours, alors que les affaires stagnaient, les ventes de l'Atelier remontent en flèche.

Quand Isabelle, folle de joie, hurle au téléphone que c'est fini, qu'ils ont gagné, Adélaïde ne demande pas quoi ou des preuves, elle sait que tout est victoire, que tout est neuf, que tout est enfin permis. En dix jours, Montréal sort de l'engourdissement et devient une ville frémissante, vivante. Les gens dans les rues, les commerçants, tout le monde sourit, et c'est à croire que, du jour au lendemain, chaque passant qui marchait l'échine courbée a décidé de relever la tête et d'aller d'un pas allègre, libéré.

Dès le 15 mai, Adélaïde propose à Florent de revenir sur l'idée de la Robe de la Victoire. Comme le conflit avec le Japon n'est pas terminé et que tous les soldats ne sont pas en route pour le retour, ils auraient juste le temps de mettre la production en chantier afin d'offrir la robe dès l'automne. À la fête du Travail, toutes les femmes auraient la possibilité de se procurer une robe bien coupée, à la finition soignée, quelque chose d'ultra féminin qui les rende magnifiques pour le retour à la paix, le retour à leurs maris, à leurs fiancés ou à leurs espoirs. Une sorte de récompense pour l'effort soutenu qui a été fourni pendant toutes ces années, une robe exemplaire, *la* robe, à un prix qui ne fait pas la joie de Stephen.

« La marge de profit est quasiment nulle ! À quoi pensez-vous ? Faites-la faire en usine, alors. »

L'idée est justement d'offrir, à prix compétitif avec les produits usinés, une robe de confection soignée, une robe signée, chic et durable, qui fera la promotion des produits « Florent » mieux que tout slogan.

Malgré les problèmes majeurs d'approvisionnement, malgré que le rationnement ne soit pas encore levé sur plusieurs produits, malgré les nombreux arguments contre un projet aussi fou et audacieux, Adélaïde charge Florent de dessiner et prend la responsabilité de convaincre Stephen. Elle milite et discute des heures durant, essayant de l'amener à partager ses vues, mais Stephen est rigoureusement un homme d'affaires classique, formaliste et conservateur. Comme la collection d'été a entraîné un déficit, les chiffres lui donnent raison de chercher à ralentir la directrice de *McNally Enterprises*. Finalement, excédée, elle lui dit de s'occuper de ce qu'il connaît et de la laisser se débrouiller avec les produits de l'Atelier. Vexé, Stephen lui fait remarquer qu'elle ne s'y connaît pas davantage.

« Stephen, comprenez donc que personne ne s'y connaît : on n'a jamais offert une robe aussi fantastique à si bas prix. C'est une innovation !

— On peut donc s'entendre qu'aux frais de *McNally Enterprises*, vous payez la traite aux femmes ? C'est ça ? »

Cette façon qu'il a de tourner son idée en ridicule ! Elle conclut sèchement : « Exactement ! Du bon gaspillage volontaire et inutile. Une ruine, une perte sèche, un suicide commercial, Stephen ! Je vous remercie, j'ai du travail. »

Elle remue inutilement des papiers sur son bureau, juste bonne à créer du désordre, à fourrager et à déplacer des objets avec dépit. Elle en a vraiment assez de se battre toute seule, d'argumenter sans cesse et de devoir défendre les moindres initiatives. Elle appelle sa secrétaire, Estelle Gingras, et l'invite à s'asseoir dans son coin discussion. Elle la questionne, essaie de savoir ce qu'elle achèterait si elle ne cousait pas tous ses vêtements, ce qu'elle dirait de l'idée d'une Robe de la Victoire. Le visage d'Estelle s'éclaire joyeusement. « Alors, là, vraiment, si elle est jolie et qu'elle n'est pas trop chère, je crois que je me gâterais. Rien que le nom donne envie de faire une folie. Je n'ai pas le budget, remarquez, ce serait une vraie extravagance, mais je ne serais pas la seule à avoir envie d'en faire une après toutes ces années. »

Rassérénée, Adélaïde renvoie Estelle à son travail, mais celle-ci hésite sur le seuil : « Madame McNally, excusez mon effronterie… mais allez-vous laisser le bureau, quand votre mari sera revenu ? Allez-vous rentrer chez vous pour vous consacrer à votre famille ? »

Étonnée, Adélaïde s'aperçoit qu'elle n'a jamais songé à vivre sans travailler, sans gagner sa vie : « Je pense que je ne pourrais pas seulement m'occuper de ma fille et prendre le thé avec des dames, Estelle. Je déteste le bridge. Il n'y a pas d'autres solutions que de travailler. Pourquoi ?

— C'est que… vous ne serez pas la seule. Alors, même si c'est une folie, la robe, les femmes vont se la payer en se disant que maintenant, ils vont être deux à gagner. »

Adélaïde estime que, pour cela, il faudra créer suffisamment d'emplois. En ce qui la concerne, si Nic veut la voir tirer sa révérence, elle ira à l'Atelier et en fera une entreprise de pointe, une riposte à Stephen et à son conservatisme.

« Il faut que le modèle fasse à Jeannine, à Marthe et à moi, c'est pas compliqué, Florent ! »

Évidemment ! Jeannine est forte de poitrine et de hanches, Marthe ne fait pas cinq pieds trois et a des os d'oiseau, et Adélaïde est longue et fine comme un ruban ! Plus il y a de contraintes et plus Florent est stimulé. Il sort une robe de derrière un panneau : « Essaie, Ada. »

C'est un prototype qu'il a fabriqué « pour voir », parce qu'après avoir montré un dessin à Jeannine celle-ci a fait une grimace mitigée en expliquant que ce qui est joli sur le papier boudine habituellement de partout sur elle.

Adélaïde regarde la robe : « Et elle a essayé ça ?

— Non. La sienne. Elle a essayé la sienne. Marthe vient demain pour la sienne.

— Attends, Florent, attends : tu n'as pas mis la robe en production avant qu'on s'entende sur le modèle ?

— Non. J'ai taillé, cousu, et fini trois fois le modèle que je préfère. Pour voir. À mes heures de loisir, la nuit, par exemple. Pour vérifier que chaque gabarit de femme est quand même flatté par la robe.

— Et ?

— Essaie ! Tu verras bien. »

Bien que la rareté du tissu oblige à un nombre restreint de plis, ceux-ci dansent et donnent une apparente ampleur à la jupe, grâce à la fluidité de la matière. Le corsage, taillé très près du corps, contribue également à ce que la jupe fasse illusion. Florent étire la jupe : « J'aurais voulu utiliser des verges et des verges de tissu, que la jupe ne soit jamais en paix, qu'elle bouge constamment, mais Stephen nous aurait tués. Tu peux la décolleter ou la rendre très prude : il y a un petit bouton sous le col pour rabattre l'échancrure et ça devient un modèle de modestie. Même Reine pourrait porter ça. Mais si tu ouvres le corsage, si tu bouges au son du jazz par exemple, c'est une robe jazzée. »

Florent lui montre comment le tissu se meut en la faisant tourner. L'effet est si seyant, si follement sensuel et attirant, qu'Ada se demande comment une femme comme Jeannine, qui est tout l'opposé d'une Gene Tierney, est parvenue à porter la robe pudiquement.

« Pourquoi pudiquement ? Jeannine est une femme et elle n'est pas enterrée parce qu'elle est veuve. Elle adore la robe qui lui fait une très belle poitrine. Je pensais que c'était la Robe de la Victoire pour toutes les femmes, Ada, pas seulement pour les stars qui brillent même enveloppées dans un *duster* cousu avec des poches de farine recyclées. »

Honteuse de se comporter en petite dame snob, Adélaïde reconnaît que le but est toujours de rendre toutes les femmes plaisantes et qu'elle a dû oublier que c'était possible.

« Mais pas toi, Florent, ta robe est parfaite, économique à produire, et j'aurais dû comprendre depuis longtemps que tu savais très bien ce que tu faisais et où tu allais. Je n'avais pas besoin d'approuver les dessins, c'est toi l'artiste. Tu aurais dû m'envoyer sur les roses.

— T'envoyer péter dans les fleurs, comme dit Alex, avant de se rouler de rire.

— M'envoyer péter, oui. Pourquoi tu ne le dis pas, quand je t'énerve ?

— Je le dis : j'ai fait la robe pour que tu saches que ça marche. Tu vas me faire des mea-culpa pendant une semaine. Ada, ce n'est pas moi que tu énerves, c'est toi. Tu en as beaucoup sur les épaules et ça te fatigue.

— Laisse-moi pas devenir une harpie.

— Non, juste une chipie, comme Léa. Désolé, Ada, mais je pense que le veuvage de guerre ne t'avantage pas.

— Comment, Florent ? De quoi tu parles ? Tu es bien osé, tout à coup ?

— C'est Jeannine qui me dévergonde. Tu ne peux pas savoir les efforts qu'elle fait pour trouver "mon *match*". Elle s'amène ici avec des amies qu'elle veut me présenter en espérant me marier à l'été.

— Non?

— Tu veux tout savoir? Elle se désole de me voir vivre dans l'ombre du "gros méchant Nic", en entretenant des sentiments pas catholiques pour une femme mariée. Mais de toute façon, elle te trouve trop vieille pour moi et elle pense qu'il faut m'aider à renoncer.

— Trop vieille? À peine quatre ans! Quoi d'autre?

— Ça ne finit plus! Va enlever ta robe, on rentre coucher Léa et on va au cinéma. Ça fait plus qu'un an qu'on n'est pas sortis aux vues ensemble. Vite! Avant que l'arrivée de Nic ne me jette dans le désespoir! »

Acharnée, Adélaïde fait des pieds et des mains pour dénicher le tissu afin de mettre en production la Robe de la Victoire. Elle y parvient au bout de trois jours, un record de débrouillardise, de rouerie et de négociations.

Elle vient de raccrocher quand Estelle lui annonce que Jean-Pierre Dupuis veut la voir. Adélaïde refuse net.

« C'est pour raisons d'affaires, qu'il dit. »

Encore un truc d'acteur! pense Adélaïde en l'accueillant on ne peut plus froidement. Jean-Pierre, très direct, sans aucun sous-entendu égrillard, lui parle de la robe que Marthe a rapportée chez eux et qui lui semble une trouvaille de féminité et d'élégance.

Il ne va quand même pas en commander une douzaine pour ses maîtresses? se dit Adélaïde. Jean-Pierre poursuit en flattant le talent de Florent, le sien à elle et son goût sûr. Adélaïde commence à s'ennuyer.

« Il faut prendre des espaces dans les programmes des pièces qui seront présentées cet automne et faire l'annonce de la robe. Je connais tous les directeurs de théâtre, et je vous les fais rencontrer dès que vous me le demandez.

— En échange de quoi?...

— Comment? Vous me croyez incapable de désintéressement? Il faudrait que je troque mes relations contre autre chose?

— Pourquoi pas? Beaucoup le font. »

Il se lève, prend son chapeau: « Pas moi. C'est entièrement gratuit, quoi que vous en pensiez. »

Il lui tend la main froidement. Adélaïde change de ton: « Je vous ai fâché ! Excusez-moi, c'est vrai que ma question était impertinente, mais avouez que vos intentions n'ont pas toujours été aussi nettes.

— Elles ne le sont pas davantage maintenant. J'ai toujours un sérieux penchant pour vous, mais je suis aussi capable d'agir en gentleman. Ma proposition cherchait à le prouver. »

Adélaïde éclate de rire : « C'est ce que j'avais compris, comme vous voyez ! Asseyez-vous, établissons un plan stratégique. »

Ils travaillent sans réticences ni allusions pendant plus d'une heure. Détendue, Adélaïde le reconduit en lui demandant des nouvelles de Béatrice.

« Je ne la vois plus depuis janvier, vous ne saviez pas ? »

Au logement, rue Saint-Hubert, un voisin obligeant lui indique que Madame Tremblay est partie depuis quelques mois.

Adélaïde appelle tante Germaine et essaie de trouver une astuce pour se renseigner sans l'affoler. Apparemment, Béatrice va bien et elle a fini son rôle dans *Rues principales*, au grand désespoir de Germaine qui aimait l'écouter quotidiennement.

Reine n'a pas eu de nouvelles depuis les funérailles de Léopold.

À l'association professionnelle des artistes, l'Union des Artistes lyriques et dramatiques, elle ne parvient pas à obtenir une adresse. Florent et elle appellent toutes les stations de radio et vont même jusqu'à essayer tous les B. Tremblay du *directory*, ce qui représente une somme considérable d'appels. Finalement, à bout de ressources, ils appellent chez Marthe et Jean-Pierre.

« Mais enfin, Adélaïde, pourquoi ne pas m'avoir demandé ça cet après-midi ? Je vais vous donner le numéro où on peut la joindre. »

La chambreuse lui dit que Madame Tremblay n'est pas là et que, non, elle ne sait pas vers quelle heure elle doit rentrer. « Y a un message ?

— Dites-lui d'appeler sa sœur, Adélaïde. Oh, madame, donnez-moi votre adresse, voulez-vous ? »

Trois jours plus tard, le soleil de juin commence à descendre sur la rue Amherst où Adélaïde attend depuis deux heures. Quand elle voit arriver Béatrice, elle sursaute : maintenant teinte en blonde, sa sœur marche avec un léger tangage qui n'ajoute aucune distinction à son allure. Elle agite son bras et crie : « Madame McNally ! Quel honneur ! Et elle ne porte pas la petite Robe de la Victoire ! Comme tu vois, je suis très au courant des nouveautés. »

Elle rit un peu fort. Adélaïde note qu'elle porte encore des souliers ayant appartenu à Gabrielle et, elle n'y peut rien, cela lui semble sacrilège.

« Tu me cherchais ? Excuse-moi de ne pas avoir rappelé, il faut payer ses appels dans cet endroit et je ne gaspille pas. Alors ? Tu veux ma liste d'actrices en moyens pour acheter les créations de ton favori ? Paye-moi donc un verre, tiens, le temps de parler. »

Adélaïde lui propose d'aller prendre un thé. Béatrice se penche vers elle : « Un verre. Un verre de fort. Pas un petit Postum de mangeuse de balustre, Adélaïde ! »

Devant son gin, Béatrice se calme enfin et observe sa sœur avec moquerie : « T'as enfin décidé de t'inquiéter de moi ? Peut-être que tu veux juste des nouvelles du beau Jean-Pierre ? As-tu envie de lâcher sa femme pour lui ? Il vaut le détour. Je ne suis pas sûre qu'il batte Nic, mais il vaut le détour. Si tu les aimes fidèles, par exemple, faut faire une croix dessus. Jean-Pierre saute sur tout ce qui porte un jupon. Même sur ce qui n'en porte pas, d'ailleurs. »

Elle se trouve très spirituelle.

« Vas-tu bien, Béatrice ? Pourquoi tu restes dans une maison de chambres ?

— Pour un rôle. Pour m'imprégner de l'atmosphère de la pauvreté pour un rôle.

— Ah bon !

— Idiote ! Pourquoi, tu penses ? Parce que ma sœur refuse de me prêter de l'argent.

— Si c'est pour boire, Béatrice…

— C'est ça, mère supérieure, viens régenter ma vie. Viens m'expliquer le Bien et le Mal. T'es tellement bien placée ! Tellement distinguée. Elle s'envoie en l'air privément avec la femme de mon amant et elle le séduit par-dessus le marché ! Elle veut me dire où mettre mon argent. Garde-le, ton argent ! Garde-la, ta distinction de petite-bourgeoise pourrie. Fais tes petites robes, sois raisonnable et sacre-nous patience ! Mon beau ! Un autre ! »

Pendant que le serveur apporte un gin, Adélaïde fixe son verre de Coca-Cola en silence. Béatrice se hisse près de son visage pour souffler : « Tu pensais que je ne le savais pas ? Ça se sait, ces choses-là dans le milieu. Remarque que c'est excellent pour ne pas tomber enceinte. »

— Béatrice, tu es dégoûtante. Tais-toi !

— C'est ça, pince ton petit bec ! As-tu ton rouge à lèvres avec toi ? »

Adélaïde est trop secouée pour ne pas le lui tendre. Béatrice en admire la couleur sur sa bouche et le glisse dans son sac : « C'est introuvable de nos jours et ça coûte une fortune, alors tu m'excuseras. Je suis un peu serrée de ce temps-là. »

Adélaïde lutte terriblement pour ne poser aucune question qui risque d'exciter l'humeur belliqueuse de sa sœur. Elle se répète qu'elle découvrira autrement la vérité concernant Marthe et Jean-Pierre.

Elle finit par éviter tous les sujets scabreux et comprend que Béatrice est au chômage depuis trois mois. Elle lui laisse tout le liquide qu'elle trouve dans son sac et lui promet d'essayer de l'aider en lui trouvant un emploi.

Béatrice l'embrasse en lui laissant une traînée rouge franc sur la joue : « Je suis une actrice, Adélaïde, pas une waitrice, oublie jamais ça. »

Elle s'éloigne sur les hauts talons de Gabrielle, dans un style du plus pur *waitress.*

Après avoir résisté à l'envie d'annuler la rencontre du lendemain avec Jean-Pierre et un directeur de théâtre, Adélaïde finit par conclure son entente, serrer la main du directeur et demander à Jean-Pierre de la raccompagner. Après deux pas, elle se vide le cœur et lui transmet tout ce que Béatrice a rapporté de leurs mœurs plus que discutables. Jean-Pierre sourit, sans être le moindrement offusqué. « Marthe vous a-t-elle touchée, embrassée, a-t-elle déjà fait quoi que ce soit qui donne raison à Béatrice ?

— Non. Bien sûr que non.

— Pour autant que vous sachiez qui vous êtes et ce que vous faites, pourquoi vous inquiéter du qu'en-dira-t-on ?

— Parce que j'ai une réputation et que je n'aime pas que des bruits douteux circulent à mon sujet. Parce que je n'aime pas qu'on s'approprie de moi.

— Béatrice est jalouse, vous le savez.

— Marthe est-elle… comme ça ?

— Saphique ? C'est une peintre qui a eu une vie de jeunesse assez turbulente… ça a pu lui arriver. Demandez-le-lui. »

Ils sont arrivés devant l'immeuble de *McNally Enterprises,* elle lève les yeux vers lui, offusquée : « Êtes-vous fou ? Jamais je ne ferais une chose pareille ! »

Elle lui tend la main, très contrariée par son manque d'empressement à nier.

Elle se dégage, mais il retient sa main : « Voulez-vous savoir pourquoi je vous désire tant ? »

Elle hoche la tête, tente de retirer sa main, s'il y a une chose qu'elle préfère ignorer, c'est bien celle-là ! Il approche sa bouche de son visage, les beaux yeux bleus la détaillent sans gêne : « Vous aimez le vice, et ça paraît. »

Dieu du Ciel ! Adélaïde en perd toute contenance. Que dit-il ? Quoi ? Où, par où l'obscénité suinte-t-elle ? Comment son front soigneusement poudré peut-il laisser entrevoir une ignominie que même elle désire ignorer ?

Le cœur fou, elle lâche brutalement la main et recule d'un pas. De toute sa hauteur, Jean-Pierre s'incline et, sans la quitter des yeux, de sa voix grave, troublante, il ajoute : « J'éteindrai la lumière, si vous préférez. Mais je vous ferai crier. »

Elle s'enfuit en laissant échapper un gémissement de bête piégée.

La journée est interminable, scandée par la phrase sulfureuse de Jean-Pierre, scandée par la peur obsédante d'Adélaïde d'« être comme ça ». Toute sa vie, elle a cru être une jeune fille et une femme bien, toute sa vie, elle a jugé ses actes et les libertés qu'elle a prises avec le conformisme, en fonction d'une honnêteté fondamentale dont elle n'a jamais douté. Jean-Pierre vient de détruire tout cela en une seule phrase. Un homme futile, frivole, sans importance, un homme qu'elle méprise et auquel elle ne pourrait s'attacher peut la faire frémir en lui chuchotant des saloperies ? C'est donc qu'elle est perdue, pourrie dans l'âme, un fruit perverti jusqu'au cœur ?

Dieu, elle a frissonné !

Elle remet tout en question, l'amour pour Theodore, qui a pu être un leurre pour lui permettre de se livrer à ses bas instincts sous le couvert de grands sentiments, le consentement plus que délibéré à Nic, déguisé en prérogatives conjugales auxquelles il avait droit et dont elle jouissait secrètement ? Elle se battrait ! Une salope qui prétend être noble et avoir des manières affables et polies, une voluptueuse méprisable, voilà comment elle se juge. Elle s'accuse même de ce qu'elle n'a pas fait, se condamne sans pitié.

Avant d'aller rejoindre Florent, ce soir-là, elle s'arrête à l'église de Pointe-Saint-Charles et y reste assez longtemps pour s'y calmer un peu. Elle ne parle pas à Dieu. Elle ne parle pas à la Vierge. Elle parle à Gabrielle, comme quand elle était petite et que toutes les inquiétudes trouvaient leur solution dans les bras et les mots de sa mère. Elle ne sait pas ce que Gabrielle dirait de cela, si elle serait aussi épouvantée qu'elle-même de découvrir un penchant vicieux pour le péché chez sa fille, une tendance au Mal, mais elle est certaine que sa mère ne cesserait ni de l'aimer ni de lui parler. Depuis la mort de Gabrielle, l'amour de sa mère a été la seule certitude d'Adélaïde. Envers et contre tout, quelle que soit la nature de ses comportements, même les plus ignobles et les plus bas, même les plus indécents, sa mère l'aurait quand même aimée.

Adélaïde ignore ce qu'elle peut ou doit faire pour lutter contre sa nature, mais l'amour de sa mère est comme une main tendue au-dessus de l'abîme, une main tendue qui l'empêche de se détester et de se mépriser. Sa mère ne serait pas dégoûtée, elle n'admettrait pas, mais elle comprendrait. Apaisée à seulement revoir le sourire aimant, à se souvenir de la main maternelle qui caressait ses cheveux, Adélaïde se réconcilie peu à peu avec sa nature sauvage, puissante et si éloignée de ce que Dieu attend d'elle. Que fait Rose du désir ? À la voir, on dirait toujours qu'il ne l'effleure pas, qu'il glisse sur elle. Que faire pour Béatrice qui est en perdition et qui est habitée d'une telle colère ? « Ah ! maman, comment peux-tu être si loin, alors que ça va si mal ? » Tout de suite après avoir eu cette pensée, elle entend sa mère soupirer et murmurer qu'elle fait des montagnes avec rien, qu'elle se laisse emporter par sa tendance à dramatiser et qu'elle devrait aussi considérer le chemin parcouru.

Adélaïde est si bien, si pacifiée dans cette église, qu'elle n'en bougerait plus de la soirée. Quand un prêtre, remontant l'allée centrale, l'aperçoit et vient près d'elle pour lui offrir les secours de la confession, Adélaïde, prête à le suivre, entend clairement le « non ! » de sa mère et elle refuse poliment, sans comprendre d'où lui est venue cette hallucination. Comment Gabrielle, si pieuse, pourrait-elle la mettre à l'abri de la confession ? Elle refuse de se torturer davantage, l'indulgence de sa mère qu'elle ressent profondément lui est plus secourable que l'absolution du prêtre. Elle se demande si elle est une mère aussi généreuse et capable pour la petite Léa. Elle a envie de courir à la maison pour la regarder jouer et rire. Comment a-t-elle pu avoir si mauvaise conscience, alors qu'elle a sa fille ? Naître du péché ou naître absous de Dieu ne change rien au vrai besoin : sans l'amour de Gabrielle, Adélaïde n'aurait pas pu survivre au rejet de son père, aux départs et à la guerre.

Léa n'a besoin que de l'amour sûr, certain et totalement acquis de sa mère pour grandir et devenir forte et courageuse. L'amour de son père serait mieux, mais Adélaïde craint que, à ses propres yeux, l'amour des pères ne soit bien aléatoire et fragile. Elle allume un lampion au pied de la statue de la Vierge et la contemple un instant : « Vous ne vous y êtes pas trompée, vous non plus, Joseph n'est jamais là et Dieu abandonne son fils, comme Abraham immole le sien ; vous savez comme moi, bonne Sainte Vierge, qu'on ne peut pas se fier aux pères. Si Léa n'a que moi, elle m'a totalement. »

À genoux au pied de son nouveau lit, Léa finit sa prière du soir : « Bon Jésus, protégez ma maman, mon papa Nic parti dans la guerre et Florent et Lionel... »

Adélaïde, croyant à une défaillance de mémoire, poursuit : « ... et Alex et votre petite Léa. »

Les yeux gris s'ouvrent et Léa s'assoit sur ses talons : « Mais quand mon autre papa va revenir, Florent y va pas parti ?

— Partir, Léa. Non, Florent ne va pas partir. »

Léa sourit, enchantée, et montre deux doigts : « J'ai deux ans et demi et deux papas et demi : papa de la guerre, Florent, Lionel ! »

Adélaïde essaie d'expliquer que les deux choses ne vont pas nécessairement de pair, sinon sa maman aurait vingt et un papa et demi. Léa trouve cela très amusant. Elle grimpe dans son lit, extirpe son lapin de sous l'oreiller, embrasse sa mère et finit par murmurer : « Alex, son papa, il revient pas de dans la guerre. Y a pris Florent, lui aussi. »

Adélaïde trouve que Florent en a lourd sur les épaules avec sa tâche paternelle. Elle sourit en songeant à ses réflexions à l'église : Léa a beaucoup de pères et, mieux encore, elle prend bien garde de s'adjoindre des possibilités de remplacement en cas de défection. Léa ne sera pas prise au dépourvu, ça c'est certain.

« Qu'est-ce qui te fait rire ? Léa a sorti une perle ?

— Florent, savais-tu que tu es le père de Léa et celui d'Alex dans leur esprit ?

— Oui.

— Tu savais ça ?

— Et je vais essayer d'être celui de Jacynthe et de Tommy... jusqu'au remariage de Jeannine.

— Quoi ? Elle se remarie ?

— Un jour. J'ai pas dit quand, j'ai dit un jour. Je lui souhaite en tout cas. Pas toi ?

— Oui. Tu penses qu'elle va vouloir nous revoir quand Nic sera là ?

— Nous autres, oui. Nic, je ne sais pas. »

Ils vont s'installer au jardin où la nuit d'été toute chaude et humide sent l'herbe fraîche coupée et les roses. Ils restent longtemps à parler et à regarder les étoiles. Béatrice et le conflit « aider-nuire » d'Adélaïde occupent une bonne part de la discussion. Ils projettent mollement un pique-nique pour le dimanche suivant, et la conversation meurt dans le son des criquets.

« Ada… tu ne me parles pas de ce qui te préoccupe. Pourquoi ? C'est Nic ? »

Adélaïde, qui se félicite toujours de l'intuition de Florent, voudrait bien qu'il en ait un peu moins ce soir. Elle prétend qu'elle est seulement fatiguée et se lève.

Florent ne bouge pas de sa chaise et observe toujours le ciel. « Tu te sauves de moi. »

Elle revient se placer derrière sa chaise, caresse les cheveux doux. « Non. Je me sauve de moi. »

Il prend sa main, la tire vers son torse, Adélaïde se penche vers le visage fin de Florent qui murmure contre sa joue : « Reste. »

En tirant sur son bras, il la fait contourner le transatlantique et s'asseoir sur ses genoux, malgré la crainte d'Adélaïde que le tissu ne résiste pas : « Voyons donc ! À nous deux, on fait à peine une tante Germaine. »

Il l'étend sur lui, ferme les bras et la garde contre sa poitrine un long temps avant de demander à nouveau ce qui la préoccupe.

Florent n'est scandalisé de rien, il écoute avec calme les révélations de Béatrice et les avances de Jean-Pierre et la verdeur de ses affirmations. Il entend Ada aller au bout de son abjection, avouer et admettre ce qu'elle appelle son indignité et, du même coup, sa totale incapacité à y changer quoi que ce soit. Il l'entend lutter et combattre le vieux dragon qu'il connaît si bien.

Les criquets ont repris leur concert dans la nuit silencieuse depuis un bon bout de temps quand Florent, sans cesser de caresser le visage d'Adélaïde, parle.

« Je pense que tu ne sais pas plus que moi comment combattre tes démons, Ada. Je pense qu'on peut se faire très mal en essayant de les tuer. Je voudrais être le seul à avoir ce genre de problème… des problèmes de honte et de cachette, je voudrais que rien de tout ça ne t'atteigne. Tout ce qu'on désire est interdit, Ada. Tout est péché, tout est méprisable, condamnable. Et pourtant, quand je te regarde, il n'y a rien de plus beau au monde que toi, rien de plus lumineux, de plus glorieux que toi. Quand j'étais petit, à la confesse, je m'accusais de t'aimer plus que Dieu, plus que la Vierge Marie, et le prêtre prenait ça en riant. Je ferais n'importe quoi pour toi, je rendrais le sexe propre pour toi, je ferais plier Dieu devant l'évidence de ta beauté et de ta droiture. Je ne veux pas que tu te tortures. Je ne veux pas que tu te méprises. Et je t'aime toujours plus que Dieu ou la Vierge. Et je n'arrêterai jamais. Même si tu cèdes à Jean-Pierre, même si tu cédais à Marthe — je te suivrai, Ada, même en enfer.

— Alors, je devrai faire bien attention à là où je vais. Je ne veux pas que tu finisses en enfer. »

* * *

L'armée canadienne procède au rapatriement des soldats par ordre inverse de leur arrivée outre-mer. Nic, qui est coincé en Angleterre et qui attend impatiemment qu'on le ramène, n'a communiqué aucune date pour son retour. Au moins Adélaïde le sait-elle enfin à l'abri du danger.

Au début de juillet, Isabelle reçoit un télégramme de Maurice qui annonce son retour à bord d'un bateau qui devrait accoster à Québec fin juillet. Folle de joie, elle se prépare, organise un souper de retour en tête-à-tête après avoir bien sûr aménagé une fête pour que les enfants puissent revoir leur père. Tante Germaine revient spécialement de l'Île pour garder les petits qui habiteront chez elle pour l'occasion.

Germaine accompagne Isabelle et les enfants au port, le 30 juillet, et elles ne sont pas trop de deux pour éviter que les petits ne soient écrasés par la foule en liesse. Les quatre mille cinq cents soldats sont accueillis par des hurlements d'allégresse. La cohue est telle qu'Isabelle se décourage d'apercevoir Maurice ou, même si elle avait cette chance, de l'atteindre sans risquer l'étouffement dans la bousculade. Dépitées, elles reviennent rue Lockwell avec les enfants en larmes parce qu'ils ne peuvent pas revoir leur père. Grâce à l'arrêt à l'épicerie et à l'achat de cornets de « crème en glace », Isabelle et Germaine limitent à deux le nombre des désappointés. Elles ont à peine débarbouillé les enfants que quelqu'un sonne à la porte.

Ce coup de sonnette, davantage que n'importe quel discours, révèle le désarroi créé par tous les bouleversements des années de guerre. Maurice, amaigri et presque au garde-à-vous, se tient devant elle. Il la prend dans ses bras avant qu'elle ne dise un mot, et Jérôme fonce sur eux, suivi de près par Élise et par Louis, qui franchit toute la longueur du corridor à quatre pattes.

Les enfants refusent de rentrer chez Germaine sans leur père, et ils vont tous deux les conduire et aider à les mettre au lit.

Quand Maurice prend la main d'Isabelle pour descendre la rue Salaberry jusqu'à leur appartement, elle retrouve enfin un peu de l'homme qu'elle a connu. Ils ne parlent pas, comme si les sujets, trop nombreux, créaient une confusion et ne permettaient d'en choisir aucun. Isabelle n'en revient pas de n'être pas plus soulevée, plus follement heureuse que ça. Elle se souvient du retour de Maurice en 1943. Même si elle allait accoucher de Louis quelques semaines plus tard, ils s'étaient retrouvés en trois minutes. Cette fois, elle a l'impression d'être devant un étranger, un homme qu'elle a connu mais qui aurait beaucoup changé. Comme Léopold, finalement. Mais elle avait mis le changement de son beau-frère sur le compte de l'épreuve combinée de l'amputation et de la séparation de Béatrice.

Elle marche dans la nuit calme de juillet et tient la main de son mari en cherchant comment aller vers lui et retrouver leur ardeur et leur amour passés.

Quand ils rentrent et qu'elle voit Maurice s'affairer à vider son paqueton et à ranger ses affaires, elle décide de lui laisser du temps et va à la cuisine terminer les préparatifs du souper. Maurice la rejoint et lui offre un foulard de soie qu'il a acheté pour elle en France. Bouleversée, elle s'en veut de l'avoir jugé froid de défaire ses bagages avant de l'embrasser. Gêné, mal à l'aise, Maurice l'éloigne avec douceur et la reprend contre lui en cachant son visage inquiet dans son cou. Même étouffée contre l'étoffe rugueuse, elle l'interroge sur ce qu'il a, pourquoi il ne veut pas l'embrasser. Il caresse son dos en déclarant que les baisers vont venir, qu'il faut juste lui laisser le temps. Quand elle demande le temps de quoi, il ne sait que répondre et soupire, oppressé.

Lentement, émaillée de silences, la conversation reprend. Petit à petit, tous les membres de cette famille, chacun son tour, les aident à animer ce repas de fête qui prend des allures de funérailles. Jamais, pas une seule fois, ils n'abordent le sujet de la guerre ou de ce que Maurice a vécu. Les bougies sont presque toutes consumées quand Isabelle tend la main et en recouvre celle de Maurice : « C'était si épouvantable que ça, Maurice ? Tellement que tu ne peux pas en parler ? »

Le regard de son mari à cet instant, la détresse mêlée de peine, la souffrance véritable qu'elle reçoit en plein cœur lui interdisent de poursuivre. Elle éteint les bougies et l'entraîne dans leur chambre.

Doucement, dans le noir, à force de caresses et de patience, elle brise le mur épais qui entoure Maurice et le rend si étranger. Au bout de la nuit, quand enfin il est traversé d'un violent frisson, quand tout son corps se met à trembler du plaisir qui éclate, Isabelle l'entend gémir « mon amour », mais elle ne comprend pas pourquoi il sanglote éperdument ensuite. Elle ne comprend pas, mais elle le berce avec douceur, avec longanimité.

Elle le regarde dormir en se demandant combien de femmes ce soir ont retrouvé un soldat apparemment indemne, mais profondément mutilé de l'intérieur.

Les choses ne s'arrangent pas vraiment les jours qui suivent. Maurice, froid, distant, ne parvient à s'égayer qu'en présence des enfants avec lesquels il joue et perd le masque préoccupé qu'il arbore en d'autres temps. Souvent, Isabelle le surprend, immobile, le regard perdu, très loin, très concentré sur un point qui est au moins au-delà de l'océan. Même leurs habitudes ne reprennent pas. Maurice s'est accoutumé à être seul, à se débrouiller ou à avoir un aide de camp qui répond à ses ordres. Quand le téléphone sonne, jamais il ne bronche, certain que l'aide de camp va se précipiter. Quand une Isabelle énervée lui suggère d'abandonner l'idée d'avoir une épouse-servante-aide-de-camp, il la considère avec étonnement et, sans rien ajouter, prend son chapeau et sort.

Il est près de minuit lorsqu'il rentre. Quand Isabelle en larmes lui demande ce qu'il a, pourquoi il se conduit comme ça, il prend un air encore plus froid : « Si tu pouvais cesser de demander ça et te contenter d'attendre que ça passe ! »

Ils se couchent irréconciliés et, longtemps, Isabelle pleure, tournée vers la fenêtre d'où parvient une brise légère. Quand Louis crie vers cinq heures du matin, elle trouve la place de Maurice vide et son cœur s'affole en pensant qu'il est peut-être parti.

Mais Louis est dans les bras de son père, Louis est là où elle voudrait tellement être, à entendre les paroles douces, rassurantes qu'elle voudrait tellement entendre.

Parler enfin à Adélaïde un soir où Maurice a emmené les petits au parc est un soulagement énorme. Isabelle se répète elle aussi que c'est un passage critique, difficile pour tous les couples et qu'il faut garder espoir, reconstruire des liens nouveaux au lieu de vouloir recréer ce qui appartient au passé. Encouragée, elle raccroche et, ce soir-là, elle propose à Maurice d'aller passer la semaine à l'Île avec les enfants et tante Germaine, qui y est déjà avec Reine. Cette nuit-là, elle s'endort heureuse contre la poitrine de Maurice, certaine qu'effectivement il faut aller de l'avant, enterrer le passé et la guerre et ouvrir de nouvelles voies.

La lettre arrive le lendemain. Elle la remet à Maurice qui glace sur place pour ensuite se retirer dans leur chambre sans un mot. Terrorisée, Isabelle ne bouge pas de la cuisine et n'interdit rien à Louis qui vide consciencieusement l'armoire à chaudrons.

Au bout d'une heure, voyant la porte de la chambre toujours fermée, incapable de contrôler l'angoisse dévorante qui gagne de minute en minute, elle décide d'y aller.

Assis au bord du lit, dos à elle, la lettre étalée sur le couvre-lit de chenille bien tendu, Maurice sanglote, la tête dans ses mains. Elle voit les épaules tressauter, elle entend le gémissement étouffé, saccadé. Il ne la voit pas, ne la perçoit même pas. Le soleil dessine une strie de lumière oblique qui tranche l'écriture bleue de la lettre. Isabelle referme doucement la porte. Elle prend les enfants, appelle un taxi et se rend chez Georgina qui, déroutée, n'a même pas l'occasion de refuser de les garder. Isabelle reprend le taxi qui attendait, elle va faire du thé et, munie de son plateau, elle revient dans la chambre où, cette fois, Maurice lève la tête et se tourne vers elle.

« Elle s'appelle Geneviève. En 1944, en juin 1944, elle avait dix-huit ans. Elle habite un petit village minuscule près du mont Ventoux, tout près de là où on était cantonnés. Elle faisait de la résistance, elle se promenait à bicyclette et portait des messages. Elle m'a raconté tout ça, elle revenait toujours me voir et m'apporter du pain frais, des cerises et... des framboises qu'on allait ramasser ensemble. Je pense qu'on est tombés amoureux le premier jour. J'ai lutté, j'ai essayé de ne pas céder, de ne pas... c'était impossible, je pense, impossible. Geneviève ne m'a pas quitté pendant un an. Elle savait pour toi, pour les enfants, elle a toujours su que j'avais des engagements ici et elle a toujours dit que la guerre a des lois différentes, qu'elle ne me demandait rien d'autre que cet amour-là. J'ai même rencontré ses parents, des fermiers, des paysans qui travaillent comme des fous. Quand Geneviève est tombée enceinte, j'ai paniqué. Elle a toujours dit que c'était le plus beau cadeau qu'elle pouvait espérer. Mathieu est né le 5 mai 1945, trois jours avant la reddition de l'Allemagne. Quand j'ai reçu mon avis de rapatriement, elle a tenu parole, elle m'a regardé partir avec Mathieu dans les bras. Je ne peux pas oublier son visage. Je ne peux pas oublier ses yeux et sa main qui agitait celle du bébé si petit. Je ne peux rien dire pour rendre les choses moins dures pour toi. J'essaie de revenir ici, Isabelle, j'essaie… Mais ce n'est pas facile et je ne sais pas si je vais y arriver. Sincèrement, je ne sais pas. »

Du plomb en fusion, les mots de Maurice sont comme du plomb en fusion dans sa poitrine. Goutte à goutte, elle est brûlée vive, et ensuite le plomb se solidifie, fait de sa poitrine cette masse solide qui l'écrase et l'étouffe.

Le soleil s'est déplacé et heurte maintenant le miroir au-dessus de la commode. Le *set* de chambre avait coûté vingt-cinq piastres à l'époque. C'est tout ce à quoi Isabelle arrive à penser, le prix du *set* de chambre de ses noces. Maurice s'est remis à pleurer. Le plomb dans sa cage thoracique augmente maintenant de volume, prend de l'expansion à mesure que les mots de Maurice lui reviennent.

« J'avais des engagements. » Il n'a pas dit qu'il aimait une femme là-bas, sa femme, non, il avait des engagements. Ces framboises, pourquoi est-elle certaine qu'il l'a embrassée là, la première fois ? Cette Geneviève de dix-huit ans. « J'ai même rencontré ses parents. » « Geneviève ne m'a pas quitté pendant un an. » Un an… et elle, ici, comme une idiote, à traverser l'hiver de la vie sans lui, elle à tenir bon. Un an !

Isabelle fixe l'annulaire gauche de Maurice et elle se demande s'il a retiré cette alliance pendant un an. S'il a fait un enfant à cette jeune fille en portant cette alliance qu'elle lui a donnée devant Dieu. Elle a dix ans de plus que l'autre. Dix ans, et elle a eu trois enfants.

De son doigt, elle suit une ligne sur le couvre-lit… Comme un puzzle, tout prend un sens, tout s'éclaire maintenant et elle sait que le « mon amour » si nouveau qu'il a crié le premier soir n'était pas pour elle. Elle sait que chaque fois que Maurice l'a prise depuis son retour, ce n'était plus elle qui lui donnait des baisers et du plaisir, mais l'autre à travers elle. Et même si c'était elle, Isabelle ne peut plus le croire. Elle a tellement mal qu'elle voudrait qu'il cesse de pleurer pour entendre sa propre détresse. Les larmes de Maurice, comme cette lettre ouverte sur le lit, l'empêchent de se concentrer sur ce qu'elle ressent et ne ramènent qu'un prénom : Geneviève. Quand bien même elle voudrait la haïr, elle n'y parvient pas. Mathieu. Ses enfants ont un demi-frère et elle n'a plus rien. Il n'y a pas de titre pour celle qui reste en arrière. Elle se lève, ouvre le tiroir supérieur de la commode qui sent le linge frais repassé, elle y prend un mouchoir bien plié et le tend à Maurice sans rien dire.

Elle ramasse le plateau de thé intact et le porte à la cuisine, maintenant inondée du soleil qui a quitté la chambre. Comment une journée aussi radieuse peut-elle contenir tant de lourdeur ? Les gestes précis, les gestes de l'habitude prennent le relais de son esprit paralysé. Elle range tout, passe un linge humide dans le plateau débarrassé.

Le long corps vaincu de Maurice s'encadre dans le chambranle de la porte. Elle ne lui laisse pas le temps de parler : « Pas maintenant, Maurice. J'ai besoin de penser.

— Les enfants ?

— Ils sont chez maman. Ils vont dormir là, ce soir. »

C'est la crainte de se retrouver seul face à elle qu'elle lit dans les yeux de Maurice qui l'achève. Cette crainte muette de devoir parler, s'occuper d'elle, se soucier de ce qu'il lui a fait. Blessée au-delà des larmes, elle a un ricanement désillusionné : « Comme tu sais, tu as des engagements ici. »

D'une voix défaite, implorante, elle l'entend lui demander d'être patiente.

La porte d'armoire de la cuisine fait un bruit de coup de feu en claquant sous sa violente impulsion : « Tu ne t'es pas demandé si, moi, j'ai envie d'un mari comme ça ? Penses-tu vraiment qu'après deux ans j'ai encore envie d'être patiente ? Patiente pour la guerre qui t'aurait massacré, je veux bien, mais patiente pour une femme que tu ne peux pas oublier ? Tu m'en demandes pas mal. Ça ne t'est pas venu à l'idée que tu pouvais aussi me demander pardon ? Je veux dire, avant d'être patiente, me demander pardon, Maurice. Un peu comme si t'avais mal agi, un peu comme si tout ça était pas normal ! »

Elle le laisse hébété dans la cuisine et part sans demander son reste parce qu'elle pourrait le battre à mort si elle restait là.

À Georgina qui demande pourquoi elle ne rentre pas chez elle avec les enfants, Isabelle répond brutalement qu'elle n'a pas abusé des bienfaits de sa mère jusque-là et qu'elle s'attend à obtenir l'asile d'une nuit sans le questionnaire qui va avec.

Quand elle rentre avec les enfants le lendemain matin, elle trouve Maurice habillé, rasé, comme s'il ne s'était pas couché. Les enfants lui font la fête et répètent, ravis, qu'ils s'en vont à l'Île aujourd'hui.

« Je leur ai dit que tu partais pour l'Île avec eux.

— Mais… ?

— J'ai besoin de temps, Maurice. De temps et de solitude. Je ne peux pas penser avec trois enfants accrochés après moi. On parlera dans une semaine. »

Isabelle s'occupe des valises des enfants, de celle de Maurice, elle range, ramasse, prépare le dîner et les reconduit jusqu'au taxi qui les attend dans la rue. Maurice lui tend une lettre sans rien ajouter. Elle le regarde, sans comprendre. La bouche tremblante, il dit « Je suis désolé » avant de s'engouffrer dans la voiture où les enfants crient et trépignent.

Le taxi tourne le coin de la rue et Isabelle tient la lettre comme si c'était une grenade dégoupillée. Est-il désolé de devoir la quitter ? Est-ce cela que ça signifie ?

Elle fourre la lettre dans le sac qu'elle prépare et se rend à la gare en courant, le train n'est que dans une heure, mais elle ne peut pas rester dans les murs de cet appartement.

Si, dans toute la confusion qui l'habite, Isabelle récolte un indice de ce qu'elle ressent à travers la peur que cette lettre fait naître, elle est alors certaine d'aimer encore Maurice. Assise dans le train, insensible au brouhaha, elle fixe le paysage qui la gifle en défilant.

Isabelle,

Si je n'ai pas demandé pardon, c'est que je sais ma conduite impardonnable. Jamais je n'ai eu le cœur tranquille là-bas, mais je mentirais en prétendant que je n'étais pas heureux. Si j'ai mal agi envers toi, c'est que je ne pouvais pas vraiment faire autrement. Je suis faible, Isabelle, et je l'ai découvert à la guerre. Mais pas dans le combat escompté. Dans celui de la loyauté que je te devais et que je ne t'ai pas donnée. J'ai souvent pensé te parler de Geneviève, j'ai pensé être au moins honnête avec toi. Mais je n'y arrivais pas. Je ne voulais pas te faire ça. Et je ne voulais pas être cet homme-là qui me décevait tant. Geneviève savait pour toi et c'était plus simple à vivre. Maintenant que tu sais pour elle, peut-être pourrons-nous essayer de réparer notre mariage. Si tu ne le croyais pas possible, je repartirais demain pour la France.

Isabelle, j'ai triché et trahi, c'est vrai. J'ai mis en péril notre mariage, notre famille, et les raisons et les excuses sont toujours bonnes et inutiles.

Mais tu es toujours ma fée aux biscuits. Quand j'essaie de regarder plus loin que ces jours horribles qu'ont été les derniers jours, quand j'essaie de dépasser dans le futur le temps très difficile de l'éloignement d'avec Geneviève, c'est toi que je vois. Toujours et seulement toi. Je n'ai jamais, et cela est vrai, jamais cessé de te considérer comme mon épouse pour toujours.

Je t'écris au petit matin, sur la table de la cuisine. Isabelle, je ne sais pas où tu es, mais je sais que tu souffres. Par ma faute. Je croyais que quitter Geneviève était la chose la plus dure que je pouvais supporter. Il me restait cette nuit pour découvrir que t'avoir fait mal, t'avoir brisée, t'avoir abîmée, me fait encore plus mal que tout le reste.

Je ne me pardonne pas. Comment pourrais-je demander pardon ?

Maurice.

Isabelle s'accroche au paysage qui défile, elle fixe un arbre jusqu'à ce qu'il recule tellement dans le lointain qu'elle ne puisse plus y suspendre sa concentration. Le plomb dans sa poitrine, le plomb qui fond à nouveau. Il reconnaît sa souffrance, il entend enfin le mal terrible qui l'emprisonne. Maurice… cet amour haï, indigne, cet amour désillusionné et massacré, Maurice. Elle pleure, le visage enfoui dans son mouchoir, la tête appuyée contre la vitre, elle pleure en essayant de retenir ses sanglots.

Parce que c'est la guerre, parce qu'elle est si jeune, la dame qui est assise près d'elle prend sa main, la tapote en murmurant : « Il va revenir, ma belle enfant. Il va revenir. Ne perdez pas espoir. »

C'est une Isabelle défaite et complètement atone qu'Adélaïde s'empresse d'aller chercher dès qu'elle reçoit son appel de la gare. Devant l'état de sa cousine, elle ne pose aucune question, elle l'installe, la force à sortir avec elle dans le jardin et lui sert d'autorité un verre de whisky.

« Tu me raconteras quand tu pourras, mais bois. Ça va te fouetter les sangs, tu es toute pâle. »

Dès qu'elle ouvre la bouche pour remercier, Isabelle se met à pleurer. Adélaïde, navrée de la voir dans cet état, se contente de la bercer et d'attendre.

Pendant deux jours, Isabelle n'arrive pas à arrêter de pleurer. C'est effrayant, dès qu'elle voit quelque chose de beau, dès que le soleil est bienfaisant, dès que quoi que ce soit survient, elle éclate en sanglots convulsifs. Léa lui parle avec une douceur d'infirmière dévouée et elle conclut toutes ses phrases par un « D'accord ? » auquel elle répond ensuite elle-même gravement : « D'accord. »

Du haut de ses presque trois ans, elle prend en charge le moral d'Isabelle et se soucie beaucoup de l'occuper. Même quand Adélaïde lui recommande de jouer avec Florent, ou de laisser tante Isabelle toute seule, Léa s'approche et pose sa petite main sur la joue d'Isabelle : « Je vais aller jouer avec Florent, mais tu ne pleures pas. D'accord ? D'accord. »

Ce qui, bien sûr, fait pleurer Isabelle dès que Léa est sortie.

« Adélaïde, si je ne peux pas pardonner jusque-là, si je me souviens tout le temps de cet enfant-là, de cette femme-là, lui non plus ne pourra pas oublier. Chaque fois qu'on aura un problème, une dispute, chaque fois qu'on aura un désaccord, il aura cette Geneviève en tête qui l'attend, qui agirait différemment de moi. C'est une sorte de martyre de vivre comme ça avec la menace d'une femme de dix ans de moins que moi et qui l'aime. Je ne sais même pas si je peux l'empêcher de lui écrire ! Si je le demande et qu'il en est incapable, ils vont se cacher ? Envoyer les lettres chez Reine, comme Léopold le faisait chez moi, pour elle ? Et cet enfant-là, est-ce qu'il faut qu'on paye pour lui, qu'on verse une pension à la mère toute notre vie ? Des paysans... Il va falloir l'envoyer à l'école, l'instruire... »

Pendant des jours, les questions se succèdent dans le désordre, les broutilles côtoyant les drames essentiels, et Adélaïde laisse Isabelle discuter, parler, pleurer, en ne répliquant presque rien. Sa cousine a besoin de faire le tour complet du contrat, ce n'est pas elle qui va la freiner ou la raisonner.

Adélaïde n'interdit qu'une chose : la spéculation vaine à propos des sentiments à venir.

« Tu peux parler pour aujourd'hui, Isabelle, tu ne peux pas savoir pour dans dix ans.

— Dans dix ans, les enfants seront grands... mais Mathieu aura seulement dix ans. »

Et elle repart, elle refait le tour des angoisses, des terreurs. Adélaïde essaie de ne pas commencer un débat intérieur concernant Nic, jugeant leur mariage déjà bien assez particulier sans avoir à le compliquer d'une liaison extraconjugale. Mais quand elle entend Isabelle parler de « défaire le portrait de Geneviève », elle se dit qu'elle a été la Geneviève de quelqu'un, elle aussi. Elle a été celle d'Eva, la femme de Theodore. Et Léa pourrait peser sur la vie de cette femme, comme Mathieu pèse sur celle d'Isabelle. Elle aussi a des années de moins qu'Eva, et une liberté, une vie autonome que jamais cette épouse juive de stricte observance n'a eue. Elle aussi a été « l'ennemi à abattre ». Jamais Aaron ne parle de sa belle-fille, jamais il ne parle des enfants, tout comme elle ne parle jamais de Léa.

Elle entend Isabelle jurer qu'il est hors de question que son mari la touche encore. Elle comprend l'atroce angoisse que sa cousine nourrit que Maurice pense à l'autre à travers elle, à travers son corps.

« Arrête, Isabelle, tu te fais du mal pour rien. Il ne fera pas ça.

— Il l'a fait le soir de son retour, il l'a fait !

— Maintenant que tu le sais, il ne pourra jamais plus le faire. Si tu ne peux pas lui faire confiance pour ça, c'est inutile de revenir vers lui, Isabelle. »

Ce qui provoque encore un assaut de larmes.

Souvent, Isabelle s'interrompt et demande à Adélaïde ce qu'elle ferait, elle. Adélaïde ne peut rien dire d'autre qu'elle n'est pas dans cette situation et que personne au monde ne peut répondre pour sa cousine : « Chacun a une opinion, un sens du devoir, de l'amour conjugal. Chacun sait pour soi. Mais personne ne peut savoir ça pour toi. Je voudrais que tu essaies de faire ce à quoi tu crois vraiment. Rien d'autre. Considère ta capacité de pardon, Isabelle. »

Mais Isabelle a bien peur de ne plus croire en rien. Adélaïde console ses larmes en se disant que, pour une femme qui a perdu la foi, elle pleure beaucoup.

« Tu as mal parce que tu l'aimes, Isabelle. »

Tout ce qui réussit à les faire rire, c'est quand Isabelle s'enrage d'avoir repoussé Bernard.

Le matin du départ d'Isabelle, Adélaïde entend Léa parler sur la terrasse : « Je vais chercher ta toast et je reviens. D'accord ? D'accord. »

Il n'est pas encore sept heures ! Elle va à la cuisine et y laisse Léa avec Lionel : « Je me charge de la toast de tante Isabelle, d'accord ?

— D'accord. »

L'expression d'Isabelle est si fermée, si grave qu'Adélaïde conclut qu'elle a eu un appel de Maurice. Elle pose le thé et elle n'a pas le temps de demander quoi que ce soit, Isabelle l'informe d'une voix neutre : « J'ai deux jours de retard. Aucun doute. C'est la quatrième fois, je me connais. Je n'ai pas pris de précautions — pourquoi je l'aurais fait ? À l'époque, j'avais un mari et une famille. Je ne savais pas que je faisais l'enfant d'une autre. »

Adélaïde est catastrophée, toutes les décisions d'Isabelle seront maintenant liées à ce bébé. Elle ne peut plus choisir librement Maurice, lui pardonner du fond du cœur et repartir à zéro avec lui. Même si elle était sur le point de le faire, même si cela avait été l'issue de cette réflexion, comme Adélaïde le croit, rien, jamais, ne permettra plus à Isabelle d'en être sûre.

« Il me reste à aller annoncer la bonne nouvelle au père.

— Isabelle, attends ! Reste encore un peu ici. Prends le temps de te remettre. Es-tu certaine ? Deux jours, ce n'est rien ! Ne pars pas dans cet état-là.

— Ça a l'air que le bon Dieu ou la Providence a décidé pour moi. Ce n'est pas enceinte jusqu'aux yeux que je vais laisser mon mari retourner en France. On n'est plus dans le pardon, Adélaïde, on est dans la nécessité. Et la nécessité se sacre pas mal du pardon. »

Ce 11 août 1945, quand un compagnon de voyage lui parle des bombes atomiques et de la guerre qui va en finir pas mal plus vite, Isabelle se tait en pensant que la bombe n'est pas tombée au Japon, mais dans sa vie.

Maurice l'attend à sa descente du train.

« Comment savais-tu que j'arrivais ? »

Il explique qu'il est à la gare pour chaque arrivée en provenance de Montréal depuis deux jours. Il a l'air aussi mal en point qu'elle, aussi ravagé. Il s'empare de son sac et ils prennent le tramway jusqu'à la maison.

En entrant dans l'appartement, Isabelle a un mouvement de recul.

« Je n'aime plus cet appartement, Maurice, il va falloir trouver autre chose. J'ai attendu ici quelqu'un qui ne reviendra jamais. »

Inquiet, Maurice l'observe sans rien dire. Isabelle s'assoit sur le canapé du salon, touche une tache du tissu qu'elle n'a jamais réussi à faire disparaître, une tache faite par Arthur Rochette, lors d'une fête pour célébrer quoi ? leur premier anniversaire !

Maurice fixe les doigts qui grattent le tissu rêche : « Arthur avait renversé son assiette de hors-d'œuvre avec la sauce... Il s'est fait descendre dans les premiers jours du débarquement. »

La main d'Isabelle s'immobilise et couvre la tache : « Je ne savais pas. »

L'appartement est si calme, ils n'entendent que le réfrigérateur qui gronde dans la cuisine. Les enfants lui manquent avec leurs cris et leurs niaiseries. Elle a l'impression de ne pas les avoir vus depuis six mois.

« Assieds-toi, Maurice, je ne suis pas ton adjudant. »

Ça le fait sourire. Il s'assoit en face d'elle et attend. Isabelle est tout étonnée de voir ses yeux inquiets. Il a donc eu mal, lui aussi, et pas seulement de perdre Geneviève ? Isabelle est surprise d'avoir pu négliger cet aspect du problème. Maurice pouvait l'aimer encore et craindre de tout perdre : et Geneviève, et elle et tous les enfants. Si Bernard avait été davantage qu'une tentation, si elle l'avait aimé pour de vrai, avec ou sans consommation de la tentation, comment regarderait-elle Maurice, une fois passés la honte et le remords ? L'amour n'est pas l'affaire d'une journée et le second ne pousse pas le premier. Deux amours peuvent se disputer la priorité d'un cœur, mais l'un ne fait pas la grâce de disparaître devant l'autre pour lui permettre de s'ébattre à l'aise.

« Maurice, mes lettres… là-bas, mes lettres, tu les lisais ?

— Évidemment !

— Je veux dire, les jetais-tu ? Après…

— Quand je recevais une lettre de toi, Isabelle, je partais la lire dans un verger que je connaissais, un verger d'abricots devant des montagnes qui s'appellent les Dentelles de Montmirail. Je m'assoyais sur un muret de pierres en faisant peur aux lézards qui déguerpissaient et je lisais ta lettre au moins trois fois. Le jour de tes lettres, je ne pouvais pas voir Geneviève.

— J'aurais dû écrire tous les jours. »

C'est la première fois qu'ils rient ensemble à nouveau. Isabelle continue quand même à questionner : « Et les siennes, maintenant ? Tu vas les garder ? »

Maurice se lève, va chercher la lettre de Geneviève et la déchire en minuscules morceaux qu'il dépose sur la table à café : « Je vais les lire, mais ma vie est ici, Isabelle. Si tu veux toujours de moi, ma vie est ici, près de toi.

— Es-tu sûr ? »

Maurice s'agenouille sur le tapis en face d'elle, il prend les mains d'Isabelle sagement posées sur ses genoux : « J'ai réfléchi pendant ma semaine, tout le monde m'a laissé tranquille, à l'Île. Malgré toute l'importance que cette année a eue, malgré tout le bonheur que cette femme m'a donné et que je refuse de nier, tu étais ma femme, tu étais celle vers qui je reviendrais. Je n'ai jamais douté de ça. Je voulais te revenir, j'ai seulement joué une partie dangereuse. Je ne sais même pas si je pouvais agir autrement, si c'était évitable — la guerre crée de drôles d'états d'esprit. On n'est plus vraiment préoccupés des mêmes choses. Je suppose que c'est très difficile à comprendre ou à admettre pour toi, mais je n'ai jamais cessé de t'aimer. Tu étais ici, dans l'autre monde pour moi, un monde protégé, un monde à part où je reviendrais probablement mais où je n'étais pas encore. Et si je suis revenu, c'est pour y vivre avec toi. »

Isabelle pense à cette femme de dix-neuf ans là-bas, abandonnée avec son bébé de deux mois. Elle aura quoi ? La ferme de ses parents pour maison et ses souvenirs brûlants pour calmer les nuits de solitude ? Elle voudrait ne pas penser à elle, la haïr. Mais elle revoit soudain Adélaïde à dix-huit ans, enceinte de Theodore, seule avec son bébé à venir. C'est fou comme la similarité de la situation lui fait mal pour la jeune Française.

« Tu crois qu'elle va trouver un Nic McNally, ta Geneviève ? Tu crois que Theodore serait triste de savoir Adélaïde avec Nic ? »

Les yeux de Maurice s'emplissent d'eau, son sourire est si doux, si attristé : « Non. Il serait soulagé. Il serait infiniment heureux pour elle. Mon Dieu, Isabelle, comment peux-tu être aussi généreuse ? »

Elle se penche vers lui, prend sa tête entre ses mains : « Je ne sais pas si je suis généreuse, je ne sais pas non plus jusqu'où peut aller mon pardon, s'il est sincère ou seulement inquiet, mais je mentirais en te quittant. Je mentirais et je deviendrais une femme amère et dure... parce que je t'aime, Maurice, et je ne sais pas comment faire autrement que t'aimer. »

Leur baiser est plein de précautions, comme si une convalescence les rendait fragiles. En soulevant Isabelle pour l'entraîner dans leur chambre, l'air brusquement remué éparpille les débris de la lettre de Geneviève.

Cette nuit-là, le plomb laisse enfin un peu de place à l'espoir.

* * *

Parce que Reine s'est montrée très inquiète et a supplié Maurice de ramener Isabelle avec lui à l'Île, ils partent dès le lendemain midi chercher les enfants.

Isabelle s'étonne de trouver sa sœur si amaigrie et si nerveuse. Elle se demande où elle vivait ces derniers mois pour ne pas avoir porté attention à l'état de Reine. Tante Germaine, à qui elle en parle, hoche la tête avec tristesse et prétend que c'est la fin de la guerre et le retour des soldats qui affectent Reine. Comme si Léopold pouvait encore revenir du combat, comme s'il n'avait pas cessé d'être à la guerre. Reine a l'air d'avoir effacé sa mort atroce pour réarranger l'événement en le liant au départ pour la guerre. Incrédule, Isabelle ne peut admettre que sa sœur soit si mêlée concernant un événement si net et implacable. Tante Germaine tapote le bras d'Isabelle : « Les êtres humains ont leur façon à eux de se faire une raison. Ta sœur n'a jamais enterré Léopold. Pas parce qu'elle est folle, parce que c'est au-dessus de ses forces. »

Elles pensent toutes deux qu'une fois la démobilisation achevée, Reine devra admettre l'impossible et qu'il sera alors temps de la secourir.

Isabelle n'est pas plus rassurée de constater combien Pierre est dépendant de Matie et peu aventurier. Il ne descend jamais les marches de la galerie. En comparaison de Léa, qui fait et dit ce qu'elle veut avec un aplomb et une détermination joyeuse, le ton de Pierre, geignard, inquiet, suppliant et son langage de bébé ne laissent pas beaucoup espérer quant à ses capacités d'embellir la vie de Reine.

« Reine ! Cet enfant est complètement accroché à tes jupes et il retarde. Il faut le pousser un peu. Lâche-le ! »

Reine explique par le menu comment et pourquoi il faut être patient et laisser le petit garçon ne rien entreprendre et faire à sa guise. Isabelle supporte à peine de voir sa sœur mettre une couche à Pierre pour les siestes et pour la nuit, sous prétexte que l'apprentissage de la propreté a été perturbé par les nombreux changements que Pierre a vécus.

« Mais Louis vient d'avoir deux ans et il n'en porte plus. Deux ans, Reine ! »

Reine ne se laisse pas démonter, elle sourit en déclarant qu'une famille nombreuse a ses avantages. Isabelle ne la laisse pas s'éloigner et la poursuit dans la cuisine où un pouding aux bleuets est à cuire.

« Assieds-toi, Reine, on va parler. Tu veux du thé ?

— Je vais le faire, laisse. »

Impossible de la faire s'asseoir, un vrai bourdon domestique.

« Comment va Jean-René ?

— Il a encore ce mal à l'estomac que le docteur ne comprend pas. Ce pauvre Jean-René ! Il endure son mal, mais c'est très difficile pour lui. Il a dû repartir pour Québec d'urgence. »

Isabelle sait très bien que ce sont ses enfants qui ont augmenté les douleurs du pauvre Jean-René. Elle n'est pas loin de croire que le ton geignard de Pierre soit une imitation pure et simple de son beau-père. « Mais toi, Reine, comment ça va avec lui ?

— Bien. Toi, ça va avec Maurice ? Je l'ai trouvé tellement inquiet quand je l'ai vu arriver ici. J'étais certaine qu'il me cachait un malheur qui t'était arrivé. J'ai tout de suite entrepris une neuvaine et, tu vois, tu as débarqué le neuvième jour. »

Isabelle prend son courage à deux mains pour cerner l'ampleur du problème et attaque : « On a eu assez de malheurs avec la mort de Léopold, c'est normal que tu redoutes que ça n'ait pas de fin.

— Mais ça va, tu es correcte ? »

Isabelle n'a rien noté, ni sursaut ni arrêt subit ni pâleur ni rougeur, rien. Elle aurait parlé du temps que ça aurait eu le même effet. Tante Germaine doit se tromper. Reine répète sa question et Isabelle la rassure sur son état. Malgré tout, elle trouve étrange de voir Reine retourner à l'évier se laver les mains : « Reine ! Tu viens de le faire !

— Ah oui ? Ah bon !... j'ai dû oublier. »

Isabelle la voit continuer à se savonner et à bien rincer, comme si elle n'avait rien dit.

* * *

La longue lettre d'Isabelle rassure beaucoup Adélaïde sur l'avenir du mariage de sa cousine. Par contre, la dernière phrase, qui fait référence à Reine, l'étonne assez : *De la même façon que je pense qu'il faut tout faire pour sauver mon mariage parce qu'il est vrai, de la même façon j'ai peur qu'il ne devienne urgent de pousser Reine en dehors du sien, parce que c'est inhumain. Je t'expliquerai dans une autre lettre, Louis a attrapé je ne sais quel microbe et il pleure encore. Je t'embrasse. Merci, ma chérie, et j'espère que Nic va arriver bientôt.*

Mais Nic ne s'annonce pas. La paix est signée depuis une semaine avec le Japon, et Nic est toujours coincé en Angleterre. Adélaïde a bien du mal à tenir son imagination tranquille et à réfréner les images éloquentes que l'aventure d'Isabelle a fait surgir. Dieu merci, les problèmes de rentabilité des produits « Florent », alliés à une lutte sans merci menée contre Jeannine qui voulait faire extraire les dents d'Alex pour lui offrir ses dents rapportées tout de suite, la tiennent occupée. Adélaïde ne sait pas pourquoi elle a une réaction si violente à cette coutume d'arracher toutes les dents et de « régler le problème une fois pour toutes », mais elle se souvient de Gabrielle qui leur avait montré à bien prendre soin de leurs dents, à les brosser, et elle ne peut accepter de baisser les bras. La réaction de Jeannine ne la surprend pas : pour beaucoup de gens, un dentiste est un arracheur de dents et, même aux Ursulines où les filles de bonne famille n'avaient pas toutes leurs brosses à dents, plusieurs trouvaient cela plus beau et plus égal d'avoir de fausses dents.

Adélaïde ne peut nier que le sourire dévastateur de Theodore, ses dents saines, ont joué en sa faveur et l'ont séduite au même titre que sa voix, son charme et sa personne. Elle trouve Alex si mignon avec cet espace entre ses deux palettes de devant, espace jugé bien disgracieux par sa mère qui estime que les dents gâtées ne méritent qu'une chose : être arrachées.

« Mais Alex a une dent gâtée ! Une seule, et derrière. Pourquoi tout arracher ? »

Plus pratique et plus économique, voilà les arguments massue de Jeannine.

« Il va revenir, ton mari *big boss*, et ça va être fini le gaspillage d'argent pour les pauvres de Saint-Henri. Tu vas te faire chicaner, ma fille.

— C'est ton beau-frère, Jeannine ! Jamais il ne te laissera tomber.

— C'est moi qui le laisse tomber. Pouf ! C'est ce que j'en fais, moi, du beau-frère ! »

Adélaïde réussit à gagner qu'elle a le droit, elle, de dépenser son argent comme elle le veut, et elle veut payer le dentiste pour réparer et non pour arracher. La seule chose qu'ajoute Jeannine, quand elle entend Adélaïde promettre de revenir de la pharmacie avec des brosses à dents, c'est de ramener du goudron, tant qu'à se ruiner en faisant faire de l'argent à ce *crook* de pharmacien : « Ben oui ! L'école va recommencer et ils vont tous me revenir avec des poux. C'est comme les coquerelles, on s'en débarrasse pour trois mois pis après, faut recommencer. Moi, je les épouille à mitaine si y faut. Mes enfants sont pauvres mais pas pouilleux. »

Pour le récompenser de son courage chez le dentiste, Adélaïde invite Alex à l'accompagner à la première de théâtre où le directeur l'a invitée en qualité de commanditaire. Florent servira de cavalier à Marthe, Jean-Pierre faisant partie de la distribution. Depuis sa dernière rencontre avec Jean-Pierre, Adélaïde n'a pas revu Marthe, bien que celle-ci l'ait appelée à quelques reprises.

Quand, deux jours avant la première, Alex vient « scèner » à l'Atelier et fait perdre du temps à Mélanie, Florent finit par se tanner et lui demander ce qu'il veut.

« Rien… juste parler à Mélanie. »

Mélanie finit par avouer qu'Alex voulait rallonger son pantalon et qu'il ne savait pas comment s'y prendre : « Mais y a pas de jeu dans ses coutures, tout est étiré au possible. »

Le lendemain, Florent tend un pantalon à Alex qui a vraiment beaucoup profité pendant l'été : « Pourquoi tu le demandes pas au lieu de venir zigonner dans l'atelier ?

— Quand Nic va revenir, je vais avoir ma job à vingt-cinq piasses par mois et je vais le payer, mon pantalon. J'haïs ça demander, Florent. Je veux acheter, pas quêter. »

Florent a tellement d'admiration et de compréhension pour Alex qu'il lui explique que, quand il était petit, il rêvait aussi d'en finir avec la charité des autres. « Si tu veux, Alex, on va marquer chaque chose que t'achètes à crédit. Si tu balaies l'atelier, si tu laves les vitres, si tu fais des petites *jobs*, on va déduire ta dette du prix de ton travail. Pas de cadeau, donnant-donnant, pas de charité, un échange honorable. »

Alex est très fringant et élégant auprès d'Adélaïde. Il est si manifestement fier de lui tenir le bras que les gens se retournent sur leur passage en souriant.

« Tout le monde pense que t'es ma cavalière. On le dit pas, O.K. ? »

Adélaïde est d'accord pour ce soir seulement. Son ensemble tailleur à la taille très ajustée lui confère une élégance raffinée qui réussit le difficile mariage de la distinction et de la désinvolture. Florent se félicite d'avoir insisté pour ce gris qu'aucune femme autre que Gabrielle et Ada ne peut porter sans perdre son éclat. Le choc des yeux et de la luminosité du visage est d'autant plus saisissant que le gris est dense. Les perles dans l'échancrure en pointe de la veste font très sage, mais le chapeau à larges bords droits, presque une copie intégrale des chapeaux espagnols, rehausse l'ensemble d'une indéniable audace. Marthe complimente Adélaïde et ne manque pas d'assurer que s'il n'en tient qu'à son allure, les « Florent » vont rapporter une fortune sous peu. Adélaïde, mal à l'aise, ne sait pas vraiment où regarder quand Marthe lui demande brutalement si Jean-Pierre ou elle-même aurait commis un impair : « Tu sais, le genre de choses qu'on ne devine pas sur le coup et qui fait des ravages souterrains.

— Non, vraiment. J'ai eu des problèmes de famille et beaucoup de travail. »

Absolument consciente de mentir très mal, Adélaïde s'éloigne rapidement. Une fois assis, Alex lui indique qu'une dame lui fait signe. Dès qu'elle a reconnu Béatrice, Adélaïde se dit que la soirée risque d'être dramatique ailleurs que sur scène.

Mais Béatrice, à jeun, se conduit très décemment. En dehors d'une allusion grivoise à l'âge de son compagnon, elle se tient dans les normes usuelles de la conversation mondaine. La présence d'un auteur de renom près d'elle ne doit pas être étrangère à cette soudaine politesse. Béatrice est tout sucre tout miel et fait preuve d'énormément d'esprit. Adélaïde a peine à croire que c'est la même femme que celle qui buvait en sa présence il y a deux mois. Mais en se rappelant le numéro de Béatrice devant Reine quand elle cherchait à se faire avorter, elle se dit que sa sœur est peut-être une actrice totale qui ne différencie pas la scène de la vie.

Au deuxième acte, Jean-Pierre est tout le temps en scène. Il joue le rôle d'un homme intègre, déchiré par l'amour qu'il porte à une femme mariée, et Adélaïde doit reconnaître qu'il a des accents de vérité très convaincants. À un moment, tendue vers la scène, concentrée, elle soupire de soulagement de l'entendre renoncer. Son jeu est si sincère, si assuré qu'elle a un frisson quand la main de l'acteur se pose sur celle de l'actrice. Troublée, elle pourrait même le désirer si, dans la vie, Jean-Pierre agissait avec cette austère droiture, cette moralité à toute épreuve.

La pièce est un évident succès, et Béatrice attrape Adélaïde à la sortie : « Tu viens féliciter Jean-Pierre, j'espère ? Tu ne le laisseras pas se morfondre à attendre ton verdict !

— Quel verdict ? De quoi tu parles ?

— Tu l'as trouvé extraordinaire, non ? Faut le lui dire. »

Adélaïde se dégage de l'emprise solide de sa sœur. Elle la charge de transmettre tous ses compliments à Jean-Pierre et se sauve avec Alex.

Adélaïde est assise dans son lit, un livre sur les genoux, les cheveux défaits qui bouclent un peu comme ceux de Léa. Elle a l'air toute triste, tout abandonnée. Florent lui relate la fin de la soirée, les ragots de coulisses et le succès fou de sa tenue qui va faire parler autant que la pièce.

« Je ne comprends pas ces gens-là, Florent, je ne comprends pas ma sœur et ses humeurs changeantes, Jean-Pierre, capable de tant de vérité sur scène et si… dévoyé dans la vie, Marthe…

— … et ses goûts particuliers dont tu ne sais rien, Ada.

— Tu penses que Béatrice a inventé ça pour me choquer ?

— Elle a misé juste, si c'est le cas. Pourquoi tu ne lui parles pas directement ? Ça ne te ressemble pas, cette cachette et cette fuite.

— Je suis déboussolée, Florent. Je ne tiens presque plus le coup. Ça fait un mois que la guerre est finie, vraiment finie, partout. Qu'est-ce qu'il fait ?

— Il s'enrage et il essaie d'acheter tout l'état-major pour être rapatrié au plus vite. »

Enfin, elle rit. Enfin, elle se détend.

« Et tu veux savoir pourquoi il ne lui arrivera pas ce qui est arrivé à Maurice ? »

Soulagée de l'entendre nommer sa pire crainte, elle attend impatiemment la solution de l'énigme.

« Parce qu'il n'y a qu'une Adélaïde au monde, une seule à porter le gris comme si c'était du blanc lumineux.

— Tu dis n'importe quoi ! Va te coucher !

— O.K., la vraie raison, c'est que Nic n'est pas un bleu comme Maurice et qu'il connaît tout ça depuis longtemps.

— Tout ça ? Florent ! Veux-tu te taire !

— O.K., la vérité vraie, je ne la sais pas. Mais je sais que tu es la seule pour lui. Je pourrais le jurer. Et tu sais quoi ? Jeannine aussi a *guessé* ça. »

Elle le sait bien, elle aussi, elle n'a qu'à relire ses lettres pour s'en convaincre. Nic n'est pas capable de lui mentir. Elle le saurait si le ton avait changé. Même Isabelle avait remarqué un changement de ton dans les lettres, elle s'en souvient. Adélaïde est seulement à bout, épuisée d'attendre, quasiment hors d'elle d'atteindre sa limite. Pourquoi la faire patienter sans raison, aussi ? Pourquoi la laisser rêver comme une insupportable sentimentale en mal de sensations en regardant Jean-Pierre Dupuis jouer ? Elle est presque au but, et toute sa vaillance chancelle. Elle pleurerait de dépit parce que toutes ces tentations ne sont que son désir exaspérant de Nic. Le tonnerre gronde au loin. Florent ferme un peu la fenêtre : « C'est l'orage qui t'énerve. »

Il ne sait pas comme il a raison ! Elle se rappelle sa première nuit avec Nic, enceinte de sept mois, quand ils s'étaient chicanés et qu'ils avaient fini au lit, fous de désirs et de frustrations mêlés. Elle se souvient de l'intensité, de l'exaltation charnelle de cette première nuit. Si l'orage l'énerve… Nic en sait quelque chose.

« Tu veux que je dorme avec toi, Ada ? Si le tonnerre est trop fort.

— Non. Va dans ton lit. L'orage me change en loup-garou ! »

Florent l'embrasse et elle l'arrête avant qu'il sorte : « Dis-moi qu'il sera là le 21 pour les trois ans de Léa !

— Évidemment ! »

Mais, le 21 septembre, c'est Fabien qui est là, en compagnie de Patrick. Arrivés depuis dix jours à Québec, Fabien accompagne son ami pour des examens à l'hôpital. Patrick avait été parachuté et il s'était brisé le dos en tombant dans les arbres. Fabien, une fois sa mission terminée, est reparti chercher son ami, tombé à deux ou trois kilomètres du lieu de son atterrissage. Après bien des difficultés, il a ramené Patrick, qui est aussitôt reparti avec lui, feignant d'ignorer la douleur. Ils ont piloté pendant deux jours, se relayant et ne stoppant que pour faire le plein de carburant et de bombes. Décorés à deux reprises, ils sont revenus ensemble et sont inséparables.

Maintenant, allongé sur le tapis du salon, Patrick fait des blagues sur l'impossibilité de fréquenter les bonnes maisons, étant donné qu'au bout de quarante-cinq minutes il doit s'étendre sur le sol. Il continue le feu roulant de ses blagues et se traite de fakir puisqu'il doit pratiquement dormir sur des planches. Adélaïde a organisé une réception à la fois pour Léa et pour Fabien. Léa, très fière de partager les honneurs, court à tout moment se pencher au-dessus de Patrick pour lui demander s'il dort bien. Quand Patrick fait celui qui ronfle, elle va chercher son lapin et le lui met sur le visage. C'est alors que Patrick est supposé ouvrir les yeux et faire hurler Léa de rire en prétendant avoir un sursaut d'horreur. Quand Adélaïde vient sauver Patrick des ardeurs de Léa, celui-ci observe la cheville gainée de soie à quelques pouces de ses yeux : « Franchement, je dois dire que les hommes sont fous de demeurer assis dans un salon. D'où je suis, j'ai le plus joli point de vue du monde. »

Adélaïde donne une tape légère sur la main qui encercle sa cheville.

« Pourquoi tu le tapes, maman ? Il est obéissant. »

Guillaume est si heureux de revoir son frère qu'il ne le laisse pas d'une semelle. À croire qu'il a dix ans, soudain. Adélaïde n'en revient pas de l'admiration béate de Guillaume, de son empressement auprès du héros.

La fête est terminée et tout le monde dort quand Fabien vient discuter avec sa sœur de son avenir, de ses projets, de ses difficultés. Il peut devenir pilote dans le privé, mais il a plutôt envie de continuer ses études et de devenir ingénieur aéronautique. Il veut attendre de voir ce qui arrive à Patrick avant de se décider.

« Il fait son comique, mais les médecins ont peur qu'il ne puisse plus marcher bientôt. Je pense qu'il cache le mal qu'il éprouve. Si les spécialistes d'ici arrivaient à l'opérer, on pourrait diminuer la pression sur les vertèbres. C'est risqué. Je ne sais pas pourquoi. »

Adélaïde voit combien il se fait du souci. Son inquiétude lui retire toute envie de sortir et de se distraire. Quand elle s'informe de ses amours, il explique timidement qu'il y a une jeune fille à Hamilton qui n'a pas cessé de lui écrire. Étonnée de le voir tarder à se rendre en Ontario, Adélaïde entend Fabien affirmer que, tant que Patrick ne sera sur pied, tant que Rose et Guillaume ne seront pas placés dans la vie, il va s'occuper d'eux en priorité. Son projet de se marier viendra ensuite. Adélaïde comprend que ce n'est pas seulement son statut d'homme aîné de la famille qui le pousse à agir comme ça, et elle le talonne jusqu'à ce qu'il avoue que la mort de Gabrielle a privé les plus jeunes d'un vrai foyer, d'une famille heureuse, qu'après la mort de leur mère Edward n'avait jamais permis au moindre amusement de franchir le seuil de la maison.

« Sais-tu ce que je leur ai enlevé, par ma faute ? Tous ces moments heureux qu'on a eus, nous. Tous ces jours avec maman qui nous gâtait, nous entourait. Et avec papa joyeux, détendu. J'aurais voulu que papa voie mes décorations, Ada. J'aurais voulu qu'il voie qu'il pouvait être fier de moi, que je n'avais pas tout détruit pour rien. Je sais que maman n'aurait jamais aimé mes décorations ou mon uniforme. Mais j'ai pensé à eux, tous les jours. Tous les jours, j'ai essayé d'être digne d'eux. Un homme dont ils n'auraient pas à rougir de l'autre bord. »

Qu'est-ce qui pourrait bien lui confirmer qu'il a maintenant le droit de vivre, après ces trois ans à se battre et à combattre ?

« Tu penses encore que tu dois réparer, Fabien ? Il faut encore te racheter ? Jusqu'où ? Jusqu'à quand ? Tu n'as pas eu assez de te battre, de tirer Patrick de ses arbres ? Qu'est-ce qu'il faut maintenant pour t'affranchir de ce que tu crois devoir payer vis-à-vis de maman et papa ? Quoi ?

— Ne te fâche pas, Adélaïde. C'est un problème personnel que j'ai, c'est ma conscience.

— Non, ça suffit, arrête de tout prendre sur ton dos, tu vas finir par faire comme Patrick et t'étendre sur le tapis tellement c'est dur. Si c'est pas toi qui tuais maman, c'était moi, et si c'était pas moi, ça aurait été Béatrice. Peux-tu admettre que la vie de Patrick vaut celle de maman ? Que Dieu est quitte ? Que tu peux aller de l'avant ?

— Tu as toujours été plus décidée que moi. Je ne peux pas, non. J'ai fait du mal, Adélaïde, on le sait tous les deux. J'ai fait pire, j'ai menti. »

Avec gêne, il lui révèle qu'il a falsifié son acte de naissance pour pouvoir être admis dans l'aviation.

Au long de cette nuit, un à un, Adélaïde déballe les secrets de sa vie, de celle de Béatrice, de Reine et même de Léopold. Elle termine avec Isabelle et le retour de son guerrier et elle finit par voir Fabien faiblir quand il comprend que rien n'est tracé d'un seul coup de crayon, que quelqu'un fait toujours écho à la première ligne et vient troubler la netteté du plan global.

« Il y a bien des choses que je ne sais pas et qui ont joué dans cette famille. Mais je sais que tu aurais tort de tout prendre sur toi, Fabien.

Chacun fait comme il peut, chacun ment, se cache et se montre comme et quand il le peut. Ta dette est payée, va voir n'importe quel prêtre, il va te donner l'absolution plus facilement qu'à moi. Mais, tout comme moi, c'est la tienne qu'il faut que tu trouves. Ton absolution, Fabien. Et le jour où tu iras à Hamilton voir…

— … Naomie…

— … Naomie, ce jour-là, tu vas commencer à sortir du purgatoire où jamais maman n'aurait voulu te voir. Si je t'ai raconté tout ça, c'est pour que tu te juges moins durement. Laisse Patrick ici, si tu veux, demande à Guillaume de te remplacer auprès de lui et va vite voir Naomie avant qu'elle ne perde espoir. Amuse-toi, sors, dépense, la guerre est finie, Fabien. Et quand l'envie de payer tes supposées dettes va te prendre, tu sortiras tes décorations et tu te diras qu'il y en a une pour maman et une pour papa, et que c'est suffisant. Très suffisant. Mais je t'en supplie, Fabien, tu vas avoir vingt ans, ne les gaspille pas à t'en vouloir pour une chose que tu n'as pas faite.

— Tu parles comme Patrick !

— Béni soit Patrick ! Tu as confiance en lui ? Écoute-le. Amuse-toi. Vis.

— Patrick veut que je m'amuse pour lui, ce n'est pas pareil.

— Il va s'amuser dans pas grand temps. Tu as vu l'heure ? Il m'en reste deux avant que Léa ne saute sur mon lit. Va te coucher.

— Tu sais, malgré tout ce que tu m'as dit, je trouve quand même qu'elle a quelque chose de Nic.

— Bon ! L'opération du Saint-Esprit, maintenant ! Va te coucher. »

Le lendemain soir, en revenant de l'hôpital où on a décidé de tenter l'opération dès le 15 octobre, Fabien annonce qu'il se rendra à Hamilton au moment où Patrick retournera à Québec. Il est entendu que, le 13 octobre, Patrick et Fabien se retrouveront à Montréal, chez Ada.

Le 14 octobre au matin, Adélaïde quitte une maison silencieuse où chacun dort après la réception de la veille qui a réuni pas mal de monde et a fait pas mal de bruit. Léa est la seule brave à s'être levée avec sa mère. Guillaume a pris congé du bureau, et Florent, couché aux aurores, dort encore.

C'est donc seule qu'Adélaïde débat avec Stephen des chiffres de l'Atelier qu'elle veut maintenant intégrer au holding sous le nom de *Coutures Florent*. La compagnie serait indépendante, tout en bénéficiant de la solidité de l'empire McNally. Le premier bilan de l'Atelier, sans être catastrophique, indique nettement que *Coutures Florent* serait encore pour un temps à la remorque des fonds de *McNally Enterprises.* Une chance que les ventes de la Robe de la Victoire ont été considérables. Mais, comme le souligne complaisamment Stephen, au prix où elle est vendue, ce n'est pas d'un quelconque bénéfice. Elle décèle tout de même un soupçon de collaboration et finalement un peu d'estime chez Stephen, qui croyait vraiment qu'au bout d'un an, « avec les conditions avantageuses que vous accordez aux employés et même aux femmes », la faillite serait déclarée.

La réunion terminée, elle a tellement mal à la tête qu'elle va s'enfermer dans le bureau de Nic pour s'étendre vingt minutes. Estelle lui apporte de l'aspirine et du thé.

« Pourquoi vous ne rentrez pas à la maison ? Il fait tellement beau, c'est l'été des Indiens qui commence. Je prendrais bien *off*, moi aussi.

— Réveillez-moi dans une heure, Estelle. Et ne me traitez pas d'entêtée, Stephen l'a fait.

— Jamais je n'oserais. Vous voulez que je ferme le *blind* ? »

Mais Adélaïde dort déjà.

La double sonnerie du téléphone dans la pièce à côté intervient dans son rêve. Mais pourquoi Estelle ne répond-elle pas ? Puis, le klaxon d'un camion dans la rue la fait soupirer et ouvrir l'œil.

Il y a un visage penché au-dessus d'elle. Un visage anxieux, dont les yeux fixent les siens. À part quelques rides creusées dans le teint plus bronzé que celui de Nic, à part un châtain éclairci de cheveux gris jusqu'à en avoir l'air blond, ce pourrait être Nic.

Elle doit rêver.

Elle rêve que le visage de Nic respire près du sien, la hume, elle rêve que sa bouche magnifique, désirable à en hurler, s'entrouvre et sourit. Elle rêve qu'un frisson la traverse d'un bout à l'autre, un frisson qui donne chaud, qui donne envie de basculer, de chavirer, de s'abandonner parce que cette bouche la prend, la saisit, cette bouche l'ouvre et la boit et l'abreuve et, le souffle mourant, Adélaïde gémit en priant le Ciel de ne pas la réveiller tout de suite, parce que c'est trop bon, trop doux, trop goulu.

Elle tend les bras, s'agrippe aux épaules du fantôme de Nic pour le retenir, être sûre qu'il ne s'évanouira pas dans son rêve. Les épaules, le dos, les reins sont si follement semblables, si follement ceux qu'elle connaît, reconnaît d'une main fébrile. Il rit. Le fantôme rit contre ses dents, il rit et l'embrasse en riant encore. Elle devient véhémente, s'enfonce dans sa bouche, retient son corps contre le sien. Elle ne veut plus se réveiller, elle l'embrasse et l'étreint comme si de sa ferveur dépendait la persistance du rêve. Quand elle sent la main de l'homme toucher ses cuisses, remonter sa jupe et défaire avec sûreté les jarretelles, elle ouvre des yeux incrédules, le souffle déjà hachuré, la voix enrouée de désir : « Nic ? »

Jusqu'à ce que son corps soit enfoui au creux du sien, jusqu'à ce que le désordre et le chaos prennent la forme parfaite de cette flèche de volupté pure qui la projette vers lui, jusqu'à cet instant extravagant où culminent deux ans d'attente fébrile, Adélaïde n'est pas certaine de ne pas dormir.

Une veine palpite dans son cou, près de la pomme d'Adam, une veine encore secouée par cette arrivée violente. Toujours étourdie, elle sent la main de Nic couvrir tout son sein, elle est même un peu grande pour le volume. Il joue délicatement avec le bout plus foncé, sans se presser, rêveusement. Il s'incline, le prend entre ses lèvres. Adélaïde voudrait parler, maintenant qu'elle s'est apaisée, il y a tant de choses à dire, de questions à poser, de temps à rattraper. Ils sont sur le canapé du bureau, elle n'a pas encore réussi à desserrer l'étau de ses jambes qu'elle ferme autour de son corps. Elle a la pensée fugitive qu'ils sont indécents, que quelqu'un pourrait entrer, les surprendre. Elle essaie de se convaincre de la gêne terrible qu'elle ressentirait. La bouche sur son sein parle avec insistance d'autre chose, la bouche gourmande qui la fait s'offrir à nouveau, se tendre, le chercher et oublier ce qu'il y avait de si important à dire.

Quand Nic la tient arrimée contre son corps, quand elle le touche comme si ses mains avaient le pouvoir de le ressusciter, Adélaïde n'a plus aucun mot à ajouter, elle s'enfonce dans leur délire sauvage, elle laisse loin, très loin, les règles apprises qui disent qu'on ne fait pas cela sur le canapé du bureau, qu'on ne chevauche pas son mari jusqu'à ce que ses yeux se ferment, jusqu'à ce que ses narines palpitent et que ses mains grippent son corps comme pour le contraindre à ralentir la fulgurance du plaisir qui ouvre sa bouche. Adélaïde regarde, fascinée, elle fixe ce visage et l'emprise de la jouissance qui le change, qui fait basculer sa tête, siffler l'air entre ses dents, cette absence subite dans le visage, sorte d'agonie qui précède la tension finale, la tension de la mâchoire, comme si l'explosion qui menace, qui grimpe, qui escalade ses propres limites, qui ravage ses reins à elle, était une issue qui réclame un combat.

D'un dernier coup de reins, Adélaïde se tend sous la main de Nic qui remonte de son bas-ventre à son cou. La main ferme, puissante, qui glisse sur sa peau moite et qui semble arracher le cri guttural qui accompagne sa trajectoire, le cri qu'il cueille en se soulevant, en attrapant sa bouche, en engouffrant le son dans la sienne pour le boire, mêlé de sa plainte à lui, jusqu'au dernier murmure.

Pourquoi Estelle fait-elle sonner le téléphone sur le bureau ? Pourquoi des gens parlent-ils si fort dans le hall ? Écroulée contre Nic, qui caresse mollement son dos, elle demande s'il a bien verrouillé la porte.

« Non, je pensais plutôt parler, vois-tu… »

Du coup, elle se redresse, flambant nue, paniquée. Elle cherche ses vêtements dans la masse éparpillée, sa culotte, ses bas. Elle trouve sa jupe, l'enfile à cru, renonçant à dénicher sa culotte. Nic, détendu, rieur, la regarde s'affoler. Elle lui lance son pantalon et décroche le téléphone en essayant de passer une manche de la veste de son tailleur.

« Mais, Estelle ! »

La porte s'ouvre toute grande sur Florent hors d'haleine qui brandit un télégramme : « Il arrive ! Nic arrive ! Ada, il arrive ! »

Ce n'est qu'à ce moment qu'il note quand même la façon insolite dont Adélaïde tient la veste déboutonnée sur sa poitrine nue. Les yeux de Florent enregistrent la tenue débraillée, fripée, il n'a le temps de rien dire que Nic, torse nu, le pantalon à peine fermé, le saisit et l'étreint solidement en riant.

Le nez écrasé contre l'épaule de Nic, Florent le soulève presque de joie.

Pourquoi le télégramme n'est jamais arrivé à temps, pourquoi Nic, ne voyant pas Adélaïde au port, à l'endroit précisé dans son message, a décidé de se rendre au bureau plutôt qu'à la maison, ils ne savent pas mais ils s'en félicitent.

Florent, complètement hors d'haleine, sous le choc, est affalé dans le fauteuil et répète pour la centième fois que la guerre a du être gagnée par inadvertance si l'armée ne peut acheminer convenablement un télégramme.

La journée est complètement folle — tout comme l'été qui vient de s'installer dans les givres de l'automne, tout a l'air d'un retour-surprise. Ils finissent par rentrer, en expliquant à Nic que la maison est envahie par plusieurs invités. Nic s'en fout, il garde la main délicate d'Adélaïde dans la sienne et on peut lui annoncer n'importe quoi, il s'en fout. Cette femme est sa femme, et toutes les craintes qui l'ont tenaillé se sont évanouies dans un baiser. Cette femme qui serre sa main est encore sa femme. Il descendrait la vitre pour hurler aux passants : elle est là, elle m'a attendu, moi ! Elle est là et la guerre est finie.

Dans le salon, Fabien et Patrick tapent dans leurs mains en regardant Léa danser au son de la radio et de leur rythme. Dans sa jolie robe de coton bleu ciel, elle sautille entre Patrick, étendu par terre, et Fabien, qui est sur le sofa. Quand ils arrivent et s'encadrent tous les trois sous la porte d'arche, Fabien cesse de taper dans ses mains. Florent va éteindre la radio, et Léa s'arrête en le regardant. La voix de sa mère la fait se retourner. Adélaïde tient toujours la main de Nic, et Léa, presque en écho, s'appuie contre la jambe de Florent, glissant son bras autour de la cuisse pour être bien en équilibre. Le silence est total et Léa fixe avec curiosité l'homme qui la regarde tant.

« Léa, c'est ton papa. »

Léa soulève un pied, le balance un peu, et le bout de la petite bottine blanche se plante enfin dans le tapis, signe qu'elle s'adonne à une profonde réflexion.

« Mon papa de dans la guerre ? »

Devant le mouvement affirmatif des deux têtes devant elle, Léa lève les yeux vers Florent : « Il est beau, mon papa de guerre, trouves-tu ? »

Nic ne bouge pas vers la petite fille, il laisse la main d'Adélaïde et s'accroupit à la hauteur de Léa, sans avancer vers elle. Comme il l'espérait, elle abandonne la jambe de Florent et s'approche. Elle a un visage ravi, enchanté. Léa est toujours joyeuse, mais c'est une Léa intéressée et curieuse qui s'arrête, face à Nic, met ses deux bras derrière son dos et l'observe longuement : « Tu vas pleurer ? T'es pas content ?

— Je suis très, très content, Léa. Très content que ma petite fille soit si belle, si merveilleuse. »

Elle dégage ses bras et les passe autour du cou de Nic, câline. Nic se relève en portant son joli fardeau. Elle appuie sa tête bouclée contre celle de son père : « Mon papa Nic de dans la guerre… Regarde, maman, on a bien fait nos prières, trouves-tu ? »

Tout le monde trouve, y compris Lionel, qui se met une main devant la bouche pour camoufler son émotion. Il est si bouleversé qu'il n'arrive qu'à répéter l'évidence, que Monsieur est là !

Le va-et-vient incessant, les coups de téléphone, les dispositions à prendre pour Patrick qui entre à l'hôpital en fin de journée, toute cette activité émaillée des nouvelles qui, comme un patchwork, se croisent et se complètent sans jamais constituer un récit uniforme, fait qu'Adélaïde ne peut parler à Nic seule à seul que très tard cette nuit-là. De tous les sujets qu'elle avait en tête, rien ne subsiste. Il est épuisé, trop énervé pour dormir et elle est si fébrile qu'elle en tremble. Adélaïde se demande combien de temps il faudra avant que l'arrivée de Nic devienne réelle et cesse d'être cette question inquiète qui la fait constamment vérifier qu'elle n'a pas rêvé.

Assise dans le lit, elle lui demande de fermer la porte de la salle de bains, l'assurant que Léa est bien assez grande maintenant et que, si elle a besoin, elle ouvre les portes toute seule.

Il la rejoint en riant de son incapacité à *catch up*. De la même manière qu'elle a dû dire à Fabien de parler français, même quand il parlait à Patrick, elle doit faire remarquer à Nic que le retour au foyer veut dire le retour au français.

« Je sais. En deux ans, les seuls mots français que j'ai croisés étaient ceux que je t'écrivais et ceux que je lisais de toi. »

Ces lettres font partie de son trésor personnel. Lui qui ne savait écrire que des télégrammes a saisi la puissance des mots à travers les lettres qui ont continué leur mariage au milieu de la guerre. Les mots d'Adélaïde, libres, dépourvus des entraves guindées du style scolaire, les mots lui restituaient sa femme, l'évoquaient dans sa chair même, dans sa substance même.

Il prend les mains d'Adélaïde, ces mains où, quelques heures plus tôt, il a remis les bagues, il en embrasse délicatement chaque doigt et les pose sur ses yeux.

« Il y a une fois où j'ai parlé français. C'était l'aurore, et le seul Canadien français de mon bataillon était resté en arrière. C'est fou, mais je ne pensais pas qu'on pouvait mourir à l'aurore. Comme si d'avoir tenu toute la nuit devait nous garantir la journée. Philippe Tanguay, qu'il s'appelait. Quand je l'ai trouvé, il avait une partie du corps ouverte. Il souffrait le martyre, son visage était crispé, tordu, c'était douloureux de seulement le regarder. C'est parce qu'il disait "maman" que j'ai parlé en français. Je lui ai dit ce qu'on dit dans ce temps-là, que ça allait, qu'on contrôlait la situation, que la Croix-Rouge arrivait. Ses yeux me fixaient et, en même temps, ils partaient. Ils étaient comme renversés sans l'être, comme au bord de l'évanouissement. J'avais vraiment envie de le voir perdre connaissance parce que ça devait faire très mal. Ses yeux ont fixé le ciel qui pâlissait. C'était rose, on était dans un marais, je tenais son torse sur mes genoux pour ne pas que l'eau monte dans ses plaies. Il a répété son "maman" et il m'a empoigné avant de dire très nettement : "Faut que tu dises à maman que ça n'a pas fait mal. Promets d'y dire que ça n'a pas fait mal." La grimace qu'il a faite, Adélaïde, c'était comme si ses tripes brûlaient. J'ai juré que je ferais le message. Quand le soleil s'est levé sur le marais, son visage était enfin calmé. Je ne peux pas te dire comme j'ai remercié la mort. Dans ses affaires que j'ai gardées, il y avait une photo de sa mère et une autre de *pin up* de magazine. Tu sais, le genre de fille en short sur un *stool* qui a un genou dans les mains et qui te regarde avec l'œil en coin ? Il avait dix-neuf ans. Quand il rêvait à une femme, il rêvait d'une *pin up* de revue. Je suis sûr qu'il n'a jamais senti les mains d'une femme amoureuse sur son corps. »

Adélaïde caresse doucement le front de Nic. Elle pense à ces enfants partis faire la guerre comme on se lance un défi de sauter à la dernière minute en bas des rails de chemin de fer. Elle pense au baiser donné à Patrick, pour qu'il ne parte pas sans le scapulaire de l'amour, à ce Philippe Tanguay qui rêvait devant le papier glacé, devant la *pin up* glacée qui, dans vingt ans, aura encore le même genou levé et la même coquinerie stupide dans l'œil. Combien d'enfants au corps en lambeaux dans un marais la guerre a-t-elle immolés ? Combien d'enfants mourant dans l'eau glauque où un soleil indifférent se lève ont-ils supplié de dire à maman qu'ils n'ont pas souffert ? Et combien de mères, en recevant le minuscule paquet d'effets personnels dont on aura pudiquement retiré la photo de la *pin up,* croiront ce nécessaire message ?

« Il venait d'où, Philippe Tanguay ?

— Caraquet, Nouveau-Brunswick. »

Tous les soirs, dans l'abri de leur chambre, étendu près d'Adélaïde, Nic raconte. Un peu comme *Les Mille et Une Nuits,* mais sans l'enchantement. Nic révèle ce qui, jusque-là, restait enfoui, scellé en lui. Il ne le fait pas de façon préméditée, mais l'amour qu'il retrouve, la profondeur du lien qu'il découvre avec Adélaïde, le poussent à parler, à libérer les fantômes qui, tout ce temps, peuplaient ses cauchemars. Ce n'est ni rationnel ni organisé. Un son, un mot, une pluie ramènent un cortège d'horreurs, et les récits qu'il fait sont presque arrachés malgré lui à sa mémoire. L'euphorique engourdissement qui suit cette urgence aveugle qui les jette l'un contre l'autre provoque un tel abandon physique que Nic ne peut se défendre contre les résurgences de ces mois si particuliers où tout son être a enregistré l'horreur sans la connaître, sans la nommer, dans une ultime réaction de défense. Ce n'est que là, dans les bras d'Adélaïde, à la lueur de la veilleuse que, pièce à pièce, il démonte le mécanisme qui lui a permis de demeurer vivant. Certaines nuits, les larmes coulent sur son visage, sans arrêt, sans honte aucune. D'autres nuits, sa mâchoire se contracte tellement que les mots chuintent et sortent en rafales saccadées. Il lui arrive de trembler, de se recroqueviller comme un enfant terrorisé, il lui arrive de suer de peur rétrospective, mais rien ne déconcerte ou ne décourage Adélaïde. Même si Nic se couche en jurant qu'il ne veut que de l'extase dans ce lit, que des cris de volupté dans ces bras, la nuit finit toujours par gagner et extraire un autre morceau de l'abri métallique intérieur de Nic qui recèle la souffrance horrifiée et les carnages dont il a été témoin.

Une nuit de novembre où la neige tombe serré, Adélaïde fait couler un bain chaud et prend Nic par la main pour l'y étendre contre elle. Avec douceur, elle passe la débarbouillette gorgée d'eau chaude contre ses épaules appuyées sur ses seins. Elle refait le geste aussi longtemps qu'elle le sent trembler contre son corps. Les bras fermés autour de lui, elle l'embrasse quand la porte s'ouvre et que Léa, les yeux à peine ouverts, demande si c'est le matin. Elle s'approche du bain et sourit de les voir là, certaine qu'il s'agit d'un nouveau jeu. Elle retire sa jaquette et tend ses bras potelés vers eux. Nic la soulève et la place contre son torse, d'où elle remonte vers sa mère en criant de plaisir, exactement comme quand elle était bébé. Au petit matin, Léa enveloppée dans une grande serviette se rendort dans les bras de son papa Nic, qui la tient contre son grand corps nu et se promène dans la chambre en fredonnant une berceuse qu'elle a entendue alors qu'elle était bien petite.

Une fois que Léa est couchée dans son lit, Adélaïde sèche le dos de Nic : « C'est assez osé, non ? Tu crois qu'elle va le dire et scandaliser les gens ? »

Nic se moque d'elle. Scandaliser qui ? Pourquoi ? Ils ne font pas de saletés, ils prennent leur bain avec leur petite fille ! Adélaïde sait très bien ce que les gens diraient.

« Quand tu penses qu'une femme ne doit pas allaiter son fils trop longtemps pour ne pas lui mettre le vice dans le corps, tu as une petite idée de ce qu'ils penseraient de lui montrer le corps nu de son père ?

— Pas de sa mère ?

— C'est une fille, le corps de son père, c'est pire.

— Je trouve le corps de sa mère beaucoup plus dérangeant. »

Avec l'arrivée de Nic et les nuits bousculées qui règnent depuis, Adélaïde doit apporter des changements à son horaire de travail qui menace de l'épuiser. Ses journées ne commencent qu'à dix heures maintenant, et Lionel prend en charge Mamzelle Léa dès son réveil, afin de préserver le repos de ses parents.

Nic a changé depuis son retour et son travail est l'endroit où c'est le plus patent. Il ne se passionne plus du tout à l'idée de reprendre les affaires, de brasser des dollars et de doubler les revenus de *McNally Enterprises*. Au début, Adélaïde a mis cette indifférence sur le compte d'un sérieux besoin de repos qui le poussait à tout faire attendre sur son bureau. Quand Estelle vient lui demander si « on achale Monsieur McNally avec ça ou si elle le lui soumet tout de suite puisque c'est là que ça va aboutir de toute façon », Adélaïde décide d'avoir une bonne conversation avec Nic.

Elle le trouve à demi étendu sur le canapé en train de lire... un roman. Elle refuse son invitation à venir s'asseoir près de lui, redoutant les conforts soudain de ce sofa, et elle lui demande s'il a l'intention de lui déléguer bien longtemps la direction des entreprises.

« Pourquoi ? Tu veux mon bureau, si c'est le cas ? Tu te trouves à l'étroit ? »

Elle a beau argumenter, Nic ne prend pas la situation très au sérieux et il trouve finalement qu'elle et Stephen se débrouillent brillamment.

« Pourquoi je m'en mêlerais, Adélaïde ? Tu le fais mieux que moi !

— Mais c'est temporaire ? Ça ne peut pas durer comme ça ? Tu vas t'y remettre ?

— C'est trop pour toi ? Tu veux qu'on engage quelqu'un, maintenant que Guillaume est à l'université ?

— Mais c'est toi que Guillaume remplaçait en partie, Nic ! Toi ! Moi, je devrais ne prendre que quelques dossiers et me concentrer sur *Coutures Florent*. Tu te rends compte que les commandes entrent sans arrêt depuis la fin de la guerre ? Tu ne veux pas relancer l'importation ?

— Adélaïde, viens t'asseoir. »

Réticente, elle s'assoit sur le bord extrême du divan.

« Regarde-moi, Adélaïde, j'ai quarante-cinq ans, pas vingt-cinq. La guerre est finie, tout ça est derrière nous. Je veux m'amuser, lire, prendre du temps pour t'emmener danser, te regarder, regarder Léa grandir et être heureux. Tu veux savoir ce que j'aimerais maintenant ? Je voudrais qu'on fasse l'amour ici, comme quand je suis arrivé, et qu'ensuite on aille au cinéma et après qu'on rentre pour admirer la poupée de Léa et refaire mille fois les jeux qu'elle aime tant. C'est ça que je veux. Je n'ai aucune envie de partir acheter des tissus en Europe. Je crois que je ne voudrai plus jamais remettre les pieds en France ou à Londres. Si je refais de l'importation un jour, ce sera aux États-Unis, et seulement si tu as vraiment besoin d'être une femme encore plus riche et plus prospère.

— Mon Dieu ! Jeannine t'a converti !

— Ça aussi, tu vois, je voudrais améliorer nos rapports, remplacer mon frère, faire plus que prêter ou donner de l'argent. Payer des études est une chose, ouvrir les cahiers des enfants et suivre du doigt dans le livre est tout aussi important. Tu es jeune, Adélaïde, tu as envie de faire changer les choses, mais j'ai bien peur de te décevoir. Je n'ai plus envie de me battre pour être multimillionnaire ou pour un pouvoir qui ne me rend pas plus heureux. C'est toi qui me rends heureux. Tu es une très bonne femme d'affaires, et je ne veux pas te freiner. Mais, en ce qui me concerne, je crois que c'est terminé.

— Mais… tu ne peux pas… ta vie n'est pas finie !

— Je pense au contraire que j'essaie de la commencer.

— Tu ne veux pas devenir rentier ? Ça fait tellement vieux !

— Je suis rentier. *McNally Enterprises* est à ton nom, tu me verses mon salaire et mes dividendes.

— On va tout remettre comme avant, tu le sais.

— Adélaïde, je suis en train de te dire que, même comme avant sur papier, ce ne sera plus jamais comme avant dans les faits.

— Mais entre ce que tu dis et tout laisser tomber ! »

Il voit bien qu'elle est déçue, qu'elle avait rêvé d'un autre avenir pour leurs retrouvailles. Nic sait qu'il peut s'intéresser modérément à son travail, mais plus jamais avec la passion de réussir qui l'animait et le fouettait du temps de Ted et d'Edward, et peut-être pour la simple raison que leur mort, comme la guerre, lui montre qu'il n'est habité que d'un désir profond, et d'un seul, celui de vivre.

« Écoute-moi, mon amour. Beaucoup de gens sont morts, beaucoup sont marqués à vie. Nous deux, nous avons la chance d'être intacts. Si tu as besoin que je travaille comme avant pour être heureuse, je le ferai. *It's your call*, c'est toi qui décides. Mais quoi qu'on décide pour plus tard, je tiens absolument à faire ce voyage à New York qu'on s'est promis. »

Deux jours après le retour de Nic, une fois connus les résultats de l'opération de Patrick qui a eu l'assurance de marcher et de souffrir de moins en moins, ils ont décidé de s'offrir une échappée à New York, une sorte de vrai voyage de noces. Mais les négociations de toutes sortes pour la collection d'été, les complications majeures du changement d'administration provoquées par la fin des mesures spéciales du gouvernement en guerre ont tenu Adélaïde au bureau.

Adélaïde tient à partir pour New York et ils le feront, mais pour le reste, elle ne peut pas accepter. Elle veut travailler avec lui comme elle le fait avec Florent, elle veut bâtir quelque chose avec lui, elle a tant d'énergie, tant de volonté. Se peut-il que la guerre ait brisé Nic, comme la mort de Gabrielle avait brisé Edward ? Devrait-elle s'effondrer elle-même puisqu'elle sait de façon quasi certaine que Theodore ne reviendra jamais ? Est-ce un total manque d'humanité qui la fait courir au bureau et s'exalter sur des bilans ?

« Est-ce que je manque de cœur, Nic ? Est-ce que je devrais rentrer à la maison et redevenir la petite ménagère que je n'ai jamais été ? Léa souffre-t-elle de mon absence ? »

Il la prend dans ses bras et lui jure que cela n'a rien à voir avec son cœur ou ses qualités de mère.

« Si Léa est une enfant malheureuse, elle le cache vraiment très bien. Et le jour où tu douteras de ton cœur, Adélaïde, pense aux nuits où tu m'as écouté depuis mon retour. Ça devrait te rassurer. »

Elle a l'impression de le perdre, de devoir renoncer à lui à travers cette collaboration professionnelle. Tout le temps de la guerre, elle a tenu en se disant qu'à son retour ils seraient deux et que ses efforts seraient son cadeau à Nic. « C'est comme si tu refusais ce que j'ai gardé vivant pour toi pendant la guerre. Comme si je m'étais trompée de cadeau.

— Tu es vivante, Léa est vivante et, en plus, on est toujours riches. Peut-être que je ne savais pas avant de partir que je t'aimais tant, Adélaïde, mais c'est l'essentiel pour moi. »

Elle se dégage et plante ses yeux gris dans les siens : « Est-ce parce que je ressemble tant à maman, Nic ? Parce que tu l'as aimée et que je la fais revivre ? »

La blessure est là, vibrante dans son œil, la blessure d'être un double adoré. Il ignorait que cela puisse l'inquiéter. Il constate qu'encore une fois la vérité fait son chemin vers Adélaïde — peu importe ce qu'il a inventé pour camoufler les injures proférées par Edward il y a des années maintenant, sa femme a la lucidité de placer le doigt sur la vraie vulnérabilité. Il parle lentement, pesant ses mots, presque hypnotisé par cette souffrance qu'il veut faire disparaître à jamais.

« Quand je t'ai épousée, je t'aimais déjà sans le savoir. Mais j'avais renoncé, à cause de Ted. Je ne voulais qu'une chose : que tu aies cet enfant en paix, que tu ne perdes pas tout. J'ai aimé ta mère comme un fou, probablement autant que tu as aimé Theodore Singer. Tout en toi ressemble à Gabrielle, mais tout est ardent, fervent avec toi. La vie avec toi est pleine d'électricité, tu ne regardes rien comme les autres, tu déranges toutes les habitudes, toutes les normes, tu es si entière que tu peux faire peur. Tu es un orage, Adélaïde, ta mère était un lac calme. Chez toi, la vie est affamée, chez elle, on pouvait se reposer. Tu as sa taille, mais ton élégance fracasse au lieu d'être discrète. Je ne sais pas pourquoi, tu es la seule femme dans ma vie à me mettre aussi fort au défi de vivre. Gabrielle s'arrêtait toute seule, toi, je ne pourrais même pas te ralentir. Personne ne le peut. Et c'est ce qui fait que, malgré ta ressemblance avec elle, tu es toi, différente, plus forte et uniquement toi. Gabrielle disparaît devant toi.

— J'ai pensé qu'à travers moi tu pouvais enfin l'aimer, elle.

— J'y ai pensé aussi. Mais ce n'est pas possible, Adélaïde, tu es trop solide, trop vivante pour t'effacer derrière elle. Elle ne l'aurait pas voulu, d'ailleurs.

— Je l'ai fait. »

Il l'observe sans comprendre. Elle raconte les heures d'agonie de son père qui ne parlait qu'à elle, qui ne voyait que les yeux de sa mère dans ses yeux, qui n'avait jamais traversé cette apparence pour lui dire adieu à elle, sa fille qu'il avait bannie, dont il avait rayé le nom à jamais.

« Il tenait ma main avec amour sans m'aimer, moi. Il me souriait et me murmurait qu'il ne m'en voulait pas, sans jamais me pardonner à moi. Je suis restée près de lui, je l'ai tenu jusqu'au bout du dernier souffle, en voulant tellement qu'il me voie ou m'entende ou fasse la différence, mais je ne l'ai jamais détrompé, Nic. Quand le notaire a lu la phrase du testament, quand j'ai entendu le nom de Fabien mais pas le mien, pas mon nom, alors que j'avais été le reconduire jusqu'à elle… si je savais qu'un jour tu appellerais le nom de ma mère en me regardant dans les yeux, Nic, je partirais. Et je ne reviendrais jamais vers toi, comme je ne suis jamais retournée sur sa tombe à lui. »

Il la reprend dans ses bras : « Vois-tu, Adélaïde, elle est là aussi, la différence : avec toi, les morts restent avec les morts et tu vas vers demain, jamais vers hier. Tu es plus vivante que la vie.

— Maman aussi était vivante. »

Nic se lève et l'emmène avec lui près du coffre-fort qu'il ouvre. Il en sort les lettres, les dessins de Florent, les photos.

« Tout ceci est à toi, Adélaïde. Ce sont les lettres de Gabrielle qui parle presque toujours de toi. Ta mère et moi, on n'avait rien à se reprocher. J'ai gardé mes sentiments pour moi. Mais ceci est un présent que j'ai acheté en pensant à elle, mais que je ne lui ai jamais offert. Gabrielle a accepté la bague et les pendants d'oreilles en disant qu'ensuite elle te les donnerait. Ceci… je suppose que je savais que son cou était trop fragile pour le porter. Mais pas le tien, Adélaïde, pas le tien. »

Il sort le collier magnifique qui scintille dans la lumière fade de décembre. Il l'attache sur la nuque fine.

« Je t'aime, Adélaïde. Je ne dirai jamais que je n'ai pas aimé ta mère, mais tu es la première femme à qui j'ai dit ces mots-là et tu seras probablement la seule parce que je n'ai pas fini de t'aimer. Ce bijou, je l'ai acheté à un Juif qui fuyait Hitler et qui avait besoin d'argent pour sauver sa famille. Ce bijou, c'est la vie d'un Juif, peut-être plus. C'est toi qui devais le porter, j'aurais dû le savoir depuis le début. »

Elle touche le collier qui fait froid sur sa peau.

« Je ne sais pas bien de quoi est fait l'amour… J'ai souvent peur de le confondre avec le désir et ces choses violentes qui vont avec. Je ne t'ai jamais dit que je t'aime, Nic. J'avais peur de tuer Theodore en prononçant ces mots-là. Mais je t'aimais. Et je ne sais pas s'il est mort. Mais je t'aime. »

* * *

Avant de partir pour New York, Adélaïde a tenu à se rendre à Québec pour aller voir Isabelle, tante Germaine, tous ceux qui n'ont pas vu Nic depuis plus de deux ans.

Comme pour faire exprès, Isabelle a une grossesse difficile. Au bout de quatre mois, les nausées ne se calment pas, et sa cousine se désespère de pouvoir vivre normalement avant l'accouchement. Maurice est patient et très compréhensif, ce qui agace souvent Isabelle. Adélaïde a l'impression de retrouver la femme excédée du temps de guerre, comme si ce qui la tourmentait alors était toujours d'actualité.

Quand Isabelle lui fait visiter leur nouvelle maison, un petit bungalow fraîchement construit dans un nouveau quartier de Sillery, Adélaïde profite qu'elles soient seules pour s'informer de la direction qu'a prise la vie conjugale d'Isabelle. Après des détours et des « zigonnages », comme les appelle Adélaïde, Isabelle finit par dire qu'être enceinte, ça rend la vie de couple plus difficile. Adélaïde sait très bien que les autres grossesses de sa cousine ne l'ont jamais empêchée de continuer à être l'épouse de Maurice.

« C'est lui ou c'est toi ?

— Oh, écoute, c'est ridicule ! Parlons d'autre chose. »

Adélaïde se tait et Isabelle finit par avouer que c'est les deux.

« Quand c'est pas lui, c'est moi. Quand c'est une lettre qui arrive, quand il me la remet pour que je la déchire, c'est moi qui ne peux pas. Quand j'arrive à passer par-dessus, c'est lui qui ne peut pas. Je ne sais pas pourquoi lui ne peut pas, mais… il ne peut pas. Et quelquefois, je pense que c'est la peur de ne pas pouvoir qui l'empêche d'essayer. Et quelquefois, c'est ma peur à moi qu'il se trompe dans sa tête qui m'empêche de croire que son… son hommage est pour moi. C'est compliqué, je ne pense pas que tu puisses comprendre, Adélaïde. On n'en parle pas, on fait comme si c'était la grossesse et on s'occupe des enfants comme jamais.

— Ce que tu me dis là, tu le lui as dit ? »

Scandalisée, Isabelle ne peut même pas s'imaginer le dire à son confesseur. Elle se demande comment elle a pu parler contre son mari comme ça à Adélaïde.

« Tu ne parles pas contre lui, tu me dis ses difficultés et les tiennes. Il faut faire quelque chose, Isabelle. Tu ne peux pas risquer ton mariage parce que ça te gêne d'en parler.

— J'ai encore cinq mois pour réfléchir. Le bébé est pratique dans un sens. Et puis, c'est possible que ça diminue avec le temps, les premières ardeurs. C'est peut-être normal…

— Vraiment, Isabelle ! Pas à moi. À ta mère, à ta sœur, d'accord. Mais ne viens pas me dire ça après ce qui vous est arrivé. Tu sais comme moi que Geneviève est en train de pourrir ton mariage.

— Qu'est-ce que tu veux que je fasse ? Je ne peux pas l'effacer de la face du monde.

— Parler. Tu peux parler à Maurice. Pardonner aussi. Vraiment.

— Je ne sais pas, Adélaïde, ce n'est plus comme avant… On dirait qu'on ne sait plus comment se rejoindre. Je suis méfiante, c'est vrai, mais il est distant. Il pense à elle, je le sais.

— Non, Isabelle : tu t'en doutes, tu ne le sais pas. Parle-lui ! Tu veux que j'essaie, moi ? »

La réaction de panique et de honte anticipée d'Isabelle est si immédiate qu'Adélaïde se sent obligée de cacher à sa cousine que Nic est au courant. Et, comme un mensonge en entraîne un autre, Nic fait semblant de tout apprendre quand un Maurice désemparé le prend à part pour lui parler « entre hommes ».

Tante Germaine connaît une des grandes joies de son année en recevant tout son monde à souper, un vrai jour de l'An avant le temps. Léa séduit même Jean-René en désignant son assiette à moitié pleine et en lui expliquant qu'il n'aura pas de dessert : « Alors, tu manges mieux que ça. D'accord ? D'accord »

Et Jean-René, à la surprise de tous, avale sagement ses patates pilées. Germaine ne peut retenir son admiration pour les qualités diplomatiques de Léa. Elle répète sans arrêt : « Hé ! Qu'elle est fine, la petite bonjour ! »

Léa traite son cousin de « pauvre petit Pierre » et, vraiment, Adélaïde a du mal à ne pas rire, tout en se demandant où sa fille a pris une telle appellation. Le « pauvre petit Pierre » fait effectivement pitié, dolent dans les bras de Reine, inquiet et perdu dès que celle-ci va aux toilettes, incapable de finir ses phrases ou de bien prononcer un nom aussi simple que celui de Léa. Sa fille, déconcertée de voir ses efforts vains, se hisse sur les genoux de Nic et chuchote : « Pourquoi il peut pas ? Il est comme Babou ? »

Nic, qui ne connaît pas encore Babou, est tout de même assez informé du problème pour affirmer que Pierre est seulement lent. Ce que Léa s'empresse d'aller expliquer au « pauvre petit Pierre » pour le consoler.

Depuis son retour, c'est Nic qui raconte l'histoire d'avant dormir à Léa. Ce soir-là, en passant devant la chambre de Germaine où les petits sont couchés en attendant la fin de la soirée, Adélaïde entend Nic raconter et Léa l'interrompre : « Non, elle a pas dit ça. Elle a dit : tête de pioche de niochonne ! » Et elle rit de son mauvais coup. Nic, ravi, reprend l'histoire revue et augmentée par Léa, sans montrer qu'il sait qu'il dit des mots interdits, ce qui fait encore plus rigoler Léa.

Le 10 décembre, laissant Florent et Léa ravis de se tenir mutuellement compagnie, Nic et Adélaïde partent pour New York. La suite dans un hôtel luxueux, les meilleurs restaurants, Nic a veillé à tout. Ils n'ont jamais fait de voyage de noces et celui-ci est une pure merveille, comme dans les rêves des jeunes filles.

« Mais mieux, soutient Adélaïde, puisqu'on sait qu'on s'accorde et qu'on a appris à dépasser nos pudeurs.

— Toi ? Des pudeurs ? Tu veux rire ? »

Il la renverse sur le lit et lui montre, en lui retirant pièce par pièce ses vêtements, combien elle a peu de pudeur et combien c'est un délice pour lui.

Adélaïde retient le bras de Nic qui se tend vers la table de nuit.

« Non. »

Il revient vers elle, étonné : « Non ? Tu… tu veux qu'on risque ? Tu voudrais un autre enfant ? Je pensais que t'avais dit plus jamais ? »

Il semble si heureux à l'idée, si ému qu'Adélaïde renonce à lui demander si cela lui plairait. « J'ai bien peur que le risque n'ait été déjà pris. Je peux même te dire la date d'arrivée de celui-ci. »

Nic recule et écarte les draps, découvrant le corps nu d'Adélaïde qui proteste. Doucement, avec vénération, il embrasse son ventre où rien ne paraît, ses seins où, effectivement, le bébé à venir marque sa présence, et il continue son pèlerinage avec un pieux respect. Quand Adélaïde le renverse et l'attaque, il commence à discuter, à argumenter, prétendant que, pour l'instant, le bébé a peut-être besoin de paix et de tranquillité.

« Nic McNally ! Pas à moi ! S'il veut vivre, ce bébé, il est aussi bien de s'accrocher et de résister à l'amour qu'on a. S'il ne résiste pas à ça, il aura du mal avec le reste. »

Nic est si heureux, si bouleversé qu'il en a la gorge serrée. Ébloui, il la prend dans ses bras, l'enveloppe, la couvre de baisers et lui fait l'amour avec une délicatesse tendre qui exclut toute brusquerie, qui fait du plaisir un aveu d'amour consentant, recherché. Il est si amoureux d'elle, si profondément perturbé de la savoir enceinte, qu'il bouge en elle en gardant les yeux fixés sur son visage qui se révèle, s'avoue, et quand elle murmure son nom, quand ses yeux se ferment et que tout son visage concentré s'absente dans l'arrivée de l'extase, il est stupéfait d'être du même coup happé, chaviré et entraîné avec elle.

Les yeux pleins d'eau d'Adélaïde, ce regard d'une pureté extraordinaire que lui donne toujours le plaisir quand il vient de la terrasser et de la laisser tout abandonnée, sans défense aucune, ce moment d'après l'amour que Nic goûte autant que l'amour est, ce jour-là, aussi intense que s'ils s'étaient touchés pour la première fois de leur vie. Adélaïde croyait que ce genre de sexualité n'appartenait qu'à Theodore, qu'au passé lointain d'un amour perdu, et elle caresse délicatement la peau fragile autour des yeux de Nic, toujours fixés sur elle : « Je t'aime, Nic. »

Elle se demande si elle aurait pu le dire avant qu'ils aient cette conversation dans son bureau, si cela était aussi simple que c'en avait l'air. Elle oublie en cueillant le baiser de Nic, elle oublie et ne désire que la miséricorde du pardon divin qu'elle voit dans ce recommencement qui leur est offert à tous les deux. Peu lui importe, maintenant, la part de Gabrielle qu'elle contient ou évoque, Adélaïde sait qui elle est et elle est convaincue que l'homme qui l'aime et le lui dit et le lui prouve, que cet homme l'aime vraiment — tout comme Theodore l'aimait. Elle tend les bras vers ce cadeau fabuleux de la vie, elle tend les bras et le saisit jalousement et le savoure avec ravissement et reconnaissance, sans plus se questionner sur le droit ou le mérite qu'elle en a.

New York est une ville parfaite et épuisante : ils marchent tellement qu'ils en sont étourdis. Le vent gorgé d'humidité leur brûle les joues, et ils doivent prendre des pauses dans de petits cafés. Dans les musées, Adélaïde voudrait tout photographier pour montrer à Florent. Ils gardent le programme du Metropolitan Opera pour lui et s'entendent que, la prochaine fois, ils laisseront les enfants à Lionel et ils proposeront à Florent de venir avec eux.

Un soir, en mangeant, Nic avoue que, tout le long de son séjour outre-mer, il a redouté de la perdre aux mains d'un autre homme, plus jeune, plus entreprenant, plus présent surtout. Scandalisée, elle lui demande quel genre de femme il croit avoir épousée.

« Une femme beaucoup plus jeune que moi, très délurée, très brillante et qui sait écouter son corps. Je n'ai jamais pensé t'en vouloir, remarque, j'ai pensé que cela pouvait arriver. Et qu'alors je risquais gros.

— J'ai dit à Isabelle qu'elle devrait parler à Maurice de ses craintes et de leur mariage. On en parle ce soir et c'est tout, Nic. On va les ouvrir, les contrats. D'accord ?

— D'accord.

— Il y en a eu combien sur ces deux ans ?

— Combien de femmes ?

— Oui. Ne mens pas. Un homme en guerre au bout du monde, un homme comme toi... Si tu me dis aucune, je ne te croirai pas.

— Bon... J'ai embrassé deux femmes. »

Adélaïde écoute sans rien dire. Nic avait décidé de ne rien avouer, mais devant le gâchis de Maurice, il se doutait bien qu'il devrait faire le tour du problème un jour.

« ... Et je n'ai pas pu aller plus loin. Plus précisément, je n'ai pas pu aller jusqu'au bout. C'était à la fois bon et déprimant. Ce n'était que des rencontres de passage, des femmes que je ne connaissais pas et que je quittais une heure plus tard. Rien à voir avec une Française qui aurait été là tous les jours. Rien à voir avec une Geneviève. Alors, ça a été des caresses et un plaisir, mais pas une relation. »

Adélaïde attend toujours. Il continue : « À la Victoire, le jour où on a su que Paris était à nous, ce jour-là, je ne peux pas te dire, c'était fou, c'était tellement euphorique ! Les femmes nous prenaient dans leurs bras, nous offraient... tout. Je me suis pris pour leur sauveur et j'ai accepté l'offrande. À la Victoire, Adélaïde, je t'ai trompée. Ça, je ne peux pas dire le contraire.

— Comment elle s'appelait ? »

Comment peut-il lui dire qu'elles étaient deux, deux femmes entreprenantes, folles de joie, qu'elles l'ont pris pour un Américain et qu'il s'est retrouvé dans une grange, assez égayé pour profiter, mais pas assez soûl pour se désister ? Qu'ils ont allégrement pris leur plaisir à trois et qu'aucun nom n'a été prononcé. Que cette nuit-là, toutes les femmes s'appelaient Victoire ?

« Victoire.

— Non ?

— Disons que c'est le nom que moi, j'ai dit. Adélaïde... je ne le sais pas.

— Mais voyons ! Comment peut-on aller jusque-là et ne pas savoir le nom de la femme ?

— En temps de guerre, un soir de victoire, avec du vin français, on peut, garanti. Je te mets au défi d'interroger les soldats et les femmes françaises : il n'y en a pas beaucoup qui vont savoir les noms. C'était une euphorie générale qui demande ici une amnistie générale. Peux-tu ? »

Adélaïde s'attendait à devoir pardonner beaucoup plus et beaucoup plus grave. Quand Nic lui demande des aveux complets à son tour, elle fait un récit très bref des poursuites de Jean-Pierre, mais sans parler du baiser à Patrick, qu'elle met sur le compte de l'effort de guerre. Et puis, Patrick est un ami de la famille qu'ils vont revoir, ce qui est moins certain pour Jean-Pierre. Quoique... « Marthe te plairait, Nic, elle n'est pas bégueule, pas coincée du tout, une artiste qui n'est pas comme tout le monde. »

Ils reviennent à pied à l'hôtel. Un vent assez vif les fait se presser. Une fois dans leur chambre, au lit, Adélaïde aborde la dernière partie des contrats.

« Depuis que je suis ici, Nic, je lis les journaux beaucoup plus qu'à

Montréal, je commence à comprendre pourquoi Theodore ne reviendra pas. Non, n'allume pas. Je veux parler dans le noir, je préfère. Aaron et moi, on s'est vus chaque semaine depuis… un an et demi, depuis la mort de papa. Aaron m'enseigne des mots et des concepts juifs, il me raconte d'où il vient et je lui apprends des mots français. Le procès, Nic, le procès dont je lis les comptes rendus dans les journaux, je voudrais être sûre qu'Aaron ne sait pas cela. Mais je ne peux pas le lui cacher. À Nuremberg, ils avouent ce qu'ils ont fait et je pense qu'ils l'ont fait à Theodore, ils l'ont fait au fils d'Aaron Singer. J'ai forcé cet homme-là à croire à son fils vivant, et maintenant il devra l'enterrer une deuxième fois. Moi, je vais avoir un bébé, j'ai retrouvé un mari que j'aime, ma vie est encore une vie… Lui, il est détruit à jamais. Tous ses fils sont morts. Lui, il n'a plus qu'à remercier le Ciel que David ait vu son avion s'écraser, parce que s'imaginer ce que Theodore ou l'autre ont vécu, si ce qu'on dit à ce procès est vrai… Peut-être est-il mort noyé à Dieppe et qu'aucun Allemand ne l'a touché. Peut-être a-t-il été fait prisonnier et envoyé dans ces endroits pour Juifs où ils les faisaient travailler à la guerre. Theodore était — j'ai dit était, Nic, c'est la première fois que je l'admets —, Theodore était solide, je ne sais pas combien de temps les Allemands se sont acharnés sur lui, je voudrais qu'ils l'aient exécuté, tu m'entends ? Je voudrais être sûre et certaine qu'il n'a pas eu mal plus longtemps que ce Philippe de Caraquet, je voudrais qu'il soit mort à Dieppe sur les genoux d'un autre soldat de son bataillon, à l'aurore. N'importe quoi plutôt que ces camps où ils les ont affamés jusqu'à ce qu'ils aient l'air de squelettes, comme sur les photos. Nous ne saurons jamais ce qu'est devenu Theodore Singer, Nic, et c'est probablement pour ne pas oublier. Quand on sait, on peut oublier. Cette mère à qui tu vas aller porter les affaires de son fils, quand tu vas les lui avoir remises et quand tu lui auras dit que son Philippe a parlé d'elle avant de mourir, cette mère-là va pouvoir guérir un peu, puisqu'elle va savoir. Je ne veux pas te dire que je désire souffrir le restant de mes jours, mais dans le contrat qui est le nôtre, Theodore est quelqu'un que je n'attends plus, mais que je ne peux pas enterrer. Je ne peux pas accepter d'oublier. Aaron est et restera mon beau-père et, si ce n'était de la terrible peur que j'ai du mot "illégitime", je lui présenterais sa petite-fille Léa. Parce que je voudrais tellement le consoler un peu de sa perte.

— Tu le fais, tu restes, toi.

— Ce n'est pas son fils aîné, et tu sais ce que représente un fils premier-né pour un Juif. »

Cette nuit-là, Nic la tient dans ses bras et l'écoute. Elle raconte les horreurs de sa guerre à elle, elle raconte les images insoutenables issues de ce procès et des descriptions qu'on y fait des traitements subis par les Juifs en Europe, ces atrocités qui donnent mauvaise conscience au point de vouloir se couvrir d'un voile pour continuer à être heureux, tellement cela semble infâme d'y arriver encore malgré tout. Elle raconte Theodore et leurs déchirements, Theodore et sa douceur et son humour. Elle raconte l'homme dont elle fait le deuil.

Tout comme il n'y a pas si longtemps, Adélaïde le tenait dans ses bras des nuits entières, Nic la laisse aller au bout des mots, ceux de la crainte comme ceux du bonheur. Nic l'écoute, et rien ne le détourne d'elle parce que rien de ce qu'elle a offert à Theodore ne le dépossède de quoi que ce soit et que, grâce à cet amour difficile et authentique, cette jeune fille est devenue une femme hors du commun, capable d'un paradoxe comme celui d'aimer un homme interdit et d'épouser un homme qu'elle s'est interdit d'aimer par fidélité au premier.

C'est un couple véritable, qui a éparpillé au-dessus de l'Hudson les cendres de tous leurs fantômes, qui revient à Montréal, le 20 décembre 1945. Un couple que chaque différence, chaque escarpement a rapproché et uni au lieu de séparer.

Le seul sujet délicat demeuré en suspens est le travail de Nic et le degré d'engagement d'Adélaïde dans les affaires malgré sa grossesse. Nic voudrait immédiatement embaucher quelqu'un d'autre, prévoyant le retrait progressif d'Adélaïde. Non seulement refuse-t-elle, mais elle proteste énergiquement contre la vision de Nic de ne la voir s'occuper que de sa famille. Elle jure que les enfants ne manqueront de rien, mais qu'il n'est pas question de l'enfermer chez elle. Elle est même prête à accepter qu'il ne partage pas son enthousiasme pour les affaires et qu'il lui délègue une partie des filiales, mais il est hors de question de la ramener au temps des bonnes œuvres et du *five o'clock tea* avec ces dames.

« Tu sais très bien que j'en profiterais pour vendre les derniers modèles de Florent ! »

Léa prouve, s'il est besoin, la théorie d'Adélaïde : les dix jours d'absence de ses parents ne semblent pas l'avoir accablée du tout. Elle raconte, avec force détails, les promenades en traîneau et les bonshommes de neige qu'elle a faits. Elle va chercher sa poupée et explique tous les vêtements d'hiver que Florent a « construits » pour pas qu'elle ait froid.

« Aussi, mon manteau, est-ce qu'on peut le montrer, Florent ? » indique nettement à Adélaïde qu'il y a quelque chose à ne pas montrer.

Coquette, sa fille fait la démonstration complète de comment ça fait joli quand elle tourne sur elle-même. Nic, totalement conquis, applaudit.

« Tu formes ta clientèle de bonne heure, Florent. Cette jeune fille ne pourra jamais se passer de toi. »

Léa prend le visage de Nic entre ses deux mains et lui fait un « baiser d'Esquimau » en frottant son nez contre le sien.

« T'es content que j'ai été sage, papa ? »

Léa sent bien qu'il y a de l'allégresse dans l'air et elle met cela sur le compte de Noël qui l'excite terriblement.

Ce soir-là, Adélaïde s'installe au piano et lui joue tous les cantiques de Noël qu'elle connaît. Léa se fait raconter pour la centième fois où on va mettre le sapin, où le Père Noël va passer, où seront posés les biscuits et le lait pour qu'il continue sa route rassasié, où le Jésus va se coucher dans la crèche, et elle répète, toujours aussi inquiète : « Mais on laissera pas les alimaux souffler dessus, parce que ça nous donne mal au cœur. »

Le dédain de Léa pour les trivialités de l'existence, qui vont du souffle animal aux baisers humides de Babou, est généreusement prêté au Jésus.

La promesse est donc réitérée : les « alimaux » seront placés dans le fond de la crèche et les mages et les bergers souffleront, eux. Léa s'endort dans les bras de Nic, épuisée par tous les projets à venir et par toutes les surprises reçues et en préparation.

L'organisation des fêtes de Noël a fait l'objet de fermes négociations, chacun voulant recevoir soit à Québec, soit à Montréal. En tant que frais rescapé, Nic doit trancher. Florent et Ada promettent de respecter sa décision. Fêter avec Jeannine et la famille d'Alexandre a été immédiatement le choix de Nic, à la grande déception de tante Germaine et d'Isabelle, qui comptaient réunir tout le monde « maintenant que la guerre est finie ».

Pour célébrer dignement cette fin de guerre et le passage à l'année de paix, avant même de partir pour New York, Nic a aussi mis en branle la préparation d'une fête du 31 décembre, une soirée de bal avec petit orchestre qui réunira tous leurs amis. La liste des invités a été établie avant le départ pour les États-Unis et, déjà, les réponses entassées sur la console du hall d'entrée promettent une réunion importante.

Florent a convaincu Jeannine de venir, grâce à une robe qu'il désire lui prêter. Nic n'en revient pas : « T'as réussi à convaincre Jeannine ? Un miracle ! Jeannine va venir à une de mes réceptions sans ses enfants ? Tu devrais négocier les traités de paix, Florent. »

Hésitant, Florent admet qu'il y a tout de même quelques clauses à ce traité : « J'ai dit que Laura et Mélanie étaient invitées et qu'Alex serait déçu que sa mère ne vienne pas à sa première grande soirée... »

Nic ne comprend pas le malaise de Florent. Adélaïde, elle, voit tout de suite comment la présence de deux employés peut heurter les principes de Stephen, par exemple, ou d'autres associés d'affaires. Qu'il ne s'agit pas de la même classe sociale, quoi !

« Vraiment, vous m'étonnez ! C'est moi le snob et c'est vous qui soulevez des problèmes auxquels je n'aurais même pas pensé. Mélanie et Laura sont des amies, Florent ? Non ? Plus que Madame Picard ou Monsieur Dumont, le coupeur ?

— Oui. Mais ce sont les miens, Nic, pas tes amis.

— On invite des tas de gens que je ne connais pas et qui sont les amis d'Adélaïde. Pourquoi pas toi ? Tu es chez toi, ici, Florent. C'est ta maison et tes amis y sont bienvenus. Oublies-tu qu'avant la guerre tu es venu ici pour habiter avec nous ? Est-ce que j'ai raté une conversation ou un événement majeur ? »

Intimidé, Florent explique que les choses ont changé depuis la fin de la guerre et que, bien sûr, Nic et Ada peuvent désirer une intimité, une vie de famille...

Cette fois, c'est Adélaïde qui s'exclame et refuse net.

« La maison est immense, tu as ta place, ici. Tu ne m'as jamais dérangée de ma vie, pourquoi ce serait le cas maintenant ?

— Florent, es-tu malheureux avec nous ? Est-ce qu'on t'exclut sans le savoir ? Je suis heureux que tu sois ici avec nous si tu es heureux d'y être. Tu comprends ? »

Depuis le retour de Nic, Florent combat un fort sentiment de solitude. Attendre Nic avec Ada, être près d'elle tous les soirs, l'espérer avec elle, l'avaient habitué à une compagnie réconfortante, un peu comme le temps béni de l'été à l'Île qui ramenait Ada et le temps haï de l'automne qui la voyait partir.

Léa et ses câlineries, Léa et son affection, Alex même, rien ne remplace pour lui Adélaïde et leur profonde complicité, Ada et son amour si apaisant. Il remercie Nic et jure que, vraiment, il est heureux avec eux et qu'il se sent chez lui.

Quand Adélaïde frappe à sa porte ce soir-là vers minuit, Florent n'est pas du tout surpris. Il l'attendait. Il sait qu'elle s'en fait pour lui, pour ses sentiments, et il refuse de l'entendre : « Ada, quand tu es partie pour New York, je savais que tu commençais ton vrai mariage. Comment veux-tu que je sois triste ou déçu ? Arrête de me répéter qu'on est proches, j'ai l'impression que ce n'est plus si vrai si t'as besoin de le dire autant

Ada se tait subitement, s'installe dans le fauteuil, les pieds repliés sous elle. Il lui tend la jetée de laine, toujours là pour elle, mais qui sert aussi maintenant à endormir Léa. Comme si de rien n'était, comme si leur dernière conversation datait de la veille, ils se mettent à planifier le printemps de *Coutures Florent*, à parler de cette boutique qu'il faudrait ouvrir pour régler la distribution des vêtements et récupérer le temps qu'Adélaïde y consacre. Ils parlent même de Mélanie et de ses amours compliquées. Mélanie veut aller danser, mais ses parents la trouvent trop jeune. Elle a rencontré un jeune tombeur, selon Florent, et elle le voit en cachette, en prétextant des heures supplémentaires à l'Atelier.

Il est près de deux heures du matin quand Florent recommande à Ada d'aller se coucher, parce que Léa va être « de bonne heure sur le piton » demain. Adélaïde hoche la tête : « Pas tout de suite. J'ai autre chose à te dire… »

Il sourit, pose son index sur les lèvres d'Ada et passe dans son atelier.

« La surprise que Léa a tant de peine à ne pas te révéler, c'est ta robe de bal du 31, Ada. On l'a faite ensemble, elle et moi. Inutile de te dire que Léa a une robe du même tissu. Inutile de te dire que je bousille ma surprise parce qu'un ajustement de poitrine va certainement être nécessaire, maintenant que tu attends. »

Adélaïde ne peut même pas s'étonner qu'il le sache tant la splendeur qu'il lui apporte lui coupe le souffle. D'un bleu indigo, presque violacé, la robe de bal doit nécessiter au moins trente verges de tissu. Un corsage de velours noir, sans manches, simplement ajusté à la poitrine, dégage les épaules et les bras, la jupe, fabuleuse de légèreté, est constituée de rangs superposés de chiffon de soie bleu profond dont les plis, savamment travaillés, forment presque un faux cul avant de retomber, fluides, et de traîner sur le sol. Le corsage foncé, très près du corps, à la découpe en cœur et la générosité de la jupe alliant une légèreté où les bleus jouent, s'approfondissent en une opulence qui accentue une taille délicate, tout cela fait de la robe un chef-d'œuvre de raffinement.

« Léa l'appelle la robe de fée. Elle aurait voulu que ça brille, mais j'ai expliqué que tu porterais des bijoux brillants. Tout le *glamour* est dans l'abondance et la ligne de coupe. »

Adélaïde palpe la jupe qui bruisse sous ses doigts : une pure merveille. Elle sait déjà combien ses épaules, son cou auront l'air fragiles et blancs, combien le mouvement de cette jupe sera affolant d'élégance. Florent exhibe les gants longs qui épousent exactement le bleu de la jupe.

« La guerre est vraiment finie, Florent, c'est ton premier modèle haute couture. Tu me vois valser dans cette jupe ?

— Si je te vois ! Je n'ai pensé qu'à ça, au mouvement que ça aurait quand Nic te ferait tourner.

— Tu es sûr qu'on peut l'ajuster ? Ma poitrine change de jour en jour.

— Pourquoi tu ne l'essaies pas ? »

À trois heures du matin, la bouche pleine d'épingles, le découseur à la main, Florent remodèle le corsage sur son mannequin préféré et, en cet instant insolite où il reprend les coutures de la robe, il comprend qu'il a sa place avec elle, et donc avec eux.

La robe qu'il défait s'affaisse avec souplesse aux pieds d'Adélaïde. Il l'aide à enjamber ce qui ne semble plus qu'un amas bleu, il lui passe sa robe de chambre et ferme les bras sur elle en la tenant contre lui : « Je sais que tu es heureuse, Ada, mais je voudrais que tu me le dises. Je voudrais l'entendre.

— Je le suis, Florent, je le suis comme je voudrais tant que tu le sois un jour. Je suis totalement heureuse. Sans aucun "mais", aucun "si", je suis absolument, follement heureuse.

— Alors, moi aussi, Ada. »

* * *

La fête est aussi fabuleuse que la robe d'Adélaïde — un nombre incroyable d'invités se partagent toutes les pièces du rez-de-chaussée où un énorme arbre de Noël scintille dans le hall. Nic a engagé six personnes pour servir au bar et au buffet, une chambre entière est transformée en vestiaire. L'orchestre enchaîne valses, rumbas, jazz et pièces langoureuses qui font ployer les tailles des dames. Beaucoup de robes longues, enfin de retour après l'interdiction du temps de guerre, beaucoup de parures brillantes, et tous les hommes très élégants en smoking noir. Adélaïde est si radieuse que Léa, perchée dans ses bras, embrasse constamment ses épaules ou passe sa main potelée sur la ligne du dos et de la nuque en s'exclamant à qui veut l'entendre : « Maman… t'es tellement douce… »

La beauté brune bouclée de trois ans fait bien des ravages parmi les invités. Elle accueille chaque personne qu'elle connaît avec une pirouette pour montrer que sa robe « fioule ». Dès qu'Adélaïde la dépose par terre — elle est quand même lourde —, Léa court voir Alex ou Florent pour qu'ils la fassent danser.

Tout le monde est venu, même tante Germaine, corsetée et frisottée, même Isabelle et Maurice qu'Adélaïde voit rire ensemble pour la première fois depuis longtemps. Reine a décliné, prétextant l'estomac fragile de Jean-René, toujours si commode. Patrick Gauvin fait mourir de rire une jeune femme dont Adélaïde ne se souvient pas et qui semble être une amie de la pâle et conquise Naomie, qui ne laisse le bras de Fabien que pour prendre un verre de punch aux framboises ou quand Guillaume la fait danser avec enthousiasme. Béatrice, assez modeste dans sa tenue, est accompagnée d'un jeune acteur débutant qui, s'il ne sait parler, danse divinement. Adélaïde ne peut concevoir qu'un acteur puisse autant bégayer dans la vie et perdre ce problème sur scène. Béatrice, dès son arrivée, est allée voir Florent pour lui dire que, si jamais l'envie lui en prenait, il peut lui confier une de ses créations, elle porterait même une nappe qu'il aurait coupée.

« Je ne l'avouerais pas à ma sœur et je sais très bien que tu vas le lui dire, mais elle est d'une beauté extraordinaire, ce soir. As-tu vu Jean-Pierre Dupuis, Florent ? C'est la version mâle du chien de poche. Mais là encore, Adélaïde a bien fait de le repousser : Nic et elle, c'est imbattable. Trouves-tu ? »

Ce sur quoi Florent s'empresse de se montrer d'accord.

Au début de la soirée, parmi les tout premiers invités, Aaron Singer est arrivé. Seul. Après s'être entretenu avec Nic, il est allé trouver Adélaïde et lui a remis un présent : « Je sais que votre maison n'est pas juive, mais c'est une protection juive que je voudrais que vous ayez. C'est une *mezuza*, une boîte qu'on place sur le côté droit du montant de la porte d'entrée. Dans la boîte, il y a un parchemin roulé. Chez moi, le parchemin contient des versets du Deutéronome, ceux prescrits par la Loi. Dans celui que vous voyez à travers le boîtier, il y a un papier roulé où Theodore avait calligraphié ses premiers mots d'hébreu. J'ai pensé que Theodore ne serait pas considéré comme blasphématoire en ce cas et qu'il vous protégerait vous et votre maison. La *mezuza* dit : "A l'ombre de *Shadai*, il s'abritera", ce qui veut dire à l'ombre de Dieu. J'ai fabriqué une *mezuza* de *shiksa*, en pensant qu'à l'ombre de Theodore votre maison serait protégée. Ted aurait été content que je le fasse. »

Adélaïde sait que ce geste l'inclut, telle qu'elle est, païenne et non juive, dans sa *kehila,* la communauté personnelle d'Aaron. Le cadeau est un signe d'alliance et de bonté comme elle n'en avait pas espéré, malgré leurs rapports très cordiaux. Elle a l'impression d'être intégrée à la famille d'élection d'Aaron. Émue, elle embrasse le vieil homme et lui dit que, dès le lendemain, premier jour de l'An 1946, cette *mezuza* sera installée sur le montant droit de la porte de sa maison.

Elle entraîne Aaron dans le grand salon où Léa danse avec Florent, qui la dépose dans les bras de sa mère.

« Aaron, voici Léa McNally, ma fille. Léa, c'est Aaron.

— "Hé-ronne" ? Tu t'appelles "hé-ronne" ? »

La vieille main usée d'Aaron se pose sur les boucles brunes, si semblables à celles de son fils, au temps lointain où il était encore en son pouvoir de le protéger et de le mettre à l'abri. Il se souvient de la *kipa* qu'il attachait lui-même sur les boucles de Ted. C'est en yiddish qu'il murmure : « *Zol Got dir bentshen, Lealech, zol Got dir fartaydiken, mayn kind, mayn oytser.* » Léa n'y comprend rien et trouve le son très joli. Adélaïde, elle, sait bien que « Dieu te bénisse, petite Léa, Dieu te protège, mon enfant, mon trésor » est fort éloigné de ce que la règle juive prescrit comme terme pour sa fille : *mamzeret.* Bien que le vieil homme l'ait toujours employé avec la même affection que *shiksa, mamzeret* signifie l'enfant-fille née de l'adultère et donc exclue de la communauté, la bâtarde.

Intriguée, Léa touche la barbe d'Aaron : « T'as une barbe de Père Noël. Avant, est-ce que t'étais un Père Noël ? »

Ce qui fait beaucoup rire Adélaïde, qui doit traduire pour Aaron les mots et l'esprit de sa petite-fille.

Aaron ne reste pas à la fête et il murmure en refermant son manteau : « Vous l'ignorez sûrement, mais Ted a deux enfants… »

Adélaïde le coupe : « Je sais, Leah est la fille de Ted. Je ne l'ai su qu'aux funérailles de David.

— Eh bien ! Croyez-le ou non, Leah parle souvent de vous. Vous l'avez énormément impressionnée.

— Comment ? Avec quoi ?

— Je vous expliquerai mieux quand j'aurai analysé, mais je dirais que votre élégance et votre colère ne sont pas étrangères à la fascination de Leah. Cette enfant ressemble beaucoup à Ted, finalement. »

Au lieu de l'embrasser, Aaron pose la main sur la joue douce et elle place la sienne par-dessus : « Merci d'être venu, Aaron. Je sais qu'une telle fête n'est pas votre genre.

— J'ai beaucoup dansé, Adélaïde, et beaucoup chanté, ne croyez pas…

— Comment va votre femme ?

— Elle ne va pas bien, ce procès la tue, ce qu'on y apprend… Même nos cauchemars n'atteignaient pas cette horreur.

— Je sais…

— Pas ce soir, Adélaïde, nous parlerons plus tard. Ce soir, dansez, riez, soyez la reine que vous êtes. Voilà le plus bel hommage que vous puissiez rendre à Ted. »

Il part après lui avoir fait ses vœux pour *Rosh-ha-Shana,* le Nouvel An : « Qu'une bonne année vous soit écrite dans le livre céleste ! » Elle le regarde s'éloigner dans la neige, petite silhouette noire voûtée. Combien de pères auront été cassés, combien de vies brisées par cette guerre ?

« Vous attendez votre carrosse, Cendrillon ? Il n'est pas encore minuit, vous allez prendre froid. »

Jean-Pierre avance un bras entreprenant qui saisit sa taille, elle se dégage en faisant volte-face : « Vous m'avez fait peur.

— Je sais. Il y a de cela quelques mois. Mais vous ne m'avez pas présenté votre mari, madame. Dois-je y voir un espoir pour moi ?

— Ah non ? Venez. C'est un homme très bien qui va ramener vos attentes à de plus décentes proportions. »

Mais Jean-Pierre se place devant elle, l'empêche de se dégager pour remonter les marches vers le salon. Impatiente, Adélaïde s'immobilise et attend qu'il cesse son stupide jeu.

« Vous me devez au moins une conversation, Adélaïde. Une sorte de scène d'adieu.

— Je ne vous dois rien, Jean-Pierre. Et si vous voulez que je vous parle encore, vous devriez me laisser passer. »

En haut de l'escalier, Florent arrive en tenant une Léa qui tend les bras vers sa mère, comme si elle l'avait perdue de vue depuis des années.

« Excusez-moi, je vais coucher ma fille. »

Elle passe devant Jean-Pierre, qui se dirige vers le bar où il prend racine.

Adélaïde n'a aucun mal à coucher Léa : sa robe est à peine retirée qu'elle s'endort. Pas de prières, pas de débarbouillage, pas d'histoire, se dit Adélaïde en lui passant la jaquette par-dessus la tête. Léa, tout indolente, n'ouvre même pas les yeux.

« Je laisse la petite lumière de la salle de bains. Bonne nuit, ma puce. »

Elle place le lapin adoré près du visage endormi et caresse les boucles.

En redescendant, elle trouve Jeannine assise au milieu des marches qui surplombent le salon. Appuyée contre la rampe, une chaussure à la main, Jeannine soupire : « As-tu déjà eu ça, des cors aux pieds ? Ma fille, c'est le genre de souliers qui les rend fous. Comment tu fais pour danser avec ça ? »

Un fouillis de chiffon indigo se déploie sur quatre marches quand Ada s'assoit près de Jeannine.

« Tu es superbe, Jeannine.

— Florent ! Demande pas. Cet enfant-là a du talent, c'est pas croyable. Regarde-toi. Sais-tu que tous les hommes sont pâmés sur toi, ce soir ?

— Florent ! Demande pas. »

Jeannine a le visage tout rose d'avoir dansé et d'être dans une fête si animée. Ses cheveux sont ramenés en un chignon qui expose son cou. Le décolleté de sa robe plonge jusqu'à la poitrine blanche et opulente — sa magnifique poitrine. Jeannine contemple la vue d'ensemble du bal qu'elles ont, et Adélaïde doit se pencher pour entendre ce qu'elle dit.

« Nic est amoureux. Sais-tu que je l'avais jamais vu de même ? Amoureux fou de toi. Quand il te regarde, on dirait Alex quand j'étais jeunesse. Je les connais, les McNally, ils aiment une seule femme après avoir goûté à toutes les femmes. Mon gars va être pareil, regarde-le : ça se trémousse, ça s'esquinte, ça fait le jars. Pis ça marche ! Pourquoi les femmes aiment tant ces hommes-là, veux-tu ben me dire ?

— Pourquoi tu l'aimais, toi, Alexandre ? »

La main de Jeannine, forte, large, sèche, la main usée qui raconte le travail exigé pour se tenir dans la pauvreté, juste un cran au-dessus de la misère, prend celle d'Adélaïde et la garde dans la sienne en silence.

Au bout d'un long moment, Jeannine soupire : « C'est pour toi que je suis venue à soir. T'es une fidèle, Ada, tu m'as jamais lâchée.

— Je te lâcherai pas non plus. Tu sais très bien que j'ai besoin de toi.

— Ma foi du Ciel, tu le crois ! »

Fabien arrive au pied de l'escalier, il se met au garde-à-vous : « Madame McNally, voulez-vous m'accorder cette valse ? »

Jeannine pousse Ada qui ne se lève pas : « Quelle Madame McNally ? Il y en a deux, ici. »

Fabien monte et tend la main à Jeannine, qui vient de remettre sa chaussure en vitesse en maugréant un « Bonyeu, je l'aurais pas cru ! »

Quand elle valse avec Fabien, Jeannine a des grâces de jeune fille, et Adélaïde sait bien pourquoi un McNally l'a aimée : le courage et la force de ceux qui prennent les devants et qui ne reculent jamais sont, pour eux, un puissant aphrodisiaque.

Elle n'aperçoit pas Nic dans tout ce noir qui fait tourner les femmes comme des corolles. Vues d'en haut, les couleurs sont splendides. Florent tient compagnie à Patrick, assis sagement sans danser. Isabelle est tout près, déjà si épaissie à cinq mois de grossesse. Adélaïde ne voit pas Maurice... Si, en train de danser avec une piquante brunette qu'elle ne replace pas. De très bonne humeur, Maurice...

Adélaïde s'empresse d'aller parler à sa cousine avant qu'elle ne voie son mari.

« Ne t'assois pas près de moi, Adélaïde, je vais avoir l'air d'une grosse horreur en comparaison.

— Tiens ! Prends ça au lieu de dire des bêtises ! C'est un jus sans alcool.

— Pourquoi tu ne bois pas du champagne, puisque tu le peux ? Je te jure que je le ferais, moi. Maurice ne s'en prive pas, lui, il est déjà beau joual.

— Parce que, dans peu de temps, j'aurai exactement tes proportions, Isabelle.

— Non ? Pauvre toi ! Mais t'auras jamais mes dimensions, t'es faite sur le long, comme ma tante Gabrielle.

— Je ne suis pas déçue, Isabelle, ne dis pas "pauvre moi".

— Là-dessus non plus, t'es pas comme moi. »

Adélaïde voudrait bien aider ou encourager Isabelle, mais l'attention de sa cousine se porte précisément sur Maurice et la brunette qui enchaînent un fox-trot. Maurice, la mèche lui barrant le front, est indéniablement plein d'entrain. Adélaïde se retourne vers Isabelle et elle est frappée par le rictus qui creuse le visage de sa cousine et lui donne l'air plus âgée.

« Ne laisse pas les choses empirer, Isabelle, parle-lui. »

Le rire amer qui répond à sa suggestion en dit long sur l'espoir que nourrit Isabelle de retrouver son bonheur conjugal. « Tant que c'est devant moi qu'il se fait plaisir... ça va. »

Le malaise qu'éprouve Adélaïde à entendre cette phrase est si évident qu'Isabelle se reprend : « Pour ce soir... Je vais lui parler, je vais essayer, je te l'ai dit. »

Mais elle n'y croit pas, c'est évident. « Regarde plutôt qui arrive. » Nic s'approche, pose sa main sur l'arrondi de l'épaule d'Adélaïde qui tressaille.

« Es-tu trop fatiguée pour danser ? Je ne t'ai presque pas fait tourner ce soir. Viens, c'est une valse lente. Tu permets, Isabelle ? »

Nic enlace la fine taille modelée de velours noir et, les yeux plantés dans ceux d'Adélaïde, il l'entraîne en tournant. La longue jupe ondule, prend son ampleur, frémissante. Ils sont si absorbés l'un par l'autre, si isolés dans le bercement accordé de leurs corps, qu'ils dansent dans une parfaite entente sans même y veiller ou s'en inquiéter. Leur passage fait sourire les autres danseurs, mais eux ne les voient pas, ils ne le sentent pas, tout occupés qu'ils sont de leur mutuel envoûtement.

Naomie demande à Fabien depuis combien de temps ils sont mariés. Quand elle entend trois ans, elle soupire d'envie : « Qu'est-ce que ça devait être quand ils se sont connus », ce qui fait sourire Fabien. Il revoit sa sœur, à peine plus grande que Léa, qui discutait avec le grand Nic... Naomie essaie de savoir ce qui le fait rire.

« Une vieille histoire de famille. »

Naomie s'accroche, pèse à son bras, réclame des détails, se plaint de ne rien savoir et prend un ton enfantin, plaintif qui agace Fabien. Pour la millième fois ce soir, il se rend compte qu'il ne pourra pas supporter cette jeune fille parfaite et gentille toute sa vie.

À minuit moins cinq, Nic fait taire l'orchestre et lève sa flûte à champagne.

« Je ne veux pas briser l'ambiance, ce sera court. Dans cinq minutes, nous allons laisser derrière nous l'année 1945. C'est une année de victoire, mais c'est aussi une année d'horreurs et de bilans atroces sur ce que les êtres humains peuvent atteindre en barbarie et en cruauté. Je voudrais que ce soir, en entrant dans l'année nouvelle, nous nous promettions d'entrer dans la paix, dans la reconstruction de nos vies, dans l'après-guerre, sans jamais oublier le passé terrible, pour ne pas le reproduire, mais sans jamais s'y appesantir non plus, pour ne pas le ranimer. Je lève mon verre aux dames, à toutes celles qui ont tenu notre pays à bout de bras pendant ces années d'absence. À ma femme, Adélaïde, et à toutes les femmes sans qui nous serions revenus dans un pays en ruine. À la paix ! À l'amour ! À la vie ! »

Tante Germaine n'est pas la seule à s'essuyer les yeux. Les vœux de bonne année, la cohue qui suit est si intense et si gaie que la fête reprend de plus belle.

Les premiers invités ne partent que vers deux heures du matin. Parmi ceux-ci, Ginette et Roland Gauvin, les parents de Patrick, venus spécialement de Québec et qui déplorent de n'avoir pu remercier davantage Adélaïde de tout ce qu'elle a fait pour leur fils. Adélaïde leur promet qu'à la prochaine excursion à Québec ils iront dîner tous ensemble, comme lors de cette soirée en Ontario, avant le départ des *boys*.

Patrick a refusé de loger à l'hôtel avec eux et demeure chez Nic avec Fabien, « comme dans le bon vieux temps ».

Il est quatre heures du matin quand Adélaïde, épuisée, vient le saluer avant de filer dans sa chambre. Patrick est droit comme un I sur sa chaise et pâle comme la mort.

« Mais pourquoi tu ne vas pas te coucher, Patrick ? Tu es vert !

— Mon aide de camp est soûl et je ne peux plus me lever seul. Petit problème mécanique dû à une trop longue station assise. Je meurs d'envie de ma planche de bois. »

Adélaïde se penche vers lui et lui tend les deux bras sur lesquels il s'appuie pour immédiatement reculer : « C'était inespéré, mais vous n'y arriverez pas.

— Je vais chercher Florent. »

Il la retient tout de même : « J'aurais voulu vous faire tourner et voir cette jupe bouger à cause de moi… Vous la remettrez un jour, pour moi ? »

Adélaïde promettrait n'importe quoi tant elle ressent physiquement la douleur de Patrick. Florent et elle l'aident à descendre et à s'installer. Adélaïde riposte sèchement quand il fait des manières pour l'empêcher de lui retirer son smoking.

« Tu as dépassé les limites, Patrick, tu ne peux même plus passer ton bras derrière ton dos sans hurler. Garde tes arguments pour d'autres. Je te promets de laisser Florent s'occuper de ton pantalon. Maintenant, étends-toi très lentement. »

Le visage crispé, la sueur sur le front, tout hurle, sauf lui. Adélaïde se dit que Patrick serait le genre à accoucher sans un mot, tellement le stoïcisme lui semble naturel.

Florent finit de le mettre au lit pendant qu'elle va chercher de la glace.

Patrick s'empare de sa main avant qu'elle ne le quitte pour ce qui reste de nuit.

« J'ai pas fait ma prière. Sainte Adélaïde, ayez pitié des misérables amoureux qui se damneraient pour un baiser. »

Il lui fait un clin d'œil et la regarde partir avec Florent.

Patrick est tout surpris de la voir revenir, sublime apparition de chiffon tenue par deux bras blancs, scintillement de lumière qui rehausse le cou et le visage, de la sentir s'incliner vers lui et de goûter une bouche rieuse, furtive et pourtant marquante se poser sur ses lèvres, y demeurer un fil trop longtemps avant de chuchoter, toujours contre sa bouche électrisée : « Bonne année, Patrick. »

Il voit une jupe danser, exécuter une spirale pour finalement couler dans l'interstice de la porte qui se referme.

En touchant sa bouche du bout des doigts, la douleur recule enfin.

Il est plus de six heures quand Nic vient la rejoindre et se mouler contre son dos. Adélaïde tend une main endormie vers le visage de Nic, enfoui dans son cou, et elle lui marmonne de dormir, qu'il est tard.

Nic resserre son étreinte et l'embrasse sur la nuque, les épaules, le long de la colonne où il tire sur la bretelle de soie. Adélaïde commence à sortir des limbes et se retourne vers lui : « Tu n'es pas mort de fatigue, toi ? »

Nic jure que oui, mais que l'année est neuve et fringante.

« Et toi aussi à ce que je vois. »

Les douceurs de Nic sont terriblement persuasives, et la robe de nuit d'Adélaïde vient d'atterrir sur le tapis quand la porte s'ouvre. Léa déclare qu'il y a quelqu'un qui fait des bruits dans sa chambre.

Devant l'immobilité de ses parents, Léa grimpe sur le lit : « Je peux dormir ici ? »

Adélaïde a tellement envie de rire que Léa prend cette bonne humeur pour un accord.

« Y a plein de place et j'ai petite. »

Nic attrape sa robe de chambre et va reconduire Léa dans son petit lit à côté duquel, effectivement, tante Germaine ronfle allégrement. Il revient avec Léa et déclare qu'il y a probablement une cause majeure pour enfreindre la règle sacrée du « dodo chacun dans son lit ». Il pose Léa près d'Adélaïde endormie en lui faisant signe de ne pas parler. Léa se love contre sa mère, ravie. La petite main farfouille pour atteindre une mèche de cheveux assez longue pour la frotter contre son nez et, carrément jouissive, elle enfonce son pouce dans sa bouche avant de s'endormir béatement.

Nic les recouvre et les contemple avant de s'endormir alors que le jour se lève.

Le bal de Nic McNally laisse des souvenirs impérissables. Pour les uns, heureux, pour les autres, cuisants.

Maurice se réveille, le lendemain matin, allongé sur le sofa du salon, le plastron du smoking retroussé, les souliers retirés et avec un mal de tête si puissant qu'il retombe sur les coussins en gémissant. Il a certainement perdu la fin de la soirée dans les brumes du champagne, mais il ne perd pas de sitôt la gueule de bois qui le laisse complètement hors jeu. À coups d'aspirines et de thé, Lionel réussit à l'entraîner jusqu'à la douche. Il est si mal en point qu'Isabelle décide de prendre le train sans lui, pour retrouver les enfants qui sont chez les parents de Maurice et qui « s'attendent à avoir un jour de l'An ».

Maurice a beau argumenter, réclamer une petite pause supplémentaire qui ne les ferait arriver que vers huit heures du soir, Isabelle l'envoie carrément promener et lui recommande de ne se montrer chez ses parents que s'il est en état. Le ton entre les deux ne monte jamais, mais la tension est palpable. Adélaïde n'en revient pas, c'est à croire qu'Isabelle jubile de laisser Maurice pris en faute à Montréal. Elle va reconduire sa cousine au train et renonce à lui parler dès qu'elle l'entend répliquer à sa première tentative : « Tu ne vas pas défendre un ivrogne incapable de se remettre de sa brosse ? Quand on ne sait pas boire, on laisse faire. »

Tante Germaine, assise sur la banquette arrière, accroche le regard d'Adélaïde et fait son air rassurant, Adélaïde comprend qu'elle prendra le relais dans le train. Elle les dépose toutes les deux, le cœur lourd, inquiète de l'avenir pour Isabelle, attristée de n'avoir pu parler davantage avec sa tante.

En rentrant, elle se dirige vers le bureau où Maurice parle avec Nic, mais la porte entrouverte laisse passer la phrase de Maurice : « ... je sais que c'est de ma faute, mais elle ne fait rien pour me faire oublier l'autre. C'est fou, parce que quand je recevais ses lettres là-bas, c'est dans ce temps-là que je me payais une brosse. »

Adélaïde s'éloigne et laisse Nic arranger le conflit à sa manière. Elle trouve malgré tout que Maurice a raison, qu'il faut en finir avec cette histoire, pardonner et reconstruire leur famille. Mais pourquoi ne parlent-ils pas ensemble ? Pourquoi rester chacun de son côté du lit avec ses inquiétudes, ses frustrations et ses fâcheries ? Adélaïde se dit que le confesseur en sait davantage sur Isabelle que son propre mari.

Le souper du jour de l'An qui réunira douze personnes réclame un peu de soin et elle profite que Léa soit très entourée pour aller donner un coup de main à Lionel.

Lionel est une mine de renseignements. Il sait tout, voit tout et devine le reste. C'est lui qui informe Adélaïde des malaises de Germaine qui s'essouffle à rien, lui qui lui révèle la nature du conflit qui causera l'absence de Naomie au repas du soir : très tard, la veille, Jeannine a refusé de prendre un taxi, comme à son habitude, et elle s'est mise en tête d'attendre que « quelqu'un ait affaire dans son coin » pour partir.

« Seulement l'heure passait, Alex dormait près d'elle, et les enfants, ce matin, ils allaient se lever, même si leur mère avait veillé tard. Quand il a vu ça, Fabien a précipité le départ de Naomie pour aller conduire Jeannine au plus vite.

— Et Naomie s'est fâchée d'être poussée à la porte à quatre heures du matin ?

— Non... que Fabien la reconduise *avant* Jeannine. »

Adélaïde se demande comment Lionel sait tout ça, mais elle est convaincue que c'est rigoureusement exact.

« Et elle boude notre souper pour ça ? Elle va rester à l'hôtel toute seule ?

— Non, Fabien est parti en coup de vent l'accompagner à la gare, pendant que vous reveniez de votre voyage. Vous auriez pu le croiser. »

Une vraie comédie de boulevard !

« Encore un à confesser quand il va rentrer. Vous savez autre chose que je devrais savoir, Lionel ?

— Votre sœur a fait le tour complet de la maison, hier soir...

— Non ?

— Je l'ai interceptée dans votre chambre. »

Adélaïde fixe ses mains où les deux bagues brillent depuis le retour de Nic. Lionel suit sa pensée :

« Elle a effectivement le même penchant que Léa pour ce qui brille. Elle ne faisait qu'essayer vos bijoux, bien sûr... Mais j'ai proposé de l'appeler quand je ferais les prochains dons aux œuvres, question de lui permettre de ramasser des accessoires de théâtre pour ses amies actrices. Vous savez, dans toutes ces vieilleries... »

Adélaïde n'en revient pas ! Lionel a réussi à faire croire à Béatrice qu'elle ne se préparait pas à voler sa propre sœur, mais à dépanner ses consœurs. Elle est honteuse pour Béatrice, même si elle est certaine que Lionel n'a rien laissé filtrer de ce qu'il pouvait penser de ses agissements.

« J'ai obtenu son numéro de téléphone qu'elle refuse de vous donner. Je pense qu'elle a bien besoin de soutien et… si vous me permettez…

— Allez-y, Lionel, sauvez-moi la mise !

— Votre sœur vous connaît très mal. Elle croit que nous ne parlons pas, que vous ne me donnez que des ordres. Elle n'imaginera jamais que je lui offre quoi que ce soit vous appartenant *avec* votre assentiment. Elle sera soulagée de prendre sans avoir l'humiliation de penser que vous le savez.

— Elle va croire que vous me volez ? Pour elle ?

— Non, disons que j'établis mes propres priorités sur les listes de bienfaisance. Dans votre dos. »

Ce qui, de l'avis d'Adélaïde, lui rendrait bien service. Béatrice a des mouvements d'humeur de plus en plus vifs concernant son aide. Lionel a fort bien saisi que Béatrice, tout en ayant un urgent besoin de secours, n'avait aucune envie d'en faire état, de réclamer ou, pire, de remercier, le cas échéant. Comme Florent lui semble aussi suspect qu'Adélaïde, l'aider devenait un combat de dupes. Béatrice, prête à extorquer ce qu'elle convoite, déteste qu'on lui fasse sentir qu'elle est pitoyable ou seulement dans la gêne. Lionel ne semble pas peu fier de sa trouvaille.

« Le temps qu'elle se remette à flot. Elle vient de décrocher un rôle. »

Adélaïde écoute attentivement les nouvelles de la carrière de sa sœur. Lionel est un fanatique des radio-romans, et son apprentissage du français l'a naturellement porté à devenir un fervent auditeur de ces divertissements. Il est imbattable pour tous les titres, les acteurs, les intrigues.

« Monsieur Dupuis, l'acteur, vous trouve irrésistible. Vous faites l'envie d'au moins cinq cent mille auditrices. Il a été Monsieur Radio, vous savez… élu du public majoritairement féminin. »

Adélaïde range le gâteau au frais : « Vous allez m'inciter à l'adultère, maintenant ? »

Lionel sourit sans rien dire, apparemment bien concentré sur les légumes qu'il épluche.

« Bon, nous allons mettre ça sur le compte de votre admiration pour l'acteur. Autre chose dont je devrais me soucier ?

— Votre frère Guillaume…

— Je le croyais en forme et heureux de ses études ?

— Oui, mais il a seize ans !

— Et qu'est-ce qu'il y a, à seize ans ?

— Votre frère aurait besoin d'une mère pour lui expliquer des choses… Il est inquiet, nerveux. Je crois qu'il comptait sur Fabien pour éclairer sa lanterne, mais Fabien a ses problèmes…

— Vous voulez dire qu'il ne sait pas ? »

Lionel hoche la tête, désolé de devoir la ramener à sa tâche « matriarcale ».

« Et comment vous savez tout ça ?

— Quand on change les draps des gens, Madame Ada, quand on leur porte leur premier thé du matin, on sait beaucoup de choses…

— Appelez-moi pas Madame ! Si je comprends bien, je n'ai rien à vous apprendre ? »

Lionel a le sourire bien moqueur, bien enjoué : « Pourquoi pensez-vous qu'il y a un petit pain brioché depuis un mois avec votre thé du réveil ? »

Parce qu'il sait que, si elle ne mange pas en se réveillant, elle aura des nausées. Elle l'embrasse, toute joyeuse : « Je vous aime, Lionel ! Vous êtes fantastique !

— Vous l'êtes aussi, Adélaïde. »

Ils entendent les hurlements de Léa bien avant qu'elle n'arrive dans la cuisine. Florent la confie à Adélaïde : « Je pense que si elle ne dort pas, le souper sera raté. Elle s'est cognée en voulant prendre sa poupée, mais c'est pas grave. Elle est épuisée, Ada, et tout le monde l'est. »

En deux temps, trois mouvements, Adélaïde envoie à la sieste Patrick, Florent et Guillaume ; Fabien n'est pas revenu et Nic est déjà sur le chemin de la gare avec un Maurice blême, faible et déterminé à être chez lui ce soir.

« Si tu vois Fabien, ramène-nous-le ! »

Elle couche Léa dans son lit et l'endort avec le lapin bien posé contre la joue. Quand elle revient à la cuisine, le doigt autoritaire de Lionel lui ordonne de rebrousser chemin au plus vite.

Une demi-heure plus tard, toute la maisonnée dort profondément.

Maintenant qu'elle sait les secrets de Lionel, Adélaïde observe attentivement la tablée. Grâce à la sieste qui s'est étirée jusqu'à quatre heures, l'ambiance est joyeuse et légère. Fabien ne semble pas attristé du départ de Naomie, mais rien n'indique dans son attitude que la jeune fille avait raison de se méfier de Jeannine. Ce serait absolument ridicule, se dit Ada, Jeannine a seize ans de plus que Fabien. Impensable !

Alex, par contre, est absolument déchaîné et raconte toutes ses conquêtes de la veille, à l'ébahissement total de Guillaume, incapable de se vanter du quart de ce succès. Le sourire gourmand, Alex déclare qu'il a obtenu deux numéros de téléphone et qu'il projette d'appeler. Quand Florent veut savoir ce qu'il fera ensuite, Alex parle d'aller aux vues françaises et de tenir la main des filles. Jeannine part à rire en affirmant qu'elle ne donne pas cher de sa vertu, à celui-là !

Il y a un tel écart entre Guillaume et Alex qu'Adélaïde se demande s'ils ont raté un échelon dans son éducation. Timide, renfermé, Guillaume a l'air de vivre sur des charbons ardents. En y réfléchissant bien, il n'a fréquenté que trois femmes dans sa vie de jeune homme : tante Germaine, Rose et elle-même, ce qui ne constitue pas une source de renseignements aussi riche que celle qu'a dénichée un petit futé comme Alex.

L'heure des cadeaux est si bruyante et agitée que Patrick doit se retirer dans le bureau. Léa fait sans cesse la navette pour aller lui raconter ce qu'il rate au salon.

Quelquefois, elle y va avec Tommy en l'appelant « mon bébé », ce qui fait hurler Tommy : « Je ne suis pas un bébé, Léa, j'ai deux ans de plus que toi !

— Deux ans, c'est bébé. »

Et Léa montre ses trois doigts pour prouver qu'elle est plus âgée. Tommy a beau expliquer, Léa fait semblant de ne pas comprendre. À la fin, elle va trouver Patrick pour savoir si cinq ans, c'est mieux que trois.

« C'est plus âgé, mais je ne sais pas si c'est mieux. »

Léa, victorieuse, répète : « C'est pas plusse mieux en toute, espèce de bébé ! Mais t'es plus grand, c'est sûr ! » Ce qui court-circuite totalement Tommy, qui finit par être d'accord.

Adélaïde vient porter son cadeau à Patrick, étendu sur le tapis rouge du bureau : « Tu n'as pas froid ? Tu veux le plaid ? »

Elle pose le petit paquet sur sa poitrine et s'assoit par terre, près de lui. Il remercie pour les boutons de manchette : « Si tu appelles Fabien, il va m'aider à descendre me coucher. »

Adélaïde n'ose pas lui demander pourquoi il a encore si mal, si c'est subit ou constant, s'il souffre depuis l'opération. Elle pose la main sur son front : « Tu es fiévreux. C'est normal, ça ?

— Avec toi à côté, oui.

— Arrête de faire le clown et dis-moi ce qui se passe. »

Patrick grimace que l'opération a réussi mais qu'une douleur nouvelle est apparue depuis un mois et qu'elle n'a pas l'air de vouloir disparaître toute seule. Il jure qu'il va consulter avant de repartir pour Québec.

Adélaïde se relève et, sur un ton allègre, lui déclare que, dès demain, ils vont aller consulter ensemble et que rien ne la fera changer d'idée. « Parce que je suppose que personne n'est au courant de cette douleur ? Ton médecin ne sait rien ? »

Patrick confirme et soutient que c'était la seule façon d'obtenir une *date.*

Quand Fabien propose d'aller reconduire la famille de Jeannine à Saint-Henri, Nic lui tend les clés de la voiture, soulagé.

Il dort presque au moment où Adélaïde le rejoint.

Lorsqu'elle veut savoir à quel âge il a commencé à faire l'amour, il demande un report de l'ordre du jour. Adélaïde insiste, juste l'âge.

« Quatorze ou quinze ans, dans ce bout-là.

— C'est bien ce que je pensais. Dors. »

Juste ce qu'il faut pour lui faire ouvrir l'œil et la questionner sur ce qu'il confirme sans le savoir.

« Qu'Alex tient de toi. Il est précoce, cet enfant. Ou alors, c'est que Guillaume est en retard.

— Ah bon… Les deux. »

Rassuré, il s'endort, la bouche contre l'épaule d'Adélaïde qui médite ce « les deux » un bon bout de temps.

La mère de Philippe Tanguay, le soldat de Caraquet, a tellement insisté pour rencontrer Nic qu'il ne s'est pas senti le droit de refuser. Comme elle a de la famille au Québec, Nic prend le train le 2 janvier pour Rimouski.

Après avoir conduit Nic à la gare, Adélaïde va chercher un Patrick réticent. Assis dans la voiture, il se plaint encore de l'autorité d'Adélaïde : « L'armée ne t'a pas demandé de venir nous entraîner ? T'as le ton du caporal : "Gauvin ! à l'hôpital, pis vite !" »

Au bout de trois longues heures d'attente, le médecin vient chercher Adélaïde et l'emmène au chevet de Patrick, couché sur une civière. Le médecin explique qu'ils doivent opérer à nouveau, que quelque chose s'est développé, qu'il y a nécrose, tout un charabia qu'elle interrompt en disant qu'il faut appeler la famille. Le médecin, surpris, lui dit qu'en tant qu'épouse elle constitue sa famille. Patrick lui fait un clin d'œil : « Voyons, chérie… Ma maman n'est pas pour accourir à chaque fois. »

Dès que le médecin les laisse seuls, elle l'avertit : « J'appelle tes parents ce soir, Patrick.

— Je sais, je sais… excuse-moi. C'était pour le *thrill.* »

Elle hausse les épaules, fâchée qu'il traite une opération pareille à la légère.

« Hé ! Ada, c'est ma façon de *dealer* avec les drames : on n'est pas pour faire des funérailles avant l'heure. Tu appelles maman, O.K., et tu lui promets que Fabien me tient la main et tu supportes qu'elle t'appelle à toutes les heures ? S'il vous plaît ! T'es même pas obligée de revenir me voir. Mais garde ma maman si bonne loin de moi. Oublie pas que j'ai une convalescence de huit semaines à faire ensuite dans ma prison de Québec. Huit semaines avec maman à mon chevet qui s'informe et tape mes oreillers toutes les dix minutes. Pitié ! Ada, pitié ! »

Le lendemain matin, à sept heures et demie précises, en proie à ses premières vraies nausées, Adélaïde se précipite à l'hôpital et a le droit de voir « son mari » avant qu'on ne l'emmène en salle d'opération. Elle se penche sur un Patrick légèrement égayé par les calmants : « Écoute-moi, Patrick. Ta mère reste à Québec. Tu pourras venir chez moi ensuite, c'est arrangé. Fabien sera près de toi à ton réveil et je pense à toi toute la journée.

— Je rêve… »

Elle l'embrasse doucement : « Pour la *luck*. Sois brave, mon Patrick, le caporal Ada te l'ordonne. »

Il serre sa main. Une chance qu'ils l'emmènent parce qu'entendre cette beauté lui parler comme ça lui donne envie de pleurer.

Le kyste qu'ils retirent faisait pression sur les vertèbres fragilisées par la dernière opération, mais la structure semble vouloir tenir bon et aucun lien n'est établi entre les deux opérations.

* * *

Adélaïde a tant à faire en ce mois de janvier qu'elle n'a même pas le loisir d'avoir mal au cœur, comme elle le dit. Elle ignore pourquoi sa grossesse est si facile : non seulement son énergie a doublé, mais aucun malaise, aucun effet désagréable ne se manifeste. L'exact opposé d'Isabelle, qui doit garder le lit le plus souvent possible, ce qui est très difficile avec les trois petits. Maurice, qui travaille maintenant pour l'Office de l'électrification rurale, est absent trois jours sur cinq, ce qui, à la fois, soulage Isabelle et complique les choses. Le bébé est prévu pour la fin avril.

À la fin janvier, parce que le médecin trouve Isabelle surmenée et mal en point, parce que Reine, débordée par un nouvel ulcère de Jean-René et par le petit Pierre « qui a des frayeurs nocturnes », ne peut accorder beaucoup de soutien à sa sœur, Maurice et Isabelle engagent une jeune servante, Flavie. Comme Jérôme a eu six ans en novembre, Isabelle a réussi à l'inscrire à l'école. Toujours au lit, elle aide son fils à faire ses devoirs, pendant que Flavie prépare le souper. C'est ce que Flavie sait faire de mieux, la cuisine. Le lavage, le ménage et l'entretien d'une maison représentent de grands mystères pour elle, mais la cuisine, ça va.

Patrick Gauvin sort de l'hôpital le 12 janvier et Fabien l'aide à s'installer chez Adélaïde, dans le petit bureau du rez-de-chaussée où on a emménagé une chambre pour lui éviter les escaliers. Mais comme il y a des marches partout dans cette maison, il est plutôt dépendant de l'aide des autres. Adélaïde ne veut rien entendre des protestations et des regrets de Patrick, qui estime qu'elle n'a pas besoin d'un blessé de guerre. Nic est enchanté de prendre la relève d'Adélaïde et de servir de garde-malade à Patrick, surtout depuis qu'il a découvert en lui un joueur d'échecs émérite.

Souvent, quand ils rentrent le soir, Florent et Adélaïde trouvent Nic penché sur l'échiquier avec Patrick, alors que Léa tourne les pages de son livre d'images, assise entre les deux hommes, confortablement appuyée sur Patrick.

Fabien est reparti pour Québec, piteux et secoué : Naomie croyait qu'à Noël ou au 31 décembre il lui ferait la grande demande en mariage. Finalement, sa scène et son départ concernaient davantage ses espoirs déçus que le comportement de Fabien avec Jeannine.

Fabien, bon garçon, a évidemment considéré de « faire sa vie » avec Naomie, surtout avant de partir pour la guerre, alors que tout semblait si urgent. Il croit même avoir abordé le sujet, ou parlé d'un avenir commun afin d'obtenir un baiser avant de partir. Conscient de sa malhonnêteté, Fabien a longuement discuté avec Adélaïde de ce qu'il doit maintenant faire. Elle a beau lui interdire de se traiter de « croche », il est sûr d'avoir été déloyal envers la jeune fille. Adélaïde soulage tout de même sa conscience en expliquant que la guerre a provoqué assez de drames chez les couples existants sans qu'il ait à construire son avenir sur une promesse faite alors qu'il avait dix-sept ans et qu'il ignorait s'il possédait ou non un avenir à partager avec qui que ce soit. Fabien conclut avec sa sœur qu'il va attendre avant de « réparer » sa lenteur à s'engager, mais il tient à agir en homme loyal et fiable avant tout.

« Tu vas avoir vingt ans cette année, Fabien. Tu as fait la guerre pendant toute ta jeunesse. Veux-tu que Nic te raconte ce qu'il a fait de son jeune temps pour te soulager du poids de tes ruses malhonnêtes, comme tu les appelles ? Mon Dieu, pourquoi tu te marierais si tu n'es pas prêt ? Ça aussi, c'est malhonnête. »

Parce que Naomie attend, parce qu'elle ne peut pas repousser tous les partis intéressants qui se présentent sous prétexte qu'il ne se branche pas.

Adélaïde s'enrage quand elle entend la litanie Naomie : « Toi, Fabien Miller, toi, espèce de niochon, comme dirait Léa, tu as envie d'aller vivre en Ontario, parce qu'elle ne voudra pas laisser maman ? Tu as envie de te réveiller tous les matins de ta vie à côté de Naomie qui t'aime tant et qui ne fait pas pression sur toi ? »

Non, est la réponse que Fabien n'ose même pas formuler. Il se pardonne difficilement de décevoir Naomie, mais depuis qu'elle attend sa grande demande, il n'arrive même plus à l'embrasser, tellement il craint les promesses que sous-tend un baiser.

Il a follement envie de s'amuser, de mal se conduire, de danser, d'aller écouter du jazz en fumant et en buvant jusqu'à trois heures du matin. Il a envie de discuter — et pas du nombre d'enfants qu'il désire, pas de l'avenir qu'offrent des études en génie, mais de politique, de l'état du monde, de l'état de sa province et du pays. S'il s'écoutait, Fabien sortirait tous les soirs, et sans se poser davantage de questions, il embrasserait des jeunes filles sans rien leur promettre, pour l'unique plaisir de se sentir bander contre leurs corps tentants, ce que, bien sûr, il estime inavouable, même à Patrick qui milite beaucoup afin de le voir « lâcher l'Anglaise de la guerre ».

Finalement, pour rassurer Adélaïde qui n'en croit pas un mot, il déclare à Naomie avoir besoin d'un dernier délai de réflexion, jusqu'au 15 mars, jour de ses vingt ans. Celle-ci lui répond qu'elle ne se sentira engagée et tenue envers lui que le jour où elle aura la bague au doigt. Que si, d'ici le 15 mars 1946, elle a une autre demande, elle ne se sentira pas obligée de la refuser.

Ce qui paraît du pur bluff à Adélaïde et qui met Fabien dans tous ses états. Patrick se limite à prier le Ciel pour que Naomie soit poursuivie par un soupirant déterminé d'ici le 15 mars.

« Mais enfin ! Si elle t'aime tant que ça, comment peut-elle envisager de dire oui à quelqu'un d'autre ? Deux mois, pas deux ans ! C'est le mariage dont elle est amoureuse, Fabien ! Ou alors... As-tu déshonoré cette jeune fille ? »

Fabien est outré, scandalisé : jamais ! Il ne lui viendrait jamais à l'idée d'agir aussi malhonnêtement. Adélaïde l'arrête en lui disant qu'il devrait réfléchir un peu et élargir ses horizons, que toutes les femmes ne s'appellent pas Naomie et qu'un péché mortel peut quelquefois aider un homme à en éviter plusieurs autres.

« Et maintenant, tu vas me faire le plaisir d'aller expliquer à Guillaume ce qui lui arrive la nuit et pourquoi son corps déborde et pourquoi il ne deviendra ni sourd ni aveugle s'il se livre à des actes solitaires. »

Quand elle entend son frère lui demander timidement pourquoi, Adélaïde trouve que l'armée a vraiment d'importantes lacunes. Que Fabien ne sache pas le processus exact, passe encore, mais qu'il soit parti pour la guerre en ignorant comment utiliser les préservatifs généreusement fournis par l'armée sans autres commentaires la révolte. Et comment ces soldats ignorants devraient-ils deviner le mode d'emploi ?

Ce soir-là, elle raconte à un Nic fort réjoui sa rencontre éducative avec ses deux frères. Rencontre où elle est passée pour une vicieuse et une dévergondée, elle en est certaine, à expliquer et à montrer, vraiment montrer, la jolie parure qui permet à un homme et à une femme de déroger aux lois de l'Église. Mais peu importait à Adélaïde le regard scandalisé et intéressé de ses frères, elle en a tant voulu à sa mère de ne rien lui avoir dit qu'elle ne pouvait pas reculer devant la tâche.

Étonnamment, elle n'avait pas songé à ses frères, mais à Rose, elle avait pensé protéger celle qui porterait les conséquences, mais ses frères et leurs inquiétudes ne l'avaient pas effleurée.

« C'est à force de te fréquenter, Nic, j'ai cru que tous les hommes savaient à quoi s'en tenir et s'organisaient pour obtenir ce qu'ils désiraient. La face de Guillaume quand j'ai dit que se toucher est peut-être péché, mais que ça n'affecte aucunement sa santé ! Le soulagement que j'ai vu est indescriptible, Nic. Ça devait être atroce de vivre dans sa conscience troublée. Pauvre enfant ! Il pouvait bien raser les murs de honte !

— Et Jeannine… C'était un prétexte, une excuse que s'était donnée Naomie ?

— Rien à voir avec une idylle ! Aucun danger de ce côté : Fabien n'en a même pas parlé.

— Et si on a un fils, tu vas lui expliquer tout ça ?

— Si on a un fils, ce sera un McNally et il saura tout ça de naissance, le chanceux. »

Au cinéma où il est allé passer sa dernière soirée montréalaise, Fabien glisse sa main dans celle de Jeannine et la garde serrée dans la sienne tout le long du film. Il n'aperçoit que son profil qui le trouble tant. Depuis sa conversation avec Ada, Fabien a l'impression idiote mais puissante d'être enfin un homme à part entière, d'être rempli de désirs légitimes et non pas honteux.

Dans la voiture ce soir-là, il en manque bien peu pour qu'il ne perde totalement la tête et il se rend compte que les baisers et les caresses de Jeannine sont d'un tout autre feu que ceux de Naomie, seule et timide référence jusqu'à ce soir.

Il promet de revenir le mois suivant, quand il procédera au transfert de Patrick vers Québec. Il ne sait pas comment il pourra « patenter son affaire », mais il fera en sorte qu'ils aient une nuit entière… si elle le veut. Et Jeannine le veut, et même si elle prétendait le contraire, tout son corps crie son désir.

La perspective tient Fabien éveillé tout le reste de la nuit et, sans cette mémorable soirée, Naomie aurait peut-être conservé des chances d'obtenir l'avenir famille-bungalow dont elle rêve tant.

Fin février, quand Patrick soutient qu'il n'a besoin de personne pour lui tenir le bras et l'assister pour rentrer à Québec, Fabien, qui se meurt d'impatience, argumente avec pugnacité.

Quand, le samedi matin, à six heures et demie, une Jeannine rieuse le met à la porte avant le réveil des enfants, Fabien remonterait le mont Royal en courant et en hurlant comme Tarzan dans la jungle tellement il est heureux. Peu lui importe de devoir errer dans Montréal jusqu'à l'heure d'arrivée du premier train de Québec, la ville lui semble une merveille de vitalité et de beauté. Le soleil se lève sur le port de Montréal où il marche malgré le froid coupant, malgré le vent qui se lève, il marche les mains dans les poches, les yeux brillants du souvenir de toute cette nuit. Jamais il n'avait pensé qu'une telle félicité était possible. Tant de bonheur à toucher les seins doux, onctueux de Jeannine, à les embrasser, à les caresser et à l'entendre soupirer de plaisir. Entrer dans une femme, dans cette chaleur mielleuse qui palpite, entrer dans une femme et sentir que le corps trouve enfin sa vraie place au cœur d'un autre corps, que l'enchantement, le délice est partagé, affolant, frénétique. Toute la nuit, il a recommencé le parcours magique du corps de Jeannine, toute la nuit, infiniment, guidé par son désir, guidé par l'appât d'un soupir, d'un gémissement, il a saisi en quoi un tel bonheur menaçait l'âme catholique. Trop, tout est trop dans les échanges possibles entre deux corps, entre deux peaux, tout dépasse et fait exploser les règles et les commandements, que ce soit ceux de Dieu ou ceux des hommes. Fabien rit tout seul comme un idiot de village, il comprend enfin la Pentecôte, la petite langue de feu au-dessus de la tête des apôtres, ce n'était pas la connaissance de l'esprit, cette connaissance sage et appliquée qu'il a prise pour la science divine, non la langue de feu, la flamme réelle de la connaissance, c'était ce qu'il a touché cette nuit : le feu intérieur qui propulse le corps et allume l'esprit, l'ouvre à toutes les possibilités, à toutes les découvertes et à toutes les réunifications imaginables.

Ce matin de février où le faible soleil se contente de faire luire l'eau noire du fleuve, ce matin béni où, le corps subjugué de caresses, il fait face au fleuve, vent en proue, Fabien salue le jour et remercie Dieu de l'avoir épargné à la guerre pour lui offrir cette fabuleuse révélation.

Si Jeannine ne lui avait fait jurer le secret, il clamerait son nom à tue-tête dans le port et dans les rues de Montréal qu'il arpente, les trouvant tout à coup amicales, belles, accueillantes. Il s'arrête pour déjeuner chez *Beauty's* et prend le tramway pour arriver chez sa sœur en fin de matinée, comme c'était prévu.

La science amoureuse de Jeannine doit lui venir du diable pour réussir à faire taire sa conscience dès le premier baiser, pour le laisser si démuni et perclus d'amour quand il chancelle vers la porte, ivre d'elle, éperdu, incapable d'entrevoir la quinzaine à venir sans elle, sans ses caresses. Le dimanche matin, Fabien rentre chez sa sœur environ trois minutes avant que la maisonnée se lève. Il vient de s'étendre dans les draps quand Lionel frappe à la porte et lui tend un thé bien sucré « pour lui donner l'énergie nécessaire à une journée de voyage ».

C'est auprès de Lionel qu'Adélaïde vient quêter des informations concernant les activités nocturnes de son frère. Même Patrick ne sait rien, Lionel est son seul recours.

« Et ne me dites pas qu'il n'y a personne, Fabien n'est jamais sorti aussi tard un samedi soir. »

Lionel se garde bien de rappeler à Ada que Fabien a fait, le samedi matin, une arrivée-surprise, bien dépeigné et la barbe très longue pour un jeune homme supposément rasé du matin ! Il garde pour lui ses intuitions et confirme seulement la certitude d'Adélaïde : il y a une femme là-dessous, l'indice majeur étant que Fabien, contrairement à son habitude, a dormi sans veste ou pantalon de pyjama. Éberluée, Adélaïde s'inquiète : « Vous ne voulez pas dire qu'il a… ici ? Dans sa chambre ?

— Non ! Bien sûr que non. Appelons cela un indice de changement d'attitude. »

Adélaïde sourit : elle le trouve dangereusement futé, le Lionel.

Une fois Patrick retourné aux soins bienveillants et protecteurs de sa mère, Adélaïde met en branle son plan de restructuration de *McNally Enterprises*. Comme Nic s'est remis à la photo et fait du développement dans la petite chambre noire fraîchement installée dans un ancien caveau à légumes de la cave, elle estime que les résolutions de Nic concernant son travail ne sont pas à la veille de changer. Après de sérieuses discussions avec Stephen qui, paradoxalement, est beaucoup plus collaborateur depuis le retour de Nic, elle s'aperçoit qu'en gérant scrupuleusement les périodes accordées par Nic et en les mettant à profit pour prendre les décisions majeures d'orientation, elle peut, si elle a l'appui de Stephen, s'il ne conteste pas ses moindres initiatives, diriger l'empire McNally en fonction de ces décisions.

Reste *Coutures Florent* qui demande beaucoup de temps pour la promotion de ses produits. Florent se révèle un créateur ayant des ressources infinies, mais un administrateur médiocre, répugnant à réclamer les comptes impayés ou incapable de résister à accorder de substantiels rabais quand une cliente a la bonne idée de faire étalage de ses problèmes personnels. Adélaïde a beau répéter que *Coutures Florent* n'est pas une annexe des disciples d'Emmaüs, Florent manque nettement de détermination quand vient l'heure de rédiger une facture.

Le problème devient criant, et elle n'a pas le temps de veiller à cet aspect de l'administration en plus de tout le reste. Stephen, qui a le bon goût de ne pas avoir raison de façon triomphaliste, répète qu'il faut engager un homme de confiance qui se chargera de tenir la bride sur le cou de Florent.

L'idée ne plaît pas à Adélaïde, elle connaît Florent et sa répugnance à toute forme d'exploitation, sauf bien sûr celle le concernant, et elle ne veut surtout pas lui donner l'impression qu'il est en « création sous surveillance ». Elle se rend donc à l'Atelier et reste avec lui, une fois tout le monde parti, pour discuter des mesures à prendre. Florent l'écoute et trouve merveilleuse la possibilité de ne plus s'occuper ni de facturer ni de réclamer à la fin de chaque mois. Mais l'idée d'un directeur général à cheval sur les principes, qui va compter les cigarettes ou les tasses de thé prises par les employés, qui va venir fourrer son nez dans l'usage de chaque coupon, de chaque bobine de fil, l'énerve beaucoup. Adélaïde le rassure sur la nomination du directeur, ce sera un choix commun, pas le sbire de Stephen.

« Guillaume ? » L'œil de Florent est plein d'espoir, mais il s'attend à la réponse d'Adélaïde. Guillaume est en train de terminer sa première année de commerce et il songe à changer de matière et d'orientation. Il a ce qu'Adélaïde appelle un mûrissement tardif.

« Pourquoi ne pas demander à Laura ? »

Parce qu'elle est jeune, parce qu'elle est l'employée de Florent et qu'elle est une couturière hors pair et que, si on doit lui offrir une promotion, ça devrait être dans la boutique qu'ils projettent d'ouvrir incessamment.

Au milieu de leur discussion, Alex survient, la cigarette au bec. Florent est plein d'autorité quand il lui recommande de laisser le tabac dehors et de se presser, parce qu'il est en retard. Alex s'exécute et étale ses bonnes raisons : il est passé à la maison attendre Jacynthe et, après, il avait quelque chose de personnel à régler.

« Quelque chose, oui ! T'en as l'air d'un quelque chose ! Allez, et sois prudent avec ton balai, tu as désembobiné la machine de Jeanne d'Arc, hier.

— Jeannine ? »

Florent ne voit pas de quoi parle Ada : « Elle va bien, je pense. Je ne l'ai pas vue…

— Non ! Jeannine pourrait être l'administrateur. Ça lui ferait des heures civilisées et elle serait chez elle à l'heure du souper.

— Jeannine entrer au service de Nic McNally ? Je pense que la marche est haute, Ada. Elle vient à la maison, mais elle ne voudra jamais consentir à encaisser un chèque de paye McNally.

— Entrer à *ton* service, pour un bon salaire et des conditions de travail qui seront les meilleures. Comment pourrait-elle refuser de devenir une pionnière dans l'établissement des conditions d'emploi qu'elle n'arrête pas de réclamer ? »

Florent est certain que l'idée est fantastique et que la réponse de Jeannine est aussi prévisible que le nez au milieu de la figure.

Jeannine fait presque une crise de cœur en voyant arriver Adélaïde le dimanche suivant. Elle offre du thé et, nerveuse, elle attend que sa belle-sœur lui tombe sur la tomate pour avoir dévergondé le beau Fabien.

Quand elle entend la proposition d'Adélaïde, enveloppée de toute la circonspection possible, elle éclate de rire. Elle rit tellement qu'Adélaïde lui demande ce qui est si ridicule.

« Je pensais que tu allais me faire des révélations sur… je ne sais pas, la vie douteuse que mène Alex, ma manière d'élever mes enfants, tout, sauf une histoire pareille !

— Pourquoi je me mêlerais de juger tes principes d'éducation, veux-tu me dire ?

— Ben oui… c'est sûr. Bon, on parle-tu de notre affaire ? »

Quand Alex vient les interrompre pour dire à sa mère qu'elle a un « longue distance » de Québec, Adélaïde n'a aucun soupçon. Elle est si contente de voir Jeannine considérer le projet sans le rejeter dès le départ qu'elle ne remarque rien d'autre, ni l'allure gênée de Jeannine, qui revient en expliquant quelque chose à propos d'une voisine qui a commandé un produit d'encaustique, apparemment fabriqué seulement à Québec, ni la brièveté de la conversation téléphonique.

Adélaïde ne saura jamais ce qu'elle doit au trouble de Jeannine et aux qualités amoureuses de Fabien dans cette première victoire. C'est pleine d'espoir qu'elle relate sa mission à Nic et à Florent, occupés à classer de vieilles photos. Nic lui tend une photo : « Tu étais enceinte de quoi, là-dessus ? Sept mois ? »

Gênée, elle lui donne un coup léger pour le ramener à des propos plus décents et s'exclame dès qu'elle voit la photo : « Mon Dieu ! Sept mois faites et j'étais pas aussi grosse que maintenant. C'est épouvantable. »

Florent, qui a l'œil, lui démontre que son corps n'a pas vraiment engraissé ou épaissi, mais que le ventre est certainement deux fois plus gros. Ils concluent que, désormais, le bébé s'appelle le tocson — ce qui terrorise secrètement Adélaïde, qui ne peut même pas songer à accoucher d'un bébé de plus de sept livres.

Cette nuit-là, blottie contre Nic qui masse ses reins douloureux, elle finit par avouer que, si le tocson pèse neuf livres, elle ne pourra jamais y arriver.

« Tu vas rester avec moi, même si tout le monde dit non ? Tu vas les obliger à te garder avec moi, Nic ? Si je vais à l'hôpital, ils vont t'écarter, et je ne pourrai pas toute seule, ça me terrifie, Nic. »

Il ne l'a jamais vue si inquiète, si vulnérable. Il la rassure, lui jure de rester et de monter avec elle dans le lit s'il le faut, et de pousser avec elle, comme pour Léa. Adélaïde est tout honteuse : « J'espère que je vais me contenter que tu me tiennes la main. Je n'ai pas envie de te faire honte devant tout le monde et je devrais pouvoir me comporter convenablement, cette fois.

— Écoute-moi, ma belle martyre, rien de ce que tu diras, crieras ou feras ne peut me gêner ou me faire honte. Tu m'entends ? Rien. J'aurais honte de t'obliger à te tenir convenablement, comme tu dis, alors que tu endures les souffrances de l'enfer et du purgatoire d'un seul coup.

— Mais Nic, tout le monde accouche poliment et sans faire d'histoires. Je ne devrais pas être aussi feluette !

— Tu ne vas pas m'enlever le seul moment où je me sens fort et capable d'abattre une armée pour l'amour de ma belle ? Tu ne vas pas accoucher sans moi ?

— Menteur ! Tu es fort et très puissant ailleurs. Pas besoin que je m'humilie devant le docteur. Tu sais qu'il y a des femmes qui accouchent sans un mot ?

— Peut-être...

— Sans un cri ? Nic, qu'est-ce que tu fais ? T'es plus du tout sur la partie douloureuse des reins...

— Je teste mes autres forces. »

Le 4 mars, sept semaines avant la date prévue, Isabelle accouche d'un enfant mort-né. Personne ne peut dire si les contractions ont commencé parce que le bébé était mort ou si ce sont les quinze heures éprouvantes de travail qui ont achevé la minuscule petite fille. Isabelle, effondrée, totalement épuisée et ravagée de chagrin est dans un tel état que tante Germaine appelle Adélaïde à la rescousse et ne quitte pas son chevet, tant que Maurice, parti en mission du côté de Saint-Jean-Port-Joli, ne sera pas averti et ne reviendra pas.

Rien dans le récit de cet accouchement n'est fait pour rassurer Adélaïde, qui écoute stoïquement Isabelle ressasser qu'elle a tout fait pour arriver à la mettre au monde et à lui permettre de vivre. Quand Isabelle répète qu'elle n'a jamais demandé ou souhaité ça, Adélaïde l'interrompt : « Et même si tu l'avais imaginé, même si tu l'avais souhaité, Isabelle, pourquoi le bon Dieu t'aurait écoutée ? Alors qu'il faut tout redemander vingt fois sans qu'on l'obtienne ? C'est un accident, Isabelle. Depuis le début, ce bébé ne se développait pas normalement. Même si elle avait vécu, le médecin t'a dit que ses poumons n'étaient pas assez forts, qu'on ne pensait pas pouvoir la sauver non plus. Arrête de t'accuser, arrête de te faire du mal. Vas-tu finir de te reprocher tout ce qui arrive ? »

Mais Isabelle reste convaincue que Dieu la punit à travers la mort de l'enfant si peu, si mal désirée.

« Évidemment, l'aumônier de l'hôpital, à qui elle a tout raconté, trouve que c'est plein d'allure, que Dieu parle effectivement à travers les sacrifices et les croix qu'Il nous envoie. Pas un maudit mot sur le pardon et l'indulgence qu'elle pourrait peut-être s'offrir ! Vraiment, tante Germaine, les curés commencent à m'énerver. »

Tante Germaine ne retient pas son sourire en regardant sa nièce arpenter son salon, la bedaine en avant. « Tu sais à qui tu ressembles ? Combien de mois tu as ?

— Cinq mois, ma tante. Je sais que je suis grosse et ne viens pas me dire que maman a jamais eu cette allure-là !

— Non, effectivement. Pourquoi tu ne t'étends pas sur le sofa ? J'aimerais voir quelque chose. »

Sa tante pose son oreille sur le ventre et reste là un bon moment, à écouter. Elle se redresse en soupirant qu'elle n'y arrive pas.

« À quoi ?

— À entendre le cœur du bébé. La seule personne que j'ai vue prendre des formes aussi fortes et aussi vite, c'est Malvina en 1926, quand elle a attendu ses bessons. On était allées fermer la maison, fin octobre, elle avait quatre mois de faites et Gabrielle a tout de suite dit : "Y en a deux, Malvina, si pas trois, y en a deux certain." Je te garantis moi aussi qu'il y en a deux dans ce ventre-là. »

Muette, Adélaïde pose ses mains sur son ventre. Deux ! Bien sûr ! Voilà pourquoi les coups viennent de partout. Ce ne sont pas les poings du bébé qui la boxent, mais les pieds du deuxième ! L'idée fait lentement son chemin et tout à coup, malgré le supplément de complications, malgré l'énorme travail que sera l'accouchement, elle se sent libérée : trois enfants, cela lui semble un chiffre parfait et appréciable. Et comme Florent connaît les jumeaux, tout lui apparaît fou et excitant, incluant la perspective que le tocson n'ait pas douze livres à la naissance, mais douze livres divisées par deux. Deux demi-tocsons, quoi !

« Surtout, ma tante, pas un mot à Isabelle. Je pense que ça l'achèverait. Elle serait capable de croire que Dieu cautionne ma bonne conduite en me récompensant doublement ! »

Isabelle ne sort de l'hôpital que pour assister, vacillante, à la cérémonie des anges, l'après-midi du 15 mars. Appuyée sur le bras de Maurice, incapable de se ressaisir, elle sanglote tellement qu'elle ne peut suivre le petit cercueil blanc au cimetière.

Malgré l'affection, la sympathie qui l'entourent, Isabelle a l'air de s'enfoncer dans une spirale de désolation qui laisse chacun sans argument.

Le soir des funérailles, même si ce sont les vingt ans de Fabien, Nic et Adélaïde restent chez Isabelle, une fois les invités partis. Les enfants sont encore avec Georgina et la bonne. Nic au salon avec Maurice et Adélaïde au chevet d'Isabelle entreprennent chacun de leur côté de les faire parler de ce qui est arrivé, de la part du châtiment qu'ils y voient et de ce qui leur appartient de sauver ou de condamner. Ce n'est qu'après des heures et des heures de larmes, de rage et de consolation qu'ils les laissent ensemble, apparemment apaisés. Nic trouve la formule pour expliquer à Germaine que « si le coup ne les tue pas, il va les secouer suffisamment pour qu'ils sauvent ce qui leur reste ».

Tante Germaine trouve que la vie est bien difficile pour les pauvres petits.

« Avec leur père qui n'est jamais là… Remarquez que Jean-René est là tout le temps et ça n'empêche pas Pierre d'être assez bizarre. Toi, Adélaïde, penses-tu qu'il peut savoir que Reine n'est pas sa vraie mère et s'ennuyer de Béatrice ?

— Là, ma tante, ça dépasse mes compétences. Disons qu'un Jean-René comme père doit suffire à débalancer un esprit très solide.

— Sais-tu que, dernièrement, je ne l'ai pas trouvé si pire ? Reine est plus inquiétante. »

Nic demande un *timeout*, parce qu'ils repartent demain et qu'ils n'auront pas le temps d'écouter les problèmes d'un second couple.

Parce que Fabien a farouchement refusé d'être fêté à Québec « en association avec un si triste événement », a-t-il expliqué, Nic et Adélaïde offriront un dîner le samedi suivant. Un dîner intime avec Guillaume, Florent, Patrick, Jeannine et les enfants, dîner finalement très gai, très animé.

Le lundi matin, une Jeannine très enthousiaste vient annoncer à Florent qu'il a un nouvel administrateur. « Très sévère et très regardant à la dépense. »

Alex trouve cela un peu moins drôle quand sa mère commence à mettre son nez dans ses « petites *business* » avec Florent.

Fin avril, Fabien revient à Montréal et annonce son projet de commencer une maîtrise à l'Université McGill. Quand Adélaïde lui offre l'hospitalité, non seulement il refuse, mais il lui apprend qu'il a loué un *flat* avec cuisine, rue de Bullion, parce qu'il a trouvé un emploi pour tout l'été à Montréal. Adélaïde le trouve très pressé de s'installer.

« Tu as renoncé à tes projets de mariage, Fabien ? »

Dieu ! Comme il rougit ! À croire que c'est une surprise.

« On avait dit qu'on attendait tes vingt ans avant d'en reparler. Le moment me semble parfait. Tu t'installes à Montréal, pas à Ottawa ou à Hamilton…

— Ah ! Naomie ! Je ne t'ai pas dit ? Elle s'est fiancée en février et elle se marie à l'été. »

Elle regarde son frère avaler sa bière d'un trait, ça n'a pas l'air de le dévaster, et il a oublié de le lui dire…

« Fabien Miller… Tu pourrais me le dire, si tu es amoureux ! Laisse-moi pas juste les histoires plates.

— Dès que je le serai, tu seras la première à le savoir, tu penses bien ! Avant Patrick, juré ! »

Dubitative, elle le voit s'éloigner en sifflant. Que dirait Lionel d'un garçon qui se rase de près à cinq heures de l'après-midi pour aller au cinéma ?

* * *

Dès le mois de mai, Adélaïde, très alourdie, doit ralentir ses activités. Une femme aussi évidemment « en famille » est moins présentable, et elle délègue à Nic les négociations de tissus pour la collection d'hiver. Nic accepte de revenir au bureau plus souvent et d'allonger ses heures dans la mesure où Adélaïde consent à diminuer les siennes.

Léa adore cette nouveauté de tout faire avec maman. Aussitôt que Nic rentre le soir, elle se précipite sur lui pour lui raconter en détail leur journée.

Florent, privé de ses discussions avec Ada, qui passait toujours le prendre en fin de journée, a finalement commencé à dessiner à la maison, dans son boudoir-atelier, ce qui lui permet de voir Adélaïde de longues heures. Elle s'installe dans le fauteuil et ils discutent de lignes de coupe, d'allure, de haute couture et de Dior, ce fabuleux couturier qui vient de créer ce qu'il appelle le New Look. Toute la collection Dior approfondit et prolonge la ligne de la petite robe noire de Florent qui, d'après Ada, aurait aussi bien pu être intitulée la robe New Look.

Florent rêve d'aller à Paris, le centre de la mode pour lui, il rêve d'aller à New York, dont Adélaïde lui dit tant de bien.

Léa s'installe sur le tapis de l'atelier pour dessiner sur de grands cartons et « couleurer » avec application ses œuvres. C'est violent et si gai, si exubérant qu'Adélaïde s'exclame qu'ils ont en face d'eux une bien jolie petite artiste. Léa plisse les yeux et fronce les sourcils, incertaine du ton : « Tu le dis pour de rire ? »

Adélaïde répète qu'elle trouve le dessin magnifique et qu'elle serait ravie de l'avoir. Léa hésite beaucoup et, après mûre réflexion, elle demande à Florent si ce n'est pas trop grave de le donner à maman.

Florent sort une pile de cartons, tous dessinés par Léa, qu'il a lui-même datés : l'œuvre entière de Léa qu'il collectionne pour organiser une exposition. Léa, très excitée, explique le projet à sa mère : « Quand il y en aura beaucoup, beaucoup, on va tout mettre sur les murs et les gens vont venir voir et "almirer". »

Adélaïde consent à déposer l'œuvre dans le « fonds Léa » et elle accepte d'attendre l'exposition pour récupérer son trésor. Excitée, Léa fonce sur elle et met les deux mains sur le ventre rebondi : « Montre-moi ton bébé ! »

Dix fois par jour, il faut exhiber le ventre pour la curiosité insatiable de Léa qui pose sa main sur la peau tendue et parle à son frère, puisqu'elle a décidé qu'elle préférait que ce soit un frère, même si on lui a expliqué que le choix ne lui appartenait pas.

« Allô, mon frère bébé-lala ! »

Adélaïde parle de la possibilité qu'il y ait deux frères, deux sœurs ou un frère et une sœur, enfin deux nouveaux venus. Léa met sa bouche très près du ventre : « Allô, les deux ! Vous êtes beaucoup ! Quand ton ventre va "exploder", maman, les bébés se feront pas mal ? »

Adélaïde trouve l'image assez percutante et rassure sa fille. C'est le seul commentaire que provoque la nouvelle qu'elle attend des jumeaux.

Quand Nic arrive ce soir-là et que Léa court l'embrasser, elle lui apprend la nouvelle que « maman va avoir deux bébés, maintenant. C'est parfait : deux papas, deux bébés. Un pour toi, un pour Florent. »

Nic trouve cela très drôle, mais Adélaïde et Florent sont carrément scandalisés à l'idée que Léa puisse répéter une chose pareille devant les gens. L'association professionnelle de Florent et d'Ada est vue comme une bonne chose, mais le « ménage à trois » risque de faire jaser, d'éloigner une clientèle offusquée par des mœurs aussi dépravées. Nic ne voit absolument rien de répréhensible ou de douteux dans leur façon de vivre, il refuse de s'abaisser à faire attention à l'avis des gens qui ne font que projeter sur eux leurs instincts inavouables.

« Vous pouvez me dire en quoi ça regarde les gens, la façon dont j'organise ma maison ? »

C'est Guillaume qui, timidement, explique que, chez eux, à Québec, une chose pareille ne se pourrait pas sans faire jaser.

« C'est seulement parce que tu es riche que tu peux le faire, Nic, sinon tu serais très susceptible de ne même pas pouvoir gagner ta vie, d'être mis au ban de la société parce que tu agis de façon antisociale. Comme eux le voient, je veux dire. Tous les comportements un peu différents, choquants, je ne sais pas… sont pointés du doigt et condamnés. Et la condamnation, c'est comme être excommunié de l'Église. Tu ne peux plus y entrer, prier, y recevoir l'absolution, la communion, tu ne peux plus. Les gens avec qui tu veux parler, rire et vivre, te montrent la porte. C'est comme ça qu'on maintient l'ordre social ici : en te menaçant sans arrêt de l'enfer ou de l'exclusion. T'es communiste ? Dehors ! T'es une femme facile ? Dehors ! T'es homosexuel ? Dehors ! T'es divorcé ? *Out !* L'archevêque de Montréal parle au Premier ministre, et ils s'entendent pour nous faire avancer au pas, comme des petits soldats et comme dans les débuts de la colonie. »

Les trois autres convives sont littéralement bouche bée devant le discours de Guillaume. Ils l'écoutent parler avec véhémence, rouge de gêne de s'exprimer autant en si peu de temps, mais incapable de réprimer l'ardeur belliqueuse qui le submerge. Le calme, l'invisible Guillaume se met à bouillir en constatant que « sa société » devient si étroite de vues, si furieusement gérée par les seuls principes pudibonds des catholiques.

« Regarde-toi, Nic : parce que tu parles anglais, parce que tu fais de l'argent anglais, tu peux être considéré comme déviant, mais déviant acceptable puisque tu viens de l'autre culture. Combien ça fait de temps que tu ne vas plus à la messe, le dimanche ? »

Adélaïde s'insurge : « Voyons ! Guillaume, sois poli ! Ça n'a rien à voir. »

Guillaume se tourne vers elle : « Ah non ? Tu ne vas plus à la messe, toi non plus, et c'est mal vu mais supporté parce que tu es sa femme et qu'il peut le faire parce qu'il habite Westmount. Dans l'Est ou à Saint-

Henri, manque pas la messe un dimanche, tout le monde est sûr que t'es à l'agonie ! Un libre-penseur ici, ça veut dire quelqu'un qui voulait échapper à la conscription, jamais quelqu'un qui a une conscience et qui veut vivre selon elle ! Une gang de suiveux qui baissent la tête quand le curé hausse le ton : voilà ce qu'on est ! Une bande d'arriérés de la campagne qui vivent en ville et qui s'imaginent évolués juste pour ça. Vous rendez-vous compte que Duplessis va nous passer une loi du cadenas contre les communistes ? On n'est plus en 1900, mais ils veulent encore nous forcer à penser à leur manière ! C'est du paternalisme et on ne dit rien, on va à la messe en troupeaux serrés et on marmonne amen à tout ce que l'autorité proclame ! »

Après le silence saisi qui suit la sortie de Guillaume, Nic exprime l'opinion générale : « Eh bien ! mon Guillaume, tu ne parles pas souvent mais t'en as long à dire ! »

Intimidé, Guillaume s'excuse et veut partir, mais Adélaïde l'en empêche et lui demande de revenir à la table : « Je ne veux pas que tu t'excuses, je veux entendre ce que tu as à dire, Guillaume. Imagine-toi donc que ça m'intéresse. »

Ils passent la soirée à discuter et à argumenter, à faire un bilan assez sombre de cette société bien-pensante et sclérosée dans ses principes. La discussion sur ce qu'on devrait faire ou non, sur ce qui est admissible ou permis, entraîne des exemples qui les font rire et imaginer des situations ridicules. Mais la petite phrase naïve de Léa concernant les deux papas des deux bébés est certainement l'illustration la plus limpide d'un esprit ouvert, selon Guillaume : « Elle ne juge pas, elle ne dit pas le bon ou le mauvais papa, elle en a deux, elle ignore l'aspect sexuel de la paternité et elle célèbre avec joie une chose qu'elle vit : deux papas, une maman et les trois qui s'aiment. C'est nous, c'est notre regard pervers qui rend l'affaire vicieuse ou pernicieuse. Nous, parce qu'on vient l'esprit croche à force de le tordre pour agir contrairement à nos désirs. On ne sait même pas ce qu'on désire tellement on est ignorants. Et vous savez quoi ? Il faut nous garder ignorants pour nous tenir obéissants. Comment voulez-vous qu'une société évolue sur une telle base ? Comment voulez-vous qu'on se mesure à la France, supposée être notre mère patrie, mais qui a des penseurs qui sont cent ans en avance sur nous ? Où ils sont nos penseurs ? L'abbé Groulx ? Un abbé ! La pensée ici est ecclésiastique ou elle n'est pas ! Même lui a dû se battre pour ne pas être mis à la porte. Ils ont eu du mal avec lui, ça oui. Reste qui ? Laurendeau. On est censés être en train de se construire et on n'a pas de pensée autre que celle des catholiques qui voient du péché et des flammes de l'enfer partout. C'est tellement enrageant. »

Ce n'est pas seulement la première fois que Guillaume s'exprime, c'est aussi la première fois qu'il avoue que le commerce ne l'intéresse pas et qu'il s'y est inscrit pour leur faire plaisir et pour ne pas contrarier un avenir apparemment dessiné d'avance. Depuis un an, la sociologie le captive. La façon dont une société s'édifie, autour de quelles valeurs, ses mouvements de fond, ses apparentes transformations, tout cela le passionne. Son rêve est d'aller étudier en France, avec les grands penseurs dont il parlait, de partir « s'élargir l'horizon, arrêter de voir petit, de s'accepter petit et de s'accorder un petit avenir basé sur de petits rêves » et de revenir ensuite enseigner et faire de la recherche. Rougissant, le regard accroché au bord de la nappe, il peste contre la rigueur catholique qui l'a tenu dans l'ignorance de trop de choses et il remercie sa sœur de lui avoir ouvert les yeux sur ce qui l'habitait et allait le rendre fou. Sans jamais la nommer, Guillaume fait un plaidoyer en faveur de la « vérité totale » qui vise principalement la notion de sexe. Mais même à ce moment-là, en compagnie de gens qui ne le jugeraient pas, au bout d'une soirée animée où les mots ont cravaché ses pudeurs, Guillaume ne peut pas parler directement de la chose sexuelle qui a été pour lui son chemin de Damas. Il peut seulement fustiger les tenants de la vérité partielle pour le bien de la conscience chancelante des ouailles. Il est pris d'une telle fureur à l'idée de tout ce qu'on cache et couvre d'un pudique voile, sous prétexte de préserver les bonnes mœurs, qu'il termine sa diatribe en souhaitant que Nic et Adélaïde disent un jour à Léa qu'elle a été conçue avant leur mariage et que cela ne la rend que plus précieuse à leurs yeux, et non odieuse, comme le voudraient les curés.

Ils vont se coucher, les oreilles bourdonnantes et l'esprit stimulé.

Nic tend la jaquette de coton sur le rond parfait du ventre d'Adélaïde : « Deux papas, deux bébés… ce qui en fait trois pour Léa. Ça serait beaucoup à prendre comme vérité, trouves-tu ?

— Pourquoi elle aurait besoin de cette vérité-là ? En quoi ça lui permettrait d'avancer ?

— Ton frère est complètement bouleversé de se découvrir plein d'hormones au lieu de se trouver fou. C'est un beau cadeau que tu as fait aux garçons.

— Ça nous avance beaucoup : Guillaume veut aller en France, et Fabien est déjà en appartement. Tu sais, je pense qu'il a une maîtresse.

— J'espère bien ! Après avoir échappé à Naomie, il mérite une jolie récompense fringante. »

Il se couche, se tourne vers elle : « Adélaïde ! Tu es épuisée. Pourquoi tu n'es pas allée te coucher avant ? Tu tombes.

— Parce que ça m'intéressait, Nic. C'était une soirée très excitante pour moi. Mon petit frère qui veut faire bouger les choses… Je reconnaissais sa rage, sa fureur qu'on lui cache la vérité. J'ai toujours été comme ça, furieuse qu'on me mente. Est-ce que tu me mens, Nic ?

— À part sur mon envie de devenir rentier que j'essaie de ramener à des proportions acceptables pour toi, non.

— Tu fais ça ? Tu ne te sentirais pas vieux de tout arrêter ?

— J'arrêterais la *business,* Adélaïde, pas la vie. Ce serait pour vivre que je le ferais. Je ne peux pas être vieux, je vais avoir deux bébés dont un est de Florent. Il faut être jeune pour avoir l'esprit ouvert comme ça ! Tu as déjà eu du désir pour Florent, ou c'est comme Guillaume pour toi, un frère ?

— Non, c'est pas comme un frère… Pendant la guerre, toute seule et rongée par un désir qui m'énervait beaucoup, oui, il me semble que j'en ai eu envie d'une certaine façon.

— Et lui ?

— Je ne pense pas. Florent ne parle jamais de ça facilement. Pas comme toi à t'exciter sur le moindre aveu.

— Je ne m'excite pas, j'applique les théories de ton frère.

— Ce n'était pas un désir franc… C'était une sorte de nécessité, un désir flou. Je ne sais pas, Nic, c'est un peu confus et, depuis que tu es là, je n'y ai jamais repensé.

— On se demande bien pourquoi ! Adélaïde, je voudrais que tu réfléchisses à une chose, je voudrais que tu envisages de repartir en voyage avec moi. Un vrai voyage, tous les deux, seuls. Je voudrais aller au Mexique jusqu'au Yucatán.

— Deux nouveaux bébés, Nic, et un mari qui veut me laisser m'occuper de la *business* !

— J'ai dit "penser". Dans un an, disons, au mois de mai l'an prochain. Trois semaines. Je prépare tout, je m'occupe même des bagages si tu veux.

— C'est ça : avec seulement de la pellicule photo à se mettre sur le dos.

— Tu serais assez jolie enveloppée de pellicule. Faut que j'en parle à Florent pour lui donner des idées de collection.

— Pourquoi parler de ça maintenant, Nic ? Du Mexique et de ton idée de partir ?

— Parce que j'aurai bientôt cinquante ans et que ça m'énerve. Je veux réaliser un ou deux rêves, d'ici mes cinquante ans. C'est comme une barrière dans ma tête au-delà de laquelle j'ai l'impression que je n'aurai plus autant de liberté d'agir.

— Tu es comme Alex, tu mens tout le temps sur ton âge. Je suis sûre que tu es beaucoup plus jeune que tu dis.

— Tu vas y penser ?

— Je vais avoir deux bébés et, si j'en sors entière et pas "explodée", comme dit Léa, j'y penserai. D'accord ? D'accord ! Maintenant, prends ta famille dans tes bras que je dorme. »

* * *

Montréal, le 25 juin 1946.

Ma chère Adélaïde,

En ce lendemain de parade où les cheveux bouclés du petit Jean-Baptiste ont défilé rue Sainte-Catherine, je me décide à vous (voyez ! je suis revenue au vous, me sentant trop éloignée pour utiliser la moindre familiarité) écrire et tenter le tout pour le tout. Votre invitation pour le bal de fin d'année m'avait réjouie et laissée espérer une reprise de nos relations espacées, je crois (!), par les ruses de Jean-Pierre ou de Béatrice ou de qui que ce soit d'autre. Sommes-nous fâchées, Adélaïde ?

Et, si oui, pourquoi le sommes-nous ?

Je vais vous faire un aveu : vous me manquez. J'ai beaucoup d'amis, j'ai des relations et un mari qui ramène régulièrement des gens à la maison. Je ne suis pas une mère de famille qui frotte et fait deux fois le grand ménage par désœuvrement. Je ne manque pas de défis. Votre esprit d'entreprise, votre énergique besoin d'aller vite et loin en affaires comme en amitié me laissent croire que j'ai dû rater un avertissement sans le savoir. Qu'ai-je donc fait qui mérite tant de silence ?

Je sais, par Florent que je vois toujours, quoique de moins en moins à cause de ses activités professionnelles, je sais que vous allez avoir des jumeaux sous peu. Vous croyant obligatoirement ralentie, je vous propose donc un thé où et quand vous voudrez, pour nous donner l'occasion de nous dire ce qui, peut-être, aurait dû être compris depuis longtemps pour moi, comme pour vous. Appelez-moi.

Marthe Letellier.

Adélaïde replie la lettre. Marthe lui semble appartenir à une autre vie, tellement cette période de la guerre sans Nic lui paraît loin. Mais ce n'est qu'il y a huit mois. Elle observe Léa qui arrose les fleurs du jardin avec Lionel et qui s'amuse à mettre ses pieds nus dans la terre molle et mouillée. Comme elle rit avec enthousiasme ! Elle demande quelquefois où est Babou ou le pauvre petit Pierre. Adélaïde se dit que sa fille doit attendre de bien pauvres créatures déshéritées comme frère ou sœur si elle se réfère à ces deux enfants. Mais ceux d'Isabelle donnent une autre image.

Si la lettre de Marthe était arrivée avant la conversation de Guillaume qui, depuis, s'exprime beaucoup et de plus en plus librement, Adélaïde n'aurait peut-être pas répondu, pour la simple raison qu'elle n'éprouve aucune fierté devant son attitude de petite-bourgeoise bien-pensante, comme la qualifierait avec justesse Guillaume.

Elle s'extrait difficilement de son transatlantique et va retrouver Florent qui finit de peindre la nouvelle chambre de Léa, située tout à côté de ses appartements. Le grand déménagement doit être entrepris dès la fin de la semaine pour laisser aux nouveaux bébés la chambre contiguë à celle des parents. La seule condition exprimée par Léa, c'était de peindre un mur tout jaune comme un soleil — très, très jaune, ce qui a beaucoup inquiété Adélaïde.

L'odeur d'huile et de térébenthine lui prend la gorge bien avant qu'elle entre dans la pièce. Florent, en « petit corps » et short kaki, en est au détail des fenêtres. Dans la lumière éclatante de fin d'après-midi, le mur très jaune, presque ocre, est magnifique. Pas du tout criard, plutôt vibrant. Le blanc alentour le fait chanter et rend la pièce aussi joyeuse que l'est son exubérante fille.

« Tu vas t'empoisonner dans cette odeur, Ada.

— Non, je vais aller m'asseoir au bord de la fenêtre. Je veux te parler. J'ai reçu une lettre de Marthe.

— Elle m'a dit qu'elle t'écrirait. Elle est très triste de votre éloignement. Elle s'informe toujours de toi, de ce que tu fais, de comment tu vas.

— Florent, si tu n'es pas d'accord avec mes façons, pourquoi tu ne me le dis pas ?

— Parce que ce n'est pas discutable, Ada. Tu aimes et tu fréquentes qui tu veux. Ça ne m'a jamais empêché de voir Marthe que tu ne la voies plus.

— Avant, on n'avait aucun secret. »

Il abandonne son pinceau, s'approche d'elle : « On n'en a pas plus maintenant. Je ne te l'ai pas caché, Ada, je ne te l'ai pas dit. C'est quoi, ça ? Un *mood* maman pesante ? »

Elle rit, caresse son visage fin, délicat, les pommettes hautes, l'arcade du sourcil élégante. Tout est raffiné chez Florent, sa bouche à la fois mince et pleine — Adélaïde le trouve si beau, si follement attirant, avec cette lueur fervente dans l'œil qui guette ses moindres mouvements de pensée. Il prend sa main : « Quoi ?

— Quand maman m'avait emmenée vous voir bébés, à l'Île, j'avais presque l'âge de Léa, quatre ans. Tout le monde admirait Fleur-Ange, et moi, je te trouvais tellement beau avec ta face chiffonnée et tes yeux affamés. Tes yeux n'ont pas changé : timides, curieux et affamés. Drôle de mélange pas tranquille. Elle t'a déjà manqué, Fleur-Ange ?

— Ma vraie jumelle, c'est toi. Fleur-Ange, tout le monde a fait ce qu'il pouvait pour nous éloigner.

— Tu te rends compte si ces deux-là deviennent inséparables comme nous deux ?

— Ça en fera deux heureux, c'est tout. »

Il l'embrasse : « Appelle Marthe, tu l'aimes bien. C'est des niaiseries qui vous éloignent. »

Le thé auquel elle convie Marthe chez elle est tout sauf la séance de justification que craignait Adélaïde. Son amie, mordante et heureuse d'être là, balaie de la main les excuses d'Adélaïde : « Je ne veux qu'une chose : tu me dis ce qui t'empêche de me voir. Le reste, Jean-Pierre, ta sœur, les ragots, les memérages, je m'en arrange. J'ai toujours provoqué les gens sûrs de leurs droits, c'est normal qu'ils me traitent avec dédain. Mais tu n'es pas comme ça, alors ça m'a inquiétée, tu ne peux pas savoir. »

Adélaïde n'est pas certaine de ne pas être « comme ça », mais elle profite de l'après-midi et range cette question dans le secteur « à réévaluer » qu'elle garde à l'esprit. La conversation va bon train et l'arrivée de Guillaume vers quatre heures les fait sursauter. Léa, accablée par la chaleur, a prolongé sa sieste et elles n'ont pas vu l'heure avancer. Adélaïde va réveiller sa fille. Elle retrouve Guillaume en train de discuter vivement. Marthe lui suggère de lire un tel et un tel et de voir telle œuvre de Buñuel qu'il a déjà vu et sur lequel ils s'entendent pour parler de génie, ce qui dégoûte Ada, à cause de la scène de l'œil au début du film. Marthe et Guillaume en sont déjà au mouvement surréaliste, et le jeune homme propose de faire la route avec Marthe pour parler un peu plus longuement des automatistes, qui sont des peintres que Marthe connaît pour la plupart, ce qui rend Guillaume carrément exalté.

La rencontre avec Marthe est « déterminante », déclare Guillaume ce soir-là. Il est pâmé d'admiration, intarissable et fou de joie : elle lui fera rencontrer des peintres et des poètes qu'il se meurt de connaître. Ils ont déjà pris rendez-vous pour visiter une galerie.

Adélaïde ne souhaite qu'une chose, c'est qu'après l'épisode de Béatrice et de Jean-Pierre son frère ne tombe pas amoureux de Marthe. Elle commence à trouver que ce couple fait un peu « initiateur au versant dangereux de la vie », ce que Nic apprécie avec humour. Marthe ayant tout de même vingt ans de plus que Guillaume, Nic estime que l'affaire serait à la limite du malade et... du dénonçable. Ce qui inquiète davantage Adélaïde, parce que Guillaume est fortement contestataire, ce côté « interdit et mal vu » pourrait l'exciter et le faire passer à l'action dans le seul but de choquer. Mais elle se promet de mettre son amie en garde contre les principes révolutionnaires de son frère, qui pourraient la placer dans une situation délicate.

Marthe lui répond joyeusement que Guillaume lui envoie des lettres de dix pages depuis qu'ils se sont revus et qu'elles ne contiennent pas l'ombre d'une parcelle de séduction.

« C'est une thèse anticléricale et une sommation à retourner à mes pinceaux. Il semblerait que je n'aie pas le droit de priver les habitants de ce pays de mon talent. Ton frère est adorable et sans danger pour moi. Il y a, par contre, une jeune actrice qu'il me supplie de lui présenter. Béatrice la connaît, mais Guillaume préférerait mon patronage. À mes yeux, ce ne serait pas un mauvais choix : elle a du talent et Jean-Pierre ne s'est jamais intéressé à elle, aussi étonnant que cela paraisse puisqu'elle est jolie. Elle s'appelle Juliette Desbiens, tu vois c'est qui ? »

Mais Adélaïde ne voit pas, n'ayant assisté à aucun spectacle depuis quatre mois. Elle est tout de même un peu inquiète de voir Guillaume, si jeune, fréquenter déjà des gens affichant une liberté de comportements aussi radicale.

Marthe promet d'avoir le dépucelage de Guillaume à l'œil et renvoie Adélaïde à ses devoirs de mère : « Occupe-toi de mettre tes bessons au monde, moi je m'occupe du cadet de la famille et de ses principes révolutionnaires. Je vais le renvoyer à ses livres comme il me renvoie à mes pinceaux. »

* * *

Le 11 juillet, quand Adélaïde sent venir les premières douleurs, elle ralentit ses activités et garde Léa à dessiner près d'elle. Au souvenir de son premier accouchement, et connaissant fort bien la date de conception, elle est certaine d'avoir un peu d'avance ainsi que de nombreuses heures devant elle avant de demander à Nic de l'emmener à l'hôpital. Elle estime à quasiment une journée le temps qu'elle doit souffrir avant de partir. Elle s'attelle donc en prévision d'une longue bataille.

Malheureusement, toute son expérience passée ne lui sert pas vraiment. Une fois Léa endormie pour la sieste d'après-midi, Adélaïde voit Nic arriver en catastrophe : Lionel trouvait qu'elle donnait tous les signes d'une femme en train d'accoucher. Presque fâchée qu'on veuille l'emmener si vite à l'hôpital, et craignant que Nic soit éloigné d'elle, Adélaïde les prévient qu'il n'est pas question qu'elle parte avant de l'avoir décidé elle-même.

Le résultat, c'est qu'à peine Adélaïde arrivée à l'hôpital, on se hâte de l'étendre sur une civière. Dans l'ascenseur qui la monte en salle d'accouchement, la tête du premier bébé se montre et le médecin la supplie d'attendre encore cinq minutes.

Le premier enfant est un fils qui pleure de façon tonitruante. Adélaïde tend les bras, compte les doigts du bébé et a à peine le temps de s'inquiéter de l'autre qu'il apparaît à son tour. Toute petite, délicate et sans un seul pleur, la petite fille est déposée contre Adélaïde. En tout et pour tout, les deux enfants ont mis cinquante minutes à naître. Le médecin avertit Adélaïde que la prochaine fois ils naîtront dans la voiture si elle tarde autant à venir. « Moi qui pensais vous endormir. Je n'ai pas eu le temps. Félicitations, Madame McNally, vous avez deux bébés normaux ! La petite est un peu frêle, mais ce n'est pas inquiétant. »

Nic est fou de joie. Il ne cesse de faire la navette entre la pouponnière et la chambre d'Adélaïde. Il rapporte le moindre bâillement, le petit poing fermé sur le nez, le pouce que cherche à téter leur fille. Il a appelé tout le monde pendant qu'elle dormait. Il fait un récit complet de tous les commentaires, de toutes les félicitations qu'ils reçoivent. Même Isabelle a eu l'air heureuse, vraiment heureuse, pour eux.

Florent vient faire un tour et va admirer les petits. À eux trois, ils recommencent à discuter prénoms, ce qui les occupe déjà depuis un certain temps. Florent les supplie d'éviter les consonances similaires et l'horrible propension à rendre pareils des êtres dissemblables. Nic trouve qu'ils devraient suivre tous les avis de Florent « en tant que spécialiste ». Ils s'amusent à faire des listes, et Nic va observer les bébés en testant différents prénoms. Il revient leur communiquer les résultats : « Virginie, peut-être... Pas Bruno ni Alain. Par contre, Daniel... il a ouvert un œil !

— Mais il ne t'entend pas, Nic, il y a une vitre ! »

Nic prétend que son fils l'entend du dedans. Il retourne essayer Thomas. Florent n'en revient pas.

« Il est complètement fou de joie, Ada. Je n'ai jamais vu Nic comme ça !

— Je pense qu'on a affaire à un père heureux, Florent. »

L'infirmière est obligée de mettre Nic à la porte à dix heures trente, ce soir-là : « Laissez-la se reposer, vous voyez bien qu'elle en a besoin. Elle a du travail qui l'attend avec les deux petits. »

Nic s'incline, embrasse Adélaïde : « Tu vas dormir ? Tu n'auras pas faim ou soif ? »

Adélaïde éclate de rire : Nic a fait livrer un panier de fruits, des chocolats, des noix en plus des roses qui embaument la chambre et que l'infirmière place dans le corridor pour la nuit : « Embrasse Léa, ne la couvre pas trop, il fait chaud, et ne la laisse pas dormir avec toi sous prétexte que tu es tout seul.

— Comment tu sais que j'allais faire ça ?

— Je te connais, espèce d'exalté. Va dormir, Nic. Je t'aime.

— Pardon ? »

Elle le pousse sans répéter : un aveu tous les six mois est très suffisant à ses yeux.

Les jours suivants, Nic ne redescend pas de son nuage et il mène tous les visiteurs devant la vitre de la pouponnière pour admirer les bébés, que les gardes-malades, touchées de la joie du père, ont placés au premier rang. À la pouponnière, le personnel appelle Nic « l'adorateur », et les jeunes femmes trouvent toutes que le père est bien séduisant.

Parce qu'elle ne veut pas passer ses jours et ses nuits avec deux enfants accrochés à sa poitrine, Adélaïde a décidé de nourrir les bébés au biberon. Comme ça, leur père pourra la décharger d'une partie du travail, ce qui fait sourire les infirmières : « Après deux nuits, vous allez vous retrouver toute seule pour tout faire, voyons ! Il va se fatiguer et vouloir dormir. »

Adélaïde n'est pas si sûre, Nic n'est pas comme les autres hommes.

Elle vient de remmailloter son fils, quand Nic passe une tête dans l'entrebâillement de la porte : « J'ai triché pour monter. Je voulais les toucher. »

Par mesure d'hygiène et de sécurité, les bébés retournent à la pouponnière quand l'heure des visites commence. Adélaïde lui tend son fils : « C'est pas très juste. Comme il crie plus fort que sa sœur, c'est toujours lui que je fais manger en premier. »

Elle donne le biberon à la petite fille qui tète en fixant jalousement sa mère : « Pourquoi c'est toujours des prénoms avec un L qui me viennent pour cette petite fille ? Laura McNally, Louise McNally, Lou McNally.

— Tu te vois appeler Léa et Lou l'une après l'autre ?

— Bon ! Attends, elle va nous le dire elle-même. »

Le bébé ne fait que contempler sa mère, fascinée par elle au point de cesser de téter.

Adélaïde conclut que trouver un nom est difficile, mais qu'en trouver deux va relever de l'exploit. Nic berce son fils, maintenant endormi : « J'ai bien peur que celui-ci ne soit un Thomas.

— Mais il y a déjà le Tommy McNally de Jeannine.

— On l'appellera Tom, et c'est tout, et Jeannine sera marraine de la petite. »

C'est en proposant que les parrains et marraines de chaque ville soient associés au même enfant que Fabien, montréalais depuis peu, se trouve lié à Jeannine. Ils deviennent le parrain et la marraine de la petite Anne McNally. Thomas bénéficie de Maurice et de tante Germaine. Sur les fonts baptismaux, Jacynthe porte Anne, et Alex porte Thomas.

Le baptême ayant lieu une semaine avant l'anniversaire d'Adélaïde, Nic décide de tout célébrer en même temps avec une fête champêtre, ce qui fait dire à Adélaïde qu'elle devra dorénavant s'habituer à voir son anniversaire disparaître derrière celui des jumeaux. « Mais j'ai grande, comme dit Léa. »

L'avantage d'avoir attendu le dimanche 23 juillet, c'est qu'Adélaïde est suffisamment en forme pour être de la fête.

Marthe déclare que Nic et Ada sont passés maîtres dans l'art des réceptions et qu'ils sont en voie de devenir la référence obligée des festivités les plus huppées. Le temps est superbe et le jardin est à son apogée. Alex a obtenu un salaire et « une *job safe* » pour l'été en jouant au jardinier. Il est tellement habile et plein d'idées qu'il surprend même sa mère, qui le trouve brusque et pataud pour tout le reste.

« Mais avec les fleurs, on dirait le frère Marie-Victorin, ma grand' foi ! Y a pas son pareil ! »

Germaine s'offre un tour guidé des plates-bandes et discute longuement avec Alex de la justesse d'un amalgame surprenant. Elle finit par décider d'envoyer au jeune homme les livres de jardinage de Gabrielle qu'elle a conservés précieusement.

« Qu'en dis-tu, Adélaïde ? Le petit va en prendre soin, et je pense qu'il en aurait besoin maintenant. »

Adélaïde est d'accord : Alex est beaucoup plus mûr que ses douze ans, et sa passion pour le jardinage est la seule à l'éloigner de son autre passion, les filles.

Florent, en plus de confectionner une seconde robe de baptême dans le tissu qui restait de celle de Léa, s'est chargé de la table du banquet avec Lionel. L'œuvre est époustouflante : une table d'une longueur de trente pieds qui sillonne le gazon entre les deux allées de pierres des champs, par où les gens peuvent circuler et se servir. Les mets et les décorations florales vont du blanc rosé au parme, en passant par toutes les nuances qu'il y a entre les deux, pour ensuite décroître vers un blanc bleuté. Florent et Lionel ont mis des heures à déterminer les mets, les mousses, les sauces, pour créer cette œuvre d'art que Léa fait « visiter » en nommant fièrement toutes les couleurs. Alex a, pour sa part, harmonisé toutes les fleurs qui courent entre les plats.

Nic a fait des photos en couleurs pour immortaliser l'œuvre.

Le seul regret d'Adélaïde est l'absence d'Isabelle, restée à l'Île avec les enfants. Même si Maurice est parrain, elle n'a pas trouvé le courage de laisser les enfants ou alors de les emmener. Germaine soutient que sa nièce en a encore gros sur le cœur et que la vue des jumeaux aurait probablement aggravé un état dépressif. Comme elle le dit de ses nièces : « Il y en a une avec la larme facile et l'autre avec la neuvaine facile. Toute une ambiance ! »

Tante Germaine estime que ses neveux sont de plus en plus beaux et délurés. En dehors du petit air bohème que se prend Guillaume depuis quelques mois et de son costume légèrement hors normes, Germaine le trouve adorable et attendrissant à le voir tenir la main de la belle Juliette.

« Pas mauvaise, la petite. Elle a un rôle dans *Rues principales*, trois quatre phrases bien placées. »

Adélaïde bénit le Ciel que les façons puériles des deux malfaisants fassent illusion : elle sait très bien que ces deux-là s'amusent davantage que ce que sa tante trouverait adorable.

Fabien est seul, même si son allure dégagée et sa classe font de lui un successeur intéressant de Nic auprès des jeunes filles. Adélaïde n'a jamais réussi à lui faire avouer qui était sa nouvelle flamme. Malgré tous ses efforts pour percer le mystère, rien n'a transpiré, et Fabien a refusé d'amener son « intérêt » au baptême.

Lionel est beaucoup plus avancé qu'Adélaïde dans la science des liaisons et, en rentrant avec un plateau chargé de verres dans la cuisine, il a aperçu Fabien qui poursuivait la robe tangerine de Jeannine.

Depuis qu'elle administre les *Coutures Florent,* celle-ci s'habille avec un peu plus de recherche, aidée par Jacynthe, qui ne rêve que de s'installer à une machine à coudre. C'est une Jeannine pas mal plus séduisante qui va d'un groupe à l'autre et s'amuse ouvertement. Ni provocante ni grossière, sa nature joyeusement sensuelle s'exprime à travers tous ses gestes, comme si elle était amoureuse ou désirée. C'est tellement évident qu'Adélaïde en parle à Florent, qui a vu le changement s'opérer mais avoue tout ignorer de la cause : « J'ai pensé qu'elle était heureuse avec nous, à l'Atelier. »

Adélaïde veut bien croire qu'une bonne ambiance de travail ne nuit pas, mais elle n'est pas une femme si ce rire de gorge n'est pas un rire de séduction. Stephen ? Stephen Stern qui parle avec elle ? Découragée, Adélaïde n'enquête pas davantage.

En demeurant près de tante Germaine, à l'ombre et confortablement installée, Adélaïde réussit à défendre à Jean-Pierre Dupuis de se livrer à la moindre incartade. De toute façon, une femme qui vient d'avoir des jumeaux attire nécessairement le respect, elle en est convaincue. Sauf que, trop concentrée sur son corps qui subit des contrecoups inévitables, Adélaïde n'a aucune conscience de la luminosité de son regard et du puissant bonheur qui la rend radieuse. Cette sauvage déterminée prend ses bébés avec une douceur attendrie. Germaine, toute ramollie d'émotions, se plaît à répéter : « Si ta mère pouvait te voir. Mon Dieu qu'elle serait fière de toi ! »

Adélaïde renverse Thomas sur son épaule et attend le rot libérateur en se disant que, pour la première fois de sa vie, elle n'a pas attendu que ses enfants plaisent, apaisent ou réconcilient son père. Elle est libre, aussi atroce que cela puisse être, aussi affreusement brutal que soit l'énoncé, la chose lui paraît limpide : elle a fini de prouver la justesse de ses convictions et de se montrer bonne fille ou digne de l'éducation qu'on lui a donnée. Elle est orpheline, et cela veut aussi dire livrée à elle-même, à son propre jugement. Elle regarde les femmes qui circulent, fument, rient.

Plusieurs ont reconduit avec leur mari le modèle existant avec leurs parents, elles obéissent et se montrent telles qu'on les attend. Adélaïde croit que Nic ne lui aurait jamais demandé d'obéir. De toute façon, un mari autoritaire n'aurait eu aucune chance de bonheur avec une entêtée comme elle. Impossible. Quand elle a épousé Nic en catastrophe, jamais elle n'aurait pensé qu'elle bercerait un jour ses enfants au jardin, lors d'un splendide *garden party*... ni qu'elle en serait si heureuse.

Tante Germaine parle encore, mais elle ne l'écoutait que très distraitement. Parce qu'elle chuchote soudain, Adélaïde est en alerte et tend l'oreille.

« ... Je ne sais pas jusqu'où il faut la croire, mais vraiment, ce mariage. Avec... des enfants et tout. Et une carrière, parce que comme de raison, Béatrice ne veut pas abandonner sa carrière. Ça se fait beaucoup à Montréal, y paraît : les femmes actrices laissent leur bonne élever les enfants et elles travaillent. Personnellement, je trouve cela dommage pour les petits.

— Béatrice veut se remarier et avoir des enfants ? Ai-je bien entendu, ma tante ? »

Tante Germaine, confuse, lui fait signe de baisser le ton et de garder la nouvelle secrète, puisque le futur ignore les dispositions matrimoniales de sa belle. Le regard d'Adélaïde balaie le jardin : où est cet homme ? Comment est-il ? Elle ne se rappelle que de sa poignée de main très volontaire. Tante Germaine a l'amabilité de répéter qu'il est réalisateur à la radio, un *big boss*, quoi, quelqu'un qui décide et qui engage les acteurs.

« Ce serait une bonne union, en tout cas.

— Pourquoi ? Parce que c'est de l'emploi assuré pour Béatrice ?

— Non ! Penses-tu ! Parce qu'il est assez fort pour elle. »

Adélaïde va rejoindre sa sœur qui boit du thé, ce qui, à ses yeux, donne immédiatement beaucoup de crédit à Roland Hébert. Béatrice et Roland discutent radio versus théâtre avec Guillaume et la jolie Juliette qui ne jure que par la passion des planches. Béatrice déclare que l'avenir est dans la radio et que rien ne vaut l'auditoire qu'on y gagne. Roland ne dit rien, ou presque. Il regarde ailleurs, et, de temps en temps, il caresse le bras de Béatrice de façon mécanique, comme pour la rassurer sans se mêler de ce qu'elle dit. Une sorte d'encouragement muet.

Jean-Pierre Dupuis se joint très rapidement à eux et offre son bras à Adélaïde, comme si elle était devenue infirme plutôt que mère. Elle l'envoie promener en riant et trouve Marthe en compagnie de Florent et Léa. Marthe lui apprend que Roland Hébert est un divorcé qui a déjà trois enfants d'une actrice très connue, qui a toujours gardé son nom de jeune fille pour travailler. Elle ignore pourquoi précisément, mais elle se souvient vaguement que le divorce a été prononcé aux torts de Roland, qui avait à ce moment-là une aventure avec une actrice, mineure en plus.

« Je ne laisserais pas Juliette dans ses parages, si j'étais Béatrice.

— Tu penses qu'il peut épouser Béatrice ?

— Il peut. D'une certaine façon, il peut... quoiqu'un divorcé ne sera jamais un vrai mari au sens de l'Église. Mais pourquoi Béatrice voudrait l'épouser ? Pour hériter de trois enfants de temps en temps ? C'est ridicule !

— Pour avoir les siens, il paraît. »

Le visage de Marthe est très éloquent et elle reste silencieuse un bon moment avant d'ajouter : « C'est vrai que son premier enfant est légèrement retardé ? Pas comme Babou, mais... »

Adélaïde affirme que Pierre possède toutes ses facultés intellectuelles, mais qu'il est probablement déstabilisé par les événements.

« Béatrice a dit ça ? À toi ?

— Pas seulement à moi. Ce n'était pas une forme avancée de charité à mon égard, c'est ce qu'elle dit dans son milieu pour expliquer son malheur. »

Devant le regard incrédule de son amie, Marthe ajoute : « Tu n'as pas lu son interview dans *Radio-monde* ? Elle parle de l'enfant de la guerre qu'elle a dû sacrifier à sa carrière "pour son bien à lui", le confier à une femme exemplaire, une mère-née qui était stérile et qui trouve son salut par la grâce de cet enfant. C'est assez joliment tourné, Béatrice a l'air d'une héroïne de guerre doublée d'une femme généreuse et oublieuse d'elle-même, qui ne conçoit pas son avenir sans le soulagement que lui apporterait un autre enfant à qui elle pourra donner tout l'amour qu'elle garde secrètement et douloureusement au fond de son cœur. Avoir un enfant et gambader dans l'herbe le dimanche, voilà ses souhaits secrets. Tu lui offres le grand bonheur du second souhait aujourd'hui.

— Mais pourquoi tu ne m'as pas dit ça ? C'est épouvantable ! Quand l'article est-il sorti ?

— Il y a des mois, on se voyait pas mal moins, à l'époque. Arrête de t'en faire, Ada, c'est déjà oublié pour tout le monde sauf pour elle. Elle a même affirmé être la "muse secrète d'un grand couturier".

— Florent ? Elle s'approprie Florent ?

— J'ai bien peur que tu ne saches pas ce qu'exige une carrière d'actrice de nos jours. Il faut nourrir les auditeurs de détails privés qui vont faire vibrer leurs cœurs à l'unisson. Dieu merci, Babou n'est pas très séduisant à leurs yeux et il n'illustre que les insuffisances de sa mère. Et quand on connaît la vie dissolue des artistes peintres qui passent leur vie en présence de modèles nus, on ne s'étonne pas que Dieu les punisse à travers leurs enfants.

— Tu l'as encore, cette interview ?

— Tu vas détester ça, mais je l'ai. Étonnant qu'elle ne t'ait pas envoyé une copie.

— Et qu'est-ce qu'elle dit de son mari ?

— Un héros mort des suites de ses blessures infligées pendant la campagne d'Italie. Pourquoi ? Elle ne s'est quand même pas inventé un héros de guerre qui est mort en pantoufles chez lui ?

— Non. Celui-là est mort en soldat. Excuse-moi, Marthe. »

Adélaïde se fiche pas mal de l'image de mère martyre que sa sœur veut se donner, mais dire de son fils qu'il est arriéré pour justifier son abandon la révolte ! Adélaïde empoigne Béatrice et l'entraîne au salon où elle l'apostrophe en lui demandant quand elle a vu Pierre, la dernière fois.

« Il y a deux ans, aux funérailles de Léopold. Pourquoi ?

— C'est vrai que tu veux te remarier pour fonder une nouvelle famille ?

— Quoi ? Penses-tu être la seule à vouloir enterrer ton passé et tes erreurs ? Pourquoi pas moi ? Pierre est moins choquant que Léa, au moins lui est légitime !

— Je ne sais pas ce que tu veux insinuer, mais Léa est légitime. Et si une grande délurée comme toi voit du mal à concevoir un enfant avant le mariage…

— Quand on épouse le père, il n'y a aucun problème, en effet.

— Qu'est-ce que c'est, Béatrice ? Encore un drame que tu inventes ? Léa est la fille de Nic.

— C'est ça ! Et moi je suis une princesse.

— Non. Tu es la veuve d'un homme qui s'est tué parce qu'il s'est trouvé abandonné par sa femme qui ne supportait pas la vue de ses mutilations de guerre. Tu es l'héroïque veuve d'un homme abandonné sans une seule chance d'explication. Tu veux des enfants, Béatrice ? Tu veux réparer tes erreurs ? Ne viens jamais le faire sur le dos d'un des miens, parce que je serai impitoyable. Tu peux me voler, médire de moi, me calomnier, tu peux me renier comme notre père pour t'acheter un passé, mais ne touche jamais à mes enfants. Ni à Léa ni aux jumeaux, parce que je te tue sans hésiter. Est-ce que c'est clair, Béatrice ? Je te tue.

— Si tu n'as rien à cacher, pourquoi tu te fâches comme ça ?

— Oh… j'ai beaucoup de choses à cacher, Béatrice. J'ai payé un avortement clandestin, j'ai aidé une femme à l'obtenir, j'ai essayé de réconcilier un homme désespéré avec son fils pas encore attardé et je ne sais plus si le petit garçon deviendra un homme normal après tout ce qui lui est arrivé. J'ai donné de l'argent à une femme qui me menaçait en faisant comme si son stupide chantage me faisait agir, et je l'ai fait pour ménager son orgueil. J'ai tout ça sur ma conscience, Béatrice, et ça pèse lourd. »

Le joli visage de Béatrice devient bien mesquin quand la haine et la rancœur le traversent. Elle se met à injurier Adélaïde, à l'accuser de ne jamais l'avoir comprise, jamais acceptée, de l'avoir toujours jalousée de son talent fou, de cette passion qui fait d'elle un être à part, profondément artiste et non pas une parvenue arriviste qui vend des froques, comme une Juive du boulevard Saint-Laurent.

« J'ai vécu des choses épouvantables qui ont menacé ma vie, j'ai passé au travers des moments dramatiques avec courage et plus de dignité que ta vie en demandera jamais, j'ai été dans la misère pendant que tu te prélassais dans ton argent. Tu ne m'as jamais aidée, jamais donné quoi que ce soit. Tes prêts, il faut te les rembourser avec intérêts et humiliations. T'es la pire *crook* que j'ai jamais vue. Et je comprends papa de t'avoir barrée à vie. Il faudrait que tu gagnes tout le temps, Adélaïde. juste parce que tu es supposée être la meilleure ? Ben maman est morte sans savoir qu'elle s'était trompée sur toi, mais pas papa. Et ça, c'est de la justice ! Et je vais avoir un autre enfant parce que j'en ai besoin, parce que je veux une vie, moi aussi, et que je n'ai pas le cœur d'aller arracher Pierre à Reine qui n'a que lui. Je pense aux autres, moi ! Ma générosité va jusque-là, si tu veux le savoir. Et si tu tuerais pour tes enfants, comme tu dis, demande-toi donc si tu ne tuerais pas juste pour conserver ton piédestal. Juste pour ta petite personne si importante encore que tu ne voies rien ni personne d'autre !

— Tu te trompes, Béatrice, c'est toi qui agis comme ça. Tu te fous de Reine, de Pierre. Tu te fous même de papa.

— Pourquoi ? Parce que je ne fais pas comme tu aurais fait ? Il n'y a que toi pour être le seul bon exemple de la famille ? C'est tellement facile de venir m'accuser et de faire comme si tout était de ma faute ! Je reconnais mes erreurs, moi, je donne une chance de me mépriser à ceux qui ont décidé pour moi que j'avais raté ma vie. Elle n'est pas finie, ma vie, et je vais prouver au monde entier que j'ai eu raison de m'accrocher, de lutter et de gagner ma place en haut, tout en haut de l'échelle, Adélaïde, là où tu ne seras jamais, malgré tout l'argent de ce pauvre Nic qui ne voit pas tes manigances.

— Tu es folle, Béatrice. Tu peux faire ta vie, je ne m'en suis jamais mêlée, sauf quand tu me l'as demandé.

— Qui est venu me chercher rue Amherst, l'an passé ? Qui ? Qui est venu faire sa fraîche avec son bon goût et son argent en pleine guerre ? Je ne t'avais rien demandé, moi.

— Pas cette fois-là, c'est vrai. J'ai pensé que tu pouvais avoir besoin d'aide après la mort de Léopold et le départ de Jean-Pierre.

— Bon ! La Samaritaine, encore ! Tu veux juste t'arranger pour glisser le nom de Léopold dans la conversation, l'air sainte nitouche, l'air pleine de pitié. Lâche-moi avec ça ! Tais-toi ! Tu le ramènes tout le temps pour me faire sentir mal. Léopold était assez grand pour savoir ce qu'il faisait. J'ai rien à voir là-dedans, on ne s'est même pas revus, comment veux-tu que j'aie quelque chose à y voir ?

— Évidemment !

— Tu vas me faire le coup de la maîtresse d'école, là ? T'as toujours été *stiff*, mais tu ne t'améliores pas en vieillissant. Essaye donc de me laisser être heureuse sans en faire une maladie pour une fois. Roland est un homme bien, on va aller loin ensemble. Essaye de te dire que tu ne peux pas tout avoir, Adélaïde, l'argent de Nic et ma carrière. »

Elle fait volte-face et se retrouve nez à nez avec Nic qui n'a pas dû entendre davantage que la dernière phrase, mais qui la regarde quand même durement. Il attrape brutalement le bras de sa belle-sœur, qui essaie de se dégager mais qui renonce devant la force de poigne de Nic, qui siffle : « Tu n'oublies pas que tu es invitée, Béatrice ? Tu n'oublies pas qu'on célèbre aujourd'hui ? Que tu es chez nous ?

— Laisse-la, Nic, je t'en prie. Laisse-la tranquille. »

Béatrice dégage élégamment son bras : « Les chrétiens sauvés de la fosse aux lions par l'intercession de l'ange. »

Elle s'éloigne et, selon ce que Florent raconte ce soir-là, elle se soûle systématiquement jusqu'à finir larmoyante et désespérée dans les bras de Fabien.

Adélaïde monte se reposer et refuse de laisser Nic l'accompagner : « Moi, c'est normal que je file à l'anglaise. Pas toi. Occupe-toi de nos invités. Ce n'est pas grave, il ne s'est rien passé. »

Les fenêtres de la chambre donnent sur le jardin. Les gens y circulent, certains jouent aux poches dans le coin loisirs, et les deux tables de bridge sont complètes.

Vu d'en haut, on dirait un parfait *garden party* entre gens civilisés et heureux. Adélaïde s'étend sur le lit, essaie de calmer son cœur affolé, d'éloigner la sensation éprouvante de défaite et de gâchis. Pourquoi se dire des choses pareilles en un si beau jour ? A-t-elle, sans le savoir, jalousé Béatrice, envié son talent ? Rien en elle, rien ne lui révèle la moindre tendance, le moindre désir secret de s'approprier... quoi ? Elle ne croit pas au talent de Béatrice, comment le lui envier ? Elle est toujours sceptique devant ses sorties, ses drames, comment croire quand elle les joue ?

Là où Béatrice a raison, là où Adélaïde se consume de culpabilité, c'est quand sa sœur l'accuse de la juger. Sans générosité, sans indulgence, Adélaïde se voit juger Béatrice et la condamner, elle sait très bien qu'elle la juge frivole et inconsciente de vouloir un autre enfant, alors qu'elle n'a jamais su quoi faire du premier. Elle la juge même stupide de vouloir se remarier par intérêt professionnel. Un faux mariage d'ailleurs, puisque ce ne sera pas à l'église. Et, pire que tout à ses propres yeux, Adélaïde en veut à Béatrice de la mort de Léopold. Peut-être en veut-elle autant à sa sœur parce que c'est plus simple, plus facile à accepter que de se demander ce qu'elle aurait pu faire pour lui. Léopold... Dans ce jardin, il y a trois ans presque jour pour jour, Léopold heureux avait revu son fils et tenu la main de Reine. Voilà tout ce qu'il avait eu. On avait enterré Léopold et son secret honteux. Si quelqu'un y repensait, il n'en parlait pas. Jamais on ne reparlait de l'homme, parce que cela évoquait sa mort. Voilà sans doute pourquoi il ne faut pas se suicider : la mort efface du coup toute la vie et il ne subsiste que la sortie, rien de ce qui précède.

« Pourquoi tu dors, maman ? C'est pas la nuit ! »

Le visage aux joues roses de plaisir — les yeux, si pareils aux siens, les boucles noires de son père. Petite Léa, petite merveille chaude et vive qui incline la tête pour la « voir droite ». Adélaïde la prend contre elle et place les cheveux derrière l'oreille de sa fille en caressant la tempe moite d'avoir couru.

« Raconte-moi, Léa. Dis-moi un peu qui t'as vu. »

Le babillage si bien construit, si étonnamment fluide de sa fille l'émerveille toujours. Quatre ans dans deux mois, et elle a demandé qu'on lui montre comment écrire « Thomas » et « Anne ». Léa s'agite, se relève, se met debout sur le lit pour « espliquer » un long compte rendu du jeu de Tommy où elle a perdu, ce qui la fâche beaucoup. Adélaïde constate que, malgré le dépit de perdre, Léa accorde la victoire entière à Tommy. Ce qui la rassure sur la capacité de sa fille à admettre le succès des autres sans se sentir flouée ou dépouillée.

Léa continue à s'agiter, à raconter, en illustrant généreusement ses propos d'une course, d'une pirouette, d'un éclat de rire. Au bout de son récit, elle appuie la tête contre les seins de sa mère en murmurant : « On est bien, nous deux, maman. On s'amuse bien. »

Adélaïde en a les larmes aux yeux. Elle caresse le dos si doux, exposé par le savant jeu de bretelles croisées de la robe soleil.

« On n'a pas fini de s'amuser, Léa. Il reste plein de jeux, plein de chansons à apprendre. Et tu as de nouveaux compagnons, maintenant.

— Mais tu sais quoi, maman ? Tu les as faits trop petits ! »

Léa ne croit pas du tout qu'ils deviendront gros et grands comme Tommy un jour. Patrick frappe au montant de la porte : « Je suis envoyé par Florent et Nic qui réclament mamzelle Léa pour une photo. »

Léa, très grande dame, se lève et explique à sa mère qu'elle va revenir après. Patrick n'a que le temps de murmurer un « Ça va ? » avant d'être entraîné par sa cavalière. Parfaitement remis de son opération, il a annoncé son déménagement à Montréal, où il entreprendra en septembre des études « en n'importe quoi plutôt que Québec et ma maman qui s'est mise en tête de me marier avec une bonne fille ». Adélaïde espère percer à jour l'amour secret de Fabien, grâce à la complicité de Patrick.

* * *

La vie avec des jumeaux est une sérieuse corrida, et Adélaïde se félicite de bénéficier de l'aide des deux papas sans qui, elle doit l'admettre, elle deviendrait folle. Elle a l'impression d'être transformée en succursale de services pour bébés. Elle ne fait que ça : baigner, changer, nourrir, bercer et recommencer. Pas un instant pour elle-même, à peine le temps pour Léa. Guillaume étant de plus en plus absent pour cause d'activités sociales et amoureuses fébriles, Florent et Nic se consacrant à *McNally Enterprises,* Adélaïde, Lionel et Léa prennent les jumeaux en charge.

Le 27 juillet, jour des vingt-trois ans d'Adélaïde, Nic tend une clé à sa femme en guise de cadeau.

« Quoi ? Tu m'as acheté une voiture pour que je puisse endormir les bébés quand t'es absent ?

— Lis la carte. »

Le dessin est de Florent : une sorte de coin de paradis, un lac, des sapins et une maison avec une grande véranda, comme à l'Île, sauf qu'elle surplombe le lac, juchée sur le sommet d'une colline.

À l'intérieur, Nic a griffonné :

Temps d'essai : six semaines.
Conditions d'acquisition : que ça te plaise.
Nic et Florent.

Elle regarde la carte à nouveau, s'assure qu'elle comprend bien de quoi il est question en fixant les yeux très contents des deux comparses. Florent a cherché l'endroit pendant que Nic et elle s'occupaient de la famille. Nic n'a pas osé acheter sans voir si l'idée et l'endroit plaisaient à Adélaïde.

« Mais le contrat est prêt à être signé si on aime ça. »

Adélaïde n'en revient pas : « Florent ! Tu as réussi à me cacher ça ! Comment es-tu allé chercher une maison dans les Cantons-de-l'Est alors que tu ne conduis pas ?

— Mon chauffeur, Lionel, m'a conduit.

— Tout le monde le sait, alors ? Bande d'hypocrites ! »

Ce qui fait énormément rire Léa. « Bande de pas crites », comme elle le répète, dès qu'elle est surprise ou contente. Et quand elle est fâchée, elle s'écrie : « Bande de crites ! »

Grâce à ce mois d'août tranquille au bord du lac, grâce à Louisette, jeune femme douce engagée uniquement pour alléger la tâche d'Adélaïde avec les jumeaux, grâce à Florent qui reste avec elle la première quinzaine d'août, alors que Nic travaille, grâce aux deux semaines entières de vacances que celui-ci s'accorde à la fin août, Adélaïde récupère enfin et trouve le temps d'établir des plans d'aménagement avec Florent, d'aller aux bleuets avec Léa et de lire, de lire, de lire, étendue sur la véranda.

Tous les matins, dès l'aurore, Adélaïde va nager dans le lac avant de remonter prendre son déjeuner au soleil, avant que qui que ce soit se lève, sauf Lionel, toujours bon premier.

Florent et elle essaient d'inculquer quelques notions de prudence à l'intrépide Léa qui se lance à l'eau comme dans les bras des gens, certaine qu'on va l'accueillir et la soutenir.

Le soir, quand les bébés dorment, elle va marcher dans le boisé avant de revenir par le bord du lac qui clapote. Pour la première fois depuis la mort de Gabrielle, Adélaïde retrouve la paix qu'elle a connue au bord du fleuve, à l'Île, quand elle marchait avec sa mère, comme maintenant Léa le fait avec elle.

Pour la première fois depuis la naissance des jumeaux, elle se sent redevenir elle-même, avec une vie à elle, des pensées personnelles et non plus la seule folle planification des mille tâches familiales.

Quand Nic vient les rejoindre la fin de semaine, il l'assure qu'il prend très au sérieux son rôle de « directeur des vacances et de la bonne vie ». Il annonce son projet de vendre tout ce qui l'attache à Québec et de concentrer sa *business* à Montréal. Même si Stephen se charge des allers-retours, Nic trouve non rentables les contrats québécois. Cette fermeture leur permettra de gagner du temps pour rouvrir les importations textiles européennes.

Médusée, Adélaïde n'ose rien dire qui risque de lui rappeler son serment de ne plus jamais retourner là-bas. Nic va donc vraiment reprendre les affaires ? Elle est si contente qu'elle écoute distraitement la suite : « … et Florent ira une fois par année les choisir.

— Attends, attends : choisir quoi ? Qui ? Où ?

— Florent ira choisir les importations en Europe chaque année. Au début avec toi, et ensuite seul, parce que je veux que ma femme vienne au lac avec moi chaque année et au Mexique et à New York et dans mes bras. »

À voir Nic ponctuer chaque nom d'un baiser, Adélaïde renonce à discuter pour le moment, mais, dès le lendemain, assise dans la chaloupe, elle reprend le sujet à fond et conclut que le directeur des vacances et de la bonne vie travaille plutôt bien. Elle le laisse ramer en soupirant d'aise : « Tu sais, Nic, j'ai quand même hâte de retourner au bureau, maintenant que les bébés sont prospères et qu'Anne a pris du poids.

— Mauvaise mère ! »

Le visage inquiet, la mine désolée d'Adélaïde, encouragent Nic : « Marâtre qui abandonne ses petits dans des conditions atroces, qui attache les nourrissons dans leur lit pour se sauver faire de l'argent, qui laisse son mari ramer en traînant la main dans l'eau pour faire pesant, mauvaise Ada qui réussit à être diaboliquement femme après sept semaines… Encore ? Ou ça va ? Tu es convaincue ? Une beurrée de savon, comme dans le film ? »

La chambre est une étuve. Pas un souffle ne traverse la moustiquaire. Fabien insiste pour ouvrir la porte et créer un courant d'air avec le salon.

« Il est deux heures du matin, ils dorment, Jeannine, tu le sais bien. »

Elle se lève, met sa robe de chambre et va prudemment faire le tour des deux chambres pour fermer les portes. Dès qu'elle revient et que Fabien fait mine de vouloir la toucher, elle l'avertit : s'il s'approche, la porte se ferme.

Depuis le début de leur relation, c'est le seul point de dispute qu'ils ont : le secret auquel Jeannine oblige Fabien. Personne, sous aucun prétexte, ne doit savoir : voilà la loi, et celui qui désobéit pâtira. Fabien connaît suffisamment Jeannine pour être convaincu qu'elle ne rigole pas avec ses enfants et avec ce qui risque de les atteindre. Il sait très bien que Jeannine se fiche pas mal de ce que les gens pensent d'elle, sauf quand les petits peuvent entendre et avoir mauvaise opinion de leur mère à travers les memérages de quartier. Arrivé à la nuit, parti à l'aube, Fabien consent à toutes les conditions, pourvu qu'il puisse la voir.

Le plus agréable, c'est quand elle vient chez lui, rue de Bullion. Il n'y fait pas moins chaud, le courant d'air y est aussi rare, mais ils peuvent parler à voix haute, et Fabien s'ingénie à provoquer les gémissements qui lui semblent garants du plaisir et que Jeannine étouffe chez elle. La fascination qu'il éprouve pour elle dépasse largement l'aspect charnel et la première hypothèse de Jeannine est en train de s'effondrer, puisque la relation continue et qu'elle s'approfondit malgré la différence d'âge.

Chaque semaine, Jeannine se dit qu'il faut mettre fin à cette impossible liaison, que c'est une assurance de souffrir et qu'elle est en train de s'attacher à Fabien. Chaque semaine, elle négocie avec sa conscience et s'accorde un « extra » pour une raison ou une autre. « Toutes aussi mauvaises les unes que les autres », comme elle dit à Fabien qui ne demande plus pourquoi. Il ne comprend pas en quoi ils n'auraient aucun avenir, pourquoi il faudrait avoir honte comme s'il avait l'âge d'Alex. Il aurait pu crever à la guerre. Il était assez vieux pour que sa vie soit offerte à la patrie et il n'aurait pas le droit d'être heureux avec elle ? Elle n'est pas mariée, pas engagée, elle ne trompe personne et lui non plus. Alors, quoi ? Seize ans de différence vont provoquer la fin de leur liaison ? Seize misérables années ? Il refuse rageusement d'entendre ça. Il répète à Jeannine que personne ne dit rien des vingt-trois ans qui séparent Nic d'Adélaïde.

Mais Jeannine n'en démord pas : « Tu sais comme moi que si t'avais les trois enfants et les seize ans de plus, je serais mariée avec toi demain. C'est le contraire et ça ne se fait pas. Pas dans mon coin, pas dans ma classe de monde, pas dans mon quartier. Je ne veux pas que mes enfants entendent les autres leur crier des noms. Je ne veux pas qu'ils entendent des histoires de mère qui déprave des petits jeunes. Toi et moi, c'est top secret ou ben rien. Ça finit là. »

Comment discuter des arguments pareils ? Fabien se tait et s'arrange pour que le secret soit bien gardé, ce qui l'oblige à beaucoup d'efforts et à une vigilance constante. À cause d'Alex, qui profite de l'absence de Nic et d'Ada pour « prendre ça lousse » et aller traîner dans les rues tard la nuit, il se retrouve à se faire un sang d'encre au petit comptoir lunch près de chez Jeannine. Il boit des milk-shakes ou du Kik en attendant que Jeannine lui réponde enfin qu'Alex est rentré et couché.

Un soir, c'est dans le comptoir lunch qu'Alex est arrivé, la cigarette au bec et l'air fendant. Il a commandé deux banana split et il est allé s'asseoir en face d'une jeune fille aux yeux brillants. Fabien est resté aux toilettes les quarante minutes qu'a duré le lunch des deux tourtereaux. Jeannine a tellement ri quand il a raconté ça qu'il n'a pas pu faire autrement que de se trouver ridicule à se cacher du beau-fils comme s'il se cachait du mari.

Quand Adélaïde invite Alex à la maison de campagne pour une semaine, Jeannine est soulagée et accepte avec enthousiasme : Alex devient très indépendant, et c'est difficile de le tenir. Comme elle redoute les yeux avisés de son fils, la semaine est une aubaine de détente, et Fabien arrive tous les soirs vers dix heures.

Il l'impressionne avec ses études savantes sur les avions et les fusées. Il l'impressionne avec sa passion totale. Il la fait rire et l'émeut. Dès le deuxième soir, elle a su qu'elle était amoureuse et, dès ce soir-là, elle s'est juré de ne jamais l'avouer. Elle s'en félicite à chaque fois que Fabien remet en question leur façon de vivre. S'il savait qu'elle l'aime autant, il ne la lâcherait plus pour le dire aux autres.

Elle le comprend, évidemment. Elle aussi aurait envie de le prendre par la main en marchant, de dire son nom avec amour devant les autres et non pas comme n'importe quel autre nom. Elle sait très bien qu'il est jeune, probablement captif de ses désirs plus que de ses sentiments, et qu'une autre femme bien tournée, jeune et présentable va le lui prendre. Ce jour-là, Jeannine s'en parle fréquemment pour s'y préparer mentalement. Mais, pour l'instant, la réalité de l'éloignement de Fabien est vraiment inimaginable. Surtout que le baiser qu'il vient de poser sur son mollet est suivi d'un autre sur le jarret, puis la cuisse…« Fabien… la porte !

— O.K., O.K., viens, on va passer au salon, comme de la visite. Y a de l'air qui va venir de l'ouest. »

Un filet d'air, effectivement. Un filet d'air qui lui donne raison et les fait s'installer dans le canapé. Jeannine s'autorise l'épaule de Fabien, qui joue dans ses cheveux en parlant de l'emploi qu'on lui offre pour l'automne. Les heures qu'il veut, les jours qu'il veut, quand ça pourra s'intercaler dans ses études. Jeannine n'en revient pas : « Faut qu'y te veulent en maudit ! » Fabien lui répète qu'il est le meilleur et le plus fort, qu'il n'y a qu'elle à en douter. Jeannine se lève : « Tais-toi, tu ressembles à Alex.

— Où tu vas ?

— Dans cuisine, chercher du thé glacé. Peux-tu *toffer* ça ? »

Fabien adore cette façon abrupte de lui dire qu'il exagère. C'est vrai qu'il réclame constamment plus de temps, plus d'amour, plus de tout. Depuis qu'il connaît Jeannine, il sait ce que le mot « insatiable » veut dire. Lui, si sage, si peu exigeant, se met à revendiquer, à négocier serré le plus petit bout de nuit, le plus petit bout d'elle.

Dès qu'elle revient avec ses deux verres embués, Jeannine sait que quelque chose cloche : « Quoi ? Qu'est ce qu'y a ? Fabien… »

Elle pose les verres près du livre que Fabien a laissé ouvert, elle jette un coup d'œil rapide sans y voir d'explications, elle s'agenouille à côté de lui, prend son visage livide et le tourne de force vers elle : « Hé ! quoi ? À quoi tu penses qui te fait cet effet-là ? »

Enfin il la regarde, enfin il a l'air de se souvenir de qui elle est, d'où il est. « Une absence de guerre », se dit Jeannine, une de ces absences dont elle a entendu parler, où les soldats revivent un moment pénible qui peut les rendre fous. C'est la première fois qu'elle voit Fabien en proie à cela. Elle ne prend pas la peine d'aller au divan, elle s'assoit sur le prélart, tient son visage entre ses mains, le force à la regarder : « C'est fini… C'est fini. »

Fabien caresse avec douceur la joue aimée, l'air absent, mais tellement, tellement triste tout à coup.

« Ça va. Ça va bien, Jeannine, ne t'inquiète pas.

— Viens dans la chambre, on va pouvoir parler. »

Elle se lève, prend les verres et se rend compte, une fois dans la chambre, qu'il ne l'a pas suivie. Elle le trouve à feuilleter le livre, l'air douloureux. Elle n'a pas le temps d'approcher qu'il lui demande comment le livre est là.

« C'est ta tante Germaine qui l'a envoyé à Alex. Pourquoi ? Tu l'aurais voulu ? C'est un souvenir ? »

Il a ce geste déchirant de poser sa main et de flatter la page en disant : « C'est à maman. »

Il dit « maman » comme tous les enfants du monde, qu'ils aient deux ou cent ans. Il dit « maman » et l'univers bascule, le voilà vulnérable et fragile, le voilà enfant. Jeannine ne bouge pas, elle contemple l'enfance encore si présente, si poignante dans cet homme qu'elle aime.

« C'est son livre. Quand on allait la trouver le soir, elle lisait toujours ce livre-là. Le livre de l'été, des plantes, de ce qui pousse. Le livre de la vie, qu'elle disait. »

Il ferme le livre et reste figé à le fixer.

« J'ai essayé de ne pas trop y penser, et je m'étais dit que la guerre allait effacer. Mais ça n'a pas marché. J'ai tué maman. Je l'ai tuée sans lui toucher. Je l'ai tuée en allant m'engager. Elle s'est mise à courir sur la route battue de pluie. Des soldats qui ne savaient pas conduire l'ont écrasée. J'aurais été au volant, c'aurait été pareil. La même affaire. Le même effet. Tu dis "non", mais c'est fait, c'est arrivé. Tu cries "non" et ça ne change rien. Ta mère est étendue par terre, la pluie tombe tellement fort dans sa bouche ouverte, dans ses yeux ouverts. C'est tellement fou de voir quelqu'un recevoir de la pluie en pleine face sans fermer les yeux, que tu comprends qu'il est mort. Parce que, sans ça, ça se peut pas.

— Tu l'as vue sur la route ? »

Fabien lève les yeux vers elle, dérouté, perdu. La question fait son chemin dans son cerveau concentré sur l'image atroce.

« Non. Je parle des autres, ceux de la guerre, morts en buvant de la pluie par la bouche et par les yeux. Je parle… Jeannine ! Viens, viens ! Laisse-moi pas ! »

Elle n'a pas envie de discuter, elle sait bien qu'il ne l'a pas tuée, elle sait bien tout ce qu'elle pourrait dire et qu'il sait de toute façon et qui ne le convainc pas de toute façon. Combien de fois s'est-elle répété qu'il n'y avait pas d'arguments, pas de chantage qui auraient pu garder Alexandre avec elle ? Combien de reproches s'est-elle adressés les nuits qui ont suivi sa mort, que pas une personne raisonnable n'aurait trouvés justifiés ? Si Fabien considère qu'il l'a tuée, c'est qu'il est certain de son affaire. Comme elle est certaine d'avoir mal agi en ne retenant pas Alexandre dans sa famille, à sa place, avec ses enfants.

Elle caresse le visage de Fabien et le laisse parler, vomir son mal, cracher ses secrets. Les secrets les plus importants sont toujours des secrets de vie et de mort — les enfants qu'on n'a pas eus, les gens qu'on n'a pas empêchés de mourir. Le reste… Jeannine se dit que le reste doit être moins pire si on le cache moins loin au fond de nous. Quand Fabien se met à parler des combats, des bombes qu'il lâchait en hurlant « Non ! » dans le cockpit de l'avion parce qu'il avait toujours peur qu'une femme coure sous la pluie en dessous et que la bombe l'atteigne, quand il raconte le champ dévasté qu'il a traversé en rampant une nuit, le carnage, l'odeur de brûlé des champs, la chair qui grésille encore et la poudre qui boucane, l'odeur du sang qui crépite en brûlant sur la plaie à vif, quand il dit l'air « swompeux », gorgé d'humidité qui pue la mort, elle pose la main sur sa bouche, elle la tient là en l'implorant de se taire : « J'ai déjà assez d'images pour ça, Fabien, tais-toi. Aide-moi pas à faire des cauchemars. Parle-moi d'elle, mais pas de ceux qui boivent la pluie par leurs yeux ouverts. »

Peu à peu, Gabrielle apaise la vision du champ brûlé de morts, peu à peu, le miracle de cette femme opère, et ses yeux, sous le chapeau seyant de la messe du dimanche, obligent l'horreur à reculer. Jeannine écoute attentivement et s'accroche à cette image de femme qui, doucement, met dehors les fantômes mutilés, la terre éclatée et les hommes « pétés en morceaux ». Jeannine écoute la voix grave, émue de Fabien l'évoquer, elle, et la consoler grâce à elle. Elle, Gabrielle.

* * *

En rentrant à Westmount, Florent trouve la maison vide comme à l'accoutumée depuis que Lionel est parti à la campagne et que Nic a commencé ses vacances. Guillaume n'est presque jamais là, il mange, couche et vit dehors. Florent se demande même s'il ne s'est pas loué une chambre en ville.

La chaleur est supportable dans le jardin, et Florent y mange et reste à réfléchir en fixant le ciel d'août avec ses étoiles si nombreuses. « La nuit des perséides », les étoiles filantes, la galaxie… Il rêvasse à une collection formée d'étoiles filantes, des robes merveilleuses, luisantes, qui ne servent qu'à briller une soirée, une nuit.

Une collection de stars comme à Hollywood, qui ferait rêver. Que du strass, des sequins et des paillettes, que des lignes fluides, des caresses de corps, des approches pudiques et révélatrices, le « mélange fatal », comme dit Ada, ange et démon, offrande et refus, incitation maléfique et magnifique.

Il va chercher son carnet et se met à dessiner à grands traits, sans s'arrêter aux détails qui, de toute façon, ne cesseront de changer, de s'améliorer, de s'épurer. Pour l'instant, il saisit la ligne de fond, la structure de la collection, le sujet premier sur lequel tout le reste va s'aligner, trouver son sens et creuser les effets de sens. Les perséides, la longue traîne lumineuse de l'étoile qui file en entraînant les vœux dans son sillage — comme une femme les désirs dans son parfum.

Quand la pénombre devient trop opaque, il va chercher un fanal pour y voir quelque chose. Vers une heure du matin, il se prépare une tisane qu'il pose sur la table et néglige de boire ensuite. Il est pris d'une telle frénésie, les images se succèdent et s'accordent avec une telle harmonie qu'il ne peut se soucier de quoi que ce soit d'autre, de peur que la vision fuie. C'est l'affaire d'un instant, et il est certain que, la fulgurance du moment passée, il ne pourra dessiner qu'une fade copie.

Il est trois heures et demie quand, la main raidie, le cou douloureux, il s'extirpe de sa chaise. Vingt dessins éparpillés sur la table, vingt parcours d'étoiles filantes exposent et racontent le concept : le temps de briller est très court, le temps des épaules veloutées sous le tulle, le temps de la taille prise dans un étau de sirène luisant, ce temps est celui des perséides. Florent empile ses *sketches* en regrettant de ne pouvoir les montrer tout de suite à Ada pour en discuter. Il saurait vite si c'est fabuleux ou très bon, puissant ou seulement une bonne idée à poursuivre. Il boit la tisane, maintenant froide et assez désaltérante. Ada lui manque. Pas seulement parce qu'elle est partie depuis près d'un mois, pas seulement parce qu'il aurait voulu son avis concernant les boutons pour le tailleur fin d'après-midi qu'ils sont à produire — elle lui manque en tout. Depuis le retour de Nic, malgré le soulagement et la joie de le voir revenir, Florent ne cesse de se répéter qu'il devrait partir, s'éloigner et les laisser vivre leur union et leur vie de famille. Son personnage d'oncle ou de faux-deuxième-père ne le gêne pas, mais il sait combien est fragile l'harmonie d'un couple. Il a tant de complicité, tant de liens secrets, indicibles avec Adélaïde, que sa présence dans cette maison ne peut que nuire à l'intimité nécessaire pour réussir un mariage. Florent n'est ni jaloux ni triste, il a envie de reculer doucement vers la porte et de la refermer sur eux sans même que Léa relève la tête. Les laisser être ensemble, créer leur vie, leurs habitudes sans lui.

Il veut le faire avant que Thomas ou Anne ne commencent à le rendre incapable de partir. Léa a déjà énormément de pouvoir sur lui et le convainc de faire à peu près n'importe quoi en l'espace de trente secondes. Elle n'a qu'à incliner sa tête bouclée, à le fixer de ses yeux gris soucieux en disant : « D'accord ? D'accord. »

Il est certain qu'Anne aura le même pouvoir sur lui. Les enfants d'Ada lui ressemblent, ils ont cette grâce déterminée qui le remplit d'admiration. Tout comme Alex, rien ne leur résiste. Ils tendent la main vers tout, convaincus d'y avoir droit. Et ils ont probablement raison : le monde appartient à celui qui le saisit, pas à celui qui gémit pour qu'on lui en offre une parcelle, ni à celui qui vocifère de dépit de le voir lui échapper. Se lever, foncer et prendre. Alex et Léa, malgré leur différence d'origine, vont le faire. Comme Ada et lui auparavant.

Florent s'arrête devant un rosier qui va refleurir, les boutons sont assez gros pour qu'il les discerne dans la nuit. Comment peut-il penser à lui au passé ? Il vient de dessiner une collection en quelques heures, et il aura son appartement dès l'an prochain. Sa vie devrait commencer. Il aura vingt ans dans six mois, il devrait faire comme Fabien, comme Guillaume, sortir, discuter des nuits entières en fumant, se livrer à la concupiscence. Pas pour lui. Il n'argumente même pas avec lui-même, il le sait, point. Il sait ses poumons trop fragiles pour lui permettre de fumer et sa morale trop stricte pour s'autoriser à tendre la main vers un homme et à couler vers lui, à la fois dévorant et dévoré. Il aurait l'impression de salir ceux qu'il aime, sans les toucher, en touchant ceux qu'il n'aimera jamais. Il sait que c'est faisable et il comprend les hommes qui le font, mais il ne peut pas accéder à cette liberté sans se mépriser profondément. Caresser un homme serait comme de se tenir face à lui-même dans l'angle le plus détestable, le plus haï de lui-même. Être près de Nic et d'Adélaïde lui redonne cette dignité, cette estime de lui-même, qui fondent dès qu'il affronte ses désirs et le cloaque auquel il les assimile. Il s'est battu contre l'amour et le désir qu'il a éprouvés pour Nic depuis qu'il est petit, il s'est torturé pour que cet amour prenne une forme acceptable, présentable, qu'il n'aura jamais. Il a Ada pour toujours avec lui, près de lui, même s'il s'en éloigne. Il n'aura pas d'autre vie amoureuse, et il le sait. Ses fascinations, ses obsessions, il les gardera pour lui, enfouies dans son coffre-fort personnel, et dehors, dans la lumière, il exhibera les robes pleines de nuit qui iront danser sur les femmes qu'il ne désire pas, mais auxquelles il se fond et qu'ainsi il fait siennes. À travers chaque fibre qui les habille et qui vient de sa main, les femmes croiront qu'il les devine. Ada et lui savent bien qu'il ressent tout comme ces femmes et qu'il les couvre du dedans et non du dehors, comme elles le croient. Le vêtement vient exalter l'intérieur, le propulser hors du corps, le clamer et ne cache plus rien.

Saisissant son calepin, Florent griffonne : *couvrir le péché — découvrir l'envie de s'approcher et devenir l'arbre de la science du Bien et du Mal — couvrir le corps en le révélant davantage — mouvement paradoxal — lignes paradoxales. Plus on couvre, plus on va vers la nudité. L'âme est-elle nue quand le corps se déploie enfin dans le bon vêtement ? Collection 47-48 : Adam et Ève, commencements. Peau et fibre. Fourrure et textiles.*

Florent pose son crayon, il est épuisé, mais il est en train de faire la collection pour dans deux ans ! Il est fou ! Faut-il que ça l'inquiète de quitter cette maison s'il doit avoir tant de projets dans sa valise pour y arriver.

Un oiseau, un seul, déchire la nuit de son chant perlé. Florent s'immobilise, espérant follement que le cri reprenne, aussi isolé, aussi sublime. Encore une fois, encore un peu, avant que la nuit ne glisse comme une robe s'étale dans un dernier frisson en quittant la peau chaude. Encore une fois, l'oiseau reprend son chant auquel aucune voix humaine ne parvient.

Florent ferme les yeux, le cœur étreint de tristesse. Il est si seul, si seul avec son désir de toucher et d'atteindre les autres qui dansent au loin. Toutes ces lignes, tous ces dessins pour un peu de beauté, mais de beauté partagée sur un corps ami, un corps qui vient vers lui. L'aurore barbouille la nuit, indécise, un autre oiseau se met à roucouler. Pourquoi l'aube, si belle, le met-elle toujours face à lui-même ? Comme on se tient dans l'aurore, on meurt — seul. Florent en est convaincu. La nuit tombe en nous trouvant en quête de l'autre, d'une étreinte, d'un baiser, mais l'aurore nous saisit toujours seuls, même si les draps défaits gardent l'empreinte d'un autre corps. L'aurore nous trouve seuls et envahis des relents de la nuit, comme la mort nous trouve saturés de la vie dans laquelle on s'est baignés.

Florent rassemble les dessins, il ne veut pas voir ses *Perséides* à la lumière du jour, pas maintenant, pas encore.

Il laisse le jet de la douche couler sur son visage, le gifler et se répandre vers son cou, ses épaules. Pour le bonheur de pleurer sans discerner ses larmes de l'eau, Florent demeure sous la douche, le visage levé, les mains accrochées derrière sa nuque douloureuse.

* * *

Le retour d'Adélaïde au bureau bouscule tout le monde, comme s'ils s'étaient légèrement assoupis en son absence. Elle relance l'idée des importations européennes, pose des questions précises à Nic et à Stephen au sujet de certains contrats et les force à retourner à leurs devoirs, pendant qu'elle entreprend la recherche d'une boutique pour les *Coutures Florent.* Nic est presque traumatisé : « Tu nous fais passer pour des vieux pépères. Te rends-tu compte que tu as étudié les bilans de vente vingt minutes avant de décider d'acheter une boutique ? Vingt minutes ! »

Adélaïde n'arrive pas à déceler l'agacement ou le reproche chez Nic. « Oui, et alors ? Ça aurait dû m'en prendre combien pour voir l'évidence ? Je m'éloigne le temps d'avoir des jumeaux et les ventes ont baissé de 35 pour 100. Pourquoi ? Parce que j'allais chercher les clients graine à graine et que ça, c'est de la vente haute couture pour des produits couture. Évidemment que tu n'as pas fait ça. Résultat ? La collection est en entrepôt et je ne veux pas de ça pour *Coutures Florent.* Je ne dis pas que tu aurais dû le faire, je dis qu'on doit changer l'approche de vente. C'est un trésor, cet Atelier. Les vêtements sont magnifiques. Il faut les montrer, les vendre. On va trouver. »

Nic soupire, découragé : rien qu'à la voir travailler, il s'épuise. Cette femme est une dangereuse dynamo. « Viens, on va luncher et en parler. »

Mais Adélaïde a déjà rendez-vous avec Aaron et, comme elle ne l'a pas vu depuis très longtemps... Elle embrasse Nic et s'éloigne, légère et divinement féminine dans son tailleur « Florent », dont la taille ajustée fait ressortir les basques qui se soulèvent subtilement à chaque pas énergique, dévoilant un mouvement de hanches qui le laisse rêveur. Nic n'a pas eu le temps de lui demander de saluer Aaron qu'elle s'est engouffrée dans l'ascenseur.

Les mains d'Aaron tremblent. Peut-être ont-elles ce mouvement constant depuis un certain temps, mais c'est la première fois qu'Adélaïde le remarque, et cela lui serre le cœur de le voir aussi fragile. Ils parlent des jumeaux, de Nic, de l'été et des bienfaits de la campagne, pour finalement reprendre leur conversation sur Nuremberg, le procès qui ne finit pas de finir et qui étale chaque jour son supplément d'atrocités. Aaron et Adélaïde ont conclu que Theodore, s'il avait été fait prisonnier, avait probablement été transféré dans un camp pour Juifs, son nom et la circoncision trahissant ses origines. De quoi est-il mort, comment ? Le choix s'étend de l'atroce à l'indicible. Selon les jours, c'est une mort miséricordieuse ou ignoble, selon les jours, les conditions changent, mais l'issue demeure : Theodore ne reviendra jamais.

Aaron a perdu ses trois fils dans cette guerre, et sa femme est, selon ses mots, en train d'en mourir. Chaque mois apporte son tribut de renseignements, chaque mois ajoute au massacre. Esther, l'épouse d'Aaron, a laissé presque toute sa famille en Europe pour le suivre en Amérique.

« Je suis ici depuis plusieurs générations, mais elle… Si vous voyiez la collection de timbres de David : depuis trente-six ans, sa grand-mère reçoit trois lettres par semaine de Pologne. Enfin, recevait. Depuis dix ans, tout a changé. Depuis dix ans, elle a vu tout le monde disparaître, s'évanouir dans on ne sait quoi ou mourir, comme ses fils. Et maintenant qu'on apprend où et comment ont disparu tous ces gens, sa famille, ses racines… elle va en mourir, Adélaïde. Une femme juive *est* sa famille. Une femme juive est avant tout la détentrice et la protectrice des rites et des traditions. Cet été, nous avons célébré la *bar mitsva* de David, et elle a à peine pu cuisiner avec Eva. Et notre famille se ressent de sa défection. Chez nous, les femmes doivent vivre pour leur famille, pour tous ceux qui sont vivants et qui ont besoin d'elles. Esther ne peut plus.

— Que pensez-vous que les femmes sont supposées être, chez nous, Aaron ? Les mères canadiennes-françaises doivent vivre pour les leurs, les servir, les élever, en faire leur religion. On a des traditions différentes, mais les mêmes façons de les faire vivre : par les mères ! Vous ne pensez pas que votre épouse a bien assez donné, qu'elle a le droit de se reposer ?

— Arrêter veut dire mourir, Adélaïde.

— Pourquoi cela ne voudrait pas dire vivre son chagrin et ensuite pouvoir reprendre ses plats cuisinés selon vos traditions ?

— Vous trouvez cela idiot ? Vous n'êtes pas une femme canadienne-française selon les normes, vous.

— Qui peut l'être ? Vous en demandez trop aux femmes, Aaron. Vous leur demandez d'être très fortes et de disparaître en même temps. Tenir une famille, l'élever, conserver les valeurs et se considérer moins que la poussière qu'elles ramassent tous les jours. »

Elle lui raconte le choc de son retour au bureau, la surprise de ses collaborateurs de la voir garder sa place « même et malgré le retour de Nic ». Elle les voit écarquiller les yeux de stupeur qu'elle ne reprenne pas *sa* place, celle de l'assistante dévouée, qu'elle ne recule pas humblement dans l'ombre pour laisser les hommes à la lumière. Le récit réjouit beaucoup Aaron. Alors qu'il ne supporterait rien de cela dans ses propres affaires, il aime tellement Adélaïde qu'il trouve stimulant de la voir se battre et forcer l'estime des « *big business men* ». Quand elle s'aperçoit qu'elle l'amuse, Adélaïde continue de raconter sur un ton léger ses misères et les petites crises hebdomadaires qu'elle avait à régler quand Nic était au loin.

« Votre ami Stephen n'est pas facile à convaincre non plus. Engager une femme comme Jeannine le fâchait et lui semblait du gaspillage. Et évidemment, j'ai dû me battre pour lui donner le salaire qui était prévu pour le directeur ! »

L'œil d'Aaron s'allume, il adore parler d'argent et des joutes qu'il suscite : « De combien il baissait ?

— Trente pour cent.

— Mmm... pire que moi. J'en suis à vingt-sept pour cent et mes employées femmes vous doivent beaucoup sans le savoir. J'apprends de ces *business lunch*, j'apprends ! Alors, combien avez-vous négocié ? »

Adélaïde s'étonne qu'il le demande. Jeannine élève seule ses trois enfants, il n'y a aucune raison qu'elle soit moins payée qu'un homme qui ferait sa *job* et qui aurait une famille à faire vivre.

« Et si elle se remarie ? Et si le nouveau mari gagne beaucoup ?

— Aaron ! Mon mari gagne beaucoup, beaucoup d'argent ! Ça ne m'empêche pas d'en faire.

— Puis-je jouer à l'avocat du diable ? Et si elle vous laissait et que vous engagiez quelqu'un d'autre ? Une femme sans enfants. Vous offrez le même salaire ?

— J'aurai beaucoup de mal avec Stephen, mais... je pense, oui. Il me semble qu'il le faudrait, même si ce serait normal qu'on baisse le salaire. Je ne sais pas, je devrais réfléchir. Dieu merci, Jeannine ne se marie pas et elle a l'air heureuse à l'Atelier. »

Ce n'est qu'à la fin du repas, alors qu'elle se dépêche pour aller à son prochain rendez-vous qu'Aaron lui demande si elle peut réfléchir à la possibilité de rencontrer Leah. La petite fille a eu onze ans cet été et elle se comporte assez mal : elle rouspète et argumente sur tout, elle se montre fort peu religieuse et se prétend incroyante, elle agace et provoque son frère, elle ment et répond à sa mère. Une sourde révolte gronde en elle, et Aaron ne voit aucune femme dans sa maison qui soit capable de discuter convenablement avec la petite fille.

« Leah n'est pas heureuse, Adélaïde, elle n'a pas de joie en elle, que de la colère. Il me semble que vous pourriez, vous, la rassurer. Elle est si différente de toute la maisonnée. Si elle vous voit, elle saura qu'on peut avoir de l'énergie, vouloir déranger et être tout de même une femme. »

Adélaïde saisit l'hommage que sous-tend la proposition d'Aaron. Mais elle trouve cela si dangereux, si possiblement malséant.

« Sa mère ? Vous le lui diriez ? Elle le sait pour… Theodore et moi ?

— Eva se remarie, Adélaïde. Elle va quitter la maison, et si je ne trouve pas une alliance nouvelle, je ne verrai ma petite-fille que pour la sortir de prison. Ce mariage l'irrite beaucoup, voyez-vous.

— Et je suis "l'alliance nouvelle", Aaron ? Vous êtes quand même un maudit ratoureux ! »

Il sourit : « *A tricky Jew*, certain ! Saluez Nic et pensez à Leah et à l'Alliance des justes, à Noé à qui Yahvé a promis de ne plus jamais provoquer de déluge. Évitons les catastrophes, Ada, il faut aider Leah. »

Elle s'éloigne en se disant que Yahvé a peut-être renoncé au déluge, mais pas aux multiples autres possibilités de cataclysmes.

* * *

C'est un automne des plus agités que connaît Adélaïde. Patrick Gauvin a loué un appartement très grand, en espérant le partager avec Fabien, qui refuse de bouger de son « misérable réduit » en se réclamant d'un pressant besoin de solitude pour mener à bien des études complexes. Patrick a trouvé un « *room-mate* » inespéré en Guillaume, qui estime que le retour d'Adélaïde et de sa famille menace dangereusement ses sorties illicites et ses activités amoureuses.

Adélaïde laisse partir Guillaume avec inquiétude. Il est jeune encore et bien exalté. Qu'il passe ses nuits à fumer et à discuter à la Casa Loma, passe encore, mais qu'il fréquente des communistes notoires que les autorités ont à l'œil ou qu'il dévergonde de jeunes filles l'enthousiasme beaucoup moins. Comme le début de ses études de sociologie à l'Université de Montréal le passionne, elle prévoit qu'une partie de son énergie sera enfin canalisée à la bonne place.

« Je me fiche bien de ce qui est officiel ou pas, Guillaume Miller. Je promets à chaque mois à Rose de veiller sur toi et je ne manquerai certainement pas à ma promesse. Alors, conduis-toi en homme responsable si tu veux être un homme libre. Et arrange-toi pour que je ne mente pas à Rose sans le savoir. »

Guillaume accepte docilement de bien se conduire. Rose est toujours l'argument majeur et quasi magique. Les lettres de Rose, les opinions de Rose, tout ce qu'elle pense et dit est parole d'Évangile pour Guillaume, qui s'ennuie d'elle davantage que tous les autres. Rose ne parle pas encore de revenir au pays, elle semble heureuse et, surtout, elle trouve à employer sa compassion dans cette Angleterre si brisée et si lente à se relever de la guerre.

À l'hôpital où elle travaille, dans le sud de Londres, les blessés arrivent encore par douzaines, venus parfois de très loin et tous mutilés à la limite du supportable.

C'est si long reconstruire ce qu'une bombe détruit en dix minutes. J'ose à peine imaginer ce que la bombe nucléaire a produit au Japon. L'hécatombe que ce doit être. Je trouve le moyen atroce et inacceptable, même si la victoire fut à ce prix. Je vois trop l'horreur des bombes « ordinaires » pour ne pas redouter celle des bombes nucléaires.

Les lettres de Rose sont remplies de ce genre de réflexion. Rien sur elle-même, sauf la classique remarque « *ma santé est bonne* », qui semble aux yeux de Rose le seul élément privé qui puisse intéresser les siens. Par contre, la liste des questions concernant ses frères, sœurs, neveux et nièces, ses demandes de photographies « *pour les imaginer un peu mieux* » est interminable.

Assidûment, Adélaïde répond, expédie des lainages, des écharpes aux couleurs vives, des dessins de Léa et les premières photos des jumeaux et de la maison d'été nouvellement acquise.

Les travaux pour aménager la maison selon leurs désirs commencent à l'automne, et Nic se charge des allers-retours, en tant que directeur des vacances et de la bonne vie. Louisette a accepté de venir s'installer chez les McNally pour continuer à s'occuper des enfants, et elle s'entend à merveille avec Lionel pour ce qui est du partage des tâches, ce qui soulage énormément Adélaïde.

Les jumeaux perdent leur entité générale pour devenir des bébés très différents. Au lac, Thomas a commencé à faire ses nuits et, de la même façon qu'il mange avec appétit, il dort avec ardeur.

« Ma foi du Ciel, Nic, il ronflote, il grogne de plaisir en dormant ! »

Adélaïde peut faire des rondes avec Léa autour du berceau de Thomas, il n'y a pas un son pour le tirer du sommeil. Anne dort légèrement et s'éveille au premier chant d'oiseau. Contrairement à son frère, elle ne manifeste pas, ne crie pas : elle reste au fond de son berceau à fixer ce qui bouge autour d'elle ou à agiter ses mains devant ses yeux ravis. Anne ressemble à Rose dans sa tranquille contemplation. Elle a les cheveux d'un blond teinté de roux qui s'apparente beaucoup à la couleur de ceux de Nic quand il était plus jeune. Thomas, lui, fonce à vue d'œil. Il faut protéger le teint délicat d'Anne tandis que rien ne semble pouvoir altérer celui de Tom. En revenant en ville, à huit semaines, Thomas pèse déjà sept livres de plus que sa sœur.

« Pourquoi elle pousse pas, Anne ? » s'inquiète Léa, qui est prête à arroser sa sœur comme une plante. Adélaïde explique que chacun grandit à son rythme et que, quelquefois, un bébé a envie de rester bébé plus longtemps.

« Mais on pourra pas toujours s'occuper juste d'elle. Va fouloir être raisonnable un tit peu », conclut Léa, qui commence à trouver les bébés un peu trop encombrants, malgré les efforts d'Adélaïde, de Nic et de Florent pour consacrer du temps exclusif à l'ancienne petite reine.

Un jour qu'Adélaïde, débordée, voit Léa s'éloigner avec son dessin sans avoir pu le lui montrer, elle a un tel pincement au cœur qu'elle la rattrape au milieu des escaliers et lui demande de regarder. Assises toutes deux dans les marches, elle écoute Léa lui raconter l'histoire et s'aperçoit qu'elle s'arrête dès que Thomas hurle en haut.

« Continue, Léa, il faut qu'il se fasse la voix un peu, notre ténor. »

Les yeux de sa fille, incrédules, la fixent un moment puis elle continue et Thomas se tait avant que le dessin, très riche en rebondissements, ne soit totalement expliqué.

C'est après cet incident que l'idée d'exposition des œuvres de Léa revient à la mémoire d'Adélaïde. Elle en discute avec Florent, bien calée dans son fauteuil où elle joue avec les épingles. Ils décident de profiter du bal de fin d'année que veut rééditer Nic. De cette façon, de Noël au début de l'année 1947, les œuvres de Léa seront admirées par tous les visiteurs.

C'est ce soir-là que Florent décide de montrer *Les Perséides* à Ada. Il a retravaillé les croquis, en a fait quinze esquisses, éliminant les redondances et retravaillant les lignes d'ensemble. Il lui demande d'attendre dans l'atelier puis la fait venir dans sa chambre.

« Je ne sais pas pour quoi ou pour quand, c'est un peu spécial comme concept, peut-être que ce n'est même pas réaliste, je veux dire, pas rentable, tu verras… »

Nerveux, il la laisse s'avancer vers le lit où il a déployé les quinze modèles en demi-cercle. Comme une traînée d'étoiles dans le firmament, *Les Perséides* arrachent un cri de surprise éblouie à Adélaïde. Un poème symphonique et lumineux, une élégie esthétique, un fol hommage à la féminité, à la fluidité des formes, à la force de la beauté. Pas un modèle ne ressemble à l'autre et pas un ne va sans l'autre. Chaque femme appelle la suivante, rappelle la précédente, comme une femme aimée qui, dans un rire, attire le baiser qui remémore la première étreinte et met le feu à la prochaine. Ces femmes, ce déploiement émouvant de la multiplicité et de la différence, ces femmes illustrent quinze possibilités sans prétendre être quinze perfections, et là réside la différence. Ce n'est pas une escalade vers la perfection, c'est l'affirmation que chaque individualité est perfection. Les vêtements sont des œuvres d'art qui, en prenant appui sur le réel, s'en détachent avec force, l'exaltent. La robe est parfaite pour la femme prise comme modèle et dessinée. La femme charnelle est authentique, vivante, vibrante de ses défauts, de ses manques même que la robe comble, cache discrètement ou révèle avec fracas. Ada reconnaît Jeannine ou enfin, sa manière, son intériorité, Marthe et elle-même. La trinité de Florent. Ses trois pôles qui, encore une fois, enrichissent la diversité, font exploser les carcans du beau, l'unique ligne pure au profit du foisonnement vif et éclatant.

Adélaïde touche avec délicatesse le trait souple sur le dessin : « On peut presque entendre le bruit du taffetas, sentir le "grichement" du tulle, l'odeur de l'organza… C'est si beau, Florent, si beau… si unique. Jamais je n'ai vu autant de luxe et de splendeur mis ensemble. »

Voilà bien le problème de Florent : il ne veut plus toucher à la haute couture, il ne veut plus du modèle unique. Mais cela exige d'être unique. Il ne peut pas les bisser, ces merveilles.

« Je les ai dessinées en une nuit, Ada, et je ne sais pas quoi en faire. Je ne veux pas créer du luxe, mais il n'y a que le luxe qui me vient. »

Adélaïde met les bras autour de son cou : « On verra, Florent, elles existent, elles sont là, le reste viendra tout seul. Tu as un talent fabuleux, il faut que tu le montres, il faut qu'on l'amène jusqu'aux gens. Ça ne peut pas rester ici ou à l'Atelier, tu comprends ? Tu admires Dior et Balenciaga… Sais-tu seulement que ces quinze robes les égalent et les dépassent ? »

Florent proteste, gêné, certain que l'affection d'Ada dévie son jugement, l'affaiblit.

« C'est vrai que je t'aime, Florent, même sans talent, je t'aimerais. Mais ton talent, c'est toi. Ton génie, c'est toi. Indissociable, comme nous deux.

N'essaie plus de savoir qui mène l'autre, ça fait trop longtemps que ton talent te conduit, qu'il te fait regarder le monde d'une façon inimitable. »

Il ferme les bras sur elle et reste là, le nez dans son cou, totalement heureux. Adélaïde aime *Les Perséides* et il ne veut rien d'autre que ce bonheur à savourer. Il finit quand même par poser la question : « Laquelle tu choisirais ? »

Adélaïde reste longtemps à considérer l'ensemble et pointe finalement le doigt sur la septième esquisse : « Ce soir, je me sens comme celle-là. Mais l'été dernier, j'étais la sixième. »

Florent acquiesce silencieusement. Au mois d'août, la sixième était effectivement la première version pour Ada. Quand Nic est convié au « Saint des Saints », comme il appelle les appartements de Florent, il indique aussitôt la septième : « Voilà ! Cette robe pourrait s'appeler *La Fabuleuse Ada à la conquête du Ciel.* Adélaïde va nous propulser très loin, Florent, et cette robe le dit. »

Florent propose de la couper pour le bal de décembre, même si Adélaïde proteste qu'elle vient d'acquérir rue Sherbrooke la boutique des *Coutures Florent* qu'il faudra totalement décorer et emménager d'ici janvier, ce qui constitue une tâche de Titan.

Nic est scandalisé d'apprendre ces délais qui lui semblent tyranniques : comment aller si vite en continuant tout le reste ? « Tu veux nous tuer, Ada ? Tu te rends compte qu'on n'a pas assisté à un seul concert depuis la naissance des jumeaux ? Depuis un mois, je t'achale pour aller au théâtre. Je refuse d'être le petit nègre de ta galère. Et Florent aussi. Florent ? Refuse, s'il vous plaît.

— Non, Florent, ne te ligue pas contre moi, je ne pourrai plus rien faire. »

Florent se garde bien de prendre pour l'un ou pour l'autre. Il décide toutefois de remettre à plus tard la discussion sur son déménagement qu'il envisage pour le mois de mai. La chose est pénible à faire pour lui, mais ce sera encore pire si Ada s'y oppose ou si elle discute.

Ce soir-là, la planification de l'année est reprise pour la vingtième fois. Adélaïde finit par admettre que si l'ouverture de ce qui s'appellera la *Boutique Florent* s'effectue en mai, ce sera plus facile à gérer. Nic est heureux d'obtenir cette concession. Elle aura ainsi le temps de choisir le personnel, et mai lui permettra d'organiser une ouverture printanière fracassante.

Nic insiste pour qu'ils passent au moins deux mois au lac, ce qu'Adélaïde trouve complètement insensé jusqu'à ce qu'il ajoute qu'il a l'intention de lui acheter une voiture lui permettant de venir travailler quelques jours par semaine, alors que lui restera là-bas. Reste à prévoir la vraie mise en chantier des importations européennes, soit le voyage de Florent et d'Adélaïde, ce qui fait hurler les deux intéressés qui ne peuvent quitter les enfants et leurs activités professionnelles pour plus de quinze jours.

« *Timeout,* Nic ! Laisse-nous un peu souffler toi-même ! Messieurs, je vais me coucher. »

Quand Nic la rejoint, elle le menace de faire chambre à part s'il lui reparle affaires ou voyage ou quoi ce soit de ce style. Elle s'étend voluptueusement dans le bain, et dès qu'elle ferme les yeux, ils entendent un couinement dans la chambre à côté.

« Anne… ça c'est Anne. Tu veux y aller avant que le ténor attaque ? »

Vêtu uniquement de son caleçon, Nic va chercher la minuscule Anne qu'il installe ventre contre son épaule et qu'il tient d'une seule main, couvrant tout le dos du bébé. Elle bave avec bonheur dans le cou de son père qui la promène en se brossant les dents. Adélaïde les suit des yeux : « Ce que j'aime, c'est que tu aies pensé à retirer tes chaussettes. Ça fait mauvais genre et ça coupe le mollet sans élégance aucune. Alors que là… »

Nic se rince la bouche, se tourne vers elle et retire son caleçon : « Ça ? C'est mieux ?

— Veux-tu te rhabiller ! Ta fille va être marquée pour la vie ! »

Anne dort benoîtement, blottie contre Nic, petit paquet détendu, pas très menacé de traumatisme. Nic va la poser dans son lit, la recouvre et revient en fermant la porte. Il s'assoit dans le bain avec autorité : « Bon ! On a dix minutes pour te laver le dos avant que le tocson Thomas n'entreprenne son numéro d'enfant martyre. »

Adélaïde glisse vers lui : « Dix minutes ? Laisse faire le savonnage ! J'ai propre, comme dit Léa. »

Quelques jours plus tard, Nic frappe à la porte de Florent, muni de ses dernières épreuves de photos. Il explique son projet : pour l'expo de Léa, il voudrait joindre une photo par dessin, et Florent choisirait dans quel groupe il ajoute les quinze esquisses.

« On ferait quinze trios comme ça à travers la maison. »

Florent est certain qu'il ne faut pas exposer *Les Perséides* avant que la décision ne soit prise de les fabriquer ou non. Mais il trouve mieux : « J'ai un carnet rempli de croquis de Léa depuis sa naissance. J'en ai fait plusieurs pendant la guerre, en pensant te les montrer un jour. Tu vois comme nos activités nous distraient des choses importantes, je ne l'ai jamais mis à jour ni fignolé. C'est l'occasion. Pour chaque trio, on mettrait un dessin, une photo et un croquis. Tiens ! »

Il lui tend le carnet que Nic feuillette, bouleversé. Léa dans son berceau, un profil dodu au nez si petit, l'œil fasciné de Léa qui boit au sein de sa mère, la lèvre inférieure ourlée d'une goutte, Léa plus grande, coiffée d'un chapeau orné de fourrure de lapin qui lui fait une frimousse adorable. Nic embrasserait chaque dessin. Quand il ne reconnaît pas certains éléments, il tourne le croquis et s'aperçoit qu'il s'agit d'une année de guerre.

Finalement, il remet le carnet à Florent : « Celui où elle boit au sein, celui où elle dessine, celui où on voit ses deux petites palettes d'en avant — j'ai des photos presque semblables. On devrait... »

Ils ont un plaisir fou à monter cette exposition, à travailler, à encadrer et à créer des concepts de présentation. L'excitation de Léa, qui a pris énormément de temps à choisir dans la masse ses quinze dessins favoris, est à son comble. Les dessins n'étaient pas les quinze meilleurs aux yeux de Nic et de Florent, mais Adélaïde a défendu âprement les choix de Léa en admettant qu'ils sont discutables, mais qu'ils sont les siens et que l'idée était qu'elle soit heureuse. Adélaïde est très consciente que le dessin confus, presque géant, que sa fille et elle ont regardé dans l'escalier a été choisi parce que Léa y associait un moment où elle avait capté l'attention de sa mère. Adélaïde est convaincue qu'il faut laisser la petite fille décider et exposer *ses* chefs-d'œuvre, choisis dans la plus grande subjectivité.

Marthe leur donne un coup de main pour les encadrements et l'accrochage. Un soir de décembre, Adélaïde arrive avec des gâteaux et improvise un thé de gala en « l'honneur du jour de l'Immaculée Conception, supposé être férié et que les boutiquiers ont boudé ». Marthe exulte : enfin, les catholiques désobéissent un peu et mettent un pied en dehors du sentier tracé par les évêques !

Adélaïde soutient que, rue Sherbrooke, les clientes entraient et sortaient des magasins restés ouverts malgré toutes les directives contraires : « Guillaume va applaudir, je le sens. »

Mais Guillaume a une peine d'amour et il la passe enfermé dans la bibliothèque de l'université à dévorer des livres de sociologie.

« Si toutes les peines d'amour pouvaient provoquer autant de zèle, d'après ce que dit Patrick, la province de Québec serait en avance pour ce qui est de la culture. »

De l'avis même de Patrick, ses études à lui mériteraient plus d'ardeur. Il étudie en littérature « comme les femmes vont en médecine pour se trouver un mari », sauf que lui, c'est pour se trouver une femme. « Finalement, j'aurais dû prendre histoire de l'art, il y en a plus. » Il n'est même pas arrivé à trouver le nom de l'amoureuse de Fabien, qu'il ne voit qu'à ses moments libres. Fabien se décommande à la dernière minute de plus en plus souvent.

« Je pense que c'est une femme mariée, parce qu'elle a des horaires changeants. La semaine passée, on devait aller au théâtre et, tout d'un coup, fini, la dame s'était annoncée. Dix minutes d'avis et plus de Fabien. Qui je pouvais trouver, à une heure de la pièce ? Guillaume ! Qui a soupiré du début à la fin. Le théâtre l'intéresse pas mal moins depuis sa rupture avec Juliette. Cette maîtresse-là devrait penser qu'il n'y a pas que Fabien qu'elle bouscule, il y a ses amis aussi. »

Il parle de rédiger un court pamphlet à l'usage de la femme adultère et des principes qu'elle devrait considérer : « Ces femmes sont impardonnables de ne penser qu'à leur mari ou à leur réputation ! Elles brisent des amitiés, saccagent des soirées, emmerdent tout le monde. Il leur faut un code d'éthique. Sauf que je ne suis pas sûr que mon professeur considère ce genre d'écrit comme de la littérature. »

Quand Patrick se met à délirer comme ça et qu'il creuse ses idées farfelues jusqu'à ce qu'elles prennent de l'allure, Marthe se met à l'applaudir et à l'encourager, au grand désespoir d'Adélaïde.

« Ce jeune homme a de l'invention pour révolutionner le pays et tu veux l'assagir, Adélaïde. Quelle tristesse ! On a tellement besoin de son esprit dérangeant.

— Il fait le bouffon, Marthe. Il amuse la galerie comme un acteur qui cabotine, et tu sais ce que tu penses de ça.

— Mais il le fait pour te plaire ! Il inventerait n'importe quoi pour attirer ton attention.

— Alors, c'est raté. Vraiment, il n'a plus l'âge de Léa ! »

Marthe dépose sa tasse en souriant : comment Ada peut-elle repousser avec tant de légèreté l'admiration masculine ? Si elle était l'objet de tant d'attention, Marthe est persuadée qu'elle y penserait au moins, qu'elle jouerait avec l'idée de séduire : « Tu ne t'éloignes jamais du droit chemin, Adélaïde ?

— Ce n'est pas de la vertu, Marthe, c'est ma manière. Je n'en ai ni l'envie ni le besoin. Vraiment, je suis fidèle par défaut : les autres hommes ne me font pas d'effet. Je n'y pense jamais et je t'avoue que quand eux y pensent ou me forcent à y penser, ça m'ennuie.

— Comme Jean-Pierre.

— Oui. Au moins, Patrick a compris que j'étais une femme heureuse et il ne se présente pas comme une option envisageable. »

Marthe se dit que le jeune homme a compris à quelles conditions il pouvait fréquenter Adélaïde, ce que Jean-Pierre refuse tout simplement, parce que les conditions que posent les femmes ne peuvent, pour lui, être que des délais et non des refus.

« Marthe, je ne veux pas parler de séduction, mais d'affaires. J'ai besoin de toi. Que dirais-tu de devenir gérante de la *Boutique Florent* ? Tu la diriges comme tu veux, toutes les bonnes idées sont bienvenues, tu t'arranges pour que ce soit comme Florent le souhaite et pour que Stephen et moi, on te fiche la paix parce que les ventes sont excellentes. Tu fais les heures que tu veux, en autant que la *business* roule et que tu engages un personnel de confiance. Pour le début, Florent et moi, on a pensé t'adjoindre Laura, qui fera toutes les retouches et les ajustements. Elle connaît les modèles parce qu'elle les coud et elle a beaucoup d'expérience, malgré son jeune âge. Inutile de te dire que Florent serait aux anges. Et moi aussi. Je sais qu'il y a Babou, les problèmes de planification et tout. Je te demande d'y réfléchir d'ici le 1er janvier. Parle avec Florent, rappelle-moi quand tu veux pour n'importe quelle question, essaie de voir. »

Marthe est si surprise, si excitée et à la fois si incertaine : « Je ne pourrai jamais !... Tu es sûre ? C'est un travail énorme et fantastique. Tu crois que je pourrais ? »

Adélaïde ne pensait pas avoir à rassurer Marthe sur ses capacités à faire le travail. Elle est sidérée de la découvrir si peu confiante en ses qualités, si remplie de doutes quant à sa compétence.

« Ma pauvre Ada, je parle beaucoup, mais je ne dérange pas un pion sur l'échiquier. C'est toi qui agis. Regarde les choses telles qu'elles sont : je suis une femme trompée qui s'arrange pour le prendre avec élégance, et ce que j'ai produit depuis dix ans, c'est un enfant attardé qui dit son nom et que tout le monde regarde avec condescendance. Pas de quoi pavoiser. Ma seule lutte intéressante, à mes yeux, a été de résister au désir de Jean-Pierre de faire enfermer Babou dans un asile d'arriérés. C'est tout. Mais j'ai lu beaucoup de livres et, tu vois, ça m'avance juste assez pour savoir que je ne fais rien. Rêver de faire une colère, parler toute seule une fois l'adversaire sorti de la pièce, c'est ma spécialité, Ada. C'est pas avec ces trophées-là que je peux partir en croisade et changer le monde. C'est ce que je répète à Guillaume : tu ne changeras rien en le rêvant seulement. Et tout ce temps-là, c'est toi qui bouges, Adélaïde.

— Alors, bouge avec moi, prends la direction de la boutique.

— Je vais y penser, Ada. Sérieusement. Je vais penser à Babou et essayer de convaincre Jean-Pierre.

— Pardon ?

— Convaincre Jean-Pierre, oui. Qui va trouver là une bonne raison pour reprendre la discussion de placer le petit. Pour mon bien, évidemment. Dans le fond, il refuse que je peigne ou que je travaille. Il me préfère à la maison, mais il ne peut pas le dire carrément au risque d'avoir l'air de ce qu'il est : un rétrograde qui aime les femmes à sa botte. C'est pas qu'une petite révolution que tu vas entraîner dans cette maison ! Ça t'étonne ?

— Oui. J'avoue que je ne te voyais pas obligée de demander la permission de travailler.

— On le fait toutes, Adélaïde, avec plus ou moins de franchise, on le fait toutes. »

Adélaïde ne voit rien de semblable dans sa vie. Peut-être à cause du départ si *business* de son union, Nic n'a jamais remis en question autre chose que le temps alloué aux vacances, et cela, depuis son retour. Elle est convaincue qu'il ne s'agit pas d'un truc pour la manipuler de façon détournée, pour la ramener au foyer et la mettre à sa place. Elle s'en assure tout de même auprès de Nic. Surtout que Stephen considère que d'engager une autre femme à un poste aussi névralgique que celui de directrice de la boutique est risqué. Comme une femme a moins d'autorité et d'esprit de synthèse, elle risque de prendre des décisions qui coûteront cher, elle demandera plus de surveillance de leur part et, le pire inconvénient, si elle est enceinte, elle va les laisser tomber. Adélaïde résume :

« Bref, pour Stephen, engager une femme, c'est engager la moitié d'un homme. »

Nic comprend très bien l'opinion de son collègue. Il trouve que c'est vrai, que la plupart des femmes sont pusillanimes, qu'elles n'osent pas, qu'elles sont susceptibles d'être détournées de leurs objectifs par des tentatives de séduction et que diriger des hommes peut devenir extrêmement problématique : « Regarde-toi avec Stephen ! C'est ton employé, mais parce que tu es une femme, il discute avec toi de plain-pied. Jamais il ne me parlerait comme ça. T'as renvoyé Garneau pour à peu près la moitié de ce que fait Stephen.

— Mais c'est ton ami ! Je ne peux pas le traiter autrement. Il a été propriétaire de certaines de ces compagnies, ce serait...

— Ce serait agir comme un homme. L'humanité et le souci d'autrui, c'est très mauvais en affaires. Les femmes pensent à ces choses-là et ça les empêche d'avancer. Ce qui te fait ménager Stephen le fait tirer parti de sa position. Est-ce qu'il te respecte davantage pour autant ? Non. Il m'appelle pour me mettre de son côté avant le *meeting*, c'est tout. Il s'arrange "entre hommes".

— C'est pas vrai ? Il fait ça ?

— Oui, madame ! Et je fuis les récriminations de tous nos employés et sous-fifres, qui viennent me demander quand je reprends la barre. Et, là-dessous, ils disent tous : votre femme est bien belle, mais elle nous emmerde !

— Et toi, Nic, en dessous, tu penses quoi ? »

Elle est assise dans le lit. Elle lui a encore emprunté sa veste de pyjama qu'elle préfère à toutes ses jaquettes. Elle la porte sans relever les manches trop longues, sans boutonner le col, ce qui fait que l'échancrure glisse sur son épaule et la dénude. Cette veste lignée bleue qui lui arrive à mi-cuisses — et encore, dans la partie haute de la cuisse —, cette veste est probablement le vêtement qui la rend le plus désirable.

Il suit du doigt la ligne du cou, le creuset de la clavicule, l'arrondi de l'épaule en ayant l'air de réfléchir profondément : « Je pense que ce que tu as fait pendant la guerre, tu peux encore le faire maintenant, et aussi bien. Je pense que Jeannine, qui élève toute seule trois enfants, sait très bien faire la différence entre ses émotions et l'administration. Mais je pense que tous les employés mâles de McNally ne le croient pas et refusent de le croire pour une raison très simple : vous les menacez. Vous, les femmes. Comprends-les, Adélaïde. Depuis qu'ils sont nés, vous êtes l'incarnation du Diable, les faiseuses de troubles qui les entraînent au péché mortel, des appels auxquels il faut résister. Et, tout à coup, vous seriez aussi des cerveaux ? Des corps désirables, tentateurs, affolants, O.K., mais des cerveaux ? Et comme il y a beaucoup de femmes qui ne sont que des corps et qui ne demandent qu'à l'être... ces hommes peuvent garder leurs illusions sauves.

— Qu'on ait un cerveau les menace ? Voyons, Nic ! Ils savent très bien cela et depuis longtemps. Ils ont des mères qui sont autre chose que des corps, non ?

— Des mères. Des mères, ce n'est pas pareil dans leur esprit. Les femmes qu'ils épousent doivent devenir des mères et élever leurs enfants dans la crainte de Dieu et du péché, donc, la crainte des femmes. La science vous accorde un cerveau plus petit que celui des hommes, faut pas s'étonner que les hommes vous en accordent encore moins.

— C'est décourageant ! Pourquoi Marthe, que je croyais si évoluée, si moderne, a-t-elle peur de l'opinion de Jean-Pierre ? Il la trompe tout le temps. Lui, il devrait avoir peur ! Mais c'est elle qui a peur.

— Il doit avoir des qualités cachées pour que tant de femmes lui cèdent. Tu n'as jamais été tentée ?

— Non.

— Oups ! Petite hésitation...

— Non, je te jure. Ce n'est pas un homme qui me plaît. Je ne sais pas comment dire, il... il me donne l'impression de ne pas avoir de cerveau, tiens !

— Troublant, non ? »

Les yeux d'Adélaïde n'évitent pas son regard : « D'habitude, non. Mais, pendant la guerre, à un moment, j'ai probablement compris pourquoi il réussissait son coup. Il sait comment réveiller la part la moins pensante d'une femme. Il joue avec l'envie d'amour, mais il n'y a pas d'amour là-dedans, je ne sais pas comment t'expliquer.

— Il a du pouvoir.

— Oui, c'est ça.

— Le pouvoir de dompter, de te prendre et de te dompter ?

— Ça donnait cette impression-là. Comme s'il pouvait m'avoir, me posséder à travers ça.

— Et qu'est-ce que c'est d'autre, le sexe, tu penses ?

— Nic ! Ce n'est pas ça ! Ce n'est pas de la bestialité ou du pouvoir.

— Mais ça l'inclut. Bravo si ça le dépasse, mais ça part dans l'animalité et dans le pouvoir. Tu sais quoi ? Malgré toutes les femmes qu'il a séduites, je parierais que Jean-Pierre n'a jamais dépassé ça, qu'il n'a jamais aimé.

— Pauvre Marthe.

— Pauvres toutes les autres aussi... Tu te souviens de notre première nuit, Adélaïde ? De l'orage, de la violence ? Première fois de ma vie que j'aimais en faisant l'amour. Première fois que le corps parlait d'autre chose que du plaisir, mais en passant par le plaisir. Première fois que je perdais le contrôle, donc le pouvoir. Je t'aimais et je ne le savais pas. Pas à ce point-là. Mais avant toi, je savais très bien comment mettre le cerveau et la conscience d'une femme sur la table de nuit.

— C'était bien ?

— C'était plus facile… et ça donnait l'impression d'être puissant. Comme l'alcool donne l'impression d'être gai. Rien à voir avec l'amour ou le bonheur. D'accord ?

— D'accord. Et je fais quoi avec Stephen ? »

La main de Nic reprend son périple et, cette fois, il déboutonne un peu plus la veste qu'il écarte en s'inclinant pour cueillir son sein. Elle le fait basculer. Il l'attire contre lui : « Sur la table de nuit, Stephen ! »

* * *

Marthe accepte en prévenant Adélaïde qu'elle aura son divorce sur la conscience. Mais pas l'enfermement de Babou, puisque sa mère accepte d'en prendre soin. Elles ont un plaisir insensé à travailler avec Jeannine, dont le franc-parler enchante et provoque Marthe. À elles trois, elles décident de « mettre les *Coutures Florent* au pinacle de la mode en trois ans ». C'est d'ailleurs une des choses qu'elles prévoient dès la première rencontre : 1950 devra être une année exceptionnelle, avec une vision et des tendances modernes, très moitié de siècle, très détachée de l'ancien temps, des traditions, des anciennes valeurs.

En attendant, elles préparent l'ouverture pour le 1er mai 1947, une ouverture qui se fera avec éclat et beaucoup de vedettes, promet Marthe, qui s'est mise en campagne. Les réunions ont lieu à l'Atelier, en fin de journée, quand les employés partent et que Jacynthe et Alex font leurs devoirs dans le bureau de Florent. Tommy est confié à une jeune mère du voisinage, qui a elle aussi un enfant en première année et qui les ramène tous deux chez elle après l'école.

Florent leur prépare du thé et il y a toujours des biscuits, prétendument pour la collation des écoliers, mais qui s'avèrent des tentations malicieuses : « C'est pour nous faire perdre notre ligne ! Comment il s'arrange pour trouver ce qu'il veut sans ticket, ton Lionel ? Moi, je suis rationnée sur le sucre et la mélasse. Tu viendras pas me dire qu'il n'a pas de passe-droit ! »

L'engagement et le salaire de Marthe font l'objet d'une discussion sérieuse entre Stephen et Adélaïde, qui refuse net de considérer les arguments concernant autre chose que la compétence de l'employée. Quand

Stephen soutient « que les femmes font du trouble dans toute l'industrie textile et que les grèves qui menacent sont leur fait et qu'auparavant jamais ça ne se serait passé comme ça », Adélaïde lui répond que *Coutures Florent* a depuis longtemps accordé à ses employés les conditions réclamées par les grévistes et qu'ils n'ont donc aucune grève à craindre chez eux. Elle ajoute même qu'elle espère que les grèves vont se terminer avec gain de cause pour les travailleurs, qu'un peu de justice ne provoquera pas la ruine de l'industrie, que les temps changent et que Stephen devrait cesser d'invoquer le passé.

« C'est fini, le passé, Stephen. La Crise, la guerre, c'est fini ! *Move on !* »

Elle est à deux doigts de lui dire d'apprendre le français, tant qu'à y être, mais elle se retient : si elle veut garder Stephen, elle doit le ménager un peu. Trois femmes avec qui parler, négocier et décider, c'est beaucoup pour lui. Sans compter que *McNally Importations* est relancé sous sa direction à elle, ce qui irrite encore plus le pauvre homme.

Adélaïde a bien du mal à laisser le travail « sur la table de nuit », comme dit maintenant Nic. Le temps des fêtes lui a occasionné beaucoup de retard, et elle travaille jusque tard le soir, dans le bureau ou dans le saint des saints de Florent, pendant qu'il dessine. Enfin, aussi tard que Thomas ou Anne la laissent travailler. Depuis deux mois, ils percent des dents avec la même ardeur que Léa le faisait et elle passe une bonne partie de la nuit en compagnie de Nic à frotter des gencives à l'huile de clou et à promener des bébés fiévreux et chigneux.

Le 31 décembre, dans sa magnifique robe de sirène noire, Adélaïde arpente le large corridor de l'étage pendant une heure avec Thomas qui mord son index en grommelant de fureur. Louisette a beau insister et vouloir s'occuper des enfants, Adélaïde est intraitable : c'est sacré, un enfant malade doit pouvoir compter sur les bras de sa mère.

Le résultat de sa philosophie se solde par quatre heures de sommeil par nuit tant pour elle que pour Nic.

Quand ils sont trop épuisés, elle fait rire Nic et le console en disant que les enfants n'ont pas eu de coliques et qu'ils auront des dents solides. Anne est nettement moins revendicatrice que son frère et elle sait « souffrir en silence », comme dit Nic. Adélaïde le trouve souvent endormi dans le fauteuil de la chambre des enfants, les longues jambes allongées devant lui et Anne couchée à plat ventre sur son torse, les genoux relevés et le petit derrière en l'air. Nic, la tête renversée, la bouche ouverte, ronflote comme son fils, couché tout près.

Adélaïde va coucher Anne à son tour : ses yeux bleus s'ouvrent toujours quand on la déplace. Elle sourit, comme éblouie de voir sa mère, Adélaïde embrasse les joues dodues et douces, elle lui murmure des sottises à voix basse, et Anne gazouille de ravissement. « Fais dodo, mon petit ange, fais dodo, ma poulette blonde. » Incroyable comme cette enfant ne rouspète jamais. Adélaïde lui donne son ourson et elle gigote en le tenant par l'oreille.

Adélaïde attend, en caressant les cheveux fins, que sa fille daigne refermer les yeux. Les enfants auront six mois dans quelques jours, et Isabelle ne les a jamais vus. Depuis la perte de sa fille, Isabelle donne peu de nouvelles et Adélaïde n'a pas le temps de se rendre à Québec pour constater par elle-même comment reprend la vie de sa cousine. Bientôt un an qu'elle ne l'aura vue. Elle espérait qu'elle assisterait au bal, comme l'an passé, mais cette fois aussi, comme pour le baptême, Maurice est venu seul. « Les enfants » deviennent la raison de tous ces refus, mais Maurice admet que sa femme change et que rien n'est plus comme avant. Le mariage de Geneviève en France, qu'il a appris en novembre, n'a rien arrangé. Depuis longtemps, Isabelle n'en est plus à jalouser cette femme, le problème n'est plus là. En voyant Maurice s'amuser comme un adolescent avec toutes les belles célibataires présentes au bal, Adélaïde a cru comprendre que le régime sévère qu'Isabelle fait subir à Maurice aurait des conséquences désastreuses. Les vœux de bonne année, commencés sur le coup de minuit, se sont poursuivis jusqu'au petit matin en ce qui le concernait. Adélaïde revoit la tête renversée de la plantureuse épouse d'un homme d'affaires, alors que Maurice visitait son décolleté dans une des chambres où les œuvres de Léa étaient exposées ; la main de Maurice en était au genou droit, dans une débauche de faille rouge vif retroussée sur le linon noir bordé de dentelles du jupon, quand elle avait toussoté pour les avertir du manque d'intimité de l'endroit. Maurice, une fois son équipière redressée et sa tenue ajustée, avait seulement souri, à peine embarrassé. Ce sourire avait davantage inquiété Adélaïde que tout le reste. Ce sourire gourmand d'homme affamé et déterminé à assouvir sa faim.

Elle va devoir parler à Isabelle.

Anne s'est endormie sous sa caresse. Les deux petits poings près du visage, le ventre soulevé par chaque respiration si brève, la bouche avancée dans un baiser en formation, qu'elle est belle et délicate, que cet abandon confiant la bouleverse. Ses enfants lui donnent l'impression d'être une lionne capable de les défendre contre tout. Même son petit tocson si combatif et sa Léa discutailleuse, tous ses enfants lui donnent cette impression d'une force immense dont elle n'est investie que pour les protéger et les mener à l'âge adulte, confiants et heureux. Elle va chercher Nic et le traîne, courbaturé et à moitié endormi, dans leur lit : il leur reste trois heures de sommeil

Les Perséides seront fabriquées et serviront d'œuvre majeure et hors notion de saison pour l'ouverture de la *Boutique Florent.* Disposées sur des mannequins tout le long du magnifique escalier qui mène au salon central, les robes du soir seront présentées comme une création spéciale du couturier. Pendant le défilé, prévu vers vingt et une heures, une équipe spéciale de techniciens les enlèveront du hall, et les mannequins vêtues de ces merveilles « non destinées à la vente » termineront le défilé en se déployant selon une chorégraphie précise sur une musique de blues déchirante.

La difficulté du plan réside davantage dans la protection des robes contre la cohue et les cigarettes que dans l'engagement d'un nombre inusité de mannequins. Finalement, chaque robe fera l'objet d'une surveillance individuelle, assurée par des agents de sécurité. Alex n'est pas peu fier d'être l'un de ces agents.

Il résistera mal à la distraction de contempler les beautés qui le frôleront, mais au moins, il ne pourra pas fumer, se console Jeannine, qui ne sait plus comment tenir ce turbulent jeune homme. Adélaïde admet qu'il est assez difficile à contrôler : Alex fait croire à tout le monde qu'il a quinze ans, et elle-même finit par marcher. Ce qui est moins drôle, c'est le peu d'intérêt que les études suscitent chez lui. Alex parle déjà de quitter l'école, il prétend qu'il n'y apprend rien et que maintenant qu'il sait l'anglais il n'a besoin de rien d'autre pour faire son chemin.

« Je vais donner la moitié de ma paye à m'man » est son argument majeur. Nic réagit très vivement et prend en main le futur petit *bum,* ce qui soulage et rassure beaucoup Jeannine. Nic ressemble tellement au père d'Alex, il est le seul à avoir de l'ascendant sur lui et à pouvoir exercer une autorité.

Florent, malgré toute l'affection qu'Alex lui porte, se fait mener par le bout du nez et cède à la première menterie ou à la première supplique exécutée avec charme.

« Il est pas mal plus ratoureux que toi, Florent, et pas mal moins catholique aussi ! » prévient Jeannine qui connaît son fils.

« Pourvu qu'y m'en mette pas une en famille avant ses seize ans ! » est le seul souhait de Jeannine. Les études abandonnées, le couraillage, la cigarette, passe encore, mais mettre une fille enceinte, là s'arrête l'indulgence maternelle.

Un soir où Jeannine s'inquiète d'Alex, Fabien est choqué d'apprendre qu'elle a informé son fils de treize ans des méthodes pour ne pas se mettre dans le trouble.

« C'est pas quand une fille va venir me dire en braillant qu'elle est enceinte que ça va être le temps de le faire, Fabien ! Je serais sans génie de laisser Alex sortir en pensant que la peur du péché mortel va le faire tenir tranquille. Ça fait longtemps que le confessionnal pis la strappe, ça marche plus avec lui ! »

Fabien apprend au contact de Jeannine combien son enfance et sa jeunesse ont été protégées, combien vivre, pour Jeannine, n'a jamais cessé de s'appeler combattre, faire face et avancer. Devant elle, il a l'impression d'être un ignorant, malgré son baccalauréat *summa cum laude*, malgré sa maîtrise en haute technologie et en génie. Tout comme Jeannine tourne les pages de ses livres savants en avouant être dépassée et n'y rien comprendre, il l'écoute parler de son enfance, de sa vie et de ses valeurs avec la même ingénuité. Jeannine n'arrive pas à croire qu'il l'admire, mais elle ne peut nier que ce sentiment ne se dément jamais chez Fabien. Tout comme son attachement, la constance de ses appels et de son désir de la voir. Malgré tous les problèmes que cause la clandestinité de leur relation, malgré le profond désaccord de Fabien devant le secret exigé, ils trouvent une manière de vivre cet amour et de le fortifier sans rancœur. Ils ont des discussions musclées, des engueulades, où Fabien exprime un dépit amer. Il ne croyait même pas possible de jamais révéler une déception dans des termes aussi crus et de voir Jeannine ne reculer devant aucun écart de langage pour se faire comprendre à son tour. Mais toujours, à l'issue de ces disputes, ils s'accordent et retrouvent la même vigueur pour se dire qu'ils s'aiment.

Pour Fabien, ces confrontations étaient au début des drames épiques qui le laissaient terrorisé. Il ne pouvait admettre qu'un grand sentiment s'exprime vulgairement dans une dispute. Peu à peu, il s'est aperçu que leur vérité manquait peut-être d'allure ou de vernis, mais qu'elle était préférable à une politesse perfide. Le genre de cachotteries que leur situation entraîne provoque des débats aussi violents que leur désir mutuel de vivre cette union. Jeannine appelle un chat un chat, comme elle dit, mais la verdeur de son langage n'indique aucune faiblesse intellectuelle, comme il aurait été porté à croire il n'y a pas si longtemps. Quand Béatrice s'était moquée de la façon dont s'exprime Jeannine, en l'imitant au bal chez Nic, Fabien l'avait traitée de petite snobinarde imbécile et l'avait plantée là.

Jamais Florent n'a considéré Jeannine de haut, Fabien le sait, et pourtant, il est son patron et un artiste drôlement plus doué que Béatrice. Et quand Florent a tenté d'excuser Béatrice ce soir-là en prétendant que son attitude était de l'ignorance, Fabien a refusé de marcher : « C'est de la prétention et du mépris, Florent. C'est la première à dire que les artistes sont maltraités par la société et c'est celle qui crache le plus haut sur les épais qui sont en dessous, sous prétexte qu'ils ne peuvent pas la juger. Ben, ils la jugent, eux aussi ! Et moi aussi. »

Béatrice, repentante et surtout inquiète de perdre l'appui de son frère ou de provoquer le moindre esclandre au bal où Nic l'avait conviée à la demande d'Adélaïde mais sous condition, avait fait des excuses moqueuses à Fabien. C'est bien plus son sous-entendu salace au sujet d'un intérêt exagéré et probablement déplacé pour la veuve que les excuses elles-mêmes qui avaient calmé Fabien.

* * *

Le 1er mai 1947, la *Boutique Florent* ouvre ses portes de façon grandiose. Le tout-Montréal chic et de bon goût, le milieu du théâtre, celui des arts visuels, les chroniqueurs radio influents, les journalistes et même quelques politiciens avides d'une publicité inusitée dans ce « milieu bohème » et faussement Saint-Germain-des-Prés, tout ce beau monde converge vers la rue Sherbrooke. Dieu merci, le temps superbe permet aux invités de refluer sur le trottoir, et on trouve des verres abandonnés jusque sur les pelouses alentour, piétinées par les jolies chaussures à talons.

Quand, dans un effet théâtral recherché, les quinze beautés traversent le podium, emmêlant leurs traînes scintillantes, croisant les luminosités des étoffes et des couleurs pour s'immobiliser sur la dernière note tenue d'un saxo poignant, et que seules les volutes de tissus bougent dans un dernier affaissement languide sous l'éclairage déclinant, le public, soufflé, reste muet de saisissement. Adélaïde étreint sauvagement le bras de Florent avant de le pousser sous les applaudissements délirants qui suivent.

Florent avance, intimidé, quasi fragile parmi les femmes-étoiles qui s'inclinent et glissent vers le fond du podium, lui laissant toute la place.

Seul sous la lumière aveuglante du projecteur qui le fait paraître infiniment pâle, il se détourne et le public applaudit davantage, croyant à une fuite. Il saisit Adélaïde et s'avance à nouveau en la tenant par la main. Il attend que les applaudissements diminuent avant de parler : « *Les Perséides*, les vêtements de la collection que vous venez de voir ont une âme. Adélaïde McNally est cette âme. »

Cette fois, Adélaïde a bien du mal à garder sa dignité et à ne pas éclater en sanglots. Les journalistes parlent d'un triomphe, de la naissance d'un grand couturier et, le lendemain, les pages féminines d'un important quotidien titrent : « Quand le cœur d'un couturier trouve son âme : la nuit des perséides en mai. »

Le soir du 1er mai, quand Adélaïde aperçoit un écrin sur son oreiller, elle regarde Nic sans comprendre : « Pour célébrer la Boutique ? »

La bague est une splendeur digne des *Perséides*. Des diamants aux reflets rosés montés sur platine dans un entrelacs ravissant et simplissime.

« C'est Florent qui l'a dessinée pour toi. Aujourd'hui, ça fait cinq ans qu'on est mariés, Adélaïde. Je sais que ce n'est pas totalement exact, mais j'avais besoin d'une date. »

C'est la deuxième fois ce soir que les larmes lui montent aux yeux.

« Je ne crois pas qu'il y ait un mariage plus exact que celui-ci, Nic, plus totalement, plus exactement un mariage. »

* * *

Leah Singer la considère sans rien dire. Le teint pâle, les cheveux sombres, elle est vêtue de noir des pieds à la tête et se tient sagement devant son orangeade.

Quand Adélaïde pose la main sur celle d'Aaron et qu'elle lui suggère de revenir dans une heure, Leah détache enfin les yeux de sa contemplation et semble surprise de voir son grand-père obéir. Elle ne parle qu'anglais, et quand Adélaïde lui demande si elle veut apprendre le français un jour, la petite répond que ce n'est pas nécessaire.

« Mais tu parles yiddish ?

— C'est pas nécessaire non plus. Personne parle yiddish ici.

— Sauf les Juifs.

— Mes amies sont *shiksa.* »

L'appellation fait sourire Adélaïde — ma *shiksa,* ma non-Juive, ma *goya* —, Theodore et son envie de schisme est tout entier dans les yeux de sa fille. Quand il lui avait expliqué le terme, il en avait donné la racine : « Abomination. Ne pas être juif est une abomination, tu te rends compte ? »

« Moi aussi, Leah, je suis *shiksa.* Peut-être qu'on pourrait devenir amies. »

Adélaïde est si accoutumée aux questions et aux pourquoi de Léa qu'elle est surprise de ne rien entendre de tel.

« Je peux voir ta bague ? »

Elle tend la main gauche, mais Leah fait non. C'est le saphir de Gabrielle qui l'intéresse.

« Maman en a une beaucoup moins belle. Elle dit qu'il faut l'appeler "papa". Ce n'est pas mon père. »

Le moins qu'Adélaïde puisse dire, c'est que la jeune fille a le sens de l'ellipse. Elle ne sait pas quoi répondre à ça, mais Leah n'a pas l'air d'attendre de réponse.

« Mon père est mort. C'est ce qu'ils disent.

— Qui ?

— Tout le monde.

— Tu penses quoi, toi ?

— Pas envie de parler de ça. »

La conversation fait des mouvements concentriques successifs qui sont arrêtés par Leah, dès qu'ils risquent d'atteindre le centre de tout, qui semble être la mort de Theodore.

Leah mélange tout savamment. Elle parle comme si on pouvait lire sa pensée qui fait les liens entre les sujets apparemment disparates. Malgré le côté déroutant de leur entretien, Adélaïde saisit parfaitement que Leah la teste et que devenir son amie comprend plusieurs étapes qu'elle est loin d'avoir franchies. Elle la laisse agir à son gré et répond le plus honnêtement possible à ses questions.

Quand Leah demande pourquoi elle est venue aux funérailles, Adélaïde hésite à peine avant de dire que son mari connaissait bien David.

« Et papa ? »

Adélaïde entend bien que Ted est loin d'être mort dans l'esprit de sa fille. Elle confirme et perçoit l'anxiété autant que la question : « Et toi ?

— Oui, je connaissais très bien ton papa.

— Tu le connais ? »

La violence de son regard, cette façon qu'a le petit visage buté de remettre les verbes au présent en martelant le défi.

« Oui, Leah, je le connais.

— C'est toi, la princesse, je le sais. »

Adélaïde n'est plus du tout sûre de pouvoir suivre. Leah répète : « La princesse aux yeux couleur d'océan un jour de pluie. Pas celle des jours de vent ou de soleil ! Tu connais pas le conte ? C'est pas juif ! »

Adélaïde part à rire, vraiment, l'esprit de Leah est trop fantasque : « Et elle faisait quoi, la princesse ?

— Des mots croisés remplis de mystères pour ceux qui ne savent pas les mots magiques.

— Ah !

— Et les mots magiques, tu les sais ? »

Adélaïde a la gorge serrée : quel âge avait cette enfant ? Quatre ou cinq ans, pas davantage. L'âge de sa Léa. Si la guerre épargnait son père, la princesse du conte se métamorphosait en sorcière pour Leah. Theodore, que racontais-tu donc à ta fille ? Quelle folie !

« Les mots magiques :

Océan, ouvre tes bras
le temps attendra
que Leah ait grandi.

« Si c'est toi, la princesse, tu peux m'expliquer les mots magiques ?

— Ça veut dire que la vraie princesse, c'est Leah, c'est toi. Pour ton papa en tout cas. »

Ce qui scelle la première étape et laisse Leah sans voix.

C'est un été exceptionnel qui s'annonce : la Boutique connaît un départ fulgurant, en partie grâce à la publicité obtenue lors de l'ouverture. Même de Grandpré, qui n'a plus la clientèle d'avant-guerre, envoie un mot de félicitations à Florent : il a vu *Les Perséides* et s'incline devant le talent. Jean-Pierre, presque frustré d'être tenu loin du cénacle, comme il l'appelle, s'arrange pour intéresser un metteur en scène au talent du jeune couturier. Florent, débordé à cause de la collection d'hiver, doit refuser de concevoir les costumes de la pièce, mais il le regrette parce qu'il aimerait beaucoup tenter quelque chose sur ce terrain.

Encore une fois, le manque de temps et de détermination l'a empêché de parler à Ada de son projet d'aller vivre seul et de laisser la petite famille à elle-même. À son dîner d'anniversaire, pour célébrer ses vingt ans, Florent, étranglé de chagrin, n'y est pas arrivé. Finalement, avec tout le travail qu'ils ont, ce serait un miracle de trouver et d'installer un appartement.

Florent sait très bien qu'il craint de quitter tous ceux qu'il aime et de se retrouver face au vide de sa vie d'homme et au trop-plein de sa vie professionnelle. Travailler est la raison de son existence. Mais quand il dessine et discute avec Léa, quand il donne sa purée à Thomas qui lui arrache la cuillère pour aller plus vite, quand il berce Anne, la douce, Florent reprend contact avec la vraie vie et les raisons qui font que le bonheur peut s'incarner ailleurs que dans une couture bien exécutée, un plissé qui se déploie à la perfection ou une emmanchure impeccable. Comment pourra-t-il vivre loin d'eux, et ne pas s'abîmer dans le seul travail ? Comment pourra-t-il vivre sans Ada qui s'assoit dans le fauteuil, ramène ses pieds sous elle et placote ou écoute la radio avec lui ?

Depuis quelques mois, Florent a mauvaise conscience envers Paulette, il sait qu'il a négligé de lui écrire, de l'appeler et, à plus forte raison, de la voir. Il n'est pas dupe : la solitude de Paulette depuis son départ et la mort d'Edward doit être épouvantable, et c'est à cette solitude que son déménagement à venir le ramène. À cette chose sèche et âpre qu'est de vivre seul, sans les cris et les rires des enfants, sans personne à embrasser, à qui dire « dors bien » ou à qui raconter un rêve. Florent a des amis, il ne perdra ni Ada ni les enfants, il en est convaincu, il perdra la proximité de Nic, celle d'Ada, et cette affection particulière, confuse et troublante, qui les lie tous les trois. Rien de déplacé ou d'impur ou même de tendancieux n'arrive jamais entre eux, mais, comme le dit si justement Léa, « On est bien, nous, avec nos deux papas et notre maman ».

Léa qui a bien l'air d'avoir décidé que Florent lui serait affecté, du moins jusqu'à ce que les bébés poussent et réclament moins d'attention de la part des parents.

Le départ pour le lac a été un déchirement pour Léa : d'un côté l'immense bonheur de retrouver cet endroit de vacances avec ses deux parents presque à temps complet, mais de l'autre, la triste obligation de se priver de Florent, resté en ville pour travailler.

Il est entendu qu'en août Florent ira passer quinze jours sans discontinuer au lac. Pour la première fois, l'Atelier fermera les quinze jours, grâce à Jeannine qui veut instaurer l'idée de vacances pour les employés manuels. Elle a arraché à Stephen de payer une des deux semaines, ce qui permettra à tout le monde de souffler sans grever son budget.

Alex, que Nic a récupéré dès la fin de l'école, est engagé pour travailler sur le terrain au lac, où il devra créer de toutes pièces le décor floral. Jeannine n'a donc que les deux plus jeunes pour l'été. Le projet qu'elle se joigne aux McNally pour la quinzaine de vacances est dans l'air. Jacynthe et Tommy y gagneraient beaucoup, et Jeannine aussi, mais la perspective de se priver de Fabien pendant les deux seules semaines libres de son année déchire Jeannine.

« Accepte, je vais aller chez Adélaïde, comme si de rien n'était et, la nuit, on ira se baigner… »

Ce qui représente un danger supplémentaire dont Jeannine se passerait. Voilà exactement le genre de situation qu'elle ne veut pas vivre. Les yeux d'Adélaïde sont encore plus perçants que ceux d'Alex, ce qui n'est pas peu dire, elle n'a pas envie de jouer la comédie de l'indifférence pendant deux semaines.

« Le mieux serait d'y laisser les enfants et de m'offrir toute une semaine avec toi tout seul. Toute une semaine à ne pas m'inquiéter, à ne pas fermer les portes, à ne pas chuchoter, à ne pas me retenir. Tu te rends compte, Fabien ? Tu ne partirais pas à l'aurore, je déjeunerais avec toi ? »

Fabien se rend très bien compte. Il fait très attention et ne dit rien d'autre que : « Ce serait un rêve… tu es sûre que ça ne peut pas s'arranger ? » pour ensuite la laisser débattre toute seule. S'il insiste, Jeannine va y voir de l'égoïsme mal placé et de la négligence pour ses enfants, s'il se tait, il y a peut-être une chance qu'elle lui accorde quelques jours.

En juillet, la ville est une insupportable fournaise. L'Atelier se transforme en bain turc où le bruit des machines à coudre, la chaleur des fers à repasser et même celle des lainages et des tweeds qu'ils cousent pour l'hiver deviennent intenables. Les yeux brûlants, les doigts gourds, le corps moite, les employés arrivent difficilement à atteindre leur quota, et Jeannine s'aperçoit qu'ils ne seront peut-être pas prêts, surtout avec les vacances qui raccourcissent le calendrier de production.

Quand elle parle d'engager un extra ou deux, Stephen refuse net : « Tu leur donnes deux semaines de vacances et ça leur permet d'en faire moins sur toute la ligne, de ralentir et de prendre ça *easy*. Engage deux extra et ils vont *slacker* encore plus. Ça n'arrêtera jamais si on ne fait pas un maître. Pousse-les, c'est ta *job*. Moi, je ne mets pas une cenne de plus dans *Coutures Florent*. Fais ta *job*. Si t'es pas capable, *résigne*. »

Les relations sont moins que cordiales, et Stephen se sent déprécié depuis que Jeannine a gagné l'idée de la semaine de vacances.

Tout de suite après l'anniversaire des jumeaux, Adélaïde revient travailler une semaine et elle trouve au téléphone et sur son bureau une bonne somme de problèmes, dont les doléances de Stephen contre Jeannine.

Le casse-tête des relations difficiles entre Stephen et Jeannine est plus crucial que tout le reste, et pour en finir, Adélaïde s'entend avec Stephen pour engager un assistant qui se chargera des discussions avec Jeannine. Elle se promet bien de le choisir jeune et assez souple pour apprendre de nouvelles façons de « faire de la *business* ».

Les réunions de *Coutures Florent* sont convoquées à la maison, dans le jardin, vers quatre heures. Les enfants de Jeannine sont au parc, Babou est chez sa grand-mère et, un soir que l'ordre du jour s'épuise assez vite, Florent décide de cuisiner pour ces dames. Jeannine doit se presser pour aller retrouver ses enfants, mais Florent prend fièrement les clés de la nouvelle De Soto et se charge d'aller les chercher.

Jeannine retire ses sandales et ses bas et agite les orteils de satisfaction : « Bonyeu que ça fait du bien ! »

Adélaïde insiste : les quinze jours au lac seraient un paradis pour les enfants et pour elle.

« Ça serait-tu ben malavenant pour toi que je te dompe les petits pour cinq jours tout seuls ? Je veux dire que je viendrais vous rejoindre après... Ça serait comme de prendre des jours pour moi toute seule. Ça a pas grand bon sens, je pense, oublie ça, Ada ! »

Adélaïde glisse un œil attentif à sa belle-sœur : « Pourquoi pas ? S'il y a quelqu'un qui peut comprendre que tu aies besoin d'un peu de temps, c'est bien moi. Venir ici sans ma marmaille, c'est presque des vacances. Pourquoi tu prends pas toute une semaine ? Jacynthe s'occupe fort bien de Tommy. Si tu voyais les jumeaux, tu t'apercevrais qu'à sept ans Tommy est loin d'être du trouble. »

Jeannine, mal à l'aise, se croit obligée de justifier sa demande, d'assurer que ce n'est pas manque de les aimer, mais que depuis leur naissance, elle n'a plus eu une minute à elle.

Marthe l'interrompt : « T'as pas besoin de nous expliquer que tu les aimes, Jeannine, on le sait très bien. On parle d'une semaine chez leur tante au bord du lac. Tu les abandonnes pas dans la misère avec un pain tranché et une bouteille de Kik sur la table de la cuisine !

— Dis-toi qu'ils vont dans un camp, comme les scouts.

— Cinq jours, cinq jours et je vais me requinquer et me rebâtir de la patience pour une année. Vous êtes sûres ? Je veux dire que c'est faisable, que c'est pas exagéré ? Trop égoïste ? »

Adélaïde n'en revient pas : « Toi, la championne négociatrice qui pourrais en remontrer aux syndicats d'ouvriers, toi qui obtiens des vacances semi-payées à tes employés, tu ne peux pas prendre cinq jours pour toi toute seule sans te sentir coupable ? Tu fais pitié, Jeannine ! Dis-nous plutôt ce que tu vas faire. »

Du coup, Jeannine, prise au dépourvu, se met à balbutier, à hésiter et à dire qu'elle n'y a pas encore pensé. Ses deux amies se regardent, l'air entendu : elle a une histoire d'amour en train et elle ne veut pas en parler, c'est clair pour tout le monde !

Marthe s'étire dans sa chaise : « Bon ! Tu nous le présenteras au défilé d'automne, on peut attendre. »

Une fois seuls, Adélaïde et Florent restent au jardin, étendus dans les transatlantiques, à la lueur des bougies allumées sur la table. Ada essaie bien de connaître l'identité de l'ami de cœur de Jeannine, mais Florent jure tout ignorer.

« Tu crois que ça peut être un homme marié, Florent ? Sinon Alex en aurait parlé. Je veux dire… s'il l'avait vu, il en aurait parlé.

— Peut-être qu'on invente tout, elle a seulement vraiment besoin d'être seule. Pas d'homme là-dessous. »

Adélaïde doute beaucoup de la probabilité de cette hypothèse, mais comme elle n'a aucune piste… Son esprit rassemble les indices d'une liaison possible quand Florent toussote, mal à l'aise : « Ada, je vais me louer quelque chose en ville, cet automne. »

Elle ferme les yeux. Elle redoute cette phrase depuis plus d'un an, depuis le retour de Nic en fait. Elle sait que Florent va vouloir partir, faire sa vie. Elle s'est parlé sur tous les tons concernant l'attitude à adopter, elle s'est préparée mentalement, elle a décidé depuis longtemps de ne pas tenter de le retenir. Elle ne sent que la tristesse de devoir vivre sans lui, sans le refuge de son amour.

Elle tend la main sans le regarder. Il serre la sienne en la posant sur son cœur.

« Tu vas le faire vite ou par étapes, Florent ?

— Par étapes, comme je suis parti là. Et puis, pour Léa, je crois que c'est mieux d'y aller doucement.

— Tu sais que je t'aime ?

— Oui. Oui, Ada. Mais…

— Je sais. »

Elle voudrait lui demander qu'il promette d'être heureux. Qui ne promettrait pas cela ?

* * *

Le 3 août, en début d'après-midi, Florent boucle son sac et se prépare à partir pour Québec, où il va enfin passer deux jours avec Paulette avant de commencer ses vraies vacances au lac. Quand la sonnette retentit dans la maison vide, il hésite à aller ouvrir, redoutant des témoins de Jéhovah ou ce genre de sollicitation.

L'homme qui se tient devant lui est une beauté sombre aux épaules carrées et aux yeux très noirs. Il tient, en fait il soulève, une femme squelettique, hâve, aux yeux verts éteints qui ne regardent rien. Il la pousse devant lui, vers Florent qui, éberlué, empêche la femme de tomber pendant que l'homme dépose sur le sol du hall une énorme cantine de pensionnaire, certainement deux fois plus pesante que la femme. L'homme remet sa casquette, tire une lettre de sa poche et, sans rien ajouter d'autre que : « *È pazza !* », mais accompagné d'un geste non équivoque du doigt cognant son front, il part sans demander son reste.

La femme s'assoit sur la cantine et reste là, sans bouger ou dire quoi que ce soit.

Florent l'observe. Même sans les cheveux roux, maintenant ternis et si courts sous le chapeau, même sans cette bouche généreuse, quoique ridée et bordée d'un pli amer, à la seule vue des vêtements, de leur élégance désuète, à la vue de ces gants de chevreau crème ajourés et brodés main, il a reconnu Kitty McNally. Sa peau de rousse si fragile paraît amincie, translucide, un papier-parchemin qui sèche en adhérant aux os du visage. Le nez est droit et pincé… ça y est, Florent comprend son malaise : elle lui rappelle terriblement les malades du sanatorium, ceux qui allaient mourir et qui, atteints de langueur, pouvaient demeurer des heures à fixer le vide sans bouger. Il se souvient d'avoir regardé, fasciné, une mouche bouger sur le menton d'un homme qui ne la chassait pas, ne la sentait même pas, il l'aurait parié. Kitty pourrait être couverte de mouches qu'elle n'agiterait pas la main pour les chasser.

On dirait un fantôme, un spectre étique. Par où est-elle passée pour arriver ici dans cet état ? Il regarde la lettre : *Signor Nicholas McNally.* Florent soupire, son escapade à Québec et les vacances de Nic et d'Adélaïde lui semblent très compromises.

« Kitty ? Kitty ? »

Elle ne le regarde pas. Elle a l'air sourde. Il s'accroupit, essaie de croiser son regard, elle a l'air aveugle aussi.

« Kitty, je vais appeler Nic et lui dire que vous êtes là, que vous êtes revenue. »

Florent est certain qu'elle n'a pas compris. Mais elle fait cette chose incroyable : sans retirer ses gants ou son chapeau, elle se met à déboutonner son corsage et à se déshabiller tranquillement, comme si elle était en privé, dans sa chambre. Énervé, Florent pose les mains sur le poitrail décharné qu'elle expose et ramène les pans de tissu. Sans le regarder, d'un seul geste que le peu de présence à elle-même dont elle fait montre ne laissait pas prévoir, elle remonte ses jupes, écarte ses jambes et se renverse sur la malle, dans une provocation indubitable. Elle ne porte pas de culottes, seulement ses bas et le porte-jarretelles, et la pose obscène est rendue grotesque par la maigreur et l'indifférence dont elle fait preuve. Elle fixe le plafond, accoudée sur la malle, les seins nus, et les genoux ouverts. Les mots précipités de Florent pour la prier de se rhabiller ne l'atteignent pas.

Découragé, Florent se relève, recule et crie assez fort : « Nic s'en vient, Kitty. Rhabillez-vous ! »

L'autorité du ton davantage que les mots semble avoir un effet. Elle se redresse, referme les genoux et reste là, pétrifiée. Florent n'ose même plus s'éloigner, le temps d'appeler Nic. Il a peur de ce qu'elle peut faire. Au bout de cinq minutes, il la prend par le bras et l'emmène avec lui dans le bureau où il l'assoit sur un sofa avant de décrocher le téléphone. Elle ne résiste pas et se laisse faire, totalement inerte. Florent est bien tenté de la reboutonner, mais il craint une manifestation de colère.

Nic écoute sans rien dire, et Florent ne raconte rien d'autre que l'inquiétante attitude dévitalisée de sa sœur. Nic jette un : « J'arrive ! J'y serai dans trois heures ! » avant de raccrocher.

Ces trois heures semblent une éternité. Florent apporte de l'eau, du jus, du thé et s'évertue à en faire boire Kitty qui ne s'oppose ni ne collabore. À deux reprises, quand il entre dans la pièce, Kitty recommence son manège : elle relève ses jupes et écarte ses jambes en basculant sur le sofa. Chaque fois, Florent doit lui parler sèchement pour qu'elle se laisse remettre dans une position décente.

D'où sort-elle ? D'Italie ? Où est le mari baron ? Florent se demande quels chemins l'ont ramenée jusque-là, et il est certain qu'elle a été traitée très bassement, vilement et grossièrement. Ses vêtements datent d'avant-guerre, milieu des années 30, cette finition remonte à au moins dix ans. Les gants sont encore plus anciens : avec les restrictions, des gants de peau comme ça n'existent plus. Les chaussures sont usées, les bas ont filé de partout et tiennent par la couture. Depuis au moins dix ans, cette femme a arrêté de s'acheter des vêtements.

Il se souvient d'elle au mariage de tante Georgina, il se demande si son rire est encore aussi inquiétant. Elle possédait une bonne humeur qui le terrorisait.

Dès qu'il entend la porte d'entrée claquer, suivi des pas précipités de Nic, Florent ressent physiquement l'angoisse qu'éprouve Nic. Il entre dans le bureau, le visage alarmé. Kitty, sans le regarder, à la seule sensation d'une nouvelle présence, recommence son manège, et Florent, qui a prévu le coup, réussit à éviter le pire à Nic en se précipitant sur Kitty pour l'arrêter.

Quand Nic prononce son nom avec douceur, rien n'altère le visage absent. Quand il la touche, elle ne bronche pas davantage. Elle reste de glace et ne semble faire aucune différence entre les deux hommes.

Accablé, Nic demande ce qui est arrivé et il s'empare de la lettre que lui donne Florent. Dès la première phrase, il la laisse retomber : « C'est en italien, Florent, je ne peux rien comprendre. »

Florent propose d'appeler Laura qui parle italien avec ses parents et qui pourra au moins traduire les grandes lignes. Nic fixe sa sœur, incertain, il craint que cette lettre ne donne de bien tristes renseignements.

« Nic, Laura est une jeune fille discrète. On peut lui faire confiance. »

La lettre leur en apprend fort peu. Elle est rédigée dans un italien rudimentaire difficile à traduire pour Laura.

Monsieur McNally,

Il y a des années, vous êtes venu me trouver pour que j'aide votre sœur si quelque chose arrivait. Quand la guerre a éclaté, j'ai fait comme vous avez dit, mais la baronne a pas voulu. Elle était amie du Duce et elle m'a renvoyée. Après, j'ai dû partir pour trouver mon mari en Suisse et après, les bombardements ont détruit mon village. Quand je suis revenue, il ne restait rien et j'ai cherché votre sœur et son palace était détruit et elle n'était plus nulle part. Après la guerre, la Croix-Rouge avait la photo de tous les gens perdus et j'ai été chercher pour la trouver. Mais rien, jamais rien. Dans le village, personne savait pour « ceux d'en haut », comme ils appellent le baron. Le palace a été un endroit plein d'Allemands avant d'être détruit, mais votre sœur, je ne sais pas si elle a été là ou pas pendant les Allemands. J'ai su qu'elle était là par mon frère, Bettino. Elle avait réapparu, je ne sais pas comment, mais elle était plus comme avant. Elle restait en haut dans les ruines et laissait les hommes faire ce qu'ils voulaient avec elle. Ça s'est su. Il y en a qui donnaient de l'argent ou de la nourriture.

Elle ne m'a rien dit quand j'ai été la voir. Mon cousin Giovanni cherchait à émigrer. C'est à lui que j'ai donné l'argent pour les billets de votre sœur et de lui, et la malle que votre sœur cachait dans une des caves des ruines où elle couchait. Elle est devenue étrange. Chez nous, au village, on la disait folle. C'est pas pour mal dire, mais je crois qu'elle n'est plus là. Il y en a beaucoup ici, des comme elle. La guerre a tout détruit et les gens sont comme les maisons, pas mieux. Bonne chance, Monsieur, et ne soyez pas fâché pour l'argent, je n'ai rien pris. Seulement, mes petites filles sont mortes et mon mari est malade de tout ça. Dieu vous bénisse.

Anna Maria.

Tout le long de la lecture de Laura, Nic a tenu la main de Kitty qu'il a dénudée. Elle ne bouge pas, n'écoute rien. Laura replie la lettre dans le silence total et la remet à Florent.

Comme elle se lève pour partir, gênée, Nic lui demande si elle peut dire à Kitty, en italien, qu'elle est revenue à la maison, que Nic est là. Laura s'exécute sur un ton très caressant, très rassurant. Sans qu'un trait de son visage bouge, Kitty se met à parler très vite, en chuchotant, dans un italien qui houle et gronde. Saisie, Laura recule et répète anxieusement : « *Va bene! Va bene!* »

Kitty se tait enfin. Nic s'inquiète : « Alors ? Qu'est-ce qu'elle a dit ?

— Je n'ai pas compris. C'est un étrange dialecte. Ce que j'ai compris était… malpropre.

— Malpropre ?

— Très sale. Je ne peux pas répéter.

— A-t-elle parlé comme si elle savait où elle était ? »

Laura fait non, peinée pour lui.

« Comme si elle savait qui j'étais ?

— Je ne sais pas. Elle parle d'un homme ou de plusieurs hommes… Mais je ne sais pas c'est qui, elle dit "eux". »

Nic comprend que sa sœur a dû prononcer des mots inconcevables pour cette jeune fille.

« Je vous remercie, Laura. Florent va aller vous reconduire. Les clés sont dans le contact, Florent. »

Mais Laura tient à prendre le tramway. Une fois dehors, elle avoue à Florent que ce qu'a dit la femme laisse entendre qu'elle était une putain et qu'elle s'en fichait bien.

« Elle faisait de la réclame, comme les vendeurs de fruits et légumes qui passent dans les rues. Sauf que ce sont des choses très vulgaires qu'elle offrait. »

Le médecin qui vient examiner Kitty la déclare en danger de déshydratation et totalement sous-alimentée. Pour l'état physique, il recommande une hospitalisation immédiate et, après avoir passé dix minutes seul avec elle, il diagnostique un état psychotique grave qui la rend dangereuse et il affirme que des examens doivent être faits au Allan Memorial.

« Nous allons l'hydrater, la nourrir par intraveineuse et lui faire subir une cure de sommeil. Nous allons ensuite pouvoir évaluer son état. De toute évidence, elle a subi de nombreux sévices sexuels, et son état mental me semble très délabré. Le pronostic n'est pas optimiste. Si elle se remet et reprend contact avec le réel, ce sera également avec des souvenirs qu'elle fuit. Avez-vous des informations qui pourraient nous aider à savoir quel genre de traumatismes elle a subis, outre les abus sexuels ? »

Nic avoue être dépassé et ignorer une bonne partie de la vie de Kitty en Italie.

« Je sais qu'il y a quelques années son mari homosexuel organisait des fêtes très arrosées et qu'ils faisaient probablement tous les deux usage de drogue. Opium. »

Le regard du médecin reste impassible quand il se pose sur Kitty, étendue dans le lit.

« Je ne sais pas par où votre sœur est passée, monsieur, mais je crois que je redouterais qu'elle se souvienne de tout. À ce moment-là, je ne sais pas ce qui, de se souvenir ou de tout oublier, la rendra folle, mais je ne sais pas non plus ce qui la guérirait. J'ignore si on revient indemne de là par où elle est passée. »

Nic se penche vers le visage vieilli, usé de sa sœur : « Kitty… C'est Nic. Je te laisse ici, avec eux. Ils vont prendre soin de toi. Tu vas te reposer. Je vais revenir.

— Inutile de venir ici pendant les deux prochaines semaines, elle ne fera que dormir et nous préférons qu'elle soit isolée et au calme. »

Le silence, dans la voiture, est total. Florent ne trouve rien d'apaisant à dire et il respecte la réflexion soucieuse de Nic.

Florent a annulé son voyage à Québec, et Paulette s'est, encore une fois, montrée compréhensive.

À quelques minutes de la maison du lac, Nic murmure que sa sœur l'a toujours rattrapé dans sa vie pour lui montrer combien il avait été cruel, mais que cette fois, la démonstration est exemplaire.

« Pouvais-tu la mettre à l'abri plus que tu ne l'as fait, Nic ? Je me souviens d'une Kitty très indépendante et pas du tout disposée à se taire ou à obéir. Surtout avec les hommes. »

Nic sourit, c'est vrai qu'elle était entêtée, Kitty, et perverse. Il se souvient encore, avec le même dégoût, de ce baiser qu'elle lui avait donné, qu'elle avait forcé plutôt, et du rire triomphant qui avait suivi. Il coupe le moteur. Sur la véranda, en haut, la porte-moustiquaire claque et il voit l'ombre d'Adélaïde courir vers eux. Depuis hier, Adélaïde attend de le voir revenir et se ronge.

* * *

Le quai de bois a été refait et ils peuvent aller s'y étendre, la nuit venue, regarder les étoiles et écouter l'eau clapoter sous eux. C'est la conclusion de toutes leurs promenades nocturnes, ce quai qui s'avance dans le lac et permet d'y plonger sans danger.

Nic ne peut pas expliquer à Adélaïde combien sa sœur le terrorise et incarne le Diable pour lui. Il se sent atrocement égoïste de constater qu'il est contrarié et inquiet de la façon dont elle va menacer son bonheur, son confort. Il sait qu'elle aura besoin de soins, d'attention, et que si elle revient à elle, ce sera lui, la seule personne admise, le seul élu de Kitty. Lui, comme toujours, condamné à réparer l'abandon dans lequel il l'a laissée, enfant. Assis sur le quai, il caresse les cheveux d'Adélaïde qui est étendue la tête sur ses genoux. Il voudrait prier pour que le Ciel lui épargne de devoir intégrer sa sœur à sa vie familiale. Ils ont souvent évoqué Kitty et ce qui avait pu lui arriver, Ada et lui, mais jamais ils n'ont imaginé un retour aussi pitoyable.

« Nic, il faut que je te dise quelque chose. Je n'en ai pas parlé avant, parce que je ne trouvais pas cela nécessaire. C'était hypothétique. Mais je ne pourrai jamais vivre sous le même toit que Kitty. Et je ne laisserai jamais Kitty vivre sous le même toit que mes enfants. C'est probablement cruel, et je vais le payer cher devant Dieu, mais quitte à le regretter à l'heure de ma mort, je t'avertis tout de suite : je ne peux pas supporter l'idée de Kitty près de mes enfants. Ce n'est pas une question de sympathie ou d'antipathie, c'est une question de confiance. Tu comprends ?

— Elle n'est pas en état, c'est inutile d'en parler maintenant... »

Adélaïde se redresse et refuse de le laisser continuer : « Non. Même en état, même de bonne humeur et délicieuse, c'est non. C'est physique, Nic, depuis que j'ai cinq ans que je ne peux pas la voir sans m'énerver. Elle s'occupe trop d'elle-même pour rester près de nos enfants. Jure-moi que nous n'aurons pas à nous battre là-dessus.

— C'est ma sœur, Adélaïde. C'était sa maison...

— C'est la mienne, Nic. La nôtre. Et si elle la veut, nous en achèterons une autre, là n'est pas la question. Je suis prête à payer une fortune pour ne pas la voir, à déménager, à lui payer une infirmière, un *butler*, ce qu'elle voudra. Mais Kitty ne vivra jamais sous le même toit que nous. Jure.

— Et si sa santé mentale est à ce prix ?

— Au prix de la mienne, tu veux dire ? Oublies-tu ce que tu m'as raconté concernant ses deux mariages ? La dépravation, la drogue et l'alcool ? Comment peux-tu envisager de mettre cette femme-là en présence de Léa, Anne et Thomas ? Tu me connais mal, Nic, si tu penses que je vais laisser faire ça. Je suis prête à te perdre pour éviter qu'elle s'approche des petits.

— Chut ! Shss... Ça suffit, ne dis pas des choses pareilles. On s'énerve, on construit des drames — attendons, veux-tu ?

— Non. J'ai besoin que tu jures ce soir, ici. »

Nic, torturé, fixe l'eau qui bouge comme un plastique noir et brillant. Il sait qu'elle a raison, lui non plus ne désire pas recevoir Kitty, faire sa vie avec elle. Plus Adélaïde a raison, plus elle exprime ce qu'il souhaite lui aussi, moins il arrive à consentir à prêter serment. Kitty n'a plus que lui, toute la famille est morte. S'il jure, il faudra tenir la promesse, et il sait que si Kitty revient à elle-même ce sera infernal, qu'elle n'aura de cesse de le récupérer, de le reprendre, quitte à détruire sa vie et celle d'Adélaïde.

La voix sourde, il fait une nouvelle tentative : « Chaque fois que j'ai privilégié ma vie, Kitty est tombée plus bas, elle s'est brisée un peu plus et, chaque fois, j'ai dû le payer très cher. Je ne parle pas seulement de ma conscience, Adélaïde. Je suis responsable d'elle, aussi. Tu sais bien que je vais protéger nos enfants en premier, mais je ne peux pas l'abandonner. Je l'ai fait et tu vois le résultat.

— Non. Tu l'as ramenée ici, tu ne l'as pas abandonnée. C'est ton argent, tes arrangements en Italie qui l'ont ramenée et, même ça, j'ai du mal à te le pardonner. Pourquoi faudrait-il toujours sauver quelqu'un qui s'obstine à se tuer ? Pourquoi la sauver, quand tout ce qu'elle veut est se détruire et te détruire ? Quand elle va savoir que tu m'as épousée, qui, tu penses, elle va vouloir détruire ? Elle me fait penser à Béatrice, mais ma sœur, au moins, elle a un but qui s'appelle elle-même, réussir, sortir de l'anonymat ; pas écraser tout ce qui te touche ou tout ce qui te rend heureux ! Que Kitty m'attaque, moi, passe encore, mais qu'elle touche à un cheveu de mes enfants pour t'atteindre… Pas besoin d'être un génie pour comprendre qu'en touchant tes enfants elle a une ligne directe avec toi. Jure !

— Jurer quoi, exactement ?

— Tu le sais : que tu ne l'admettras pas sous notre toit. Que tu vas refuser de la prendre avec nous, quels que soient sa maladie, son état ou sa rémission. Kitty McNally n'approchera jamais nos enfants.

— Tu ne veux quand même pas que je la laisse chez les fous si elle va bien ?

— Tu vois, Nic, tu le sais comme moi : même au meilleur de sa forme, ta sœur ne s'occupera jamais d'elle toute seule. C'est toi qu'elle veut. Peux-tu admettre ça ?

— Bien sûr, je te l'ai dit moi-même.

— Bon, alors, moi, je te dis qu'elle ne t'aura pas en passant par mes enfants.

— Adélaïde ! Je suis d'accord, je ne la laisserai pas approcher nos enfants. »

Elle se lève, découragée. Elle n'a pas obtenu sa promesse, et ils le savent tous les deux. Ils sont d'accord, mais quand Kitty va réclamer, la même hésitation va habiter Nic, le même remords, la même éternelle dette morale qui lui interdit de jurer.

« Nic, le jour où ta sœur entre chez nous, j'en sors avec les enfants dans l'heure. Malgré tout l'amour que j'ai pour toi, malgré celui que les enfants ont pour toi, malgré qu'ils vont être tristes et malheureux, je fais mes bagages et je pars. Dans la minute où Kitty entre. Sans discussions. Par contre, pour ta conscience, pour ta paix, je suis prête à négocier ce que tu veux concernant l'argent et même ta présence auprès d'elle. Le plus loin que je pourrais aller, ce serait que tu sois malheureux loin de nous et près d'elle, une semaine sur deux.

— Il n'en est pas question ! Voyons, comment peux-tu dire une chose pareille ? Que je vive sans vous une semaine sur deux ? C'est grotesque ! Tu t'entends, Adélaïde ?

— Je te dis ce que je peux imaginer comme solution, je te dis jusqu'où j'irais, Nic, pas ce qui me plairait ou ce que j'aimerais. Parce que j'ai besoin de ta parole d'honneur, j'ai besoin que tu jures. J'étais petite et, en deux heures, Kitty a flambé la moitié de mon été. J'ai peut-être tort, je suis peut-être jalouse, cruelle ou inhumaine, je m'en fous. Cette femme me fait peur et je vais nous protéger. Jure ! »

Après un silence de trente interminables secondes, Adélaïde s'éloigne sans un mot.

* * *

Ces quinze jours de vacances, alors que le temps est sublime, sont un enfer d'attente muette. Adélaïde, tendue, ravagée d'inquiétude, prie chaque instant pour que Kitty ne revienne jamais à elle, pour qu'elle soit condamnée à jamais à l'oubli et à l'enfermement. Et chaque instant, elle s'en veut de souhaiter et d'oser formuler une prière pareille à Dieu. Elle appelle sa mère à la rescousse, sa mère qui n'agirait pas autrement, elle en est convaincue.

Nic, pour la première fois de leur vie, Nic ne revient pas vers elle et ne jure pas ce qu'elle demande. Kitty est enfermée dans un asile de fous et elle le tient déjà, pense Adélaïde, elle le lui arrache déjà.

Mais Nic n'est pas avec Kitty, il est avec sa colère et son impuissance. Jamais il n'a pu se défaire de la malédiction de Kitty — comme si Dieu lui-même le poursuivait pour lui renvoyer en pleine face la preuve de ses erreurs. S'il ne jure pas à Adélaïde, c'est surtout parce qu'il voudrait tellement le faire et, de cette manière, être exempté des devoirs qu'il a envers sa sœur. Faire porter à Adélaïde l'odieux de sa dernière fuite, la laisser endosser le choix de renier Kitty à jamais. Il le voudrait tellement ! Il sait combien sa sœur peut être malade, déviée, sordide. Il se souvient des voyages qu'ils ont faits, des soirées dans des bars qui n'étaient que des bouges mal famés, cette attirance morbide de Kitty pour le dépravé, la dégradation et la corruption. Il ne sait pas par quels chemins on arrive là où elle est, mais il a été témoin de bien assez d'horreurs pour comprendre qu'elle incarne tout ce qu'il veut éloigner de sa vie.

Il voit Adélaïde continuer à s'occuper de tout le monde, à organiser les pique-niques, les dîners, les baignades et à sarcler le potager avec Alex, il la regarde persister à maintenir la maisonnée en vacances, malgré l'angoisse, malgré la tension qu'il y a entre eux, et il n'arrive pas à comprendre pourquoi il ne lui jure pas ce qu'elle demande. Peut-être parce qu'ainsi il se trouverait seul à se battre contre les désirs déplacés de Kitty, seul devant le monstre qui veut l'engloutir et dont il a peur. Avec Adélaïde aux aguets, Adélaïde veillant sauvagement sur leurs enfants, se méfiant des manœuvres de Kitty, peut-être auront-ils une chance.

La seule fois où il a choisi sa vie au détriment de celle de Kitty, la seule fois où il a promis de ne plus la laisser s'approprier de lui, c'était avec Gabrielle. Elle le lui avait demandé, elle lui avait démontré l'inutilité de son aide : aider Kitty signifie encourager le Mal à s'installer et à se propager. Ce qu'il a promis à Gabrielle, pourquoi le refuser à Adélaïde, qui est sa femme, la mère de ses enfants et celle à qui il tient plus que tout ? Comment peut-il faire passer sa sœur avant ses enfants ? Ce n'est pas ce qu'il fait, il le sait, mais c'est la conclusion qu'Adélaïde doit tirer du silence de leurs nuits.

Dans le lit baigné de lune, Adélaïde ne bouge pas et se tait. Les nuits sont les pires moments de cette attente. Voir Nic se coucher près d'elle, ne pas lui parler, ne pas tendre la main vers le réconfort du corps, attendre qu'il bouge vers elle, brise le silence, qu'il explique ou qu'il promette et jure.

Et ce silence que seuls les engoulevents brisent.

Cette tension entre eux, tout le monde la subit sans rien dire, mais les enfants sont plus nerveux, et Adélaïde remercie le Ciel de la présence de Jeannine, arrivée tout heureuse, détendue, presque flottante, il y a deux jours. Elle a tout de suite vu que quelque chose clochait et elle n'a pas mis de gants blancs pour demander à Ada si elle avait eu une chicane avec Nic.

Quand Jeannine apprend que Kitty est revenue, elle n'a qu'un commentaire, craché comme elle seule sait le faire : « La plotte du 5-10-15 ! » et, au lieu de calmer sa belle-sœur, Adélaïde lui demande quelles sortes de relations Alexandre avait, lui, avec Kitty.

Jeannine lui apprend sans détours que, un : Alexandre ne s'occupait de Kitty que lorsque Nic cessait de le faire et que, deux : ni lui ni elle n'aimaient cela. Pour Jeannine, Kitty est une malade et une dégénérée, point à la ligne. Quelqu'un de sale dans son cœur. Alexandre avait passé son enfance à essayer de consoler sa sœur du départ de Nic, elle le mordait, elle lui crachait dessus : une vraie sauvage mal élevée et incapable de dire merci, parce que tout, ce n'était pas assez. Toujours habillée comme une duchesse mais agissant comme une femme de rien, voilà le jugement de Jeannine.

« Je ne sais pas ce que son docteur de mari lui a fait, mais ça l'a pas arrangée. Une loque, c'est comme ça qu'elle est revenue. Une loque enragée contre les hommes. Même vierge, Kitty se comportait comme une putain. Ben j'ai appris qu'elle ne savait rien de ce qu'elle avait l'air de vouloir attirer. Rien du tout, Adélaïde. Kitty haït le péteux et tout ce qui est sexuel. Pas par peur du péché, par maladie, je pense. Elle s'est servie de ça toute sa vie, elle a fait semblant d'avoir le feu où je pense toute sa vie, mais ça l'intéresse pas. Y a une chose qui l'intéresse, un homme et rien qu'un : Nic. Et laisse-moi te dire qu'Alexandre y a goûté et qu'y en a mangé des crises de nerfs de la grande Dame délaissée. Moi, c'est pas compliqué, elle me voyait pas. Elle pouvait me marcher dessus, manger dans mon assiette, venir me jeter en bas de mon lit, Madame avait des humeurs ! Tout ce que j'espère, c'est qu'elle reste folle et enfermée. On n'a pas besoin d'elle, et Nic devrait rester loin de cette femme-là. C'est une vicieuse, Ada, c'est une maudite vicieuse qui a aucune loi. Même si c'est pas catholique, je ne l'aime pas et j'irai certainement pas la voir asteure qu'Alexandre est parti. »

Malgré le caractère emporté de Jeannine, malgré son langage souvent peu délicat, Adélaïde n'a jamais vu sa belle-sœur aussi péremptoire, aussi déterminée à ne pas pardonner. Après quelques questions et une insistance inquiète, elle a obtenu les vraies raisons du rejet de Jeannine : un soir de soûlerie, Kitty avait expliqué à Alex comment il devrait prendre soin de sa petite sœur Jacynthe, où il devait mettre ses doigts, comment il fallait la serrer dans ses bras et dormir toutes les nuits auprès d'elle.

« Alex avait six ans. Six ans, bonyeu, et la plotte les gardait. J'avais laissé mes petits à une folle qui buvait de la bière en racontant des cochonneries à mon fils. Une maudite chance qu'Alex a trouvé ça bizarre et qu'il a demandé s'il pouvait vraiment toucher les fesses de sa sœur. La claque qu'y a reçu, le pauvre enfant, j'en ai encore honte ! Mais je me suis excusée à Alex une fois qu'y m'a eu bien expliqué. Je pouvais pas le croire ! Ça a été final bâton, Kitty a été barrée de chez nous. Comme tu sais, j'ai pas été à ses noces. Ça m'a pas vraiment manqué. »

Cette nuit-là, étendue sans aucun bien-être, Adélaïde se demande comment elle pourrait expliquer à Nic que Jeannine lui donne raison, qu'il faut qu'il comprenne qu'elle n'est pas victime de son manque de sympathie pour Kitty, que le danger est réel — mais Adélaïde se tait. Si quelqu'un connaît Kitty, c'est bien lui. Inutile de faire des démonstrations. S'il ne jure pas, c'est qu'il la choisit, elle, qu'il refuse de les protéger, eux de sa famille, contre cette femme à qui il estime encore devoir quelque chose. Adélaïde ne pensait jamais être évincée par une femme de vingt ans son aînée. Si seulement Kitty était arrivée pendant la guerre, elle lui aurait montré la porte et se serait arrangée pour ne plus jamais l'avoir dans les jambes. Excédée, elle se lève et passe sa robe de chambre. Nic se soulève tout de suite : « Où tu vas ?

— Essayer de dormir. »

La nuit sur le lac est si paisible, si belle. Adélaïde avance sur le quai, respire à fond. Tout autour est sombre et bruissant, les arbres, l'eau, les petits animaux dans les taillis derrière elle. Elle se retourne et regarde sa maison, grande masse noire juchée sur le talus, qui est aménagé en étages avec des masses de fleurs, une merveille d'ingéniosité élaborée par Alex. Sa maison où les siens dorment, ses bébés, sa Léa, Florent, Nic et ceux de Jeannine, qu'elle aime tant. Elle se sent aussi seule pour se battre que le jour où elle s'est trouvée enceinte de Léa. Aussi seule, mais aussi déterminée à ce que rien n'arrive de mal. Le vent du lac traverse sa robe de chambre, elle s'assoit au bout du quai, dos à la maison, et essaie de raisonner et de ne pas exagérer son malaise. Que Nic lui résiste pour la première fois de sa vie ne signifie pas qu'ils frôlent le divorce. Passer une semaine dans son lit en détestant l'idée qu'il la touche ne veut pas dire la fin du désir. Elle est seulement furieuse, enragée contre lui parce qu'il cède à une femme dangereuse, parce qu'il agit inconsidérément.

Adélaïde entend très bien des pas derrière, quelqu'un qui s'approche. Si c'est Nic, elle ne lui offrira pas le plaisir de se tourner vers lui. Les pas sont sur le quai, maintenant, tout près. C'est Lionel qui arrive près d'elle.

« Ce n'est pas la chaleur qui vous empêche de dormir.

— Non, Lionel, non. C'est Kitty. »

Lionel pose le chandail de laine qu'il a apporté sur les épaules d'Adélaïde. Il laisse ses mains sur ses épaules : « C'est triste à dire, mais vous avez raison. Ne la laissez jamais revenir. Jamais. »

Il se dégage, mais Adélaïde, les yeux brillants, le retient : « Pourquoi ? Vous la connaissez, vous. Comment vous savez que je ne le veux pas ? Comment vous savez qu'il faut l'éloigner ? Aidez-moi, Lionel, Nic ne comprend pas. Aidez-moi à le convaincre.

— J'ai bien peur de ne rien pouvoir faire d'autre que vous dire de continuer et de vous battre. Cette femme fait régner le Mal. Elle est le Mal. Elle arrive et, regardez : l'inquiétude s'installe, Nic perd son entrain, vous perdez le sommeil. Ça a toujours été comme ça, même dans ses bons jours. Elle ne peut pas, elle ne veut pas que Nic vive ailleurs qu'avec elle. Ni qu'il soit heureux sans elle. C'est tout simple.

— Pourquoi il ne lui dit pas non, Lionel ? Ça aussi, ce serait simple.

— Vous êtes si différente d'elle, si loin d'elle que vous ne pouvez même pas imaginer ses forces, ses manigances. Quand je vous ai vue arriver dans cette maison, c'était comme de voir le soleil se lever. Kitty est une nuit sans lune. J'ai pitié d'elle, c'est sûr, mais je m'en méfie. Elle m'a eu souvent. Ne la laissez pas faire. Rien de bon ne peut venir de cette pauvre femme.

— J'ai peur pour les enfants.

— Non ! C'est Nic qu'elle veut. Elle se fiche du reste. Nic, pour elle, est retenu par une femme, comme toujours. C'est à vous qu'il faut penser.

— Non, Lionel. Toutes ces années où vous l'avez connue, Nic n'avait pas d'enfants. Regardez-le faire avec les petits. Elle va comprendre très vite que je ne suis plus le seul obstacle qui l'empêche d'avoir Nic. »

Lionel se tait en observant l'eau du lac. Il soupire sans rien ajouter d'autre que le vent est fort et qu'elle devrait rentrer s'abriter.

Adélaïde reste au bout du quai à réfléchir et à débattre intérieurement. Le ciel pâlit et elle distingue les lourds nuages gris quand, engourdie de froid, elle rentre et monte dans leur chambre.

Nic ne dort pas.

Elle a si froid qu'elle se couche avec sa robe de chambre et le chandail, mais elle grelotte quand même. Nic frotte son dos en grommelant que c'est intelligent d'aller passer sa nuit dehors pour arranger les choses.

« J'ai réfléchi, Nic, et je crois qu'on se trompe tous les deux. On laisse déjà Kitty nous éloigner, nous séparer. On laisse la chicane prendre entre nous deux. On devrait faire alliance, un front uni, qu'elle ne puisse pas entrer dans notre famille, dans notre vie pour la détruire, et regarde : on fait comme si tu voulais qu'elle entre et que je refusais. Tu ne veux pas qu'elle entre, c'est vrai ? »

Nic acquiesce.

« Mais tu ne veux pas qu'elle en meure, ce qui me serait un peu moins pénible à moi. On est encore d'accord ? Je ne sais pas pourquoi tu refuses de me donner ta parole concernant sa venue chez nous, alors que tu ne le veux pas plus que moi. Je me dis que c'est l'idée de la trahir qui t'achale. Alors, jure-moi à nouveau ce que tu as juré le jour de notre mariage, jure-moi que, pour le meilleur et pour le pire, dans le bonheur comme dans le malheur, tu me seras fidèle et me donneras assistance et tu resteras avec moi jusqu'à ce que la mort nous sépare. Entre elle et moi, entre elle et nos enfants, nous sommes prioritaires. Tu peux jurer ça, Nic ? »

Nic prend son visage entre ses mains et jure à nouveau qu'elle est sa femme et que, quoi qu'il arrive, il lui offrira tout ce qu'il est et tout ce qu'il a pour la protéger et l'aimer. Il jure de ne jamais manquer à ce serment. Il le fait avec une indubitable sincérité et un évident soulagement. Adélaïde conclut que la seule chose sur laquelle ils auront dorénavant à négocier, c'est la nature du péril et l'évaluation du danger que représente Kitty.

« Je ne te promets pas de ne pas m'énerver, Nic, de ne pas être très prompte en ce qui la concerne. Regarde ce qu'elle nous a déjà fait en arrivant seulement. Enfermée à l'asile, elle réussit à nous séparer. Mais je te jure une chose : une semaine comme celle qu'on vient de traverser, une semaine de silence buté et fermé, ça, c'est fini. J'ai assez reproché à Isabelle de ne pas parler et de tout aggraver en se taisant, je vais me servir la leçon. Tu vas m'entendre, Nic McNally, tu vas m'entendre et je ne te lâcherai jamais. Ni pour Kitty ni pour aucune autre femme ! »

Quand Léa frappe pour réclamer son lait au chocolat, Adélaïde, sans quitter les bras de Nic, lui crie de demander à Lionel et de lui dire que maman dormira tard.

« T'as mal à ton ventre, maman ? » demande encore Léa, alors qu'Adélaïde sent son ventre fondre de plaisir au moment même où le « non » qu'elle veut répondre fond également sur ses lèvres et s'amincit en un filet de plainte. Nic prend la relève : « Inquiète-toi pas, ma puce, je frotte le dos de maman et j'arrive. »

Voilà comment Adélaïde entend la collaboration conjugale.

Ils dorment jusqu'à onze heures. Léa, dès qu'elle voit son père, s'exclame qu'il a tout raté, qu'oncle Fabien a appelé du village et que Florent est parti le chercher sans demander la permission et que tante Jeannine a emmené tout le monde se baigner, mais qu'elle, elle préfère attendre Florent pour y aller. Elle se précipite sur Adélaïde qui descend et qui, même si sa fille est lourde, la hisse dans ses bras et l'emmène sur la véranda au soleil. Nic entend Léa répéter son « T'es même pas malade pour de vrai » et va préparer du thé et des toasts qu'il rapporte. Le vent a chassé les nuages, et le soleil brille sur le lac agité. Les fleurs plient sous la caresse un peu violente de la brise, et les cheveux de Léa, qui est assise à califourchon sur sa mère, sont soulevés et dansent autour de son petit visage animé. Nic abandonne soudain son plateau et va chercher son appareil photo. Tapi dans le salon, exactement comme il y a vingt ans à l'Île, il prend des clichés de Léa, le visage levé vers Adélaïde, adorable et adoratrice, les yeux brillants, lumineux, alors que sa mère essaie de ramener les boucles folles de sa fille derrière les oreilles délicates.

Fabien se confond en excuses, mais il a l'air de ne rien regretter de son initiative : Montréal est affreusement pénible au mois d'août et cette maison est un bonheur de fraîcheur. Comme « il y a beaucoup de monde au manoir », Florent doit partager sa chambre avec Fabien, même si celui-ci insiste pour s'installer sur le divan du salon. Les discussions n'en finissent plus, et tous les cas de figures possibles sont évoqués pour caser Fabien. Les enfants sont ravis et attribuent le relâchement de la tension conjugale entre Nic et Adélaïde à l'arrivée-surprise de leur oncle.

À la nuit tombante, Fabien décide d'aller marcher, et Florent ne le voit pas revenir dans leur chambre, même s'il ne s'endort que très tard.

Dès que les enfants sont au lit, Jeannine disparaît de son côté et elle va rejoindre Fabien, mi-furieuse, mi-soulagée : « T'as encore fait à ta tête, Fabien Miller ! »

Les cinq jours d'extase totale qu'ils ont passés à Niagara Falls, en parfaits étrangers, dans une ville où il n'y a que des amoureux qui n'ont d'yeux que pour eux-mêmes, ont scellé leur union aussi fortement qu'un mariage. Fabien avait d'ailleurs présenté l'affaire comme un voyage de noces et, s'ils n'étaient pas passés à l'église avant, c'est uniquement à cause du refus constant de Jeannine. Fabien lui a même offert une bague, une améthyste, qu'elle porte à l'annulaire droit et qu'Adélaïde a tout de suite remarquée. Une jolie pierre, sobrement montée, et qui convient tout à fait à l'élégance de Jeannine.

« Je ne sais pas qui te l'a offerte, Jeannine, mais cet homme a l'œil et il te connaît. Méfie-toi, si tu ne l'aimes pas, parce qu'il a des intentions, garanti ! »

« L'homme aux intentions » l'entraîne dans le sous-bois, loin du sentier et de la maison. Fabien s'attend à devoir argumenter et défendre son arrivée inopinée, mais Jeannine est trop heureuse de le voir pour discutailler. Elle l'embrasse et l'étend sur la mousse, sans même lui reprocher quoi que ce soit ! Éberlué, Fabien laisse tomber ses raisonnements et se préoccupe plutôt de retrouver la femme qu'il aime, celle qui s'abandonne, celle qui l'étreint solidement et lui fait perdre la tête à seulement murmurer son prénom quand elle quitte ses lèvres pour embrasser son torse.

« Demain, je vais cacher une couverture près de la pierre. Comme ça, on n'aura pas à épousseter l'herbe graine à graine. »

Ce qui fait rigoler Jeannine : « Demain, je te gage qu'il va pleuvoir pour mal faire ! On va tous être enfermés dans la maison et on va se morfondre pour la prochaine escapade. »

À cette seule perspective de jeûne obligé, Fabien la reprend dans ses bras.

« Après Niagara Falls, Jeannine, je ne sais même plus comment je vais faire pour ne pas dormir tous les soirs avec toi, pour me réveiller tous les matins sans toi. Laisse-moi t'épouser. Laisse-moi au moins en parler à Adélaïde. Secret. Top secret. Juste pour sonder le terrain. Tu t'imagines peut-être que leurs réactions vont être pires qu'elles ne seraient. »

Mais Jeannine ne faiblit pas, malgré l'envie folle qu'elle a de ne plus se cacher, de ne plus inventer sans arrêt des raisons, des excuses, des ruses, malgré le fait que les enfants grandissent et qu'elle sait que, sous peu, même les maigres heures volées à la nuit devront cesser. Le pire serait d'avouer leur amour, qu'il soit condamné et qu'eux soient forcés à y mettre fin parce qu'ils seraient dorénavant surveillés.

« Tu veux que je te prouve que je n'exagère pas ? Écoute-moi bien demain soir au souper et regarde la réaction de ta famille. »

Le lendemain soir, en effet, la conversation tombe tout à coup sur une amie de Jeannine qui l'a invitée à ses secondes noces. « Imaginez-vous donc qu'elle a quinze ans de plus que son futur. Je ne sais pas comment les parents de ce jeune homme laissent faire une chose pareille. Mon amie est quelqu'un de bien, mais c'est tellement déplacé, tellement gênant. »

Tout le monde s'accorde à trouver cela franchement de mauvais goût, et Nic se met à parler d'autre chose. Fabien n'en revient pas : « Mais... Excusez-moi, mais me semble qu'on ne peut pas juger d'une relation seulement par rapport à l'âge. Toi, Adélaïde, tu as bien beaucoup d'années de moins que Nic et ce n'est pas inconvenant ! »

Personne n'a l'air de comprendre l'indignation de Fabien. Qu'un homme soit plus âgé est normal, qu'une femme le soit un peu, passe encore. Mais, dès qu'elle a plus de sept ans de différence, c'est indigne et ça frôle l'immoralité. Fabien n'arrive même pas à leur faire admettre qu'il puisse y avoir des exceptions et qu'une telle femme ne soit pas nécessairement une vicieuse.

« Ce serait totalement inadmissible : on se marie pour avoir des enfants et, à moins d'épouser un enfant, une femme en âge d'en avoir doit être de l'âge du mari ou alors plus jeune que lui. Question de bon sens, Fabien. Comment un génie mathématique comme toi peut-il accrocher sur un problème aussi simple ? »

Fabien se tait et ne remet plus le sujet sur la table. Au moins, il ne pleut pas et il peut repartir pour une longue marche. Jeannine essaie de se faire pardonner sa cruelle démonstration. Elle a beaucoup à faire parce qu'il est si triste, si bouleversé par l'impossibilité de vivre cet amour à la face du monde, qu'il se met à sangloter au milieu du plaisir en étouffant ses « mais je t'aime » dans son cou.

Il est près de quatre heures du matin quand, sur le bout des pieds, Fabien se glisse dans la chambre de Florent. Il allait s'endormir quand il entend Florent parler à voix basse : « Je pense que si on voit du mal dans cet amour-là, c'est qu'on regarde seulement ce qui fait notre affaire. On ne veut pas remettre en question nos principes commodes. Une chose est sûre, avoir des enfants n'est pas le but de l'amour, comme on voudrait nous le faire croire. Si tu as le courage de vivre un amour défendu, Fabien, si tu as la force de l'accepter et de le vivre, fais-le et ne recule pas. Adélaïde ne savait pas que tu parlais de toi. Elle est la première à avoir eu un amour interdit. Ne laisse personne t'éloigner de Jeannine, Fabien. Parce que tu l'aimes et que ça ne regarde qu'elle et toi. »

Dans le silence qui suit, Fabien se répète qu'il devrait protester, prétendre que c'est faux, que jamais il n'a eu un regard ou un geste déplacé envers Jeannine, qu'il parlait en théorie. Il voudrait le faire, il se racle la gorge pour le faire mais il s'entend dire : « Merci, Florent. Merci. »

* * *

C'est ensemble que Nic et Adélaïde se rendent au Allan Memorial rencontrer le psychiatre qui s'occupe de Kitty. Adélaïde a même veillé à ce que les enfants demeurent au lac avec Louisette et Lionel, prévoyant que, s'il y a à argumenter, Nic et elle seront seuls pour le faire.

Le docteur Taylor salue Adélaïde et hésite un peu à parler en toute franchise jusqu'à ce qu'elle l'assure qu'elle est là pour tout entendre et que son mari et elle prennent ensemble les décisions concernant Kitty.

Kitty est physiquement mieux et elle commence à s'alimenter par elle-même. Son attitude est calme, détendue, mais absente. Elle n'a pas l'air de savoir où elle est, et rien n'indique qu'elle éprouve des émotions ou des sentiments. Elle ne réagit ni à la douceur ni à la fermeté. La seule constante de son comportement est l'offrande systématique de son corps à quiconque, homme ou femme, s'approche d'elle. Elle dénude sa poitrine, écarte les jambes et attend, sans faire preuve de la moindre émotion. Nic demande si elle parle, si elle a dit quelque chose.

« Rien. Des formules en italien qu'elle ressasse, comme des prières ou des comptines, des mots répétés très vite, qui s'apparentent au délire psychotique. Votre sœur est gravement atteinte. Elle n'est ni dangereuse ni malheureuse, elle est… ailleurs. Il est évident que son comportement physique laisse entendre qu'elle a été victime de graves sévices, nous avons dû lui faire subir un traitement sévère contre une maladie vénérienne très grave, mais c'est contrôlé, et sa maladie mentale n'est pas le résultat ou la manifestation de son infection vénérienne. Dieu merci, la pénicilline existe, et il n'y a plus de danger de ce côté, elle est guérie. Je ne vois pas ce que je peux ajouter. Elle peut rester comme ça, apathique, pratiquement catatonique, le restant de ses jours, elle peut s'éveiller soudain, elle peut s'enfoncer dans un délire quelconque. Rien ni personne ne peut nous éclairer pour le moment. Il faut attendre et ça peut durer longtemps. Vous êtes, je crois, son seul parent ? Ce sera à vous de signer pour qu'on la garde ici. Vous pourriez également nous autoriser à expérimenter certaines approches thérapeutiques. Mais je vous laisse décider plus tard, quand le choc sera passé. Désirez-vous la voir ? »

Adélaïde, bêtement, n'y avait pas pensé. Nic se lève et elle le suit. Dans la chambre nue, immaculée, Kitty est assise dans le lit, les mains croisées sagement sur le rebord plié du drap. Dès qu'ils entrent, Adélaïde voit l'infirmière se précipiter pour interdire à Kitty de repousser les draps et de relever sa jaquette. Nic s'avance, mais Adélaïde fige près de la porte. Les cheveux flamboyants, la bouche rouge et rieuse, les yeux verts remplis de séduction, tout a disparu. Une vieille femme décharnée, émaciée, à la poitrine affaissée, aux épaules pointues et à l'air absent, la fixe d'un œil vide. Elle, Kitty ? Adélaïde a du mal à associer cette femme desséchée à la provocante et sulfureuse beauté qui était venue menacer ses parents.

Nic parle avec douceur, sans rien obtenir, ni regard ni frémissement.

Le docteur Taylor observe attentivement Kitty. Il va toucher l'épaule de Nic et lui parler à l'oreille. Nic se tourne vers Adélaïde et s'écarte du chevet de sa sœur.

Kitty, toujours immobile, continue de fixer Adélaïde. Rien n'indique qu'elle comprend ou identifie qui elle est, mais le regard ne se décroche pas, et l'inertie habituelle est modifiée par l'éclat de la fixité qui donne une impression d'étrangeté, presque de peur.

Mal à l'aise, Adélaïde sort. Nic arrive tout de suite près d'elle : « Tu penses qu'elle te regardait ?

— Je pense qu'elle regardait le mur à travers moi, oui. Elle est terrifiante, Nic.

— Oui, j'avoue qu'elle a un côté inquiétant. »

Début septembre 47, Nic signe tous les papiers et s'engage à payer tous les soins de Kitty au Allan Memorial, mais il refuse de signer le document autorisant les pratiques expérimentales. C'est le résultat d'un long processus de négociation entre Adélaïde et lui, mais il s'accorde avec elle pour admettre que Kitty a fait l'objet de suffisamment d'expérimentations dans sa vie et que son sort est trop cruel pour qu'on tente de l'en sortir par la force. Tous deux savent très bien qu'ils souhaitent secrètement voir Kitty rester aussi asthénique et absente et qu'ils paieraient très cher pour qu'elle ne sorte jamais de ses limbes.

Peu à peu, les autres problèmes l'emportent sur celui de Kitty et, la visite hebdomadaire de Nic et Adélaïde n'apportant aucun changement, l'angoisse que le retour de Kitty a provoquée s'estompe. Cette fois, c'est Béatrice qui prend le relais : abandonnée par Roland « à la veille du mariage », elle se retrouve encore une fois à la rue et sans le sou. Depuis longtemps, par l'entremise de Florent et de Lionel, Adélaïde fournit des fonds à sa sœur, mais l'accueillir est une autre histoire.

Béatrice ne peut décemment pas aller vivre chez Patrick et Guillaume. Le taudis de Fabien, comme elle l'appelle, est déjà exigu pour une seule personne, elle demande donc asile à sa sœur « dans un coin de son château ».

Tout le monde sait que Patrick a refusé net d'accueillir Béatrice, allergique à ce genre de compagne qui risque tous les jours de séduire les amis de passage et de faire sécher ses dessous affriolants à la grandeur de la cuisine. Guillaume, lui, n'a aucune opinion, il est devenu un rat de bibliothèque et a commencé, deux ans avant l'obtention de son diplôme, à se renseigner sur la Sorbonne à Paris et sur les bourses qui lui permettraient de s'y inscrire. De brillants résultats ne nuisant pas, il collectionne les notes d'excellence et devient un étudiant exemplaire. Les drames d'amour de sa sœur le laissent froid, et si Patrick dit que ce n'est pas une bonne idée de l'accueillir, il est d'accord.

Évidemment, la demande de Béatrice n'est pas étrangère au fait que Florent déménage et que, depuis longtemps, elle convoite le « deux-pièces-salle-de-bains » incluant tous les services dont il jouissait chez Adélaïde.

Cette fois, c'est Nic qui s'oppose, et vertement encore. Il refuse carrément de voir Béatrice prendre leur maison d'assaut, alors que Florent la quitte pour leur donner la possibilité de vivre leur vie de famille entre eux.

Adélaïde est enchantée de négocier une entente stipulant que si Béatrice n'entre pas chez eux, Kitty n'y mettra pas les pieds non plus. Ce à quoi Nic consent sans discussion, le cas de Kitty étant réglé.

Dans son grand bureau de *McNally Enterprises*, Adélaïde offre à sa sœur en larmes de lui louer un appartement rue Saint-Denis et de l'aider à s'y installer. Marthe a déjà averti Adélaïde que la rupture de Roland date de quatre mois et que Béatrice a fait un « faux-pas » avec son partenaire de théâtre, ce qui a bien insulté le réalisateur. Adélaïde est dépassée par l'instabilité émotive de sa sœur, par sa propension à tout envoyer promener sur un coup de tête pour des hommes qu'elle n'aime même pas.

« Mais, Adélaïde, Roland savait très bien que je n'aimais pas Hugues. C'était juste comme ça, en passant !

— Ça n'a donc aucune importance pour toi, Béatrice ? Ton corps peut appartenir à plusieurs hommes sans que ça te dérange ?

— Comment peux-tu faire autant d'argent et être aussi ancienne, Adélaïde ? Évidemment que ça n'a pas d'importance ! Je ne suis pas différente d'une épouse qui accepte de coucher avec son mari pour obtenir une laveuse automatique. »

Ce qui laisse Adélaïde sans voix. Elle ignorait totalement qu'on puisse se livrer à un tel commerce conjugal. Jeannine et Marthe rient tellement de sa naïveté qu'elle rougit.

« Si tu voyais ce que ma voisine a fait pour pas que son mari rapporte au magasin la balayeuse qu'elle avait achetée à tempérament chez Eaton, tu n'en reviendrais pas ! »

Jeannine a beau rire de la candeur d'Adélaïde, elle dit à Fabien que ce mariage-là est solide et qu'elle a mal jugé Nic, du temps d'Alexandre. Elle admet que la cote de Nic remonte à vue d'œil, ne serait-ce qu'avec son succès auprès d'Alex. Pour l'aider à se concentrer sur ses études, Nic a proposé de payer le pensionnat qu'Alex considérait comme un début de vie adulte, loin de sa mère et des « affaires de quartier », qui consistaient en de petites entreprises louches.

En entrant au pensionnat, Alex gagne une admiration évidente de la part de ses congénères moins fortunés de Saint-Henri et ses sorties de fin de semaine deviennent très animées. Pour une fois, grâce aux bons soins de Nic, Alex apprend avec plaisir et constate que l'école sert à autre chose qu'à se confesser tous les vendredis. Florent ou Nic se charge d'aller chercher Alex au pensionnat le vendredi, et on le reconduit le dimanche soir avant les vêpres. C'est Adélaïde qui suggère que Jeannine apprenne à conduire pour qu'elle soit en mesure de se débrouiller si quelque chose arrivait.

Florent a déniché, à mi-chemin entre la Boutique et la maison des McNally, un fort joli appartement sur deux étages qu'il se met en tête de restaurer. Jeannine se moque de son snobisme et de ses goûts de luxe. Florent, gêné, ose à peine avouer qu'il songe à acheter le cottage. La façon dont Adélaïde a remis les *Coutures Florent* à son compte le fait bénéficier de dividendes avantageux auxquels il n'a jamais touché. Nic propose de prêter la somme manquante pour l'acquisition du duplex, ce qui fait qu'en novembre 47 Florent devient propriétaire de « sa petite maison avec quand même un escalier », comme la décrit Léa qui a été la première invitée à la visiter après Adélaïde.

Léa court partout en faisant résonner ses pas dans les pièces vides pendant qu'Adélaïde examine comment Florent va aménager son atelier et sa chambre au deuxième étage. Ada est très heureuse des projets de Florent et la proximité de sa maison la rassure beaucoup. « Je vais pouvoir venir m'asseoir dans mon fauteuil, si j'appelle avant ? »

Florent la trouve pas mal drôle avec ses nouvelles inquiétudes.

« T'es pire que Léa qui veut savoir combien de dodos vont séparer les jours où je viens et ceux où je ne viens pas. Tu sais très bien que tu seras la seule à avoir une clé. Alors, quand tu te disputeras avec Nic, tu pourras venir bouder ici.

— C'est mon style, ça !

— Je n'offre pas de clé à Béatrice, non plus. »

Ils s'assoient par terre et écoutent les pas rapides de Léa qui explore la salle de bains du haut. Florent prend la main d'Adélaïde : « Ça va me manquer : la maison, les petits, toi, Nic, même Lionel…

— Tu n'es pas obligé de partir, Florent.

— Je crois qu'il le faut, Ada. »

Il caresse sa main, joint les doigts aux siens : « Il faut que les enfants aient des parents normaux, une vie normale et un oncle qui possède sa maison.

— Florent, tais-toi. Rien n'était plus normal que Gaspard et Malvina Gariépy, rien de plus normal que mon père et ma mère, et pourtant, rien n'a empêché notre histoire d'arriver. Rien. Ni mes amours, ni mon mariage. Laisse-moi tranquille avec ce qui est normal, parce que nous deux, ça ne devrait pas l'être. Si c'est seulement ça qui t'inquiète et te fait partir… je serai triste.

— Non. C'est pas que ça. »

Il laisse sa main. Elle la reprend aussitôt, mêle à nouveau ses doigts à ceux de Florent : « Il n'y a que toi au monde à qui je donnerais Nic s'il le voulait.

— Tais-toi !

— Que toi, Florent.

— Ne dis pas ça. Ne dis jamais ça. »

C'est le regard détourné, le corps entier de Florent qui la fuit, qui la pousse à le prendre dans ses bras et à chuchoter de force à son oreille : « Je t'interdis d'avoir honte. Je te défends de te mépriser, tu m'entends ? Ton mépris me fait plus mal que ce que c'est. Florent, arrête !

— C'est une maladie, Ada, une maladie !

— Ah oui ? Tu l'as attrapée quand ? Où ? Chez de Grandpré ? Si c'est une maladie, Florent, elle est de naissance. Je n'ai jamais eu de respect pour de Grandpré, parce qu'il agissait indignement, à cause de sa maladie, comme tu dis. Mais Béatrice qui couche avec un partenaire parce que ça adonne ne me semble pas beaucoup plus respectable. Je sais que tu peux aimer, Florent, aimer et faire attention à ceux que tu aimes et les protéger. Alors, si un jour tu aimes un homme, non, écoute-moi, si un jour cela arrive, je vous inviterai chez nous et Nic sera heureux de lui serrer la main.

— Tu ne peux pas parler pour Nic.

— Oui. Pas sur tout, mais là-dessus, je peux parler pour Nic : vous viendrez à la maison et vous mangerez à notre table et on ne désinfectera rien après, de peur d'attraper votre maladie. »

Enfin, Florent rit et se détend. Elle le serre dans ses bras : « Je suis tellement heureuse, Florent, je voudrais tellement que tu aies du bonheur, toi aussi. »

Florent ferme les yeux, bouleversé. Jamais il ne le dirait, parce qu'Ada semble totalement imperméable à l'étrange alchimie physique qu'il y a entre eux, cette alchimie qui fait d'elle la seule femme qu'il ait jamais désirée, avec qui une union physique lui a semblé possible. À tel point que, dans un kaléidoscope fou, il s'est demandé si elle ne serait pas la seule à pouvoir le guérir de sa « maladie », ou si la toucher voudrait dire atteindre également Nic et se révéler plus malade qu'il ne le croit. La chose la plus démente qu'il ressent et dont il ne parlerait jamais est cette certitude que pénétrer Ada ferait d'elle quelqu'un qui le pénètre également, comme si cette femme si femme possédait en elle quelque chose de mâle qui rendrait caresse pour caresse, désir pour désir. Il la respire et toujours cette envie de se fondre en elle et qu'elle se fonde en lui le saisit et le fait reculer, effrayé. La sexualité est une chose trop puissante et confuse pour lui.

Ada le regarde s'éloigner : « Espèce de sauvage !

— Il y a une petite fille qui pourrait nous surprendre.

— À quoi ? À jouer à papa-maman ? Tu sais qu'elle a demandé à Thomas de le faire ?

— Comment elle fait ça ? C'est effrayant, elle a cinq ans !

— Attends ! Léa ! Viens, ma puce, on va jouer à papa-maman, on va montrer à Florent. »

Ravie, Léa s'avance et prend la main de sa mère qu'elle garde dans la sienne en lui faisant des yeux doux, tout enamourés et en papillotant des cils. Florent part à rire et réclame une séance, lui aussi.

* * *

C'est l'automne de l'immobilier pour Nic qui découvre un immense terrain de jeu pour les investissements et se met à acheter des « *bargains* du siècle » à un rythme effréné.

Après avoir fait l'acquisition de trois immeubles dans le secteur du parc La Fontaine, il examine la possibilité d'acheter et de faire rénover des immeubles dans des quartiers peu tentants. Il achète pour une bouchée de pain l'immeuble voisin de chez Jeannine et rénove peu à peu les logements, y faisant installer des salles de bains et des cuisines modernes où le chauffage sera moins dangereux pour les locataires.

Furieuse, Jeannine l'accuse de venir spéculer sur le dos des petits qui vont être obligés de partir parce qu'ils ne pourront plus payer les augmentations de loyer. Elle est tellement montée contre lui qu'il doit charger Adélaïde de lui expliquer que, voyant que rien ne la ferait bouger de son quartier, il a acheté l'immeuble en pensant l'y loger et le faire mettre à son nom… afin qu'elle ne soit pas victime d'augmentations outrancières.

Elle refuse net le cadeau et obtient la promesse qu'il n'augmentera pas les loyers « du pauvre monde qui reste là. C'est pas parce que les coquerelles ne sont plus invitées que les loyers vont augmenter de dix piasses par mois. »

Nic se retrouve avec un appartement à louer, l'ancien propriétaire de l'immeuble ayant vendu pour aller s'installer dans un nouveau lotissement de l'autre côté du fleuve, appelé Brossard. C'est Florent qui suggère de l'offrir à Fabien qui a encore des années d'études devant lui et qui habite un appartement où la salle de bains est sur le palier. Il en parle à Adélaïde :

« Ce serait bien pour lui, un endroit plus grand, moins cher, et il pourrait veiller sur Alex.

— Non, Florent… Je pense que Fabien ne serait pas un bon exemple, je le soupçonne d'avoir une liaison adultère.

— Bon ! Alors, sans veiller sur Alex.

— C'est une idée… Si on pouvait l'éloigner de cette femme qui l'empêche de se marier, ce serait bien. Laisse-moi en parler à Nic. »

Florent éprouve bien un léger pincement de remords, mais comme il est persuadé que personne ne peut éloigner Fabien de Jeannine, cela atténue la gravité de son mensonge.

Adélaïde profite de ce qu'elle aide au déménagement de Fabien pour lui parler sérieusement. Elle lui dit qu'elle sait qu'il a une liaison adultère et elle lui demande d'y mettre fin : « Pas pour les bonnes mœurs, Fabien, pas par esprit étroit, mais parce qu'elle va rester mariée et que cela te condamne à ne pas avoir beaucoup de bonheur, à te cacher, à te priver de la joie d'avoir une famille. Fabien, tu es tellement jeune et tellement intelligent, ne me dis pas que tu vas entretenir une telle histoire encore bien longtemps. Tu hypothèques ton avenir.

— Tu ne dis jamais rien pour Béatrice, pourquoi est-ce que moi, ça prend tant d'importance ?

— Béatrice était une femme mariée, Fabien. Et maintenant, elle est veuve. Et puis, je n'ai pas vraiment peur qu'elle s'attache à un amour impossible, j'aurais plutôt peur du contraire, qu'elle ne s'attache à personne. Toi, c'est différent, tu es si droit, si honnête, Fabien, tu n'as jamais mal agi et tu es capable de jurer fidélité à une femme qui ne sera jamais la tienne. Ça me fait tellement de peine que cette femme accepte un serment pareil sans penser à ton avenir.

— Qu'est-ce qui te dit qu'elle accepte ?

— Tu la vois encore, non ?

— Je peux te poser une question, Adélaïde ? Si Ted était revenu de guerre, tu aurais pu ne pas le revoir, ne pas le désirer et ne pas reprendre votre liaison ?

— Ce n'était pas une liaison ! C'était… autre chose.

— Tu veux dire que c'était un amour vrai, sincère, pas seulement une histoire de fesses ?

— Et tu vas me répondre que c'est la même chose avec la femme mariée que tu aimes ? Mais Fabien, Ted aurait quitté sa femme, j'en suis sûre !

— Qu'est-ce qui te dit que je désespère d'obtenir quelque chose de semblable ?

— Ce sera quand même dur, les gens seront contre toi.

— Ça t'aurait arrêtée, toi ? »

Il a réponse à tout, évidemment ! Tout comme elle, quand Theodore occupait toute sa vie. Elle se tait et, comme elle ne sait pas ce que la vie aurait fait d'elle si Theodore était revenu, elle se borne à aider Fabien à déménager. Le soir venu, au moment de partir, Adélaïde serre Fabien dans ses bras : « Je peux ajouter une chose, Fabien ? Quand j'aimais Theodore, rien au monde ne m'aurait permis de croire que je pourrais un jour aimer Nic et vivre avec lui un véritable amour. Rien ne me paraissait égaler en force et en puissance ce qui nous unissait, Ted et moi. Je ne te dis pas qu'un amour efface l'autre, je dis seulement qu'il est possible d'aimer plus d'une fois et de trouver du bonheur autrement et ailleurs que là où on le trouve la première fois, ou que là où on pense le trouver. La vie est plus maligne que nous, Fabien.

— La femme que j'aime est une femme bien, Adélaïde, une femme que tu aimerais, j'en suis sûr.

— Peut-être, mais ne viens pas tout mélanger en me la présentant. »

* * *

Jeannine est à la fois effrayée et ravie : cette proximité soudaine de Fabien crée une vie quasi conjugale. Elle traverse, il traverse, il va chercher Tommy à l'école et le garde avec lui. Ça lui arrive de cuisiner avec Jacynthe et elle trouve table mise chez elle ou chez lui où ils mangent tous en famille. Le soir tard, elle voit la lumière qui reste allumée, parce qu'il étudie. Elle peut venir l'embrasser, lui dire bonne nuit et aller au lit chez elle. Ils sont devenus les champions des *quickies* que Jeannine appelle des « p'tites vite », champions des baisers volés entre deux portes, mais surtout, davantage que leur accord charnel, les nouvelles, les inquiétudes, les préoccupations sont partagées à mesure qu'elles surviennent, sans délai, et les liens tissés sont d'autant plus forts. Jeannine attend de parler avec Fabien avant de décider quoi que ce soit, et Fabien la consulte sur tout, sauf sur ses études où elle perd le fil très vite. Ils peuvent s'appeler trois fois par soirée pour ajouter un argument ou se répéter une histoire drôle.

Peu à peu, leur vie commune s'organise et leur voisinage intensif, au lieu d'inquiéter Adélaïde, la rassure et la porte à croire que Fabien, grâce à l'amitié et à la vie de famille avec Jeannine, commence à prendre des distances avec la femme mariée.

« Je crois que tu lui fais beaucoup de bien, Jeannine, tu l'aides à se forger une vie à lui et à vivre autre chose qu'une relation condamnable, mais surtout condamnée. »

Au début, ces confidences mettaient Jeannine au supplice, et sa mauvaise conscience la torturait longtemps. Elle a même essayé de mettre fin à sa liaison avec Fabien, ne conservant que le lien amical, un peu comme le voyait Ada. Fabien, alors débordé à cause d'une échéance universitaire, a laissé Jeannine croire qu'il y consentait et il l'a regardée s'en faire et se martyriser en refusant de participer à cet essai. Il s'abstenait seulement de la toucher ou de l'embrasser. Le jour où il a achevé sa tâche, il a pris Jeannine par la main, l'a emmenée dans sa chambre, l'a déshabillée, caressée, aimée. Elle a juré que l'essai était concluant et qu'effectivement ils n'étaient pas du tout amis.

Début décembre, la folie s'installe chez Adélaïde et Nic. Non seulement les achats des fêtes et l'organisation des célébrations prennent du temps, mais un problème majeur de livraison force Nic et Florent à se rendre à New York pour y effectuer des achats de tissu in extremis et éviter de mettre en péril la collection de printemps. Nic insiste pour qu'Adélaïde parte avec Florent, et elle l'aurait fait si les oreillons des jumeaux et les bilans de fin d'année que Nic exècre tant ne lui en mettaient pas déjà plein les bras. Elle presse Nic de partir et de tout régler en trois jours, le temps pour elle de clore les bilans. Et, comme un malheur ne vient jamais seul et que Maurice l'a appelée à la rescousse afin de prêcher pour sa paroisse auprès d'Isabelle, Adélaïde projette de se rendre à Québec dès le retour de Nic et de Florent.

Une seule tâche ennuie profondément Adélaïde : la visite hebdomadaire au Allan Memorial. Depuis septembre, chaque vendredi en fin de journée, ponctuellement, Nic et elle vont rendre visite à Kitty. Le scénario ne varie pas : ils entrent, Nic s'assoit près du fantôme immobile — sauf pour l'offrande rituelle du corps que les infirmières n'arrivent pas à contrôler —, et il parle tout seul pendant que Kitty fixe Adélaïde, qui reste près de la porte.

Au bout d'une demi-heure, Nic se lève et ils repartent, la conscience tranquille. Nic va chercher Alex au collège, Adélaïde rentre à la maison, et le vendredi devient une fête parce qu'il y a une longue semaine avant de devoir retourner contempler la désolation en pleine face. Quand Nic supplie Ada de se rendre seule au Allan Memorial le vendredi où il sera à New York, elle refuse net. Nic fait valoir que, selon le médecin traitant, la régularité parfaite de la visite ne doit pas être interrompue et que, même diminué de moitié, l'événement est le seul à faire une différence dans la vie morne et régulière de Kitty.

Parce qu'elle est une femme de parole, ce vendredi, Adélaïde laisse ses jumeaux fiévreux à Louisette et se rend à la chambre de la folle.

Comme Nic n'est pas là, elle trouve que s'asseoir près de la porte serait ridicule. Elle s'avance donc, et l'infirmière la laisse, une fois que Kitty a été sagement remise sous le drap qu'elle écartait encore.

Dans le silence oppressant qui suit, Adélaïde se dit qu'elle aurait préféré venir avec Florent pour faire la conversation, mais Florent est à New York. Elle n'a pas la patience ou l'intérêt de Nic, et raconter sa semaine aux yeux étranges ne l'intéresse pas.

Elle reste là, les mains croisées sur son sac posé sur ses genoux. Kitty regarde au loin. En fait, elle regarde là où Adélaïde devrait être.

Au bout de cinq minutes, mal à l'aise, Adélaïde se met à parler. Elle ne sait pas vraiment ce qui lui prend, probablement la certitude de ne pas exister aux yeux de cette femme, mais elle se sent détachée de toute forme de politesse ou de bienséance. Elle parle d'un ton tranquille, comme si elle commentait la neige qui tombe dehors.

« Je ne t'aime pas, Kitty. Je t'ai détestée depuis le premier jour. Je me souviens de ta bouche. Je pensais que tu voulais dévorer le monde en riant. J'avais une amie, quand j'étais petite, qui riait tout le temps, aussi. Je pense qu'elle était dérangée. Aussi dérangée que toi. Non… moins dérangée que toi. T'es un cas, Kitty, tu nous as eus. On peut dire que tu nous auras tous écœurés, excuse le mot, mais c'est ça. Ma mère non plus ne t'aimait pas. Ça a l'air que ton premier mari, le docteur, avait été le fiancé de maman. Savais-tu ça ? Ça t'aurait plu, ça, me semble. Ton genre, ces petites revanches-là, ces petits points gagnés par le côté vicieux de la vie. Je ne sais pas ce qu'on va faire de toi, Kitty. Te laisser ici, j'espère. Tant qu'à moi, tu pourrais pourrir ici… Pour être honnête, j'aurais aimé mieux que tu restes là où tu étais, en Italie. Avec qui tu aurais voulu, d'ailleurs, ça ne me dérange pas. C'est ici que tu me déranges. J'aime pas les fous, Kitty, les malades, les anormaux, ils me font peur. Je ne comprends pas pourquoi tu lèves ta jaquette à tout bout de champ et, quand tu fais ça, tu me donnes envie de partir, de me tenir loin de toi. De te sacrer là. Je sais, c'est supposé vouloir dire que tu souffres. J'y crois pas, à ta souffrance. À ta méchanceté, oui, j'y crois beaucoup. Pas à ta souffrance. À celle de Nic, par contre, j'y crois. Tu pourrais pas le laisser tranquille, un peu ? Le lâcher une fois pour toutes ? Je m'en occupe, Kitty, laisse faire Nic. Je vais… »

Soudain, elle s'interrompt : Kitty a tourné les yeux vers elle. Adélaïde ne sait pas depuis combien de temps, parce qu'elle lissait ses gants en parlant. Elle l'avait presque oubliée. En levant les yeux, elle croise ce regard cloué sur elle, insistant, inquiétant. Des yeux qui la voient, elle en est certaine. Une crainte affreuse saisit Adélaïde, elle se lève précipitamment, le souffle court, les yeux agrippés à ceux de Kitty qui ne rate pas un de ses mouvements. Adélaïde voudrait faire semblant que tout est normal, elle voudrait dire au revoir, mais elle a aussi peur que si une morte s'était réveillée. Oppressée, elle tourne le dos et se précipite vers la porte en affectant un pas vif, mais sans courir, pour ne pas provoquer Kitty.

Le coup la frappe en plein milieu du dos, la douleur est aiguë, précise, brûlante. Comme un ongle qui traverse la chair jusqu'au poumon. Suffoquée, Adélaïde trébuche, tombe à genoux et, avant de s'effondrer, sûre de crever si elle ne réussit pas à atteindre la porte, elle s'élance dans un effort désespéré, ouvre la porte et hurle dans le corridor.

Le branle-bas qui suit est effarant. En deux minutes, une équipe d'infirmières contrôlent la situation. Kitty est retrouvée jambes écartées sur son lit, le crucifix qu'elle a employé pour blesser Adélaïde est par terre, à mi-chemin entre la porte et le lit. La robe de lainage d'Adélaïde est tailladée et la force des coups portés avec l'objet pieux est telle que les chairs déchirées exigent des points de suture.

Complètement terrorisée, Adélaïde ne peut rien dire, rien ajouter pour le docteur Taylor qui a accouru en apprenant la nouvelle qu'il juge extraordinaire : Kitty est sortie de son mutisme.

Il veut savoir si Kitty a lancé l'objet de son lit ou si elle a attaqué Adélaïde en la poursuivant, si elle a dit quelque chose en frappant, quels étaient les propos d'Adélaïde juste avant l'assaut, si l'attitude de la malade avait paru différente dès le début ou seulement à travers ce geste. L'interrogatoire dure presque tout le temps où un jeune médecin essaie de faire les points de suture. Adélaïde ne répond que par monosyllabes et elle tremble tellement que le médecin met le docteur Taylor à la porte en lui recommandant de poursuivre l'entretien quand Madame McNally sera remise du choc. Il ferme la porte et revient vers elle en maugréant : « Ça se dit psychiatre et c'est même pas capable de voir que quelqu'un est sous le choc ! Voulez-vous appeler votre mari pour qu'il vienne vous chercher ? Je préférerais. J'en ai encore pour vingt minutes et vous pourrez y aller.

— Non. Mon mari est absent. C'est pour ça que je suis venue seule.

— Je parie que vous ne recommencerez pas de sitôt.

— Je suis désolée… vraiment désolée.

— Pourquoi ? Parce qu'une démente vous a agressée ? Vous êtes sous le choc pour de vrai ! »

Adélaïde se sent atrocement coupable. Comment répéter les horreurs qu'elle a débitées à Kitty ? Elle ne se souvient même plus de ce qu'elle a dit exactement. Elle était certaine que la pauvre folle n'entendait pas. L'attaquer si vite, avec le crucifix en plus, cela lui paraît si dérisoire ! Elle se sent honteuse et elle voudrait tellement qu'on lui jure qu'elle n'aura jamais à revoir ces yeux fixes et déments. Pourvu que Nic comprenne. Pourvu qu'elle n'ait plus jamais à rencontrer cette femme.

Le médecin l'aide à enfiler les manches de sa robe : « Ça ne devrait pas faire mal. Seulement tirailler quand vous bougerez. Vous pouvez repasser ici dans deux semaines pour…

— Non ! »

C'est sorti si vite, si impulsivement, qu'elle met sa main devant sa bouche, gênée. Elle voudrait parler, expliquer, mais le médecin la regarde avec des yeux si compatissants qu'elle ne réussit qu'à laisser passer un sanglot. Il lui tend son mouchoir, gentiment : « Mouchez-vous, ne pleurez pas, c'est le choc. Voyons… On va s'organiser pour qu'un de mes confrères s'occupe de vous. Quel est votre hôpital ? »

Quand elle murmure « Sainte-Justine » entre deux sanglots, il part à rire.

« Vous êtes jeune, mais quand même ! C'est l'hôpital de vos enfants, c'est ça ? »

Elle finit par se trouver ridicule et elle rit, elle aussi. Ce qui le rassure beaucoup : « Bon ! J'aime mieux ça ! Avez-vous ri comme ça devant l'autre ? Ce serait suffisant pour déclencher une crise de jalousie. »

Toute sérieuse, Adélaïde jure qu'elle n'a pas ri, pas du tout, même. Le médecin l'observe un instant avant de tendre la main : « Paul Picard. On fait tout à l'envers aujourd'hui : je vous ai vue de dos avant de vous voir de face. Arrêtez de vous inquiéter. Venez, je vais vous reconduire.

— Mais j'ai ma voiture !

— C'est ça : je vais vous reconduire à votre voiture.

— Mais le psychiatre, le docteur Taylor, il voulait… »

Paul Picard l'aide à enfiler son manteau, il range les instruments, enlève sa blouse blanche et met son paletot : « Venez ! Le psychiatre vous parlera une autre fois. Le médecin traitant trouve que vous avez suffisamment fait avancer la science aujourd'hui. »

Il insiste pour monter à côté d'elle et l'accompagner jusqu'à sa maison. Une fois saine et sauve dans l'allée enneigée, il la conduit devant sa porte et s'incline : « Votre médecin de famille fera… » Il n'a pas le temps de terminer que Léa ouvre la porte en criant que papa a appelé de très loin et qu'elle a parlé toute seule. Ni Anne ni Thomas n'ont parlé. Juste elle.

Évidemment, il est passé sept heures et Adélaïde avait promis de faire un compte rendu minutieux de sa visite.

« T'es qui ? »

Léa dévisage le médecin avec intérêt.

« Entrez, sinon elle va me faire une pneumonie. »

Paul Picard suit Adélaïde et se penche vers Léa : « Je m'appelle Paul. Et toi ?

— Léa. J'ai cinq ans et l'année prochaine je vais aller à l'école, mais, déjà, j'écris mon nom. Veux-tu voir ? Les jumeaux ont les oreillons, ça a l'air que je vais les avoir, que Louisette dit. C'est pas vrai que leurs oreilles vont tomber ?

— Léa ! Arrête un peu, laisse-le enlever son manteau !

— Non, vraiment, je vais rentrer maintenant que vous êtes à bon port.

— Mais si t'es un vrai ami, tu vas venir au bal ? Ma robe est rose, veux-tu la voir ? »

Elle est si drôle avec sa tête levée vers lui, ses beaux yeux gris. « Elle vous a volé vos yeux, celle-là… »

Parce que Léa insiste avec tant de charme, Paul Picard accepte de voir la robe et de constater qu'en effet elle écrit son nom.

« Mais McNally, c'est très difficile, je sais pas bien encore. »

Elle s'applique en tirant sa bouche du côté où la lettre penche. Paul touche son front avec douceur. Adélaïde lui tend un verre de porto. Il désigne la petite fille : « Elle a déjà de la fièvre, j'ai peur que les oreillons ne soient en bonne marche. »

Il tâte les ganglions de Léa qui rit beaucoup : « Tu regardes qu'elles sont attachées, mes oreilles ? », ce qui fait éclater de rire sa mère.

« Viens Léa, on va mettre ta robe de nuit. »

Mais Léa n'a aucune envie de quitter le salon pour rejoindre les « bébés », comme elle dit avec un peu de condescendance. Les larmes ne sont pas loin quand Paul se lève.

« Si vous voulez, je viendrai retirer les points dans deux semaines. »

Comme il insiste et que Léa trouve l'idée qu'il revienne excellente, Adélaïde ne proteste plus.

* * *

L'entrevue avec le docteur Taylor est tellement longue et pénible qu'Adélaïde remercie le Ciel que Paul Picard l'y ait soustraite le jour de l'événement. Jamais, sans la présence réconfortante de Nic, elle n'aurait enduré un si long siège de questions, de supputations et d'interprétations. À cause des questions de Nic, quand il est revenu de New York, elle a eu le temps et l'occasion de répéter ses mensonges concernant les propos qu'elle a tenus. Rien de ce qu'elle a vraiment dit, rien des horreurs qu'elle a vaguement souvenir d'avoir prononcées, n'est répété. Elle s'invente un discours neutre, sorte de récit de la journée et liste de cadeaux de Noël à acheter. « C'était stupide de ma part, je révisais pour moi-même ceux à qui je devais encore acheter un présent. Ça l'a probablement ennuyée ou fâchée…

— Ou elle s'est sentie exclue, rejetée de la fête à venir… »

Adélaïde se dit que, s'il connaissait son vrai discours, le docteur Taylor aurait de quoi s'amuser pour ce qui est de l'exclusion et du rejet.

Il revient encore à la position physique de Kitty, au regard, au mot précis auquel Kitty a, pour ainsi dire, réagi.

Qu'Adélaïde ne se souvienne ni n'ait remarqué ne convainc pas le médecin qui revient sans cesse à la charge. « Croyez-vous que l'usage du crucifix ait un sens symbolique ? Était-elle religieuse, antireligieuse ?... »

Adélaïde est soulagée d'entendre Nic s'impatienter et déclarer que sa sœur n'avait rien d'autre sous la main, que même ses pantoufles sont inoffensives et ne feraient pas un bleu. Le crucifix, quelle que soit sa valeur symbolique, était le seul objet lourd, dangereux et fiable dans cette chambre.

« Elle a dû le fixer des jours de temps et finir par comprendre que le décrocher libérerait le mur et lui fournirait de quoi se défendre.

— Intéressant... Je suis d'accord avec vous qu'elle se défendait. En quoi la menaciez-vous, madame ?

— En étant là, je suppose... Peut-être que c est même pas moi qu'elle attaquait. Peut-être une autre femme d'Italie du passé.

— C'est ce que nous allons voir. J'aimerais que vous retourniez là-bas, dans sa chambre, que vous refassiez exactement ce qui s'est passé l'autre vendredi. Que vous lui parliez des mêmes choses, avec la même intonation. Cette fois, évidemment, il n'y aura pas de crucifix. »

Nic et Adélaïde disent non en même temps et sur le même ton sans réplique. Pas question. Peu importe ce que le docteur Taylor prétend ou attend de cette rencontre, elle n'aura pas lieu.

Poliment, le médecin insiste, tente de faire comprendre que la malade a parlé, qu'elle est sortie de son mutisme à travers ce geste agressif, qu'Adélaïde est probablement la seule personne au monde à pouvoir aider cette femme emmurée dans sa douleur schizophrénique, rien n'y fait. Adélaïde refuse. Nic confirme que si elle acceptait, il le lui interdirait.

« Elle a encore un bleu au milieu du dos. Kitty aurait pu la tuer. C'est non.

— La tuer ? Vous exagérez...

— Vous ne la connaissez pas, docteur. Cette femme, on ne sait pas par où elle est passée, mais nous, nous savons d'où elle vient. Avant la guerre, elle aurait pu tuer pour obtenir ce qu'elle voulait.

— Et qu'est-ce qu'elle voulait, monsieur ? »

Adélaïde prend la main de Nic, elle voudrait qu'il se taise, qu'il n'ouvre pas ce chapitre devant cet homme alléché. Elle n'a aucune confiance en Taylor. Il est avide d'étrangetés, affamé de choses cruelles, de symptômes vicieux. Nic affirme qu'il ne sait pas vraiment, certains hommes, probablement. Ce mensonge enfin, ce mensonge réconforte Adélaïde et la soulage un peu du poids de sa faute depuis l'attaque. Elle en soupire de bien-être.

Le docteur Taylor les observe un long moment, convaincu que ce que Kitty voulait, c'était Adélaïde, et que le petit couple devant lui avait résisté à l'odieux d'une telle idée.

Nic accepte d'aller voir Kitty pendant qu'Adélaïde attend dans le corridor. Les vingt minutes pendant lesquelles elle arpente le linoléum impeccablement ciré lui paraissent une heure. Nic sort de la chambre en hochant la tête : rien. Ni réaction, ni regard, le même vide absent.

Ils promettent de réfléchir à la possibilité de faire entrer Adélaïde avec Nic, comme auparavant.

Au moins, les enfants sont sur pied et Léa a repris ses activités de dessin au bout de trois jours. Adélaïde est fascinée par la vitesse à laquelle un enfant peut passer de l'état le plus pitoyable à la bonne forme et au dynamisme féroce. Thomas est si malcommode et Anne est si concentrée sur ses poupées et ses jeux « couche le bébé, lève le bébé » ! Ils sont merveilleusement normaux et en excellente santé.

Adélaïde berce Anne qui vient de s'endormir quand Nic entre dans la chambre. Les cheveux rares du bébé commencent à s'épaissir et forment une aura d'une blondeur tirant franchement sur le roux.

« Tu as vu, Nic ? Elle sera presque rousse, comme Kitty.

— Je sais. Si c'est tout ce qu'elle a de ma sœur, elle aura pris le plus joli.

— En tout cas, elle est sage et douce comme Rose. Incroyable comme elle lui ressemble. Elle aurait l'enthousiasme et l'énergie de Léa avec ces cheveux-là, j'aurais presque peur… »

Nic prend le petit paquet endormi, le serre contre sa poitrine : « Comment peux-tu dire une chose pareille ? Anne ne fera jamais peur à personne ! Même Thomas se calme avec elle. »

Ce qui, effectivement, n'est pas une mince victoire. Depuis qu'il a commencé à marcher, un mois après sa sœur, il déboule au moins un escalier par jour, malgré les barrières que Lionel a installées partout et dans lesquelles, eux, s'enfargent.

Adélaïde prépare son sac de voyage sans entrain : quitter ses enfants, même pour deux jours, la dérange et l'inquiète sans raison. Mais elle a promis à Maurice. Nic sifflote dans la salle de bains, elle sourit en le devinant penché au-dessus du lavabo : il est toujours trop grand pour ces endroits « conçus pour des nains », comme il dit. Les bruits changent. Tiens ! Nic se rase. Adélaïde se couche, émoustillée : quand Nic se rase avant de se coucher, ce n'est pas pour épargner le coton de l'oreiller !

* * *

Pourquoi trouve-t-elle Québec triste et apathique ? Tout a l'air engourdi sous la neige, endormi sous le vent qui manque de lui arracher son chapeau dès sa sortie de la gare.

Florent a accompagné Adélaïde pour enfin rendre visite à Paulette. Sa joie n'est pas plus délirante que celle de sa compagne. Ils se laissent en prenant chacun leur taxi et en se souhaitant bon courage.

Adélaïde constate qu'elle en aura besoin dès son entrée chez Isabelle. La petite maison si coquette est dans un état de désordre affolant. Louis est occupé à élever une tour de meccano qui devrait s'effondrer sous peu et rejoindre tous les autres jouets éparpillés sur le tapis du salon. Elle trouve Isabelle à la cuisine. Ça fait presque deux ans qu'elle ne l'a pas vue. Les changements survenus sont importants, et le pire est sans doute une ressemblance avec Georgina qu'Adélaïde n'avait jamais remarquée avant ce jour. Isabelle se jette dans les bras de sa cousine en sanglotant et en répétant spasmodiquement : « T'es venue ! T'es venue ! Je peux pas croire ! »

Les nouvelles ne sont pas si longues à donner : la jeune bonne, Flavie, est partie parce qu'Isabelle l'a surprise en train d'embrasser Maurice « à pleine bouche », comme elle le spécifie. L'affaire durait depuis huit mois et Flavie n'a que vingt ans. Elle n'est même pas majeure. Le procès de Maurice qui s'ensuit est sans aucune indulgence et probablement assez juste, juge Adélaïde, qui se réfère à son comportement pour le moins préjudiciable au bal de l'an passé. Maurice a des aventures variées et fréquentes. Il ne s'est pas gêné pour les lancer à la tête de sa femme « froide et sans cœur », comme il l'appelle. Il lui met sur le dos toute la faute et s'estime patient de revenir dans cette maison où le reproche et le silence se partagent le temps. Jérôme et Élise sont à l'école, et Louis est quand même sage, mais Isabelle est trop découragée pour entretenir toute seule sa maison : « Pour qui ? Veux-tu me dire pourquoi je ferais un effort ? Quand j'en fais, il ne le remarque pas ou il se décommande. Penses-tu que je ne sais pas qu'il voit une de ses maîtresses quand la *job* le retient en dehors de la ville ? L'autre soir, Claudine Lafleur l'a vu au cinéma Classic et, évidemment, il n'était pas seul ! J'ai eu l'air de quoi, moi, à expliquer que c'était sa cousine ? Elle ne m'a pas crue et elle avait bien raison ! Penses-tu qu'il s'est gêné pour m'avouer qu'effectivement c'est une femme avec qui il couchait ? "Chassez le naturel..." Maurice est pas fiable pour deux cennes. Il saute sur tout ce qui porte un jupon. Je le déteste, Adélaïde, et je te jure que si ce n'était pas des enfants, je demanderais le divorce. »

Isabelle est complètement remontée par la rage et par l'agressivité. Adélaïde a le temps de faire la vaisselle, de passer le balai, de nettoyer le comptoir et de sortir les poubelles qui débordent, pendant que sa cousine se répand en invectives et en plaintes au sujet de son mari. Inutile d'intervenir, se dit Adélaïde, il faut que ça sorte. Inutile non plus de demander si Maurice est au courant des propos de sa femme. « Elle me sert du silence et du steak haché aux repas », comme il dit. Pas étonnant qu'Isabelle en ait long et lourd sur le cœur. Quand Louis arrive pour réclamer à dîner, Isabelle, sans arrêter son discours amer, lui beurre deux tranches de pain sur lesquelles elle coupe une banane en rondelles. Elle ferme le sandwich sèchement, le déchire d'un coup de main et le tend à Louis en le poussant vers le salon. Le petit garçon n'a eu droit à aucune parole. Son verre de lait, qu'il a demandé à deux reprises, n'est pas encore versé. Adélaïde prend un verre, le remplit et va rejoindre Louis au salon : « Tu veux que je reste avec toi pendant ton dîner ?

— Pourquoi ? »

Il balance ses jambes en mastiquant. Son chandail aux lignes colorées est décousu près du cou. Adélaïde caresse les cheveux drus, coupés court — il y a du Maurice dans ce petit Louis.

Louis annonce que Jérôme et Élise vont arriver dans cinq minutes et qu'ils lui tiendront compagnie.

Adélaïde trouve Isabelle en train de maltraiter deux autres tranches de pain et d'empiler des tartines de bananes sur une assiette. Dès qu'ils arrivent, les enfants embrassent leur tante et ils s'emparent de l'assiette pour aller manger au salon où la radio diffuse un feuilleton qu'ils écoutent en mangeant.

Ce qui étonne le plus Adélaïde, c'est de constater que sa cousine ne porte aucune attention à ses enfants. Qu'elle néglige le ménage, la propreté, sa personne, son mari même, ce serait compréhensible. Mais les enfants… Les enfants si importants à ses yeux, comment peut-elle en être là ? À ne plus les voir, les considérer et à croire que ce mariage dure pour eux, à cause d'eux, pour leur équilibre ? Démunie, Adélaïde ne sait plus comment arrêter le flot de récriminations, mais depuis deux heures qu'elle est là, pas un seul mot n'a visé autre chose que Maurice, son attitude et ses infidélités. Elle interrompt sa cousine pour lui réclamer un dessert pour les enfants. Elle va porter l'assiette de biscuits, débarbouille ensuite Louis et le monte dans son lit pour la sieste alors que les deux autres repartent pour l'école. Comme elle s'assoit près de Louis et qu'elle chantonne en attendant qu'il dorme, le petit la considère, intrigué : « Qu'est-ce tu fais ? »

Qu'elle reste près de lui et qu'elle attende qu'il dorme fait sourire Louis. Il finit par prendre sa main et jouer avec les bagues qu'il tourne : « Pourquoi t'es douce ?

— Parce que tu es un petit garçon très gentil. »

Il fait un « Oh ! » surpris, heureux et il s'endort presque tout de suite, en tenant la main de sa tante. Elle retrouve Isabelle, toujours assise à la table. On dirait qu'elle n'a pas bougé.

« ... il y a deux semaines, je lui ai demandé une piasse et demie pour les fournitures scolaires des enfants. C'est pas de ma faute à moi s'ils ont fini leurs cahiers avant les vacances de Noël. Il s'est mis dans une colère ! Le maudit argent, comme il dit, s'il en dépensait moins pour ses pounes, ses parties de fesses et ses...

— Isabelle, c'est assez ! »

Malgré le regard blessé de sa cousine, Adélaïde parle et lui dit ce qu'elle pense. Franchement, sans altérer son inquiétude, sans ménager l'orgueil ou la susceptibilité d'Isabelle, elle lui dit que, quelles que soient ses raisons, elle fait vivre une vie triste et malheureuse à ses petits. Que si elle reste dans ce mariage fini, comme elle le prétend, pour les enfants, pour leur équilibre et leurs besoins, c'est raté et complètement raté. Il est temps d'arrêter de penser à elle, à ses reproches, à ses frustrations, et de penser un peu aux enfants et à la vie qu'ils ont avec des parents fâchés depuis des années, qui se taisent ou qui ne parlent que de choses accessoires pour passer leur agressivité.

« Je sais que tu es malheureuse, Isabelle, je sais que ton mariage va mal, que tu n'as pas de soutien et que tu te bats toute seule depuis longtemps. Mais tu te bats sur un mauvais terrain et tu oublies le principal. Tes enfants partent pour l'école, habillés et nourris, mais ils partent le cœur pesant. Aussi pesant que le tien. Je sais que c'est dur, probablement impossible à tenir, mais il faut changer quelque chose. Il faut que tu te dérages, Isabelle, ou alors que tu dises à Maurice ce que tu lui reproches. »

Drapée dans sa dignité, offensée, Isabelle se contente de dire qu'il ne mérite même pas qu'elle lui parle : « Pourquoi, d'ailleurs ? Pour qu'il veuille faire ses cochonneries avec moi, après avoir touché ces salopes ? Merci bien ! »

Et elle remet ça, amère, rabâcheuse, elle recommence la liste des reproches. Adélaïde ne sait plus quoi faire. Elle glisse dans un silence : « Et lui, Isabelle, qu'est-ce qu'il pourrait te reprocher ? »

Rien, bien sûr, elle fait son devoir malgré tout, malgré ses promesses non tenues depuis son retour de guerre, malgré qu'il ne le mérite pas.

Quel gâchis, pense Adélaïde. Comment aider Isabelle, comment lui faire comprendre qu'elle aussi participe au désastre, que Maurice ne le fait pas tout seul ? Elle s'assoit face à sa cousine, elle prend ses mains dans les siennes et, doucement, elle parle du vrai sujet.

« Tu n'as jamais pardonné à Maurice, Isabelle ? Ni cette femme, ni leur enfant, ni celui que tu as perdu et que tu mets sur sa faute, sur son péché qu'ils t'ont fait expier à travers ta petite fille ? C'est ça ? Tu ne peux pas lui pardonner ? C'est impossible ou il y a un espoir ? À quelles conditions pourrais-tu le faire, Isabelle ? Est-ce que quelque chose pourrait racheter cela dans ton esprit, dans ton cœur ? Je ne te juge pas, je ne te demande pas de le faire, je te demande de penser sincèrement si c'est possible, envisageable ou complètement hors de question. Parce que, même sans pardon, même enragée, défaite et dans un faux mariage, tu l'aimes encore, Isabelle. Et aimer quelqu'un à qui on ne pardonne pas doit être très, très dur. C'est comme te placer au milieu du combat en laissant tes armes à la maison. »

Isabelle regarde au loin et réfléchit en silence. Adélaïde se rappelle la petite fille timide qu'elle était, combien elle aimait son père et comment, plus tard, elle avait eu de la peine quand Nic ne s'était pas intéressé à elle. Elle profite du répit soudain pour parler de sa mère et évoquer comment Gabrielle savait prendre soin de ceux qu'elle aimait, comment elle serait triste de voir son Isabelle si aimante devenir acrimonieuse et sans soin pour ses enfants

« Tu sais ce qu'elle ferait, maman ? Elle t'obligerait à parler avec ton mari. Tu te souviens comment ils parlaient, papa et maman ? "On parle", qu'elle disait quand je voulais savoir ce qu'ils faisaient la porte fermée. On parle… Tout ce que tu m'as dit, il faudrait le dire à Maurice et en finir avec la chicane et pardonner pour de vrai. »

Isabelle dégage ses mains, il n'y a pas de larmes dans ses yeux, pas de chagrin apparent, mais tout est si triste et déprimé en elle quand elle murmure qu'elle ne peut pas pardonner, qu'elle n'y arrive pas.

« Tu sais, il y a des gens quelquefois à la radio qui expliquent qu'ils ont eu un malheur, un accident, quelque chose de grave. Une fois, quelqu'un expliquait qu'il avait perdu la foi. D'un coup, un matin, sans raison, c'était parti, enfui pour jamais. Y avait pas de raisonnements, pas de supplications pour que ça revienne. C'était fini. Point final. Qui aurait dit qu'un jour ça m'arriverait, Adélaïde ? Qui aurait dit qu'un mariage si bien parti finirait si bêtement ? J'ai perdu la foi dans mon mariage, Adélaïde, pas seulement en Maurice. Tout. T'as raison de dire que le pardon serait la solution. Le problème, c'est qu'il n'y a pas de pardon en moi. Du vide. C'est du vide qu'il y a en moi. Du vide et des reproches. Rien d'autre. Je voudrais te donner ce que tu demandes, y croire assez pour parler avec Maurice, mais je ne peux pas. J'ai bien peur que tu sois venue pour rien. »

Louis arrive, encore un peu endormi, le caleçon enfilé à l'envers. Isabelle le remet à l'endroit et passe des chaussettes de laine aux pieds du petit, qui court chercher son pantalon et revient montrer comment il sait bien le mettre tout seul.

Les enfants viennent de rentrer de l'école quand Adélaïde s'apprête à partir. Isabelle répète comme elle embellit et combien elle la trouve élégante. Dans le vestibule, elle serre Adélaïde dans ses bras et lui jette avant de la laisser partir : « Je m'excuse sincèrement de n'être pas allée voir les jumeaux. Je ne peux pas, Adélaïde. Pas encore. »

Adélaïde a donné rendez-vous à Maurice dans un salon de thé près du Château Frontenac. Elle se rappelait un endroit agréable et chaleureux, elle est surprise d'y avoir froid, de trouver l'éclairage insipide et le service indifférent. Toute la ville lui semble à l'image de cette déception. Est-ce parce qu'elle n'a plus rien à y faire ? Que tout son intérêt est maintenant à Montréal ? Tout lui manque soudain, les enfants, Nic, la Boutique, le bureau.

Maurice arrive en retard et il n'est pas étonné des mauvaises nouvelles qu'elle lui transmet. Il jure que s'il était certain que cela ferait une différence, il romprait avec ses maîtresses. Il admet que le baiser à Flavie était stupide et il maintient que rien d'autre n'est arrivé et qu'Isabelle s'est construit un roman à travers les histoires inventées par Flavie qui le poursuit encore, en prétendant être amoureuse. Adélaïde le croit, pourquoi lui mentirait-il ? Elle sait déjà tout le reste, toutes les autres femmes, et Maurice n'est même pas honteux. Mal à l'aise et plutôt malheureux, mais pas honteux. Il voudrait faire quelque chose, mais il ne sait pas quoi.

Adélaïde ne peut rien recommander d'autre que la patience et, si possible, de la discrétion : « Tu sais ce que signifie pour elle d'expliquer à ses connaissances pourquoi tu es en public avec d'autres femmes ? C'est humiliant, Maurice, c'est gênant et humiliant. »

Maurice admet, il fera attention.

Finalement, Adélaïde lui parle des enfants et de l'atmosphère dans laquelle ils vivent. Maurice dit qu'il n'y peut rien, ce n'est pas son domaine et leur éducation relève de leur mère. Lui, il a déjà assez de mal à rapporter l'argent nécessaire à leurs besoins.

« Mais quand les petits vont échouer à l'école parce qu'ils ne peuvent pas étudier à la maison à cause de vos engueulades ou de la tension, tu vas être convoqué chez le directeur d'école, Maurice. Et tu vas dire quoi ? Je sais, mais c'est la faute à leur mère ? Qui va dire que c'est de ta faute si elle est malheureuse ? Quelle sorte de principes d'éducation vous avez ? Tu ne peux pas te contenter de discuter sans fin avec Isabelle, il faut t'occuper des enfants, les emmener glisser, faire l'arbre de Noël avec eux, leurs devoirs. Tu ne fais rien de ça ? C'est ce que tu appelles le domaine d'Isabelle ? »

Maurice hoche la tête et ne voit pas comment il y arriverait. Il est tout le temps sur la route, ou alors en dehors de la maison, parce qu'il ne supporte plus d'y être.

« On m'a offert une *job* à plein temps à Québec, je veux dire dans un bureau, sans voyagements ni rien. J'ai refusé. Je ne peux même pas en parler à Isabelle. Revenir à cinq heures tous les jours dans cette maison me tuerait, je te jure.

— Tes enfants y reviennent tous les jours, eux. Penses-y, Maurice, et laisse tomber une maîtresse ou deux pour eux. Ils ont un urgent besoin de voir leur père. Je ne sais pas si tu peux sauver ton couple, mais tu peux certainement faire quelque chose pour tes enfants. Concentre-toi là-dessus, c'est le meilleur conseil que je peux te donner. »

De tous les récits qu'Adélaïde fait à tante Germaine, c'est celui de l'étrange retour de Kitty qui la fascine le plus. Elle ne peut pas vraiment qualifier l'écoute de sa tante de sympathique, et c'est assez réjouissant. Adélaïde avait oublié que Germaine détestait Kitty. Son commentaire se limite à : « Comme ça, elle est devenue complètement folle ? Il faut que le bon Dieu ait de la miséricorde de reste, ma petite fille ! » Ce qui donne envie à Adélaïde de révéler ce qu'elle a vraiment dit à Kitty. Mais elle craint trop de devoir s'amender par la suite en allant le dire au docteur Taylor. Elle mourrait de honte.

Elle retrouve Florent à la gare le lendemain matin et ils passent le voyage de retour à échanger des nouvelles mornes et déprimantes et à s'entendre sur le soulagement que représente le fait de vivre loin de ces problèmes. Paulette, qui vit dans un univers clos, limité à des souvenirs où Florent tient une place de roi et à des conseils d'administration où elle pose sans doute des questions pointilleuses et inutiles, Isabelle et ses déboires conjugaux, les échos de Reine, de Jean-René et de Pierre qui ont l'air unis dans une dévotion religieuse presque exagérée, tout leur semble confiné dans un immobilisme sans joie, sans vie.

« Je ne te mens pas, Adélaïde, on est partis vingt-quatre heures, et j'ai l'impression que ça fait vingt-quatre jours. J'étouffais ! »

Adélaïde est soulagée de pouvoir partager le même malaise : « La prochaine fois, on emmène les enfants et on va au Château avec Nic. La ville va nous paraître plus gaie, tu vas voir ! »

* * *

Ce que Leah préfère quand elles se rencontrent, c'est parler de son père dans le temps où il vivait à Québec. Comment c'était, ce qu'il faisait, qui il voyait, comment il vivait, les questions sont incessantes et elle revient toujours sur le sujet. Adélaïde répond comme elle le peut, comme elle sait. Elle ne comprend pas très bien en quoi, mais ce récit a l'air de réconforter et d'exalter Leah, un peu comme si la petite fille confirmait une intuition. C'est très long avant que Leah raconte ce qu'Eva disait de Québec, de ces gens fermés, violents avec les Juifs, intolérants et catholiques, ne comprenant et n'acceptant que leur point de vue religieux. Voilà sans doute la deuxième épreuve, se dit Adélaïde, qui conclut que c'est comme partout ailleurs : si on ne rencontre que des gens intolérants, on s'imagine que le reste du monde l'est.

« Theodore aimait les gens de Québec et il s'y sentait bien. Peut-être que ta mère aurait aimé mieux rester à Montréal où elle se sentait plus acceptée ? Après ta naissance, elle n'est pas revenue vivre à Québec. Peut-être qu'elle s'est mal adaptée. Ça n'empêche pas que des gens aient pu la regarder méchamment et la traiter injustement.

— Mais pas toi ?

— J'avais ton âge, Leah. Je ne connaissais pas ta mère. J'étais au pensionnat.

— Comment tu connaissais papa, alors ?

— Après, plus tard. Quand tu étais née et que vous étiez revenus ici.

— Mais pourquoi maman t'aime pas ? »

Surprise, Adélaïde ne sait pas quoi répondre. Elle n'est pas sûre du tout qu'Eva la connaisse ou pense vraiment la détester : « Tu es sûre que c'est moi ? Peut-être est-ce ma mère ? »

Leah se tortille sur sa chaise.

« Quoi, Leah ? Comment elle dit ça, ta maman ? »

Leah répond presque tout bas : « La femme qui regarde les hommes dans les yeux. »

Adélaïde reconnaît bien des non-Juives dans ces femmes dangereuses et séductrices. Elle avoue ne pas savoir comment la mère de Leah la connaît, ni pourquoi elle ne l'aimerait pas.

« Tu crois que je mens ? »

Le visage de Leah est sérieux et très grave. Adélaïde est bien obligée d'avouer qu'elle croit que sa mère déteste une femme de Québec, mais pas elle. Leah demande qui et le problème demeure entier pour Adélaïde : comment expliquer sans salir la mémoire de Theodore ?

« Je ne sais pas, Leah, quelqu'un qui donnait à ton père l'occasion de ne pas respecter les préceptes juifs. Quelqu'un qui le faisait sortir le jour du *shabat*, ç'aurait pu être suffisant pour fâcher ta maman.

— Toi ? Tu as fait ça ?

— J'aurais pu, oui. Je ne suis pas respectueuse des lois religieuses juives. Et pas tellement des miennes non plus.

— Mais grand-père dit que tu es une dame bien.

— J'essaie, Leah, mais ce n'est pas simple.

— Tu sais, quand je pleurais parce qu'il partait, papa me promettait qu'un jour il m'emmènerait à Québec. Que nous y passerions plein de temps ensemble à nous amuser.

— C'est pour ça que tu parles toujours de Québec et de ce temps-là ?

— Non. C'est parce que c'est là que papa faisait comme je veux faire.

— Faire quoi ?

— *Avera.* Faire des péchés. Ne pas aller à l'office quand c'est *shabat*, allumer la lumière, manger l'interdit, regarder les hommes dans les yeux et les embrasser. Un jour, je vais épouser un homme de Québec qui déteste les Juifs et ce ne sera pas à la synagogue. »

Aaron peut bien s'inquiéter de la rébellion de Leah, tout en elle trépigne, s'impatiente, tout veut s'enfuir, sauter la clôture, s'éloigner des rites et des contraintes.

« Et cet homme ne te détestera pas ? Il va seulement choquer ta maman, c'est ça ?

— C'est ça. Comme toi.

— Tiens ! Tu t'es rendu compte que je ne te déteste pas ! »

Le cadeau de Noël qu'Adélaïde tend à Leah est une reproduction de la photo de Theodore, en compagnie de Nic et de Gabrielle. La petite fille, fascinée, regarde longtemps chaque figurant et elle pointe Gabrielle.

« Ma mère, qui travaillait avec ton père. »

Leah approche la photo de son visage et embrasse doucement, à la grande surprise d'Adélaïde, le visage de sa mère.

Elle pose ensuite la photo à plat devant elle : « C'est le plus beau cadeau de ma vie.

— Pourquoi tu as embrassé ma mère, Leah ?

— Parce que papa l'aimait. »

Elle pose son index sur le visage de son père. Les yeux vifs de Theodore la fixent : « Il regarde qui ?

— Je ne sais pas.

— Moi, je sais. Il regarde la femme qui regarde les hommes dans les yeux. »

Les yeux vert et or de Leah la fixent avec allégresse.

* * *

Paul Picard ouvre la porte du cabinet d'examen et n'en revient pas de voir Adélaïde : « Vous avez décidé de revivre l'événement traumatique ? Je vous avais dit que je viendrais chez vous.

— Vous connaissez mal le docteur Taylor.

— Entrez vite avant qu'il ne vous ramène face à l'ennemi ! »

Tout en retirant les points, Paul Picard plaisante, s'informe des oreilles de Léa. Il est très sympathique et, s'il n'avait pas été à l'hôpital, Adélaïde aurait probablement laissé Nic affronter seul le docteur Taylor et ses théories. Elle sent la main chaude et sèche du médecin se poser sur son omoplate : « Hé ! Vous rêvez ou vous ne savez pas ?

— Je ne sais pas quoi ?

— Si je vous fais mal. »

Elle rit et garantit qu'elle n'a rien d'une héroïne capable d'endurer en silence.

« On a quelques échantillons de martyrs ici qui sont assez inquiétants. C'est fou comme la douleur fascine.

— Pas vous ?

— Non. Moi, je termine mon stage dans trois semaines et je ne crois pas remettre jamais les pieds ici. Ne vous demandez pas pourquoi vous soigner est un tel bonheur, vous parlez, vous riez normalement. Vous êtes une véritable oasis. Voilà ! Dans deux semaines, votre dos sera aussi beau qu'avant : aucune trace de votre bataille avec le crucifix, parole de doigts de fée. »

Adélaïde boutonne son chemisier et remet sa veste, pensive. Paul Picard attend sans rien dire. Quand elle prend son sac et lui demande ce qu'elle lui doit, il sourit : « Vous avez décidé de ne pas le dire ? Vous avez failli me poser une question.

— Pour un homme qui n'aime pas la psychiatrie…

— Vous, j'ai envie de vous écouter. Qu'est-ce qui vous tracasse ?

— Kitty, celle qui m'a attaquée, vous la connaissez ?

— Je l'ai vue, oui.

— Pensez-vous qu'elle puisse redevenir normale ? Je veux dire sortir d'ici ?

— Personnellement, non. Mais on ne sait jamais avec les fous. Pourquoi ? Vous avez peur d'elle ?

— Oui. Mais ce n'est pas ça. »

Paul Picard la laisse hésiter, se promener, examiner un calendrier tout ce qu'il y a de plus ordinaire. Il attend et l'observe en se disant qu'elle est vraiment séduisante.

« J'ai menti.

— Pardon ? »

Il était un peu loin du sujet. Elle le regarde bien en face et a l'air honteuse : « Je ne veux pas dire ça au docteur Taylor. J'ai menti en prétendant avoir parlé de ma liste de cadeaux de Noël à Kitty. Je lui ai dit que je la détestais depuis toujours. En gros, c'est ça.

— En gros ? Et elle a pris le crucifix et a essayé de vous tuer.

— Non. Elle m'a regardée. Je veux dire vraiment, dans les yeux. Et c'était fixe et malade. Fou. Je suis partie et le coup est arrivé. Je suppose qu'elle est moins folle qu'on pense si elle se défend quand on lui dit qu'on ne l'aime pas ?

— Pas nécessairement.

— Vous allez le dire ?

— Non. Sincèrement, je ne vois que des ennuis pour vous et aucun bienfait pour elle. Mon stage ici m'a appris que le principal, c'est que vous vous soyez délivrée de votre coupable secret. Je vous donne l'absolution et allez en paix ! »

Elle part à rire, incrédule et soulagée.

« Riez encore une fois comme ça et je vous absous de la totalité de vos péchés… qui doivent faire une somme rondelette.

— Qu'est-ce que je vous dois ? Pour les points, mais aussi pour la consultation ?

— Une invitation à voir la robe de Léa.

— Vous voulez venir au bal ?

— Vous devez bien avoir une sœur… je suis un célibataire désespéré.

— J'ai une sœur, mais je ne suis pas certaine que ce soit un bon plan. Mais j'ai beaucoup d'amies fort jolies et aussi célibataires. Voici ma carte : le 31 décembre, à partir de vingt et une heures. *Black tie.* Je compte que vous y serez. J'aurai droit à une danse ?

— Deux. »

En ouvrant la porte du cabinet, elle trouve Nic, affolé, qui la cherche partout. Les présentations faites, ils s'éloignent, et Paul Picard se demande ce qui lui a pris : jamais encore il n'a osé être aussi impertinent. Il faut vraiment qu'il soit désespéré. Mais il est curieux d'observer ce couple en action. Peut-être que son stage a de surprenantes conséquences, mais il trouve inusité qu'une femme aussi attirante ait épousé un homme séduisant sans doute, mais en âge d'être son père.

* * *

Le 23 décembre, après le souper, Léa, Nic et Adélaïde vont reconduire Florent dans sa nouvelle maison. Une fois assurée qu'il n'aura ni froid ni faim ni peur, que ce n'est pas du tout, pas du tout triste, Léa accepte de laisser Florent faire sa vie de grand en se promettant la pareille dans quelques années. « Dans la maison à côté de toi », précise-t-elle quand même.

Ils ont pris grand soin de préparer le terrain, et Léa rentre avec ses parents, toute contente de savoir que Noël et le bal approchent et que Florent va venir souvent.

Une fois leur fille couchée, les jumeaux bordés pour la nuit, Nic et Adélaïde emballent des cadeaux en discutant des derniers détails pour le bal. Tout à coup, Nic interrompt Adélaïde en la prenant dans ses bras. « Laisse ça. Tu es triste. Viens, on va monter et demain, on sera efficaces. »

« Demain, on sera efficaces » est une des formules magiques de Nic, depuis qu'il est directeur des vacances et de la bonne vie. Il fait couler un bain, y verse de la mousse et masse longuement les pieds d'Adélaïde en discutant de ce qui est mieux pour Florent et pour elle.

Adélaïde le trouve assez comique de vouloir à tout prix que ce soit bien. C'est comme ça et c'est tout. Pour elle, Florent n'aura de vie privée que le jour où il s'éloignera d'eux. Elle est d'avis que Nic est autant un empêchement qu'elle-même. Au moins, chez lui, Florent pourra inviter des gens sans avoir à les leur présenter. Nic n'est pas certain que cela provoque de grands changements, Florent travaille continuellement, et les loisirs sont consacrés aux enfants de Jeannine et aux leurs. Il s'est mis en tête de montrer à coudre à Jacynthe, et la jeune fille fait, semble-t-il, des progrès rapides.

Étendu sur le lit, il regarde sa femme brosser ses cheveux courts, la tête inclinée vers le sol, la longue robe de nuit prêtant sur son dos et moulant ses reins. Elle se redresse dans un élan et les boucles se replacent en souplesse . « Quoi ?

— Je pense que je suis un voyeur, Adélaïde. Je voudrais toujours faire des photos de toi.

— En robe de nuit ? En train de me brosser les cheveux ? Vraiment ! »

Elle pose sa brosse, s'étend sur lui, se niche dans son cou : « Console-moi ! »

La formule appartient à Léa, mais toute la famille l'a adoptée. Un jour, au lac, Léa était tombée et avait écorché son genou et sa cuisse. Une fois la plaie nettoyée et pansée, elle était restée dans le milieu de la salle de bains à attendre. Devant une Adélaïde affairée qui s'occupait déjà d'autre chose, Léa avait fini par réclamer qu'on la console aussi.

« C'est comme si on tournait une page. Comme si on changeait de vitesse. Je sais que je ne le perds pas, mais je perds quand même quelque chose. J'ai l'impression de retourner dans les longs hivers sans lui, ceux de mon enfance. »

Nic caresse les cheveux, le cou et les épaules, toute douceur : « Tu te rends compte que tu étais petite comme Léa, dans ce temps-là ? Tu ne mettais jamais tes pantoufles. Et tu t'inquiétais de lui.

— Je m'inquiète encore. »

Nic ne dit rien parce qu'il a bien peur qu'elle ne s'inquiète toujours pour Florent.

« Tu réalises, j'espère, que tu es une femme pas du tout ordinaire, qui se fait consoler par son mari du départ d'un autre homme ?

— Il va me manquer, Nic. J'aimais descendre dans l'atelier et me taire avec lui. J'aimais jaser des heures de temps dans le jardin, la nuit. Même toi, tu aimais aller le retrouver.

— Tu sais quoi ? S'il nous manque trop, on fera comme Léa a dit : on déménagera dans la maison à côté. »

* * *

Le bal de fin d'année des McNally est devenu un événement couru, et y obtenir une invitation est considéré comme un signe de prestige. Les invités se promènent autour du buffet, et les toilettes des dames, de plus en plus extravagantes et magnifiques, constituent une partie du spectacle de la soirée. Beaucoup d'invités sont reliés au monde des affaires, soit celles de Nic ou celles de la Boutique, mais le noyau familial est toujours important, et même tante Germaine ne manque pas la soirée.

Maurice y est encore seul, cette année, et les bonnes résolutions qu'il a prises depuis la venue d'Adélaïde souffrent un peu ce soir-là. Il faut admettre que les femmes sont affolantes, et que s'éloigner du bar pour ne pas boire oblige Maurice à s'occuper ailleurs.

Patrick arrive, escorté de Guillaume et d'une splendide jeune femme aux cheveux noirs, au teint mat, vêtue de rouge des pieds à la tête. Elle s'appelle Candide, elle étudie aux Beaux-Arts et elle n'a absolument rien de candide ni dans le regard ni dans le comportement. Patrick passe une bonne partie de la soirée à la poursuivre, Candide devenant la coqueluche de plusieurs hommes, aguichés par ses manières osées. Marthe hoche la tête en connaisseuse et murmure : « Du chiqué ! J'en ai connu treize à la douzaine, des comme ça, dans mon temps. Elles viennent se dévergonder aux Beaux-Arts et, une fois mariées, elles sont plus prudes que des bonnes sœurs. Rien pour l'appétit de Patrick. Il a vraiment le tour de se tromper, celui-là. »

Attristée, Adélaïde va demander à Patrick de danser et elle le laisse s'épancher et raconter ses déboires amoureux avec Candide. Patrick avait la main plutôt baladeuse et l'épanchement carrément entreprenant, quand Paul Picard lui tape sur l'épaule et lui retire sa cavalière.

« J'ai pensé vous éviter une scène de ménage. »

Elle rit exactement comme il en rêve, et il comprend à sa désinvolture qu'il n'y a aucun risque de rendre le mari jaloux. Elle danse bien, coulante mais rythmée, consentante, mais pas liquide dans ses bras. Il essaie une figure plus hardie et, sans problème, sans même un hiatus, sa partenaire suit. Adélaïde se surprend à oublier ses invités et à se concentrer sur la présence physique de ce danseur qui l'oblige à demeurer attentive, disponible au prochain mouvement. Ce n'est pas un danseur bavard. Il la prend et la conduit parmi les couples avec autorité et souplesse. Mais dès qu'elle croit l'accord acquis, il varie son pas, il la fait tourner en tenant fermement sa taille, la rapprochant légèrement de ses hanches, à peine, mais de façon troublante parce qu'effleurée. Quand la musique s'arrête, un peu essoufflée, elle se dégage de ses bras, et le regard qu'il pose sur elle achève de lui donner soif.

« Qui est-ce ? »

Florent est près d'elle, curieux, surpris de ce qu'il a vu. Elle lui explique, lui offre de le présenter, mais Florent hoche la tête : « Viens. » Il danse doux, et ils se connaissent tant qu'Adélaïde peut enfin se demander ce qui vient de lui arriver. Florent murmure à son oreille que Paul Picard la trouble et c'est comme s'il réussissait à dénouer l'inquiétude. Elle sourit, avoue que oui et l'oublie.

Adélaïde ne peut éviter le pire à Patrick qui voit Candide repartir du bal au bras d'un autre homme. Marthe l'encourage en lui révélant le peu d'espoir qu'elle plaçait dans la candidate. Patrick quitte la soirée très tard, très soûl, et en jurant que Léa est son seul espoir. Adélaïde ne referme la porte d'entrée qu'après avoir attendu que toutes les marches menant au trottoir aient été descendues par un Patrick plus que chancelant. La main qui se pose très délicatement sur son dos dénudé la fait sursauter et se retourner si brusquement que sa robe en effectue une élégante spirale autour de ses jambes.

« Excusez-moi. Je ne voulais pas vous effrayer. »

Paul Picard a son manteau sur le dos et une écharpe de soie blanche autour du cou qui le fait paraître très ténébreux.

« Je voulais vous remercier et m'excuser pour mon impolitesse : c'est la première fois que je quête une invitation au bal, je le jure !

— Vous n'aurez plus à le faire. Si vous m'envoyez votre adresse, vous serez dorénavant sur la liste d'invitations.

— Je viens de constater que vous avez beaucoup d'indulgence pour les pauvres délaissés, mais vous n'aurez pas à me sauver du célibat. Je vais m'arranger, n'ayez crainte. »

Il reste planté devant elle et elle s'aperçoit soudain qu'elle lui bloque la route. L'orchestre en haut vient d'attaquer *As Time Goes by*, le succè du film *Casablanca*.

« Je vous ai promis deux danses, vous aviez oublié ? »

Sans un mot, il l'enlace, le chapeau toujours à la main, et il danse presque sans bouger, se contentant de la percevoir et de renforcer sa conviction que cette femme à la joue douce émet des vibrations dangereuses, qu'il juge fatales. Les paroles de la chanson lui reviennent aisément : *You must remember this, a kiss is still a kiss...* La musique s'évanouit en un lent decrescendo. Il s'arrête complètement de bouger, la tenant toujours contre lui, sans la retenir, yeux clos sur son plaisir. Elle se dégage, lui tend la main, qu'il serre. Son sourire est si franc et direct. Il ouvre la porte et murmure avant de partir : « Vous êtes magnifique. »

Il est six heures passées quand elle titube vers la chambre, épuisée, suivie de Nic qui sème son smoking, la ceinture, la boucle de col à travers la chambre.

Il défait la fermeture éclair de la robe d'Adélaïde, insinue ses mains le long des hanches en s'inclinant vers sa nuque qu'il embrasse sans équivoque. Surprise, Adélaïde veut parler, mais la bouche de Nic entreprend un dangereux périple, embrasant chaque parcelle de peau, il écarte les pans de tissu, crée un désordre affolant en la sortant de cette coque d'étoffe, frissonnante, frémissante, galvanisée par ses baisers, ses caresses. La dernière chose qui lui vient à l'esprit est qu'il faudrait fermer la porte.

Le jour est franchement levé quand Nic va enfin fermer la porte et s'étend près d'elle.

« Pour la première fois de ma vie, j'ai vraiment été jaloux ce soir. »

Complètement soûle de plaisir, alanguie, Adélaïde murmure un indifférent : « Ah oui ? Et c'est l'effet que ça te fait ? »

La longue main possessive saisit sa taille, la ramène contre lui. Nic l'étreint, la garde jalousement dans ses bras : « Oui.

— Sois jaloux. »

Le 2 janvier, elle reçoit une magnifique gerbe de fleurs ne portant qu'une carte où Paul Picard a écrit ses coordonnées et un *Merci* sans ambiguïté.

* * *

Serge Caron, le metteur en scène qui avait voulu que Florent dessine des costumes pour une production théâtrale, ne désarme pas et rappelle Florent à quelques reprises. Débordé, le couturier refuse toujours, mais la vraie raison est davantage la crainte de ne pas y parvenir ou de ne pas posséder les connaissances nécessaires.

C'est Jeannine qui le lui dit sans détours, un soir de janvier où Florent la reçoit à souper avec Fabien. Ils discutent longuement de ce qui freine Florent. Pourtant, rien ne semble insurmontable à Jeannine.

« Tu as peur, c'est normal, tu ne l'as jamais fait. C'est pas une raison, si ça te tente. Rappelle-le ! »

Jeannine suggère même à Florent de le faire une fois pour rien, « dans le beurre », comme elle dit.

« Tu fais comme un vrai spectacle, mais sans être engagé et sans être responsable. Après, tu compares ce que tu as fait et ce que le costumier engagé a fait. Tu retournerais apprenti, quoi ! Ça te rassurerait, non ? Ça se pourrait, ça ? »

Florent admet que, de cette manière, il aurait beau jeu de dessiner librement et sans l'inquiétude de gâcher le spectacle. Il est si soulagé qu'il embrasse Jeannine.

« Tu ne fais rien pour moi, d'abord ? C'est certain que tu m'en dois pas mal. Ta facture va être salée ! »

Jeannine est si reconnaissante de pouvoir sortir officiellement avec Fabien, en vraie compagne, de lui tenir la main, de discuter sans faire attention à ne pas être trop intime, à ne pas faire référence à des choses gardées secrètes. Les invitations de Florent sont plus que de simples rencontres conviviales, ce sont des consécrations pour Jeannine, un cadeau.

La différence la plus remarquable, c'est quand même chez Fabien qu'elle se manifeste. Volubile, expansif, il bavarde, fait des blagues, apparaît franchement libéré et de très bonne compagnie. Florent n'en revient pas que la clandestinité de sa relation avec Jeannine lui pèse autant et l'empêche d'être cet homme follement intéressant, dès qu'il est en présence de gens devant qui il doit cacher son affection. Florent n'en parle pas, mais il se promet de répéter ce genre de dîner et peut-être même, un jour, d'y convier d'autres personnes. Il sait que la marche est haute et que seize ans de différence représentent une honte publique assurée, mais une femme comme Ada ne devrait pas juger selon les normes d'autrui. Si seulement ce n'était pas de son petit frère adoré qu'il s'agissait ! Florent ne désespère pas d'y arriver. Ce sera long, mais puisque cette liaison dure déjà depuis presque deux ans, il prévoit avoir du temps devant lui.

Le metteur en scène est enchanté du projet et il invite Florent à assister à sa dernière production, question de voir ce qu'il en pense. Il s'agit du *Roi Lear,* un Shakespeare dont la distribution est impressionnante. Florent y assiste, ébloui par la pièce et par la façon dont c'est monté. Il explique ensuite comment il a trouvé que les costumes, même d'époque, étaient disparates, tant par la ligne que par les couleurs. Pour Florent, une couleur attire ou répugne selon son voisinage, et un brun terne peut chanter sur certaines personnes et hurler si on sait l'entourer savamment. Il admet ne rien connaître à cette époque, mais qu'il va s'y mettre, l'étudier et voir comment il aurait traité cette production. Il ajoute que, si le metteur en scène ne travaille que des pièces de répertoire classique, il ne sera jamais son costumier.

« Je suis un couturier contemporain, Serge, je connais les matières, les coupes, les fibres d'aujourd'hui. Placez-moi dans un siècle passé, et je suis un ignorant qui va gâcher votre travail. Shakespeare n'est pas pour moi.

— Pas maintenant, mais un jour, je ferai un Shakespeare avec vous, c'est assuré. »

Serge Caron a trente ans, mais un visage juvénile qui le fait passer pour beaucoup plus jeune. Ses origines françaises constituent un atout indéniable dans le milieu théâtral, et son passage chez Louis Jouvet à Paris l'auréole d'une gloire et d'un talent contre lesquels il doit presque se battre pour faire ce qu'il veut. Il explique longuement qu'être un enfant prodige est terrifiant, et que les attentes bienveillantes et la confiance dont il est l'objet l'étouffent presque : « C'est un peu comme d'être protégé trop longtemps par une mère aimante mais étouffante. J'ai envie de faire bouger les choses, Florent, mais probablement autrement que de la façon dont les directeurs l'espèrent. Ils vont me détester dans dix ans, je le sais, mais je ne veux plus faire de théâtre pour être applaudi sagement. Je veux déranger, faire exploser les choses, défoncer la baraque. »

Jamais encore Florent n'a rencontré une telle ferveur ailleurs que chez les femmes qui, elles, la gardent secrète. Serge Caron est excédé par le conformisme religieux, esthétique, par la haute surveillance morale auxquels il considère que l'art est soumis dans ce pays où il désire quand même vivre et travailler selon ses normes et ses lois personnelles. Florent l'écoute parler brillamment, passionnément, et il se dit que Caron aimerait rencontrer Marthe et Adélaïde. Il croit que Marthe devrait peindre des décors pour lui. Ce n'est que lorsque Serge Caron dévie de l'art du théâtre vers l'art de séduire que Florent perd totalement son entrain. Il déteste l'approche sinueuse de la main vers la sienne, tout comme il déteste l'excès d'alcool qui fait vaciller son compagnon vers son épaule et son bras. Florent met le grand artiste ramolli dans un taxi. Il a beau être tout bredouillant, il ne semble pas pour autant honteux ou gêné de ses avances directes. Florent rentre à pied.

Ce genre de comportement l'épuise. Il avait tant de plaisir à rêver le Shakespeare, à parler de l'art, de ce que doit être l'art pour les gens, la société où l'on vit, pourquoi faut-il toujours en venir à ces approches personnelles qu'il trouve dégradantes ? Il n'a pas envie que cet homme le touche. Il n'a pas envie de le toucher. Est-ce possible et respectable de ne pas vouloir devenir un être sexuel ? Ni conforme ni déviant, juste non sexuel ? Florent devine que son combat consistera à refuser d'entrer dans une polémique. Il n'est pas certain de pouvoir travailler au théâtre, ce qu'il souhaite vivement, sans avoir à essuyer de nombreuses fins de soirées comme celle-ci. Il n'a pas envie de parler de sa vie privée, de ses envies intimes et de sa « révolution personnelle », comme l'a appelée Serge Caron, en parlant de son passage de l'hétérosexualité à l'homosexualité. Florent a envie de dessiner, de jouer avec les formes et les couleurs pour donner un sens à un personnage dans un contexte précis. La mode est un champ immense où il trouve son bonheur et la liberté. Mais le théâtre est un désir irrésistible, à cause de ses limites, à cause de sa nature régie par des règles précises, tenues à l'intérieur du cadre de scène et de tous les autres cadres. Florent a toujours été stimulé par la contrainte, celle du corps qui porte le vêtement, celle de la saison, celle de la rareté d'une étoffe ou celle de certaines qualités de tissus qui les rendent impossibles à traiter ou à enfermer dans une couture. Tout est sujet à dépassement pour Florent, et le théâtre lui semble exemplaire à cet égard. Peut-être devra-t-il payer son plaisir par des fins de soirées pénibles où on voudra le « faire évoluer » de force, comme si sa tenue n'était que retenue craintive, mais il se dit que s'il apprend les règles du théâtre, de la scène et de la dramaturgie, il apprendra à composer avec cet aspect volontairement libérateur de ses adeptes.

Le lendemain matin, il fait une razzia sur les ouvrages dramatiques chez Henri Tranquille. Il commence par le commencement, Sophocle, Eschyle, Euripide. Tous les soirs, avide, incrédule qu'une telle richesse lui ait échappé jusque-là, il s'abîme dans les pièces, dévorant les pages et les recevant comme une illumination personnelle. Tout ce que le monde possède de beauté, d'extase et de douleur, toute la vilenie et l'horreur, tout l'abandon des dieux, toute la révolte et tout le courage humains ont dorénavant des prénoms : Antigone, Œdipe, Électre, Agamemnon, Cassandre, Hécube.

* * *

Jamais Adélaïde n'a accepté de retourner dans la chambre de Kitty et toujours, depuis l'accident, elle attend Nic dans le corridor. Le premier vendredi de janvier 1948, elle quitte l'hôpital au bras de son mari quand Paul Picard les rejoint pour les saluer. Son stage se termine et il laisse avec soulagement « le monde des désespérés de l'esprit ». Il leur souhaite bonne chance et les remercie encore de leur aimable invitation au bal.

Nic est surpris qu'Adélaïde ne soit pas allée le remercier pour ses fleurs pendant qu'il parlait à Kitty. Elle serre son bras en s'éloignant de l'hôpital : « Tu m'as prise pour une coquette, Nic ? Je n'ai aucune envie de faire semblant de m'intéresser à quelqu'un d'autre pour le seul plaisir de ta jalousie. »

Nic ne peut que trouver sa femme très avisée et il s'empresse de la rassurer : quoi qu'elle fasse, il lui rendra tous les hommages de la jalousie.

En mai 1948, Nic reçoit un appel du docteur Taylor : Kitty est sortie de son mutisme.

Adélaïde et Nic se précipitent à l'hôpital où le médecin leur explique que le changement est important et le pas, appréciable, mais qu'ils sont encore loin de la résolution du problème psychique de Kitty.

Ce qui s'est produit est finalement assez mince. Après un changement de médication, Kitty est passée de la catatonie à l'agitation. Elle se promène maintenant de long en large dans sa chambre et marmonne de façon violente et incompréhensible. Le discours n'est pas clair, des mots d'italien, d'anglais et de français se mélangent, mais le ton est franchement agressif.

Bêtement, Adélaïde est soulagée : elle craignait que Kitty ne ressorte ce qu'elle lui avait dit en décembre.

Le médecin insiste, on ne sait pas ce qui agite la malade, et si l'apparition de Nic ou, éventuellement, celle d'Adélaïde va provoquer une accalmie ou une explosion.

Du corridor, Adélaïde assiste à l'entrée de Nic dans la cage aux lions. Le médecin derrière lui se tient dans l'embrasure de la porte et observe de loin les réactions de Kitty. Adélaïde peut discerner l'ombre de celle-ci passer sporadiquement devant l'ouverture de la porte et elle entend clairement les sons qu'elle prononce à peine mais qui se bousculent et ont l'air d'incantations sauvages.

Échec total : Kitty ne s'arrête ni ne porte attention à Nic. Elle continue de marmonner furieusement et le médecin entre finalement dans la pièce. Son mouvement dégage la porte demeurée ouverte et Kitty, saisissant l'occasion, se dirige droit devant et sort de la chambre avant qu'aucun des deux hommes ne trouve le temps de réagir.

Adélaïde, appuyée au mur du corridor, saisie d'effroi, ne bouge pas. Kitty semble aussi ébahie qu'elle et s'immobilise totalement une fraction de seconde, cessant aussi de marmonner. Elle fixe Adélaïde comme si elle cherchait férocement à la replacer. Elle émet un son guttural horrible, glaçant, avant de s'élancer vers Adélaïde, les deux poings levés.

Tout se passe à une vitesse vertigineuse, et Adélaïde ne voit pas le mouvement de Taylor, retenant d'abord Nic à la porte de la chambre pour le laisser ensuite s'élancer à la poursuite de sa sœur dès que celle-ci attaque. Taylor joint ses efforts à Nic pour arrêter la furie qui leur donne du fil à retordre. Adélaïde court dans le corridor et ne s'arrête qu'une fois dehors, dans les marches de l'entrée centrale.

Adélaïde refuse d'écouter le médecin et prend la poudre d'escampette dès que Nic la rejoint. La discussion a lieu dans la voiture et, peut-être à cause du choc qu'Adélaïde a reçu, le ton monte très vite entre eux deux. Adélaïde ne comprend pas l'acharnement de Nic, elle refuse de participer à un sauvetage truqué qui ne fera jamais de Kitty une femme normale.

« Elle a toujours été folle, Nic ! Pas craquée, pas étrange, folle finie, maniaque ! Et tu veux quoi ? La remettre en liberté ? La laisser vivre une vie normale ? Elle n'a jamais eu de vie normale ! Jamais. Regarde-la faire : elle va venir me tuer dès qu'elle aura retrouvé assez d'esprit pour prendre une arme, et tu veux que je l'aide ? Es-tu fou ? Êtes-vous tous complètement irresponsables ? Lionel m'avait bien dit que c'est à moi qu'elle en voulait. Je ne veux pas avoir autre chose à faire que de t'accompagner à l'hôpital et t'attendre. Est-ce que c'est clair ? Je ne fais pas partie du traitement. Je ne changerai pas d'idée et surtout, surtout pas pour la voir sortir de l'asile !

— Tu peux vraiment accepter de la laisser là, enfermée dans une chambre pour des années à venir en sachant que tu pourrais quelque chose pour améliorer son sort ?

— Améliorer son sort ? Mais où tu penses qu'elle vivait avant ? Quand elle était libre, comme tu dis ? Dans un bordel, Nic. Dans un bordel dont elle était la principale putain avec des nazis comme clients ! »

La gifle est si violente que la voiture fait un écart. Nic se range sur l'accotement, les deux mains sur le volant, tête penchée, yeux fermés. Il répète, la voix éteinte : « Pardon ! Pardon ! »

Adélaïde est tellement sonnée qu'elle ne ressent la brûlure qu'au bout de quelques instants. Sans un mot, elle ouvre la portière et descend. Le premier taxi qu'elle hèle s'arrête tout de suite.

Florent pâlit en la voyant arriver : « Les enfants ? Il est arrivé quelque chose aux enfants ?

— Non. Je peux aller dans ton bureau, un instant ? »

Il la suit, ferme les persiennes. C'est lui qui retire le chapeau d'Adélaïde, défait les boutons de son élégante veste tailleur. Jeannine frappe discrètement et elle tend une tasse de thé brûlant avant de s'éclipser. Florent s'accroupit près d'elle, cherche le regard gris : « Dis-moi, Ada. »

Adélaïde a l'impression que, quoi qu'elle décide, quoi qu'elle fasse, Kitty va l'atteindre et la détruire. Ce n'est plus une question de collaboration ou de refus de collaborer, c'est autre chose.

« Elle est comme une pieuvre, elle le tient toujours. Même folle, elle l'a en son pouvoir, elle le manipule. Il n'y a que quand elle était là-bas, mariée à son baron, qu'il ne s'en faisait plus. Mais pourquoi elle n'est pas restée là ? Pourquoi elle n'est pas morte dans les bombardements de son château ? Je voudrais qu'elle soit morte, Florent ! Je voudrais l'enterrer moi-même pour être sûre qu'elle ne reviendra jamais plus me regarder avec ses yeux déments. Mais même si elle était morte, je ne suis pas sûre que Nic se déferait d'elle. Il m'a frappée. Nic m'a frappée parce que j'ai dit la vérité vraie. C'est lui qui me l'a dit, c'est lui-même qui me l'a avoué, et quand je le lui ai dit, il m'a frappée. Comme si ma bouche n'avait pas le droit de salir une femme qui couchait avec des nazis ! Des nazis, Florent ! Nic a failli crever pour les combattre. Theodore est mort dans un camp nazi, et Kitty, qui couchait avec eux, buvait avec eux, ne peut pas être traitée de putain ? Te rends-tu compte de ce que ça veut dire pour moi ? Il m'a frappée, moi, parce que j'ai dit une chose atroce que, elle, elle a faite ! Mais elle, il faut l'excuser, la sauver de l'asile, comme si elle n'avait pas toujours été folle ! Tu veux que je te dise, Florent ? Je pourrais la tuer de mes mains, tellement je l'haïs. »

Florent met une bonne heure à obtenir un récit cohérent des événements de la journée et à reconstruire le casse-tête. Il s'aperçoit surtout qu'Adélaïde a subi un sérieux choc : après la violence de Kitty, prévisible mais éprouvante, celle de Nic l'a laissée tremblante et commotionnée.

Le téléphone sonne sans arrêt dans le bureau, le bruit est infernal, allié à celui des machines à coudre.

« Viens, tu vas aller chez moi et je vais aller parler à Nic. »

Ada refuse. Elle veut aller voir les enfants, elle veut les mettre à l'abri avec elle.

« À l'abri de quoi ? À l'abri de Nic ? Tu ne penses pas ça sérieusement ?

— Nic ? Non. Je ne sais pas à l'abri de quoi, Florent, à l'abri, point. S'il fallait que cette femme s'évade, tu te rends compte ? Elle sait où on est, elle pourrait venir.

— Hé ! Hé ! Tu t'énerves, tu te fais des peurs. C'est un malentendu, une réaction épouvantable que Nic a eue parce qu'il sait que tu as raison et qu'il ne veut pas abandonner sa sœur. Il doit être très malheureux. Viens, laisse-moi lui parler. »

Nic est en effet très malheureux. Complètement dépassé par ce qu'il a fait, incapable de se pardonner : « Une brute, un salaud même pas capable de se contrôler ! Je la comprendrais de me planter là et de m'envoyer au diable, Florent. Après ce qui est arrivé avec Kitty ! Elle a raison d'avoir peur d'elle, c'est une forcenée. Si tu avais entendu le cri qu'elle a poussé avant de l'attaquer. Elle est folle. Je le sais, en plus, je le sais parfaitement. Je l'ai frappée, Florent, je l'ai frappée ! J'ai fait ça, moi, alors que rien au monde n'est plus précieux, plus important qu'Adélaïde, je l'ai frappée. »

Florent ne résiste pas au chagrin de Nic qui se met à pleurer, affalé sur son bureau, la tête dans ses mains. Florent l'entoure de son bras, tapote ses épaules : « Arrête, Nic. Tu as eu un choc, toi aussi, et c'est le résultat que ça produit. Arrête et va la voir, explique-lui, expliquez-vous, mais finissez-en avec Kitty ! »

Nic soupire : « Comment pourrais-je en finir avec ma sœur, Florent ? C'est impossible, et surtout dans l'état où elle est maintenant.

— Penses-tu qu'Alexandre, s'il vivait, s'en ferait autant ?

— Ce n'est pas la même chose.

— Pourquoi ?

— Parce que Kitty… m'aimait. Elle m'aimait et elle a souffert à cause de moi, parce que je lui ai fait défaut. »

Florent pèse le pour et le contre : « Nic, Adélaïde t'aime aujourd'hui et elle souffre. Il te reste à décider si, à elle, tu vas faire défaut. »

Nic va rejoindre Adélaïde.

La paix n'est pas facile à négocier, en partie parce que le problème de Kitty reste brûlant. On la garde enfermée et Nic continue à la visiter, et cela seulement égratigne leur couple chaque semaine. Même si Adélaïde ne se rend plus au Allan Memorial, cette heure du vendredi est entièrement consacrée à Kitty qui revient l'obséder avec acuité. Après deux semaines de ce régime où elle s'interdit de poser la moindre question, Adélaïde finit par demander à Nic de lui parler de ses visites et de l'informer des événements. Parce que le silence est pire que tout pour elle.

Pour la première fois, ils réussissent à en rire quand Adélaïde lui confie qu'elle a l'impression de lui donner le droit d'aller voir sa maîtresse. Nic trouve que la comparaison est nettement en faveur d'Adélaïde : « Du dehors comme du dedans, ma maîtresse, comme tu dis, ne soutient aucune comparaison avec toi. Elle peut bien te sauter dessus chaque fois qu'elle t'aperçoit. »

Parler de Kitty, savoir comment son état évolue, si elle parle et à quoi elle réagit soulage Adélaïde et la libère de l'inquiétude. Elle sait où elle en est et où en est l'ennemi. Nic confesse préférer ne rien lui cacher et « être avec elle » sur cet épineux sujet.

Ce soir-là, pour la première fois depuis presque trois semaines, ils parlent du geste que Nic a eu dans la voiture autrement que pour l'excuser. Et cette fois, le rêve du gros lion méchant de Thomas ne retient pas Adélaïde dans la chambre des jumeaux. Elle revient dans les bras de Nic pour « se réconcilier en profondeur ».

* * *

Juste avant de quitter le bureau pour ses vacances, Nic conclut l'achat de trois immeubles qui augmentent considérablement sa « flotte ». En un an, il a fait l'acquisition de trente immeubles et de plus de quarante terrains. D'après Nic, la construction et l'immobilier constituent des secteurs d'avenir, et il s'accorde les deux mois au lac pour réfléchir à un virage pour *McNally Enterprises.* Il n'a pas renoncé à visiter le Mexique, même s'il doit admettre qu'Adélaïde a du mal à trouver le temps de seulement venir au lac. Mais le plan de l'année précédente fonctionne : juillet à temps partiel et août à temps complet pour trois semaines. La dernière semaine d'août et la première semaine de septembre, Adélaïde partira avec Florent pour l'Europe. Avec un an de retard, ils relancent les *Importations de tissus McNally* et se rendront en avion à Paris. L'avion étant la condition essentielle posée par Adélaïde, qui estime que quatorze jours est le maximum de temps qu'elle peut passer loin de ses enfants. À la seule idée de les laisser si longtemps, elle a accepté sans hésitation le plan de vacances que Nic suggérait.

Encore une fois, Jeannine a droit à ses cinq jours de solitude et elle rejoint tout ce beau monde en août. Personne n'est étonné de voir arriver Fabien pour ses vacances. Cette fois, Florent pousse l'amabilité jusqu'à offrir au couple de changer de chambre officieusement, une fois que Tommy est endormi. Florent prend donc le lit de Jeannine, qui peut partager la chambre de Fabien et son intimité jusqu'à l'aurore. Le seul inconvénient, c'est qu'au petit matin Jeannine et Florent doivent se lever pour se retrouver dans leurs lits « officiels ». Mais le prix à payer est mince, puisque l'été, moins clément que l'année précédente, laisse le sol humide et gorgé d'eau, ce qui le rend plus luxuriant, mais nettement moins confortable à pratiquer.

Souvent, Florent descend sur le quai au lieu de regagner son lit et il regarde l'aube se lever en écoutant le clapotis du lac et le cri des huards. Peu à peu, les sons s'amplifient, la vie reprend, et la porte-moustiquaire finit par claquer en haut et le bruit est suivi des pas précipités de Léa qui vient « finir de se réveiller » dans les bras de Florent.

Quelquefois, elle raconte son rêve, ou alors les projets du jour qui l'excitent. D'autres fois, elle contemple en silence, se contentant d'un petit « ah ! » quand un oiseau lance un chant précis qu'elle reconnaît. Le coup d'œil enchanté qu'elle lui jette quand le chant est particulièrement réussi ravit Florent. Les jumeaux ont beaucoup de charme, et Anne est câline à souhait, mais pour Florent, Léa reste la « chérie de son cœur », comme elle le proclame elle-même.

Le jour de leur retour de Paris, Léa commencera l'école et le déchirement de laisser son bébé faire ses premiers pas dans la grande vie sans elle a été dur pour Adélaïde. Mais il n'y avait pas de vol la veille. Léa, conciliante, a proposé que son père la conduise et que sa mère et Florent viennent la rechercher : « Et si les jumeaux sont gentils, ils pourront venir avec papa. Mais le soir, ce sera juste toi et Florent. Et je vais te montrer tous les nouveaux mots que j'aurai appris. » Nic trouve l'arrangement idéal, principalement parce qu'Adélaïde aurait eu du mal à vivre ce jour particulier. « C'est parfait, tu feras ce que tu aimes le plus, tu vas la chercher et vous vous racontez vos secrets.

— On n'a pas de secrets !

— Léa et toi ? Vous en avez plein. Vous êtes pires que les jumeaux. »

Elle constate que Thomas, qui grandit en force et en intrépidité, a commencé une vocation de chevalier protecteur en ce qui concerne Anne, qui est assez drôle à regarder. Dès que sa sœur va quelque part, Thomas la suit, l'aide et l'assiste. Il va jusqu'à empêcher Adélaïde de lui donner à manger : il saisit la cuillère et la nourrit lui-même, tout comme Léa faisait pour le « bébé Tommy » plus grand qu'elle à l'époque.

Anne, souveraine, et sans jamais réclamer quoi que ce soit, est constamment entourée et secondée. Elle a pour son frère des élans d'affection passionnée. Elle roule avec lui dans l'herbe en l'étreignant et en le bécotant, ce qui le fait hurler de rire, parce qu'elle le chatouille dans le cou. Dès qu'ils sont ensemble, ils sont heureux, et les endormir séparément est une entreprise quasi impossible.

Le problème de Kitty est mis en veilleuse pour l'été, Nic a décidé d'interrompre ses visites pour tout le mois de juillet, « à titre expérimental » pour le docteur Taylor et « à titre soulageant » pour Adélaïde. En août, au retour du docteur Taylor d'un congrès, Nic ira passer trois jours à Montréal et visitera Kitty trois fois de suite pour essayer de provoquer un changement. Adélaïde trouve l'idée excellente et propose même de l'appliquer en tout temps : un mois de congé pour trois jours en ligne. Nic lui promet qu'en septembre, lors de son retour, ils évalueront ensemble l'utilité de continuer ou non ces visites.

« Au bout d'un an, s'il n'y a aucune différence, je me sentirai libéré de mes engagements. Je me contenterai de payer et de la visiter à Noël et à Pâques. »

Adélaïde le fait répéter trois fois, tellement elle est heureuse et soulagée.

* * *

En juillet, tout de suite après les deux ans des jumeaux et les festivités entourant l'événement, Adélaïde regagne Montréal, et ce lundi matin est chargé d'un bout à l'autre. En sortant d'une réunion tumultueuse avec les services comptables, elle est interceptée par Estelle, sa secrétaire.

« Jean-Pierre Dupuis demande à vous parler.

— Pas le temps. Prenez le message.

— C'est la quatrième fois qu'il appelle. Il dit que c'est urgent et que c'est Marthe. »

Alarmée, Adélaïde prend l'appel. En fait, c'est Babou qui s'est brûlé au troisième degré en s'approchant d'un feu de grève au cours d'un pique-nique. Il a des difficultés respiratoires graves.

« Marthe ne voulait pas vous prévenir, mais elle est dans un état épouvantable. Je ne sais plus quoi faire et Florent est au lac ! »

Et c'était pour essayer de dessiner en toute tranquillité, se dit Adélaïde en se précipitant à l'Hôpital pour enfants. Marthe est à côté du lit de Babou, complètement recouvert de bandages et sous oxygène. Adélaïde attend de l'autre côté de la porte qu'on aille prévenir son amie, qui vient la rejoindre. Jean-Pierre n'a pas exagéré : Marthe est ravagée de peine et de remords. Elle annonce en quatre minutes tout ce qu'elle aurait dû ou pu faire pour éviter ce malheur. Elle a la voix brisée de chagrin et sanglote comme une folle en tordant son mouchoir et en répétant : « Il a mal en plus, il a tellement mal et il ne se plaint jamais. »

Jean-Pierre l'entoure de son bras et la console avec douceur. Quel couple étrange ils forment, constate Adélaïde, d'une certaine manière unis par ce qui les sépare, faisant immédiatement front pour ce petit garçon qui les a tant éloignés et a causé tant de discussions. Pour l'instant, Jean-Pierre reste près de Marthe et de Babou, et rien ne peut le distraire de ces deux pôles.

Mais Babou n'est pas que grièvement brûlé, il est atteint aux poumons et respire difficilement. Les quatre heures qui viennent seront critiques. Marthe et Jean-Pierre se relaient sans cesse au chevet de leur fils, mais ils doivent souvent se remplacer tant est difficile à supporter le râle ardu qui s'échappe de l'abri fragile sous lequel il repose. Petit à petit, au long de cette pénible attente, Adélaïde apprend que Babou ne s'est pas brûlé mais qu'il a littéralement pris feu et que Jean-Pierre l'a éteint en se couchant dessus.

« Je n'ai même pas réfléchi, j'ai voulu que cessent les hurlements de Babou et de Marthe. Il s'éloignait en criant, comme une torche qui bouge toute seule. J'ai couru, je l'ai jeté par terre et je me suis tiré dessus. »

Il regarde ses mains bandées de gaze.

« Premier degré, un mois et tout aura disparu. Où sera Babou dans un mois ? Vous voulez que je vous dise, Adélaïde ? J'ai souhaité que Babou ait une maladie subite durant toute la première année de sa vie. Je ne supportais pas l'idée de le voir grandir et rester un enfant dans sa tête. Il me décourageait, il me faisait honte. J'aurais probablement prié "pour que le bon Dieu vienne le chercher", comme disait ma mère, si j'avais su prier. J'ai seulement pensé que le bon Dieu me punissait. J'ai rien vu d'autre qu'une punition parce que... parce que vous savez. J'ai rien vu d'autre que moi, bien sûr. Mais Babou est un rusé, il m'a eu, Adélaïde. Il est tellement confiant, tellement tendre, que j'ai pas pu résister. Je ne l'ai jamais dit, mais c'est la seule personne au monde pour qui je peux faire une différence. Il a besoin de moi, vous comprenez ? Personne d'autre n'a eu besoin de moi. Même pas Marthe. Il m'aime et il faut que je le protège et que je l'aime. À cause de son handicap. Mais vient un moment où ce n'est plus grave du tout qu'il soit arriéré ou débile. C'est Babou, et quand il crie de joie parce que je rentre et quand il va si vite qu'il manque de débouler les marches pour me sauter dans les bras, c'est du bonheur pur, Adélaïde. Toute l'innocence du monde et toute la confiance du monde, c'est Babou. Et je vais le perdre. Je sais que je vais le perdre. Je pense que je vais tuer le premier qui me dit que "c'est mieux comme ça". Parce que j'aurais pu être assez imbécile pour le dire moi-même, il y a onze ans.

— Vous ne le perdrez peut-être pas. C'est un rusé, Babou. »

Jean-Pierre fait non, incapable de parler. Il montre la vitre derrière laquelle Marthe est penchée au-dessus du lit : « Regardez-la. Regardez-la et vous comprendrez. Marthe a toujours su pour Babou. Vous êtes une mère, regardez-la ! C'est fini. Je ne peux plus rien pour Babou ni pour elle. C'est fini. »

Adélaïde regarde Marthe s'incliner, elle voit les lèvres bouger, prononcer des douceurs ou chantonner pour que Babou ne soit pas seul avec la douleur. Une infirmière vient vérifier le soluté et les cadrans des appareils. Jean-Pierre a raison, Marthe ne se bat pas, elle accompagne son petit garçon. Marthe ne réclame rien, ne proteste pas contre l'évidence. Tout comme pour le handicap, elle s'incline devant l'ennemi et elle essaie seulement que Babou ne soit pas seul à faire face.

Adélaïde voudrait appeler Florent parce que, si Babou meurt, elle ne pourra pas consoler Marthe toute seule. Mais les événements se précipitent. Elle voit Marthe relever la tête brusquement, s'affoler, appeler. Adélaïde secoue Jean-Pierre en larmes : « Allez-y ! Allez, vite ! »

Elle a l'impression d'assister à un film muet, tous ces gens qui se précipitent, l'affolement, le va-et-vient autour du petit lit et Marthe, statufiée, qui tient la main de Jean-Pierre, les yeux fixés sur la masse de bandages.

Deux longues heures plus tard, le ballet ralentit et s'arrête. Comme une vague qui laisse la plage lisse, le personnel recule, se retire, et Marthe s'avance vers la tête du lit. Adélaïde la voit se pencher et prendre enfin Babou dans ses bras. Il semble lourd pour elle qui est si frêle, mais elle le soulève et le place sur ses genoux en le collant contre son corps. Assise au bord du lit, Marthe défait délicatement les bandages qui recouvrent le front de son fils et elle garde sa tête inerte dans le creux de son bras. Jean-Pierre déplace en douceur le corps de Babou et permet à Marthe de le tenir et de le bercer. Ils sont assis côte à côte au bord du lit, la tête et le torse de Babou dans les bras de Marthe, ses jambes sur les genoux de Jean-Pierre qui enveloppe les pieds de son fils de ses deux mains, comme s'il pouvait avoir encore froid.

Le petit trait d'union est là, si parfaitement à sa place entre les deux, si puissamment, dérisoirement à sa place.

Il est six heures du soir. Adélaïde recule et veut les laisser seuls avec leur fils, sans témoins. Elle descend à la cafétéria et remonte avec son thé fade, couvert d'une pellicule blanchâtre qui prouve que l'eau n'a pas bouilli. Elle se perd en revenant, rebrousse chemin, erre dans les corridors verts et aboutit près d'une salle d'opération où il y a une petite pièce pour attendre. Personne n'a besoin d'elle pour l'instant, elle devrait appeler, elle devrait faire beaucoup de choses, mais elle n'a plus le cœur à rien. Elle prend une gorgée de thé âcre et le goût la déprime tellement qu'elle se met à pleurer. Elle pense à Babou, petit enfant démuni qui s'est approché du feu, elle pense à Marthe et à Jean-Pierre. Elle voudrait parler à Nic, lui dire de veiller sur les enfants, de les surveiller et, surtout, lui demander de ne plus permettre à Kitty de les éloigner l'un de l'autre. Elle se mouche, reprend son courage et se lève : il faut qu'elle trouve son chemin.

En sortant de la salle d'attente, elle se trouve nez à nez avec Paul Picard qui a seulement l'air de l'attendre dans cet endroit désert. Il sourit : « Ça va mieux ? »

Elle fait seulement non, elle ne peut même pas parler, tellement elle est gênée qu'il la surprenne encore une fois en larmes. Il prend le gobelet de thé et va le jeter en prétendant que les breuvages de cette sorte ont un effet très pernicieux et mènent au découragement.

« Vous fréquentez beaucoup les hôpitaux, à ce que je vois. Dites-moi pour qui vous vous inquiétez, cette fois ?

— Je me suis perdue.

— Et ça vous fait pleurer ? Vous avez pourtant l'air plus forte que ça. Vous veniez d'où ?

— Soins intensifs. »

Il arrête de plaisanter, la fait pivoter vers lui : « Qui ?

— Babou. Babou est mort. Il est mort brûlé vif. Mon Dieu, un si petit garçon… »

Il ne demande pas qui est Babou, il ne demande rien et la prend dans ses bras. Il frotte son dos doucement alors qu'elle sanglote. Il voit bien que ce n'est pas son enfant, il se borne à attendre qu'elle se calme et s'étonne seulement qu'elle ait une place aussi évidente contre son cou, aussi manifestement la sienne. Quand elle se calme, il murmure avant de s'éloigner : « Vous ne vous excusez pas, O.K. ? Vous prenez mon mouchoir et vous n'êtes pas désolée d'avoir pleuré. D'accord ? »

Il entend le « d'accord » assourdi par l'étoffe de son sarrau.

Les funérailles de Babou ont lieu un des jours les plus chauds de l'année. Nic a insisté pour que les enfants restent au lac. Adélaïde est si inquiète qu'elle parle longuement à Alex, Lionel et Louisette qui resteront près d'eux pendant que Nic et Florent la rejoindront. Elle sait que c'est maladif, déraisonnable, mais la mort de Babou la frappe durement. L'événement réveille ses pires angoisses quant à la sécurité des enfants, et elle n'arrive à se calmer qu'une fois que Nic est près d'elle.

Dans l'église bondée, Adélaïde se demande par quel miracle Marthe ne s'effondre pas. Soutenue constamment par Jean-Pierre, elle a un mot pour chacun au cimetière et jamais elle ne bronche quand les gens lui sortent un « c'est dur, mais ça vaut peut-être mieux ».

En fin de soirée, les amis intimes réunis chez les Dupuis entendent tout à coup Jean-Pierre annoncer que dix personnes en tout, en dehors des proches, dix personnes n'ont pas évoqué le côté bienfaisant ou consolateur de la mort de Babou.

« Dix ! J'ai leurs noms et je les considère comme des amis. »

Il est un peu soûl, mais Adélaïde le comprend et elle se souvient de ce que Béatrice a dit, en essayant de tirer Jean-Pierre en aparté : « Je sais ce que c'est, je n'ai pas perdu mon fils, mais il y a des jours où on se demande si Dieu ne ferait pas mieux de le reprendre. Babou est tranquille, maintenant. »

Adélaïde se demande, elle, comment sa sœur peut dire des choses pareilles. En trois ans, elle n'a pas revu son fils « pour éviter de lui faire mal ou d'être elle-même torturée », explique-t-elle. Adélaïde préfère ne pas savoir si la pension de Pierre est payée assidûment. Ses relations avec Béatrice se sont améliorées avec l'ouverture de la Boutique. Béatrice, à l'abri du besoin de se trouver ou de payer un appartement, emploie tous ses cachets à s'habiller. C'est une belle femme, élégante, mais un brin trop apprêtée. Au moins ne fait-elle plus jamais de scènes disgracieuses. Elle va même jusqu'à se vanter partout d'être la sœur d'Adélaïde qui connaît un succès important en tant que femme d'affaires dans un milieu majoritairement masculin.

C'est avec un bonheur sans nom qu'Adélaïde se rend enfin au lac, en vacances pour de vrai. Léa n'est pas la seule à trouver sa maman bien fatiguée, Nic lui interdit de se lever de sa chaise longue les trois premiers jours. Elle est vraiment épuisée et elle reconnaît que la mort de Babou l'a terriblement affectée.

Les attentions de Nic et de tout le monde, l'atmosphère chaleureuse des repas pris en famille, le calme des nuits, la douceur de l'air font beaucoup pour lui retaper le moral. Quand Jeannine arrive, suivie de Fabien, Adélaïde a retrouvé la forme et elle organise des jeux de pistes pour les plus grands, ce qui frustre pas mal Thomas, mais pas du tout Anne, qui s'amuse déjà énormément au jardin, dans son coin réservé où la terre est sans cesse retournée pour lui permettre de faire de jolis pâtés.

Le temps des vacances fuit à une vitesse folle, et soudain, la perspective de voir Nic repartir pour Montréal, ne serait-ce que pour trois courtes journées, contrarie beaucoup Adélaïde. Elle a recours à ses arguments les plus puissants pour le persuader de téléphoner au docteur Taylor et de remettre l'expérience. Nic lui laisse faire la démonstration de tous les plaisirs auxquels il devra renoncer pour trois jours et, quand ils ont bien grugé les heures de la nuit à se convaincre mutuellement de leur bonne entente, il lui rappelle qu'il a promis au docteur Taylor, mais qu'il lui a promis à elle aussi et que, dès septembre, il cessera ses visites.

Il part en ramenant Fabien et Jeannine qui reprennent le travail en ville.

Alex, demeuré maître jardinier, a installé une balançoire pour Tommy et Jacynthe. C'est une planche, appuyée sur une grosse roche. Les deux enfants s'amusent à faire « fumer » ou à faire « niaiser » l'autre. Personne ne sait exactement comment Thomas et Anne se sont retrouvés à jouer de ce côté-là du jardin, mais Jacynthe est tombée de la balançoire et la planche a assommé Anne, qui se retrouve avec une entaille de quatre pouces sur le sommet de la tête.

Le médecin du village exécute les points de suture et ne s'inquiète pas outre mesure : « Si elle dort trop ou si elle titube, il faudrait l'emmener à l'hôpital pour une radio, mais ça devrait aller. » Le genre de phrase qui rend Adélaïde extrêmement froide et distante. Elle remercie, paie pour les bons services et, rentrée au chalet, elle appelle Paul Picard sur-le-champ à l'Hôpital pour Enfants. Paul est certain de deux choses : que ce n'est pas grave, et qu'Adélaïde va passer une nuit blanche à réveiller sa fille et à s'inquiéter.

« À combien d'heures êtes-vous de l'hôpital ? »

Évidemment, elle ne discute pas et elle lui demande seulement de l'attendre.

Anne n'a rien, en dehors des points et d'un peu de fièvre. La radio montre un crâne en parfait état. Paul explique tout à Adélaïde et lui prouve que sa fille ne deviendra ni épileptique ni géniale pour autant. Anne s'est endormie dans les bras de sa mère, la bretelle de sa petite robe soleil lilas descend sur son coude. Paul la remonte avec délicatesse : « Elle est bien belle, elle aussi. Vous en avez combien de ces merveilles ?

— Trois. Elle a un jumeau, Thomas. »

Parce qu'il l'a attendue et s'est mis en retard pour elle, Adélaïde va conduire Paul Picard chez lui, dans le quartier d'Aaron Singer. Anne dort toujours sur la banquette arrière, et Paul répète à Adélaïde qu'il faut juste la réveiller pour souper. Il griffonne son numéro de téléphone : « Je ne bouge pas, ce soir. Si jamais vous agonisez d'inquiétude, n'attendez pas d'en mourir ! »

Avec toute cette précipitation, elle n'a pas eu le temps de prévenir Nic. Elle est heureuse de constater qu'il est rentré en rangeant sa voiture derrière la sienne. Anne s'étire et lui fait un sourire radieux qui achève de la rassurer. Elle prend sa fille dans ses bras et entre en appelant Nic.

Il est en haut des marches du hall, stupéfait. Il a l'air d'un homme pris en flagrant délit d'adultère. Son malaise est si manifeste qu'Adélaïde ralentit et s'immobilise sur la première marche. Derrière Nic, en provenance du jardin, le pas chaloupé dans sa robe ancienne, Kitty arrive, glorieuse et triomphante.

Ce qui frappe Adélaïde, c'est le rouge franc, presque cruel qui luit sur les lèvres souriantes de Kitty et lui donne l'air d'une carnassière en quête d'une proie. Adélaïde serre Anne contre elle, dans un réflexe immédiat de défense, et elle couvre le visage de sa fille de sa main.

Nic parle bas, précipitamment : « Je vais t'expliquer, elle est beaucoup mieux. Il n'y a pas de raison de t'affoler.

— Qui est-ce, Nic ? »

La voix, la question, le sourire, tout glace Adélaïde. Elle répond en fixant Nic avec autorité : « Personne. C'est personne. Je me suis trompée de maison. »

Elle tourne les talons et déguerpit avant de laisser la moindre chance à Kitty de s'avancer vers sa fille.

Mais Kitty l'a vue.

La maison de Florent est un havre de paix. Elle donne des purées de légumes Gerber à Anne, elle la baigne, la poudre et l'endort dans ses bras. À huit heures, elle appelle Nic qui veut à tout prix s'expliquer et la voir. Elle l'interrompt.

« Tu lui as dit qui j'étais ou non ?

— Non.

— Elle est où ?

— Allan Memorial.

— Tu as dit pour Anne ? Tu lui as dit que c'était ta fille ?

— Non… Mais elle l'a vue. Elle le sait sans demander. Il ne faut pas que tu aies peur, Adélaïde. Laisse-moi venir t'expliquer. Il y a beaucoup de nouveau, des bonnes nouvelles. Kitty s'est remise. Elle était venue chercher des vêtements, c'est tout. Mais c'est mieux que ce que je dis, laisse-moi te voir, ne soyons pas idiots. Je suis fou d'inquiétude. Où es-tu ? »

Comment n'a-t-il pas deviné ? Il faut qu'il soit très énervé, en effet. Il dit avoir alerté tout le monde au lac. Il répète qu'il veut la voir, savoir si Anne va bien, que le docteur Taylor garantit le rétablissement complet de Kitty. Il parle comme un fou et elle réfléchit, se demande pourquoi elle ne peut pas lui parler, elle se demande pourquoi elle est si mal a l'aise, si bizarre.

« Nic, arrête ! Arrête ! Je ne suis pas fâchée, je suis secouée. »

Et il repart et il explique qu'il sait qu'Anne s'est blessée, qu'il s'inquiète, qu'il veut la voir, que Kitty.. Elle l'interrompt à nouveau.

« Demain matin, Nic. Laisse-moi réfléchir. Je ne peux pas parler maintenant. Je suis énervée et j'ai eu peur. D'accord ?

— Dis-moi où tu es.

— À l'hôtel.

— Quel hôtel ?

— Demain. On va parler demain. »

Elle raccroche et essaie de trouver ce qui l'angoisse tant, en dehors de la bouche écarlate et de cet air de vamp dépassée que Kitty avait. Le côté propriétaire, épouse, évidemment. Le regard sur les cheveux roux de sa fille, la lueur de l'œil vert du chat qui a saisi où se cachait l'oiseau.

Adélaïde comprend que Kitty l'a prise pour Gabrielle. Que tout ce temps-là, la référence de Kitty était sa mère. Celle qu'a aimée Nic. La femme qui l'a éloigné d'elle. Adélaïde tente de refaire le parcours de Kitty, de se mettre dans sa tête, dans sa peau. Elle veut décortiquer l'ennemi, prendre l'exacte mesure du danger.

La femme d'Edward, l'homme qu'elle a voulu séduire et qui est resté fidèle, l'ancienne fiancée du docteur Jules-Albert Thivierge qui a été son mari, cette femme aimée de Nic serait devenue son épouse. Après toutes ces années, il faut qu'elle soit folle vrai pour penser que Gabrielle aurait encore l'air d'avoir vingt ans. Sa mère aurait quoi ? Quarante-six ans, l'âge de Kitty, à peu de chose près.

Kitty revient d'Italie, elle revient de sa dépravation, folle, malade et abîmée par la vie, et elle voit quoi ? Gabrielle, immuablement jeune et portant l'enfant que son frère ne lui donnera jamais à elle.

De quelque côté qu'elle retourne la question, Adélaïde a peur. Kitty va mieux, c'est évident, mais, en ce qui la concerne, elle, la nouvelle est loin d'être bonne. Elle se fout de savoir s'il s'agit d'un délire de persécution, mais elle va protéger sa fille des mains de cette « tante » perverse. Elle a laissé la voiture dans la rue. Si Nic met en doute sa parole pour l'hôtel, il va penser à Florent, à sa maison. Elle ne sait même pas si elle lui a déjà dit qu'elle avait la clé. Florent pourrait la protéger, lui. Il la raisonnerait, il lui parlerait, la calmerait. Cent fois, Adélaïde va se pencher sur Anne endormie. Elle appelle le chalet, mais uniquement pour calmer Florent, pour le rassurer et lui demander de ne pas dire à Nic où elle est. Florent réussit à l'apaiser pour une heure. Après, elle reprend sa marche et ses questions, dont la plus cuisante est de savoir comment faire partager son inquiétude à Nic.

Plus la nuit avance, plus elle se ronge, plus le danger devient imminent. Et si Kitty peut sortir quand elle veut de cet hôpital et la trouver et trouver ses enfants ?

Il est trois heures du matin quand Paul décroche le téléphone sans même ouvrir les yeux.

« Je sais qu'il est tard... »

À entendre cette voix, le cœur lui saute dans la poitrine : « Les symptômes ?

— Non ! Anne va bien. Elle dort. C'est parce que je suis très inquiète et je n'ai que vous à qui parler. »

Il entre chez Florent comme s'il était en plein cœur de l'après-midi. Il écoute Adélaïde, il pose des questions, il ne s'impatiente pas, ne bâille même pas. Il ne se lève que pour ajouter des glaçons à son verre de whisky. Pour lui en verser un second. Elle soupire : « La boisson des mauvaises nouvelles. Quand mon beau-frère est mort, c'est ce que Jean-Pierre m'a versé.

— Celui de Babou ?

— Oui. Étrange la mémoire que vous avez. »

Il ne spécifie pas que cette mémoire lui est exclusivement réservée.

« Dites-moi, Adélaïde, vous craignez que votre mari ait des désirs... déplacés pour Kitty ?

— Non. Elle. Elle le veut comme une femme veut un homme. Elle n'a jamais agi pour obtenir autre chose que ça.

— Et lui refuse ?

— Il veut la protéger, mais quand même pas au point de céder à ses folies et à ses envies.

— Vous croyez que le jour où Kitty va savoir que votre mère est morte, elle va changer de cible et vous viser, c'est ça ? C'est pourtant votre mère qu'elle haïssait, pas vous.

— Non, pour elle, c'est pareil. C'est pire : ma mère, Nic l'a aimée. Moi, il m'a épousée. »

Paul ne peut s'empêcher de trouver cela drôlement tordu. Adélaïde s'écrie : « Non, ce n'est pas ça ! Ce n'est pas aussi laid que ça en a l'air ! C'est une longue histoire, Paul, et elle n'est pas sordide !

— Je vous crois, arrêtez de vous énerver. Bon. Résultat final : Kitty va charger, vous ou votre mère, mais elle va charger comme un taureau qui a vu du rouge.

— C'est épouvantable ! En plus, je dois partir dans une semaine pour quinze jours. Je ne pourrai pas...

— C'est excellent, au contraire. Laissez le problème à votre mari. C'est le sien, de toute façon. Elle ne lui fera aucun mal, elle ne le touchera pas, c'est certain. Laissez-lui la tâche de l'écarter et revenez en paix et débarrassée d'elle. Donnez-lui ces quinze jours pour rayer sa sœur de votre vie. Définitivement. »

La tentation est belle, c'est certain, et Adélaïde convient que cette solution peut empêcher que Kitty « charge » et l'atteigne, elle ou les petits. Si c'est Nic qui décide, parle et refuse, elle aura une chance de sauver sa famille. Reste à convaincre Nic.

Adélaïde n'est pas la seule à avoir passé une nuit blanche. Nic est livide. Il s'empresse d'expliquer, de lui donner raison, alors qu'elle n'a pas encore ouvert la bouche.

Anne a le temps de saccager toute une plate-bande avec sa pelle et son seau, pendant qu'ils parlent à la table du jardin. La solution imaginée par Paul et qu'Adélaïde prend à son compte convient à Nic. Il ne perd pas de temps à fournir des détails dont, de toute évidence, Adélaïde se fout, et il s'empresse de jurer que Kitty et ses accès psychotiques n'auront plus droit de cité aux alentours de la maison. Il est entendu que si elle a besoin de sa malle ou d'un effet, il ira lui-même les lui porter, qu'il est exclu qu'elle remette les pieds à la maison.

Ils s'entendent que les enfants ne devront jamais, sous aucun prétexte, voir Kitty et que, s'il le faut, ils déménageront pour éviter que Kitty les trouve.

« Qu'elle t'appelle au bureau, qu'elle te voie au bureau, mais plus jamais ici. Je ne veux même pas qu'elle sache que le lac existe. On est d'accord ?

— Je le jure, Adélaïde. Mais elle restera au Memorial pour quelques mois encore. C'est elle-même qui le demande. Elle se sent fragile et souvent menacée. Elle a traversé des moments qui restent flous dans sa mémoire, tellement ils étaient éprouvants...

— Nic, je vais probablement te paraître cruelle, mais je ne veux pas le savoir. Cette femme, je ne veux plus la voir. Je veux la rayer de ma vie, de mon esprit. Est-ce que j'ai ta parole d'honneur que je peux partir en paix, certaine que tes engagements seront respectés ? »

Elle l'obtient de tout cœur et deux fois plutôt qu'une. « Considère que ma sœur est retournée en Italie. »

* * *

Deux choses la rendent très heureuse lors de ce premier voyage à Paris : la présence constante et enthousiaste de Florent et la rencontre avec Rose. Début septembre, Rose s'est offert la traversée de la Manche et est venue rejoindre Adélaïde à l'hôtel à Paris. Quatre ans qu'elles ne se sont pas vues. Rose aura vingt et un ans dans une semaine. Elle a à peine changé, tout juste si son visage enfantin s'est aggravé. Toujours aussi calme, aussi posée, Rose demande des nouvelles, examine les photos des enfants.

« Tu ne peux pas savoir comme Anne te ressemble, quand tu étais bébé. Et Thomas fait comme Guillaume avec toi. Il l'entraîne dans des aventures impossibles. Jamais elle n'aurait songé à faire tous ces mauvais coups toute seule. Ton portrait, je te dis.

— Comment il va, Guillaume ? »

Le cas de Guillaume est longuement expliqué. Depuis qu'il étudie la sociologie, Adélaïde estime qu'il devient de la « graine de révolutionnaire ». Le mémoire de maîtrise qu'il est à rédiger porte sur la nécessité du syndicalisme. Les discussions que Guillaume soulève avec Nic et elle sont de plus en plus difficiles, Nic étant l'objet de la hargne syndicaliste de Guillaume. Les grèves dans le textile qui se multiplient provoquent des prises de position radicales. Bien que les usines de Nic pratiquent généralement des conditions de travail équivalentes aux demandes des ouvriers en grève, et ce, grâce à Jeannine et à ses guerres militantes, Guillaume fustige le patronat comme s'il s'agissait d'une entité malveillante en soi. Souvent, quand Guillaume parle des « patrons exploiteurs des Canadiens français », il inclut Nic, ce qui choque profondément Adélaïde.

Depuis sa rupture avec la belle Juliette, Guillaume a porté toute sa fougue et sa passion à la défense des opprimés, des exploités et des citoyens de troisième zone, ce que Rose trouve admirable.

Adélaïde freine l'enthousiasme de sa sœur en précisant que ces belles dispositions sont doublées d'un anticléricalisme très marqué. Tout est bon pour l'ardeur belliqueuse de leur frère : la province est en passe de devenir un repaire de bandits exploiteurs bénis par l'Église qui ne cherche qu'à enfoncer ses ouailles dans une obéissance aveugle. « Marcher au pas, se contenter du peu qu'on a et offrir sa souffrance en sacrifice pour nos péchés », voilà le credo du Canadien français que Guillaume aimerait briser.

Adélaïde est partagée, elle comprend, mais elle estime que la violence de Guillaume n'aide pas sa cause. Elle trouve aussi qu'il cherche trop à révolutionner les mœurs : en février dernier, il a insisté pour que Marthe fasse jouer ses relations afin d'être présent au lancement de *Prisme d'yeux*, manifeste écrit par des artistes, majoritairement des peintres. Marthe n'étant pas en mesure de se soucier de l'événement, il est revenu à la charge le mois passé pour assister au lancement du *Refus global* à la librairie Tranquille. Cette fois, à cause du deuil de Marthe, c'est Florent que Guillaume a tenté de débaucher.

Rose demande ce que c'est que ce *Refus global* et s'inquiète pour de bon en apprenant que le texte remet en cause le catholicisme, les bonnes mœurs et la décence.

« Tu crois que Guillaume est devenu agnostique ?

— Je ne sais pas, Rose — il est profondément troublé par l'omniprésence de l'Église dans nos institutions politiques. Il trouve que la mainmise cléricale est nuisible à l'épanouissement des Canadiens français. Il a en partie raison, mais comme toujours il veut aller trop vite et trop fort. J'ai seulement peur qu'il ne gâche son avenir en ruinant sa réputation auprès de ses futurs employeurs : personne n'engagera un professeur anticatholique au Québec. Mais il va se calmer, Rose, et il est tellement intelligent, il va apprendre à faire la part des choses. Dieu merci, son projet d'étudier ici, à Paris, prend vraiment forme. Tu vas le voir l'an prochain, je pense. En septembre 49, dans un an, il veut s'inscrire à la Sorbonne pour y faire un doctorat. La bourse lui est pratiquement acquise. »

Mais il est écrit que les enfants Miller ne sont pas faits pour être tous ensemble : Rose annonce à Adélaïde qu'elle s'est fiancée en Angleterre et qu'elle se mariera dans un an pour revenir au pays avec son mari. Le retour est prévu à la fin de 1949.

Adélaïde est folle de joie : non seulement la benjamine se marie, mais elle revient enfin chez les siens.

« Alors, tu vois bien ? Tu as trouvé le tien. Dieu ne t'appelait pas ! »

Rose a son air de fille très avisée quand elle détrompe Ada : « Je me suis faite novice pendant un an, Adélaïde. Dieu a décidé autrement, je pense. James était médecin dans mon unité et il prétend qu'il a dû parler à Dieu en personne pour que je consente à lever les yeux sur lui ! Qu'il faisait de grands signes avec des draps blancs depuis longtemps. Il est drôle, il est charmeur, pas du tout tranquille, et jamais je n'aurais imaginé une chose pareille. »

Rose est si touchante avec sa timidité.

« Mais tu l'aimes ? Tu ne le fais pas pour lui faire plaisir ou parce qu'il serait trop malheureux si tu disais non ? »

Rose éclate de rire et trouve qu'Adélaïde exagère franchement : « Je ne suis pas si généreuse ! Et, de toute façon, James n'est pas ce qu'on appelle un *charity case.* »

Adélaïde voudrait bien convaincre Rose de se marier à Montréal, parmi les siens, mais Rose et James veulent faire leur voyage de noces à bord du bateau qui les emmènera vers leur nouvelle vie. Loin des blessures de guerre et des mutilés de l'âme. Rose a vu, pendant ces quatre ans, plus d'horreurs qu'elle ne croyait possible d'en voir au cours de toute une vie.

« James est un médecin fantastique, mais il veut faire de la recherche et il pourra le faire à Montréal, en collaboration avec l'Université McGill. Tu te rends compte : on se verra, on fera des dîners. Tu seras marraine de mon premier enfant. James va laisser sa mère et sa sœur, et je pense que le mariage en leur présence est nécessaire. C'est dur pour elles. »

Adélaïde promet d'essayer de convaincre Nic de l'accompagner au mariage : « Ça ne sera pas facile de le ramener à Londres, mais pour toi… »

Florent et Adélaïde réalisent des achats fabuleux pour les collections du printemps 49 et ils font même des réserves pour l'hiver 49-50. Les musées, les théâtres, Paris et son formidable dynamisme d'après-guerre, tout stimule Florent, lui donne des idées. Toutes les boutiques, les vitrines, les collections de Dior, de Fath et de Balenciaga l'émerveillent. Florent peut passer des heures à admirer un drapé, à scruter la tournure d'une robe de bal. Quand ils s'assoient enfin dans un café, au soleil, il sort son calepin et dessine fiévreusement. Adélaïde en profite pour écrire des cartes postales et revoir les budgets et les prévisions des importations.

« Tu veux ajouter un mot à tante Germaine ? »

Florent dessine une table avec un serveur français à la bouche méprisante d'où il tire une bulle, comme dans les *comics : Monsieur veut dire un gâteau, sans doute ?* Et il ajoute en bas : *On est loin des pâtisseries françaises de chez Kerhulu !*

Ils écrivent une longue lettre à Marthe pour lui raconter le voyage et lui dire que, l'an prochain, ils l'emmèneront quasiment de force avec eux, qu'ils ont besoin d'elle, de son goût sûr, de son énergie et de son amitié.

Marthe tient difficilement le coup depuis deux mois et ils ne peuvent pratiquement rien faire, si ce n'est de l'assister, de la forcer à continuer patiemment, de ne pas se fermer sur son deuil. Florent prétend qu'il faut vider la maison des Dupuis de tous les jouets et des vêtements de Babou, mais Adélaïde ne sait pas : « Ce doit être trop atroce de faire place nette tout d'un coup, comme de le tuer dans les faits. Après Noël, tu ne penses pas, Florent ? Oh, mon Dieu ! Noël va être épouvantable pour elle. Pour lui aussi, d'ailleurs. »

Aussi imprévisible que cela paraisse, Jean-Pierre s'est énormément rapproché de Marthe depuis la mort de Babou. Il s'est tranquillisé et on ne le croise plus en ville avec des actrices en vue. Il prend un soin jaloux de Marthe, il l'appelle, il va la chercher à la Boutique. Souvent, quand il parle à Florent ou à Adélaïde, il fait montre d'un constant et étonnant souci pour les mouvements d'humeur et de déprime de sa femme. Son intérêt est sincère et affectueux.

Adélaïde est la première à devoir admettre que ce n'est plus le même homme.

« Il a changé, je trouve. Comme si la mort de Babou l'avait réveillé. Qui sait, Florent, Marthe va peut-être retrouver un mari en perdant son fils ? »

Florent se demande à quel point un retour aussi coûteux peut être apprécié. Il n'est pas certain que Marthe puisse pardonner à Jean-Pierre sa froideur passée avec Babou. Il termine avec un énigmatique : « Quoique… les femmes amoureuses sont si surprenantes… » qui les mène très tard dans la nuit à discuter et à argumenter.

Nic les attend à Dorval. Dès que Florent et Ada avancent vers la salle d'attente, Nic laisse les jumeaux s'élancer vers eux. Ils sont si mignons, si excités que les gens se retournent sur leur passage : Thomas, tout blond, qui tient sa rouquine bouclée par la main et qui crie encore plus fort ses « Maman ! » à mesure qu'ils approchent du but. Adélaïde se précipite pour les prendre contre elle. Ils sont si enthousiastes qu'ils manquent de faire tomber leur mère. Nic explique que ça fait deux dodos que les petits comptent les minutes.

« Et moi, ça fait quatorze dodos », murmure-t-il à l'oreille d'Adélaïde.

Comme prévu, Florent et Ada vont chercher Léa. Ils arrivent à l'école et sont accueillis comme Lindbergh au retour du premier vol transatlantique : Léa a dit à tout le monde que sa maman et son deuxième papa étaient à Paris et revenaient la chercher en avion. Elle a produit tout un effet à l'école avec cette information spectaculaire : deux papas et un avion, plus Paris, ça fait beaucoup. « On va se faire convoquer chez la directrice demain, Nic ! »

Ils sont si heureux de se retrouver, si énervés qu'ils n'arrivent pas à clore un sujet : ils sautent d'une idée à l'autre, s'interrompent, reprennent, pensent à dire autre chose et finissent par se taire et renoncer à tout autre sujet que le bonheur d'être ensemble.

* * *

Serge Caron, patient et persévérant, réussit à entraîner Florent dans les coulisses du spectacle et le présenter aux acteurs comme « le futur créateur de costumes de génie de ses prochaines mises en scène ». Polis, les acteurs serrent la main de Florent et reconnaissent que *Coutures Florent* sont déjà très connues.

Ce qui frappe le couturier, c'est d'examiner les costumes de près : non seulement la finition laisse à désirer, mais la confection et les ajustements sont grossièrement exécutés, et il y a des facilités qui sont carrément inadmissibles pour Florent. Serge rigole beaucoup en constatant que le perfectionnisme du couturier s'arrête à de tels détails. Florent explique que ce ne sont pas des détails, mais l'essence même de son métier à lui. Pour Serge, au théâtre, un galon ou un ruban cousu à la machine ou à la main ne fait aucune différence parce que ce ne sera pas visible depuis la première rangée.

« Pourvu que cela paraisse parfait, c'est suffisant. Le théâtre, c'est du chiqué, Florent, du faux intégral : ça n'a pas à être bien cousu ou bien fait, ça a à avoir l'air bien cousu et raffiné. Nuance ! Et de taille… »

Ce qui, bien sûr, rend Florent malade : « Jamais je ne laisserais sortir un jupon si mal fini de mes ateliers. Jamais ! »

Simple différence de point de vue et d'objectif, soutient le metteur en scène qui traîne Florent à une répétition. L'ambiance que font régner les acteurs, la bonne humeur et une liberté de ton, de façons, exercent un attrait certain sur Florent qui suit le processus avec une concentration aiguë.

Peu à peu, Serge l'initie à tous les aspects et toutes les étapes de la production théâtrale. Il a encore du mal à convaincre Florent sur deux points : celui de la finition et celui de la fin de la soirée. Malgré le charme qu'il déploie, la patience dont il fait montre, Florent n'a pas l'air de comprendre que Serge s'intéresse à son talent et à un aspect plus intime de sa personne.

Un soir d'automne où Florent l'a invité à souper chez lui, Serge s'énerve un peu et profite de ce qu'ils regardent les esquisses de la prochaine collection pour saisir Florent et tenter de l'embrasser. Le recul est sauvage, les lèvres closes et la sécheresse du ton l'invitant à partir, sans réplique. Furieux, Serge lance, avant de claquer la porte : « Ne viens pas me dire que tu t'imagines désirer cette grande bécasse aux yeux gris ? T'es homo, mon vieux, homo jusqu'à la moelle ! »

Florent exige davantage que les lettres et les appels d'excuses qui suivent avant de revoir Serge Caron. Il exige un cessez-le-feu de séduction et un engagement non seulement à maintenir ses désirs secrets et confidentiels, mais à éviter dorénavant d'exprimer ses opinions sur les amis de Florent, spécialement Adélaïde McNally.

« Tu peux choisir de vivre comme tu le veux, Serge, mais même si tu juges sévèrement ma façon de vivre, je ne veux pas le savoir. Je sais ce que je fais et je sais ce que j'ai à faire. Je ne te permettrai jamais de refaire un geste pareil. Tu peux me trouver idiot ou ce que tu veux, ma vie privée est privée, et tu n'en fais pas partie. »

Serge est prêt à accepter n'importe quelle condition pour ne pas être éloigné de Florent dont le refus augmente le charme à ses yeux. Il promet, il admet, il s'incline. Leurs rapports reprennent un cran au-dessous de ce qu'ils étaient, plus froids, plus distants. Deux choses changent : jamais plus Florent ne l'invite chez lui et jamais plus il ne reste en sa compagnie quand Serge boit trop.

Pour Serge Caron, peu importent les conditions, il y a chez Florent cet amalgame de délicatesse et de masculinité qui le rend fou. La finesse des traits, la sévérité de la bouche quand même pleine, ce nez droit, fin, aristocratique, la jeunesse et la sveltesse du corps, le raffinement des manières, même cette discrétion maniaque, ce sens aigu du privé et de l'intime que Florent pousse à des sommets, l'intriguent et l'attirent. Il est certain de la virginité du sujet, et cela achève de le séduire. Obtenir la reddition de celui qui a rejeté son baiser le stimule encore davantage que l'évident talent du jeune homme. Il sait que ce sera ardu, long et peut-être inutile, toutes qualités qu'il ne peut qu'apprécier. Serge Caron est un chasseur avant tout : il a plus d'une découverte à son actif et les talents qu'il débusque ne sont pas qu'artistiques. Selon lui, Florent représente l'absolu de ce qu'il recherche et il n'est pas près d'abandonner.

C'est avec *Le Bel Indifférent* de Cocteau qu'il obtient l'accord de Florent. Deux costumes contemporains, liberté totale, droit à la finition minutieuse et l'actrice choisie pour interpréter le rôle est quelqu'un qu'il connaît : Béatrice Tremblay. Serge évite d'avouer à Florent qu'il ne monte cette pièce que parce que lui accepte d'en dessiner les costumes.

Le soir de la première prouve à Serge Caron qu'il devrait toujours se fier à l'instinct amoureux puisque la pièce est un succès fabuleux auprès du public si pointilleux des soirs de première. Le tout-Montréal, théâtre et mode, se bouscule dans les coulisses, et Béatrice connaît son heure de gloire. Sans imiter Piaf, pour qui la pièce a été écrite à l'origine, Béatrice a des accents de vérité dans l'angoisse de l'abandon amoureux qui tirent les larmes. Adélaïde est surprise de ressentir autant de compassion pour le personnage incarné par sa sœur. Elle murmure à Florent : « Je ne sais pas si c'est la robe, mais elle m'a eue ! » Nic est tout à fait d'accord : Béatrice a peut-être trouvé son registre de jeu et elle a sûrement trouvé son costumier.

La carrière théâtrale de Florent est lancée, s'il le désire, et le coup d'envoi attire une telle assistance que le théâtre lève toutes les supplémentaires et parle d'une reprise en début d'année 49. Béatrice ne se peut plus de joie : après tant d'efforts, tant de persévérance, elle atteint la notoriété qu'elle convoitait.

Mais Florent décline les offres qu'on lui fait ensuite, préférant retourner à l'Atelier et à la collection qu'il a négligée. Même Léa trouve que « c'est pas souvent que Florent vient la chercher à l'école », ce qu'il s'empresse de corriger.

Léa a beaucoup de succès scolaires et elle lui annonce ses bonnes notes avec une fierté qui égale au moins celle de Béatrice saluant son public.

« … Et aussi la maîtresse dit que j'ai beaucoup de saucisse-habilité… » Elle marque une pause, espérant que Florent va lui venir en aide pour ce mot étrange. Mais il lui demande seulement de répéter le mot.

« Saucisse-habilité ? Tu sais pas ce que c'est, toi non plus ? »

Florent avoue qu'ils vont devoir en référer à Adélaïde.

La « sociabilité » de Léa fait rire longtemps Nic et Ada et leur prouve, si besoin était, que leur fille est dans une école où le langage est châtié.

Celle qui rit le plus, c'est Jeannine. Quand Fabien lui sort le bon mot, elle avoue qu'elle aurait fait « pareil comme la petite ! »

« T'es jamais gêné d'être avec un *foreman* qui parle mal, Fabien ? T'es tellement savant que les États viennent te demander ton avis et tu sors avec une femme pas capable de dire "sociabilité".

— D'abord, j'aime une femme qui parle comme elle veut, et ensuite, les États m'offrent une *job* après mon doctorat. Ils ne me demandent pas de conseils. C'est juste que tu serais obligée de m'épouser, Jeannine. »

Tous les six mois, Fabien revient à la charge, mais cette offre d'emploi pour la recherche nucléaire avancée est tentante... si Jeannine suit. Sinon, pas de Texas pour Fabien, il le lui a dit.

« Ne mets pas ta carrière dans mes mains, je ne connais rien là-dedans, moi, le nucléaire.

— Jeannine, énerve-toi pas. Je ferai de la recherche ici et c'est tout. Je mets mon amour dans tes mains et il s'en trouve très bien.

— C'est à cause des enfants...

— Ils grandissent, Jeannine, dans cinq ans, tu ne pourras plus t'en servir comme excuse.

— O.K., dans cinq ans, on verra si tu veux encore te marier avec une femme aussi vieille que moi. Oh ! mon Dieu ! quand Adélaïde va savoir que tu débâtis ton avenir à cause de moi ! Je vais me faire renvoyer.

— C'est ma vie, Jeannine, et c'est pas à cause ni pour toi, c'est pour moi. Mon bonheur compte un peu dans l'affaire, non ? »

Elle sait que c'est vrai, elle sait qu'il l'aime vraiment, mais chaque jour est comme un miracle pour elle. Une incrédulité féroce la pousse à diminuer les mérites de leur union, à la rabaisser au sexe comme si c'était la seule raison de leur entente, alors qu'elle sait bien qu'il vit avec elle aussi sincèrement et totalement que Nic vit avec Ada.

« La seule chose à laquelle tu dois réfléchir maintenant, Fabien, c'est l'histoire des enfants. Si tu en veux, il ne te reste pas grand temps et ce sera le scandale assuré. Mais si tu en veux un, je te ferai cet enfant-là, parce que je ne peux pas supporter qu'une autre femme le fasse.

— Viens... Viens, on va examiner la question. »

Mais Jeannine sait que Fabien prétend avoir déjà trois enfants. Les siens.

* * *

« Nic McNally ! Peux-tu me dire pourquoi et comment t'as le génie de bouger dans le bon temps et d'investir dans les bonnes affaires ? »

Adélaïde lui tend les relevés qui démontrent que l'immobilier dans lequel Nic place des sommes impressionnantes depuis un an est en train de supplanter les textiles. Il rit.

« Ça m'amuse, c'est ça le secret, il faut que je m'amuse. S'il s'agit seulement d'administrer et de faire rouler la *business,* je m'ennuie. Je suis comme Alex, il faut que ça brasse. Comme Florent aussi, qui change les lignes, les longueurs, les couleurs des robes chaque année. »

Adélaïde indique un chiffre du doigt : « *Out ?* »

Nic hoche la tête et confirme. Ce qu'il aime de leur partenariat, c'est qu'Adélaïde décide de la fin de certaines opérations aussi vite et sèchement qu'un homme — pas de sentimentalité, pas de chichi. Si ça cause des problèmes — et ça en cause toujours —, on les règle, comme elle dit.

« Adélaïde, je vais avoir besoin de bouger des fonds assez importants en fin d'année. On peut en parler ?

— Ce soir ? À la maison ? J'ai Rinfrette qui attend dans mon bureau.

— Ce soir. Mais au Ritz. »

Elle sourcille, le Ritz, pour Nic, c'est l'endroit des grandes célébrations : « Je m'habille pour dîner ou tu as loué la suite présidentielle ? »

Nic décroche le téléphone : « Maintenant que tu m'y fais penser. Au bar de l'hôtel, à six heures ?

— Et demie. Je dois aller embrasser des enfants, moi, avant de sortir m'encanailler ! »

C'est un fourreau noir dont le décolleté est constitué d'un drapé qui enrobe les épaules à la façon d'un châle et les dégage joliment. Le tissu monte assez haut derrière la nuque pour mettre en relief la finesse du cou et l'arrondi de l'épaule, et il plonge suffisamment en pointe entre les seins pour créer un léger vertige. La taille est soulignée et le fourreau, remarquablement étroit, en parapluie fermé, comme a spécifié Florent. L'effet des hanches moulées et de la jupe qui oblige à raccourcir le pas tant elle est serrée rend l'ensemble du mouvement éminemment évocateur. La sensualité à la fois lascive et agressive que dégage Adélaïde fait tourner bien des têtes à son entrée dans le bar. Elle n'a d'yeux que pour Nic qui savoure chacun de ses pas vers lui comme si elle dansait pour son seul plaisir. La femme qui se penche vers lui et l'embrasse partage son plaisir sans conteste : « Seigneur ! Ne me regarde pas comme ça, tu vas te faire expulser pour conduite immorale !

— Non. Ils vont seulement dire "*Get a room*", et c'est déjà fait. »

Nic lui annonce qu'il veut déménager. La première raison, c'est la sécurité, pour lui donner toutes les garanties qu'elle souhaite obtenir contre la plus petite intrusion de Kitty, le jour où elle sortira de clinique. Mais la vraie raison, la profonde, c'est qu'il veut faire construire leur maison, selon des plans rêvés par eux, pour eux. Il a un terrain magnifique en vue, au bord de la rivière des Prairies, dans le nord de la ville, un terrain semi-boisé où ils pourraient faire construire à partir de mai prochain. Il planifie de tout organiser en vue d'emménager au début de 1950, année de ses cinquante ans.

Plusieurs arguments traversent l'esprit d'Adélaïde pendant que Nic expose le projet immobilier et tous ses autres projets : le Mexique, auquel il revient encore, précisant que c'est la troisième année qu'ils le remettent, les vacances, que les investissements immobiliers lui permettront d'étendre davantage.

« Je veux ralentir, Adélaïde. Pas parce que je suis vieux, mais parce que je veux profiter de la vie. Je veux faire les devoirs et les leçons avec Léa et ensuite avec les jumeaux, je veux qu'on voie nos amis, qu'on organise des fêtes, des pique-niques. Je veux partir avec toi, voyager. Je n'ai pas changé d'idée, tu sais, je veux toujours ce que j'ai dit en revenant de guerre : profiter de la générosité de la vie, profiter du cadeau inimaginable que vous êtes, toi et les enfants.

— Je peux être rabat-joie, Nic ? Pourquoi construire ? Pourquoi aller au bout du monde, dans le Nord, la campagne ? On a une maison d'été, pourquoi s'exiler l'hiver alors qu'on travaille tous les deux rue St. James ?

— Tu ne veux pas déménager ?

— Oh oui ! Mais plus vite que dans un an. Quand est-ce qu'elle sort ? »

Depuis son retour de France, Adélaïde n'a parlé de Kitty qu'une fois pour s'assurer que les promesses de Nic avaient été tenues et les dispositions prises pour lui éviter toute confrontation avec Kitty. Nic va maintenant visiter sa sœur une fois par mois, et le docteur Taylor le tient au courant de tout changement.

« Aucune idée. Elle est instable. Elle n'apprécie pas les changements apportés à mon horaire de visites.

— Elle se fâche ? Elle te menace ? Nic, dis-moi la vérité.

— Non, elle s'accroche, Adélaïde, elle fait des scènes de larmes, des promesses de bien se comporter, elle fait pitié et elle ne me lâche pas. Je dois me battre pour sortir de la chambre. Taylor dit qu'il doit doubler sa dose de calmants quand je pars. J'ai essayé de négocier de ne plus y aller, Adélaïde. C'est impossible pour l'instant. J'ai autant de peine à la voir comme ça que de me savoir l'abandonner encore.

— N'y va plus, Nic. Laisse-la toute seule puisque après, une fois sortie, elle le sera.

— Taylor refuse. Il me demande de continuer. Il dit que ça fait partie de l'apprentissage qu'elle doit faire.

— Foutaises ! Excuse-moi, mais je ne le crois pas une minute. Il n'a pas à refuser ou à accepter quoi que ce soit. Tu n'es pas son mari ! Ce serait peut-être le temps qu'il s'en rende compte, lui, si elle ne veut pas le voir, elle. Franchement, Nic, de quoi se mêle-t-il ?

— Il s'est beaucoup attaché à Kitty. Il se soucie de son rétablissement. J'ai déjà énormément de mal à lui faire accepter une visite par mois, pas davantage… et, bien sûr, que tu n'aies plus rien à faire là-bas.

— Pourquoi ? Qu'est-ce que ça peut lui faire, au docteur Taylor ?

— Il voudrait te parler, bien sûr. T'utiliser dans le processus, qu'il dit.

— Es-tu sûr que ce n'est pas un malade lui-même ? M'utiliser ? Après le crucifix, sa fureur et son agressivité ? Il se fiche de moi, en tout cas, s'il s'attache à elle. Ça commence à sentir le coup de charme à la Kitty…

— Voyons ! Tu ne veux pas insinuer que…

— Est-ce qu'elle s'offre encore à tout venant ?

— Non, elle est beaucoup plus calme, tu sais. Comme avant.

— Ce qui est très calme, en effet ! Bon. Revenons à nous. Tu penses qu'il la libère quand ? L'an prochain ? Dans deux ans ? Cinq ?

— L'an prochain, je pense. Taylor va me prévenir, évidemment.

— Je voudrais que le jour où elle sortira, on soit ailleurs. Tous. Et qu'elle n'ait pas l'adresse. Voilà ma priorité. Si possible, en ville, Nic, et obligatoirement avec un jardin assez grand pour qu'Alex y sème tout ce qu'il veut et que les jumeaux aient de l'espace. Tu serais triste de renoncer au bord de la rivière ?

— Je peux faire cette concession en échange du Mexique.

— Pas si on déménage ! Tu te rends compte du travail ? Et Léa, la changer d'école ? Il faut rester dans le quartier, Nic. Ce serait dangereux, tu crois ? On ne peut pas s'éloigner encore plus de Florent, Léa va faire de la neurasthénie. Si on pouvait… se rapprocher de lui.

— Pas Sherbrooke, Adélaïde, pas de rues passantes. Trop dangereux. Laisse-moi chercher, j'aime ça.

— Nic, si on allait au Mexique pour tes cinquante ans, dans deux ans ? Je voudrais tellement que tu essaies de m'accompagner à Londres en septembre prochain, pour Rose. On serait les seuls membres de sa famille. Elle a eu si peu de nous jusqu'ici. Si peu de la vie.

— Je pensais payer le voyage à Guillaume, qu'il te rejoigne depuis Paris. Rose s'ennuie de lui plus que de n'importe qui d'autre.

— Tu ne veux pas m'accompagner ? Tu ne veux même pas y réfléchir, Nic ?

— C'est comme si tu me demandais de penser à des bombardements, Adélaïde. Comme de vouloir retourner sur un champ de bataille. Quand j'essaie de comprendre l'horreur que Kitty t'inspire, je pense à retourner là-bas et à ce que ça me fait. »

Adélaïde prend sa main et promet qu'elle ne le demandera plus. Ils passent le reste de la soirée à discuter leurs projets de maison, le style, la décoration. Ils en sont au bal de 1949 et à l'espace à prévoir pour les musiciens dans la nouvelle maison, quand Adélaïde le ramène à la liste d'invités de cette année qui doit partir incessamment. Le bal est dans un mois et, si ce doit être le dernier de cette maison, il devra être remarquable.

À minuit, Adélaïde sort un petit paquet de son sac et le pose devant Nic. « Je crois que j'ai autant de mérite que Léa quand elle réussit à garder une surprise secrète. J'ai acheté ceci à Paris et j'ai dû lutter pour ne pas te l'offrir avant ce soir. Bon anniversaire, Nic. »

L'alliance vient de chez Cartier, elle est large et sans aucune fioriture, outre qu'elle est en or blanc, ce qui est plutôt inusité. Assez large pour ne pas être délicate au doigt de Nic, elle remplacera l'alliance que Nic avait lui-même achetée pour leur mariage en 1942.

Il doit mettre ses lunettes pour lire la carte, et Adélaïde, gênée, trouve qu'il prend du temps à les retirer.« Quarante-huit fois, Adélaïde ? »

Elle est aussi émue que lui et fait oui.

« Quarante-huit fois quoi ? J'aimerais l'entendre.

— Que je t'aime, Nic McNally. »

Ce n'est pas parce qu'il neige à plein ciel et qu'un vent enragé souffle sur la rue Sherbrooke qu'ils montent dans la suite présidentielle. C'est parce que Nic a décidé de célébrer fastueusement et qu'il est déterminé à entendre quarante-huit fois la déclaration d'Adélaïde. Il estime que la nuit y sera consacrée.

* * *

Mark Taylor a fait l'objet d'une longue discussion, mais il a reçu son invitation. En smoking, il fait un peu vieille France et il est trop poli au goût d'Adélaïde, trop onctueux pour être honnête. À côté du médecin guindé, elle est d'une féminité suprême, sa longue silhouette drapée de noir. Cintrée à la taille, la robe suit de très près les lignes du corps et elle est fendue à partir du genou pour permettre les mouvements de danse. Le corsage, tout aussi ajusté, couvre pudiquement la poitrine qu'il enserre et dégage totalement le dos. La robe est « implacable et redoutable », comme la qualifie Florent, qui s'est acharné à construire un écrin pour la jeune femme de vingt-cinq ans que la maternité a épanouie sans faner. Les longs gants qui s'arrêtent au-dessus du coude forment une droite ligne avec la découpe du corsage et le noir fait chanter la peau lumineuse des épaules et du dos. Toute la robe a été conçue pour la rivière de diamants qui scintille au cou d'Adélaïde et qui fait exploser la sobriété de l'ensemble.

Le psychiatre semble plutôt impressionné par cette beauté, mais Adélaïde l'abandonne au milieu d'un compliment, trop contente de glis ser, suave d'élégance, vers Marthe qui arrive au bras de Jean-Pierre.

« Tu me sauves des avances du médecin de Kitty. Tu es magnifique !

— Laisse-moi tranquille, je suis présentable. Tourne ! Encore… Dieu ! C'est… bon, je pense qu'on te l'a déjà dit. Les diamants vont faire mourir Béatrice. C'est nouveau, non ? Tu n'es pas enceinte, quand même ?

— C'est Nic. Il est fou, je te dis. Noël. Tu sais ce qu'il a fait ? Il les a montrés à Florent pour que la robe de bal les mette en valeur.

– Réussi. Tu vois, Jean-Pierre ? C'est comme ça qu'il faut faire si on veut une épouse éblouissante.

— Je note, je note. Et j'apprends ! »

Il saisit le bras de Marthe et s'éloigne. En effet, il apprend. Jamais Adélaïde ne l'a vu si délicat, si prévenant, si amoureux, quoi.

Si elle croyait se débarrasser du médecin aussi aisément, elle s'est trompée. Taylor la traque dans un coin du boudoir, comme s'il cherchait à être inconvenant, et il essaie de lui faire comprendre l'urgence d'une indispensable confrontation avec Kitty. En toute sécurité, prend-il la peine de préciser à deux ou trois reprises, sous surveillance étroite. Une seule rencontre où il pourra enfin décoder le nœud du problème qui réside, selon lui, en elle. Il explique, répète, n'en finit plus de s'étendre sur les traumatismes dont Adélaïde ne veut certainement pas entendre parler.

« Docteur, Kitty a un problème majeur, et c'est d'accepter que son frère ne l'épouse pas. J'ai des jumeaux de deux ans et demi qui projettent de se marier. Pour l'instant, ça va. Mais dans trois ans, s'ils persistent, je vais leur expliquer que ce ne sera pas possible. Kitty a presque cinquante ans et elle n'y est pas arrivée. Point. Elle n'a pas besoin de me voir pour comprendre que Nic ne l'a pas épousée.

— Oh… Je crains que ce ne soit plus complexe et que Kitty ne projette davantage sur votre personne.

— Vous savez que c'est une alcoolique ?

— Aucun rapport. Ses problèmes…

— … Une droguée ? À l'opium, entre autres. Aucun rapport non plus ?

— Vous savez, madame, à ce compte-là, elle est encore sous sédation puissante… C'est une…

— Docteur Taylor, veuillez m'excuser, mes invités me réclament. »

Elle accroche Florent et l'entraîne de force sur la piste de danse.

« Je vais le tuer ! Je vais lui montrer, moi, c'est quoi, son problème ! Il chasse pour Kitty, tu te rends compte ? Elle veut me voir et le bon chien vient me chercher ! »

Florent regarde en direction du hall : « Le bon chien n'a rien attrapé, Ada, je t'en passe un papier. Il s'en va. Assez vite à part de ça.

— Parfait ! Je ne serai pas obligée de l'embrasser pour la bonne année. »

Les douze coups de minuit et le traditionnel brouhaha réussissent à faire oublier Taylor à Adélaïde. Cette année, Maurice ne loge pas chez les McNally. Pour la première fois, il a décidé d'aller à l'hôtel. Adélaïde, en serrant gracieusement la main de « l'assistante » avec laquelle il est arrivé au bal, se dit que la fringante beauté ne doit pas être étrangère à cette décision. La jeune femme a trouvé beaucoup de grands acteurs connus pour la faire valser et l'étourdir, et il arrive à Maurice le tourment qu'a enduré Patrick l'an passé : la dame part au bras de quelqu'un d'autre dès le baiser de nouvelle année accordé. La porte d'entrée s'ouvre, au moment précis où Adélaïde saluait un couple. Les yeux sombres de Paul Picard s'attardent de façon éloquente sur la longue silhouette de l'hôtesse, il ne rate ni un galbe ni une cambrure. Sa bouche frémit quand il devine la douceur des épaules diaphanes et du cou où les pierres brillent. Il atteint le regard gris. Si cette femme n'a pas eu un frisson, il ne s'y connaît pas.

« Je sais que j'ai raté le passage crucial et qu'on est déjà en 49. J'étais de garde jusqu'à minuit. Première fois que je travaille en smoking. Très bon effet sur les malades. Bonne année, madame McNally. »

Il a l'air de s'amuser, comme si ce n'était pas grave ou malséant, comme si un zeste d'impudeur ne faisait pas de mal. Adélaïde n'arrive pas à juger Paul dangereux ou même inconvenant. Il danse de façon plus réservée que bien des hommes, il ne la touche presque pas, sa bouche est à proximité mais jamais sur sa tempe ou son oreille, ses mains n'étreignent jamais, ne pressent jamais, ce qui lui donne une envie furieuse qu'il le fasse. Cette fois, elle lui présente Florent, avec qui il s'entretient longuement en dévorant du saumon froid en mayonnaise. Nic se joint à eux et, en dansant avec un homme un peu lourdaud, elle a le plaisir de les voir rire tous les trois.

Béatrice a un nouvel amour, l'acteur qui lui donnait la réplique dans *Le Bel Indifférent.* Elle rayonne. Une reprise de la pièce est programmée et elle commence un nouveau radio-roman à titre d'interprète principale. Quand la carrière de Béatrice va, elle devient délicieuse et de très bonne compagnie.

« Je peux voir si les points de la petite rouquine ont laissé des traces ? Vous remarquerez que j'ai la décence de ne pas demander à voir votre dos.

— Je crois que, si vous me suivez, vous aurez un bon coup d'œil sur mon dos également. »

Paul apprécie et l'humour et la perfection des soins qu'il a prodigués à sa patiente.

Anne dort dans son pyjama à pattes. Encore une fois, la couverture est bien loin de remplir son office. Adélaïde recouvre son bébé qui a encore des poses de nourrisson, avec ses deux poings de chaque côté du visage. À côté, dans le petit lit identique, le derrière en l'air et le front fortement appuyé contre les barreaux de bois du lit, Thomas dort. Adélaïde le replace au centre du matelas et frotte doucement son front : « Celui-là fait de la course de fond de lit. »

Paul sourit et proclame le petit costaud très attendrissant.

« Venez ! Vous avez raté Léa qui était en blanc de mariée, comme elle dit. »

Léa, le lapin chiffonné dans la main, dort profondément, ses boucles sombres lui tombant sur la bouche. Paul écarte les cheveux, pose ses lèvres sur le dodu de la joue.

« Elle sent vous. »

Intimidée qu'il ait une telle connaissance d'elle, elle admet que Léa a voulu « du parfum de femme » pour sa soirée de bal.

Elle referme la porte sans bruit et Paul la contemple avant de parler.

« Merci de votre carte de Paris. J'étais content d'apprendre que vous alliez mieux.

— La moindre des choses… J'aurais pu vous appeler après la nuit blanche que je vous ai fait passer.

— Je me suis demandé…

— Oui ?

— Je me suis demandé pourquoi je ne vous avais pas embrassée alors que j'en avais tellement envie. »

Il va l'embrasser et elle va le laisser faire. Elle en a la bouche sèche, l'impression que l'air se raréfie. À côté de la chambre des enfants, alors qu'il y a tant de monde partout, non ! Elle cherche ses mots, trop troublée pour en prononcer aucun. Il prend sa main délicatement. Dieu du Ciel ! elle a envie de gémir ! S'il la touche davantage, elle s'effondre. « Venez, madame. Laissez-moi me poser d'insondables questions. »

Une griserie, se dit Adélaïde, juste une griserie de passage. Un élan insensé, subit. Une coquetterie : elle doit vieillir.

Ce n'est pas l'aurore, mais le petit matin franc quand elle s'extrait de sa robe et enfile une robe de nuit d'un blanc soyeux.

« Tu as envie quelquefois de toutes ces beautés que tu fais tourner dans tes bras ? »

Nic n'en revient pas : il expédie ses chaussures et commence à se déshabiller en riant : « Est-ce que c'est vraiment ce que tu as trouvé de plus subtil pour parler du beau docteur qui te dévore avec ses yeux de braise ?

— Oui. Pas subtile du tout, ta femme. Le jour où je te trompe, je suis capable de te l'avouer dans l'heure.

— Tant mieux ! Je te battrai dans l'heure.

— C'était pour te faire payer le docteur Taylor.

— Quoi ? Il t'a poursuivie ?

— Un pot de colle ! Aide-moi. »

Elle relève ses cheveux en lui présentant sa nuque où les diamants brillent avec éclat.

Tout le haut de sa robe de nuit est incrusté de dentelle grise qui s'harmonise admirablement bien avec le bijou. « Très chic ! Tu veux les enlever, tu es sûre ? Ils ne te plaisent pas ? »

Il passe devant elle, l'observe. Elle baisse le bras, rieuse.

Il fait lentement tomber la robe en abaissant les bretelles. Le vêtement coule souplement aux pieds d'Adélaïde.

« Que tu es belle. »

* * *

En février 49, un froid sibérien s'abat sur la ville. Nic est appelé d'urgence au Allan Memorial : Kitty s'est mutilée à coups de couteau. Comme il s'agissait du couvert avec lequel elle mangeait et que le couteau n'était pas très acéré, les blessures sont superficielles.

Quand tout laissait prévoir une rémission totale, elle a soudain eu peur et s'est attaquée à elle-même, plutôt que de céder à l'ennemi. Voilà la théorie que le docteur Taylor soumet à Nic en guise d'explications.

« Il n'y a pas d'ennemis, Kitty, il n'y en a plus. C'est fini. Il n'y aura plus jamais de guerre, d'ennemis et de douleur épouvantable. C'est fini. Ce sont des souvenirs qui te font mal, pas des vraies personnes. »

Ses yeux verts si aimants, si tendres sont posés sur lui avec amour. Tout en elle peut sembler si normal. Comment croire que cette femme s'est infligé douze coups de couteau ?

« Nic… si tu pouvais vider ma tête des souvenirs affreux, tu le ferais ?

— Évidemment, Kitty.

— Comment va Kitty ? »

Nic fronce les sourcils, inquiet. Elle répète sa question : « Comment va la petite Kitty neuve ? Tu en prends soin ? Tu ne la laisses pas ? Nic ? Tu ne le feras pas, cette fois, promets-moi.

— Tu parles de toi, Kitty ? De quand tu étais petite ?

— Souvenirs… des souvenirs de bonheur, des souvenirs de malheur. Pourquoi les médicaments qu'ils me donnent ne font pas vivre que ce qui est doux ? »

Elle a l'air de s'assoupir et Nic se lève, sans bruit.

Sans ouvrir les yeux, Kitty murmure, comme une promesse : « Je vais bientôt aller chercher ma malle.

— Je te l'apporterai, Kitty. Mais ici, tu n'y as pas droit. Quand tu seras chez toi, je te la donnerai.

— Si tu savais comme j'ai hâte que nous soyons enfin à la maison. »

Après cet événement, Kitty ne cesse de parler de son retour à la maison et de la reprise de possession de sa malle. Le docteur Taylor y voit la récupération symbolique de son être entier, de ce qu'elle est, passé et présent. À son avis, la maison retrouvée, la malle récupérée signifient la volonté de Kitty de se reconstruire intérieurement, de se reprendre en main et de repartir sur de nouvelles bases très saines.

« Votre sœur est une femme très forte, vous savez. Elle a traversé des enfers, et je dis bien, plus d'un. Et la voilà sur une bonne voie. Je la laisserai partir presque à regret.

— Mais enfin ! Elle vient de se mutiler ! Vous ne pensez pas qu'elle peut être dangereuse ?

— Je crains que ce ne soit là l'expression des obsessions de persécution de votre charmante épouse.

— Kitty n'est pas suicidaire ?

— Non. Elle est même en train de rebâtir ses forces intérieures. Elle a du désir, une sexualité qui refait surface. Je veux dire autre chose que la triste exhibition à laquelle elle s'adonnait. Ceci est un incident mineur, petite panique à l'idée d'affronter le monde extérieur. Je la soupçonne d'avoir évalué le tranchant de la lame avant de procéder. Elle est intelligente, vous savez. Aucune blessure n'est profonde. C'est de la rage, pas du suicide. »

Adélaïde trouve Mark Taylor carrément fou : « On devrait lui faire voir un autre médecin, Nic. Il est capable de la relâcher sans qu'elle soit guérie. Où elle va aller, d'ailleurs ? Vous avez décidé ? »

Énorme dilemme pour Nic.

Pour l'instant, il se démène pour dénicher une maison pour eux afin de déménager avant que Kitty ne soit prête à quitter l'hôpital.

L'endroit qu'il trouve est parfait géographiquement. La maison a besoin de peinture et surtout de rénovations pour la cuisine et les salles de bains vétustes. Le jardin, immense et totalement abandonné, laissera beaucoup de place à la créativité d'Alex. Comme ils ne peuvent en prendre possession que le 1er mai, ils feront exécuter les réparations et les travaux en mai et juin pour déménager à la Saint-Jean. Ils laisseront à Lionel le soin de tout placer, tout organiser avec une équipe engagée à cet effet, tandis qu'eux partiront au lac dès la fin de l'école de Léa, au lendemain du déménagement.

Florent est mis à contribution et choisit les couleurs avec eux. Marthe les guide à travers les galeries de Montréal pour choisir des « œuvres d'avenir ».

Adélaïde mène de front les préparatifs du défilé du printemps, les plans de rénovation et les rangements de fond qu'occasionne le déménagement. En compagnie de Lionel, elle vide la cave et le grenier de tous les bibelots et vieilleries amassés depuis des années. Quand elle tombe sur les toilettes de Kitty, laissées là à l'époque où elle-même s'est installée dans la maison, elle hésite. Comment se résoudre à donner aux bonnes œuvres des choses si belles et de si grande valeur, même si elles ne sont plus d'actualité ? Elle demande à Florent de passer, et il s'extasie à son tour sur les dentelles, les incrustations, les guipures, les textiles. Il propose de tout conserver précieusement chez lui et de le remettre à Kitty si elle en exprime le désir.

« Tu te rends compte, Ada, cette robe, elle la portait aux noces de tante Georgina ? J'avais cinq ans.

— L'extraordinaire, c'est que tu te rappelles de la robe !

— J'ai jamais oublié un tissu de ma vie. Tu crois qu'elle serait fâchée, Kitty ?

— Tu ne la voles pas, tu mets son héritage à l'abri. D'après moi, ces robes lui rappelleraient trop de choses de sa vie passée. Nic ne veut même pas qu'on lui garde des meubles pour le petit appartement qu'il lui a trouvé. Prends tout. Si Nic y voit du mal, on les rapportera. »

Comme la malle d'Italie est fermée à clé et qu'elle contient probablement les effets contemporains de Kitty, ils la laissent à la cave.

« On touchera pas à sa sacro-sainte personnalité, comme a l'air de croire le docteur Taylor ! »

Les défilés de la *Boutique Florent* sont toujours archi-courus et les heures qui précèdent sont fébriles. Adélaïde s'active derrière le podium avec les mannequins et elle règle les drames de dernière minute. Florent fait les cent pas, comme toujours, tellement nerveux qu'il en devient une nuisance. Elle l'envoie chercher de l'eau pour pouvoir travailler en paix. Il revient, blême.

« Quoi ? Y a un problème ? »

Il ne sait ni pourquoi ni comment le docteur Taylor a eu une invitation, mais il est assis parmi les spectateurs, accompagné de Kitty. « Absolument élégante », prend la peine de spécifier Florent.

« Appelle Nic ! Je ne veux pas les mettre dehors moi-même. Appelle Nic ! »

Elle refuse de s'occuper d'un tel problème alors que tout le monde lui demande quelque chose. Les fusibles ont sauté à cause des fers à friser, tous branchés sur la même prise, et il faut qu'elle retourne au deuxième étage pour les changer. Le maquilleur trépigne près d'elle, le pinceau à la main : « Pas d'éclairage, pas de maquillage !

— J'y vois. J'y vais ! »

Une fois l'éclairage rétabli, un coursier expédié à l'Atelier pour récupérer une ceinture essentielle restée là-bas, elle jette un coup d'œil par l'interstice des rideaux : effectivement, Kitty est là, comme une reine parmi ses sujets, les lèvres rouge vif, le teint pâle sous son chapeau à larges bords. Et le docteur Taylor lui tient la main ! Approche thérapeutique, sans doute, se dit Adélaïde en laissant retomber le rideau.

Le salon où s'entassent de plus en plus de gens dégage une odeur puissante de laine mouillée et de parfums capiteux. Cette fois, personne ne trouvera refuge sur le trottoir où il pleut à verse.

Le défilé allait commencer quand Adélaïde voit Nic se battre pour atteindre la chaise de sa sœur. Dès qu'elle l'aperçoit, Kitty lâche la main du médecin et l'agite pour faire un signe léger : « Nic ! Ici. Viens. »

Le visage radieux, les yeux adorateurs, elle s'étire vers Nic, attend le baiser qui ne vient pas, saisit la main de Nic pour l'empêcher de s'éloigner et tape sur la main du docteur qui se lève et cède son siège à Nic. Adélaïde n'en croit pas ses yeux ! Nic se retrouve assis au milieu de l'assemblée, la main de sa sœur agrippée à la sienne. Insensé !

Dès la fin du défilé, Adélaïde abandonne les mannequins et les coulisses pour se mêler à la foule. Un cocktail est servi, et beaucoup de gens l'interceptent pour la féliciter, avant qu'elle ne trouve le trio, pratiquement écrasé contre les fenêtres. Adélaïde n'a pas besoin de parler à Nic pour savoir qu'il est dans une colère terrible. Ses mâchoires sont serrées et les muscles des joues, soumis à une grande tension, frémissent sans arrêt. Kitty se tourne vers Adélaïde, le sourire luisant de rouge, comme si elle buvait du sang. Toujours princière, elle tend sa main gantée : « Je ne crois pas qu'on se connaisse. Kitty McNally. Je vous présente mon mari, Nic, et Mark Taylor, un ami. Vous êtes ?... »

La cacophonie ambiante met en relief la densité du silence stupéfait qui suit cette aimable présentation. Souriante, Adélaïde s'empare de la coupe vide que tient la main non tendue de Kitty, la coupe au bord maculé de rouge : « Je suis la femme de votre mari. Mais moi, il n'est pas mon frère ! »

Elle agite le verre vide sous le nez du médecin, toujours apparemment très souriante : « Vous avez eu raison de nous l'emmener, elle va tellement bien ! »

Pendant qu'elle s'éloigne, elle entend Kitty murmurer dans son dos : « La pauvre ! Qu'est-ce qu'elle a ? Vous allez me chercher un verre, Mark ? »

Ils rencontrent le médecin dès le lendemain au Allan Memorial. Nic n'est pas moins exaspéré qu'elle. Le savon qu'ils passent ensemble à

Taylor ébranle enfin le médecin, qui s'excuse mais qui a vu là un moyen de mettre Kitty en présence de ses contradictions et de ses dénis.

« Vous avez fort bien réagi, au demeurant », s'empresse-t-il d'ajouter en regardant Adélaïde.

« Me prenez-vous pour une enfant qui a besoin d'être félicitée, docteur ? Je ne suis pas en manque et je ne suis pas votre patiente, Dieu merci. Occupez-vous de garder Kitty enfermée et cessez de vous livrer à des expérimentations hasardeuses. La prochaine fois, je porte plainte contre vous. Je suis sérieuse. »

Ce qui déplaît à Adélaïde, c'est le sourire suffisant de l'homme qui reconnaît encore dans sa réponse une manifestation hystérique. Il lui serre la main sans rien ajouter et retient Nic un instant. Elle entend Nic répéter deux fois : « Non, docteur, c'est terminé », avant de le voir la rejoindre. Nic marmonne que Taylor voulait essayer une nouvelle drogue.

« Tu veux que je te dise, Nic ? Ta sœur est à peu près normale quant à moi. Elle fait ce qu'elle a toujours fait. Tu te souviens quand elle dansait avec papa ? C'était à elle, sa possession. Ta sœur avait une mentalité d'enfant de deux ans. Les nôtres en ont trois et six et demi et ils sont pas mal plus raisonnables qu'elle. »

Nic lui répète qu'il a exigé que Taylor garde Kitty sous surveillance constante et qu'il ne la laissera pas sortir de cet hôpital sans engager une personne fiable et responsable qui verra à protéger sa sœur et à le délester du poids de la surveiller.

* * *

Peu à peu, les murs de la grande maison se déparent, les pièces se vident et paraissent immenses avec leurs meubles empilés dans un coin et les boîtes bien identifiées par les soins de Lionel.

Ce matin du 20 juin, il ne reste qu'à vider et à ranger les chambres — et encore, les lits et deux tiroirs, le reste étant déjà emballé. Les déménageurs seront à l'œuvre le lendemain, dès l'aube. Les jumeaux s'amusent comme des fous dans les pièces emplies d'écho, et ils font des courses infernales en hurlant de rire.

C'est avec un grand respect qu'Adélaïde retire elle-même la *mezuza* offerte par Aaron du montant droit de la porte d'entrée. Elle ira la poser sur celui de la nouvelle maison, afin que l'esprit de Theodore les protège encore. Elle pose ses lèvres sur la paroi de verre à travers laquelle elle aperçoit l'écriture de Theodore.

Elle repart en compagnie de Lionel, la voiture pleine d'objets fragiles qu'elle refuse de laisser aux déménageurs. Elle prend le temps d'installer la *mezuza* et elle revient chercher les jumeaux : l'école de Léa se termine aujourd'hui. Elle ira la chercher et ils se rendront tous ensemble à la nouvelle maison pour retrouver Louisette qui range et organise avec Lionel. Nic les y rejoindra plus tard, il attend le docteur Taylor qui vient les débarrasser de la malle de Kitty qui encombre le hall. Nic devra discuter de la date de sortie de Kitty dont les traitements ont pris fin et qui sera libérée début juillet, pendant qu'ils seront au lac.

Depuis le défilé de mai, Nic n'a plus revu Kitty. Il a même signifié clairement au médecin qu'il n'était pas d'accord avec son approche thérapeutique et refusait désormais d'y participer.

En revenant chercher les jumeaux, Adélaïde trouve Nic en train de vider la pharmacie, tandis que Thomas s'évertue à dérouler le rouleau de papier de toilettes. Elle prend son fils dans ses bras : « Taylor n'est pas encore venu ? Où est Anne ? Thomas, j'ai dit non !

— Endormie dans la chambre de Léa, pendant que je triais des jouets. Quand le mercurochrome a cette allure-là, on le jette ? »

Il lui montre la bouteille, passablement maculée.

Thomas répète : « Cro-chrome, cro-chrome, vroum !

— Fais comme tu penses, Nic, je n'en sais rien. C'est Lionel la bible là-dessus. Écoute, il faut que j'aille chercher Léa, je ne veux pas qu'elle m'attende. Je vais y aller avec Cro-chrome et je reviendrai prendre Anne ensuite. Avec un peu de chance, tu pourras nous accompagner, Taylor sera passé.

— Il a dit trois heures.

— Il *est* trois heures ! »

Elle déguerpit avant de devoir saluer Taylor.

Dans la cour de récréation, Léa trépigne : elle a perdu une dent de devant. Thomas met son doigt, fasciné, devant le trou.

« Et tu sais quoi, maman ? Si je la mets dessous mon oreiller, la fée des dents va m'apporter des sous. »

Adélaïde gare la voiture dans l'entrée, mécontente : un taxi est stationné devant la maison, le moteur en marche. Adélaïde est certaine qu'il s'agit de Taylor. Contrariée, elle coupe le contact : elle a pourtant pris son temps, il est plus de quatre heures.

Léa sort de la voiture et court devant, pressée de porter sa dent sous son oreiller. Adélaïde prend Thomas qui se tortille pour être libéré des bras de sa mère, mais elle connaît les escaliers et le penchant de son fils pour la vitesse. Elle préfère le porter jusqu'en haut des marches.

Le son est tellement hideux qu'il glace Adélaïde sur le seuil. Le temps de comprendre que Léa hurle, elle pose Thomas à terre et se rue dans l'escalier. Dans le hall, elle bute sur la malle ouverte et glisse sur les vêtements qui sont éparpillés tout autour, dans un désordre insolite. Le cœur fou, elle se précipite vers la chambre de Léa. Dès qu'elle entre dans la pièce, l'image s'imprime en un éclair, la pétrifiant.

Le soleil dans la chambre sans rideaux éclabousse le mur ocre et fait paraître le sang gluant et noir sur le couvre-lit blanc. À première vue, on dirait que Kitty est étendue toute seule sur le lit. Puis l'esprit d'Adélaïde résiste à la voir couchée sur Nic, épousant de façon obscène chaque parcelle de son corps. Elle n'est pas morte, il y a un son. Elle a l'air lourde. Léa est sur le lit, près de l'amas des corps. Elle émet des cris étranges, sorte de grognements de fauve, des halètements rauques, convulsifs. Elle se jette contre Kitty à coups répétés, se servant de son corps comme butoir. Adélaïde voit bien qu'elle veut dégager son père : sa fille recule encore, prend un élan et fonce avec ce son d'animal piégé. Elle s'arc-boute sur les corps et tire sur la masse amollie de Kitty.

L'odeur puissante et désagréable qui étouffe Adélaïde, la seringue que son pied écrase en avançant vers le lit, le corps de Kitty que Léa réussit enfin à pousser et qui s'affale mollement en s'écroulant sur le tapis sans aucun réflexe de défense tirent Adélaïde de sa stupeur.

Le corps de Nic, couché sur le ventre, immobile, la chemise blanche poissée de sang presque brun, sa tempe et son oreille barbouillées d'un carmin gras, la nuque noircie, brûlée par la balle qui a pénétré et d'où le sang s'est écoulé provoquent un éblouissement qui la propulse vers le lit.

D'une seule pulsion, Adélaïde empoigne Léa qui voulait toucher au corps de son père, elle l'attrape avec une force qu'elle croyait ne jamais posséder, elle l'arrache du lit d'un seul mouvement et lui fait traverser la chambre, le corps serré contre elle, étouffée contre sa poitrine, pour la poser sur le sol du corridor, saine et sauve : « Thomas ! Va le voir, vite ! Thomas, Léa, vite ! Vite ! »

Trois, elle a trois petits, se répète-t-elle spasmodiquement. La petite Léa s'élance dans l'escalier.

Adélaïde tire sur l'épaule de Nic. Sous lui, comme elle le redoutait, sous lui, le corps ensanglanté d'Anne dont le crâne est gluant de sang.

À quatre pattes sur le lit, Adélaïde touche la veine du cou de Nic qui devrait palpiter, mais il n'y a que son cœur à elle qui bat, que son cœur affolé. Une main sur chaque cadavre, un gargouillement de détresse lui échappe — il lui faut de l'aide, il faut que quelqu'un l'aide !

Par terre, à sa gauche, complètement décontractée, les yeux mi-ouverts, absents et pourtant toujours fixés sur elle, les yeux verts qui se révulsent et le rictus d'extase sur le visage de Kitty font hoqueter Adélaïde. Son cœur se soulève de dégoût haineux. La bouche de Kitty, autour de laquelle le rouge s'est étalé, remue comme pour parler. Une bulle d'air et de bave se forme au bord des lèvres molles.

Adélaïde, froide, glacée de haine, se redresse. Elle ne regarde plus le lit, elle ne veut plus voir, elle sait.

Elle se penche, saisit le corps affalé et le rejette brutalement sur le tapis. Avant même que la tête de Kitty ne touche le sol, Adélaïde ressaisit le corps mou, le repousse de toutes ses forces, elle s'acharne, elle frappe sauvagement avec ses pieds, avec ses mains, elle cogne jusqu'à ce que le corps inerte de Kitty roule presque sous le lit, face contre sol.

Fin

REMERCIEMENTS

Écrire une trilogie à saveur historique représente une aventure risquée : l'Histoire a beau être écrite, elle varie selon les manuels. Tous mes personnages sont fictifs et se démènent dans un temps à la fois vrai et inventé. Quand j'ai essayé de cerner le vrai, j'ai eu recours à des gens plus savants que moi. Ils m'ont aidée énormément. Voici « mes spécialistes » : Francine Laberge, Rita Laberge, François Lachance, Mariette Laberge, Rachel Bureau, Françoise Giroux et sa sœur, Nicole Rochette, dont j'ai pu consulter les écrits, Odette Désilets, Johanne Mongeau, Pierre Anctil, Jean-Maurice Brisson, Daniel Fortin, Luisa Ferrian, Jules-Albert Ménard, Claire Laberge, Monique Forest, Huguette Oligny, Terry Carter, Harry Zeltzer, Ginette Beaulieu, Robert Maltais, Françoise Segall, Paul-André Linteau, Denise Gagnon.

J'ajouterai, pour les soulager d'une responsabilité qui n'incombe qu'à moi seule, qu'il m'est peut-être arrivé de mêler la fiction au strict réel à tel point que le récit peut paraître moins juste historiquement. Ce n'est pas dû à eux mais aux libertés que j'ai prises avec leurs connaissances.

Merci de leur générosité et de leur patience.

M. L.

Lexique

A la grandeur de la cuisine : partout dans la cuisine.
A mitaine : à la main.
A tricky Jew : un vieux juif rusé.
Achaler : importuner, ennuyer.
Aller aux bleuets : cueillir des myrtilles.
Appointement : rendez-vous.
Arracher (en) : avoir du mal, éprouver de la misère.
Au plus sacrant : au plus vite.

Baboune : moue avec de grosses lèvres.
Badlucké : malchanceux.
Barbot : pâté, tache d'encre.
Bargain : bonne affaire, aubaine.
Barrer les pieds (se) : s'empêtrer, buter.
Bébé lala : bébé cadum.
Bec : bisou, bécot.
Beurrée de savon : tartine de savon.
Bière d'épinette : boisson non alcoolisée à base d'épicéa.
Big boss : grand patron.
Bines : haricots cuits au lard salé.
Black tie : tenue de soirée.

Blind : store.
Bloke : Anglais.
Boire (le) : le biberon.
Bonyeu : bon Dieu.
Bosser quelqu'un : diriger quelqu'un, le mener avec autorité.
Bourasser : brusquer, bousculer, rudoyer.
Bourrer la face (se) : s'empiffrer, s'en mettre plein la lampe.
Bouscaude : brusque, un peu brutale.
Boys : soldats alliés.
Braid : galon, ornement de vêtement, ruban de passementerie.
Brancher (se) : se décider.
Brin sur rien (un) : une nature délicate.
Brosse : cuite.
Bucké : têtu, buté, rétif.
Buddies : alliés, camarades d'armée.
Bum : voyou.
Butler : maître d'hôtel.

Ça adonne : ça tombe bien, parce que les circonstances s'y prêtent.
Case closed : affaire classée.
Catalogue Eaton : catalogue de vente par correspondance d'un grand magasin.
Catch up : rattraper.
Catiner : jouer à la poupée, en prendre soin.
Cérémonie des anges : funérailles d'enfants.
Charity case : un cas de charité publique.
Chesterfield : sofa.
Chieux : chieur.
Chigner : pleurnicher.
Chigneux : pleurnicheur.
Choquer (se) : se fâcher.
Clairer des remèdes : se débarrasser des remèdes.
Collect (appeler) : téléphoner en p.c.v.
Coquerelle : cafard.
Couchette : sexualité.
Couraillage : fait de mener une vie désordonnée, de courir la prétentaine.
Cours de nursing : cours d'infirmière.
Craquée : fêlée.
Crème en glace : crème glacée, glace.

Croche (tout) : mal barré.
Croche : malhonnête, dévié.
Crook : escroc.

Date : rendez-vous galant.
Deal : marché.
Dealer : négocier.
Débalancer : déstabiliser.
Défâcher (se) : ne plus être fâché.
Den : boudoir.
Dépâmer (se) : se remettre, se calmer.
Dérager (se) : ne plus être enragé.
Désabriller (se) : se découvrir, enlever ses couvertures.
Désarter : déserter.
Directory : bottin téléphonique.
Domper : se décharger.
Don't bullshit me : ne me la fais pas.
Don't talk to me like that ! : ne me parle pas sur ce ton !
Double standard : double norme.
Drabe : fade.
Duster : survêtement de ménagère.

Ecrapouti : écrasé, aplati.
En bas de zéro : l'équivalent de – 32° C.
Enfarger (s') : s'empêtrer, buter.
Entertainer : artiste de scène.
Eparvider (s') : prendre ses aises.
Etre beau joual : être ivre.

Factorie : manufacture, usine, fabrique.
Fafinage : ruse.
Fafiner : finasser, ruser.
Faire fumer ou faire niaiser quelqu'un : jeu de balançoire qui consiste à narguer son partenaire en le maintenant dans la position élevée, tout en restant soi-même en bas, à l'autre extrémité de la planche, sous l'effet de son poids.
Faire le jars : faire son homme d'importance.
Faire un longue distance : faire un appel interurbain.
Feluette : fluette.

Final bâton : point final.
Fiouler : virevolter.
Flanc mou : pâte molle.
Flat : petit appartement, garçonnière.
Foreman : contremaître, chef d'équipe, chef d'atelier.
Froques : habits.
Fuss (du) : des manières.

Galerie couverte : terrasse dotée d'un toit.
Game (une) : un jeu.
Ganif : canif.
Gaspiller le vaisseau : abîmer le chaudron, lui enlever la couche de dépôts résultant des anciennes cuissons.
Gester : faire des manières.
Get a room : prenez une chambre.
Goddamn Edward, you're such a... : merde, Edward, tu es un tel…
Grichement : crissement.
Grocery : épicerie.
Guesser : deviner.

Happy hour : cinq à sept.
How can I help you ? : comment puis-je vous aider ?

Icitte : ici.
Il est rendu qu'il dit que Ted a fait cet enfant-là : il en est à dire que…

Jaquette : chemise de nuit.
Je t'en passe un papier : je te le garantis.
Job safe (une) : un emploi sûr.
Jubé : galerie, tribune au fond de l'église, placée en hauteur.
Jubilaire : personne qui est à l'honneur, célébrée.
Jumper un train : sauter dans un train en marche sans payer.

Kettle : bouilloire.
Kick : béguin.
Kik : boisson gazeuse.
Kiss me good night : embrasse-moi pour me souhaiter bonne nuit.

Lay down. Keep quiet. Would you please... : étendez-vous. Restez tranquille. Voulez-vous s'il vous plaît…

Liqueur : boisson gazeuse.
Loi du cadenas : loi de M. Duplessis permettant de poser les scellés sur tout lieu soupçonné d'abriter des activités communistes.
Lounge : bar d'hôtel.
Luck : chance.

Malavenant : incommode, hargneux, peu agréable, pas avenant.
Mangeuse de balustre : insulte qui fait référence à une piété excessive.
Match : compagne idéale.
Matinée : chemisier.
Mêlé : embrouillé, confus, qui a perdu le fil de ses idées.
Memérages : commérages.
Mettre dans le trouble (se) : s'attirer des ennuis.
Mood (un) : une humeur.
Move on ! : passez à autre chose !

Niaiser : perdre du temps.
Niaiseux : niais.
Niochon, niochonne : nigaud, nigaude.

Office : bureau.
Out : rejeté, dehors.

Palette : dent de devant.
Partir les machines : amorcer la production.
Party (le) : la fête.
Pas achalé (l'air) : l'air inoffensif, insouciant.
Patenter son affaire : organiser son affaire.
Pawn shop : boutique de prêt sur gages, mont-de-piété.
Péteux : histoires de fesses.
Petit corps : brassière, sous-vêtement.
Petit mal : transe.
Petites pattes : chaussons de laine.
Piasse : un dollar.
Pichenotte : pichenette, chiquenaude.
Pis : puis.
Placoter : jaser, tailler une bavette.
Plotte : putain.
Plotte du 5-10-15 (la) : la pétasse à bas prix.

Plus d'équerre : mieux disposé.
Poches de farine : sacs de farine.
Postum : boisson chaude non alcoolisée.
Pouding aux bleuets : gâteau renversé aux myrtilles.
Poupoune : poule.
Powder room : lieu réservé aux dames pour se repoudrer, mieux connu sous le nom de toilettes pour dames.
Prélart : linoléum.
Prendre ça lousse : glander. Synonyme : Prendre ça *easy*.
Prendre une marche : aller marcher.
Privacy : intimité.

Quickis : actes sexuels exécutés à la va-vite.

Ramancher : rajuster.
Rapailler ses petits : ramasser ses affaires.
Ratoureux : rusé, espiègle, qui joue des tours.
Refill : verre, tournée supplémentaires.
Résigner sa *job* : démissionner.
Ric-rac : liséré en forme de zigzag.
Ronner : diriger.
Room-mate : colocataire.

Sacre-nous patience : fous-nous la paix.
Sacrer (se) : s'en ficher, s'en taper.
Sans dessein : insignifiant, bouché.
Sauvable : apte à être sauvé.
Scèner : lambiner, fureter, être là pour obtenir sans demander.
Scheme : plan plus ou moins honnête.
Seal : phoque.
Second best : deuxième choix.
Set de chambre : ensemble mobilier de chambre à coucher.
Shift : quart de travail.
Shower : réception exclusivement féminine offerte à la fiancée ou à la future mère juste avant l'événement, et qui peut comporter un thème en fonction duquel chaque invitée apporte un cadeau (verrerie, coutellerie, porcelaine…).
Shut up ! : tais-toi !
Slacker : ralentir.
Snatchel : sac de voyage.

So what ? : et alors ?
Soon ! : bientôt !
Steady : constant.
Stew : plat mijoté.
Stiff : rigide.
Stockroom : réserve.
Stool : tabouret.
Stop it ! : ça suffit !
Strappe : courroie de cuir.
Suiveux : moutons de Panurge.
Suspect (de quelqu'un) : suspicieux à propos de quelqu'un.
Sweat-shop : manufacture où « on sue à l'ouvrage », où l'ouvrier est exploité.
Swompeux : marécageux.

Tanner (se) : se fatiguer, se lasser.
Tête à Papineau : vif d'esprit.
Théâtre : cinéma.
Thrill : excitation, frisson.
Time out : arrêt de jeu, temps d'arrêt.
Tit-péché : beaucoup.
Tocson : bébé robuste.
Toffer : supporter, endurer.

Upstairs ! : en haut !

Verre de fort (un) : un verre d'alcool.
Virailler : tourner de-ci, de-là, tourner en rond.
Viré de bord : bouleversé.
Virer capot : changer d'opinion.
Vire-vent : qui change continuellement d'opinion.
Vues : film.

Waitress : serveuse.
What about you ? : et toi ?
What the hell ? : mais enfin !
Whatever : peu importe, quoi que ce soit.

Zigonner : fouiner, fureter, tourner autour du pot.

« Le Goût du bonheur » comprend également deux autres romans publiés aux Éditions Anne Carrière, *Gabrielle* et *Florent.*

« Le Goût du bonheur »
Gabrielle, tome I.

Québec 1930. Gabrielle est mariée avec Edward depuis bientôt dix ans. Elle mène une vie bien remplie, entourée de ses cinq enfants. De toute évidence, il s'agit d'un mariage heureux. Mais cette chose qui devrait être si simple fait froncer bien des sourcils dans son entourage. Décidément, le bonheur est suspect en cette époque où notre sainte mère l'Eglise nous dit que nous ne sommes pas sur terre pour être heureux, mais pour accomplir notre devoir. L'élégante Gabrielle a bien du mal à se soumettre au code strict de la société bien sage et bien pensante. Et si c'était possible de changer le monde autrement que par la prière ?
Dans ce premier volet de sa trilogie romanesque *Le Goût du bonheur*, Marie Laberge brosse une vaste fresque du Québec de l'entre-deux-guerres. Grâce à des personnages vrais et attachants et à une écriture qu'on dirait faite pour traduire les mouvements du cœur les plus subtils ou les plus inavouables, elle éclaire de l'intérieur une époque où, sous la gangue des conventions sociales et de la religion, les passions ne brûlaient pas avec moins de force qu'aujourd'hui.

624 pages,
22,50 €

« Le Goût du bonheur »
Florent, tome III.

Après Gabrielle, après Adélaïde, c'est au tour de Florent de poursuivre la quête de bonheur amorcée dans les deux premiers volets de la trilogie. C'est sur la toile de fond du Québec des années 1950 et 1960, un Québec en pleine mutation, que la saga s'épanouit. Car qui dit Florent dit aussi Adélaïde, Léa, Jeannine, Alex, Fabien, Rose, Aaron, Germaine...
Marie Laberge reprend ici avec force son sujet majeur, le courage des êtres humains, bousculés, maltraités par la vie, écartelés, et qui, sans faiblir, avec détermination, cherchent à atteindre le bonheur malgré les épreuves et les préjugés de l'époque. Dans *Florent*, avoir le goût du bonheur ne signifie pas être exempté des coups durs de l'existence, mais y faire face avec vaillance. Si le désir, la passion, la sensualité ont conduit *Gabrielle* et *Adélaïde*, ces thèmes prennent leur pleine densité dans *Florent*. Apprendre qui on est, qui on désire et de quelle concupiscence on est habité est essentiel à la conquête du bonheur. *Florent* est, à ce titre, un hymne au courage.
Avec *Florent*, la romancière réussit à boucler chaque destin amorcé dans *Gabrielle*. Elle ne néglige aucun de ses personnages. Elle donne à chacun sa pleine mesure de vie, grâce à cette écriture, reconnaissable entre toutes, qui fait entendre, avec une justesse éblouissante, la parole de toute une société.

784 pages.
24 €

MISE EN PAGES ET TYPOGRAPHIE :
LES ÉDITIONS DU BORÉAL
CET OUVRAGE A ÉTÉ IMPRIMÉ PAR FIRMIN-DIDOT, GROUPE CPI,
MESNIL-SUR-L'ESTRÉE,
POUR LE COMPTE DES ÉDITIONS ANNE CARRIÈRE
104, BOULEVARD SAINT-GERMAIN 75006 PARIS
EN DÉCEMBRE 2003.

Imprimé en France
Dépôt légal : novembre 2003
N° d'édition : 256 - N° d'impression : 66438